鈴木雅子
村上もと 編著

宝暦二年 当世下手談義（いまやうへただんぎ） 本文と総索引

青簡舎

まえがき

談義本『当世下手談義（いまやうへただんぎ）』は、江戸時代中期の宝暦二年（一七五二）に刊行された庶民教化のための教訓的読み物である。作者は静観房好阿。作者肩書きに「洛陽沙弥」とあることから、上方出身の談義僧と思われるが、その生没年を始めとする閲歴は不明である。本書刊行の前後に、江戸における著述業の生活があったであろうことが、その出版実績、伊藤単朴との関わり等から推測されるのみである。同時代の平秩東作自筆本とされる『莘野茗談（しんやめいだん）』に「下手談義といふ草紙静観房と作者あれども両国橋もと淡雪豆腐をうりし日野屋株をば人に譲りて隣に山本善五郎とて手習屋をして居たる男の作也」とある文についても未だ確定事象とはされていない。

江戸幕府が開かれて以来一五〇年を経たこの時期は、八代将軍吉宗による享保の改革の縛りがその死によってようやく緩みを見せ始めたころであった。享保の改革は、爛熟した都市生活者の倫理観、道徳観、四民それぞれの立場の自覚を明確にすることを一つの柱に据えたものでもある。その手段として吉宗は江戸町奉行大岡越前守とともに、当時日進月歩の発展を見せていた江戸の板本印刷技術を活用し、学問の興隆を掲げながら、庶民には教化本、談義本によって禁制、法度をしらしめようとしたのである。それまで上方追随であった江戸の印刷文化が、書籍の出版点数において急成長を見せたのもこの時期であり、そのひとつとして談義本の誕生があげられるのである。

本書は、全五冊、序に続いて七話から成る。その各々が惣目録にもある通り、町人、百姓の弁えるべき分限、商人の阿漕な商法、僧侶の堕落、若者の言葉遣いの乱れ等々、種々な角度から当時の江戸風俗を諷諫している。

従来の片仮名交じり文でなく、読みやすい平仮名交じり文で記され、口語体を多用し、江戸時代中期の庶民風俗を活写している本書が、これぞ江戸の読み物として大きな評判を得たのである。この後静観房は宝暦三年に『教訓続下手談義』を続刊、追随して伊藤単朴は『教訓雑長持(ぞうながもち)』を著した。最初の文芸批評集ともいえる宝暦四年刊行の『作者評判千石篩(せんごくとおし)』において、下手談義は「江戸作には珍しともてはやせし」と評価されながら、「異見がましい書を見るとわるひ癖で胸虫むつとする」「静観房や単朴とやらは隠屈偏屈窮屈」「教訓むきの書は‥余り沢山で胸につかへますれば」等々の批判も浴びるほど「おびたたしい新作」が出版され「よふ売れる」「売れるからは出来のわるい物じや御座るまい」と、『当風辻談義』『下手談義聴聞集』『反答下手談義』等々江戸人の手に成る談義本形態の読み物が江戸の町を席捲し、その後の江戸の戯作へと広がってゆくのである。

このたび江戸談義本流行の端緒となった本文献の語彙を整理し、総索引としてまとめたのだが、この書が近世文学研究のためばかりでなく、古典語から現代語への架け橋ともいえる江戸時代語研究の一助となるならば幸いである。

目次

まえがき……1
凡例……5
第一部　本文について……5
第二部　索引について……11
参考文献……37
第一部　板本『当世下手談義』（東京国立博物館蔵本）影印……39
巻一　㈠　工藤祐経が霊、芝居へ言伝せし事……42
巻二　㈡　八王子の臍翁、座敷談義の事……48
㈢　惣七、安売の引札せし事……54
巻三　㈣　娯足斎園茖、小栗の亡魂に出逢ふ事……60
㈤　足屋の道千、売トに妙を得し事……65
巻四　㈥　鵜殿退卜、徒然草講談之事……72
巻五　㈦　都路無字大夫、江の島参詣の事……78

第二部　『当世下手談義』総語彙索引……87
附録　諺、慣用表現、和漢古典の引用等について……471
あとがき……501

凡例

本書は次の三部から成る。
第一部　板本『当世下手談義』影印本文
第二部　『当世下手談義』総語彙索引
付録　諺、慣用表現、和漢古典の引用等について

第一部　本文について

一―一　本文は東京国立博物館蔵『当世下手談義』全五巻（板本）を底本とする（巻一～巻四内題に「いまやうへただんぎ」、巻五内題に「　やうへただんぎ」と振り仮名あり）。内容は、「当世下手談義序」「当世下手談義惣目録」に続き、小題を付した七話から成っており、刊記に「宝暦二申正月吉晨　東都書林版」とある。

巻一　㈠　工藤祐経が霊　芝居へ言伝せし事
巻二　㈡　八王子の臍翁　座敷談義の事
　　　㈢　惣七　安売の引札せし事

巻三　四　娯足斎園茗　小栗の亡魂に出逢ふ事
　　　五　足屋の道千　売卜に妙を得し事
巻四　六　鶉殿退卜　徒然草講談之事
巻五　七　都路無字大夫　江の島参詣の事

一―二　そこではじめに、その影印を縮小して掲載し、それぞれの話を一話として、仮に、巻数とは関係なく順番に一、二……六、七と番号を付けた。前項の一～七がそれである。

又、表紙と白紙部分とを除いて、本文と挿絵の上部に一話ごとにページ数をふった。但し四ページずつまとめて載せるので、序一二などの番号は一つめのみに表示する。

　第一話の一ページ　↓　一一
　第七話の二ページ　↓　七二

一―三　又、同書を底本としたものには、中野三敏校注による『新日本古典文学大系81』（岩波書店　一九九〇年出版）に「田舎荘子」「当世穴さがし」と共に収められた翻刻本文がある。これは比較的入手容易なので、参考のため、影印の上段・下段の各二ページのそれぞれに該当する岩波本の、最初と最後の語の所在ページと行とを索引と同じ書き方で示しておいた。但し、挿絵にはこれを記さない。（この『新日本古典文学大系』翻刻文を、以下「岩本」と略称する。）

　第一話の二ページ（一二）に該当する箇所は、岩本「一一〇⑥～一一一⑤」である。

第七話の二二ページ（七二二）に該当するのは、岩本「一七八⑦～一七九④」である。

板本も読みやすくはあるが、岩本と対照することによって、より理解しやすくなると思う。

一―四　なお、中野氏校注の岩本には誤植かと思われる箇所があり、又濁点の付け方や翻字について、本書と見解を異にする部分が若干ある。その箇所は次の通りである（岩本校注者が（　）に入れた振り仮名と本書との違いも含む）。

岩本の頁と行	岩本		本書
一一一④	大（おほい）に	→	大（おほき）に
一一一⑩	大家殿	→	大屋殿
一一三②	駅路（えきろ）	→	駅路（ゑきろ）
一一三③	内証（ないしよう）	→	内證（ないしよう）（「証（シヤウ）」と「證（ショウ）」は、もと別字なので、底本通りとする）
一一三⑭	呑（のう）で見給へ	→	呑（のん）で見給へ
一一五⑥	富士の事は於（おい）て	→	富士の事は於（おき）て
一一七⑯	証拠（しやうこ）	→	證拠（しやうこ）
一二一⑬	秘蔵子（ひぞうご）	→	秘蔵子（ひそうご）
一二二①	柄香炉（ゑがうろ）	→	柄香炉（ゑかうろ）
一二二⑪	奈良酒屋（さか）	→	奈良酒屋（ざか）（奈良坂との掛詞と考え「ざ」とする）
一二五③	慎（つゝしみ）ぶかく	→	慎（つつしみ）ふかく
一二五⑩	捻金婆ゝ（ねじがねばゞ）	→	捻金婆々（ねぢがねばば）
一二六⑭	無間（むげん）の熱燗（あつかん）	→	無間（むけん）の熱燗（あつがん）
一二九②	内証	→	内證
一三二⑦	秘蔵子（ひぞうご）	→	秘蔵子（ひそうご）
一三二⑮	題目講（だいもく）	→	題目講（だいもくこう）
一三八⑧	：にてさへなくば	→	にてさへなくは
一四〇②	：さへなくば	→	さへなくは
一四二③	ござんなれ	→	ごさんなれ
一四四⑤	秘蔵（ひぞう）	→	秘蔵（ひそう）
一四四⑩	無間（むげん）の釜（かま）	→	無間（むけん）の釜（かま）

一四五⑮ 不頼母敷(ぶたのもしい) → 不頼母敷(ふたのもしい)
一四六④ 金薄(ばく)の衣 → 金箔(ばく)の衣
一五四⑪ 現(げん)の証拠(こ) → 現(げん)の證拠(こ)
一五八⑭ 人外(にんぐわい) → 人外(にんぐわひ)
一六一⑬ 流言(はやりごと) → 流言(はやりこと)
一六三④ 流言(はやりごと) → 流言(はやりこと)
一六四⑦ そら言流言(ごとはやりごと) → そら言流言(ことはやりこと)
一六六⑨ さなくば → さなくは
一六六⑩ きれがなくば → きれがなくは

一七一③ 内証(しやう) → 内證(しやう)
一七一④ 鉦(かねたたい)扣て → 鉦扣(たたき)て
一七一⑧ 江の島(しま)に詣で → 江の島(しま)に詣(まうで)て
一七二⑬ だまりおらずば → だまりおらずは
一七三⑥ 内証(ないしやう) → 内證(ないしやう)
一七六⑦ 骸(かばね)を → 髗(かばね)を
一七七⑨ 渇仰(かつがう)の頂 → 渇仰(かつがう)の頭
一七七⑮ さなくば → さなくは
一七九⑯ さもなくば → さもなくは

本索引を岩本によって利用する場合、下段の訂正文に従っていることを心に留めておいていただきたい。

一—五　底本の語句を索引として活字化するに当っては、次のような方針をとった。

1　漢字は原則として旧字体を現在通行の新字体に改めた。常用漢字表にあるものはそれに従った。それ以外のものは底本に従った。

①　漢字に濁点を振った作り字が見られる。これは通常の漢字に改めた。

二九　似氣なき → 似気(にげ)なき

②　「證」について

「證（ショウ）」と「証（シャウ）」は、もと別字であるが近代音で同音となり、「証」は「證」の代用となった。従って岩本が、底本の「證」をすべて「証」としているのは問題ないのであるが、[二]二〇「證拠（しやうこ）」の場合、本書では底本振り仮名の表記に従って平仮名で見出し語をたてているので、「證」に対する正しい字音仮名遣いは「ショウ」であり「しやうこ（證拠　ショウ・・）」のように示す要がある。これに対し「証」の漢字を当てると、字音仮名遣いも「シャウ」であるため、表記の違いを示すことができなくなる。そこで本書では、この文字に限り底本のままに「證（ショウ）」の漢字を用いることにした。

③　助詞「ばかり」に当てる漢字はもともとは「計」であったと思うが、江戸時代になると「斗」のように書いてあることが多い。底本では、「斗が能（はかりよい）」に対して「余計（よけい）」「計（はかりこと）」のように、明らかに「斗」と「計」の書体を書き分けているようである。助詞「ばかり」は「斗」に近い書体と見られるので、一応「斗」の漢字を当てることとする（岩本も「斗」としている）。

2　異体字、俗字、略字はおおむね通用の正字に改めたが、

叓 → 事　　哥 → 歌

当時の慣用的な字体はそのまま残したものもある。

拵（かせぐ）　泪（なみだ）　喧咜（けんくわ）

特殊な草体は、通行の文字に改めた。

 → 様　　 → 給

3　変体仮名は現行字体に改めた。合字も通行の文字に改めた。

ヿ → こと　ゟ → より

4　反復記号（ゝ　〱）は用いず、文字におこした。漢字の反復（〻）は「々」とする。

5　清濁の問題

底本では、濁点を付けるべき箇所にすべて濁点を付けているとはみられない。

［例］

きさらき　尊大(そんたい)にして　ありぬへし　身をほろほす　等々

原則として、底本の濁点の有無に従うようにはしたが、編者の判断によって濁点を加えた場合も少なくない。

①「とふらい（弔　:ひ）」「ねふり、ねふさ（眠）」については、底本には濁点が付いていない。この当時の習慣として、「ム」を「ふ」と書く、ないし「ふ」を「ム」と読む仮名遣いが通行していたともいわれているので、あるいは「とぶらい」でなく「とむらい」、「ねぶり、ねぶさ」でなく「ねむり、ねむさ」と読んだのかとも考えられる。これについては、底本表記を尊重して、濁点は付けずにおく。岩本も同様の解釈と思われる。

6　半濁音について

①　半濁点の表記は七例ほどある。

[一]一一　正月一ぱい　[三]一　大路(おほち)一ぱゐに　[五]二三　ひつぱらゐ　等々

②　半濁音と思われる語で、半濁点を付けていないものも多い（三五例）。

［序］一　説法談義（せっぽうだんぎ）　［一］七　いかにもりつはな　［二］一一　実父（じっぷ）　［三］二　遖（あっぱれ）

［四］一　一歩（ほ）　［四］一一　三拝（はい）して　［六］一五　人品（じんぴん）

③　撥音、促音に続くハ行音で、今日一般に半濁音である語は、半濁音として処理した。

④　誤刻として濁音に訂正したもの　［五］一三　：事があるぺい　→　あるべい

7　本文の訂正

前項④の他に底本の汚れによる判読不明の箇所、又、前後の関係から誤りと思われる語句は補訂を加えた。

［一］二二・一一九⑤　芝居で□るより　→　芝居でするより（岩本「す」に従う）

［二］二一・一三〇⑪　慎めさ　→　慎めされ（「れ」を補入、岩本も同）

［三］八・一三四⑬　てせる　→　きせる（誤刻として岩本の訂正に従う）

［五］二一・一五七⑥　病犬（やまいいぬ）が　→　病犬（やまいいぬ）か（岩本の訂正に従う）

第二部　索引について

二―一

本索引は、東京国立博物館蔵本『当世下手談義（いまやうへただんぎ）』の全語句を収録する。

本文以外の、内題、序、惣目録、各談義に付された小題、刊記の語句も含む。

二―二　語句の所在の示し方

本索引は、影印底本（以下、底本と記す）における語句所在箇所の表示のほかに、参考の為、岩本とも対照できるように、両本の所在箇所を併記してある。その所在の示し方を説明する。

・最初に底本に仮にふった話順（序 目 一 二……六 七）を示す。

・次に、底本の該当ページを漢数字で示し、中黒・で止める。行数は示さない。

・そのあとに続けて、岩本のページを漢数字で、行数を○囲み洋数字で示す。

［例］

きさらぎ　序一・一○七①

（これは、底本の序の一ページ目であり、岩本では一○七ページ①行目である）

もちまるちやうじや（持丸長者）　二二・一一○⑧

（これは、底本の第二話の二ページ目、岩本では一一○ページの⑧行目である）

なお、岩本の一ページは十六行だが、内題、小題は行数に入れず、本文の第一行目から①②……と数える。従って内題、小題のあるページの岩本の行数は十六行にはならない。例えば一○七ページでは⑫行目まで、一一○ページでは⑨行目までである。

二―三　見出し語について

1　見出し語は原則として、本文の表記に従って、平仮名による五十音順に配列する。

①　但し片仮名表記の例のみの場合は、片仮名の見出し語とする。

［例］

チンチン（金磬ヲ打ツ音）　〔序〕四・一〇七⑫

ワキ（能ノ役）　〔四〕三・一四一④

② 平仮名、片仮名の両例ある場合は、見出し語は平仮名とし、子見出しで平仮名、片仮名の別を示す。

［例］

はて［感動詞］

［平仮名表記］　〔一〕八・一一三⑤　〔二〕四・一二一⑬　……

［片仮名表記］　〔一〕一一・一一四⑭　〔五〕二・一五三⑪　……

2 当該語の表記と読みは、底本の表記と読みを第一とする。

① 本文表記が歴史的仮名遣いと異なる場合は、（　）内に歴史的仮名遣いを平仮名で、漢語の字音仮名遣いは片仮名で示す（略した部分は…で示す）。その場合、別に歴史的仮名遣いによる表記、字音仮名遣いによる表記の見出し語を立て、本文の表記による見出し語を見るべきことを　↓印によって示す。

［例］

いいわけ（云訳　いひ…）　〔五〕一・一四九④

いひわけ（云訳）　↓いいわけ

かうりよく（合力　カフ…）　〔二〕一八・一二八⑭

かふりよく（合力）　↓かうりよく

② 同じ語で二、三通りの表記がなされている場合は、それぞれを見出し語として立てる。又、底本の漢字に振り仮名のある場合は、読みはその振り仮名に従い、それを見出し語とする。何通りも振り仮名があるものは、それぞれを見出し語として立てる。これらは、そのすべてに　↓○○ヲモ見ヨ　として、それぞれを参照できるようにした。

[例　平仮名表記がすべて異なる場合]

ちがい（　：ひ）　↓ちがひ　ちがゐ　ヲモ見ヨ
五二三・一五八②（毛すじほども—がない）
ちがひ　↓ちがい　ちがゐ　ヲモ見ヨ
二二一・一二五②（みぢんも—なく）
ちがゐ（違　：ひ）　↓ちがい　ちがひ　ヲモ見ヨ
六二三・一六九⑧（大な—）

[例　振り仮名が複数ある場合]（振り仮名のない場合は字音仮名遣いに従う）

かぎやう（家業　：ゲフ）　↓かげう　かげふ　ヲモ見ヨ
二二一・一三〇⑫　五一六・一五五⑨
かげう（家業　：ゲフ）　↓かぎやう　かげふ　ヲモ見ヨ
二五・一二二⑩（—第一に）
かげふ（家業）　↓かぎやう　かげう　ヲモ見ヨ
[振り仮名ナシ]　三九・一二四④　三九・一二四⑥　三一五・一二七⑫

ゆきき（往来） 〔四〕一八・一四七⑫（—の人） 〔七〕二三・一七九④（—の者）
わうらい（往来）
［振リ仮名ナシ］ 〔三〕一・一一〇⑤ 〔三〕一〇・一一四⑦ 〔三〕一六・一一七①
［振リ仮名アリ］ 〔三〕一〇・一一四⑨ 〔五〕一・一四九②

又、「尾（お）に尾を附けて」の「尾」の場合は、振り仮名の有無により、上の「尾（お）」は振り仮名どおり「お」の項に、下の「尾」は歴史的仮名遣いにより「を」の項にくるので、索引では大層離れてしまう。そこでそれぞれに ↓を ヲモ見ヨ、↓お ヲモ見ヨ として、互いに参照できるようにしてある。

③ 振り仮名のない漢字で二通りに読み得る場合、一般的には、本書で採用した読みの方に ↓〇〇 として誘導する。

［例］
おうた（御歌） ↓ おんうた
おほぢしん（大地震） ↓ だいぢしん

少し複雑なもの、例えば「出」は、仮名書きのもの、振り仮名のあるものは問題ないが、振り仮名のない漢字表記の「出」については、口語体か文語体か、複合語としての用法か等を考えて、その場にふさわしいと考えられる読みに従ってふり分けた。これらも、 ↓印または cf、によって参照できるようにしてある。（cf、の説明参照）

［例 「だ・す」と「いだ・す」の場合］
口語として「だす」と読んだもの
〔五〕一一・一五三④ 己等（おら）は・・餅屋でも芝居でも銭を出した例がない

五二四・一五八⑨　喧嘩過に出しましよか

文語・複合語として「いだす」と読んだもの

三一一・一三五⑫　卯四月より売出し申候

［例　「でる」と「い・づ」の場合］

口語として「でる」と読んだもの

五六・一五一⑥　たとへ：へ奉公に出ても

七二二・一七九③　物ほしに出て

文語として「い・づ」と読んだもの

五一〇・一五二⑯　しばし挨拶も出ざりしが

六一三・一六五⑥　此町でも出ずんばあるべからず

3　見出し語に当てる漢字

①　見出し語の漢字は、底本に用いられているもののみを（　）に入れて示す。複数の漢字が当てられている場合は、そのすべてを（　）に入れて示す。

平仮名の用例のみの場合は、漢字は当てない。用例中に一つでも漢字が用いられていれば、原則としてそれを挙げる。が、例えば「さ・ぐ」［ガ下二段］は五二一・一四九⑪のみ「提たる」と漢字で、他はみな平仮名である。このような場合、この例に（提）と示すに止めることもある。

同じ漢字の用例が多数ある中で、少数の異なる漢字表記がある場合は、その箇所に漢字を（　）で示すことがある。例えば「こころ」は平仮名一例、「意」が一例、あとはすべて「心」である。

索引でのその区別は、[二]二・一二五⑧（意）のように示す。

② 語意理解のために、一般に用いられている漢字を【 】で示す場合もある。

[例]

すぐ・る【選】[ラ四段]

―り（用）[三]七・一三四⑧

ことはり（【理】：わり）[六]一一・一六四⑨

せいだ・す（情出【精出】）[サ四段]

―し（用）[五]一六・一五五⑨（家業に―）

なお、カラ見出しの場合は、本文の表記と関係なく、一般に用いられている漢字を（ ）に入れて示す場合がある。

[例]

うらやまし（羨）[形シク]

cf、うらやましがる

うらやましが・る（浦山）[ラ四段]

―ら（未）[二]二・一二〇⑨（―れ）

4　見出し語の立て方

① 見出し語は、原則として品詞に分解したものを立て、活用語は、その終止形を立てる。

② 各小題は分解せず、一つの見出し語として立てる。すべて平仮名書きとして、（　）中に本文の漢字のみを続けて記す。

［例］

くどうすけつねがれいしばゐへことづてせしこと（工藤祐経霊芝居言伝事）　㊂二・一一〇小題

③ 複合語は分解せず、複合した形を一語として見出し語とする。

［例］

あたりとなり（隣）　㊅一六・一六六⑧（—の嗅衆）

④ 助詞＋助詞、助動詞＋助動詞のように、同じ品詞が二個以上重なって居る場合、連続した形で見出し語に挙げることがある。この場合、連続するそれぞれの助詞、助動詞（終止形）を　↑印によって示すが、くわしい説明を（　）に入れて示すこともある。このそれぞれの助詞、助動詞には、連続した形で見出し語が立ててあることをcf、で示す。（助動詞の場合は、もとのそれぞれの助動詞の項でも重出する場合がある）

もちある・く（持　）［カ四段］
—く（体）　㊅一〇・一六四②（—もの）

［例］

ぞかし　↑「ぞ」「かし」
　㊂一七・一一七④　芝居を鰒汁よりこわがる—

とては　↑「とて」「は」
　㊃一六・一四六⑨　開帳場の物—茶ばかりなりしを

（それぞれ「ぞ」「かし」、「とて」「は」のcf、に「ぞかし」「とては」を挙げる）

つべし［連語］（助動詞（完了）「つ」＋助動詞（推量）「べし」）（重出＝「つ」「べし」）

[六]一三・一六五⑨　あすかの山も動き―

ならん［連語］←「なり」「ん」（重出＝「なり」「ん」）

[二]一七・一一七⑥　長久の計（はかりこと）―

（それぞれ「つ」「べし」、「なり」「ん」のcf、に「つべし」「ならん」を挙げる）

⑤　助動詞＋助詞の形で辞書にも連語として載せている次のような例も、連続した形で見出し語とするが、もとの助動詞の終止形とは形が異っているので、もとの形の所にも重出させた。

［例］

なば［連語］（助動詞（完了）「ぬ」ノ未然形「な」＋接続助詞「ば」）

[二]六・一一一⑯　毒気に染て煩ひ―（重出＝「ぬ」「ば」）

ならで［連語］（助動詞（断定）「なり」ノ未然形「なら」＋接続助詞（打消）ノ「で」）

[二]二・一一一③　高倉の宮―（重出＝「なり」「で」）

⑥　接頭語、接尾語の付く語は、その全体を一語として見出し語とするが、接頭語、接尾語も見出し語として立てる。又、語素（造語要素）も見出し語として立てることがある。

［例］

おれきれきさまがた（御歴々様　）　[三]一七・一三八②

お（御）［接頭語］　さま（様）［接尾語］　がた［接尾語］、それぞれのcf、に「おれきれきさまがた」を挙げる。

たう（当）［語素］

cf、たうじ　たうしゅん　たうせい　たうねん

⑦　結合度が高いと認められる連語や、慣用的に連語となって意味が限定されるもの等は、品詞に分解せず、［連語］として見出し語とする。これらは、その各々の構成要素からもcf、によって参照できるようにしてある。

［例］

あしののりもの　へちまのかは

ぜひもなし　まいらせそろ　めにものみせん　等々

⑧　慣用的に連語の形で用いられ、それに伴って連接する音節が融合して音変化するものは、その全形を見出し語として立て、（　）で注記を加えた。これらも、それぞれの構成要素からcf、で参照できるようにしてある。

［例］

こつた［連語］（「ことだ」ノ音変化）　五一一・一五三⑦（りよぐわいな—がおらは‥きなくさい男だから）

そりや［連語］（「それは」ノ音変化）　二一七・一二八⑧（—わるひぞや）

（それぞれ「こと」「だ」、「それ」「は」のcf、に「こつた」「そりや」を挙げる）

⑨　本文献三に見られる引札の表記は候文であり、いわゆる和化漢文、変体漢文とされるものである。これは、しいて品詞に分解することはせず、表記のままに見出し語とした。この場合、関連語のcf、欄には、仮名表記だけでなく漢字表記を併用した。

［例］

おほせきけらるべく（可被仰聞）

三五・一三三⑫　早速―候

おほせき・ける（仰聞）［カ下一段］

　cf、おほせきけらるべく（可被仰聞）

（それぞれ「らる［助動詞］」「べし［助動詞］」のcf、に同様に挙げる）

二―四　品詞の表示、各品詞の分類、配列等

1　見出し語の品詞の分類については、大体において一般的な文法書、辞書等の分類に従う。

2　必要に応じて［連体詞］［副詞］［接続詞］のように、品詞名を［　］で示す。

①　名詞（体言）、動詞の品詞表示は省略する。形容詞は、文語は［形ク］［形シク］として表示し、口語は［形］とだけ記す。

②　いわゆる形容動詞は、その語幹に相当する部分を体言として扱い、見出し語とする。活用形とされる部分（語尾）は、用例の多い場合は子見出しとして立て、用例の少ない場合は（　）に入れて示す。

［例］

きふ（急）

［―に］　四一〇・一四四④（思ひがけなう―にあの世へ店替）　五一四・一五四⑧（―に肌おし入て）

［―なる］　三四・一三三②（―なる間に合不申）

しんめう（神妙）　五二四・一五八⑫（―な）

まめやか（真実）　五五・一五一①（―に）

③　実質的な意味を失い、付属的な意味を添える補助動詞、補助形容詞は［補助用言］と記す。

［例］
く・れる［ラ下一段］　く・る［ラ下二段］
—れ（未）　五四・一五〇⑨（物をたんと—やうか）
く・れる［補助用言　ラ下一段］　く・る［ラ下二段］
［てくれる］
—れ（未）
二七・一一二⑧　待つて—られ

3　語尾が活用して変化する動詞、形容詞は、基本形（終止形）を見出し語とする。

①　文語と口語の区別
用例の活用形から、文語又は口語と認められるものは、その終止形を見出し語とする。参考として文語又は口語の終止形を付記することもある。どちらともいえないものは、一応文語形を見出し語とし、口語形を後におく。この場合、口語は歴史的仮名遣いにより、活用形もそれにのっとる。
・お・ゆ（老）［ヤ上二段］　お・いる［ヤ上一段］（ア上一段とはしない）
・おかし（をかし）［形シク］　をかし・い［形］（「おかしい」とはしない）

②　文語形、口語形の両方あるものは、利便性を考えて一つにまとめることがある。

［例］

とりあ・ぐ（取上）［ガ下二段］　とりあ・げる［ガ下一段］
—げ（用）〔三〕二一・一一九①（かかる事を—ていふも）
—ぐる（体）〔三〕一四・一一五⑯（—に及ぬ）
—げる（体）〔三〕二一・一一八⑩（—にたらぬ）

おそろし（怖）［形シク］　おそろし・い［形］
—（止）〔四〕八・一四二⑩（—とも思はざりし）
—い（体）〔五〕一四・一五四⑫（—卦体）〔七〕二五・一八〇④（—神たく）

4　動詞はすべて活用の行と種類とを略称で示す。
［カ四段］［サ上一段］［サ上二段］［タ下一段］［マ下二段］［サ変］［ラ変］のように。
① 四段活用は発音上からは当時五段活用となっているが、四段と記す。
② 「なさる」のように、活用が揺れ動いているものに、（近世、ラ下二段カラ四段ニ移行）というような説明をくわえることもある。

5　動詞、形容詞の活用形の配列順と略称は次のようである。
未然形（未）、連用形（用）、終止形（止）、連体形（体）、已然形（已）、命令形（命）
① 口語形の場合は、（已）ではなく（仮）と表記することがある。
［例］

だ［助動詞（断定）］（形容動詞ノ語尾ヲ含ム）　↓「なり」ヲモ見ヨ

なら（仮）

㈡一九・一二九⑥　四十二の二ツ子がいや―四十一で子をもたぬがよい筈

② 終止形と連体形が同形の場合は（止、体）としてまとめることがある。

③ 連用形が音便形になっている場合は（用　音便）と示す。

平仮名表記、又は本文振り仮名表記によりはっきり音便形と分かるもののみを音便形とする。

［例］

㈣一二・一四五①　急で来れば

㈤七・一五一⑬　しほらしくとうて見給へ

㈡一三・一二六⑧　一ぱい呑（のん）で心持のよいには

それ以外は、現代の感覚では多少違和感を持つかもしれないが、音便形とはしない。

［例］

㈡二二・一三一③　江戸へ帰たら　↓江戸へかへりたら

㈡二三・一三一⑤　書ておかれた　↓かきておかれた

④ 語幹と活用部分の区切りは・で示す。語幹の部分は―で示す。

［例］

あが・る（上）［ラ四段］

―ら（未）　㈦二五・一八〇②（神は―せ給ふ）

—り（用）　[六]二一・一六八⑥（乳が—て）　[七]九・一七三⑮

⑤　本文献は、歴史的仮名遣い表記と表音的表記とが混在しているので、同じ活用語尾でも複数の表記がなされているものがある。その場合、表記の異なるものはそれぞれ別に立て、歴史的仮名遣い表記を（　）に入れて注記する。

［例］

かま・ふ（構）［八四段］

—は（未）　[七]二・一七〇⑥（—ず）

—わ（は）（未）　[三]二〇・一一七⑬（—ず）　[三]一七・一二八⑨（—ぬ人）

6　助詞は、一般の文法書の分類に従い、格助詞、副助詞（係助詞）、接続助詞、終助詞（間投助詞）のようにその種類を示す。

①　助詞が連続している形で見出し語としたものは、↑印によってそれぞれの助詞を示すのみとする。

［例］

がや　↑「が」「や」

[五]三・一五〇①　御親父は男であらふ—

（が［終助詞］、や［終助詞］のcf、に「がや」として挙げる）

②　助詞と同じ形となる助動詞の活用形、形容動詞の語尾等を、便宜上一つの見出しにまとめることがある。

［例］

に［格助詞、助動詞（断定）］（形容動詞ノ語尾ヲ含ム）

では　←「で（助動詞連用形ヲ含ム）」「は」

（助動詞「で」＋助詞「は」の場合は、助動詞「だ」にも重出する）

③　助詞の分類、配列は、格助詞「が」「の」は、主格、連体格のように分類したが、その他は形式的に文中、文末と分けたり、体言＋〇〇、活用語＋〇〇のように整理した。

7　助動詞は、［助動詞（過去）］、［助動詞（断定）］、［助動詞（推量）］のように、その使われ方の意味を見出し語に続けて示す。又、「さうだ」「やうだ」は助動詞に含める。

活用形の配列、順序、略称等は、動詞、形容詞の表示に倣う。同じ活用形でも、表記の異なる場合は別に立てる。この点は、動詞の場合と同じである。

①　助動詞については、語幹、語尾に分けることはしない。

［例］

けり［助動詞（過去）］

けり（止）

㈠一・一一〇②　清見が関へ出る道あり―

ける（体）

㈢二・一三二⑨　共に歎きとなり―

②　便宜上、断定の助動詞「だ」「なり」の連用形「に」は、助詞「に」と連語「にて」「には」「にも」「にや」の

項にまとめてある。（6②参照）

③［助動詞（打消）］の「ず」「ざり」「ぬ」は、明確に区別しにくいところがあるので、「ず」「ざり」「ぬ」それぞれで見出し語を立て、「ず」の項に連用形、終止形の「ず」をまとめ、「ぬ」の項に終止形、連体形の「ぬ」と已然形の「ね」とをまとめ、↓印によって「ず」「ぬ」それぞれを参照するようにした。

［例］

ず［助動詞（打消）］　↓「ざり」「ぬ」ヲモ見ヨ

　ず（用、止）

　　序二・一〇七⑦　見るに倦―聞に飽ず

ざり［助動詞（打消）］　↓「ず」「ぬ」ヲモ見ヨ

　ざり（用）

　　四八・一四二⑩　さのみ怖しとも思は―しは

ぬ［助動詞（打消）］　↓「ざり」「ず」ヲモ見ヨ

　ぬ（止、体）

　　序一・一〇七④　耳に入ルといら―とのさかひ

　ね（已）

　［ねど］

　　三一・一二〇⑤　将棋は駒の名をだに知ら―ど

④完了の助動詞「り」は、四段活用の命令形に付くものとして処理した。

8　一つの語に、二通りの用法がある場合。

「かくべつ（格別）」「さいはひ（幸）」（形容動詞と副詞）や、「また」（副詞と接続詞）のように、二通りの用法がある場合の見出し語は便宜上一つにまとめた。用例を付けてその違いを示すこともある。又、「さては」「さても」も、感動を込めた意の場合［感動詞］とすることもあるが、［接続詞］にまとめた。

二―五　子見出しについて

1　一つの見出し語（親見出し）の中で、同じ言いまわし、同じ用法の例が複数ある場合、子見出し［　］をつけて整理した。

［例］

くつきやう（究竟）

［―の］　三八・一三四⑫（―の若手）　四四・一四二①（―の旅宿）…

又、「て」［接続助詞］等用例の多い場合も、［イ音便＋「て」］［ウ音便＋「て」］［促音便＋「て」］［ての］［として］　等々、すべて子見出しを立てて整理した。

2　もとの語の本義をはなれた特別の用法（例えば他品詞と共に用いられて、ある特定の意味を表すような）の場合も、ただ羅列するのでなく、子見出しでまとめた。

［例］

みる（見）［補助用言　マ上一段］の場合

［てみる］（間ニ助詞ノ入ルコトアリ）

み（用）

三一六・一一六⑭　見物の薬となる仕組をして―や

みよ（命）

七一六・一七六⑨　よふ積りても―

だ［助動詞（断定）］の連用形「で」の場合も［である］［であろ］［でおじやる］［でござります］のように子見出しを立てた。

二―六　用例について

1　助詞、助動詞、補助用言には、すべて用例を付した。用例文は、その用法を知り得るように、当該語の前後を引用し、当該の語は―で示した。

［例］

へ［格助詞］

三一・一一〇②　清見が関―出る道ありけり

三一・一一〇④　京都より東―往かよふ路なりし

たり［助動詞（断定）］

たる（体）

〔二〕五・一二二⑨　養子―者の鑑

〔六〕一五・一六六⑤　其所の長（おさ）―人

2　諺、慣用句などについても、それぞれの所在番号に続けて（　）に入れて用例を付した。

〔例〕

ふたつご（二子）　〔二〕八・一二三⑮（四十二の―）　〔二〕一九・一二九⑥（四十二の―）

ちり（塵）　〔五〕一八・一五七②（―に交る神道者）

その他必要に応じて用例を示した。

3　用例文は漢字、仮名遣い等すべて底本のままとし、読みやすいように送り仮名を加えたりしていない。又、用例文には、、。「」等は入れず、反復記号は文字に起こした。むつかしい読みには、底本に振り仮名がある場合に限り、続けて（　）に入れて示した。

〔例〕

〔一〕一・一〇七①　空の気色いと和日（うららか）に

〔四〕二〇・一四八⑧　水も為呑人（のませて）は有まじ

〔五〕一三・一五四②　虚（うそ）はもふさぬ

二―七　説明文、注記号等について

1　見出し語に、その語の成り立ち、現代と異なる用法、音変化などの説明を付けたり、用例にその特殊性の説明を付けたりする場合は、（　）に入れて記す。

［例］

いちゑん（一円）［副詞］（アトニ打消ノ語ヲ伴ウ）　[六]二二・一六八⑬（―合点まいらぬ）

ひか・ゆ［ヤ下二段］（中世以降ヤ行ニモ活用スル）

―ゆれ（已）　[五]九・一五二⑧（袂を―ば）

説明文中「擬態語」という語を用いた箇所がある。編者は「擬音語・擬容語」を用いたいのであるが、一般には「擬態語」の方が通用しているので、とりあえず「擬態語」を使用した。

2　掛詞

［例］

しちしやう（七生）　[二]一二・一二五⑬（―迄の勘当）（掛詞＝七生／七升）

そん（巽）　[五]三・一五〇④（―の卦）（掛詞＝巽／損）

3　重出

一つの語が種々の理由から重複してとり上げられている場合、重出であることを（　）に入れて示す。

［例］

おきにい・る（御気入）［連語］（重出＝「おき」「に」「いる」）

―り（用）　三四・一三三⑤（―不申候はば）

（「おき」「に」「いる」それぞれに（重出＝「おきにいる」）と示す）

② 二通りの読みが可能な漢字。原則としては一つの読みを採用するが、前後の文意から一つの読みに固定しにくい場合には、両方の読みで見出し語を立て、それぞれに重出させることもある。

［例］

あめつち（天地）　七一二・一七四⑮（―を動かし鬼神を感ぜしむ）（重出＝「てんち」）

てんち（天地）　二二一・一三〇⑭　六二一・一六八⑦　七一二・一七四⑮（重出＝「あめつち」）

③ 格助詞「へ」の場合「え」とした箇所が二例ある。（底本「江」）これは変体漢文という特殊性が見られるので「え」でも立てて重出とした。

［例］

え（へ）［格助詞］（重出＝「へ」）

三七・一三四⑤　拙者方―可被仰付候

三七・一三四⑧　先供之鼻―は：案内功者に

4　cf、について

① 複合語や連語では、その各々の構成要素からそれぞれ参照できるようにcf、の記号を用いて示す。

［例］

ちかづきよ・る（近付寄）［ラ四段］

—り（用）　四二・一四一②（—て）

（「ちかづく」と「よる」のcf、に「ちかづきよる」として挙げる）

なににても（何）［連語］　三一八・一三八⑧（—有合を着し）

（「なに」「にて」「も」のcf、に「なににても」として挙げる）

② ある一つの語について、複数の読みがある場合、相互に参照できるようにcf、で示す。

［例］

五一六・一五五⑪　格別人品（ひとがら）わるく

六一五・一六六①　人品（じんぴん）格別世界にして

（「ひとがら」「じんぴん」のcf、にそれぞれを挙げる）

③ 音変化した形のものも、もとの形で参照できるようにcf、で示す。

［例］

わしや［連語］（「わし」+助詞「は」「わしは」ノ音変化）

五四・一五〇⑦　七一一・一七四⑩

（「わし」「は」のcf、に「わしや」として挙げる）

④ 見出し語に関連する項目を一覧できるようにするため　cf、で示す。

［例］

うちてかわ・る（打　：かはる）［連語］

—り（用）　七六・一七一⑫（—てかんこ鳥）

cf、うつてかはる

うつてかは・る（打　替）［連語］

―り（用）　五二四・一五八⑫（―し神妙な体）

cf、うちてかわる

この他「えど（江戸、江都）」と「とうと（東都）」「とうぶ（東武）」、「あきなひ（商）」と「しやうばい（商売）」、「悪」と「善」等々。それぞれをcf、によってつないである。

⑤　cf、に示す語は、原則として見出し語に立てた形を五十音順に並べる。小題は長くなるので、その項のcf、最後尾に並べ、第一語のみを平仮名表記として、あとは底本のまま漢字交じりとする。又、「す」［サ変］のcf、のように数の多い場合、見やすいように「す」と複合してサ変化した語をまとめて先に出すようにした。

⑥　本文表記の語と歴史的仮名遣い表記の両方の見出し語がある場合、cf、は原則として歴史的仮名遣い表記の方にまとめる。

［例］

おが・む（拝　をが・）［マ四段］　→をがむ　ヲモ見ヨ

をが・む（拝）［マ四段］　→おがむ　ヲモ見ヨ

cf、おがみづくり

5　その他

①　人名には　㊇印を付した。

［例］

かいばらせんせい(人)（貝原先生　かひばら‥）　[序]二・一〇七⑤

おときち(人)（乙吉）　[二]四・一二一⑬　‥‥

あんようじ(人)（安養寺　‥ヤウ‥）　[七]一六・一七六⑭（―といふ智識）

（これは、寺の住職を、寺名をもって称しているので(人)印を付す）

なお、伝説上の人物・しんのう（神農）や、しやか（釈迦）、しやくそん（釈尊）にも一応(人)印を付しておいた。

② 書名には　(書)印を付した。

［例］

あきんどやわさう(書)（商人夜話草）　[二]一五・一二七⑫

やまとぞつくん(書)（‥ゾククン　大和俗訓）　[序]二・一〇七⑤（貝原先生の―）

③ 地名には原則として(地)印は付けないが、地名かどうかまぎらわしい語には付した。

［例］

あさくさやまのしゆく(地)（浅草山宿）　[三]一七・一三八①

ぢごくのづし(地)（地獄辻子）　[七]二・一一〇⑥（地名の俗称）

④ 第六話には『徒然草』を引用している箇所がある（[六]二・一六〇⑧～[六]三・一六一⑧）。この引用部分の語にはすべて(徒)印を付した。

二―八　底本にはない現代仮名遣い表記の見出し語

本書の利用者は殆ど現代仮名遣いで育った世代だと思う。歴史的仮名遣いを基準にした本書は、現代仮名遣いとの違いに利用者がとまどうことが多いと思うので、底本にはない表記であるが、一部現代仮名遣いによる見出し語も立てて、↓印で底本の表記に導くようにしてある。これらには*印を付して区別した。

［例］

*いさい（委細　ヰ‥）　↓ゐさい

*おうへい（横柄　ワウ‥）　↓わうへい

*かんらく（歓楽　クワン‥）　↓くわんらく

なお、索引中に今日、使用不適切用語とされている語があるが、歴史的言語資料としてそのままとする。御容赦頂きたい。

参考文献

『当世下手談義・教訓続下手談義』　野田寿雄編　桜楓社　一九七七
『当世下手談義』（新日本古典文学大系81）　中野三敏校注　岩波書店　一九九〇
『徳川時代言語の研究』　湯沢幸吉郎著　風間書房　一九五五
『増訂　江戸言葉の研究』　湯沢幸吉郎著　明治書院　一九五七
『江戸時代語の研究』　佐藤亨著　桜楓社　一九九〇
『増補　江戸語東京語の研究』　松村明著　東京堂出版　一九九八
『近松語彙』　上田萬年著　冨山房　一九三〇
『江戸語大辞典』　新装版　前田勇編　講談社　二〇〇三
『江戸語辞典』　大久保忠国、木下和子編　東京堂出版　二〇〇一
『江戸時代語辞典』　潁原退蔵、尾形仂編　角川学芸出版　二〇〇八
『江戸名物評判記集成』　中野三敏編　岩波書店　一九八七
『守貞謾稿』全五巻　喜多川守貞著　朝倉治彦、柏川修一編　東京堂出版　一九九二
『大和俗訓』　貝原益軒著　石川謙校訂　岩波書店　一九三八
『句双紙』（新日本古典文学大系52）　編者未詳　山田俊雄他校注　岩波書店　一九九六
『毛吹草』　松江重頼著　新村出校閲　武内若校訂　岩波書店　一九四三

『本朝俚諺』（俚諺資料集成　第三巻）　井沢長秀著　大空社　一九八六
『譬喩尽』（国語学資料　第十輯）　松葉軒東井編　高羽五郎翻刻　一九六〇
『戯作研究』　中野三敏著　中央公論社　一九八一

この他、『書言字考節用集』等当時の辞書類や、説経浄瑠璃、浮世草子、浄瑠璃、川柳その他の文献類（古典文庫、日本古典文学大系、新日本古典文学大系、日本随筆大成、日本歌謡集成等々）も参照した。

第一部　板本『当世下手談義』影印

当世下手談義惣目録

巻一　一　工藤祐経が霊、芝居へ言伝せし事　42
巻二　二　八王子の臍翁、座敷談義の事　48
　　　三　惣七、安売の引札せし事　54
巻三　四　娯足斎園茗、小栗の亡魂に出逢ふ事　60
　　　五　足屋の道千、売卜に妙を得し事　65
巻四　六　鵜殿退卜、徒然草講談之事　72
巻五　七　都路無字大夫、江の島参詣の事　78

序一

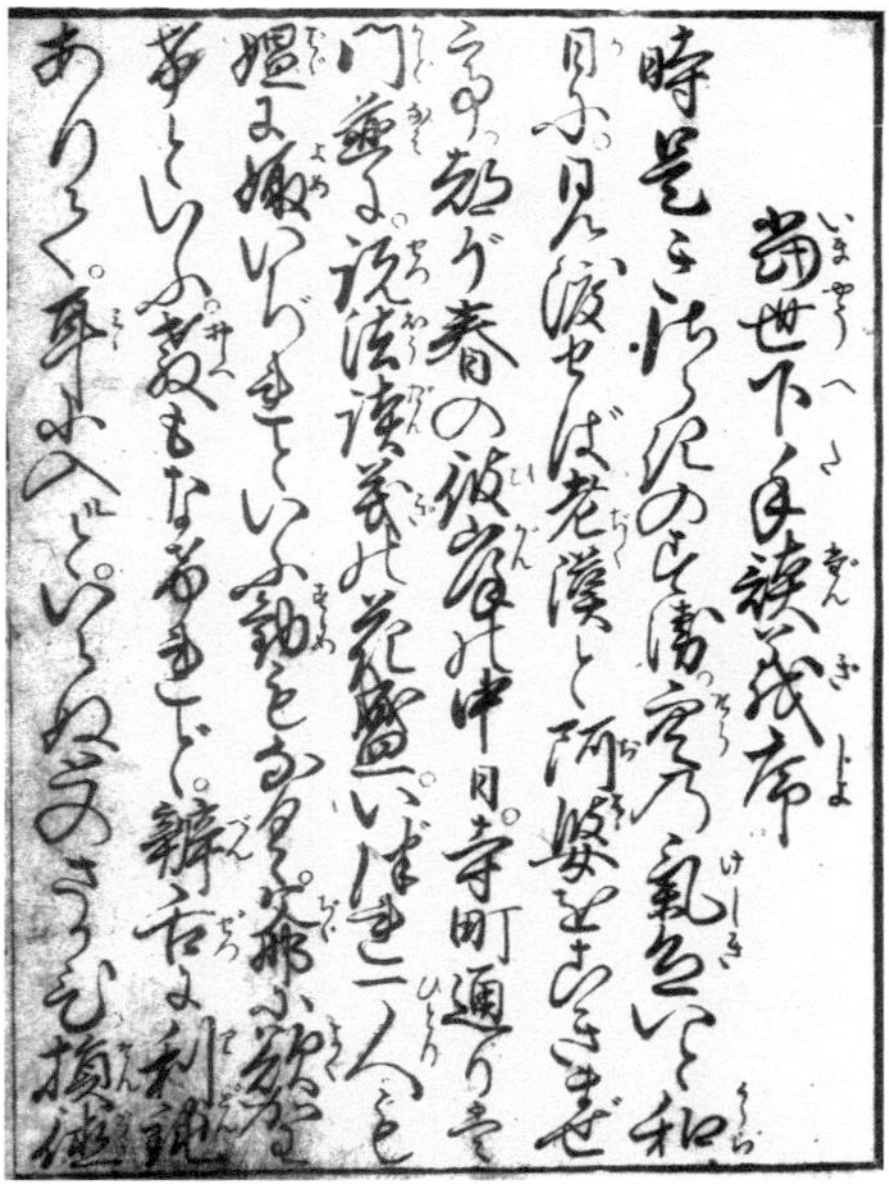

序一・一〇七①〜一〇七④

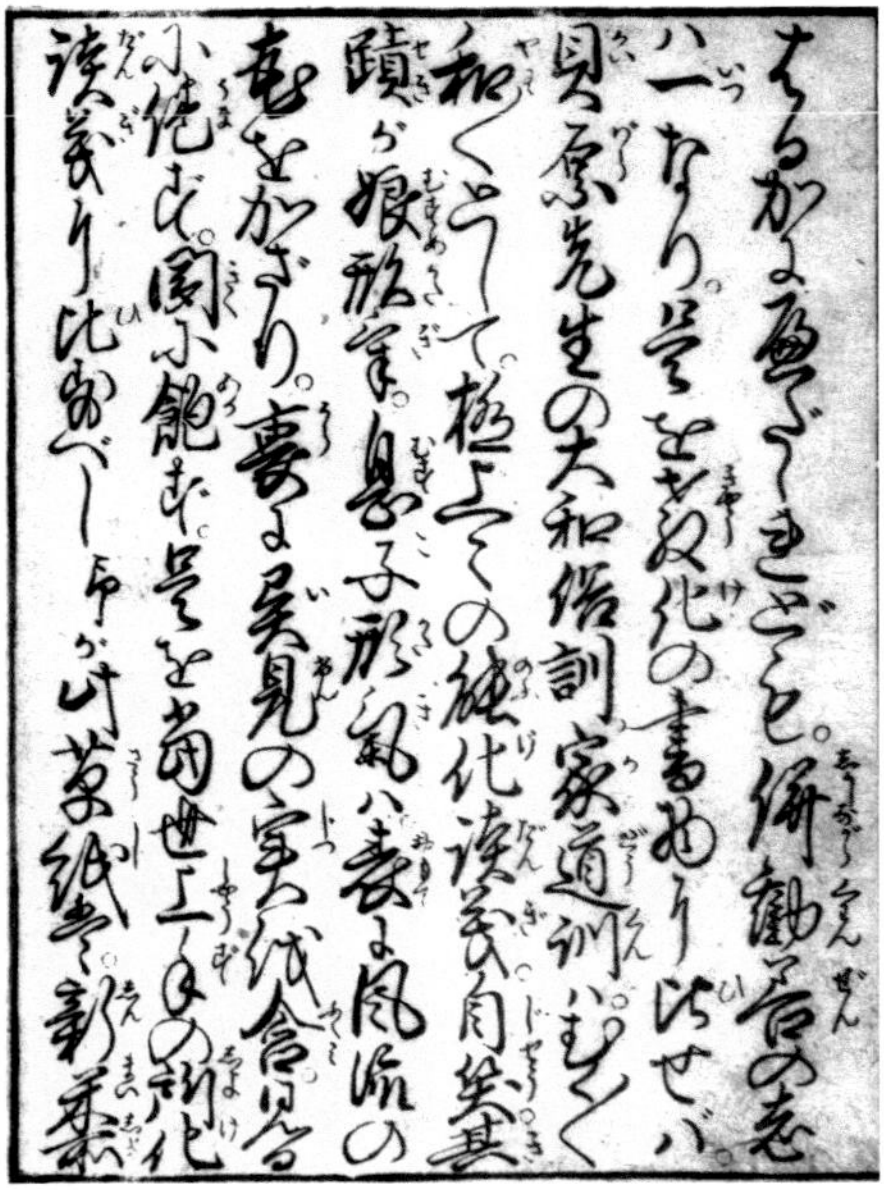

二

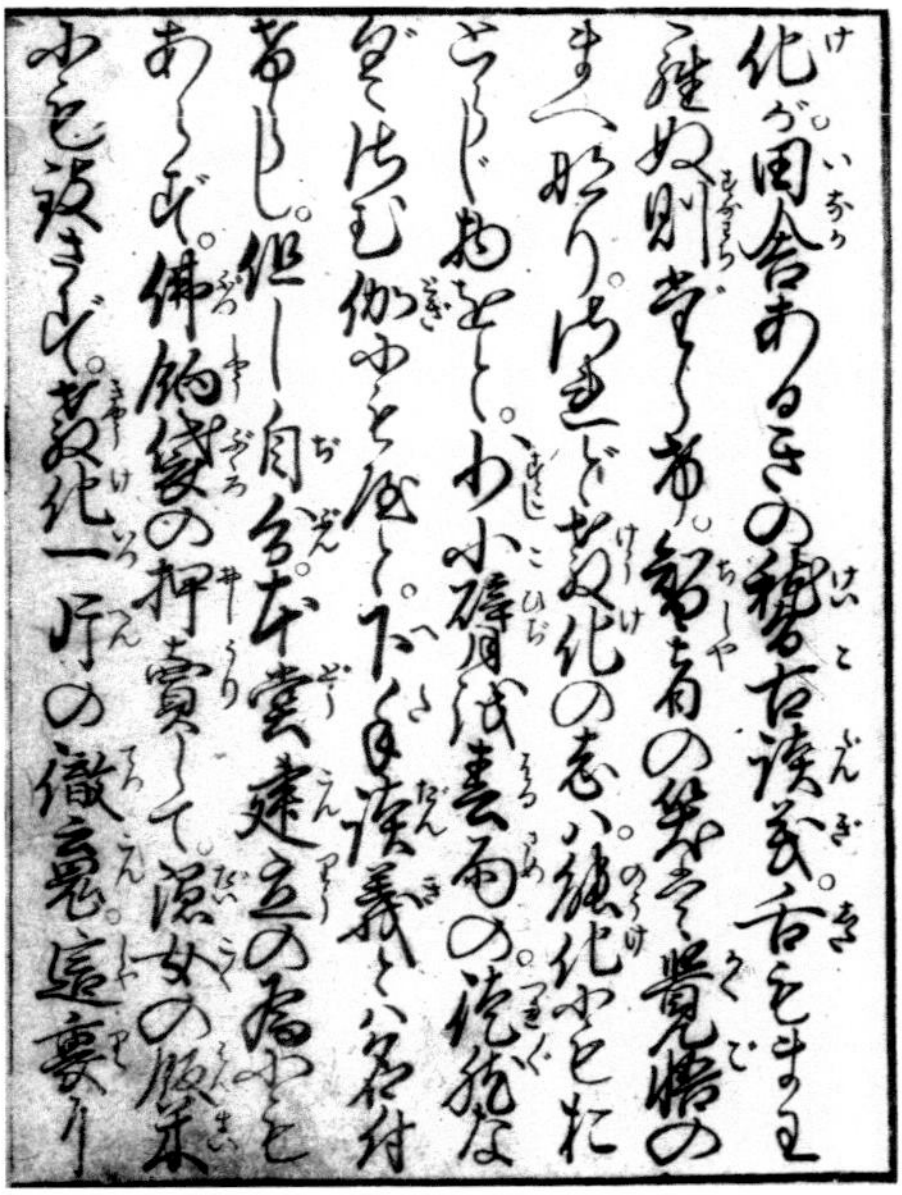

三

序二・一〇七④〜一〇七⑧
序三・一〇七⑧〜一〇七⑪

かり絵とも絵むの中ゑより、なゑが
川流の数珠そもそも捨るや、皆ば焼
小さな寂しく開闢君の磬石ハチンチン

洛陽沙弥
静観房好阿書

当世下手談義惣目録

当世下手談義巻一

洛陽沙弥 静観房好阿述

○工藤祐経が幽霊芝居へ言伝せし事

万葉の仙覚が注に、上古ハ足柄清見が横走して足柄山より出て富士の裾野を通りて清見が関へ出る径ありし。横走関ハ富士と足高山の間にありし、此道を横走しといふ。今の清見が磯を通りて田子の浦に出るハ中古の事也。されバいにしへハ富士の裾野を京都より東へ往来するに過しゆへ、撫子と云秋の嵐に東海道の駅路衣、横走に破損して往来の旅人も絶し、富士の裾野ハいとゞ淋しく、通りがふ貴賤もなく、絶果て不自由三昧なりしに、京の小野篁ら

序四・一〇七⑪〜一〇八①
目一・一〇九
目二・一〇九
一・一一〇①〜一一〇⑥

乃ち三沢様の辻子ふ衍生雲馬やとて。菊白冠附の兵着が
かゝつ歴くの宗匠等ゟ。同八分ふ兜巾し大阪を八丈字端て
ある児日若夫ふ一く横平なる男縫ひの羌年の肴ハ大坂屋
三太郎が座にて夜因縁乃庵と云ひ。いけ汝羌瓦版なりしが。
目らふらしるく配り賢がの悲しく藏せを任ふて絶ふ馬役に
なり下を招く八逆ひ出の大鞍も来て舎せし二一代薛大夜度
次ら云肥後の立役江戸よりして浜羽の大芸ふ座也なく出
ら迎ひ。高金の実有て。楽屋ゟ権加せの同て六度立移る
させ中風の施関と申せし所夏元大ふ嫂の大切なる立ち候ふ摘
備させ来る菜膝のかまへ。云ハ江戸道化ハ養老のせり役を候

ふ。実事仕の所めりで。さめ付けまい。芸風くと芸形を出して。
夫より荒事長袴とは成りしが。芸も世ゟ上手が出来て。
今ハ鍛冶屋の三荒文字附さへもて来るぜんさ
もなくあ児も果けて候なく八流ふ似て移れて死るん令。
あんぼうか故の仕合。悉く小緑高なるバ江戸へ下
境町木挽町ふ座ゟ撲の役者衆もあまくあるハ何を教へて。
又馬役を勤むべし。捕縄氏ふ座のさいなきハ残っておる
せなる事もなく。近世で浪群もなし。気づかすは信濃掃
ミ奴衆犬座衆なゞり。これなもまで寝て居申まいバ安しと。
首尾能り是で。嫌しきふ江戸へ帰り思へバ馬の姪奴

[一]二・一〇⑥～一一⑤
[一]三・一一⑤～一一⑪

〔一〕六

けとハ、我児のよふじやと一人りかうしく。さるく此冨士の裾
野へ来り。おくまを見まれバあふ小笠へし。人穴と見へてぐう
そ暗き洞あり。これのこそ建仁三年。仁田の四郎。頼家公の命を乃
上意によつて此洞の内へ入し処さりさハ。やくたいなせんさく。
身よく此内よへ。地獄の体皆被合、役業の有様を見さがし
給ふとバ。ぞそて武士の方ぶさせる有とも、なるべうだ。洞中の
湿気にたまり。毒蛇悪虫なんど示節で毒気に深て、続ひ有
バあふらく武士さち。ちやくむちやしして仕出ふへし。やうとも、捨
も面へ皆じやと。独はぶ座く、袖の下より、早そうりし人体
紙挟袋の体。茶字乃上下黒小袖お座に亦丸の五所紋付る

〔一〕六・一一一⑪～一一二⑥
〔一〕七・一一二⑥～一一三④

七

羽織さんに立ふさがり。ちと私に咨来あり。待て窺られ
よ。我ぶ拙ハ凡り遮るをぎ御してハ、いんぎん会釈出立。扇袋の
幅の世話ひが。古風者ぐらいふも可見たがお風は羽の歴
くしけれ共バ、兼候れさへ違ざ。示浪人と見れ共バ、肌に
白無垢を着より。大山の御源氏、被箱に手そぐ来る故。何
ゐもせよ。めんぐろ、有身へと。不審ながらも腰を座りて、殿へ会釈
うむ雨具ももち、夏蔵旅一足とも持ちなふしたせけバ、私ハ右用
で江戸へ参る者。故ぐ未だ擇路の破挟ふ捕ゆると遠か洩
雑談お出り合致し。目数積りバ足も肉迫むの印慕、
行時もちよふ余りし。まご江戸り、噺り、旅人ぐ来たえ

八

袖ぬ。忠臣あらバ、御付られんと思し召ぐ、中ふ御さる也。袖を以
ろくそて親ろし、今日ろ命を、むぐハ道理なりと、外の者
ふ敷せて、洞のあちぬ旗。侍が教そがめて、只是非なくめてまた
取だ動り取。夜ハあまり嵩ちる動き、いざ此方へとや々
そる也。進とる化でハ、なさそふ拙が表郷奴でもすめおと
てし。世ハせぬらし。親の敵役柳さへ在せして、足も動からつき。
歯の根もおすにて。ゐかく動ひて。庵世ともバ、後手鉄砲ふ
親つゐふ挑も座るそし、なおぐち乃ごも満合し。はふなて洞
穴乃足つきを以。滑なるいき、冷汗勝けて、探る手、引出し。
雑突のうじうハ、さセさうで。一旦様でさうしつぎう替へ体。

〔一〕八・一一三④～一一三⑪
〔一〕九・一一三⑪～一一四②

九

おん人和よりい座しとも。御極の懐中好としてへて留る
せてる白旺ふ銭当とれ候へ取。是ハ結構あおさんこうれ。
よいうほりで出合りまゆと。柳さふ路前をも、ハ自腹の手
速吸付てさし出し、瞳りよう。ふハ南いがちと呑で、反氣へ雇
麦で寐こ寝びながら、右よりぐうふ去さ来でハ。丈一へ入
の集なんと。火口で呑もよい起じややし。会釈むもちよ
体い座挨なめ、柳きあおにて、火縄で呑ぐすれ
好物いうふも火縄もよいあじや。ぐ芝居の地唐ぐ抄ひ出
さまて出し。詮しく洞をあうくしとこ、いをバ、是ハけう
ぐなお出ありさ、毎芝居の事を思ひて。出雲淡の挿絵

しし。延駒数金ぶよ喰ひし知る不審。大くまん川それさ
此所の下向ハ晩町本挽町の役者中間ま。むかけての事
よ。いづれも兵船で出ありまえが。ゆきへハまん川どくして。私かな
の内を出そんげで出合かれかし。いよく気遣するが無ハ。
後打後へ不審ふ思ひ居る者。心経廻るしは。彼ハ是立底
在家の祇燈が豊嘉。不しく此祇堂に止り。我不存の祖
を語り得つんし。お詣しとへとも。此地今ハ陸奥の驛路ふ
残るのハ茂仙。へもあらべ。おかりひとのつぶんよ人がをとをし。安
女房の出家より。やりひろ多く旅人の陸奥路を通ひども
素人で出ら出来。此来次一座。江戸の芝居の役者方近在

一一

ふ座て居らいふ知し。去中の歌舎を立の奈らむ度想ドて
芝居を知らゑく後らんら。江戸の芝居ハ昔より表役者ふは
此方鳥が居る。三寸の小見をも万紙く表迄で飛ま。太夫乃
風俗。通ひらふ顔向して。手を尽し出る役者で出郎
の事ハ。一向ち年ち江。おてら仕云とむかふして。月一ぱよひ
たのし頃に出る役ふ町中の老若。浜毛のいそがしむ最中
赤綱ざま。所々ふ高咲と役割のあくれば。動三の十郎ハ
七三ざ。パテ。つかもせへ。今川で出来ると。梭で同じ寄ちいと
まま江元気。後氏ハせらさふてりく。祝もせ出抜。妹ふむ表
やしふ黒ミリて仕見ふ役。見物の気が万紙ふ凝るさまつ

㊀一〇・一一四②〜一一四⑨
㊀一一・一一四⑨〜一一四⑯

て飛ま云ふ。惣役者。其座紋其紋座ふ出る迄凡何千何
百人か。多く紋の数で渡世いたす故。毎年六月十八日ある紋ぎやく
て。吹寸の畫ふ供物神酒を備へ。其日ハ見物ふ法楽ふ見
せる事。毎年すべし。先ふ祇燈ふ塔い茶の一。ふくぼふ宿せ
それさの事ハ。しやが五十先己が痛めしてたんぶ立ハ。うれ
あ事。衣用ひ候国ゟして。一生をおくるそぢ兄弟が本・衣也
坊ん弟ハ。おもたい。とし。娘分己が分入して。うす立て座敷
夜口ん弟が名ハ。富士乃高嶺と覚じく。今ふ海両理も
前波の。元しせとなり立鏡るふ我分ハ富士の事ハ於て
宝永山程も有く。悪者ハそれ程く。不心の役人ハかし。守

一二

座の大江も神道者ハ。むいきし。座頭らの役でハ。極楽もかめら
秋くふ報も出しき。八幡が用の三條り所く。手紺前ふ替る
まるし。其上座でもまた。じバ此祇燈を酒分下仕ふ住らふ
て一家の万紙敷楽を附むる。ヤイ。祇園りやし。丈人居ふある迄
きせら娘。あまり。ゆへたむむこいハ仕方。見物の武家ふぱなを
らせくとをてくぐし。く妾桃乃晴るるとを。此紙本ゑふ
るかいしま。此前市村座で。坂東彦三郎が名乗るやて。娘家
敷藤治ハ。どふしく取さるで知らい。ざし。せり娘ゑらが座の出
ふ徹して。妹しくりし。其後至物の座で。義女ら勤しが
終ふ。坂東が名を乗る事の跡。宝ふ。坂東が絶間一時

㊀一二・一一四⑯〜一一五⑦
㊀一三・一一五⑦〜一一五⑭

一三

日一四

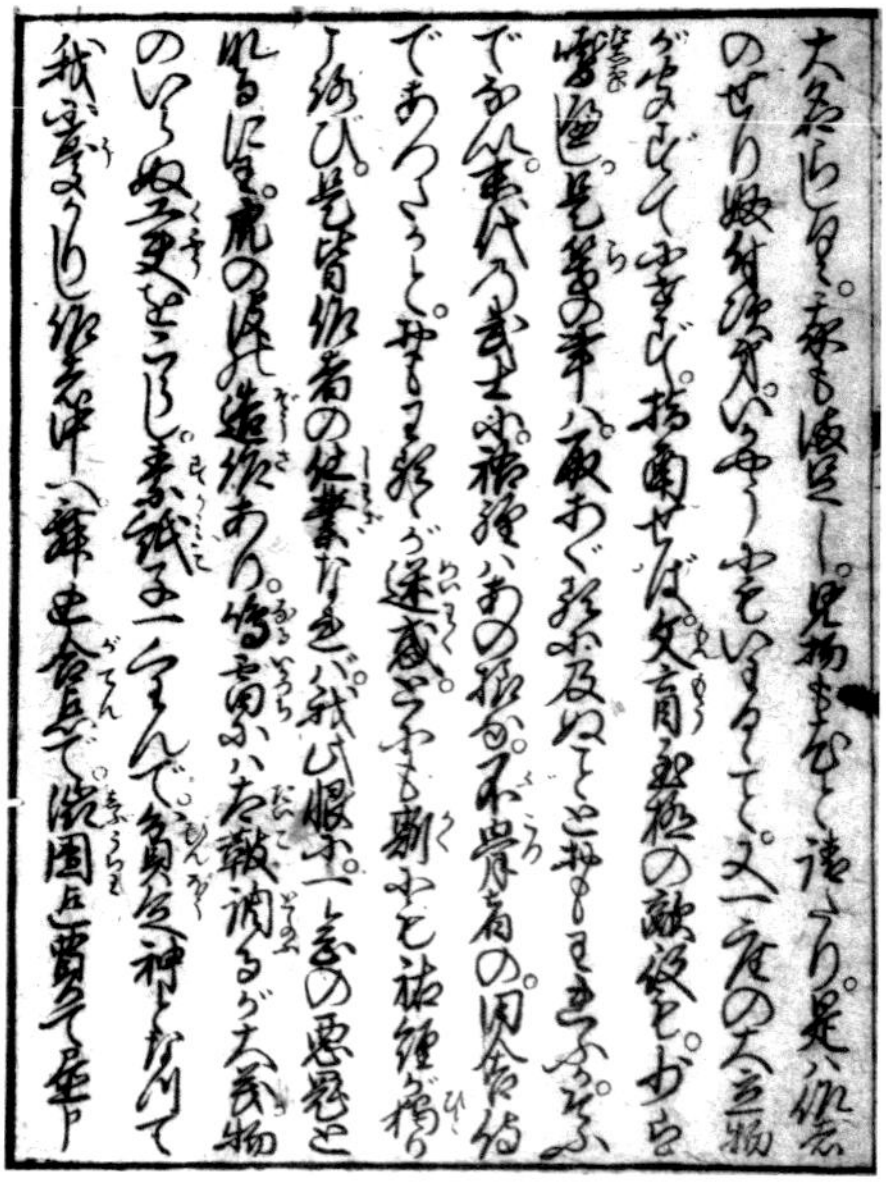

日一四・一一五⑭～一一六⑤
日一五・一一六⑤～一一六⑬

一五

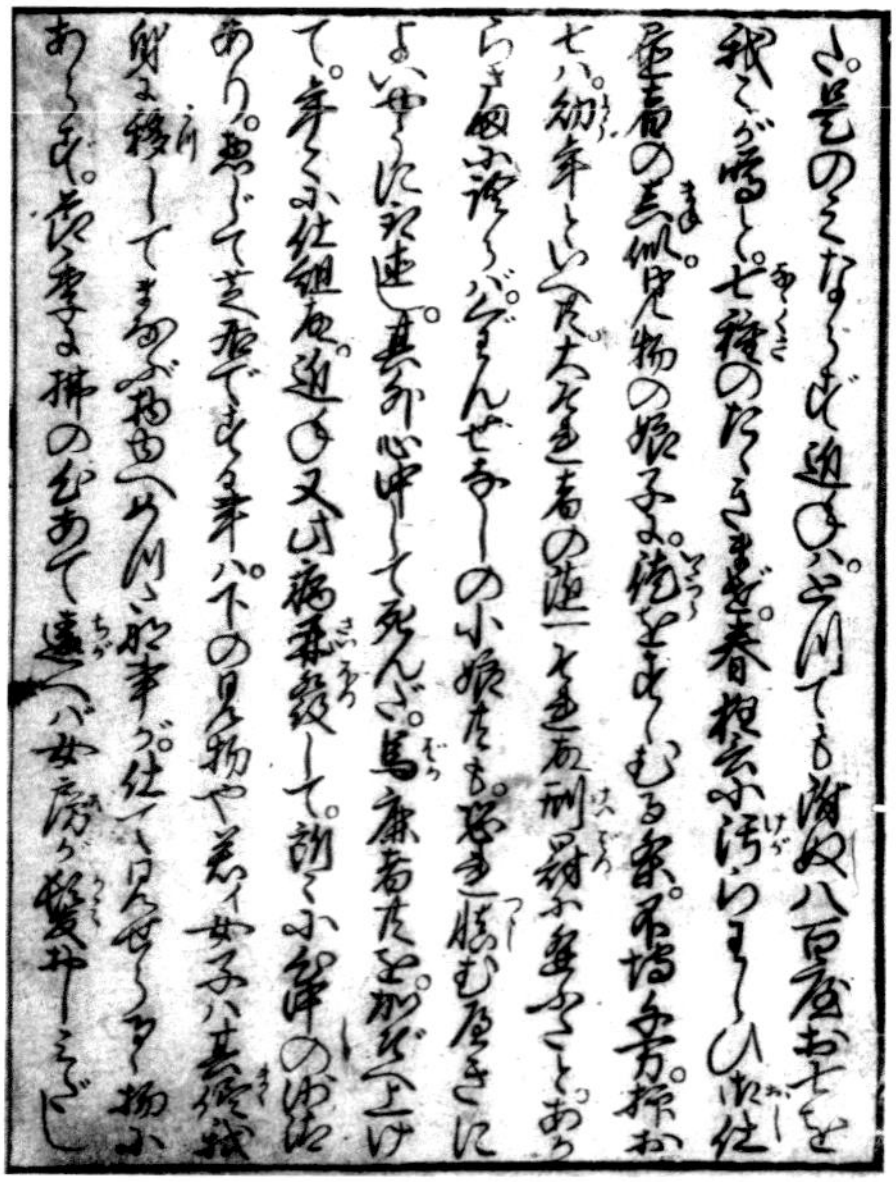

日一六・一一六⑬～一一七④
日一七・一一七④～一一七⑪

一六

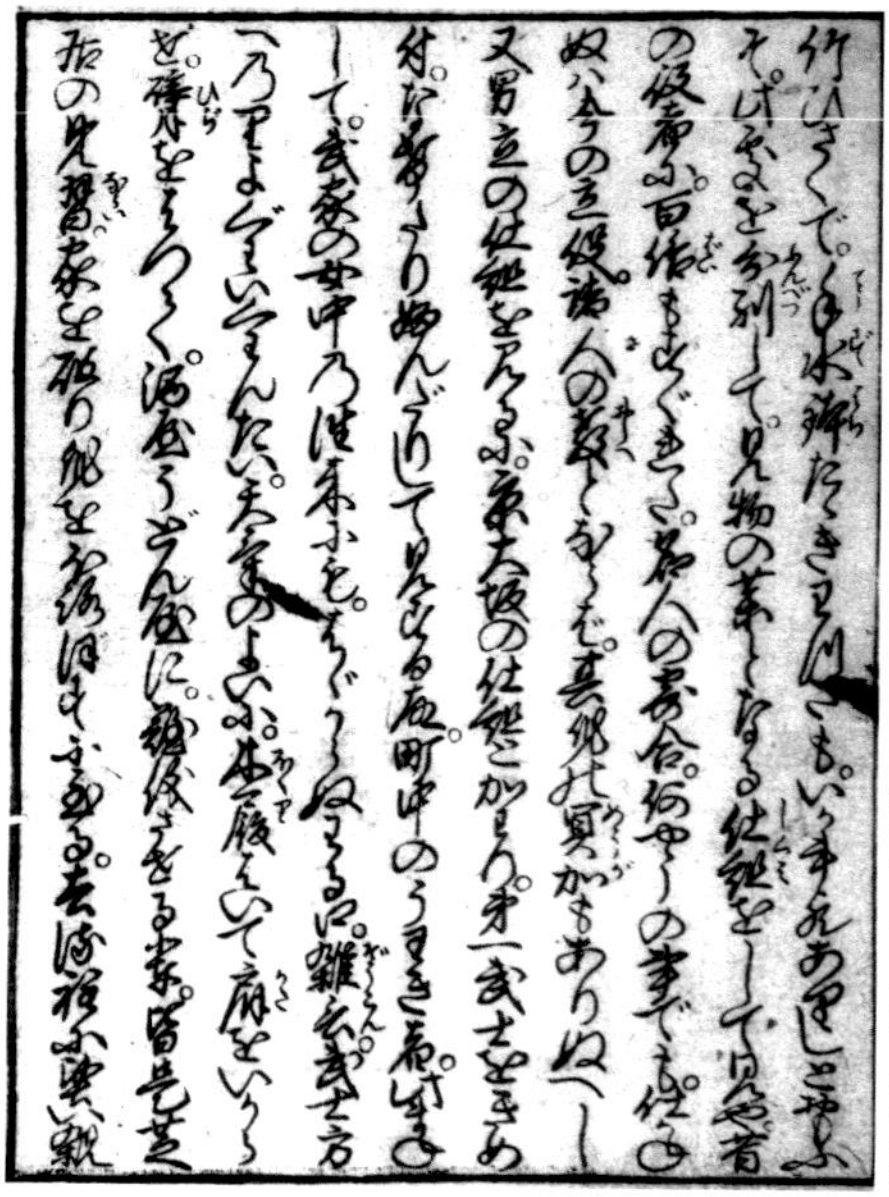

一七

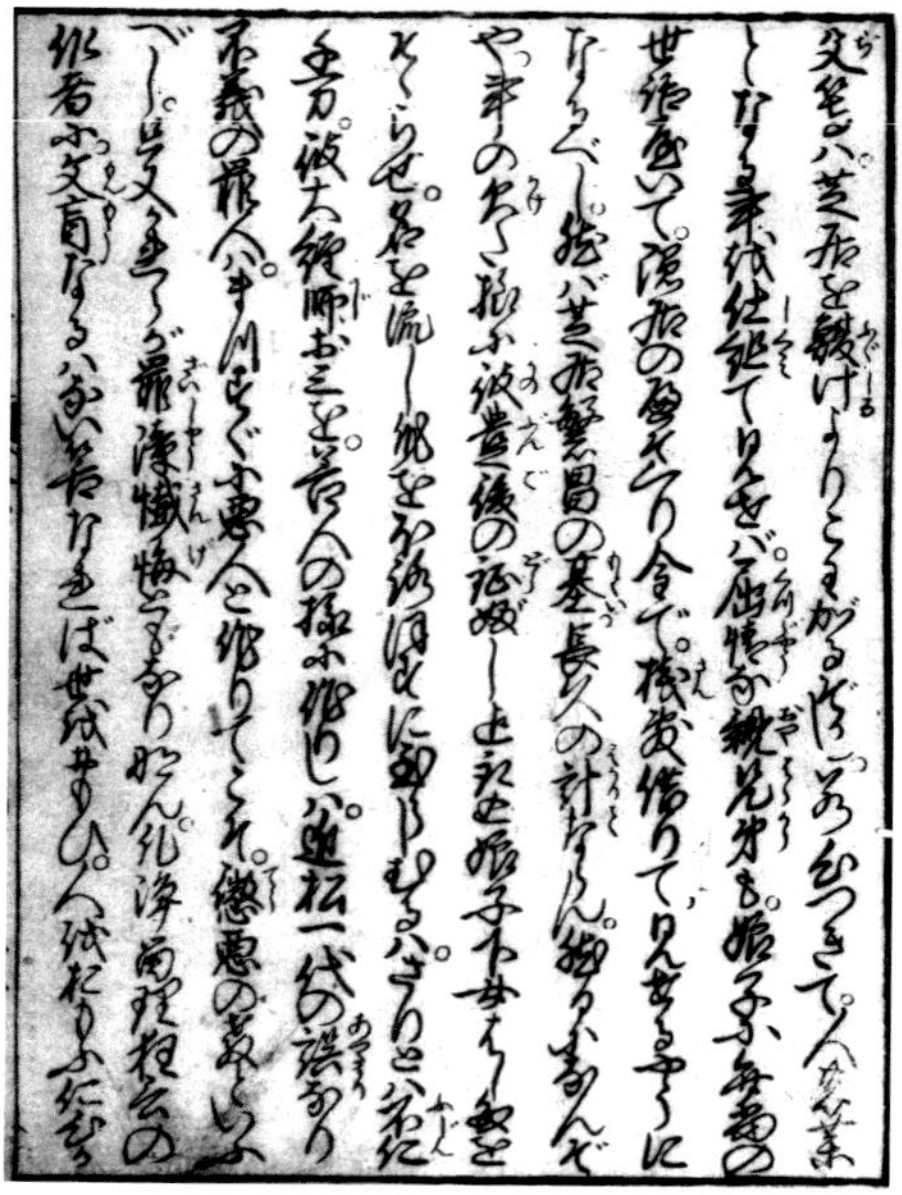

一八

一九

らぬ事ハ天理をしるのまゝなれバ。かならでん人の害をなさんや。凡仏の害
ふかなる事ぞ。入りさへせねバよし。ならがみつかぬハ。五道三藐の芝居でも合
かまひなし。大口いふておしもお前釈迦の釈尊も。迦葉あるまま
しき事成り。又男立も大坂の黒舟の梅が男は。いきじ張て勇
くしいふぶんの男立らしく。花相撲は。てもおんなまず方も
ありなん。今のハ当世風の男立も見るまじく。つり着ハそれぞれであろう
さ浪披勘三が月並の切相撲。今は能山暁傑といふ名題で芝
中湾勘左衛門が再来小八郎衛門といふ男立の仕組ての悪対と
申しハ皆まいすで。皇の男建なりし成ハバ宝永年中の夏ふ
て今ハ着しなりぬ此の役を続くさいとしてが年の馬庸をや

二〇

浪夫の服人へ。放大の大服人へ。をおかしく派おかしくれば。ゆくろ
ようねばに続く。紛済ていたります事ハ。あしからがらけれた
らぬといふ人もあるべし。それハ世なれも人を害せぬ人の口
無世なり。千丈の堤が蟻の穴から崩れて。泉は流れ大水
となるしく此も知るたゞへ此のまゝばかり。小事よりも慎み。忠臣
孝子義婦烈女の仕形をして。ゆかせて今まより。が家業をあ
またいふも黙て居れバ。家業の妻を。月両より。治まる
乃調の者を申し。深く心へ。御手川から。ものや分岐の御あはれや。ハ
目夜おもしハおもてたのもしく。此旨家訓を守ってたのもしき
けバ吸がるたちのある嫁しぞ我のみ済くの子孫が

二一

日二〇・一一七⑪～一一八⑥
日二一・一一八⑥～一一九④

三二

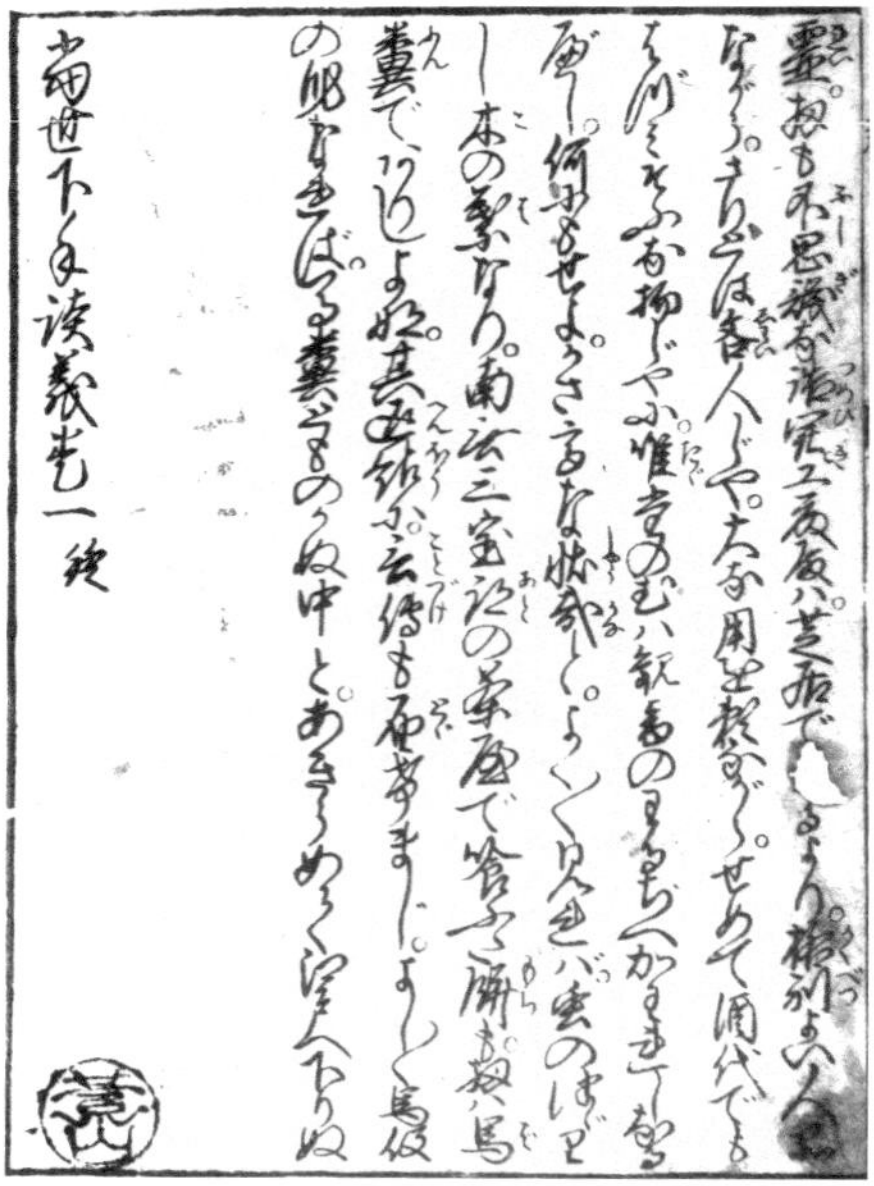
当世下手談義巻之一終

三二・一一九④～一一九⑩

三一

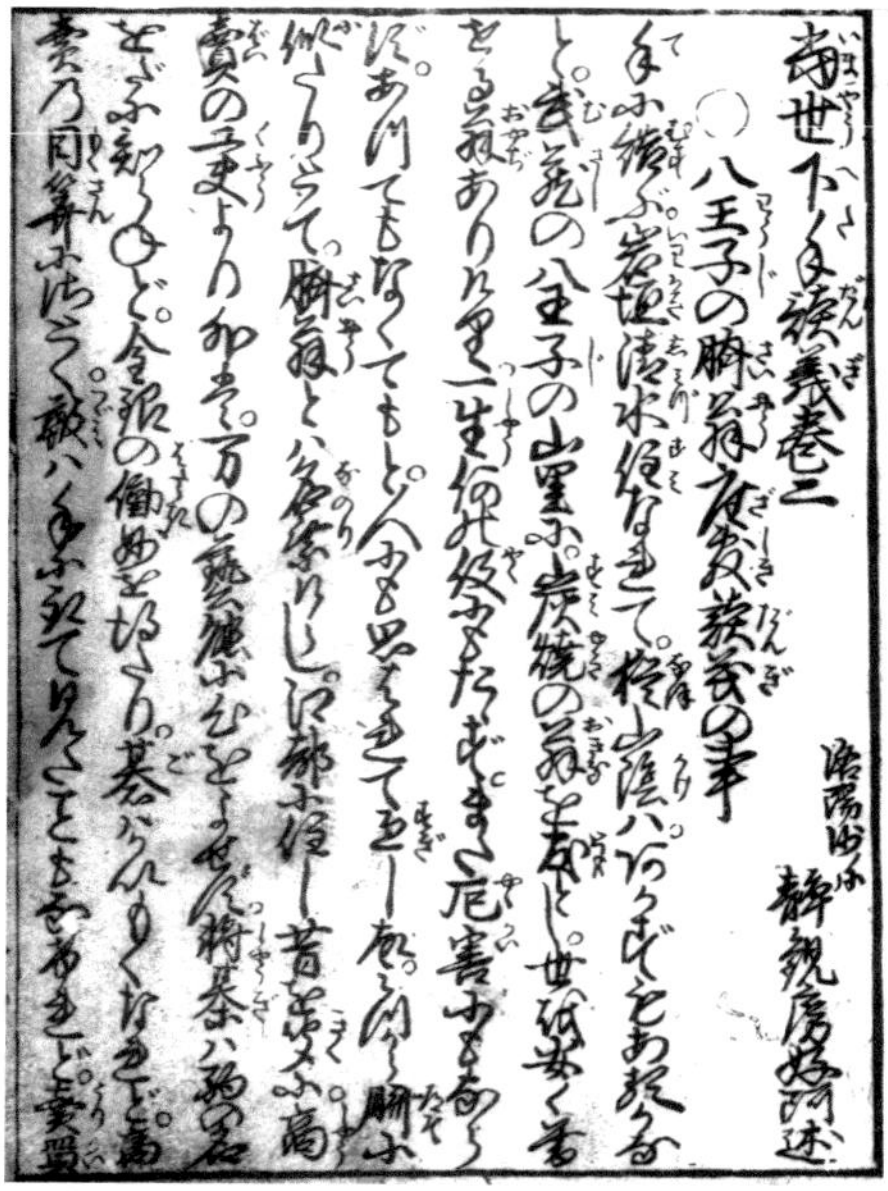
当世下手談義巻二

洛陽散人 静観房好阿述

○八王子の臍翁座敷談義の事

三一・一二〇①～一二〇⑥

の拍子よく仕舞ひてくんの。てんぼれ彼が親から此の産地を
打て通り。茶の湯ハ皮母ちえてゆく。人ごとくに帝まへしと
ふめしまで。人の親かる黄色な奴。澤山ニおきて。男の子八人の金長者丸
長者丸は此親父と。諸人に肩ぬしかゞりまで。前楽を極むる。繁昌
の市中出口ゟ近き里に隠居して。初雅名所の堀とて世を避
楽しむ法。白髪の老木森更に里より。たなか郷二よせ遊び。
尾上の藤乃妻立ちぐる。草創を面白ひ事して其家なしの
さる出しも梯ゟり孫まで其のまたへ其抜ぐる八楼の夜ふ
足く踏伸して隠れ梯屋を延と旅むる家路の楽する嶺の桜咲に
ろ。凡ぞ白ふまへ乃女たちりひがわなく柴の戸おし明

るかもる人言。此なるかんと。此ぞく茶釜の下さしくべすゞし。
のぞきて見ゑば。此子の息子孫へをせざ八人連の見舞さ給
くしく遠入て。釜の前に指向ひ。だらしく何と此のふてそちら立
ハ一同におだ寿川ぐそとし文帰をふふ不寝顔出てふ八直衣。
いつもしく面くよそむり来りて何とふゝんむつましうぬ座ゟ
ふもだほしめきまんかと。見事の心はゐね。実ふ家と皆々ゟ合。
そくも八何事も此通りまさるひ連て来る給ぬと次男の言葉
能が数此の服ざし。法則よりもう此よふ親に知らこ。家の世
乃いそがしひ中ふ気が付て。見身氷菓のありさ夜もを年寄庄
ふ見へせめる其孝な満足く。いつまて今まで八人ハ八ケ所の住所。

二一・一二一〇⑥～一二一一④
二三・一二一一④～一二一一⑫

はやく打遊て霞るもまるまでの極。隠く是を若えふおせ家弁
まも乙衣ハお焼の乳の夢中の秘藏まちいとの名乗りぬうら
よ。そてゝいふ老人まで。ひくまくのある人何ぞりて寄し知んが。
宵也ハ皆それぞれ身のそうりもの誠ふ此子人乃絶さ膝ふ何う
跡しとおくりのべさ。此と此ハ禅定がし。井てま人安ふ説法して傳
まべし。寛ハ祇山大宮寺の近家で開山牛弁上人の説
法式要をとりんじ。談義の説やうし合点でおじやるく此燈を
まふさる家なし。ただく此道の緒端にさせるの柄香炉。こゝまでも今
背のちそうとおすひ。あそまさく好まる聴けあらさせやれば釋をる
金口の説法も。此時へ金銀の別あり。たとへバそちたちに此子の八人八。

たとへ腹からぬ一腹一生富此毘首羯磨が御作。それ程の悟く
の胎内くしく出まで。面く家職よ経和よ接お。家督出ぬかめ
て。八人八家ふわかきより此所の纏師ハ。今ぞ志を継で跡ぞと名付
置てゐる。商賣がつきさ其座で。公祖が縁あればば稱家ふ
をはへ。屋しいさまぬ次男の旅乾ハ竹本を御続して養父母
への孝心ゆかれ此子ふ有老の継と。他人ともわめるゆゑきふ家へ
八年よう夜ぐのよふ毎て。家業第一ふ揺めし見返一向一心の
神まへむさ振ぐくじげなく。お娘うら前。父の世済みよ家ふ段酒宴
振舞で一度坊の遠慮なまで。今ふ御勝手よまでうたかる。三男
の三人も大儀。よまも八んとよ酒が座まぬか御あ見身でかりかいう飲えせ

二四・一二一一⑫～一二一二④
二五・一二一二④～一二一二⑬

八

七

じつ入ぬ所に念仏為情張をたて。宗旨は日蓮宗。御家流の尊
次郎ハ牛川いで器用者大師流の筆道を学び。今では阿字
を座右にかゝげ。真言秘密に理窟者じやと。
世間の批判濃次郎の弟七ハ物ずきぞ文言うつた所また
男らしく。ただよりハ御幸道実相の天台宗ニ日蓮
舎那の小判を好むべ。うつりに黄金の紙をかゝげ。第一年ニ千葉の
備しく嵯峨及し。故聖日之庵方寸一度の内稿六度目の六次郎ハ。
天性耳奇ぶりまきと紙に八枚も荼毘の面紙と脇付
をも御一枚記請く足も子祭の数字ずあり。絵勝一斤の塩
宗嶋西の奥比水者百姓を公まで御所さハ半二の三才にた

九

いもない事ハ紙絵して魔法の内しら炎窮の辛苦させし。父甚ぶ能。
後悔の内までさ夜目も寝られず。兄共のちりぐで晩く絶たり。今
ハ菩為でなし。嫁取るさ大万性とハいすれらが宝を承天の
御恵さ。七度目の七次郎ハ家業をせず。ひたすら弘法年中旅がち
で夢せば宗旨も様ゆ流の時宗ハ出入座敷も町の諸々たく。九千万
新受宗大悟目ハ楽く。乙名ハおぶ年頼。然れば世俗はなれて説上一
を唱め称ぶ。宗旨も家業もまうるまへさハりぶ叱宗ハ浪人
の日蓮様もゆを遊付。取合者もしの縁術めと益談好物
乃武藝も繁昌。町人の弟子仏ぶなき大服檀商人ヘ世を見つ○夜と
まるハ男女の如く。表野家春の大折とあるがき絵顆秀属絵ハ

□八・一二二⑬〜一二三⑮
□九・一二三⑮〜一二四⑨

二一〇

二一一

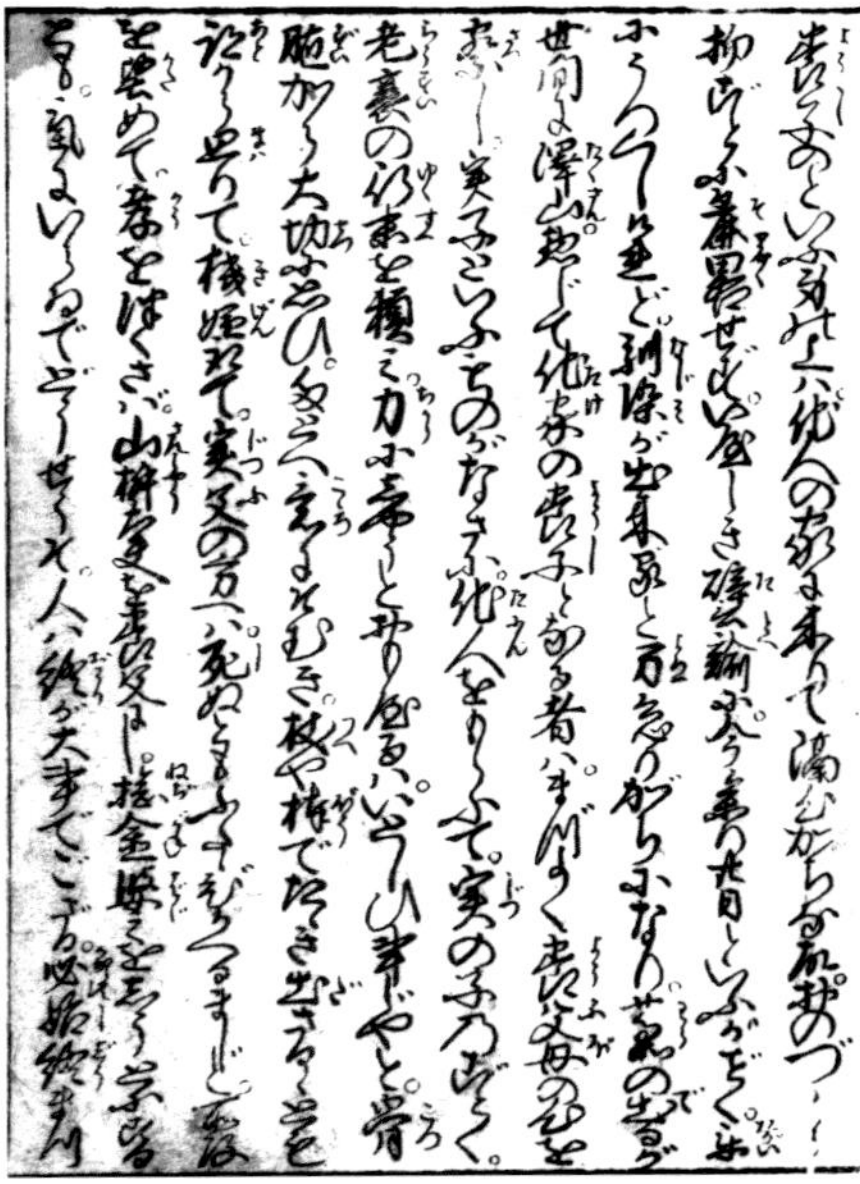

二一〇・一二二四⑨〜一二二五③
二一一・一二二五③〜一二二五⑪

二一二

二一三

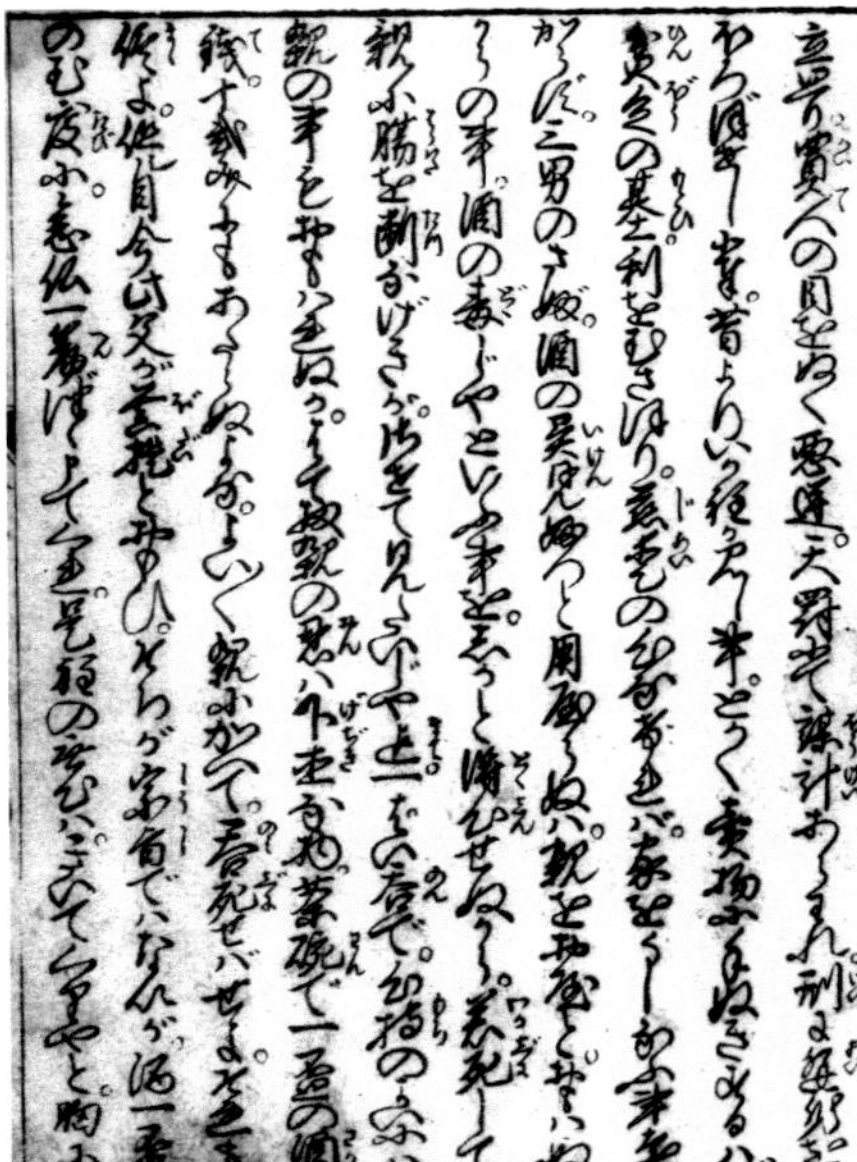

二一二・一二二五⑪〜一二二六③
二一三・一二二六③〜一二二六⑪

二一四

こゝなる親仁が云。三郎兵衛ましうむき酒飲して取付しが中あり
て。元来好みつく酒を止て。一生中風麻痺を煩へ、ましてや親の事ハ、云ずも角も
きやが。酒のむ所にて念仏をふせし八、命をむすふ極楽の極楽ぞして死んでハ。
世間の愚人、狂言の冷酒を呑げおどらもきゝある娘婦、まだ仏へ酒
呑んあるハ。老父母に酒付もし、忽親父が孫に成て、一生下戸となり
断し。酒を禁ずる論を朝夕熟読して、後悔の眼に涙を白眼ぬ。
口養の孝にさなく、万ならずさようで。人子もみん身一度くはは
金着に無盤もよふにはや親給もかなとてはやと他人の様失が
親父の気はなる人は安く揚らまて自身の心へ出ぬ者ハまだ取り
よく諸る者ハ、藤様おゝく者ハ溺るるてあくまうる不調法な者ハ

〔二〕一四・一二六⑪〜一二七④
〔三〕一五・一二七④〜一二七⑫

一五

あきらの事成く。憂いたんが秋ち出で勉をよく不孫に必諺変へ気周年く
て。味増己中をあがあめさる故。人中で理窟いうて必ぼくまだ身一
所はおハ平日のほくがアリてるで。町人でお主事の分上が夜を纔紀
人に対して八同名くおい夜るがわきも親仁がごりてこりして。いひて
のりハいたしぞるめゝ宝ハ酒同座にかまぎまる人のさうぬ事で八。
ころさ成が着成が真実で修行のふござる。父母にして父母を養ふが聖
人じやとて云物をもあるで八あれが。あらその町人八町人の身いがよりふど
中る武士の事ハ古風おこ八本事がよがず。高人の学問ハ史記も左伝も
入まうさぬ。来林敬の町人義田氏の通加訓蒙井蘭叔の和漢名
言録。商人夜話州家内用心記。抔を置て家業の心さ一読が

一六

ゝ。此たぐひの俵名本近に沢山ある。此俵名本でさへ見て
合点ゆかぬよ云。皮町人の分上ふ付さかぬ事ハ入ず。さぬ故に仮名の
抄物も取扱に候ハ。ふるうやすゝや。人の云事申状の縁拝をまかす目
安作るの新數に深入り身を知らぬやう。見へ抄書ぞかしるかが取り
世中の人ハ身みごの松平とごいまし身かるる勿廉と用らるが禍
の端ぞなる。べし慎むべし。纔わる事ハ親を泥にれ。一生身をを全
てたもるがまへのいろ孝行身をを損ほし家をうしなへバいま皆くへ
今。去中に智慧出して、たりとても不孝の罪ハのがれぬ。是兵の書
本が議めても親に苦をかけて八。何らまの皮抜も皆成は立られ。
それにハ引して耳たぶに不ぐがくきをおん何分浪人の貴賓者意

〔二〕一六・一二七⑫〜一二八④
〔三〕一七・一二八⑤〜一二八⑬

一七

皮数十余。長者二代なし。といふで。三代目の家督言より續いて
の繁昌町人ハ。あいおかる事なく。末代相しるが。主で本くの家業の委より
来あまさくなるべし。皮が相續のおわる業家をも慎むまで、家をも地
代店賃を取さの事作くに其を以ハ利益の人を用る事やのてさうひ
ざや。次第式一座んで以て八おしくて、さ法度の有を宜く無く。此
の外ぶ其十万事急がく。店々を貸すり。書物の外の纔をみ分に兼人
我周世へしいふ地代店賃。取立がらくでも。居たのむ治ぞを経
て、地主の繁盛もゝく不調法で也保証もしく。其地のある先をも慎み
不ゆきるを身一在にもあきさへ。繁昌の資粉をも末孫に書き、家まで熟と付。
日んくろ千分ぬ抔にして。故を世間並より八只貴へ付せ給まぬ地

二一八

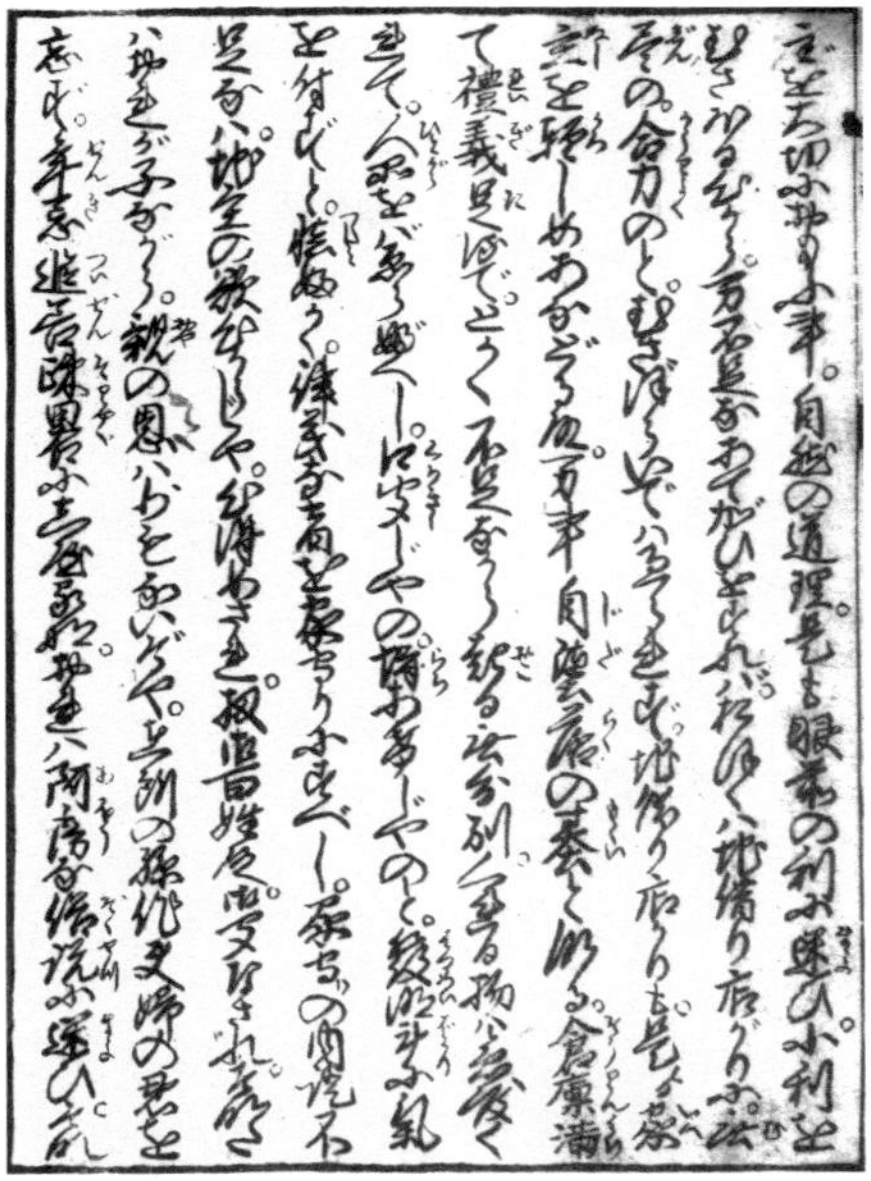

一九

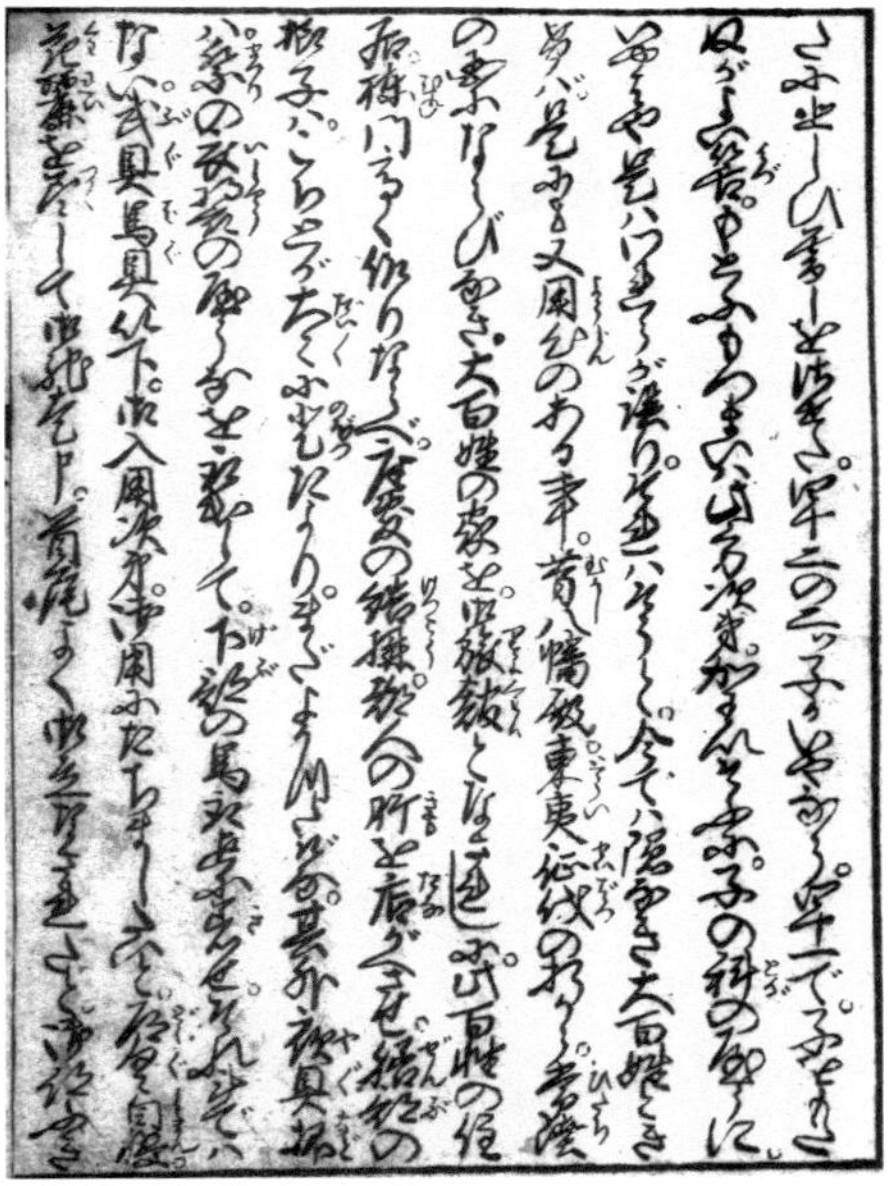

二一八・一二八⑬～一二九⑤
二一九・一二九⑤～一二九⑬

二〇

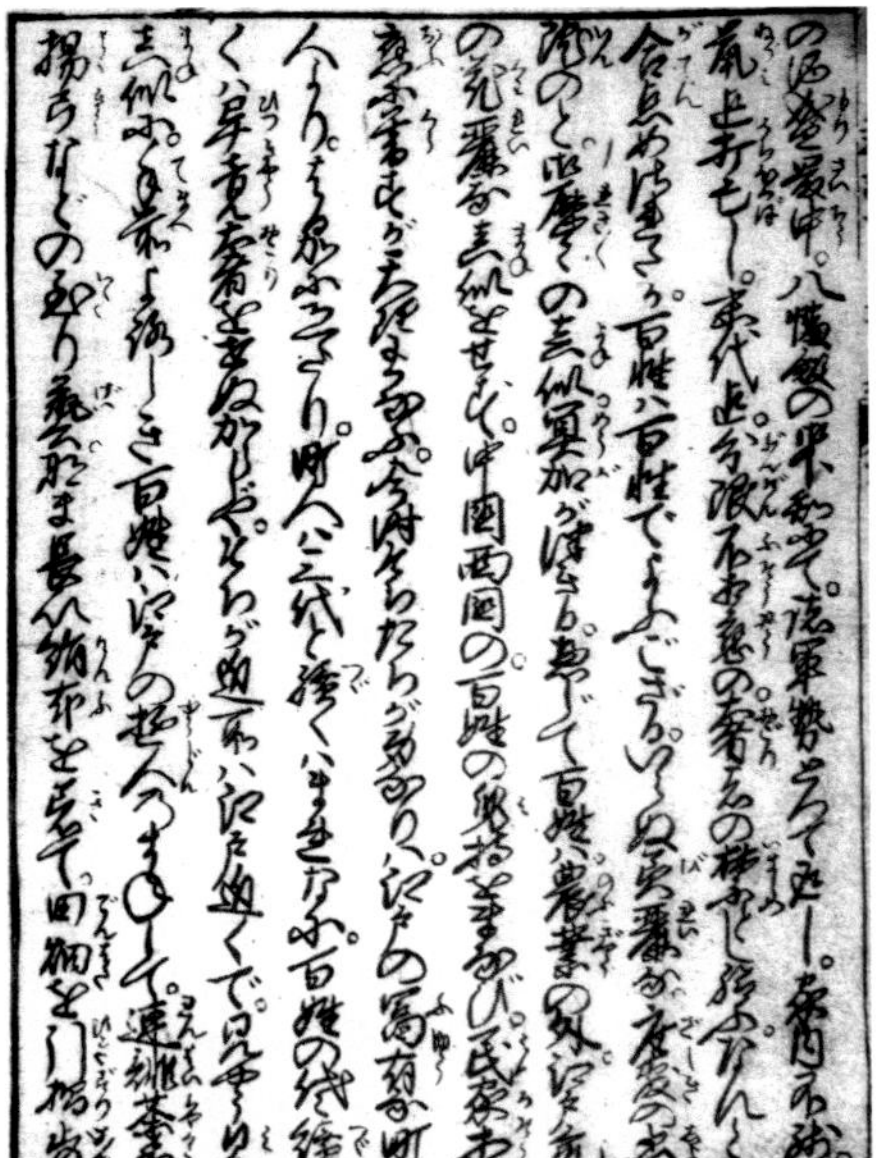

二一

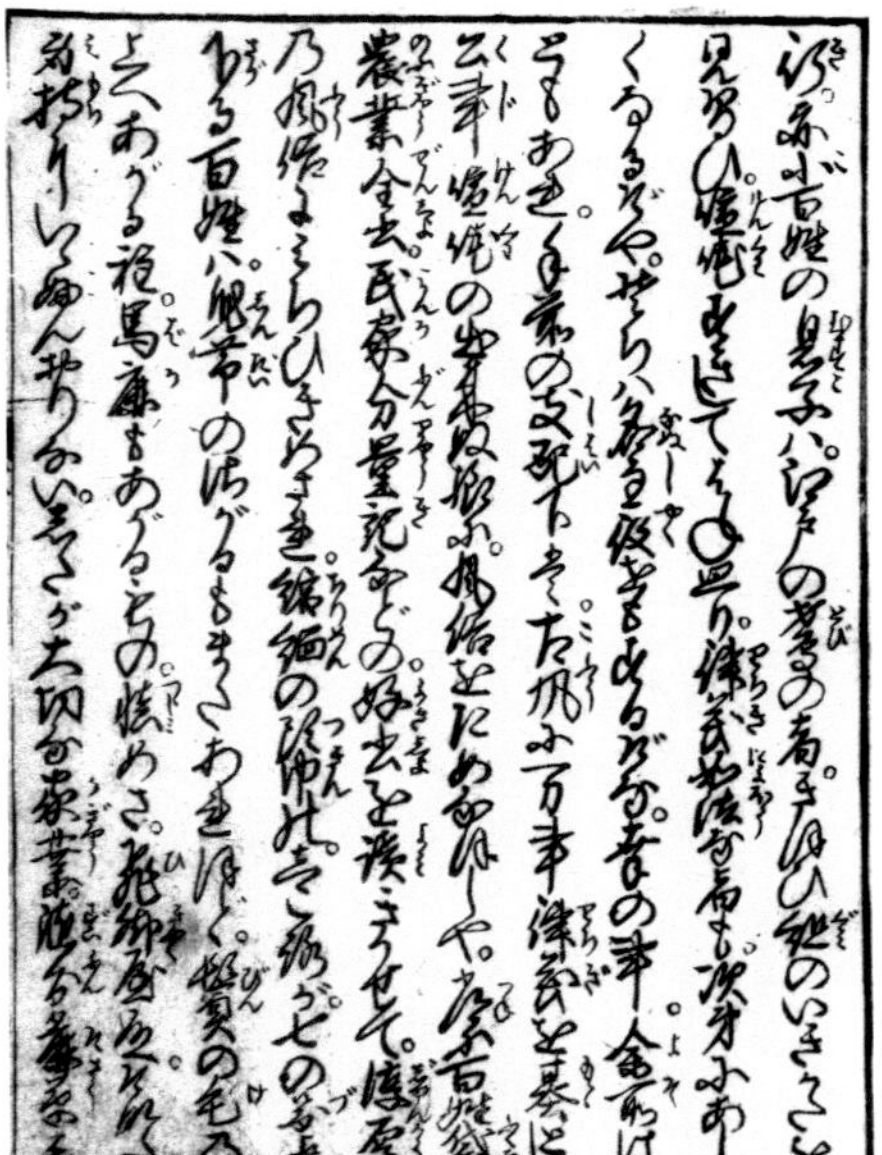

二二〇・一二九⑬～一三〇⑤
二二一・一三〇⑤～一三〇⑫

二二二

めぐる程。繁昌なる大坂の商売の家業をくるしきさかりに悪所にさまよひ出る事
みな代々ふかき付けて。武士方と町人の仕立ちがひあるは
随分此便りにある草履中間中と。裏付衣服は除て。
めんぜんなる挨拶かはさるゝ也。万事おもても町人は町人奴でも
武士の食盗は馬屋になりぬるやまふ町人の世帯苦
労なき乙名が。料理より。ぞろ〱と繁昌する時行ゆゑさぞな
時代くで。御料理の沖まで行ければ。ばなしぬがそれも知らざる。
長老髪黄おいて今の中かの人がよりし。弟子へおまへ続きし
てみせめさるゝ江戸へ。通てし。本物揚もさすがにて見事にいひぬ
町人の綿布。算からか居る。甚大組摺は拵合程の末黄に

二二三

掛て居る也。町人の叉物は。接とく手前の衣類たりへぞ。合せ悪
せよ。町人銀子の出事を稼出てはたらきて。遠で日々よ見る寂
商売が。ヨクタふ此ア子や。弥陽で。立身がる陽をおびより。
風呂の入口に縁居て。銘かくそのじや。知しなぬよ一かまへ
まぶんなる物見るな。森帯もあるにつて云も居さる也ぐ若
かはりんたお寿々くぞうぞんへよしてん今それかみまさへ乃出
茶銘。今夜月の活法先見張又秋の彼岸から十夜まお寄や。
説てぞ去ん夜も好み候つるん皆御め丹ぞ葉一ぞたのも
と大継出也。夜半の種智衆への耳に乱さ。皆一図
に寂仏むきくびぬ

二二二・一三〇⑫～一三一④
二二三・一三一④～一三一⑩

三一

○惣七安売の引札せし事
悍敷以前と替り。此時分は摘溜のあまたの気遣を
御勇健と。京店の奢る跡絆の仕組を換べて。ひろく。
多く取る見後の安売り。大商人の組で盆を摘ものて。
人の言にまかせ。しかし此引札で世に弘め。江戸伊勢
うりすくと手まはしに紙入ども須磨にて売込み
北国まで商売の道とを延べし。夫のへ割り伝へ繊維の高下を見よ
て。是がり分の銀算用部子七百六拾目かんなしげ。葉娘とよ
日毎あまし。我殊居仕立前の家名を大路一たるおぶび
こりし夕立のまへ乃よくよ。需と時を違さゝ也稲光の用意た

二

らしい手前の勝手を深さにてよろしき吉祥を諸々の小商人
も繁昌させて居る。両くよ働かし安売りの引札月水
流しの女医者ぐ。油団油引さし世中の名手中銭屋猶
その寄合りと見てさてこそ出勿尾を指て。賑ひ業とする
早姓文まで付く。生太刀鈕の油団の油引きりされは商売を疎
略ぞとよなされたる一家は庵疾の世帯は悪ひ事を秘して子よ
利まで親く祝くの間の両に隅田川の水たの清り浸茶
の無事にしもなまよりかまえ直を仕よでく。子を持接挿
手振も振ふ歌ざとならぬ身かりつかだ寺町通り。お静
裾の布ゝ道。此度と指り点頭く。白雲屋の惣七ぞ。

三一・一三一⑪～一三二③
三二・一三二③～一三二⑩

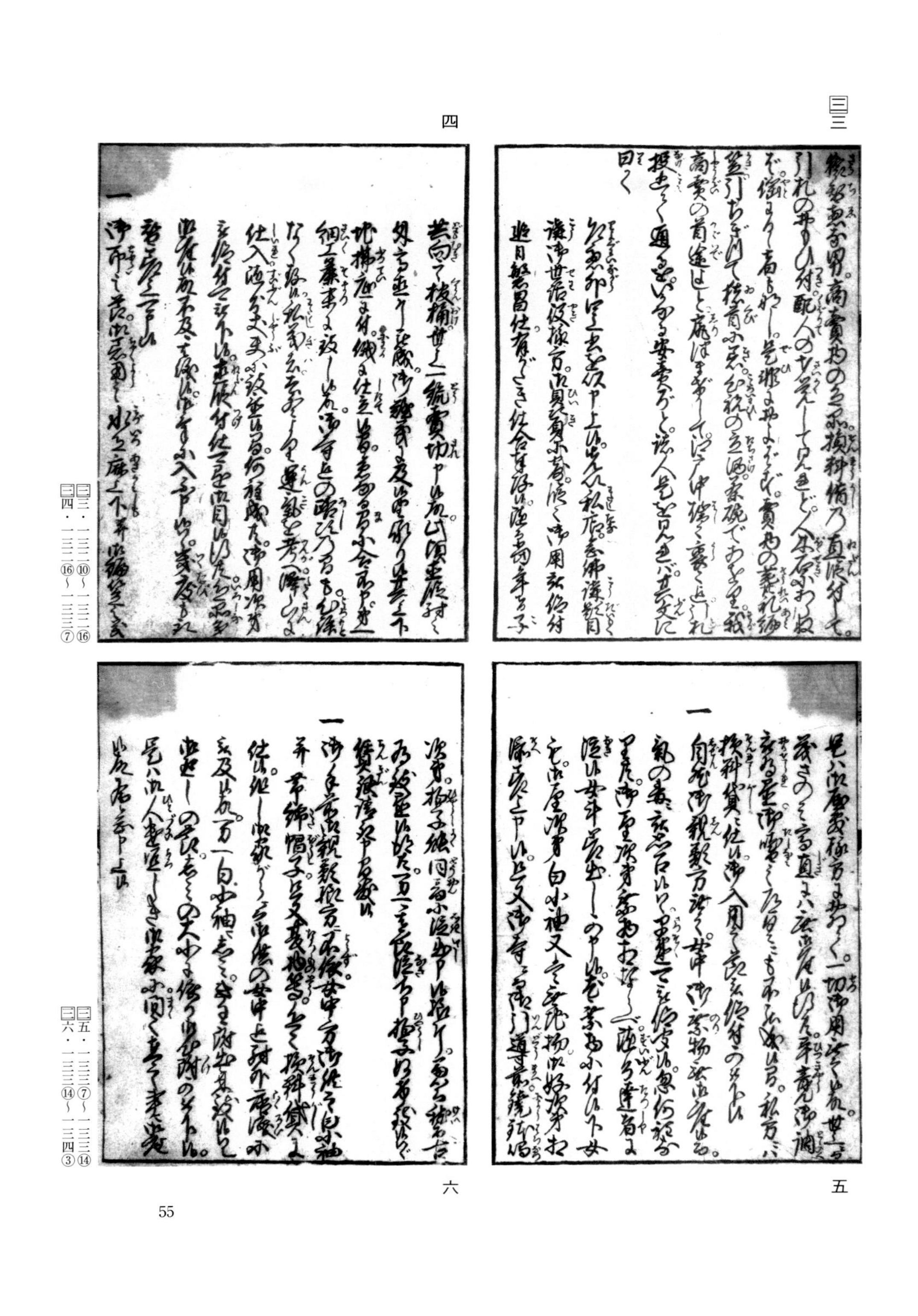

三

四

三三・一三二⑩～一三二⑯
三四・一三二⑯～一三三⑦

五

六

三五・一三三⑦～一三三⑭
三六・一三三⑭～一三四③

三七・一三四④～一三四⑨

一　町方出家迄[illegible]御府内より[illegible]
[illegible]掟別厳しく相見へ候。右一出[illegible]
の[illegible]。出家[illegible]付候。[illegible]
[illegible]の[illegible]
出し[illegible]出家の[illegible]
[illegible]別紙[illegible]一両[illegible]
[illegible]
[illegible]
而[illegible]なる男[illegible]
[illegible]

三八・一三四⑨～一三四⑮

[illegible]
[illegible]入の[illegible]
一　町中新道裏店〻出火中。[illegible]
[illegible]
[illegible]
[illegible]名[illegible]
[illegible]紙の[illegible]
[illegible]俗葬主施主と云[illegible]
の女中[illegible]中寺へ[illegible]
よいくと。[illegible]

三九・一三四⑮～一三五⑤

[illegible]道[illegible]
[illegible]
一　右町方の[illegible]中る。[illegible]人[illegible]
[illegible]の[illegible]門の[illegible]
[illegible]
[illegible]方へ[illegible]人[illegible]
[illegible]二字寺澤流の[illegible]
[illegible]の[illegible]
[illegible]中の[illegible]

三一〇・一三五⑤～一三五⑪

[illegible]の[illegible]
一　御寺方帳附役人是茂葬礼の故実旅各分の
浪人[illegible]座は。[illegible]
死[illegible]者[illegible]の[illegible]
[illegible]葬送一件[illegible]
[illegible]
[illegible]寺の[illegible]
[illegible]大風[illegible]のくの[illegible]
[illegible]
[illegible]の[illegible]

㊂一一

一一

四軒寺町角ヨリ四軒目 曉鐘紅問屋 (死)

[illegible]

一二

[illegible]

㊂一一・一三五⑪～一三六②
㊂一二・一三六②～一三六⑧

一三

[illegible]

一四

[illegible]

㊂一三・一三六⑧～一三六⑮
㊂一四・一三六⑮～一三七⑬

なして刑罰に至るものゝ人も多く尽し。然るに此
度石川六郎兵衛が一軒中にて石川六郎兵衛が出家の浪人
に渡世山乃宿に家屋敷有て是。お屋敷に帰へし事。
随一の御知足とぞ云さんへの中にりし。いかさ曲出康く振
ぐくもと出役の宿にて出役人へとなしを心へるけれ。振へるよ
此下屋敷にて出精致ある事とぞ。不附なりし上里の
出来分限が法を知らで。下屋しさよりうら里郷くへと
わらん愚昧とやらとべき。宿役ふも町人のせんじと
く有て出知まする人へふ受ね屋し御知なも年比て。
一生をとるし。するハ幸にしてまね物もする也ければふ

三一七・一三七⑬～一三八⑥
三一八・一三八⑥～一三八⑫

云ふ事あれども。葬送の間よ巡りて此所のよしを仕立
させんより出入の見舞を施し。已ハ出入屋敷の者
領より下に多き御人の衆も有合を云し。姿勢を
此節田舎より参りて是。哀情一所によりて老若し親の和を
云ふ折節から恭しく藤膝が初めのかれをも人に事がよ
見りけるも此よくり出て候らて置きかるる節に成
候めさするハ分に利難の哀情居しと夫ハ其世
謹みもる者と有り。夫葬礼の事に帰る所の焼香する
小僧ふ向く礼をして後指者ある人あり。是ハ法徳
方ふあらてなき事なさて。法礼も見えしらず。先哲の友

三一九

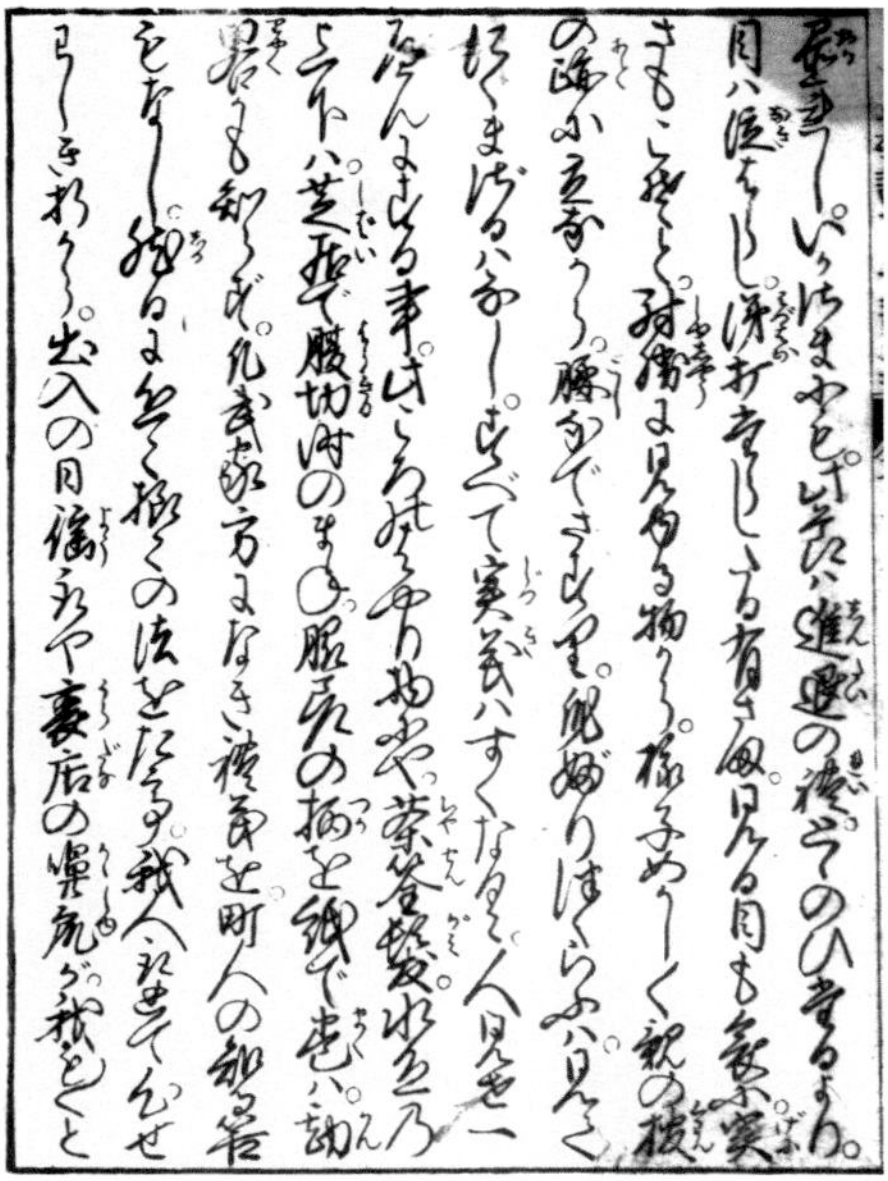

二〇

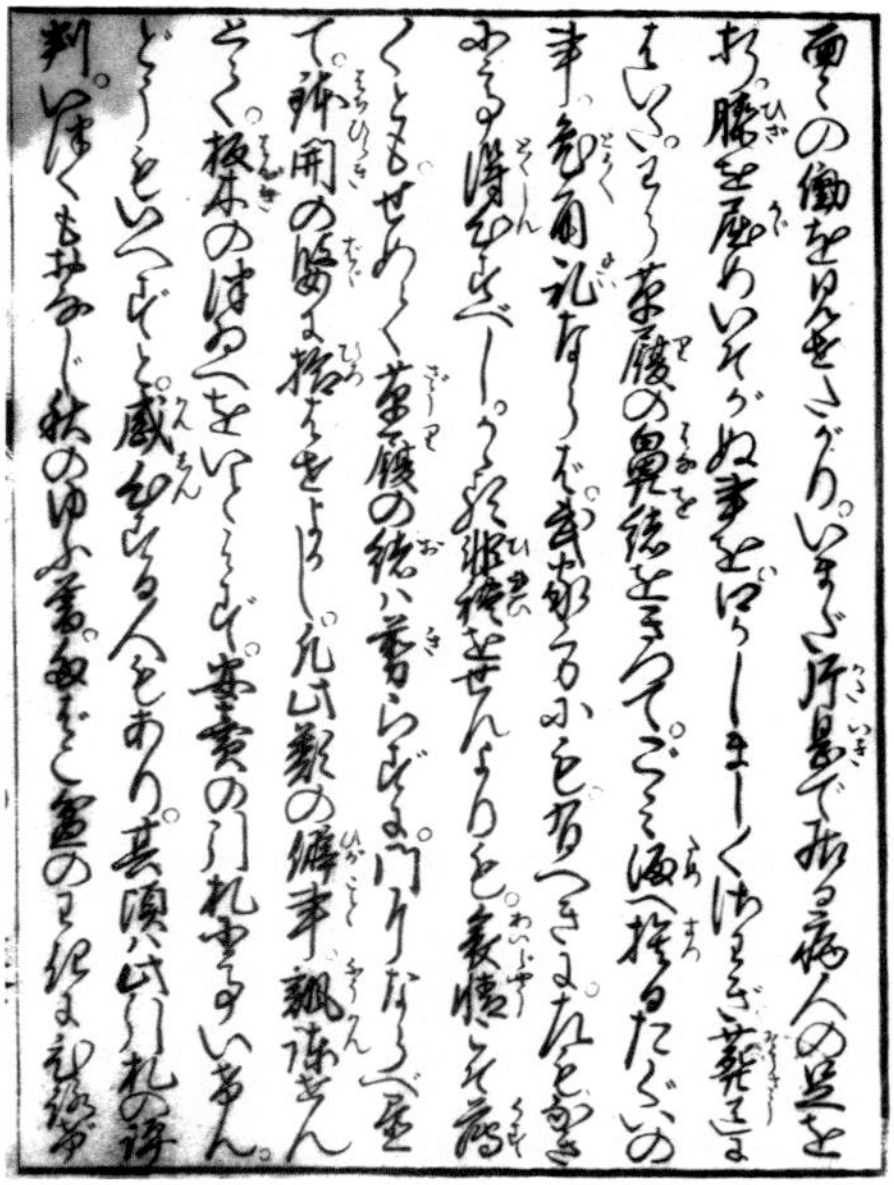

三一九・一三八⑫～一三九③
三二〇・一三九③～一三九⑨

て、顔くのうちとなりける

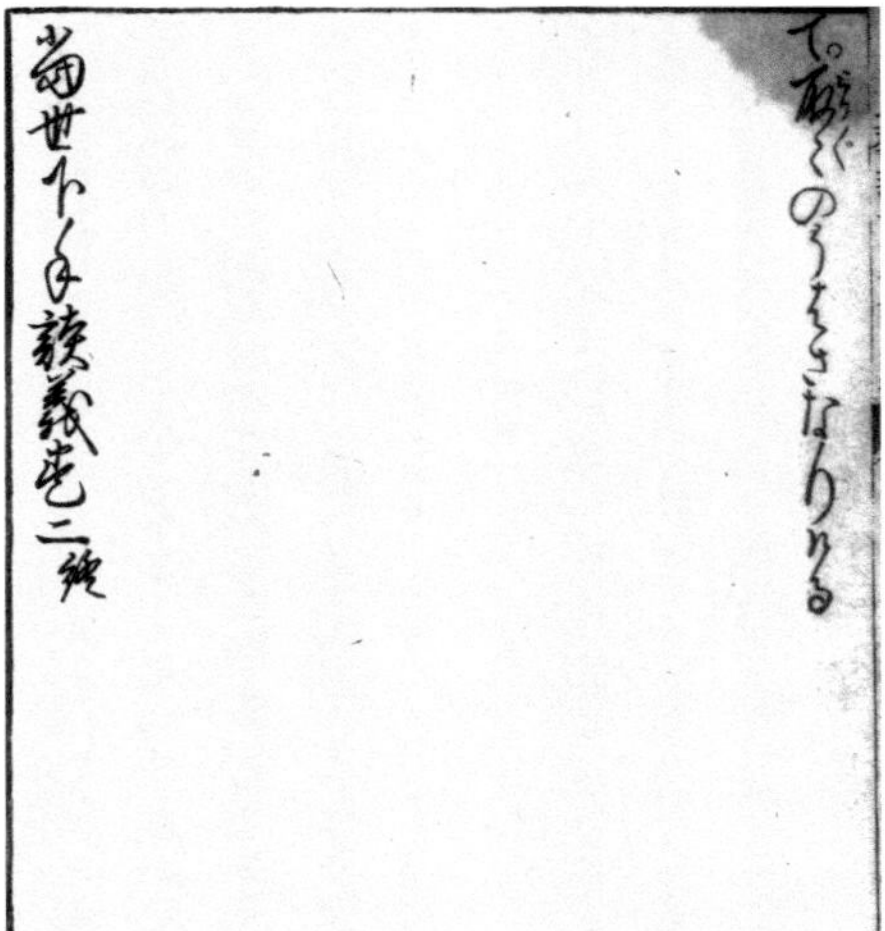

当世下手談義巻之二終

二一

三二一・一三九⑨～一三九⑩

四一

当世下手談義巻三　洛陽沙門
静観房好阿述

○娯足斎園茗小栗の亡霊に出会ふ事

月本櫓の太鼓雲に響出しより一寸先も千里の旅立て西国
順礼四国遍路を[illegible]ハ[illegible]化人さへなくハ
天竺までも行気な風来人ハ娯足斎園茗と云ふ人にて多
くの[illegible]を有。[illegible]の性ハ[illegible]もなく[illegible]
て[illegible]にもたえまして旅硯の厄害となる[illegible]
[illegible]足の[illegible]ハ[illegible]国に[illegible]
[illegible]茶店で[illegible]一
[illegible]天性脚の[illegible]一[illegible]

四一・一四〇①～一四〇⑥

[illegible]の[illegible]月をこゝろし[illegible]
に[illegible]る合点なれど此辺の寺院ハ[illegible]
[illegible]の[illegible]中に[illegible]と[illegible]清浄光寺
の門に入[illegible]つき[illegible]寺ハ開山一遍上人
より[illegible]
旅[illegible]ハ[illegible]して[illegible]より一[illegible]入て
[illegible]
ら[illegible]の[illegible]して[illegible]で子細し
く[illegible]ハ一[illegible]のごとく目を[illegible]及ば
様に[illegible]の[illegible]

二

四二・一四〇⑥～一四一④

ワキの[illegible]りで座つく見るに此に[illegible]の通り耳ハ聾で
い[illegible]
よい宿にハ泊ぬ様に宿坊の[illegible]目の[illegible]一旦
も[illegible]で[illegible]
[illegible]
て[illegible]人[illegible]寺に[illegible]事ハ[illegible]と[illegible]
打ても[illegible]ても此[illegible]の[illegible]
[illegible]の[illegible]実でハなけれど。小[illegible]の
墓所へ[illegible]十人の[illegible]の[illegible]
[illegible]向して。[illegible]ハ[illegible]

三

四三・一四一④～一四一⑪

四四

しちを始。どまつくも。一昼づゝなるに[illegible]酒屋に起し
酒屋にて。はなの辻売の小半八文でも只そ通さぬやうに。寝
入ばならしきぬ。井を見るに付てのしおりし[illegible]肉へ。寂
前宿の入口で呑ず。八ツ時迄に寝きしより[illegible]六つ
醒切くて[illegible]しくなりしより。続くの因果夜[illegible]
寝ず。四ツ過で。又一里も来る[illegible]三宝荒神八[illegible]
しと閑で出入の[illegible]元の波[illegible]ながま
ば[illegible]小盗人の徘徊を[illegible]で行ゆる[illegible]
らまし八つの賜ばよく夜に一宿して旅籠賃を加[illegible]
司宿竟の旅宿と稍り[illegible]の所為[illegible]

五

あり。膝を抱よせろくよるも[illegible]
ば宿を首ごさんなまて。都[illegible]
知らふ[illegible]
ありろ[illegible]ば。満[illegible]
なまよ。旅夜の野[illegible]
し[illegible]
の[illegible]なし[illegible]
まるで。[illegible]
と[illegible]
らし。小粟の判友[illegible]

六

七

四四・一四一⑪〜一四二②
四五・一四二②〜一四二⑧

をはらひけり。孫の家我といひしハ、揚屋の酒盛の
ご楽しや。世間の化有無にかゝはりて、ちがひなき
なしといひまでく。身程元がおもかしくさつる上でさ
のう帰し、さらにまさりしハ、今の浦光義ハ男も脇なる
く。八竹日思ひ知りぬ小栗様らにて、其男も衛室
の情も継も類の三郎我も頼みけり。気もむで、御惟子被
へ落し入縁より下ハなへ袖よやふ。一張し足すし仲し領
杖つきて居る様へ出ても、八井の上年いそぐく出や哉へ
き。我よ等しきへし、恥の無くば疾くひでたる。是ならふ
也し。我ら妄執を晴らさんと、けふまでも相まち奉へ其

四八・一四二⑧〜一四二⑮
四九・一四二⑮〜一四三⑮

されど流よ年月を過ごつるよ。今日としふ命日。菩提の為
千成の一通をとも、此筆で立身は後世しぢやと思ひ白状して候
の跡しさ。路生の菩提を弔へ、我ら同じ所で見て。忍をとも
勿体なきと長らしく、此の筋にて拾ひて、此千年ぞくりと存よ。
以前の向向晩也、我らとり成さまも、それ本条を我ハ縁
じやしで。因縁をしが、元来ぶら浪人ハ、浦の浜辺で家向
目訓八役寺の高よして、在郷田舎の旅にても、我執着心
米を世入せこそ、我ふさへすりつかまへて、おもて浮る事なら、今呼
まてさ去年吟、京よ来つる開帳見よ。小栗の判官兼氏
の教一ッ條、声よ照手の姫の御縁。おぐりの判官一刀

縁の昨し。我たゞに去く来つる其身の儀浮ぶ。一日
見しより我殺さし人、為称の火が出ぬ。哀しく殺し
いふよ我で有が出ひしせて、おんゆりれど、そもしい仕形
先ん我ふ兼氏とハ、かゝる所事。殊金大双紙に出合ふ
知する事。九千代に関して分つる、其刺殺して手前の
とけしる有。ふんざいふり、三ひがあ翁しく浮の
世へ仮籠。兼氏ハ是非に出ける。〇ひでゆしも勇士の表ふ
つぎへらきし、来がやく、ひぶ秘術の照手へが姿が
れば、しく一刀ふこゝで何卒、札符して、ごんぐそりかも
光。世紙の御つりおとあたふ事なかれ、ふ三ぎょき取金

四一〇・一四三⑮〜一四四⑦
四一一・一四四⑦〜一四四⑬

搦のかとり。日のさ刀ぶ舞けし。京ぞ為の衆の夕らへ無和
と小栗ハ、其極の息さら一に、なんぞ天晴の男子なさとて
は外へ帰る中。如唐の形を三拾しそさ件ふをしぐ八
加よ二人らと何き大ふ知もし、ぐら様の人へ卑怯して
通る本ふて八後立て、此其の為よ事。無駄の衆さる
の人金の湯中を掃り、新よ流る、次所ハ紅車大紀書乃
氷が其縫ゞ物、移よ為ぞでゞりし、おてそ生此衆残り
てくまろん、かぶ寄て、年月紀筆しふる其衣裳の上へ入来
を此養去の旅ゝ只へやい空や。門前が後関よ為入て一ゆ
らゝ無。門ハ出ても入るの陰は事ハ、知らぬ身の恩

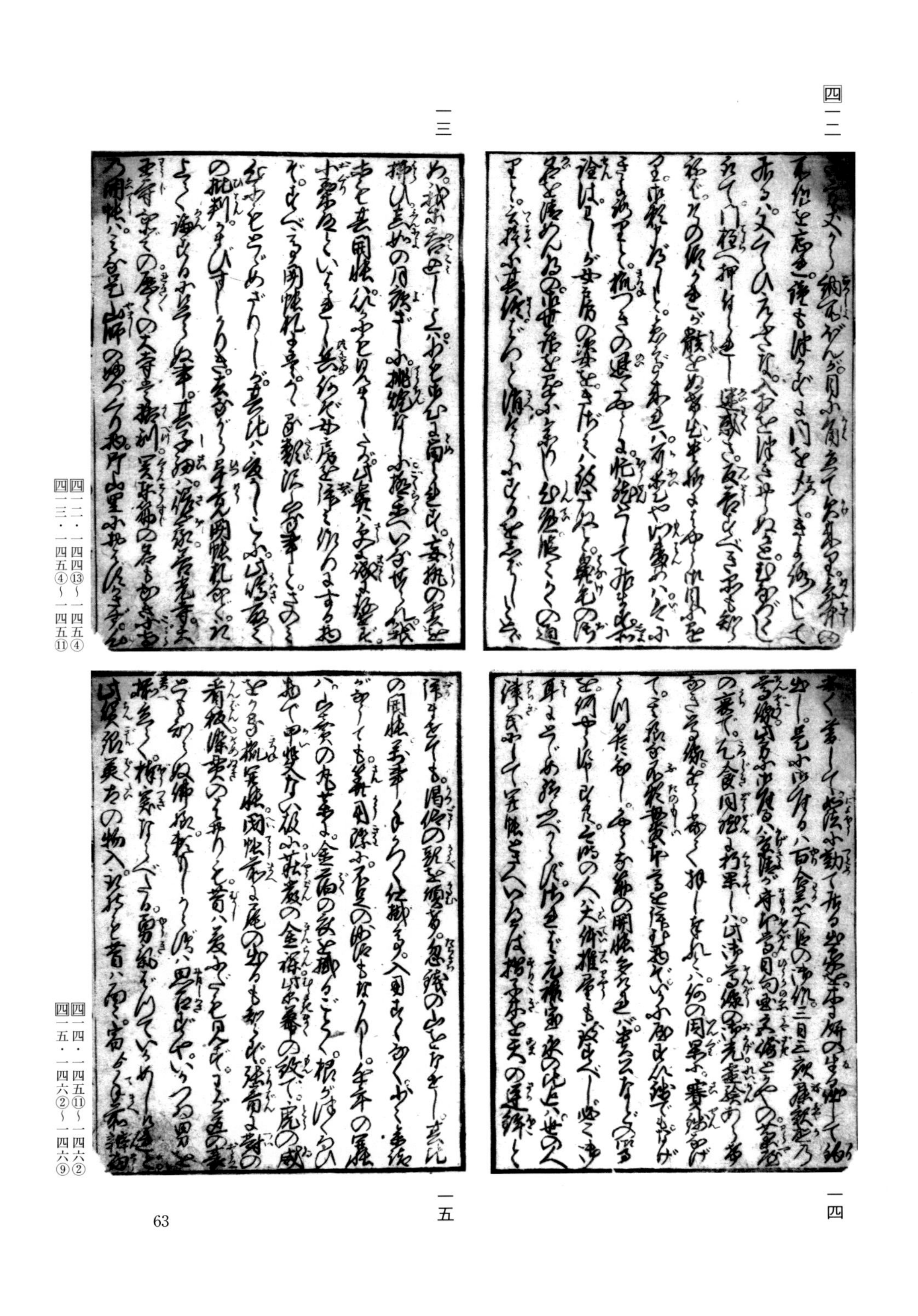

四一二

[illegible]

一三

[illegible]

四一二・一四四⑬～一四五④
四一三・一四五④～一四五⑪

一四

[illegible]

一五

[illegible]

四一四・一四五⑪～一四六②
四一五・一四六②～一四六⑨

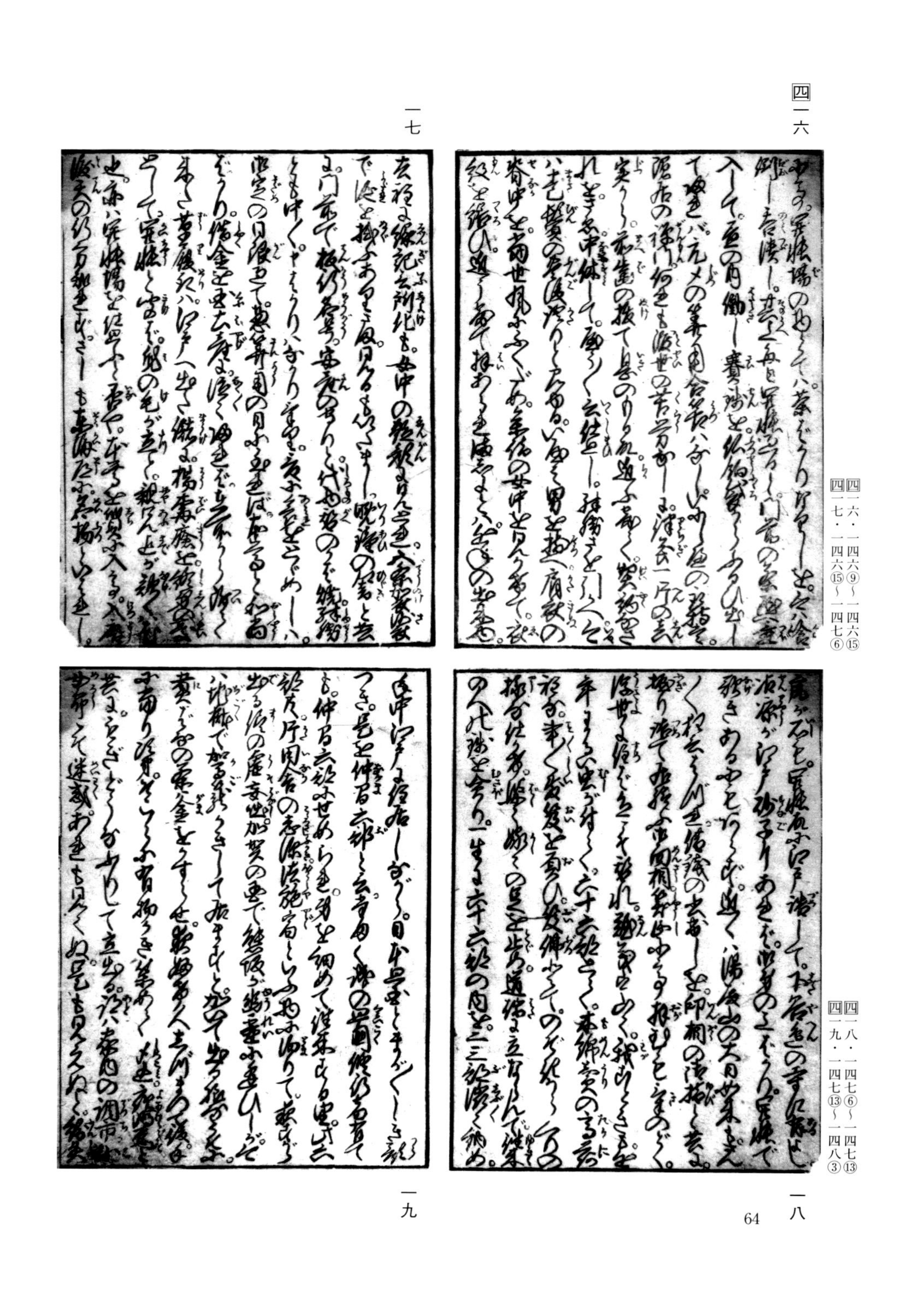

四一六

[illegible]

四一六・一四六⑨〜一四六⑮
四一七・一四六⑮〜一四七⑥

一七

[illegible]

一八

[illegible]

四一八・一四七⑥〜一四七⑬
四一九・一四七⑬〜一四八③

一九

[illegible]

四二〇

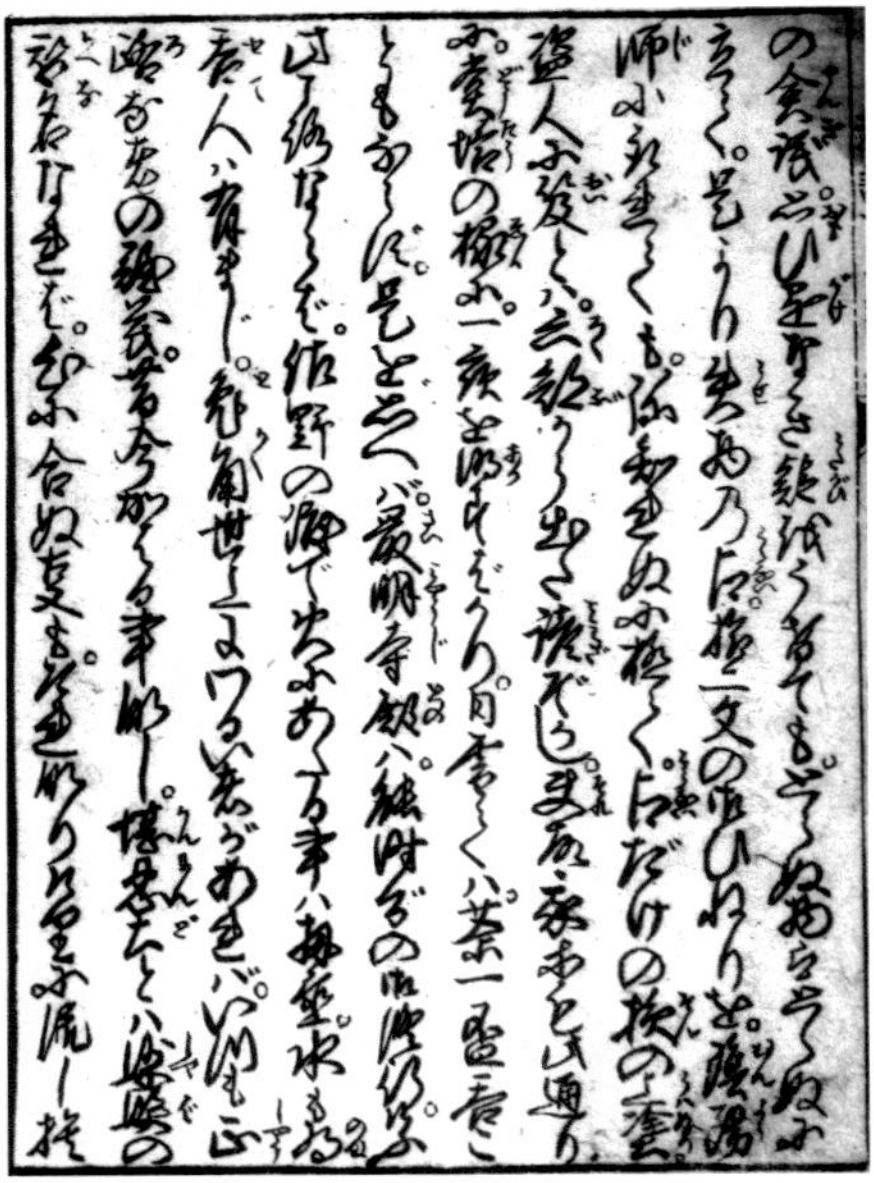

二一

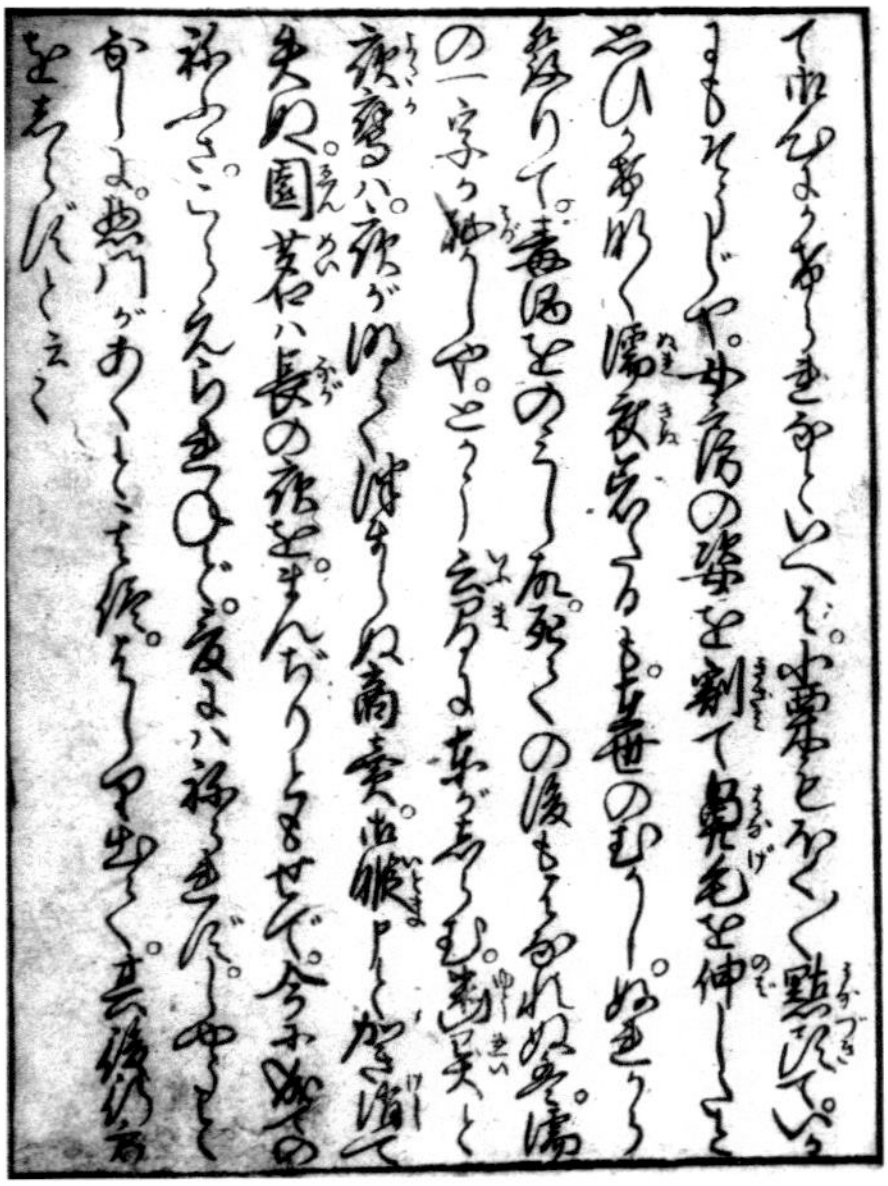

四二〇・一四八③〜一四八⑩
四二一・一四八⑩〜一四八⑮

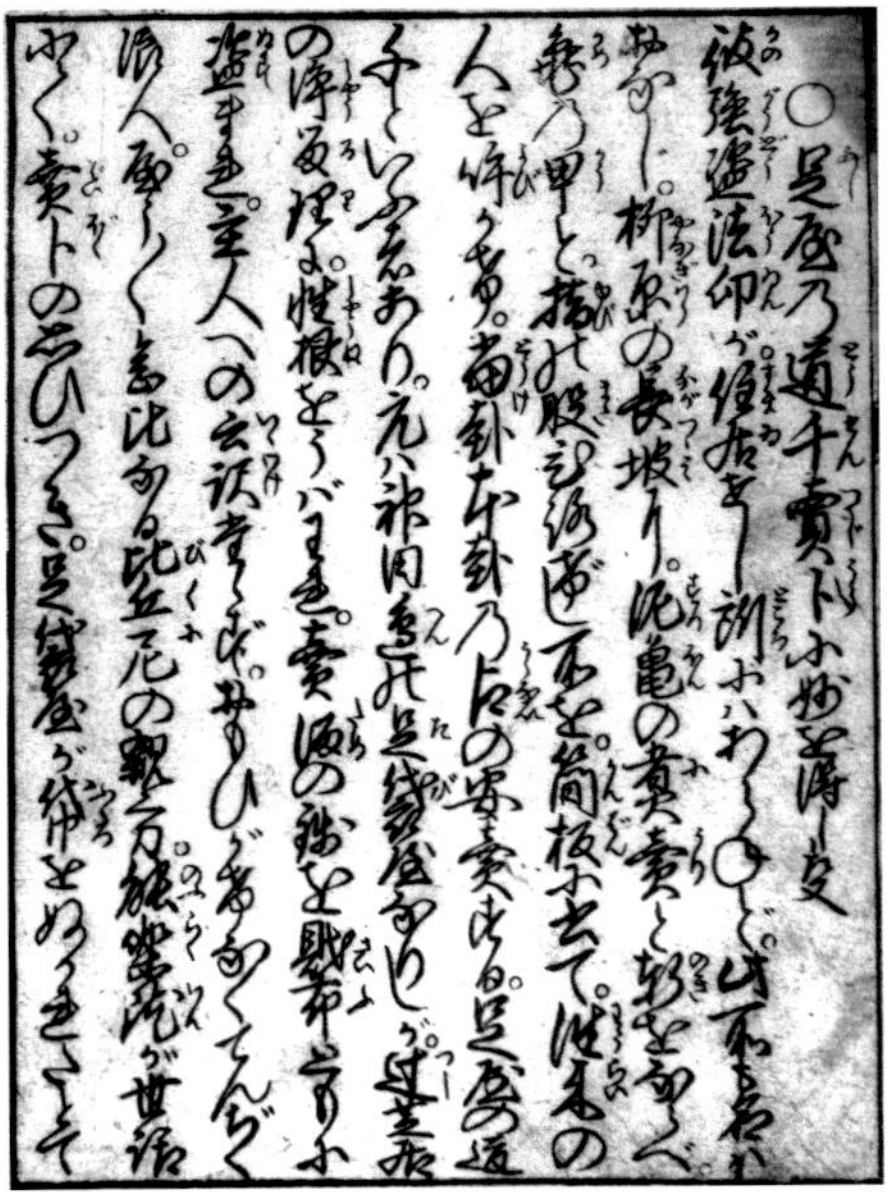

五一

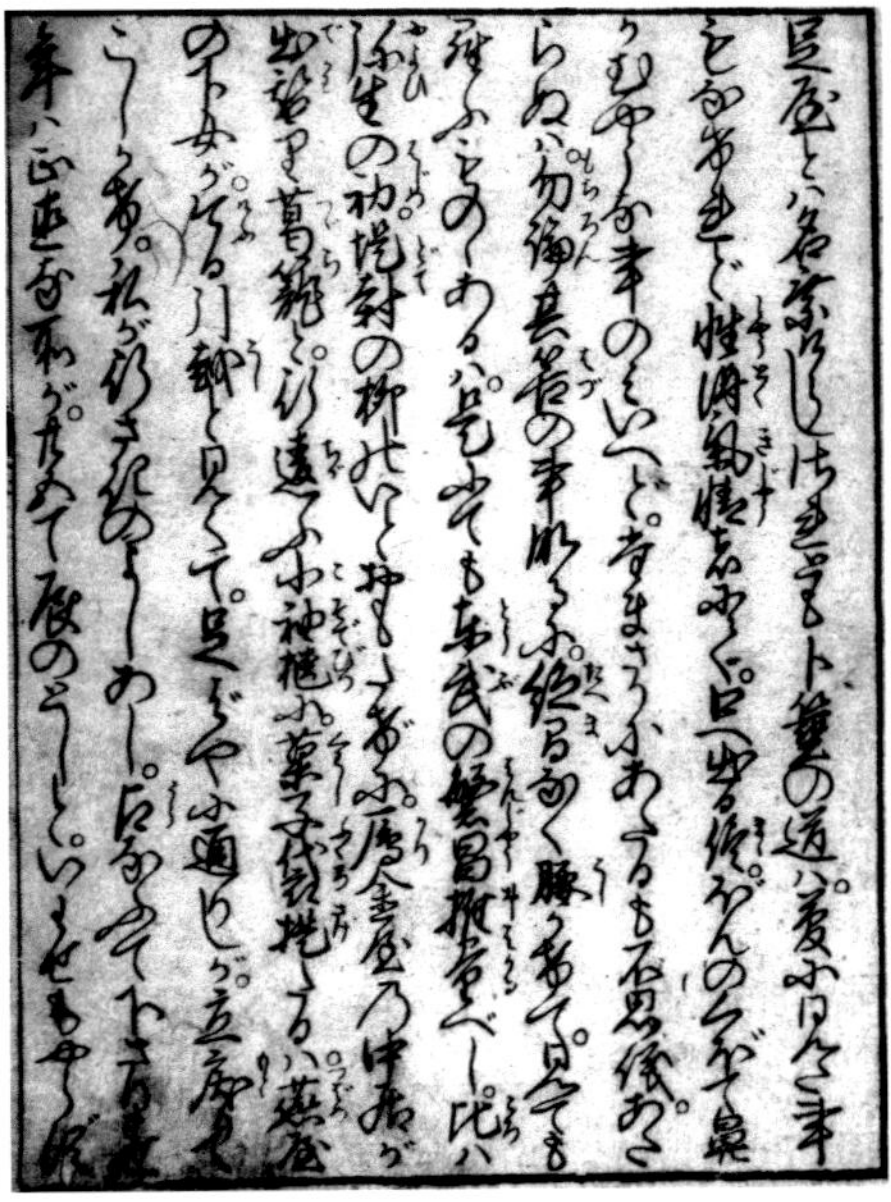

二

五一・一四九①〜一四九⑥
五二・一四九⑥〜一四九⑬

おろし吾迄まして。二代のちりなるが普賢菩薩一生
象にのらぬ事なし。ばかりが身の内数々。又八男である
ふが。やけんと女が。うちこも男。其後女の俳男と嫌がる
を拂ふてり秋徳すてり。折ふしり露ふり。合離なままの
乾の卦にあたり。坤ふくろハ女でござる。而ちらん坤の三畫ウ
糸増乃女房。亭主の内にハ巽乃卦。巽ハ辰巳の
礼にあたりて。物をそこなひ数を破る。丈嫁嬉俳譜
も茶釜も蔵も狼藉大臣にあらず遊難あり。女擬見
て来れど。店を押されて。お我家ハ滿内ゆの主人へ。此親父
ハ家小白川へ。かやかしらに親と子の口ゑ見れる也。

なんぼうあつてきたる相続なんとぞん通しがたし。いハバ女髪を
あつ見よし。やそれ何事せよ遠入ハ未だせぬおそ見て候
ご代の主人が。人へまじはりなく。ワひが情事中がようかくふ花
をたんと見ても床しき継し去なき床しきの母らに
むりじね見おおきふしく。そこを出でひがわり。菓子を
ふてさまりのおかたしでよそでもふがでんぞうしてまあ
さかなハわしが親方は知る人そなたぞ。ようし去りて
の。がんが妾めがつうかひずもが。家の主私とあん
まりおりまさすぐ合点が出ぬと。こうした川迄ハ遊
子我見ばかり家をわる。こへバでんぼうもあるぞと

五三・一四九⑬〜一五〇⑥
五四・一五〇⑥〜一五〇⑬

勝が抄じまして。我きもせん。それまでくそこが道満流の見
通し。八卦の面よ虚ハいうまでもなし。又此さ代の吉凶八今を
もおそれなふある事。ワがよそさんふ代乃おしてござあるぞ
られ。人のワ枕をさハ。わうワうさたありで。何程親どいふ主人
てもこらからの仕を派ず若もおぼれふ売されふも人に
出迄たらば是我が宿世の罪業を滅さる。難儀なれども
ふつく思ひとりて。主人をバ佛菩薩と観念して忠実
に働動バ。虎狼の魚しがる主人も。我が為ずるかいで守
せうぞ見よ。小情をる事。身をふるあいがり。数入分る人
より能ふ出る身とは。必定ぞ。よそまいへの我家

さんぞふ主撰ひして。おそこハまるひこてハいぬぞし。年よ武
三歳で出家のするハ。彼処よ縁あれし。只来が此の
上同おおかしげ渡世り。抄成し。身あればハ天竺へいて
も同じ事。我くへ諸文遊芸ならへ出家小出ても
家中の身振よ銘薬法をても養きて耳痛松
喰せるく。被物戻せる主人ハなし。まそそ上薬鹿下
英泉丘。頭のうらじるのくあでも家入着。文傳出家の
附合もいかめ。りく事ハ。ぼうだふふ譲り。叱らりく事ハ
我見か門ら出る身居ふく。代の中云ふつくゆゑ病ハ
によりて遠入。禍ら口より出る。しかふ其能く我ゆ

五五・一五〇⑬〜一五一④
五六・一五一④〜一五一⑩

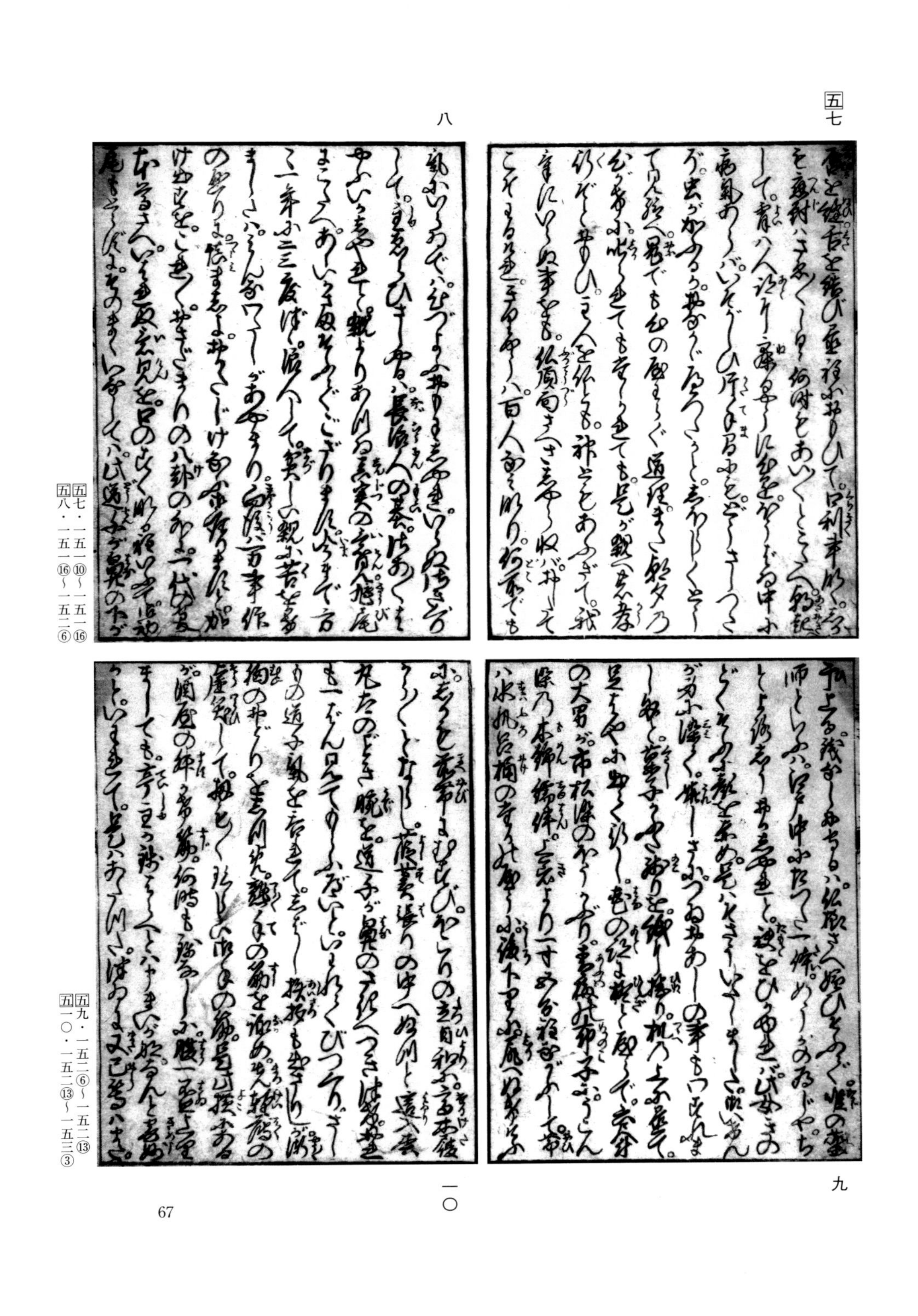

八

[illegible]

五七・一五一⑩～一五一⑯
五八・一五一⑯～一五二⑥

[illegible]

[illegible]

五九・一五二⑥～一五二⑬
五一〇・一五二⑬～一五三③

九

[illegible]

一〇

五一一

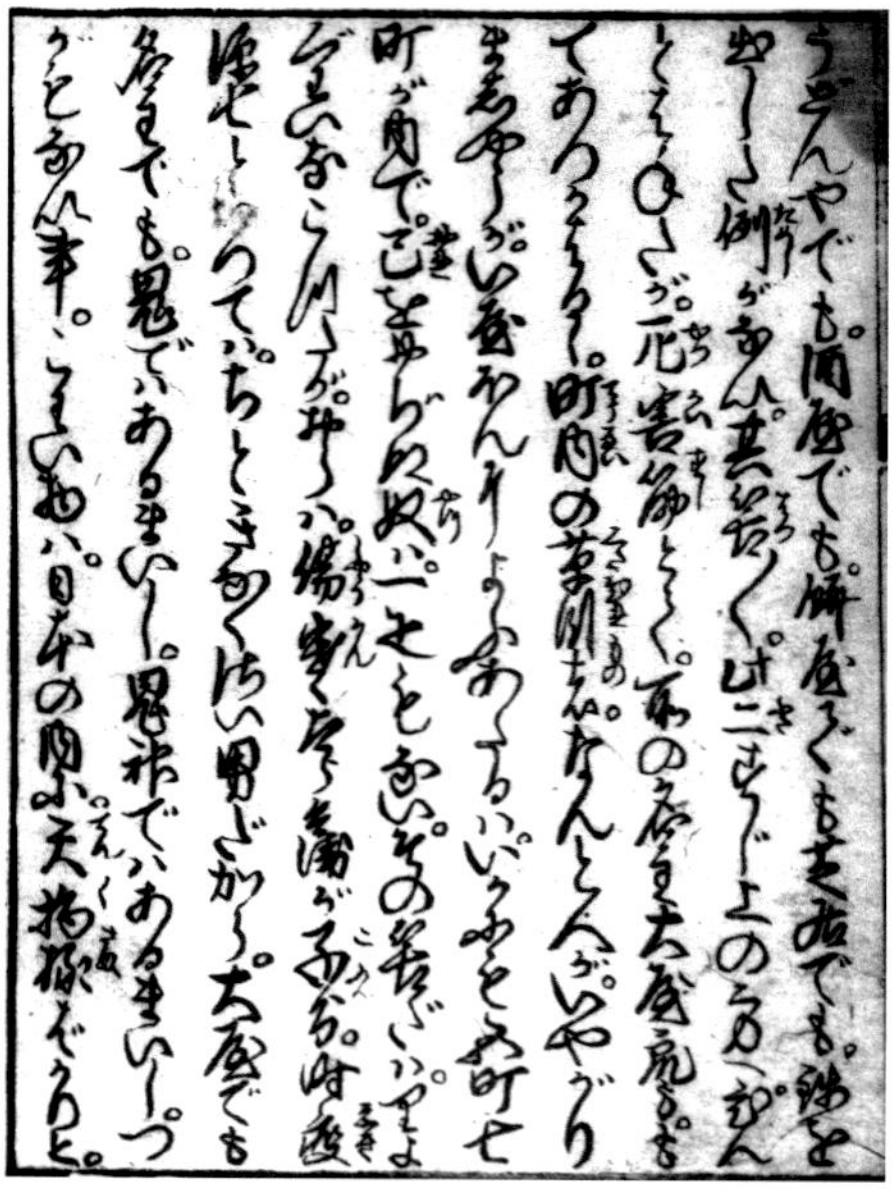

五一一・一五三③〜一五三⑨
五一二・一五三⑨〜一五三⑯

一二

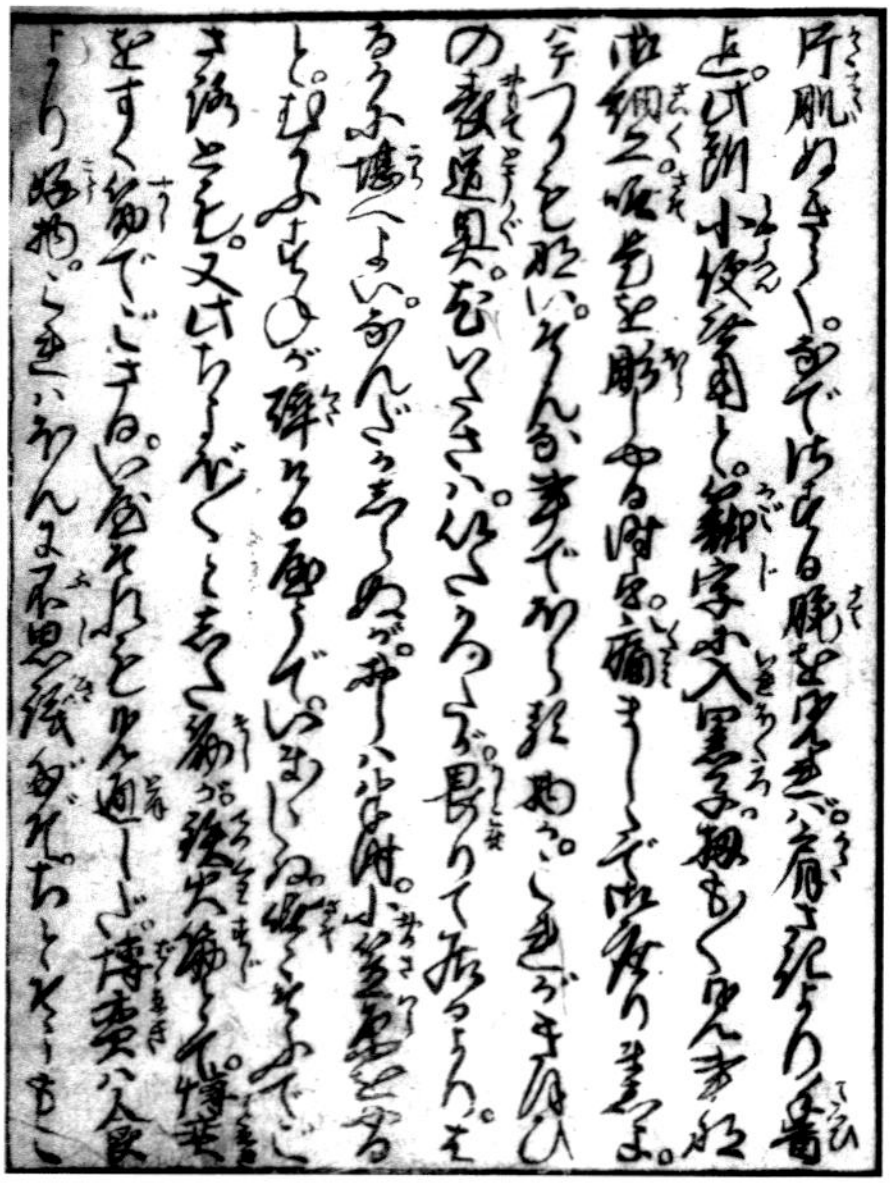

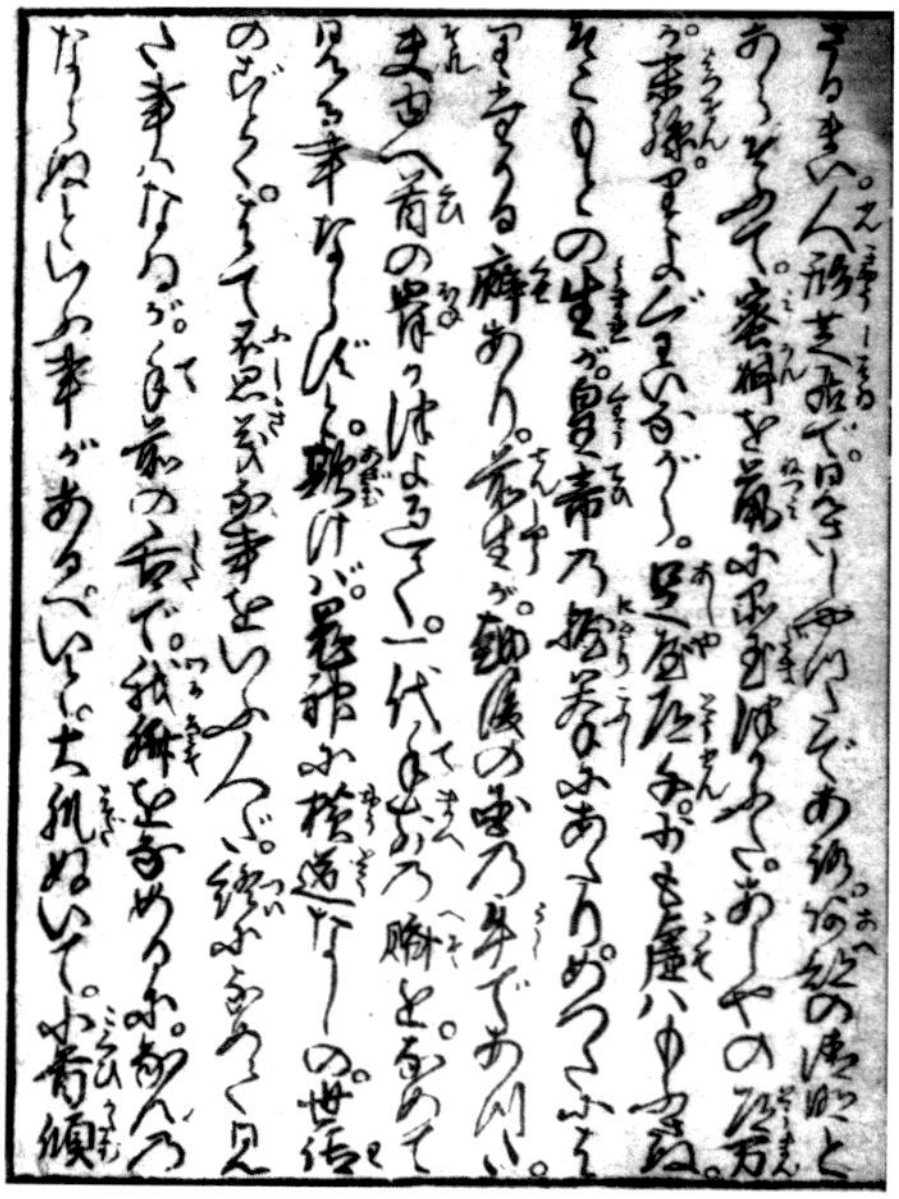

五一三・一五三⑯〜一五四⑥
五一四・一五四⑥〜一五四⑬

五一三

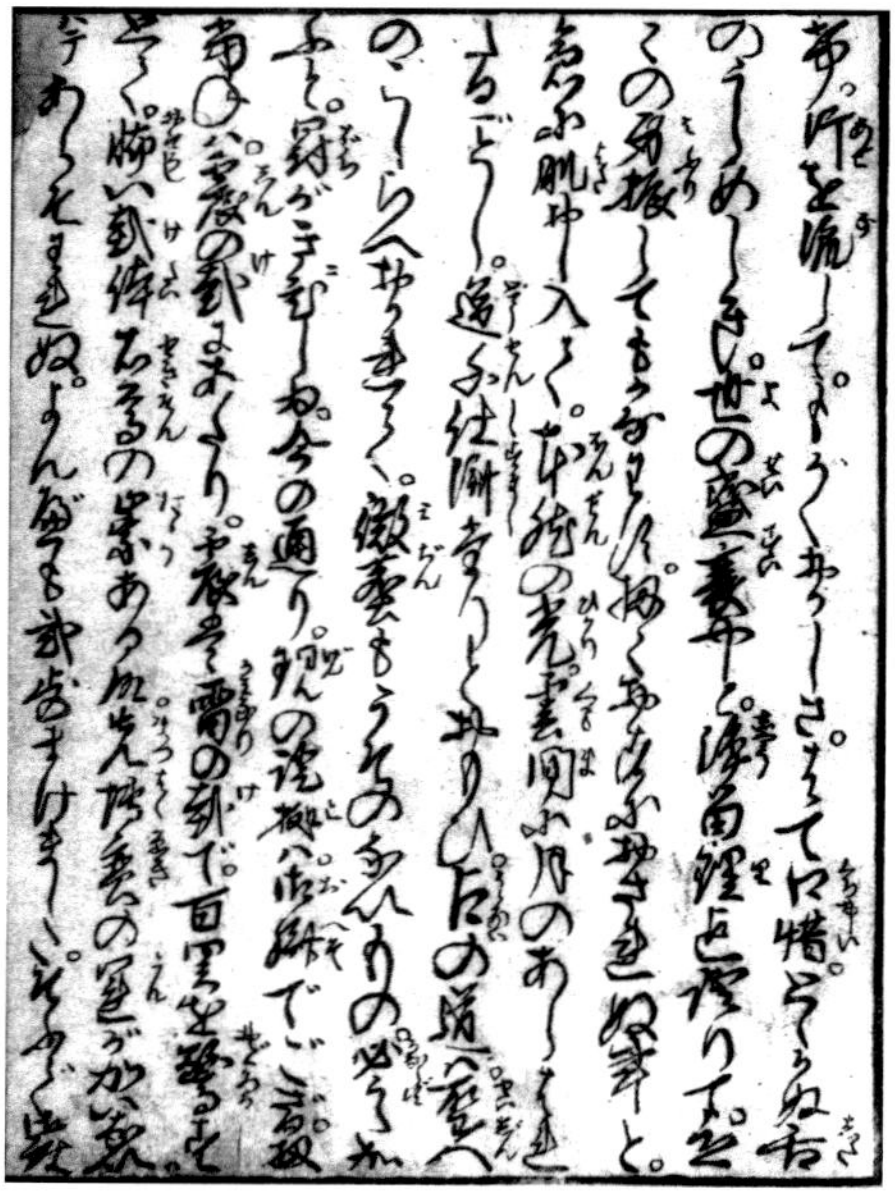

一四

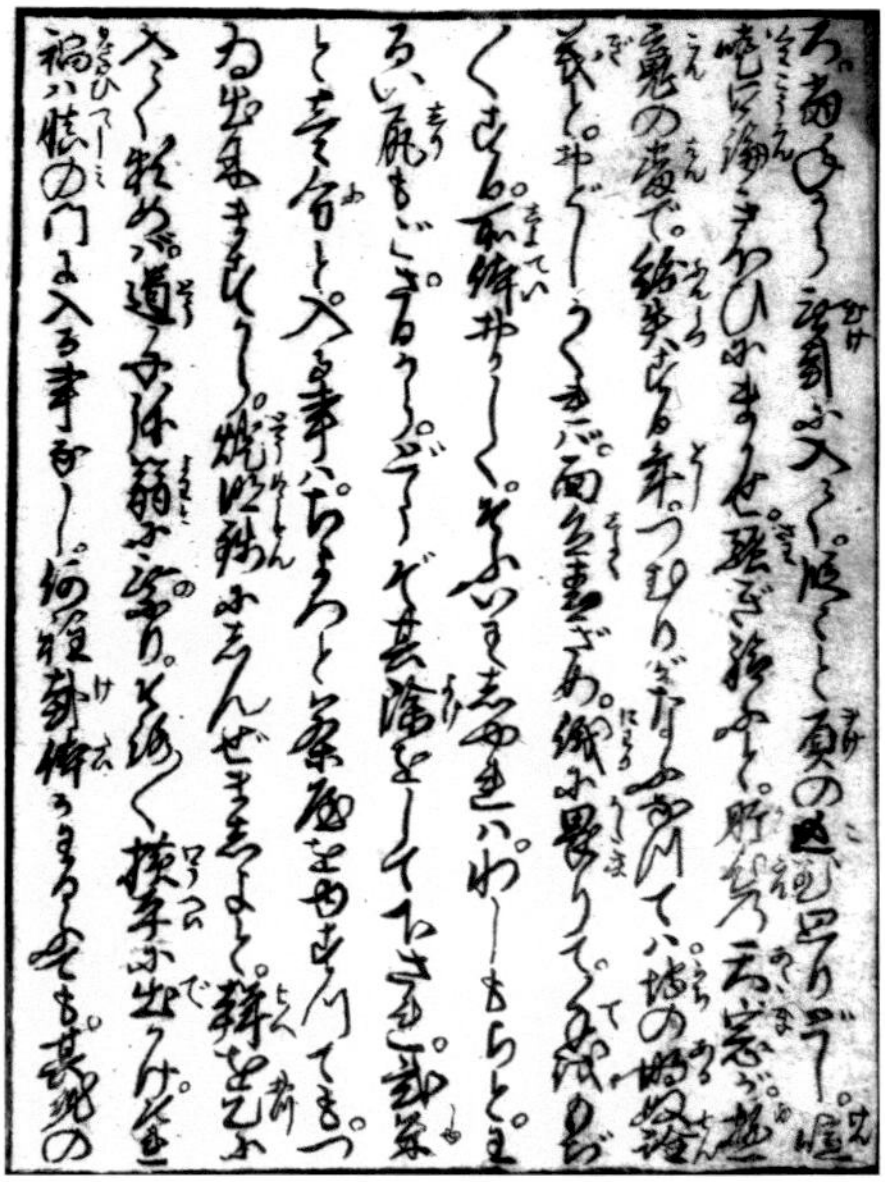

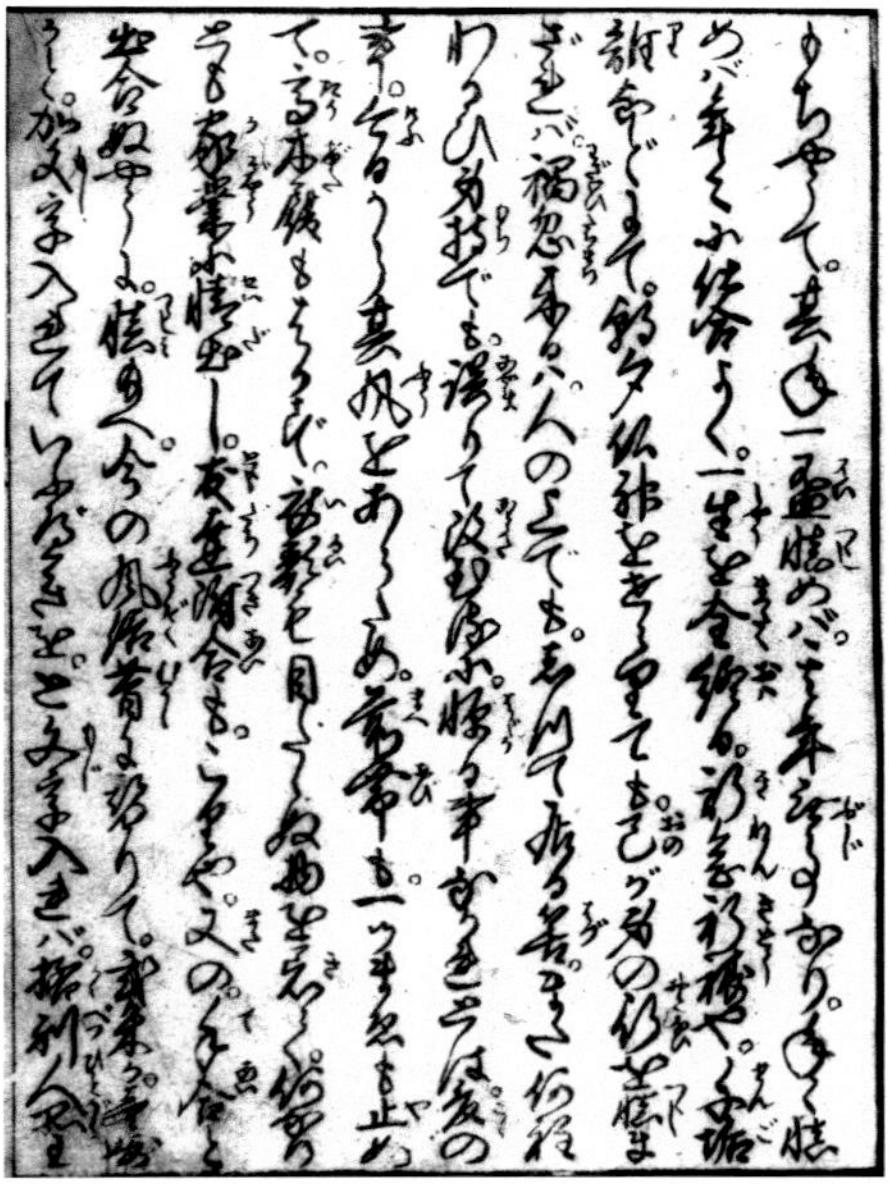

五一五・一五四⑬〜一五五④
五一六・一五五④〜一五五⑪

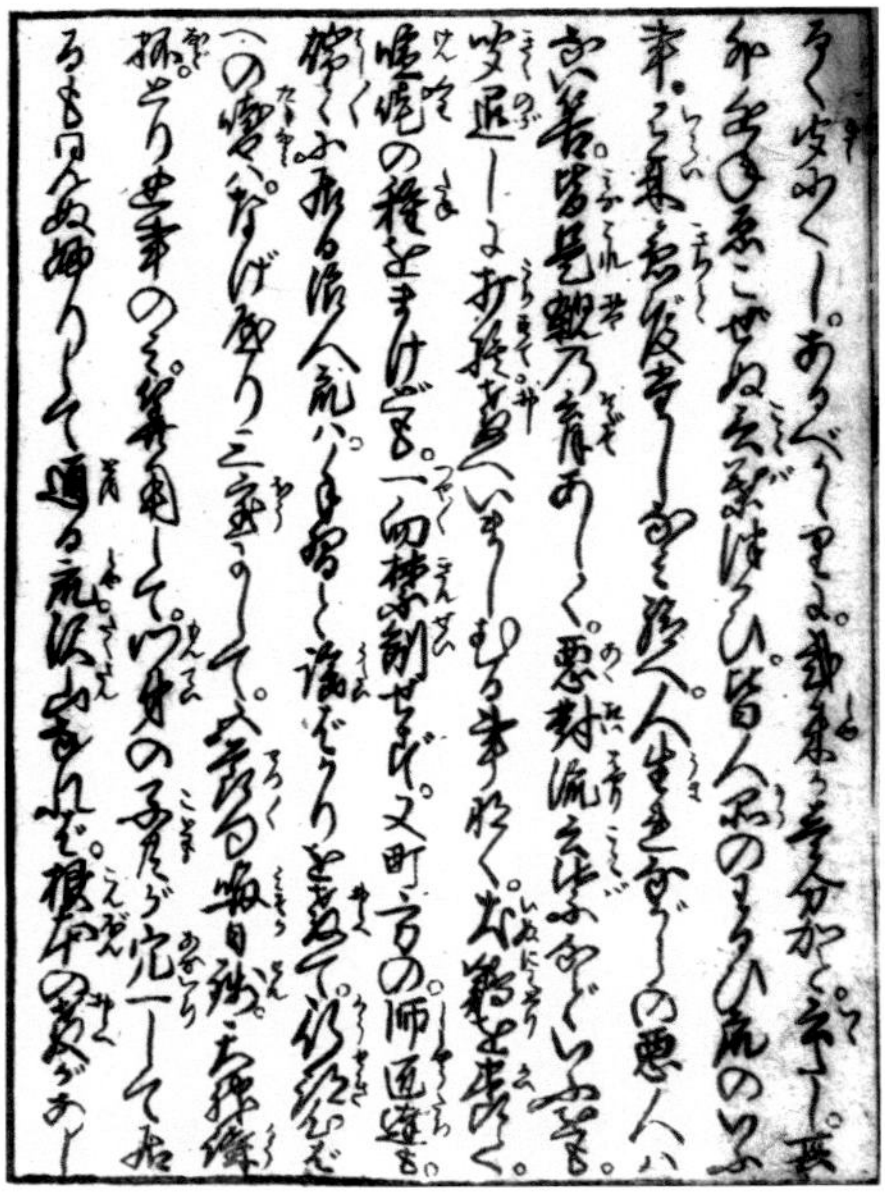

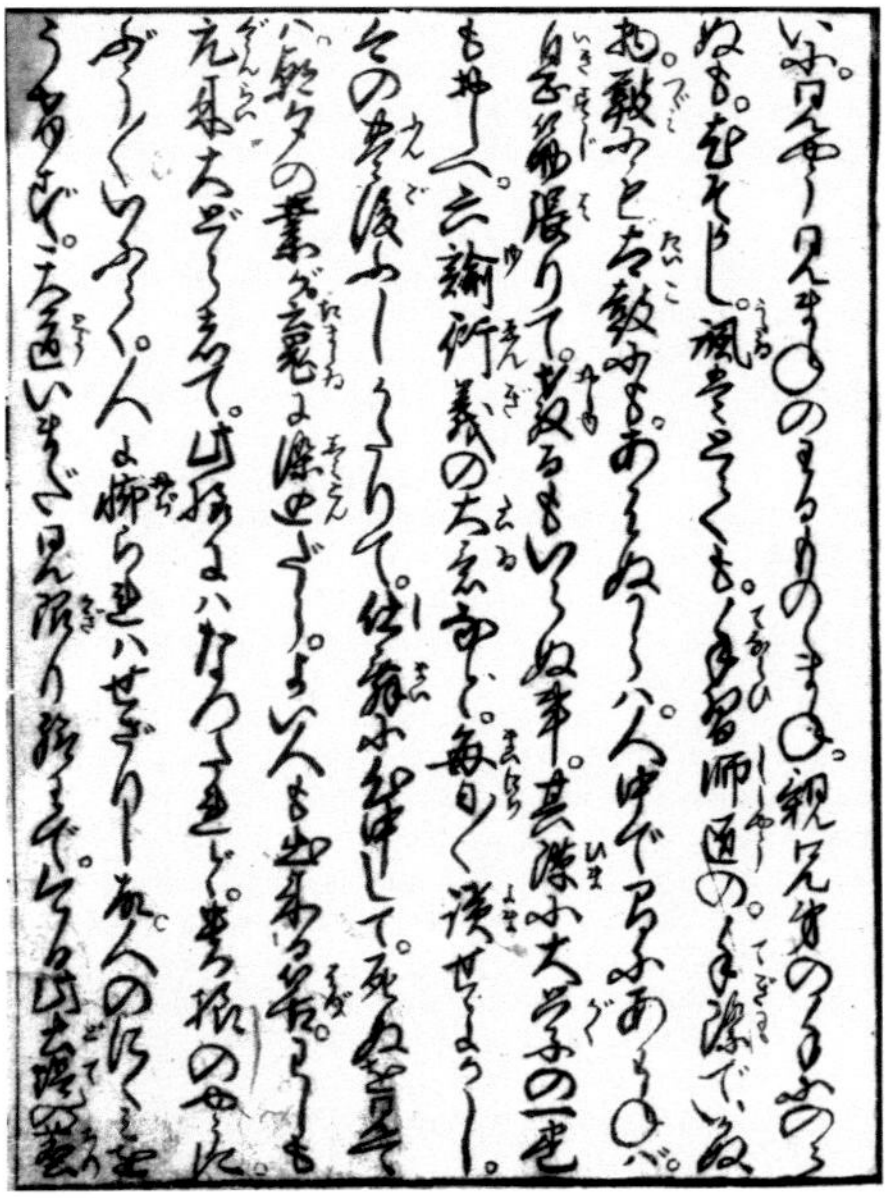

五一七・一五五⑪〜一五六③
五一八・一五六③〜一五七②

すがたは[illegible]の姿にして。柳の糸より細く。[illegible]
[illegible]とはなげば。先[illegible]陽師と[illegible]。
むかしは足袋のせり売して。水茶屋に目をつけし。
野[illegible]の一人ありしが。[illegible]人がやうに[illegible]
通をば[illegible]自慢[illegible]
[illegible]深く通るは[illegible]
[illegible]
[illegible]
[illegible]
の[illegible]の通り見る人眼を[illegible]て小野とはいふ[illegible]

[illegible]死を[illegible]者。
[illegible]おつき合ひも。是観寺の門前
に[illegible]積善が[illegible]山あるべし。人は[illegible]のよふで死
で。[illegible]寺へ[illegible]
[illegible]大切なる親の遺骸の[illegible]入墨[illegible]
や。[illegible]代酔[illegible]彫に彫あきし。馬鹿
[illegible]
[illegible]
[illegible]
[illegible]

五二一・一五七②～一五七⑧
五二二・一五七⑨～一五七⑮

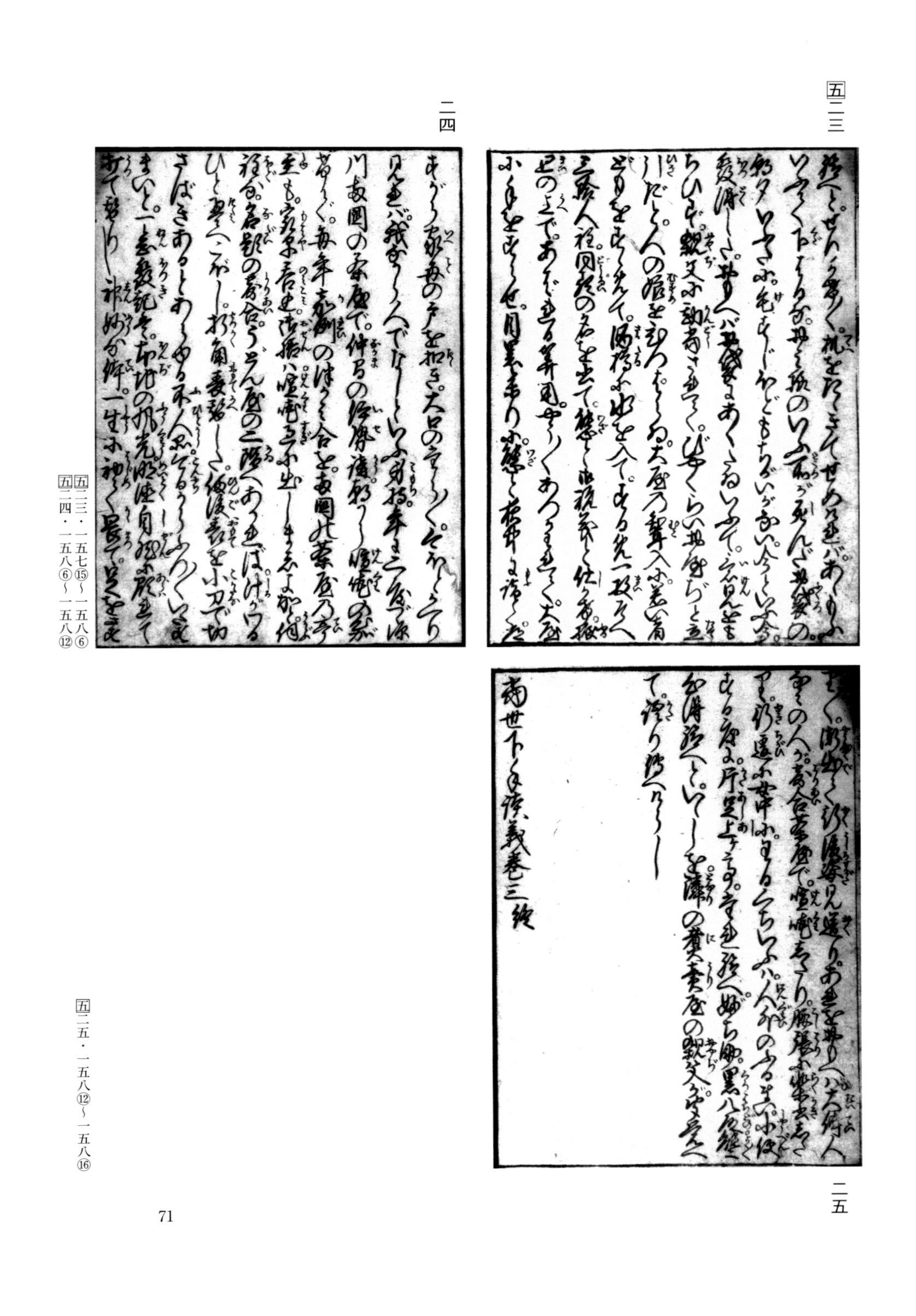

[illegible]

[illegible]

五二三・一五七⑮〜一五八⑥
五二四・一五八⑥〜一五八⑫

[illegible]

當世下手談義巻三終

五二五・一五八⑫〜一五八⑯

六一

当世下手談義巻四　　洛陽隠士　静観房好阿述
○鵜殿退卜徒然草講釈之事
湖上の吟じ落日の辺遠高秋蕭索として綿帳ほ
つてアルとて我等ハ藝へ流然となまして西波なりき
秋の露をいうに用なき臣右の鬼ならく霜かって落て尚
書もよ夜。あつさの枝門ずりて。新道より生らく出る
ハつまらく菜講釈。席料八銅。講師鵜殿退卜と書付さ
る所。蜘出入口ッ浪とある所。大形の灯しき見るあるに
ひ誘次日よかて飯前り。宗清の座しと内へ入て見れ後
家後もなやまさんとして見へて。宿の主がそうく

㊅一・一六〇①～一六〇⑥

釜の下に火を焼し。茶碗洗て座へ並
ふ茶うハとの前春なうしき人々の様ふて出て講
師一調子勝よく。鵜長の此婆婆の面
るをおそのかりきりしらありて其比九月半
同毎よ京白河の人々罷りなるて出かさぶ所の八面
寺ふ来りし。今日で御へまいるべし。惟今ハそうくふ
あんじいひあつりぬさしまりんさうらいふへもあくぞ
らごらて云人もかし。よ下惟兒の事のひんひゃ
比東山より。安拓流の家へ仕ってみ
の人皆出させてそしる。一条室町小罷あり

二

あへまで出川の在より見参まバ。蔵
けらふ出かりつてもあつ兵すうら
記念き事ふつさん出りとく。人を
おかるさあへるとのかし。着るまで加
閑淨たこりて満ましき事どもあ
分へ京三日。人のふうく事ほし
こしハ。此書しを袁めきて申り茶事
とかつまて菜。第一流の其形文
信のつゝぬそくおじでを能して譲り
敷して。也まあへる思さをおる

三

㊅二・一六〇⑥～一六一④
㊅三・一六一④～一六一⑪

の悪好のたね。末代の人に此世を見せんとて。古
人もや生ましつ。熱じて首も今も。当番の俯ろ露
あるてうぞくしも云を遠り出し。云解しもり丹々摂く悪
仕業なる。奔く金を人へ手紙加へ。せる流云の妄流憑を
なく毎年化さ出て融を助を以ても一盃ばし。悔くと
喰るく癇中も。それの人ハ家役県の下表母さらなる人くな
らびや。けらざ寛永十四年のこ瀬りとよ。盤物虫と
とる。刹刀の牙。それきさのそおあしかる。妖孽也といふ
して。攤こそ一定きしまうりとしよふ人をなさうふれん名
整この北除宗を静仏ぶ塊次郎兔ヶ娘。神田の比丘尼

のれ露さへ。おしや長なる黒髪を元結際より。捌くと
薪らぬし。毛もなひ座をいてちらまど。液一人あ
らそふものなく。家々より家より云渉へ。旅もむべ
頭巾をかぶり。碑巷して。夜もむかでばん。おそれ松て
さかる様ふ。南表座敷の上塗しゑ。髪切虫の薬なり。
うらじけなくも東都より下伎まうて。表を取りて写し
てあるしと。実図なり。悪魔の風の吹きるふやかく吹
めど。繰法様の神風と。まかくしくこしらへ。家々の
門みな張ちり。繪みを佩らく。売了出此後ハ。髪切
出こそ。家々にかける。実竜の下に陀羅尼経よ

〔六六・一六一⑪〜一六二②〕
〔六七・一六二②〜一六三②〕

八

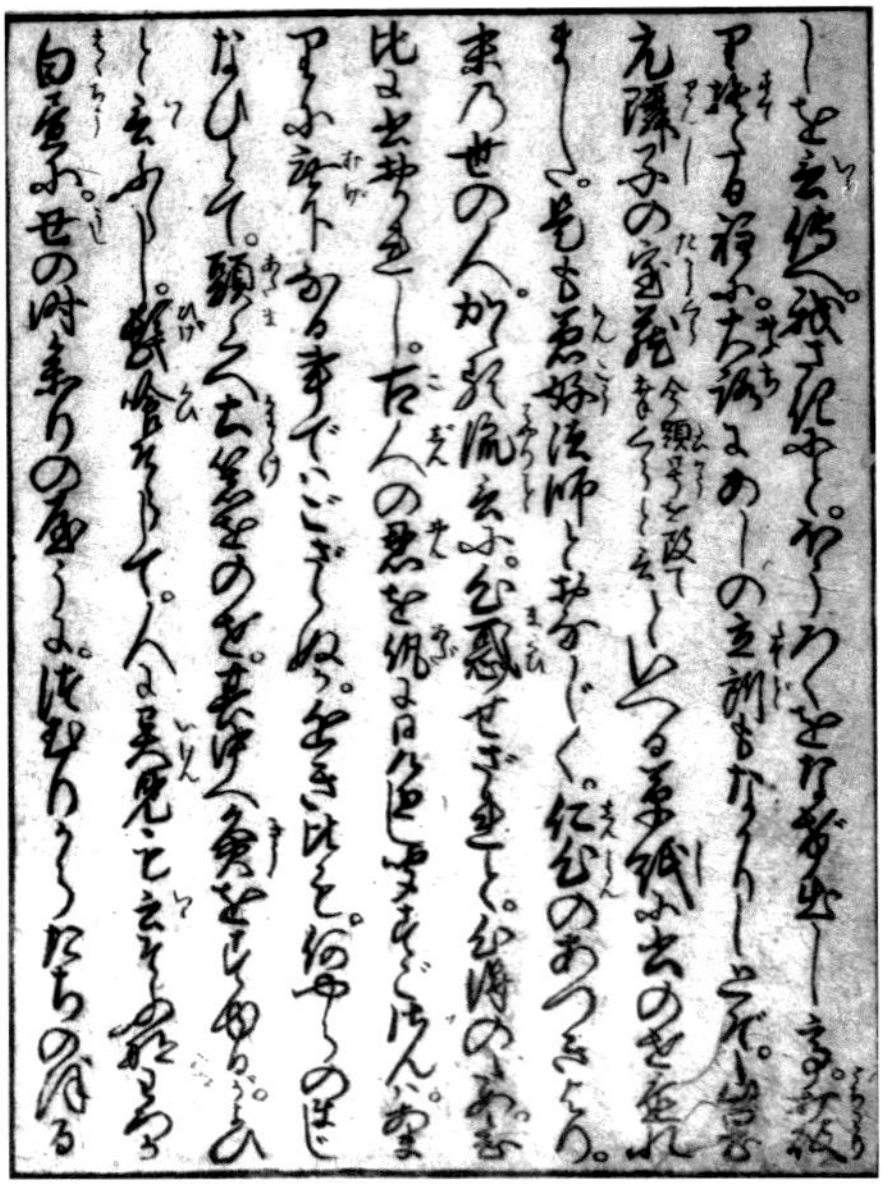

六八・一六三②〜一六三⑧

九

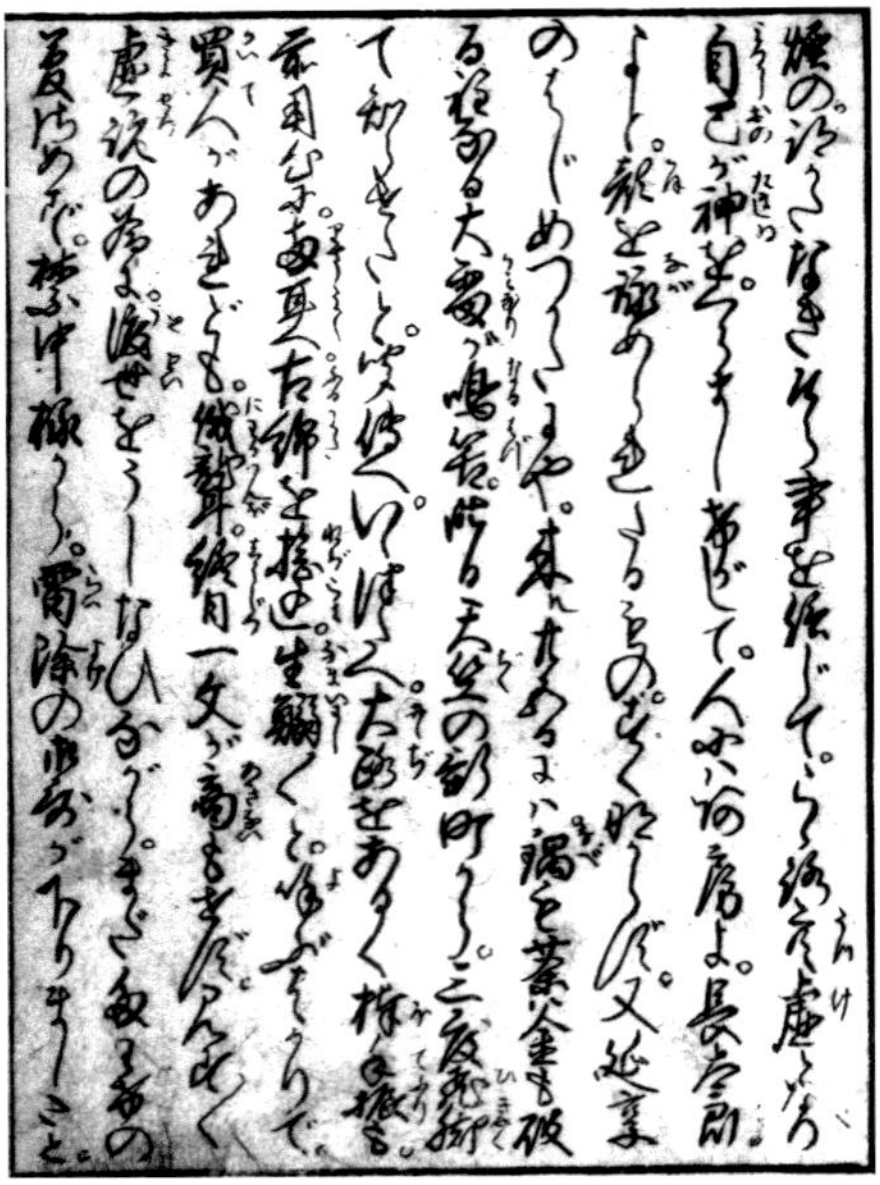

六九・一六三⑧〜一六三⑮

一〇

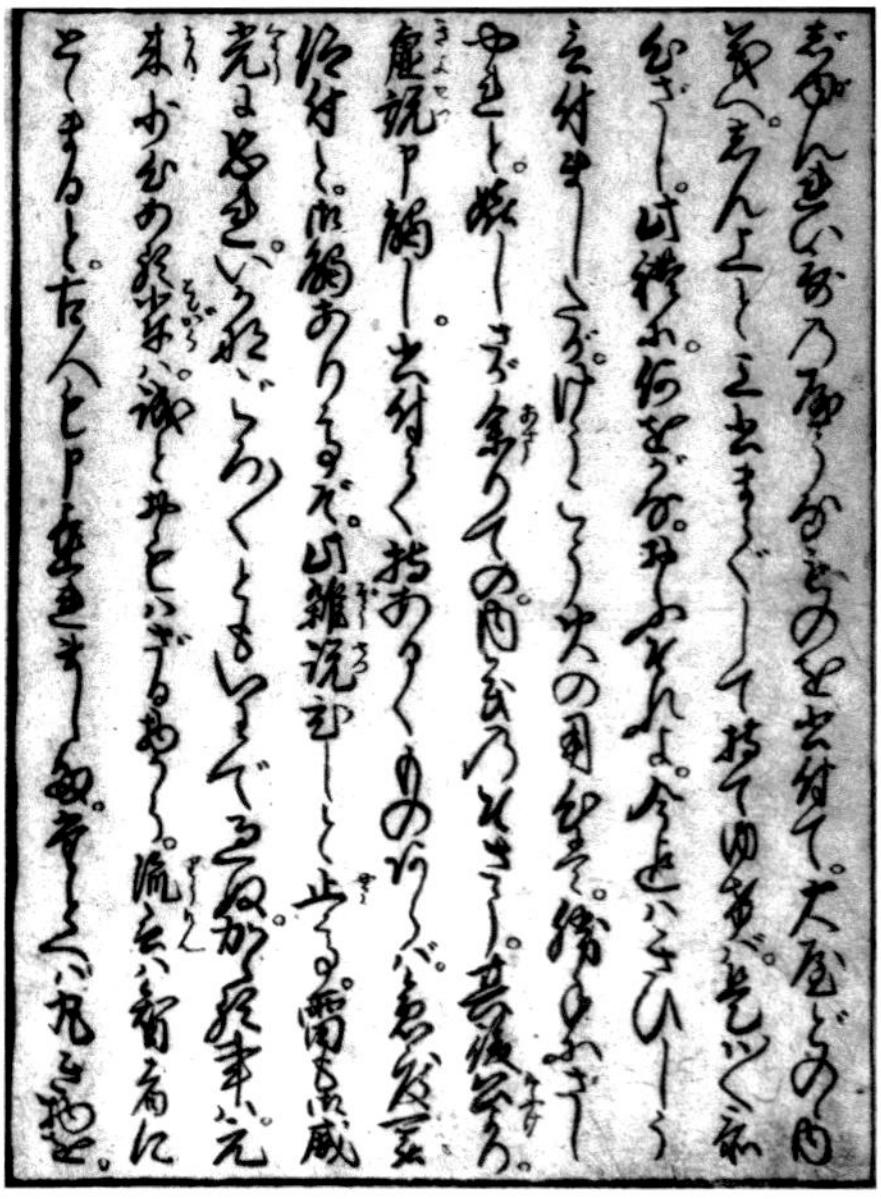

六一〇・一六三⑮〜一六四⑥

一一

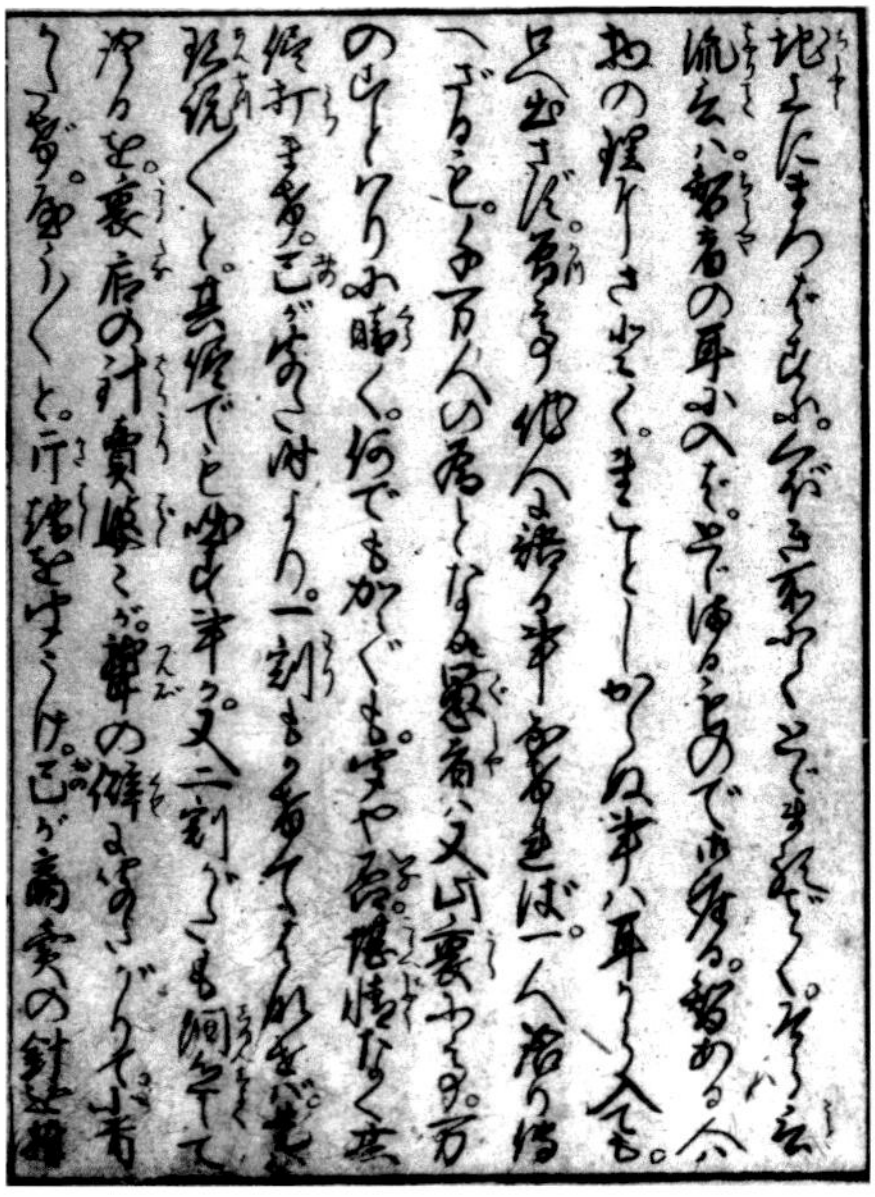

六一一・一六四⑥〜一六四⑫

六一二

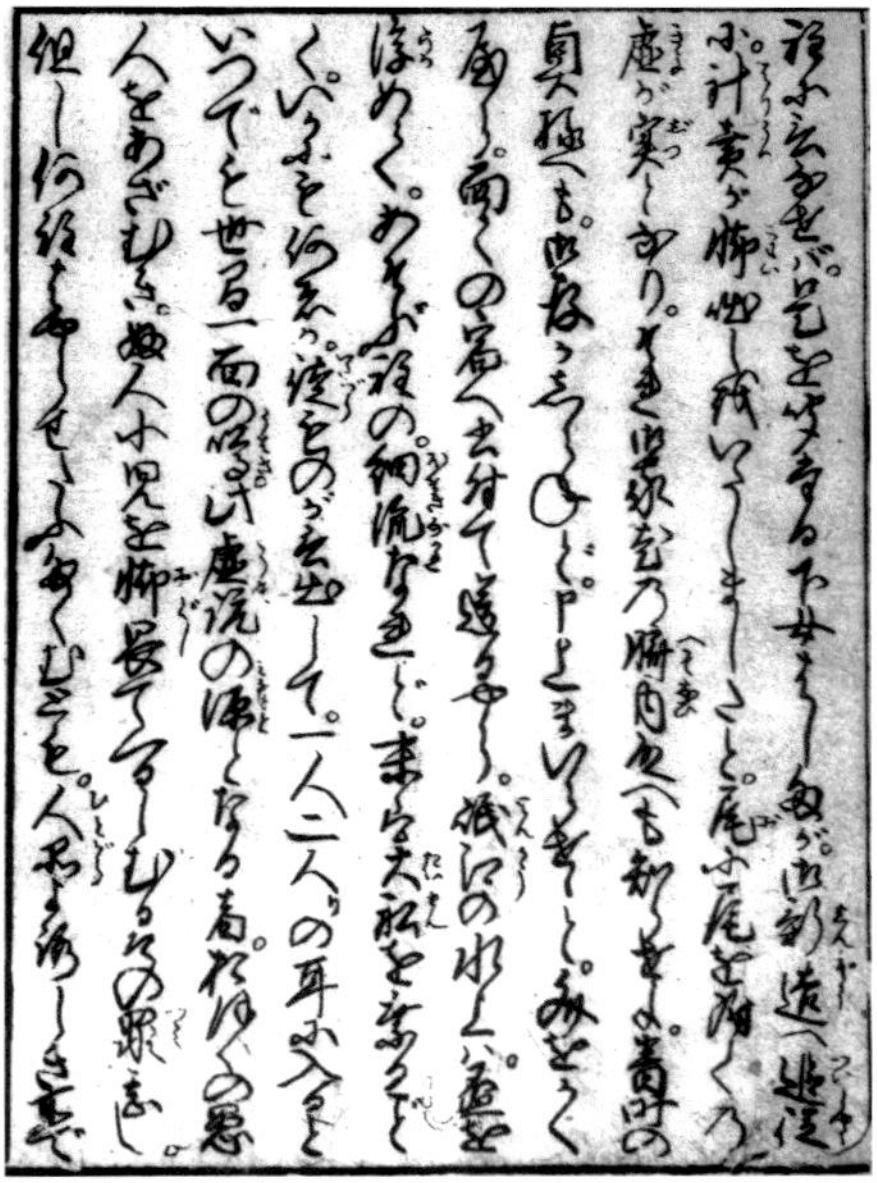

一三

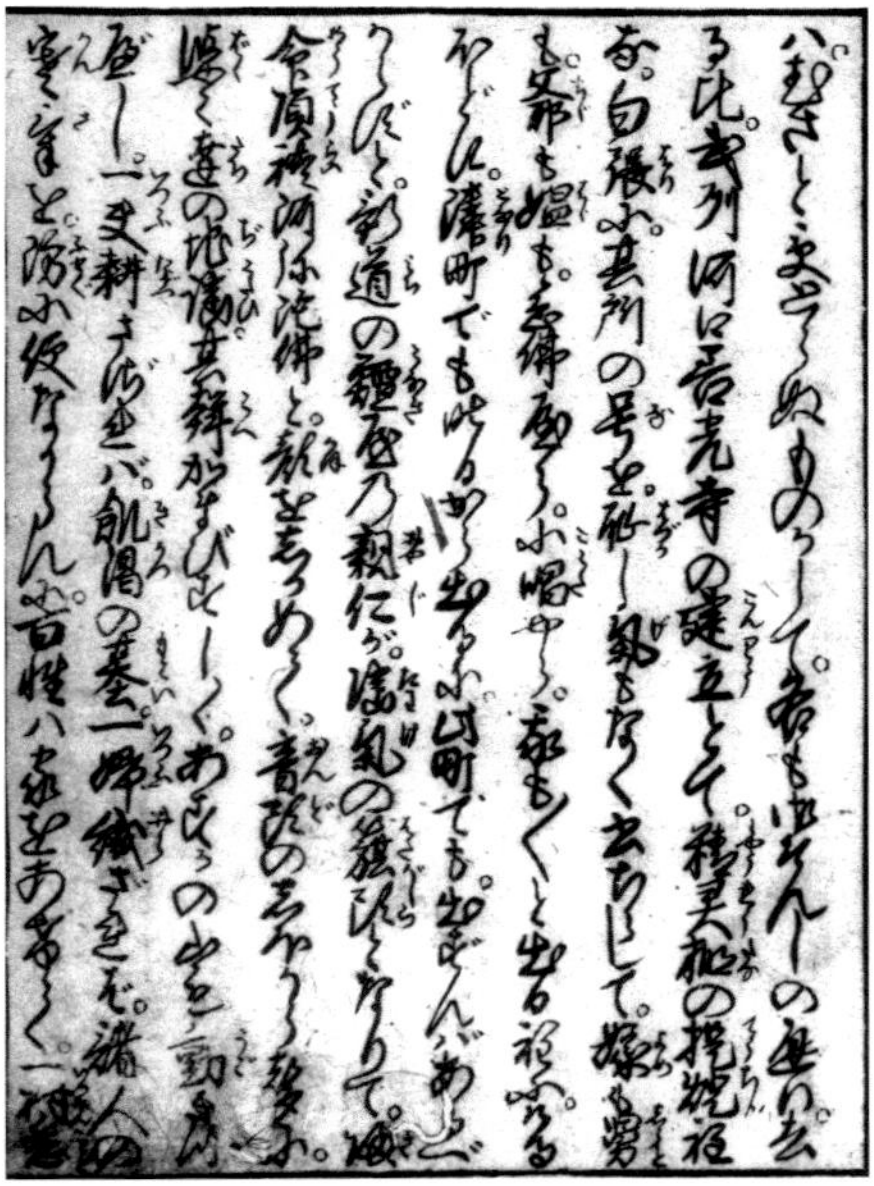

六一二・一六四⑫～一六五③
六一三・一六五③～一六五⑩

一四

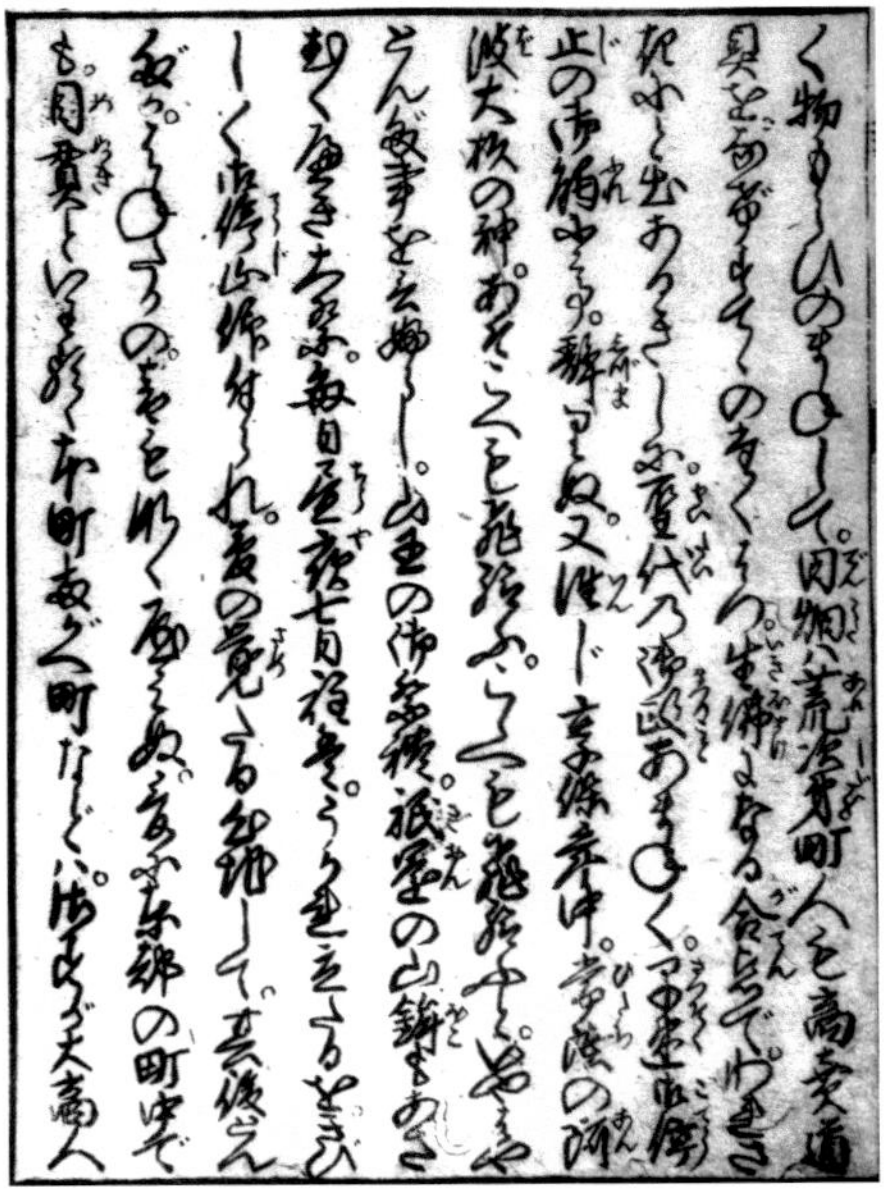

一五

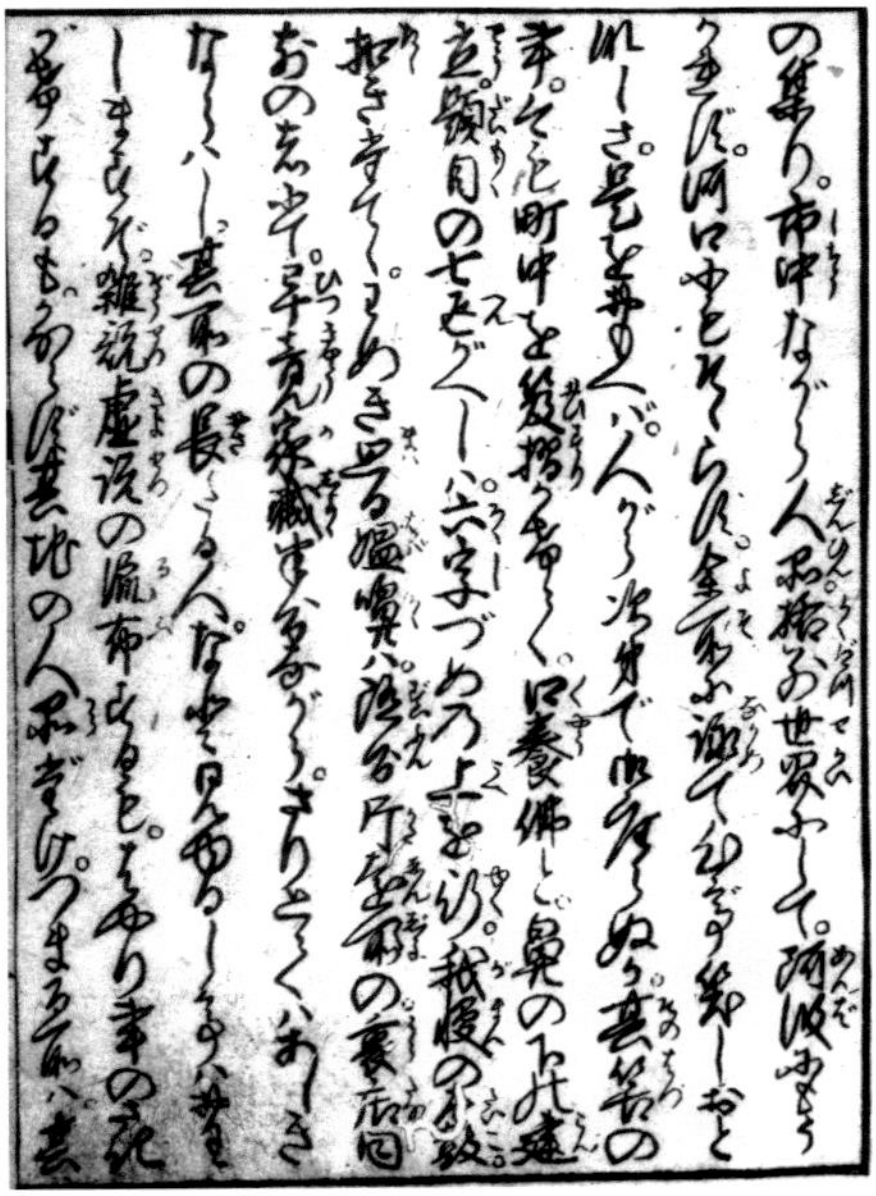

六一四・一六五⑩～一六五⑯
六一五・一六五⑯～一六六⑦

町衆の馳走ハ。其町の大屋振町会座敷に。居丸より大
きなる焼物をすゆるからに。其地の風俗を正しく語べう
し。世上が娘に歯黒もあくり染の異風が。あまきなの
の子ゆえ紅の地で。模様ぬいく今やうやせたるハ
いろしや。衣裳の紋所さまぐ。紅太夫で揃ひの上
小遊女も京の森り。おくいきまぢなくハ春らしき
よけ着つりて。唐葉鋺の古ひがたるがもとハされ
ど。ふきの娘ぼしや。此の京がうをぬもあちりまか
ハあるまいと。まで姑嫁り比ちかましくとやどもし
こらの娘ご出見の座り給ひ見の引くさで。八天狗

嫁みをむかふるゆし。夷月のよりひがし山の一流なり
ら紙撰して。月ぬぐひの赤くきまなりと。すや書き
ハ。ありもこれせぬ。たちかいぬし八幡皆立の良き
茶をも取く前実の一本もちてきて振舞が。なかり
事の座頭を頼して。乞食の両精すがって振る模さけ
させもせてまんとく。其綱ふして舎ましうず。目綿面
ぢん裏所で。させどもこまい。薪釜をおろさす
明松の娘波世見守させてうかれしてよいさア面しでハれ
ありぬら。あのつくあかず。川人実の者ちを陀嘘ふ
してまずまつひなく。其後ふし給ひしまで。ハむ

六一六・一六六⑦～一六六⑬
六一七・一六六⑬～一六七⑨

二二〇

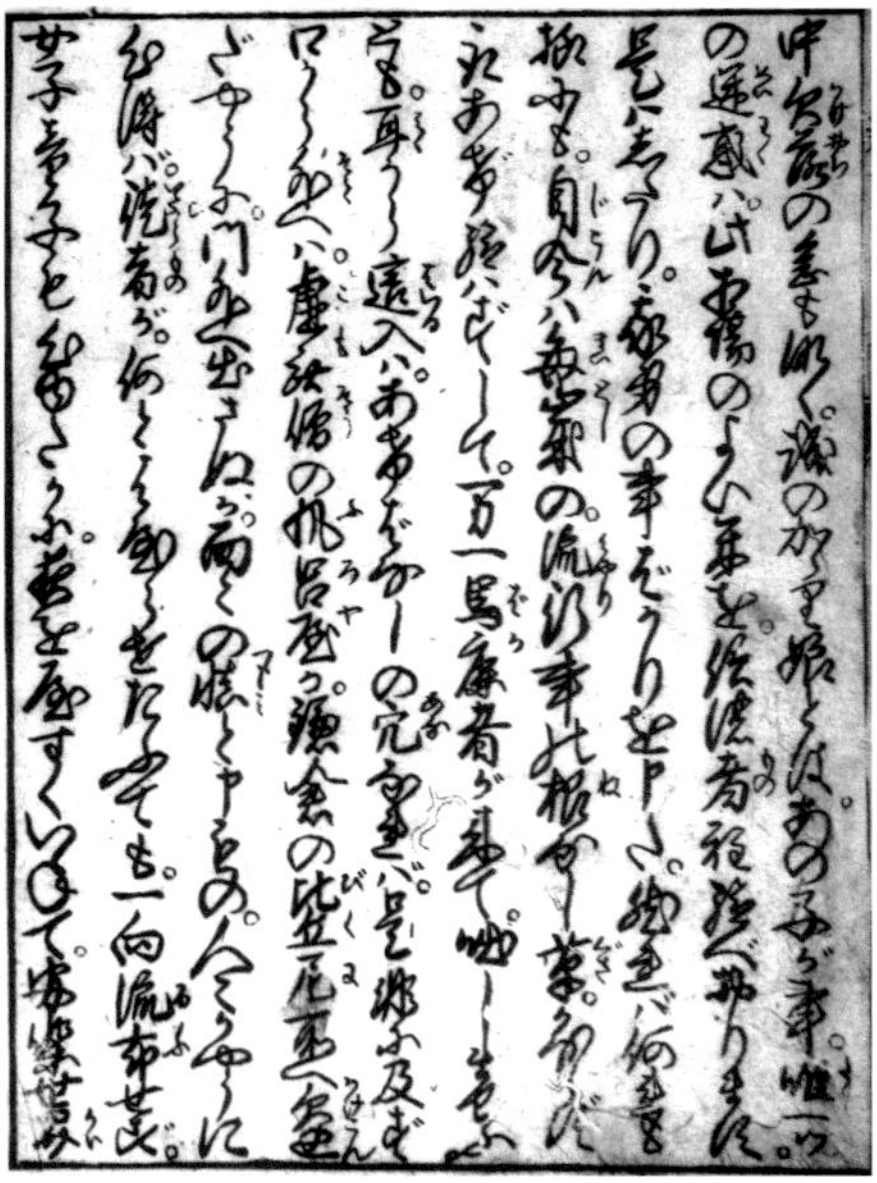

二二一

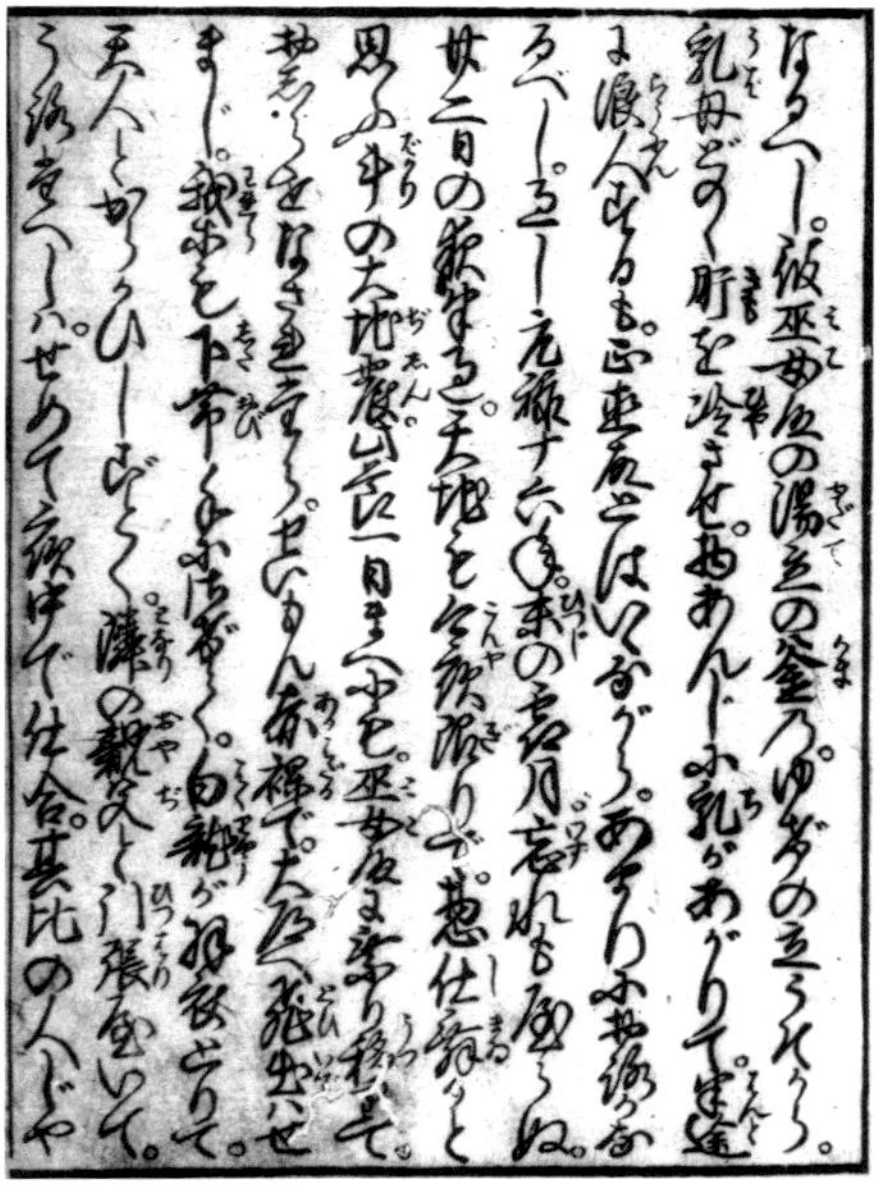

因二〇・一六七⑨～一六八⑤
因二一・一六八⑤～一六八⑪

二二二

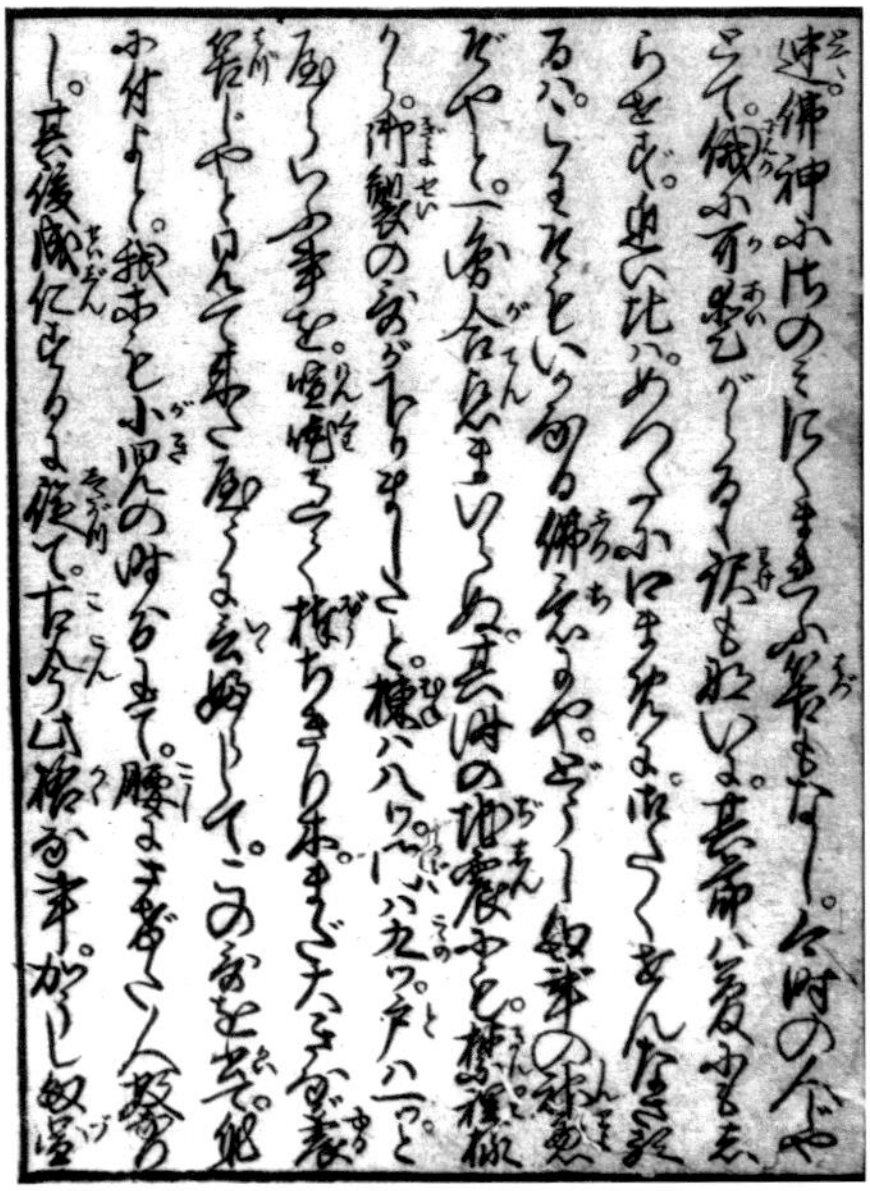

二二三

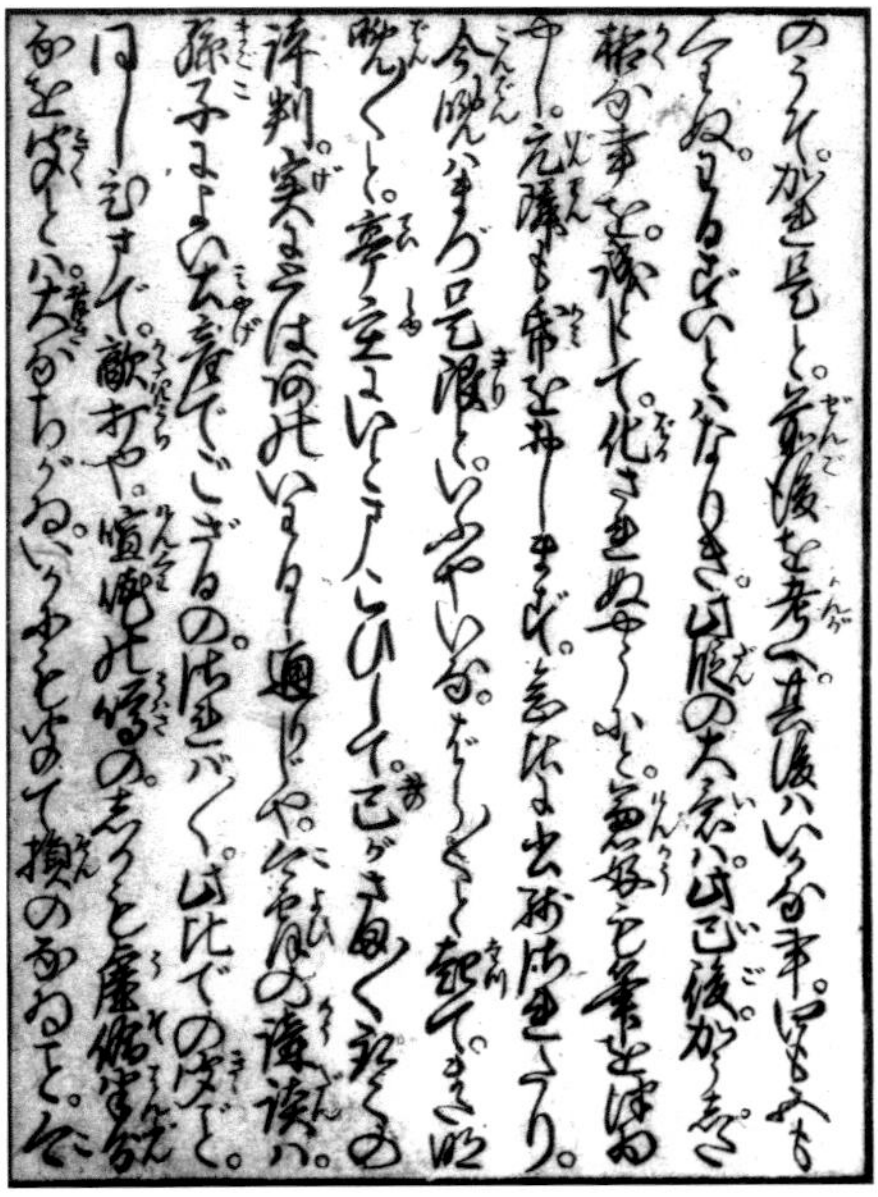

因二二・一六八⑪～一六九①
因二三・一六九①～一六九⑧

六二四

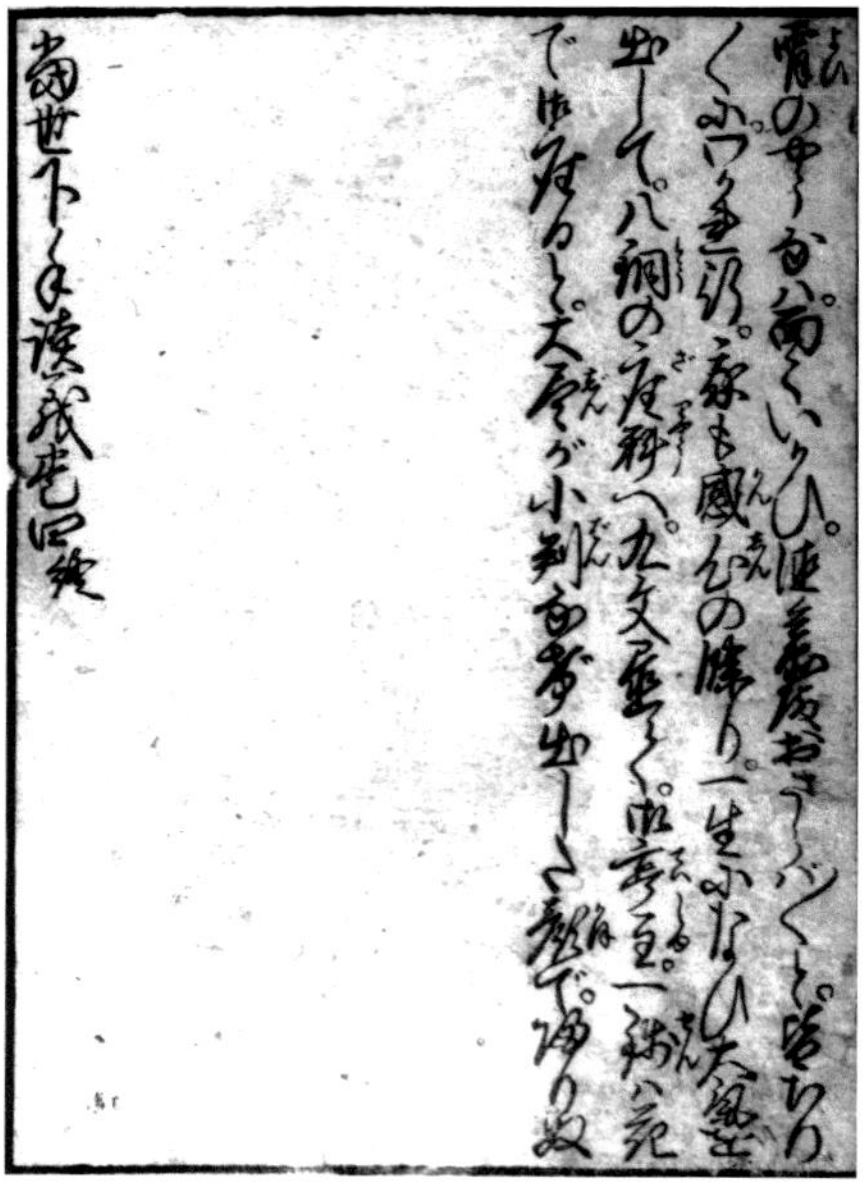

当世下手談義巻四終

六二四・一六九⑧～一六九⑪

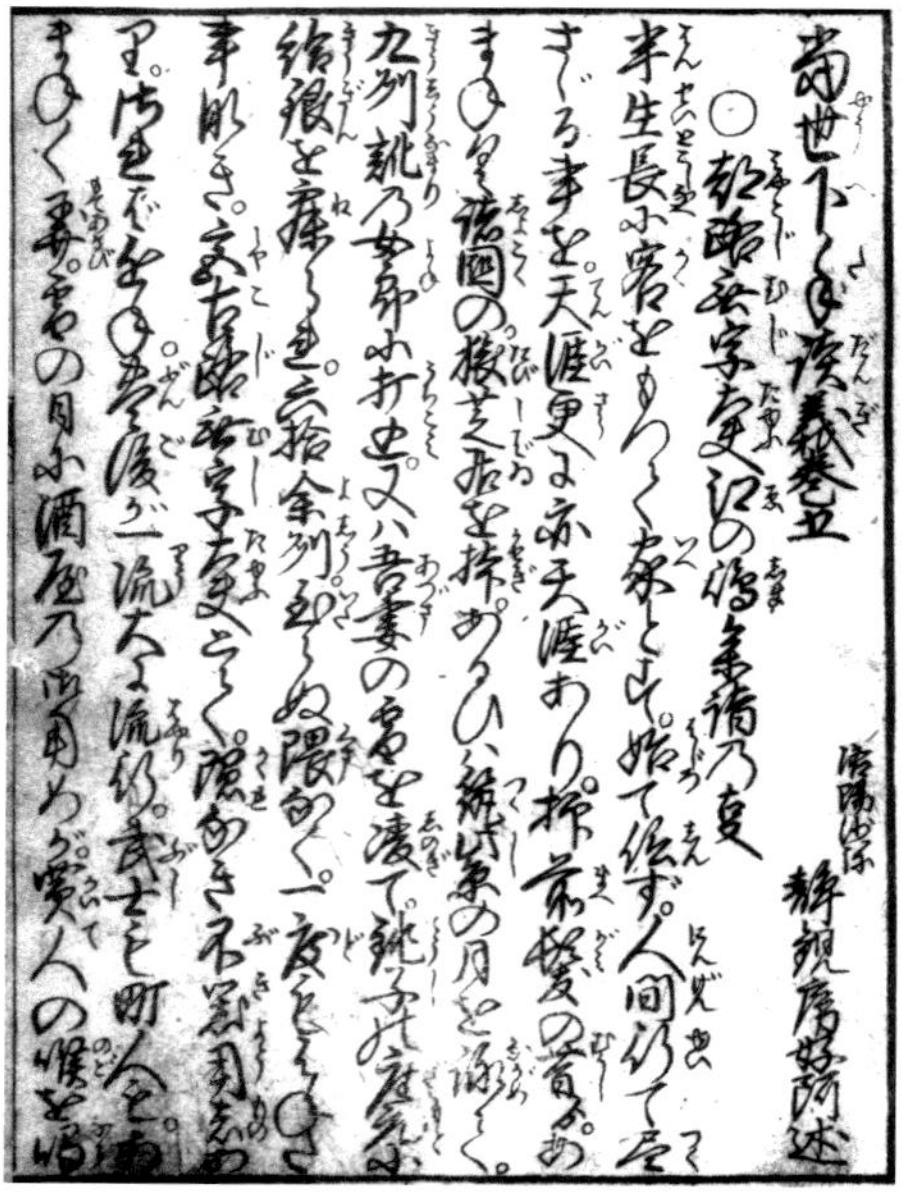

当世下手談義巻五

静観房好阿述

七一

七一・一七〇①～一七〇⑥

七
二

して治せず擲す。秋のまより始しく／＼と。いふもおろく
あるひはあらしれひと始し。夕暮が病字次の外。是もそれ
見逃下されまじ。後薬とも。又始しく。やうしく医者の
玄実の常く。是今出云入ては治者元来素問霊枢
よりも後の骨髄に徹し。何じや文盲に成ものよりまの
持病じや。見たる事はない。た後くせ病に。歴してやまぬと。
五年もそこく。傍より来る者より。さり候へ兎角出して。大概
の日和に。雑神などへ語る執付神農も薬師もおき玉
果させ給ふらん。是指よも兄弟共薬くすりてもやまば。へ
に治み石女でも。今は我も内証がおゝてまする者じやぞよ

三

く／＼今眼に掘を生せ玉ひや。明るまで祈りて。御利生
し。盲坊主が還俗して。よい気附合に神まねる。大唐
がおさへ歳月さしもなき我中に。いろなきばかりと酒が涙
し。いで立人生の禍福は耳で嫁次第といふのとられけり。
世もが耳は同支なつて入て猶あま。出ざ海はしばらく
分なし／＼かくちうろが。喜び返世のしはし。いざゝらば江
の嶋に詣て。弁才天を祈らん。せめて／＼の夜に。立寄る
被て雇ぬ夜の分に寝つれど。やうやくとおもひ立が今日ぞ。荷来
旅用意もなくもせず。一足宛よ。過ふして附き。不便
ぞも抜ら世ぬ若し。独笑して足よまうせ哀く夜ぞ。夜や

七二・一七〇⑥～一七一④
七三・一七一④～一七一⑩

四

五

七六

六

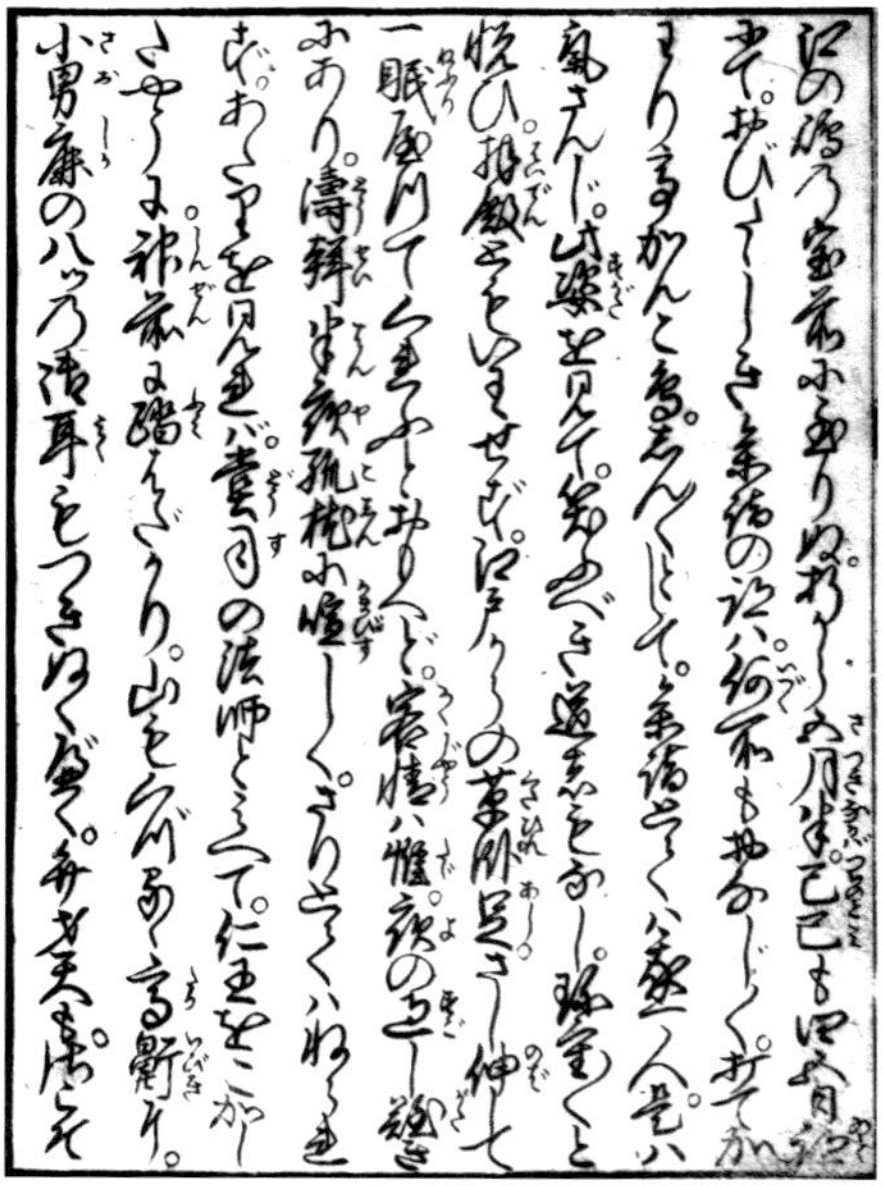

七六・一七一⑩〜一七二①
七七・一七二①〜一七二②

七

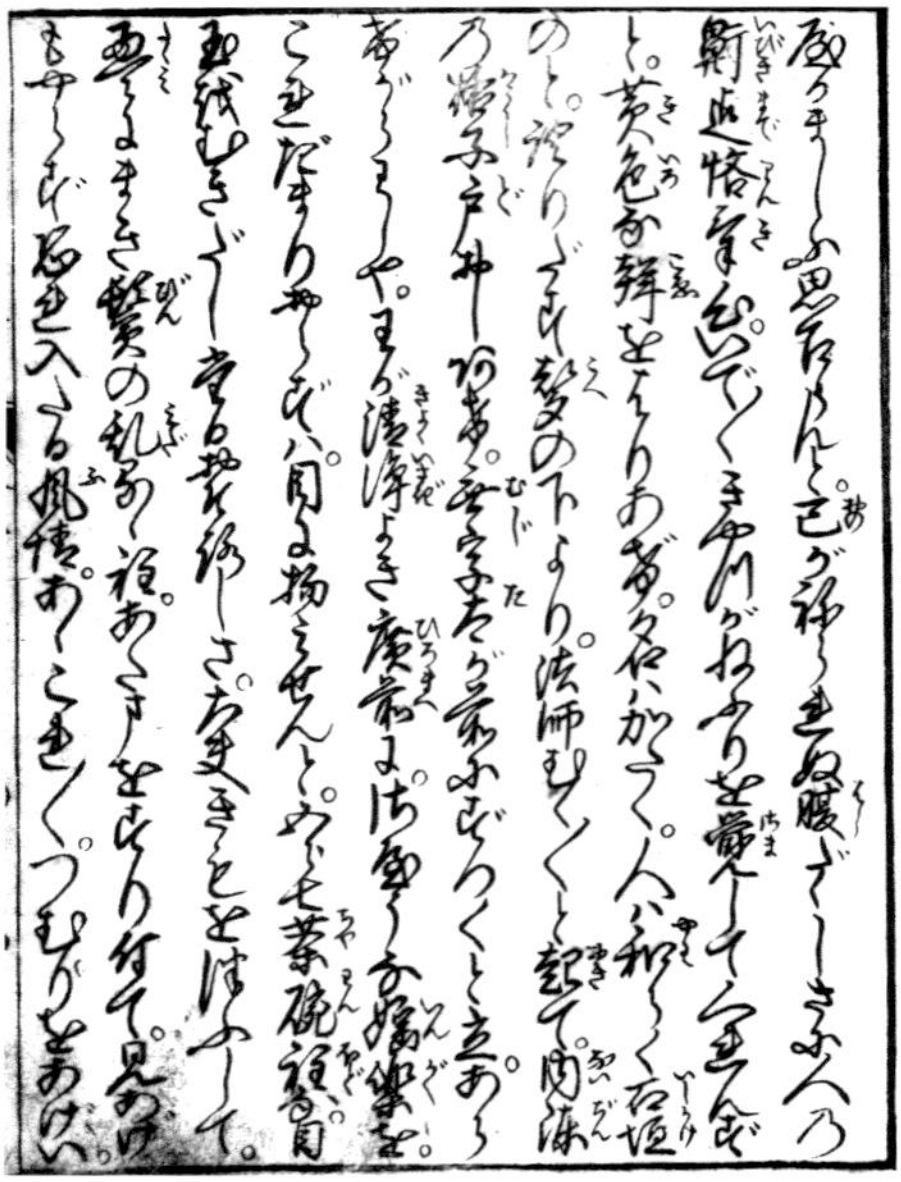

八

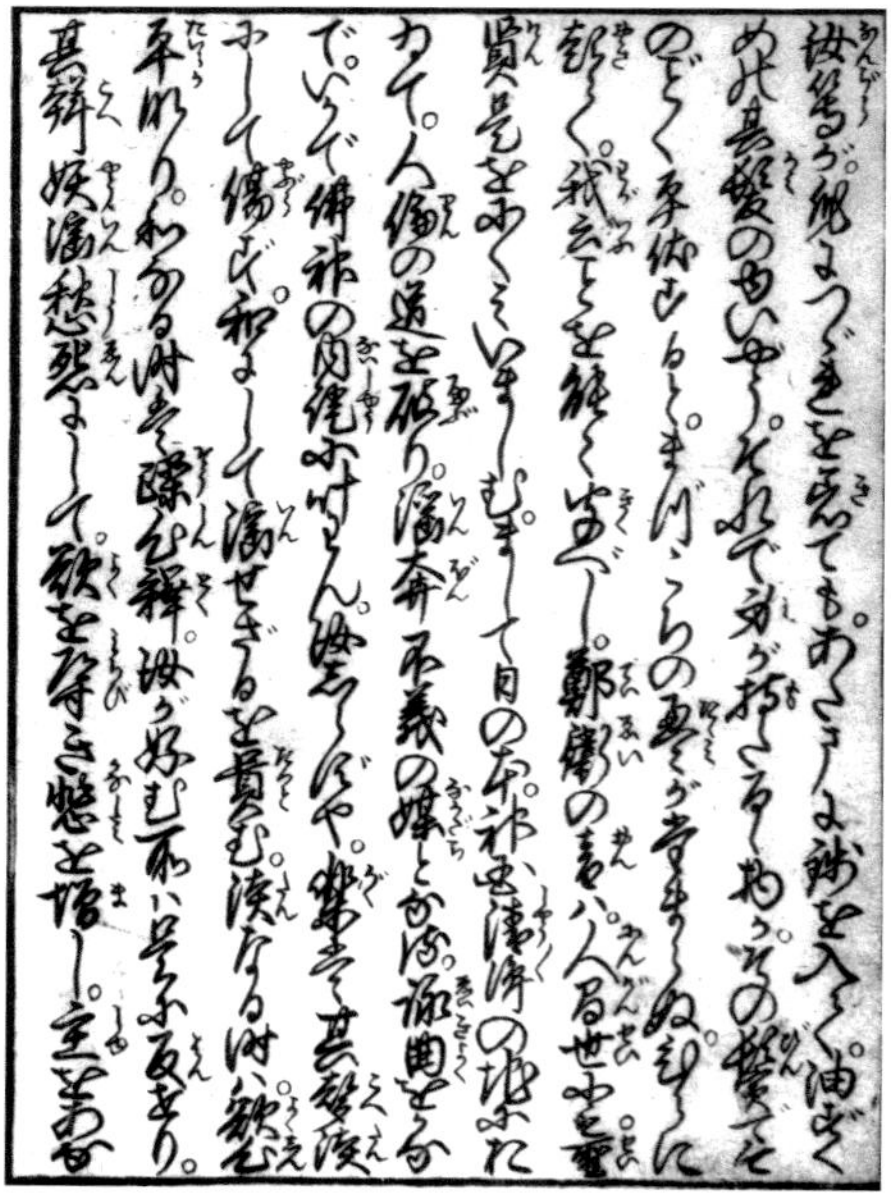

七八・一七二②〜一七二⑨
七九・一七二⑨〜一七二⑮

九

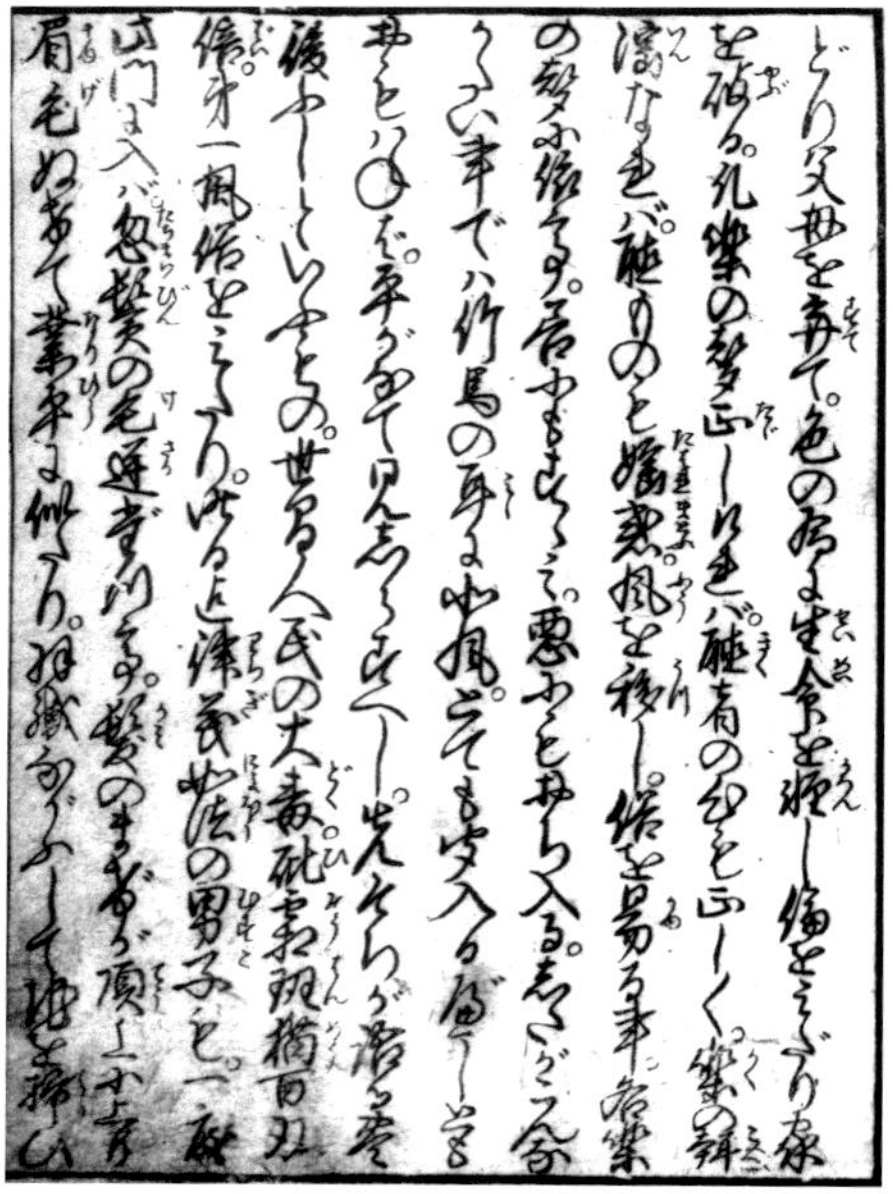

七一〇

りける有頂天ぜざりしもふきれし。然れば浄瑠璃といふ
ものハ浄瑠の遊戯なれども。是もいはば楽の一端なれば
綺語なれ。天地自然のお恵ありて。其地に備り。京都
万代不易の楽なれど。音曲ハ人の堪忍なるをも見ん
習ひ。下ゝ町人にても。自然に物和らぐ事ハ人の心。魚それ
風俗に感じ。むかしより二中が流行。さて大坂ハ日
本第一の大湊にて。其の繁栄。遠近の諸人。いはば日本の菜
種。それより芸文の世話じ。万事逆ひ続けば何の咄
浄るり浄瑠璃。諸芸。天地お恵其外能らず智敏
此の事ゆゑ。文るおもし。読く雅俗お交え。都会お

一一

対して。やらら金銀を感応して。ららさてもそれをよ
き流行の事おもてなしび。其頃ハ雲お武勇を宝して日本
鎮護の武庫おして。彼かも柔弱なる事を嫌ひし江戸
四角の。摩下なる付き。武士の風にまよひ。軽き町人
の江仕立て見ん事。世に万歳として。男の詞ハ世俗
一に方盆の格に。髭合あらして。うらくなんのいおとしや。
そもそもおひびの。よさんせの弱き詞なく。
和らして流行ぞぎらりとあれん。土佐節し。天地お恵義
印むかしの肥前節。金平吾竹。薩摩外記虎屋喜元
栄いつも江戸武士の張ありて。江戸節と云ふ融かし

七一〇・一七三⑮～一七四⑥
七一一・一七四⑥～一七四⑫

一二

かくれ。古今交代逆世の流れは中にもまた京の物り浄瑠璃。
和らして秋の優美に和らげ。要おりて極りしより。孔目なれ
中。何お浦くまでも妙ふ人なく。門人河丈夕丈孔門
の顔子曾子。秋氏の阿難迦葉のおどろく。名投机ハ紙融
めず。正風の一曲天地を動かし。鬼神を感ぜしむ。万世
の末まで。一流ハ絶へぐ。摩まで。常盤うきさんへの
也をなくさむ盛りしむい。種姫し。御の如が好む家乃。
文字語ハ豪家の婚礼の席と遊芸で。其当世人への骨髄
ふ通りぬ。絶し。繊き沈淪とありぬ儕ゞ親くが油
びありき。それく庚銭を収て。他方事寒ひ迫ひかりて。

一三

今で残念なる夜ふ我もくしず○よき節ふら京の加太
て。おもう○くしていぬ浄まで浄瑠璃なり。既始るを
身一しくまむひ。小声で男ん風俗して。花おなく宴も
たほく。おまうらへ女がおかもそをまひ。相撲なるす服指
追さししく奴まで。折そ見ん女かぞうし。昔ハ遊の舟宿の
女房まで相撲をとられる。其ハ大師小家の芸術もおさく
る畜の子とも女のおるまじき風俗させる。相撲さきくる
親の節しそうりぬ皆是悪人へ女むろまさだ。神仲
間でも氏子の風俗おしかまことハ。風の神さへ弁まなぬお
らし。家合の房く皆く此浄瑠璃のゑ取り。慰して謡

七一二・一七四⑫～一七五④
七一三・一七五④～一七五⑪

の正しからぬを眼妖と云。言葉の正しからぬを言妖といふ。かの狂惑なる娘子が二十ばかり家に在し時も母およびぬ言葉はけんけんがいひさかいよりみなんぞて言を悪してぬつしかるいふもしさ。承ていふべき事を知らずけく勤喰なる尤ろ。いらぬ狂惑の悪事なれど。すよりく心ある物の道理もわきまへてしるべきぞかし哭りんなきバ知せてくのしく打也。是ハいらざるおせるといふなよや。彼ハ親兄弟がの諫をしるもめはけぬ大悪人とぞれる事也。かく父兄ある者いましめ先ずんバ次第よくまろく成りて。終に腐れ果てあるべしかる

言葉を。悪口に吐出して。打擲迄なしけり。おやめきさる云の業と知りして。高慢なる事も恥と知らハず。いとをかしく興じ。まして狂惑なる人と寄そひとも立ねに。物入て仕立てく世話する。おさまりしき親心にて縦りよ強娘とうしらく見え其上に母さ母見る子とき後譲りを寵愛して。嫁子に淫乱の指南致して母が一室の浮屋理ゆりを家族の内へ入させると。辻風を入るる如く。其家破損せざるハすくなし。見よよく姫や娘が出入部して。乃さ親のあてがふつき。終になりし。世中の相対死せ悪興して。辻中の倒死。醜をもの似合として。一家親

七一四・一七五⑪～一七六①
七一五・一七六①～一七六⑧

類よ。恥をさらし。親兄弟の歎となる者なれバ。いと浅まし。浮世に心中して死ぬる者。将棋倒しに方々のハやりし。まづよふ積りてもみよ。未来までもすぐく添まじきよといつ知ものぞかし。今生で親兄弟に難儀をかけ。人倫の道に違て死でものを。あてらふ誰が世するして。夫婦よして極めのぞ。世でも罪人の牢獄に入る時。男女一所によ在りて別き所よ若又其親兄弟の追善回向が重て万に一つも極楽へ生まりとても。彼地ハ元来女人なき所へ女も変成男子となきてぞ。折角痛目して死でも。生に男子となりなバ。どちも生へしぬ角つき合でハあるまいか。是妄執といふ狂惑也

事を歌ふ。無量寿経の偈頌に世中といふハくるしき禽獣といふハ音かんとしてゐるし。至極の格言云三宝云ふに父母をよく〳〵とりそバ。生を転じ親の遺体を傷り一般いんぞ。人倫の数なるべき。禽獣とは言ふも更なり也世中の源ハそれ〳〵師とあふぐ。老後大丈夫なり是ハ身を縮て云に知よつべし。世人おほよく知ると言ふ。歳目毎武士所に嫉妬女房の欠唇もゐ作るべし知べし。見る者其世云の浮屋理本ハ経書仏書を商売にする店よハ一向売買せる事なれし。唯此をきの絵草紙を売る事。高売するの心ある者がどうしておろそかなる、のぞまで好むハ

七一六・一七六⑧～一七六⑭
七一七・一七六⑭～一七七⑥

世流あそびて。今売買せずして。板行と保留る。色風俗のおさなき害ある本なり。此の浮世理ハきんさく芸好み床の部つけるおかしなれども父母の前で素読よみなりのあらばれ。此書バ至しの比ある書物屋にて。己が名とて紙表具でこそおもしろ。我が姿を筆で過ぎ作の頂まで娘げ。表比に新工夫しある後の人。一枚の黒羽織黒小袖の裾ひきずり黒ぬりの下駄をおろして。白い歯は歯なくなりて。鼻の先まで真赤なるが。懐ぐと乗りける。本屋へ来り。其後の浮世理なとを買いといふ。元来至るは。謀なる奴にて。好んで悪其後部八一冊ときまれば。其後へごぶりませぬといへは

作ん眼をつり上げ。其後おしよせたりく。本屋しやと思ひて書本を。肆を仕立へと。此度おしとて埒あけると。わき目おふりなり。世に八人かな馬鹿らしくどおもなく。此もまたく過ぎ後めて。古今の古板よ立ち埒あかぬ。此なくは河東が下となりて及ばざらば。京なもしとまでべ。あの浪花であまひとさし合と。おへまぜれたる。悪浮世理ハ妙なく取めかせよ。それも紙鳶蛙とい。虫の己が子也とあつて虫をまた集めて。巣の中へ入れ置。其かとりをまずず。紙鳶と呼でまずみし。巣の中乃虫悪く飛とする。見んよく悪仏部目。此の虫の方へさ夜舞。嫗が死で。其の舎利とかり

七一八・一七七⑥～一七七⑫
七一九・一七七⑫～一七八⑦

さまである事。是もつてよく人に染込骨に通り返るを
しなけれバ。唐の女があの声を。山水の景を好み死して
も山水を見んとする形ちを骨に残せし例もあり。何
があさましき眺とて。寐てもさめても。人の女房を盗むの。娘
子を娘分の。しのびにの不義密通の事を口ずさめバ。是が自然
おのづとなれけり。骨に深く髄に染り。浮気者となりしいでゝ
又此比も回向院の開帳参詣に参りつゝて。両国橋の
辺を漂泊して見れバ。三ッ口の泡盛が二階で。忍ぶ妻恋や
おのが役がらさ。六文が抱食なれバ。大臣の柳らせをしてお
かしみに出でけり。恋の実れとやらん。其の声が流れ来ぬ浄

面理をせめて浄瑠璃を語りし事が。陸奥の名所都も名ごり
いふまでもなし。二類どもさうまぬ出ぬる家族の舞でみる
里丹るやらしさ。神まども。あの当りで仲居が二三軒ある故
本川ワシづらの無理天から勤て出世石んで尻へ
も浄瑠璃くをもと云処して。一ッ月であそそれ無ふ
て。渡りが当世の事であつて。彼等が浮浪婦で。小独が
見るふかなりて来て。折角ちそそれ江戸中へ言葉
まどひして仕出かしぞや。其の以来。あし西中の娘の出婦
風に悪をしてまし。修行遊をなさる人のたゞや娘に婚
ばかりぞや。忠義の志けし。いかにもさ。浄まバこそ

此浄瑠璃を稀にあざる家には。不義放埒の沙汰なきハかし
こみ。ん八武士も町人も。浄瑠璃をバ疫病神同前に掛
深く家繁昌の基さへあるとぶから願ふ。匠が人に向ても女
共の道も去る志ち底の内義ろ成人の娘二人まで持し女
を延かきし八。わきよく神通の有る者。我自念ずく
の大蛇をば清姫し。一口にして見せむ
申もして見せむ。我神通を以て見するぞよ。以後
を知るべし。大体の浄瑠璃の文句にも家の背をもつて
断く八。海が一念をもつて是り事を見るまじ。つたの浄を教
戒せんなり。巧の皮肉を入れしが。あへそのよ此場

色拵が。ねがくは御主浄瑠璃。かりそめや内陣でわれまで一
日手本に稀しく習ひ止と。神にあつくたる世話ふと見く
て法師ハ。大本のたかなるも。大どれをたしへ言の金輪も
あく文言を動き教もく丁寧に語しひ。神さまは。やあらく誠
ぶしをまめく。神の其まゝさんとこう。くみ来る南无
や志の一分の鳥がさえへ八声聞くまゝせしく鹿を恋り。らせ。
かさひし空へ立つの。大体の古風を存なびしを感せ
嫌者こそなかりし

当世下手談義巻五大尾

七二二・一七八⑦〜一七九④
七二三・一七九④〜一七九⑩
七二四・一七九⑩〜一八〇①
七二五・一八〇①〜一八〇⑦

七二六

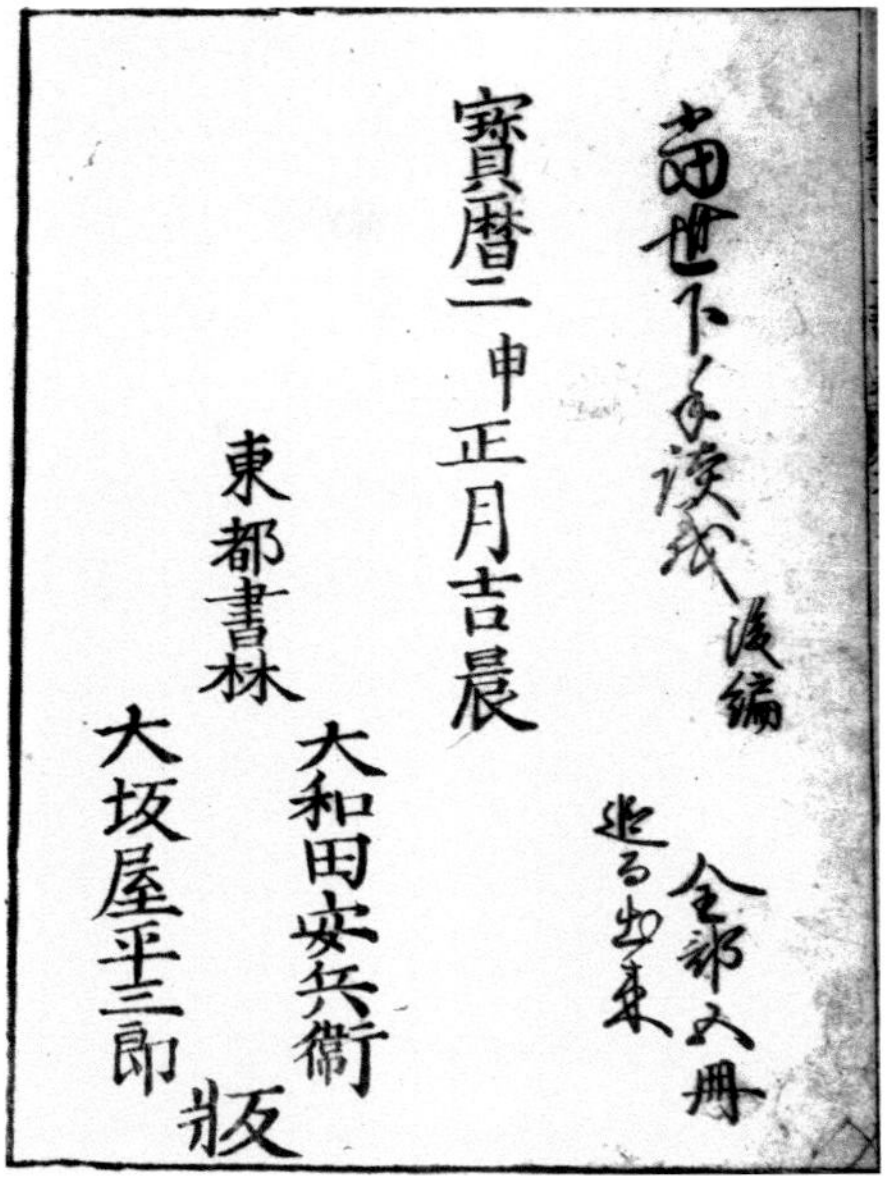
当世下手談義 後編
全部五冊
近〻出来
寶暦二申正月吉晨
東都書林
大和田安兵衛
大坂屋平三郎
版

七二六・一八〇刊記

第二部　『当世下手談義』総語彙索引

［あ］

ああ［感動詞］ [五]八・一五二② [五]二三・一五八① [七]七・一七三②
あい（間　あひ） [一]二・一一一③（楽屋から橋がかりの―で）
　cf、あひだ
あい（相　あひ）［接頭語］ ↓あひ
あいあい［感動詞（返答）］ [五]七・一五一⑪
あいきやう（愛敬）
　cf、しゆにんあいきやう
あいさつ（挨拶） [二]二二・一三〇⑭（―めされ） [四]五・一四二④ [五]一〇・一五二⑮
あいじやう（哀情） [三]一八・一三八⑧ [三]一八・一三八⑩ [三]二〇・一三九⑥
あいじやく（愛着　：ヂヤク） [七]一七・一七六⑯
あいたいじに（相対死　あひ：：） [七]一五・一七六⑦
あいぢやく（愛着） ↓あいじやく
あいま・つ（相待　あひ：：）［タ四段］
　―つ（止） [一]一〇・一一四⑦（―といへども）
あか（垢） [二]二三・一三一⑥（―かく）
あか・い（赤）［形］　あか・し［形ク］
　―い（体） [六]一六・一六六⑩（―きれ） [六]一七・一六六⑭
　（―（イ）きれ）
あかいわし（赤鰯） [一]一一・一一四⑬
あかざ【藜】 [六]一・一六〇③（―の杖）
あか・す（明）［サ四段］
　―さ（未） [四]二一・一四一③（一夜を―せ給はりさふらへ）
　―す（体） [四]二〇・一四八⑥（一夜を―ばかり）
あかだな（【閼伽】棚） [四]二一・一四一②
あかはだか（赤裸） [六]二一・一六八⑨
あか・む（赤）［マ下二段］　あか・める［マ下一段］
　―め（用） [五]四・一五〇⑦（顔を―） [五]九・一五二⑧（顔を―）
あからさま [一]一五・一一六⑧（―に）
あが・る（上）［ラ四段］
　―ら（未） [七]二五・一八〇②（神は―せ給ふ）
　―り（用） [六]二一・一六八⑥（乳が―て） [七]九・一七三⑮
　―る（体） [二]二一・一三〇⑪（上へ―程） [二]二一・一三〇⑪（馬鹿も―もの）
　―れ（已） [五]二四・一五八⑩（二階へ―ば）
　cf、おきあがる　とびあがる　なりあがり　ひあがる
あが・る（上）［ラ四段］（「食う」「飲む」ノ尊敬語）
　―り（用） [五]一〇・一五三②（腹一盃―ましても）
あかる・い（明）［形］
　cf、かたあかるい
あき（秋） [一]一・一一〇④（―の嵐） [二]二三・一三一⑧（―の彼岸） [三]二〇・一三九⑨（いづくもおなじ―の夕暮） [六]一・一六〇②（―の夜） [七]二・一七〇⑥（―の末よりぶらぶらと）
あきうど（商人） ↓あきんど
あきない（商　：なひ） ↓あきなひ　ヲモ見ヨ
　[六]九・一六三⑬
あきなひ（商）［振リ仮名ナシ］ ↓あきない　ヲモ見ヨ
　[四]九・一四三⑨
あきなひだんな（商旦那） [二]一二・一二五⑮
　cf、あきなひだんな　こぬかあきない　しやうばい
あきら・む［マ下二段］　あきら・める［マ下一段］
　―め（用） [一]二二・一一九⑨（―て）
あき・る（呆）［ラ下二段］　あき・れる［ラ下一段］

cf、あきれはつ
あきれは・つ（　果）［タ下二段］　あきれは・てる［タ下一段］
—て（未）【七】二・一七一②（—させ）
—て（用）【一】三・一一一⑦
あきんど（商人）［振リ仮名ナシ］　【二】九・一二四⑧　【二】一五・一二七⑩
cf、おほあきんど　こあきんど
あきんどやわさう(書)（商人夜話草）　【二】一五・一二七⑫
あく（悪）　【七】九・一七三⑪
cf、あくぎやく　あくじやうるり　あくたい　あくたゐ　あくちう　あくにん　あつき　ぜん
あ・く［カ四段］
—く（止）　【四】二一・一四八⑮（惣門が—と）
cf、らちのあかぬ
あ・く（明）［カ下二段］　あ・ける［カ下一段］
—け（用）　【四】二一・一四八⑬（夜が—て）　【六】一三・一六五⑩（家を—て）
cf、あけばなし　おしあく　らちあけ
あ・く（飽）［カ四段］　（上一段化シタ語「あ・きる」ハ江戸デ近世後期ニ現レル）
—か（未）　【序】二・一〇七⑦（聞くに—ず）　【二】一・一二〇①（手に結ぶ岩垣清水‥猶山陰は—ずもあるかな）
あ・ぐ（上）［ガ下二段］　あ・げる［ガ下一段］
—げ（用）　【二】一五・一二七⑤（味噌とやらを—めさるな）　【五】二五・一五八⑮（片足—（ゲ）て）
—げい（命）　【七】七・一七三②（つむりを—）
cf、かぞへあぐ　さしあぐ　しあぐ　とりあぐ　はりあぐ　ほめあぐ　まうしあぐ　みあぐ
あくき（悪鬼）　→あつき
あくぎやく（悪逆）　【二】一三・一二六③
あくじやうるり（悪浄留理）　【七】一九・一七七⑯
あくたい（悪対）　→あくたゐ　ヲモ見ヨ　【一】二〇・一一八②　【五】一七・一五五⑬
あくたゐ（：タイ）　→あくたい　ヲモ見ヨ　【五】二三・一五八②
あくちう（悪虫　：チユウ）　【一】六・一一一⑯
あくちゆう（悪虫）　→あくちう
あくにん（悪人）　【一】一七・一一七⑨　【五】一七・一五五⑬
cf、だいあくにん
あくま（悪魔）　【六】七・一六二⑬（異国より—の風の吹来るに‥）
あぐゐ（安居院）　【六】二・一六一②(徒)
あけくれ（　暮）　【七】一〇・一七四①　【七】二二・一七八⑩
あけばなし　【六】二〇・一六八②（—の穴）
あげや（揚屋）　【四】八・一四二⑨
あさ（麻）
cf、あさかみしも　みづいろあさかみしも
あさ（朝）　【三】一四・一三七⑤　【五】二四・一五八⑧　【七】二二・一七八⑬（—から晩迄）
cf、あさおきす　あさね　あさゆふ　あしたゆふべ
あさおき・す（朝起）［サ変］
—し（用）　【五】七・一五一⑪（—て）
あさかみしも（麻上下）　【三】一三・一三六⑪　【三】一三・一三六⑬　【七】一一・一七四⑧
cf、かみしも　みづいろあさかみしも
あさくさ（浅草）　【三】二・一三二⑧　【三】一四・一三七②（—誓願寺）
あさくさやまのしゆく(地)（浅草山宿）　【三】一七・一三八①
あざけり（嘲）　【三】一八・一三八⑨
あさね（朝寐）　【五】六・一五一⑥
あさまし（浅　）［形シク］
—き（体）　【六】三・一六一⑥(徒)（—事ども）　【七】一五・一七六③

（—親心）
cf、あさましさ
あさましさ（浅間　）〔三〕一三・一三六⑬
あざむ・く（欺）［カ四段］
—き（用）〔六〕一二・一六五②
—く（止）〔六〕一四・一六五⑭（山鉾も—べき大祭）
—け（已）〔五〕一三・一五四④（—ば）
あさゆふ（朝夕）〔五〕七・一五一⑬〔五〕一八・一五六⑭
［副詞的用法］〔二〕一四・一二六⑯〔五〕一六・一五五⑥〔五〕二三・
一五八①〔七〕一九・一七八⑥
cf、あしたゆふべ　てうせき　てうぼ
あし（足）〔一〕七・一一三③〔一〕八・一一三⑧〔二〕二・一二一③〔四〕
〔三〕一・一三二①（俄ぶりの雨の—）〔三〕二〇・一三九④〔四〕
八・一四二⑬〔四〕一八・一四七⑫〔五〕二四・一五八⑫〔六〕八・
一六三③〔七〕三・一七一⑩（—にまかせ急ぐ）
cf、あしおと　あして　あしのりもの　あしばや　おあし
かたあし　くたびれあし　てあし　ひとあし
あし［形シク］　あし・い［形］（中世カラ近世ニカケテ用イラ
レタ形）
—く（用）〔二〕一七・一二八⑧（口上は—とも）〔三〕二一・一三
〇⑥（—なるぞや）〔三〕二・一三二⑦（世次甚—（悪敷））
〔五〕一七・一五五⑬（親の育—）
—き（体）〔五〕五・一五〇⑮（わがよきに他の—があらばこそ‥）
〔六〕一五・一六六⑤（—ならはし）
—い（体）〔五〕一七・一五六③（根本の教が—に）
—かれ（命）〔七〕一三・一七五⑨（風俗—とは）
cf、よしあし　わるし
あじ（阿字）〔二〕八・一二二⑮（掛詞＝阿字／味なこと）〔二〕八・
一二二⑯
あしおと（跫）〔四〕五・一四二②
あしがら（足柄）
cf、あしがらきよみがよこばしり　あしがらやま
あしがらきよみがよこばしり（足柄清見横　）〔一〕一・一一〇①
（上古は—とて‥道ありけり）
あしがらやま（足柄山）〔一〕一・一一〇①
あしがる（足軽）〔三〕二二・一三〇⑭
あしたかやま（足高山）〔一〕一・一一〇②
あしたゆふべ〔七〕二三・一七九⑨
cf、あさゆふ
あして（足手）〔三〕二・一三二⑤（—をはこび）
あしのりもの（足乗物）〔四〕一・一四〇④（—は随分堅固に生れ
たる膝栗毛）
cf、てのやつこ
あしばや（足　）〔一〕八・一一三⑤（—に）〔五〕二・一四九⑪（—
に）〔五〕九・一五二⑩（—に）
あしや（足屋）〔五〕二・一四九⑥（—とは名乗りけらし）
あしやだうせん㊇（足屋道千）→あしやどうせん
cf、あしやのだうせん
あしやどうせん㊇（足屋道千　‥ダウセン）〔五〕一三・一五四②
（蘆屋道満ノモジリ）
cf、あしやのだうせん　あしやのどうせん　だうせん　どう
せん
あしやのだうせん㊇（足屋道千）
［振リ仮名ナシ］〔五〕一・一四九③
cf、あしやどうせん　だうせん　どうせん
あしやのだうまん㊇（　道万）→あしやのどうまん
あしやのどうせん（足屋道千　：ダウセン）
cf、あしやのだうせん　あしやのどうせん（足屋道千）売ト
に妙を得し事
あしやのどうせんつじうらにめうをえしこと（足屋道千売卜妙得事‥

　ダウセン：：）　五一・一四九小題
あしやのどうせんつぢうらにめうをえしこと（足屋道千売卜妙得事：：
　ダウセンつじうら：：）　目一・一〇九
あしやのどうまん㊇（道万　：ダウマン）　五一三・一五四①
あす【明日】　七二五・一八〇②
あすかのやま（山）　六一三・一六五⑧（―も動きつべし）
あせ（汗）　五一四・一五四⑥
　cf、ひやあせ
あそこ［代名詞］　五六・一五一④　六一四・一六五⑬
あそばされ（被遊）　↑「あそばす」「る」
　三八・一三四⑩　働次第に―
　三一一・一三五⑮　御取寄―候節は
あそ・ぶ［バ四段］
　―ぶ（体）　六一二・一六四⑯（―程の）
あだ（仇）　六八・一六三⑤（古人の恩を―に見過し）
あたたか　七一六・一七六⑩（―に）
あたたま・る［ラ四段］
　―る（体）　七二・一七一③（内證が―筈）
あた・ふ［ハ下二段］　あた・へる［ハ下一段］
　―へ（用）　二一七・一二八⑫（―召れ）
あたま（天窓、頭上）　五一五・一五四⑮　六八・一六三⑥　七七・
　一七三①　七八・一七三②
　cf、あたまつき　かうべ　つむり
あたまから［副詞］　二一四・一二七③（―不調法な者）
あたまつき　七三・一七一⑤（―して飛上る）
あたら［副詞］　一六・一一一⑯　一一一・一一四⑫
あたり　一六・一一一⑫　四二・一四一①　六三・一六一④㊭　七
　六・一七一⑮
　cf、あたりとなり　へん
あたりとなり（隣）　六一六・一六六⑧（―の噂衆）
あた・る［ラ四段］
　―ら（未）　二一三・一二六⑨（親の恩は：：十弐文にも―ぬ）
　五二・一四九⑧（―ぬは）
　―り（用）　五三・一五〇③（乾の卦に―）　五一三・一五四③
　（皇帝の握拳に―）　五一四・一五四⑫（震の卦に―）
　―つ（用　音便）　五三・一五〇④（辰巳の風に―て）　五一〇・
　一五三③（是は―た）
　―る（止、体）　四二〇・一四八⑧（火に―事）　五二・一四九
　⑧（―も不思儀）　五四・一五〇⑬（てんぽも―物）　五一
　一・一五三⑥（よふ―は）
　cf、てにあたりしだい
あつ・い（厚）［形］　↓あつし
あつかは（鉄面皮）　↓あつかわ
あつか・ふ［ハ四段］
　―わ（は）（未）　五二三・一五八⑤（―れて）
　cf、とりあつかふ　もてあつかふ
あづか・る（預）［ラ四段］
　―ら（未）　五二一・一五七⑩（引導に―ぬ）
　―り（用）　四五・一四二⑧（御回向に―し）
あつかわ（鉄面皮　：かは）　三七・一三四⑧（―なる男）
あつがん（熱燗）　二一四・一二六⑭（無間の―）
あつき（悪鬼）　一一四・一一六③
あつ・し（厚）［形ク］　あつ・い［形］
　―く（用）　二一六・一二八④（耳たぶ―）
　―ゐ（い）（体）　五八・一五二②（親より―真実の意見）
　―き（体）　六八・一六三④（仁心の―より）
　cf、てあつし
あつぱれ（適、天晴）　三二・一三二⑨　四一一・一四四⑧（―の
　勇士）
あづま（東、吾妻）　一一・一一〇④　七一・一七〇③

あつまり（集） 四一一・一四四⑦ 六一五・一六五⑯
あつ・む（集）［マ下二段］ あつ・める［マ下一段］
　cf、かきあつむ
あて 七一五・一七六⑥（行さきの—がはづれ）
あてがひ 二一八・一二八⑭
あてが・ふ［ハ四段］
　cf、あてがひ
あと（跡） 一三・一一一⑩（—追て） 一三・一一一⑪（—ふり返り） 一七・一一三④（まだ—から） 一二二・一一九⑧（—の茶屋で喰ふた餅） 二一一・一二五⑨（—から廻りて機嫌取て） 三一九・一三八⑭（親の棺の—に） 四一九・一四八② 五九・一五二⑩（花の—に柊） 七六・一七一⑪（四五日—にて） 七六・一七一⑪（おびたたしき参詣の—）
　cf、あとかたなし あとなし ひとあと
あとかたな・し（跡 ）［形ク］
　—き（体） 六九・一六三⑧（—そら事）
あとな・し（跡 ）［形ク］
　—き（体） 一二一・一一九④（消て—工藤が幽霊） 六三・一六一⑤徒（—事にあらざんめり）
あとふき（跡 ）
　cf、おんあとふき
あな（穴） 一二一・一一八⑬（千丈の堤が蟻の—から崩たつて） 六二〇・一六八② 七一八・一七七⑩（鼻の—）
　cf、ひとあな ほらあな
あな［感動詞］ 五二二・一五七⑨（—ふびんや）
あないち（穴一） 五一七・一五六①
あなど・る［ラ四段］
　—り（用） 七八・一七三⑨
　—る（体） 二一八・一二八⑮（軽しめ—故）
あなめあなめ［連語］ 五二一・一五七⑧（小野とはいわじ—）
あなん㊇（阿難） 七一二・一七四⑮（— 迦葉のごとく）
あに（兄） 一五・一一二⑪
　cf、あにき あにども おやあに
あにき（兄貴） 一三・一一一⑨
あにども（兄共） 二二三・一三一⑦
あの［連体詞］ 一一四・一一六①（—様な） 六一六・一六六⑬ 六二三・一六九⑥（—いわるる通り） 七一九・一七七⑯（—泣声）（—鼻のひくさ） 六一七・一六七⑥（—つら） 七二三・一七九⑥（—辺）
　cf、あのこ あのとほり あのよ
あのこ（ 子）［連語］ 六一六・一六六⑨ 六二〇・一六七⑪
あのとほり（ 通）［連語］ 三一四・一三七④（∴葬送だに—）
　cf、かくのとほり このとほり
あのよ（ 世） 四一〇・一四四④
あはう（阿房） →あほう ヲモ見ヨ
　六九・一六三⑨
あは・す（合）［サ下二段］ あは・せる［サ下一段］
　—せ（用） 四三・一四一⑥（手を—て）
　cf、まうしあはす
あはせ（給） →あわせ
あはれ（哀） →あわれ ヲモ見ヨ
　三一九・一三八⑭（見る目も—に） 五四・一五〇⑥（—なる物語）
あはれ［感動詞］ 四一一・一四四⑪
あはれ・ぶ［バ四段］
　—び（用） 六三・一六一⑩
あば・れる［ラ下一段］ あば・る［ラ下二段］
　—れる（体） 五二三・一五八⑤（—算用）
あひ（相）［接頭語］
　cf、あいまつ あひそふ あひたいす あひならぶ あひま

じはる　あひます　あひみゆ
あひそ・ふ（相添）［ハ下二段］
—へ（用）〔三〕五・一三三⑬（—差上）
あひだ（間）〔二〕一・一一〇②　〔二〕一二・一二五⑯
cf、あい
あひだ（間）（接続助詞的用法）
［候間］
〔三〕四・一三三②　仕立候—
〔三〕四・一三三④　致置候—
〔三〕五・一三三⑨　不罷成候—
〔三〕一〇・一三五⑤　御手廻し宜候—
〔三〕一〇・一三五⑦　書中者を差上候—
〔三〕一〇・一三五⑪　御悦喜の御事に候—
〔三〕一一・一三五⑭　如此仕候—
〔三〕一一・一三五⑭　類見世多く有之候—
あひたいじに（相対死）　↓あいたいじに
あひたい・す（相対）［サ変］
—し（用）〔七〕一〇・一七四⑥（花実—て）
あひなら・ぶ（相　）［バ下二段］
—べ（用）〔三〕五・一三三⑫
あひまうさず（合不申）［連語］〔三〕四・一三三②（急なる間に—）
（重出＝「まにあひまうさず」）
あひまじは・る（相交）［ラ四段］
—り（用）〔七〕一〇・一七四⑥
あひま・す（相増）［サ四段］
—し（用）〔三〕七・一三四⑦（—申請候）
あひま・つ（相待）　↓あいまつ
あひみ・ゆ（相見）［ヤ下二段］
—え（用）〔三〕七・一三四④（—候）
あ・びる［バ上一段］　あ・ぶ［バ上二段］
—び（用）〔二〕二三・一三一⑥（銭湯で立ながら湯を—たり）
あ・ふ（合）［ハ四段］
—は（未）〔四〕二〇・一四八⑨（心に—ぬ事）〔五〕一八・一五六⑦（—ぬ）
—わ（は）（未）〔一〕八・一一三⑨（歯の根も—ず）
—ふ（体）〔四〕一六・一四六⑪（算用—筈はなし）
cf、ありあひ（有合）　いひあふ　おそれあふ　おまにあひ　まうす（御間に—申）　つのつきあひ　ひつぱりやふ　まにあひまうさず（間に—不申）　つかみあひ　ののしりあふ　まにあふ
あ・ふ（逢）［ハ四段］
—わ（は）（未）〔三〕一七・一三八⑤（御咎にも—ずして）〔五〕四・一五〇⑨（ひもじゐ目に—ふかと）
—ひ（用）〔四〕一九・一四七⑯（幽霊に—しが）
—い（ひ）（用）〔二〕二三・一二六③（刑に—）〔三〕一七・一三七⑭（刑罰に—たるもの）
—ふ（う）（用　音便）〔一〕一五・一一六⑧（刑罰に—た）〔七〕二三・一七九⑦（ちそうに—て）
—へ（命）〔六〕三・一六一⑥（徒）（—るものなし）
cf、であふ　ゆきあふ
あふ・ぐ［ガ四段］　↓あほぐ　ヲモ見ヨ
—ぎ（用）〔五〕七・一五一⑮（神とも—て）
あふみごさい㊇（近江吾斎）〔七〕一一・一七四⑪
あふめ（青梅　あをめ）〔五〕九・一五二⑪（—の布子）
あぶら（油）
cf、あぶらずくめ　きやらのあぶら
あぶらずくめ（油　：づくめ）〔七〕八・一七三③
あぶらづくめ（油尽）　↓あぶらずくめ
あふ・る（呷）　↓あをる
あべのせいめい㊇（阿部清明）〔五〕一三・一五四①

あへまぜ 〔七〕一九・一七七⑯（―にした）
あほう（阿房　：ハウ）　→あはう　ヲモ見ヨ
　〔二〕一八・一二九⑤（―な俗説）
あほ・ぐ（あふぐ）［ガ四段］　→あふぐ　ヲモ見ヨ
—が（未）　〔二〕九・一二四⑨（大将と―れ）
—ぐ（体）　〔七〕一七・一七七②（師と―豊後大夫）
あま（天）
　cf、あまのさかほこ
あま・い（甘）［形］　あま・し（形ク）
—い（体）　〔四〕三・一四一④（―酢でいかぬ奴）
あまぐ（雨具）　〔一〕七・一一三①
あまくち【甘口】　〔二〕二・一二五⑬
あまた　〔一〕三・一一一⑧　〔二〕一七・一二八⑥
　cf、あまたたび
あまたたび　〔七〕一一・一七四⑥
あまつさへ［副詞］　〔七〕一三・一七五⑥（―女が‥）
あまねく（普）［副詞］　〔三〕一・一三一⑫　〔七〕一・一七〇②　〔七〕一・一七〇⑤　〔七〕二・一七一③　〔七〕一三・一七五④　〔七〕一七・一七七③
あまね・し［形ク］
—く（用）　〔六〕一四・一六五⑫（聖代の御政―）
あまのさかほこ（天逆鉾）　〔四〕一四・一四六②（摺子木を―と拝ませ）
あまり（余）
　cf、ちのあまり
あまり（余）［副詞的用法］　〔一〕八・一一三⑦（―端ぢかなり）　〔一〕九・一一三⑭（―よふはない）　〔一〕一三・一一五⑧（―片手討な）　〔六〕一六・一六六⑫（―わるふはあるまい）
［―に］　〔六〕八・一六三⑥（―に無下なる）　〔六〕二一・一六八⑥（―におろかなる）
［‥のあまり］　〔六〕二四・一六九⑨（感心の――生になひ大気を出して）
　cf、あまりといへば　あんまり
あまりといへば［連語］　〔一〕一三・一一五⑩（―むごい仕方）
あま・る（余）［ラ四段］
—り（用）　〔六〕一〇・一六四②（嬉しさが―ての）
あみがさ（編笠）　〔三〕一四・一三七⑨
　cf、おんあみがさ　そうれいあみがさ
あみだぶつ（阿弥陀仏）　〔六〕一三・一六五⑦（帰命頂礼―）
　cf、みだ
あめ（雨）　〔三〕一・一三二①（俄ぶりの―の足よりいや増の‥）　〔三〕二・一三二⑦（泪の―）
　cf、あまぐ　はるさめ
あめつち（天地）　〔七〕一二・一七四⑮（―を動かし鬼神を感ぜしむ）（重出＝「てんち」）
　cf、てんち
あやかりもの（　物）　〔四〕二・一四〇⑨
あやか・る（肖）［ラ四段］
　cf、あやかりもの
あやまり（誤、過）　〔一〕一七・一一七⑨　〔二〕九・一二四①　〔二〕一九・一二九⑦　〔五〕八・一五二③　〔七〕一九・一七七⑭
あやま・る（誤）［ラ四段］
—り（用）　〔五〕一六・一五五⑦（―て改むるに憚る事なかれ）
　cf、あやまり
あら［感動詞］　〔三〕一一・一三五⑯（―いまいましや）　〔七〕七・一七二⑩（―けがらわしや）
あらけな・し［形ク］
—き（体）　〔四〕一四・一四五⑭（霊験―尊像）
あらし（嵐）　〔一〕一・一一〇④（秋の―）　〔一〕一〇・一一四⑧
あらしさんゑもん㊇（嵐三右衛門）　〔一〕二・一一〇⑧（大坂―が座）

あらそひ（争）　↓あらそゐ
あらそ・ふ［ハ四段］
―わ（は）（未）　[五]一四・一五四⑬（ハテ―れぬ）
―ひ（用）　[六]一・一六〇⑤
―ふ（う）（用　音便）　[五]一三・一五四①（―て）
―ふ（体）　[六]七・一六二⑥（―ものなく）
　cf、あらそゐ
あらそゐ（：ひ）　[一]一一・一一四⑭
あらた（新）　[一]一一・一一四⑪（―に）
あらた・む（改）［マ下二段］　あらた・める［マ下一段］
―め（用）　[五]一六・一五五⑧　[六]八・一六三③（―て）　[七]一
　九・一七七⑭（―て）
―むる（体）　[五]一六・一五五⑦（誤りて―に憚る事なかれ）
あらぬ［連体詞］　[六]三・一六一⑨（―そらごと）
あらばこそ［連語］　[五]五・一五〇⑮（わがよきに他のあしきが―
　人のわるきはわがわるきなり）
あらは・す（顕）［サ四段］
―し（用）　[三]一三・一三六⑭（―たる男）　[三]一四・一三七⑪
（本心の誠を―）　[四]九・一四三③（髻を―た時）
あらは・る（顕）［ラ下二段］　↓あらわる　ヲモ見ヨ
―れ（用）　[五]一四・一五四⑨（月の―たるごとし）　[五]二四・
一五八⑫（明徳・―て）
あら・ふ（洗）［ハ四段］
―い（ひ）（用）　[六]二・一六〇⑥（―て）
あらまし（有増）［副詞］　[三]七・一三四⑥（直段―別紙に積り置）
あらまほし［連語］　↑「あり」「まほし」
　あらまほし（止）
　[三]一八・一三八⑧（哀情一片にて―）
あらみ（新刃）　[一]八・一一三⑧
あらゆる［連体詞］
　cf、あるとあらゆる
あられもな・い［形］
―い（体）　[四]九・一四三⑤（―木像）
―ひ（い）（体）　[七]一三・一七五⑥（―羽織着て）
あらわ・る（あらは・）［ラ下二段］　あらは・れる［ラ下一段］
　↓あらはる　ヲモ見ヨ
―れ（用）　[二]一三・一二六③（謀計―）
あり（蟻）　[一]二一・一一八⑬（千丈の堤が―の穴から崩たつて）
あ・り（有）［ラ変］　あ・る（有）［ラ四段］
―ら（未）　[一]八・一一三④（御用―ば）　[一]一〇・一一四⑧
（道行人も―ず）　[一]二〇・一一七⑫（入りさへ―ば）　[二]
一四・一二六⑮（御免―ば）　[四]一六・一四六⑮（拝―れま
しよ）　[五]七・一五一⑫（病気―ば）　[六]一〇・一六四②
（持あるくもの―ば）
―り（用）　[序]一・一〇七③（利鈍―て）　[一]一・一一〇②（道
―けり）　[一]一・一一〇②（間に―けり）　[一]一六・一一六
⑬（いかばかりか―し）　[一]一六・一一六⑮（冥加も―ぬべ
し）　[一]二〇・一一七⑮（見ゆるす方も―なん）　[二]一・一
二〇②（翁―けり）　[二]八・一二三②（きつとした所も―）
[三]二・一三六⑤（人―て）　[四]五・一四二④（訳―て）
[四]一九・一四七⑭（廻国修行者―ても）　[六]二・一六〇⑧〈徒〉
（：といふ事―て）　[六]三・一六一⑦〈徒〉（：事ども―けり）
[六]六・一六一⑫（何の所得―てか）　[六]一〇・一六四③（御
触―てぞ）　[七]一〇・一七四①（相応―て）　[七]一一・一七
四⑫（強み―て）　[七]一八・一七七⑥（国法―て）
―つ（用　音便）　[二]一・一二〇③（―てもなくても）　[五]二一・
一五七⑬（噂が―た）　[七]一二・一七四⑬（威―て猛からず）
―り（止）　[序]四・一〇七⑪（教化一片の徹魂這裏に―）　[一]六・
一一一⑬（洞―）　[一]七・一一二⑧（頼み度事―）　[一]一四・
一一六③（虎の皮の造作―）　[一]一五・一一六⑩（心中の沙

汰—） 〔二〕四・一二二④（五時八教の別—） 〔二〕一〇・一二五②（始ある事—終ある事すくなし） 〔三〕一一・一三六②（引札できせるふいて仕廻ふも—） 〔三〕一一・一三六④（時節を待も—） 〔三〕一八・一三八⑫（拈香する人—） 〔三〕二〇・一三九⑧（感心する人も—） 〔五〕一・一四九③（…といふ者—） 〔五〕三・一五〇⑤（逆鱗—） 〔五〕一三・一五四③（癖—） 〔六〕二・一六一③徒（鬼—と） 〔六〕六・一六一⑯（妖孽—と） 〔七〕一・一七〇①（天涯更に亦天涯—） 〔七〕一・一七〇④（不器用者—） 〔七〕六・一七一⑭（客情は…過し難きに—） 〔七〕二二・一七八⑫（例も—）

—る（止） 〔二〕一五・一二七⑨（書物にも—ではないか） 〔二〕一六・一二七⑬（沢山—げな） 〔二〕二二・一三一②（品が—） 〔五〕一三・一五四⑥（ならぬといふ事が—べい） 〔六〕一六・一六六⑪（屠蘇袋の古ひが—）

—る（体） 〔一〕二一・一一八⑪（…といふ人も—べし） 〔二〕四・一二一⑭（—物） 〔二〕一〇・一二四⑭（ためし—事） 〔二〕一〇・一二五②（始—事あり） 〔二〕一〇・一二五②（終—事すくなし） 〔二〕一六・一二八①（能—鷹は爪を隠す） 〔二〕一七・一二八⑥（あまた—べし） 〔二〕一七・一二八⑦（心得の—事） 〔二〕一七・一二八⑪（仁心の—者） 〔二〕一九・一二九⑧（用心の—事） 〔三〕一四・一三七⑬（金銀の—にまかせ） 〔三〕一七・一三八③（御拝領—事とぞ） 〔三〕一八・一三八⑪（ほむる者も—べからず） 〔三〕二〇・一三九⑤（武家方にも—べきに） 〔四〕一八・一四七⑥（寺に—よし） 〔四〕一八・一四七⑦（歎き—にもあらず） 〔四〕一九・一四八②（そこらに—物） 〔四〕二〇・一四八⑧（水も為呑人は—まじ） 〔五〕二・一四九⑨（見てもらふものの—は） 〔五〕五・一五〇⑭（心に—事） 〔五〕一〇・一五三①（横に—が） 〔五〕一四・一五四⑫（祟—故） 〔五〕二二・一五七⑩（沢山—べし） 〔六〕六・一六一⑯（はさみの手あし—妖孽有） 〔六〕七・一六三①（家々に—煎り瓦） 〔六〕一一・一六四⑦（智—人） 〔七〕一八・一七七⑥（害—故） 〔七〕一九・一七七⑭（馬鹿者も—ぞかし） 〔七〕二二・一七八⑧（まま—事） 〔七〕二三・一七九⑥（二三軒—故）

—れ（已） 〔一〕一・一一〇③（…と—ば） 〔一〕三・一一一⑨（あまた—ば） 〔二〕五・一二二⑧（縁—ば） 〔四〕一八・一四七⑥（江戸砂子に—ば） 〔四〕二〇・一四八⑧（わるい者が—ば） 〔五〕二二・一五七⑨（山程—ば） 〔六〕九・一六三⑬（買人が—ども） 〔七〕三・一七一⑦（つみ入レ程—ど）

cf、あらぬ　あらばこそ　あられもない　ありさま　ありもこそせめ　あるとあらゆる　あるまじき　こころあり　これありともあれ　ややありて

あ・り［補助用言　ラ変］　あ・る［補助用言　ラ四段］

—ら（未）
〔六〕三・一六一⑤徒　さらにとほりうべうも—ず

—る（止、体）
〔二〕一・一二〇①　手に結ぶ岩垣清水…猶山陰はあかずも—かな
〔六〕一三・一六五⑥　此町でも出ずんば—べからず
〔六〕一六・一六六⑫　酒の気がうせぬもあまりわるふは—まい

—れ（已）
〔一〕一二・一一五④　死んだればこそ—（重出＝「こそあれ」）
〔四〕一・一四〇③　手の奴は兎もかくも—無筆なれば

［であり　である］（間ニ助詞ガ入ルコトアリ）

—ら（未）
〔五〕三・一五〇①　御親父は男で—ふがや

—り（用）
〔一〕二二・一一九⑧　扨は馬糞で—しよな

—つ（用　音便）
〔一〕一四・一一六①　田舎侍で—たかと
〔五〕一三・一五四③　越後の牛で—た

〔七〕二三・一七九⑦　帰りがけの事で―たが
―る（止）
〔五〕一一・一五三⑧　鬼では―まいし
〔五〕一一・一五三⑧　鬼神では―まいし
〔七〕一六・一七六⑭　つまらぬ角つき合では―まひか
―れ（已）
〔七〕一八・一七七⑧　紙表具でこそ―我が姿を（重出＝「こそあれ」）
［にあり］（間ニ助詞ガ入ルコトアリ）
―ら（未）
〔序〕三・一〇七⑩　本堂建立の為にも―ず
〔一〕一五・一一六⑫　仕て見せらるる物に―ず
〔三〕三・一三二⑪　人木石に―ねば
〔三〕一二・一三六⑤　：の人の所為には―ず
〔三〕一八・一三八⑥　本意には―じかし
〔四〕一〇・一四四⑦　貴様の御つもりにも―ふ事
〔四〕一八・一四七⑦　開帳で歎きあるにも―ず
〔五〕一・一四九①　住居せし所には―ねど
〔五〕二一・一五七⑦　女子童子も祈るに―ずや
〔六〕三・一六一⑤㊌　跡なき事に―ざんめり
〔七〕一八・一七七⑦　素読もなるものに―ず
〔七〕一九・一七八②　己が子にも―ぬ虫を取来て
cf、あろ　こそあれ
ありあひ（有合）　〔三〕一八・一三八⑧（―を着し）
ありがた・し（有難）［形ク］　ありがた・い［形］
―く（用）　〔四〕二・一四〇⑨（あやかり物と―）
―き（体）　〔三〕三・一三二⑯（―仕合）
ありさま（有　）　〔二〕三・一二一⑪　〔三〕一九・一三八⑬　〔四〕一七・一四六⑯
cf、おんありさま

ありつ・く（着）［カ四段］
―い（用　音便）　〔五〕四・一五〇⑧（―て）
ありふ・る［ラ下二段］　ありふ・れる［ラ下一段］
―れ（用）　〔七〕一五・一七六②（―たる言の葉）
ありまさ　〔五〕四・一五〇⑫（あんまり―で）
ありもこそせめ［連語］（動詞「あり」＋助詞「も」「こそ」＋動詞「す」＋助動詞（推量意志）「む」）（係結）
〔六〕一七・一六六⑮　赤イきれなりと一寸や弐寸は―
ある［連体詞］　〔七〕一八・一七七⑧（―書物屋にて）
あ・る（有）［ラ四段］［補助用言］　↓あ・り［ラ変］［補助用言］
あ・る【荒】　［ラ下二段］　あ・れる［ラ下一段］
―れ（用）　〔一〕二・一一〇⑨（目かぶら高くほう骨―）
cf、あれしだい
あるいは［接続詞］　↓あるひは
ある・く（歩行）［カ四段］
―き（用）　〔一〕二・一一〇⑧　〔三〕七・一三四⑨（―候やうに）
〔七〕二・一七〇⑥（―ながら）
―く（体）　〔六〕九・一六三⑫（大路を―棒手振）
―け（已）　〔六〕一・一六〇③（うそうそ―ば）
cf、いなかあるき　であるく　とびあるく　ひきずりあるく
もちあるく
あるじ（主）　〔六〕一・一六〇⑥　〔七〕二二・一七八⑯
あるとあらゆる［連語］　〔五〕二四・一五八⑪（―不人品）
あるひは（あるい…）［接続詞］　〔七〕一・一七〇②
あるべかかり（「あるべきかかり」ノ変化シタ語）
〔五〕一七・一五五⑪　―に弐朱か壱分かと云たし
あるまじき［連語］　↑「ある」「まじ」（連体詞的ニ用イル）
〔一〕一三・一一五⑩　大名に―せりふ
〔一〕二〇・一一七⑬　近頃―事なり
〔七〕一三・一七五⑧　女の―風俗させて

あれ［代名詞］ 二一五・一二七⑦ 二二二・一三一② 四一九・
一四八③ 五二五・一五八⑬
あれしだい（荒次第） 六一四・一六五⑩（田畑は―）
あれほど 二二一・一三〇⑩
あろ［連語］（「あら」（「あり」ノ未然形）＋「う」ノ音変化）
［であろ］
二四・一二一⑫ 打寄て語るもまれで―
二一〇・一二四⑩ 宗旨も：大念仏宗で―
五一三・一五四① 見さしやつたで―
あわせ（袷 あはせ） 二八・一二三⑪（冬も―一枚起請）
あわゆき（泡雪） 七二二・一七九②（泡雪豆腐 日野屋ノコト）
あわれ（哀 あはれ） →あはれ ヲモ見ヨ
四一七・一四七②（爰に―をとどめしは）
あをざ・む（青 ）［マ下二段］ あをざ・める［マ下一段］
―め（用） 五一五・一五四⑯（面色―）
あを・し（青）［形ク］
―き（体） 三九・一三五③（―簾）
あをめ（青梅） →あふめ
あを・る（あふ：）［ラ四段］
―り（用） 三三・一三二⑫（立酒茶碗で―）
あん【案】 三一四・一三七⑤（―に相違して）
あんざん（安産） 四一七・一四七①
あん・ず（案）［サ変］
cf、ものあんじ
あんどん（行灯） 六一・一六〇④
あんない（案内） 三七・一三四⑧（道筋―功者に）
あんば（阿波） 六一五・一六六①（―にもうかれず）
cf、あんばおほすぎのかみ
あんばおほすぎのかみ（阿波大杉神） 六一四・一六五⑫
あんまり［副詞］（「あまり」ノ音変化） 四一〇・一四四② 五四・
一五〇⑫
cf、あまり
あんやうじ（安養寺） →あんようじ
あんようじ㊇（安養寺 ：ヤウ：） 七一六・一七六⑭（―といふ
智識）
あんらく（安楽）
cf、あんらくせかい
あんらくせかい（安楽世界） 六二〇・一六八④

［い］ →「ゐ」ヲモ見ヨ

い（威 ヰ） →ゐ ヲモ見ヨ
七一二・一七四⑬（―あつて猛からず）
い（意）
cf、ぎよい
いあい（居合 ゐあひ） 二九・一二四⑦
cf、いあいぬき
いあいぬき（居合抜 ゐあひ：） 二二二・一三一④
いい・る（云入 いひ：）［ラ下二段］
―るれ（已） 七二・一七〇⑧（―ば）
いいお・る（いひをる）［ラ四段］
―れ（已） 七一六・一七六⑩（：と―ども）
いいしま・ふ（云仕廻 いひ：）［ハ四段］
―ひ（用） 四一六・一四六⑬（―し）
いいすて（云捨 いひ：） 四一二・一四五③（―に）
いいちら・す（いひ：）［サ四段］
―せ（已） 六七・一六二⑤（―ど）
いいつ・く（【言】付 いひ：）［カ下二段］ いひつ・ける［カ下
一段］ →いひつける ヲモ見ヨ
―け（用） 二二・一三〇⑬（手代共に―や）

いいつた・ふ（言伝　いひ：：）[八下二段]　いひつた・へる[八下一段]　↓いひつたへる　ヲモ見ヨ
—へ（用）〔六〕八・一六三②　〔六〕九・一六三⑫
いいふら・す（言触　いひ：：）[サ四段]　↓いひふらす　ヲモ見ヨ
—し（用）〔六〕六・一六一⑯（—て）　〔六〕八・一六三⑦　〔六〕二二・一六八⑯（—て）
—す（体）〔六〕六・一六一⑫（—事か）
いいぶん（いひ：：）〔三〕一〇・一二四⑮（—のない）　〔三〕二一・一三〇⑫（—おりない）
いいもてきやう・ず（興　いひ：：キヨウ：：）[サ変]
—じ（用）〔七〕一五・一七六③
いいわけ（云訳　いひ：：）〔五〕一・一四九④
cf、いいわけす
いいわけ・す（言訳　いひ：：）[サ変]
—し（用）〔四〕一一・一四四⑪（—てくれる人）
いうげ（遊戯）↓ゆふげ
いうじん（遊人）↓ゆうじん
いうび（優美）↓ゆうび
いうやうざつそ(書)（西陽雑俎）↓ゆうようざつそ
いうれい（幽霊）↓ゆうれい
いか（以下、已下）〔二〕一七・一二八⑨　〔二〕一九・一二九⑫　〔三〕一二・一三六⑧　〔三〕一三・一三六⑨　〔三〕一四・一三七⑦
いか（如何）
cf、いかさま　いかで　いかなる　いかに　いかにも　いかばかり　いかほど　いかほどなりとも（何程成共）　いかやう
いか・い（厳）[形]　↓いかひ　いかゐ
cf、いかふ
いかう（厳）↓いかふ

いかが[副詞]〔四〕八・一四二⑭（—して誰ぞに咄し）
いかさま（様）[副詞]〔二〕三・一二一⑪　〔三〕一七・一三八②　〔三〕一九・一三八⑫（—にも）　〔四〕三・一四一⑩　〔五〕八・一五二②
いかつ・い[形]
—ゐ（い）（体）〔四〕一五・一四六⑦（—男）
いかづち（雷）〔一〕一四・一一六③
cf、かみなり
いかで[副詞]（「如何」＋「にて」ノ撥音便化「いかんて」ノ変化）〔一〕二〇・一一七⑫（—人の害をなさんや）　〔三〕一四・一三六⑯（—と驚かぬ人もなかりき）　〔七〕八・一七三⑥（—仏神の内證に叶わん）
いかな[副詞]（「いかなる」ノ転）（アトニ打消ノ語ヲ伴ウ）〔六〕一〇・一六四③（—ごろごろともいわで）
cf、いかなこと
いかなこと（事）[連語]〔六〕二三・一六九②
いかなる[連体詞]〔三〕三・一三二⑬（—安売りぞ）　〔六〕二二・一六八⑬（—仏意にや）
いかなれば[連語]〔七〕三・一七一⑤
いかに[副詞]〔二〕一七・一二八⑩　〔四〕一〇・一四四①　〔四〕一〇・一四四⑤　〔四〕一四・一四五⑮　〔六〕一・一六〇②　〔七〕二・一七一③
いかに（如何「いかん」トモ）[文末、疑問][振リ仮名ナシ]〔四〕五・一四二⑥（愚僧に御用の品は—）
いかにも[連語]〔一〕七・一一二⑫　〔一〕九・一一三⑯　〔一〕一〇・一一四④　〔四〕一三・一四五⑥　〔四〕二一・一四八⑩　〔五〕一一・一五三⑥　〔六〕一二・一六四⑯　〔六〕二三・一六九⑧　〔七〕二・一七〇⑥
いかばかり[副詞]〔一〕一六・一一六⑬
いかひ（いかい）↓いかゐ　ヲモ見ヨ

六二四・一六九⑨（—徳兵衛殿）（「いかい得をした」ノ意ヲ
人名ニ掛ケル）
いかふ（いかう）［副詞］ 二八・一二三⑨ 二四・一二一⑬
いかほど（程） 二一〇・一二四⑭ 二一三・一二六④
cf、なにほど
いかほどなりとも（何程成共） →なにほどなりとも
いかめし［形シク］
—き（体） 三一三・一三六⑬（—顔（つら）して）
—けれ（已） 四一五・一四六⑧（—ど）
いかやう（何） 一一四・一一五⑮（—にも） 一一六・一一六
⑭（—の事） 四一四・一四五⑯（—に）
いから・す［サ下二段］ いから・せる［サ下一段］
—せ（用） 一一六・一一七②（肩を—）
いか・る（怒）［ラ四段］
—り（用） 一二・一一一④
いかゐ（いかい）［副詞］（形容詞「いか・い」ノ連体用法「いか
い事」ナドカラ変化シタモノカトモ） →いかひ ヲモ見ヨ
二一六・一二八①（—孝行） 三一一・一三六①（—たはけ）
いかんぞ［連語］（漢文訓読系ノ表現） 七一七・一七六⑯（—人
倫の数なるべき）
いき（息） 四一六・一四六⑫
cf、いきすじはる おんいき かたいき ひといき
いきかた【意気方】 二二一・一三〇⑥（きほひ組の—を）
いきじ（【意気地】 ：ヂ） 二二〇・一一七⑭
いきす・ぐ（過）［ガ上二段］
—ぎ（用） 三一二・一三六⑤（—たる人）
cf、ゆきすぐ
いきすじは・る（息筋張 いきすぢ：：）［連語］
—り（用） 五一八・一五六⑨（—て）
—つ（用 音便） 七一七・一七七②（—て）
いきすぢ（息筋）
cf、いきすじはる
いきぼとけ（生仏） 六一四・一六五⑪
いきほひ【勢】 四一・一四〇⑤
いぎめ・く（威儀 ヰギ：：）［カ四段］
—き（用） 三一八・一三八⑩（—たる）
い・く［カ四段］（スベテ平仮名表記） →ゆく ヲモ見ヨ
—か（未） 四三・一四一④（甘い酢で—ぬ奴） 四三・一四一
⑧（打てもはたいても：—ぬに極まつたり） 五八・一五二
①（はやふ—しやれ） 五一八・一五六⑦（手習師匠の手際
で—ぬ物）
—（用）（語尾ガ略サレタ例） 五六・一五一⑤（天竺へ—ても）
cf、いきすぐ いけぬ
い・く（活）［カ上二段］
—き（用） 三一〇・一三五⑥（筆法に—たる字なく）
いく（幾）［接頭語］
cf、いくたび
いくさき（行先） →ゆくさき
いくたび（幾度） 一一三・一一五⑬ 三四・一三三⑥ 四一・一
四〇⑤
いくど（幾度） →いくたび
いけぬ［連語］（動詞「行ける」ノ未然形＋助動詞（打消）「ぬ」）
二二・一一〇⑨（—若衆形）
いけのしやうじ㊇（池荘司） 四三・一四一⑪
い・ける（行）［カ下一段］
cf、いけぬ
いけん（異見、意見） 序二・一〇七⑥ 二一三・一二六⑥ 三二
〇・一三九⑧ 五八・一五二② 五八・一五二⑤ 五二三・
一五八② 六八・一六三⑦
cf、いけんす ごいけん

いけん・す（意見、異見）［サ変］
―すれ（已）　[二]五・一二二⑬（―ど）　[七]四・一七五⑮（―ば）
いご（以後、已後）　[一]一三・一一五⑬　[一]二〇・一一八⑤　[六]二三・一六九③
いこく（異国）　[六]七・一六二⑬（―より悪魔の風の吹来るに…）
いざ［感動詞］　[一]八・一一三⑦
cf、いざさらば
＊いさい（委細　ヰ…）　→ゐさい
いさぎよ・し（浄）［形ク］
―き（体）　[七]七・一七二⑪（―広前）
いささか　[三]一三・一三六⑫
いざさらば［連語］　[四]四・一四一⑭　[七]三・一七一⑧（―江の島に）
いさめ（諫）　[七]一四・一七五⑯（親兄などの―もうけつけぬ）
いし（石）
cf、とらがいし
いしがけ(地)（石垣）（石垣町ヲサス）　[七]七・一七二⑦（名はかたく人は和らぐ―の）
いしかはろくべゑ㊇（石川六兵衛）　[三]一七・一三七⑯
cf、いしかはろくべゑら
いしかはろくべゑら（石川六兵衛等）　[三]一七・一三七⑯
いしはら（石原）（本所石原ノ諸弁天ヲサス）　[七]二三・一七九⑦
いしや（医者）　[七]二・一七〇⑧
cf、をんないしや
いしやう（衣装）　[二]一九・一二九⑪
いじやう（已上）（末尾ニ付ケ終ノ意ヲ表ス）　[三]一一・一三五⑫
いじやう（以上）　[三]一三・一三六⑩（千石―より）
いせ（伊勢）　[六]七・一六二⑮（異国より…とく吹もどせ―の神風）
cf、いせのくに
いせかう（伊勢講　：コウ）　[五]二四・一五八⑧
いせこう（伊勢講）　→いせかう
いせのくに（伊勢国）　[六]二・一六〇⑧(徒)
いぜん（以前、已前）　[三]四・一三六⑮（五六年―にや）　[四]九・一四三④（十年ばかり―）　[七]四・一七五⑫（三十年―迄）
いそがし・い［形］　いそがし［形シク］
―ひ（い）（体）　[一]一一・一一四⑬（―最中）　[二]三・一二一⑩（―中に）　[五]七・一五一⑫（―片手間にも）
いそ・ぐ（急）［ガ四段］
―が（未）　[三]二〇・一三九④（―ぬ事）
―い（用　音便）　[四]二・一四五①（―で来れば）
―ぐ（体）　[一]八・一一三⑤（―は道理なれど）　[七]三・一七一⑩（―程に）
いたい（遺体　ヰ…）　[五]二一・一五七⑪（大切な親の―）　[七]一七・一七六⑯（親の―）
いた・い（痛）［形］　いた・し［形ク］
―かつ（用　音便）　[五]二・一五三⑫（―た）
―い（体）　[七]一六・一七六⑬（―目して死でも）
―ひ（い）（体）　[一]二・一一五③（―めして死んだればこそ）
いたさ【痛】　[五]二・一五三⑫
いたさせお・く（為致置）［連語］
―き（用）　[三]六・一三三⑮（―候得共）
いたしお・く（致置）［カ四段］
―き（用）　[三]四・一三三④（丈夫に―候間）　[三]九・一三五④（板行に―）　[三]一〇・一三五⑩（手厚く―候得ば）
いた・す（致）［サ四段］
―さ（未）　[序]三・一〇七⑪（飯米にも―ず）　[三]八・一三四⑮（煙草に―せ可申候）　[四]二・一四五②（女房の姿をきざみは―ぬと）
―そ（さ）（未）　[一]八・一一三⑪（きせるで一服―う）

―し（用）　〔一〕七・一一三③（廻り道―）　〔三〕四・一三三③（麁末に―候）　〔三〕六・一三三⑮（拍子ぬけ―候はば）　〔三〕六・一三四②（出来―候はば）　〔五〕九・一五二⑨（そさう―ました）　〔六〕一二・一六四⑬（怖咄しを―ました）

―す（止）　〔四〕一四・一四五⑯（推量も―べし）　〔五〕二四・一五八⑪（―まい）

cf、いたさせおく（為致置）　いたしおく（致置）

いだ・す（出）［サ四段］（複合語ヲ作ル）　↓だす　ヲモ見ヨ

cf、いひいだす　うりいだす　おもひいだす　かけいだす　かしいだす　さしいだす　つくりいだす　つりいだす　とりいだす　なきいだす　なげいだす　ふみいだす　ふるひいだす　ほりいだす

いたづら（徒）　〔一〕一五・一一六⑦（娘子に―をすすむる）

cf、いたづらもの

いたづらに（徒）［副詞］　〔一〕三・一一一⑦（―飢につかれて死なん命）　〔四〕九・一四二⑮（―年月を過しつるに）

いたづらもの（徒者）　〔六〕一二・一六五①　〔六〕二〇・一六八③　〔七〕二二・一七九①

いたまし［形シク］

―（止）　〔四〕一七・一四六⑯

いた・む（痛）［マ四段］

―み（用）　〔五〕一二・一五三⑪（―ましたで御座りましよ）

いたり（至）［「いたる」連用形ノ名詞化］（近世、接頭語的ニ用イラレル）

cf、いたりげい　いたりじやうるり

いたりげい（至芸）　〔二〕二〇・一三〇⑤

いたりじやうるり（至浄留理）　〔七〕一二・一七四⑬

いた・る（至）［ラ四段］

―ら（未）　〔一〕一七・一一七⑧（身をほろぼすに―しむる）　〔七〕一・一七〇③（―ぬ隈なく）　〔七〕一三・一七五⑤（―ぬ隈もなく）

―り（用）　〔三〕一八・一三八⑥（葬送の日に―て）　〔七〕六・一七一⑩（宝前に―ぬ）

―る（止、体）　〔一〕二一・一一五①（絵草紙屋に―迄）　〔一〕一六・一一七④（身をほろぼすに―）

―れ（已）　〔四〕二・一四〇⑥（藤沢の駅に―ど）　〔四〕一七・一四七②（惣算用の日に―ば）

いち（一、壱）

cf、いちいち　いちぐう　いちごん　いちざ　いちじ　いちだい　いちど　いちどう　いちにちまへ　いちにん　いちねん（年）　いちねん（念）　いちばん　いちぶ　いちぶつ　いちぼく　いちまい　いちまき　いちめい　いちめん　いちもん　いちや　いちりう　いちわり　いつ　ずいいち　だいいち　ひと（一）　ひとつ　まきいち

いぢ（意地）

cf、かたいぢもの

いちいち（一々）（副詞的用法）　〔二〕三・一三一⑦（―言（いい）も尽されず）

いちぐう（一遇）　〔四〕九・一四二⑯（千歳の―）

いちごん（一言）　〔二〕一四・一二六⑪

いちざ（一座）　〔一〕一四・一一五⑮

いちじ（一字）　〔四〕二一・一四八⑫

いちじやう（一定　：ヂヤウ）［副詞］　〔六〕六・一六一⑯（誰こそ―きられたりと）

いちだい（一代）　〔一〕一七・一一七⑨　〔五〕三・一四九⑬　〔五〕八・一五二⑤　〔五〕一三・一五四④

いちだんと（一段）［副詞］　〔四〕八・一四二⑬

いちぢやう（一定）　↓いちじやう

いちでう（一条）

cf、いちでうむろまち

いちでうむろまち（一条室町）〔六〕二・一六一③徒
いちど（一度）〔二〕五・一二二⑩〔七〕一・一七〇④
cf、ひとたび
いちどう（一同）（多ク「に」ヲ伴イ副詞的ニ用イル）〔二〕三・一二一⑦（—におじやつた）〔二〕三・一三一⑩（皆—に夢をむすびぬ）
いちにち（一日）
cf、いちにちまへ
いちにちまへ（一日　）〔六〕二・一六八⑧
いちにん（壱人）〔三〕四・一三七⑧〔四〕二・一四一①
cf、ひとり
いちねん（一年）〔二〕八・一二三⑥（—三千貫の儲）（掛詞＝一年三千貫／一念三千（天台宗ノ教義））〔五〕八・一五二②
いちねん（一念）〔一〕四・一一六②
cf、いちねんほつき
いちねんほつき（一念発起）〔五〕二四・一五八⑪
いちばん（一番）〔二〕八・一二三⑧（—の内福）〔二〕一四・一二七①（人品も兄弟—）〔五〕一〇・一五二⑮（おれも—見てもらふべい）
cf、いちばんきり
いちばんきり（一番切）〔二〕五・一二二⑪（呉服町で—の進退）
いちぶ（壱分、壱歩）〔五〕一五・一五五②（弐朱と—と）〔五〕一六・一五五⑩（弐朱か—か）〔五〕一七・一五五⑪（弐朱か—か）
いちぶつ（一仏）〔二〕一〇・一二四⑪（釈迦—の教）
いちぼく（一僕）〔三〕一三・一三六⑩
いちまい（一枚）〔五〕二三・一五八④
cf、いちまいきしやう
いちまいきしやう（一枚起請）〔二〕八・一二三⑪（冬も袷—）（掛詞＝袷一枚／一枚起請）
いちまき（一件）〔三〕一〇・一三五⑧（葬送—）

いちまつぞめ（市松染）〔五〕九・一五二⑪（—のほうかぶり）
いちむらざ（市村座）〔一〕一三・一一五⑪
いちめい（一命）〔七〕二四・一七九⑯
いちめん（一面）〔六〕一二・一六五①（世間—の噂）
いちもん（一文）〔六〕九・一六三⑬
いちや（一夜）〔四〕二・一四一③〔四〕二〇・一四八⑥
いちやう（一様）〔七〕一八・一七七⑨（—の黒羽織）
いちりう（一流）〔七〕一・一七〇⑤〔七〕一二・一七四⑯
いぢ・る［ラ四段］
—れ（命）〔序〕一・一〇七②（姉—といふ勧）
いちわり（一割）〔六〕一一・一六四⑩
いちゑん（一円）［副詞］（アトニ打消ノ語ヲ伴ウ）〔六〕二二・一六八⑬（—合点まいらぬ）
いつ（一）〔序〕二・一〇七④（志は—なり）
cf、いち　いつかく　いつきよく　いつくわん（巻）　いつくわん　いつけ　いつけん　いつさつ　いつしやう　いつしゆくす　いつしよ　いつしよふぢう　いつすん　いつすんごぶ　いつせん　いつそく　いつそん　いつたい　いつたん　いつつう　いつてう　いつてうし　いつとう（一刀）　いつとう（一党）　いつとく　いつぱい　いつぴき　いつぷ（夫）　いつぷ（婦）　いつぷく　いつぷくいつしやう　いつぺん　いつぽ　いつぽん　ひと（一）　ひとつ
いつ（五）
cf、いつところもん　ご
い・づ（出）［ダ下二段］（漢字表記　振リ仮名ナシ）
—で（未）〔五〕一〇・一五二⑯（しばし挨拶も—ざりしが）〔六〕一三・一六五⑥（—ずんばあるべからず）
—で（用）〔一〕一・一一〇①（—て）
—づる（体）〔一〕一・一一〇②（…へ—道）〔一〕一・一一〇③（…に—は）〔五〕六・一五一⑨（禍は口より—と）

―づれ（已）[二]二三・一三一⑨（火燵―ば）
cf、いでまどふ　おんいで　たちいづ　でいり　でる　とび
いづ　ぬけいづ　はしりいづ
いつかう（一向）[副詞]（アトニ打消ノ語ヲ伴ウ）
[一]一・一一四⑫（外の事は―はやらず）[六]二〇・一六八
④（―流布せず）[七]一七・一七七④（―売買する事なし）
いつかういつしん（一向一心）[二]五・一二二⑩（―のおまむき様）
いつかく（一格）[三]一一・一三六②（―其上を行く人）
いつきよく（一曲）[七]一二・一七四⑮
いづく（何所）[三]二〇・一三九⑨（―もおなじ秋のゆふ暮）[七]
六・一七一⑪
いづくら（伊豆蔵）[三]一・一三二②（―の家名）
いつくわん（一巻）[五]一八・一五六⑩
いつくわん（一　）[一]一四・一一六④（素紙子―で）
いつけ（一家）[一]一三・一一五⑨　[七]一五・一七六⑧
いつけん（壱軒）[七]一三・一七五⑦
いつさつ（一冊）[七]一八・一七七⑫
いつしやう（一生）[一]二一・一一五④　[二]一・一二〇②　[二]一〇・
一二四⑫　[二]一四・一二六⑬　[二]一四・一二六⑮　[二]一六・
一二八①　[三]一七・一三八⑤　[四]一八・一四七⑫　[五]三・一
五〇①　[五]一六・一五五⑤　[五]二四・一五八⑫　[六]二四・一
六九⑩
cf、いつぷくいつしやう
いつしゆく・す（一宿）[サ変]
―し（用）[四]四・一四二①（―て）
いつしよ（一所）[七]一六・一七六⑪
いつしよふぢう（一所不住　：フヂユウ）[四]二・一四一②
いつしよふぢゆう（一所不住）　↓いつしよふぢう
いつしん（一心）
cf、いつかういつしん
いつすん（一寸）[六]一七・一六六⑭（―や弐寸）
cf、いつすんごぶ
いつすんごぶ（一寸五分）[五]九・一五二⑫
いつせつ（一切）[三]五・一三三⑦（―御用無之候）
いつせん（一銭）[六]二四・一六九⑩
いつそく（一足）[七]三・一七一⑨
いつそん（一村）[六]一三・一六五⑩
いつたい（一体）[四]九・一四三⑭（兼氏の像―）[五]九・一五二
⑦（江戸中にたつた―）
いつたい（一体）[副詞]　[一]一三・一一五⑭（―大名らしく）
いつたう（一刀）　↓いつとう
いつたう（一党）　↓いつとう
いつたうさんらい（一刀三礼）　↓いつとうさんらい
いつたん（一端）[七]一〇・一七三⑯
いつちう（一中　：チユウ）（一中節ノコト）[七]一〇・一七四③
いつちやう（一挺）　↓いつてう
いつちゆう（一中）　↓いつちう
いつつう（一通）[一]一〇・一一四⑨
いつてう（一挺　：チヤウ）[三]一四・一三七⑥
いつてうし（一調子）[六]二一・一六〇⑦（講師―張上て）
いつでも[副詞]　[六]一二・一六五①
いつとう（一刀　：タウ）[四]一〇・一四四⑥
cf、いつとうさんらい
いつとう（一党　：タウ）[七]一五・一七六⑤
いつとう（一統）[三]四・一三三①（世上―売切申候）
いつとうさんらい（一刀三礼　：タウ：）[四]九・一四三⑮
いつとく（一徳）[四]一・一四〇⑥（天性脚の達者な―）[六]一七・
一六六⑭（美目のわるひが此節の―）
いつところもん（五所紋）[一]六・一一二⑥（庵に木瓜の―）
いつぱい（一盃）　↓いつぱゐ　ヲモ見ヨ

〔二〕一三・一二六⑧ 〔二〕一三・一二六⑨ 〔二〕一三・一二六⑩ 〔四〕四・一四一⑪（―づつ） 〔四〕四・一四一⑮ 〔四〕二〇・一四八⑥ 〔六〕六・一六一⑭（―づつ）
［接尾語的用法］ 〔一〕一・一一四⑬（正月―もたもたず） 〔五〕一六・一五五⑤（其年―慎めば）
いつぱゐ（一盃 ：パイ） ↓いつぱい ヲモ見ヨ
［接尾語的用法］ 〔三〕一・一三二③（大路―にはびこり） 〔五〕一〇・一五三②（腹―上りましても）
いつぴき（一疋） 〔五〕一一・一五三⑥
いつぷ（一夫） 〔六〕一三・一六五⑨（―耕さざれば飢渇の基）
いつぷ（一婦） 〔六〕一三・一六五⑨（―織（おら）ざれば諸人の寒気を防（ふせぐ）に便なからん）
いつぷく（一服） 〔一〕八・一一三⑪ 〔一〕一二・一一五③ 〔四〕五・一四二⑤
いつぷく（一腹）
　cf、いつぷくいつしやう
いつぷくいつしやう（一腹一生） 〔二〕五・一二二④
いつぺん（一篇） 〔二〕一三・一二六⑪（念仏―づつ申して）
いつぺん㊇（一遍）
　cf、いつぺんしやうにん
いつぺん（一片）
［接尾語的用法］ 〔序〕三・一〇七⑪（教化―） 〔二〕八・一二三⑬（殊勝―） 〔二〕一七・一二八⑧（律義―） 〔三〕一八・一三八⑧（哀情―にて） 〔三〕一九・一三八⑯（人見せ―にする事） 〔四〕一六・一四六⑫（律義―）
いつぺんしやうにん㊇（一遍上人） 〔四〕二・一四〇⑧
いつぽ（一歩） 〔四〕一・一四〇①
いつぽん（壱本、一本） 〔四〕一・一四〇③（やたて―だにもたず） 〔六〕一七・一六六⑮（鼠突の―）
いつも（何時） 〔二〕三・一二一⑨ 〔四〕二〇・一四八⑧ 〔五〕七・一五一⑪ 〔五〕一〇・一五三① 〔七〕二・一七〇⑨（―の持病）
　cf、いつもいつも
いつもいつも ［副詞］ 〔二〕三・一二一⑦
いづれ ［代名詞］ 〔四〕一六・一四六⑪（―も渡世の苦労なしに） 〔七〕一一・一七四⑫（―も武士の強みありて）
いづれ ［副詞］ 〔序〕一・一〇七②
いづれもさま（何様） 〔六〕二〇・一六七⑮
いで ［接続助詞（打消）］ ↓「ゐで」 ヲモ見ヨ
〔二〕一一・一二五⑩ 気にいら―（ゐで）どうせうぞ（重出＝「ゐで」）
〔二〕一八・一二八⑮ 地借り店がりに‥むさぼら―は過られず
〔五〕五・一五一② 虎狼のやうな主人も心がやわらが―どふせうぞ
〔五〕八・一五一⑯ 何所でも気にいら―（ゐで）は（重出＝「ゐで」）
いでいで ［感動詞］ 〔七〕七・一七二④
〔七〕二二・一七九① 徒者となら―かなわず
いでいり（出入） ↓でいり
いで・く（出来） ↓できる
いでまど・ふ（出 ）［ハ四段］
　―ふ（止） 〔六〕二・一六〇⑨(徒)
いと（糸） 〔五〕一一・一五七③（柳の―）
いと ［副詞］ 〔序〕一・一〇七①（―和日（うららか）に） 〔五〕二・一四九⑩（―おもたげに） 〔七〕一二・一七五①（―頼母し）
いとし・い ［形］ いとし ［形シク］
　―ひ（い）（体） 〔二〕一一・一二五⑦（―事）
　cf、いとしや
いとしや ［連語］ 〔六〕一六・一六六⑨
いと・ふ ［ハ四段］
　―は（未） 〔三〕二〇・一三九⑧（―ず）

—わ（は）（未）　〔一〕一・一一四⑮（—ぬ）
—ひ（用）　〔二〕二・一二〇⑨
いとま（暇）
　cf、おいとま　いとまごひす　いとまなし
いとまごひ・す［サ変］
—し（用）　〔六〕二三・一六九⑤（—て）
いとまな・し［形ク］
—し（止）　〔七〕一六・一七六⑧
いな（否）
　［やいな］
　〔六〕一一・一六四⑩　聞や—堪情なく其儘打まけ
　〔六〕二三・一六九⑤　：といふや—ばらばらと起（たつ）て
　cf、いなや
いなか（田舎　ゐなか）
　cf、いなかあるき　かたいなか　ゐなかざむらひ
いなかあるき（田舎　ゐなか：）　〔序〕三・一〇七⑧
いな・す［サ四段］
—し（用）　〔五〕八・一五二⑥（そのまま—ては）
いなびかり（稲光）　〔三〕一・一三二③
いなや（否）［副詞］
　［がいなや］
　〔七〕三・一七一⑨　おもひ立が—元来旅用意とてもわらじ一足
　［といなや］
　〔四〕一七・一四七⑤　開帳場を仕廻ふと—本尊を質に入て
　［やいなや］
　〔四〕一一・一四四⑫　墓の陰から見るや—門番が皮肉に分入
　（わけいり）
　cf、いな
いなら・ぶ（居　ゐ：）［バ四段］
—べ（已）　〔二〕三・一二一⑥（—ば）

いにしへ　〔一〕一・一一〇④　〔四〕八・一四二⑨　〔四〕一六・一四六⑪
　〔六〕一七・一六六⑮
いぬ（犬）　〔五〕一七・一五五⑭　〔七〕一二・一七五②　〔七〕一五・一七
　六⑦
　cf、やまいいぬ
い・ぬ【寐】［ナ下二段］
—ね（用）　〔六〕二〇・一六八④（夜をやすく—て）
い・ぬ【去】［ナ変］
—な（未）　〔四〕一三・一四五⑥（極楽へ—せられ）
　cf、いなす　いんじ
いのち（命）　〔一〕三・一一一⑦　〔二〕一四・一二六⑭　〔二〕二三・一三
　一④
いの・る（祈）［ラ四段］
—り（用）　〔七〕三・一七一⑧（弁才天を—）　〔七〕一八・一七七⑨
　（—し）
—る（体）　〔五〕二一・一五七⑦（—にあらずや）
いはがきしみづ（岩垣清水）　→いわがきしみづ
いはく（曰）　→いわく
いは・す（云）［サ下二段］　→いわす
いはせもやらず［連語］　→いわせもやらず
いはば（言）　→いわば
いはひ（祝）
　cf、こころいわひ
いはほ（巌）　→いわほ
いひあ・ふ［ハ四段］
—へ（命）　〔六〕二・一六一①徒（：なんど—り）
いひいだ・す（言出）［サ四段］
—し（用）　〔六〕一二・一六五①（—て）
いひい・る（云入）［ラ四段］　→いいいる
いびき（鼾）　〔七〕七・一七二③

cf、たかいびき
いひしま・ふ（云仕廻） →いいしまふ
いひすて（云捨） →いいすて
いひちら・す（ 散）［サ四段］ →いいちらす
いひつ・ける（言付）［カ下一段］ →いいつける ヲモ見ヨ
—け（用） 〔六〕一〇・一六四①（—ましたが）
いひつた・ふ（言伝）［ハ下二段］ いひつた・へる［ハ下一段］ →いいつたふ ヲモ見ヨ
—へ（用） 〔六〕七・一六二⑦（—て）
いひな・す（言【做】）［サ四段］
—せ（已） 〔六〕一二・一六四⑬（針を棒程に—ば）
いひふら・す（言 ）［サ四段］ →いいふらす ヲモ見ヨ
—し（用） 〔六〕一四・一六五⑬
いひぶん（ 分） →いいぶん
いひもてきよう・ず（ 興）［サ変］ →いいもてきやうず
いひや・む［マ四段］
—ま（未） 〔六〕二・一六一②(徒)（—ず）
いひわけ（云訳） →いいわけ
いひわけ・す（言訳） →いいわけす
いひを・る →いいおる
い・ふ（言、云）［ハ四段］
—は（未） 〔三〕八・一三四⑭（女中にわる口—せ） 〔四〕八・一四二⑩（…と—れて） 〔四〕八・一四二⑭（おもふ事—で只にや止ぬべき） 〔四〕一〇・一四四②（物—ぬとて） 〔四〕一三・一四五⑦（小栗殿と—れし兵） 〔四〕一七・一四七⑤（名物と—れし虎が石） 〔五〕八・一五二⑤（…さへ—れぬ意見）
—わ（は）（未） 〔一〕一四・一一五⑮（—るること） 〔一〕二〇・一一八③（—で） 〔二〕五・一二二⑧（いやと—れぬ） 〔二〕一六・一二七⑯（…と—るる身） 〔五〕五・一五〇⑭（虚は—れず） 〔五〕六・一五一⑨（かたく—ず） 〔五〕一〇・一五二⑮（…と—れてびつくり） 〔五〕一〇・一五三②（…と—れて） 〔五〕一五・一五五①（そふ—しやれば） 〔五〕二一・一五七⑧（小野とは—じあなめあなめ） 〔六〕一〇・一六四④（ごろごろとも—で） 〔六〕一四・一六五⑯（目貫と—るる） 〔六〕二三・一六九⑥（—るる通りじや） 〔七〕一七・一七六⑮（…と—ば） 〔七〕一七・一七六⑮（…と—れしは） 〔七〕一七・一七七①（…と—むは）
—い（ひ）（用） 〔一〕一三・一一五⑫（—しせりふ） 〔二〕二三・一三一⑦（—も尽されず） 〔五〕一七・一五五⑫（—たし） 〔五〕二五・一五八⑮（…と—しを） 〔六〕八・一六三⑦（人に異見も—そふなわろ）
—ふ（う）（用 音便） 〔二〕一五・一二七⑦（…と—てもらひたし） 〔五〕八・一五二⑥（口のすくなる程—て） 〔五〕一八・一五七①（ぶうぶう—て） 〔五〕二三・一五八①（—て下はるな） 〔五〕二三・一五八①（お袋の朝夕—たに） 〔五〕二三・一五八②（あくたゐ—て）
—ふ（止、体） 〔一〕七・一一二⑨（…と—にびつくり） 〔一〕二〇・一一七⑬（大口—とおなじ） 〔一〕二〇・一一七⑭（…とやら—が） 〔一〕二一・一一八⑪（…と—人もあるべし） 〔一〕二一・一一九①（取あげて—も） 〔二〕一二・一二五⑬（商売の米屋で—ではないが） 〔二〕一五・一二七⑤（理窟—と） 〔四〕五・一四二⑧（小栗の判官…といへば—様なもの） 〔四〕一七・一四六⑮（縁起—所化） 〔四〕二一・一四八⑫（とかう—間に東がしらむ） 〔五〕一三・一五四⑤（不思義な事を—人） 〔五〕一六・一五五⑩（か文字入れて—べきを） 〔五〕一七・一五五⑫（わるひ衆の—事） 〔五〕一七・一五五⑬（流言葉など—をも） 〔五〕二二・一五七⑨（ふびんやと—ものもなき死を） 〔五〕二三・一五八①（おみ様の—所） 〔五〕二五・一五八⑭（わるくち—は） 〔六〕二・一六一①(徒)（見たりと—人もなく） 〔六〕二・一六一②(徒)（そらごとと—人もなし） 〔六〕三・一六一⑧(徒)（…

と―人も）〔六〕六・一六一⑯（…と―人もなきに）〔六〕二三・一六九⑤（…と―やいな）〔七〕八・一七三④（我―ことを能々聞べし）〔七〕一四・一七五⑬（忝と―べきを）〔七〕一七・一七六⑮（心中とは―べからず）〔七〕一八・一七七⑪（…を買べいと―）

―へ（已）

〔四〕五・一四二⑧（小栗の判官が幽霊と―ば云様なもの）〔四〕一四・一四六②（開帳とさへ―ば）〔四〕二一・一四八⑩（…と―ば小栗も…点頭て）〔五〕二・一四九⑧（…やうな事のみ―ど）〔五〕四・一五〇⑦（…と―ば…顔をあかめ）〔六〕一六・一六六⑫（ちやわちやわと―ども）〔七〕一八・一七七⑫（…と―ば…眼をいららげ）

［といふ］（補助用言的用法）（間に助詞ガ入ルコトアリ）

―わ（は）（未）

〔三〕一七・一三八④ 僭上とや―ん

―ひ（用）

〔一〕二・一一〇⑨ 藤田亀の尾と―しいけぬ若衆形
〔四〕一九・一四七⑭ 是を仲間六部と―
〔七〕一四・一七五⑪ 衣服の正しからぬを服妖と―

―い（ひ）（用）

〔六〕二一・一六八⑥ 正直故とは―ながらあまりにおろかなるべし

―つ（用 音便）

〔五〕一一・一五三⑦ 時疫源七と―てはちときなくさい男

―ふ（止、体）

〔序〕一・一〇七③ 娵いぢれと―勧もなく
〔序〕一・一〇七③ 欲かわけと―教もなけれど
〔一〕一・一一〇③ 此道を横ばしりと―
〔一〕二・一一一② 大谷広次と―肥満の立役
〔一〕一七・一一七⑩ 懲悪の教と―べし
〔一〕二〇・一一七⑯ 金竜山曙染と―名題で
〔一〕二〇・一一八② 車屋小八郎兵衛と―男立の仕内
〔二〕九・一二四② 是と―も
〔二〕一一・一二五③ 婿の養子のと―身の上
〔二〕一一・一二五④ 今参り廿日と―がごとく
〔二〕一一・一二五⑥ 実子と―もの
〔二〕一三・一二六⑦ 酒の毒じやと―事を
〔二〕一七・一二八⑤ 長者二代なしと―に
〔三〕八・一三四⑬ 俗ニ葬主ヲ施主ト―
〔三〕一三・一三六⑨ 町人の天と―格
〔三〕一七・一三八④ 愚昧とや―べき
〔三〕一八・一三八⑫ 諸礼筆記と―書に先哲の教置れし
〔四〕九・一四二⑯ 今日と―今日
〔四〕一九・一四七⑮ 法施宿と―物に泊りて
〔五〕一・一四九③ 足屋の道千と―者あり
〔五〕六・一五一⑨ 禍は口から出ると―ことを
〔五〕九・一五二⑦ 唯の薬師と―は江戸中にたつた一体
〔五〕一三・一五四⑥ なんのならぬと―事があるべい
〔五〕二四・一五八⑦ 我ながら人でなしと―身持
〔六〕二・一六〇⑧㊌徒 ゐてのぼりたりと―事ありて
〔六〕七・一六三① 江戸にては是をほうろくと―
〔六〕八・一六三③ 題号を改て幸ぐらと―
〔六〕二二・一六八⑮ …とやら―事を 喧嘩過て棒ちぎり木
〔七〕三・一七一⑥ 人生の禍福は耳たぶ次第と―もうそなり
〔七〕九・一七三⑬ そちが語る豊後ぶしと―もの
〔七〕一〇・一七三⑮ 驚歎せずと―ことなし
〔七〕一〇・一七三⑯ 浄留理と―ものは
〔七〕一一・一七四⑫ 江戸節と―に恥かしからず
〔七〕一四・一七五⑪ 言葉の正しからぬを言妖と―
〔七〕一四・一七五⑮ いらざるおせわと―心にや

〔七〕一六・一七六⑭　安養寺と―智識
〔七〕一九・一七八①　似我蜂と―虫
―へ（命）
〔六〕六・一六一⑮　髪切虫と―る剃刀の牙：ある妖孽有と
〔六〕八・一六三③　宝蔵と―る草紙
cf、あまりといへば　いいおる　いいしまふ　いいすて　いいちらす　いいつく　いいつたふ　いいふらす　いいぶん　いいもてきやうず　いいわけ　いいわけす　いひあふ　いひだす　いひつける　いひつたふ　いひなす　いひふらす　いひやむ　いふにおよばず　いふもさらなり　いまといふいま　いわせもやらず　いわば　おいやる　といへども　どうもいへず
いふく（衣服）　〔三〕一三・一三六⑭　〔七〕一三・一七五⑪
いふにおよばず（云　）［連語］　〔七〕一七・一七七②（息筋張（はつ）て―世人あまねく知るところ）
いふもさらなり（　也）［連語］　〔三〕一一・一三六⑦（家作等は―）
いへ（家）　〔一〕一六・一一七③　〔二〕一一・一一八⑭　〔二〕一一・一二五③　〔二〕一二・一二五⑪　〔二〕一二・一二五⑭　〔二〕一三・一二六⑤　〔二〕一六・一二八②　〔二〕一九・一二九⑨　〔三〕一・一三一⑫　〔五〕三・一五〇④　〔六〕七・一六二⑥　〔六〕七・一六二⑦　〔六〕一三・一六五⑩　〔七〕一・一七〇①（半生長に客をもつて―とす）　〔七〕九・一七三⑨　〔七〕一五・一七六⑤　〔七〕一五・一七六⑥　〔七〕二四・一七九⑪　〔七〕二四・一七九⑫
cf、いへいへ　いへごと　いへぬし　いへやしき　おいへ　おいへがら　こいへ　やもり
いへいへ（家々）　〔六〕七・一六二⑯　〔六〕七・一六三①
いへがら（家柄）
　cf、おいへがら
いへごと（家毎）　〔五〕二四・一五八⑥（―の戸）
いへども（雖）［連語］　→といへども
いへぬし（家主）　〔二〕一八・一二八⑮
いへやしき（家屋敷）　〔二〕一六・一二八④　〔三〕一七・一三八①
いほり（庵）
　cf、いほりにもくかう
いほりにもくかう（庵　木瓜）（工藤家ノ紋）　〔一〕六・一一二⑥（―の五所紋）
いま（今）　〔一〕一・一一〇③　〔一〕三・一一一⑥　〔一〕一〇・一一四⑦　〔一〕一六・一一六⑮　〔一〕二〇・一一七⑮　〔二〕三・一二一⑨　〔二〕三・一二二⑫　〔二〕八・一二二⑮　〔二〕九・一二四②　〔二〕一二・一二六①　〔二〕一六・一二八②　〔二〕一九・一二九⑧　〔四〕四・一四一⑭　〔四〕一六・一四六⑨　〔四〕一六・一四六⑬　〔四〕一九・一四七⑯　〔四〕二一・一四八⑭　〔五〕一四・一五四⑪（―の通り）　〔五〕一六・一五五⑩　〔五〕一八・一五六⑫　〔六〕六・一六一⑫（昔も―も）　〔六〕八・一六三③　〔六〕一五・一六六②　〔七〕一三・一七五④　〔七〕一三・一七五⑦　〔七〕一八・一七七⑥
cf、いまさら　いまといふいま　いまに　いまにも　いまは　むかし　いまほど　いままで　いままゐり　ただいま　むかしいま
いまいまし・い［形］　いまいまし［形シク］
―ゐ（い）（止）　〔五〕二一・一五三⑭
　cf、いまいましや
いまいましや［連語］　〔三〕一一・一三五⑯（あら―けがらはしや）
いまさら（今　）［副詞］　〔五〕二一・一五七⑭
いまし・む（禁）［マ下二段］
―め（未）　〔七〕一四・一七五⑯（―ずんば）　〔七〕二四・一七九⑪（―ざる家には）
―む（止）　〔七〕八・一七三⑤（にくみ―）
　cf、おしへいましむ
いましめ（禁）　〔二〕二〇・一二九⑮
いますこし（今少）　〔六〕二・一六〇⑥

いまだ［副詞］ [三]九・一三五① [三]二〇・一三九③ [四]二・一四〇⑥ [五]一八・一五七②
いまでがわ（今出川　：がは） [六]三・一六一④徒
いまといふいま（今　今）［連語］ [五]二三・一五八②（―発得した）
いまどき（今時） [二]二〇・一三〇② [三]一七・一三八③ [四]一四・一四五⑯（―の人） [六]二二・一六八⑪（―の人）
いまに（今）［副詞］ [一]二二・一一五⑤ [二]五・一二二⑫ [二]五・一二二⑬ [四]一二・一四五①
いまにも（今）［副詞］ [三]一一・一三六③（―入べきは此品々）
いまはむかし（今　昔）［連語］ [一]二〇・一一八⑤
いま・ふ（忌）［八四段］
　cf、ものいまひ
いまほど（今　） [五]二四・一五八⑦（―かへり見れば）
いままで（今迄） [五]八・一五二② [六]一〇・一六四①
いままゐり（今参） [二]一一・一二五④（譬喩に―廿日といふがごとく）
いまやう（当世、今様）
　cf、いまやうへただんぎ
いまやうへただんぎ（当世下手談義） [序]一・一〇七内題（―序）
　[目]一・一〇九内題（―惣目録） [一]一・一一〇内題（―巻一）
　[一]二二・一一九⑪（―巻一終） [二]一・一二〇内題（―巻二）
　[三]二一・一三九⑪（巻二終） [四]一・一四〇内題（―巻三）
　[五]二五・一五九①（―巻三終） [六]一・一六〇内題（―巻四）
　[六]二四・一六九⑫（―巻四終） [七]一・一七〇内題（―巻五）
　[七]二五・一八〇⑦（―巻五大尾） [七]二六・一八〇刊記（―後編）
いまより（自今）　↓じこん
いもと（妹） [七]一五・一七六⑥
いや【否、厭】 [二]五・一二二⑧ [二]一九・一二九⑥ [五]六・一五一④
いや［感動詞］
　[一]九・一一三⑯ [二]四・一二二⑭ [四]五・一四二⑥ [五]一一・一五三⑥ [五]一二・一五三⑮
　cf、いやいや
いや（弥）
　cf、いやまし　いやます
いやいや［感動詞］ [六]一六・一六六⑬
いやが・る［ラ四段］
　―り（用） [五]一一・一五三⑤（人が―ましやうが） [五]二一・一五七⑥（人の―除て通る）
　―つ（用　音便） [五]二一・一五七⑤（人が―て）
いやし【卑】［形シク］　いやし・い［形］
　―き（体） [二]一一・一二五④（―譬諭） [三]一二・一三六③（貴きも―も） [三]一三・一三六⑪（―町人風情）
　―けれ（已） [一]九・一一三⑫（―ど）
いやし・む［マ四段］
　―み（用） [二]九・一二四⑧
いやはや［感動詞］ [一]六・一一二② [二]一九・一二九⑦ [五]二一・一五七⑤ [六]一四・一六五⑬ [七]一一・一七四⑥ [七]二三・一七九④
いやまし（弥増） [一]二一・一一九②（五月雨より―の泪のたね） [三]一・一三二①（―の貸傘）
　cf、いやます
いやま・す［サ四段］
　―し（用） [一]八・一一三⑧（怖さ―て）
　cf、いやまし
いやみ（嫌）
　cf、いやみをとこ
いやみをとこ（　男） [四]一六・一四六⑬

いやらしさ　〔七〕一四・一七五⑬　〔七〕二三・一七九⑤
いよいよ（弥）［副詞］
［仮名表記］　〔一〕一〇・一一四⑤　〔四〕四・一四二①
［漢字表記　振リ仮名ナシ］　〔四〕八・一四二⑪　〔四〕二〇・一四八⑤　〔五〕一五・一五五③
いらい（已来）　〔五〕一七・一五五⑫
いらざる［連語］
〔七〕一四・一七五⑮　―おせわといふ心にや
いらぬ［連語］（連体詞的ニ用イル）
〔二〕二〇・一二九⑮　―美麗な座敷…と御歴々の真似
〔二〕二二・一三一③　―町人の絹布
〔五〕八・一五一⑯　―さきぐりして
〔五〕一八・一五六⑨　息筋張りて教（おしゆ）るも―事
〔七〕一四・一七五⑭　―羽織の着事なるべし
いらら・ぐ【苛】［ガ下二段］
―げ（用）　〔七〕一九・一七七⑫（眼を―）
いり（入）　〔一〕二〇・一一七⑫（客ノ）―さへあらば）
いりあい（入相　：あひ）　↓いりあひ　ヲモ見ヨ
〔四〕一一・一四四⑬（―の鐘）
いりあひ（入相、晩鐘）　↓いりあい　ヲモ見ヨ
〔四〕一二・一四四⑮（―（入相）をつきおらぬか）　〔四〕一七・一四六⑯（―（晩鐘）の響）
いりがはら（煎瓦）　〔六〕七・一六三①
いりくち（入口　「いりぐち」トモ）　〔二〕二三・一三二⑥　〔四〕四・一四一⑬　〔六〕二・一六〇⑦
いりよう（入用）　↓にふよう　ヲモ見ヨ
〔四〕一五・一四六③（―すくなく）（岩本ノ振リ仮名ニヨル）
cf、ごいりよう　ごいりようしだい
い・る（入）［ラ四段］
―ら（未）　〔序〕一・一〇七④（耳に入ルと―ぬとのさかひ）　〔六〕一一・一六四⑦（智者の耳に―ば）
―り（用）　〔一〕六・一一一⑭（洞の内へ―し）　〔一〕六・一一一⑭（此内に―）　〔四〕二・一四〇⑧（門に―て）　〔五〕一五・一五四⑭（無卦に―て）　〔六〕一・一六〇⑤（内へ―て）　〔六〕一・一六四⑧（耳から―ても）
―る（止、体）　〔序〕一・一〇七③（耳に―（入ル）といらぬとのさかひ）　〔五〕一五・一五五②（弐朱と壱分と―事は）　〔五〕一五・一五五④（慎の門に―事なし）　〔六〕一二・一六五①（耳に―と）　〔七〕一六・一七六⑪（牢獄に―時）
―れ（已）　〔七〕九・一七三⑭（此門に―ば）
［気に入る］
―ら（未）　〔二〕一一・一二五⑩（気に―ゐでどうせうぞ）　〔五〕七・一五一⑮（気に―ぬ事をも）　〔五〕八・一五一⑯（気に―ゐでは）
―り（用）　〔三〕四・一三三⑤（御気に―不申候はば）（重出＝［おきにいる］）
cf、いり　いれおく　おそれいる　おちいる　ききいる　でいり　はいる　はひる　はゐる　わけいる
い・る（入）［ラ四段］
―ら（未）　〔一〕四・一一六③（物の―ぬ工夫）
―り（用）　〔二〕五・一二七⑪（商人の学問には…も―もうさぬ）
〔二〕六・一二七⑭（町人分上に…は―申さぬ）
―る（止）　〔三〕二・一三六③（―べきは此の品々）
cf、いらざる　いらぬ
い・る（煎）［ラ四段］
cf、いりがはら
い・る（入）［ラ下二段］　い・れる［ラ下一段］
―れ（未）　〔五〕一六・一五五⑪（か文字入れて…と文字―ば）
〔七〕二三・一七九⑩（手に―（入レ）ばや）
―れ（用）　〔二〕一二・一二五⑯（余計を―てやれば）　〔三〕八・一

三四⑬（念―）　[四]二・一四一①（念―て）　[四]一七・一四七⑤（本尊を質に―て）　[五]一五・一五五③（声を乙に―て）　[五]一六・一五五⑩（か文字―ていふべきを）　[五]二三・一五八④（酒樽に水を―て）　[七]八・一七三②（あたまに銭を―て）　[七]一五・一七六③（物―て仕立て）　[七]一五・一七六⑤（辻風を―たるごとく）
　cf、いいいる　いれたてる　いれぼくろ　おしいる　ききいる　こころいれ　むこいり　をしいる
いる（居　ゐ：）　→ゐる
いるい（衣類）　[三]一二・一三六⑧　[五]一六・一五五⑨
いれお・く（入置）［カ四段］
　―き（用）　[七]一九・一七八③
いれた・てる（入　）［タ下一段］
　―てる（止）　[七]一五・一七六⑤（家の内へ―と）
いれぼくろ（入黒子）　[五]一二・一五三⑩　[五]二二・一五七⑫
いろ（色）　[三]一三・一三六⑫（憚る―もなく）　[四]一八・一四七⑩（浮世に住ば―こそ替れ）　[六]六・一六一⑬（―をかへ品をかへ）　[六]一六・一六六⑪（―はさめたれど）　[七]九・一七三⑨（―の為に生命を軽じ）
　cf、いろいろさまざま　いろしな　きいろ　すみるちやいろ　みづいろ
いろいろ（色々）　[五]一四・一五四⑧（―の身振）
いろいろさまざま（色々様々）　[三]一九・一三九②
いろしな（色品）　[三]三・一三二⑩　[三]四・一三三⑤
いわがきしみづ（岩垣清水　いは：）　[二]一・一二〇①（手に結ぶ―住なれて：）
いわく（曰　いはく）　[三]三・一三二⑭（其文に―）
いわし（鰯）
　cf、あかいわし　なまいわし
いわ・す（いは：）［サ下二段］　いは・せる［サ下一段］
　―せ（未）　[七]六・一七一⑬（拝殿とも―ず）
　cf、いわせもやらず
いわせもやらず（いはせ：）［連語］　[五]二・一四九⑬
いわば（いはば）［副詞］　[七]一〇・一七三⑯　[七]一〇・一七四④
いわほ（【巖】　いはほ）　[二]八・一一三⑩
いん（印）
　cf、いんぞう
いん（院　ヰン）　→ゐん　ヲモ見ヨ
　［振リ仮名アリ］　[六]二・一六一①徒（―へまいるべし）
いん（淫）　[七]九・一七三⑩（楽の声―なれば）
　cf、いんがく　いんす　いんぽん
いんがく（婬楽）　[七]七・一七二⑫
いんきよ（隠居）　[一]一七・一一七⑤　[四]一六・一四六⑪　[六]一・一六〇②
　cf、いんきょす
いんきよ・す（隠居）［サ変］
　―し（用）　[二]二・一二〇⑨（山里に―て）
いんぎん【慇懃】　→ゐんぎん　ヲモ見ヨ
　[一]七・一一二⑩（―な）
いんぐわ（因果）　[四]一四・一四五⑭（何の―に）
　cf、いんぐわやまい　いんぐわやまひ
いんぐわやまい（因果病　：やまひ）　→いんぐわやまひ　ヲモ見ヨ
　[五]二一・一五七⑥
いんぐわやまひ（因果病）　→いんぐわやまい　ヲモ見ヨ
　[四]四・一四一⑭
いんざう（印相）　→いんぞう
いんじ（往）［連体詞］（「いにし」ノ音変化）　[六]一四・一六五⑫
　（―享保年中）
いん・す（淫）［サ変］

―せ（未）[七]八・一七三⑦（―ざる）
いんぞう（印相　：ザウ）（「インサウ」トモ）[四]一八・一四七⑧
いんだう（引導）➡いんどう
いんどう（引導　：ダウ）[五]二二・一五七⑩
　cf、ごいんどう
いんぷう（婬風）[七]二三・一七九⑨
いんぽん（淫奔）[七]八・一七三⑥（―不義）
いんらん（婬乱）[七]一五・一七六⑤ [七]二二・一七八⑮

[う]

う（卯）[三]一一・一三五⑫（―四月）
う（得）［ア下二段］ える［ア下一段］
え（未）[四]五・一四二④（御意―ねば）[四]八・一四二⑮（其人を―ざれば）
え（用）[二]一・一二〇⑤（妙を―たり）
うる（体）[二]二・一二六②（大利を―の基（もとひ）ならずや）
　cf、あしや（足屋）の道千売トに妙を得し事　こころう　とほりう
う［助動詞（推量、意志）］（「ふ」ノ表記アリ）（前音節ト融合シテ拗長音化スル事アリ）
う（止、体）
[一]八・一一三⑪　一服いたそ―と
[二]一・一二五⑪　気にいらゐでどうせ―ぞ（サ変ニ付イタ例　発音ハ「しょう」）
[五]五・一五一②　心がやわらがいでどふせ―ぞ（同右）
ふ（う）（止、体）
[一]一四・一一五⑯　及ぬこととおもわれ―が（下二（一）段型活用ニ付イタ例　発音ハ「りょう」）
[二]一九・一二九⑦　も（持）と―もつまいは此方次第
[三]一八・一三八⑨　たとへ袴腰がゆがも―とも
[四]一〇・一四四⑦　貴様の御つもりにもあら―事
[五]三・一五〇①　御親父は男であら―がや
[五]四・一五〇⑧　傍輩中がよから―か
[五]四・一五〇⑨　ひもじゐ目にあわ―か
[六]二二・一六八⑪　仏神にさのみにくまれ―筈もなし（下二（一）段型活用ニ付イタ例　発音ハ「りょう」）
[七]六・一七一⑭　一眠（ひとねふり）やつてくれ―とおもへど（下二（一）段型活用ニ付イタ例　発音ハ「りょう」）
　cf、あろ（あらう）　ござろ　ましやう　ましよ　ませふ（ませう）
う・う（飢）［ワ下二段］ う・ゑる［ワ下一段］
　cf、うへ
うかが・ふ（伺）［ハ四段］
―ふ（体）[五]二四・一五八⑨（―程な）
うか・む（浮）［マ下二段］ うか・める［マ下一段］
―め（用）[六]二・一六四⑯（盃を―てあそぶ）
うか・る【浮】［ラ下二段］ うか・れる［ラ下一段］
―れ（未）[六]五・一六六①（阿波にも―ず）
　cf、うかれたつ
うかれた・つ（　立）［タ四段］
―ち（用）[六]四・一六五⑭（―たる）
うきよ（浮世）[四]一八・一四七⑩ [五]六・一五一⑤ [七]一六・一七六⑧
う・く（請）［カ下二段］ う・ける［カ下一段］
―け（未）[五]一八・一五七②（―ず）
―け（用）[一]四・一一五⑭（―たり）[三]一〇・一三四⑬（罰を―て）[四]二〇・一四八③（疑を―ても）
　cf、ききうく　ひきうける　まうしうく（申請）

うけたまは・る（承）［ラ四段］
—り（用）〔三〕四・一三三①（—候）
うけつ・く［カ下二段］　うけつ・ける［カ下一段］
—け（未）〔七〕一四・一七五⑯（—ぬ）
うけと・る（受、請取）［ラ四段］
—ら（未）〔六〕一三・一六五③（—ぬものかして）
—り（用）〔三〕六・一三三⑮（—中間敷候）
うごか・す（動）［サ四段］
—し（用）〔七〕一二・一七四⑮
うご・く（動）［カ四段］
—き（用）〔六〕一三・一六五⑧（—つべし）
うこん（鬱金）
cf、うこんぞめ
うこんぞめ（　染）〔五〕九・一五二⑪
うし（牛）〔五〕一三・一五四③（前生が・・—であつた）
うし（丑）
cf、うしのときまゐり
う・し（憂）［形ク］
—かり（用）〔一〕一四・一一六④（—し）
うしな・ふ［ハ四段］
—は（未）〔二〕一二・一二五⑪（家を—ぬやうに）
—わ（は）（未）〔二〕一二・一二五⑮（慈悲の心を—ず）
—ひ（用）〔六〕九・一六三⑭（渡世を—ながら）
—ふ（体）〔二〕一三・一二六⑤（家を—事遠からず）
—へ（已）〔二〕一六・一二八②（家を—ば）
うしのときまゐり（丑時参）〔六〕八・一六三⑧
うしろ（後）
cf、うしろさがり　うしろすがた
うしろさがり（後下）〔五〕九・一五二⑫（—に）
うしろすがた（後姿）〔五〕二五・一五八⑬
う・す（失）［サ下二段］　う・せる［サ下一段］
—せ（未）〔六〕一六・一六六⑫（酒の気が—ぬも）
—せ（用）〔四〕二一・一四八⑬（かき消（けし）て—ぬ）〔六〕一七・一六七④（—ましたが）
うす・し（薄）［形ク］
—く（用）〔三〕二〇・一三九⑥（哀情こそ—とも）
—し（止）〔三〕一八・一三八⑩（哀情—とこそ見ゆれ）
—き（体）〔二〕八・一二三⑩（耳たぶ—）
うせもの（失物）〔四〕二〇・一四八④
うそ（虚、虚誕、虚説）〔四〕一九・一四八①〔五〕五・一五〇⑭〔五〕一三・一五四②〔五〕一四・一五四⑩〔六〕七・一六二⑤〔六〕七・一六二⑩〔六〕一二・一六五②〔六〕二一・一六八⑤〔六〕二三・一六九①〔七〕三・一七一⑥〔七〕二四・一七九⑫
cf、うそばなし　うそはんぶん
うそ［接頭語］（「薄」ノ音変化）
cf、うそくらし　うそさびし　うそはらたつ
うそうそ［副詞］〔六〕一・一六〇③（—歩行（あるけ）ば）
うそくら・し（　暗）［形ク］
—き（体）〔一〕六・一一一⑬（—洞）
うそさびし（　淋）［形シク］　うそさびし・い［形］
—く（用）〔四〕四・一四一⑭（—なりしも）
—ひ（い）（体）〔一〕一・一一〇⑤（—路）
うそばなし（虚妄咄、妄説）〔四〕一九・一四七⑮〔六〕六・一六一⑬
うそはらた・つ（　腹立）［タ四段］
—ち（用）〔四〕一一・一四四⑩（—て）
うそはんぶん（虚偽半分）〔六〕二三・一六九⑧（—なを聞とは）
うた（歌）〔六〕七・一六二⑪（髪切虫の除（よけ）の—）〔六〕二二・一六八⑭（御製の—）〔六〕二二・一六八⑯
cf、おんうた　こうた　じゆんれいうた
うたい（諷、謡　：ひ）→うたゐ　ヲモ見ヨ

〔四〕三・一四一⑥　〔五〕一七・一五五⑮
うたがは㊇（歌川）（歌川四郎五郎ヲサス）　〔四〕二〇・一四八③　〔一〕一一・一一四⑭
うたがひ（疑）　〔四〕二〇・一四八③
うたが・ふ［ハ四段］
—わ（は）（未）　〔七〕二四・一七九⑮（—ず）
—ふ（止）　〔五〕一四・一五四⑪（—と）
cf、うたがひ
うたひ（諷、謡）　→うたい　うたゐ
cf、ぢうたひ
うたまくら（歌枕）　〔五〕三・一五〇⑤（—見て参れ）
うたゐ（諷　：ひ）　→うたい　ヲモ見ヨ
〔五〕一八・一五六⑤
うち（内、裏）　〔一〕六・一一一⑭（洞の—）　〔一〕六・一一一⑭（此—に入り）　〔一〕一〇・一一四④（心の—）　〔二〕四・一二一⑬（見ぬ—に）　〔二〕九・一二三⑯（産屋の—から）　〔三〕九・一三五①（御息有之—より）　〔四〕二・一四一③（御堂の—に）　〔四〕三・一四一⑤（宿の—）　〔四〕四・一四一⑬（：とおもふ—から）　〔四〕四・一四五⑬（藁屋の—）　〔四〕六・一四六⑩（昼の—働し）　〔四〕八・一四七⑫（六十六部の—を）　〔五〕一一・一五三⑥（五町七町が—）　〔五〕一一・一五三⑨（日本の—）　〔六〕一・一六〇⑤（—へ入て）　〔六〕一七・一六六⑮（鉢坊主の手の—）　〔七〕一五・一七六⑤（家の—）
うち（打）［接頭語］
cf、うちこむ　うちすつ　うちすておく　うちたらす　うちとく　うちほろぼす　うちまく　うちよる　うちわらふ　うちわる　うちゑむ
うぢ（氏）
cf、うぢこ　せきうぢ
うぢこ（氏子）　〔七〕一三・一七五⑨
うちこ・む（打込）［マ四段］

—み（用）　〔七〕一・一七〇③（九州訛の女郎に—）
—む（止）　〔七〕一四・一七五⑮（おせせだのと—）
うちす・つ（打捨）［タ下二段］　うちす・てる［タ下一段］
—て（用）　〔五〕一七・一五五⑭
cf、うちすておく
うちすてお・く（打捨置）［カ四段］
—く（体）　〔七〕一五・一七六②（—故）
うちそと（内　）　〔三〕一四・一三七⑦（卅人の—）
うちたら・す（打　）［サ四段］
—し（用）　〔三〕一九・一三八⑬（涕—たる有さま）
うちてかは・る［連語］　→うちてかわる
うちてかわ・る（打　：かはる）［連語］（「打」ニ振リ仮名ナシ）
—り（用）　〔七〕六・一七一⑫（—てかんこ鳥）
cf、うつてかはる
うちと・く［カ下二段］　うちと・ける［カ下一段］
—け（用）　〔四〕八・一四二⑪
うちほろぼ・す（打亡）［サ四段］
—し（用）　〔二〕二〇・一二九⑭
うちま・く（打　）［カ下二段］　うちま・ける［カ下一段］
—け（用）　〔六〕一一・一六四⑩（堪情なく：—）
うちもの（打物）　〔四〕一〇・一四四③（弓矢—取て）
うちよ・る（打寄）［ラ四段］
—り（用）　〔二〕四・一二一⑫（—て）　〔二〕二三・一三一⑦（—て）
うちわ（団、団扇　うちは）
cf、しぶうちわ
うちわら・ふ（打笑）［ハ四段］
—い（ひ）（用）　〔一〕八・一一三⑨
うちわ・る（打破）［ラ四段］
—り（用）　〔六〕八・一六三②（—捨たる）
うちゑ・む（内笑）［マ四段］

—み（用）[一]一〇・一一四⑤
う・つ（打、拍）［タ四段］
—ち（用）[二]二・一一一①（大鞁も—て）[二]二・一二〇⑦
（地を—て通り）[三]八・一三四⑮（手を—）
—つ（用 音便）[四]三・一四一⑧（—てもはたいても）[五]三・
一五〇②（—たり舞（まふ）たり）
—つ（体）[二]一五・一二七④（身を—事なく）
cf、うちてかわる　うつてかはる　すりひうち　どらうつ
う・つ【討】［タ四段］
—た（未）[二]二・一一五⑤（—れて）
cf、かたきうち
うつくし［形シク］
—けれ（已）[二]一一・一二五⑤（—ど）
うつけ（空虚）[六]九・一六三⑨
うつ・す（写）［サ四段］
—し（用）[六]七・一六二⑫（—て）
うつ・す（移）［サ四段］
—し（用）[二]一五・一一六⑪（—て）[七]九・一七三⑩（風を
—俗を易（かゆ）る）
うつてかは・る（打 替）［連語］
—り（用）[五]二四・一五八⑫（—し神妙な体）
cf、うちてかわる
うつむ・く（俯）
cf、さしうつむく
うつ・る（移）［ラ四段］
cf、のりうつる
うで（腕）[五]一〇・一五二⑭　[五]一二・一五三⑩　[五]二二・一五
七⑫
cf、かゐな
うてん（雨天）[三]七・一三四⑦

うどのたいぼく㊇（鵜殿退卜）（「独活（うど）の大木」ノモジリ）
[六]一・一六〇④
cf、うどのたいぼく（鵜殿退卜）徒然草講談之事
うどのたいぼくつれづれぐさかうだんのこと（鵜殿退卜徒然草講談
之事）[目]二・一〇九　[六]一・一六〇小題
うと・む（疎）［マ四段］
—ま（未）[五]二一・一五七⑥（千万人に—るる因果病）
うどんや（　屋）[一]一六・一一七③　[五]一一・一五三③　[五]二四・
一五八⑩
うなぎや（鱣屋）[六]一三・一六五⑦
うなづ・く（点頭）［カ四段］
—き（用）[四]二一・一四八⑩（—て）
—く（体）[三]二・一三二⑩（独り—‥猿智恵な男）
うなりお・る（‥をる）［ラ四段］
—る（体）[七]二三・一七九⑤（—いやらしさ）
うなりそ・む（　初）［マ下二段］　うなりそ・める［マ下一段］
—め（用）[七]一三・一七五④（—て）
うな・る（唸）［ラ四段］
cf、うなりおる　うなりそむ
うば（乳母）
cf、うばどの
うはがき（上書）[六]一〇・一六三⑯
うはき（浮気）
cf、うわきもの
うはぎ（上着）[五]九・一五二⑫
うはきもの（浮気者）→うわきもの
うはさ（噂）→うわさ　ヲモ見ヨ
[一]一一・一一四⑪　[一]一五・一一六⑥　[三]二一・一三九⑩
[四]一三・一四五⑧　[五]二二・一五七⑬　[六]一二・一六五①
[六]二三・一六九⑦

うばどの（乳母　）〔六〕二一・一六八⑤
うはぬり（上塗）〔四〕二〇・一四八⑤（損の—）
　cf、うわぬりす
うはぬり・す（上塗）　↓うわぬりす
うば・ふ［八四段］
　—は（未）〔七〕二四・一七九⑯（一命を—ん事）
　—わ（は）（未）〔五〕一・一四九④（—れ）
うぶすなどの（生土神殿）〔三〕二・一三二⑥
うぶや（産屋）〔二〕九・一二三⑯
うへ（上）〔二〕二一・一三〇⑪〔三〕一・一三二③〔四〕一三・一四五⑤（呑込し—は）〔四〕一八・一四七⑦（御身の—ばかり）〔五〕九・一五二⑩〔五〕一一・一五三④〔五〕一六・一五五⑦〔五〕二二・一五七⑩〔五〕二三・一五八⑤（振廻（ふるまい）の—であばれる算用）〔六〕一五・一六六③（—を行く）〔六〕一六・一六六⑩（難義の—）
　cf、かみ　そのうへ　みのうへ
うへ（飢　うゑ）〔一〕三・一一一⑦（—につかれて死なん命）
うま（馬）　↓むま
うま・い（甘味）［形］　うま・し［形ク］
　—い（体）〔五〕六・一五一⑥（—物）
うまうまと［副詞］〔六〕六・一六一⑭（—喰る衆中）
うまのかごぬけ（馬籠抜）　↓むまのかごぬけ
うま・る（生）［ラ下二段］
　—れ（用）〔四〕一・一四〇④（堅固に—たる膝栗毛）〔七〕一六・一七六⑫（極楽へ—（レ）たりとも）
　cf、うまれ　うまれつく　うまれながら
うまれ（生）〔五〕一三・一五四②〔七〕三・一七一④
うまれつ・く（生　）［カ四段］
　—い（用　音便）〔二〕八・一二二⑮（—て器用者）
うまれながら（生　）［副詞］〔五〕一七・一五五⑬（—の悪人）
う・む（倦）［マ四段］
　—ま（未）〔序〕二・一〇七⑦（—ず）
うやま・ふ［八四段］
　—ふ（体）〔二〕二二・一三〇⑮（—が町人の道）
うら（裏）〔序〕二・一〇七⑥〔六〕一一・一六四⑨
　cf、うらうら　うらだな　うらつけ　おもて
うら（浦）
　cf、うらうらしまじま　たごのうら
うらうら（裏々）〔三〕三・一三二⑬（端々—迄）
うらうらしまじま（浦々島々）〔七〕一二・一七四⑭
うらだな（裏店）〔二〕一二・一二六①〔三〕一・一三一⑪〔三〕八・一三四⑪〔三〕一九・一三九③〔六〕一一・一六四⑪〔六〕一五・一六六④
うらつけ（裏附）〔三〕一三・一三六⑭（—の肩衣袴）
うらない（占　：ひ）　↓うらなひ　ヲモ見ヨ
〔四〕二〇・一四八④〔四〕二〇・一四八⑤〔五〕一・一四九③〔五〕一四・一五四⑩
うらなひ　↓うらない　ヲモ見ヨ
〔五〕四・一五〇⑪（なんぼ奇妙な—でも）
　cf、つじうら　ばいぼく
うらな・ふ（占）［八四段］
　—ふ（う）（用　音便）〔五〕二・一四九⑫（—て）〔五〕四・一五〇⑩（—てもらふ）
うらみ（恨）〔一〕四・一一六②
うら・む［マ四段］
　—み（用）〔七〕三・一七一⑦（身を—かこちけるが）
　cf、うらみ
うらめし［形シク］
　—き（体）〔五〕一四・一五四⑦（とどかぬ舌の—）（文末）
うらやまし（羨）［形シク］

cf、うらやましがる
うらやましが・る（浦山）［ラ四段］
—ら（未）〔二〕二・一二〇⑨（—れ）
うらや・む［マ四段］
—み（用）〔三〕二・一三二④
うららか（和日）〔序〕一・一〇七①（空の気色いと—に）
うりいだ・す（売出）［サ四段］
—し（用）〔三〕一・一三五⑫（—申候）
うりかひ（売買）→うりかい
うりかい（売買　：かひ）〔二〕一・一二〇⑥
うりき・る（売切）［ラ下二段］　うりき・れる［ラ下一段］
—れ（用）〔三〕四・一三三①（—申候）
うりだめ（売溜）〔五〕一・一四九④（—の銭）
うりつの・る（売　）［ラ四段］
—り（用）〔二〕二・一二六①（次第に—て）
うりもの（売物）〔二〕三・一二六④　〔三〕三・一三二⑫
う・る（売）［ラ四段］
cf、うりいだす　うりかい　うりきる　うりだめ　うりつのる　うりもの　くすりうり　せりうり　にうり　もめんうり
うれい（憂　：ひ）→うれひ　ヲモ見ヨ
〔四〕一七・一四七④
うれし（嬉）［形シク］
—かり（用）〔一〕一三・一一五⑬（—し）
cf、うれしがる　うれしさ
うれしが・る（嬉）［ラ四段］
—つ（用　音便）〔二〕二・一二五⑯（—て）
うれしさ（嬉）〔一〕三・一一一⑪　〔四〕九・一四三①　〔五〕九・一五二⑨　〔六〕一〇・一六四①
うれひ　→うれい　ヲモ見ヨ
〔七〕一九・一七七⑯
うろた・ふ［ハ下二段］
—へ（用）〔六〕二一・一六八⑩（—し）
うわきもの（　者　うはき：）〔一〕一六・一一七①
うわさ（噂　うはさ）→うはさ　ヲモ見ヨ
〔七〕二二・一七八⑮
うわぬり・す（上塗　うは：）［サ変］
—し（用）〔一〕一〇・一一四③（—たる）〔六〕七・一六二⑩（虚誕の—て）
うゑ（飢）→うへ
う・ゑる（飢）［ワ下一段］　う・う［ワ下二段］
cf、うへ
うん（運）〔五〕一四・一五四⑬
cf、うんき
うんき（運気）〔三〕四・一三三③
うんそう（運送）〔七〕一〇・一七四③（米穀—の津）
うんぬん（云々）〔四〕二一・一四八⑮（行方をしらずと—）

［え］　→「ゑ」ヲモ見ヨ

え（へ）［格助詞］（重出＝「へ」）（底本「江」字ヲ用イル）
〔三〕七・一三四⑤　拙者方—可被仰付候
〔三〕七・一三四⑧　先供之鼻—は：案内功者に
えい（影）
cf、ごゑい
えいかん㊇（永閑）
cf、とらやゑいかん
えいきよく（詠曲）→ゑいきよく
えう（妖）
cf、げんよう　ふくよう
えういん（妖淫）→やういん

えうげつ（妖孽） ↓ようげつ
えうねん（幼年） ↓ようねん
えかうろ（柄香炉） ↓ゑかうろ
えき（駅） ↓ゑき
えきろ（駅路） ↓ゑきろ
えせもの（似非者） ↓ゑせもの
えつき（悦喜）
　cf、ごえつき
えど（江戸、江都） ↓ゑど ヲモ見ヨ
　〔一〕二・一一一② 〔一〕三・一一一⑧ 〔一〕七・一一三② 〔一〕一〇・一一四⑨ 〔一〕一一・一一四⑩ 〔一〕二一・一一九② 〔一〕二二・一一九⑨ 〔二〕一・一二〇④（江都） 〔二〕三・一二一⑤ 〔二〕四・一二一⑮ 〔二〕二〇・一三〇② 〔二〕二〇・一三〇③ 〔二〕二〇・一三〇④ 〔二〕二一・一三〇⑤ 〔二〕二二・一三一③ 〔三〕一四・一三七③ 〔四〕四・一四一⑫ 〔四〕九・一四三⑤（江都） 〔四〕一七・一四七③ 〔四〕一九・一四七⑬ 〔六〕七・一六三① 〔七〕六・一七一⑬ 〔七〕二五・一八〇⑥
　cf、えどしゆ えどすなご えどぢゆう えどづめ えどぶし えどもの えどりやうり とうと とうぶ
えどしゆ（江戸衆） 〔二〕二〇・一三〇①
えどすなご㊟（江戸砂子） 〔四〕一八・一四七⑥
えどぢゆう（江戸中） 〔三〕一・一三一⑬ 〔三〕三・一三二⑬ 〔五〕九・一五二⑦
えどづめ（江戸詰） 〔四〕一八・一四七⑥
えどぶし（江戸節） 〔七〕一一・一七四⑫
えどもの（江戸者） 〔四〕一一・一四四⑦
えどりやうり（江戸　：レウリ） 〔七〕二三・一七九⑧
えどれうり（江戸料理） ↓えどりやうり
えのしま（江島） 〔七〕三・一七一⑧ 〔七〕六・一七一⑩
　cf、みやこじむじだゆふ（都路無字大夫）江（ゑ）の島参詣の事
えびら（箙） ↓ゑびら
えもん（衣紋） ↓ゑもん
えら・ぶ［バ四段］ ↓ゑらぶ ヲモ見ヨ
　―ば（未） 〔三〕一・一三一⑬（―ず）
　cf、えらむ しゆゑらび しゆゑらびす ゑりきらひ
えら・む（撰）［マ四段］
　―む（体） 〔二〕一七・一二八⑦（家守りを―に）
　cf、えらぶ ゑらぶ
えりきらひ（撰嫌） ↓ゑりきらひ
える（得）［ア下一段］ ↓う（得）［ア下二段］
えん（椽） ↓ゑん
えん（縁） ↓ゑん
　cf、ゑんどほい
えんがん（艶顔） ↓ゑんがん
えんぎ（縁起） ↓ゑんぎ
えんきやう（延享） 〔六〕九・一六三⑩（―のはじめつかた）
えんどほ・い（縁遠） ↓ゑんどほい

［お］

↓「を」ヲモ見ヨ（現在「オウ」ト表記スル「王、往、横」ハ「わ」ノ部ニアリ）

お（尾を） ↓を ヲモ見ヨ
［振リ仮名アリ］ 〔六〕一二・一六四⑭（―に尾を附て）
お（緒を） ↓を ヲモ見ヨ
［振リ仮名アリ］ 〔三〕二〇・一三九⑥（草履の―）
お（御）［接頭語］
　cf、おあし おいで おいとま おいへ おいへがら おい（言）やる おかけ（なさる） おかげ おかたじけ おかたじけなし おかへし おき（にいる） おきき（なさる） おこころ おこころあて おこころづかい おこころづけ

おこのみしだい　おさいく　おさきども　おさだまり　おさだめ　おさらばおさらば　おし　おしおきもの　おしち　おしらせ（なさる）　おしらべ　おせわ　おせわやきさまがた　おぜん　おたうとや　おたち（なさる）　おたづね　おたのみ　おたばこ　おつかい　おつかひ　おつきあひ　おて　おてまはし　おてまへ　おてまへたち　おてら　おてらかた　おとがめ　おとほり　おとも　おとりこみ　おとりよせ　おなか　おなじみ　おぬし　おのぞみしだい　おはつほ　お（阿）ばば　おひと　おひとがら　おひとづかい　おひねり　おひやくしやうどの　おふくろ　おふれ　おへそ　おまにあひまうす　おまへ　おまむきさま　おみしりおき　おみのがし　おみまい　おみみ　おめにかかる　おめにかくべく（可懸御目）　おやくにん　おやしき　おやしきさまがた　おりやう　おれきれき　おれきれきさまがた　おん　ぎよ　ごみ　やほやおしち

おあし【御銭】　五四・一五〇⑩　五九・一五二⑨

おい（笈　おひ）　四一八・一四七⑪　四二〇・一四八⑤（盗人に―）

おい（老）　→おゐ
　cf、おいくれる　おゐにようばう

おいく・れる（老　）［ラ下一段］　おいく・る［ラ下二段］
　―れ（用）　三四・一二一⑭（―た）

おいだしのたいこ（追出大鞁　おひ：）　一二・一一一①

おいて（於）［連語］　→おゐて

おいで（御出）（「来ること」ノ尊敬語）　四九・一四二⑯（貴僧の―）　七二・一七〇⑧（只今―）

おいとま（御暇）　四二一・一四八⑬（―申）

おいにようばう（老女房）　→おゐにようばう
　cf、にようばう

おいぶつ（笈仏　おひ：）　四一八・一四七⑪

おいへ（御家）　三六・一三四③

おいへがら（御家　）　三六・一三四①

おいや・る（追　おひ：）［ラ四段］
　―ら（未）　七一二・一七五④（―ずして）

おいや・る［連語］（「お言ひやる」ノ変化、「言ふ」ノ尊敬語）
　―る（体）　二一五・一二七⑥（同名と―が）

おう・じる（応）［ザ上一段］（「おうず」ガ上一段化シタモノ）
　―じ（用）　七一〇・一七四③（角とれた風俗に―）

おう・ず（応）［サ変］　→おうじる

おうた（御歌）　→おんうた

おうちやう（応長）　六二・一六〇⑧徒

おうどう（横道　ワウダウ）　五一三・一五四④（鬼神に―なし）

＊おうへい（横柄　ワウ：）　→わうへい

＊おうらい（往来　ワウ：）　→わうらい

おお［感動詞］　→をを　ヲモ見ヨ
　二一二・一二五⑬
　cf、おふそれよ

おおたわけ（大淫気　おほたはけ）　四一一・一四四⑨

おおぢ（大路　おほ：）　→おふぢ　おほぢ　ヲモ見ヨ
　六九・一六三⑫

おおやけ（公　おほ：）　六一〇・一六四②（―より：御触ありてぞ）

おかけ（御懸）
　［お：なさる］
　三九・一三五②（簾を―被成候得共）

おかげ（御光）　四八・一四二⑪　四一四・一四五⑭

おがさはら（小笠原　を：）　五一二・一五三⑬

おかし（をかし）［形シク］　をかし・い［形］
　―く（用）　一六・一一一⑫　五一五・一五四⑯
　―けれ（已）　三一一・一三六①（物忌こそ―）（係結）

おかしさ（をかし：）　[五]一四・一五四⑦
おか・す（犯　をか：）［サ四段］
　—さ（未）　[一]六・一一一⑯（—れ）
おかせられ（被為置）
　cf、おんとゝのへおかせられ（御調被為置）
おかたじけ【御忝】（「おかたじけなし」ノ略）　[七]一四・一七五⑬
おかたじけな・し［形ク］
　—ふ（う）（用　音便）　[五]八・一五二④（—御座ります）
　cf、おかたじけ
おかへし（御返）　[三]六・一三四②（—の節）
おがみづくり（拝作　をがみ：）　[四]一三・一四五⑦（—にする物ぞ）
おが・む（拝　をが：）［マ四段］　→をがむ　ヲモ見ヨ
　—ま（未）　[四]一五・一四六②（—せても）
　—み（用）　[四]二・一四一①
　—む（体）　[四]一八・一四七⑨（—も）
おき（御気）　[三]四・一三三⑤（—に入不申候はば）（重出＝「おきにいる」）
　cf、き
おきあが・る（起上）［ラ四段］
　—ら（未）　[四]五・一四二③（—んとするを）
おきき（御聞）
　［お：なさる］
　　[二]一八・一二九④（—なされ）
おきて（掟）　[二]一二・一二五⑭
おきな（翁）　[二]一・一二〇②（炭焼の—）
　cf、おやぢ（翁）
おきにい・る（御気入）［連語］（重出＝「おき」「に」「いる」）
　—り（用）　[三]四・一三三⑤（—不申候はば）
おく（奥）　[二]八・一二三⑭（葛西の—）

お・く【措】［カ四段］
　—き（用）　[一]一一・一一五⑥（富士の事は—（於）て宝永山程もなく）
　—い（用　音便）　[三]二二・一三二②（其巻鬢—てくれ）
　—ゐ（い）（用　音便）　[一]二一・一一九③（八百屋お七は—てたもれ）
　cf、さておく
お・く（置）［カ四段］
　—か（未）　[五]九・一五二⑧（—しやれ）
　—き（用）　[二]一四・一二七②（算盤もよふ—やる）　[二]一七・一二八⑩（店衆に不埒な者を—ては）　[五]九・一五二⑩（机の上に—て）　[六]二四・一六九⑩（九文—て）
［ておく］（補助用言的用法）
　—か（未）
　　[二]二三・一三一⑤　町人袋に：を能（よふ）書て—れた
　—き（用）
　　[一]一四・一一六⑤　渋団（うちわ）迄買て—申た
　—く（体）
　　[七]一六・一七六⑪　誰が：夫婦にして—ものぞ
　cf、いたさせおく　いたしおく　いれおく　うちすておく　おしへおく　おみしりおき　おんとゝのへおかせられ（御調被為置）　かかへおく　かきおく　かきのせおく　かけおく　こしらへおく　つもりおく　ならべおく　まうしおく　むすびおく
お・く（起）［カ上二段］　お・きる［カ上一段］
　—き（用）　[七]七・一七二⑧（—て）　[七]八・一七三④（—て）
　cf、あさおきす　おきあがる
おくさま（奥様）　[六]一二・一六四⑭
おくひやくまんにん（億百万人）　[二]九・一二四⑨
おぐり㊇（小栗　をぐり）　→をぐり　ヲモ見ヨ

［振リ仮名アリ］　〔四〕八・一四二⑪
cf、ごそくさいゑんめい（娯足斎園茗）小栗の亡魂に出逢ふ事
おぐりどの(人)（小栗殿　をぐり：）
［振リ仮名アリ］　〔四〕三・一四一⑨　〔四〕一三・一四五⑦
おぐりのはんぐわん(人)（【小栗】判官　をぐり：）　→をぐりのはんぐわん　ヲモ見ヨ
〔四〕九・一四三⑮
おくりもの（送　）　〔二〕四・一二一⑭
おく・る（送）［ラ四段］
—る（体）　〔六〕一二・一六四⑮（—やら）
cf、おくりもの　みおくる
おこころ（御心）　〔四〕一三・一四五⑤　〔四〕二一・一四八⑩
cf、おこころあて　おこころづかい　こころ
おこころあて（御心当）　〔三〕七・一三四⑤
cf、こころあて
おこころづかい（御心遣　：ひ）　〔三〕九・一三五②
おこころづかひ（御心遣）　→おこころづかい
cf、こころづかゐ
おこころづけ（御心附）　〔三〕六・一三四②
おこたり（怠）　〔二〕一七・一二八⑨（—なく）
おこたりがち（怠　）　〔二〕一一・一二五⑤
おこた・る（怠）［ラ四段］
cf、おこたりがち
おこなひ（行）　〔五〕一六・一五五⑥
おこな・ふ（行）［ハ四段］
cf、おこなひ
おこのみ（御好）
cf、おこのみしだい
おこのみしだい（御好次第）　〔三〕五・一三三⑬
おごり（奢）　〔二〕二〇・一三〇③　〔三〕一二・一三六⑦　〔三〕一四・一三七⑬
おごりもの（奢者）　〔二〕二〇・一二九⑮
おこ・る（起、発）［ラ四段］
—り（用）　〔四〕二一・一四八⑫（ぬれから—て）　〔六〕三・一六一⑥(徒)（闘諍—て）
—る（体）　〔二〕一八・一二八⑯（とかく不足なから—無分別）
おご・る（奢）［ラ四段］
cf、おごり　おごりもの
おさ（長　をさ）　〔六〕一五・一六六⑤（其所の—たる人）
おさいく（御細工）　〔五〕一二・一五三⑪
cf、さいく
おさきども（御先供）　〔三〕七・一三四④　〔三〕七・一三四⑤　〔三〕一三・一三六⑩
cf、さきども
おさだまり　〔五〕八・一五二⑤
おさだめ（御定）　〔四〕一七・一四七②
cf、さだめ
おさななじみ（幼稚名染　をさな：）　〔二〕二・一二一①
おさらばおさらば［感動詞］　〔六〕二四・一六九⑨（徳兵衛殿—）
cf、さらばさらば
おさん(人)（三）　〔一〕一七・一一七⑧（大経師—）
おし（御師）　〔一〕七・一一二⑯（大山の—）
おし（押）［接頭語］
cf、おしいる　おしみだす
おしあ・く（明）［カ下二段］
—け（用）　〔二〕二・一二一④（柴の戸—）　〔七〕七・一七二⑨（格子戸—）
おしい・る（入）［ラ下二段］　→をしいる　ヲモ見ヨ
—れ（用）　〔五〕一四・一五四⑧（—て）

おしうり（押売）
　cf、おしうりす
おしうり・す（押売）［サ変］
—し（用）〔序〕三・一〇七⑪（—て）
おしおきもの（御仕置者）〔一〕一五・一一六⑦
おしたて〔五〕七・一五一⑮（—こそわるけれ）
おしち㊇（七）〔一〕一五・一一六⑦
　cf、やほやおしち
おしつ・く（押付）［カ下二段］　おしつ・ける［カ下一段］
—け（未）〔四〕一二・一四四⑯（門柱へ—られし迷惑さ）
おしなべて［副詞］〔六〕三・一六一⑦㊖
おしはか・る（推量）［ラ四段］
—り（用）〔七〕一三・一七五⑧（—ぬ）
—る（止）〔五〕二・一四九⑨（—べし）
おし・ふ（教　をし：）［ハ下二段］
—へ（用）〔五〕一七・一五五⑮（—て）〔五〕一八・一五六⑩
おしへ（教　をしへ）　↓をしへ　ヲモ見ヨ
　〔序〕一・一〇七③〔一〕一六・一一六⑮〔二〕八・一二三⑫〔二〕一
　〇・一二四⑫〔五〕一七・一五六③
おしへいまし・む（教　をしへ：）［マ下二段］
—むる（体）〔五〕一七・一五五⑭（—事なく）
おしへお・く（教置　をしへ：）［カ四段］
—か（未）〔三〕一八・一三八⑫（—れし）
おしみだ・す【押乱】［サ四段］（「おしみだす」ヲ「おしみだく」
　トシタ例ガ浄瑠璃、浮世草子等ニ見エル）
—し（用）〔一〕一五・一一六⑫（女房が髪—）
おし・む（をし：）［マ四段］
—ま（未）〔六〕二三・一六九④（紙を—ず）
おじや（おぢや）　↓「おじやる」ノ命令形ヲ見ヨ
おしやう（和尚　ヲ：）〔四〕一七・一四七②

おしやたけ（長）〔六〕七・一六二③（—なる黒髪）
おじや・る（おぢやる）［ラ四段］（「おいである」ノ音変化）
—つ（用　音便）〔一〕二一・一一九②（江戸へ—たら）〔二〕三・
　一二一⑦（そち達は：—たぞ）
—（命）（「おじやれ」ノ略）〔二〕二三・一三一⑨（秋の彼岸か十
　夜に—）
おじや・る（おぢやる）［補助用言　ラ四段］
—る（止）〔二〕一五・一二七⑩（町人臭いがよう—）
［でおじやる］
—ら（未）〔二〕一五・一二七⑥（口上がりつぱ過て町人で—ぬ）
—る（止）〔三〕四・一二二①（合点で—）
おし・ゆ（教　をし：）［ヤ下二段］（「教ふ」ガ中世以降ヤ行ニ転
　ジテ用イラレタ例）
—ゆる（体）〔五〕一八・一五六⑨（—もいらぬ事）
おしらせ
［お：なさる］
　〔六〕二一・一六八⑧（—なされたら）
おしらべ（御調）〔三〕一一・一三五⑪（—可被下候）
お・す（押）
　cf、おしあく　おしつく　おすにおされぬ　こしおし
＊お・ず（怖　おづ）　↓おづ
おすにおされぬ［連語］〔五〕一四・一五四⑧（扨々—事と）
おせせだの［連語］（当時の流行語）〔七〕一四・一七五⑮
おせわ（御世話）〔四〕一二・一四五③〔七〕一四・一七五⑮
　cf、おせわやきさまがた
おせわやきさまがた（御世話役様方）〔三〕三・一三二⑮
おぜん（御膳）〔五〕二四・一五八⑨
おそ・る（恐）［ラ下二段］　おそ・れる［ラ下一段］
—れ（用）〔六〕一〇・一六四③
—る（止）〔二〕一六・一二七⑯（—べし）

cf、おそれあふ　おそれいる　おそれおののく　おそれつつ
しむ
おそれあ・ふ（恐　）［ハ四段］
—へ（命）　六三・一六一⑩（—る愚さ）
おそれい・る（恐入）［ラ四段］
—り（用）　七七・一七三①（—たる）
おそれおのの・く（‥をののく）［カ四段］
—き（用）　六七・一六二⑨（—ける）
おそれつつし・む（恐慎）［マ四段］
—む（止）　二一五・一一六⑨（—べきに）
おそれをのの・く（恐戦）［カ四段］　→おそれおののく
おそろし（怖）［形シク］　おそろし・い［形］
—（止）　四八・一四二⑩（—とも思はざりし）
—い（体）　五一四・一五四⑫（—卦体）　七二五・一八〇④
（—神たく）
cf、おそろしさ
おそろしさ　七七・一七二⑮
おたうとや（【御尊】　‥たふと‥）（「御」＋「たふとし」ノ語幹
＋感動ノ意ヲ表ス助詞「や」）　二五・一二二⑪（かたじけ
なや—）（掛詞＝お尊／弟）
おたち（御立）
［お‥なさる］
二一九・一二九⑬（—なされた）
おたづね（御尋）　三一一・一三五⑮（—可被下候）
おたのみ（御頼）　四一二・一四五①（—申べし）
おたばこ　二九・一一三⑬
cf、たばこ
おたふとや（御尊　）　→おたうとや
おちい・る（陥入）［ラ四段］
—り（用）　二一六・一二七⑮
—る（止）　七九・一七三⑪
おぢや・る　→おじやる
おつ（乙）　五一五・一五五③（声を—に入て）
お・つ（落）［タ上二段］　お・ちる［タ上一段］
—ち（用）　二一四・一二六⑮（謀に—て）　二一四・一二七③
（よく乗る者は—能およぐ者は溺る）
お・づ（怖）［ダ上二段］　お・ぢる［ダ上一段］
—ぢ（未）　五一一・一五三⑥（—ぬ奴）　五一八・一五七①
（人に—られ）
—じ（ぢ）（用）　四四・一四一⑯（小盗人の徘徊を—て）
おつかい（御使　‥ひ）　→おつかひ　ヲモ見ヨ
二二二・一三〇⑭
おつかひ（御使）　→おつかい　ヲモ見ヨ
三一一・一三五⑮
cf、つかい
おつきあひ（　合）　五二二・一五七⑩
おつてしゆつたい（追而出来）　七二六・一八〇刊記
おつと［感動詞］　五三・一四九⑬
cf、おつとまかせ
おつとまかせ［連語］　七二五・一八〇⑤（—と尻ひつからげ）
おて（御手）　五一〇・一五三①（珍らしい—の筋）
cf、て
おてまはし（御手廻）　三一〇・一三五⑤
おてまへ（御手前）［代名詞］　二一五・一二七⑤　三六・一三三
⑯
cf、おてまへたち　てまへ
おてまへたち（　達）　二四・一二一⑮
おてら（御寺）　三四・一三三③　三五・一三三⑭　三七・一三四
⑥　三八・一三四⑭　三一〇・一三五⑥　三一〇・一三五⑨
cf、おてらかた　てら

おてらかた（御寺方）　[三]一〇・一三五⑩
おと（音）　[一]六・一一一⑫（―に聞へし）　[六]一四・一六五⑮
（―もなく）
cf、ひとおと
おとがひ（顎）　↓おとがゐ
おとがめ（御咎）　[三]一七・一三八①　[三]一七・一三八②　[三]一七・一三八⑤
おとがゐ（：ひ）　[七]二五・一八〇①
おときちⒶ（乙吉）　[二]四・一二一⑬　[二]九・一二四⑥　[二]一〇・一二四⑩　[二]二・一三一①
おとこ（をと：）　↓をとこ　ヲモ見ヨ
[五]三・一五〇①
おどしか・く［カ下二段］
―くれ（已）　[五]一五・一五四⑯（―ば）
おど・す（怖畏）［サ四段］
―し（用）　[六]一二・一六五②（―て）
cf、おどしかく
おとど（大臣　「だいじん」カ）
cf、もりやのおとど
おとなし（大人）［形シク］　おとなし・い［形］
cf、おとなしさ
おとなしさ　[六]一五・一六六②
おとほり（御通）　[三]一三・一三六⑫
おとも（御供）　[三]六・一三三⑯　[三]六・一三四①
cf、とも
おどり（をどり）　[五]一〇・一五二⑯（胸の―をしづめ）
おとりこみ（御取込）　[三]九・一三五②
おとりよせ（御取寄）　[三]一一・一三五⑮（―被遊）
おと・る【劣】［ラ四段］
―ら（未）　[序]三・一〇七⑨（―じ）
おど・る（をど：）［ラ四段］
―れ（已）　[五]五・一五〇⑬（臍が―ど）
cf、おどり
おどろか・す（驚）［サ四段］
―し（用）　[三]一・一三二③（目を―）
―す（止）　[五]一四・一五四⑫（百里を―とて）
おどろ・く（驚）［カ四段］
―か（未）　[三]一四・一三六⑯（―ぬ人もなかりき）
―き（用）　[四]五・一四二⑦（―給ふな）
―く（体）　[一]一〇・一一四⑥（―ことなかれ）
おとろ・ふ（衰）［ハ下二段］
cf、おとろへ
おとろへ（衰）　[四]一五・一四六⑦（わが道の―とも知らぬ）
おなか　[五]七・一五一⑫（―がへつたか）
おなご（女子　をなご）　↓をなご　ヲモ見ヨ
[五]二一・一五七⑦
おなじ（同）［形シク］（元来形容詞活用ノ語デアリ、「おなじ」ヲ形容動詞ノ語幹トスルノハ近代以降ノ事デアル）
―く（用）　[二]一〇・一二五①（藤蔵も―養父母を大事にする）　[六]八・一六三④（兼好法師と―仁心のあつきより）　[七]六・一七一⑪（何所も―）
―（止）　[一]二〇・一一七⑬（大口いふと―）　[七]一八・一七七⑦（好色本に節つけたるに―）
―（体）（語幹「おなじ」ノ形デ用イラレル事ガ多イ。「おなじき」ハ主トシテ漢文訓読語）
[三]二〇・一三九⑨（いづくも―秋のゆふ暮）　[五]一・一四九①（此所も名は―柳原の：）　[五]六・一五一⑤（―浮世におなじ身なれば）　[五]六・一五一⑤（―身なれば）　[五]六・一五一⑤（天竺へいても―事）　[六]二三・一六九⑦（―ひまで）
おなじみ（御馴染）　[三]七・一三四⑤

cf、なじみ
おに（鬼）　〔五〕七・一五一⑬　〔五〕一一・一五三⑧　〔六〕二一・一六〇⑧　(徒)　〔六〕二・一六〇⑨(徒)　〔六〕二一・一六一②(徒)　〔六〕二一・一六一③　(徒)　〔六〕三・一六一⑦(徒)
cf、おにがみ
おにがみ（鬼神）　〔七〕二二・一七四⑯（天地を動かし―を感ぜしむ）（重出＝「きしん」）
cf、きしん
おぬし（　主）［代名詞］　〔二〕一五・一二七⑩
おの（己）　〔六〕一一・一六四⑩（―が聞た時より）　〔七〕七・一七二②（―がねられぬ腹だたしさ）
cf、おのが　おのがみ　おのれ
おの（小野　をの）　〔五〕二一・一五七⑧（―とはいわじ　あなめあなめ）
おのおの（各）　〔三〕八・一三四⑫　〔六〕一三・一六五④　〔七〕九・一七三⑩　〔七〕一二・一七四⑮
おのが（己　）［連語］　〔六〕九・一六三⑨（―神（たましゐ））　〔六〕一一・一六四⑫（―商売）　〔六〕二三・一六九⑤（―さまざま取々の評判）
［「己」ニ振リ仮名ナシ］　〔七〕一九・一七八①（―子）　〔七〕二四・一七九⑫（―心に）
おのがみ（己身）［連語］　〔五〕一六・一五五⑥
cf、わがみ
おのぞみしだい（御望次第）　〔三〕五・一三三⑫　〔三〕五・一三三⑬　〔三〕七・一三四⑥
おのづから［副詞］　〔二〕一一・一二五④
おのへ（尾上　を：）　〔二〕二・一二一②（―の鹿）
おのれ（己）　〔三〕一八・一三八⑦（―は：有合を着し）
おのれ［代名詞（対称）］　〔七〕二四・一七九⑫（―も：女を鉦うたせしは）
cf、おのれら
おのれら［代名詞（対称）］　〔七〕二二・一七九③
おはしま・す［サ四段］　↓おわします
おはずかさず【負　貸　】［連語］　〔四〕一三・一四五⑪（―心安く暮して）
おはつほ（御初尾）　〔三〕二・一三二⑥　〔五〕八・一五二⑥
おばば（阿婆、姥、婆々）　〔序〕一・一〇七①　〔二〕三・一二一⑤　〔二〕二三・一二四・一二一⑬　〔二〕五・一二二⑤　〔二〕二二・一三二②　〔二〕二三・一三一⑨
おは・る（終　をは：）［ラ四段］　↓おわる　ヲモ見ヨ
―ら（未）　〔一〕二・一一五④（若（もし）：一生を―ば）　〔三〕一一・一三五⑯（読も―ず）
―る（止）　〔五〕一六・一五五⑤
おひ（笈）　↓おい
cf、おいぶつ　おひずり
おび（帯）　〔三〕六・一三三⑯　〔五〕九・一五二⑫
cf、したおび　まへおび
おひずり（笈摺）　〔六〕一五・一六六③（―かけて）
おひだしのたいこ（追出太鼓）　↓おいだしのたいこ
おびたたし【夥】［形シク］
―き（体）　〔七〕六・一七一⑪（―参詣の跡）
おひと（御人）　〔三〕九・一三五③（拙者方へ―被下次第）
cf、ひと
おひとがら（御人　）　〔三〕九・一三四⑯
cf、ひとがら
おひとづかい（御人遣　：づかひ）　〔三〕六・一三四③
おひとづかひ（御人遣）　↓おひとづかい
cf、ひとづかひ
おひねり（御　）　〔四〕二〇・一四八④
おひはぎ（追　）　〔一〕七・一一二⑩　〔一〕八・一一三⑦

おひぶつ（笈仏）　→おいぶつ
おひやくしやうどの（御百姓殿）　〔二〕一八・一二九④
お・ひや・る（追遣）　→おいやる
お・ふ（負）［ハ四段］
—ひ（用）　〔四〕一八・一四七⑪（笈を—）
cf、おはずかさず
お・ふ（追）［ハ四段］
—は（未）　〔五〕三・一五〇⑤（店を—れて）
—ひ（用）　〔二〕三・一一⑩（跡—て）
cf、おいだしのたいこ　ひをおひ
お・ぶ（佩）［バ上二段］　お・びる［バ上一段］
—び（用）　〔六〕七・一六三①（—て）
おふくろ（ 袋）　〔五〕三・一五〇③　〔五〕三・一五〇⑤　〔五〕二三・一五八①　〔五〕二三・一五八②
おふそれよ（おう：、おお：）［連語］　〔六〕一〇・一六三⑯
おふぢ（大路　おほ：）　→おおぢ　おほぢ　ヲモ見ヨ
〔二〕二・一一〇⑧　〔六〕八・一六三②
おふれ（御触）　〔六〕一〇・一六四③　〔六〕一四・一六五⑫
おへそ（御臍）　〔五〕一四・一五四⑪
cf、へそ
おほ（大）［接頭語］
cf、おおたわけ　おおぢ　おふ（大）ぢ　おほあきんど　おほかうかう　おほかぜ　おほかみなり　おほきづ　おほくち　おほそれもの　おほだてもの　おほぢ　おほでら　おほどらもの　おほはだ　おほびやくしやう　おほみづ　おほみそか　おほみなと　おほわきざし　おほをとこ　だい
おほあきんど（大商人「だいあきんど」トモ）　〔三〕一・一三一⑫
〔六〕一四・一六五⑯
cf、あきんど　こあきんど
おほいに　→おほきに

おほかうかう（大孝行　「だいかうかう」カ）　〔二〕二三・一三一⑧
cf、かうかう
おほかぜ（大風）　〔三〕一〇・一三五⑨
cf、かぜ
おほかた（大方）　〔二〕一〇・一二五②（—の人）　〔二〕二一・一三〇⑬　〔三〕一三・一三六⑩（—は）　〔六〕三・一六一⑥徒
おほかみなり（大雷）　〔六〕九・一六三⑪
cf、いかづち　かみなり
おほかめ（狼）（「おほかみ」ノ音変化）　〔五〕五・一五一②（虎—のやうな主人）
おほきず（大疵）　→おほきづ
おほきづ（大疵　：きず）　〔二〕一五・一二七⑩
おほきな（大）［連体詞］　〔二〕二一・一一九⑥（—用を頼ながら）
〔六〕一六・一六六⑦（—焼物）　〔六〕二二・一六八⑮（まだ—が震（ゆる）筈）　〔六〕二三・一六九⑧（—ちがゐ）
おほきに（大）［副詞］　〔二〕一・一一〇⑤（—破損し）　〔二〕二・一一一④（—怒り）（『岩本』振リ仮名「おほいに」）　〔七〕一・一七〇⑤（—流行）
おほく　〔二〕一八・一二八⑭（—は地借り店かりに）　〔六〕二・一六五②（—の愚人を）
おほくち（大口　「おほぐち」トモ）　〔二〕一〇・一一七⑬（—いふ）
〔五〕二四・一五八⑥（—のたらたら）
おほさか（大坂）　〔二〕一・一一〇⑧（—嵐三右衛門が座）　〔二〕一六・一一六⑯（京—の仕組）　〔二〕一〇・一一七⑭　〔七〕一〇・一七四③
おほさかやへいざぶらう(人)（大坂屋平三郎）　〔七〕二六・一八〇刊記
おほ・し（多）［形ク］　おほ・い［形］
—く（用）　〔二〕二・一一五⑦（悪（にくむ）者は—）　〔三〕四・一三三⑤（—御座候）　〔三〕一一・一三五⑭（—有之候）　〔七〕一三・一七五⑥（輩も—）

―し（止）　〔七〕一七・一七七③
―き（体）　〔四〕一〇・一四四⑦（人立―両国橋のほとり）
―けれ（已）　〔四〕一四・一四五⑯（かやうな筋の開帳―ば）
　cf、おほく
おぼしめされ（被思召）　↑「おぼしめす」「る」
　〔三〕五・一三三⑪（―候はば）
おぼしめ・す（思召）［サ四段］
―さ（未）　〔二〕三・一二一⑧（―れんかと）　〔四〕一五・一四六⑦
　（―ずや）
―し（用）　〔一〕九・一一四②（―て）　〔三〕八・一三四⑫（―候はば）
―す（止）　〔四〕九・一四三①（―な）　〔七〕七・一七二②（―らん）
　cf、おぼしめされ（被思召）
おほ・す（仰）［下二段］
　cf、おほせ　おほせきけらるべく（可被仰聞）　おほせつく（仰付）　おほせつけらるべく（可被仰付）　おほせつけらるべし（可被仰付）　おほせつけられ（被仰付）
おぼ・す（思）
　cf、おぼしめされ　おぼしめす
おほせ（仰）　〔五〕八・一五二④（―の通りに）
おほせきけらるべく（可被仰聞）
　〔三〕五・一三三⑫　早速―候
おほせき・ける（仰聞）［カ下一段］
　cf、おほせきけらるべく（可被仰聞）
おほせつ・く（仰付）［カ下二段］
―け（未）　〔一〕八・一一三④（―られませ）　〔六〕一四・一六五⑮
　（―られ）
　cf、おほせつけらるべく（可被仰付）　おほせつけらるべし（可被仰付）　おほせつけられ（被仰付）
おほせつけらるべく（可被仰付）
　〔三〕七・一三四⑤　何時も拙者方え―候
　〔三〕八・一三四⑫　是亦―候
　〔三〕一〇・一三五⑤　御手廻し宜候間―候
　〔三〕一〇・一三五⑦　書中者を差上候間―候
　cf、おほせつく
おほせつけらるべし（可被仰付）
　〔六〕一〇・一六四③　急度―と御触ありて
おほせつけられ（被仰付）
　〔三〕三・一三二⑯　段々御用―追日繁昌仕
　〔三〕四・一三三④　御用次第―可被下候
　〔三〕五・一三三⑨　御入用之節―可被下候
　〔三〕一〇・一三五⑪　御悦喜の御事に候間―可被下候
　cf、おほせつく
おほそれもの（大　者）　〔一〕一五・一一六⑧
おほだてもの（大立物【者】）（「おほたてもの」トモ）　〔一〕一四・一一五⑮
　cf、たてもの
おほたにひろじ㊇（大谷広次）　〔一〕二・一一一②
おほたはけ（大淫気）　↓おおたわけ
　cf、たはけ　たわけ
おほぢ（大路）　↓おおぢ　おふぢ　ヲモ見ヨ
　〔三〕一・一三二②（―一ぱゐにはびこり）
おほぢしん（大地震）　↓だいぢしん
おほでら（大寺）　〔四〕一三・一四五⑩
　cf、こでら　てら
おほとうない㊇（大藤内）　〔七〕三・一七一⑤
おほどく（大毒）　↓だいどく
おほどらもの（大　者）　〔五〕一八・一五六⑯
おほはだ（大肌）　〔五〕一三・一五四⑥（―ぬいで）
　cf、かたはだ　はだ

おほびやくしやう（大百性、大百姓）〔二〕九・一二四②〔二〕一九・一二九⑧〔二〕一九・一二九⑨
cf、こびやくしやう　ひやくしやう　みづのみびやくしやう
おほ・ふ（覆）［ハ四段］
—ひ（用）〔五〕二一・一五七⑧（見る人眼を—て）
おほみそか（大晦日）〔二〕九・一二四⑤
おほみづ（大水）〔一〕二一・一一八⑭
おほみなと（大湊）〔七〕一〇・一七四③
おほや（大屋）〔五〕三・一五〇⑤〔五〕一一・一五三⑧〔五〕二三・一五八③〔五〕二三・一五八⑥〔七〕二・一七一②
cf、おほやさま　おほやしゅ　おほやどの
おほやう（大　）［副詞］〔二〕一七・一二八⑦
おほやけ（公）→おおやけ
おほやさま（大屋様）〔六〕一六・一六六⑦
おほやしゅ（大屋衆）〔五〕一一・一五三⑤
おほやどの（大屋殿）〔一〕三・一一一⑩〔六〕一・一六〇④〔六〕一〇・一六三⑮
おほやま（大山）〔一〕七・一一二⑮（—の御師）
おぼ・ゆ［ヤ下二段］
—へ（え）（用）〔一〕九・一一三⑫（—ぬ）
cf、ききおぼゆ
おぼ・る（溺）［ラ下二段］　おぼ・れる［ラ下一段］
—る（止）〔二〕一四・一二七③（よく乗る者は落（おち）能およぐ者は—）
おほわきざし（大脇指）〔二〕九・一二四⑧〔三〕二二・一三一④
cf、わきざし
おほわだやすべゑ㊇（大和田安兵衛）〔七〕二六・一八〇刊記
おほをとこ（大男）〔五〕九・一五二⑪
おまにあひまうす（御間合申）［連語］〔三〕九・一三五④（早速の—様に仕）
cf、ま　まにあひまうさず
おまへ［代名詞］〔一〕一〇・一一四④
おまむきさま（【御真向】様）〔二〕五・一二二⑪
おみさま（【御身】様）［代名詞（対称）］〔五〕二三・一五八①
おみしりおき（御見知置）〔三〕一一・一三五⑭（—可被下候）
おみのがし（御見　）〔三〕八・一三四⑩（—可被下候）
おみまい（御見廻　：まひ）〔七〕二・一七〇⑦（—下され）
おみみ（御耳）〔四〕一四・一四六①〔七〕六・一七一⑯（小男鹿の八ツの—も）
cf、みみ
おめ（御目）
cf、おめにかかる　おめにかくべく
おめい（汚名　ヲ：）〔四〕一二・一四五③（—を清めん為）
おめにかか・る（御目懸）［ラ四段］
—り（用）〔四〕一二・一四五①
おめにかくべく（可懸御目）［連語］
〔三〕四・一三三⑤　—候得共
おも・し（重）［形ク］
—き（体）〔三〕一七・一三八②（至極の—御役人）
おもしろおかし（：をかし）［形シク］
—く（用）〔一〕二一・一一八⑧
おもしろ・し［形ク］　おもしろ・い［形］
—く（用）〔七〕一〇・一七四⑤
cf、おもしろおかし
おもしろをかし　→おもしろおかし
おもたげ〔五〕二・一四九⑩（—に）
おもた・し（重）［形ク］
cf、おもたげ
おもて（表、面）〔序〕二・一〇七⑥〔四〕四・一四一⑮〔五〕五・一五〇⑭（八卦の—）

cf、うら　おもてがへす　おもてどうぐ　おもてむき　びんごおもて
おもてがへ・す（表替）［サ変］
—し（用）【五】二四・一五八⑩（—た備後表）
おもてだうぐ（表道具）　→おもてどうぐ
おもてどうぐ（表道具　：ダウグ）　【五】一二・一五三⑫
おもてむき（表向）　【四】九・一四三⑧
おもひ　【一】一〇・一一四⑧（—をのべんよすがもなし）
おもひいだ・す（思出）［サ四段］
—さ（未）　【一】九・一一四①（—れて）
—し（用）　【二】二・一二一②（—て）　【七】三・一七一⑦
cf、おもひだす
おもひがけな・し（思懸　）［形ク］　おもひがけな・い［形］
—く（用）　【一】一〇・一一四⑧　【二】二・一二二④　【四】二一・一四八⑪　【五】一・一四九⑤（—てんぢく浪人）
—う（用　音便）　【四】一〇・一四四④
—き（体）　【四】二〇・一四八③（—疑をうけ）
おもひき・る（思切）［ラ四段］
—り（用）　【四】三・一四一⑨（—て）
おもひし・る（思知）［ラ四段］
—り（用）　【四】八・一四二⑪（—ぬ）
おもひだ・す［サ四段］［平仮名表記］
—し（用）　【二】一二・一二五⑭（—た）
cf、おもひいだす
おもひた・つ（　立）［タ四段］
—つ（体）　【七】三・一七一⑨（—がいなや）
おもひつき（思付）　【三】三・一三二⑪　【五】一・一四九⑥
おもひつ・く（思付）［タ四段］
cf、おもひつき
おもひと・る（思　）［ラ四段］
—り（用）　【五】五・一五一①（ふかく—て）
おも・ふ（思）［ハ四段］
—は（未）　【二】一・一二〇③（人にも—れて）　【二】一三・一二六⑧（—れぬ）　【四】八・一四二⑩　【二】一三・一二六⑥（—ぬ）　【四】一一・一四四⑧（—なんだ）　【六】六・一六一⑭（—ずりしは）　【六】一〇・一六四⑤（—ざる物から）　【七】九・一七三⑫（—ねば）　【七】一五・一七六②（—ず）
—わ（は）（未）　【一】一三・一一五⑧（：と—るる）　【一】一四・一一五⑯（：と—れふ）　【一】一四・一一六①（：と—るる）　【一】二〇・一一七⑪（：を—ば）　【一】二一・一一八⑫（世をも人をも—ぬ）　【五】八・一五一⑯（—しやれ）　【七】一三・一七五⑨（—ぬ物から）
—ひ（用）　【一】一七・一一七⑪（世を—）　【二】四・一二二③　【二】一〇・一二四⑫　【三】一一・一二五⑧　【三】一三・一二六⑩　【五】七・一五一⑩（—て）　【五】七・一五一⑭　【五】一四・一五四⑩　【七】一五・一七六②（—て）
—ふ（う）（用　音便）　【二】三・一二一⑥（何と—て）　【三】九・一二四⑦（わかるまいと—たに）　【四】八・一四二⑨（—てもらふ）　【七】一九・一七七⑬（：と—て暮す）
—ふ（止、体）　【一】一六・一一六⑬（：と—ぞ）　【一】一七・一一七⑪（人を—仁心）　【二】四・一二二⑮（：と—べき）　【三】一八・一二八⑬（—事）　【四】四・一四一⑬（—内から）　【四】八・一四二⑭（—事いはで只にや止ぬべき）　【五】六・一五一⑥（我—様に）　【六】二・一六八⑧（—斗（ばかり）の）
—へ（已）　【四】一・一四〇⑤（少疲れたりと—ば）　【四】二〇・一四八⑦（是を—ば）　【五】二五・一五八⑬（あれを—ば）　【六】一五・一六六②（是を—ば）　【七】六・一七一⑭（—ど）
cf、おもひ　おもひいだす　おもひがけなし　おもひきる　おもひしる　おもひだす　おもひたつ　おもひつき　おもひとる　おもへば　おもやる

おもへば（思）［連語］（接続詞的用法）
〔一〕三・一一一⑪ ―馬の籠ぬけとは我身の上じや
〔一〕二〇・一一八④ ―宝永年中の事にて
〔五〕四・一五〇⑬ ―てんぽもあたる物と
〔五〕二三・一五八② ―お袋にあくたゐいふて
〔六〕六・一六一⑭ ―余程鼻の下のゆたかなる人々ならずや
おもむき（趣） 〔一〕一一・一一四⑩
おもむ・く（趣）［カ四段］
―き（用） 〔三〕一・一三一⑪（冷気に―候得共）
おもや・る［ラ四段］（「おもひある」ノ音変化）
―る（体） 〔一〕八・一一三⑨（気づかゐに―そうなが） 〔一〕一〇・一一四⑥（不審に―筈） 〔二〕一一・一二五⑦（力にしやうと―は）
おや（親） 〔二〕一三・一二六⑥ 〔二〕一三・一二六⑥ 〔二〕一三・一二六⑦ 〔二〕一三・一二六⑧ 〔二〕一三・一二六⑧ 〔二〕一三・一二六⑨ 〔二〕一四・一二六⑬ 〔二〕一六・一二八③ 〔二〕一八・一二九④ 〔三〕一八・一三八⑧ 〔三〕一九・一三八⑭ 〔五〕三・一五〇⑥（―と子の四鳥のわかれ） 〔五〕四・一五〇⑪ 〔五〕七・一五一⑭ 〔五〕八・一五二① 〔五〕八・一五二③ 〔五〕一七・一五五⑬ 〔五〕二二・一五七⑪ 〔七〕一三・一七五⑧ 〔七〕一七・一七六⑯
cf、おやあに おやおや おやごころ おやぢ おやはらから
おやあに（親兄） 〔四〕一七・一四七④（―迄が歎く） 〔七〕一四・一七五⑯
おやおや（親々） 〔三〕二・一三二⑦
おやかた（親方） 〔五〕一・一四九⑤
おやきやうだい（親兄弟） ↓おやはらから
おやくにん（御役人） 〔三〕一七・一三八②
おやごころ（親心） 〔七〕一五・一七六④
おやじ（親仁 おやぢ） ↓おやぢ ヲモ見ヨ
〔六〕一三・一六五⑦
おやしき（御屋敷） 〔三〕二二・一三〇⑬
cf、おやしきさまがた
おやしきさまがた（御屋敷様方） 〔三〕五・一三三⑦
おやぢ（親父、翁、親仁） ↓おやじ ヲモ見ヨ
〔二〕一・一二〇② 〔二〕二・一二〇⑨ 〔二〕三・一二一⑩ 〔二〕一〇・一二四⑪ 〔二〕一二・一二五⑫ 〔二〕一四・一二六⑪ 〔二〕一四・一二六⑮ 〔二〕一四・一二七② 〔二〕一五・一二七⑦ 〔五〕二三・一五八③ 〔五〕二五・一五八⑯ 〔六〕二一・一六八⑩
cf、おやぢら びやくらいおやぢ
おやぢら（親父等） 〔一〕六・一一七④
おやはらから（親兄弟）
［振リ仮名アリ］ 〔一〕七・一一七⑤ 〔七〕一六・一七六⑧
［振リ仮名ナシ］ 〔五〕一八・一五六④ 〔七〕一六・一七六⑩ 〔七〕一六・一七六⑫
お・ゆ（老）［ヤ上二段］ お・いる［ヤ上一段］
cf、おいくれる おゐ おゐにようばう
およ・ぐ［ガ四段］
―ぐ（体） 〔二〕四・一二七③（よく乗る者は落 能―者は溺る）
およそ（凡）［副詞］ 〔一〕二二・一一五① 〔一〕一七・一一七⑩ 〔二〕九・一二四⑤ 〔三〕一九・一三九① 〔三〕二〇・一三九⑦ 〔四〕一〇・一四四③ 〔七〕九・一七三⑨ 〔七〕一二・一七四⑭
およばず（不及）［連語］ 〔三〕四・一三三⑤（―其儀候）
cf、いふにおよばず およばずとも ぜひにおよばず
およばずとも（及 ）［連語］ 〔七〕一九・一七七⑮（河東が門下となりて―上品なふしをまなべ）
およばれ（被及） ↑「およぶ」「る」
〔三〕六・一三四①（落涙に―候）
およ・ぶ（及）［バ四段］
―ば（未） 〔一〕四・一一五⑯（取あぐるに―ぬ） 〔七〕二・一七

〇⑨（見るに—ぬ）〔七〕一四・一七五⑫（聞も—ぬ）
—び（用）〔三〕四・一三三①（御難義に—候由）〔四〕二・一四一
③（日も暮に—候程に）
cf、およばず（不及）　およばずとも　およばれ（被及）
ききおよぶ
おら（己等）［代名詞（自称）］〔五〕一〇・一五三③〔五〕一一・一五
三⑦〔五〕一二・一五三⑬
おり（折　をり）〔三〕一八・一三八⑨
おりおり（折々　をりをり）〔一〕二・一一一①
おりな・い［連語］（「御入りない」ノ音変化　「無い」ノ丁寧語）
〔二〕二一・一三〇⑫（そなた身持にいいぶん—）
おりやう（寮　：レウ）（比丘尼姿ノ私娼ノ親方）〔六〕七・一六二
②
お・る（折　を：）［ラ四段］　↓をる　ヲモ見ヨ
—り（用）〔五〕四・一五〇⑬（我を—）
お・る（織）［ラ四段］
—ら（未）〔六〕一三・一六五⑨（一婦—ざれば諸人の寒気を防
（ふせぐ）に便なからん）
お・る（下）［ラ上二段］　お・りる［ラ上一段］
—り（用）〔四〕三・一四一⑨（本堂を—）
お・る（をる）［補助用言　ラ四段］
cf、いいおる　うなりおる　きおる　たべおる　だまりおる
つきおる　ぬかしおる
おれ（己）［代名詞（自称）］〔一〕二・一一五③〔一〕二・一一五
⑤〔一〕三・一一五⑫〔三〕五・一二二⑩〔三〕九・一二四①
〔二〕五・一二七⑥〔二〕一六・一二八①〔二〕一八・一二九④
〔二〕一八・一二九⑤〔二〕二三・一三一⑧〔五〕一〇・一五二⑭
〔五〕一一・一五三⑥〔七〕三・一七一⑥〔七〕二三・一七九⑥
おれう（　寮）　↓おりやう
おれきれき（御歴々）〔二〕二〇・一二九⑯
cf、おれきれきさまがた　れきれき
おれきれきさまがた（御歴々様　）〔三〕一七・一三八②
おろか〔六〕二一・一六八⑥（—なるべし）
cf、おろかさ
おろかさ（愚）〔六〕三・一六一⑩
おろ・す（下）［サ四段］
cf、ふきおろす
おわしま・す（おはし：）［サ四段］
—す（止）〔六〕一五・一六六⑤（—ぞ）
おわり（終　をはり）　↓をはり　ヲモ見ヨ
〔二〕一一・一二五⑪
おわ・る（をは：）［ラ四段］　↓おはる　ヲモ見ヨ
—る（止）〔二〕一〇・一二四⑫
おゐ（老　おい）〔三〕二・一二一①（—の寝覚め）
おゐて（おいて）［連語］（「おきて」ノ音変化　漢文訓読カラ）
［におゐ（い）て］
〔三〕五・一三三⑦　御屋敷様方に—
〔四〕一〇・一四四③　関東に—
〔七〕八・一七三⑤　神国清浄の地に—
おゐにようばう（老女房　おい：）〔五〕三・一五〇③
cf、にようばう
おん（恩）〔二〕一三・一二六⑧〔二〕一八・一二九④〔二〕一八・一二
九⑤〔六〕八・一六三⑤
おん（音）〔七〕八・一七三④
cf、どうおん
おん（御）
cf、お　おんあとふき　おんあみがさ　おんありさま　おん
いき　おんいで（候ふ）　おんうた　おんげぢ　おんこころ
づく　おんこと　おんさく　おんしもやしき　おんたしなみ
おんつもり　おんとどのへおかせられ（御調被為置）　おん

とふらい　おんのりもの　おんまつりごと　おんみ　おんめぐみ　おんめじるし　おんゆび　おんりよくわん　ぎよ　ごみ

おんあとふき（御跡　）　〔二〕一九・一二九⑬
おんあみがさ（御編笠）　〔三〕四・一三三⑦
　cf、あみがさ
おんありさま（御　）　〔一〕九・一一四②
　cf、ありさま
おんいき（御息）　〔三〕九・一三五①
　cf、いき
おんいで（御出）　〔四〕三・一四一⑥（―候へ）
おんうた（御歌）　〔六〕九・一六三⑮（禁中様から雷除（らいよけ）
　の―が下り）
　cf、うた
おんげぢ（御下知）　〔二〕二〇・一二九⑭
おんこころづ・く（御心付）［カ下二段］
　―け（未）　〔三〕九・一三五①（―られ）
　cf、おこころづけ
おんこと（御事）　〔三〕一〇・一三五⑩　〔四〕一四・一四五⑯
　cf、こと
おんさく（御作）　〔二〕五・一二二⑤　〔四〕一四・一四五⑫
　cf、さく
おんしもやしき（御下屋敷）　〔三〕一七・一三八③
　cf、しもやしき
おんたしなみ（御嗜）　〔三〕五・一三三⑨
　cf、たしなみ
おんつもり（御　）　〔四〕一〇・一四四⑥
おんど（音頭）　〔六〕一三・一六五⑧
おんととのへおかせられ（御調被為置）　〔三〕五・一三三⑧
おんとふらい（御弔　：ひ）　〔三〕四・一三三⑦　〔三〕七・一三四④
おんのりもの（御乗物）　〔三〕五・一三三⑪
　cf、のりもの
おんまつりごと（御政）　〔六〕一四・一六五⑫
おんまにあひまうす（御間合申）　↓おまにあひまうす
おんみ（御身）［代名詞］　〔四〕一八・一四七⑦
　cf、おみさま
おんみまい（御見廻　：まひ）　↓おみまい
おんみまひ（御見舞）　↓おみまい
おんみみ（御耳）　↓おみみ
おんめぐみ（御恵）　〔二〕九・一二四③
おんめじるし（御目印）　〔三〕一一・一三五⑬
おんやうじ（陰陽師）　↓おんようじ　ヲモ見ヨ
　〔五〕二一・一五七③
おんゆび（御指）　〔四〕一八・一四七⑧
　cf、ゆび
おんようじ（陰陽師　：ヤウジ）　↓おんやうじ　ヲモ見ヨ
　〔四〕二〇・一四八④
おんりよくわん（御旅館）　〔二〕一九・一二九⑨

［か］

↓「くわ」ヲモ見ヨ（現在「カ」ト発音サレ「カ」ト表記サレル語ノ中ニ、字音仮名遣ガ「クワ」デアル語ガアル。語頭表記ガ「クワ：」デアル語ハ「く」ノ部ニ立テ、「か」ノ部ニハ本文献中デ「クワ」トナル語頭漢字ヲ列挙シタ）

くわ（菓、花、和、禍）　くわい（廻）　くわう（黄、皇）　くわん（巻、棺、貫、観、勧、緩、関、灌、歓、寛）　ぐわつ（月）　ぐわん（丸、元）

か（日）
　cf、おほみそか　なぬか　はつか　みつかみよ
か（可）　〔七〕一七・一七六⑮（禽獣といわば―ならん）

か（彼）
cf、なにもかも　なんでもかでも

か（下）［接尾語］
cf、しはいか

か（箇、个）［接尾語］
cf、すうじつかしよ

か［接尾語］
cf、しづか　たいらか　たしか　はるか　らか

か［係助詞、終助詞］

1文中

[一]九・一一三⑬　自慢心―早速吸付てさし出し
[一]一二・一一五①　凡何千何百人―曽我の影で渡世する
[一]一三・一一五⑬　幾度―勤しが
[一]一六・一一六⑬　いか斗―（歟）ありしとおもふぞ（係結）
[二]四・一二一⑮　何―珍しとおもふべき（係結）（重出＝「なにか」）
[二]五・一二二⑩　己が所へは年に一度―…二度
[二]一三・一二六④　昔よりいか程―見し事
[二]二三・一三一⑧　秋の彼岸―十夜におじや
[三]一三・一三六⑩　其以下は皆一僕つるる―…無僕の身
[五]四・一五〇⑧　人遣ひよい―わるひか
[五]四・一五〇⑧　人遣ひよいかわるひ―
[五]一六・一五五⑩　弐朱―壱歩かと　か文字入れていふべきを
[五]一六・一五五⑩　弐朱か壱歩―と　か文字入れていふべきを
[五]一七・一五五⑪　あるべかかりに弐朱―壱分かと云たし
[五]一七・一五五⑪　あるべかかりに弐朱か壱分―と云たし
[五]二一・一五七⑥　人のいやがり除て通るは病犬―疫病神
[五]二二・一五七⑫　西陽雑俎―代酔かに
[五]二二・一五七⑫　西陽雑俎か代酔―に
[六]一二・一六四⑮　御存―しらねど
[六]一二・一六五①　何者―徒ものが言出して
[六]二〇・一六八②　虚無僧の風呂屋―鎌倉の比丘尼所へ
[七]二四・一七九⑮　土佐―河東か義大夫かに
[七]二四・一七九⑮　土佐か河東―義大夫かに
[七]二四・一七九⑮　土佐か河東か義大夫―に宗旨をかへよ

［てか］
[六]六・一六一⑫　何者の何の所得ありて―そら言を造り出し

2文末

[一]七・一一二⑬　歴々―と見れば
[一]七・一一二⑭　浪人―と見れば
[一]八・一一三⑧　引込はせぬ―と
[一]一四・一一六①　無骨者の田舎侍であつた―と
[二]三・一二一⑧　むつましからぬやうにもおぼしめされん―と
[二]一三・一二六⑧　親の事もおもはれぬ―
[二]一五・一二七⑨　書物にもあるではない―
[二]二〇・一二九⑮　なんと合点めされた―
[四]一二・一四四⑮　入相をつきおらぬ―
[四]二一・一四八⑫　死での後もはなれぬは濡の一字―恥かしや
[五]三・一五〇①　なんと奇妙―
[五]四・一五〇⑦　なんと見通し―
[五]四・一五〇⑧　傍輩中がよからふ―
[五]四・一五〇⑨　物をたんとくれやう―
[五]四・一五〇⑨　ひもじゐ目にあわふ―と
[五]七・一五一⑫　虫がかぶる―
[五]七・一五一⑬　おなかがへつた―
[五]一〇・一五三②　なんと奇妙―

[五]二二・一五七⑪　なんとそふではござらぬ―
[五]二四・一五八⑨　御膳は喧吪過に出しましよ―
[六]六・一六一⑫　何の所得ありてか：言触らす事―
[六]六・一六一⑮　寛永十四五年のころ―とよ
[六]八・一六三⑥　あまりに：ではござらぬ―
[六]一五・一六六②　人がら次第で御座らぬ―
[六]一七・一六七⑤　御覧なされた―
[六]一七・一六七⑥　なんとよいきりやうでは御座らぬ―
[六]二一・一六八⑧　今夜限（ぎ）りで惣仕舞―と思ふ斗（ばかり）の大地震
[七]二・一七〇⑨　何じや又痞（つかへ）―
[七]一六・一七六⑭　つまらぬ角つき合ではあるまひ―
[七]一九・一七七⑬　豊後ぶしもなふて本屋じやと思ふて暮す―
[七]一九・一七七⑮　土佐の古風に立帰る―　さなくは
[七]二四・一七九⑫　さあこれがうそ―
cf、かは　かも　かもじ　ことか　とんだかはねたか　なんだか　ものか

が（我）　[五]四・一五〇⑬（―を折り）

が［格助詞］
1主格
2連体格
1主格
体言＋「が」（連用形の名詞化したもの、体言に準ずるものを含む）
[一]三・一一一⑥　世間に上手―出来て
[一]七・一一三④　跡から隙らしひ旅人―参ります程に
[一]八・一一三⑥　侍―頼みかかつては是非聞てもらわねばならぬ

[一]一一・一一四⑯　見物の気―曽我に凝かたまつて
[一]一二・一一五③　己―痛（いたひ）めして死んだればこそあれ
[一]一二・一一五④　兄弟―本意をとげん事は念もないこと
[一]一三・一一五⑫　水木竹十郎―己になりて
[一]一四・一一五⑮　一座の大立物―聞ずてにせず指南せば
[一]一五・一一六⑫　女房―髪おしみだし
[一]二〇・一一八①　古中島勘左衛門―：男立の仕内
[一]二一・一一八⑬　千丈の堤―蟻の穴から崩たつて
[二]三・一二一⑪　渡世のいそがしひ中に気―付て
[二]三・一二一⑫　八人―八所の住居
[二]五・一二二⑤　宗旨迄―かわつて八人八宗に
[二]五・一二二⑦　商売―つき米屋で
[二]五・一二二⑬　兄弟ども―意見すれど
[二]九・一二四②　そち―正直な故
[二]一一・一二五⑤　馴染―出来ると万怠りがちになり
[二]一一・一二五⑥　実子といふもの―なさに他人をもらふて
[二]一一・一二五⑪　人は終―大事でござる
[二]一二・一二五⑮　やせ世帯の者―年中の商旦那じや
[二]一二・一二五⑯　斗（はかり）―能（よい）と嬉しがつて
[二]一二・一二六②　爰―大事の分別所
[二]一四・一二七②　他人の称美―親父の気づかゐ
[二]一五・一二七④　賢い者―我ちゑで身をくふ程に
[二]一五・一二七⑥　口上―りつぱ過て
[二]一五・一二七⑦　親仁―どうして：といふてもらひたし
[二]一五・一二七⑧　とつさまかかさま―真実で聞よふござる
[二]一七・一二八⑩　いかに地代店賃取立―よいとても
[二]一九・一二九⑪　こちと―大々に登（のぼつ）たより
[二]二〇・一二九⑯　冥加―つきる
[二]二一・一三〇⑩　頭巾のしころ―七の図迄下る百姓は

[二]二二・一三〇⑬　得意―大方御屋敷の歴々衆
[二]二二・一三一①　そちが髪は何者―ゆふたぞ
[二]二二・一三一②　それも品―ある
[二]二二・一三一②　小袖の尺（たけ）―ながひ
[二]二二・一三一③　冥加―尽る
[二]二三・一三一④　手前の命―ないぞ
[二]二三・一三一⑤　わが様な者―：立ながら湯をあびたり
[二]二三・一三一⑧　それ―おれへの大孝行
[三]一三・一三六⑨　常は草履取はさみ箱―町人の天といふ格
[三]一三・一三六⑪　いやしき町人風情―死（しん）だとて
[三]一七・一三八③　なり上りの出来分限―訳を知らで下屋しきよばはり
[三]一八・一三八⑨　たとへ袴腰―ゆがもふとも
[三]一九・一三九③　裏店の噂衆―我も我もと：見せたがり
[四]五・一四二⑥　某（それがし）が名をなのらねば訳―知れず
[四]八・一四二⑩　身柱元―少ぞつとしたる迄で
[四]九・一四三②　照天―尻目で見て
[四]一〇・一四四①　人魂程の火―出て
[四]一〇・一四四②　死だ者―物いはぬとて
[四]一〇・一四四⑤　勇士の数にかぞへられし某―：礼拝してきざみそうな物歟
[四]一一・一四四⑪　紅蓮大紅蓮の氷―：礼に来るぞかし
[四]一二・一四四⑭　納所ぼん―目に角立て欠（かけ）来り
[四]一五・一四六③　参詣―なうても：不足の沙汰もなかりし
[四]一五・一四六⑤　根―つくろひ物で甲斐ない故に
[四]一七・一四七④　開帳と聞ば身の毛―立つ
[四]一七・一四七④　親兄迄―嘆くは尤也
[四]一八・一四七⑩　わるい虫―付て
[四]二〇・一四八⑧　世上にわるい者―あれば：正路な者の難義
[四]二一・一四八⑬　とかう云（いふ）間に東―しらむ
[四]二一・一四八⑬　夜―明てつまらぬ商売
[四]二一・一四八⑮　惣門―あくと其儘はしり出て
[五]一・一四九①　彼強盗法印―住居せし所にはあらねど
[五]一・一四九⑥　足袋屋―袋をぬかれたとて足屋とは名乗けらし
[五]二・一四九⑩　雁金屋の中居―出替り　葛籠と行違ふ小袖櫃
[五]二・一四九⑪　燕屋の下女―今日引越と見えて
[五]二・一四九⑫　年は正直な所―廿五で辰のとし
[五]三・一四九⑬　一代の守り本尊―普賢菩薩
[五]四・一五〇⑧　行さきの主人―人遣ひよいかわるひか
[五]四・一五〇⑧　傍輩中―よからふか
[五]四・一五〇⑫　ありまさで合点―ゆかぬ
[五]五・一五〇⑬　臍―おどれど笑れもせず
[五]五・一五〇⑬　そこ―道満流の見通し
[五]五・一五一②　心―やわらがいでどふせうぞ
[五]七・一五一⑫　どうさしつたぞ　虫―かぶるか
[五]七・一五一⑬　おなか―へつたか
[五]七・一五一⑭　是―親への孝行ぞとおもひ
[五]八・一五二⑥　道千が鼻の下―干上る
[五]九・一五二⑨　御いけん―身に染て
[五]九・一五二⑪　六尺斗の大男―：中へぬつと這入
[五]一〇・一五三②　亭主―銭はらへとは申まいがな
[五]一一・一五三④　銭を出した例―ない
[五]一一・一五三⑤　なんと人―いやがりましやうが
[五]一二・一五三⑫　これ―きほひの表道具
[五]一二・一五三⑭　むかふずね―砕けるやうでいまいましゐ
[五]一二・一五三⑮　此ちよぼちよぼとした筋―鉄火筋とて

[五]一三・一五四②　そこもとの生（うまれ）―皇帝の握拳にあたり
[五]一三・一五四③　前生―越後の国の牛であつた
[五]一三・一五四④　首の骨―つよ過て
[五]一三・一五四⑥　ならぬといふ事―あるべい
[五]一四・一五四⑪　うたがふと罰―きびしゐ
[五]一四・一五四⑬　博奕の運―かいない
[五]一五・一五四⑮　肝心の天窓（あたま）―…紛失する年
[五]一五・一五四⑮　つむり―なふなつては
[五]一五・一五五④　何程卦体―わるふても
[五]一七・一五六①　子共―穴一して居るも見ぬふりして
[五]一七・一五六③　根本の教―あしいに
[五]一八・一五六⑭　朝夕の業―魂に染込（しみこん）だら
[五]二一・一五七④　人―いやがつて除て通れば
[五]二二・一五七⑩　引導にあづからぬ精霊―沢山あるべし
[五]二二・一五七⑬　馬鹿者の噂―あつたと
[五]二二・一五七⑬　去るものしり―はなされた
[五]二三・一五八①　おみ様のいふ所―死んだお袋の朝夕いふたに…ちがいがない
[五]二三・一五八②　毛すじほどもちがい―ない
[五]二四・一五八⑩　汁―わるひと畳へこぼし
[五]二五・一五八⑬　人なみの人―寄合茶屋で喧咜したり
[五]二五・一五八⑯　煮売屋の親父―聞覚へて
[六]一・一六〇⑥　宿の主―…茶釜の下の火をしめし
[六]三・一六一⑨　是迄―つれづれ草第五十一段めの本文
[六]八・一六三⑧　人に異見も云そふなわろ―…そら言を信じて
[六]九・一六三⑪　鍋も茶釜も破る程なる大雷―鳴（なる）筈
[六]九・一六三⑬　買人―あれども俄聾
[六]九・一六三⑮　雷除の御歌―下りましたと
[六]一〇・一六四②　嬉しさ―余りての内義のそさう
[六]一一・一六四⑩　己―聞た時より一割もかけてはなせば
[六]一一・一六四⑪　裏店の針売婆々―…聞たがりて
[六]一二・一六四⑬　下女はした―御新造へ追従に
[六]一二・一六四⑬　針売―怖（こわい）咄しをいたしました
[六]一二・一六四⑭　尾に尾を附ての虚―実となり
[六]一二・一六五①　何者か徒もの―言出して
[六]一三・一六五⑦　新道の饂屋の親仁―…簱頭となりて
[六]一六・一六六⑧　あたり隣の噂衆―…ちやわちやわといへども
[六]一六・一六六⑩　もしあいきれ―なくは
[六]一六・一六六⑫　酒の気―うせぬも…わるふはあるまい
[六]一七・一六六⑯　鼠突の一本ももたせた拙者―…を信じて
[六]二〇・一六八①　万一馬鹿者―来て咄しませふとも
[六]二〇・一六八③　徒者―何とはやらせたふても
[六]二一・一六八⑥　物あんじに乳―あがりて
[六]二一・一六八⑨　白竜―羽衣とりて天人とからかひし
[六]二二・一六八⑭　禁裡様から御製の歌―下りました
[六]二二・一六八⑮　まだ大きな―震（ゆる）筈じや
[六]二四・一六九⑪　大尽―小判なげ出した顔で帰りぬ
[七]一・一七〇⑤　酒屋の御用め―買人の喉を鳴して待（まつ）をも構（かまは）ず
[七]二・一七〇⑨　随庵元来…霊枢より豊後―骨髄に徹し
[七]二・一七一③　内證―あたたまる筈じやが
[七]三・一七一⑤　盲坊主―還俗してよい衆附合
[七]七・一七二②　己―ねられぬ腹だたしさに
[七]八・一七二②　汝等―身につづれを着ても
[七]八・一七三③　それで身―持たるる物か
[七]八・一七三④　こちの畳―たまらぬ
[七]八・一七三⑧　汝―好む所は是に反せり

[七]九・一七三⑬　そち—語る豊後ぶしといふもの
[七]九・一七三⑭　髪のまげ—頂上に上り
[七]一〇・一七四③　むつくりとした一中—流行
[七]一〇・一七四⑤　作者—才智発明の輩にて
[七]一一・一七四⑪　土佐節—土地相応
[七]一二・一七五②　汝—好む所の宮古路は
[七]一三・一七五⑥　女—あられもなひ羽織着て
[七]一四・一七五⑮　物の道理もわきまへた者—…異見すれば
[七]一五・一七六⑥　娘や妹—欠落して
[七]一五・一七六⑥　行さきのあて—はづれ
[七]一六・一七六⑪　誰—ゆるして夫婦にして置ものぞ
[七]一六・一七六⑫　親兄弟の追善回向—届（とどい）て
[七]一七・一七七②　そち—師とあほぐ豊後大夫なり
[七]一七・一七七⑤　心ある者—どう取あつかわるるものぞ
[七]一九・一七八⑦　念仏題目朝夕となへた爺嫗—死で
[七]一九・一七八⑦　骨—舎利となつたもままある事
[七]二二・一七八⑩　唐の女—あけ暮　山水の景を好み
[七]二二・一七八⑯　是—心のあるじとなり
[七]二二・一七九②　侍—たつた六文が物喰（くい）ながら
[七]二三・一七九⑥　あの辺に仲間—二三軒ある故
[七]二三・一七九⑧　豊後ぶしで小胸—わるふなつて来て
[七]二四・一七九⑫　さあこれ—うそか
[七]二五・一八〇①　此坊主もおとがゐ—くたびれつらん
[七]二五・一八〇⑤　しののめの烏—さそへば

[対象格ともいわれる用法]

[一]九・一一四①　芝居の切落（きりおとし）—おもひ出され
て
[一]一五・一一六⑫　めつたな事—仕て見せらるる物にあらず
[二]五・一二二⑬　われは今に酒—やまぬげな
[二]一三・一二六⑦　親に腸を断（たつ）なげき—させて見た
いじや迄
[二]一六・一二八③　無点の唐本—読めても
[二]一九・一二九⑥　四十二の二ツ子—いやなら

活用語＋「が」

[一]七・一一二⑥　庵に木瓜の五所紋付たる—…立ふさがり
[一]七・一一二⑪　肩衣の幅のせまい—古風なばかり
[一]九・一一三⑯　火縄で呑（のむ）—きつい好物
[一]一四・一一六②　…とおもわるる—迷惑
[一]一四・一一六③　鳴雷には太鼓調（ととのふ）る—大義
[二]一一・一二五⑤　藁の出る—世間に沢山
[二]一五・一二七⑨　五十にして父母を慕ふ—聖人じやと
[二]一五・一二七⑨　町人は町人臭い—ようおじやる
[二]一五・一二七⑫　家業のひまに読—よし
[二]一六・一二七⑯　用らるる—禍の端
[二]一六・一二八①　一生身を全してたもる—…孝行
[二]一九・一二九⑥　四十一で子をもたぬ—よい筈
[三]二〇・一三〇①　民家相応に暮す—天理にかなふ
[三]二二・一三〇⑮　うやまふ—町人の道
[四]一一・一四四⑬　知らぬ—仏の悲しさ
[五]五・一五〇⑮　わがよきに他（ひと）のあしき—あらばこ
そ…
[五]一〇・一五三①　横にある—酒屋の升かけ筋
[五]一一・一五三④　上の方へぴんとはねた—厄害筋とて
[五]一一・一五七⑦　人にこわがらるる—手がらそふなが
[五]二二・一五七⑪　畳の上で死で旦那寺へかつがれて行—本
意
[六]八・一六三⑦　灸をすゆる—よひと言（いい）ふらし
[六]一六・一六六⑪　此春つかふた屠蘇袋の古ひ—ある
[六]一七・一六六⑭　美目のわるひ—此節の一徳
[六]一七・一六七④　夜食を持てうせました—則私の娘

六二〇・一六八③　門外へ出さぬ―面々の慎（つつしみ）と申もの
七一〇・一七四⑤　俗語がちな―土地相応
七一八・一七七⑩　鼻の穴迄真黒なる―ぞろぞろと来りて
七二四・一七九⑫　疫病神同前に払除（はらいのぞく）―家繁昌の基（もとゐ）

［がごとし］
二一一・一二五④　今参り廿日といふ―ごとく
三八・一三四⑬　飛（とぶ）―ごとく欠（かけ）させ

2連体格
序二・一〇七⑥　自笑　其蹟―娘形気　息子形気は
序二・一〇七⑦　予―此草紙は
序三・一〇七⑧　新米所化―田舎あるきの稽古談義
一二・一一〇⑨　大坂嵐三右衛門―座にて
一三・一一一⑥　鍛冶屋の二蔵―五文字附さへもて来らず
一一〇・一一四④　どうして私―心の内を御ぞんじで
一一〇・一一四⑥　工藤左衛門祐経―霊魂
一一一・一一四⑪　此方等（こちとら）―噂
一一二・一一五⑤　己―心入レでうたれてやつた故
一一二・一一五⑤　兄弟―名は富士の高嶺と等しく
一一三・一一五⑧　扨も悲しきは某―身の上
一一三・一一五⑬　終に水木―心得をまなぶ者なし
一一三・一一五⑭　水木―仕内：大名らしく
一一四・一一六②　とにも斯（かく）にも祐経―独りころび
一一五・一一六⑥　我々―噂
一一七・一一七⑩　かれら―罪障懺悔ともなりなん
一二〇・一一七⑯　勘三―日蓮記の切狂言
一二一・一一九④　消て跡なき工藤―幽霊
二三・一二一⑩　次男の藤蔵―発明な眼ざし
二五・一二二⑤　昆首羯磨―御作
二五・一二二⑩　己―所へは年に一度か：二度
二九・一二四①　貧窮の辛苦させしはおれ―誤り
二一〇・一二四⑩　説法の肝心は乙吉―身の上
二一三・一二六⑩　此父―菩提とおもひ
二一三・一二六⑩　そち―宗旨ではないが
二一四・一二六⑪　胸にこたへる親仁―一言
二一四・一二六⑮　親父―謀に落て
二一五・一二七⑥　おれ―事をも：同名とおいやるが
二一八・一二九④　そなたはおれ―子ながら
二一九・一二九⑦　是はわれら―誤り
二二〇・一三〇②　そちたち―身なりは
二二〇・一三〇③　そち―近所は江戸近くで
二二二・一三一①　苦労なは乙吉―身の上
二二二・一三一①　そち―髪は何者がゆふたぞ
三一七・一三七⑯　石川六兵衛等―類
三一七・一三八①　六兵衛―御咎の御条目に
四三・一四一⑧　ならぬならぬと天鞁―つづみ
四三・一四一⑩　十人の殿原―搔餅の黴たやうな石塔へも
四五・一四二⑥　某（それがし）―名をなのらねば
四五・一四二⑧　小栗の判官―幽霊
四九・一四三⑥　我等夫婦―像じやとて開帳せしが
四九・一四三⑩　我等風情―姿を見せて銭にさへなるならば
四一〇・一四四⑥　いかに秘蔵の照天―姿なればとて
四一一・一四四⑫　門番―皮肉に分入（わけいり）
四一二・一四四⑯　かれ―骸をぬけ出
四一二・一四五②　わし―女房の姿をきざみは致さぬ
四一四・一四五⑬　此方に御座るは景清―守本尊
四一八・一四七⑥　沾涼―江戸砂子にあれば
四一九・一四七⑯　熊坂―幽霊に逢ひ／＼が
五一・一四九⑤　比丘尼の親方能楽院―世話にて

[五]二・一四九⑫　私―行さきのよしあし
[五]四・一五〇⑪　わし―親とは知る人そふで
[五]六・一五一⑤　彼鳩に笑われし梟―身の上同前
[五]八・一五二③　親に苦をかけましたは：わたし―あやまり
[五]八・一五二⑥　道千―鼻の下が干上る
[五]一〇・一五二⑭　道千―鼻のさきへつきつけ
[五]一一・一五三⑥　五町七町―内で己をおぢぬ奴は：ない
[五]一一・一五三⑦　おらは傷寒太郎兵衛―子分
[五]一三・一五四②　あしやの道万―末孫
[六]六・一六二①　太郎作―嬶
[六]六・一六二②　次郎蔵―娘
[六]九・一六三⑬　終日一文―商もせず
[六]一六・一六六⑧　拙者―娘に
[六]一六・一六六⑪　わし―所に
[六]二〇・一六七⑪　誠のかかり娘とはあの子―事
[七]一・一七〇⑤　豊後―一流大に流行（はやり）
[七]二・一七〇⑦　夕霧―病気以の外
[七]三・一七一⑤　大藤内―あたまつきして飛上る中に
[七]三・一七一⑥　おれ―耳は田夫なつみ入レ程あれど
[七]七・一七二④　きやつ―ねふりを覚してくれんず
[七]七・一七二⑩　無字太―前にずつくと立
[七]一二・一七五③　我々―油断なりき
[七]一五・一七六⑤　汝―一党の浄留理語りを
[七]一七・一七七④　汝等―流義の浄留理本は
[七]一八・一七七⑥　汝―浄留理は
[七]一九・一七七⑮　河東―門下となりて
[七]二二・一七九②　三ツ口の泡雪―二階で：物喰ながら
[七]二二・一七九③　たつた六文―物喰ながら
[七]二二・一七九④　おのれら―流義の浄留理を
[七]二三・一七九⑧　彼侍―豊後ぶしで小胸がわるふなつて
[七]二四・一七九⑪　汝―輩をば疫病神同前に払除（はらいのぞく）
[七]二四・一七九⑯　汝―一命をうばはん事遠かるまじ
[七]二四・一八〇①　堂司―皮肉にわけ入しが

cf、あしがらきよみがよこばしり　おのが　おのがみ　きよみがさき　きよみがせき　とらがいし　なにが　わが　くどうすけつね（工藤祐経）が霊芝居へ言伝せし事

が

［接続助詞］

[一]二・一一〇⑨　いけぬ若衆形なりし―：段々芸を仕下て
[一]二・一一一①　追出しの大鞁も打て暮せし―
[一]三・一一一⑥　前句点者とは成りし―
[一]八・一一三⑦　追はぎではなさそふな―：引込はせぬかと
[一]八・一一三⑩　気づかゐにおもやるそうな―：隔心し給ふな
[一]九・一一三⑭　余りよふはない―ちと呑で見給へ
[一]九・一一四①　火縄もよい物じや―
[一]一〇・一一四④　いかにも左様で御座ります―：どうして
[一]一二・一一五③　そなたのまへじや―
[一]一三・一一五⑬　幾度か勤し―終に：まなぶ者なし
[一]一四・一一五⑯　取あぐるに及ぬこととおもわれふ―そふでない
[一]二〇・一一七⑭　男のいきじを磨くとやらいふ―
[二]四・一二二⑭　何ぞもてなしたい―
[二]一〇・一二五①　天理にかなふて末頼母しい―
[二]一二・一二五⑬　商売の米屋でいふではない―
[二]一三・一二六⑩　そちが宗旨ではない―
[二]一四・一二六⑫　暫（しばらく）黙して居たりし―ややありて
[二]一四・一二六⑬　親の事はとも角もじや―
[二]一五・一二七⑦　他人に対しては同名とおいやる―

[二]一五・一二七⑩　お主は本好（ほんずき）じや—
[二]一七・一二八⑥　末頼母しい—：家守り衆あまたあるべし
[二]二二・一三一②　伽羅の油も付ねばならぬ—それも品がある
[四]四・一四一⑭　珍らしき上物なりし—今は早醒切（さめきり）て
[四]九・一四三⑦　我等夫婦が像じやとて開帳せし—元来けふ頃日は
[四]一三・一四五⑥　其開帳は：見ました—：更に誠に存ぜず
[四]一三・一四五⑧　さのみ心にもとどめざりし—
[四]一九・一四七⑯　熊坂が幽霊に逢ひし—今は
[五]一・一四九③　元は神田辺の足袋屋なりし—
[五]二・一四九⑪　足ばやに通りし—立戻りてこしかけ
[五]一〇・一五二⑯　しばし挨拶も出ざりし—漸胸のおどりをしづめ
[五]一一・一五三⑦　りよぐわいなこつた—おらは：が子分
[五]一二・一五三⑫　いたさはいたかつた—：堪へよい
[五]一二・一五三⑬　なんだかしらぬ—おらは半時小笠原をやるとむかふずねが
[五]一三・一五四⑤　なめて見た事はなゐ—：ならぬといふ事があるべい
[五]二一・一五七⑧　人にこわがらるるが手がらそふな—さりとは其果は
[六]一〇・一六四①　今迄はきびしう言付ました—けうこう火の用心は
[六]一七・一六七②　其儘にして暮しました—見事まめ息災で
[七]二・一七一④　内證があたたまる筈じや—：金銀に縁遠（ゑんどほひ）生れにや
[七]三・一七一⑦　つくづく身をうらみかこちける—急度おもひ出し
[七]三・一七一⑨　おもひ立—いなや：足にまかせ急ぐ程に
[七]二三・一七九⑧　帰りがけの事であつた—：小胸がわるふなつて
[七]二四・一八〇①　堂司が皮肉にわけ入し—：此坊主も：くたびれつらん
cf、したが
が［終助詞］
[五]一一・一五三⑥　なんと人がいやがりましやう—
cf、がな　がや
かあいが・る（可愛　かはい：）［ラ四段］
—ら（未）　[六]二二・一六八⑫（—るる）
—り（用）　[五]五・一五一③
—る（体）　[一]一二・一一五⑦（—人）
かあいさう　↓かあいそふ　かわいそふ
かあいそふ（かあいさう）　↓かわいそふ　ヲモ見ヨ
[七]二四・一八〇①（—に）
かあいや（可愛）［連語］　[四]一二・一四五①（—門番めは今にきよろりと）
cf、かあいそふ　かわいそふ
かい（階）［接尾語］
cf、にかい　にかゐ
かい（甲斐　：ひ）　[三]二・一三二⑥（—もなく）
がい（害）　[一]二〇・一一七⑫　[一]二〇・一一七⑫　[七]一八・一七七⑥
かいさん（開山）　[二]四・一二一⑯（—牛秀上人）　[四]二・一四〇⑧（—一遍上人）
かいちやう（開帳）　↓かいてう　ヲモ見ヨ
［振リ仮名アリ］　[四]一七・一四七④
［振リ仮名ナシ］　[四]一三・一四五⑥　[四]一四・一四五⑯　[四]一四・一四六②　[四]一五・一四六③　[四]一五・一四六④　[四]一

六・一四六⑨　[四]一八・一四七⑥　[四]一八・一四七⑦
cf、かいちやうす　かいちやうば　かいちやうふだ　かいちやうまゐり　きつねかいちやう
かいちやう・す（開帳）［サ変］
—せ（未）　[四]九・一四三⑦（—しが）（助動詞「き」ノ連体形「し」ハ、サ変ニハ未然形ニ付ク）
かいちやうば（開帳場）　[四]一六・一四六⑨　[四]一七・一四七④
かいちやうふだ（開帳札）　[四]九・一四三⑬　[四]一三・一四五⑦
[四]一三・一四五⑨
かいちやうまゐり（開帳参）　[七]二二・一七九①
かいて（買人　かひて）　[二]一三・一二六③（—の目をぬく）　[六]九・一六三⑬　[七]一・一七〇⑤
かいてう（開帳　：チヤウ）　↓かいちやう　ヲモ見ヨ
[四]一三・一四五⑩
かいな・い（甲斐　かひ：：）［形］
—い（止、体）　[四]一五・一四六⑤（—故に）　[五]一四・一五四⑬（博奕の運が—）
かいばらせんせい㊇（貝原先生　かひばら：：）　[序]二・一〇七⑤
かいびやく（開闢）　[序]四・一〇七⑫
かいもく【皆目】　[二]一・一二〇⑤（碁は—なれど）
かう（甲　カフ）
cf、かめのかう
かう（孝）　[二]一・一二五⑩（—をつくさば）
かう（香）　[二]二〇・一三〇④（連誹茶—楊弓）
cf、せうかう
かう（講　コウ）（仏教ノ法会、信者ノ集マリノ場合ハ「コウ」）
↓こう
かうあ㊇（好阿）
cf、じやうくわんばうかうあ
かうかう（孝行）　[二]一六・一二八②　[五]七・一五一⑭
かうげ（高下）　[三]一・一三一⑬（人の—をえらばず）
cf、おほかうかう
かうざ（高座）　[二]四・一二二①
かうし（孝子）　[一]二一・一一八⑯
かうじ（講師）　[六]一・一六〇④　[六]二・一六〇⑦
かうしう（高秋）　[六]一・一六〇①（—蕭索として倍（ますます）凄然）
かうじき（高直　：ヂキ）　↓かうぢき　ヲモ見ヨ
[三]五・一三三⑧（—には無御座候得共）
かうした［連体詞］　↓かふした　こふした　ヲモ見ヨ
[六]二二・一六九①（—図のうそ）　[六]二三・一六九③（—格な事）
かうして［副詞］　↓こうして
かうしど（格子戸）　[七]七・一七二⑨
かうしやく（講釈）　[六]一・一六〇③
かうしよく（好色）
cf、かうしよくぼん
かうしよくぼん（好色本）　[七]一七・一七七⑤　[七]一八・一七七⑦
[七]一八・一七七⑫
かうしん（孝心）　[二]三・一二一⑪　[二]五・一二二⑨
がう・す（号）［サ変］
—し（用）　[七]一一・一七四⑦
かうせき（行跡）　[五]一七・一五五⑮
がうだうほふいん㊇（強盗法印）　↓がうどうほうゐん
かうだん（講談）　↓こうだん　ヲモ見ヨ
[六]二三・一六九⑥
cf、うどのたいぼく（鵜殿退卜）徒然草講談之事
かうぢき（高直）　↓かうじき　ヲモ見ヨ
[三]四・一三三①（—に罷成）
かうと（江都）　↓えど

cf、ゐど
がうどうほうゐん㊇（強盗法印　ガウダウホフイン）〔五〕一・一四九①
かうぶつ（好物）→こうぶつ　ヲモ見ヨ
〔一〕九・一一三⑯
かうべ（頭）
［振リ仮名アリ］　〔四〕一五・一四六②（渇仰の―を傾（かたむ）け）
［振リ仮名ナシ］　〔七〕一八・一七七⑨（渇仰の―をかたぶけ）
cf、あたま　つむり
かうみやう（高名）　〔一〕六・一一一⑮
かうやら（斯）
cf、どうやらこうやら
かうりよく（合力　カフ：）　〔二〕一八・一二八⑭
かうろ（香炉）
cf、ゐかうろ
かうゐ（高位）　〔三〕一二・一三六⑥
かか（嚊、嫁々）　〔四〕一八・一四七⑫　〔六〕六・一六二①　〔六〕一五・一六六④
cf、かかしゆ
かが（加賀）
cf、かがのくに
かかさま　〔二〕一五・一二七⑧　〔五〕四・一五〇⑪
かかしゆ（嚊衆）　〔三〕一九・一三九③　〔六〕一六・一六六⑧
かがのくに（加賀国）　〔四〕一九・一四七⑯
かか・ふ（抱）［ハ下二段］
cf、かかへおく
かかへお・く（抱置）［カ四段］
―き（用）　〔三〕一〇・一三五⑥（―候
かがみ（鑑）　〔二〕五・一二二⑨

かが・む（屈）［マ下二段］　かが・める［マ下一段］
―め（用）　〔三〕二〇・一三九④（膝を―）
かかや・く【輝】［カ四段］
―け（命）　〔六〕一・一六〇⑤（―り）
かかり（掛）
cf、のうがかり
かか・り（斯有）［ラ変］（［かくあり］ノ変化）
cf、かかりしかば
かかりしかば［連語］　〔三〕二・一三二⑨（―寺町通りは葬礼の布引
かかりむすこ（息子）　〔二〕一〇・一二四⑯
かかりむすめ（娘）　〔六〕二〇・一六七⑩
かか・る［ラ四段］
―ら（未）　〔二〕二・一二〇⑦（てんぽの皮に―ず）
cf、おめにかかる　かかりむすこ　かかりむすめ　のうがかり
かかる［連体詞］　〔一〕七・一一三③　〔二〕二一・一一九①　〔三〕一八・一三八⑩　〔三〕二〇・一三九⑥　〔四〕一三・一四五⑦　〔六〕八・一六三④　〔六〕一〇・一六四⑤　〔七〕一四・一七六①
かき（掻）［接頭語］
cf、かきあつむ　かきけす
かき（垣）　〔三〕一〇・一三五⑨
がき（悴、小児）　〔二〕三・一一一⑩　〔六〕二・一六八⑯
かきあつ・む（集）［マ下二段］　かきあつ・める［マ下一段］
―め（用）　〔四〕一九・一四八②（―て）
かきお・く（書）［カ四段］
―か（未）　〔六〕八・一六三⑤（―れし）
かきけ・す（消）［サ四段］
―し（用）　〔四〕二一・一四八⑬（―て失ぬ）
かきだし（書出）　〔四〕一八・一四七⑧（借銭の―）
かきちら・す（書）［サ四段］

―し（用）[六]一三・一六五⑤（―て）
かきつ・く（書付）［カ下二段］　かきつ・ける［カ下一段］
―け（用）[六]一・一六〇④（―たる）[六]一〇・一六三⑮（―て）[六]一〇・一六四②（―て）[六]一二・一六四⑮（―て）
かきのこ・す（書残）［サ四段］
―さ（未）[六]二三・一六九④（―れたり）
かきの・す（書載）［サ下二段］
cf、かきのせおく
かきのせお・く（書　置）［カ四段］
―か（未）[六]八・一六三③（―れました）
かきは（堅盤）
cf、ときはかきわ
かきもち（掻餅）[四]三・一四一⑩
かぎやう（家業　：ゲフ）　↓かげう　かげふ　ヲモ見ヨ
[二]二一・一三〇⑫　[五]一六・一五五⑨
かぎ・る（限）［ラ四段］
cf、みかぎる
かく（角）
cf、さんかく
かく（客）[七]一・一七〇①（半生長（とこしなへ）に―をもつて家とす）
cf、かくじやう
かく（格）[一]二〇・一一七⑭　[三]一三・一三六⑨　[六]二二・一六九①　[六]二三・一六九③
cf、いつかく　かくかく
か・く（書）［カ四段］
―き（用）[二]二三・一三一⑤（―ておかれた）[三]一〇・一三五⑦（―中者）[四]一〇・一四三⑯（筆太に―て）[五]一・一四九②（―て）[五]二三・一五八⑤（―て）
―い（用　音便）[六]二二・一六八⑯（―て）
―く（体）[六]一二・一六四⑮（文を―やら）
cf、かきおく　かきちらす　かきつく　かきのこす　かきのせおく　らくがき
か・く【掻】［カ四段］
―く（体）[二]二三・一三一⑥（垢―ものじや）
か・く【舁】［カ四段］
―い（用　音便）[四]一九・一四七⑯（―て出る様なうそ）（「駕籠かき」ノ縁語）
cf、かごかき
か・く（欠【駆】）［カ下二段］　か・ける［カ下一段］
―け（未）[三]八・一三四⑭（飛がごとく―させ）
cf、かけいだす　かけきたる　かけこむ
か・く（欠）［カ下二段］　か・ける［カ下一段］
―け（用）[一]一七・一一七⑦（事の―た様に）
か・く（掛、懸）［カ下二段］　か・ける［カ下一段］
―け（未）[三]七・一三四⑨（耳に珠数を―させ）[四]二一・一四八⑩（御心に―られな）
―け（用）[二]一六・一二八③（親に苦を―ては）[三]八・一三四⑫（肩に―候羽織）[四]一二・一四五③（お世話を―に）[五]五・一五一②（日々に情を―）[五]八・一五二③（親に苦を―ましたは）[六]一一・一六四⑩（一割も―て）[六]一五・一六六③（笈摺―て）[七]一六・一七六⑩（難義を―）
―くる（体）[四]一五・一四六④（金箔の衣を―ごとく）
cf、おかけ（なされ）　おどしかく　おめにかくべく（可懸御目）　おもひがけなし　かけおく　こころがく　こしかく　しかく　せりかく　たびがけ　つぎかく　でかく　よびかく　みかく
かく［副詞］[三]一二・一三六⑦（―は）[六]三・一六一⑥徒（―立さはぎて）
cf、かくのごとく　かくのとほり　とにもかくにも　ともか

くも

がく（楽） [七]八・一七三⑥ [七]九・一七三⑨ [七]九・一七三⑩
　[七]九・一七三⑪ [七]一〇・一七三⑯
かくかく（格々） [二]一〇・一二四⑪（面々―の身過）
かくげん（格言） [七]一七・一七六⑯
かくごのまへ（覚悟　）［連語］ [序]三・一〇七⑧（知者の笑は―
　なり）
かくじやう（客情） [七]六・一七一⑭（―は唯夜の過し難きにあり）
かく・す（隠）［サ四段］
　―さ（未） [三]二・一三二④（臍を―るる）
　―す（止） [二]一六・一二八①（能ある鷹は爪を―）
かくのごとく（如此）［連語］
　[三]一一・一三五⑭（早布にて白地に―仕候間）
かくのとほり（　通）［連語］ [四]二一・一四五③
　cf、あのとほり　このとほり
かくべつ（格別） [一]二二・一一九⑤（―よい人品） [二]五・一二
　二⑤（家職も住所も―） [三]一・一三二⑫（―にて） [三]七・
　一三四④（―淋しく） [三]一〇・一三五⑧（―下直に） [三]
　一七・一三八③（―に） [四]一三・一四五⑩（歴々の大寺は
　―） [五]一六・一五五⑪（―人品わるく）
　cf、かくべつせかい
かくべつせかい（格別世界） [六]一五・一六六①
がくもん（学問） [二]一五・一二七⑩
がくや（楽屋） [一]二・一一一③
かく・る（隠）［ラ下二段］
　cf、かくれすむ　かくれなし　かくれもない
かくれす・む（隠住）［マ四段］
　―む（体） [六]七・一六三②（―よし）
かくれな・し（隠　）［形ク］
　―き（体） [二]一九・一二九⑧（―大百姓） [三]一四・一三六⑮
　（―博徒） [七]一・一七〇④（―不器用者）
　cf、かくれもない
かくれもない（隠　）［連語］ [二]一六・一二八④（―分限者の恋
　婿） [三]一四・一三七①（日本に―分限者）
　cf、かくれなし
かげ（影） [一]一二・一一五①（曽我の―で渡世する）
　cf、おかげ
かげ（陰） [四]一一・一四四⑫（墓の―）
　cf、くさばのかげ　やまかげ
がけ（掛）［接尾語］
　cf、かへりがけ
かけいだ・す（　出）［サ四段］
　―し（用） [七]二・一七一①（―て）
　―す（体） [五]八・一五二④（：と―を）
かげう（家業　：ゲフ）　↓かぎやう　かげふ　ヲモ見ヨ
　[二]五・一二二⑩（―第一に）
かけお・く（【掛】置）［カ四段］
　―き（用） [七]一八・一七七⑧
かけおち（欠落） [六]二〇・一六七⑨ [七]一七・一七七③
　cf、かけおちす
かけおち・す（欠落）［サ変］
　―し（用） [七]一五・一七六⑥（―て）
かけきた・る（欠来【駆来】）［ラ四段］
　―り（用） [四]二・一四四⑭
かげきよ㊇（景清） [四]一四・一四五⑬
かけこ・む（欠込【駆込】）［マ四段］
　―ん（用　音便） [六]二〇・一六八③（―だやうに）
かけだ・す（駆出）［サ四段］　↓かけいだす
かけちやう（掛帳） [一]一一・一一四⑮
かけね（掛直）

　cf、かけねなし
かけねなし（掛直　）　㊂二・一三二④（—安うりの引札）
かげふ（家業）　→かぎやう　かげう　ヲモ見ヨ
　［振リ仮名ナシ］　㊁九・一二四④　㊁九・一二四⑥　㊁一五・
　一二七⑫
か・ける（欠）［カ下一段］　→かく
か・ける（掛、懸）［カ下一段］　→かく
かご（駕籠）
　cf、かごかき
かごかき（駕籠舁）　㊂一・一三一⑪　㊃一九・一四七⑯
かごじ（籠字）　㊄一二・一五三⑩
かこ・つ【託】［タ四段］
　—ち（用）　㊆三・一七一⑦（身をうらみ—けるが）
かごぬけ（籠抜）
　cf、むまのかごぬけ
かさ（笠）
　cf、あみがさ　そうれいあみがさ
かさ（嵩）
　cf、かさだか　みづかさ
かさい（葛西）　㊁八・一二三⑬　㊁九・一二四②
かさく（家作）　㊂一七・一三八④
　cf、かさくとう
かさくとう（家作等）　㊂一二・一三六⑦
かさだか（【嵩】高）　㊀二二・一一九⑦（—な）
かざ・る［ラ四段］
　—り（用）　序二・一〇七⑥（風流の花を—）
かし［終助詞］
　㊀二一・一一九①　烈女の仕形をして見せてくれよ—
　㊂一八・一三八⑥　さらに本意にはあらじ—
　㊂二〇・一三九⑦　鉢開の婆に拾はせよ—
　㊄一八・一五六⑫　毎日毎日読（よま）せよ—
　㊅一六・一六六⑧　其地の風義を正し給へ—
　cf、ぞかし
かしいだ・す（借出）［サ四段］
　—し（用）　㊂一〇・一三五⑤（—候）
かしからかさ（貸傘）　㊂一・一三二②
かしこ　㊄三・一五〇⑥（爰や—に）
　cf、ここかしこ
かしこ・い（賢）［形］　かしこ・し［形ク］
　—く（用）　㊁一〇・一二四⑮
　—い（体）　㊁一五・一二七④（—者）
かしこま・る（畏）［ラ四段］
　—り（用）　㊄一二・一五三⑬（—て居る）　㊄一五・一五四⑯
　（—て）
　—つ（用　音便）　㊄二四・一五八⑫（—て）
かしまし（喧、姦）［形シク］
　cf、くちかしまし
かしやう(人)（迦葉　カセフ）　㊆一二・一七四⑮
かじやう(人)（河丈　：ヂヤウ）　㊆一二・一七四⑭
かしよく（家職）　㊁五・一二二⑤　㊅一五・一六六④
かしら（頭）
　cf、はたがしら
か・す（貸、借）
　cf、おはずかさず　かしいだす　かしからかさ　そんれうが
　し
かず（数）　㊃一〇・一四四⑤　㊆一七・一七七①　㊆一七・一七
　七③
　cf、ひかず
かす・る［ラ四段］
　—ら（未）　㊃一九・一四八①（煮ばなの茶釜を—せ）

かぜ（風） [二]二・一二二④ [五]三・一五〇④（辰巳の—） [六]七・一六二⑭（異国より悪魔の—の吹来るに）
　cf、おほかぜ　かみかぜ　きたかぜ　つじかぜ
かぜ（風邪）
　cf、かぜのかみ
かせぎ（挊） [四]九・一四三⑩（在家同前の—なれば）
かせ・ぐ（挊【稼】）［ガ四段］
—ぎ（用） [七]一・一七〇②（旅芝居を—）
　cf、かせぎ
かぜのかみ（風神） [七]一三・一七五⑨
かせふ㊇（迦葉）　↓かしやう
がぞく（雅俗） [七]一〇・一七四⑤
かぞ・ふ［ハ下二段］　かぞ・へる［ハ下一段］
—へ（未） [四]一〇・一四四⑤（勇士の数に—られし）
—へ（用） [三]一七・一三七⑭（—も尽し難し）
—ふる（体） [七]一六・一七六⑧（—にいとまなし）
　cf、かぞへあぐ
かぞへあ・ぐ（上）［ガ下二段］　かぞへあ・げる［ガ下一段］
—げ（用） [一]一五・一一六⑩（—て）
かた（方） [二]二〇・一一七⑮（見ゆるす—もありなん） [二]一一・一二五⑨（実父の—） [三]七・一三四⑤（御馴染の—）
　cf、はじめつかた
かた（肩） [一]一六・一一七②（—をいからせ） [三]八・一三四⑫ [四]一〇・一四四③（—をならぶる者）
　cf、かたさき
かた（形）
　cf、あとかたなし　わかしゆがた
かた（方）［接尾語］
　cf、おてらかた　しよれいかた　せつしやかた　ぶしかた　まちかた　わたくしかた

かた（片）［語素］
　cf、かたあかるい　かたいき　かたいぢもの　かたいなか　かたてま　かたやまざと　かたゑんじよ
がた（方）［接尾語］
　cf、おやしきさまがた　おれきれきさまがた　かたがた　きさまがた　ごしんるいがた　ごしんるいさまがた　ごせしゆがた　さくしやがた　ぢよちゆうがた　ぶけがた
がた（方）［接尾語］（数量ヲ表ス語ニツク）
　cf、にわりがた
かたあかる・い（片明）［形］
—い（体） [四]四・一四一⑯（—に）
かたあし（片足） [五]二五・一五八⑮
かた・い（堅）［形］　かた・し［形ク］
—く（用） [二]一七・一二八⑧（—守り） [五]六・一五一⑨（他（ひと）の中言—いわず） [七]七・一七二⑥（名は—人は和らぐ石垣の）
—い（体） [一]一六・一一七④（—親父等は） [七]九・一七三⑪（—事）
かたいき（片息） [三]二〇・一三九③
かたいぢもの（片意地者） [二]八・一二二⑬
かたいなか（片田舎　：ゐなか） [四]一九・一四七⑮
かだうくん(書)（家道訓）　↓かどうくん
かたがた（方々） [三]九・一三五①（御近所の—）
かたかたよら・ず［連語］
—ず（止） [二]八・一二三②（—かたよらず）
　cf、かたよらず
かたき（敵）
　cf、かたきうち　かたきやく
かたきうち（敵打） [六]二三・一六九⑦
かたぎぬ（肩衣） [一]七・一一二⑪ [四]一六・一四六⑭

cf、かたぎぬはかま　もじかたぎぬ
かたぎぬはかま（肩衣袴）　〔三〕一三・一三六⑭（裏附の―）
かたきやく（敵役）　〔一〕四・一一五⑯
かた・ぐ【傾】［ガ下二段］　かた・げる［ガ下一段］
―げ（用）　〔六〕一一・一六四⑫（小首―）
かたさき（肩　）　〔五〕一二・一五三⑩
かた・し（難）［接尾語］
cf、こころえがたし　すごしがたし　ぢしがたし　つくしがたし
かた・し（堅）　→かたい
かたじけな・し（忝）［形ク］　かたじけな・い［形］
―く（用）　〔六〕七・一六二⑪（―も）
―い（止、体）［送リ仮名ナシ］　〔六〕一〇・一六三⑯（―心ざし）
（「かたじけなき」カ）　〔七〕四・一七五⑬（―といふべきを）
cf、おかたじけ　おかたじけなし　かたじけなや
かたじけなや（「かたじけなし」ノ語幹＋感動の意ヲ表ス助詞「や」）
〔二〕五・一二二⑪（―おたうとや）
かたすみ（片隅）　〔四〕四・一四二②
かたち（形）　〔四〕一一・一四四⑨（女房の―）　〔七〕二二・一七八⑫
cf、すがたかたち
かたづ・く（片　）［カ下二段］
―くる（体）　〔六〕二・一六〇⑥（茶碗洗（あらい）て―体（てい））
かたて（片手）　〔一〕一一・一一四⑭
かたてうち（片手討）　〔一〕一三・一一五⑧（余り―なとおもわるる）
かたてま（片手間）　〔五〕七・一五一⑫
かたな（刀）
cf、こがたな
かたはし（片端）　〔六〕一一・一六四⑫
かたはだ（片肌）　〔五〕一二・一五三⑨（―ぬぎて）
cf、おほはだ　はだ

かたびら（帷子）
cf、きやうかたびら　きやうかたびらぢ
かたぶ・く（傾）［カ四段］
―く（体）　〔四〕二・一四〇⑦（日も―ころ）
かたぶ・く［カ下二段］　かたぶ・ける［カ下一段］
―け（用）　〔二〕四・一二二③（耳を―）　〔七〕一八・一七七⑨（渇仰の頭を―）
cf、かたむく
かたま・る（固）［ラ四段］
cf、こりかたまる
かた・む（堅）［マ下二段］　かた・める［マ下一段］
―め（未）　〔二〕九・一二四⑥（―ねば）
―め（用）　〔二〕一一・一二五⑨（―て）
かたむ・く（傾）［カ下二段］　かたむ・ける［カ下一段］
―け（用）　〔四〕一五・一四六②（渇仰の頭を―）　〔五〕一三・一五四⑥（小首―）
cf、かたぶく
かたやまざと（片山里）　〔四〕一三・一四五⑪
かたよら・ず【片寄　】［連語］
―ず（止）　〔二〕八・一二三③（かたかたよらず―）
cf、かたかたよらず
かたよ・る（片寄、偏）［ラ四段］
cf、かたかたよらず　かたよらず
かたりだ・す（語　）［サ四段］（「だす」ハ仮名表記）
―す（体）　〔七〕七・一七二⑦（―声）
かたりつた・ふ（語伝）［ハ下二段］　かたりつた・へる［ハ下一段］
―へ（未）　〔一〕一〇・一一四⑦（―んと）　〔六〕一一・一六四⑨（―ざるも）
―へ（用）　〔五〕二五・一五八⑯（―けらし）　〔六〕三・一六一⑩

かた・る（語）［ラ四段］
―ら（未）　〔一〕一五・一一六⑧（―ば）
―り（用）　〔五〕一四・一五四⑧（―て）　〔五〕一八・一五六⑬（―
て）
―る（止、体）　〔二〕四・一二二⑫（―もまれであろ）　〔六〕一一・
一六四⑧（―事）　〔六〕一一・一六四⑪（―を）　〔七〕二・一七
一②（―顔付）　〔七〕九・一七三⑬（そちが―豊後ぶし）　〔七〕
二三・一七九④（汝程にも―事か）
cf、かたりだす　かたりつたふ　じやうるりかたり　ぶんご
かたり
かたゐなか（片田舎）　↓かたいなか
かたゑんじよ（片遠所）　〔六〕一五・一六六④
がち（勝）［接尾語］
cf、おこたりがち　きやくしんがち　ぞくごがち
かぢはら㊇（梶原）　〔一〕一三・一一五⑦
かぢや（鍛冶屋）　〔一〕三・一一一⑥（―の二蔵）
かぢやう㊇（河丈）　↓かじやう
かつがう（渇仰）　↓かつごう　ヲモ見ヨ
〔七〕一八・一七七⑨（―の頭をかたぶけ）
かつ・ぐ［ガ四段］
―が（未）　〔五〕二二・一五七⑪（―れて）
かつごう（渇仰　：ガウ）　↓かつがう　ヲモ見ヨ
〔四〕一五・一四六②（―の頭を傾け）
かつたい（癩病）　〔五〕二一・一五七⑥（因果病の―同然）
かつて（勝手）　〔六〕一〇・一六四①（―にさしやれ）
かつて（曾）［副詞］（アトニ打消ヲ伴ウ）　〔三〕一八・一三八⑫（―
なき事）　〔六〕一一・一六四⑧（―：語る事なければ）
かつてむき（勝手向）　〔七〕一〇・一七四④（―の味噌塩の沙汰）
がつてん・す（合点）［サ変］　↓がてんす
かつま（羯磨）
cf、びしゆかつま
かつまた（且又）［接続詞］　〔一〕一七・一一七⑩　〔三〕五・一三三⑭
〔三〕六・一三三⑯　〔三〕一〇・一三五⑪
がてん（合点）　〔一〕一四・一一六④　〔二〕四・一二二①（―でおじや
る）　〔二〕二〇・一二九⑮（―めされたか）　〔四〕二・一四〇⑥
（此宿に泊る―なれば）　〔五〕四・一五〇⑩（占てもらふ―）
〔五〕四・一五〇⑫（―がゆかぬ）　〔六〕一四・一六五⑪（生仏に
なる―で）
がてん・す（合点）［サ変］
―せよ（命）　〔六〕二二・一六八⑬（―まいらぬ）
かど（角）　〔二〕二三・一三一④
〔三〕一一・一三五⑬（四軒寺町―ヨリ四軒目）　〔四〕一二・
一四四⑭（目に―立て）　〔七〕一〇・一七四②（―とれた風俗）
かど（門）　〔三〕九・一三五②（―の戸）　〔三〕二〇・一三九⑦　〔六〕二
二・一六八⑭（棟は八ツ　―は九ツ　戸は一ツ）
cf、かどいで　かどなみ　むねかど　もん
かどいで（首途）　〔三〕三・一三三⑬（―よし）
かとう㊇（河東）　〔七〕一九・一七七⑮
かとう（河東）（江戸浄瑠璃ノ一流派ヲサス）　〔七〕一二・一七四⑬
〔七〕二四・一七九⑮
かどうくん(書)（家道訓　カダウ：）　〔序〕二・一〇七⑤
かとく（家督）　〔二〕一七・一二八⑤
かどなみ（門並）　〔序〕一・一〇七②
かな（仮名）　〔二〕一六・一二七⑬
cf、かなぼん　ひらがな
かな［終助詞］
〔一〕八・一一三⑤　はて気みじかな男―
〔一〕九・一一三⑬　是は結構なおたばこ―
〔一〕二二・一一九⑦　かさ高な状―（哉）
〔二〕一・一二〇①　手に結ぶ岩垣清水：猶山陰はあかずもある
―

四三・一四一⑦　はて扨愚痴な人—（哉）
六六・一六一⑬　悪（にくき）仕業—
がな［終助詞（感動）］　←「が」「な」（近世ニ入ッテ現レル）
五一〇・一五三②　銭はらへとは申まい—
がな［副助詞］（疑問語ニ付ク）
cf、なにをがな
かない（家内）　二二〇・一二九⑭　四一九・一四八②
かないようじんき(書)（家内用心記）　二一五・一二七⑫
かなし（悲）［形シク］　かなし・い［形］
—ひ（い）（止）　一九・一一四①（おもひ出されて—）
—き（体）　一一三・一一五⑧
—ひ（い）（体）　二一九・一二九⑤（—暮し）
cf、かなしさ　かなしみ
かなしさ（悲）　四一一・一四四⑬
かなしみ（愁）　七八・一七三⑧
かなた（彼方）
cf、かなたこなた
かなたこなた（　此方）　四二・一四〇⑦
かな・づ【奏】［ダ下二段］　かな・でる［ダ下一段］
—で（用）　七八・一七三⑥
かな・ふ（叶）［ハ四段］
—わ（は）（未）　五一四・一五四⑧（—ず）　七八・一七三⑥
（いかで‥内證に—ん）　七二二・一七九①（—ず）
—い（ひ）（用）　一一三・一一五⑪（本意に—し）
—ふ（う）（用　音便）　二一〇・一二五①（—て）
—ふ（止）　二二〇・一三〇②（天理に—）
かなぼん（仮名本）　二一六・一二七⑫
かならず（必）［副詞］　一一〇・一一四⑥　二一一・一二五⑪
二一五・一二七④　二一五・一二七⑤　四五・一四二⑥　五
一四・一五四⑪　六一五・一六六⑥　六二〇・一六八①　七
二四・一七九⑮
cf、かならずかならず
かならずかならず（必々）［副詞］　一二一・一一九②　四一四・
一四六①
cf、かならず
か・ぬ（兼、難）［ナ下二段］　か・ねる［ナ下一段］
cf、しかぬ
かね（金）　一一一・一一四⑩（—の無心）
cf、へそくりがね
かね（鉄）
cf、かねのわらじ
かね（銀）［振リ仮名ナシ］　三一八・一三八⑦（—を施し）
かね（鐘、鉦）　四一一・一四四⑬（入相の—）　四一二・一四四
⑭（—もつかずに）　七三・一七一④（—扣て）
cf、かねたいこ
かねうぢ(人)（兼氏）　四一〇・一四四②
cf、をぐりのはんぐわんかねうじ
かねたいこ（鉦太鼓）　六一六・一六六⑩
かねて（兼）［副詞］　三六・一三三⑭
かねのわらじ（鉄　）　五六・一五一⑦（—はゐて尋ても）
かの（彼）［連体詞］　一一七・一一七⑦　一一七・一一七⑧　一
二〇・一一八②　五一・一四九①　五六・一五一⑤　六三・
一六一⑦(徒)　六二一・一六八⑤　七一四・一七五⑪　七一六・
一七六⑫　七二三・一七九⑧　七二三・一七九⑨
かは（川、河）
cf、すみだがは　すみだがわ　だんけい
かは（皮）
cf、てんぽのかは　とらのかは　へちまのかは
かは　←「か」「は」
三一三・一三六⑫　見る目も恥かしからぬ—

かはいさう（可愛相、可哀相） ↓かあいそふ かわいそふ
かはぐち（河口） 〔六〕一三・一六五④（武州―善光寺） 〔六〕一五・一六六①
かはつたものずき（変物好） ↓かわつたものずき
かばね（髝） 〔七〕一五・一七六⑦
かば・ふ［ハ四段］
―ふ（体） 〔四〕四・一四二①（旅籠賃を―算用）
かばやき（ 焼） 〔序〕四・一〇七⑫ 〔四〕一七・一四七①
かはら（瓦）
cf、いりがはら
かはらけ（土器） ↓かわらけ
かはり（代、替） ↓かわり
かは・る（替）［ラ四段］ ↓かわる（変） ヲモ見ヨ
―ら（未） 〔四〕九・一四三③（―ず）
―り（用） 〔五〕一六・一五五⑩（昔に―て）
―る（体） 〔四〕二〇・一四八⑨（昔今―事なし）
―れ（已） 〔四〕一八・一四七⑩（色こそ―）（係結）
cf、うちてかわる うつてかはる かわり でかわる
かひ（甲斐） ↓かい
cf、かいない
かひて（買人） ↓かいて
かひな（腕） ↓かゐな
かひな・い（甲斐無）［形］ ↓かいない
かひばらせんせい㊇（貝原先生） ↓かいばらせんせい
か・びる（黴）［バ上一段］
―び（用） 〔四〕三・一四一⑩（掻餅の―たやうな）
かふ（甲）
cf、かめのかう
か・ふ（買）［ハ四段］
―わ（は）（未） 〔二〕二一・一一九⑦（―れし）
―ひ（用） 〔二〕一四・一一六⑤（―て）
―ふ（う）（用 音便） 〔五〕四・一五〇⑩（菓子を―た残りのおあし） 〔五〕九・一五二⑩（菓子―た残りを）
―ふ（止、体） 〔七〕三・一七一⑨（―迄） 〔七〕一八・一七七⑪（―べい）
cf、うりかい かいて こがい ひとかゐ
か・ふ（養）［ハ四段］
―い（ひ）（用） 〔五〕一七・一五五⑭（犬鶏を―て）
か・ふ【替】［ハ下二段］ か・へる［ハ下一段］
―へ（用） 〔二〕一三・一一六⑨（親に―て呑死せばせよ） 〔六〕六・一六一⑬（色をかへ品を―たる）
―へよ（命） 〔七〕二四・一七九⑯
cf、かへな かゆ しろものがへ おもてがへす たながへ とりかふ ひきかふ
かぶき（歌舞妓） 〔二〕一二・一一五⑥（浄留理―）
かふした（かうした） ↓かうした こふした ヲモ見ヨ 〔七〕三・一七一⑨（―時）
かふりよく（合力） ↓かうりよく
かぶ・る（被）［ラ四段］
―り（用） 〔六〕七・一六二⑧（頭巾を―）
―つ（用 音便） 〔七〕三・一七一⑧（天徳寺―て寐ぬ程の身）
cf、ほうかぶり
かぶ・る【齧】［ラ四段］
―る（止） 〔五〕七・一五一⑫（虫が―か）
かべ（壁） 〔三〕一二・一三六④
かへ・す（返）［サ四段］
―す（止） 〔七〕二四・一七九⑮（此度はゆるして―）
cf、おかへし しちへんがへし とつてかへす
かへな（替名） 〔四〕二〇・一四八⑨
かへりがけ（帰 ） 〔七〕二三・一七九⑦

かへり・みる（見）［マ上一段］
—み（未）　[七]一七・一七六⑯（—ず）
—みる（体）　[三]一八・一三八⑨（—も）
—みれ（已）　[五]二四・一五八⑦（—ば）
かへ・る（返）［ラ四段］
cf、かへりみる　にゑかへる　ふりかへる
かへ・る（帰）［ラ四段］
—り（用）　[二]二二・一三一③（—たら）（底本「帰たら」）　[六]二四・一六九⑪（—ぬ）　[七]一九・一七七⑬（—しを）
—る（止）　[二]一一・一二五⑨（—まじ）
—れ（已）　[四]一六・一四六⑩（—ば）　[四]一七・一四七③（—ば）
cf、かへりがけ　たちかへる
か・へる（替）［ハ下一段］　↓かふ
かほ（顔）　↓かを　ヲモ見ヨ
[三]七・一三四⑨　[五]九・一五二⑧　[六]九・一六三⑩　[六]一三・一六五⑦　[六]二四・一六九⑪
cf、つら　ふしんがほ　ゑんがん
かほり（かをり）　[一]九・一一三⑬
かま（釜）　[二]三・一二一⑥　[四]一一・一四四⑩（無間の—の湯）　[六]二一・一六八⑤（巫女殿の湯立の—）
cf、ちやがま
かまくら（鎌倉）　[六]二〇・一六八②
かまくらおほざうし(書)（鎌倉大双紙）　[四]一〇・一四四③
かまくらどの(人)（鎌倉殿）　[一]六・一一一⑬
がまし［接尾語］
cf、きやくしんがまし
かまど（釜戸）　[五]二一・一五七③（—の煙）
かまびすし（喧）［形シク］
—く（用）　[六]一三・一六五⑧　[七]六・一七一⑮
—かり（用）　[四]一三・一四五⑨（批判—き）
かま・ふ（構）［ハ四段］
—は（未）　[七]二・一七〇⑥（—ず）
—わ（は）（未）　[一]一〇・一一七⑬（—ず）　[二]一七・一二八⑨（—ぬ人）　[三]八・一三四⑬（—ず）
がまん（我慢）　[六]一五・一六六③（—の太鼓）
かみ（上）　[五]六・一五一⑦（—碧落下黄泉迄）
cf、うへ　しも
かみ（神）　[五]七・一五一⑭（仏とも—ともあふぎて）　[七]二五・一八〇②　[七]二五・一八〇④
cf、あんばおほすぎのかみ　かぜのかみ　かみかぜ　かみなかま　びんぼうがみ　やくびやうがみ
かみ（紙）　[三]一・一三一⑬　[三]一一・一三五⑪　[三]一九・一三九①　[四]八・一四二⑫　[五]九・一五二⑩　[六]二三・一六九④
cf、かみこ　かみへうぐ
かみ（髪）　[一]一五・一一六⑫　[二]二二・一二一①　[七]八・一七三③　[七]九・一七三⑭
cf、かみおき　くろかみ　そうがみ　ちやせんがみ　まへがみ
かみおき（髪置）　[三]二・一三二⑤
かみがくし（神隠）　[六]一六・一六六⑨
かみかぜ（神風）　[六]七・一六二⑮（とく吹もどせ伊勢の—）
かみがた（上方）
cf、かみがたすぢ
かみがたすぢ（上方筋）　[七]一一・一七四⑨
かみきりむし（髪切虫）　[六]六・一六一⑮　[六]七・一六二⑩　[六]七・一六三①
かみこ（紙子）　[二]八・一二三⑩
cf、すかみこ
かみざま　[六]二・一六一③(徒)（四条より—の人）

かみしも（上下）㈡六・一一二⑤（茶宇の―）㈢一八・一三八⑥（水色の―）㈢一九・一三八⑯（水色の―）
cf、あさかみしも　はいりやうかみしも　みづいろあさかみしも　みづいろかみしも
かみそり（剃刀）㈥六・一六一⑮
かみなかま（神仲間）㈦一三・一七五⑨
かみなり（雷）㈢一・一三二③　㈤一四・一五四⑫（―の卦）
㈥一〇・一六四③
cf、いかづち　おほかみなり　らいよけ
かみへうぐ（紙表具）㈦一八・一七七⑧
か・む［マ四段］
―む（ん）（用　音便）㈣八・一四二⑫（鼻―で）
―む（体）㈤二・一四九⑦（鼻―やうな）
かむりつけ（冠附）
cf、まへくかむりつけ
かめい（家名）㈢一・一三二②
かめのかう（亀甲　：カフ）㈤一・一四九②
かも　↑「か」「も」
㈢一九・一三九①　脇差の柄を紙で巻は勘略―知らず
かもじ（「か」文字）㈤一六・一五五⑩（―入れていふべきを）
がや　↑「が」「や」
㈤三・一五〇①　御親父は男であらふ―
かやう　㈣一四・一四五⑮（―な筋）㈥二〇・一六八③（―に心得ば）㈦一九・一七七⑭（―な馬鹿者）
か・ゆ（易）［ヤ下二段］（「かふ」ノ転　中世以降ヤ行ニ転ジテ用イラレタ）
―ゆる（体）㈦九・一七三⑩（俗を―事）
cf、かふ
かよ・ふ（通）
cf、ゆきかよふ

から（唐）㈤二二・一五七⑫　㈦二二・一七八⑩（―の女）
から（殻）
cf、すひがら
から［格助詞］
1体言＋「から」
㈡二・一一一③　楽屋―橋がかりの間で
㈡七・一一三④　まだ跡―：旅人が参ります程に
㈡一七・一一七⑪　世をおもひ人をおもふ仁心―
㈡二一・一一八⑬　千丈の堤が蟻の穴―崩たつて
㈡五・一二二⑤　お婆々の胎内―出たれど
㈡九・一二三⑯　産屋の内―貧窮の辛苦させし
㈡一一・一二五⑧　骨髄―大切に思ひ
㈡一一・一二五⑨　跡―廻りて
㈡一八・一二八⑭　小利をむさぼる心―万不足なあてがひをすれば
㈡一八・一二九②　地主の欲心―じや
㈢一・一三一⑬　隅―すみ迄
㈢一四・一三七⑤　朝―待し見物
㈣四・一四一⑫　只は通さぬ心―此ざまになられぬ
㈣四・一四一⑬　是を見るに付てもとおもふ内―
㈣一〇・一四四①　草葉の陰―一目見しより
㈣一〇・一四四①　我顔（わがつら）―人魂程の火が出て
㈣一一・一四四⑫　墓の陰―見るやいなや
㈣一二・一四四⑭　方丈―納所ぼんが：欠（かけ）来り
㈣一六・一四六⑩　仏餉袋―ふるひ出して
㈣一六・一四六⑫　律義一片の真実―：やうやう云仕廻し
㈣一七・一四七③　在所―附て来た草履取は
㈣二〇・一四八⑤　盗人に笈とは六部―出た諺ぞかし
㈣二一・一四八⑫　ぬれ―発りて毒酒をのみし故
㈤六・一五一⑥　宵―寐せて甘味（うまい）物喰せて

[五]一五・一五四⑭　当年—無卦に入て
[五]一六・一五五⑧　今日—其風をあらため
[五]二四・一五八⑧　朝—喧嘩の心がけ
[五]二四・一五八⑪　今日（こんにち）—ふつふついたすまい
[六]一・一六〇②　宵—寐て斗（ばかり）も暮されず
[六]七・一六二⑫　去ル所—写して来たと
[六]八・一六三⑧　つむり—たちのぼる煙の
[六]九・一六三⑪　天竺の新町—三度飛脚で知らせた
[六]九・一六三⑭　禁中様—雷除（よけ）の御歌が下りました
[六]一一・一六四⑧　耳—入ても口へ出さず
[六]一三・一六五⑥　隣町でも昨日—出るに
[六]二〇・一六八①　耳—這入（はいる）はあけばなしの穴なれば
[六]二〇・一六八②　口—外へは…出さぬが面々の慎
[六]二一・一六八⑤　ゆげの立うそ—乳母どのの肝を冷させ
[六]二二・一六八⑭　禁裡様—御製の歌が下りましたと
[七]一四・一七五⑭　勘略する心—いらぬ羽織の着事なるべし
[七]一四・一七五⑮　そば—異見すれば
[七]二二・一七八⑬　あさ—晩迄寐ても覚ても
[七]二三・一七九⑥　わらづとの弁天—勧て出世べん天に

2活用語＋「から」

[二]一三・一二六⑦　しかと得心せぬ—若死して
[二]一六・一二七⑮　我才智をほこる—なり
[二]一八・一二八⑯　不足な—起る無分別
[二]二〇・一三〇③　畢竟奢をせぬ—じや
[五]一一・一五三⑧　おらは…ちときなくさい男だ—…こわい物は…天狗様ばかり
[五]一五・一五五①　わるい尻もござる—…除（よけ）をして下され
[五]一五・一五五②　つゐ出来ます—灯明銭にしんぜましよ

3「から」＋助詞

［からの］
[二]一三・一二六⑥　親をおやとおもはぬ—の事
[五]五・一五〇⑯　こち—の仕懸次第
[七]六・一七一⑬　江戸—の草臥足

［からは］
[二]三・一二一⑨　今—は何時も此通りに
[二]一〇・一二五①　養父母を大事にする心—は…末頼母しいが
[五]一八・一五六⑧　鞁にも太鼓にもあはぬ—は

cf、あたまから　それから　ものから　より

がら（柄、品）［接尾語］
cf、おいへがら　おひとがら　じぶんがら　ひとがら

からう（家老）
cf、ごからう

からかさ（傘）
cf、かしからかさ

からか・ふ［ハ四段］
—ひ（用）[六]二一・一六八⑩（天人と—しごとく）

からからと　[五]一〇・一五二⑬（高木履—ならし）

から・ぐ［ガ下二段］　から・げる［ガ下一段］
—げ（用）[三]八・一二三⑥
cf、ひつからげる

からくり（絡繰）
cf、のぞきからくり

からす（烏）[七]二五・一八〇⑤
cf、よあけがらす

からだ（骸）[四]一二・一四四⑯（かれが—をぬけ出）

かりがねや（雁金屋）[五]二・一四九⑩

かりそめ（仮染）[七]一〇・一七三⑯（—の）

かりにも（仮）［副詞］【三】二・一二〇⑥ 【七】一一・一七四⑦
か・る（借）［ラ四段］ か・りる ［ラ上一段］
—り（用） 【一】一七・一一七⑥（—て）
—る（体） 【四】一五・一四六⑤（虎の威を—狐開帳）
cf、たながり ぢがり
が・る［接尾語］
cf、いやがる うらやましがる うれしがる かあいがる きみわるがる けうがる こはがる こわがる たがる なごりをしがる ほしがる
かれ 【四】一二・一四四⑯（—が骸（からだ）をぬけ出）
cf、かれこれ
かれい（嘉例） 【五】二四・一五八⑧（毎年—のつかみ合）
かれこれ（ 是） 【六】二三・一六九①
かれら 【一】一七・一一七⑩（—が罪障懺悔）
かろ・し（軽）［形ク］
cf、てがろし
かろし・む（軽）［マ下二段］ かろし・める ［マ下一段］
—め（用） 【二】一八・一二八⑮
かろん・ず（軽）［サ変］
—じ（用） 【七】九・一七三⑨ 【七】一七・一七六⑯
かわいそふ（かあいさう） ↓かあいそふ ヲモ見ヨ
【二】一九・一二九⑦（—に）
かわ・く［カ四段］
—け（命） 【序】一・一〇七③（欲—といふ教もなけれど）
かわつたものずき（ 物 かはつた：） 【一】九・一一三⑯（拙者めは— 火縄で呑がきつい好物）
かわらけ（土器 かはらけ） 【六】八・一六三⑦
かわり（かはり） 【六】一六・一六六⑧（：をまいる—に）
かわ・る（変 かはる）［ラ四段］ ↓かはる（替） ヲモ見ヨ
—ら（未） 【二】五・一二二④（—ぬ）

—り（用） 【一】一六・一一六⑯
—つ（用 音便） 【三】五・一二二⑤（—て）
かゐな（かひな） 【五】二二・一五七⑪
cf、うで
かを（顔 かほ） ↓かほ ヲモ見ヨ
【五】四・一五〇⑦
かをり（香） ↓かほり
＊かん（棺 クワン） ↓くわん
かん（燗）
cf、あつかん
かん（漢）
cf、わかん
＊かんえい（寛永 クワン：） ↓くわんえい
かんおう・す（感応）［サ変］
—し（用） 【七】一一・一七四⑥（—て）
かんが・ふ（考）［ハ下二段］ かんが・へる［ハ下一段］
—へ（用） 【三】四・一三三③ 【六】二三・一六九②
かんき（寒気） 【六】一三・一六五⑨
かんこどり（ 鳥） 【七】六・一七一⑫
かんざ（勘三）（中村勘三郎座ノ事） 【一】一一・一一四⑭ 【一】二〇・一一七⑯
がんざふなます（含雑膾） ↓がんぞうなます
がんし(人)（顔子） 【七】一二・一七四⑭（孔門の—）
がんしよく（顔色） 【一】一〇・一一四② 【二】四・一二一⑬
かんしん（感心） 【六】二四・一六九⑨（—の余り）
cf、かんしんす
かんじん（肝心） 【二】一〇・一二四⑩ 【五】一五・一五四⑮
かんしん・す（感心）［サ変］
—する（体） 【三】二〇・一三九⑧（—人）
かん・ず（感）［サ変］

―ぜ（未） 〔七〕一二・一七四⑯（―しむ） 〔七〕二五・一八〇⑥（―ぬ者こそなかりけり）
＊がんぜな・し（頑是無　グワン‥）　↓ぐわんぜなし
＊かんぜん（勧善　クワン‥）　↓くわんぜん
がんぜん（眼前） 〔二〕一二・一二六② 〔二〕一八・一二八⑬
がんぞうなます（含雑　ガンザフ‥） 〔五〕三・一五〇②
かんだ（神田） 〔六〕六・一六二②
　cf、かんだへん
かんだへん（神田辺） 〔五〕一・一四九③
かんだう（勘当）　↓かんどう
＊かんたい（緩怠　クワン‥）　↓くわんたい
＊かんとう（関東　クワン‥）　↓くわんとう
かんどう（勘当　：ダウ） 〔二〕一二・一二五⑬ 〔二〕一二・一二五⑬ 〔五〕二三・一五八③（親父に―されて）
かんにん（堪忍）
　cf、かんにんど
かんにんど（堪忍土） 〔四〕二〇・一四八⑨
　cf、しやば
＊かんねん・す（観念　クワン‥）　↓くわんねんす
＊かんのん（観音　クワンオン）　↓くわんのん
かんばん（看板）（仕着せの衣服） 〔四〕一五・一四六⑥（対の―）
かんばん（簡板） 〔五〕一・一四九②
＊がんやく（丸薬　グワン‥）　↓ぐわんやく
＊がんらい（元来　グワン‥）　↓ぐわんらい
＊かんらく（歓楽　クワン‥）　↓くわんらく
かんりやく（勘略） 〔三〕一九・一三九①
かんりやく・す（勘略）［サ変］
―する（体） 〔七〕一四・一七五⑭（―心）

［き］

き（木） 〔三〕一〇・一三五⑩（節なしの上々の―） 〔四〕一四・一四五⑫（―に餅の生（な）る咄）
　cf、このは　さくら　しきみ　ひらぎ　はんぎ
き（気） 〔一〕一一・一一四⑯ 〔四〕一・一四〇②（天竺迄も行―な風来人） 〔五〕一〇・一五二⑮（―を呑れて）
［気がつく］ 〔二〕三・一二一⑪（―が付て）
［気のつく］ 〔一〕八・一一三⑧（―の付程怖さいやまして）（「気の尽く」カ）
［気をつく］ 〔二〕一二・一二五⑫（―を付めされ） 〔二〕一二・一二五⑯（―を付て） 〔二〕七・一二八⑦（―を附） 〔二〕七・一二八⑫（―を付） 〔二〕一八・一二九①（―を付ずと）
［気にいる］ 〔二〕一一・一二五⑩（―にいらゐで） 〔五〕七・一五一⑮（―にいらぬ） 〔五〕八・一五一⑯（―にいらゐで）
　cf、うんき　おき（にいる）　きさんじ　きづかゐ　きのどく　きみじか　れいき
き［助動詞（過去）］
き（止）
〔三〕一四・一三六⑯　驚かぬ人もなかり―
〔三〕一四・一三七⑩　水色上下編笠などは怪我にもなかり―
〔四〕一三・一四五⑨　取々の批判かまびすしかり―
〔五〕二一・一五七④　野楽者の一人なり―
〔六〕二三・一六九②　四も五もくわぬわるずいとはなり―
〔七〕一二・一七五③　我々が油断なり―
し（体）
〔一〕一・一一〇④　京都より東へ往かよふ路なり―にや
〔一〕一・一一〇⑥　不自由三昧なり―比
〔一〕二・一一〇⑨　藤田亀の尾と云―いけぬ若衆形

[一]二・一一〇⑨　いけぬ若衆形なり―が
[一]二・一一一①　追出しの大鞁も打て暮せ―が（近世以降サ四段ニ「し」ガ下接スルト「しし」トナラズ「せし」トナル事アリ）
[一]二・一一一③　中風の病因となせ―故（「しし」トナラズ「せし」トナッタ例）
[一]二・一一一④　大切な立物に損傷（けが）させ―条
[一]三・一一一⑥　前句点者とは成り―が
[一]六・一一一⑬　音に聞へ―人穴と見へて
[一]六・一一一⑭　洞の内へ入―由
[一]一三・一一五⑪　我本意にかない―わ（は）
[一]一三・一一五⑫　：といい―せりふ
[一]一三・一一五⑬　耳の底に徹して嬉しかり―（終止ニ用イタ例）
[一]一三・一一五⑬　立物の歴々幾度か勤―が
[一]一四・一一六④　我に憂かり―作者中へ舞込合点
[一]一六・一一六⑬　手水鉢たたきわつたもいかばかり歟あり―とおもふぞ（係結）
[一]一七・一一七⑨　お三を善人の様に作り―は
[一]二〇・一一八④　寔の男達なり―（終止ニ用イタ例）
[一]二二・一一九⑦　観音のわるぢへかわれ―なるべし
[一]二二・一一九⑧　虫のつづり―木の葉なり
[一]二二・一一九⑧　扨は馬糞であり―よな
[二]一・一二〇③　人にも思はれて過―故
[二]一・一二〇④　江都に住―昔
[二]八・一二三⑦　：の儲と聞及―両替見せ
[二]九・一二四①　貧窮の辛苦させ―はおれが誤り
[二]九・一二四①　泪をこぼさぬ日もなかり―に
[二]一三・一二六④　身をほろぼせ―輩（「しし」トナラズ「せし」トナッタ例）
[二]一三・一二六④　昔よりいか程か見―事
[二]一四・一二六⑫　暫（しばらく）黙して居たり―が
[二]一九・一二九⑨　御旅館となされ―に
[三]一・一三二②　筆ぶとに見しらせ―：の家名
[三]二・一三二⑦　過―歳は疱瘡の：甚悪敷
[三]一二・一三六⑦　諷諫の心よりかくははかり―ならん
[三]一三・一三六⑭　我こそ時節の衣服もち―と
[三]一四・一三七⑤　朝から待―見物
[三]一七・一三八①　下屋敷と唱へ―事随一の御咎也とぞ
[三]一七・一三八②　随一の御咎也とぞ古き人の申侍り―（係結）
[三]一九・一三八⑫　：とぞ：先哲の教置れ―（係結）
[四]四・一四一⑭　珍らしき上物なり―が
[四]四・一四一⑭　うそ淋しくなり―も
[四]四・一四一⑯　聞―にたがわず
[四]四・一四二①　立込られ―は天の賜
[四]五・一四二⑧　御回向に預り―小栗の判官が幽霊
[四]八・一四二⑩　さのみ怖しとも思はざり―は上戸の御光
[四]九・一四三⑦　我等夫婦が像じやとて開帳せ―が（サ変未然形ニ付イタ例）
[四]一〇・一四四①　草葉の陰から一目見―より
[四]一〇・一四四④　肩をならぶる者たんどはなかり―に
[四]一〇・一四四⑤　勇士の数にかぞへられ―某が
[四]一一・一四四⑫　年月心懸―に
[四]一二・一四四⑯　門柱へ押付られ―迷惑さ
[四]一二・一四五③　御世話を懸に参り―心底
[四]一三・一四五⑤　我等呑込―上は
[四]一三・一四五⑦　小栗殿といはれ―兵
[四]一三・一四五⑧　心にもとどめざり―が
[四]一四・一四五⑬　乞食同然に朽果―は

[四]一五・一四六③ 銭の山をなせ―（終止ニ用イタ例）（「し
　し」トナラズ「せし」トナッタ例）
[四]一五・一四六④ 不足の沙汰もなかり―（終止ニ用イタ例）
[四]一六・一四六⑨ 茶ばかりなり―を
[四]一六・一四六⑩ 昼の内働―賽銭を
[四]一六・一四六⑬ やうやう云仕廻―殊勝さ
[四]一七・一四七② 爰に哀をとどめ―は
[四]一七・一四七⑥ 名物といはれ―虎が石
[四]一九・一四七⑯ 熊坂が幽霊に逢ひ―が
[四]二一・一四八⑫ 毒酒をのみ―故
[五]一・一四九① 強盗法印が住居せ―所にはあらねど（サ変
　未然形ニ付イタ例）
[五]一・一四九② 指の股ひろげ―所を簡板に書て
[五]一・一四九③ 神田辺の足袋屋なり―が
[五]二・一四九⑪ 足ばやに通り―が
[五]六・一五一⑤ 彼鳩に笑われ―梟が身の上
[五]九・一五二⑩ 足ばやに出て行― 花の跡に柊とやらで
[五]一〇・一五二⑯ しばし挨拶も出ざり―が
[五]一八・一五七① 人に怖（おぢ）られはせざり―故
[五]二二・一五七⑫ 腕に彫物せ―馬鹿者（サ変未然形ニ付イ
　タ例）
[五]二四・一五八⑫ 打て替り―神妙な体
[五]二五・一五八⑮ ：といい―を：聞覚へて
[六]一・一六〇④ ：としるせ―大屋殿の灯と（「しし」トナ
　ラズ「せし」トナッタ例）
[六]二・一六一①(徒) 昨日は西園寺に参りたり―（終止ニ用イ
　タ例）
[六]二・一六一③(徒) 安居院（あぐゐ）の辺へ罷侍り―に
[六]三・一六一⑦(徒) 人のわづらふ事侍―をぞ
[六]三・一六一⑧(徒) 此しるしをしめすなりけりと云人も侍―
　（終止ニ用イタ例）
[六]七・一六二④ 元結際よりふつと剪られ―と（終止ニ用イ
　タ例）
[六]八・一六三③ あしの立所（たてど）もなかり―とぞ（終
　止ニ用イタ例）
[六]八・一六三⑤ 念比に書おかれ―古人の恩を
[六]一四・一六五⑪ われさきにと出あるき―に
[六]一五・一六六② 余所に詠（ながめ）て心で笑―おとなし
　さ
[六]二一・一六八⑦ 過―元禄十六年未の霜月
[六]二一・一六八⑩ 天人とからかひ―ごとく
[六]二一・一六八⑩ 隣の親父と引張やいてうろたへ―は
[六]二二・一六九① 腰にさげた人数なり―（終止ニ用イタ例）
[七]五・一七六⑦ 絶てなかり―心中の
[七]七・一七六⑮ ：といわれ―は至極の格言
[七]七・一七六⑯ 生を軽じ親の遺体を傷（そこな）ひ―罪
[七]八・一七七⑧ 過―比 ある書物屋にて
[七]八・一七七⑨ 念比に祈り―所に侍四五人
[七]九・一七七⑭ 叱りちらして帰り―を
[七]二二・一七八⑨ 骨に通り―しるしならずや
[七]二二・一七八⑫ 骨に残せ―例もあり（「しし」トナラズ
　「せし」トナッタ例）
[七]二四・一七九⑬ 女を鉦（どら）うたせ―はわれよく：し
　りぬ
[七]二四・一八〇① 堂司が皮肉にわけ入―が
[七]二五・一八〇⑥ 土佐の古風をまなび―を
cf、かかりしかば
あしや（足屋）の道千売トに妙を得し事
くどうすけつね（工藤祐経）が霊芝居へ言伝せし事
そうしち（惣七）安売の引札せし事

き（貴）［接頭語］
cf、きじん　きそう
き（貴）［接尾語］
cf、あにき
ぎ（義【儀】）〔三〕四・一三三⑦（御編笠の―）〔三〕九・一三五④
（損料の―）〔三〕一〇・一三五⑨（卒都婆之―）〔四〕五・一
四二⑥（別の―）
cf、そのぎ
ぎ（義、儀）［接尾語］
cf、わたくしぎ
きいろ（黄色）〔二〕二・一二〇⑧（人の欲がる―な奴）〔七〕七・一
七二⑤（―な声）
きう（灸）〔六〕八・一六三⑦
きうぎん（給銀　キフ：）〔七〕一・一七〇③
きうしう（九州）
cf、きうしうなまり
ぎうしうしやうにん㊇（牛秀上人）〔二〕四・一二一⑯
きうしうなまり（九州訛）〔七〕一・一七〇②
きうび（鳩尾）〔五〕八・一五二②（意見―にこたへ）
きうりんさい㊇（求林齋）〔二〕一五・一二七⑪
き・える（消）［ヤ下一段］　→きゆ
きお・る（着　：をる）［ラ四段］
―れ（命）〔二〕二二・一三一③（木綿物を―）
ぎおん（祇園　：ヲン）〔六〕一四・一六五⑭
きがかり（気　）〔一〕三・一一一⑩（―な）
きか・す（聞）［サ下二段］　きか・せる［サ下一段］
―せ（未）〔二〕二三・一三一⑨（説て―ん）
―す（止）〔二〕四・一二一⑯（―べし）
cf、よみきかす
きかつ（飢渇）〔六〕一三・一六五⑨
ききい・る（聞入）［ラ下二段］　ききい・れる［ラ下一段］
―れ（未）〔二〕八・一二二⑬（―ぬ片意地者）
―る（止）〔七〕九・一七三⑫（―べし）
ききう・く（聞　）［カ下二段］　ききう・ける［カ下一段］
―け（用）〔六〕一一・一六四⑫
ききおぼ・ゆ（聞覚）［ヤ下二段］　ききおぼ・える［ヤ下一段］
―へ（え）（用）〔五〕二五・一五八⑯（―て）
ききおよ・ぶ（聞及）［バ四段］
―び（用）〔二〕八・一二三⑦（―し）
―べ（已）〔一〕一二・一一五②（―ど）
ききごと（聞　）〔六〕二三・一六九⑦（此比での―）
ききすご・す（聞過）［サ四段］
―さ（未）〔六〕八・一六三⑤（見過し―んは）
―し（用）〔七〕一五・一七六①（―て）
ききずて（聞　）〔一〕一四・一一五⑮（大立物が―にせず）
ききつた・ふ（聞伝）［ハ下二段］　ききつた・へる［ハ下一段］
―へ（用）〔四〕一一・一四四⑧（―たるに）〔六〕九・一六三⑫
（―いいつたへ）
ききにく・し（聞　）［形ク］
―し（止）〔五〕一七・一五五⑪
ききのがし（聞退）〔五〕一七・一五五⑭（―に打捨）
ききのが・す（聞退）［サ四段］
cf、ききのがし
きぎよ（綺語）
cf、きやうげんきぎよ
ききよ・し（聞　）［形ク］　ききよ・い［形］
―ふ（う）（用　音便）〔二〕一五・一二七⑧（―ござる）
き・く（利）［カ四段］
―く（体）〔五〕七・一五一⑩（口―事）
cf、くちきき　めきき

き・く（聞、聴）［カ四段］
—か（未）　【二】一五・一二七⑧（—ぬ）　【七】二三・一七九⑤（—れぬ）
—き（用）　【一】八・一一三⑥（—てもらわねば）　【二】五・一二二⑨（—申た）　【二】一六・一二八④（—召され）　【四】四・一四一⑯（—しにたがわず）　【四】五・一四二⑦（—てたも）　【五】四・一五〇⑦（—に這入）　【五】四・一五〇⑩（そこを—たい）　【六】一一・一六四⑩（—た時）　【六】一一・一六四⑫（—たがり）　【六】一二・一六四⑬（—たる）　【六】二三・一六九⑧（—て損のなゐ）　【七】一四・一七五⑫（—もおよばぬ）
—い（用　音便）　【二】一三・一二六⑪（—てくりや）
—く（止、体）　【序】二・一〇七⑦（—に飽ず）　【二】一・一二〇④（昔を—に）　【二】二・一二二②（—ものもない）　【三】一四・一三七②（—程の者）　【六】一一・一六四⑩（—や否）　【六】二三・一六九⑧（—とは）　【七】八・一七三④（—べし）　【七】九・一七三⑩（—（聴）者の心も正しく）　【七】九・一七三⑩（—（聴）もの）
—け（已）　【二】九・一二四⑦（—ば）　【二】一九・一二九⑧（—ば）　【四】二・一四〇⑨（—ば）　【四】一七・一四七④（—ば）　【六】二・一六〇⑦（—ば）
cf、おききさ（なさる）　ききいる　ききうく　ききおぼゆ　ききおよぶ　ききごと　ききすごす　ききずて　ききつたふ　ききにくし　ききのがし　ききよし
きくわい（奇怪）　【一】二・一一一④（—のふるまひ）
き・ける（聞）［カ下一段］
cf、おほせきけらるべく
きげん（機嫌）　【二】一一・一二五⑨（—取て）
きこう（貴公）［代名詞］　【四】一四・一四五⑯
きごと（着事）　【七】一四・一七五⑭（いらぬ羽織の—なるべし）
きこ・ゆ（聞）［ヤ下二段］
—へ（え）（用）　【一】六・一一一⑫（音に—し）
きさま（貴様）［代名詞］　【一】一一・一一四⑩　【四】八・一四二⑭　【四】一〇・一四四⑥　【四】一二・一四四⑯　【五】一八・一五七①　【五】二二・一五七⑭
cf、きさまがた
きさまがた（貴様方）　【五】二一・一五七④
きざ・む（刻）［マ四段］
—み（用）　【四】一〇・一四四⑥（—そうな物歟）　【四】一二・一四五②（—は致さぬ）　【四】二一・一四八⑪（—て）
—ん（用　音便）　【四】一一・一四四⑨（—だとは）
きさらぎ　【序】一・一〇七①
きざゑもん㊇（喜左ヱ門）
cf、きざゑもんどの
きざゑもんどの㊇（喜左ヱ門殿）　【七】二・一七〇⑨
きさんじ（気散）　【二】二・一二一③（聞ものもない—）（文末ノ用例）　【七】六・一七一⑫
ぎしき（儀式）　【三】一二・一三六⑥
きしやう（起請）
cf、いちまいきしやう
きじやうもの（気情者）　【五】二・一四九⑦
きしん（鬼神）（「きじん」トモ）　【五】一一・一五三⑧　【五】一三・一五四④（—に横道なし）　【七】一一・一七四⑥　【七】一二・一七四⑯（重出＝「おにがみ」）
きじん（貴人）　【三】一二・一三六⑥
き・す（着）［サ下二段］　き・せる［サ下一段］
—せ（用）　【二】一九・一二九⑫（馬取迄に—）　【二】二二・一三一③（—めされ）　【七】一三・一七五⑧（羽織—たる親の心）
—する（体）　【七】一五・一七六③（仕立て—はあさましき親心）
—せる（体）　【五】六・一五一⑦（能物—主人はなし）
きず（疵）

cf、おほきづ
きせき〈人〉（其蹟）（江島其磧ヲサス）　〔序〕二・一〇七⑥
きせる【煙管】　〔一〕八・一一三⑪　〔一〕二一・一一九④　〔二〕四・一二
二①　〔三〕八・一三四⑬　〔三〕一一・一三六①
き・せる（着）［サ下一段］　↓きす
きせん（貴賤）
cf、らうにやくきせん
きそう（貴僧）　〔四〕九・一四二⑯　〔四〕一一・一四四⑫
きた（北）　〔六〕二・一六一③〈徒〉
ぎだいふ（義大夫）　〔七〕一〇・一七四④　〔七〕二四・一七九⑮
きたう（祈祷）　↓きとう
きたかぜ（北風）　〔七〕九・一七三⑫（竹馬の耳に—）
きたしらかは〈地〉（北白川）　〔五〕三・一五〇⑥
きたの〈地〉（北野）　〔一〕一・一一〇⑥
きたる（来）［連体詞］　〔六〕九・一六三⑩（—（ル）廿五日）
きた・る（来）［ラ四段］
—ら（未）　〔六〕二・一六〇⑦（今少はやふ—ばと）
—り（用）　〔一〕六・一一一⑫　〔二〕一一・一二五③（—て）　〔七〕一
八・一七七⑪（—て）
—る（体）　〔五〕一六・一五五⑥（禍忽（たちまち）—は）
—れ（已）　〔四〕五・一四二④（—ば）　〔四〕二一・一四五①（—ば）
cf、かけきたる　く　もてきたる
きち（吉）
cf、じやうじやうきち
きちゆう（忌中）　〔三〕九・一三五③
cf、ごきちゆう
きつ・い［形］
—い（体）　〔一〕九・一一三⑯（—好物）
—ゐ（い）（体）　〔二〕一四・一二六⑮（—嫌物）　〔五〕二一・一五
七⑤（—心得ちがひ）

きづかい（気　：ひ）　↓きづかゐ　ヲモ見ヨ
〔六〕一七・一六七⑧（—なく）
きづかひ（気遣）　↓きづかい　きづかゐ
きづかゐ（気　：ひ）　↓きづかい　ヲモ見ヨ
〔一〕八・一一三⑨　〔二〕一四・一二七②
きつしん（吉晨）
cf、ほうれきにさるしやうぐわつきつしん
きつと（急度）［副詞］　〔二〕一四・一二六⑮　〔二〕一八・一二九①
〔二〕二二・一三〇⑭　〔五〕一七・一五五⑫　〔六〕一〇・一六四③
〔七〕三・一七一⑦　〔七〕二四・一七九⑮
きつと（厳）［副詞］　〔二〕八・一二三②（—した所もあり）　〔七〕一
一・一七四⑨（万—して）
きつね（狐）
cf、きつねかいちやう　きつねつき
きつねかいちやう（狐開帳）　〔四〕一五・一四六⑤（虎の威をかる—）
きつねつき（狐　）　〔四〕一二・一四五②
きとう（祈祷　：タウ）　〔五〕一六・一五五⑤（祈念—や千垢離など）
きない［連語］
〔七〕一四・一七五⑫　見ない　—　：なんどと：ぬかしおる
きなくさ・い［形］
—い（体）　〔五〕一一・一五三⑧（—男）
きぬ（衣）
cf、かたぎぬ　ぬれぎぬ
きねん（祈念）　〔五〕一六・一五五⑤（—祈祷や千垢離など）
きのどく（気毒）　〔三〕五・一三三⑪（—に被思召）　〔三〕八・一三四
⑪（—に思召候はば）　〔四〕一八・一四七⑨　〔五〕九・一五二⑧
（—そふに顔を赤め）　〔六〕一六・一六六⑩
きのふ（昨日）　〔三〕一四・一三七③　〔六〕二・一六〇⑨〈徒〉　〔六〕九・一
六三⑪　〔六〕一三・一六五⑥　〔七〕三・一七一④　〔七〕九・一七三
⑭

きは（際）
cf、さんようぎわ　もといぎわ
きば（牙）〔六〕六・一六一⑮
きはづ・く（際附）［カ四段］
cf、きわつき
きはま・る（極）［ラ四段］　→きわまる　ヲモ見ヨ
―り（用）〔四〕二〇・一四八⑤（―て）
―つ（用　音便）〔四〕三・一四一⑪（―たは）
きは・む（極）［マ下二段］　→きわむ
きびし・い（稠）［形］　きびし［形シク］
―く（用）〔六〕一四・一六五⑭（―御停止仰付られ）
―う（用　音便）〔六〕一〇・一六四①（―言付ましたが）
―い（体）〔四〕四・一四一⑯（―用心）
―ゐ（い）（止）〔五〕一四・一五四⑪
きふ（急）
［―に］〔四〕一〇・一四四④（思ひがけなう―にあの世へ店替）
〔五〕一四・一五四⑧（―に肌おし入て）
［―なる］〔三〕四・一三三②（―なる間に合不申）
cf、きふよう
ぎふ（義婦）〔一〕二一・一一九①
きふきん（給金）〔二〕一七・一二八⑫
きふぎん（給銀）→きうぎん
きふよう（急用）〔二〕七・一一三②
きほひ〔五〕一二・一五三⑫〔五〕一五・一五四⑭〔五〕二一・一五七⑮
cf、きほひぐみ
きほひぐみ（　組）〔一〕二〇・一一七⑮〔二〕二一・一三〇⑥〔五〕二
一・一五七⑦
きほ・ふ（競）［ハ四段］
cf、きほひ　きほひぐみ
きみじか（気　）〔二〕八・一一三⑤（―な男）

きみやうちやうらい（帰命頂礼）→きめうてうらい
きみわるが・る（気味　）［ラ四段］
―れ（已）〔二〕一〇・一一四⑤（―ば）
きみわる・し（気味悪）［形ク］
cf、きみわるがる
きめう（奇妙）〔五〕三・一五〇①（なんと―か）〔五〕四・一五〇⑪
（―なうらなひ）〔五〕一〇・一五三②（なんと―か）
きめうてうらい（帰命頂礼　キミヤウチヤウライ）〔六〕一三・一六
五⑦（―阿弥陀仏）
きめつ・く（　付）［カ下二段］　きめつ・ける［カ下一段］
―け（未）〔二〕三・一一一⑤（―られ）
―け（用）〔一〕一六・一一六⑯
きも（肝）〔二〕一九・一二九⑩（都人の―を店がへさせ）
［肝をつぶす］
〔三〕一・一三二③（―を潰され）〔七〕七・一七二⑮（―をつぶ
して）
［肝をひやす］
〔六〕二一・一六八⑤（乳母どのの―を冷させ）
きやう（京）〔一〕一六・一一六⑯〔六〕二・一六〇⑨（徒）
cf、きやうと
きやう（経）
cf、きやうばこ　むりやうじゆきやう
ぎやう（行）
cf、にぎやう
きやうかたびら（経帷子）〔四〕八・一四二⑫
cf、きやうかたびらぢ
きやうかたびらぢ（経帷子地）〔三〕一〇・一三五⑧
きやうけ（教化　ケウケ）→けうけ　ヲモ見ヨ
〔序〕二・一〇七④〔序〕三・一〇七⑪
きやうげん（狂言）〔一〕一一・一一四⑫〔一〕二〇・一一七⑮

〔四〕一八・一四七⑧（さんざん—はづれ）（ダマス為ニ仕組ンダ作リ事ノ意）
cf、きりきやうげん　きやうげんきぎよ　じやうるりきやうげん　はるきやうげん
きやうげんきぎよ（狂言綺語）　〔七〕一〇・一七三⑯
きやうこう（向後）　↓けうこう　ヲモ見ヨ
〔五〕八・一五二④
ぎやうさう（行粧）　〔三〕一二・一三六⑥
ぎやうさん（仰山）　〔三〕七・一三四④（—に罷成）
きやうだい（兄弟）　〔一〕一二・一一五②　〔一〕一二・一一五④　〔一〕一二・一一五⑤　〔二〕三・一二一⑥　〔二〕三・一二一⑪　〔二〕四・一二二④　〔二〕八・一二三⑦　〔二〕九・一二四①　〔二〕一〇・一二四⑩　〔二〕一四・一二七①　〔七〕一八・一七七⑦
cf、おやはらから　きやうだいども
きやうだいども（兄弟　）　〔二〕五・一二二⑬
きやうたん・す（驚歎）［サ変］
—せ（未）　〔七〕一〇・一七三⑮（—ずといふことなし）
きやうと（京都）　〔一〕一・一一〇④　〔六〕七・一六二⑪　〔七〕一〇・一七四①
cf、きやう
きやうばこ（経函）　〔二〕四・一二二①
きやうほう（享保）（「きやうほ」トモ）　〔七〕一二・一七五②（—の始）
cf、きやうほうねんぢゆう
きやうほうねんぢゆう（享保年中）（「…ねんちゆう」トモ）　〔六〕一四・一六五⑫
ぎやうれつ（行列）　〔三〕一三・一三六⑧　〔三〕一四・一三六⑯
きやく（客）
cf、かく　きやくじん
きやくしん（隔心）　〔一〕八・一一三⑩（—し給ふな）
cf、きやくしんがち　きやくしんがまし
きやくじん（客人）　〔一〕七・一一三①　〔二〕二三・一三一⑩　〔四〕五・一四二⑦
cf、まれびと
きやくしんがち（隔心　）　〔二〕一一・一二五③（—な故）
きやくしんがまし（隔心）［形シク］
—く（用）　〔四〕五・一四二④（—仕給ふな）
きやつ［代名詞］　〔七〕七・一七二④
きやら（伽羅）
cf、きやらのあぶら
きやらのあぶら（伽羅油）　〔二〕二二・一三一①
き・ゆ（消）［ヤ下二段］　き・える［ヤ下一段］
—へ（え）（用）　〔一〕二一・一一九④（—て跡なき）　〔四〕一二・一四五④（—そうにする）
きゆう（宮）
cf、ほうらいきう
きよ（虚）　〔六〕一二・一六四⑭（—が実となり）
cf、じつ
ぎよ（御）［接頭語］
cf、お　おん　ぎよい　ぎよせい
ぎよい（御意）　〔四〕五・一四二④
きよう（器用）　〔二〕一四・一二七①（—で）　〔二〕一五・一二七④（—な）
cf、きようもの　ぶきようもの
きよう・ず（興）［サ変］
cf、いいもてきやうず
きようもの（器用者）　〔二〕八・一二二⑮
きよく（曲）
cf、いつきよく
きよ・し（清）［形ク］

—く（用）　〔七〕七・一七二⑪（—浄（いさぎ）よき広前）
ぎよせい（御製）　〔六〕二二・一六八⑭（—の歌）
きよせつ（虚説）　〔六〕九・一六三⑭　〔六〕一〇・一六四②　〔六〕一五・一六六⑥（雑説—）　〔六〕一七・一六六⑯
きよとう（去冬）　〔三〕四・一三三③（—より）
きよねん（去年）　〔三〕二・一三二⑧　〔五〕四・一五〇⑨
きよみ（清見）
　cf、あしがらきよみがよこばしり　きよみがさき　きよみがせき
きよみがさき（清見崎）　〔一〕一・一一〇③
きよみがせき（清見関）　〔一〕一・一一〇②
きよ・む（清）［マ下二段］
—め（未）　〔四〕二二・一四五③（汚名を—ん為）
きよろきよろ・す［サ変］
—し（用）　〔四〕二二・一四四⑮（—て居るは）（重出＝「す」）
きよろりと［副詞］　〔四〕一二・一四五①
きらいもの（嫌物　きらひ：）　〔二〕一四・一二六⑮
きらひもの（嫌物）　➘きらいもの
きら・ふ（嫌）［八四段］
—ひ（用）　〔五〕九・一五二⑦（仏様さへ—そふで）　〔七〕一一・一七四⑦
—ふ（体）　〔七〕一二・一七四⑭（—人）
　cf、きらいもの　ゑりきらひ
ぎり（限）［副助詞］（「きり」ノ形デモ用イル）
　〔六〕一・一六〇④　出入四ツ—としるせし大屋殿の灯と
　〔六〕二一・一六八⑦　今夜—で惣仕舞かと思ふ斗の
　cf、これぎり
きりおとし（切落）　〔一〕九・一一四①（芝居の—）
きりきやうげん（切狂言）　〔一〕二〇・一一七⑯
きりさば・く（切　）［カ四段］
—き（用）　〔五〕二四・一五八⑪
きりやう【器量】〔五〕七・一五一⑮　〔六〕一七・一六七⑤
きりりしやんと［副詞］　〔七〕一一・一七四⑪
き・る（切、剪）［ラ四段］
—ら（未）　〔三〕二〇・一三九⑥（—ずに）　〔六〕六・一六一⑯（—れたり）　〔六〕七・一六二④（—れし）
—つ（用　音便）　〔三〕二〇・一三九⑤（鼻緒を—て）
—る（体）　〔三〕一九・一三九①（腹—時）
　cf、おもひきる　きりさばく　さめきる　すりきる
き・る（切）［ラ下二段］　き・れる［ラ下一段］
　cf、うりきる
きる（着）［カ上一段］
き（用）　〔一〕七・一一二⑮（肌に白無垢を—たり）（「つけたりカ」）　〔二〕二〇・一三〇⑤（絹布を—て）　〔三〕三・一三二⑫（猪首に—）　〔四〕二一・一四八⑪（濡衣—たるも）　〔五〕一六・一五五⑨（目だたぬ物を—て）　〔七〕三・一七一⑤（小袖—て）　〔七〕八・一七三②（つゞれを—ても）　〔七〕一三・一七五⑥（羽織—て）　〔七〕一三・一七五⑦（羽織を—ける）　〔七〕一五・一七六③（羽織—たい）
きる（止、体）　〔二〕二三・一三一⑦（一ツまへに着る物—な）　〔七〕一四・一七五⑫（羽織—娘子ども）
　cf、きおる　きごと　きるもの　ちやくす
きるもの（着物）　〔二〕二三・一三一⑦（一ツまへに—着るな）
きれ（切【布】）　〔六〕一六・一六六⑨　〔六〕一六・一六六⑩　〔六〕一七・一六六⑭
きわつき（　附　きは：）　〔三〕六・一三四②（白小袖にしみ—出来致候はば）
きわま・る（極　きは：）［ラ四段］　➘きはまる　ヲモ見ヨ
—つ（用　音便）　〔四〕三・一四一⑧（—たり）
きわ・む（極　きは：）［マ下二段］　きは・める［マ下一段］

―め（用）　〔二〕二・一二〇⑨（―ながら）
ぎをん（祇園）　→ぎおん
きん（磬）　〔序〕四・一〇七⑫（開闢の―をチンチン）
きん（金）
　cf、きんぎん
ぎん（銀）
　cf、かね　きんぎん
きんきん（近々）　〔三〕六・一三四①
きんぎん（金銀）　〔一〕一・一二〇⑤（―の働）　〔三〕一四・一三七⑬
　（―の有にまかせ）　〔七〕三・一七一④（―に縁遠（ゑんどほひ）生れ）
きんく（金口）　〔二〕四・一二二③（釈尊―の説法）
きんじう（禽獣）　〔七〕一七・一七六⑮　〔七〕一七・一七七①
きんしゆ（禁酒）　〔二〕一四・一二六⑮（―仕る）
きんじよ（近所）　〔二〕四・一二一⑯　〔二〕二〇・一三〇③
　cf、ごきんじよ
ぎん・ず（吟）［サ変］
―ず（止）　〔六〕一・一六〇①（湖上行（ゆくゆく）―落日の辺）
きんせい（近世）　〔七〕一二・一七四⑬
きんせい・す（禁制）［サ変］
―せ（未）　〔五〕一七・一五五⑭（―ず）
きんちやく（巾着）　〔序〕四・一〇七⑪
きんちゆう（禁中）
　cf、きんちゆうさま
きんちゆうさま（禁中様）　〔六〕九・一六三⑭
　cf、きんりさま
きんねん（近年）　〔一〕一五・一一六⑥　〔一〕一五・一一六⑩　〔二〕一六・一二七⑬　〔三〕七・一三四④　〔三〕一二・一三六⑤　〔四〕一五・一四六④　〔四〕一六・一四六⑮　〔四〕一八・一四七⑩　〔五〕一七・一五五⑫　〔七〕一・一七〇④
きんぱく（金箔）　〔四〕一五・一四六④（―の衣）
きんらん（金襴）　〔四〕一五・一四六⑤
きんりさま（禁裡様）　〔六〕二一・一六八⑭
　cf、きんちゆうさま
きんりゆうざん（金竜山）
　cf、きんりゆうざんあけぼのぞめ
きんりゆうざんあけぼのぞめ（金竜山曙染）　〔一〕二〇・一一七⑯
　（―といふ名題）

【く】

→現在「カ」ト発音サレ「カ」ト表記サレル語ノ中デ、語頭ノ字音仮名遣ガ「クワ」「グワ」トナル語（平仮名表記ノモノモ含メ）ハココニ載セル
くわ（菓、花、禍）　くわい（廻）　くわう（黄、皇）
くわん（巻、棺、貫、観、勧、歓、緩、関、灌、寛）
ぐわつ（月）　ぐわん（丸、元、頑）

く（九）
　cf、くもん　ここのつ
く（苦）　〔三〕一六・一二八③　〔五〕八・一五二③
く（来）［カ変］　→くる
　cf、いでく　きたる　たづねく　とりくる　ふきく　ゆきき
ぐ（具）［語素］
　cf、あまぐ　どうぐじまん　ばぐ　ぶぐ　やぐ
くいそらす（喰　くひ…）［サ四段］　→くひそらす　ヲモ見ヨ
―し（用）　〔七〕一一・一七四⑨（髭―て）
くいだお・す（喰倒　くひだふす）［サ四段］
―し（用）　〔四〕一六・一四六⑨
ぐう（宮）
　cf、りゆうぐう
くぎやう（公卿）　〔七〕一〇・一七四①（―殿上人）
くさ（草）

cf、あかざ　けし　ねなしぐさ
くさ・い（臭）［形］　くさ・し［形ク］
cf、きなくさい　じまんくさし　ちやうにんくさい　ぶしく
さい
くさば（草葉）
cf、くさばのかげ
くさばのかげ（草葉陰）　〔四〕一〇・一四四①
くさんせ［連語］　〔七〕一一・一七四⑩（よさんせ　―の弱気（にや
け）た詞）
くじ（公事）　〔二〕二一・一三〇⑧（―喧咜）
cf、くじざた
くじざた（公事沙汰）　〔二〕一六・一二七⑭
ぐしや（愚者）　〔六〕一一・一六四⑨
ぐじん（愚人）　↓ぐにん
くず（【屑】　くづ）
cf、くずのまつばら
くずのまつばら（【葛】松原）　〔二〕一六・一二七⑯（世中の人には
―といわるる身こそ心やすけれ）（掛詞＝葛／屑）
くすり（薬）　〔一〕一六・一一六⑭（見物の―となる）　〔一〕一七・一
一七④（人の―となる）　〔三〕一二・一三六②（田虫の―）
cf、くすりうり　ぐわんやく
くすりうり（薬売）　〔二〕二二・一三一④
くせ（癖）　〔五〕一三・一五四③
cf、くちぐせ　そのくせ
くせに（僻）［連語］　〔六〕一一・一六四⑫（聾の―聞たがりて）
くせもの（　者）　〔四〕五・一四二③（―ごさんなれ）
ぐそう（愚僧）［代名詞］　〔四〕五・一四二⑤
くだ・ける（砕）［カ下一段］　くだ・く［カ下二段］
―ける（体）　〔五〕一二・一五三⑭（むかふずねが―やうで）
くださ・る（下　）［補助用言　ラ四段］
―れ（命）
〔七〕二・一七〇⑦　只今御見廻―
［てくださる］
―り（用）
〔五〕二・一四九⑫　占なふて―ませ
―れ（命）
〔五〕一五・一五五①　どうぞ其除（よけ）をして―
cf、くだはる
くださ・る（被下）［ラ下二段］　くださ・れる［ラ下一段］
―れ（用）　〔三〕八・一三四⑨（饅頭赤飯―候節は）　〔六〕七・一六
二⑫（かたじけなくも京都より―たを）
cf、くだされしだい（被下次第）
くださ・る（被下）［補助用言　ラ下二段］
cf、くださるべく（可被下）
くださるべく（可被下）［連語］
〔三〕四・一三三④　被仰付―候
〔三〕五・一三三⑨　被仰付―候
〔三〕六・一三四②　御心附―候
〔三〕八・一三四⑩　御見のがし―候
〔三〕一〇・一三五⑪　被仰付―候
〔三〕一一・一三五⑪　御調―候
〔三〕一一・一三五⑭　御見知置―候
〔三〕一一・一三五⑮　御尋―候
くだされしだい（被下次第）
〔三〕九・一三五③　拙者方へ御人―早速・認め
くだ・す（下）
cf、みくだす
くだは・る（下）［補助用言　ラ四段］（「くださる」ノ音変化。近
世上方デ侠客、相撲取リナドガ用イタ）
［てくだはる］

—る（止）
〔五〕二三・一五八①　ああもふいふて—な
くたび・る（草臥）［ラ下二段］　くたび・れる［ラ下一段］
—れ（用）　〔一〕七・一一三③　〔七〕二五・一八〇①（—つらん）
cf、くたびれあし　くたびれもの
くたびれあし（草臥足）　〔七〕六・一七一⑬
くたびれもの（草臥者）　〔五〕一一・一五三⑤
くだ・る（下）［ラ四段］
—り（用）　〔一〕三・一一一⑧（江戸へ—）　〔一〕二二・一一九⑨
（江戸へ—ぬ）　〔六〕九・一六三⑮（御歌が—ました）　〔六〕二
二・一六八⑭（御製の歌が—ました）
cf、まかりくだる
くち（口）　〔一〕八・一一三⑩（洞穴の—）　〔四〕四・一四一⑪（一盃
づつなる—故）　〔四〕一一・一四四⑦（—のさがなき江戸者）
〔五〕二・一四九⑦（—へ出る儘）　〔五〕六・一五一⑨（病は—よ
り這入）　〔五〕六・一五一⑨（禍は—より出る）　〔五〕七・一五
一⑩（—利（きく）事）　〔五〕八・一五二⑤（—のすくなる程）
〔六〕一一・一六四⑧（—へ出さず）　〔六〕二〇・一六八②（—か
ら外へは）
cf、くちかしまし　くちきき　くちぐせ　くちずさむ　くち
まめ　ろじぐち　わるくち
ぐち（愚痴）　〔三〕一一・一三五⑯（—な人）　〔四〕三・一四一⑦（—
な人）
くちおし・い（口惜　：をしい）［形］　くちをし［形シク］
—い（止）　〔五〕一四・一五四⑦
くちかしまし（口　）［形シク］
—く（用）　〔三〕二〇・一三九④（—さわぎ）
くちきき（口聞【口利】）　〔一〕一八・一二九①
くちぐせ（口　）　〔一〕二一・一一八⑫
くちずさ・む（口号）［マ四段］
—め（已）　〔七〕二二・一七八⑯（—ば）
くちは・つ（朽果）［タ下二段］　くちは・てる［タ下一段］
—て（用）　〔四〕一四・一四五⑬（乞食同然に—しは）
くちびる（唇）　〔五〕七・一五一⑩
くちまめ（口　）　〔六〕二二・一六八⑫（—に御たくせんなさるる）
くちをし（口惜）［形シク］　→くちおしい
くつきやう（究竟）（「クキョウ」ノ音変化）
［—の］　〔三〕八・一三四⑫（—の若手）　〔四〕四・一四二①（—の
旅宿）　〔六〕一・一六〇⑤（—の慰）
くつじやう（屈情）　〔一〕一七・一一七⑤（—な親兄弟）
くづ・る［ラ下二段］　くづ・れる［ラ下一段］
—るる（体）　〔七〕六・一七一⑯（山も—高鼾）
cf、くづれたつ
くづれた・つ（崩　）［タ四段］
—つ（用　音便）　〔一〕二一・一一八⑭（千丈の堤が蟻の穴から—
て）
くどう㊇（工藤）　〔一〕二一・一一九④
cf、くどうどの
くどうさゑもんすけつね㊇（工藤左衛門祐経）　〔一〕一〇・一一四⑥
くどうすけつね㊇（工藤祐経）
cf、くどう　くどうさゑもんすけつね　くどうどの
くどうすけつね（工藤祐経）が霊芝居へ言伝せし事
くどうすけつねがれいしばゐへことづてせしこと（工藤祐経霊芝居
言伝事）　〔目〕一・一〇九　〔一〕一・一一〇小題
くどうどの㊇（工藤殿）　〔一〕二二・一一九⑤
くに（国）
cf、いせのくに　かがのくに　くにみやげ　ひうがのくに
ひたちのくに　むさし　ゑちごのくに
くにみやげ（国土産）　〔四〕一七・一四七③
ぐにん（愚人）（「ぐじん」トモ）　〔六〕一二・一六五②　〔七〕一三・一

七五⑧

くは・せる（喰）［サ下一段］　くは・す［サ下二段］　→くわせる

くばりて（配人）　〔三〕三・一三二⑪

くば・る（配）［ラ四段］

―る（体）　〔三〕一・一三一⑫（普く―呉服の安うり）

cf、くばりて

くび（首）　〔五〕一三・一五四③（―の骨）

cf、こくび　てくび　ゐくび

くひそら・す（喰　）［サ四段］　→くいそらす　ヲモ見ヨ

―し（用）　〔六〕八・一六三⑦（髭―て）

くひだふ・す（食倒）　→くいだおす

く・ふ（喰）［ハ四段］

―わ（は）（未）　〔六〕六・一六一⑭（―るる）　〔六〕二三・一六九②（四も五も―ぬ）

―い（ひ）（用）　〔七〕二二・一七九③（―ながら）

―ふ（う）（用　音便）　〔二〕二二・一一九⑧（―た餅）

―ふ（体）　〔二〕一五・一二七④（我ちゑで身を―程に）　〔五〕三・一五〇①（―事ならず）

―へ（已）　〔三〕二二・一三〇⑮（―ば）

cf、くいだおす　なにくふまいとまま

く・ぶ（焼）［バ下二段］　く・べる［バ下一段］

cf、さしくぶ

くふう（工夫）　〔一〕一四・一一六③　〔二〕一・一二〇④

くぼ（窪）

cf、ぼんのくぼ

くぼ・し【窪、凹】［形ク］

―き（体）　〔六〕一一・一六四⑥（―所）

くま（隈）　〔七〕一・一七〇④（至らぬ―なく）　〔七〕一三・一七五⑤（いたらぬ―もなく）

ぐまい（愚昧）　〔三〕一七・一三八④（僭上とやいわん―とやいふべき）

くまさか㊇（熊坂）　〔四〕一九・一四七⑯（―が幽霊）

くみ（組）

cf、きほひぐみ

く・む（組）

cf、しくむ

くも（雲）　〔一〕二一・一一九②（妄執の―はれやらぬ）　〔三〕一・一三二③　〔四〕一三・一四五⑤（妄執の―を払ひ）

cf、くもま

くもすけ（雲助）

cf、くもすけやど

くもすけやど（雲助宿）　〔四〕三・一四一⑤

くもつ（供物）　〔一〕一二・一一五②

くもま（雲間）　〔五〕一四・一五四⑨（―に月）

くもん（九文）　〔六〕二四・一六九⑩

くやう（口養、供養）

cf、くやうぶつ

くやうぶつ（口養仏）　〔六〕一五・一六六③

くゆら・す［サ四段］

―し（用）　〔四〕五・一四二⑤（一服―ながら）

くゆら・す［サ下二段］　くゆら・せる［サ下一段］

―せ（用）　〔一〕九・一一三⑫（―たる匂）

くらう（苦労）　→くろう　ヲモ見ヨ

〔四〕一六・一四六⑪（渡世の―なしに）

くらし（暮）　〔二〕一九・一二九⑥

くら・し（暗）［形ク］　くら・い［形］

―く（用）　〔六〕一一・一六四⑨（万のことはりに―）

cf、うそくらし

くら・す（暮）［サ四段］

—さ（未）[六]一・一六〇③（—れず）
—し（用）[四]一四・一四五⑪（—て）[五]二一・一五七④ [六]
一七・一六七①（—ましたが）
—せ（用）[三]二・一一一①（—しが）（近世以降、サ四段＋
「し」ノ場合、「しし」トイウベキヲ「せし」トイウ場合ガ多
クナル）
—す（止、体）[三]二〇・一三〇①（相応に—が天理にかなふ）
[七]一九・一七七⑬（—か）
—せ（已）[三]九・一二四④（—ば）
—せ（命）[三]一・一二〇②（世を安く—る翁）
cf、くらし
くらひえ・ふ（【喰酔】…ゑふ）［ハ四段］
—ふ（う）（用 音便）[四]一一・一四四⑮（—たな）
くらひゑ・ふ（喰酔）→くらひえふ
くら・ふ（喰）
cf、くらひえふ
くらま・す［サ四段］
—し（用）[六]九・一六三⑨（己が神（たましゐ）を—けがして）
[七]二三・一七九⑨（魂を—）
くらゐ（位）[三]二二・一三〇⑬
ぐらゐ（「くらゐ」トモ）［副助詞］（名詞「くらゐ（位）」カラ。中
世以降ノ語）
[七]二二・一七九②　若党—の侍が
くりげ（栗毛）
cf、ひざくりげ
くりや［連語］（「呉れ（用）」＋助動詞「やれ（命）」ノ略「くれや」
ノ拗音化）
[三]一三・一二六⑪　是程の無心はきいて—
くる（来）［カ変］　く［カ変］
き（用）[三]五・一二二⑩（—て）[六]二〇・一六八①（—て）
[七]二・一七一①（—た者）
くる（止、体）[三]二二・一三〇⑭（御使に—足軽中間）[四]一
一・一四四⑪（礼に—ぞかし）
cf、いでく　きたる　たづねく　とりくる　ふきく　ゆきき
くる（来）［補助用言　カ変］　く［カ変］
［てくる］
き（用）
[四]一七・一四七③　附て—た草履取
[六]七・一六二⑬　去ル所から写して—た
[六]二二・一六八⑯　見て—たやうに
[七]一二・一七五②　犬の病と連立て—て
[七]二三・一七九⑧　小胸がわるふなつて—て
く・る（暮）［ラ下二段］　く・れる［ラ下一段］
—れ（未）[四]三・一四一⑥（日の—ぬさきに）
—れ（用）[四]二〇・一四八⑥（日—ては）
—るる（体）[六]三・一六一⑥(徒)（—までかく立さはぎて）
cf、くれ
くるし（苦）［形シク］
cf、みぐるし
くるし・む［マ下二段］　くるし・める［マ下一段］
—むる（体）[六]一二・一六五②（婦人小児を…—　その罪）
くるまやこはちらうべゑ(人)（車屋小八郎兵衛）[三]二〇・一一八①
くれ（暮）[四]二・一四一③
cf、あけくれ　ゆふぐれ
く・れる［ラ下一段］　く・る［ラ下二段］
—れ（未）[五]四・一五〇⑨（物をたんと—やうか）
—れ（用）[二]八・一二三⑭（—てやつた）[三]一八・一二九①
（くれる物は…—て）
—れる（体）[二]一八・一二八⑯（—物）
く・れる［補助用言　ラ下一段］　く・る［ラ下二段］

［てくれる］
—れ（未）
〔一〕七・一一二⑧　待て—られ
〔七〕六・一七一⑭　一眠やつて—ふと
〔七〕七・一七二⑤　きやつがねふりを覚して—んずと
〔七〕二五・一八〇②　一息にねて—ん
—れる（体）
〔四〕一一・一四四⑪　言訳して—人もがなと
—れよ（命）
〔一〕二一・一一九①　して見せて—かし
—れ（命）
〔二〕一三・一二六⑪　念仏一篇づつ申て—
〔二〕二二・一三二②　其巻鬢おいて—
〔二〕二三・一三一⑧　兄共打寄て：人にして—
cf、くりや
く・れる（暮）［ラ下一段］　↓くる
ぐれん（紅蓮）　〔二〕一四・一二六⑭（—の冷酒）　〔四〕一一・一四四
⑪（—大紅蓮の氷）
cf、だいぐれん
くろ（黒）
cf、くろかみ　くろこそで　くろだに（掛詞）　くろぬり
くろはおり　くろはなを　まつくろ
くろう（苦労　：ラウ）　↓くらう　ヲモ見ヨ
〔二〕二二・一三一①（—なは乙吉が身の上）
くろかみ（黒髪）　〔六〕七・一六二③
くろこそで（黒小袖）　〔一〕六・一一二⑤　〔七〕一八・一七七⑨
くろだに（黒谷）　〔二〕八・一二三⑫（手足も—の教をまもり）（掛
詞＝黒／黒谷）
くろぬり（黒　）　〔七〕一八・一七七⑩
くろはおり（黒羽織）　〔七〕一八・一七七⑨
くろはちどの（黒八殿）　〔五〕二五・一五八⑮
くろはなを【黒鼻緒】　〔七〕一八・一七七⑩
くろふね㊇（黒舟）（歌舞伎・浄瑠璃ノ黒船物ノ代表的役柄。黒船
忠右衛門ヲサス）　〔一〕二〇・一一七⑭
くわいこく（廻国）　〔四〕一九・一四七⑬
cf、くわいこくしゆぎやうしや
くわいこくしゆぎやうしや（廻国修行者）　〔四〕一九・一四七⑭
くわうせん（黄泉）　〔五〕六・一五一⑦（上碧落　下—迄）
くわうてい（皇帝）　↓くわうてひ
くわうてひ（皇帝　：テイ）　〔五〕一三・一五四②（—の握拳にあた
り）
くわし（菓子）　〔五〕四・一五〇⑩　〔五〕九・一五二⑩
cf、くわしぶくろ
くわじつ（花実）　〔七〕一〇・一七四⑥
くわしぶくろ（菓子袋）　〔五〕二・一四九⑪
くわ・す（和）［サ変］
—し（用）　〔七〕一一・一七四⑪（—て）　〔七〕一二・一七四⑬（—
て）
くわ・せる（喰　くは：）［サ下一段］　くは・す［サ下二段］
—せ（用）　〔五〕六・一五一⑦（甘味（うまい）物—て）
ぐわつ（月）
cf、ごぐわつにじふはちにち　しぐわつ　しやうぐわつ　つ
き
ぐわつすいながし（月水流）　〔三〕二・一三二⑤
くわび（花美）　〔三〕一二・一三六⑧（—を尽す）
くわふく（禍福）　〔七〕三・一七一⑥
くわれい（花麗）　〔二〕一九・一二九⑬　〔二〕二〇・一三〇①（—な）
〔三〕一四・一三七⑫
くわん（巻）［接尾語］
cf、いつくわん

くわん（棺）[三]一九・一三八⑭
　cf、くわんおけ
くわん（貫）
　cf、いつくわん　さんぜんくわん　しくわん
くわんえい（寛永）
　cf、くわんえいじふしごねん
くわんえいじふしごねん（寛永十四五年）[六]六・一六一⑮（—のころかとよ）
くわんおけ（棺桶　:をけ）[三]四・一三三①
くわんおん（観音）→くわんのん
ぐわんぜな・し［形ク］
—し（止）[一]一五・一一六⑨（—の小娘共）
くわんぜん（勧善）[序]二・一〇七④
くわんたい【緩怠】[一]一六・一一七②（武士方へのりよぐわい—）
くわんぢやう（灌頂）
　cf、ながれくわんでう
くわんとう（関東）[四]一〇・一四四③
くわんとうすじ（関東筋　:すぢ）[四]一三・一四五⑩
くわんとうすぢ（関東筋）→くわんとうすじ
くわんねん・す（観念）［サ変］
—し（用）[五]五・一五一①（—て）
くわんのん（観音　クワンオン）[一]二二・一一九⑥
ぐわんやく（丸薬）[四]一五・一四六④
ぐわんらい（元来）[四]九・一四三⑦（—けふ頃日（このごろ）は）（文頭デ接続詞的ニ用イタ例）[五]一八・一五六⑯（わしも—大どら者）[七]二・一七〇⑧ [七]三・一七一⑨ [七]一六・一七六⑬ [七]一八・一七七⑪
くわんらく（歓楽）[二]二・一二〇⑨
くわんをけ（棺桶）→くわんおけ
ぐんぜい（軍勢）
　cf、しよぐんぜい

［け］

け（毛）[二]二一・一三〇⑪（鬢の—）[六]七・一六二⑤（—もない虚（うそ））[七]九・一七三⑭（鬢の—）
　cf、けすじ　はなげ　まゆげ　みのけ
け（気）[六]一六・一六六⑫（酒の—）
け（卦）[五]三・一五〇③（乾の—）[五]三・一五〇④（巽の—）[五]一四・一五四⑫（震の—）[五]一四・一五四⑫（雷の—）
　cf、けたい　とうけ　はつけ　ほんけ　むけ
げ（気）［接尾語］
　cf、おもたげ　はづかしげ
けい（刑）[一]一三・一二六③
けい（景）[七]二二・一七八⑪（山水の—）
げい（芸）[一]二・一一一① [四]八・一四二⑪（—は身を助くる）
　cf、いたりげい　しよげい
けいこ（稽古）[二]九・一二四⑧ [三]六・一三三⑮
　cf、けいこだんぎ
けいこだんぎ（稽古談義）[序]三・一〇七⑧
けいしよ（経書）[七]一七・一七七④
げいのう（芸能）[二]一・一二〇④
けいはく（軽薄）[一]九・一一三⑬（—を申せば）[五]一〇・一五二⑯（—の虚笑（そらわらひ））
けいばつ（刑罰）[一]一五・一一六⑧ [三]一七・一三七⑭
けいやく（契約）[四]一六・一四六⑫（—なされ）
けう（希有）
　cf、けうがる
けうかい（教戒）
　cf、けうかいす

けうかい・す（教戒）［サ変］
―せ（未）［七］二四・一七九⑯（汝を―ん為）
けうが・る【希有】［ラ四段］
―る（体）［一］九・一一四②（是は―御ありさま）
けうけ（教化）　↓きやうけ　ヲモ見ヨ
［序］三・一〇七⑨
けうこう（【向後】キヤウ：）　↓きやうこう　ヲモ見ヨ
［六］一〇・一六四①
けが（損傷）［一］二・一一一④（大切な立物に―させし）
げかう（下向）［一］一〇・一一四③
けが・す【穢、汚】［サ四段］
―し（用）［六］九・一六三⑨（くらまし―て）
けがにも（怪我）［連語］［三］一四・一三七⑨（‥などは―なかり
き）
けがらはし（汚）［形シク］　けがらはし・い［形］　↓けがらわ
しい
cf、けがらはしや　けがらわしや
けがらはしや　↓けがらわしや　ヲモ見ヨ
［三］一一・一三五⑯（あら　いまいましや―）
けがらわし・い（汚　けがらは：）［形］　けがらはし［形シク］
―ひ（い）（体）［一］五・一一六⑦（―御仕置者）
けがらわしや（けがらはし：）　↓けがらはしや　ヲモ見ヨ
［七］七・一七二⑩（あら―）
げき㊇（外記）
cf、さつまげき
げきりん（逆鱗）［五］三・一五〇⑤
げこ（下戸）［二］一四・一二六⑮
けさ（袈裟）
cf、ごでうのけさ
げさく（下作）［一］一三・一一五⑨（―につかふて）
けし【芥子】［七］二三・一七九⑩（忠義の志は―ほどもなし）
けしき（気色）［序］一・一〇七①（空の―）
げじき（下直　：ヂキ）　↓げぢき　ヲモ見ヨ
［三］一〇・一三五⑧（―に）
け・す（消）［サ四段］
cf、かきけす
けすじ（毛　：すぢ）［五］二三・一五八①（―ほどもちがいがない）
けすぢ（毛筋）　↓けすじ
げた（下駄）［七］一八・一七七⑩
cf、たかげた　ぼくり
けたい（卦体）［五］一四・一五四⑫［五］一五・一五五④
けだか・い［形］
―い（体）［二］一六・一二七⑬（―事）
げぢ（下知）
cf、おんげぢ
げぢき（下直）　↓げじき　ヲモ見ヨ
［二］一三・一二六⑧（―な）
げぢよ（下女）［一］一七・一一七⑦［三］五・一三三⑬［五］二・一四
九⑪［六］二・一六四⑬
けつこう（結構）　↓けつこふ　ヲモ見ヨ
［二］一九・一二九⑩（座敷の―）
けつこふ（結構　：コウ）　↓けつこう　ヲモ見ヨ
［一］九・一一三⑬（―なおたばこ）
けつぢやう（決定）　↓けつでう
けつでう（決定　：ヂヤウ）［副詞］［二］九・一二四⑤
げな［助動詞（伝聞、推定）］
げな（止）
［二］五・一二二⑦　随分と吝（しわゐ）―
［二］五・一二二⑩　他人もほめる―
［二］五・一二二⑬　酒がやまぬ―

〔二〕八・一二三⑮　阿字をやる―
〔二〕一四・一二六⑭　紅蓮の冷酒を呑―
〔二〕一六・一二七⑬　近年沢山ある―
〔二〕一九・一二九⑪　大々に登（のぼつ）たよりまだよかつた―
〔二〕二一・一三〇⑦　そちは名主役をもする―
げに（実）［副詞］　〔二〕三・一二一⑨（―尤と皆々申合）　〔三〕一九・
一三八⑭（―さもこそ）
cf、げにげに　げにとは　げにも
げにげに（実々）［副詞］　〔四〕四・一四一⑯
げにとは（実）［連語］　〔六〕二三・一六九⑥（―あのいわるる通り
じや）
げにも（実）［副詞］　〔三〕一一・一三六⑦
けふ（今日）　〔三〕一四・一三七④　〔四〕九・一四二⑯（―といふ今日）
〔四〕九・一四二⑯（今日といふ―）　〔五〕二・一四九⑪　〔五〕一六・
一五五⑧　〔五〕一八・一五七②　〔六〕二・一六一①徒
cf、けふこのごろ
げぶ（下部）　〔二〕一九・一二九⑫（―の馬取）
けふこのごろ（頃日、此　）　〔四〕九・一四三⑦　〔四〕二〇・一四
八⑦
けむり（煙）　〔一〕二一・一一九④　〔五〕二一・一五七③　〔六〕九・一六
三⑧
けらし［連語］（「ける」「らし」ノ音変化。「けり」ガ形容詞的ニ活
用シタモノトノ説モアリ）
〔序〕三・一〇七⑩　徒然なぐさむ伽にもやと下手談義とは名付―
〔二〕一・一二〇④　臍に似たりとて臍翁とは名乗―
〔五〕二・一四九⑥　足袋屋が袋をぬかれたとて足屋とは名乗―
〔五〕二五・一五八⑯　煮売屋の親父が聞覚へて語り伝へ―
けり［助動詞］（過去）
けり（止）
〔一〕一・一一〇②　清見が関へ出る道あり―
〔一〕一・一一〇②　富士と足高山の間にあり―
〔一〕二・一一〇⑧　横平なる男住―
〔二〕一・一二〇②　世を安く暮せる翁あり―
〔四〕一七・一四七①　中々申ばかりはなかり―
〔六〕三・一六一⑦徒　浅ましき事ども有―
〔六〕三・一六一⑧徒　しるしをしめすなり―（重出＝なりけり）
〔七〕二五・一八〇⑥　感ぜぬ者こそなかり―
ける（体）
〔三〕二・一三二⑨　共に歎きとなり―（終止ニ用イタ例）
〔三〕二一・一三九⑩　取々のうはさなり―（終止ニ用イタ例）
（重出＝なりけり）
〔六〕七・一六二⑨　おそれおののき―程に
〔七〕三・一七一⑦　うらみかこち―が
〔七〕一三・一七五⑦　船宿の女房斗ぞ羽織を着―（係結）
けれ（已）
〔五〕二三・一五七⑯　机をたたきてせめ―ば
cf、けらし　けるほどに　それなりけり　なりけり
けりやう（仮令）［副詞］　〔二〕二・一一五⑤
けるほどに［連語］　〔六〕一三・一六五⑥（我も我もと出る程に―隣
町でも昨日から出るに）
けん（軒）［接尾語］
cf、いつけん　しけんめ　にさんけん　ろくじふまんけん
けん（乾）　〔五〕三・一五〇②（含雑なますの―の卦）（掛詞＝膾ノ
つまノ「けん」／乾）
げん（言）
cf、げんよう　りうげん
げん（現）
cf、げんのしようこ
げんえう（言妖）　→げんよう
けんかう㊇（兼好）　〔六〕六・一六一⑪　〔六〕二三・一六九③

げんき（元気） [二]一一・一一四⑮
cf、けんこうほふし
けんくわ（喧嘩） [二]二一・一三〇⑧（公事—） [五]一五・一五四⑭（—口論） [五]一七・一五五⑭（—の種） [五]二四・一五八⑧ [六]二二・一六八⑮（—過て棒ちぎり木） [六]二三・一六九⑦
cf、けんくわす　けんくわすぎ　けんくわずき　ふうふげんくわ
げんくわ（玄関）（「げんくわん」ノ音変化） [七]二・一七〇⑧
けんくわ・す（喧嘩）［サ変］
—し（用） [五]二五・一五八⑬（—たり）
けんくわすぎ（喧嘩過） [五]二四・一五八⑨
けんくわずき（喧嘩　） [二]二一・一三〇⑥
けんご（堅固） [一]一二・一一五④（用心—にして） [四]一・一四〇④（—に生れたる膝栗毛）
けんこうほふし㊇（兼好法師　ケンカウ：） [六]八・一六三④
げんしち㊇（源七）
cf、じゑきげんしち
けんじゆつ（剣術） [二]九・一二四⑦
けんぞく（券属【眷属】） [二]九・一二四⑨（部類—） [七]二四・一七九⑭
げんぞく・す（還俗）［サ変］
—し（用） [七]三・一七一⑤（—て）
けんにん（建仁）
cf、けんにんさんねん
けんにんさんねん（建仁三年） [一]六・一一一⑬
げんのしようこ（現證拠） [五]一四・一五四⑪（—は御臍でござる）
けんぷ（絹布） [二]二〇・一三〇⑤ [二]二一・一三一③
けんぶつ（見物） [一]二一・一二四⑯ [一]二二・一二五② [一]一三・一一五⑩ [一]一四・一一五⑭ [一]一五・一一六⑦ [一]一五・一一六⑪ [一]一六・一一六⑭
cf、みもの
げんよう（言妖　：エウ） [七]一四・一七五⑪
げんりん㊇（元隣） [六]二三・一六九④
cf、やまおかげんりんし
げんろく（元禄） [四]一四・一四六①（—宝永の比）
cf、げんろくじふろくねん
げんろくじふろくねん（元禄十六年） [六]二一・一六八⑦（—未の霜月）

［こ］

こ（子） [二]一一・一二五⑦（実の—） [二]一八・一二九④ [二]一九・一二九⑥ [二]一九・一二九⑦ [三]二・一三二⑧ [五]三・一五〇⑥（親と—の四鳥のわかれ） [七]一三・一七五⑧ [七]一九・一七八②
cf、あのこ　ひそうご　ふたつご　まごこ　をとこのこ　をんなご
こ（庫）
cf、ぶこ
こ（小）［接頭語］
cf、こあきんど　こいへ　こがい　こがたな　こくび　こしたたるい　こぬすびと　こひぢ　こびやくしやう　こむすめども　こむね　こめろう
こ（古）（先代ノ意。当時ハ古・今ト区別シタ）
cf、こなかじまかんざゑもん　こはんだいふ
ご（五）
cf、いつすんごぶ　ごぐわつにじふはちにち　ごせつく　ごちやう　ごもじつけ　ごろくねん　しごにち　しごにん　しもごも　ぜんぶごさつ　まきご

ご（後）
cf、いご　ぜんご　そののち　のち
ご（碁）　[二]一・一二〇⑤
ご（御）［接頭語］
cf、お　おん　ごいけん　ごいりよう　ごいりようしだい　ごいんどう　ごえつき　ごからう　ごきちゆう　ごきんじよ　ごこう（御講）　ごさいれい　ごさうおう　ごさうそう　ごしうぎ　ごしやうばい　ごしゆぎやう　ごしゆちゆう（御衆中）　ごじゆらい　ごしんぞう　ごしんぶ　ごしんるいがた　ごしんるいさまがた　ごせしゆがた　ごそうそう　ごぞんじ　ごそんぞう　ごたくせん　ごちそう　ごちやくよう　ごていしゆ　ごてうじ　ごでうもく　ごなんぎ　ごはいれう　ごはつと　ごひいき　ごびやうにん　ごふしん　ごめんさう　ごもつとも　ごゆだん　ごゆふけん　ごよう　ごようしだい　ごらくるい　ごらん　ごゐくわう　ごゑい　ごゑかう　み
ご（御）［接尾語］
cf、むすめご
こあきんど（小商人）　[三]二・一三二④
cf、あきんど　おほあきんど
ごいけん（御　）　[五]九・一五二⑨
cf、いけん
こいのせきふだ（恋関札　こひ：）　[七]二二・一七九③（―とやらん：浄留理を）
こいへ（小家）　[七]一三・一七五⑦
こいむこ（恋婿　こひ：）　[二]一六・一二八④
ごいりよう（御入用）　[三]五・一三三⑨（―之節）
cf、いりよう　ごいりようしだい
ごいりようしだい（御入用次第）（「ごにふようしだい」カ）　[二]一九・一二九⑫
ごいんどう（御引導　：インダウ）　[三]五・一三三⑭（―前）
cf、いんどう
こう（侯）
cf、ばんここう
こう（講）
cf、いせかう　ごこう　だいもくこう　てんじんかう　ねんぶつこう
こうくわい（後悔）　[二]九・一二四①　[二]一四・一二六⑯
こうざい（口才）　[二]八・一二三⑯（秘密―）　[二]一六・一二七⑭（―な）　[二]一七・一二八⑦（―利発の）
こうして（かう：）［連語］　[二]一五・一二七⑦（どうして―といふてもらひたし）
こうしや（功者　カウ：）　[三]七・一三四⑧（道筋案内―に）
こうじやう（口上）　[二]三・一二二⑩　[二]一五・一二七⑥　[二]一七・一二八⑧
cf、こうじやうがきをもつて
こうじやうがきをもつて（以口上書）　[三]一・一三一⑪（―申上候）　[三]三・一三二⑮（―申上候）
こうた（小唱）　[六]一三・一六五⑤
こうたう（公道）　↓こうとう
こうだん（講談　カウ：）　↓かうだん　ヲモ見ヨ
こうとう（【公道】　：タウ）　[二]一〇・一二四⑮（身持―にして）　[六]一・一六〇⑤
こうぶつ（好物　カウ：）　↓かうぶつ　ヲモ見ヨ　[五]一二・一五三⑯
こうへん（後編）　[七]二六・一八〇刊記（当世下手談義―）
こうもん（孔門）　[七]一二・一七四⑭（―の顔子　曽子）
こうやら（斯　かう：）
cf、どうやらこうやら
こうろん（口論）　[五]一五・一五四⑭（喧吒―）
ごえい（御影）　↓ごゑい

ごえつき（御悦喜）[三]一〇・一三五⑩（—の御事に候
こ・える（肥）［ヤ下一段］　こ・ゆ［ヤ下二段］
—へ（え）（用）[二]四・一二一⑮（江戸の—た腹に）
こがい（小買　：がひ）[二]一二・一二五⑮
こか・す【転】［サ四段］
—し（用）[七]六・一七一⑯（—た）
こがたな（小刀）[五]二四・一五八⑩
こがひ（小買）→こがい
ごからう（御家老）[六]一二・一六四⑭
こき［接頭語］
cf、こきまず
ごきちゆう（御忌中）[三]九・一三五④
cf、きちゆう
こきま・ず［ザ下二段］　こきま・ぜる［ザ下一段］
—ぜ（用）[序]一・一〇七①（—て）
ごきんじよ（御近所）[三]九・一三五①
cf、きんじよ
こく（石）
cf、せんごく
こく（国）
cf、いこく　くわいこく　こくはふ　こくめい　さいこくじ
ゆんれい　しこくへんろ　しよこく　しんこく
ごくじやうじやう（極上々）[序]二・一〇七⑤（—の能化談義）
こくちゆう（国中）
cf、にほんこくちゆう
こくはふ（国法）[七]一八・一七七⑥
こくび（小首）[五]一三・一五四⑥（—傾け）[六]一一・一六四⑫
（—かたげ）
こくめい（国名）[七]一一・一七四⑦
ごくらく（極楽）[一]六・一一一⑮（—の雪隠）[四]一三・一四五
⑥[七]一六・一七六⑫
ごぐわつ（五月）
cf、ごぐわつにじふはちにち　さつき
ごぐわつにじふはちにち（五月廿八日）[一]一二・一一五①
こ・ける【転】［カ下一段］　こ・く［カ下二段］
—ける（止）[二]一二・一二六②（わるふ—と）
ここ（爰、此処）[一]八・一一三⑦[一]一六・一一六⑬[二]四・一
二一⑯[二]一二・一二六②[二]一七・一二八⑥[四]四・一四
二①[四]二一・一四八⑭[五]三・一五〇⑥（—やかしこに）
[五]六・一五一④[五]一六・一五五⑧[六]一四・一六五⑬（あ
そこへも：—へも）
cf、ここかしこ　ここに
ごこう（御講）[三]八・一三四⑪（念仏題目の—）
ここかしこ（爰　）[四]一三・一四五⑧
ここち（心地）
cf、ここちす
ここち・す（心地）［サ変］
—し（用）[六]一四・一六五⑮（夢の覚たる—て）
ここに（爰）［接続詞］[四]一七・一四七②（—哀をとどめしは）
[六]一四・一六五⑯
ここのつ（九ツ）[六]二二・一六八⑮（門は—）
こころ（心、意）[一]一〇・一一四④[一]二〇・一一七⑫[二]一・
一二〇④[二]一〇・一二五①[二]一一・一二五⑥[二]一一・
一二五⑧（意）[二]一二・一二五⑮[二]一三・一二六⑤[二]
一四・一二七③[二]一八・一二八⑭[三]一二・一三六⑦（諷
諫の—）[四]四・一四一⑫[四]一三・一四五⑧[四]二〇・一
四八⑨[五]五・一五〇⑭[五]五・一五一②[五]五・一五一③
[五]七・一五一⑬[六]九・一六三⑨[六]一五・一六六②[七]九・
一七三⑩[七]一〇・一七四②[七]一二・一七四⑯[七]一三・
一七五⑧[七]一四・一七五⑭[七]一四・一七五⑮[七]二二・

一七八⑧　〔七〕二二・一七八⑯　〔七〕二四・一七九⑫　〔七〕二四・一七九⑮
cf、おこころ　おこころあて　おこころづかい　おやごころ　こころあて　こころあり　こころいれ　こころいわひ　こころう　こころえ　こころがく　こころごころ　こころしづか　こころせく　こころせわし　こころづかゐ　こころつく　こころづよし　こころなし　こころばへ　こころまどひす　こころもち　こころもとなし　こころやすし　こころゆたか　じまんごころ　りんきごころ

こころあて（心　）〔一〕一五・一一六⑫
cf、おこころあて

こころあ・り（心　）［連語］
—ら（未）〔七〕二四・一七九⑪（—ん人）
—る（体）〔六〕一〇・一六四⑤（—輩）〔七〕一四・一七五⑭（—‥もわきまへた者が）〔七〕一七・一七七⑤（—者が）

こころいはひ（心祝）→こころいわひ

こころいれ（心入）〔一〕二二・一一五⑤（—（レ））

こころいわひ（心祝　：いはひ）〔三〕三・一三二⑫

こころ・う（心得）［ア下二段］　こころ・える［ア下一段］
—え（未）〔六〕二〇・一六八③（—ば）
—え（用）〔一〕二一・一一八⑨（—て）〔二〕一八・一二九③（—めされ）〔三〕一三・一三六⑬〔五〕六・一五一⑩〔五〕二五・一五八⑮（—給へ）〔七〕二三・一七九⑦（—てたも）
—う（止）〔二〕一七・一二八⑪（—べき）
cf、こころえ　こころえがたし

こころえ（心得）〔一〕一三・一一五⑬　〔二〕一七・一二八⑥　〔六〕八・一六三⑤
cf、こころえちがひ

こころえがた・し（心得難）［形ク］
—し（止）〔一〕九・一一四②

こころえちがひ（心得　）〔五〕二一・一五七⑤

こころが・く（心懸）［カ下二段］　こころが・ける［カ下一段］
—け（用）〔一〕一〇・一一四④（—ての事）〔四〕八・一四二⑮（—ても）〔四〕一一・一四四⑫（年月—しに）〔五〕七・一五一⑪
cf、こころがけ

こころがけ（心　）〔五〕七・一五一⑬　〔五〕二四・一五八⑧

こころごころ（心　）〔二〕一〇・一二四⑪

こころざし（志、心　）〔序〕二・一〇七④　〔序〕三・一〇七⑨　〔二〕五・一二二⑦　〔四〕一九・一四七⑮　〔六〕一〇・一六三⑯（心ざし）〔七〕二三・一七九⑩

こころしづか（心静）〔四〕五・一四二⑦（—に）

こころせ・く（心　）［カ四段］
—け（已）〔一〕七・一一三②（—ば）

こころせはし（心忙）［形シク］　→こころせわし

こころせわし（心　：せはし）［形シク］
—き（体）〔三〕一九・一三九②（—折から）

こころづかひ（心遣）　→こころづかゐ
cf、おこころづかい

こころづかゐ（心　：づかひ）〔三〕三・一三二⑨

こころつ・く（心　）［カ四段］
—き（用）〔一〕一七・一一七④（もし—て）

こころづ・く（心付）［カ下二段］
cf、おんこころづく

こころづけ（心附）
cf、おこころづけ

こころづよ・し（心　）［形ク］
—ふ（う）（用　音便）〔五〕八・一五一⑯（—おもわしやれ）

こころな・し（心　）［形ク］
—き（体）〔三〕一〇・一三五⑩（—御寺方）

こころばへ（心　）〔五〕一七・一五五⑮（行跡—の嗜）
こころまどひ・す（心惑）［サ変］
—せ（未）〔六〕八・一六三⑤（—ざれと）
—し（用）〔六〕三・一六一⑩（—て）
こころもち（心持）〔二〕一三・一二六⑧
こころもとな・し（心許　）［形ク］
—く（用）〔三〕四・一三三③（—存候）
こころやすさ（心　）〔二〕三・一一一⑨
こころやす・し（心安）［形ク］　こころやす・い［形］
—く（用）〔二〕一〇・一二四⑫　〔四〕一三・一四五⑪（—暮して）
—し（止）〔二〕三・一一一⑪　〔四〕一・一四〇④
—けれ（已）〔二〕一六・一二七⑯（…といわるる身こそ—）（係結）
cf、こころやすさ
こころゆたか（心　）〔六〕二〇・一六八④（—に）
こころん（古今）〔六〕二二・一六九①
ごさい㊇（吾斎）
cf、あふみごさい
ごさいれい（御祭礼）〔六〕一四・一六五⑬（山王の—）
ごさうおう（御相応）〔三〕九・一三四⑯（御人がら—に）
cf、さうおう　そうおう　そうおふ
ごさうそう（御送葬　：ソウサウ）　↓ごそうそう　ヲモ見ヨ
〔三〕八・一三四⑪
ござさうら・ふ（御座候）［ハ四段］
—ふ（体）〔三〕四・一三三⑤（色品多—故）
ござさうら・ふ（御座候）［補助用言　ハ四段］
［にござさうらふ］
—は（未）
〔三〕七・一三四⑦　万一雨天に—ば
—ふ（体）
〔三〕六・一三四③　間々在之事に—故
〔三〕九・一三五②　御心遣に—儘
ごさつ（五冊）
cf、ぜんぶごさつ
ござな・し（無御座）［形ク］
—く（用）
〔三〕五・一三三⑪　御乗物—候て
〔三〕七・一三四⑤　御心当—候はば
〔三〕八・一三四⑪　念仏題目の御講も—候て
ござな・し（無御座）［補助用言］
—く（用）
〔三〕五・一三三⑧　さのみ高直には—候得共
ござりましよ（御座　）［連語］（「ござります」ノ未然形＋助動詞「う」＝「ござりませう」ノ音変化）
［でござりましよ］
〔五〕一二・一五三⑪　痛（いたみ）ましたで—（重出＝「ましよ」）
cf、ござります　ましよ
ござりま・す［サ特活］（「ある」ノ丁寧語）
—せ（未）〔七〕一八・一七七⑫（豊後は—ぬ）
cf、ござる
ござりま・す（御座　）［補助用言　サ特活］（「ある」「ゐる」［補助用言］ノ丁寧語）
—す（止）
〔五〕八・一五二④　おかたじけなふ—
［でござります］
—せ（未）　↓「ござりましよ」ヲ見ヨ
—す（止、体）
〔一〕九・一一三⑬　よいかほりで—
〔一〕一〇・一一四④　いかにも左様で—が

〔一〕一〇・一一四⑤　どうして：御ぞんじで―ぞ
〔五〕八・一五二②　いかさまそふで―
cf、ござる　ござりましよ
ござ・る（御座）［ラ四段］
―る（体）　〔四〕一四・一四五⑫（是に―は百合若大臣の御作）
〔四〕一四・一四五⑬（此方に―は景清が守本尊）　〔五〕一五・一五五①（わるい尻も―から）
―れ（命）　〔四〕五・一四二③（ひらに其儘―）
cf、ござります
ござ・る（御座）［補助用言　ラ四段］
―る（止）
〔二〕一五・一二七⑧　聞よふ―
〔二〕二〇・一二九⑮　百性でよふ―
〔五〕一二・一五三⑯　ちとそうも―まい
［でござる］（「で」トノ間ニ助詞ガ入ルコトアリ）
―ら（未）
〔二〕一二・一二五⑫　二目と見る親仁で―ぬ
〔五〕二二・一五七⑪　なんとそふでは―ぬか
〔六〕八・一六三⑥　あまりに無下なる事では―ぬか
〔六〕一五・一六六②　人がら次第で―ぬか
〔六〕一七・一六七⑥　なんとよいきりやうでは―ぬか
―る（止）
〔一〕一一・一一四⑮　歌川で―
〔二〕一一・一二五⑪　人は終が大事で―
〔五〕三・一五〇③　おふくろは女で―
〔五〕一二・一五三⑮　博奕をすく筋で―
〔五〕一四・一五四⑪　現の證拠は御臍で―
〔六〕一一・一六四⑦　とどまるもので―
〔六〕二三・一六九⑦　孫子によい土産で―の
〔六〕二四・一六九⑩　一銭は花で―
cf、ござります　ござろ
ござろ（御座）［連語］（「ござらう」ノ音変化）
［でござろ］
〔五〕一二・一五三⑭　そふで―とも
〔五〕一四・一五四⑬　そふで―
こざゑもん㊇（小左衛門）
cf、はかたこざゑもん
ごさんなれ［連語］　〔四〕五・一四二③（くせ者―）
こし（腰）　〔三〕八・一三四⑫（―にはさみ候足袋）　〔三〕一九・一三八⑮　〔四〕八・一四二⑫　〔六〕二二・一六九①
cf、こしおし　こしかく　こしばり　はかまごし
ごじ（五時）（五時教ヲイウ）
cf、ごじはつけう
ごしうぎ（御祝義）　〔五〕二三・一五八⑤
こしおし（腰押）　〔二〕一六・一二七⑭
こしか・く（腰懸）［カ下二段］　こしか・ける［カ下一段］
―け（用）　〔一〕八・一一三⑩　〔二〕三・一二一⑥（―て）　〔五〕二・一四九⑧（―て）　〔五〕二・一四九⑫
こじき（乞食）　〔六〕一七・一六六⑯
cf、こつじき
こしぞへ（輿添）　〔三〕一四・一三七⑥（―の手代）
こしたたる・い（小　）［形］
―い（体）　〔七〕一三・一七五⑤（―風俗）
こじつ（故実）　〔三〕一〇・一三五⑥
ごじはつけう（五時八教）　〔二〕四・一二二④（―の別）
こしばり（腰張）　〔五〕二五・一五八⑭
ごじふ（五十）　〔二〕一五・一二七⑧
ごじふいち（五十一）
cf、だいごじふいちだんめ
こじやう（湖上）　〔六〕一・一六〇①（―行（ゆくゆく）吟ず落日の

辺）
ごしやうばい（御商売） [三]二・一三二⑥
cf、しやうばい
ごしゆぎやう（御修行） [四]二〇・一四八⑦
cf、しゆぎやう
ごしゆちゆう（御衆中） [三]八・一三四⑪
cf、しゆちゆう
ごじゆらい（御入来） [四]一一・一四四⑫
こしら・ふ［ハ下二段］ こしら・へる［ハ下一段］
—へ（用） [六]七・一六二⑯
cf、こしらへおく こしらへたつ
こしらへお・く（拵置）［カ四段］
—か（未） [五]一四・一五四⑩（聖人の—れて）
—き（用） [三]一一・一三五⑪（—候）
こしらへた・つ（ 立）［タ下二段］ こしらへた・てる［タ下一段］
—て（用） [七]一五・一七六④
こしん（孤枕）（慣用訓ハ「コチン」） [七]六・一七一⑮（濤声半夜—に喧しく）
こじん（古人） [六]六・一六一⑪ [六]八・一六三⑤ [六]一〇・一六四⑥
ごしんざう（御新造） ↓ごしんぞう
ごしんぞう（御深窓、御新造 ‥ザウ） [六]六・一六二① [六]一二・一六四⑬ [七]三・一七九⑨
ごしんぶ（御親父） [五]三・一五〇① [五]三・一五〇③ [五]三・一五〇⑥
ごしんるいがた（御親類方） [三]五・一三三⑪
cf、ごしんるいさまがた しんるい
ごしんるいさまがた（御親類様方） [三]六・一三三⑯
cf、ごしんるいがた しんるい

こす・し［形ク］ こす・い［形］
—く（用） [二]一二・一二六③（—立廻り）
ごせしゆがた（御施主方） [三]八・一三四⑬
cf、せしゆ
ごせつく（五節句） [五]一七・一五五⑯
こそ［係助詞］
[二]一六・一二七⑯ ：といわるる身—心やすけれ（係結）
[三]一一・一三六① 晩に死ぬも知れぬ身の物忌（ものいまひ）—おかしけれ（係結）
[三]一三・一三六⑭ 我—時節の衣服もちしと
[三]二〇・一三九⑥ 哀情—薄くともせめて草履の緒は
[四]五・一四二⑦ 我—只今御回向に預りし小栗の判官が幽霊
[四]一八・一四七⑩ 浮世に住ば色—替れ 難義は山々
[四]一九・一四八③ 家内の調市（でつち）小女郎—迷惑
[五]七・一五一⑮ おしたて—わるけれ きりやうは百人なみなり
[六]六・一六一⑯ 誰—一定きられたりといふ人もなきに
[六]七・一六三① 髪切虫—‥に隠れ住よしを言伝へ
[七]二五・一八〇⑥ 感ぜぬ者—なかりけり
［助詞＋こそ］
[一]一七・一一七⑨ まつすぐに悪人と作りて—‥といふべし
[三]一八・一三八⑩ 時により品に—よるべき
[三]一八・一三八⑩ 別離の哀情薄しと—見ゆれ 誰ほむる者も有べからず
[四]一一・一四四⑧ 天晴（あつぱれ）の勇士と—聞伝へたるに
cf、あらばこそ ありもこそせめ こそあれ さもこそ さればこそ それこそ
こそあれ［連語］（「こそ」＋動詞「あり」ノ已然形）（逆接ノ意デ下ニ続ク）（重出＝「あり（補助用言）」）

[一]一二・一一五④　痛（いたひ）めして死んだれば―
[七]一八・一七七⑧　紙表具で―我が姿をかけ置
こぞう（小僧）　[四]二・一四一①　[四]三・一四一④
ごそうさう（御送葬）　↓ごさうそう　ごそうそう
ごそうそう（御葬送　：サウソウ）　↓ごさうそう　ヲモ見ヨ
［振リ仮名アリ］　[三]一二・一三六⑥
cf、さうそう　そうさう　そうそう
ごそくさいゑんめい㊇（娯足斎園茗）　[四]一・一四〇②
cf、ごそくさいゑんめい（娯足斎園茗）小栗の亡魂に出逢ふ
事
ごそくさいゑんめいおぐりのばうこんにであふこと（娯足斎園茗小
栗亡魂出逢事　：をぐり：）　[目]一・一〇九
ごそくさいゑんめいをぐりのばうこんにであふこと（娯足斎園茗小
栗亡魂出逢事）　[四]一・一四〇小題
こそで（小袖）　[二]二一・一三一②　[七]三・一七一⑤
cf、くろこそで　こそでびつ　しろこそで
こそでびつ（小袖櫃）　[五]二・一四九⑩
ごそんざう（御尊像）　↓ごそんぞう
cf、そんざう　そんぞう
ごぞんじ（御存）　[一]一〇・一一四⑤　[六]一二・一六四⑮　[六]一三・
一六五④
ごそんぞう（御尊像　：ザウ）　[四]一四・一四五⑭
ごたくせん（御【託宣】）　[六]二一・一六八⑫
こたつ（火燵）　[二]四・一二三①　[二]二三・一三一⑨
こた・へる［ハ下一段］　こた・ふ［ハ下二段］
―へ（用）　[五]七・一五一⑪（あいあいと―）　[五]八・一五二②
（鳩尾に―）
―へる（体）　[二]一四・一二六⑪（胸に―：一言）
こち　[二]二二・一二五⑭（―の家）　[五]五・一五〇⑯（―から）
[六]一六・一六六⑬（―の娘）　[七]八・一七三④（―の畳）
ごちそう（御馳走）　[二]一九・一二九⑬（―申）
cf、ちそう
こちと【此方人】　[二]一九・一二九⑩
こちとら（此方等）　[二]一一・一一四⑪　[七]一一・一七四⑥
ごちやう（五町）　[二]二二・一二五⑯（―七町）　[五]一一・一五三
⑥（―七町）
ごちやうじ（御停止）　↓ごてうじ
cf、てうじす
ごちやくよう（御着用）　[三]四・一三三⑦
こちらしだい（此方次第）　↓このほうしだい
こつ（骨）　[七]一九・一七八⑦（―が舎利となつた）
cf、こつずい　ほね
こつじき（乞食）　[四]一四・一四五⑬
cf、こじき
こつずい（骨髄）　[二]一一・一二五⑧　[七]二・一七〇⑨（―に徹し）
[七]一二・一七五②（―に通り）
こつた［連語］（「ことだ」ノ音変化）　[五]一一・一五三⑦（りよぐ
わいな―がおらは：きなくさい男だから）
ごていしゆ（御亭主）　[六]二四・一六九⑩
cf、ていしゆ
ごでう（五条）
cf、ごでうのけさ
ごてうじ（御停止　：チヤウジ）　[六]一四・一六五⑫　[六]一四・一
六五⑭
ごでうのけさ（五条袈裟）　[四]一七・一四六⑯
ごでうもく（御条目）　[三]一七・一三八①
こでら（小寺）　[四]一三・一四五⑩
cf、おほでら　てら
こと（事）　[一]一・一一〇③　[一]七・一一二⑧　[一]九・一一四②
[一]一〇・一一四④　[一]一〇・一一四⑥　[一]一〇・一一四⑨

〔一〕一一・一一四⑫　〔一〕一二・一一五④　〔一〕一二・一一五⑤　〔一〕一二・一一五⑥　〔一〕一四・一一五⑮　〔一〕一四・一一五⑯　〔一〕一四・一一五⑯　〔一〕一五・一一六⑪　〔一〕一五・一一六⑫　〔一〕一六・一一六⑮　〔一〕一七・一一七⑤　〔一〕一七・一一七⑦　〔一〕二〇・一一七⑬　〔一〕二〇・一一八④　〔一〕二一・一一八⑩　〔一〕二一・一一九①　〔二〕一・一二〇⑥　〔二〕九・一二三⑯　〔二〕一〇・一二四⑬　〔二〕一〇・一二四⑭　〔二〕一〇・一二五②　〔二〕一〇・一二五②　〔二〕一一・一二五⑧　〔二〕一三・一二六④　〔二〕一三・一二六⑤　〔二〕一三・一二六⑥　〔二〕一三・一二六⑦　〔二〕一三・一二六⑧　〔二〕一四・一二六⑬　〔二〕一五・一二七④　〔二〕一五・一二七⑥　〔二〕一六・一二七⑬　〔二〕一七・一二八⑦　〔二〕一七・一二八⑦　〔二〕一八・一二八⑬　〔二〕一九・一二九⑧　〔二〕二一・一三〇⑦　〔二〕二三・一三二⑤　〔三〕六・一三四③　〔三〕一四・一三七⑫　〔三〕一七・一三八①　〔三〕一七・一三八③　〔三〕一八・一三八⑫　〔三〕一九・一三八⑯　〔三〕二〇・一三九④　〔三〕二〇・一三九⑤　〔四〕三・一四一⑧　〔四〕五・一四二⑦　〔四〕八・一四二⑭（おもふ―いはで只にや止ぬべき）　〔四〕九・一四二⑯　〔四〕一〇・一四四②　〔四〕一〇・一四四③　〔四〕一〇・一四四⑦　〔四〕一一・一四四⑩　〔四〕一一・一四四⑬　〔四〕一三・一四五⑧　〔四〕一三・一四五⑨　〔四〕二〇・一四八⑥　〔四〕二〇・一四八⑧　〔四〕二〇・一四八⑨　〔四〕二〇・一四八⑨　〔五〕二・一四九⑦　〔五〕二・一四九⑦　〔五〕二・一四九⑧　〔五〕三・一五〇①　〔五〕四・一五〇⑦　〔五〕五・一五〇⑭　〔五〕六・一五一⑤　〔五〕六・一五一⑧　〔五〕六・一五一⑧　〔五〕六・一五一⑨　〔五〕七・一五一⑩　〔五〕七・一五一⑮　〔五〕九・一五二⑨　〔五〕一一・一五三⑨　〔五〕一二・一五三⑫　〔五〕一三・一五四④　〔五〕一三・一五四⑤　〔五〕一三・一五四⑤　〔五〕一三・一五四⑥　〔五〕一四・一五四⑧　〔五〕一五・一五五②　〔五〕一五・一五五④　〔五〕一六・一五五⑦　〔五〕一六・一五五⑧　〔五〕一七・一五五⑫　〔五〕一七・一五五⑭　〔五〕一七・一五五⑯　〔五〕一八・一五六⑩　〔五〕二二・一五七⑬　〔五〕二二・一五七⑭　〔六〕二・一六〇⑧(徒)　〔六〕二・一六一②(徒)　〔六〕三・一六一⑤(徒)　〔六〕三・一六一⑦(徒)　〔六〕六・一六一⑫　〔六〕八・一六三⑥　〔六〕一〇・一六四⑤　〔六〕一一・一六四⑧　〔六〕一一・一六四⑧　〔六〕一四・一六五⑬　〔六〕一五・一六六②　〔六〕二〇・一六七⑪　〔六〕二〇・一六七⑭　〔六〕二二・一六八⑬　〔六〕二二・一六八⑮　〔六〕二二・一六九①　〔六〕二三・一六九③　〔六〕二三・一六九⑧　〔七〕一・一七〇①（人間行（ゆい）て尽さざる―を）　〔七〕一・一七〇④　〔七〕八・一七三④　〔七〕九・一七三⑩　〔七〕九・一七三⑪　〔七〕一〇・一七三⑯　〔七〕一一・一七四⑥　〔七〕一一・一七四⑦　〔七〕一六・一七六⑪　〔七〕一七・一七六⑭　〔七〕一七・一七七④　〔七〕二二・一七八⑧　〔七〕二三・一七九⑦　〔七〕二四・一七九⑯

cf、いかなこと　おんこと　ききごと　きごと　こつたことか　ことども　しやうことなし　せわごと　そらごと　はやりごと　ひがこと

あしや（足屋）の道千売卜に妙を得し事

うどのたいぼく（鵜殿退卜）徒然草講談之事

くどうすけつね（工藤祐経）が霊芝居へ言伝せし事

ごそくさいえんめい（娯足斎園茗）小栗の亡魂に出逢ふ事

そうしち（惣七）安売の引札せし事

はちわうじ（八王子）の臍翁座敷談義の事

みやこじむじだゆふ（都路無字大夫）江の島参詣の事

こと（言）

cf、ことのは　そらこと　はやりこと

ごと（毎）［接尾語］（「に」ヲ伴ウ事モ多イ）

cf、いへごと　のむごと　ひごと　ひとごと　ものごと

ことか［連語］

〔六〕一一・一六四⑪　其儘でも咄す―　又二割がたも潤色して語る

〔七〕二三・一七九④　せめて汝程にも語る―　往来の者の笑も

しらず
ことごとく（悉）［副詞］ 〔六〕一三・一六五⑩（一村―物もらひの
まねして） 〔七〕一九・一七八⑤
ことごとし・い（事々敷）［形］ ことごとし［形シク］
―い（体） 〔四〕一八・一四七⑪（―笈を負ひ）
ごとし［助動詞（比況）］
ごとく（用）
〔四〕一五・一四六④ 山売の丸薬に金箔の衣を掛る―
〔六〕一一・一六四⑥ くぼき所にてとどまる―
〔六〕一二・一六四⑯ 末は大船を乗る―
〔六〕二一・一六八⑩ 羽衣とりて天人とからかひし―
〔七〕八・一七三③ その―平伏すると
〔七〕一五・一七六⑥ 辻風を入たる―
〔七〕二五・一八〇③ 大木のたほるる―どうどふして
［がごとく］
〔二〕一一・一二五④ 今参り廿日といふが―
〔三〕八・一三四⑭ 飛が―欠（かけ）させ
［のごとく］
〔二〕一一・一二五⑦ 実の子の―：の行末を頼み
〔四〕二・一四一③ 御覧の―日も暮に及候程に
〔五〕一三・一五四⑤ 鬼神に横道なしの世話の―
〔七〕一二・一七四⑮ 釈氏の阿難迦葉の―：祖風を恥かしめず
ごとし（止）
〔五〕一四・一五四⑨ 雲間に月のあらはれたる―
ごとき（体）
〔四〕二・一四〇⑨ 我等―の旅ずきは
〔四〕一八・一四七⑩ 我（わが）―も近年わるい虫が付て
〔七〕一五・一七六④ 汝等―豊後語りを寵愛して
［のごとき］
〔五〕一〇・一五二⑭ 松丸太の―腕

cf、かくのごとく
ことづけ（言伝） 〔一〕二二・一一九⑨
cf、ことづてす
ことづて（言伝）
cf、ことづけ ことづてす
ことづて・す（言伝）［サ変］
―し（用） 〔七〕二三・一七九⑦（―て）
cf、くどうすけつね（工藤祐経）が霊芝居へ言伝せし事
ことども（事 ） 〔六〕三・一六一⑥㊟
ことに（殊）［副詞］ 〔二〕四・一二二⑮ 〔二〕一六・一二七⑭
ことのは（言 葉） 〔七〕一五・一七六②
cf、ことば
ことのほか（殊外、殊之外）［副詞］ 〔一〕七・一一三③（―草臥）
〔三〕四・一三三①（―高直に） 〔三〕六・一三四①（―落涙に被
及候故）
ことば（詞、言葉） 〔一〕六・一二二③ 〔二〕一〇・一二五② 〔七〕一一・
一七四⑨ 〔七〕一一・一七四⑩ 〔七〕一四・一七五⑪ 〔七〕一五・
一七六①
cf、ことのは ことばづかい ことばづかひ はやりことば
ことばづかい（言葉 ：づかひ） →ことばづかひ ヲモ見ヨ
〔七〕一四・一七五⑫
ことばづかひ（言葉 ） →ことばづかい ヲモ見ヨ
〔五〕一七・一五五⑫
ことはり（【理】 ：わり） 〔六〕一一・一六四⑨
こども（子共） 〔五〕一七・一五六①
cf、こどもむき
こどもむき（子共向） 〔三〕三・一三二⑯
ことわざ（諺） 〔四〕二〇・一四八⑤
ことわり（理） →ことはり
こなかじまかんざゑもん㊇（古中島勘左衛門）（初代ノ中島勘左衛

門ヲサス）　〔一〕二〇・一一七⑯
こなさま（　様）［代名詞］　〔五〕三・一五〇①　〔五〕四・一五〇⑩
こな・す（熟）［サ四段］
　cf、みこなす
こなた（此方）　〔一〕八・一一三⑦　〔四〕一四・一四五⑬
　cf、かなたこなた
ごなんぎ（御難義）　〔三〕四・一三三①（―に及候由）
　cf、なんぎ
ごにふよう（御入用）　↓ごいりよう
ごにふようしだい（御入用次第）　↓ごいりようしだい
こぬか（小糠）
　cf、こぬかあきない
こぬかあきない（小糠商　：あきなひ）　〔一〕三・一一一⑧（しつた―なれば）
こぬかあきなひ（小糠商）　↓こぬかあきない
こぬすびと（小盗人）　〔四〕四・一四一⑯
　cf、ぬすびと
この（此）［連体詞］　〔序〕二・一〇七⑦　〔一〕一・一一〇②　〔一〕一・一一〇⑤　〔一〕六・一一一⑫　〔一〕六・一一一⑭　〔一〕六・一一一⑭　〔一〕一〇・一一四⑥　〔一〕一〇・一一四⑦　〔一〕一〇・一一四⑨　〔一〕一三・一一五⑨　〔一〕一四・一一六②　〔一〕一五・一一六⑩　〔一〕一六・一一七①　〔一〕二〇・一一八⑤（―以後）　〔一〕二一・一一九③（―旨）　〔二〕二・一二〇⑨　〔二〕二・一二〇⑨　〔二〕五・一二二④　〔二〕一〇・一二四⑪　〔二〕一三・一二六⑩　〔二〕一六・一二七⑫　〔二〕一九・一二九⑨　〔二〕二三・一三一⑤　〔三〕一・一三一⑬　〔三〕一二・一三六③　〔三〕一二・一三六⑦　〔三〕一四・一三六⑮　〔三〕二〇・一三九⑦　〔三〕二〇・一三九⑨　〔四〕二・一四〇⑥　〔四〕二・一四一③　〔四〕三・一四一④　〔四〕三・一四一⑦　〔四〕四・一四一⑫　〔四〕九・一四二⑯　〔四〕九・一四三④　〔四〕一一・一四四⑪　〔四〕一一・一四四⑫　〔四〕一三・一四五⑥　〔四〕一三・一四五⑧　〔四〕一四・一四五⑭　〔四〕一五・一四六⑧　〔四〕一九・一四七⑮　〔五〕一・一四九①（―所も）　〔五〕四・一五〇⑦　〔五〕八・一五二⑥　〔五〕九・一五二⑧　〔五〕一〇・一五三①　〔五〕一一・一五三④　〔五〕一二・一五三⑩（―所小便無用）　〔五〕一二・一五三⑭　〔五〕一八・一五七①　〔五〕一八・一五七②　〔六〕三・一六一⑧(徒)　〔六〕三・一六一⑨　〔六〕六・一六一⑪　〔六〕一〇・一六三⑯　〔六〕一〇・一六四③　〔六〕一一・一六四⑨　〔六〕一二・一六五①　〔六〕一三・一六五⑥　〔六〕一六・一六六⑪　〔六〕二〇・一六七⑫　〔六〕二二・一六八⑯　〔六〕二二・一六九①　〔六〕二三・一六九②　〔六〕二三・一六九③（―已後）（「これ」カ）　〔七〕三・一七一⑦　〔七〕六・一七一⑫　〔七〕九・一七三⑭　〔七〕一二・一七四⑯　〔七〕一三・一七五⑩　〔七〕一六・一七六⑭　〔七〕一七・一七七②　〔七〕二三・一七九⑨　〔七〕二四・一七九⑩　〔七〕二四・一八〇①
［このへん］　〔四〕二・一四〇⑦　〔四〕四・一四一⑬　〔四〕四・一四一⑯
　cf、けふこのごろ　このころ　このごろ　このせつ　このたび　このとき　このとほり　このまへ　このまま　このよ
このころ（此　）　〔三〕一九・一三八⑯（…する事―のはやり物にや）
このごろ（此比、此頃）　〔二〕九・一二四⑦　〔三〕四・一三三①　〔六〕二三・一六九⑦　〔七〕二二・一七九①
　cf、けふこのごろ
このせつ（此節）　〔三〕二・一三二⑨　〔三〕一八・一三八⑧　〔三〕一九・一三八⑬　〔六〕一七・一六六⑭　〔六〕二一・一六八⑧
このたび（此度）　〔一〕一〇・一一四③（―の下向）　〔七〕二四・一七九⑭（―は）
　cf、こんど
このとき（此時）　〔四〕八・一四二⑪
このとほり（此通）　〔二〕三・一二一⑨（―に）　〔四〕二〇・一四八⑥

（—に）
cf、あのとほり　かくのとほり
このは（木葉）　[一]二二・一一九⑧
このはう（此方）［代名詞］
cf、こち　こなた　このはうしだい
このはうしだい（此方次第）　[二]一九・一二九⑦
このまへ（此前）　[一]一三・一一五⑪
このまま（此儘）　[一]三・一一一⑦（—ならば徒に‥死なん命）
このみ（好）
cf、おこのみしだい
この・む（好）［マ四段］
—み（用）　[七]二二・一七八⑪
—む（体）　[七]八・一七三⑧（—所は）　[七]一二・一七五②（—所の）
このよ（此世）　[七]一六・一七六⑪
こは［連語］
cf、こわそも
こは・い（怖）［形］　↓こわい
cf、こわがる　こわさ
ごはいりやう（御拝領）　↓ごはいれう
ごはいれう（御拝領　‥リヤウ）　[三]一七・一三八③（‥とて—ある事とぞ）
こはが・る［ラ四段］　↓こわがる　ヲモ見ヨ
—り（用）　[四]八・一四二⑧（—給ふな）
こはさ（怖）　↓こわさ
こは・し（強）［形ク］
cf、じやうこわ　てごわし
こはそも［連語］　↓こわそも
ごはつと（御法度）　[二]一七・一二八⑧
こはん（小半）　[四]四・一四一⑫（辻売の—八文でも）
こばん（小判）　[二]八・一二三⑤　[六]二四・一六九⑪
こはんだいふ㊇（古半大夫）（初代ノ江戸半大夫ヲサス）　[七]一二・一七四⑫
ごばんめ（五番目）　[二]八・一二三①
ごひいき（御贔負）　[三]三・一三二⑮
cf、ひいきす
こびきちやう（木挽町）　[一]三・一一一⑧　[一]一〇・一一四③
こひぢ（小臂）　[序]三・一〇七⑨（少し—を春雨の）
こひのせきふだ（恋関札）　↓こいのせきふだ
こひむこ（恋婿）　↓こいむこ
ごびやうにん（御病人）　[三]九・一三五①
cf、びやうにん
こびやくしやう（小百姓）　[二]二一・一三〇⑤
cf、おほびやくしやう　ひやくしやう　みづのみびやくしやう
こ・ふ（乞）［ハ四段］
cf、いとまごひす
こ・ふ（恋）［ハ四段］（古クハ上二段デアッタガ中世末カラ四段ノ例ガ現レル）
—ふ（体）　[二]二一・一二一②（妻—声）
ごぶ（五分）
cf、いつすんごぶ
こふう（古風）　[一]七・一一二⑪（—な）　[二]二一・一三〇⑦（—に）　[七]一九・一七七⑮（土佐の—）　[七]二五・一八〇⑥（土佐の—）
ごふく（呉服）　[三]一・一三一⑫
cf、ごふくや
ごふくちやう（呉服町）　[二]五・一二二⑪
ごふくや（呉服屋）　[五]三・一五〇②
こぶし（拳）

cf、にぎりこぶし
こふした（かう：）［連体詞］ →かうした かふした ヲモ見ヨ
[二]九・一一三⑮（―所） [五]二二・一五七⑬（―事）
ごふしん（御不審） [二]三・一二一⑦
cf、ふしん
こぶん（子分） [五]一一・一五三⑦
こへ（声 こゑ） →こゑ ヲモ見ヨ
[五]一五・一五五③ [六]一三・一六五⑧ [七]七・一七二⑦ [七]
八・一七三⑦ [七]八・一七三⑧ [七]九・一七三⑩（楽の―）
[七]二三・一七九⑤
こぼ・す［サ四段］
―さ（未） [二]九・一二四①（後悔の泪を―ぬ日もなかりし）
―し（用） [五]二四・一五八⑩（畳へ―）
―せ（已） [一]九・一一四①（泪をはらはらと―ば）
こほり（氷） [四]一一・一四四⑪
こま（駒） [二]一・一二〇⑤（将棋は―の名をだに知らねど）
ごま（胡麻）
cf、ごまもち
ごまもち（胡麻餅） [二]一四・一二六⑬
ごみため（　溜） [三]二〇・一三九⑤
こ・む（込）［マ四段］
―む（体） [五]一五・一五四⑭（負（まけ）の―廻りどし）
cf、うちこむ かけこむ しみこむ しめこむ たちこむ
とりこむ なげこむ ねぢこむ のみこむ ひきこむ まひ
こむ
こ・む（込）［マ下二段］
cf、たてこむ
こむすめども（小娘共） [一]一五・一一六⑨
cf、むすめ
こむそう（虚無僧） →こもそう
こむね（小胸） [七]二三・一七九⑧（―がわるふなつて）
cf、むね
こめ（米） [六]一七・一六六⑮ [六]二〇・一六七⑫
cf、こめびつ こめや
こめびつ（米櫃） [七]一〇・一七四④
こめや（米屋） [二]二・一二五⑬
cf、つきごめや
こめらう（小女郎） →こめろう
こめろう（小女郎 ：ラウ） [四]一九・一四八③
ごめん（御免） [二]一四・一二六⑮（念仏さへ―あらば）
cf、ごめんごめん
ごめんごめん（御免御免） [四]五・一四二⑤（旅疲の野僧―）
ごめんさう（御面相） [四]一八・一四七⑧
ごもじつけ（五文字附） [一]三・一一一⑥
こもそう（虚無僧） [六]二〇・一六八②
ごもつとも（御尤） [二]三・一二一⑦（文末ノ用例）
cf、もつとも
こや（小屋）
cf、はいごや
こやつ（此　）［代名詞］ [四]三・一四一⑧
こ・ゆ（肥） →こ・える
こ・ゆ（越）［ヤ下二段］ こ・える［ヤ下一段］
―ゑ（え）（用） [三]一三・一三六⑧（分を―たる）
―ゆ（止） [四]一・一四〇⑤（檀渓をも―べきいきほひ）
ごゆうけん（御勇健） →ごゆふけん
ごゆだん（御油断） [三]二・一三二⑥（生土神殿の―）
cf、ゆだん
ごゆふけん（御勇健 ：ユウ：） [三]一・一三一⑪
ごよう（御用） [一]八・一一三④ [二]一九・一二九⑫ [三]三・一三
二⑯ [三]五・一三三⑧ [三]一一・一三五⑪ [四]五・一四二⑤

cf、ごようしだい　ごようめ　よう
ごようしだい（御用次第）　〔三〕四・一三三④
ごようめ（御用　）　〔七〕一・一七〇⑤（酒屋の—が）
こよひ（今宵）　〔二〕四・一二三③　〔二〕二三・一三一⑧　〔四〕二・一四〇⑥　〔四〕二・一四一③　〔四〕九・一四三①　〔四〕一一・一四四⑫
ごらうしち㊇（五郎七）　↓ごろしち
〔六〕二三・一六九⑥　〔六〕二三・一六九⑧
ごらくるい（御落涙）　〔一〕九・一一四②
cf、らくるい
こら・す［サ四段］
—し（用）　〔一〕一四・一一六④（工夫を—）
こら・ふ【堪】［ハ下二段］　こら・へる［ハ下一段］
—え（へ）（未）　〔四〕二一・一四八⑭（—られねど）
cf、こらへじやう　こらへよい
こらへじやう（堪情）　〔六〕一一・一六四⑩（—なく）
こらへよ・い（堪　）［形］
—い（止）　〔五〕一二・一五三⑬
ごらん（御覧）　〔四〕二・一四一②（—のごとく）　〔四〕一〇・一四四③（—なされば）　〔六〕一六・一六六⑬（—の通り）　〔六〕一七・一六七④（—なされたか）
こり（懲）　〔六〕六・一六一⑬（—もなく）
こり（垢離）
cf、せんごり
こりかたま・る（凝　）［ラ四段］
—つ（用　音便）　〔一〕一一・一一四⑯（—て）
こりや［感動詞］
cf、こりやまた
こりやまた（　又）（「きほひ組」ナドノ異称）　〔五〕一六・一五五⑨（—の手合）
ごりよくわん（御旅館）　↓おんりよくわん
こ・る（凝）［ラ四段］
cf、こりかたまる
こ・る（懲）［ラ上二段］　こ・りる［ラ上一段］
cf、こり
これ（是）　〔序〕二・一〇七④　〔序〕二・一〇七⑦　〔一〕三・一一一⑥　〔一〕三・一一一⑩　〔一〕四・一一五⑭　〔一〕五・一一六⑥（—のみならず）　〔二〕四・一二三③　〔二〕五・一二二⑫　〔二〕九・一二四②（—といふも）　〔二〕一〇・一二四⑩　〔二〕一八・一二八⑬　〔二〕一八・一二八⑮　〔二〕一九・一二九⑦　〔二〕一九・一二九⑧　〔三〕三・一三二⑭　〔三〕五・一三三⑦　〔三〕六・一三四③　〔三〕一〇・一三五⑥　〔三〕一二・一三六④　〔三〕一二・一三六⑤　〔三〕一四・一三六⑯　〔三〕一四・一三七⑩　〔三〕一八・一三八⑫　〔四〕三・一四一⑥　〔四〕四・一四一⑬　〔四〕一四・一四五⑫　〔四〕一九・一四七⑬　〔四〕一九・一四八③　〔四〕二〇・一四八④　〔四〕二〇・一四八⑦　〔五〕二・一四九⑨　〔五〕七・一五一⑭　〔五〕一〇・一五三①（—此横にあるが）　〔五〕一〇・一五三③　〔五〕一二・一五三⑪　〔五〕一二・一五三⑫　〔六〕七・一六三①　〔六〕八・一六三④　〔六〕一二・一六四⑬　〔六〕一五・一六六②　〔六〕一七・一六七③　〔七〕六・一七一⑫　〔七〕八・一七三⑤　〔七〕八・一七三⑧　〔七〕一〇・一七三⑯　〔七〕一四・一七五⑮　〔七〕一七・一七七②　〔七〕二二・一七八⑧　〔七〕二二・一七八⑯　〔七〕二四・一七九⑫
cf、かれこれ　これぎり　これじやこれじや　これは　これはしたり　これほど　これまた　これまで　これら
これ（是）［人称代名詞］　〔四〕二・一四一②（—は一所不住の沙門にて候）
これ（是）（漢文訓読体カラ）　〔序〕一・一〇七①（時—きさらぎのするゑ）　〔一〕一〇・一一四⑥（我は—工藤・・が霊魂）　〔一〕一四・一一六②（—皆作者の仕業なれば）　〔一〕一六・一一七③（皆—芝居の見習）　〔二〕一二・一二六①（皆—小利をむさぼらずして・・）　〔二〕一六・一二七⑮（—我才智をほこるからなり）

[三]一三・一三六⑨（―まづ第一の僭上）[四]一三・一四五⑪
（みな―山師のふづくり物）[五]五・一五〇⑯（―我が宿世
の罪業を…）[五]一七・一五五⑬（皆―親の育あしく）[七]
一三・一七五⑧（皆―愚人のするわざぞや）[七]一八・一七
七⑥（―風俗の為に害ある故なり）
cf、これあり（有之、在之）　これなし（無之）　これまた
これ［感動詞］　[七]七・一七二⑫（―だまりおらずは…）
これあ・り（有之、在之）［連語］（漢文調ノ文章ニ用イル）
―り（用）　[三]一一・一三五⑭（類見世多く―候間）
―る（体）　[三]六・一三四③（―事）　[三]九・一三五①（御息―
うちより）　[三]一七・一三八①（家屋敷―を）　[三]一七・一
三八⑤（品々―由）
これぎり（是限）　[二]二三・一三一⑧　[六]二三・一六九④
これこれ［感動詞］　[五]八・一五二④　[七]七・一七三②
これじやこれじや（是　）［連語］　[四]三・一四一⑥
これな・し（無之）［連語］（漢文調ノ文章ニ用イル）
―く（用）　[三]五・一三三⑧（御用―候故）　[三]五・一三三⑪
（御親類方―）　[三]七・一三四④（御先供―候ては）　[三]七・
一三四⑤（御馴染のかた―）
これは（是　）［連語］　[一]九・一一三⑫（―結構なおたばこかな）
[一]九・一一四①（―けうがる御ありさま）　[三]一一・一三六
②（―近比重法な物）　[五]九・一五二⑨（―そさういたしま
した）　[五]一一・一五三⑯（―ほんに不思議だぞ）　[六]一一・
一六四⑩（―珍説珍説と）
cf、これ　これはこれは
これはこれは（是　）［連語］（挨拶ニ用イル）　[二]三・一二一⑥
[六]一〇・一六三⑯
これはしたり（是　）［連語］　[六]二〇・一六七⑭
これほど（是程）　[二]一三・一二六⑪　[四]一一・一四四⑧　[七]二・
一七一③
これまた（是亦、是又）　[三]八・一三四⑫　[三]九・一三四⑯
これまで（是迄）　[六]三・一六一⑨
これら（是等）　[一]一四・一一五⑯　[一]二一・一一八⑨
ころ（比）　[一]一・一一〇⑥（不自由三昧なりし―）　[四]二・一四
〇⑦（日も傾く―）　[四]一四・一四六①（元禄宝永の―迄）
[五]二・一四九⑩（―は弥生の初）　[六]二・一六〇⑧(徒)（応長
の―）　[六]六・一六一⑮（寛永十四五年の―かとよ）　[六]一
三・一六五④（去る―）　[七]一八・一七七⑧（過し―）
cf、このころ　このごろ　そのころ　ちかいころ　ちかきこ
ろ　ちかごろ
ごろくねん（五六年）　[三]一四・一三六⑮
ごろごろ　[六]一〇・一六四④（雷も…―ともいわで）
ごろしち㊇（五郎七）　[二]八・一二三①
cf、ごろしちぢやわん
ごろしちぢやわん（五郎七茶碗）　[七]七・一七二⑬
ころ・ぶ（転）［バ四段］
cf、ねころぶ　ひとりころび
ころも（衣）　[四]一五・一四六④（金箔の―）
こわ・い（怖　こは…）［形］
―い（体）　[四]五・一四二⑦（―事）　[五]一一・一五三⑨（―物
[六]一二・一六四⑬（―咄し）
こわが・る（こは…）［ラ四段］　↓こはがる　ヲモ見ヨ
―ら（未）　[五]二一・一五七⑦（人に―るる）
―る（止）　[一]一七・一一七④（鰒汁より―ぞかし）
こわさ（怖　こはさ）　[一]八・一一三⑧　[一]九・一一三⑬
こわそも（こは…）［連語］（次ニ疑問ノ表現ヲ伴ウ）
[六]二二・一六八⑬（―いかなる仏意（ぶつち）にや）
ごゐくわう（御威光）　[六]一〇・一六四③
こゑ（声）　↓こへ　ヲモ見ヨ
［振リ仮名アリ］　[二]二一・一二一②（尾上の鹿の妻恋―）　[七]七・

一七二⑤（黄色な―）
［振リ仮名ナシ］　[七]九・一七三⑨（楽の―）　[七]九・一七三⑪
（楽の―）
cf、しほからごゑ　なきごへ　ふたこゑ
ごゑい（御影　：エイ）　[四]九・一四三⑮
ごゑかう（御回向）　[四]五・一四二⑦
cf、ゑかう
こんえんせう(書)（欣厭抄）→こんゑんしやう
ごんごだうだん（言語道断）→ごんごどうだん
ごんごどうだん（言語道断　：ダウダン）　[二]二・一一一④（文末ノ用例）
こんじやう（今生）→こんぜう
こんぜう（今生　：ジヤウ）　[七]一六・一七六⑩
こんど（今度）　[二]一〇・一一四⑧（―の嵐）
こんな　[七]九・一七三⑪（―かたい事では竹馬の耳に北風）
こんにち（今日）　[五]二四・一五八⑪
cf、けふ
こんばん（今晩）　[六]二三・一六九④
こんぽん（根本）　[五]一七・一五六③
こんや（今夜）　[二]四・一二一⑮　[六]二一・一六八⑦（天地も―限（ぎ）りで惣仕舞かと）
こんりう（建立　：リフ）　[序]三・一〇七⑩　[六]一三・一六五④
こんりふ（建立）→こんりう
[六]一五・一六六③
こんゑんしやう(書)（欣厭抄　コンエンセウ）　[七]一七・一七六⑮

［さ］

さ（然）［副詞］
cf、いざさらば　さこそ　さしも　さしもの　さすれば　さなくは　さのみ　さばかり　さもこそ　さもなき　さもなくは　さりとては　さりとは　さりながら　さる　さるほどに　されど　されども　されば　さればこそ
さ［終助詞］
[二]一一・一一四⑭　勘三の十郎は七三―
さ［接頭語］
cf、さおしか
さ［接尾語］
cf、あさましさ　いたさ　いやらしさ　うれしさ　おかしさ　おそろしさ　おとなしさ　おろかさ　かなしさ　こころやすさ　こわさ　しゆしようさ　なさ（そふな）　ねふさ　はらだたしさ　ひくさ　めいわくさ
ざ（座）　[二]二・一一〇⑨（大坂嵐三右衛門が―）
cf、いちむらざ　ざりやう
さあ［感動詞］　[七]二四・一七九⑫
さあさあ［感動詞］　[五]八・一五二①
さい（才、歳）［接尾語］
cf、さんさい
さいおう㊇（臍翁　：ヲウ）　[三]一・一二〇④
cf、はちわうじ（八王子）の臍翁座敷談義の事
さいおんじ（西園寺　サイヲン：）　[六]二・一六〇⑨(徒)
さいかく（才覚）　[三]三・一三二⑪
さいく（細工）　[三]四・一三三②
cf、おさいく
ざいけ（在家）　[四]九・一四三⑨
ざいごう（罪業　：ゴフ）　[五]五・一五一①
さいこう・す（再興）［サ変］
―し（用）　[七]一五・一七六⑦（―て）
さいこく（西国）　[二]二〇・一三〇①
cf、さいこくじゆんれい

さいこくじゅんれい（西国順礼）　四一・一四〇①（―　四国遍路）
ざいごふ（罪業）（「ゴフ」ハ呉音）　↓ざいごう
ざいしやう（罪障）　一一七・一一七⑩（―懺悔ともなりなん）
ざいしよ（在所）　二一八・一二九④　四一七・一四七③　五三・一五〇⑤　五四・一五〇⑫
ざいせ（在世）　四二一・一四八⑪
さいせん（賽銭）　四一四・一四五⑭　四一六・一四六⑩
cf、さんせん
さいぜん（最前）　四四・一四一⑬
さいち（才智）　一二〇・一一七⑬　二一六・一二七⑮　七一〇・一七四⑤
さいちう（最中　：チユウ）　↓さいちゅう　ヲモ見ヨ
二二〇・一二九⑭（酒盛―）
さいちゆう（最中）　↓さいちう　ヲモ見ヨ
一一一・一一四⑬（いそがしひ―）
さいど（済度）　四九・一四三⑧（―方便）
さいな・む（苛）［マ四段］
cf、せめさいなむ
ざいにん（罪人）　一一七・一一七⑨　一二一・一一八⑦
cf、だいざいにんら
さいはうじ（西方寺）　一一・一一〇⑥
さいはひ（幸）　一一〇・一一四⑧　二二一・一三〇⑦（―の事）
四五・一四二⑤（：との挨拶を―に）　六一六・一六六⑩
cf、さいはひにして
さいはひぐら〈書〉（幸蔵）　六八・一六三③
さいはひにして（幸）　三一七・一三八⑥（―まぬかれたる也）
さいふ（財布）　五一・一四九④
さいほつ（再発）
cf、さいほつす
さいほつ・す（再発）［サ変］
―し（用）　一一五・一一六⑩（―て）
さいみやうじ〈人〉（最明寺）
cf、さいみやうじどの
さいみやうじどの〈人〉（最明寺殿）　四二〇・一四八⑦
さいれい（祭礼）
cf、ごさいれい
さいをう〈人〉（臍翁）　↓さいおう
さいをんじ（西園寺）　↓さいおんじ
さう（然）　↓そう　そふ
cf、それはそうと
さう（葬）　↓そう
ざう（象）　↓ぞう
ざう（像）　↓ぞう
cf、そんざう　そんぞう　もくぞう
さうおう（相応）　↓そうおう　そうおふ　ヲモ見ヨ
一一七・一二八⑫（―に）　七一〇・一七四⑤（土地―）
cf、ごさうおう　ふそうおう
ざうさ（造作）　↓ぞうさ
さうし（草紙）　序二・一〇七⑦　六八・一六三③
さうしゆ（葬主）　↓そうしゆ
さうしん（躁心）　↓そうしん
さうそう（葬送）　↓そうさう　そうそう　ヲモ見ヨ
［振リ仮名ナシ］　三一八・一三八⑥
cf、ごそうそう
さうそう（送葬　ソウサウ）
cf、ごさうそう
さうぞく・す（相続）　↓そうぞくす
さうだ［助動詞（伝聞、推量）］　↓そうだ
さうぢ（掃除）
cf、そうじす

さうば（相場）　六二〇・一六七⑫
さうら・ふ（候）［補助用言　八四段］　→さふらふ　ヲモ見ヨ
［漢字表記］
―は（未）
三四・一三三⑤　御気に入不申―ば
三五・一三三⑪　気の毒に被思召―ば
三六・一三三⑮　拍子ぬけ致―ば
三六・一三四②　白小袖にしみきわ附出来致―ば
三七・一三四⑤　御心当無御座―ば
三八・一三四⑫　気ノ毒に思召―ば
三八・一三四⑭　御寺へ参り付―ば
―ひ（用）
三五・一三三⑪　御乗物無御座―て
三七・一三四④　御先供無之―ては
三八・一三四⑪　念仏題目の御講も無御座―て
―ふ（止）
三四・一三三②　承り―
三四・一三三③　心許なく存―
三四・一三三⑤　不及其儀―
三六・一三三⑮　賃銀請取申間敷―
三七・一三四⑤　格別淋しく相見え―
三七・一三四⑦　直段有増別紙に積り置―
三七・一三四⑦　賃銀定之外少々相増申請―
三七・一三四⑨　歩行候やうに可申付―
三九・一三四⑯　随分申付可差上―
三一〇・一三五⑤　借し出し―
三一〇・一三五⑥　葬礼の故実能存知の浪人抱置―
三一一・一三五⑪　紙にて拵へ置―
［可被仰聞候］
三五・一三三⑫　可被仰聞―
［可被仰付候］
三七・一三四⑥　拙者方え可被仰付―
三八・一三四⑫　是亦被仰付べく―
三一〇・一三五⑤　可被仰付―
三一〇・一三五⑦　可被仰付―
［可被下候］
三四・一三三④　被仰付可被下―
三五・一三三⑩　被仰付可被下―
三六・一三四③　御心附可被下―
三八・一三四⑩　御見のがし可被下―
三一〇・一三五⑪　被仰付可被下―
三一一・一三五⑫　御調可被下―
三一一・一三五⑭　御見知置可被下―
三一一・一三五⑮　御尋可被下―
［奉存候］
三三・一三二⑯　有がたき仕合奉存―
［仕候］
三五・一三三⑨　損料貸に仕―
三六・一三四①　損料貸に仕―
［にて候］
四二・一四一②　一所不住の沙門にて―
［申上候］
三一・一三一⑪　以口上書申上―
三三・一三二⑮　口上書を以申上―
三六・一三四③　為念申上―
［申候］
三五・一三三⑭　相添差上申―
三一〇・一三五⑨　格別下直に差上申―
三一一・一三五⑫　卯四月より売出し申―
［可申候］

三四・一三三⑥　取替差上可申―
三五・一三三⑬　差出し可申―
三七・一三四⑥　御望次第指出し可申―
三八・一三四⑮　煙草に致させ可申―
三九・一三四⑯　念仏題目同音に唱へさせ可申―
―ふ（体）
三五・一三三⑫　達者に泣―女斗（ばかり）
三五・一三三⑬　乗物に付―下女も
三八・一三四⑫　肩に掛―羽織
三八・一三四⑬　腰にはさみ―足袋
［候間］
三四・一三三②　仕立―間
三四・一三三④　丈夫に致置―間
三五・一三三⑨　不罷成―間
三一〇・一三五⑤　御手廻し宜（よろしく）―間
三一〇・一三五⑦　死字に書申者を差上―間
三一〇・一三五⑪　御悦喜の御事に―間
三一一・一三五⑭　白地に如此仕―間
三一一・一三五⑭　類見世多く有之―間
［候節］
三八・一三四⑨　饅頭赤飯被下―節は
三一一・一三五⑮　御取寄被遊―節は
［候程に］
四二・一四一③　日も暮に及―程に
［候様に］
三六・一三三⑭　同音に泣出申―様に
三七・一三四⑨　自慢臭き顔にて歩行―やうに
三一〇・一三五⑩　折レ不申―様に
［候故］
三四・一三三①　売切申―故
三四・一三三③　細工麁末に致し―故
三五・一三三⑧　御用無之―故
三六・一三四①　殊外落涙に被及―故
［候由］
三四・一三三①　御難義に及―由
―へ（已）
［候得共］
三一・一三一⑪　冷気に趣―共
三四・一三三⑤　可懸御目―共
三五・一三三⑧　高直には無御座―共
三六・一三三⑮　稽古為致置―共
三九・一三五②　簾を御懸被成―共
［候得ば］
三一〇・一三五⑩　手厚く致置―ば
―へ（命）
［候へ］
四三・一四一⑥　一足もはやく御出―
［さふらへ］（平仮名表記）
四二・一四一③　一夜を明させ給はり―（重出＝さふらふ」）
cf、ござさうらふ　そろべくそろ　まいらせそろ
ざうり（草履）　三二〇・一三九⑥（―の緒）
cf、ざうりとり　ぞうりとり　わらざうり
ざうりとり（草履取）　→ぞうりとり　ヲモ見ヨ
［振リ仮名アリ］　四一七・一四七③
さうりん（倉廩）　→そうりん
さうれい（葬礼）　→そうれい
cf、そうれいあみがさ
さうれいあみがさ（葬礼編笠）　→そうれいあみがさ
さうゐ・す（相違）　→そうゐす
さえざえし（冴々）　→さゑざゑし

さおしか（小男鹿　…をしか）　[七]六・一七一⑯（―の八ツの御耳）
　cf、しか
さが（嵯峨）　[四]一三・一四五⑨
さかいちやう（境町　さかひ…）　↓さかひちやう　ヲモ見ヨ
［振リ仮名アリ］　[一]一〇・一一四③
さかしろ（酒代）　↓さかて
さが・す（探）［サ四段］
—し（用）　[六]一七・一六六⑭（―たら）
　cf、みさがす
さかだい（酒代）　↓さかて
さかだ・つ（逆　）［タ四段］
—つ（用　音便）　[七]九・一七三⑭（鬢の毛―て）
さかだる（酒樽）　[五]二三・一五八④
さかづき（盃）　↓はい
さかて（酒代、酒銭）　[一]二二・一一九⑥　[二]一三・一二六⑨
さかどいや（酒問屋　…どひや）　[二]一五・一二七⑦
さかどひや（酒問屋）　↓さかどいや
さがな・し［形ク］
—き（体）　[四]一一・一四四⑦（口の―江戸者）
さかひ　[序]一・一〇七④
さかひちやう（境町）　↓さかいちやう　ヲモ見ヨ
［振リ仮名ナシ］　[一]三・一一一⑧
さかほこ（逆鉾）
　cf、あまのさかほこ
さかもり（酒盛）　[二]二〇・一二九⑬（―最中）
さかや（酒屋）　[一]一六・一一七③　[二]一四・一二六⑯　[五]一〇・一五三①　[五]一一・一五三③　[七]一・一七〇⑤
　cf、さかどいや　ならざかや
さかり（盛）
　cf、はなざかり　わかざかり
さが・る（下）［ラ四段］
—る（体）　[二]二一・一三〇⑩（しころが七の図迄―百姓）　[二]二一・一三〇⑩（身帯の―も）
　cf、うしろさがり　なりさがる
さき（先）　[四]一・一四〇②（それから―は）　[四]三・一四一⑥（日の暮ぬ―に）　[五]五・一五一③（人より―に）　[七]二・一七一①（―へかけ出し）
　cf、かたさき　はなのさき　ゆくさき　われさき
さき（崎）
　cf、きよみがさき
さきがけ（先駆、魁）
　cf、さきがけす
さきがけ・す［サ変］
—する（体）　[六]一五・一六六⑥（はやり事の―も）
さきぐり・す［サ変］
—し（用）　[五]八・一五一⑯（いらぬ―て）
さきども（先供）　[三]七・一三四⑦　[三]一三・一三六⑨　[三]一三・一三六⑪
　cf、おさきども
さきほど　[六]一七・一六七③（―も）
さく（作）　[四]一〇・一四三⑯（一刀三礼の―）
　cf、おんさく
さ・ぐ［ガ下二段］　さ・げる［ガ下一段］
—げ（未）　[六]一七・一六六⑯（猿を―させ）
—げ（用）　[四]一一・一四四⑪（干鱈―て礼に来る）　[五]二・一四九⑪（菓子袋―（提）たるは）　[六]一七・一六六⑯（面桶―た様に）　[六]二一・一六八⑨（手に―て）　[六]二二・一六九①（腰に―た人数）
さくい（作意）　[一]一一・一一四⑫
さくしや（作者）　[一]一四・一一五⑭　[一]一四・一一六②　[一]一七・

一一七⑩　〔二〕二〇・一一七⑬　〔七〕一〇・一七四⑤
cf、さくしやがた　さくしやぢゆう
さくしやがた（作者方）　〔一〕一〇・一一四⑨
さくしやぢゆう（作者中）　〔一〕一四・一一六④
さくら（桜）　〔二〕二・一二一④
さけ（酒）　〔二〕五・一二三⑬　〔二〕一三・一二六⑥　〔二〕一三・一二六
⑥　〔二〕一三・一二六⑩　〔二〕一四・一二六⑫　〔二〕一四・一二六
⑬　〔四〕三・一四一⑩　〔四〕八・一四二⑨　〔六〕一六・一六六⑪
cf、きんしゆ　さかだる　さかて　さかどいや　さかもり
さかや　たちざけ　どくしゆ　なほしざけ　ひやざけ
さこそ［副詞］（アトニ推量の語ヲ伴ウ）　〔七〕六・一七二①（—や
かましふ思召らん）
ささ・ぐ（捧）［ガ下二段］　ささ・げる［ガ下一段］
—げ（用）　〔三〕二・一三二⑥
さし（差、指）［接頭語］
cf、さしあぐ　さしいだす　さしうつむく　さしくぶ　さし
そふ　さしのばす
さしあ・ぐ（差上）［ガ下二段］
—げ（用）
〔三〕四・一三三⑥　取替—可申候
〔三〕五・一三三⑭　相添—申候
〔三〕一〇・一三五⑦　書申者を—候間
〔三〕一〇・一三五⑨　格別下直に—申候
cf、さしあぐべく
さしあぐべく（可差上）［連語］　〔三〕九・一三四⑯（申付—候）
さしあひ（差合）　〔一〕二〇・一一七⑬　〔七〕一九・一七七⑯
さしいだ・す（差出、指出）［サ四段］
—し（用）　〔一〕九・一一三⑭　〔三〕五・一三三⑫（—可申候）　〔三〕
七・一三四⑥（御望次第—可申候）
さしうつむ・く［カ四段］

—き（用）　〔二〕一四・一二六⑫
ざしき（座敷）　〔一〕九・一一三⑭　〔二〕一九・一二九⑩　〔二〕二〇・一
二九⑯
cf、ざしきだんぎ
ざしきだんぎ（座敷談義）
cf、はちわうじ（八王子）の臍翁座敷談義の事
さしく・ぶ［バ下二段］　さしく・べる［バ下一段］
—べ（用）　〔二〕三・一二一⑤（茶釜の下—ながら）
さしそ・ふ（差添）［ハ下二段］　さしそ・へる［ハ下一段］
—へ（用）　〔三〕九・一三四⑮
さして［副詞］　〔三〕一二・一三六②（—…入用になき引札）
さしのば・す（伸）［サ四段］
—し（用）　〔四〕八・一四二⑬（足—）　〔七〕六・一七一⑭（草臥足
—て）
さしも［副詞］　〔四〕一〇・一四四⑤　〔四〕一七・一四七⑤
さしもの［連語］　〔五〕一〇・一五二⑮（—道千気を呑れて）
さしや・る［ラ特活］（サ変「せ」＋助動詞「さしやる」ノ音変化
カ。「する」ノ尊敬語。近世上方ノ語）
—ら（未）　〔五〕七・一五一⑮（仏頂面さへ—ねば）
（さし）っ（用）（「て」「た」ニ続ク時ハ「さしっ」トナルコトア
リ）　〔五〕七・一五一⑫（どう—たぞ）
—る（体）　〔五〕八・一五二①（主ゑらび—は）
—れ（命）　〔六〕一〇・一六四①（勝手に—）
さしやる［助動詞（尊敬）］
さしやつ（用　音便）
〔五〕一三・一五三⑯　見—たであろ
さ・す【指】［サ四段］
—し（用）　〔六〕二・一六一③㊗（北を—てはしる）　〔七〕一三・一
七五⑥（脇指迄—た奴）
さ・す【刺】［サ四段］

―す（体）　㊀一一・一一四⑬（赤鰯―片手）
さ・す【鎖】［サ四段］
―し（用）　㊂九・一三五②（門の戸を―）
さ・す［サ下二段］　さ・せる［サ下一段］（サ変「せ」＋助動詞（使役）「さす」ノ音変化）
―せ（用）　㊁二・一一一③（六度迄落馬―）　㊁二・一一一④（損傷（けが）―し条）　㊁九・一二四①（辛苦―し）　㊁一九・一一三・一二六⑦（親に…なげきが―て見たい）　㊁一九・一二九⑩（店がへ―）　㊁二九⑥（悲しひ暮しを―た）　㊄六・一五一⑥（朝寐―て）　㊆一三・一七五⑧（あるまじき風俗―て）
―せる（体）　㊀一六・一一七③（難儀―輩）
さす［助動詞（使役）］　させる［助動詞（使役）］
させ（未）
㊂一八・一三八⑦　水色の上下を仕立―んより
させ（用）
㊂七・一三四⑨　耳に珠数を掛―自慢臭き顔にて
㊂八・一三四⑭　飛がごとく欠（かけ）―
㊂九・一三四⑯　念仏題目同音に唱へ―可申
㊅一七・一六六⑯　乞食の面桶（めんつう）さげた様に猿をさげ―もせられず
さす［助動詞（敬譲）］　させる［助動詞（敬譲）］
させ（未）
㊂一三・一三六⑩　御先供は連（つれ）―らるる由
させ（用）
㊆二・一七一②　薬師もあきれ果―給ふらん
さすが［副詞］　㊅一四・一六五⑯　㊅一七・一六六⑮
さすがは［副詞］　㊂一三・一三六⑬
さす・る［ラ四段］
―り（用）　㊄二四・一五八⑫（足を―さすり）　㊄二五・一五八⑬（足をさすり―）
cf、なでさする
さすれば［接続詞］　㊁一七・一二八⑬
させる［連体詞］　㊀六・一一一⑮（―高名ともなるべからず）
さぞ（嘸）［副詞］　㊄一二・一五三⑪
さぞかし（嘸）［副詞］　㊂一四・一三七④
さぞさぞ（嘸々）　㊄一一・一五三⑭
さそひつ・る（連）［ラ下二段］　さそひつ・れる［ラ下一段］
―れ（用）　㊁三・一二一⑨（―て参る）
さそ・ふ［ハ四段］
―へ（已）　㊆二五・一八〇⑤（―ば）
cf、さそひつる
さた（沙汰）　㊀一五・一一六⑩（心中の―）　㊀二一・一一九③（心中の―）　㊃一五・一四六④（不足の―）　㊆一〇・一七四⑤（味噌塩の―）　㊆一三・一七五⑩（此―のみなり）　㊆一七・一七七③（欠落の―）　㊆二四・一七九⑪（不義放埒の―）
cf、くじざた　とりざた
さだま・る（定）［ラ四段］
cf、おさだまり
さだめ（定）　㊂七・一三四⑦（賃銀―之外）
cf、おさだめ
さだめて（定）［副詞］　㊁一七・一二八⑥　㊄二二・一五七⑨
さつ（冊）［接尾語］
cf、いつさつ　ぜんぶごさつ
さつき（五月）［振リ仮名アリ］　㊀七・一一三①（―なかば）　㊆六・一七一⑪（―半（なかば））
さつ・す（察）［サ変］
―し（用）　㊁一一・一二五⑥
さつそく（早速）　㊀九・一一三⑭　㊂五・一三三⑪　㊂八・一三三

四⑫　三九・一三五③　三九・一三五④（—の）　六一四・
一六五⑫
さつぱりと　二三・一二一⑩（—した口上）
さつまげき(人)（薩摩外記）　七一一・一七四⑫
さて（扨）［接続詞］　二一六・一二八④　二一八・一二九④　四
五・一四二⑤　五一四・一五四⑪　六三・一六一⑨
cf、さておく　さてさて　さては　さても　さてもさても
はてさて
さてお・く（扨置）［カ四段］
—き（用）　四二〇・一四八⑧
さてさて（扨々）　四八・一四二⑮　五一四・一五四⑧　六六・一
六一⑬
さては（扨　）［接続詞］　一二二・一一九⑧（…で喰ふた餅も—
馬糞でありしよな）　三一四・一三七⑪（—花麗は好（よき）
人のせぬ事と悟りぬ）
さても（扨　）　一一・一一〇④　一一三・一一五⑧　一二二・一
一九⑤　四一一・一四四⑧
cf、さてもさても
さてもさても（扨　々　）［感動詞］　四一〇・一四四①（—恥し
や）　五一〇・一五三①（—珍らしい）　五一二・一五三⑩
（—見事な）　七二五・一八〇④（—おそろしい）
さでん(書)（左伝）　二一五・一二七⑩
さと（里）　二二・一二一①
cf、かたやまざと　やまざと
さと・し【聡】［形ク］
—く（用）　二一・一二〇⑥（商売の目算に—）　六一一・一六
四⑦（物の理に—）
さと・す【諭】［サ四段］
—し（用）　六三・一六一⑩（あはれび—給ふ）
さと・る（悟）［ラ四段］
—り（用）　三一四・一三七⑫（—ぬ）
さなくは［連語］（底本「は」ニ濁点ナシ）　六一六・一六六⑨
七一九・一七七⑮
cf、さもなくは
さの(地)（佐野）
cf、さののわたり
さののわたり(地)（佐野渡）　四二〇・一四八⑦
さのみ［副詞］（アトニ打消ノ語ヲ伴ウ）　三五・一三三⑧（—高
直には無御座）　四三・一四一⑨（—真実ではなけれど）
四八・一四二⑩（—怖しとも思はざりしは）　四一三・一四
五⑧（—心にもとどめざりしが）　六二二・一六八⑪（—に
くまれふ筈もなし）
さば・く（捌）［カ四段］
cf、きりさばく
さは・る（障）［ラ四段］　↓さわる
さびし（淋）［形シク］
—く（用）　三八・一三四⑪
cf、うそさびし　さみし
さぶ(人)　二一三・一二六⑥
cf、さぶろべゑ
ざふごん（雑言）　↓ぞうごん
ざふせつ（雑説）　↓ぞうせつ
さぶらうべゑ(人)（三郎兵衛）　↓さぶろべゑ
さふら・ふ（候　さうらふ）［補助用言］　↓さうらふ　ヲモ見ヨ
［平仮名表記］
—へ（命）
四二・一四一③　一夜を明させ給はり—（重出＝「さうらふ」）
さぶろべゑ(人)（三郎兵衛）　二五・一二二⑬　二一四・一二六⑫
cf、さぶ
さへ［副助詞］　↓「さゑ」　ヲモ見ヨ

二三・一一一⑥　五文字附―もて来らず
二七・一一二⑭　草履取―連（つれ）ず
二二〇・一一七⑫　入り―あらばと心をつけぬは
二二一・一二一④　凧―匂ふ春の夕暮
二一四・一二六⑮　念仏―御免あらば
三二・一三三⑤　月水流しの女医者―油断なき世中
四一・一四〇②　叱人（しかりて）―なくは天竺迄も行気な
　風来人
五七・一五一⑮　仏頂面―さしやらねば
五八・一五二⑤　守り本尊―いはれぬ意見
五九・一五二⑦　仏様―嫌ひそふで
六一・一六〇①　昼―徒然なるに
六七・一六二③　神田の比丘尼のお寮―：剪られしと
七一三・一七五⑨　凧の神―おもわぬ物から
［助詞＋さへ］
三一八・一三八⑦　拝領上下にて―なくは：有合を着し
四九・一四三⑪　銭に―なるならば
四一四・一四六②　開帳と―いへば
四一六・一四六⑫　：を―（さゑ）中休してやうやう云仕廻
（いいしまひ）し（重出＝「さゑ」）
さま（様）［接尾語］
cf、いづれもさま　おくさま　おせわやきさまがた　おほやさま　おまむきさま　おみさま　おやしきさまがた　おれきれきさまがた　かかさま　きさま　きんちゆうさま　きんりさま　ごしんるいさまがた　こなさま　てんぐさま　とつさま　ほとけさま
ざま　四四・一四一⑫（此―になられぬ）　七三・一七一⑦（此―はと：身をうらみ）
さまざま　六二三・一六九⑥（―取々の評判）
cf、いろいろさまざま

さま・す（覚）［サ四段］
―し（用）　七七・一七二⑤（ねふりを―てくれんず）
さみし（淋）［形シク］
―く（用）　三七・一三四④
cf、さびし
さみだれ（五月雨）　二二一・一一九②
さ・む（覚）［マ下二段］　さ・める　［マ下一段］
―め（未）　六九・一六三⑭（夢―ず）
―め（用）　六一四・一六五⑮（夢の―たる心地）
cf、さめきる　ねざめ　ねてもさめても
さ・む【褪】［マ下二段］　さ・める　［マ下一段］
―め（用）　六一六・一六六⑪（色は―たれど）
cf、あをざむ
さむらい（侍　さむらひ）　→さむらひ　ヲモ見ヨ
［振リ仮名アリ］　二八・一一三⑨
さむらひ（侍）　→さむらい　ヲモ見ヨ
二六・一一二⑤　二八・一一三⑥　二一〇・一一四⑤　七一八・一七七⑨　七二二・一七九②　七二三・一七九⑧
cf、さむらひども　ゐなかざむらひ
さむらひども（侍共）　七一九・一七七⑫
さめき・る（醒切）［ラ四段］
―り（用）　四四・一四一⑭（今は早―て）
さもこそ［連語］　三一九・一三八⑭（実（げに）―と）
ざもと（座元）　七一・一七〇③
さもなき（左　）［連語］　三二〇・一三九⑤（―にて）
さもなくは［連語］（底本「は」ニ濁点ナシ）　七二四・一七九⑯
cf、さなくは
さやう（左様）　二一〇・一一四④（いかにも―で御座ります）
さら（更）
七七・一七二⑫（―な）

cf、いふもさらなり　いまさら　さらに
さら・す［サ四段］
—し（用）　〔七〕一六・一七六⑧（恥を—）
さらなり（更）
cf、いふもさらなり
さらに（更）［副詞］　〔三〕一七・一三八⑥　〔四〕一三・一四五⑥　〔六〕三・一六一④㊟　〔七〕一・一七〇①（天涯—亦天涯あり）
さらば［接続詞］（「然（さ）あらば」ノ略）
cf、いざさらば　さらばさらば
さらばさらば［感動詞］（別れの挨拶）　〔七〕二五・一八〇②
cf、おさらばおさらば
さり（然有）［ラ変］（「さ」「あり」ノ音変化）
cf、さりとては
ざり［助動詞（打消）］　→「ず」「ぬ」ヲモ見ヨ
ざり（用）
〔四〕八・一四二⑩　さのみ怖しとも思は—しは
〔四〕一三・一四五⑧　さのみ心にもとどめ—しが
〔五〕一〇・一五二⑯　しばし挨拶も出—しが
〔五〕一八・一五七①　人に怖（おぢ）られはせ—し故
ざる（体）
〔三〕一九・一三八⑮　見てにくま—はなし
〔六〕一〇・一六四⑤　誠とおもは—物から
〔六〕一一・一六四⑨　一人語り伝へ—も千万人の為となる
〔七〕一・一七〇①　始て信ず人間行（ゆい）て尽さ—事を
〔七〕八・一七三⑦　和にして淫せ—を貴（たつと）む
〔七〕一五・一七六⑥　破損（やぶれそん）ぜ—はすくなし
〔七〕二四・一七九⑪　此浄留理を禁（いまし）め—家には
ざれ（已）
〔四〕九・一四二⑮　其人を得—ば徒に年月を過しつるに
〔五〕一六・一五五⑥　己が身の行を慎ま—ば
〔六〕一三・一六五⑨　一夫耕さ—ば飢渇の基
〔六〕一三・一六五⑨　一婦織—ば諸人の寒気を防に便なからん
ざれ（命）
〔六〕八・一六三⑤　流言に心惑せ—と
さりとては［連語］　〔六〕一五・一六六⑤（—あしきならはし）　〔七〕六・一七一⑮（—ねられず）
cf、いらざる　ざんめり
さりとは［接続詞］　〔一〕六・一一一⑭　〔一〕七・一一七⑧　〔一〕二二・一一九⑤　〔三〕二・一三二⑥　〔四〕五・一四二⑧　〔五〕二一・一五七⑧
さりながら（去　）［接続詞］　〔四〕一三・一四五⑨
ざりやう（座料　：レウ）　〔六〕一・一六〇③　〔六〕二四・一六九⑩
さる（猿）　〔二〕二・一二一②　〔六〕一六・一六六⑨　〔六〕一七・一六六⑯
cf、さるぢゑ
さる（申）
cf、ほうれき（宝暦）二申正月吉晨
さ・る［ラ下二段］　さ・れる［ラ下一段］（「す（する）」ノ受身ノ意ヲ表ス）
—れ（用）　〔五〕二三・一五八③（親父に勘当—て）
さる（去）［連体詞］　〔一〕一・一一〇④（—（ル）秋の嵐に）　〔六〕一三・一六五④（—比）
さる（去【然有】）［連体詞］　〔五〕二二・一五七⑬（—ものしり）　〔六〕七・一六二⑫（—（ル）所から）　〔七〕二四・一七九⑫（—しち屋の内義）
さるぢゑ（猿智恵）　〔三〕三・一三二⑩（—な男）
さるほどに（去程）［接続詞］　〔一〕一・一一四⑬　〔一〕一六・一一七④　〔三〕二・一三二④　〔四〕一七・一四六⑮　〔七〕一三・一七五④
ざれう（座料）　→ざりやう

されど［接続詞］　【序】三・一〇七⑨
されども［接続詞］　【一】一〇・一一四⑨　【五】二・一四九⑥
されば［接続詞］　【三】一四・一三六⑮　【四】九・一四三④　【四】一四・
一四六①　【六】六・一六一⑮　【六】二三・一六九⑦（—されば）
【六】二三・一六九⑦（されば—）　【七】一・一七〇④　【七】一〇・
一七三⑯　【七】一八・一七七⑧
さればこそ［連語］　【一】二一・一一八⑮　【七】二三・一七九⑩
さわ・ぐ（騒）［ガ四段］
—ぎ（用）　【三】二〇・一三九④　【五】一五・一五四⑭（—給ふ）
cf、たちさはぐ
さわ・る（障　さは：）［ラ四段］
—る（体）　【四】九・一四三⑫（少も—所存はなけれど）
さゑ（さへ）［副助詞］　↓「さへ」　ヲモ見ヨ
【四】一六・一四六⑫　：を—中休してやうやう云仕廻（いいし
まひ）し（重出＝「さへ」）
さゑざゑし（さえざえし）［形シク］
—く（用）　【五】七・一五一⑩（応対（へんじ）は—）
さゑもん㊇（左衛門）
cf、くどうさゑもんすけつね
さをしか（小男鹿）　↓さおしか
さん㊇（三）
cf、おさん
さん（三）
cf、いつとうさんらい　けんにんさんねん　さんかく　さん
さい　さんだい　さんだいめ　さんど　さんなん　さんぱい
す　にさん　まきさん　み　みつ
さん（山）［接尾語］
cf、ほうえいざん　ゆどのさん
さん（産）
cf、あんざん
さんかく（三角）　【四】八・一四二⑫（額の—な紙）
さんげ（懺悔）　【一】一七・一一七⑩（罪障—ともなりなん）
さんけい（参詣）　【四】一五・一四六③　【四】一六・一四六⑭　【七】六・
一七一⑪　【七】六・一七一⑫
cf、みやこじむじだゆふ（都路無字大夫）江の島参詣の事
さんさい（三才）　【一】一一・一一四⑪
さんざん［副詞］　【四】一八・一四七⑦（—狂言はづれ）
さんじき（桟敷）　【一】一七・一一七⑥
cf、みさんじき
さんじふにん（卅人、三拾人）　【三】一四・一三七⑦　【五】二三・一五
八④
さんじふねん（三十年）　【七】一四・一七五⑫
さんしやうだいふ㊇（山枡大夫　サンセウ：）　【二】一一・一二五⑩
さん・ず（散）［サ変］
cf、きさんじ
さんすい（山水）　【七】二二・一七八⑩　【七】二二・一七八⑪
さんせうだいふ㊇（山枡大夫）　↓さんしやうだいふ
さんせん（散銭）　【序】四・一〇七⑫
cf、さいせん
さんぜんくわん（三千貫）　【二】八・一二三⑥
さんだい（三代）　【二】二〇・一三〇③
さんだいめ（三代目）　【二】一七・一二八⑤
さんど（三度）　【四】一〇・一四四⑥（一刀に—づつ）
さんどびきやく（三度飛脚）　【六】九・一六三⑪
さんなん（三男）　【二】五・一二二⑬　【二】一三・一二六⑥
さんねん（三年）
cf、けんにんさんねん
ざんねん（残念）　【六】二・一六〇⑦（—ながら）　【七】一三・一七五
④（今で—）
さんのう（山王　サンワウ）（「さんおう」ノ連声）　【六】一四・一六

五⑬（―の御祭礼）
さんぱい（三拝）
　cf、さんぱいす
さんぱい・す（三拝）［サ変］
―し（用）　〔四〕一一・一四四⑨（―て）
さんぼう（三宝）［接尾語］
　cf、なげやりさんぼう　なむさんぼう
さんまい（三昧）［接尾語］
　cf、ふじゆうざんまい
ざんめり　↑「ざる」「めり」
　ざんめり（止）
　〔六〕三・一六一⑤(徒)　はやく跡なき事にあら―とて
さんよう（算用）　〔四〕四・一四二①　〔四〕一六・一四六⑪　〔五〕一三・
　一五八⑤
　cf、さんようぎわ　さんようす　そうざんよう
さんようぎは（算用際）　↓さんようぎわ
さんようぎわ（算用際　∴ぎは）　〔四〕一五・一四六④
さんよう・す（算用）［サ変］
―し（用）　〔五〕一七・一五五⑯（―て）
さんらい（三礼）
　cf、いつとうさんらい
さんわう（山王）　↓さんのう

［し］

し（士）
　cf、ゆうし
し（子）
　cf、かうし　じつし　ようし
し（子）［尊称］
　cf、やまおかげんりんし
し（四）
　cf、しいじ　しかくしめん　しぐわつ　しくわん　しけんめ
　しごにち　しごにん　してう　しもごも　まきし　よ　よつ
し（師）　〔七〕一七・一七七②（―とあほぐ）
　cf、おし　おんやうじ　おんようじ　かうじ　じつごとし
　やまし
し（死）　〔五〕二二・一五七⑨
　cf、(死)（マルし）
し（紙）
　cf、はんし　べつし
し［副助詞］
　〔四〕八・一四二⑭　おもふ事いはで只にや止（やみ）ぬべき我
　に等しき人―なければ
し［接続助詞］
　〔五〕一一・一五三⑧　鬼ではあるまい―鬼神ではあるまいし
　〔五〕一一・一五三⑨　鬼神ではあるまい―
し［助動詞（過去）「き」ノ連体形］　↓「き」［助動詞（過去）］
　ヲ見ヨ
じ（字）　〔三〕一〇・一三五⑦
　cf、いちじ　かごじ　しにじ　にじ
じ（寺）
　cf、さいおんじ　さいはうじ　しやうじやうくはうじ　せい
　ぐわんじ　ぜんくわうじ　だいぜんじ　たうじ　てんわうじ
じ［助動詞（打消推量）］
　じ（止、体）
　〔序〕三・一〇七⑨　志は能化にもおとら―物を
　〔三〕一八・一三八⑥　本意にはあら―かし
　〔四〕三・一四一⑥　是ではゆか―と手を合せて
　〔五〕二一・一五七⑧　小野とはいわ―　あなめあなめ

じあい（慈愛）〔二〕一三・一二六⑤（—の心）
しあ・ぐ（仕上）［ガ下二段］　しあ・げる［ガ下一段］
—げ（用）〔二〕九・一二四②（身上を—）〔三〕二・一三二⑧（直（ね）を—て）
しあはせ（仕合）〔一〕三・一一一⑧〔三〕三・一三二⑯（有がたき—）〔五〕一六・一五五⑤（—よく）〔六〕二一・一六八⑪
しいじ（四時）（「しじ」ノ慣用読ミ）〔二〕二・一二一③
しい・る（仕入）［ラ下二段］　しい・れる［ラ下一段］
—れ（用）〔三〕四・一三三④
しう（州）
cf、ろくじふよしう
しう（宗　シユウ）
cf、しうし　じやうどしゆう　しゆうし　しゆうもん　ぜんしう　だいねんぶつしう　ぢしう　てんだいしう　にちれんしう　はつしう
しうぎ（祝義）
cf、ごしうぎ
しうし（宗旨　シユウ：）
［振リ仮名アリ］〔二〕五・一二二⑤〔二〕八・一二二⑭〔二〕八・一二二⑯〔二〕九・一二四④〔二〕一〇・一二四⑩〔二〕一三・一二六⑩〔七〕二四・一七九⑯
［振リ仮名ナシ］〔二〕九・一二四⑥（前後ノ振リ仮名ニ倣ウ）
しうじつ（終日　シユウ：）〔六〕九・一六三⑬
しうしん（終身　シユウ：）〔四〕一七・一四七④
しうち（仕内）〔一〕一三・一一五⑭〔一〕二〇・一一八②
しうと（舅【姑】）〔二〕一一・一二五⑩〔六〕一三・一六五⑤
しうゑん（愁怨）〔七〕八・一七三⑧（妖淫—にして）
じゑきげんしち㊇（時疫源七）→じゑきげんしち
しおき（仕置）
cf、おしおきもの

しか（鹿）〔二〕二・一二二②（尾上の—）
cf、さおしか
しか・く（仕掛、仕懸）［カ下二段］　しか・ける［カ下一段］
—け（用）〔四〕一五・一四六③（—て）〔五〕二三・一五八⑤
—くる（体）〔四〕一・一四〇⑤（—と）
cf、しかけ
しかくしめん（四角四面）〔七〕一一・一七四⑧（—に）
しかけ（仕　）〔四〕一八・一四七⑪
cf、しかけしだい
しかけしだい（仕懸次第）〔五〕五・一五〇⑯
じがじがと（似我々々　）〔七〕一九・一七八④
しかしながら（併）〔序〕二・一〇七④（損得はるかにへだたれども—勧善の志は一なり）〔七〕一二・一七五③（：となりぬ　—我々が油断なりき）
しかた（仕方、仕形）〔一〕一三・一一五⑩〔一〕二一・一一九①〔四〕一〇・一四四②
しかと【確　】［副詞］〔二〕一三・一二六⑦
しか・ぬ（仕　）［ナ下二段］　しか・ねる［ナ下一段］
—ね（未）〔一〕一六・一一六⑮（—ぬは今の立役）
*じがばち（似我蜂）→ぢがばち
cf、じがじがと
しか・む【顰】［マ下二段］　しか・める［マ下一段］
—め（用）〔六〕一三・一六五⑦（顔を—て）
しかも［副詞］〔五〕七・一五一⑩〔五〕一〇・一五二⑬〔六〕二三・一六九⑧
しからば（然）［接続詞］〔一〕一七・一一七⑥
しかりちら・す（叱　）［サ四段］
しかりて（叱人）〔七〕一九・一七七⑬（—て）
—し（用）
しか・る（叱）［ラ四段］〔四〕一・一四〇②

—ら（未） 〔五〕六・一五一⑧（—るる事） 〔五〕七・一五一⑭（—れても）
cf、しかりちらす　しかりて
しかるに（然）［接続詞］ 〔一〕二二・一一五⑥ 〔一〕一七・一一七⑦
（—なんぞや） 〔三〕一九・一三九② 〔七〕二二・一七五②
しかれども（然）［接続詞］ 〔序〕四・一〇七⑪ 〔五〕二二・一五七⑭
しかれば（然）［接続詞］ 〔六〕二〇・一六七⑮ 〔七〕一四・一七五⑯
しき(書)（史記） 〔二〕一五・一二七⑩
しきみ（樒） 〔三〕一〇・一三五⑧
しくみ（仕組） 〔一〕一六・一一六⑭ 〔一〕一六・一一六⑯ 〔一〕一六・一一六⑯
しく・む（仕組）［マ四段］
—み（用） 〔一〕一七・一一七⑤（—て）
—む（体） 〔一〕一五・一一六⑩（年々に—故）
しぐわつ（四月） 〔三〕一一・一三五⑫
しくわん（四貫） 〔二〕八・一二三⑤（—の銭）（掛詞＝四貫／止観）
しけんてらまち（四軒寺町） 〔三〕一一・一三五⑬
しけんめ（四軒目） 〔三〕一一・一三五⑬
しこく（四国）
cf、しこくへんろ
しごく（至極） 〔一〕九・一一三⑫（—の煙草好） 〔三〕一二・一三六④（—尤） 〔三〕一七・一三八②（—の重き御役人） 〔七〕一七・一七六⑯（—の格言）
しごく（至極）［接尾語］
cf、もんもうしごく
しこくへんろ（四国遍路） 〔四〕一・一四〇①（西国順礼　—）
しごにち（四五日） 〔七〕六・一七一⑪
しごにん（四五人） 〔七〕八・一七七⑨
しころ【錣】 〔二〕二一・一三〇⑩（頭巾の—）
じこん（自今）（「じごん」トモ） 〔二〕一三・一二六⑩ 〔六〕二〇・一六七⑯
しさい（子細） 〔四〕一三・一四五⑨
cf、しさいらし
しさいらし（子細）［形シク］
—く（用） 〔四〕二・一四一②
しさ・ぐ（仕下）［ガ下二段］　しさ・げる［ガ下一段］
—げ（用） 〔二〕二・一一一①（芸を—て）
しじう（始終　シジユウ）［副詞］ 〔二〕一一・一二五⑪（—まつとうして） 〔三〕一〇・一三五⑨（—御寺の垣に罷成申物）
しじふいち（四十一） 〔二〕一九・一二九⑥
しじふに（四十二） 〔二〕八・一二三⑮（—の二ツ子） 〔三〕一九・一二九⑥（—の二ツ子）
しじふはちまい（四十八枚） 〔二〕八・一二三⑩
ししやう（師匠）
cf、ししやうたち　てならひししやう
ししやうたち（師匠達） 〔五〕一七・一五五⑮
しじゆう（始終）　→しじう
じしゆう（時宗）　→ぢしう
し・す（死）［サ変］
—し（用） 〔三〕一四・一三六⑮（—たる） 〔四〕二一・一四八⑫（—ての後）（「しに・て」カ） 〔七〕二二・一七八⑪（—ても）
cf、しぬ
しすま・す（仕済）［サ四段］
—し（用） 〔五〕一四・一五四⑩（—たり）
じせう(人)（自笑）（八文字屋自笑ヲサス） 〔序〕二・一〇七⑥
じせつ（時節） 〔三〕一二・一三六④ 〔三〕一三・一三六⑭
しぜん（自然） 〔二〕一八・一二八⑬（—の道理）
cf、てんちしぜん
しぜん（自然）［副詞］ 〔三〕五・一三三⑪ 〔三〕一一・一三五⑮ 〔五〕二四・一五八⑫（—に） 〔七〕一〇・一七四②（—に）

した（下）　[一]六・一一二③（独（ひとり）つぶやく詞の―より）
[一]一五・一一六⑪（―の見物）　[二]三・一二一⑤（茶釜の―）
[四]八・一四二⑫（腰より―）　[六]二・一六〇⑥（茶釜の―）
[六]七・一六三①（煎り瓦：の―に）　[七]七・一七二⑧（語り
だす声の―より）
cf、しも　はなのした
した（舌）　[序]三・一〇七⑧（―もまわらぬ）　[五]七・一五一⑩
（―を結び置）　[五]一三・一五四⑤　[五]一四・一五四⑦（と
どかぬ―のうらめしき）　[七]一四・一七五⑬
しだい（次第）［接尾語］
cf、あれしだい　おこのみしだい　おのぞみしだい　くださ
れしだい　ごいりようしだい　このはうしだい　ごようしだ
い　しかけしだい　せりふづけしだい　てにあたりしだい
なり（鳴）しだい　にちげんしだい　はたらきしだい　ひと
がらしだい　みみたぶしだい　ゆきつきしだい
しだいに（次第）［副詞］　[二]一二・一二六①　[二]二一・一三〇⑥
[七]一四・一七六①
したおび（下帯）　[六]二一・一六八⑨
したが［接続詞］　[二]二一・一三〇⑫　[七]九・一七三⑪
したがつて（随而）［副詞］　[三]三・一三二⑯
したが・ふ（従）［八四段］
―ひ（用）　[三]七・一三四⑥
―つ（用　音便）　[六]二二・一六九①（成仁するに―て）
したた・む（認）［マ下二段］　したた・める［マ下一段］
―め（用）　[三]九・一三五③
したたる・い【舌怠】［形］
cf、こしたたるい
したぢ（下地）　[三]四・一三三②　[七]一四・一七五⑯
した・つ（仕立）［タ下二段］　した・てる［タ下一段］
―て（未）　[三]一八・一三八⑦（上下を―させんより）
―て（用）　[三]四・一三三②（―候間）　[七]一五・一七六③（―
て）
した・ふ（慕）［八四段］
―ふ（体）　[二]一五・一二七⑨（父母を―が聖人）
したやへん（下谷辺）　[四]一八・一四七⑥（―の寺）
じだらく（自堕落）　[二]一八・一二八⑯（―の基）
しちⓐ（七）
cf、やほやおしち
しち（七）
cf、しちしやう　しちちやう　しちのづ　しちばんめ　しち
へんがへし　しちほんぼとけとう　ななくさ
しち（質）　[四]一七・一四七⑤（本尊を―に入て）
cf、しちや
しちう（市中　：チユウ）　[二]二・一二〇⑨　[六]一五・一六六①
しちごらうⓐ（七五郎）　[二]九・一二四④
しちざⓐ（七三）（中村七三郎ヲサス）　[一]一一・一一四⑭
しちしやう（七生）　[二]二・一二五⑬（―迄の勘当）（掛詞＝七
生／七升）
しちちやう（七町）　[二]二・一二五⑯（五町―の間）　[五]一一・
一五三⑥（五町―が内）
しちのづ（七図）　[二]二一・一三〇⑩（しころが―迄下る）
しちばんめ（七番目）　[二]九・一二四④
しちへんがへし（七返　）　[六]一五・一六六③（題目の―）
しちほんぼとけ（七本仏）
cf、しちほんぼとけとう
しちほんぼとけとう（七本仏等）　[三]一〇・一三五⑧
しちや（　屋）　[七]二四・一七九⑬
しちゆう（市中）　↓しちう
じつ（実）　[序]二・一〇七⑦　[六]一二・一六四⑭（虚が―となり）
cf、きよ　じつし　じつの　じつぷ

しなの（信濃）
　cf、しなのもの
しなのもの（信濃者）　〔六〕二〇・一六七⑫
しなん（指南）　〔七〕一五・一七六⑤
　cf、しなんす
じなん（次男）　〔二〕三・一二一⑩　〔二〕五・一二二⑨　〔二〕一〇・一二五①
しなん・す（指南）［サ変］
—せ（未）　〔一〕一四・一一五⑮（聞ずてにせず—ば）
しにじ（死字）　〔三〕一〇・一三五⑦
し・ぬ（死）［ナ変］し・ぬ［ナ四段］
—な（未）　〔一〕三・一一一⑦（飢につかれて—ん命）
—ん（用　音便）　〔一〕一二・一一五③（痛（いたひ）めして—だればこそあれ）　〔一〕一五・一一六⑨（心中して—だ）　〔二〕一四・一二六⑭（—では）　〔三〕一三・一三六⑪（町人風情が—だとて）　〔四〕一〇・一四四②（—だ者）　〔五〕二二・一五七⑩（畳の上で—で）　〔五〕二三・一五八①（—だお袋）　〔七〕一六・一七六⑩（—だものを）　〔七〕一六・一七六⑬（痛（いたい）目して—でも）　〔七〕一九・一七八⑦（爺嫗が—で）
—ぬ（止、体）　〔二〕一一・一二五⑨（—とも：かへるまじ）　〔三〕一一・一三五⑯（晩に—も知れぬ）　〔五〕一八・一五六⑭（心中して—を見ては）
—ぬる（体）　〔七〕一六・一七六⑨（—奴）
　cf、あいたいじに　しす　しにじ　たおれじに　のみじにす
しの・ぐ（凌）［ガ四段］
—ぎ（用）　〔七〕一・一七〇③（吾妻の雪を—て）
しのじまつごや（死字末期屋）　〔三〕一一・一三五⑮（—惣七）
しののめ（東雲）　〔四〕一・一四〇①　〔七〕二五・一八〇⑤
しのびよ・る（忍寄）［ラ四段］
—り（用）　〔四〕四・一四二②
—る（体）　〔四〕五・一四二②（—は）
しの・ぶ（忍）［バ四段］
　cf、しのびよる
しば（柴）
　cf、しばのと
しはい（支配）
　cf、しはいか
しばい（芝居　：ゐ）　↓しばゐ　ヲモ見ヨ
　〔三〕一九・一三八⑯
しはいか（支配下）　〔二〕二一・一三〇⑦
しばし　〔四〕一二・一四五④（—ととどめ）　〔五〕一〇・一五二⑮
しはす（師走）　〔一〕一一・一一四⑬
しばのと（柴戸）　〔二〕二・一二一④
しばらく（暫）［副詞］　〔二〕四・一二六⑫
しばゐ（芝居）　↓しばい　ヲモ見ヨ
　〔一〕三・一一一⑤　〔一〕九・一一四①　〔一〕九・一一四②　〔一〕一〇・一一四⑨　〔一〕一一・一一四⑩　〔一〕一五・一一六⑪　〔一〕一六・一一七③　〔一〕一七・一一七④　〔一〕一七・一一七⑥　〔一〕二二・一一九⑤　〔五〕一一・一五三③
　cf、たびしばゐ　つじしばゐ　にんぎやうしばゐ　まめざうしばゐ
　くどうすけつね（工藤祐経）が霊芝居へ言伝せし事
じひ（慈悲）　〔二〕一二・一二五⑮（—の心）
じびやう（持病　ぢ：）　〔七〕二・一七〇⑨
じふ（自負）　〔二〕一四・一二七②（—の心）
じふ（十）（後ニツク語ニヨリ、促音化シテ「じっ」トナルコトアリ）
　cf、くわんえいじふしごねん　げんろくじふろくねん　ごぐわつにじふはちにち　ごじふ　さんじふにん　さんじふねん　しじふいち　しじふに　しじふはちまい　じふにもん　じふ

にん　じふねん　じふや　すうじつかしよ　すうじふにん
だいごじふいちだんめ　なんじふにん　にじふご　にじふご
にち　にじふににち　にじふねんらい　ろくじふよしう
しぶ・い（渋）［形］　しぶ・し［形ク］
―い（体）　[一]二二・一一五③（―茶の一ぷくだに）
しぶうちは（渋団）　↓しぶうちわ
しぶうちわ（渋団　：うちは）　[一]一四・一一六⑤
じふしごねん（十四五年）
cf、くわんえいじふしごねん
しぶしぶ（渋々）［副詞］　[四]一八・一四七⑬（―納め）
じふにもん（拾弐文、拾二文、十弐文）　[二]一三・一二六⑨　[四]一・一四〇⑤（―宛）　[四]二〇・一四八④（―の御ひねり）
じふにん（十人）　[四]三・一四一⑩
じふねん（十年）　[四]九・一四三④（此―ばかり已前に）
じふや（十夜）　[二]二三・一三一⑧（秋の彼岸か―に）
じふらう㊇（十郎）（曽我祐成ヲサス）　[一]二一・一二一四⑭
cf、すけなり
じふろくねん（十六年）
cf、げんろくじふろくねん
じぶん（自分）　↓ぢぶん
じぶん（時分）　[四]二〇・一四八⑦　[六]二二・一六八⑯
cf、じぶんがら
じぶんがら（時分柄）　[三]一・一三一⑪
しほ（塩）　[七]一〇・一七四④（味噌―の沙汰）
しほからごゑ（　声）　[六]一三・一六五⑧
しほしほと　[一]三・一一一⑤
しほらし［形シク］　しほらし・い［形］
―く（用）　[五]七・一五一⑬（―とうて見給へ）
しま（島）
cf、うらうらしまじま　えのしま
しまい（仕舞　：まひ）　[五]一八・一五六⑬（―に心中して）
しまひ（仕舞）　↓しまい
しま・ふ（仕廻）［八四段］
―ふ（止）　[四]一七・一四七⑤（開帳場を―と否や）
―へ（命）　[七]一九・一七七⑬（肆（みせ）を―と叱りちらして）
cf、いいしまふ　しまい　そうじまゐ
しま・ふ（仕廻）［補助用言　八四段］
［てしまふ］
―ふ（う）（用　音便）
[七]二三・一七九⑨　もどして―たぞや
―ふ（止、体）
[一]六・一一二②　ちやちやむちやにして―べし
[一]一一・一一四⑯　墨引て―程
[三]一一・一三六①　引札できせるふいて―もあり
じまん（自慢）
cf、じまんくさし　じまんごころ　どうぐじまん
じまんくさ・し（自慢臭）［形ク］
―き（体）　[三]七・一三四⑨（―顔）
じまんごころ（自慢心）　[一]九・一一三⑬
しみ　[三]六・一三四②
しみこ・む（染込）［マ四段］　[三]六・一三四②
―み（用）　[七]二二・一七八⑨（心に―）
―ん（用　音便）　[五]一八・一五六⑮（魂に―だら）
しみづ（清水）
cf、いわがきしみづ
し・む（染）［マ上二段］　し・みる［マ上一段］
―み（用）　[五]九・一五二⑨（身に―て）　[七]二二・一七九①（骨に―）
cf、しみ　しみこむ
しむ［助動詞（使役）］

しむ（止）
　〔七〕一二・一七四⑯　天地を動かし鬼神を感ぜ―
しむる（体）
　〔一〕一七・一一七⑧　身をほろぼすに至ら―は
しめこ・む（〆込）［マ四段］
―み（用）　〔四〕一九・一四八②
しめ・す［サ四段］
―す（体）　〔六〕三・一六一⑧徒（此しるしを―なりけりと）
しめ・す【湿】［サ四段］
―し（用）　〔六〕一・一六〇⑥（茶釜の下の火を―）
し・める（〆）［マ下一段］　し・む［マ下二段］
―め（用）　〔四〕一一・一四四⑬（門は―ても）　〔四〕一二・一四四⑭（門を―て）
しめん（四面）
　cf、しかくしめん
しも（下）　〔五〕六・一五一⑦（上碧落　―黄泉迄）
　cf、かみ　しもやしき
しもごも（四　五　）［連語］（下ニ打消ノ語ヲ伴ウ）　〔六〕二三・一六九②（―くわぬ）
しもじも（下々）　〔七〕一〇・一七四②
しもつき（霜月）　〔六〕二一・一六八⑦
しもやしき（下屋敷）　〔三〕一七・一三八①
　cf、おんしもやしき　しもやしきよばはり
しもやしきよばはり（下屋　）　〔三〕一七・一三八④
しゃ（者）
　cf、ぐしゃ　くわいこくしゆぎやうしゃ　しんたうじゃ　しんとうじゃ　だうしゃ　だうしんじゃ　ちしゃ　ちゃうじゃ　ひんじゃ　ぶげんしゃ　もうじゃ
じゃ（ぢゃ）［助動詞（断定）］
　じゃ（止、体）
〔一〕六・一一一⑫　馬の籠ぬけとは我身の上―
〔一〕六・一一二③　埒もない昔―
〔一〕九・一一三⑮　火口で呑もよい物―ぞや
〔一〕九・一一四①　火縄もよい物―が
〔一〕一二・一一五③　そなたのまへ―が
〔一〕二二・一一九⑥　吝（しわい）人―
〔一〕二二・一一九⑥　酒代でもはづみそふな物―に
〔二〕八・一二二⑯　理屈者―と世間の取沙汰
〔二〕一一・一二五⑧　いとしひ事―と
〔二〕一二・一二五⑮　年中の商旦那―
〔二〕一三・一二六⑥　酒の毒―といふ事を
〔二〕一四・一二六⑬　親の事はとも角も―が
〔二〕一四・一二七②　何もかも上手―と
〔二〕一五・一二七⑨　五十にして父母を慕ふが聖人―と
〔二〕一五・一二七⑩　お主は本好―が
〔二〕一六・一二七⑬　仮名―とて見こなさずによまれい
〔二〕一六・一二八①　能ある鷹は爪を隠す―
〔二〕一八・一二九①　口聞―の埒あけじやのと
〔二〕一八・一二九①　口聞じやの埒あけ―のと
〔二〕一八・一二九②　地主の欲心から―
〔二〕二〇・一三〇③　奢をせぬから―
〔二〕二三・一三一⑥　風呂の入口に腰懸て垢かくもの―
〔四〕八・一四二⑨　揚屋の酒をも呑だ果―
〔四〕八・一四二⑫　腰より下はない筈―に
〔四〕九・一四二⑯　せいもん猪牙―と思召な
〔四〕九・一四三⑥　我等夫婦が像―とて開帳せしが
〔四〕二一・一四八⑩　いかにもそう―
〔五〕四・一五〇⑪　ようしつて―の
〔五〕九・一五二⑧　めうがの為―
〔六〕一六・一六六⑪　上戸の娘御―　酒の気がうせぬも・・わる

ふはあるまい
[六]二二・一六八⑮ まだ大きなが震（ゆる）筈―
[六]二三・一六九⑥ 実にとはあのいわるる通り―
[七]二・一七〇⑨ いつもの持病―
[七]二・一七一④ 我も内證があたたまる筈―が
[七]一九・一七七⑬ 本屋―と思ふて暮すか
［じやとて］
[六]二一・一六八⑪ 其比の人―迚（とて）仏神にさのみにくまれふ筈もなし
[六]二二・一六八⑪ 今時の人―とて俄に可愛がらるる訳もないに
cf、これじやこれじや じやまで なんじや
しやう（生） [七]一七・一七六⑯（―を軽じ）（「セイ」カ）
cf、いつしやう こんぜう しちしやう
じやう（上）
cf、じやうげ じやうもの
じやう（状） [一]二二・一一九⑦（かさ高な―）
じやう（情） [四]八・一四二⑪（幽霊の―） [五]五・一五一②（―をかけ）
cf、かくじやう こらへじやう じやうこわ
じやうい（上意） [一]六・一一一⑬
しやうかんたろべゑ㊇（傷寒太郎兵衛） [五]一一・一五三⑦
しやうぎ（将棋） [二]一・一二〇⑤
しやうぐわつ（正月） [一]一一・一一四⑬（―一ぱいもたもたず）
cf、ほうれきにさるしやうぐわつきつしん
じやうくわんばう㊇（静観房）
cf、じやうくわんばうかうあ
じやうくわんばうかうあ㊇（静観房好阿） [序]一・一〇八①（洛陽沙弥―書） [一]一・一一〇内題（洛陽沙弥―述） [二]一・一二〇内題（洛陽沙弥―述） [四]一・一四〇内題（洛陽沙弥―述） [六]一・一六〇内題（洛陽沙弥―述） [七]一・一七〇内題（洛陽沙弥―述）
じやうげ（上下） [三]一四・一三七⑦（―漸卅人） [六]二・一六一②㊌
しやうこ【證拠】 [一]二〇・一一七⑯
cf、げんのしやうこ
じやうこ（上古） [一]一・一一〇①
じやうご（上戸） [四]八・一四二⑩ [六]一六・一六六⑪
しやうことなし（せう：）（多ク「に」「の」ヲ伴ッテ用イル） [四]二一・一四八⑮（―に：はしり出て）
じやうこは（情強） ↓じやうこわ
じやうこわ（情強 ：こは） [二]八・一二二⑭（―な故）
しやうごん（荘厳） [四]一五・一四六⑤
しやうさく（蕭索 セウ：） [六]一・一六〇①（高秋―として倍（ますます）凄然）
しやうし（笑止 セウ：） [四]一八・一四七⑧（―にて）
しやうじ（荘司）
cf、いけのしやうじ
しやうじき（正直 ：ヂキ） ↓しやうぢき ヲモ見ヨ [二]九・一二四②（―な故）
しやうじやう（清浄） [七]八・一七三⑤（―の地）
じやうじやう（上々） [三]一〇・一三五⑩（節なしの―の木）
じやうじやうきち（上々吉） [二]一〇・一二四⑯（―のかかり息子）
しやうじやうくはうじ（清浄光寺 ：クワウ：） [四]二・一四〇⑦
しやうじやうくわうじ（清浄光寺） ↓しやうじやうくはうじ
じやうず（上手） [序]二・一〇七⑦ [一]三・一一一⑥ [二]一四・一二七②（何もかも―じや）
しやうせい（鐘声 シヨウ：） [二]二三・一三一⑩（夜半の―客人の耳にひびきて）
しやうたい（正体） ↓せうたい

しやうぢき（正直）　↓しやうじき　ヲモ見ヨ
[五]二・一四九⑫（—な所が）　[六]二一・一六八⑥（—故）
しやうとく（性得）　[五]二・一四九⑦
じやうどしゆう（浄土宗）　[二]八・一二三⑬
しやうにん（上人）
cf、いつぺんしやうにん　ぎうしうしやうにん
しやうにん（商人）　↓あきんど
しやうね（性根）　[五]一・一四九④
しやうねつ（焦熱　セウ：）　[四]一一・一四四⑩（—の炎）
しやうばい（商売）　[二]一・一二〇④　[二]一・一二〇⑥　[二]五・一二二⑦　[二]一二・一二五⑫　[三]三・一三二⑫　[四]二一・一四八⑬　[六]一一・一六四⑫
cf、あきなひ　ごしやうばい　しやうばいす　しやうばいだうぐ　しやうばいもの
しやうばい・す（商売）［サ変］
—する（体）　[七]一七・一七七④（—店）　[七]一七・一七七⑤（—のみ）
しやうばいだうぐ（商売道具）　[六]一四・一六五⑩
しやうばいもの（商売物）　[三]三・一三二⑩
しやうび（称美　シヨウ：）　[二]一四・一二七②
じやうひん（上品）　↓じやうぼん
じやうぶ（丈夫　ヂヤウブ）　[三]四・一三三④（—に致置）
しやうふう（正風）　[七]一二・一七四⑮（—の一曲）
しやうべん（小便　セウ：）　[五]一二・一五三⑩（此所—無用）
じやうぼん（上品）　[七]一二・一七四⑬（—の至り浄留理）　[七]一九・一七七⑮（—なふしをまなべ）　[五]二五・一五八⑭
じやうもの（上物）　[四]四・一四一⑬（珍らしき—）
しやうり（小利　セウ：）　↓せうり　ヲモ見ヨ
[二]一二・一二六①
しやうりやう（精霊）　↓しやうれう
cf、しやうれうだな
しやうりやうだな（精霊棚）　↓しやうれうだな
じやうるり（浄留理）　[一]二・一一五⑤　[五]一・一四九④　[五]一四・一五四⑦　[七]一〇・一七三⑯　[七]一三・一七五⑤　[七]一八・一七七⑥　[七]二二・一七九④　[七]二四・一七九⑩
cf、あくじやうるり　いたりじやうるり　じやうるりかたり　じやうるりきやうげん　じやうるりぼん
じやうるりかたり（浄留理語）　[七]一五・一七六⑤
じやうるりきやうげん（浄留理狂言）　[一]一七・一一七⑩
じやうるりぼん（浄留理本）　[七]一七・一七七④　[七]一八・一七七⑪
しやうれう（精霊　：リヤウ）　[五]二二・一五七⑩
しやうれうだな（精霊棚　：リヤウ：）　[六]一三・一六五④
しやうろ（正路）　[四]二〇・一四八⑧（—な者）
しやか㊇（釈迦）　[二]一〇・一二四⑪（—一仏の教）
cf、しやくそん　ねじやか
しやく（尺）［接尾語］
cf、ろくしやく
しやくきん（借金）　[四]一七・一四七②
しやくし（釈氏）　[七]一二・一七四⑮（釈氏の阿難　迦葉）
しやくせん（借銭）　[四]一八・一四七⑧
しやくそん㊇（釈尊）　[二]四・一二二③　[二]一〇・一二四⑫
じやくねん（若年）　[一]二・一一〇⑧
しやな（舎那）　[二]八・一二三④（—の小判）
しやば（娑婆）　[四]二〇・一四八⑨
cf、かんにんど　しやばせかい
しやばせかい（娑婆世界）　[三]一二・一三六④
しやます［助動詞（尊敬）］（助動詞「しやる」＋助動詞（丁寧）「ます」ノ音変化）（近世ニ主トシテ上方デ用イラレタ）

しやませ（命）
六一六・一六六⑨　紅の切（きれ）で猿をぬふてやら―
七二・一七一①　そろべくそろにやら―
じやまで（迄　ぢや‥）（助動詞（断定）「じゃ」＋助詞「まで」）
（中世末カラ近世ニカケテ用イラレタ用法）
二一三・一二六⑦　親に‥なげきがさせて見たい―
cf、じや　まで
しやみ（沙弥）
cf、らくやうしやみ
しやもん（沙門）　四二・一四一②
しやり（舎利）　七一九・一七八⑦
しやり（這裏）　序三・一〇七⑪
しやる［助動詞（尊敬）］（尊敬ノ助動詞「せ」「らる」ノ音変化）
（近世初期上方デ発生、下二段型、四段型ノ活用ガ並ビ行ワレタ。後期ハ上方、江戸共ニ四段型活用）
しやる（体）
五一二・一五三⑪　是を彫（ほら）―時は痛（いたみ）ましたで御座りましよ
しやれ（已）
五一五・一五五①　そふいわ―ばわしも
しやれ（命）
五八・一五一⑯　心づよふおもわ―
五八・一五二①　さあさあはやふいか―
五九・一五二⑧　よろしうおか―
cf、さしやる
しゆ（主）　七八・一七三⑧
cf、しゆゑらび　しゆゑらびす
しゆ（朱）（貨幣ノ単位）
cf、にしゆ
しゆ（酒）
cf、きんしゆ　さけ　どくしゆ
しゆ（衆）　二一二・一二六①（裏店の―）　五一七・一五五⑫
（人品のわるひ―）　五一七・一五六②
cf、えどしゆ　おほやしゆ　かかしゆ　しゆちゆう　そなたしゆ　たなしゆ　やくしやしゆ　やもりしゆ　よいしゆ　らうにんしゆ　れきれきしゆ
しゆう（衆）　→しゆ
しゆう（宗）　→しう
cf、しうし　じやうどしゆう　しゆうし　しゆうもん　ぜんしう　だいねんぶつしう　ぢしう　てんだいしう　にちれんしう　はつしう
じゆうきよ（住居）　→ぢゆうきよ
しゆうし（宗旨）　→しうし
しゆうじつ（終日）　→しうじつ
しゆうしん（終身）　→しうしん
しゆうもん（宗門）　二一〇・一二四⑪
しゆえらび（主撰）　→しゆゑらび
cf、しゆゑらびす
しゆかう（趣向）
cf、しゆかうす
しゆかう・す（趣向）［サ変］
―し（用）　二一一・一二四⑫（―て）
しゆぎやう（修行）　五五・一五一①
cf、くわいこくしゆぎやうしや　ごしゆぎやう
しゆく（宿）　四二・一四〇⑥　四三・一四一⑤　四四・一四一⑬
cf、いつしゆくす　しゆくはずれ　やど　りよしゆく
しゆくせ（宿世）　五五・一五〇⑯
じゆくどく・す（熟読）［サ変］
―し（用）　二一四・一二六⑯（―て）
しゆくはずれ（宿迦　‥はづれ）（「迦」ハ「辺」「迴」等の誤刻カ

（『岩本』脚注））
四三・一四一⑤（―の雲助宿）
しゆくはづれ（宿迦）　→しゆくはずれ
しゆしやう（殊勝　：シヨウ）　→しゆせう　ヲモ見ヨ
三一九・一三八⑭（―に見ゆる）
しゆしよう（殊勝）　→しゆしやう　しゆせう
cf、しゆしようさ
しゆしようさ（殊勝）　四一六・一四六⑬
しゆじん（主人）　五一・一四九④　五四・一五〇⑧　五五・一五〇⑯　五五・一五一①　五五・一五一②　五六・一五一⑦　五七・一五一⑭
じゆず（珠数）　三七・一三四⑧　四二・一四一①
しゆせう（殊勝　：シヨウ）　→しゆしやう　ヲモ見ヨ
二八・一二三⑬（―一片の浄土宗）　四一七・一四七①（―とも中々申ばかりはなかりけり）
しゆせき（手跡）　二一四・一二七①（―達者に）
しゆせつやうじやうろん[書]（酒説養生論）　→しゆせつようじやうろん
しゆせつようじやうろん[書]（酒説養生論　：ヤウ：）　二一四・一二六⑯
しゆちゆう（衆中）　六六・一六一⑭
cf、ごしゆちゆう
じゆつ（述）　一一・一一〇内題（洛陽沙弥静観房好阿―）　二一・一二〇内題（洛陽沙弥静観房好阿―）　四一・一四〇内題（洛陽沙弥静観房好阿―）　六一・一六〇内題（洛陽沙弥静観房好阿―）　七一・一七〇内題（洛陽沙弥静観房好阿―）
cf、しよ
じゆつ（術）
cf、けんじゆつ
しゆつけ（出家）　四一四・一四五⑪
しゆつせべんてん（出世　天）　七二三・一七九⑥（白小袖にしみきわ附―致候はば）
しゆつたい（出来）　三六・一三四②
cf、おつてしゆつたい
しゆにんあいきやう（衆人愛敬）　五二一・一五七⑥
じゆばん（襦袢）
cf、もめんじゆばん
しゆび（首尾）　四三・一四一⑨（―わるふ）
cf、しゆびよく
しゆびよく（首尾能）［副詞］　一三・一一一⑪　二一九・一二九⑬
しゆみせん（須弥山）　三一・一三二①
じゆらい（入来）
cf、ごじゆらい
しゆゑらび（主　：えらび）　五八・一五二①（―さしやるは）
しゆゑらび・す（主撰　：えらび：）［サ変］
―し（用）　五六・一五一④（―て）
じゆんかう（淳厚　：コウ）　二二一・一三〇⑨（―の風俗）
じゆんしよく・す（潤色）［サ変］
―し（用）　六一一・一六四⑪（―て語る）
じゆんれい（順礼）
cf、さいこくじゆんれい　じゆんれいうた
じゆんれいうた（　歌）　六一〇・一六三⑮
しよ（書）（著述）　序四・一〇八①（洛陽沙弥静観房好阿―）
cf、じゆつ
しよ（書）（書物の意）　二二一・一三〇⑨（好（よき）―を読きかせて）　三一八・一三八⑫（諸礼筆記といふ―）
cf、けいしよ　ぶつしよ
しよ（書）（「書く」ノ意）
cf、のうじよ

しよ（諸）［接頭語］
　cf、しよぐんぜい　しよげい　しよこく　しよにん　しよれいかた
しよ（所）［接尾語］
　cf、すうじつかしよ
じよ（序）　〔序〕一・一〇七内題（当世下手談義—）
しよい（所為　：ヰ）　〔三〕一二・一三六⑤
しよいん（書院　：ヰン）　〔二〕二〇・一二九⑯
しようせい（鐘声）　↓しやうせい
しようび（称美）　↓しやうび
しよく（食）
　cf、やしよく
しよぐんぜい（諸軍勢）（「：ぐんせい」トモ）　〔二〕二〇・一二九⑭
しよけ（所化）　〔四〕一七・一四六⑮
　cf、しよけだんぎ　しんまいしよけ　のふけ
しよげい（諸芸）　〔二〕一五・一二七④
しよけだんぎ（所化談義）　〔序〕二・一〇七⑦
しよこく（諸国）　〔四〕二・一四〇⑧　〔七〕一・一七〇②　〔七〕一〇・一七四③
しよさ（所作）　〔四〕一二・一四四⑭
しよじやう（書状）　〔一〕一〇・一一四⑨
しよしよ（所々）　↓ところどころ
しよじん（諸人）　↓しよにん
しよせん（所詮）［副詞］　〔一〕三・一一一⑧　〔四〕一二・一四五②（—は）
しよぞん（所存）　〔序〕四・一〇七⑫　〔一〕一〇・一一四⑦　〔二〕一一・一二五⑨　〔四〕九・一四三⑫
しよちゆう（書中）　〔一〕一一・一一四⑩
しよてい（所体）　〔五〕一五・一五四⑯（もぢもぢする—おかしく）
しよとく（所得）　〔六〕六・一六一⑫

しよにん（諸人　「シヨジン」トモ）　〔一〕一六・一一六⑮　〔二〕二一・一二〇⑨　〔三〕三・一三二⑭　〔六〕一三・一六五⑨（一婦織ざればーの寒気を防に便なからん）
しよもつ（書物）　〔序〕二・一〇七⑤　〔二〕一五・一二七⑨
　cf、しよもつや
しよもつや（書物屋）　〔七〕一八・一七七⑧
しよりん（書林）　〔七〕二六・一八〇刊記（東都—）
しよれいかた（諸礼方）　〔三〕一八・一三八⑫
しよれいひつき(書)（諸礼筆記）　〔三〕一八・一三八⑫
しよゐ（所為）　↓しよい
しよゐん（書院）　↓しよいん
しらう㊇（四郎）
　cf、にたんのしらう
しらうじらう㊇（四郎次郎）　↓しろじらう
しらが（白髪）
　cf、もろしらが
しらかは（白河）　〔六〕二・一六〇⑨(徒)（京—の人）
しらこしや（白輿屋）　〔三〕二・一三二⑩（—の惣七）
しら・す（知）［サ下二段］　しら・せる［サ下一段］
—せ（未）　〔六〕二二・一六八⑫（夢にも—ず）
—せ（用）　〔六〕九・一六三⑪（—た）
—せよ（命）　〔六〕一二・一六四⑭
　cf、おしらせ（なさる）　みしらす
しらはり（白張）　〔六〕一三・一六五④
しら・ぶ（調）［バ下二段］　しら・べる［バ下一段］
　cf、おしらべ
しら・む【白】［マ四段］
—む（止）　〔四〕二一・一四八⑬（東が—）
しり（尻）　〔五〕九・一五二⑫（—へぬけそふに）　〔五〕一五・一五五①（わるい—）　〔七〕二五・一八〇⑤（—ひつからげ）

しりごみ（尻込）
　cf、しりごみす
しりごみ・す（尻込）［サ変］
—すれ（已）　〔一〕八・一一三⑨（—ば）
しりつまげ（尻　）　〔三〕三・一三二⑬（—して）
しりめ（尻目）　〔四〕九・一四三②（—で見て）
しる（汁）　〔五〕二四・一五八⑩
　cf、ふぐじる
し・る（知）［ラ四段］
—ら（未）　〔一〕一一・一一四⑩（—るる）　〔二〕一・一二〇⑤（—ねど）　〔三〕一七・一三八④（—で）　〔三〕一九・一三九①（—ず）　〔四〕一一・一四四⑬（—ぬが仏の悲しさ）　〔四〕一二・一四四⑯（—ねば）　〔四〕一五・一四六⑥（—ず）　〔四〕一五・一四六⑦（—ぬ）　〔四〕二一・一四八⑮（行方を—ず）　〔五〕一二・一五三⑬（なんだか—ぬが）　〔六〕一二・一六四⑮（御存か—ねど）　〔七〕八・一七三⑥（汝—ずや）　〔七〕二三・一七九④（往来の者の笑も—ず）
—り（用）　〔七〕二四・一七九⑬（—ぬ）
—つ（用　音便）　〔一〕三・一一一⑧（—た小糠商）　〔五〕四・一五〇⑪（よう—てじやの）　〔五〕一六・一五五⑦（—て居る筈）
—る（体）　〔一〕二一・一一八⑮（誰も—たとへ）　〔三〕一九・一三九②（—筈）　〔七〕一七・一七七③（あまねく—ところ）
—れ（命）　〔三〕一七・一三八⑤（—る人に尋ぬべし）
　cf、おもひしる　しるひと　ものしり
しるし【徴】　〔六〕三・一六一⑧(徒)　〔七〕二二・一七八⑨
しる・す［サ四段］
—せ（用）　〔六〕一・一六〇④（…と—し）（近世以降、「サ四段」＋「し」ノ場合、「しし」ト云ウベキヲ「せし」ト云ウ場合ガ多クナル）
しるひと（知人）［連語］　〔五〕四・一五〇⑪（わしが親とは—そふで）
し・れる（知）［ラ下一段］　し・る［ラ下二段］
—れ（未）　〔三〕一一・一三五⑯（晩に死ぬも—ぬ身）　〔四〕五・一四二⑥（訳が—ず）　〔四〕一七・一四七⑤（行方—ず）　〔四〕二〇・一四八⑤（—ぬに極て）
—れる（体）　〔四〕一〇・一四四③（御覧なされば—事）
　cf、ゆくゑしれず
しろ・い（白）［形］　しろ・し［形ク］
—い（体）　〔七〕一八・一七七⑩（—所）
　cf、しろこそで　しろぢ　しろむく
しろこそで（白小袖）　〔三〕五・一三三⑬　〔三〕六・一三三⑯　〔三〕六・一三四②
じろざう㊇（次郎蔵）　〔六〕六・一六二②
しろじらう㊇（四郎次郎）　〔二〕八・一二二⑮
しろぢ（白地）　〔三〕一一・一三五⑭
しろと（素人）　〔一〕一〇・一一四⑨
しろむく（白無垢）　〔一〕七・一一二⑮
しろもの（代物）
　cf、しろものがへ
しろものがへ（代物替）　〔四〕一七・一四七①
しわ【皺】　〔三〕一二・一三六③
しわ・い（吝）［形］　しわ・し［形ク］
—ゐ（い）（止）　〔二〕五・一二二⑦（—げな）
—い（体）　〔一〕二二・一一九⑤（—人じや）
しわざ（仕業）　〔一〕一四・一一六②　〔六〕六・一六一⑬
じゐん（寺院）　〔四〕二・一四〇⑦
じゑきげんしち㊇（時疫源七　ジエキ：）　〔五〕一一・一五三⑦
しん（神）
　cf、しんぜん　しんたく　しんりよ　ぶつしん
しん（震）　〔五〕一四・一五四⑫（—の卦）　〔五〕一四・一五四⑫（—

は雷の卦で）
じん（人）
cf、きじん　きやくじん　こじん　しゆじん　せいじん　せじん　にん　ふうらいじん　ふじん　もんじん　りよじん
しんく（辛苦）　[二]九・一二四①
しんこく（神国）　[七]八・一七三⑤
cf、にんげんせい
しんごん（真言）（真言宗ヲサス）　[二]八・一二二⑯
しんざう（深窓、新造）
cf、ごしんぞう
しんじつ（真実）　[一]二〇・一一七⑪　[二]一五・一二七⑧　[四]三・一四一⑨　[四]一六・一四六⑫　[五]八・一五二②
しんしやう（身上）　[二]九・一二四②　[二]九・一二四⑥
しんじやう（【進】上）　[六]一〇・一六三⑮
しんしん　[七]六・一七一⑫（―として参詣とては我一人）
しんじん（信心）　[序]四・一〇七⑪
じんしん（仁心）　[一]一七・一一七⑪　[三]一七・一二八⑪　[六]六・一六一⑪　[六]八・一六三④
しん・ず（信）［サ変］
―じ（用）　[二]九・一二三⑯（―て）　[六]三・一六一⑩（―て）　[六]九・一六三⑨（―て）　[六]一七・一六六⑯（―て）
―ず（止）　[七]一・一七〇①（始て―人間行（ゆい）て尽さざる事を）
しん・ず（進）［サ変］　↓しんぜる
じんせい（人生）　[七]三・一七一⑥
しん・ぜる【進】［ザ下一段］（サ変動詞「しん・ず」ガ近世ニ下一段活用ニ変化シタ語）
―ぜ（用）　[五]一五・一五五②（灯明銭に―ましよ）
しんぜん（神前）　[七]六・一七一⑯
しんたい（進退）　[三]一九・一三八⑬（―の礼）
しんだい（進退、身帯）　[三]五・一二二⑪　[三]二一・一三〇⑩
じんたい（人体）　[一]六・一一二④（―能（よき）：侍）
しんたうじや（神道者）　↓しんとうじや　ヲモ見ヨ
しんたく（神託）　[七]二四・一七九⑮　[七]二五・一八〇④
[一]一三・一一五⑦
しんちゆう（心中）　[三]一八・一三八⑩
しんぢゆう（心中）　[一]一五・一一六⑩（―の沙汰）　[一]二〇・一一八⑥（―の馬鹿者）　[一]二一・一一九③（―の沙汰）　[六]一七・一六七⑨（―欠落の念）　[七]一五・一七六⑦　[七]一七・一七六⑮　[七]一七・一七七②
cf、しんぢゆうす
しんぢゆう・す（心中）［サ変］
―し（用）　[一]一五・一一六⑨（―て）　[五]一八・一五六⑬（―て）　[七]一六・一七六⑧（―て）
じんづう（神通）　[七]二四・一七九⑬
しんてい（心底）　[四]一二・一四五③　[五]六・一五一⑨
しんとうじや（神道者　シンタウ：）　↓しんたうじや　ヲモ見ヨ
[五]二一・一五七②
しんによ（真如）　[四]一三・一四五⑤（―の月夜ざし）
しんのう（神農）　↓しんのふ
しんのふ㊇（神農　：ノウ）　[七]二・一七一②
じんぴん（人品）　[六]一五・一六六①
cf、ひとがら
しんぷ（親父）
cf、ごしんぷ
しんまい（新米）
cf、しんまいしよけ
しんまいしよけ（新米所化）　[序]二・一〇七⑧
しんまち（新町）　[六]九・一六三⑪
しんみち（新道）　[三]八・一三四⑪　[六]一三・一六五⑦

cf、しんみちどほり
しんみちどほり（新道通）[六]一・一六〇③
じんみん（人民）[七]九・一七三⑬
しんめう（神妙）[五]二四・一五八⑫（—な）
しんりよ（神慮）[六]二二・一六八⑬
じんりん（人倫）[七]八・一七三⑤ [七]一六・一七六⑩ [七]一七・一七七①
しんるい（親類）[七]一五・一七六⑧（一家—迄）
cf、ごしんるいがた ごしんるいさまがた

［す］

す（酢）[四]三・一四一④（甘い—でいかぬ奴）
す（巣）[七]一九・一七八② [七]一九・一七八⑤
す【為】［サ変］ する［サ変］
せ（未）
[一]八・一一三⑧（引込は—ぬか）[一]一一・一一四⑮（取も—ぬ掛帳）[一]一四・一一五⑮（聞ずてに—ず）[二]一一・一二五④（麁略—ず）[二]二〇・一三〇①（真似を—ず）[二]二〇・一三〇③（奢を—ぬから）[二]二二・一三〇⑬（慮外—ぬやうに）[三]一四・一三七⑫（好人の—ぬ事）[三]二〇・一三九⑥（かかる非礼を—んよりも）[四]三・一四一⑤（見も—ずに）[四]五・一四二②（跫も—ず）[四]二一・一四八⑭（まんぢりとも—で）[五]五・一五〇⑬（笑れも—ず）[五]一八・一五七①（怖られは—ざりし）[六]九・一六三⑬（商も—ず）[六]一七・一六七①（猿をさげさせも—られず）[七]一五・一七六③（羽織着たいと望みも—ぬに）
［せまじ］（「まじ」ニ接続スル場合ノ例外）
[三]一七・一三八⑤（町人の—まじき）[六]二一・一六八⑨（飛出は—まじ）
［せし］（助動詞「き」ノ連体形「し」ハ、サ変ニハ未然形ニ付ク）
[三]一・一三二小題（引札—し事）（重出＝惣七安売の引札せし事）[四]一・一四九①（強盗法印が住居（すまゐ）—し所）（重出＝「すまゐす」））[五]二二・一五七⑫（腕に彫物—し馬鹿者）（重出＝「ほりものす」）
［せう］（発音ハ拗長音トナル「しょう」）
[二]一一・一二五⑪（気にいらゐでどう—うぞ）[五]五・一五一②（どふ—うぞ）
し（未）[二]一一・一二五⑦（力に—やうとおもやる）
し（用）[一]六・一一二①（ちやちやむちやに—て）[一]八・一一三⑩（隔心—給ふな）[一]一一・一一四⑬（むだに—て）[一]一二・一一五③（痛（いたひ）め—て）[一]一五・一一六⑫（めつたな事が—（仕）て見せらるる）[一]一六・一一六⑭（薬となる仕組を—て）[一]一六・一一七①（なげたりふんだり—て）[一]一六・一一七①（此まね—て）[一]二〇・一一七⑮（狂言に—ても見ゆるす方も…）[二]二一・一一九①（烈女の仕形を—て見せて）[二]一・一二〇②（炭焼の翁を友と—）[二]四・一二二①（火燵を…高座と—）[二]一〇・一二四⑬（我儘を—て）[二]一一・一二五⑩（養父に—）[三]一六・一二七⑮（腰押を—たり）[三]一七・一二八⑫（見ぐるしからぬ様に—て）[三]一八・一二九⑤（疎略に—やるな）[三]二〇・一二九⑮（禁と—給ふ）[三]二〇・一三〇④（遊人のまね—て）[三]二一・一三〇⑥（喧吼ずき—て）[三]二一・一三〇⑧（律義を基と—）[三]二三・一三一⑧（どうぞ人に—てくれ）[三]三・一三二⑩（直段付—て）[三]三・一三二⑪（才覚—て）[三]三・一三三⑬（尻つまげ—て）[三]一三・一三六⑬（いかめしき顔—て）[三]一八・一三八⑪（礼を—て後）[四]一・一四〇①（一歩を千里の始と—て）[四]四・一四二②（独り笑—て）[四]五・一四二④（隔心がましく—

（仕）給ふな）　〔四〕八・一四二⑮（いかが―て）　〔四〕一四・一四五⑫（咄―て）　〔四〕一七・一四七④（終身の憂と―て）　〔四〕一八・一四七⑥（江戸詰―て）　〔四〕一九・一四七⑯（駕籠かき―て居ます）　〔四〕一九・一四八②（もぎどうなふり―て）　〔五〕四・一五〇⑧（這入は―ませぬ）　〔五〕一〇・一五二⑯（虚笑―て）　〔五〕一四・一五四⑧（身振―ても）　〔五〕一五・一五五①（其除を―て下され）　〔五〕一七・一五五⑯（なげやり三宝に―て）　〔五〕一七・一五六①（穴一―て居るも）　〔五〕一七・一五六②（見ぬふり―て通る衆）　〔五〕二一・一五七②（神道者の真似―て）　〔五〕二一・一五七④（せり売―て）　〔六〕七・一六二⑧（鉢巻―て）　〔六〕一〇・一六三⑯（上書まで―て）　〔六〕一三・一六五③（受とらぬものか―て）　〔六〕一四・一六五⑩（物もらひのまね―て）　〔六〕一七・一六七①（其儘に―て）　〔六〕一七・一六七⑧（惣太を道連に―ても）　〔六〕二三・一六九③（誠と―て）　〔七〕三・一七一④（鉢ひらき―た盲坊主）　〔七〕三・一七一⑤（あたまつき―て）　〔七〕三・一七一⑩（独咲（ひとりゑみ）―て）　〔七〕一三・一七五⑤（小したたるい風俗―て）　〔七〕一五・一七六⑦（犬の餌食と―て）　〔七〕一六・一七六⑪（夫婦に―て置）　〔七〕一六・一七六⑬（痛目―て死でも）　〔七〕一九・一七七⑯（：とあへまぜに―た悪浄留理）　〔七〕二二・一七九③（大臣のつらを―て）　〔七〕二四・一七九⑭（一口に―てやらす筈）

［として］（漢文訓読系ノ表現）（重出＝「して」）

〔六〕一・一六〇①　高秋蕭索と―て倍（ますます）凄然

〔七〕六・一七一⑫　しんしんと―て参詣とては我一人

［にして］（漢文訓読系ノ表現）（重出＝「して」）

〔一〕二・一一〇⑧　尊大に―て横平なる男仕けり

〔一〕一二・一一五④　用心堅固に―て一生をおはらば

〔二〕一〇・一二四⑮　身持こうとうに―て

〔二〕一五・一二七⑨　五十に―て父母を慕ふ

〔二〕一七・一二八⑪　律義に―て仁心のある者

〔三〕一七・一三八⑥　幸に―てまぬかれたる也（重出＝「さいはひにして」）

〔四〕九・一四三⑨　内所は住寺の商に―て在家同前の拵なれば

〔四〕一四・一四六②　世の人律義に―て

〔六〕一五・一六六①　人品格別世界に―て阿波にもうかれず

〔七〕八・一七三⑦　楽は其声淡に―て傷（やぶら）ず

〔七〕八・一七三⑦　和に―て淫せざるを貴（たつと）む

〔七〕八・一七三⑧　其声妖淫愁怨に―て欲を導き

〔七〕一一・一七四⑦　東都は：日本鎮護の武庫に―て

［にしては］

〔一〕七・一一二⑩　追はぎに―てはいんぎんな出立

［擬態語、擬態語的表現＋「して」「した」］

〔序〕二・一〇七⑤　むくむく和々（やわやわ）と―て（重出＝「して」）

〔二〕三・一二一⑩　さつぱりと―た口上

〔二〕八・一二三②　きつと―た所もあり

〔四〕八・一四二⑩　ぞつと―たる迄で

〔四〕九・一四三③　ほやりと―た鬠（ゑくぼ）

〔四〕一二・一四四⑮　きよろきよろ―て居るは（重出＝「きよろきよろす」）

〔四〕一二・一四五②　忙然と―て（重出＝「して」）

〔五〕一二・一五三⑮　ちよぼちよぼと―た筋

〔六〕一・一六〇①　つつくりと―て居れば（重出＝「して」）

〔七〕一〇・一七四③　むつくりと―た一中

〔七〕一一・一七四⑨　厳（きつ）と―て（重出＝「して」）

［形容詞型活用＋して］（重出＝「して」）

〔五〕九・一五二⑫　一寸五分程ながふ―て

〔七〕九・一七三⑮　羽織ながふ―て地を掃ひ

す（止）　〔二〕一八・一二九②（家守りに―べし）　〔七〕一・一七〇

①（半生長（とこしなへ）に客をもつて家と―）

する（止、体）　〔序〕四・一〇七⑫（かば焼に―所存）　〔一〕五・一一六⑪（芝居で―事）　〔二〕二・一一九⑤（芝居で―より）　〔二〕九・一二四⑨（友と―は）　〔二〕一〇・一二五①（大事に―心）　〔二〕一一・一二五⑩（しうとに―とも）　〔二〕一二・一二五⑮（小買―やせ世帯）　〔二〕二一・一三〇⑦（名主役をも―げな）　〔二〕二三・一三一⑦（前帯も―な）　〔三〕一・一三二①（はり貫に―とも）　〔三〕一九・一三八⑯（人見せ一ぺんに―事）　〔四〕五・一四二③（起上らんと―を）　〔四〕一二・一四五④（消そうに―を）　〔四〕一三・一四五⑦（拝み作りに―物ぞ）　〔五〕二一・一五七⑬（ろくな者の―事ならず）　〔五〕二五・一五八⑮（小便―度に）　〔七〕一三・一七五⑨（愚人の―わざ）

すれ（已）　〔二〕一八・一二八⑭（不足なあてがひを―ば）

せよ（命）　〔二〕一三・一二六⑨（呑死せば―）　〔七〕一九・一七七⑯（やめに―）

cf、あさおきす　あひたいす　いいもてきやうず　いいわけす　いけんす　いつしゆくす　いとまごひす　いんきよす　いんす　うわぬりす　おしうりす　おもてがへす　かいちやうす　がうす　かけおちす　がてんす　かろんず　かんおうす　かんしんす　かんず　かんりやくす　きやうたんす　きよろきよろす　きんせいす　くわんねんす　けうかいす　けんくわす　げんぞくす　ここちす　こころまどひす　ことづてす　さいこうす　さいほつす　さきがけす　さきぐりす　さつす　さんぱいす　さんようす　しす　しなんす　しやうばいす　しゆかうす　じゆくどくす　しゆゑらびす　じゆんしよくす　しりごみす　しんぢゆうす　すまひす　すまゐす　せいじんす　せうかうす　せつぽうす　そうじす　そうぞくす　そうゐす　そさうす　そらんず　そんず　ぞんず　たいす　ちやくす　つがふす　つぼいりす　つまはじきす　てうあいす　てうじす　でがはりす　てつす　てぬきす　とくしんす　とせいす　とろとろす　なかやすみす　ぬいあげす　ねんかうす　のみじにす　はいくわいす　はいす　ばいばいす　ばくゑきす　はそんす　はんす　ひいきす　ふうかんす　ふんじつす　ふんべつす　へいふくす　へんとうす　ほつとくす　まつたうす　まつとうす　まんぞくす　めつす　もくす　もぢもぢす　やすうりす　ゆききす　ゆぎやうす　らいはひす　らうにんす　らくがきす　るふす　れうりす　ろんず　わうらいす　わかじにす　ゑかうす

ありもこそせめ　かうした　かふした　こうして　こふした　これはしたり　さいはひにして　さしやる　さすれば　しかぬ　しくむ　しさげる　しすます　したが　して（連語）　どうした　どうして　とかくする　なにもせよ　べつして　ややもすれば　わるふすりや　んず（むとす）

くどうすけつね（工藤祐経）が霊芝居へ言伝せし事

そうしち（惣七）安売の引札せし事

す［助動詞（使役）］　せる［助動詞（使役）］

せ（未）
〔六〕一七・一六七⑨　豊後ぶしをならわ―ねば

せ（用）
〔一〕一七・一一七⑧　娘子下女はしたをそそら―
〔三〕八・一三四⑭　往還の女中にわる口いは―
〔三〕八・一三四⑮　煙草に致さ―可申候
〔四〕二・一四一③　一夜を明さ―給はりさふらへ
〔四〕一五・一四六②　摺子木を天の逆鉾と拝ま―ても
〔四〕一九・一四八①　煮ばなの茶釜をかすら―
〔五〕二三・一五八⑥　大屋に手をすら―
〔六〕二一・一六八⑤　乳母どのの肝を冷さ―
〔七〕二四・一七九⑬　娘二人まで持た女を鉦うた―しは

す（止）
〔七〕二四・一七九⑭　一口にしてやら―筈なれども

せよ（命）
[三]二〇・一三九⑦　鉢開の婆に拾は―かし
[五]一八・一五六⑫　毎日々読―かし
cf、いたさせおく　いわせもやらず

す［助動詞（敬譲）］
せ（未）
[三]一七・一三八③　御役人となら―られてぞ
[四]一三・一四五⑥　極楽へいな―られ
せ（用）
[七]二五・一八〇②　神はあがら―給ふと見へて
cf、おんとゝのへおかせられ（御調被為置）

す（素）［接頭語］
cf、すかみこ

ず［助動詞（打消）］　→「ざり」「ぬ」ヲモ見ヨ
ず（用、止）
[序]二・一〇七⑦　見るに倦―聞に飽ず
[序]二・一〇七⑦　聞に飽―
[序]三・一〇七⑪　隠女の飯米にも致さ―
[一]三・一一一⑦　五文字附さへもて来ら―
[一]七・一一二⑭　草履取さへ連―
[一]八・一一三⑨　歯の根もあわ―わなわなふるひて
[一]一〇・一一四⑧　道行人もあら―
[一]一一・一一四⑩　金の無心なら―
[一]一一・一一四⑫　一向はやら―
[一]一一・一一四⑬　正月一ぱいもたもた―
[一]一二・一一五③　茶の一ぷくだに手向―
[一]一四・一一五⑮　聞ずてにせ―指南せば
[一]二〇・一一七⑬　差合かまわ―大口いふとおなじ
[二]一・一二〇①　手に結ぶ岩垣清水：猶山陰はあか―もあるかな
[二]一・一二〇②　一生何の役にもたた―
[二]一・一二〇③　厄害にもなら―
[二]一・一二〇⑤　万の芸能に心をよせ―
[二]二・一二〇⑦　てんぽの皮にかから―随分地を打て通り
[二]三・一二一⑥　江戸の息子他人まぜ―八人連の兄弟
[二]一一・一二五④　物ごとに麁略せ―
[二]一二・一二五⑮　慈悲の心をうしなわ―
[二]一二・一二六②　大利を得るの基（もとひ）なら―や
[二]一三・一二六⑤　家をうしなふ事遠から―
[二]一六・一二七⑬　見こなさ―によまれい
[二]一八・一二八⑮　むさぼらいでは過られ―
[二]一八・一二九①　発明斗（ばかり）に気を付―と（重出＝「ずと」）
[二]一八・一二九⑤　孫作夫婦の恩を忘―：疎略にしやるな
[二]二〇・一三〇①　花麗な真似をせ―
[二]二三・一三一⑦　一々言（いい）も尽され―
[三]一・一三一⑬　人の高下をえらば―
[三]八・一三四⑬　御施主方：にかまわ―飛がごとく
[三]一一・一三五⑯　：と読もおはら―愚痴な人は
[三]一九・一三九①　勘略かも知ら―
[三]二〇・一三九⑦　せめて草履の緒は剪ら―に
[三]二〇・一三九⑧　板木のつゐへをいとは―安売の引札にて
[四]一・一四〇③　無筆なればやたて壱本だにもた―
[四]三・一四一⑤　ふりむいて見もせ―に
[四]四・一四一⑯　聞したがわ―此辺小盗人の徘徊を怖て
[四]五・一四二②　癹もせ―忍び寄るは
[四]五・一四二⑥　名をなのらねば訳が知れ―
[四]九・一四三④　ほやりとした髻を顕はした時に替ら―
[四]一二・一四四⑭　鐘もつか―に門を〆て
[四]一三・一四五⑤　少も御心に留られ―：極楽へいなせられ

[四]一三・一四五⑦　更に誠に存ぜ―
[四]一五・一四六⑥　閉帳前に尾の出るも知ら―
[四]一五・一四六⑥　夢にだも見―
[四]一五・一四六⑦　頼もしから―は思召ずや
[四]一五・一四六⑦　頼もしからずは思召―や
[四]一七・一四七⑤　入唐渡天の行方知れ―
[四]二〇・一四八⑦　茶一盃呑こともなら―
[四]二一・一四八⑮　爰にはねられ―
[四]二一・一四八⑮　其後行方をしら―と云々
[五]一・一四九④　主人への云訳たた―
[五]三・一五〇①　一生象を喰ふ事なら―
[五]五・一五〇⑬　臍がおどれど笑（わらは）れもせ―
[五]五・一五〇⑭　八卦の面に虚（うそ）はいわれ―
[五]六・一五一④　手まへの心もなほさ―に主撰びして
[五]六・一五一⑨　他の中言かたくいわ―：を能々心得
[五]八・一五二⑥　御初尾もとら―にそのままいなしては
[五]一三・一五四④　なめて見る事なら―
[五]一四・一五四⑧　色々の身振してもかなわ―
[五]一六・一五五⑧　高木履もはか―衣類も目だたぬ物を着て
[五]一七・一五五⑮　一向（つやつや）禁制せ―
[五]一八・一五七②　人のにくみをうけ―
[五]二一・一五七③　釜戸の煙たやさ―露命をつなげば
[五]二二・一五七⑭　ろくな者のする事なら―
[五]二三・一五八③　意見をもちひ―
[六]一・一六〇③　宵から寐て斗（ばかり）も暮され―
[六]二・一六一②㊋　唯鬼の事のみいひやま―
[六]六・一六一⑭　恥もおもは―一盃づつ：喰るる衆中
[六]六・一六一⑮　鼻の下のゆたかなる人々なら―や
[六]七・一六二⑨　夢もむすば―おそれおののきける程に
[六]九・一六三⑩　顔を詠められたるものすくなから―

[六]九・一六三⑬　終日一文が商もせ―
[六]九・一六三⑭　まだたわけの夢さめ―
[六]一一・一六四⑧　耳から入ても口へ出さ―
[六]一五・一六六①　阿波にもうかれ―河口にもそそらず
[六]一五・一六六①　河口にもそそら―
[六]一七・一六七①　猿をさげさせもせられ―
[六]二〇・一六八④　一向流布せ―
[六]二二・一六八⑫　其節は夢にもしらせ―
[六]二三・一六九④　元隣も紙をおしま―：書残されたり
[七]二・一七〇⑥　買人の喉を鳴して待（まつ）をも構―
[七]六・一七一⑬　拝殿ともいわせ―：草臥足（くたびれあし）
さし伸して
[七]六・一七一⑮　：喧しく　さりとてはねられ―
[七]七・一七三①　見あげもやら―恐れ入たる風情
[七]八・一七三⑥　汝しら―や
[七]八・一七三⑦　其声淡にして傷（やぶら）―
[七]一〇・一七三⑮　見る者驚歎せ―といふことなし
[七]一一・一七四⑪　和（くわ）して流れ―
[七]一二・一七四⑫　江戸節と言に恥かしから―
[七]一二・一七四⑬　和して都の優美に恥―
[七]一二・一七四⑭　威あつて猛から―
[七]一二・一七四⑮　祖風を恥かしめ―
[七]一二・一七四⑯　此一流は絶え―廃れず
[七]一二・一七四⑯　此一流は絶えず廃れ―
[七]一五・一七六③　露ばかりも恥とおもは―いいもて興じ
[七]一七・一七六⑯　父母をかへりみ―　生を軽じ
[七]一八・一七七⑥　好色本は国法ありて今売買せ―
[七]一九・一七八④　其ほとりをはなれ―似我似我（じがじが）
と鳴て
[七]二二・一七八⑩　骨に通りしるしなら―や

[七]二二・一七九① 徒者（いたづらもの）とならいでかなわ―
[七]二三・一七九④ 往来の者の笑もしら― いやはや
[七]二四・一七九⑮ 我神詫（たく）をうたがわ―：心をひるがへし

［ずして］（漢文訓読系ノ表現）
[二]一二・一二六① 小利をむさぼら―して大利を得る
[三]一七・一三八⑤ 御咎にも逢―して一生を過したる
[六]二〇・一六八① 取あげ給は―して万一：咄しませふとも
[七]一二・一七五④ 他方千里に追（おい）やら―して今で残念

［にあらず］（間ニ助詞ノ入ルコトアリ）
[序]三・一〇七⑩ 本堂建立の為にもあら―
[一]一五・一一六⑫ めつたな事が仕て見せらるる物にあら―
[三]一二・一三六⑤ 通途の人の所為にはあら―
[四]一八・一四七⑦ 歎きあるにもあら―
[五]二一・一五七⑦ 女子童子も祈るにあら―や
[七]一八・一七七⑧ ：の前で素読もなるものにあら―

［べうもあらず］
[六]三・一六一⑤㊝ とほりうべうもあら―

［べからず］（重出＝「べからず」）
[一]六・一一一⑯ させる高名ともなるべから―
[三]一八・一三八⑪ ほむる者も有べから―
[四]一四・一四六① 御耳にとどめ給ふべから―
[六]六・一六一⑪ 此段を等閑に見るべから―
[六]一三・一六五⑦ 此町でも出ずんばあるべから―と
[七]一七・一七六⑮ 心中とはいふべから―

cf、あひまうさず いふにおよばず いわせもやらず おはずかさず およばず およばずとも かたかたよらず かたよらず ぜひにおよばず どうもいへず のこらず のみならず まうさず まかりならず まにあひまうさず ゆくゑしれず よらず

ざり ずは ずんば ぬ ねば べからず

ずい（髄） [七]二二・一七九①
ずいあん㊇（随庵） [七]二・一七〇⑧
ずいいち（随一） [一]一五・一一六⑧ [三]一七・一三八①
すいぎよ（水魚） [二]三・一二一⑪（兄弟―のありさま）
すいふろおけ（水風呂桶 ：をけ） [五]九・一五二⑫
ずいぶん（随分）［副詞］ [一]一三・一一五⑨ [二]二・一二〇⑦ [三]二一・一二五⑯ [二]二一・一三〇⑫ [三]四・一三三④ [三]五・一三三⑫ [三]七・一三四⑧ [三]九・一三四⑯ [三]一〇・一三五⑦ [四]一・一四〇④ [六]一五・一六六④ [七]三・一七一⑥
cf、ずいぶんと
ずいぶんと（随分）［副詞］ [二]五・一二二⑦（―吝（しわゐ）げな）
すいりやう（推量） [四]一四・一四五⑯
す・う（据）［ワ下二段］ す・ゑる［ワ下一段］ →すゆ
すうじつかしよ（数十ケ所） [二]一七・一二八⑤
すうじふにん（数十人） [三]一三・一三六⑨
すがた（姿） [四]九・一四三⑩ [四]一〇・一四四⑥ [四]一二・一四五② [四]二一・一四八⑪ [七]六・一七一⑬ [七]一八・一七七⑧
cf、うしろすがた すがたかたち
すがたかたち（姿形） [三]一八・一三八⑧
すかみこ（素紙子） [一]一四・一一六④（――くわん）
すがら［接尾語］
cf、みちすがら よすがら よもすがら
すき（好）
cf、かわつたものずき けんくわずき たばこずき たびずき ほんずき
す・く【好】［カ四段］

―く（体）[五]一二・一五三⑮（博奕を―筋）
す・ぐ（過）［ガ上二段］　す・ぎる［ガ上一段］
―ぎ（未）[二]一八・一二八⑮（―られず）
―ぎ（用）[二]一・一二〇③（―し故）[三]二〇・一三〇②（―たり）[三]二・一三二⑦（―し歳）[四]一七・一四七②（―て）[六]一・一六〇⑤（―ぬ）[六]一〇・一六四④（―ぬ）[六]二一・一六八⑦（―し元禄十六年）[六]二二・一六八⑮（喧嘩―て棒ちぎり木）[七]一八・一七七⑧（―し比）
―ぐる（体）[四]一六・一四六⑨（開帳―と）
　cf、いきすぐ　けんくわすぎ　つよすぎる　やはんすぎ　ゆきすぐ　りつぱすぎる
すくな・し［形ク］
―から（未）[六]九・一六三⑩（―ず）
―く（用）[三]一九・一三八⑮　[四]一五・一四六③
―し（止）[三]一〇・一二五②（始ある事あり　終ある事―）[七]一五・一七六⑥
すぐに（直）［副詞］[二]四・一二二①
すぐ・る【選】［ラ四段］
―り（用）[三]七・一三四⑧
すぐ・る【優】［ラ下二段］　すぐ・れる［ラ下一段］
―れ（用）[一]六・一一六⑭（―た名人）
すけつね㊇（祐経）[一]二・一一五②　[一]三・一一五⑨　[一]四・一一六①　[一]四・一一六②
　cf、くどうさゑもんすけつね
すけなり㊇（祐　）[一]三・一一五⑨
　cf、じふらう
すこし（少）[序]三・一〇七⑨　[一]九・一一三⑪　[一]四・一一五⑯（―は嗜べし）[二]一・一二五⑯（―づつ余計を入れて）[六]一〇・一六四⑤
　cf、いますこし　すこしも
すごしがた・し（過難）［形ク］
―き（体）[七]六・一七一⑭（夜の―にあり）
すこしも（少）［副詞］（下に打消ノ語ヲ伴ッテ）[一]二〇・一一八③（―いわで）[二]一〇・一二四⑮（―いいぶんのない）[二]一八・一二九④（―ないぞや）[四]九・一四三⑪（―障る所存はなけれど）[四]一三・一四五⑤（―御心に留られず）[五]一三・一五四②（―虚はもふさぬ）
すご・す（過）［サ四段］
―し（用）[三]一七・一三八⑤（一生を―たるは）[四]九・一四二⑯（年月を―つるに）
　cf、ききすごす　すごしがたし　みすごす
す・し【酸】［形ク］　す・い［形］
―く（用）[五]八・一五二⑤（口の―なる程いふて）
すじ（筋　すぢ）↓すぢ　ヲモ見ヨ
［振リ仮名アリ］[一]八・一一三⑥（埒のあかぬ―）[五]一〇・一五二⑯（手の―）[五]一二・一五三⑮　[五]一二・一五三⑮
すずし・い（涼）［形］　すずし［形シク］
―い（体）[七]三・一七一⑥（―出立（でたち））
すす・む【進】［マ四段］
―み（用）[七]九・一七三⑪
すす・む【勧】［マ下二段］　すす・める［マ下一段］
―め（用）[五]二三・一五八④（―て）
―むる（体）[一]五・一一六⑦（：を―条）
すすめ（勧）[序]一・一〇七③
すずり（硯）
　cf、たびすずり
すそ（裾）[七]一八・一七七⑨（黒小袖の―）
すその（裾野）[一]一〇・一一四⑥
　cf、ふじのすその
すたりもの（廃者）[七]一四・一七六①

すた・る（廃）［ラ下二段］　すた・れる［ラ下一段］
—れ（未）【七】一二・一七四⑯（—ず）
cf、すたりもの
すだれ（簾）【三】九・一三五②　【三】九・一三五③
すぢ（筋）　↓すじ　ヲモ見ヨ
【四】一四・一四五⑯　【五】一〇・一五三①（御手の—）
cf、かみがたすぢ　くわんとうすじ　けすじ　てつくわすじ
ふたすじ　ますかけすじ　やつかいすじ
す・つ（捨、棄）［タ下二段］　す・てる［タ下一段］
—て（未）【序】四・一〇七⑫（散銭それ—めや）　【七】三・一七一
⑩（—られぬ）
—て（用）【六】八・一六三②（—たる）　【七】九・一七三⑨（—て）
—つる（体）【三】二〇・一三九⑤（ごみ溜へ—たぐいの事）
cf、いいすて　うちすつ　うちすておく　ききずて　ながし
すつ　なげすつ
ずつくと［副詞］　【七】七・一七二⑩（—立）
すつぽん（泥亀）　【五】一・一四九①
すてお・く（捨置）
cf、うちすておく
すでに［副詞］　【七】一七・一七七⑤
ずと［連語］（助動詞（打消）「ず」＋接続助詞「と」）
【二】一八・一二九①　・・に気を付—慎ふかく（重出＝「ず」
「と」）
すなはち（則）　【三】八・一三四⑮　【六】一七・一六七④
cf、すなわちだらけ
すなはちだらけ（則、即）　↓すなわちだらけ
すなわちだらけ（則　すなはち・・）　【序】三・一〇七⑧（舌もまわら
ぬ—）
すね（脚）　【四】一・一四〇⑤（—の達者な一徳）
cf、むかふずね

ずは［連語］（助動詞（打消）「ず」＋係助詞「は」）（近世以降「は」
ガ接続助詞「ば」ト混同サレ「ずば」トモ）（底本「は」ニ
濁点ナシ）
【七】七・一七二⑬　だまりおら—目に物みせん
すひがら（吸　）　【一】二一・一一九④
すひつ・く（吸付）［カ下二段］　すひつ・ける［カ下一段］
—け（用）　【一】九・一一三⑭（—て）
す・ふ（吸）［ハ四段］
cf、すひがら　すひつく
すへたのもし・い（末頼母　すゑ・・）［形］　↓すゑたのもしい
ヲモ見ヨ
—い（体）　【二】一〇・一二五①（—が）
すべて　【二】一五・一二七⑨　【三】一九・一三八⑮　【四】一三・一四五⑦
すま・す（済）（サ四段）
cf、しすます　なりすます
すまひ（住居）　↓ぢゆうきよ
cf、すまひす　すまゐす
すまひ・す（住居）［サ変］　↓すまゐす　ヲモ見ヨ
［振リ仮名ナシ］
—し（用）　【四】一九・一四七⑬（—ながら）
すまゐ・す（住居　すまひ・・）［サ変］（重出＝「す」）　↓すまひ
す　ヲモ見ヨ
［振リ仮名アリ］
—せ（未）　【五】一・一四九①（—し所）（助動詞「き」ノ連体形
「し」ハサ変ニハ未然形ニ付ク）
すみ（炭）
cf、すみやき
すみ（隅）　【三】一・一三一⑬（—からすみ迄）　【三】一・一三一⑬
（隅から—迄）
cf、かたすみ

すみ（墨）[一]一・一一四⑯
すみだがは（隅田川）　↓すみだがわ　ヲモ見ヨ
[三]二・一三二⑧
すみだがわ（隅田河　：がは）　↓すみだがは　ヲモ見ヨ
[五]三・一五〇⑤
すみな・る（住　）［ラ下二段］　すみな・れる［ラ下一段］
—れ（用）　[二]一・一二〇①（手に結ぶ岩垣清水—て）
すみやき（炭焼）　[二]一・一二〇②
すみるちやいろ（　茶色）　[七]二三・一七九⑤（—の声で）
す・む（住）［マ四段］
—み（用）　[一]二・一一〇⑧（—けり）　[二]一・一二〇④（江都に—し昔）
—め（已）　[四]一八・一四七⑩（—ば）
cf、かくれすむ　すまひす　すまゐす　すみなる
す・ゆ【据】［ヤ下二段］（「す・う（ワ下二段）」カラ転ジタ語　中世以降ヤ行ニモ活用シタ）
—ゆる（体）　[六]八・一六三⑦（灸を—がよひと言（いい）ふらし）
すりき・る［ラ四段］
—る（体）　[四]二・一四一①（—程におがみ）
すりこぎ（摺子木）　[四]一四・一四六②
すりつ・く（　付）［カ下二段］　すりつ・ける［カ下一段］
—け（用）　[七]七・一七三①（あたまを—て）
すりび（摺火）
cf、すりひうち
すりひうち（摺火打、摺燧　「すりびうち」カ）　[一]八・一一三⑩
[四]五・一四二⑤
すりや［連語］（「すれば」ノ拗音化）
cf、わるふすりや
す・る（摺）［ラ四段］
—ら（未）　[五]二三・一五八⑥（大屋に手を—せ）
—つ（用　音便）　[五]三・一五〇②（味噌を—たり）
cf、すりきる　すりつける　すりひうち　ひきずりあるく　ひきずる
する【為】［サ変］　↓す［サ変］
するめ【鯣】　[五]二三・一五八④
すゑ（末）　[序]一・一〇七①　[六]一二・一六四⑯　[七]二・一七〇⑥（秋の—よりぶらぶらと）　[七]一二・一七四⑯（万世の—迄も）
cf、すへたのもしい　すゑたのもしい　すゑのよ　ゆくすへ
すゑたのもし・い（末頼母）［形］　↓すへたのもしい　ヲモ見ヨ
—い（体）　[二]一七・一二八⑥（—が）
すゑのよ（末世）　[六]八・一六三④（—の人）
すん（寸）
cf、いつすん　いつすんごぶ　にすん
ずんば［連語］（撥音添加ニヨリ「ずは」ヲ強メタ形）（底本「ずんバ」）
[六]一三・一六五⑥　此町でも出—あるべからず
[七]一四・一七六①　いましめ—次第に手強くなりて

［せ］

せ（世）
cf、ざいせ　せじやう
せ［終助詞］
cf、くさんせ　よさんせ
せい（生）　↓しやう
せい（世）
cf、きんせい　たうせい　とせい　にんげんせい
せいぐわんじ（誓願寺）　[三]一四・一三七②（浅草—）

せいけん（聖賢）　[七]八・一七三⑤
せいじ（世事）
　cf、てせいじ
せいじん（成人）　[七]二四・一七九⑬
　cf、せいじんす
せいじん（聖人）　[二]一〇・一二五②　[二]一五・一二七⑨　[五]一四・
　一五四⑩
せいじん・す（成仁）［サ変］
　—する（体）　[六]二二・一六九①（—に従（したがつ）て）
せいすい（盛衰）　[五]一四・一五四⑦（世の—や）
せいぜん（凄然）　[六]一・一六〇①（高秋蕭索として倍（ますます）
　—）
せいだい（聖代）　[六]一四・一六五⑪
せいだ・す（情出【精出】）［サ四段］
　—し（用）　[五]一六・一五五⑨（家業に—）
せいばつ（征伐）
　cf、とういせいばつ
せいふう（正風）　↓しやうふう
せいめい（生命）　[七]九・一七三⑨
せいめい㊇（清明）
　cf、あべのせいめい
せいもん【誓文】（副詞的用法）　[四]九・一四二⑯（—猪牙じや）
　[六]二一・一六八⑨（—赤裸で）
せう（小）
　cf、せうじ　せうり　だいせう
せ・う（しよう）　↓す［サ変］ノ未然形ヲ見ヨ
せうかう・す（焼香）［サ変］
　—する（体）　[三]一八・一三八⑪（—に）
せうことなし（為事無）　↓しやうことなし
せうさく（蕭索）　↓しやうさく
せうし（笑止）　↓しやうし
せうじ（小事）　[一]二一・一一八⑯
せうせう（少々）　[二]一七・一二八⑩　[三]七・一三四⑦　[三]九・一
　三五④　[四]一五・一四六③
せうたい（正体　シヤウ：：）　[七]二五・一八〇③（—もなく高鼾）
せうに（小児）　[一]一一・一一四⑪　[六]一二・一六五②
せうねつ（焦熱）　↓しやうねつ
せうべん（小便）　↓しやうべん
せうり（小利）　↓しやうり　ヲモ見ヨ
　[二]一二・一二六②　[二]一八・一二八⑬
せかい（世界）　[七]一一・一七四⑨（—第一）
　cf、あんらくせかい　かくべつせかい　しやばせかい
せき（関）
　cf、きよみがせき　よこばしりのせき
せきあが・る（　上）［ラ四段］
　—り（用）　[一]一一・一一四⑮（—て）
せきうぢ㊇（関氏）（関一楽ヲサス）　[二]一五・一二七⑪
せきじやう㊇（夕丈　：ヂヤウ）　[七]一二・一七四⑭
せきそん（石尊）　[五]一四・一五四⑫（—の祟）
せきたふ（石塔）　↓せきとう
せきぢやう㊇（夕丈）　↓せきじやう
せきとう（石塔　：タフ）　[四]三・一四一⑩
せきはん（赤飯）　[三]八・一三四⑨
せきふだ（関札）
　cf、こいのせきふだ
せ・く（急）［カ四段］
　cf、こころせく　せきあがる
せけん（世間）　[一]三・一一一⑥　[二]八・一二二⑯（—の取沙汰）
　[二]一一・一二五⑤　[四]八・一四二⑨　[六]一二・一六五①　[七]
　九・一七三⑬

cf、せけんなみ
せけんなみ（世間並） [二]七・一二八⑫
せじやう（世上） [三]四・一三三①（—一統） [三]五・一三三⑧ [三]一〇・一三五⑧ [三]一一・一三五⑭ [四]二〇・一四八⑧
せしゆ（施主） [三]八・一三四⑬
cf、ごせしゆがた
せじん（世人） [七]一二・一七五② [七]一七・一七七②
せせ・る【拵】［ラ四段］
—り（用） [五]一六・一五五⑥（仏神を—ても）
せぞく（世俗） [六]三・一六一⑨
せたい（世帯）
cf、やせせたい
せつ（節） [三]四・一三三⑦ [三]五・一三三⑨ [三]六・一三四② [三]八・一三四⑨ [三]九・一三五② [三]一〇・一三五⑨ [三]一一・一三五⑪ [三]一一・一三五⑮ [三]一八・一三八⑩ [三]一八・一三八⑪
cf、このせつ　そのせつ
せつ（説）
cf、きよせつ　ぞうせつ　ちんせつ
せつかく（折角） [五]二四・一五八⑩ [七]一六・一七六⑬ [七]二三・一七九⑧
せつき（節季） [一]五・一一六⑫
せつく（節句）
cf、ごせつく
せつしや（拙者） [六]一六・一六六⑧ [六]一七・一六六⑯
cf、せつしやかた　せつしやめ
せつしやかた（拙者方） [三]七・一三四⑤ [三]九・一三五②
せつしやめ（拙者　） [一]九・一一三⑯
せつちゆう（雪中） [二]一六・一二八②（—に筍掘出して）
せつちん（雪隠） [一]六・一一一⑮（極楽の—）
せつぽう（説法　：ポフ） [二]四・一二二③ [二]一〇・一二四⑩ [二]二三・一三一⑧
cf、せつぽうしきよう　せつぽうす　せつぽうだんぎ
せつぽうしきよう㊫（説法式要　セツポフシキエウ） [二]四・一二一⑯（牛秀上人の—）
せつぽう・す（説法　セツポフ：：）［サ変］
—し（用） [二]四・一二一⑮（—て）
せつぽうだんぎ（説法談義　セツポフ：：） [序]一・一〇七②
せつぽふ（説法）　↓せつぽう
せつぽふしきえう㊫（説法式要）　↓せつぽうしきよう
せつぽふ・す（説法）　↓せつぽうす
せつぽふだんぎ（説法談義）　↓せつぽうだんぎ
せなか（背中） [四]一六・一四六⑭
ぜに（銭） [二]八・一二三⑥（四貫の—） [四]九・一四三⑪ [四]一四・一四五⑮ [四]一五・一四六②（—の山をなせし） [四]一八・一四七⑫ [五]一・一四九④ [五]一〇・一五三② [五]一一・一五三④ [七]八・一七三②
cf、ぜになし
ぜになし（銭　） [五]九・一五二⑥ [五]一〇・一五三①
せはし・い（忙）［形］　せはし［形シク］　↓せわしい
cf、こころせわし
ぜひ（是非）［副詞］ [一]八・一一三⑥
cf、ぜひにおよばず　ぜひもなし
ぜひにおよば・ず（是非　及　）［連語］
—ず（用）
[三]三・一三二⑪　—売物の葬礼編笠引ちぎつて猪首に着
—ず（止）
[六]二〇・一六八②　あけばなしの穴なれば—
—ね（已）
[四]一〇・一四四④　それは—ど‥勇士の数にかぞへられし某

が
ぜひもな・し［連語］
—し（止）　〔五〕二二・一五七⑭
せま・い［形］　せま・し［形ク］
—い（体）　〔二〕七・一一二⑪（幅の—が）
せ・む【責】［マ下二段］　せ・める［マ下一段］
—め（未）　〔四〕一九・一四七⑭（中間六部に—られ）
—め（用）　〔五〕二三・一五七⑮（机をたたきて—ければ）
cf、せめさいなむ
せめさいな・む（責　）［マ四段］
—む（体）　〔五〕五・一五〇⑯（手ひどふ—人）
せめて［副詞］　〔二〕二二・一一九⑥　〔三〕二〇・一三九⑥　〔六〕二一・一六八⑩　〔七〕三・一七一⑧　〔七〕二三・一七九④
せよ（す［サ変］ノ命令形　「：にせよ」で軽い仮定ノ意）
cf、なにもせよ
せりうり（　売）　〔五〕二一・一五七④
せりか・く［カ下二段］　せりか・ける［カ下一段］
—け（用）　〔五〕二三・一五七⑮（—せりかけ）　〔五〕二三・一五七⑮（せりかけ—机をたたきて）
せりふ　〔二〕二・一一一④　〔二〕三・一一五⑩　〔二〕三・一一五⑫
cf、せりふづけしだい
せりふづけしだい（　付次第）　〔二〕四・一一五⑮
せわ（世話）　〔二〕七・一一七⑤　〔二〕五・一二二⑪　〔二〕九・一二四⑥　〔五〕一・一四九⑤
cf、おせわ　せわごと
せわ（世話）（世間ノ慣用ノ言葉）　〔五〕一三・一五四⑤（鬼神に横道なしの—のごとく）
せわごと（世話　）　〔七〕一〇・一七四④（義大夫の—）
せわし・い（せは：）［形］　せはし［形シク］
—ひ（い）（体）　〔三〕九・一二四④（—飛脚屋）
せわやき（世話役）
cf、おせわやきさまがた
せん（千）
cf、さんぜんくわん　せんごく　せんざい　せんぢやう　せんまんにん　せんり　なんぜんなんびやくにん　にせんななひやくろくじふばん
せん（銭）
cf、いつせん　さいせん　さんせん　しやくせん　とうめうせん　みそかせん　ろくだうせん
ぜん（前）
cf、さいぜん　しんぜん　ぜんご　ぜんしやう　ほうぜん　もんぜん
ぜん（善）　〔七〕九・一七三⑪
cf、あく　よしあし
ぜん（膳）
cf、おぜん
ぜんあく（善悪）　→よしあし
せんかた【詮方】　〔二〕三・一一一⑦（—もなくあきれ果）
せんぎ（僉議、詮義）　〔四〕二〇・一四八③　〔五〕一五・一五四⑮
ぜんくわうじ（善光寺）　〔四〕一三・一四五⑩　〔六〕一三・一六五④（武州河口—）
ぜんご（前後）　〔六〕二三・一六九②
せんごく（千石）　〔三〕一三・一三六⑩（—以上）
せんごり（千垢離）　〔五〕一六・一五五⑥（祈念祈祷や—など）
せんざい（千歳）　〔四〕九・一四二⑯（—の一週）
せんさく【詮索】　〔二〕六・一一一⑭
ぜんしう（禅宗　：シユウ）　〔二〕五・一二二⑧
せんしやう（僭上）　〔三〕一三・一三六⑨　〔三〕一七・一三八④
ぜんしやう（前生）　〔五〕一三・一五四③
ぜんしゆう（禅宗）　→ぜんしう

せんせい（先生）
　cf、かいばらせんせい
せんぞだいだい（先祖代々）　〔二〕二・一二五⑭（―のつき米屋）
せんたう（銭湯）　→せんとう
せんちう（仙注　：チユウ）（仙覚ニヨル万葉集注釈）　〔一〕一・一一〇①
せんぢやう（千丈）　〔一〕二一・一一八⑬（―の堤が蟻の穴から崩たつて）
せんちゆう（仙注）　→せんちう
せんてつ（先哲）　〔三〕一八・一三八⑫
せんとう（銭湯　：タウ）　〔二〕二三・一三一⑥
ぜんにん（善人）　〔一〕一七・一一七⑧
せんばん（千万）［接尾語］
　cf、ふじんせんばん　ふらちせんばん
ぜんぶ（膳部）　〔二〕一九・一二九⑩
ぜんぶごさつ（全部五冊）　〔七〕二六・一八〇刊記（―追而出来）
せんまん（千万）
　cf、せんまんにん
せんまんにん（千万人）　〔五〕二一・一五七⑥　〔六〕一一・一六四⑨
ぜんもん（禅門）　〔四〕一六・一四六⑪
せんり（千里）　〔四〕一・一四〇①（踏出した一歩を―の始として）
　〔七〕二・一七五③（他方―）
せんりやう㊇（沾涼）（俳人、菊岡沾涼）　〔四〕一八・一四七⑥（―が江戸砂子）

［そ］

ぞ［係助詞、副助詞、終助詞］
［文中］
〔序〕一・一〇七②　都―春の彼岸の中日
〔四〕八・一四二⑮　誰―に咄し
［文末］
〔一〕一〇・一一四⑤　どうして：御ぞんじで御座ります―
〔一〕六・一一六⑬　いか斗歟ありしとおもふ―
〔二〕三・一二一⑦　何とおもふて：一同におじやつた―
〔二〕一・一二五⑪　気にいらゐでどうせう―
〔二〕二一・一三一①　そちが髪は何者がゆふた―
〔二〕二三・一三一④　町人の刃物は抜と手前の命がない―
〔三〕三・一三二⑬　いかなる安売―と：是を見れば
〔四〕一三・一四五⑦　何ぞ女房を拝み作りにする物―
〔四〕一四・一四五⑮　何の因果に：本尊を拝む物―
〔五〕五・一五一①　宿世の罪業を滅する修行―と
〔五〕五・一五一②　心がやわらがいでどふせう―
〔五〕七・一五一⑫　どうさしつた―
〔五〕七・一五一⑭　是が親への孝行―とおもひ
〔五〕一二・一五三⑯　ほんに不思議だ―
〔六〕一五・一六六⑥　など見ゆるしてはおわします―
〔七〕一六・一七六⑪　誰がゆるして夫婦にして置もの―
〔七〕一七・一七七⑤　どう取あつかわるるもの―
［てぞ］
〔三〕一七・一三八③　重き御役人とならせられて―：御拝領ある事
〔六〕一〇・一六四③　：と御触ありて―：ひしと止て
［ばかりぞ］
〔七〕一三・一七五⑦　昔は堀の船宿の女房斗―羽織を着ける
（係結）
［をぞ］
〔六〕三・一六一⑦(徒)　人のわづらふ事侍しを―：と云（いふ）人も侍し（係結）
cf、いかんぞ　ぞかし　ぞや　とぞ　なにとぞ　なんぞ　な

んぞや
そう（僧）[三]一八・一三八⑪ [四]二・一四一④（―ワキの能掛りで）
cf、きそう ぐそう こぞう こもそう やそう
そう（さう）【然】 ↓そふ ヲモ見ヨ
[四]二一・一四八⑩（いかにも―じや） [五]一二・一五三⑯（―もござるまい）
そう（惣）
cf、そうざんよう そうじまゐ そうやくしや
そう（葬 サウ） [三]一四・一三六⑯
ぞう（象 ザウ） [五]三・一五〇①
ぞう（像 ザウ） [四]九・一四三⑥ [四]九・一四三⑭
cf、そんざう そんぞう もくぞう
そうおう（相応 サウ：） ↓さうおう そうおふ ヲモ見ヨ
[七]一一・一七四⑪（土佐ぶしが土地―）
そうおふ（相応 サウオウ） ↓さうおう そうおう ヲモ見ヨ
[二]二〇・一三〇①（民家―に暮す） [七]一〇・一七四①（天地自然の―ありて）
そうがみ（惣髪） [一]六・一一二④（―の侍）
ぞうごん（雑言 ザフ：） [一]六・一一七②（わる口―）
ぞうさ（造作 ザウ：） [一]一四・一一六③ [六]一六・一六六⑩
そうさう（葬送 サウソウ） ↓さうそう そうそう ヲモ見ヨ
[三]一二・一三六⑥ [三]一四・一三七② [三]一四・一三七③ [三]二〇・一三九④
そうさう（送葬）
cf、ごさうそう（御送葬）
そうざんよう（惣算用） [四]一七・一四七②
そうし㊇（曽子） [七]一二・一七四⑭（孔門の顔子 ―）
そうじ・す（掃除 サウヂ：）［サ変］
―し（用） [四]二・一四一②（―て居たるを）
そうしち㊇（惣七） [三]二・一三二⑩ [三]一一・一三五⑮
cf、そうしち（惣七）安売の引札せし事
そうしちやすうりのひきふだせしこと（惣七安売引札事） [目]一・一〇九 [三]一・一三一小題
そうじて（惣）［副詞］ [一]一一・一一四⑩ [一]一五・一一六⑪ [二]一一・一二五⑥ [二]二〇・一二九⑯ [六]六・一六一⑫ [七]一三・一七五⑪ [七]一五・一七六⑤
そうじまひ（惣仕舞） ↓そうじまゐ
そうじまゐ（惣仕舞 ：じまひ） [六]二一・一六八⑧
そうしやう（宗匠） [一]二・一一〇⑦
そうしゆ（葬主 サウ：） [三]八・一三四⑬
そうしん（躁心 サウ：） [七]八・一七三⑧（―釈（と）く）
ぞうせつ（雑説 ザフ：） [六]一〇・一六四③ [六]一五・一六六⑥
そうそう（葬送 サウ：） ↓さうそう そうさう ヲモ見ヨ
［振リ仮名アリ］[三]一〇・一三五⑧ [三]一三・一三六⑧ [三]一四・一三六⑮
cf、ごそうそう
そうぞく・す（相続 サウ：）［サ変］
―し（用） [二]五・一二二⑨（―て）
そうだ㊇（惣太） [六]一七・一六七⑦（人売（ひとかゐ）の―）
そうだ（さうだ）［助動詞（推量、伝聞）］
そふで（さうで）（用）
[五]四・一五〇⑪ わしが親とは知る人―ようしつてじやの
[五]九・一五二⑦ 仏様さへ嫌ひ―
そうに（さうに）（用）
[四]一二・一四五④ ばつと消（きへ）―するを
そふに（さうに）（用）
[五]九・一五二⑧ きのどく―顔を赤め
[五]九・一五二⑬ 尻へぬけ―：前帯にむすび
そうな（さうな）（体）

[一]八・一一三⑩　いかふ気づかゐにおもやる―が
[四]一〇・一四四⑥　礼拝してきざみ―物歟
そふな（さうな）（体）
[一]八・一一三⑦　追はぎではなさ―が
[一]二二・一一九⑥　酒代でもはづみ―物じやに
[二]四・一二一⑫　皆々息災―顔色
[五]二一・一五七⑦　人にこわがらるるが手がら―が
[六]八・一六三⑦　人に異見も云（いい）―わろが
そうもくろく（惣目録）　[目]一・一〇九内題（当世下手談義―）
そうもん（惣門）　[四]四・一四一⑮　[四]二一・一四八⑮
そうやくしや（惣役者）　[一]一二・一一四⑯
ぞうりとり（草履取　ザウリ：）　↓ざうりとり　ヲモ見ヨ
[一]七・一一二⑬　[三]一三・一三六⑨
そうりやう（惣領）　↓そうれう
そうりん（倉廩　サウ：）　[二]一八・一二八⑯（―満（みち）て礼
義足る）
そうれい（葬礼　サウ：）　[三]二・一三二⑨　[三]一〇・一三五⑥
[三]一八・一三八⑪
そうれいあみがさ（葬礼編笠　サウ：）　[三]三・一三二⑫
そうれう（惣領、宗領　：リヤウ）　[二]五・一二二⑦　[二]九・一二
四⑥　[二]一〇・一二四⑮
そうゐ・す（相違　サウ：）［サ変］
―し（用）　[三]一四・一三七⑤（あんに―て）
そが（曽我）　[一]一一・一一四⑪　[一]一一・一一四⑯　[一]一二・一
一五①
cf、そがとのばら　そがまつり
ぞかし　↑「ぞ」「かし」
[一]七・一一七④　芝居を鰒汁よりこわがる―
[四]一一・一四四⑪　干鱈さげて礼に来る―
[四]二〇・一四八⑤　盗人に笈とは六部から出た諺―
[五]一八・一五六⑤　親兄弟の手にのらぬも尤―
[七]一三・一七五⑦　折節見ゆる―
[七]一九・一七七⑭　かやうな馬鹿者もある―
そがとのばら（曽我殿原）　[一]一三・一一五⑨
そがまつり（曽我祭）　[一]一二・一一五①
そく（足）［接尾語］
cf、いつそく
そ・ぐ［ガ下二段］　そ・げる［ガ下一段］
―げ（用）　[四]一・一四〇②（人に―たるゑせ者）
ぞく（俗）　[七]九・一七三⑩
cf、がぞく
ぞくご（俗語）
cf、ぞくごがち
ぞくごがち（俗語　）　[七]一〇・一七四⑤（―なが土地相応）
そくさい（息災）　[二]四・一二一⑫（―そふな顔色）
cf、まめそくさい
ぞくせつ（俗説）　[二]一八・一二九⑤
ぞくに（俗）［連語］　[三]八・一三四⑬（―（二）葬主ヲ施主ト云）
そこ（底）　[一]一三・一一五⑬（耳の―に徹して）
そこ［代名詞］　[五]四・一五〇⑨（―を聞たい）　[五]五・一五〇⑬
cf、そこそこ　そんじよそこ
そこそこ［代名詞］　[六]二・一六一①㊃（唯今は―に）
そこそこ［副詞］　[七]二・一七一①（：と返事も―）（文末）
そこな［連体詞］（「そこなる」ノ音変化）　[二]五・一二二⑤（―お
婆々）
そこな・ふ（傷）［八四段］
―ひ（用）　[五]三・一五〇④（物を―家を破る）　[七]一七・一七
六⑯（遺体を―し罪）
そこもと［代名詞（対称）］　[五]一三・一五四②
そこら［代名詞］　[四]一九・一四八①　[六]一七・一六六⑭

そさう【粗相】 ㊄九・一五二⑨（是は―いたしました） ㊅一〇・一六四②
cf、そさうす
そさう・す（麁草【粗相】）［サ変］
―し（用） ㊁二一・一三〇⑫（―めさるな）
そして［接続詞］（「然而」ノ略） ㊁一四・一二六⑭ ㊄四・一五〇⑩
そそ・る［ラ四段］
―ら（未） ㊀一七・一一七⑦（下女はしたを―せて） ㊅一五・一六六①（―ず）
そだ・つ（育）［タ下二段］
cf、そだて
そだて（育） ㊄一七・一五五⑬（親の―あしく）
そち［代名詞］ ㊁九・一二四② ㊁一三・一二六⑩ ㊁二〇・一三〇③ ㊁二一・一三〇⑦ ㊂二二・一三一① ㊆九・一七三⑬ ㊆一七・一七七②
cf、そちたち
そちたち（達） ㊁三・一二一⑦ ㊁四・一二一⑭ ㊁四・一二二④ ㊁一〇・一二四⑪ ㊁二〇・一三〇②
ぞつと［副詞］ ㊃八・一四二⑩（―したる）
そで（袖） ㊀八・一一三⑤（―をひかへ）
そと（外） ㊅二〇・一六八②
cf、うちそと
そとば（卒都婆） ㊂一〇・一三五⑧ ㊂一〇・一三五⑨
そなた［代名詞］ ㊀一〇・一一四③ ㊀一二・一一五③ ㊁一四・一二七① ㊁一六・一二七⑭ ㊁一六・一二八④ ㊁一八・一二九④ ㊁一八・一二九⑤ ㊁二一・一三〇⑫
cf、そなたしゆ
そなたしゆ（衆） ㊃三・一四一⑤
そなは・る（備）［ラ四段］
―り（用） ㊆一〇・一七四①
そな・ふ（備）［ハ下二段］ そな・へる［ハ下一段］
―へ（用） ㊀二・一一五②（神酒を―）
その（其）［連体詞］ ㊁二一・一一九⑧ ㊁二二・一三一② ㊁二二・一三一④ ㊂三・一三三⑭ ㊂一四・一三六⑯ ㊂一八・一三八⑦ ㊃八・一四二⑮ ㊃一三・一四五⑥ ㊃一三・一四五⑨ ㊃一四・一四五⑮ ㊄一五・一五五① ㊄一六・一五五⑧ ㊄一八・一五六⑩ ㊄二一・一五七⑧ ㊄二二・一五七⑪ ㊅七・一六二⑩ ㊅七・一六三① ㊅八・一六三⑦ ㊅一二・一六五② ㊅一三・一六五⑤ ㊅一三・一六五⑧ ㊅一五・一六六⑤ ㊅一五・一六六⑥ ㊅一五・一六六⑦ ㊅一六・一六六⑦ ㊅一六・一六六⑧ ㊆八・一七三③ ㊆八・一七三③ ㊆八・一七三③（―ごとく） ㊆八・一七三⑦ ㊆八・一七三⑧ ㊆一〇・一七四① ㊆一五・一七六⑥ ㊆一六・一七六⑫ ㊆一八・一七七⑦ ㊆一九・一七八③
cf、そのうへ　そのかみ　そのぎ　そのくせ　そのころ　そのせつ　そのとき　そのとし　そののち　そのはず　そのはづ　そのひ　そのほか　そのまま　そのみ　そのもの
そのうへ（其上）［接続詞］ ㊀一三・一一五⑧ ㊂四・一三三② ㊃一六・一四六⑨ ㊆一五・一七六④（―に）
そのうへ（其上）［連語］ ㊂一一・一三六②（―を行く人） ㊂一一・一三六⑤（―をいき過たる人）
そのかみ ㊀六・一一一⑬（―建仁三年）
そのぎ（其儀） ㊂四・一三三⑤
そのくせ（其僻）［接続詞］ ㊆一〇・一七四⑤
そのころ（其頃、其比） ㊂二〇・一三九⑨ ㊃一〇・一四四③ ㊃一三・一四五⑧ ㊃一五・一四六③ ㊅二一・一六〇⑨徒 ㊅二一・一六一②徒 ㊅三・一六一⑦徒 ㊅二一・一六八⑪
そのせつ（其節） ㊂六・一三三⑮ ㊃九・一四三⑫ ㊅二二・一

六八⑫
そのとき（其時） 〔六〕二二・一六八⑭
そのとし（其年） 〔五〕一六・一五五④（―一盃） 〔五〕一六・一五五⑤
そののち（其後） 〔四〕二一・一四八⑮ 〔六〕一〇・一六四② 〔六〕一四・一六五⑮ 〔六〕二二・一六九① 〔六〕二三・一六九②
そのはず（其筈） →そのはづ ヲモ見ヨ
　〔五〕一一・一五三⑦
そのはづ（其筈 ：はず） →そのはず ヲモ見ヨ
　〔五〕二・一四九⑧ 〔五〕一一・一五三④（―其筈） 〔五〕一一・一五三④（其筈―） 〔六〕一五・一六六②
そのひ（其日） 〔一〕一二・一一五②
そのほか（其外） 〔一〕一五・一一六⑨ 〔二〕一九・一二九⑪ 〔二〕二三・一三一⑦（―は） 〔五〕一七・一五五⑫ 〔七〕一一・一七四⑪
そのまま（其儘）［副詞］ 〔一〕二・一一一⑤（舞台のせりふ―に） 〔一〕五・一一六⑪（―我身に移して） 〔四〕五・一四二③ 〔四〕一二・一四四⑯ 〔四〕一二・一四五④ 〔四〕二一・一四八⑮ 〔五〕八・一五二⑥ 〔六〕一一・一六四⑩ 〔六〕一一・一六四⑪（―でも） 〔六〕一七・一六七①（―にして） 〔七〕一五・一七六①（―に聞過して）
そのみ（其身）［連語］ 〔一〕一六・一一六⑮（―の冥加） 〔二〕一七・一二八⑨（―のなりふり） 〔四〕八・一四二⑪ 〔五〕一五・一五五④
そのもの（其者） 〔三〕八・一三四⑩
そば【側】 〔七〕四・一七五⑮（―から異見すれば）
そ・ふ（添）［八四段］
　―い（ひ）（用） 〔七〕一六・一七六⑨（未来でながく―ましよ）
そ・ふ［八下二段］ そ・へる［八下一段］
　―へ（用） 〔五〕二三・一五八④（するめ一枚―）
　　cf、あひそふ　こしぞへ　さしそふ

そふ（さう）【然】 →そう ヲモ見ヨ
　〔一〕四・一一六①（…とおもわれふが―でない） 〔一〕二〇・一一七⑮（昔は―でなかつた） 〔五〕八・一五二②（―でござります） 〔五〕一二・一五三⑭（―でござろとも） 〔五〕一四・一五四⑬（―で御座ろ） 〔五〕一五・一五四⑯（―いわしやれば） 〔五〕二二・一五七⑪（なんと―ではござらぬか） 〔七〕一一・一七四⑩（わしや―でないわいの）
　　cf、それはそうと
そふう（祖風） 〔七〕二・一七四⑮
そぶ・く［カ四段］（「そむく」ノ音変化）（底本「ふ」ニ濁点ナシ）
　―き（用） 〔二〕一〇・一二四⑬（天道に―）
　―け（已） 〔二〕一〇・一二四⑬（教に―ば）
　　cf、そむく
そふだ（さうだ）［助動詞（推量、伝聞）］ →そうだ
そまつ（麁末） 〔三〕四・一三三②（―に致し）
そ・む（染）［マ四段］
　―み（用） 〔一〕六・一一一⑯（毒気に―て）
そ・む（染）［マ下二段］ そ・める［マ下一段］
　　cf、いちまつぞめ　うこんぞめ　そめぬき
そ・む（初）［マ下二段］ そ・める［マ下一段］
　　cf、うなりそむ
そむ・く［カ四段］
　―き（用） 〔二〕一一・一二五⑧（意に―）
　　cf、そぶく
そめぬき（染貫） 〔四〕一五・一四六⑥（―のはおり）
そも［接続詞］（「其」＋「も」カラ）
　　cf、こわそも　そもそも
そもそも（抑）［接続詞］ 〔一〕一五・一一六⑦ 〔四〕二・一四〇⑧ 〔七〕一・一七〇② 〔七〕一九・一七八①
そもや［副詞］ 〔四〕一〇・一四四⑤（―そもやいかに…なればとて）

〔四〕一〇・一四四⑤（そもや―・・）
そもん㊢（素問）〔七〕二・一七〇⑧（―　霊枢）
ぞや　←「ぞ」「や」
〔一〕九・一一三⑮　火口で呑もよい物じや―
〔二〕一六・一二七⑮　身をほろぼす―
〔二〕一七・一二八⑧　そりやわるひ―
〔二〕一八・一二九④　親の恩は少もない―
〔二〕二一・一三〇⑦　次第にあしくなる―
〔五〕二二・一五七⑫　入黒子（いれぼくろ）は何事―
〔六〕二二・一六八⑬　どうした事の神慮―
〔七〕一三・一七五⑨　皆是愚人のするわざ―
〔七〕二三・一七九⑨　もどして仕廻ふた―
そよみ（素読）〔七〕一八・一七七⑦
そら（空）〔序〕一・一〇七①　〔一〕七・一一三①（不審も―も晴やらぬ）
そらこと（言）〔六〕六・一六一⑫　〔六〕一一・一六四⑦（―流言は）
そらごと（事）〔六〕二・一六一②(徒)　〔六〕三・一六一⑦(徒)　〔六〕三・一六一⑨　〔六〕九・一六三⑧
そら・す（反）［サ四段］
cf、くいそらす　くひそらす
そらわらひ（虚笑）〔五〕一〇・一五二⑯（軽薄の―して）
そらん・ず【諳】［サ変］
―じ（用）〔二〕四・一二一⑯（説法式要を―）
そりや［連語］（「それは」ノ音変化）〔二〕一七・一二八⑧（―わるひぞや）
そりやく（麁略、疎略）〔二〕一一・一二五④（物ごとに―せず）〔二〕一八・一二九⑤（―にしやるな）〔三〕二・一三二⑦（御商売を―になされ）
それ（其、夫）［代名詞］〔一〕三・一一一⑤　〔一〕一三・一一五⑬（―以後）〔一〕二一・一一八⑪　〔二〕一三・一二六⑩（―も儘よ）〔二〕一九・一二九⑫（―斗ではない）〔二〕二二・一三一②　〔二〕二三・一三一⑧　〔三〕一・一三二①（―のみならず）〔三〕一三・一三六⑨（―以下）〔四〕一〇・一四四④　〔五〕一二・一五三⑮　〔五〕二一・一五七⑤　〔七〕八・一七三③
cf、おふそれよ　そりや　それから　それこそ　それなりけり　それはそうと　それゆへ　それゆゑ
それ（漢文「夫」ノ訓読カラ。文頭ニ用イテ語調ヲ整エル）〔序〕四・一〇七⑫（散銭―捨てめや）〔一〕四・一一二③（―釈尊金口の説法も）〔五〕一五・一五五④（―禍は慎の門に入る事なし）
それ［感動詞］〔六〕一二・一六四⑭
それがし（某）〔一〕一三・一一五⑧　〔四〕五・一四二⑥　〔四〕一〇・一四四③　〔四〕一〇・一四四⑤
それから［連語］〔四〕一・一四〇①（―先は往着次第）
それこそ（夫―）［副詞］〔五〕六・一五一⑦（―上碧落下黄泉迄・・尋てもない筈）
それそれ［感動詞］〔五〕五・一五〇⑬（―そこが道満流の見通し）
それなりけり［連語］〔四〕二〇・一四八⑨（心に合ぬ事も―に流し捨て）
それはそうと（・・さう・・）［連語］〔二〕一九・一二九⑧
それもの（逸者）
cf、おほそれもの
それゆへ（夫　・・ゆゑ）［接続詞］　→それゆゑ　ヲモ見ヨ
〔五〕一三・一五四③
それゆゑ（夫故）［接続詞］　→それゆへ　ヲモ見ヨ
〔一〕一五・一一六⑧　〔四〕二〇・一四八⑥　〔七〕一〇・一七四④　〔七〕一七・一七七③
そろ（候）　→さうらふ　さふらふ
cf、そろべくそろ　まいらせそろ
そろそろ　〔五〕一五・一五五③　〔六〕一・一六〇⑥
ぞろぞろと　〔七〕一八・一七七⑩（―来りて）

そろばん（算盤） 三一四・一二七①
そろ・ふ（揃）［ハ下二段］ そろ・へる［ハ下一段］
—へ（用） 四一六・一四六⑭
cf、そろへたつ
そろべくそろ［連語］ 七二・一七一①（—にやらしやませ）
そろへた・つ（揃立）［タ下二段］ そろへた・てる［タ下一段］
—て（用） 四一五・一四六⑦（—て）
そろりと［副詞］ 四四・一四二②
そん（村）
cf、いつそん
そん（巽） 五三・一五〇④（—の卦）（掛詞＝巽／損） 五三・
一五〇④
そん（損） 四二〇・一四八⑤（—の上塗） 六二三・一六九⑧
cf、そんとく そんりやう
そん（孫）
cf、ばつそん
そんざう（尊像） →そんぞう ヲモ見ヨ
四一四・一四五⑭
cf、ごそんぞう
ぞんじがけな・し（存　）［「思いがけない」ノ意ノ謙譲語］
—く（用） 二七・一一三②
ぞんじたてまつ・る（奉存）［連語］
—り（用） 三三・一三二⑯（有がたき仕合—候）
ぞんじやう（存生） →ぞんぜう
そんじよ（‥ヂヨ）（語素）（「そんじよう（‥ヂヤウ）」ノ変化シタ
語。中世以降用イラレタ）
cf、そんじよそこ
そんじよそこ（　所　）（「所」ハ当字）［代名詞］ 六六・一六一
⑯（—の御深窓）
そん・ず（損）［サ変］
—ぜ（未） 七一五・一七六⑥（家破（やぶれ）—ざるはすくな
し）
ぞん・ず（存）［サ変］
—ぜ（未） 四一三・一四五⑥（—ず）
—じ（用） 三四・一三三③（心許なく—候）
cf、ごぞんじ ぞんじたてまつる
ぞんぜう（存生 ‥ジヤウ） 四九・一四三①（—の昔）
そんぞう（尊像 ‥ザウ） →そんざう ヲモ見ヨ
四一四・一四五⑫
そんだい（尊大） 二二・一一〇⑧（—にして横平なる男）
ぞんち（存知）（「ぞんぢ」トモ） 三一〇・一三五⑥（能—の浪人）
そんとく（損徳） 序一・一〇七④
そんな［連体詞］ 五四・一五〇⑦（—事） 五一二・一五三⑫
（—事）
そんりやう（損料 ‥レウ） 三九・一三五④
cf、そんれうがし
そんれう（損料） →そんりやう
そんれうがし（損料借、損料貸） 三三・一三二⑩ 三五・一三三
⑨ 三六・一三四①

［た］

た（誰）［振リ仮名アリ］ 七一六・一七六⑩（—がゆるして夫婦
にして置ものぞ）
た［助動詞（完了、過去）］ →「たり」ヲモ見ヨ
た（止、体）
二八・一一三⑪ 一服いたそうとつぎかけ—体（てい）
二一五・一一六⑤ 渋団（うちわ）迄買て置申—
二一六・一一六⑭ 昔の役者に百倍もすぐれ—名人
二一七・一一七⑦ 事の欠—様に

[二]一・一二〇⑥　鞁は手に取て見―こともなけれど
[二]四・一二一⑭　ちつとの間見ぬうちに：老くれ―
[二]四・一二一⑮　江戸の肥―腹に何か珍しとおもふべき
[二]五・一二二⑨　養父母への孝心聞申―
[二]一〇・一二四⑩　宗旨も是で都合し―大念仏宗であろ
[二]一二・一二五⑭　升の序におもひだし―
[二]一九・一二九⑥　悲しひ暮しをさせ―
[二]一九・一二九⑬　首尾よく御立なされ―と
[二]二〇・一二九⑮　なんと合点めされ―か
[二]二三・一三一⑤　：に此事を能（よふ）書ておかれ―
[四]一・一四〇①　日本橋の東雲に踏出し―一歩
[四]三・一四一⑩　搔餅の黴―やうな石塔へも
[四]九・一四三③　髻を顕はし―時に替らず
[四]一七・一四七③　在所から附て来―草履取
[四]一七・一四七③　江戸へ出―儲（まうけ）に
[四]二〇・一四八⑤　六部から出―諺ぞかし
[四]二一・一四八⑪　鼻毛を伸し―と：濡衣着たるも
[五]一・一四九⑥　足袋屋が袋をぬかれ―とて足屋とは名乗けらし
[五]二・一四九⑦　夢に見―事もなけれど
[五]四・一五〇⑨　去年居―屋しきのやうに
[五]一一・一五三④　銭を出し―例がない
[五]一一・一五三④　上の方へぴんとはね―が厄害筋とて
[五]一三・一五四⑤　終になめて見―事はなゐが
[五]二二・一五七⑬　去るものしりがはなされ―
[五]二三・一五八②　今といふ今発得し―
[五]二四・一五八⑩　折角表替し―備後表
[六]七・一六二⑫　京都より下され―を
[六]七・一六二⑬　去ル所から写して来―と
[六]九・一六三⑫　三度飛脚で知らせ―と
[六]一一・一六四⑩　己が聞―時より一割もかけてはなせば
[六]一七・一六六⑯　鼠突の一本ももたせ―拙者が
[六]一七・一六六⑯　乞食の面桶さげ―様に猿をさげさせ
[六]一七・一六七⑤　御覧なされ―か
[六]二〇・一六七⑮　我身の事ばかりを申―
[六]二二・一六八⑯　見て来―やうに言ふらして
[六]二二・一六九①　腰にさげ―人数なりし
[六]二四・一六九⑪　大尽が小判なげ出し―顔で帰りぬ
[七]一・一七〇④　一度もはね―事なき宮古路無字大夫
[七]二・一七一①　呼に来―者よりさきへかけ出して
[七]三・一七一④　昨日まで鉦扣て鉢ひらきし―盲坊主が
[七]六・一七一⑯　仁王をこかし―やうに神前に踏はだかり
[七]一〇・一七四②　人の心角とれ―風俗に応じ
[七]一一・一七四⑧　四角四面に麻上下ため付―武士の風義
[七]一一・一七四⑩　よさんせ　くさんせ　の弱気（にやけ）

―詞

[七]一三・一七五⑥　脇指（わきざし）迄さし―奴
[七]一四・一七五⑮　物の道理もわきまへ―者が
[七]一九・一七七⑯　：とあへまぜにし―悪浄留理は
[七]一九・一七八⑥　念仏題目朝夕となへ―爺嫗
[七]二四・一七九⑬　娘二人まで持―女
[三]二〇・一三九④　葬送にはい―わら草履
[四]一二・一四五②　狐つきの退（のい）―やうに

［イ音便＋「た」］

[一]一五・一一六⑧　それ故刑罰に逢ふ―と
[一]二二・一一九⑧　茶屋で喰ふ―餅も
[二]九・一二四⑦　宗旨も家業もわかるまいとおもふ―に
[二]二二・一三一①　そちが髪は何者がゆふ―ぞ
[四]一二・一四四⑮　又くらひえふ―な

［ウ音便＋「た」］（「う」ヲ「ふ」ト表記）

[五]四・一五〇⑩　菓子をかふ─残りのおあしで
[五]九・一五二⑩　菓子かふ─残りを
[五]一三・一五四①　蜜柑を鼠に品玉つかふ─あしやの道万が
末孫
[七]二三・一七九⑨　江戸りやうりを皆もどして仕廻ふ─ぞや
[六]一六・一六六⑪　此春つかふ─屠蘇袋の古ひがある
[五]二三・一五八①　お袋の朝夕いふ─に：ちがいがない

[促音便＋「た」]
[一]三・一一一⑧　しつ─小糠商なれば
[一]一二・一一五⑤　己が心入レでうたれてやつ─故
[一]一六・一一六⑬　手水鉢たたきわつ─も
[一]二〇・一一七⑯　昔はそふでなかつ─證拠
[二]三・一二一⑦　何とおもふてそち達は一同におじやつ─ぞ
[二]八・一二三⑭　水呑百姓にくれてやつ─は四十二の二ツ子
[二]一九・一二九⑪　こちとが大々に登（のぼつ）─より
[二]一九・一二九⑪　：に登たよりまだよかつ─げな
[四]三・一四一⑪　酒はようない物に極まつ─は
[五]七・一五一⑬　おなかがへつ─か
[五]一〇・一五三③　是はあたつ─
[五]一二・一五三⑫　いたさはいたかつ─が
[五]二二・一五七⑬　馬鹿者の噂があつ─と
[七]二二・一七八⑦　死で骨が舎利となつ─もままある事

[：であつた]
[一]一四・一一六①　田舎侍であつ─かと
[五]一三・一五四③　前生が越後の国の牛であつ─
[七]二三・一七九⑦　帰りがけの事であつ─が

[さしやつた]（「さしやる」＋「た」）
[五]七・一五一⑫　どうさしつ─ぞ
[五]一三・一五四①　見さしやつ─であろ

[ました]
[四]一三・一四五⑥　いかにも見まし─が
[五]三・一四九⑬　おつと呑込まし─
[五]八・一五二③　親に苦をかけまし─は
[五]九・一五二⑨　是はそさういたしまし─
[五]九・一五二⑩　つゐおあしの事もわすれまし─
[五]一二・一五三⑪　痛（いたみ）まし─で御座りましよ
[五]一四・一五四⑬　よんべも弐歩まけまし─
[六]六・一六一⑪　古人も申置まし─
[六]八・一六三④　草紙に書のせ置れまし─
[六]九・一六三⑮　雷除の御歌が下りまし─と
[六]一〇・一六四①　今迄はきびしう言付まし─が
[六]一〇・一六四⑥　古人も申置れまし─
[六]一二・一六四⑭　針売が怖（こわい）咄しをいたしまし─
[六]一七・一六七②　其儘にして暮しまし─が見事まめ息災で
[六]一七・一六七④　これへ夜食を持てうせまし─が
[六]二二・一六八⑭　禁裡様から御製の歌が下りまし─と

[擬態語（：と）＋した]　→「して」（擬態語ニ続ク[として]）
ヲモ見ヨ
[二]三・一二一⑩　さつぱりとし─口上
[二]八・一二三②　きつとし─所もあり
[四]九・一四三③　ほやりとし─髭を
[五]一二・一五三⑮　ちよぼちよぼとし─筋が
[七]一〇・一七四③　むつくりとし─一中が流行

たら（仮）
[一]二一・一一九③　江戸へおじやつ─：伝へてたも（促音便
＋「たら」）
[二]二二・一三一③　江戸へ帰─木綿物を着おれ
[六]一七・一六六⑭　そこらを探し─：ありもこそせめ
[六]二一・一六八⑨　おしらせなされ─せいもん赤裸で
cf、かうした　かふした　かわつたものずき　こふした　し

たが　たり　どうした　とんだ　とんだかはねたか
だ［助動詞（完了、過去）］（上接語ノ音便ニ伴ウ「た」ノ濁音化）
↓「たり」ヲモ見ヨ
［撥音便＋「た」］
だ（止、体）
〔二〕一五・一一六⑨　心中して死ん―馬鹿者共
〔三〕一三・一三六⑪　いやしき町人風情が死（しん）―とて
〔四〕四・一四一⑬　最前宿の入口で呑（のん）―は：珍らしき上物なりし
〔四〕八・一四二⑨　揚屋の酒をも呑（のん）―果じや
〔四〕一〇・一四四②　いかに死（しん）―者が物いはぬとて
〔四〕一一・一四四⑨　女房の形を三拝してきざん―とは
〔五〕二三・一五八①　死ん―お袋の朝夕いふたに
〔六〕二〇・一六八③　比丘尼所へ欠込（かけこん）―やうに
〔七〕一六・一七六⑩　人倫の道に違（たがい）て死（しん）―ものを
だら（仮）
〔五〕一八・一五六⑮　朝夕の業が魂に染込（しみこん）―よい人も出来る筈
cf、とんだ　とんだかはねたか
だ［助動詞（断定）］（形容動詞ノ語尾ヲ含ム）　↓「なり」ヲモ見ヨ
に（用）　↓「に」「にて」「には」「にも」「にや」ヲ見ヨ
で（用）
〔二〕四・一二一⑯　爰は滝山大善寺の近所―
〔二〕五・一二二⑦　商売がつき米屋―
〔二〕一二・一二五⑭　先祖代々のつき米屋―
〔二〕一四・一二七①　そなたは万事に器用―
〔二〕一五・一二七⑧　真実―聞よふござる
〔二〕一七・一二八⑧　律義一ぺん―口上はあしくとも
〔二〕一八・一二八⑯　倉廩満て礼義足る―
〔二〕二〇・一二九⑮　百性は百性―よふござる
〔二〕二〇・一三〇④　そちが近所は江戸近く―
〔四〕八・一四二⑩　少ぞつとしたる迄―さのみ怖しとも思はざりし
〔四〕一五・一四六⑤　根がつくろひ物―甲斐ない故に
〔五〕二・一四九⑬　年は：廿五―辰のとし
〔五〕四・一五〇⑫　あんまりありまさ―合点がゆかぬ
〔五〕五・一五〇⑮　人のわるきはわがわるきなり―：ひどい主人でも
〔五〕一四・一五四⑫　震は雷の卦―百里を驚すとて
〔五〕一八・一五六⑯　わしも元来大どら者―
〔六〕九・一六三⑬　：と呼ぶばかり―買人があれども俄聾
〔六〕一七・一六七②　其儘にして暮しましたが見事まめ息災―
［である］［であろ］（間ニ助詞ガ入ル事アリ）
〔一〕一四・一一六①　祐経はあの様な：田舎侍―あつたかと
〔一〕二二・一一九⑧　扨は馬糞―ありしよな
〔二〕四・一二一⑫　打寄て語るもまれ―あろ
〔二〕一〇・一二四⑩　大念仏宗―あろ
〔五〕三・一五〇①　御親父は男―あらふがや
〔五〕一一・一五三⑧　鬼―はあるまいし（重出＝「では」）
〔五〕一一・一五三⑧　鬼神―はあるまいし（重出＝「では」）
〔五〕一三・一五四①　見さしやつた―あろ
〔五〕一三・一五四③　前生が越後の国の牛―あつた
〔七〕一八・一七七⑧　紙表具―こそあれ我が姿をかけ置
〔七〕二三・一七九⑦　帰りがけの事―あつた
［でおじやる（でおぢやる）］
〔二〕四・一二二①　談義の説やう合点―おじやる
〔二〕一五・一二七⑥　口上がりっぱ過て町人―おじやらぬ
［でござります］

〔一〕九・一一三⑬　よいかほり―御座ります
〔一〕一〇・一一四④　いかにも左様―御座ります
〔一〕一〇・一一四⑤　どうして：御ぞんじ―御座りますぞ
〔五〕八・一五二②　いかさまそふ―ござります
〔五〕一二・一五三⑪　憮（さぞ）：痛（いたみ）ました―御座りましよ

［でござる］（間ニ助詞ガ入ル事アリ）

〔一〕一一・一一四⑭　歌川―御座る
〔二〕一一・一二五⑪　人は終が大事―ござる
〔二〕一二・一二五⑫　二目と見る親仁―ござらぬ
〔五〕三・一五〇③　おふくろは女―ござる
〔五〕一二・一五三⑭　憮々そふ―ござろとも
〔五〕一二・一五三⑮　博奕をすく筋―ござる
〔五〕一四・一五四⑪　現の證拠は御臍―ござる
〔五〕一四・一五四⑬　そふ―御座ろ
〔五〕二二・一五七⑪　なんとそふ―はござらぬか（重出＝「では」）
〔六〕八・一六三⑥　あまりに無下なる事―はござらぬか（重出＝「では」）
〔六〕一一・一六四⑦　とどまるもの―御座る
〔六〕一五・一六六②　人がら次第―御座らぬか
〔六〕一七・一六七⑥　なんとよいきりやう―は御座らぬか（重出＝「では」）
〔六〕二三・一六九⑦　孫子によい土産―ござるの
〔六〕二四・一六九⑩　一銭は花―御座る

［でない］（間ニ助詞ガ入ル事アリ）

〔一〕八・一一三⑦　追はぎ―はなさそふなが（重出＝「では」）
〔一〕一四・一一六①　：とおもわれふがそふ―ない
〔一〕二〇・一一七⑯　昔はそふ―なかつた證拠
〔二〕一二・一二五⑬　商売の米屋でいふ―はないが（重出＝「では」）
〔二〕一三・一二六⑩　そちが宗旨―はないが（重出＝「では」）
〔二〕一五・一二七⑨　書物にもある―はないか（重出＝「では」）
〔二〕一九・一二九⑫　それ斗―はない（重出＝「では」）
〔四〕三・一四一⑨　さのみ真実―はなけれど（重出＝「では」）
〔七〕一一・一七四⑩　わしやそふ―ないわいの

だ（止）

〔五〕一一・一五三⑦　：は一疋もない　その筈―は
〔五〕一一・一五三⑧　おらは：ちときなくさい男―から
〔五〕一二・一五三⑮　それも見通し―
〔五〕一二・一五三⑯　これはほんに不思議―ぞ
〔五〕一三・一五四⑤　不思義な事をいふ人―
〔五〕二三・一五八③　びやくらいおやぢと立引―と

な（体）　↓「なり」［助動詞（断定）］ノ連体形「なる」ヲモ見ヨ

〔一〕二・一一一④　大切―立物に損傷させし条
〔一〕三・一一一⑩　気がかり―は：大屋殿ばかり
〔一〕六・一一一⑭　やくたい―せんさく
〔一〕七・一一二⑩　追はぎにしてはいんぎん―出立
〔一〕七・一一二⑫　肩衣の幅のせまいが古風―ばかり
〔一〕七・一一二⑫　いかにもりっぱ―身の廻り
〔一〕七・一一三①　めんどう―客人
〔一〕八・一一三⑤　気みじか―男かな
〔一〕九・一一三⑬　是は結構―おたばこかな
〔一〕一三・一一五⑧　余り片手討―とおもわるる
〔一〕一五・一一六⑫　めつた―事
〔一〕一七・一一七⑤　屈情―親兄弟
〔一〕二二・一一九⑤　不思議―詰開（つめひらき）
〔一〕二二・一一九⑦　かさ高―状哉
〔二〕一・一二〇⑧　人の欲がる黄色―奴

[二]三・一二一⑩　発明―眼ざし
[二]八・一二二⑭　情強―故宗旨迄日蓮宗
[二]九・一二四②　そちが正直―故
[二]一一・一二五④　他人の家に来りて隔心がち―故
[二]一三・一二六⑧　親の恩は下直―物
[二]一四・一二七④　不調法―者は
[二]一五・一二七④　諸芸に器用―とて
[二]一六・一二七⑭　そなたの様な口才―わろは
[二]一七・一二八⑩　不埒―者
[二]一八・一二八⑭　万不足―あてがひをすれば
[二]一八・一二八⑯　とかく不足―から起る無分別
[二]一八・一二九②　律気―者
[二]一八・一二九②　家守りの内證不足―は地主の欲心から
[二]一八・一二九⑤　阿房―俗説に迷ひ
[二]二〇・一二九⑯　美麗―座敷の書院のと御歴々の真似
[二]二〇・一三〇①　江戸衆の華麗―真似をせず
[二]二〇・一三〇②　江戸の富有―町人より
[二]二〇・一三〇③　三代と続くはまれ―に：代々続くは
[二]二一・一三〇⑥　律義如法―者
[二]二一・一三〇⑫　大切―家業
[二]二二・一三一①　只苦労―は乙吉が身の上
[三]三・一三二⑩　猿智恵―男
[三]一一・一三五⑯　愚痴―人は
[三]一二・一三六②　是は近比重法―物
[四]一・一四〇②　天竺迄も行気―風来人
[四]一・一四〇⑥　天性脚（すね）の達者―一徳
[四]三・一四一⑦　はて扨愚痴―人哉
[四]八・一四二⑫　額の三角―紙
[四]一三・一四五⑧　沢山―事
[四]一四・一四五⑯　かやう―筋の開帳
[四]一八・一四七⑪　木綿売の高荷程―：笈を負ひ
[四]一九・一四八②　もぎどう―ふりして立出る
[四]二〇・一四八⑧　正路―者の難義
[五]二・一四九⑫　年は正直―所が廿五で辰のとし
[五]四・一五〇⑪　なんぼ奇妙―うらなひでも
[五]一一・一五三⑦　りよぐわい―こつたが
[五]一二・一五三⑪　見事―御細工
[五]一三・一五四⑤　不思義―事をいふ人だ
[五]二二・一五七⑪　大切―親の遺体
[五]二二・一五七⑬　ろく―者のする事ならず
[五]二四・一五八⑨　：と伺（うかがふ）程―名題の寄合
[五]二四・一五八⑫　打て替りし神妙―体（てい）
[六]一三・一六五④　精霊棚の提灯程―白張に
[六]二二・一六九①　古今此格―事かうした図のうそ
[六]二三・一六九③　かうした格―事を誠として
[六]二三・一六九⑧　虚偽（うそ）半分―を聞とは
[七]二・一七一③　いかに沢山―大夫でも
[七]三・一七一⑦　田夫―つみ入レ程あれど
[七]七・一七二⑤　黄色―声をはりあげ
[七]七・一七二⑫　さやう―淫楽を
[七]七・一七二⑭　五郎七茶碗程―目玉をむきだしたるおそろしさ
[七]一〇・一七四⑤　俗語がち―が土地相応
[七]一八・一七七⑪　亭主は律義―奴にて
[七]一九・一七七⑭　かやう―馬鹿者もあるぞかし
[七]一九・一七七⑮　上品―ふしをまなべ

なら（仮）
[二]一九・一二九⑥　四十二の二ツ子がいや―四十一で子をもたぬがよい筈
cf、こつた　さうだ　そうだ　そこな　そふだ　そふな　な

り　ひとでなし　やうだ
たい（体）　cf、けたい　てい
たい（体）［接尾語］　cf、いつたい
たい（大）［語素］　cf、たいさい　たいせん　たいぼく　たいり　だい
たい［助動詞（願望）］　↓「たし」　ヲモ見ヨ
たい（止、体）
[二]四・一二一⑭　何ぞもてなし―が
[二]一三・一二六⑦　腸を断なげきがさせて見―じや迄
[五]四・一五〇⑩　そこを聞―ばつかり
[七]一五・一七六③　羽織着―と望みもせぬに
［ましたい］
[二]一九・一二九⑫　御用にたちまし―
だい（第）［接頭語］　cf、だいいち　だいごじふいちだんめ
だい（代）［接尾語］　cf、いちだい　さんだい　さんだいめ　せいだい　ちやうじやにだいなし
だい（大）［語素］　cf、だいあくにん　だいぐれん　だいざいにんら　だいじや　だいせう　だいだう　だいぢしん　だいどく　だいへう　たい
だいあきんど（大商人）　↓おほあきんど
だいあくにん（大悪人）　[七]一四・一七五⑯
cf、あくにん
たいい（大意）　↓たいゐ　ヲモ見ヨ
[六]二三・一六九②
だいいち（第一）［名詞］　[二]五・一二二⑩（家業―に）　[三]一三・一三六⑨（―の僭上）　[七]一〇・一七四③（日本―の）　[七]一一・一七四⑨（世界―）　[七]一三・一七五⑤（身ぶりを―と）
だいいち（第一）［副詞］　[一]一六・一一六⑯　[二]一五・一二七⑤　[二]一七・一二八⑪　[三]四・一三三②　[七]九・一七三⑬
だいがう（題号）　[六]八・一六三③
だいがく㊟（大学）　[五]一八・一五六⑩
たいき（大気）（「だいき」トモ）　[六]二四・一六九⑩
たいぎ（大義）　[一]一四・一一六③
だいきやうじ（大経師）（近松『大経師昔暦』ヲサス）　[一]一七・一一七⑧
だいぐれん（大紅蓮）　[四]一一・一四四⑪（紅蓮―の氷）
cf、ぐれん
たいこ（太鼓、太鞁）　[一]一四・一一六③　[五]一八・一五六⑦　[六]一五・一六六④
cf、おいだしのたいこ　かねたいこ
だいこく（隠女）　[序]三・一〇七⑪
だいごじふいちだんめ（第五十一段　）　[六]三・一六一⑨
たいさい（大祭）　[六]一四・一六五⑭
だいざいにんら（大罪人等）　[一]二一・一一八⑦
cf、ざいにん
だいじ（大事）　[二]一〇・一二五①（―にする）　[三]一一・一二五⑪（―でござる）　[二]二一・一二六②（爰が―の分別所）
だいじ（大寺）　↓おほでら
だいじや（大蛇）　[七]二四・一七九⑭
たいしやう（大将）　[二]九・一二四⑨
だいしやうにん（大商人）　↓おほあきんど
だいしりう（大師流）　[二]八・一二二⑮
だいじん（大尽、大臣）　[六]二四・一六九⑪（―が小判なげ出したつた六文が物喰ながら―のつ顔で）　[七]二二・一七九③（たつた六文が物喰ながら―のつ顔で）

らをして）
だいじん（大臣）
　cf、もりやのおとど　ゆりわかだいじん
たい・す（対）［サ変］
　―し（用）[二]一五・一二七⑥（―ては）
　cf、あひたいす
たいすい(書)（代酔）[五]二二・一五七⑫
だいせう（大小）[三]六・一三四②（しみの―に依り）
たいせつ（大切）
　［―に］[二]一一・一二五⑧（―に思ひ）[二]一八・一二八⑬
　（―におもふ）
　［―な］[二]二・一一一④（―な立物）[二]二一・一三〇⑫（―
　な家業）[五]二三・一五七⑪（―な親の）
たいせん（大船）[六]二・一六四⑯
だいぜんじ（大善寺）[二]四・一二一⑯
だいだい（大々）（太々講ヲサス）[二]一九・一二九⑪
だいだい（代々）（副詞的用法）[二]二〇・一三〇③（―続く）
　[四]二・一四〇⑧（―：遊行し）
　cf、せんぞだいだい
だいだう（大道）[六]二一・一六八⑨
だいぢしん（大地震）[六]二一・一六八⑧
　cf、ぢしん
たいてい（大体）[四]一四・一四五⑯（―推量も致すべし）[五]二
　五・一五八⑬ [七]一三・一七五⑦
だいどく（大毒）（「おほどく」トモ）[七]九・一七三⑬
　cf、どく
たいない（胎内）[二]五・一二二⑤
だいにちによらい（大日如来）[四]一八・一四七⑦
だいねんぶつしう（大念仏宗　：シユウ）[二]一〇・一二四⑩
たいび（大尾）[七]二五・一八〇⑦（当世下手談義巻五―）
だいひやう（大兵）→だいへう
たいふ（大夫）[七]二・一七一③ [七]七・一七二⑮
　cf、こはんだいふ　さんしやうだいふ　たいふもと　ぶんご
　たいふ　みやこじむじだゆふ
たいふもと（大夫元）[二]二・一一一③
だいへう（大兵　：ヒヤウ）[二]二・一一一②
たいぼく（大木）[七]二五・一八〇③（―のたほるるごとく）
だいみやう（大名）[二]三・一一五⑩
　cf、だいみやうらし
だいみやうらし（大名）［形シク］
　―く（用）[二]四・一一五⑭
だいもく（題目）[三]八・一三四⑪（念仏―の御講）[三]九・一三
　四⑮（念仏―同音に唱へさせ）[六]一五・一六六③（―の七
　返がへし）[七]一九・一七八⑥（念仏―朝夕となへた爺嫗）
　cf、だいもくこう
だいもくこう（題目講）[三]三・一三二⑮（念仏講―）
たいらか（平　たひらか）[七]八・一七三⑦（欲心―なり）
たいり（大利）（「だいり」トモ）[二]一二・一二六①（小利をむさ
　ぼらずして―を得る）
たいゐ（大意　：イ）→たいい　ヲモ見ヨ
　[五]一八・一五六⑪
たう（党）
　cf、いつとう
たう（当）［語素］
　cf、たうじ　たうしゆん　たうせい　たうねん
だう（道）
　cf、ひつどう
だう（堂）[四]四・一四二②
　cf、どうたう　ほんどう　みだう
だうぐ（道具）[三]五・一三三⑨

cf、おもてどうぐ　しやうばいだうぐ　どうぐじまん
だうぐじまん（道具自慢）　→どうぐじまん
たうけ（当卦）　→とうけ
たうじ（当寺）　[四]二・一四〇⑧
だうしや（道者）　[七]六・一七一⑬
たうしゆん（当春）　[六]一六・一六六⑧
だうしんじや（道心者）　[三]九・一三四⑮
だうす（堂司）　→どうす
たうせい（当世）　[序]二・一〇七⑦
cf、たうせいふう
たうせい（濤声）　→とうせい
たうせいふう（当世風）　[四]一六・一四六⑭
だうせん〈人〉（道千）　→どうせん　ヲモ見ヨ
[五]四・一五〇⑫　[五]一〇・一五二⑭　[五]一〇・一五二⑮
cf、あしやどうせん　あしやのだうせん
だうたふ（堂塔）　→どうたう
だうだん（道断）
cf、ごんごどうだん
たうねん（当年）　[三]三・一三二⑯　[五]一四・一五四⑪　[五]一五・一五四⑬
たうほん（唐本）　→とうほん
だうまん〈人〉（道万）
cf、あしやのどうまん
だうまんりう（道満流）　→どうまんりう
だうり（道理）　[一]八・一一三⑤　[一]一八・一二八⑬　[五]七・一五一⑬　[七]一四・一七五⑭
たえて（絶　）　→たへて
たえまな・し（絶間無）　→たへまなし
たおれじに（倒死　たふれ・・）　[七]一五・一七六⑦
たか（鷹）　[一]一六・一二八①（能ある―は爪を隠す）
たが　[五]九・一五二⑫（水風呂桶の―）
たがいに（互　たがひ・・）［副詞］　[一]一一・一二五⑤　[七]一六・一七六⑬
たかいびき（高鼾）　[七]六・一七一⑯　[七]二五・一八〇③
たかくらのみや〈人〉（高倉宮）　[一]二・一一一②
たかげた（高木履）　[五]一〇・一五二⑬　[五]一六・一五五⑧
cf、ぼくり
たか・し（高）［形ク］
―く（用）　[一]二・一一〇⑨（目かぶら―ほう骨あれ）　[一]九・一一九⑩（棟門―作りならべ）
―し（止）　[四]二・一四〇⑥（日も―）
cf、かさだか　たかいびき　たかげた　たかに　たかね　たかばなし
たかに（高荷）　[四]一八・一四七⑪（木綿売の―程な）
たかね（高嶺）　[一]一・一一一④（―の桜）
cf、ふじのたかね
たかばなし（高咄）　[一]二・一一一②
たがひに（互）　→たがいに
たが・ふ（違）［ハ四段］
―わ（は）（未）　[四]四・一四一⑯（聞しに―ず）
―い（ひ）（用）　[七]一六・一七六⑩（人倫の道に―て）
たがや・す（耕）［サ四段］
―さ（未）　[六]一三・一六五⑨（一夫―ざれば飢渇の基）
たからぐら〈書〉（宝蔵）　[六]八・一六三③
たがる［助動詞（願望）］
たがり（用）
[三]二〇・一三九③　面々の働を見せ―
[六]一一・一六四⑫　聾の偽に聞―て
たがる（体）
[五]一三・一五四③　めつたにはり―癖あり

たきやま（滝山）　〔二〕四・一二一⑯（—大善寺の近所）
たぐい（類　：ひ）　↓たぐひ　たぐゐ　ヲモ見ヨ
〔三〕一七・一三七⑯　〔三〕二〇・一三九⑤　〔四〕一三・一四五⑧
たくさん（沢山）　〔二〕一一・一二五⑤（世間に—）　〔二〕一六・一二
七⑬（—あるげな）　〔五〕二二・一五七⑩（—あるべし）
［—に］　〔二〕二・一二〇⑧（—に持て）　〔三〕四・一三三④（—に
仕入）　〔三〕一三・一三六⑮（—に見ゆ）
［—な］　〔四〕一三・一四五⑧（—な事）　〔七〕二・一七一③（いか
に—な大夫でも）
［—なれ］　〔五〕一七・一五六②（通る衆—なれば）
たくせん（託宣）
cf、ごたくせん
たくはつ　〔六〕一四・一六五⑪
たぐひ（類）　↓たぐい　たぐゐ　ヲモ見ヨ
［振リ仮名ナシ］　〔三〕二〇・一三九⑦
たく・む【巧、工】［マ四段］
—む（止）　〔六〕一二・一六五③（はやらせたふ—とも）
たぐゐ（たぐひ）　↓たぐい　たぐひ　ヲモ見ヨ
〔二〕一六・一二七⑫
たけ（竹）
cf、たけうま　たけひさく
たけ（尺）　〔二〕二二・一三一②
cf、おしやたけ
たけ（他家）　〔二〕五・一二二⑨　〔二〕一一・一二五⑥
だけ［副助詞］
〔六〕一五・一六六⑥　其地の人品（がら）—（文末）
［だけの］
〔四〕二〇・一四八⑤　占—の損の上塗
たけうま（竹馬）　〔七〕九・一七三⑪（—の耳に北風）
たけ・し（猛）［形ク］
—から（未）　〔七〕一二・一七四⑬（威あつて—ず）
たけじふらう〔八〕（竹十郎）　↓みづきたけじふらう
たけのこ（筍）　〔二〕一六・一二八②（寒中に—掘出して）
たけひさく（竹【柄杓】）　〔一〕一六・一一六⑬
たごのうら（田子浦）　〔一〕一・一一〇③
たし［助動詞（願望）］　↓「たい」　ヲモ見ヨ
たふ（たう）（用　音便）
〔六〕一二・一六五③　何程はやらせ—たくむとも
〔六〕二〇・一六八④　何とはやらせ—ても一向流布せず
たし（止）
〔一〕七・一一三④　片時もはやふ参り—
〔一〕一一・一一四⑩　慥に届てもらい—
〔二〕一五・一二七⑦　：といふてもらひ—
〔五〕一七・一五五⑫　あるべかかりに弐朱か壱分かと云—
たき（体）
〔一〕七・一一二⑧　頼み—（度）事あり
cf、たや
たしか（慥）（「に」ヲ付ケテ副詞的ニ用イル）　〔一〕九・一一三⑫
（—に舞留とおぼへぬ）　〔一〕一〇・一一四⑨（—に届てもら
いたし）
たしなみ（嗜）　〔五〕一七・一五五⑯
たしな・む（嗜）［マ四段］
cf、おんたしなみ
—み（用）　〔五〕一七・一五五⑫（—給へ）
—む（止）　〔一〕四・一一五⑯（—べし）
たしな・む【窘】［マ下二段］　たしな・める［マ下一段］
—めよ（命）　〔二〕二三・一三一⑥
だ・す（出）［サ四段］　↓いだす　ヲモ見ヨ
—さ（未）　〔六〕一一・一六四⑧（口へ—ず）　〔六〕二〇・一六八③
（門外へ—ぬ）

—し（用） [五]一一・一五三④（銭を—た） [五]二四・一五八⑨
（喧吒過に—ましよか） [六]二四・一六九⑩（大気を—て）
cf、おもひだす かたりだす せいだす たたきだす
たす・く（助）［カ下二段］ たす・ける［カ下一段］
—くる（体） [四]八・一四二⑪（芸は身を—）
ただ（只、唯、惟） [一]一三・一一五⑪ [一]二二・一一九⑥ [三]一七・一二八⑧ [三]二二・一三一① [四]四・一四一⑫（—は通さぬ） [四]八・一四二⑭（おもふ事いはで—にや止ぬべき） [五]九・一五二⑦（—の薬師）（掛詞＝唯の／多田薬師） [六]二・一六一②(徒)（—鬼の事のみ） [七]六・一七一⑭（客情は—夜の過し難きにあり） [七]一七・一七七④
cf、ただならぬ ただひとつ
ただいま（只今、唯今） [三]七・一三四④ [四]五・一四二⑦ [六]二・一六一①(徒)（—はそこそこに） [七]二・一七〇⑦ [七]二・一七〇⑧
たたきだ・す（出）［サ四段］（「出」ニ振リ仮名アリ）
—さ（未） [二]一一・一二五⑧（—るる）
たたきた・つ（扣）［タ下二段］ たたきた・てる［タ下一段］
—て（用） [六]一五・一六六④（太鼓—て）
たたきまぜ [一]一五・一一六⑥
たたきわ・る［ラ四段］
—つ（用 音便） [一]一六・一一六⑬（手水鉢—た）
たた・く（扣）［カ四段］
—か（未） [五]七・一五一⑭（—れても）
—き（用） [五]二三・一五七⑮（—て） [五]二四・一五八⑥ [七]三・一七一④（—て）
cf、たたきだす たたきたつ たたきまぜ たたきわる
ただし（正）［形シク］
—から（未） [七]一四・一七五⑪（衣服の—ぬを服妖） [七]一四・一七五⑪（言葉の—ぬを言妖）
—く（用） [七]九・一七三⑩（心も—）
—けれ（已） [七]九・一七三⑨（楽の声—ば）
ただし（但）［接続詞］ [序]三・一〇七⑩ [二]一三・一二六⑩（—（シ）） [三]六・一三四① [三]七・一三四⑨ [五]四・一五〇⑨ [六]一二・一六五③
ただ・す（正）［サ四段］
—し（用） [六]一六・一六六⑧（風義を—給へかし）
ただならぬ［連語］ [四]二・一四一①（眼ざし—小僧）
ただのやくし（唯【多田】薬師） [五]九・一五二⑦（重出＝「ただ」「の」「やくし」）
ただひとつ（唯一）［連語］ [六]二〇・一六七⑪（—（ツ）の迷惑は）
たたみ（畳） [五]二二・一五七⑩（—の上で死で） [五]二四・一五八⑩ [七]七・一七二⑯ [七]八・一七三④
たたり（祟） [五]一四・一五四⑫（石尊の—）
たち（立）［接頭語］
cf、たちいづ たちかへる たちこむ たちさはぐ たちのぼる たちふさがる たちまじはる たちまはる たちもどる たちよる
たち（達）［接尾語］
cf、おてまへたち ししやうたち そちたち ばばたち
たちい・づ（立出）［ダ下二段］
—づる（体） [四]一九・一四八②（もぎどうなふりして—）（終止ニ用イタ例）
たちかへ・る（立帰）［ハ四段］
—り（用） [七]二五・一八〇⑥
—る（体） [七]一九・一七七⑮（—か さなくは：）
たちこ・む［マ四段］
—み（用） [六]三・一六一⑤(徒)（—たり）
たちざけ（立酒） [三]三・一三二⑫

たちさは・ぐ（立　：さわぐ）［ガ四段］
―ぎ（用）　六三・一六一⑥㊟（―て）
たちさわ・ぐ　↓たちさはぐ
たちなら・ぶ（立　）［バ四段］
―ん（用　音便）　四一八・一四七⑫（―で）
たちのぼ・る［ラ四段］
―る（体）　二二一・一一九④（―煙）　六八・一六三⑧（―煙）
たちふさが・る（立　）［ラ四段］
―り（用）　二七・一二二⑦
たちまじは・る（立交）［ラ四段］
―り（用）　三一三・一三六⑭
たちまち（忽）［副詞］　二一〇・一二四⑬　二一四・一二六⑮
三五・一三三⑫　四一五・一四六②　五一六・一五五⑥　七
九・一七三⑭
たちまは・る（立廻）［ラ四段］
―り（用）　二一三・一二六③
たちもど・る（立戻）［ラ四段］
―り（用）　五二・一四九⑪（―て）
たちやく（立役）　二二・一一二②　二一六・一一六⑮
たちよ・る（立寄）［ラ四段］
―り（用）　四三・一四一⑩
たつ（辰）　五二・一四九⑬（―のとし）
た・つ（立）［タ四段］
―た（未）　二一・一二〇②（何の役にも―ず）　五一・一四九
④（云訳―ず）
―ち（用）　二一九・一二九⑫（御用に―ましたいと）　二二三・
一三一⑥（―ながら）　三一三・一三六⑧（目に―て）　三
一九・一三八⑮（―ながら）　四二〇・一四八④（とらぬ物
はとらぬに―て）　七七・一七二⑩
―つ（用　音便）　六二三・一六九⑤（ばらばらと―（起）て）

―つ（止、体）　四一七・一四七④（身の毛が―）　五一〇・一
五二⑬（ほこりの―日和）　六二一・一六八⑤（ゆげの―う
そ）
cf、うかれたつ　おたち（なさる）　おもひたつ　くづれた
つ　さかだつ　たちざけ　たちならぶ　つれだつ
た・つ（立、建）［タ下二段］　た・てる［タ下一段］
―て（用）　三一九・一三九②（色々様々の法を―）　四九・一
四三⑬（門前に―たる開帳札）　四一〇・一四三⑯（筆太に
書て―たるを）　四一二・一四四⑭（目に角―て）
cf、いれたてる　こしらへたつ　そろへたつ　たたきたつ
た・つ（断）［タ四段］
―つ（体）　二一三・一二六⑦（腸を―なげき）
たつしや（達者）　二一四・一二七①（手跡―に）　三五・一三三
⑫（―に泣候女）　四一・一四〇⑥（脚の―な）
たつた［副詞］　五九・一五二⑦　七二二・一七九②
たつと・し（貴）［形ク］
―き（体）　三二二・一三六③（―もいやしきも）
たつと・ぶ［バ四段］
―び（用）　二八・一二三⑪
cf、たつとむ
たつと・む（貴）［マ四段］
―む（止）　七八・一七三⑦
cf、たつとぶ
たづ・ぬ（尋）［ナ下二段］　たづ・ねる［ナ下一段］
―ね（用）　五六・一五一⑦（鉄のわらじはゐて―ても）
―ぬ（止）　三一七・一三八⑤（―べし）
cf、おたづね　たづね　たづねく
たづね・く（尋来）［カ変］　たづね・くる［カ変］
―くる（体）　二三・一二一④（―人音）
たつみ（辰巳）　五三・一五〇④（―の風）

だて（立）［接尾語］
　cf、をとこだて
たてこ・む（立込）［マ下二段］　たてこ・める［マ下一段］
—め（未）　〔四〕四・一四二①（—られしは）
たてど（立所）　〔六〕八・一六三③（あしの—もなかりし）
たてひき（立引）　〔五〕二三・一五八③（びやくらいおやじと—だ）
たてまつ・る（奉）［補助用言　ラ四段］
—る（止、体）
　〔三〕二・一三二⑥　御初尾を捧げ頼み—甲斐もなく
　〔四〕三・一四一⑦　どうぞ頼—
—れ（命）
　〔四〕一四・一四五⑭　近う寄て拝し—
　cf、ぞんじたてまつる
たてもの（立物【者】）　〔二〕二・一一一④　〔一〕一三・一一五⑬
　cf、おほだてもの
た・てる（立）［タ下一段］
　cf、いれたてる
たとへ（譬諭）　〔二〕二一・一一八⑮（…とは誰も知る—）　〔二〕一一・一二五④（—に…といふがごとく）
たとへ［副詞］（アトニ逆説条件ノ語ヲ伴ウ）　〔一〕六・一一一⑭（—…見さがしたればとて）　〔二〕一一・一二五⑧（—…たたき出さるるとも）　〔二〕一六・一二八②（—…掘出してたもつても）　〔三〕一八・一三八⑨（—袴腰がゆがもふとも）　〔五〕六・一五一⑥（—竜宮…へ奉公に出ても）
たとへば［副詞］　〔二〕四・一二二④　〔六〕一〇・一六四⑥
たな（店）［振リ仮名ナシ］　〔五〕三・一五〇⑤（—をおはれて）
　cf、うらだな　たながへ　たながり　たなしゆ　たなたな　たなちん　みせ　わたくしたな
たな（棚）
　cf、あかだな　しやうれうだな
たながへ（店替）〔二〕一九・一二九⑩（都人の肝を—させ）　〔四〕一〇・一四四④（あの世へ—）
たながり（店　）〔二〕一八・一二八⑭（地借り—）　〔二〕一八・一二八⑮（地借り—）
たなしゆ（店衆）〔二〕一七・一二八⑩　〔六〕一六・一六六⑦
たなたな（店々）　〔二〕一七・一二八⑨（重出＝「みせみせ」）
たなちん（店賃）〔二〕三・一一一⑩　〔二〕一七・一二八⑦（地代—）　〔二〕一七・一二八⑩（地代—）
だに［副助詞］
　〔一〕一二・一一五③　渋い茶の一ぷく—手向ず
　〔三〕一四・一三七④　通者…の葬送—あの通り
　〔四〕一・一四〇③　やたて壱本—もたず
［をだに］
　〔二〕一・一二〇⑤　将棋は駒の名を—知らねど
たにん（他人）　〔二〕三・一二一⑤　〔二〕五・一二二⑨　〔二〕一一・一二五③　〔二〕一一・一二五⑦　〔二〕一四・一二七②　〔二〕一五・一二七⑥　〔六〕一一・一六四⑧
たね（種）〔一〕二〇・一一七⑮　〔一〕二一・一一九②（泪の—）　〔五〕一七・一五五⑭（喧嘩の—をまけども）
　cf、たねはら
たねはら（　腹）　〔二〕五・一二二④（—かわらぬ一腹一生）
たのしみ（楽）　〔一〕九・一一三⑮　〔二〕二・一二一③
たのし・む（楽）［マ四段］
—み（用）　〔二〕二・一二一①
たのみかか・る（頼　）［ラ四段］
—つ（用　音便）　〔一〕八・一一三⑥（侍が—ては）
たの・む（頼）［マ四段］
—み（用）　〔一〕三・一一一⑨（何とぞ—て）　〔一〕七・一一二⑦（—度事あり）　〔一〕八・一一三⑥（…に—て）　〔一〕二二・一一九⑥（用を—ながら）　〔二〕一一・一二五⑦（行末を—）

[三]二・一三二⑥（—奉る）　[四]三・一四一⑦（—奉る）
—む（体）　[二]二二・一一九⑥（唯—は観音のわるぢへ：）
—め（已）　[五]一五・一五五③（—ば）
　cf、おたのみ（申す）　たのみかかる
たのもし（頼、頼母）［形シク］　たのもし・い［形］
—から（未）　[四]一五・一四六⑦（—ずは思召ずや）
—（止）　[七]一二・一七五①（いと—）
　cf、すへたのもしい　すゑたのもしい　ふたのもしい
たはう（他方）　[七]一二・一七五③（—千里）
たは・く（淫）［カ下二段］　たは・ける［カ下一段］
—け（用）　[七]一六・一七六⑨（：奴程—たるものはなし）
たはけ　↓たわけ　ヲモ見ヨ
　[三]一一・一三六①
　cf、おおたわけ
たばこ（煙草）　[三]八・一三四⑮
　cf、おたばこ　たばこずき　たばこぼん　まいどめ（煙草ノ銘柄）
たばこずき（煙草好）　[一]九・一一三⑫
たばこぼん（　盆）　[二]四・一二二①　[三]二〇・一三九⑨
たは・る（婬）［ラ下二段］
—れ（用）　[七]九・一七三⑩（—惑（まどふ））
たび（足袋）　[三]八・一三四⑬　[五]二一・一五七④
　cf、たびや
たび（旅）
　cf、たびがけ　たびしばゐ　たびずき　たびすずり　たびづかれ　たびようい　にわかたび　りょじん
たび（度）　[二]一三・一二六⑩（のむ—に）　[四]一一・一四四⑩（通る—に）　[五]二五・一五八⑮（小便する—に）
　cf、このたび　たびたび
たび（度）［接尾語］
　cf、あまたたび　いくたび　ど（度）　ひとたび
たびがけ（旅　）　[二]九・一二四④
たびしばゐ（旅芝居）　[七]一・一七〇②
たびずき（旅　）　[四]二・一四〇⑨
たびすずり（旅硯）　[四]一・一四〇③
たびたび（度々）　[七]一三・一七五⑩（寄合の—）
たびづかれ（旅疲）　[四]五・一四二⑤
たびや（足袋屋）　[五]一・一四九③　[五]一・一四九⑥
たびようい（旅用意）　[七]三・一七一⑨
たひらか（平）　↓たいらか
たふ（塔）
　cf、せきとう　どうたう
た・ぶ（給）［バ下二段］　た・べる［バ下一段］
—べ（用）　[二]一四・一二六⑬（胡麻餅を—ませふ）
　cf、たべおる
たふ・す（倒）［サ四段］
　cf、くいだおす
たふと・し（尊）［形ク］
　cf、おたうとや
たふと・む（貴、尊）［マ四段］　↓たつとぶ　たつとむ
たふ・る（倒）　↓たほる
　cf、たおれじに
たふれじに（倒死）　↓たおれじに
たべお・る（給　：をる）［ラ四段］
—り（用）　[六]二〇・一六七⑫（信濃者程—ます）
たへて（絶　たえ：）［副詞］（否定語ヲ伴ウ）
　[七]一五・一七六⑦（—なかりし）
たへまな・し（絶間　たえま：）［形ク］
—く（用）　[三]一・一三一⑬　[五]二一・一四九⑧
たべを・る（給居）　↓たべおる

たほ・る（倒　たふる）［ラ下二段］　たふ・れる［ラ下一段］
—るる（体）　[七]二五・一八〇③（大木の—ごとく）
たま（魂）
cf、ひとだま
たまさか　[五]二・一四九⑧（—にあたるも不思議）
[七]二三・一七九⑨（—をくらまし）
たましい（魂　たましひ）　↓たましゐ　ヲモ見ヨ
たましひ（魂）　↓たましい　たましゐ
たましゐ（魂、神　たましひ）　↓たましい　ヲモ見ヨ
[五]一八・一五六⑮　[六]九・一六三⑨
たまたま（適）　[一]一一・一一四⑪　[三]四・一二一⑭（—の客人）
[四]一九・一四七⑭　[七]一四・一七五⑭
たまは・る（給）［補助用言　ラ四段］
—り（用）
[四]二・一四一③　一夜を明させ—さふらへ
たま・ふ（給）［補助用言　ハ四段］
—は（未）
[六]二〇・一六八①　かならず取あげ—ずして
—わ（は）（未）
[五]一八・一五七②　天道いまだ見限り—で
—ふ（止、体）
[一]八・一一三⑩　隔心し—な
[三]二〇・一二九⑮　奢者の禁（いましめ）とし—
[四]二・一四〇⑨　諸国を遊行し—ときけば
[四]五・一四二④　隔心がましく仕—な
[四]五・一四二⑦　驚き—な
[四]八・一四二⑧　こはがり—な
[四]一四・一四六①　御耳にとどめ—べからず
[四]一八・一四七⑧　握り詰て居—御面相
[五]一五・一五四⑭　きほひにまかせ騒ぎ—と
[六]三・一六一⑩　あはれびさとし—例の兼好の仁心
[六]一四・一六五⑬　阿波大杉の神　あそこへも飛—
[六]一四・一六五⑬　ここへも飛—と：言ふらし
[七]二・一七一②　あきれ果させ—らん
[七]二五・一八〇②　神はあがらせ—と見へて
—へ（命）
[一]九・一一三⑭　ちと呑で見—
[五]七・一五一⑬　しほらしくとうて見—
[五]一六・一五五⑩　慎（つつしみ）—
[五]一七・一五五⑬　急度（きつと）たしなみ—
[五]二三・一五七⑮　誠の人となり—
[五]二五・一五八⑮　片足上ゲてたれ—
[五]二五・一五八⑮　能々心得—
[六]一六・一六六⑧　風義を正し—かし
cf、たも
たまもの（賜）　[四]四・一四二①（天の—）
たまら・ぬ［連語］
—ぬ（止）　[七]八・一七三④（こちの畳が—）
だまりお・る（：をる）［ラ四段］
—ら（未）　[七]七・一七二⑫（—ずは）
たま・る（堪）［ラ四段］
cf、たまらぬ
だま・る（黙）［ラ四段］
—つ（用　音便）　[一]二一・一一九①（—ていれば）
cf、だまりおる
たむ・く（手向）［カ下二段］　たむ・ける［カ下一段］
—け（未）　[一]一二・一一五③（茶の一ぷくだに—ず）
たむし（田虫）　[三]一二・一三六②（—の薬）
ため（為）　[序]三・一〇七⑩（—にもあらず）　[四]一二・一四五③
（汚名を清めん—の）　[五]三・一五〇③（亭主の—に）　[五]

九・一五二⑧（めうがの—じや）[六]八・一六三⑤（心得の—）[六]九・一六三⑭（虚説の—に）[六]一一・一六四⑨（千万人の—となる）[七]九・一七三⑨（色の—に）[七]一八・一七七⑥（風俗の—に）[七]二四・一七九⑯（汝を教戒せん—）

ため（溜）
　cf、ねんのため
　cf、うりだめ　ごみため
ためし（例）[三]一〇・一二四⑭　[五]一一・一五三④　[七]二二・一七八⑫
ため・す〔サ四段〕
　—す（止）[一]八・一一三⑧（新刃でも—とて）
ためつ・ける（【矯】付）〔カ下一段〕　ためつ・く〔カ下二段〕
　—け（用）[七]一一・一七四⑧（麻上下—た武士の風義）
ためなほ・す【矯直】〔サ四段〕
　—し（用）[三]二一・一三〇⑧（—や）
た・める（矯）〔マ下一段〕　た・む〔マ下二段〕
　cf、ためつける　ためなほす
たも〔補助用言〕（「たもる」ノ命令形「たもれ」ノ変化）
　〔てたも〕
　[一]二一・一一九③　此旨委細に伝へて—
　[四]五・一四二⑦　とつくと聞て—
　[七]二三・一七九⑦　石原へも心得て—
　cf、たもる
だも〔助詞〕（「だに」「も」ノ音変化）
　[四]一五・一四六⑥　昔は夢に—見ず
たも・つ〔タ四段〕
　—た（未）[一]一一・一一四⑬（正月一ぱいも—ず）
たもと（袂）[四]八・一四二⑫　[五]九・一五二⑧（—をひかゆれば）
たも・る〔ラ四段〕
　—れ（命）[三]二三・一三二⑨（茶一ツ—）
たも・る〔補助用言　ラ四段〕
　〔てたもる〕
　—つ（用　音便）
　[二]一六・一二八②　雪中に筍掘出して—ても
　—る（体）
　[三]一六・一二八①　一生身を全して—が‥孝行
　—れ（命）
　[一]二一・一一八⑨　心得て—
　[一]二一・一一九③　八百屋お七はおゐて—
　cf、たも
たや（「た」（助動詞「たし」ノ語幹）＋「や」カラ）
　[七]二三・一七九⑩　娘御をふづくり—と
たや・す〔サ四段〕
　—さ（未）[五]二一・一五七③（釜戸の煙—ず）
た・ゆ（絶）〔ヤ下二段〕　た・える〔ア下一段〕
　—え（未）[七]一二・一七四⑯（此一流は—ず廃れず）
　cf、たへまなし
たゆふ（大夫　たいふ）　↓たいふ
　cf、みやこじむじだゆふ
たら（鱈）
　cf、ひだら
だらけ〔接尾語〕
　cf、すなわちだらけ
たら・す（垂）〔サ四段〕
　cf、うちたらす
たらたら　[五]二四・一五八⑦（戸を扣き大口の—）（文末）
たり〔接続助詞〕（撥音便ニ下接シタ「だり」ヲ含ム）（完了ノ助動詞「たり」カラ）
　[一]一六・一一六⑯　なげ—ふんだりして

[一]六・一一六⑯ なげたりふん―して（撥音便＋「たり」＝「だり」）
[二]一六・一二七⑮ 公事沙汰の腰押をし―
[二]二三・一三一⑥ 立ながら湯をあび―
[五]三・一五〇② 味噌を摺（すつ）―料理したり（促音便＋「たり」）
[五]三・一五〇② 味噌を摺たり料理し―
[五]三・一五〇② 打（うつ）―舞たり（促音便＋「たり」）
[五]三・一五〇② 打たり舞（まふ）―（ウ音便＋「たり」）
[五]二五・一五八⑭ 寄合茶屋で喧吒し―
[五]二五・一五八⑭ 腰張に楽書し―

たり［助動詞（完了、過去）］ →「た」ヲモ見ヨ（撥音便ニ下接シタ「だり」ヲ含ム）

たら（未） →「た」［助動詞（完了、過去）］ノ仮定形ヲモ見ヨ
[五]五・一五〇⑯ 若（もし）：責さいなむ人に出逢―ば

たり（用）
[二]一四・一二六⑫ 暫（しばらく）黙して居―しが
[六]二・一六〇⑨徒 昨日は西園寺に参り―し

たり（止）
[一]七・一一二⑮ 白無垢を着―
[一]四・一一五⑭ 見物も尤と請―
[二]一・一二〇③ 臍に似―とて臍翁とは名乗けらし
[二]一・一二〇⑤ 金銀の働 妙を得―
[二]五・一二二⑥ 八人八宗にわかれ―
[二]二〇・一三〇② はるかに過―
[四]一・一四〇④ 少（ちと）疲れ―と思へば
[四]三・一四一⑨ 此やついかぬに極まつ―（促音便＋「たり」）
[五]一四・一五四⑩ 道千仕済（しすまし）―とおもひ
[六]二・一六〇⑧徒 ゐてのぼり―といふ事ありて
[六]二・一六一①徒 まさしく見―といふ人もなく
[六]三・一六一⑤徒 とほりうべうもあらずたちこみ―
[六]六・一六一⑯ 一定きられ―といふ人もなきに
[六]二三・一六九④ 念比に書残され―
[七]九・一七三⑮ 眉毛ぬけて業平に似―
[七]一六・一七六⑫ 極楽へ生レ―とも
[七]一九・一七七⑭ われ目前に見―

たる（体）
[一]六・一一二⑥ 庵に木瓜の五所紋付―が
[一]七・一一二⑯ 御師の挟箱にはぐれ―にや
[一]九・一一三⑫ 煙草好と見へてくゆらせ―匂
[一]一〇・一一四③ 上塗し―不審
[一]一一・一一四⑫ 手を尽し―狂言
[三]一〇・一三五⑥ 筆法に活（いき）―字なく
[三]一二・一三六⑤ 其上をいき過―人ありて
[三]一二・一三六⑥ 貴人の御葬送にも増り―行粧を
[三]一三・一三六⑧ 目に立て分を越―は
[三]一三・一三六⑫ 二行に列（つらなり）― 見る目も恥かしからぬかは
[三]一三・一三六⑭ 鼻の辺りに顕はし―男
[三]一四・一三六⑮ 博徒の死し―葬送の行列
[三]一七・一三七⑭ 刑罰に逢―もの
[三]一七・一三八⑤ 一生を過し―は
[三]一七・一三八⑥ 幸にしてまぬかれ―也
[三]一八・一三八⑨ 親に別れ―折など
[三]一八・一三八⑩ かかる節に威儀めき―は
[三]一九・一三八⑬ 進退の礼ととのひ―より
[三]一九・一三八⑬ 涕（みづばな）打たらし―有さま
[四]一・一四〇② 人にそげ―ゑせ者
[四]一・一四〇④ 随分堅固に生れ―膝栗毛
[四]二・一四一② あか棚の掃除して居―を

四八・一四二⑩　少（ちと）ぞつとし—迄で
四九・一四三⑬　門前に建—開帳札
四一〇・一四三⑯　筆太に書て建—を
四一一・一四四⑧　天晴の勇士とこそ聞伝へ—に
四一五・一四六⑧　棒突ならべ—：いかめしけれど
四二一・一四八⑪　思ひがけなく濡衣着—も
五二・一四九⑪　菓子袋提（さげ）—は
五一四・一五四⑨　雲間に月のあらはれ—ごとし
六一・一六〇④　：と書付—行灯
六二・一六〇⑧徒　女の鬼になり—をゐてのぼりたり
六六・一六一⑬　年々色をかへ品をかへ—流言
六八・一六三②　我さきにと：打破り捨—程に
六九・一六三⑩　顔を詠（なが）められ—ものすくなからず
六一二・一六四⑬　是を聞—下女はしたが御新造へ
六一四・一六五⑭　毎日：うかれ立—をきびしく御停止
六一四・一六五⑮　夢の覚—心地して
七七・一七二⑮　目玉をむきだし—おそろしさ
七七・一七三①　恐れ入—風情
七一三・一七五⑦　小家の壱軒も持—者の子も
七一三・一七五⑧　羽織きせ—親の心おしはかりぬ
七一五・一七六②　ありふれ—言の葉とおもひて
七一五・一七六⑤　辻風を入—ごとく其家破損ぜざるは
七一六・一七六⑨　心中して死ぬる奴程淫（たはけ）—もの
はなし
七一八・一七七⑦　好色本に節つけ—におなじ

たれ（已）
一六・一一一⑮　たとへ：見さがし—ばとて
一一二・一一五③　己が痛めして死ん—ばこそあれ（撥音便
＋「たれ」＝「だれ」）
二五・一二二⑤　お婆々の胎内から出—ど

五一八・一五七①　此様にはなつ—ど（促音便＋「たれ」）
六一六・一六六⑪　少（ちと）色はさめ—ど
cf、これはしたり　た

たり［助動詞（断定）］（「とあり」ノ音変化）
たる（体）
二五・一二二⑨　養子—者の鑑
六一五・一六六⑤　其所の長（おさ）—人
七一四・一七五⑯　はやく父兄—者いましめずんば

たる（樽）
cf、さかだる

た・る（足）［ラ四段］
—ら（未）　二二一・一一八⑩（取あげるに—ぬ）　四一三・一
四五⑨（論ずるに—ぬ）
—る（止）　二一八・一二八⑯（倉廩満て礼義—）

た・る【垂】［ラ下二段］　た・れる［ラ下一段］
—れ（用）　五二五・一五八⑮（片足上ゲて—給へ）

たる・い（怠）［形］
cf、こしたたるい

たれ（誰）　二二一・一一八⑮　三三・一二一⑤（—なるらん）　六六・
一六一⑯（—こそ）
三一八・一三八⑩　四八・一四二⑮（—ぞに咄し）
cf、た　たれひとり

たれひとり（誰一人）［連語］　六七・一六二⑤

たろさく㊇（太郎作）　六六・一六二①

たろべゑ㊇（太郎兵衛）
cf、しやうかんたろべゑ

たわけ（淫気　たはけ）　↓たはけ　ヲモ見ヨ
六九・一六三⑭（—の夢さめず）　六一三・一六五⑦（—の
簱頭）

たん（淡）　七八・一七三⑦（楽は：—にして）　七八・一七三⑦

（—なる時は）
たん（端）
　cf、いつたん
だん（段）（スベテ「此段」『徒然草』五十段ヲサス）　〔六〕三・一六
　一⑨　〔六〕六・一六一⑪　〔六〕二三・一六九②
だん（段）［接尾語］
　cf、だいごじふいちだんめ
だんぎ（談義）　〔二〕四・一二二①
　cf、いまやうへただんぎ　けいこだんぎ　ざしきだんぎ　し
よけだんぎ　せつぽうだんぎ　のふけだんぎ　へただんぎ
はちわうじ（八王子）の臍翁座敷談義の事
だんけい（檀渓）（中国の川の名）　〔四〕一・一四〇⑤（—をも越べ
　きいきほひ）
だんだん（段々）　〔二〕二・一一一①（—芸を仕下て）　〔二〕九・一二
四②（—身上を仕上）　〔三〕三・一三二⑯（—御用被仰付）
〔四〕一二・一四五③（—かくの通り）
だんだんと（段々）　〔五〕一五・一五四⑭（—負の込む）
たんと［副詞］　〔五〕四・一五〇⑨（物を—くれやうか）
たんど（「たんと」トモ）　〔四〕一〇・一四四④（肩をならぶる者—
　はなかりしに）
だんな（旦那）
　cf、あきなひだんな　だんなでら
だんなでら（旦那寺）　〔五〕二二・一五七⑩　〔五〕二二・一五七⑪

［ち］

ち（地）　〔一〕一〇・一一四⑦　〔六〕一五・一六六⑥　〔六〕一六・一六六
⑧　〔七〕八・一七三⑤　〔七〕九・一七三⑮　〔七〕一〇・一七四①
〔七〕一六・一七六⑫
　cf、ちじやう　てんち
ち（乳）　〔六〕二一・一六八⑥（物あんじに—があがり）
　cf、ちのあまり
ち（智）　〔六〕一一・一六四⑦
　cf、ちしや
ぢ（地）　〔二〕二・一二〇⑦（随分—を打て通り）
ぢ（地）
　cf、きやうかたびらぢ　したぢ　しろぢ
ぢ（地）
　cf、ぢかり　ぢしん　ぢだい
ぢ（路）
　cf、おほぢ
ぢい（祖父）　〔二〕一二・一二五⑭
ぢうじ（住寺　ヂユウヂ）　〔四〕九・一四三⑨
ぢうしよ（住所　ヂユウ：）　〔二〕五・一二二⑤
ぢうたひ（地謡）　〔六〕一三・一六五⑧
ちうどうじつそう（中道実相　チユウダウ：サウ）　〔二〕八・一二三
　③（—の天台宗）
ちうや（昼夜）　〔二〕九・一二四⑧（—朝暮）　〔二〕一五・一二七⑫
　〔六〕一四・一六五⑭
ちがい（　：ひ）　↓ちがひ　ちがゐ　ヲモ見ヨ
　〔五〕二三・一五八②（毛すじほども—がない）
ちかいころ（近比）　〔六〕二二・一六八⑫
　cf、ちかきころ
ちかきころ（近比）　〔六〕八・一六三⑥
　cf、ちかいころ
ちかく（近）　〔二〕二〇・一三〇③（江戸—）　〔四〕一八・一四七⑦
　（—は）
ちかごろ（近　、近比）　〔一〕二〇・一一七⑬　〔三〕九・一三五①　〔三〕
　一二・一三六②
ちか・し（近）［形ク］　ちか・い［形］

—う（用　音便）　四一四・一四五⑭（—寄て）　四一六・一四六⑭（—寄て）
—ふ（う）（用　音便）　四一六・一四六⑫（—寄て）
cf、ちかいころ　ちかきころ　ちかく　はしぢか　みみちかい
ちかぢか（近々）　→きんきん
ちかづきよ・る（近付寄）［ラ四段］
—り（用）　四二・一四一②（—て）
ちかづ・く（近付）［カ四段］
—き（用）　二九・一二四⑦
cf、ちかづきよる
ぢがばち（似我蜂　じが：）　七一九・一七八①
cf、じがじがと
ちがひ　→ちがい　ちがゐ　ヲモ見ヨ
三一〇・一二五②（みぢんも—なく）
cf、こころえちがひ　ゆきちがひ
ちが・ふ（違）［ハ四段］
—ひ（用）　三二・一三六③
—へ（已）　一一五・一一六⑫（節季に払の心あて—ば）
cf、ちがい　ちがひ　ちがゐ
ちかまつ(人)（近松）　一一七・一一七⑨
ちから（力）　二九・一二四②　三一一・一二五⑦
ぢかり（地借）　三一八・一二八⑭（—店がり）　三一八・一二八⑮（—店がり）
ちがゐ（：ひ）　→ちがい　ちがひ　ヲモ見ヨ
六二三・一六九⑧（大な—）
ちぎりき（乳切木、千切木）
cf、ぼうちぎりき
ちぎ・る（千切）［ラ四段］
cf、ひきちぎる

ちくしやうだうばぎう(人)（竹生堂馬牛）　→ちくしやうどうばぎう
ちくしやうどうばぎう(人)（竹生堂馬牛　チクシヤウダウ：）　二二・一一〇⑦
ちくば（竹馬）　→たけうま
ぢごく（地獄）　一六・一一一⑭（—の味噌部屋）　四一九・一四七⑯
cf、ぢごくのづし
ぢごくのづし(地)（地獄辻子）（地名の俗称）　一二・一一〇⑥
ぢしう（時宗　ジシユウ）［振リ仮名アリ］　二九・一二四④
ぢしがた・し（治難）［形ク］
—き（体）　七一二・一七五③（—沈痾となりぬ）
ちしき（智識）　七一六・一七六⑭
cf、ちしや
ちしや（智者）　序三・一〇七⑧　六一〇・一六四⑤（流言は—にとどまる）　六一一・一六四⑦
cf、ちしき
ちじやう（地上）　六一一・一六四⑥
ちじん（地神）　三一〇・一二四⑬
ぢしん（地震）　六二二・一六八⑭
cf、だいぢしん
ぢ・す（治）［サ変］
cf、ぢしがたし
ちそう　三四・一一三③　七二三・一七九⑦　七二三・一七九⑧
cf、ごちそう
ぢだい（地代）（「ちだい」トモ）　三一七・一二八⑦（—店賃）
三一七・一二八⑩（—店賃）
ちち（父）　三一三・一二六⑩
ぢぢ（老漢、爺）　序一・一〇七①（—と阿婆）　序一・一〇七③（媼に：—に）　六一三・一六五⑤（—も媼も）　七一九・一七八⑦（—媼）

ちちはは（父母）　↓ふぼ
ちつと［副詞］
　cf、ちつとのま
ちつとのま（　間）［連語］　〔二〕四・一二一⑬（―見ぬうちに）
ちつとも［副詞］　〔一〕八・一一三⑩（―隔心し給ふな）
ちと（少）［副詞］　〔一〕七・一一二⑦　〔一〕九・一一三⑭　〔四〕一・一
　四〇④　〔四〕五・一四二④　〔四〕八・一四二⑨　〔四〕八・一四二⑩
　〔五〕九・一五二⑧　〔五〕一一・一五三⑧　〔五〕一二・一五三⑯　〔五〕
　一五・一五五①　〔六〕一六・一六六⑪　〔七〕二・一七一③（―は）
ぢぬし（地主）　〔二〕一七・一二八⑩　〔二〕一七・一二八⑬　〔二〕一八・
　一二九②
ちのあまり（乳余）　〔二〕四・一二一⑬（―の秘蔵子）
ぢびやう（持病）　↓じびやう
ぢぶん（自分　ジブン）　〔序〕三・一〇七⑩
ちや（茶）　〔一〕一二・一一五③　〔二〕二〇・一三〇④（連誹―香楊弓）
　〔二〕二三・一三一⑨（―一ツたもれ）　〔四〕一六・一四六⑨　〔四〕
　二〇・一四八⑥
　cf、ちやがま　ちやのゆ　ちやや
ぢや［助動詞］　↓じや
ちやう（茶宇）　〔一〕六・一一二⑤（―の上下）
ちやう（町）
　cf、ごちやう　こびきちやう　ごふくちやう　さかいちやう
　さかひちやう　しちちやう　ちやうにん　てうところ　てう
　ない　てうにん　てうふるまひ　ばんちやう　ほんちやう
　まち　りやうがへちやう
ちやう（町）（距離ノ単位）
　cf、にちやう
ちやう（帳）
　cf、かけちやう
ちやう（挺）［接尾語］
　cf、いつてう
ちやうきう（長久）　〔一〕七・一一七⑥（―の計（はかりこと））
ちやうじ（停止）
　cf、ごてうじ　てうじす
ちやうじや（長者）　〔二〕一七・一二八⑤（―二代なし）
　cf、もちまるちやうじや
ちやうじやう（頂上）　↓てうじやう
ちやうたらう（長太郎）（「馬鹿者」ノ異名）　〔六〕九・一六三⑨（阿
　房よ―よ）
ちやうちん（提灯）　↓てうちん
ちやうつけやくにん（帳附役人）（「チヤウづけ・・」トモ）　〔三〕一〇・
　一三五⑥
ちやうところ（町処）（「ちやうどころ」トモ）　↓てうところ
ちやうない（町内）　↓てうない
ちやうにん（町人）　↓てうにん　ヲモ見ヨ
　〔二〕九・一二四⑧　〔二〕一〇・一二四⑮　〔二〕一五・一二七⑥　〔二〕
　一五・一二七⑨　〔二〕一六・一二七⑬（―分上に）　〔二〕一七・
　一二八⑤　〔二〕二〇・一三〇②　〔二〕二〇・一三〇②　〔二〕二二・
　一三〇⑬　〔二〕二二・一三〇⑮　〔二〕二二・一三〇⑮　〔二〕二二・
　一三〇⑮　〔二〕二二・一三一③　〔二〕二三・一三一④　〔三〕一二・
　一三六⑤　〔三〕一三・一三六⑨　〔三〕一七・一三八④　〔三〕一九・
　一三九①　〔六〕一四・一六五⑩　〔七〕一・一七〇⑤　〔七〕一〇・一
　七四②　〔七〕一一・一七四⑧
　cf、ちやうにんくさい　ちやうにんふぜい
ちやうにんくさ・い（町人臭）［形］
　―い（体）　〔二〕一五・一二七⑨（町人は―がようおじやる）
　cf、ぶしくさい
ちやうにんぶくろ〔書〕（町人袋）　〔二〕一五・一二七⑪　〔二〕二三・一三
　一⑤
ちやうにんふぜい（町人風情）　〔三〕一三・一三六⑪

ぢやうぶ（丈夫）　↓じやうぶ
ちやうふるまひ（町饗応）　↓てうふるまひ
ちやうもん（聴聞）　↓てうもん
ちやがま（茶釜）　〔二〕三・一二一⑤（—の下さしくべながら）　〔四〕一九・一四八①　〔五〕三・一五〇④（鍋も—も）　〔六〕一・一六〇⑥　〔六〕九・一六三⑪（鍋も—も）
ちやく・す（着）［サ変］
—し（用）　〔三〕一八・一三八⑧（有合を—）
ちやくよう（着用）
cf、ごちやくよう
ちやせんがみ（茶筌髪）　〔三〕一九・一三八⑯
ちやちやむちや　〔一〕六・一一二①（あたら武士を—にして仕廻ふべし）
ちやのゆ（茶湯）　〔二〕二・一二〇⑦（—は夢にも見ねど）
ちやや（茶屋）　〔一〕一二・一一四⑯　〔一〕二二・一一九⑧　〔四〕一六・一四六⑩　〔五〕一五・一五五②　〔五〕二四・一五八⑧　〔五〕二四・一五八⑧
cf、みづちやや　よりあいぢやや
ちやわちやわと　〔六〕一六・一六六⑫（念ごろぶりに—いへども）
ちやわん（茶碗）　〔二〕一三・一二六⑨　〔三〕三・一三二⑫　〔三〕一〇・一三五⑧　〔四〕一・一四〇⑤　〔六〕二・一六〇⑥
cf、ごろしちぢやわん
ちゆう（中）［語素］
cf、えどぢゆう　きちゆう　さくしやぢゆう　しちう　しゆちゆう　しよちゆう　しんちゆう　せつちゆう　ちゆうにち　どうちう　にほんこくちゆう　ねんぢう　ねんぢゆう　ほうえいねんちゆう　ほうばいぢゆう　ほうばゐぢゆう　まちぢゆう
ちゆうぎ（忠義）　〔七〕二三・一七九⑩
ぢゆうきよ（住居）（「すまひ」カ）　〔二〕三・一二一⑫　〔三〕一七・一二八⑪　〔二〕一九・一二九⑨
ちゆうげん（中間）　〔二〕二二・一三〇⑭
ちゆうこ（中古）　〔一〕一・一一〇③
ちゆうごく（中国）　〔二〕二〇・一三〇①（—西国の・・）
ぢゆうしよ（住所）　↓ぢうしよ
ちゆうしん（忠臣）　〔一〕二一・一一八⑯
ちゆうだうじつさう（中道実相）　↓ちうどうじつそう
ぢゆうぢ（住持）　↓ぢうじ
ちゆうにち（中日）　〔序〕一・一〇七②（彼岸の—）
ちゆうぶ（中風「ちゆうふう」トモ）　〔一〕二・一一一③
ちようあい・す（寵愛）　↓てうあいす
ちようあく（懲悪）　↓てうあく
ちようはふ（重法）　〔三〕一二・一三六②（—な物）
＊ちようほう（重宝）　↓ちようはふ
ちよき（猪牙）（「調義」ノ転訛カ）　〔四〕九・一四二⑯（せいもん—じや）
ぢよちゆう（女中）　〔一〕六・一一七①　〔三〕五・一三三⑪　〔三〕六・一三四①　〔三〕八・一三四⑭　〔三〕一四・一三七⑧　〔四〕一六・一四六⑭　〔四〕一七・一四六⑮　〔五〕二五・一五八⑭
ぢよちゆうがた（女中方）　〔三〕六・一三三⑯
ちよつと［副詞］　〔五〕一五・一五五②
ちよぼちよぼと　〔五〕一二・一五三⑭（—した筋）
ちら・す（散）［サ四段］
cf、いいちらす　かきちらす　しかりちらす　はりちらす　まきちらす
ちり（塵）　〔五〕一八・一五七②（—に交る神道者）
ちりけもと（身柱元）　〔四〕八・一四二⑩
ちりぢり　〔六〕二四・一六九⑨（—にわかれ行）
ちりめん（縮緬）　〔二〕二一・一三〇⑩
ちゑ（智恵）　〔二〕一五・一二七④　〔三〕一・一三一⑫

ちん　cf、さるぢゑ　わるぢへ
ちん（賃）　cf、たなちん　ちんぎん　はたごちん
ちんあ（沈痾）〔七〕一二・一七五③
ちんぎん（賃銀）〔三〕六・一三三⑮　〔三〕七・一三四⑦　〔三〕九・一三五⑤　〔四〕一五・一四六⑧
ちんご（鎮護）〔七〕一一・一七四⑦（日本―の武庫）
ちんせつ（珍説）〔六〕一一・一六四⑪（是は―珍説）〔六〕一一・一六四⑪（珍説―と）
ちんちようちんちよう（珍重々々）（感動詞的ニ用イル）〔七〕六・一七一⑬（―と悦び）
チンチン（金磬ヲ打ツ音）〔序〕四・一〇七⑫

［つ］

つ（津）〔七〕一〇・一七四④（米穀運送の―）
つ［格助詞］
　cf、はじめつかた
つ（ツ）［接尾語］
　cf、ここのつ　ひとつ　みつよつ　やつ
つ［助動詞（完了）］
　つ（止）
　　〔二〕二三・一三一⑨　夜もふけ―らん（重出＝「つらん」）
　　〔六〕一三・一六五⑨　あすかの山も動き―べし（重出＝「つべし」）
　　〔七〕二五・一八〇①　おとがゐがくたびれ―（重出＝「つらん」）
　つる（体）
　　〔四〕九・一四二⑯　徒に年月を過し―に
　cf、つべし　つらん
づ（図）〔六〕二二・一六九①
　cf、しちのづ
つい（対）〔四〕一五・一四六⑥（―の看板）
つい［副詞］→つゐ
ついしやう（追従　：シヨウ）〔六〕一二・一六四⑬
ついしよう（追従）→ついしやう
ついぜん（追善）〔三〕一八・一二九⑤（年忌―）〔七〕一六・一七六⑫（―回向）
ついで（序）〔三〕一二・一二五⑭
ついに（終　つひ：）［副詞］→つゐに　ヲモ見ヨ
　〔一〕二・一一一①（―馬役になり下り）〔一〕一一・一一五②
　〔一〕一三・一一五⑬　〔五〕一三・一五四⑤　〔七〕一二・一七五③
　〔七〕一四・一七六①
つう（通）［接尾語］
　cf、いつつう
つうづ（通途）〔三〕一二・一三六⑤（―の人）
づうづうねんぶつ（　念仏）〔二〕一〇・一二四⑩（「融通念仏」ノモジリ）
つか（柄）〔三〕一九・一三九①（脇差の―）
つかい（使　：ひ）〔七〕二・一七〇⑦（―のもの）
つかは・す［サ四段］
　―し（用）〔七〕二四・一七九⑭
つかひ（使）→つかい
　cf、おつかい　おつかひ
つか・ふ［ハ四段］
　―ふ（う）（用　音便）〔一〕一三・一一五⑨（下作に―て）〔五〕一三・一五四①（―た）〔六〕一六・一六六⑪（―た）
　cf、きづかい　きづかゐ　ことばづかひ　つかい　ひとづかひ
つがふ・す（都合）［サ変］
　―し（用）〔二〕一〇・一二四⑩（―た大念仏宗）

つかへ（痞）〔七〕二・一七〇⑨
つかまつ・る（仕）［ラ四段］（謙譲、丁寧）
—り（用）〔三〕三・一三二⑯（繁昌—）〔三〕四・一三三⑤（直段
付—可懸御目）〔三〕五・一三三⑨（損料貸に—候）〔三〕六・
一三四①（損料貸に—候）〔三〕九・一三五④（御間に合申様
に—）〔三〕一一・一三五⑭（如此—候間）
—る（止）〔二〕一四・一二六⑮（禁酒—）
つかみあひ（　合）〔五〕二四・一五八⑧
つがもな・い［形ク］
—い（止、体）〔一〕一一・一一四⑭（ハテ—）〔五〕一一・一五三
⑨（—事）〔五〕二・一五三⑪（ハテ—）
つか・る（疲）［ラ下二段］　つか・れる［ラ下一段］
—れ（用）〔一〕三・一一一⑦（飢に—て死なん命）〔四〕一・一四
〇④（—たり）
cf、たびづかれ
つき（月）〔五〕一四・一五四⑨（雲間に—のあらはれたる）〔七〕一・
一七〇②（筑紫の—を詠て）
つき（月）
cf、ぐわつ　さつき　しもつき　つきづき　としつき
つきあひ（附合）〔五〕六・一五一⑧
cf、おつきあひ　つのつきあひ　ともだちつきあい　よいし
ゆつきあい
つきお・る（【撞】　‥をる）［ラ四段］
—ら（未）〔四〕一二・一四四⑮（入相を—ぬか）
つぎか・く［カ下二段］　つぎか・ける［カ下一段］
—け（用）〔一〕八・一一三⑪（一服いたそうと—た体（てい））
つきごめ（搗米、舂米）
cf、つきごめや
つきごめや（　米屋）〔二〕五・一二二⑦〔二〕一二・一二五⑭
つきづき（月々）〔五〕五・一五一③
つきつ・く［カ下二段］　つきつ・ける［カ下一段］
—け（用）〔五〕一〇・一五二⑭（鼻のさきへ—）
つきぬ・く［カ下二段］
—く（止）〔七〕六・一七一⑯（—べく）
つきよ（月夜）
cf、つきよざし
つきよざし（月夜　）〔四〕一三・一四五⑤（真如の—に）
つ・きる（尽）［カ上一段］
—きる（止）〔二〕二〇・一二九⑯（冥加が—）〔二〕二二・一三一
③（冥加が—）
つきを・る（撞居）　→つきおる
づきん（頭巾）〔二〕二一・一三〇⑩〔六〕七・一六二⑦
つ・く（付、附）［カ四段］
—き（用）〔一〕六・一一二⑥（五所紋—たるが）〔三〕五・一三三
⑬（乗物に—候下女）〔四〕一八・一四七⑩（わるい虫が—て）
—い（用　音便）〔四〕一七・一四七③（—て来た）
［気がつく　気のつく］
—き（用）〔二〕三・一二一⑪（気が—て）
—く（体）〔一〕八・一一三⑧（気の—程怖さいやまして）（「気の
尽くる程」ノ意ニ近イ）
［‥につき］
—き（用）〔三〕四・一三三②（下地払底に—）
cf、あたまつき　うまれつく　おもひつき　とつてもつかぬ
つ・く（着）［カ四段］
—き（用）〔七〕二・一七〇⑧（玄関に—て）
cf、まゐりつく
つ・く【憑】［カ四段］
cf、きつねつき
つ・く［カ四段］
—か（未）〔四〕一二・一四四⑭（鐘も—ずに）

―き（用）四八・一四二⑬（頬杖―て）
―い（用　音便）二二一・一三〇⑭（手を―て）
―く（体）一一一・一一四⑮（柊で目を―（突）も）四一一・
一四四⑬（鐘―事）
cf、つきおる　つきぬく　ねづみつき
つ・く（付、附）［カ下二段］　つ・ける［カ下一段］
―け（未）二二〇・一一七⑫（入りさへあらばと心を―ぬは）
二二二・一三一①（伽羅の油も―ねばならぬが）
―け（用）六一二・一六四⑭（尾に尾を―ての）七一八・一
七七⑦（好色本に節―たるにおなじ）
―けよ（命）六二二・一六八⑯（この歌を書て身に―）
［気をつく］
―け（未）二一八・一二九①（気を―ずと）
―け（用）二一二・一二五⑫（気を―めされ）二一二・一二
五⑯（気を―て）二一七・一二八⑦（気を―）二一七・
一二八⑫（気を―）
［…につけて］
―け（用）四四・一四一⑬（見るに―ても）
cf、いひつく　うけつく　うらつけ　おしつく　おほせつく
かきつく　きめつく　ごもじつけ　すりつく　せりふづけし
だい　ためつける　つきつく　ねだんづけ　はりつく
つ・く（搗）
cf、つきごめや
つ・く［接尾語的用法］
cf、ひよろつく
つ・ぐ（継）［ガ四段］
―い（用　音便）三五・一二二⑦（志を―で）
cf、つぎかく
つくえ（机）　→つくへ
つくし（筑紫）七一・一七〇②

つくしがた・し（尽難）［形ク］
―し（止）三一七・一三七⑮
つく・す（尽）［サ四段］
―さ（未）二一一・一二五⑩（孝を―ば）二二三・一三一⑦
（言も―れず）七一・一七〇①（人間行（ゆい）て―ざる
事を）
―し（用）二一一・一一四⑫（手を―たる）二一九・一二九
⑬（花麗を―て）
―す（止）三一二・一三六⑧（花美を―）
cf、つくしがたし
つくづく［副詞］七三・一七一⑦
つくへ（机　…え）五九・一五二⑩　五二三・一五七⑮
づくめ（尽）［接尾語］
cf、あぶらずくめ
つくら・ふ（　…ろふ）［ハ四段］　→つくろふ　ヲモ見ヨ
―ふ（体）三一九・一三八⑮（身ぶり―は）
つくりいだ・す（造出）［サ四段］
―し（用）六六・一六一⑫（そら言を―）
つくりなら・ぶ（作　）［バ下二段］　つくりなら・べる［バ下一
段］
―べ（用）二一九・一二九⑩
つく・る（作）［ラ四段］
―り（用）一一七・一一七⑨（善人の様に―しは）一一七・
一一七⑨（悪人と―てこそ）
cf、おがみづくり　つくりいだす　つくりならぶ　てづくり
めやすづくり
つくろひもの（　物）四一五・一四六⑤
つくろ・ふ（繕）［ハ四段］　→つくらふ　ヲモ見ヨ
―ひ（用）四一六・一四六⑭（衣紋を―）
cf、つくろひもの　とりつくろふ

つけ（附）
　cf、ごもじづけ
つじ（辻）
　cf、つじうら　つじうり　つじしばゐ　つじなか　つじみせ
つじうら（売卜）→つぢうら　ヲモ見ヨ
　cf、あしやのどうせん（足屋道千）売卜（つじうら）に妙を
　得し事　ばいぼく
つじうり（辻売）〔四〕四・一四一⑫
つじかぜ（辻風）→つぢかぜ
つじしばゐ（辻芝居）〔五〕一・一四九③
つじなか（辻中）〔七〕一五・一七六⑦（―の倒死）
つじみせ（辻　）〔七〕一七・一七七④
つた・ふ（伝）［ハ下二段］　つた・へる［ハ下一段］
―へ（用）〔一〕二一・一一九③（委細に―てたも）
　cf、いひつたふ　かたりつたふ　ききつたふ
つぢうら（売卜　つじ：）→つじうら　ヲモ見ヨ
　cf、あしやのどうせん（足屋道千）売卜（つぢうら）に妙を
　得し事
つぢかぜ（辻風　つじ：）〔七〕一五・一七六⑤
　cf、かぜ
つちのと（己）
　cf、つちのとみ
つちのとみ（己巳）〔七〕六・一七一⑪
　cf、つちのとみまち
つちのとみまち（己巳待）〔七〕一八・一七七⑧
づつ［副助詞］（接尾語トスル説モアリ）
〔二〕一二・一二五⑯　少―余計を入れてやれば
〔二〕一三・一二六⑪　念仏一篇―申てくれ
〔四〕一・一四〇⑤　拾弐文―（宛）茶碗で仕懸ると
〔四〕四・一四一⑪　どれどれも一盃―なる口故に
〔四〕一〇・一四四⑥　一刀に三度―礼拝して
〔五〕六・一五一④　年に弐三度―出替りするは
〔五〕八・一五二③　一年に二三度―浪人して
〔五〕二四・一五八⑦　年に二度―深川両国の茶屋で
〔六〕六・一六一⑭　一盃―うまうまと喰るる衆中も
つづ・く（続）［カ四段］
―く（体）〔二〕二〇・一三〇③（三代と―は）〔二〕二〇・一三〇
　③（代々―は）〔三〕一三・一三六⑪（弐町も―程）
つつくりと［副詞］〔六〕一・一六〇①（独（ひとり）―して居れば）
つつしみ（慎）〔五〕一五・一五五④（禍は―の門に入る事なし）
　〔六〕二〇・一六八③
　cf、つつしみふかし
つつしみふか・し（慎　）（「つつしみぶかし」トモ）［形ク］
―く（用）〔二〕一〇・一二五③〔二〕一八・一二九②
つつし・む（慎）［マ四段］
―ま（未）〔五〕一六・一五五⑥（行を―ざれば）
―み（用）〔二〕二一・一三〇⑪（―めされ）〔五〕八・一五二④
　（―ましよ）〔五〕一六・一五五⑩（―給へ）
―む（止）〔一〕二一・一一八⑯（―べし）〔二〕一六・一二八①
　（おそるべし―べし）
―め（已）〔五〕一六・一五五⑤（―ば）〔五〕一六・一五五⑤（―
　ば）
　cf、おそれつつしむ　つつしみ
つつみ（堤）〔一〕二一・一一八⑬（千丈の―が蟻の穴から崩たつて）
　cf、ながつつみ
つづみ（鞁）〔二〕一・一二〇⑥〔四〕三・一四一⑧（天鞁が―）〔五〕
　一八・一五六⑦
つづら（葛籠）〔五〕二・一四九⑩（―と行違ふ小袖櫃）
つづ・る【綴】［ラ四段］
―り（用）〔一〕二一・一一九⑦（虫の―し木の葉）

つづれ【襤褸、綴】[七]八・一七三②（身に―を着ても）
つと・む（勤）［マ下二段］　つと・める［マ下一段］
―め（用）　[二]一三・一一五⑬（幾度か―しが）　[四]一四・一四五⑪（―て）　[七]二三・一七九⑥（―て）
―む（止）　[二]三・一一一⑨（―べし）
cf、はたらきつとむ
つな・ぐ［ガ四段］
―げ（已）　[五]二一・一五七③（露命を―ば）
つね（常）　[三]一三・一三六⑨（―は）
つねづね　[二]四・一二一⑫　[七]二二・一七八⑧
つねに（常）［副詞］　[二]九・一二四⑧　[二]一二・一二五⑮　[二]二一・一三〇⑧
つのつきあひ（角　合）（「つのづきあひ」トモ）　[七]一六・一七六⑭
つの・る（募）［ラ四段］
cf、うりつのる
つばめや（燕屋）　[五]二・一四九⑪（―の下女）
つはもの（兵）　[四]一三・一四五⑦
つひえ（費）　→つゐへ
つひに（終、遂）　→ついに　つゐに
つひや・す（費）　→つゐやす
つぶ・す（潰）［サ四段］
［肝をつぶす］
―さ（未）　[三]一・一三二③（肝を―れ）
―し（用）　[七]七・一七二⑮（肝を―て）
cf、のみつぶす
つぶや・く［カ四段］
―く（体）　[一]六・一一二③（独（ひとり）―詞の下）
つへ（杖　つゑ）　[二]一一・一二五⑧　[六]一・一六〇③（あかざの―）
つべし［連語］（助動詞（完了）「つ」＋助動詞（推量）「べし」）（重出＝「つ」「べし」）
つべし（止）
[六]一三・一六五⑨　あすかの山も動き―
つぼいり（壺入）
cf、つぼいりす
つぼいり・す（壺入）［サ変］
―し（用）　[四]一六・一四六⑩（―て）
つま（妻）　[二]二・一二一②（尾上の鹿の―恋声）
つま・ぐ（褄）［ガ下二段］
cf、しりつまげ
つまはじき
cf、つまはじきす
つまはじき・す（弾指）［サ変］
―し（用）　[四]一一・一四四⑨（―て）
つまらぬ［連語］　[四]二一・一四八⑬（―商売）　[七]一六・一七六⑭（―角つき合）
つま・る（詰）［ラ四段］
cf、つまらぬ　つまるところは
つまるところは（　所）［連語］　[六]一五・一六六⑦
つみ（罪）　[二]一六・一二八③　[六]一二・一六五②　[七]一七・一七六⑯
cf、つみびと
つみいれ（　入レ）　[七]三・一七一⑦
つみびと（罪人）　[七]一六・一七六⑪
つ・む（詰）［マ下二段］
cf、えどづめ　にぎりつむ　ろくじづめ
つ・む（積）［マ四段］
cf、ふりつむ
つむり　[五]一五・一五四⑮　[六]八・一六三⑧　[七]七・一七三②

cf、あたま　かうべ
つめ（爪）　〔二〕一六・一二八①（能ある鷹は—を隠す）
つめひらき（詰開）　〔一〕二二・一一九⑤（不思議な—）
つもり（積）
cf、おんつもり　つもりおく
つもりお・く（積置）［カ四段］
—き（用）　〔三〕七・一三四⑦（—候）
つも・る（積）［ラ四段］
—ら（未）　〔二〕一三・一一五⑩（見物の武家に—るる）
—り（用）　〔七〕一六・一七六⑨（—ても見よ）
—れ（已）　〔一〕七・一一三③（日数—ば）
cf、つもりおく
つやつや（一向）［副詞］（下ニ否定ノ語ヲ伴ウ）
〔五〕一七・一五五⑭（—禁制せず）
つゆばかり（露　）　〔七〕一五・一七六②（—も恥とおもはず）
つよ・し（強）［形ク］　つよ・い［形］
cf、こころづよし　つよすぎる　つよみ
つよす・ぎる（　過）［ガ上一段］　つよす・ぐ［ガ上二段］
—ぎ（用）　〔五〕一三・一五四④（—て）
つよみ（強）　〔七〕一一・一七四⑫（武士の—ありて）
つら（顔）　〔三〕一三・一三六⑬（いかめしき—）　〔四〕一〇・一四四
①　〔六〕一七・一六七⑥　〔七〕二二・一七九③
cf、かほ　つらつき　ぶつてうづら
つらつき（顔付）　〔四〕一九・一四七⑬　〔七〕二・一七一②
つらつら（熟）［副詞］　〔五〕一〇・一五二⑯
つらな・る（列）［ラ四段］
—り（用）　〔三〕一三・一三六⑫（—たる）
つらん［連語］（重出＝「つ」「らん」）
つらん（止）
〔二〕二三・一三一⑨　夜もふけ—
〔七〕二五・一八〇①　おとがゐがくたびれ—
つりいだ・す（釣出）［サ四段］
—し（用）　〔四〕一四・一四五⑫
つ・る（連）［ラ下二段］　つ・れる［ラ下一段］
—れ（未）　〔一〕七・一二二⑭（草履取さへ—ず）　〔三〕一三・一三
六⑩（御先供は—させらるる）
—るる（体）　〔三〕一三・一三六⑩（一僕—か）
cf、さそひつる　つれだつ　つれゆく
つれ（連）
cf、はちにんづれ　みちづれ
つれだ・つ（連立）［タ四段］
—つ（用　音便）　〔七〕一二・一七五②（—て来て）
つれづれ（徒然）　〔序〕三・一〇七⑨
つれづれぐさ㊖（【徒然】草）　〔六〕一・一六〇③　〔六〕三・一六一⑨
cf、うどのたいぼく（鵜殿退卜）徒然草講談之事
つれゆ・く（　行）［カ四段］
—き（用）　〔一〕八・一一三⑩
つゐ（つい）［副詞］　〔五〕九・一五二⑨（嬉しさに—…わすれまし
た）　〔五〕一五・一五五②（ゆすつても—出来ますから）
つゐに（つひ…）［副詞］　↓ついに　ヲモ見ヨ
〔五〕一〇・一五三③（—…銭を出した例がない）
つゐへ【費】つひえ　〔三〕二〇・一三九⑧
つゐや・す（つひや…）［サ四段］
—し（用）　〔六〕二三・一六九③
つゑ（杖）　↓つへ
cf、ほうづへ
つんぼ（聾）　〔六〕一一・一六四⑫
cf、にわかつんぼ

［て］

て（手）［一］八・一一三⑦　［一］二一・一一四⑫（―を尽し）　［二］一・一二〇①（―に結ぶ岩垣清水住なれて：）　［二］一・一二〇⑥（―に取て見たことも）　［二］二一・一三〇⑭　［三］八・一三四⑮（―を拍）　［四］三・一四一⑥（―を合せ）　［五］一〇・一五二⑯（―の筋）　［五］一五・一五四⑯　［五］一八・一五六⑤（親兄弟の―にのらぬ）　［五］二三・一五八⑥（―をすらせ）　［六］一七・一六六⑮（―の内程）　［六］二一・一六八⑨　［七］二三・一七九⑨（―に入レばや）
　cf、おて　かたて　てあし　てくび　てせいじ　てづくり　てにあたりしだい　てぬき　てのやつこ

て（人）
　cf、かいて　くばりて　しかりて　のませて（為呑人）　わかて

て（手）［接頭語］（意味ヲ強メル）
　cf、てあつし　てがろし　てごわし　てひどし

て【手】
　cf、さかて　もとで

て［接続助詞］
　［序］一・一〇七①　老漢（ぢぢ）と阿婆（おばば）をこきまぜ―都ぞ春の：
　［序］一・一〇七③　弁舌に利鈍あり―
　［序］三・一〇七⑪　仏餉袋の押売し―
　［一］一・一一〇①　足柄山より出―
　［一］一・一一〇②　富士の裾野を通り―
　［一］一・一一〇③　今の清見が崎を通り―
　［一］一・一一〇⑤　道橋大に破損し―
　［一］二・一一一①　段々芸を仕下―終に馬役になり下り
　［一］二・一一一①　追出しの大鞁も打―暮せしが
　［一］二・一一一②　江戸より上り―
　［一］三・一一一⑤　しほしほと芝居を出―
　［一］三・一一一⑥　世間に上手が出来―
　［一］三・一一一⑦　飢につかれ―死なん命
　［一］三・一一一⑨　何とぞ頼み―又馬役を勤むべし
　［一］三・一一一⑩　跡追―泣悴（がき）もなし
　［一］三・一一一⑪　まだ寐―居やれば心安しと
　［一］三・一一一⑪　首尾能ぬけ―：跡ふり返り
　［一］六・一一一⑬　人穴と見へ―うそ暗き洞あり
　［一］六・一一一⑯　毒蛇悪虫なんどに触―
　［一］六・一一一⑯　毒気に染―煩ひなば
　［一］六・一一二①　あたら武士をちやちやむちやにし―仕廻ふべし
　［一］八・一一三⑥　外の者に頼み―埒のあかぬ筋
　［一］八・一一三⑥　是非聞―もらわねばならぬ
　［一］八・一一三⑧　怖さいやまし―足もひよろつき
　［一］八・一一三⑨　わなわなふるひ―尻込すれば
　［一］九・一一三⑫　至極の煙草好と見へ―くゆらせたる匂
　［一］九・一一三⑭　吸付―さし出し
　［一］九・一一四①　芝居の切落がおもひ出され―悲しひ
　［一］九・一一四②　芝居の事を思召―御落涙の体（てい）
　［一］一一・一一四⑨　慥に届―もらいたし
　［一］一一・一一四⑫　新たに趣向し―
　［一］一一・一一四⑬　あたら作意をむだにし―正月一ぱいもたず
　［一］一一・一一四⑮　伴頭はせき上り―
　［一］一一・一一四⑯　掛帳に：墨引―仕廻ふ程
　［一］一二・一一五③　己が痛めし―死んだればこそあれ
　［一］一二・一一五⑤　己が心入レでうたれ―やつた故

🈩一二・一一五⑥　富士の事は於—宝永山程もなく
🈩一三・一一五⑫　水木竹十郎が己になり—
🈩一三・一一五⑬　わが耳の底に徹し—嬉しかりし
🈩一四・一一六⑤　渋団（うちわ）迄買—置申た
🈩一五・一一六⑨　心中し—死んだ馬鹿者共
🈩一五・一一六⑩　馬鹿者共をかぞへ上げ—年々に仕組故
🈩一五・一一六⑩　近年又此病再発し—
🈩一五・一一六⑪　其儘我身に移し—まなぶ物ゆへ
🈩一五・一一六⑫　めつたな事が仕—見せらるる物にあらず
🈩一六・一一六⑭　此処を分別し—
🈩一六・一一六⑭　見物の薬となる仕組をし—見や
🈩一六・一一七①　なげたりふんだりし—見する故
🈩一六・一一七①　町中のうわき者此まねし—
🈩一七・一一七④　心つき—人の薬となる事を仕組て
🈩一七・一一七⑤　人の薬となる事を仕組—見せば
🈩一七・一一七⑥　隠居のへそくり金で桟敷借り—見せるや
うになるべし
🈩二〇・一一八⑥　能々分別し—
🈩二一・一一八⑨　能々心得—たもれ
🈩二一・一一九①　烈女の仕形をし—見せてくれよかし
🈩二一・一一九①　烈女の仕形をして見せ—くれよかし
🈩二一・一一九①　かかる事を取あげ—いふも
🈩二一・一一九③　委細に伝へ—たも
🈩二一・一一九④　消—跡なき工藤が幽霊
🈩二二・一一九⑨　あきらめ—江戸へ下りぬ
🈔一・一二〇①　手に結ぶ岩垣清水住なれ—猶山陰はあかず
もあるかな
🈔一・一二〇③　‥と人にも思はれ—過し故
🈔一・一二〇⑥　鞁は手に取—見たこともなけれど
🈔二・一二〇⑦　随分地を打—通り
🈔二・一二〇⑧　人の欲がる黄色な奴を沢山に持—
🈔二・一二一①　此山里に隠居し—
🈔二・一二一②　若盛を思ひ出し—
🈔二・一二一③　冬は榾の火に足踏伸し—
🈔三・一二一⑤　のぞき—見れば江戸の息子
🈔三・一二一⑥　どろどろと這入—‥居ならべば
🈔三・一二一⑧　いつもいつも面々にばかり参り—
🈔三・一二一⑨　さそひ連—参る筈
🈔三・一二一⑪　いそがしひ中に気が付—
🈔四・一二一⑫　打寄—語るもまれであろ
🈔四・一二一⑯　おてまへ達に説法し—聞すべし
🈔五・一二二⑨　他家を相続し—
🈔五・一二二⑩　年に一度か　よふ来—二度
🈔八・一二三⑭　水呑百姓にくれ—やつた
🈔九・一二三⑯　やくたいもない事を信じ—
🈔一〇・一二四⑬　我儘をし—教にそぶけば
🈔一〇・一二四⑬　罰を請—身を亡す事
🈔一一・一二五③　他人の家に来り—隔心がちな故
🈔一一・一二五⑨　跡から廻り—機嫌取て
🈔一一・一二五⑨　跡から廻りて機嫌取—
🈔一一・一二五⑩　かへるまじと所存を堅め—孝をつくさば
🈔一二・一二五⑪　始終まつとうし—‥家をうしなはぬやう
に
🈔一二・一二五⑯　随分升に気を付—‥余計を入れてやれば
🈔一二・一二五⑯　少づつ余計を入れ—やれば
🈔一二・一二六①　次第に売つのり—今の繁昌
🈔一三・一二六⑦　若死し—親に‥なげきがさせて見たい
🈔一三・一二六⑦　なげきがさせ—見たいじや迄
🈔一三・一二六⑨　親にかへ—呑死せばせよ
🈔一三・一二六⑪　念仏一篇づつ申—くれ

〔二〕一四・一二六⑫　暫黙し—居たりしが
〔二〕一四・一二六⑫　酒を止—一生胡麻餅を給べませふ
〔二〕一四・一二六⑮　親父が謀に落—一生下戸となり済し
〔二〕一四・一二六⑯　：を朝夕熟読し—
〔二〕一五・一二七②　誉揚られ—自負の心の出ぬ者はまれなり
〔二〕一六・一二七⑥　口上がりつぱ過—町人でおじやらぬ
〔二〕一六・一二八①　一生身を全し—たもるが
〔二〕一六・一二八②　雪中に筍掘出し—たもつても
〔二〕一七・一二八⑫　見ぐるしからぬ様にし—
〔二〕一八・一二八⑯　倉廩満—礼義足る
〔二〕一八・一二九①　くれる物は急度くれ—人品をばゑらぶべし
〔二〕一九・一二九⑪　祭の衣装のやうなを取出し—
〔二〕一九・一二九⑬　花麗を尽し—御馳走申
〔二〕二〇・一三〇④　江戸の遊人のまねし—
〔二〕二〇・一三〇⑤　なま長い絹布を着—田畑を引摺歩行
〔二〕二〇・一三〇⑥　喧𠵅ずきし—はね廻り
〔二〕二一・一三〇⑨　好書を読きかせ—：みちびきめされ
〔二〕二二・一三一③　縫上し—着せめされ
〔二〕二三・一三一⑤　：に此事を能（よふ）書—おかれた
〔二〕二三・一三一⑥　風呂の入口に腰懸—垢かく
〔二〕二三・一三一⑦　兄共打寄—どうぞ人にしてくれ
〔二〕二三・一三一⑧　兄共打寄てどうぞ人にし—くれ
〔二〕二三・一三一⑩　夜半の鐘声：耳にひびき—
〔三〕二・一三二⑦　秘蔵子に別れ—歎く
〔三〕二・一三二⑧　去年より弐文と直（ね）を仕上—
〔三〕三・一三二⑩　損料借の直段付し—
〔三〕三・一三二⑪　才覚し—見れど
〔三〕三・一三二⑬　尻つまげし—江戸中：通るを
〔三〕三・一三二⑬　引札投込—通るを
〔三〕五・一三三⑪　御乗物無御座候—気の毒に
〔三〕八・一三四⑪　念仏題目の御講も無御座候—
〔三〕一二・一三六④　しわを伸し—壁に張附
〔三〕一二・一三六⑤　其上をいき過たる人あり—
〔三〕一三・一三六⑧　別して目に立—分を越たるは
〔三〕一三・一三六⑬　いかめしき顔し—通れ共
〔三〕一四・一三七⑥　あんに相違し—亡者の乗物一挺
〔三〕一七・一三七⑭　分外の奢をなし—刑罰に逢たるもの
〔三〕一八・一三八⑥　葬送の日に至り—
〔三〕一八・一三八⑪　僧に向—礼をして
〔三〕一八・一三八⑪　礼をし—後拈香する人
〔三〕一九・一三八⑮　見—にくまざるはなし
〔三〕一九・一三九②　我人取込—心せわしき折から
〔三〕二〇・一三九⑦　草履の緒は剪らずに門にならべ置—
〔三〕二一・一三九⑨　たばこ盆のわきにひろげ—取々のうはさなりける
〔四〕一・一四〇①　踏出した一歩を千里の始とし—西国順礼
〔四〕二・一四〇⑧　清浄光寺の門に入—
〔四〕二・一四一①　一際念入—じゆずをすりきる程におがみ
〔四〕二・一四一②　小僧壱人あか棚の掃除し—居たるを
〔四〕二・一四一②　近付寄—子細らしく
〔四〕三・一四一⑥　是ではゆかじと手を合せ—
〔四〕三・一四一⑨　思ひ切—：本堂を下り
〔四〕三・一四一⑩　石塔へも銘々に回向し—
〔四〕四・一四一⑭　今は早醒切—：うそ淋しくなりしも
〔四〕四・一四一⑮　惣門ははやひしと閉—出入なき体
〔四〕四・一四一⑯　小盗人の徘徊を怖—：稠（きび）しい用心
〔四〕四・一四二①　爰に一宿し—旅籠賃をかばふ算用
〔四〕四・一四二②　独り笑し—そろりと堂の片隅へ
〔四〕五・一四二④　御意得ねばならぬ訳あり—来れば

四五・一四二⑦　とつくと聞―たも
四八・一四二⑩　本意なしといはれ―…ぞつとしたる迄で
四八・一四二⑫　額の三角な紙を取―鼻かむで
四八・一四二⑬　足さし伸し頬杖つき―
四八・一四二⑮　いかがし―誰ぞに咄し
四九・一四三②　照天が尻目で見―
四九・一四三⑪　我等風情が姿を見せ―銭にさへなるならば
四一〇・一四三⑯　筆太に書―建たるを
四一〇・一四四①　我顔から人魂程の火が出―
四一〇・一四四③　弓矢打物取―某に肩をならぶる者…なかりしに
四一〇・一四四⑥　一刀に三度づつ礼拝し―きざみそうな物歟
四一一・一四四⑨　女房の形を三拝し―きざんだとは
四一一・一四四⑨　弾指（つまはじき）し―通る度に
四一一・一四四⑩　うそ腹立―にゑかへる事
四一一・一四四⑪　干鱈さげ―礼に来るぞかし
四一一・一四四⑪　言訳し―くれる人もがなと
四一二・一四四⑭　納所ぼんが目に角立―欠（かけ）来り
四一二・一四四⑭　鐘もつかずに門を〆―
四一二・一四四⑮　むなづくし取―門柱へ押付られし
四一三・一四五⑨　取上―論ずるに足らぬ事
四一四・一四五⑪　心安く暮し―
四一四・一四五⑪　如法に勤―居る出家を
四一四・一四五⑫　木に餅の生る咄し―釣出し
四一四・一四五⑭　近う寄―拝し奉れ
四一四・一四五⑮　何の因果に賽銭なげ―…拝む物ぞ
四一五・一四六③　万事手がろく仕掛―
四一五・一四六⑦　いかつゐ男を揃立―
四一六・一四六⑩　門前の茶屋へ壺入し―
四一六・一四六⑩　仏餉袋からふるひ出し―帰れば
四一六・一四六⑫　前歯の抜―息のもる故
四一六・一四六⑫　近ふ寄―契約なされ
四一六・一四六⑬　中休し―やうやう云仕廻し
四一六・一四六⑭　参詣の女中を見かけ―
四一六・一四六⑮　近う寄―拝あられましよ
四一七・一四七②　御定の日限過―
四一七・一四七④　楊梅瘡を終身の憂とし―
四一七・一四七⑤　本尊を質に入―
四一八・一四七⑥　江戸詰し―下谷辺の寺に有よし
四一八・一四七⑧　握り詰―居給ふ御面相
四一八・一四七⑩　わるい虫が付―
四一九・一四七⑭　身を細め―往来する由
四一九・一四七⑮　法施宿といふ物に泊り―
四一九・一四七⑯　今は地獄で駕籠かきし―居ます
四一九・一四八②　そこらに有物かき集め―〆込
四一九・一四八②　もぎどうなふりし―立出る
四二〇・一四八④　とらぬ物はとらぬに立―
四二〇・一四八⑤　弥　知れぬに極―
四二一・一四八⑩　それなりけりに流し捨―
四二一・一四八⑩　小栗もほくほく点頭（うなづき）―
四二一・一四八⑪　女房の姿を割（きざみ）―
四二一・一四八⑫　ぬれから発り―毒酒をのみし故
四二一・一四八⑬　夜が明―つまらぬ商売
四二一・一四八⑬　…とかき消―失ぬ
四二一・一四八⑮　其儘はしり出―其後行方をしらずと云々
五一・一四九②　簡板に書―
五二・一四九⑨　腰かけ―見てもらふ
五二・一四九⑨　見―もらふもののあるは
五二・一四九⑪　今日引越と見え―

【五】二・一四九⑫　立戻り―こしかけ
【五】三・一五〇⑤　歌枕見―参れと店をおはれて
【五】三・一五〇⑤　店をおはれ―：親と子の四鳥のわかれ
【五】五・一五一①　ふかく思ひとり―主人をば仏菩薩と観念し
て
【五】五・一五一①　主人をば仏菩薩と観念し―：働勤ば
【五】六・一五一④　手まへの心もなほさずに主撰びし―
【五】六・一五一⑥　朝寐させ―宵から寐せて
【五】六・一五一⑥　朝寐させて宵から寐せ―
【五】六・一五一⑦　甘味（うまい）物喰せ―
【五】七・一五一⑩　舌を結び置程におもひ―口利事なく
【五】七・一五一⑪　朝起し―宵は人跡に寐るやうに心懸
【五】七・一五一⑮　主人を仏とも神ともあふぎ―
【五】八・一五二①　いらぬさきぐりし―主ゑらびさしやるは
【五】八・一五二③　浪人し―貧しい親に苦をかけましたは
【五】九・一五二⑨　御いけんが身に染―嬉しさに
【五】九・一五二⑩　紙に捻り机の上に置―足ばやに出て行し
【五】九・一五二⑩　足ばやに出―行し
【五】九・一五二⑫　木綿繻袢上着より一寸五分程ながふし―（重
出＝「して」）
【五】一〇・一五二⑮　おれも一ばん見―もらふべい
【五】一〇・一五二⑮　：といわれ―びつくり
【五】一〇・一五二⑮　さしもの道千気を呑れ―
【五】一〇・一五二⑯　軽薄の虚笑（そらわらひ）し―
【五】一〇・一五三②　なんと奇妙かといわれ―
【五】一二・一五三⑨　片肌ぬぎ―なでさする腕を見れば
【五】一二・一五三⑬　畏り―居るよりはるかに堪へよい
【五】一三・一五四④　首の骨がつよ過―
【五】一三・一五四④　手前の臍をなめ―見る事ならず
【五】一三・一五四⑤　なめ―見た事はなゐが
【五】一四・一五四⑦　汗を流し―もがくおかしさ
【五】一四・一五四⑧　浄留理迄語り―色々の身振しても
【五】一四・一五四⑧　急に肌おし入―
【五】一四・一五四⑩　聖人のこしらへおかれ―：うそのないも
の
【五】一五・一五四⑭　当年から無卦に入―：負の込む廻りどし
【五】一五・一五四⑯　俄に畏り―手をもぢもぢする所体
【五】一五・一五五①　どうぞ其除（よけ）をし―下され
【五】一五・一五五③　声を乙に入―頼めば
【五】一六・一五五⑦　誤り―改むるに憚る事なかれ
【五】一六・一五五⑧　前帯も一つまゑも止（や）め―
【五】一六・一五五⑨　衣類も目だたぬ物を着―
【五】一六・一五五⑩　今の風俗昔に替り―
【五】一六・一五五⑩　か文字入れ―いふべきを
【五】一七・一五五⑭　犬鶏を養（かい）―喧吼の種をまけども
【五】一七・一五五⑮　手習と謡ばかりを教―
【五】一七・一五五⑯　嗜はなげやり三宝にし―
【五】一七・一五五⑯　とり込事のみ算用し―
【五】一七・一五六①　門弟の子共が穴一し―居るも
【五】一七・一五六②　見ぬふりし―通る衆
【五】一八・一五六⑨　息筋張り―教（おしゆ）るもいらぬ事
【五】一八・一五六⑬　今の豊後ぶしかたり―
【五】一八・一五六⑬　仕舞に心中し―死ぬを見ては
【五】二一・一五七③　神道者の真似し―
【五】二一・一五七④　むかしは足袋のせり売し―
【五】二一・一五七⑤　人がいやがつて除（よけ）―通れば
【五】二一・一五七⑥　人のいやがり除―通るは
【五】二一・一五七⑧　見る人　眼を覆―
【五】二二・一五七⑪　旦那寺へかつがれ―行が本意
【五】二二・一五七⑮　きほひをやめ―誠の人となり給へ

[五]二三・一五七⑮ 机をたたき―せめければ
[五]二三・一五八③ 親父に勘当され―
[五]二三・一五八④ 聟入に若い者どもをすすめ―
[五]二三・一五八④ 酒樽に水を入―
[五]二三・一五八⑤ 同類の名を書―
[五]二三・一五八⑥ やうやうあつかわれ―大屋に手をすらせ
[五]二四・一五八⑫ 明徳自然に顕れ―
[五]二五・一五八⑬ 漸（やうやく）出―行後姿
[五]二五・一五八⑮ 片足上ゲ―たれ給へ
[五]二五・一五八⑯ 煮売屋の親父が聞覚へ―語り伝へけらし
[六]一・一六〇③ あかざの杖引ずり―新道通りを：歩行ば
[六]一・一六〇⑤ 内へ入―見れば
[六]一・一六〇⑥ 講談もはや半過ぬと見へ―
[六]二・一六〇⑥ 茶碗洗―片づくる体（てい）
[六]二・一六〇⑦ 入口の柱にもたれ―聞ば
[六]二・一六〇⑦ 講師一調子張上―
[六]二・一六〇⑧徒 ゐ―のぼりたりといふ事ありて
[六]二・一六〇⑧徒 ：のぼりたりといふ事あり―
[六]二・一六一③徒 皆北をさし―はしる
[六]三・一六一⑤徒 人をやり―見するに
[六]三・一六一⑥徒 暮るまでかく立さはぎ―
[六]三・一六一⑥徒 果は闘諍おこり―
[六]三・一六一⑩ あらぬそらごとを信じ―
[六]三・一六一⑩ われも人も心惑し―
[六]六・一六一⑬ 毎年化され―恥もおもはず
[六]六・一六一⑯ 妖孽有といいふらし―
[六]七・一六二⑦ 家より家に言伝へ―
[六]七・一六二⑧ 頭巾をかぶり鉢巻し―
[六]七・一六二⑩ 其虚誕（うそ）の上塗し―
[六]七・一六二⑬ 去ル所から写し―来たと
[六]七・一六三① 身にも佩―走り廻る
[六]八・一六三② ほうろくをなげ出し―打破り
[六]八・一六三③ 今題号を改―幸ぐらと言
[六]八・一六三⑦ 髭喰そらし―人に異見も云そふな
[六]九・一六三⑨ 跡かたなきそら事を信じ―
[六]九・一六三⑨ 神（たましゐ）をくらましけがし―
[六]一〇・一六三⑮ ：のやうなものを書付―
[六]一〇・一六三⑯ 上書までし―持てゆけば
[六]一〇・一六三⑯ 上書までして持―ゆけば
[六]一〇・一六四② 書付―持あるくものあらば
[六]一〇・一六四③ 此雑説ひしと止―
[六]一一・一六四⑩ 聞た時より一割もかけ―はなせば
[六]一一・一六四⑪ 二割がたも潤色し―語るを
[六]一一・一六四⑫ 聾の僻に聞たがり―
[六]一二・一六四⑮ 面々の宿へ書付―送るやら
[六]一二・一六四⑯ 盃を浮め―あそぶ程の細流なれど
[六]一二・一六五① 徒ものが言出し―：の耳に入ると
[六]一二・一六五② 婦人小児を怖畏（おどし）―くるしむる
[六]一三・一六五③ むさと受とらぬものかし―
[六]一三・一六五⑤ 恥し気もなく書ちらし―
[六]一三・一六五⑦ 淫気（たわけ）の旗頭となり―
[六]一三・一六五⑧ 顔をしかめ―音頭のしほから声に
[六]一三・一六五⑩ 百性は家をあけ―：物もらひのまねして
[六]一四・一六五⑩ 物もらひのまねし―田畑は荒次第
[六]一四・一六五⑮ 夢の覚たる心地し―
[六]一五・一六六① 余所に詠（ながめ）―心で笑し
[六]一五・一六六③ 笈摺かけ―：わめき廻る媼嬶は
[六]一五・一六六④ 我慢の太鼓扣きたて―わめき廻る媼嬶は
[六]一七・一六六⑮ 鉢坊主の手の内程米をも取―
[六]一七・一六六⑯ 虚説を信じ―：猿をさげさせ

[六]一七・一六七① 其儘にし―暮しましたが見事まめ息災で
[六]一七・一六七③ これへ夜食を持―うせましたが則私の娘
[六]二〇・一六八① 万一馬鹿者が来―咄しませふとも
[六]二〇・一六八④ 夜をやすくいね―安楽世界なるべし
[六]二一・一六八⑥ 物あんじに乳があがり―半途に浪人する
[六]二一・一六八⑧ 巫女殿に乗り移り―おしらせなされたら
[六]二一・一六八⑨ 我等も下帯手にさげ―
[六]二一・一六八⑩ 白竜が羽衣とり―天人とからかひし
[六]二一・一六八⑩ 隣の親父と引張やい―うろたへしは
[六]二二・一六八⑮ 喧咜過―棒ちぎり木
[六]二二・一六八⑯ 見―来たやうに言ふらして
[六]二二・一六八⑯ 見て来たやうに言ふらし―
[六]二三・一六九③ かうした格な事を誡とし―化されぬやうにと
[六]二三・一六九⑤ 亭主にいとまごひし―
[六]二三・一六九⑧ いかにも聞―損のなゐこと
[六]二四・一六九⑩ 一生になひ大気を出し―
[六]二四・一六九⑩ 八銅の座料へ九文置―
[七]一・一七〇② 筑紫の月を詠（ながめ）―
[七]一・一七〇③ 吾妻の雪を凌―
[七]二・一七〇⑥ 買人の喉を鳴（なら）し―待をも構ず
[七]二・一七〇⑧ 医者の玄関に着―
[七]二・一七一② 来た者よりさきへかけ出し―
[七]三・一七一④ 昨日まで鉦扣―鉢ひらきした盲坊主が
[七]三・一七一⑤ 盲坊主が還俗し―よい衆附合
[七]三・一七一⑤ 小袖着―大藤内があたまつきして
[七]三・一七一⑤ 大藤内があたまつきし―飛上る中に
[七]三・一七一⑧ いざさらば江の島に詣―
[七]三・一七一⑩ 独咲（ひとりゑみ）し―足にまかせ急ぐ
[七]六・一七一⑫ 打てかわり―かんこ鳥
[七]六・一七一⑬ 此姿を見―笑ふべき道者もなし
[七]六・一七一⑭ 草臥足さし伸し―一眠やつてくれふ
[七]六・一七一⑮ 堂司の法師とみへ―
[七]七・一七二⑤ きやつがねふりを覚し―くれんずと
[七]七・一七二⑧ 法師むくむくと起―
[七]七・一七二⑯ 大夫きもをつぶし―
[七]七・一七三① あたまをすり付―：恐れ入たる風情
[七]八・一七三② あたまに銭を入―油ずくめの其髪のゆいやう
[七]八・一七三④ ひらに起―我云ことを能々聞べし
[七]九・一七三⑨ 父母を棄―色の為に生命を軽じ
[七]九・一七三⑪ 楽の声に依―善にもすすみ悪にもおち入る
[七]九・一七三⑮ 眉毛ぬけ―業平に似たり
[七]九・一七三⑮ 羽織ながふし―地を掃ひ（重出＝「して」）
[七]一〇・一七四① 天地自然の相応あり―其地に備り
[七]一一・一七四⑥ 花実相対し―いやはや鬼神も感応して
[七]一一・一七四⑥ 鬼神も感応し―
[七]一一・一七四⑨ 上方筋の様に髭喰そらし―
[七]一一・一七四⑪ 和（くわ）し―流れず
[七]一一・一七四⑫ いづれも武士の強みあり―
[七]一二・一七四⑬ 和し―都の優美に恥ず
[七]一二・一七五② 犬の病と連立（つれだつ）て来―
[七]一三・一七五④ まねよき儘にうなり初―
[七]一三・一七五⑤ 小したたるい風俗し―飛あるく輩
[七]一三・一七五⑥ あられもない羽織着―脇指迄さした奴も
[七]一三・一七五⑧ 女のあるまじき風俗させ―羽織きせたる親の心
[七]一四・一七五⑬ 舌をなやし―ぬかしおるいやらしさ
[七]一四・一七六① 次第に手強くなり―：廃者となるべし
[七]一五・一七六② かかる言葉を其儘に聞過し―打捨置故

[七]一五・一七六② ありふれたる言の葉とおもひ―：恥とおもはず
[七]一五・一七六③ 物入―仕立て
[七]一五・一七六③ 仕立―着するはあさましき親心
[七]一五・一七六④ 豊後語りを寵愛し―娘子に：指南
[七]一五・一七六⑥ 娘や妹が欠落し―行さきのあてがはずれ
[七]一五・一七六⑦ 心中の相対死を再興し―辻中の倒死
[七]一五・一七六⑦ 髑を犬の餌食とし―：恥をさらし
[七]一六・一七六⑨ 心中し―死ぬる奴程淫たるものはなし
[七]一六・一七六⑩ 人倫の道に違（たがい）―死だものを
[七]一六・一七六⑪ 誰がゆるし―夫婦にして置ものぞ
[七]一六・一七六⑪ 夫婦にし―置ものぞ
[七]一六・一七六⑬ 折角痛目し―死でも
[七]一八・一七七⑥ 好色本は国法あり―今売買せず
[七]一八・一七七⑪ ぞろぞろと来り―
[七]一九・一七七⑬ ：と叱りちらし―帰りしを
[七]一九・一七七⑮ 過（あやまり）を改め―土佐の古風に
[七]一九・一七七⑮ 河東が門下となり―：上品なふしを
[七]一九・一七八② 虫を取来―巣の中へ入置
[七]一九・一七八④ 似我似我と鳴―まわると
[七]二一・一七八⑪ 死しても山水を見―居る形ち
[七]二一・一七九② 回向院の開帳参りに乗うつり―
[七]二一・一七九② 両国橋の辺を徘徊し―見れば
[七]二一・一七九③ 大臣のつらをし―物ほしに出て
[七]二一・一七九③ 物ほしに出―
[七]二三・一七九⑥ わらづとの弁天から勤（つとめ）―出世べん天に
[七]二三・一七九⑦ 石原へも心得―たも
[七]二三・一七九⑦ ：と言伝し―一ツ目でちそうに逢ふて
[七]二三・一七九⑧ 小胸がわるふなつて来―
[七]二三・一七九⑨ 江戸りやうりを皆もどし―仕廻ふたぞや
[七]二四・一七九⑭ 一口にし―やらす筈なれども
[七]二四・一七九⑭ 此度はゆるし―返す
[七]二五・一八〇② 一息にね―くれん
[七]二五・一八〇② 神はあがらせ給ふと見へ―
[七]二五・一八〇③ どうどふし―正体もなく又高鼾
[七]二五・一八〇④ 鉦ぶしをやめ―神の教にまかせんと

［イ音便＋「て」］（「い」ヲ「ゐ」ト表記スル例アリ）→接続助詞「で」（音便ニ伴ウ濁音化）ヲモ見ヨ

[一]一六・一一七② 木履はい―肩をいからせ
[一]一七・一一七⑤ 娘子に弁当の世話やい―
[一]二一・一一九③ 八百屋お七はおゐ―たもれ
[二]八・一二二⑮ 生つい―器用者
[二]一三・一二六⑪ 是程の無心はきい―くりや
[二]二二・一三〇⑭ 手をつい―ゐんぎんに挨拶めされ
[二]二三・一三一② 其巻鬢おい―くれ
[二]二三・一三一⑨ 説（とい）―聞せん
[三]一一・一三六① 引札できせるふい―仕廻ふもあり
[四]三・一四一④ ふりむい―見もせずに
[四]一七・一四七③ 在所から附（つい）―来た草履取は
[四]一九・一四七⑯ ：とかい―出る様なうそ
[五]四・一五〇⑧ あり着（つい）―行さきの主人が
[五]六・一五一⑦ 鉄（かね）のわらじはゐ―尋てもない筈
[六]二二・一六八⑯ この歌を書（かい）―身に付よ
[七]一・一七〇① 始て信ず人間行（ゆい）―尽さざる事を
[七]一六・一七六⑫ 親兄弟の追善回向が届（とどい）―：極楽へ生レたりとも

［ウ音便＋「て」］（「う」ヲ「ふ」ト表記スル例ガ多イ）→接続助詞「で」（音便ニ伴ウ濁音化）ヲモ見ヨ

[一]一三・一一五⑨ ：を随分下作につかふ―

〔二〕三・一二一⑦　何とおもふ—‥一同におじやつたぞ
〔二〕一〇・一二五①　天理にかなふ—末頼母しいが
〔二〕一一・一二五⑦　他人をもらふ—実の子のごとく
〔二〕一五・一二七⑦　‥といふ—もらひたし
〔二〕二三・一三一④　居合抜の薬売に払（はらふ）—やれ
〔四〕八・一四二⑨　化物並に思ふ—もらふは
〔五〕二・一四九⑫　占なふ—下さりませ
〔五〕四・一五〇⑩　残りのおあしで占（うらなふ）—もらふがてん
〔五〕七・一五一⑬　しほらしくとう—見給へ
〔五〕八・一五二⑥　口のすくなる程いふ—
〔五〕一三・一五四①　阿部の清明とあらそふ—
〔五〕一八・一五七①　ぶうぶういふ—人に怖（おぢ）られ
〔五〕二三・一五八①　ああもふいふ—下はるな
〔五〕二三・一五八②　お袋にあくたゐいふ—意見をもちひず
〔六〕一六・一六六⑨　紅（もみ）の切（きれ）で猿をぬふ—やらしやませ
〔七〕一九・一七七⑬　豊後ぶしもなふ—本屋じやと思ふて
〔七〕一九・一七七⑬　本屋じやと思ふ—暮すか
〔七〕二三・一七九⑦　一ツ目でちそうに逢ふ—
〔七〕二四・一七九⑫　己が心に問（とう）—見よ

[促音便＋「て」]

〔一〕七・一一二⑧　待（まつ）—くれられと言にびつくり
〔一〕一二・一一四⑯　曽我に凝かたまつ—居る処
〔一〕一四・一一六④　素紙子一くわんで貧乏神となつ—
〔一〕一六・一一七③　肩をいからせ臂をはつ—
〔一〕二一・一一八⑭　千丈の堤が蟻の穴から崩たつ—家を流す大水と
〔一〕二一・一一九①　黙（だまつ）—いれば
〔二〕五・一二二⑥　宗旨迄がかわつ—八人八宗にわかれたり
〔二〕九・一二四⑥　惣領の世話になつ—身上を堅めねば
〔二〕一二・一二五⑯　斗（はかり）が能と嬉しがつ—
〔三〕三・一三二⑫　葬礼編笠引ちぎつ—猪首に着
〔三〕二〇・一三九⑤　わら草履の鼻緒をきつ—ごみ溜へ捨（すつ）るたぐいの事
〔四〕三・一四一④　憎ワキの能掛りでやつ—見るに
〔四〕三・一四一⑦　べつたりとやつ—見れば
〔四〕一五・一四六⑧　勇気ばつ—いかめしけれど
〔四〕一九・一四八①　夜ふけ人しづまつ—後
〔五〕三・一五〇④　巽は辰巳の風にあたつ—物をそこなひ家を破る
〔五〕四・一五〇⑪　わしが親とは知る人そふでようしつ—じやの
〔五〕一六・一五五⑦　禍忽（たちまち）来るは‥しつ—居る筈
〔五〕二一・一五七⑤　人がいやがつ—除て通れば
〔五〕二四・一五八⑫　畏（かしこまつ）—‥出て行（ゆく）
〔六〕二二・一六九①　其後成仁するに従（したがつ）—
〔六〕二三・一六九⑤　ばらばらと起（たつ）—また明晩明晩と
〔七〕三・一七一⑧　せめて冬の夜に天徳寺被（かぶつ）—寐ぬ程の身に
〔七〕六・一七一⑭　一眠やつ—くれふとおもへど
〔七〕九・一七三⑭　鬢の毛逆だつ—髪のまげが頂上に上り
〔七〕一二・一七四⑬　威あつ—猛からず
〔七〕一二・一七五②　犬の病と連立（つれだつ）—来て
〔七〕一七・一七七②　息筋張（はつ）—云におよばず
〔七〕二三・一七九⑧　小胸がわるふなつ—来て

[てか]

〔六〕六・一六一⑫　何者の何の所得あり—かそら言を造り出し

[てこそ]

〔一〕一七・一一七⑨　罪人は‥悪人と作り—こそ懲悪の教とい

ふべし
［てぞ］
三一七・一三八③　御役人とならせられ—ぞ：御拝領ある事
とぞ
六一〇・一六四③　：と御触あり—ぞ：ひしと止て
［ての］
一一〇・一一四④　役者中間を心がけ—の事よ
二一七・一二八⑤　前々より倍し—の繁昌
四二一・一四八⑫　死—の後もはなれぬは
四二一・一四八⑭　今に成—のねふさ
六一〇・一六四②　嬉しさが余り—の内義のそさう
六一二・一六四⑭　尾に尾を附—の虚が実となり
六一四・一六五⑪　商売道具をなげすて—のたくはつ
［てばかりも］
六一・一六〇②　宵から寐—斗（ばかり）も暮されず
［として］（擬態語、擬態語的表現「：として」）（重出＝「して」）
→「た」［擬態語（：と）＋した］ヲモ見ヨ
序二・一〇七⑤　むくむく和々（やわやわ）とし—極上々の
四一二・一四五②　忙然とし—居ます
六一・一六〇①　独（ひとり）つつくりとし—居れば
七一一・一七四⑨　厳（きつ）とし—男の詞は世界第一
［して］（擬態語「：して」）
四一二・一四四⑮　きよろきよろし—居るは
［として］（漢文訓読系ノ表現）（重出＝「して」）
六一・一六〇①　高秋蕭索とし—倍（ますます）凄然
七六・一七一⑫　しんしんとし—参詣とては我一人
［にして］（漢文訓読系ノ表現）（重出＝「して」）
一二・一一〇⑧　尊大にし—横平なる男住けり
一一二・一一五④　用心堅固にし—一生をおはらば
二一〇・一二四⑮　身持こうとうにし—世渡りにかしこく
二一五・一二七⑨　五十にし—父母を慕ふ
二一七・一二八⑪　律義にし—仁心のある者
三一七・一三八⑥　幸にし—まぬかれたる也（重出＝「さいはひにして」）
四九・一四三⑨　内所は住寺の商にし—在家同前の挊なれば
四一四・一四六②　世の人律義にし—開帳とさへいへば
六一五・一六六①　人品格別世界にし—阿波にもうかれず
七八・一七三⑦　楽は其声淡にし—傷（やぶら）ず
七八・一七三⑦　和にし—淫せざるを貴（たつと）む
七八・一七三⑧　其声妖淫愁怨にし—欲を導き
七一一・一七四⑦　東都は：日本鎮護の武庫にし—
cf、うちてかわる　うつてかはる　おゐて（於）　かねて　こうして　さいはひにして　さして　さだめて　したがつて　して　せめて　そうじて　たへて　で［接続助詞］　ては　ても　どうして　とつてかへす　とつてもつかぬ　とて　にて　はじめて　べつして　まして　もつて　もてきたる　ややありて
［接続助詞］（上接語ノ音便ニ伴ウ「て」ノ濁音化）で
［イ音便＋「て」］
二五・一二二⑦　わが志を継（つい）—：吝（しわゐ）げな
四一二・一四五①　急—来れば
五一三・一五四⑥　：と大肌ぬい—小首傾け
［撥音便＋「て」］
一二・一一〇⑧　大路を八文字踏（ふん）—あるき
一九・一一三⑭　ちと呑—見給へ（岩本ハ「のうで」ト振リ仮名ヲ付ケル）
一一一・一一四⑪　三才の小児も曽我と呑込—居る
二一三・一二六⑧　一ぱい呑（のん）—心持のよいには
二二三・一三一⑤　読（よん）—みよ
四八・一四二⑫　額の三角な紙を取て鼻かむ—経帷子の袂へ

をし入

[四]一八・一四七⑫　道端に立ならん―往来の人の銭を貪り

[五]二二・一五七⑩　畳の上で死（しん）―旦那寺へかつがれて行が本意

[七]一九・一七八⑦　爺嫗が死―骨が舎利となつた

cf、ては（では）

で〔格助詞〕

[一]二・一一一③　楽屋から橋がかりの間―：落馬させ

[一]三・一一一⑤　実事仕の身ぶり―きめ付られ

[一]七・一一三②　私は急用―江戸へ罷下る者

[一]八・一一三⑪　羅宇のみじかいきせる―一服いたそう

[一]九・一一三⑭　座敷―寐ころびながら

[一]九・一一三⑮　火口―呑もよい物じやぞや

[一]九・一一三⑯　火縄―呑がきつい好物

[一]一〇・一一四⑨　されども素人―ゆかぬ事

[一]一一・一一四⑮　柊―目を突もいとわぬ元気

[一]一二・一一五①　曽我の影―渡世する故

[一]一二・一一五⑤　己が心入レ―うたれてやつた故

[一]一三・一一五⑪　市村座―水木竹十郎が己になりて

[一]一四・一一六④　素紙子一くわん―貧乏神となつて

[一]一四・一一六④　作者中へ舞込合点―渋団（うちわ）迄買

て

[一]一五・一一六⑪　惣じて芝居―する事は

[一]一六・一一六⑬　竹ひさく―手水鉢たたきわつたも

[一]一七・一一七⑥　隠居のへそくり金―桟敷借りて

[一]二〇・一一七⑬　豆蔵芝居―差合かまわず大口いふ

[一]二〇・一一七⑭　大坂の黒舟の格―男のいきじを磨く

[一]二〇・一一七⑯　金竜山曙染といふ名題―：男立の仕内

[一]二二・一一九⑤　芝居―するより格別よい人品

[一]二二・一一九⑧　茶屋―喰ふた餅も

[二]五・一二二⑪　呉服町―一番切の進退なれど

[二]九・一二四②　兄弟のちから―：身上を仕上

[二]九・一二四②　今は葛西―ならぶ者なき大百性

[二]九・一二四④　年中旅がけ―暮せば

[二]一〇・一二四⑩　宗旨も是―都合した大念仏宗であろ

[二]一一・一二五⑧　杖や棒―たたき出さるるとも

[二]一二・一二五⑬　商売の米屋―いふではないが

[二]一二・一二五⑬　斗升―八盃迄の勘当

[二]一三・一二六⑨　茶碗―一盃の酒銭（さかて）

[二]一五・一二七④　我ちゑ―身をくふ程に

[二]一五・一二七⑤　人中―理屈いふと：にくまるる

[二]一九・一二九⑥　四十一―子をもたぬがよい筈

[二]二二・一三一①　時代々々―伽羅の油も付ねばならぬが

[二]二三・一三一⑥　銭湯―立ながら湯をあびたり

[三]三・一三二⑫　心祝の立酒茶碗―あをり

[三]一一・一三六①　引札―きせるふいて仕廻ふもあり

[三]一九・一三九①　芝居―腹切時のまね

[三]一九・一三九①　脇差の柄を紙―巻は：武家方になき礼義

[三]二〇・一三九③　いまだ片息―居る病人の

[四]一・一四〇⑤　拾弐文宛茶碗―仕懸ると

[四]三・一四一④　僧ワキの能掛り―やつて見るに

[四]三・一四一④　甘い酢―いかぬ奴

[四]三・一四一⑥　：と諷（うたい）―反答（へんとう）

[四]四・一四一⑬　最前宿の入口―呑だは

[四]四・一四一⑭　いざさらば門前―又一盃と

[四]九・一四三②　照天が尻目―見て

[四]一四・一四五⑬　藁屋の裏（うち）―乞食同然に朽果しは

[四]一五・一四六⑤　金襴紫幕の紋―虎の威をかる狐開帳

[四]一七・一四六⑯　五条袈裟―涎を拭ふありさま

[四]一七・一四六⑯　門前―板行名号　安産の守りと

四一八・一四七⑦　開帳―歎きあるにもあらず
四一九・一四七⑯　加賀の国―熊坂が幽霊に逢ひしが
四一九・一四七⑯　今は地獄―駕籠かきして居ます
四二〇・一四八⑦　佐野の渡―火にあたる事は
五二・一四九⑦　ぼんのくぼ―鼻かむやうな事
五四・一五〇⑩　残りのおあし―占てもらふがてん
五九・一五二⑪　花の跡に柊とやら―六尺斗の大男が：這入
五一一・一五三⑥　五町七町が内―己をおぢぬ奴は：ない
五一二・一五三⑫　そんな事―ほらるる物か
五一三・一五三⑯　人形芝居―見さしやつたであろ
五一三・一五四⑤　手前の舌―我臍をなめるに
五一五・一五四⑮　天窓（あたま）が遊魂の番―紛失する年
五一六・一五五④　其身のもちやう―：其年無事なり
五一八・一五六⑥　諷（うたゐ）は：手習師匠の手際―いか
ぬ物
五一八・一五六⑧　人中―間にあわねば
五二二・一五七⑩　人は畳の上―死で
五二三・一五八⑤　振廻（ふるまい）の上―あばれる算用
五二四・一五八⑧　両国の茶屋―仲間の伊勢講
五二四・一五八⑧　朝から喧咜の心がけ―：つかみ合
五二四・一五八⑩　備後表を小刀―切さばき
五二五・一五八⑬　寄合茶屋―喧咜したり
六九・一六三⑪　新町から三度飛脚―知らせたと
六一四・一六五⑪　生仏になる合点―われさきにと出あるき
六一五・一六六②　余所に詠（ながめ）て心―笑しおとなし
さ
六一六・一六六⑨　紅（もみ）の切（きれ）―猿をぬふて
六一六・一六六⑩　鉦太鼓―難義の上の造作も気の毒
六二一・一六八⑧　天地も今夜限り―惣仕舞（じまゐ）かと
六二一・一六八⑨　赤裸―大道へ飛出はせまじ
六二一・一六八⑪　せめて夜中―仕合
六二三・一六九⑦　同じひま―：を聞とは大なちがゐ
六二四・一六九⑪　大尽が小判なげ出した顔―帰りぬ
七八・一七三③　それ―身が持たるる物か
七八・一七三③　その鬢―そのごとく平伏すると
七九・一七三⑫　平がな―見しらすべし
七一三・一七五④　他方千里に追やらずして今―残念
七一六・一七六⑨　未来―ながく添ましよと
七一六・一七六⑩　今生―親兄弟に難義をかけ
七一八・一七七⑦　父母兄弟の前―素読もなるものにあらず
七一九・一七七⑯　あの泣声―うれひと：とあへまぜにした
七二二・一七九②　泡雪が二階―若党ぐらゐの侍が
七二三・一七九⑤　すみる茶色の声―うなりおるいやらしさ
七二三・一七九⑦　一ツ目―ちそうに逢ふて
七二三・一七九⑧　豊後ぶし―小胸がわるふなつて来て
七二五・一八〇②　内陣―あすまで一息にねてくれん

［での］
六二三・一六九⑦　さればされば此比―の聞ごと
cf、では　でも　ひとでなし

で　［接続助詞］（「ずて」「ずして」ノ意）
一二・一一③　高倉の宮なら―楽屋から橋がかりの間で：
落馬させ（重出＝「ならで」）
一二〇・一一八③　悪対とやらは少もいわ―寔の男達なりし
三一七・一三八④　なり上りの出来分限が訳を知ら―下屋し
きよばはり
四八・一四二⑭　おもふ事いは―只にや止ぬべき：
四二一・一四八⑭　まんぢりともせ―今に成てのねふさ
五一八・一五七②　天道いまだ見限り給わ―今日：露命をつ
なげば
六一〇・一六四④　雷も：ごろごろともいわ―過ぬ

で［助動詞（断定）「だ」ノ連用形］ ↓「だ」ヲ見ヨ
てあい（手合　…あひ） [五]一六・一五五⑨
てあし（手足） [二]八・一二三⑫ [六]六・一六一⑯
てあつ・し（手厚）［形ク］
—く（用） [三]一〇・一三五⑩（—致置候得ば）
てあひ（手合） ↓てあい
であ・ふ（出合、出逢）［ハ四段］
—は（未） [五]一六・一五五⑩（—ぬ）
—ひ（用） [五]五・一五〇⑯（—たらば）
cf、ごそくさいゑんめい（娯足斎園茗）小栗の亡魂に出逢ふ
事
である・く（出　）［カ四段］
—き（用） [六]一四・一六五⑪（—しに）
てい（体） [一]八・一一三⑪ [一]九・一一三⑯ [一]九・一一四②
[四]四・一四一⑮ [五]二四・一五八⑫ [六]二・一六〇⑥
cf、しよてい
てい（鄭）
cf、ていゑい
ていしゆ（亭主） [五]三・一五〇③ [五]一〇・一五三② [五]二四・
一五八⑨ [六]二三・一六九⑤ [七]一八・一七七⑪ [七]一八・
一七七⑪
cf、ごていしゆ
でいり（出入） [三]一八・一三八⑦ [三]一九・一三九② [四]四・一
四一⑮（—なき体） [六]一・一六〇④（—四ツ限としるせし）
cf、でいりやしき
でいりやしき（出入屋敷） [二]九・一二四⑤ [三]一八・一三八⑦
ていゑい（鄭衛） [七]八・一七三④（—の音は）
てう（町　チヤウ）
cf、てうところ　てうない　てうにん　てうふるまひ
でう（条） [一]二・一一一④（損傷させし—） [一]一五・一一六⑦

（娘子に徒をすすむる—）
てうあい・す（寵愛　チヨウ…）［サ変］
—し（用） [七]一五・一七六④（—て）
てうあく（懲悪　チヨウ…） [一]一七・一一七⑩
てうし(地)（銚子） [七]一・一七〇③
てうし（調子）
cf、いつてうし
てうじ・す（停止　チヤウジ）［サ変］
—せ（未） [七]一八・一七七⑥（—らる）
cf、ごてうじ
てうじやう（頂上　チヤウ…） [七]九・一七三⑭
てうずばち（手水鉢　てうづ…） [一]一六・一一六⑬
てうせき（朝夕）［副詞的用法］ [七]一一・一七四⑧
cf、あさゆふ　あしたゆふべ　てうぼ
てうちん（挑灯、提灯　チヤウ…） [四]一三・一四五⑤ [六]一三・
一六五④
てうづばち（手水鉢） ↓てうずばち
てうところ（町処　チヤウ…） [六]一六・一六六⑦
てうない（町内　チヤウ…） [五]一一・一五三⑤
てうにん（町人　チヤウ…） ↓ちやうにん　ヲモ見ヨ
[三]三・一三六⑬
てうふるまひ（町饗応　チヤウ…） [六]一六・一六六⑦
てうぼ（朝暮） [二]九・一二四⑧（昼夜—） [二]二・一二五⑫
（副詞的用法）
cf、てうせき
でうもく（条目）
cf、ごでうもく
てうもん（聴聞　チヤウ…） [二]四・一二三③（耳をかたぶけ—め
され）
でか・く（出　）［カ下二段］　でか・ける［カ下一段］

―け（用） [五]一五・一五五③（そろそろ横平に―）
でか・す［サ四段］
―し（用） [二]五・一二二⑦（―やる） [二]五・一二二⑫（―やる）（語尾ノ「し」ト「やる」ノ「や」トデ発音ハ拗音化スル）
でかはり・す（出替）（「でがはりす」トモ）［サ変］
―する（体） [五]六・一五一④（―は）
でかは・る（出替） ↓でかわる
cf、でがはりす
てがら（手 ） [五]二一・一五七⑦（―そふなが）
てがろ・し（手【軽】）［形ク］
―く（用） [四]一五・一四六③（―仕掛て）
でかわ・る（出替 ：かはる）［ラ四段］
―り（用） [五]二・一四九⑩（中居が―）
てぎは（手際） ↓てぎわ
できぶげん（出来分限） [三]一七・一三八③（なり上りの―）
できもの（出来物） [四]一六・一四六⑮
で・きる（出来）［カ上一段］
―き（未） [二]二一・一三〇⑧（公事喧吼の―ぬ様に）
―き（用） [一]三・一一一⑥（世間に上手が―て） [五]一五・一五五②（―ます）
―きる（体） [二]一一・一二五⑤（馴染が―と） [五]一八・一五六⑮（よい人も―筈）
cf、できもの
てぎわ（手際 ：ぎは） [五]一八・一五六⑥
てくび（手首） [五]一二・一五三⑩
てごは・し（手強） ↓てごわし
てごわ・し（手強 ：ごはし）［形ク］ てごは・い［形］
―く（用） [七]一四・一七六①（―なりて）
てせいじ（手世事） [二]二・一二一①（―を楽しみ）

てだい（手代） [三]一四・一三七⑦
cf、てだいども
てだいども（手代共） [二]二一・一三〇⑬
でたち（出立） [一]七・一一二⑪（いんぎんな―） [七]三・一七一⑥（涼しい―）
てづくり（手作） [七]一五・一七六④
てつくわすじ（鉄火筋 ：すぢ） [五]一二・一五三⑮
てつくわすぢ（鉄火筋） ↓てつくわすじ
てつこん（徹魂） [序]三・一〇七⑪
てつ・す（徹）［サ変］
―し（用） [一]三・一一五⑬（耳の底に―て） [七]二・一七〇⑨（骨髄に―）
でつち（調市【丁稚】） [四]一九・一四八②
てならひ（手習） [五]一七・一五五⑮
cf、てならひししやう
てならひししやう（手習師匠） [五]一八・一五六⑥
てにあたりしだい（手当次第）［連語］ [四]一九・一四八①（―そこらに有物かき集めて）
てにのる（手 乗）［連語］ ↓「て」「に」「のる」ヲ見ヨ
てぬき・す（手 ）［サ変］
―する（体） [二]一三・一二六④（売物に―は）
てのやつこ（手 奴） [四]一・一四〇③
cf、あしのりもの
ては ↑「て」「は」（撥音便ニ下接スル「では」ヲ含ム）
[一]七・一一二⑩ 追はぎにし―いんぎんな出立
[一]八・一一三⑥ 侍が頼みかかつ―是非聞てもらわねば（促音便＋「ては」）
[二]一四・一二六⑭ そして死ん―無間の熱燗紅蓮の冷酒を呑げな（撥音便＋「ては」＝「では」）
[二]一五・一二七⑥ 他人に対し―同名とおいやるが

[二]一六・一二八③　親に苦をかけ—へちまの皮
[二]一七・一二八⑩　店衆に不埒な者を置—は地主の難義
[三]七・一三四④　御先供無之候—格別淋しく
[四]二〇・一四八⑥　日暮—茶一盃呑こともならず
[五]八・一五二⑥　そのままいなし—：鼻の下が干上る
[五]一一・一五三⑧　時疫源七といつ—ちときなくさい男（促音便＋「ては」）
[五]一五・一五四⑮　つむりがなふなつ—埒の明ぬ詮義（促音便＋「ては」）
[五]一八・一五六⑭　仕舞に心中して死ぬを見—：も出来る筈
[六]一五・一六六⑤　長たる人　など見ゆるし—おわしますぞ

では
↑「で（助動詞連用形ヲ含ム）」「は」
[一]八・一一三⑦　追はぎ—なさそふなが（重出＝「だ」）
[一]九・一一三⑮　こふした所—又一入（ひとしほ）の楽
[一]一三・一一五⑦　ゑびらの能—梶原もほめらるるに
[二]三・一二一⑫　いかさま今—八人が八所の住居
[二]八・一二二⑮　今—阿字をやるげな
[二]一二・一二五⑬　商売の米やでいふ—ないが（重出＝「だ」）
[二]一三・一二六⑩　そちが宗旨—ないが（重出＝「だ」）
[二]一五・一二七⑧　人のきかぬ所—：が：聞よふござる
[二]一五・一二七⑨　書物にもある—ないか（重出＝「だ」）
[二]一九・一二九⑧　今—隠なき大百姓ときけば
[二]一九・一二九⑫　それ斗—ない（重出＝「だ」）
[三]一三・一三六⑩　武家方—千石以上より：連させらるる由
[四]三・一四一⑥　是—ゆかじと手を合せて
[四]三・一四一⑨　さのみ真実—なけれど（重出＝「だ」）
[五]一一・一五三⑧　鬼—あるまいし（重出＝「だ」）
[五]一一・一五三⑧　鬼神—あるまいし（重出＝「だ」）
[五]二二・一五七⑪　なんとそふ—ござらぬか（重出＝「だ」）
[六]八・一六三⑥　あまりに無下なる事—ござらぬか（重出＝「だ」）
[六]一二・一六五③　人品よろしき所—：受とらぬものかして
[六]一六・一六六⑬　あの鼻のひくさ—天狗の娵にもまいるまじ
[六]一七・一六七⑥　よいきりやう—御座らぬか（重出＝「だ」）
[七]九・一七三⑪　こんなかたい事—竹馬の耳に北風
[七]一六・一七六⑭　つまらぬ角つき合—あるまひか（重出＝「だ」）

てひど・し（手　）［形ク］　てひど・い［形］
—ふ（う）（用　音便）　[五]五・一五〇⑯（—責さいなむ人）

てま（手間）
cf、かたてま

てまはし（手廻）
cf、おてまはし

てまへ（手前）　[二]二〇・一三〇④（—よろしき百姓）
cf、てまへべんとう　てまへよし

てまへ（手前）［代名詞］　[二]二一・一三〇⑦（—の支配下）　[二]二三・一三一④（—の命）　[三]二・一三二③（—の臍）　[五]五・一五〇⑭（—の心）　[五]五・一五一③（—の心）　[五]一三・一五四④（—の臍）　[五]一三・一五四⑤（—の舌で）
cf、おてまへ　おてまへたち

てまへべんとう（手前弁当　：ベンタウ）　[四]一五・一四六⑧

てまへよし（手前　）（金持チノ意。茶道ノ「手前」ノ縁語）　[二]二・一二〇⑦（人ごとに—とほめられ）

ても
↑「て」「も」
[七]一六・一七六⑨　よふ積り—見よ

ても［接続助詞］（「て」「も」ヨリ）（撥音便ニ下接スル「でも」ヲ含ム）
[一]二〇・一一七⑮　狂言にし—見ゆるす方もありなん
[二]一・一二〇③　あつ—なくても（促音便＋「ても」）

[二]一・一二〇③　あつてもなく―と人にも思はれて
[二]一六・一二八②　雪中に筍掘出してたもつ―不孝の罪はのがれぬ（促音便＋「ても」）
[二]一六・一二八③　無点の唐本が読め―親に苦をかけては
[二]二二・一三〇⑮　万両持―町人は町人
[四]三・一四一⑧　打（うつ）―はたいても此やついかぬに極まつたり（促音便＋「ても」）
[四]三・一四一⑧　打てもはたい―此やついかぬに極まつたり
（イ音便＋「ても」）
[四]八・一四二⑮　我が妄執を晴らさんと心懸―∴其人を得ざれば
[四]一一・一四四⑬　門は〆―入相の鐘つく事は知らぬが仏
[四]一五・一四六②　摺子木を天の逆鉾と拝ませ―
[四]一五・一四六③　少々参詣がなう―∴不足の沙汰もなかりし（ウ音便＋「ても」）
[四]一九・一四七⑭　誠の廻国修行者有―仲間六部にせめられ
[四]二〇・一四八④　疑をうけ―とらぬ物はとらぬに立て
[四]二〇・一四八⑤　陰陽師に取れ―∴知れぬに極て
[五]六・一五一⑤　天竺へい―同じ事
[五]六・一五一⑥　蓬莱宮へ奉公に出―∴能物着せる主人はなし
[五]六・一五一⑦　鉄のわらじはゐて尋―ない筈
[五]七・一五一⑭　叱られ―たたかれても
[五]七・一五一⑭　叱られてもたたかれ―是が親への孝行ぞと
[五]一〇・一五三②　腹一盃上りまし―∴銭はらへとは申まいがな
[五]一四・一五四⑧　色々の身振し―かなわず
[五]一五・一五五②　ちよつと茶屋をゆすつ―つゐ出来ますから（促音便＋「ても」）
[五]一五・一五五④　何程卦体がわるふ―其身のもちやうで
（ウ音便＋「ても」）
[五]一六・一五五⑥　朝夕仏神をせせり―己が身の行を慎まざれば
[六]一一・一六四⑧　耳から入―口へ出さず
[六]一七・一六七⑧　人売（ひとかゐ）の惣太を道連にし―気づかいなく
[六]二〇・一六八④　何とはやらせたふ―一向流布せず（ウ音便＋「ても」）
[七]八・一七三②　身につづれを着―あたまに銭を入て
[七]一六・一七六⑬　折角痛目して死―∴つまらぬ角つき合
（撥音便＋「ても」＝「でも」）
[七]二二・一七八⑪　死し―山水を見て居る形ち

［∴につけても］
[四]四・一四一⑬　是を見るに付―とおもふ内から
cf、ねてもさめても

でも［助詞］
[一]八・一一三⑧　若（もし）新刃―ためすとて
[一]一一・一一四⑫　手を尽したる狂言―
[一]一六・一一六⑮　何やうの事―仕かねぬは
[一]二二・一一九⑥　せめて酒代―はづみそふな物じやに
[二]一七・一二八⑪　少々不調法―律義にして仁心のある者を
[二]二二・一三〇⑮　奴―武士の食喰へば馬鹿にならぬ
[四]三・一四一⑤　宿の内―よい宿には泊ぬ程に
[四]四・一四一⑫　江戸の辻売の小半八文―只は通さぬ心から
[四]一四・一四五⑮　いかにやすい銭―なげうつ筈はなし
[五]四・一五〇⑪　なんぼ奇妙なうらなひ―かかさまの在所迄
[五]五・一五〇⑯　何程ひどい主人―こちからの仕懸次第
[五]七・一五一⑬　鬼―心のやわらぐ道理
[五]七・一五一⑯　何所―気にいらゐでは
[五]一一・一五三③　うどんや―酒屋でも

[五]一一・一五三③　酒屋―餅屋でも
[五]一一・一五三③　餅屋―芝居でも
[五]一一・一五三③　芝居―銭を出した例がない
[五]一一・一五三⑧　大屋―名主でも
[五]一一・一五三⑧　大屋でも名主―鬼ではあるまいし
[五]一六・一五五⑦　禍忽（たちまち）来るは人の上―しつて
居る筈
[五]一六・一五五⑦　何程わるひ身持―誤りて改むるに憚る事
なかれ
[五]二二・一五七⑫　唐―腕に彫物せし馬鹿者の噂があつたと
[六]一一・一六四⑪　其儘―咄す事か
[六]一三・一六五⑥　隣町―昨日から出るに
[六]一三・一六五⑥　此町―出ずんばあるべからずと
[六]一四・一六五⑯　東都の町中―目貫といわるる本町
[七]二・一七一③　いかに沢山な大夫―
[七]一二・一七四⑭　何所の浦々島々―嫌ふ人なく
[七]一三・一七五⑨　神仲間―氏子の風俗あしかれとは…おも
わぬ
[七]一六・一七六⑪　此世―罪人の牢獄に入る時
cf、いつでも　なんでもかでも
てら（寺）　[三]一八・一三八⑪　[四]三・一四一⑦　[四]一八・一四七
⑥
cf、おてら　おてらがた　おほでら　こでら　さいおんじ
さいはうじ　しやうじやうくはうじ　せいぐわんじ　ぜんく
わうじ　だいぜんじ　だんなでら　てらでら　てんわうじ
（びくにどころ　ふろや）
てらざはりう（寺沢流）　↓てらざわりう
てらざわりう（寺沢流　てらざは…）　[三]九・一三五③
てらでら（寺々）　[三]七・一三四⑧
てらまち（寺町）
cf、しけんてらまち　てらまちどほり
てらまちどほり（寺町通）　[序]一・一〇七②　[三]二・一三二⑨
でる（出）［ダ下一段］
で（未）　[二]四・一二七③（自負の心の―ぬ者）
で（用）　[二]三・一一一⑤（―て）　[二]五・一二二⑤（胎内から
―たれど）　[四]一〇・一四四①（火が―て）　[四]一七・一四
七③（江戸へ―た儲に）　[四]二〇・一四八⑤（六部から―た
諺）　[五]六・一五一⑥（奉公に―ても）　[五]九・一五二⑩　[七]
（足ばやに―て行きし）　[五]二五・一五八⑬（―て行）
二二・一七九③（物ほしに―て）
でる（体）　[二]一・一二五⑤（藁の―が世間に沢山）　[四]一五・
一四六⑥（尾の―も知らず）　[四]一九・一四七⑮（―儘の虚
妄咄）　[四]一九・一四七⑯（かいて―様なうそ）　[五]二・一
四九⑦（口へ―儘）　[五]五・一五一③（人よりさきに―やう
になる）　[六]二三・一六五⑥（―程にけるほどに）　[六]一三・
一六五⑥（昨日から―に）
cf、いづ　でかく　でがはります
てるて㊇（照天）　[四]九・一四三②　[四]一〇・一四四⑤
cf、てるてのひめ
てるてのひめ㊇（照手姫）　[四]九・一四三⑭
てん（天）　[三]一三・一三六⑨（町人の―といふ格）　[四]四・一四
二①（―の賜）
cf、てんにん
てん（点）
cf、むてん
でん（殿）
cf、はいでん
てんがい（天涯）　[七]一・一七〇①（―更に亦天涯あり）　[七]一・
一七〇①（天涯更に亦―あり）
てんき（天気）　[一]一六・一一七②

てんぐ（天狗）　[六]一六・一六六⑬
　cf、てんぐさま
てんぐさま（天狗様）　[五]一一・一五三⑨
てんこ（天鼓）　[四]三・一四一⑧（—がつづみ）
てんじや（点者）　[一]二・一一〇⑦
　cf、まへくてんじや
てんじやうびと（殿上人）　[七]一〇・一七四①（公卿—の）
てんじんかう（天神講　：コウ）　[五]一七・一五五⑯
てんじんこう（天神講）　→てんじんかう
てんせい（天性）　[二]八・一二三⑨　[四]一・一四〇⑤
てんだいしう（天台宗　：シユウ）　[二]八・一二三④
てんたう（天道）（「てんだう」トモ）　→てんとう　ヲモ見ヨ
　[二]九・一二四③　[二]一〇・一二四⑬
てんち（天地）　[二]二・一三〇⑭　[六]二一・一六八⑦　[七]一二・
　一七四⑮（重出＝「あめつち」）
　cf、あめつち　てんちしぜん
てんぢく（天竺）　[四]一・一四〇②　[五]六・一五一⑤　[六]九・一六
　三⑪
　cf、てんぢくらうにん
てんぢくらうにん（　浪人）　[五]一・一四九⑤
てんちしぜん（天地自然）　[七]一〇・一七四①
てんとう（天道　：タウ）　→てんたう　ヲモ見ヨ
　[五]一八・一五七②
てんとくじ（天徳寺）（紙製ノ布団ヲ云ウ）　[七]三・一七一⑧
てんにん（天人）　[六]二一・一六八⑩
でんはた（田畑　「でんばた」「でんぱた」カ）　[二]二〇・一三〇
　⑤　[六]一四・一六五⑩
てんばつ（天罰）　[二]一三・一二六③
でんぶ（田夫）　[七]三・一七一⑥（—な）
てんぽ　[五]四・一五〇⑬（思へば—もあたる物）
　cf、てんぽのかは
てんぽのかは（　皮）　[二]二・一二〇⑦（仮にもとたんの—にかか
　らず）
てんり（天理）　[一]二〇・一一七⑪　[二]一〇・一二五①　[二]二〇・
　一三〇①
てんわうじ（天王寺）　[四]一三・一四五⑩

[と]

と（戸）　[三]九・一三五②　[五]二四・一五八⑥　[六]二二・一六八⑮
　（門は九ツ—は一ツ）
　cf、かうしど　しばのと
と［副詞］
　cf、とにもかくにも
と［格助詞］
　1並列、共同
　2引用、内容説明
　1並列、共同
　　[序]一・一〇七①　老漢（ぢぢ）—阿婆（おばば）をこきまぜ
　　　て都ぞ春の彼岸の中日
　　[序]一・一〇七③　耳に入ル—いらぬとのさかひ
　　[一]一・一一〇②　富士—足高山の間にありけり
　　[一]一・一一四⑭　町中の老若：番頭—役割のあらそゐ
　　[一]二・一一五⑤　兄弟が名は富士の高嶺—等しく
　　[一]五・一一六⑥　八百屋お七を我々が噂—七種のたたきま
　　　ぜ
　　[二]一・一二〇②　炭焼の翁を友—し
　　[二]二・一二一①　幼稚名染の媼—手世事を楽しみ
　　[二]九・一二四⑤　出入屋敷—町の得意と

[二]九・一二四⑤　出入屋敷と町の得意―凡六十万軒
[二]二二・一三〇⑬　武士方―町人の位天地はるかに隔る
[四]一七・一四七①　安産の守り―代物替のかば焼き
[四]一七・一四七②　本尊―和尚ばかり
[四]二一・一四八⑬　幽霊―夜鷹は夜が明てつまらぬ商売
[五]一・一四九②　泥亀の煮売―軒をならべ
[五]一・一四九②　亀の甲―指の股ひろげし所を簡板に書て
[五]二・一四九⑩　仲居が出替り葛籠―行違ふ小袖櫃
[五]三・一五〇⑥　親―子の四鳥のわかれ
[五]一三・一五四①　阿部の清明―あらそふて
[五]一五・一五五①　弐朱―壱分と
[五]一五・一五五②　弐朱と壱分―入る事は
[五]一六・一五五⑩　こりや又の手合―出合ぬやうに
[五]一七・一五五⑮　手習―謡ばかりを教て
[五]二三・一五八③　びやくらいおやぢ―立引だと
[六]一・一六〇④　大屋殿の灯―光をあらそひ
[六]八・一六三④　是も兼好法師―おなじく
[六]一五・一六六③　口養仏―鼻の下の建立
[六]二一・一六八⑩　羽衣とりて天人―からかひしごとく
[六]二一・一六八⑩　隣の親父―引張やいて
[七]一二・一七五②　享保の始　犬の病―連立て来て
[七]一九・一七七⑯　うれひ―さし合と
[七]一九・一七七⑯　うれひとさし合―あへまぜにした悪浄留理

［とともに］

[二]二一・一一九④　たちのぼる煙―ともに消て跡なき
[四]一七・一四六⑯　晩鐘の響―共に
[四]一八・一四七⑧　書出しを印相の御指―共に握り詰て
[四]一九・一四八②　夜明烏―共に‥立出る

2引用、内容説明

[序]三・一〇七⑨　教化の志は能化にもおとらじものを―
[序]三・一〇七⑩　徒然なぐさむ伽にもや―
[序]四・一〇七⑫　かば焼にする所存―
[一]一・一〇③　万葉の仙注に‥田子の浦に出るは中古の事也―あれば
[一]二・一一③　中風の病因―なせし故
[一]二・一一④　言語道断―‥きめ付られ
[一]三・一一⑨　又馬役を勤むべし―
[一]三・一一⑪　心安し―首尾能ぬけて
[一]六・一一⑫　馬の籠ぬけとは我身の上じや―‥おかしく
[一]六・一二③　埒もない昔じや―独つぶやく
[一]七・一二⑧　待てくれられ―言にびつくり
[一]七・一二⑬　歴々か―見れば草履取さへ連ず
[一]七・一二⑭　浪人か―見れば
[一]七・一三①　何にもせよめんどうな客人―
[一]七・一三②　一足もはやふ―心せけば
[一]八・一三⑤　御用あらば仰付られませ―
[一]八・一三⑦　いざ此方へ―手をとられ
[一]八・一三⑧　引込はせぬか―‥怖さいやまして
[一]八・一三⑩　隔心し給ふな―洞穴の口へつれ行
[一]八・一三⑪　一服いたそう―つぎかけた体（てい）
[一]九・一三⑫　慥に舞留―おぼへぬ
[一]九・一三⑬　よいかほりで御座ります―‥申せば
[一]九・一三⑮　よい物じやぞや―余念なき体
[一]九・一四①　おもひ出されて悲しひ―泪を‥こぼせば
[一]一〇・一四②　心得難し―呑込ぬ顔色に
[一]一〇・一四⑤　御ぞんじで御座りますぞ―‥気味わるがれば
[一]一〇・一四⑦　我所存の程を語り伝へん―
[一]一一・一四⑪　小児も曽我―呑込で居る

[一]一一・一一四⑮　歌川で御座る―柊で目を突もいとわぬ元気
[一]一三・一一五⑧　余り片手討な―おもわるる
[一]一三・一一五⑩　祐なりヤイ―大名にあるまじきせりふ
[一]一三・一一五⑫　療治はどうどうなさるるな―いいしせりふ
[一]一四・一一五⑭　見物も尤―請たり
[一]一四・一一五⑯　取あぐるに及ぬこと―おもわれふが
[一]一四・一一六①　田舎侍であつたか―おもわるるが迷惑
[一]一五・一一六⑧　それ故刑罰に逢ふた―：語らば
[一]一六・一一六⑬　たたきわつたもいか斗歟ありし―おもふぞ
[一]一六・一一六⑯　京大坂の仕組―かわり
[一]一七・一一七⑨　まつすぐに悪人―作りてこそ
[一]一七・一一七⑩　懲悪の教―いふべし
[一]二〇・一一七⑫　入りさへあらば―心をつけぬは
[一]二〇・一一七⑬　大口いふ―おなじ
[一]二一・一一八⑩　取あげるにたらぬ―いふ人もあるべし
[一]二一・一一九③　八百屋お七はおゐてたもれ―
[一]二一・一一九④　：伝へてたも―きせるはたけば
[一]二二・一一九⑦　かさ高な状哉―よくよく見れば
[一]二二・一一九⑨　馬役の身なれば馬糞とものかぬ中―あきらめて
[二]一・一二〇①　：猶山陰はあかずもあるかな―：山里に：暮せる翁
[二]一・一二〇③　あつてもなくても―人にも思はれて
[二]二・一二〇⑧　人ごとに手前よし―ほめられ
[二]二・一二〇⑨　持丸長者とは此親父―：浦山しがられ
[二]二・一二一③　降り積雪を花―詠むる
[二]三・一二一⑤　誰なるらん―おばば：のぞきて見れば
[二]三・一二一⑥　これはこれは何―おもふて：おじやつたぞ
[二]三・一二一⑦　：一同におじやつたぞ―夫婦ともに不審顔
[二]三・一二一⑧　：おぼしめされんか―兄貴の心づかゐ
[二]三・一二一⑨　実に尤―皆々申合
[二]三・一二一⑩　さそひ連て参る筈―
[二]四・一二一⑮　江戸の肥た腹に何か珍し―おもふべき
[二]四・一二二①　合点でおじやる―火燵（こたつ）を
[二]四・一二二①　火燵を直に高座―し
[二]四・一二二③　これを今宵のちそう―おもひ
[二]五・一二二⑧　禅宗とはいや―いわれぬ
[二]五・一二二⑨　養子たる者の鑑―他人もほめるげな
[二]八・一二二⑯　理窟者じや―世間の取沙汰
[二]八・一二三⑦　一年三千貫の儲―聞及し
[二]八・一二三⑪　弥陀の本願―たつとび
[二]九・一二四⑦　宗旨も家業もわかるまい―おもふたに
[二]九・一二四⑧　居合やはらの剣術の―：武芸の稽古
[二]九・一二四⑧　つねに友―するは男立のぶうぶう者
[二]九・一二四⑨　野楽者の大将―あほがれ
[二]一〇・一二四⑫　此の親仁を：釈尊―おもひ
[二]一一・一二五⑦　力にしやう―おもやるは
[二]一一・一二五⑧　いとしひ事じや―：大切に思ひ
[二]一一・一二五⑨　ふたたびかへるまじ―所存を堅め
[二]一二・一二五⑫　二目―見る親仁でござらぬ
[二]一二・一二五⑯　斗（はかり）が能（よい）―嬉しがつて
[二]一三・一二六⑥　親をおや―おもはぬからの事
[二]一三・一二六⑩　自今此父が菩提―おもひ
[二]一三・一二六⑪　きいてくりや―胸にこたへる親仁が一言
[二]一四・一二六⑮　禁酒仕る―：親父が謀に落て
[二]一四・一二六⑯　一生下戸―なり済し
[二]一四・一二七②　何もかも上手じや―他人の称美が

[二]一五・一二七⑥　おれが事をも：同名—おいやるが
[二]一五・一二七⑦　どうしてこうして—いふてもらひたし
[二]一五・一二七⑨　五十にして父母を慕ふが聖人じや—書物
にもあるではないか
[二]一六・一二七⑯　人にはくずの松原—いわるる身こそ心や
すけれ
[二]一八・一二八⑮　無尽の合力の—むさぼらいでは過られず
[二]一八・一二九①　口聞じやの埒あけじやの—：気を付ず
[二]一九・一二九⑧　隠なき大百姓—きけば
[二]一九・一二九⑨　大百姓の家を御旅館—なされしに
[二]一九・一二九⑬　御用にたちましたい—道具自慢
[二]一九・一二九⑬　首尾よく御立なされた—御跡ふきの酒盛
最中
[二]二〇・一二九⑮　分限不相応の奢者の禁（いましめ）—し
給ふ
[二]二〇・一二九⑯　美麗な座敷の書院の—御歴々の真似
[二]二〇・一三〇③　町人は三代—続くはまれなに
[二]二一・一三〇⑧　万事律義を基—し
[二]二三・一三一⑨　茶一ッたもれ—火燵出れば
[三]一・一三一⑪　益御勇健　—：普く配る呉服の安うり
[三]二・一三二⑤　年中髪置：宮参り—足手をはこび
[三]二・一三二⑧　去年より弐文—直（ね）を仕上て
[三]二・一三二⑨　適（あつぱれ）此節—独り点頭（うなづ）
く
[三]三・一三二⑬　我商売の首途（かどいで）よし—
[三]三・一三二⑬　いかなる安売ぞ—諸人是を見れば
[三]八・一三四⑮　よいよい—手を拍
[三]一一・一三五⑮　死字末期屋惣七—御尋可被下候
[三]一一・一三五⑯　：—読もおはらず
[三]一一・一三五⑯　あらいまいましや　けがらはしや—
[三]一一・一三六①　いかゐたはけ—引札できせるふいて
[三]一二・一三六③　：—しわを伸して壁に貼附
[三]一三・一三六⑬　戻子（もじ）肩衣を礼服—心得
[三]一三・一三六⑭　我こそ時節の衣服もちし—鼻の辺りに顕
はしたる男
[三]一四・一三六⑯　是にはいかで—驚かぬ人もなかりき
[三]一四・一三七②　浅草誓願寺へ葬送—聞程の者
[三]一四・一三七⑤　今日は無かし—朝から待し見物
[三]一四・一三七⑫　花麗は好人のせぬ事—悟りぬ
[三]一七・一三八①　家屋敷有之を下屋敷—唱へし事
[三]一九・一三八⑭　実さもこそ—殊勝に見ゆる物から
[三]一九・一三九③　我も我も—面々の働を見せたがり
[三]二〇・一三九⑧　：どうもいへず—感心する人もあり
[四]一・一四〇①　踏出した一歩を千里の始—して
[四]一・一四〇④　少（ちと）疲れたり—思へば
[四]二・一四〇⑦　かなた此方（こなた）—経廻り
[四]二・一四〇⑨　諸国を遊行し給ふ—きけば
[四]二・一四〇⑨　別してあやかり物—有難く
[四]二・一四一③　一夜を明させ給はりさふらへ—：能掛りで
やつて見るに
[四]三・一四一⑥　はやく御出候へ—諷（うたい）で反答
[四]三・一四一⑥　是ではゆかじ—手を合せて
[四]三・一四一⑦　どうぞ頼奉る—べつたりとやつて見れば
[四]三・一四一⑧　とめる事はならぬならぬ—天鞁がつづみ
[四]三・一四一⑨　此やついかぬに極まつたり—思ひ切て
[四]四・一四一⑬　是を見るに付ても—おもふ内から
[四]四・一四一⑮　又一盃—表を見れば
[四]四・一四二②　究竟の旅宿—独り笑して
[四]五・一四二③　くせ者ごさんなれ—起上らんとする
[四]五・一四二③　起上らん—するを

四五・一四二⑤　：御免御免―摺燧（すりひうち）取出し
四五・一四二⑥　：御用の品は如何―問へば
四八・一四二⑩　ちと本意なし―いはれて
四八・一四二⑮　我が妄執を晴らさん―心懸ても
四九・一四三①　せいもん猪牙じや―思召な
四一〇・一四三⑯　おぐりの判官一刀三礼の作―筆太に書て
四一一・一四四⑨　大淫気（たわけ）―見る程の人弾指（つまはじき）して
四一一・一四四⑫　言訳してくれる人もがな―：心懸しに
四一二・一四四⑮　入相をつきおらぬか―むなづくし取て
四一二・一四五①　御目に懸り御頼申べし―急で来れば
四一二・一四五③　わしが女房の姿をきざみは致さぬ―：汚名を清めん為
四一二・一四五③　段々かくの通り―云捨に
四一二・一四五④　消そうにするをしばし―とどめ
四一三・一四五⑦　小栗殿―いはれし兵
四一三・一四五⑧　かかる類沢山な事―：心にもとどめざりしが
四一四・一四六②　摺子木を天の逆鉾―拝ませても
四一六・一四六⑬　今は巻鬢の豊後語り―見ゆる
四一七・一四七④　終身の憂―して
四一七・一四七④　開帳―聞ば身の毛が立
四一七・一四七④　開帳と聞ば身の毛が立―親兄迄が歎く
四一七・一四七⑤　名物―いはれし虎が石も
四一九・一四七⑬　日本廻国―まがまがしき顔つき
四一九・一四七⑯　地獄で駕籠かきして居ます―かいて出る様なうそ
四一九・一四八③　あれも見えぬ是も見えぬ―紛失の僉議
四二一・一四八⑩　御心にかけられな―いへば
四二一・一四八⑪　鼻毛を伸した―：濡衣着たるも
四二一・一四八⑬　御暇申―かき消て失ぬ
四二一・一四八⑮　其後行方をしらず―云々
五二・一四九⑬　：で辰のとし―いわせもやらず
五三・一五〇⑤　歌枕見て参れ―店をおはれて
五四・一五〇⑦　なんと見通しか―いへば
五四・一五〇⑨　ひもじゐ目にあわふか―：聞たいばつかり
五四・一五〇⑫　：で合点がゆかぬ―はらたつれば
五四・一五〇⑬　思へばてんぽもあたる物―臍がおどれど
五五・一五一①　罪業を滅する修行ぞ―ふかく思ひとりて
五五・一五一①　主人をば仏菩薩―観念して
五六・一五一④　あそこはわるひここはいや―：出替りする
五七・一五一⑪　何時もあいあい―こたへ
五七・一五一⑬　おなかがへつたか―：とうて見給へ
五七・一五一⑭　是が親への孝行ぞ―おもひ
五八・一五二①　はやふいかしやれ―
五八・一五二④　おかたじけなふ御座ります―かけ出すを
五九・一五二⑧　よろしうおかしやれ―袂をひかゆれば
五九・一五二⑩　わすれました―菓子かふた残りを紙に捻り
五一〇・一五二⑮　見てもらふべい―いわれてびつくり
五一〇・一五三②　なんと奇妙か―いわれて
五一一・一五三⑨　こわい物は：天狗様ばかり―片肌ぬぎて
五一二・一五三⑩　此所小便無用―籠字に入黒子（いれぼくろ）
五一三・一五四④　なめて見る事ならず―欺けば
五一三・一五四⑥　：があるべい―大肌ぬいで
五一四・一五四⑦　：世の盛衰や―浄留理迄語りて
五一四・一五四⑧　おすにおされぬ事―急に肌おし入て
五一四・一五四⑩　道千仕済（しすまし）たり―おもひ
五一五・一五四⑮　埒の明ぬ詮義―おどしかくれば
五一五・一五五③　灯明銭にしんぜましよ―：頼めば

[五]一六・一五五⑩　弐朱か壱歩か―か文字入れていふべきを
[五]一七・一五五⑪　あるべかかりに弐朱か壱分か―云たし
[五]二二・一五七⑨　ふびんや―いふものもなき死をとぐる者
[五]二二・一五七⑬　：の噂があつた―去るものしりがはなさ
れた
[五]二三・一五七⑮　誠の人となり給へ―：せめければ
[五]二三・一五八③　びやくらいおやぢと立引だ―人の娘をひ
つぱらゐ
[五]二三・一五八⑤　態と御祝義―仕かけ
[五]二四・一五八⑨　御膳は喧嘩過に出しましよか―
[五]二四・一五八⑩　汁がわるひ―畳へこぼし
[五]二四・一五八⑪　今日から：いたすまい―一念発起
[五]二五・一五八⑮　能々心得給へ―いいしを
[六]一・一六〇④　講師鵜殿退卜―書付たる行灯
[六]一・一六〇④　出入四ツ限（ぎり）―しるせし大屋殿の灯
[六]一・一六〇⑤　究竟の慰―内へ入て見れば
[六]二・一六〇⑦　今少はやふ来らば―残念ながら
[六]二・一六一①徒　まさしく見たり―いふ人もなく
[六]二・一六一②徒　そらごと―云人もなし
[六]二・一六一④徒　一条室町に鬼あり―罵りあへり
[六]三・一六一⑧徒　：しめすなりけり―云人も侍し
[六]六・一六一⑪　等閑に見るべからず―古人も申置ました
[六]六・一六一⑯　妖孽（ようげつ）有―いいふらして
[六]六・一六一⑯　誰こそ一定きられたり―いふ人もなきに
[六]七・一六二④　ふつと剪られし―毛もなひ虚（うそ）をい
いちらせど
[六]七・一六二⑬　髪切虫の除（よけ）の歌：写して来た―
[六]七・一六二⑮　とく吹もどせ伊勢の神風―まがまがしくこ
しらへ
[六]八・一六三②　我さきに―ほうろくをなげ出して
[六]八・一六三⑤　流言に心惑せざれ―：書おかれし
[六]八・一六三⑦　灸をすゆるがよひ―言ふらし
[六]九・一六三⑩　阿房よ長太郎よ―顔を詠められたるもの
[六]九・一六三⑫　三度飛脚で知らせた―聞伝へ
[六]九・一六三⑬　生鰯生鰯―呼ぶばかりで
[六]九・一六三⑮　雷除の御歌が下りました―：書付て
[六]一〇・一六三⑯　しん上―上書までして
[六]一〇・一六四①　勝手にさしやれ―嬉しさが余りて
[六]一〇・一六四③　可被仰付―御触ありてぞ
[六]一〇・一六四⑤　誠―おもはざる物から
[六]一〇・一六四⑤　流言は智者にとどまる―古人も申置れま
した
[六]一一・一六四⑪　是は珍説珍説―其儘でも咄す事か
[六]一二・一六四⑭　怖咄しをいたしました―尾に尾を附て
[六]一二・一六四⑮　申上まいらせ候―文をかくやら
[六]一三・一六五⑥　我も我も―出る程にけるほどに
[六]一三・一六五⑦　此町でも出ずんばあるべからず―
[六]一三・一六五⑦　帰命頂礼阿弥陀仏―顔をしかめて
[六]一四・一六五⑪　われさきに―出あるきしに
[六]一四・一六五⑬　あそこへも：ここへも飛給ふ―：とんだ
事を言ふらし
[六]一四・一六五⑯　目貫―いわるる本町
[六]一六・一六六⑫　わるふはあるまい―：いへども
[六]一七・一六七①　猿をさげさせもせられず―其儘にして
[六]二一・一六八⑧　今夜限りで惣仕舞か―思ふ斗の
[六]二二・一六八⑬　どうした事の神慮ぞや―：合点まいらぬ
[六]二二・一六八⑭　禁裡様から御製の歌が下りました―
[六]二二・一六八⑮　まだ大きなが震（ゆる）筈じや―見て来
たやうに
[六]二二・一六八⑯　この歌を書て身に付よ―

[六]二三・一六九② かれ是―前後を考へ
[六]二三・一六九③ かうした格な事を誡―して
[六]二三・一六九③ 化されぬやうに―兼好も筆をつゐやし
[六]二三・一六九⑤ 今晩はまづ是限―いふやいな
[六]二三・一六九⑤ また明晩明晩―亭主にいとまごひして
[六]二四・一六九⑨ おさらばおさらば―皆ちりぢりに
[六]二四・一六九⑩ 御亭主　一銭は花で御座る―
[七]一・一七〇① 半生長（とこしなへ）に客をもつて家―す
[七]二・一七〇⑧ 只今御出―云入れば
[七]二・一七一① そろべくそろにやらしやませ―返事もそこそこ
[七]三・一七一⑦ 此ざまは―：身をうらみかこちけるが
[七]三・一七一⑨ ：ねがわばや―おもひ立がいなや
[七]三・一七一⑩ 貧乏も捨られぬ物―独咲（ひとりゑみ）して
[七]六・一七一⑬ 珍重珍重―悦び
[七]六・一七一⑭ 一眠やつてくれふ―おもへど
[七]七・一七二② さこそやかましふ思召らん―
[七]七・一七二⑤ きやつがねふりを覚してくれんず―黄色な声をはりあげ
[七]七・一七二⑦ 人は和らぐ石垣の―語りだす
[七]七・一七二⑬ 目に物見せん―：目玉をむきだしたる
[七]一一・一七四⑦ 東都は国名を武蔵―号し
[七]一二・一七五① 人の心をなぐさむべからむ―いと頼母し
[七]一三・一七五④ 我も我も―まねよき儘にうなり初て
[七]一三・一七五⑤ 身ぶりを第一―まなび
[七]一四・一七五⑬ 忝―いふべきをおかたじけと
[七]一四・一七五⑭ おかたじけ―勘略する心から
[七]一四・一七五⑮ 異見すればおせせだの―打込
[七]一五・一七六② ありふれたる言の葉―おもひて
[七]一五・一七六② 露ばかりも恥―おもはず
[七]一五・一七六③ 羽織着たい―望みもせぬに
[七]一五・一七六④ 手作りに鉦娘（どらむすめ）―こしらへ立
[七]一五・一七六⑦ 髗（かばね）を犬の餌食―して
[七]一六・一七六⑨ 未来でながく添ましよ―いいおれども
[七]一七・一七六⑮ 心中とはいふべからず禽獣―いわば可ならん
[七]一七・一七六⑮ 禽獣といわば可ならん―いわれしは
[七]一七・一七七① 禽獣―いわむは尤むべなり
[七]一七・一七七② そちが師―あほぐ豊後大夫
[七]一八・一七七⑪ 豊後の浄留理本を買べい―云ふ
[七]一八・一七七⑫ ：はござりませぬ―いへば
[七]一九・一七七⑬ 本屋じや―思ふて暮すか
[七]一九・一七七⑬ 肆（みせ）を仕廻へ―叱りちらして
[七]二二・一七八⑮ ：を盗むの娘子をふづくるの―不義姪乱の噂
[七]二三・一七九⑦ 心得てたも―言伝して
[七]二三・一七九⑩ 娘御をふづくりたや―忠義の志は：なし
[七]二五・一八〇② さらばさらば―神はあがらせ給ふ
[七]二五・一八〇④ 神の教にまかせん―とかくする間に
[七]二五・一八〇⑤ おつとまかせ―尻ひつからげ

［かとよ］
[六]六・一六一⑮ 寛永十四五年のころか―よ

［などと］［なんどと］
[三]一・一三二② 貸傘弐千七百六拾ばんなど―筆ぶとに
[七]一四・一七五⑬ きない　よしな　なんど―舌をなやしてぬかしおるいやらしさ

［とこそ］
[三]一八・一三八⑩ 別離の哀情薄し―こそ見ゆれ

[四]一一・一四四⑧　天晴の勇士―こそ聞伝へたるに
［とさへ］
[四]一四・一四六②　開帳―さへいへば
［との］
[序]一・一〇七④　耳に入ルといらぬ―のさかひ
[四]五・一四二④　隔心がましく仕給ふな―の挨拶
[七]二・一七〇⑦　御見廻（みまい）下され―の使のものも
［といふ］［と申す］
[序]一・一〇七②　嫗（ばば）に姉いぢれ―いふ勧もなく
[序]一・一〇七③　爺に欲かわけ―いふ教もなければ
[一]一・一一〇③　此道を横ばしり―いふ
[一]二・一一〇⑨　藤田亀の尾―云しいけぬ若衆形
[一]二・一一一②　大谷広次―言肥満の立役
[一]二〇・一一七⑯　金竜山曙染―いふ名題で
[一]二〇・一一八②　車屋小八郎兵衛―言男立の仕内
[二]九・一二四②　是―いふもそちが正直な故
[二]一一・一二五③　婿の養子の―いふ身の上は
[二]一一・一二五④　今参り廿日―いふがごとく
[二]一一・一二五⑥　実子―いふものがなさに
[二]一三・一二六⑦　酒の毒じや―いふ事を
[二]一七・一二八⑤　長者二代なし―いふに三代目の家督
[三]八・一三四⑬　俗ニ葬主ヲ施主―云
[三]九・一三五③　青き簾に忌中―中二字
[三]一三・一三六⑨　町人の天―いふ格
[三]一八・一三八⑫　諸礼筆記―いふ書に先哲の教置れし
[四]五・一四二⑧　小栗の判官が幽霊―いへば云様なもの
[四]九・一四二⑯　今日―いふ今日
[四]一九・一四七⑭　是を仲間六部―言
[四]一九・一四七⑮　法施宿―いふ物に泊りて
[五]一・一四九③　足屋の道千―いふ者あり
[五]六・一五一⑨　禍は口より出る―いふことを∴心得
[五]九・一五二⑦　唯の薬師―いふは江戸中にたつた一体
[五]一一・一五三⑦　おらは∴時疫源七―いつてはちときなくさい男
[五]一三・一五四⑥　臍をなめるに∴ならぬ―いふ事があるべい
[五]二四・一五八⑦　我ながら人でなし―いふ身持
[六]二・一六〇⑧㊝　ゐてのぼりたり―いふ事ありて
[六]六・一六一⑮　髪切虫―いへる∴妖孽（ようげつ）有
[六]七・一六三①　是をほうろく―言
[六]八・一六三③　題号を改て幸ぐら―言
[六]八・一六三③　宝蔵∴―いへる草紙
[六]二〇・一六八③　∴が面々の慎―中もの
[七]三・一七一⑥　禍福は耳たぶ次第―いふもうそなり
[七]九・一七三⑬　そちが語る豊後ぶし―いふもの
[七]一〇・一七三⑮　見る者驚歎せず―いふことなし
[七]一〇・一七三⑯　されば浄留理―いふものは
[七]一一・一七四⑫　江戸節―言に恥かしからず
[七]一四・一七五⑪　衣服の正しからぬを服妖―云
[七]一四・一七五⑪　言葉の正しからぬを言妖―いふ
[七]一四・一七五⑮　いらざるおせわ―いふ心にや
[七]一六・一七六⑭　安養寺―いふ智識
[七]一九・一七八①　似我蜂―いふ虫
［となる］
[一]一四・一一六③　一念の悪鬼―なる
[一]一四・一一六④　貧乏神―なつて
[一]一六・一一六⑭　此処を分別して見物の薬―なる仕組
[一]一六・一一六⑮　諸人の教―ならば
[一]一七・一一七⑤　人の薬―なる事を仕組て
[一]二〇・一一八⑤　今は昔―なりぬ

[一]二一・一一八⑭　家を流す大水―なるとは
[二]一一・一二五⑥　他家の養子―なる者は
[二]一八・一二八⑯　自堕落の基（もとい）―なる
[三]二・一三二⑨　共に歎き―なりける
[三]一七・一三八②　御役人―ならせられてぞ
[五]二二・一五七⑮　誠の人―なり給へ
[六]九・一六三⑨　こころ空虚（うつけ）―なり
[六]一一・一六四⑨　千万人の為―なる
[六]一二・一六四⑭　尾に尾を附ての虚が実―なり
[六]一二・一六五②　虚説（うそ）の源―なる者
[六]一三・一六五⑦　淫気（たわけ）の簱頭―なりて
[七]八・一七三⑥　淫奔不義の媒（なかだち）―なる
[七]一二・一七五③　治し難き沈痾―なりぬ
[七]一四・一七五⑯　大悪人―なる下地
[七]一四・一七六①　終に廃（すたり）者―なるべし
[七]一六・一七六⑧　親兄弟の歎―なる者
[七]一六・一七六⑬　女も反成男子―なれば
[七]一六・一七六⑬　互に男子―ならばどうもつまらぬ角つき合では
[七]一九・一七七⑮　さなくは河東が門下―なりて
[七]一九・一七八⑤　巣の中の虫悉く蜂―なる
[七]一九・一七八⑦　骨が舎利―なつたもままある事
[七]二二・一七八⑯　是が心のあるじ―なり
[七]二二・一七九①　徒者（いたづらもの）―ならいでかなわず

［として］（漢文訓読系ノ表現）
[六]一・一六〇①　高秋蕭索―して倍（ますます）凄然
[七]六・一七一⑫　しんしん―して参詣とては我一人

［とみえて］
[一]六・一一一⑬　音に聞へし人穴―見へて

[一]九・一一三⑫　至極の煙草好―見へて
[五]二・一四九⑪　今日引越―見えて
[六]一・一六〇⑥　講談もはや半過ぬ―見へて
[七]六・一七一⑮　堂司の法師―みへて
[七]二五・一八〇②　神はあがらせ給ふ―見へて

cf、あまりといへば　あるとあらゆる　いちだんと　いまと
いふいま　うまうまと　おつと　からからと　きつと　きよ
ろりと　きりりしやんと　さつぱりと　さりとは　じがじが
と　しかと　しほしほと　ずいぶんと　ずつくと　ぞつと
それはそうと　ぞろぞろと　そろりと　だんだんと　たんと
ちと　ちやわちやわと　ちよつと　ちよぼちよぼと　つつく
りと　といへども　どうど　とかや　とぞ　とつくと　とて
とは　とも　ともじ　とや　とやら　とやらん　どろどろと
なにくふまいとまま　なにと　なにとぞ　なにとやらん　な
りと　なんと　ばつと　はらはらと　ばらばらと　ひしと
ぴんと　ふつと　ぶらぶらと　べつたりと　ぼうぜんと　ほ
やりと　まんぢりと　むくむくと　むくむくやわやわと　む
さと　むつくりと　やうやうと　ゆるゆると　わざと

と

［接続助詞］
[二]一一・一二五⑤　馴染が出来る―万怠りがちになり
[二]一二・一二五⑫　万一養父母に不孝めさる―
[二]一二・一二六②　わるふこける―眼前の小利をむさぼり
[二]一五・一二七⑤　人中で理窟いふ―必にくまるる
[二]一八・一二九①　発明斗（ばかり）に気を付ず―・律義な者を家守りにすべし（重出＝「ずと」）
[三]二三・一三一④　町人の刃物は抜―手前の命がないぞ
[四]一・一四〇⑤　拾弐文宛茶碗で仕懸る―一鞭に檀渓をも越べきいきほひ
[四]一六・一四六⑩　開帳過る―門前の茶屋へ壺入して
[四]一七・一四七⑤　開帳場を仕廻ふ―否や

[四]二一・一四八⑮　惣門があく―其儘はしり出て

[五]一二・一五三⑭　おらは：小笠原をやる―むかふずねが砕けるやうで

[五]一四・一五四⑪　うたがふ―罰がきびしゐ

[五]一五・一五四⑭　騒ぎ給ふ―肝心の天窓（あたま）が

[六]一二・一六五①　一人二人リの耳に入る―：世間一面の噂

[七]八・一七三③　その鬢で：平伏する―：畳がたまらぬ

[七]一五・一七六⑤　浄留理語りを家の内へ入たてる―辻風を入たるごとく

[七]一九・一七八④　似我似我と鳴てまわる―巣の中の虫悉く蜂となる

と（人）［語素］

cf、しろと

ど（土）

cf、かんにんど

ど［接続助詞］

[序]一・一〇七③　爺に欲かわけといふ教もなけれ―弁舌に利鈍ありて

[一]八・一一三⑥　いそぐは道理なれ―外の者に頼みて埒のあかぬ筋

[一]九・一一三⑫　人品よりいやしけれ―：煙草好と見へて

[一]一二・一一五②　法楽に見する由聞およべ―

[二]一・一二〇⑤　将棋は駒の名をだに知らね―金銀の働妙を得たり

[二]一・一二〇⑤　碁はかいもくなれ―商売の目算にさとく

[二]一・一二〇⑥　鞁は手に取て見たこともなけれ―売買の拍子よく

[二]二・一二〇⑦　茶の湯は夢にも見ね―人ごとに：ほめられ

[二]五・一二二⑤　そこなお婆々の胎内から出たれ―面々：格別

[二]五・一二二⑫　呉服町で一番切の進退なれ―今に綿服

[二]八・一二三⑬　兄弟どもが意見すれ―聞入ぬ片意地者

[二]一〇・一二四⑪　心ごころの宗門なれ―源は釈迦一仏の教

[二]一一・一二五⑤　互にうつくしけれ―馴染が出来ると

[三]三・一三二⑪　配人（くばりて）の才覚して見れ―：傜（やと）わるる者もなし

[四]二・一四〇⑥　藤沢の駅に至れ―いまだ日も高し

[四]三・一四一⑨　さのみ真実ではなけれ―：墓所へ立寄

[四]九・一四三⑫　少も障る所存はなけれ―

[四]一〇・一四四⑤　それは是非におよばね―

[四]一五・一四六⑧　勇気ばつていかめしけれ―：莫太の物入

[四]二一・一四八⑭　ねふさこらえられね―爰にはねられず

[五]一・一四九①　強盗法印が住居せし所にはあらね―

[五]二・一四九⑦　卜筮の道は夢に見た事もなけれ―

[五]二・一四九⑧　ぼんのくぼで鼻かむやうな事のみいへ―：あたるも不思議

[五]五・一五〇⑬　てんぽもあたる物と臍がおどれ―笑れもせず

[五]一八・一五七①　此様にはなつたれ―：人のにくみをうけず

[六]七・一六二⑤　毛もなひ虚（うそ）をいいちらせ―：あらそふものなく

[六]一二・一六四⑮　御存かしらね―申上まいらせ候

[六]一二・一六四⑯　岷江の水上は：細流なれ―末は大船を乗るごとく

[六]一六・一六六⑪　色はさめたれ―：わるふはあるまい

[七]三・一七一⑦　おれが耳は田夫なつみ入レ程あれ―此ざまはと

[七]六・一七一⑭　一眠やつてくれふとおもへ―

[七]一〇・一七三⑯　仮染の遊戯なれ―是もいわば楽の一端

ど（度）［接尾語］
　cf、いちど　さんど　たび（度）　にさんど　にど　ろくど
といへども［連語］　〔一〕一〇・一一四⑦（語り伝へんと相待―：今
　は往来の駅路ならねば）
　〔一〕一五・一一六⑧（お七は幼年―（共）大それ者の随一）
とう（刀　タウ）
　cf、いつとう　いつとうさんらい
とう（銅）［接尾語］（「ドウ」カ）
　cf、はちとう
とう（等）［接尾語］
　cf、かさくとう　しちほんぼとけとう　なつものとう　ふし
　んとう
どう［副詞］　→どふ　ヲモ見ヨ
　〔二〕一一・一二五⑪（―せうぞ）　〔五〕七・一五一⑫（―さしつ
　たぞ）　〔七〕一七・一七七⑤（―取あつかわるものぞ）
　cf、どうして　どうどう
とうい（東夷）
　cf、とういせいばつ
とういせいばつ（東夷征伐）　〔二〕一九・一二九⑧
どうおん（同音）　〔三〕六・一三三⑭（―に泣出）　〔三〕九・一三四⑯
　（―に唱へさせ）
とうかいだう（東海道）　→とうかいどう　ヲモ見ヨ
　〔一〕一・一一〇④
とうかいどう（東海道　：ダウ）　→とうかいだう　ヲモ見ヨ
　〔四〕一七・一四七⑤
どうぐじまん（道具自慢　ダウグ：）　〔二〕一九・一二九⑬
とうけ（当卦　タウ：）　〔五〕一・一四九③（―本卦）
とうざう㊇（藤蔵）　〔二〕三・一二一⑩　〔二〕五・一二二⑨　〔二〕一〇・
　一二五①
どうした［連体詞］　〔六〕二二・一六八⑬（―事の神慮ぞや）
どうして［副詞］　〔一〕一〇・一一四④（おまへはまづ―私が心の内
　を御ぞんじで）
どうして［連語］　〔二〕一五・一二七⑦（親仁が―こうしてといふて
　もらひたし）
とうじやう（闘諍）　〔六〕三・一六一⑥徒（―おこりて）
どうす（堂司　ダウ：）　〔七〕六・一七一⑮（―の法師）　〔七〕二四・
　一八〇①
とうせい（濤声　タウ：）　〔七〕六・一七一⑭（―半夜孤枕に喧しく）
どうせん㊇（道千　ダウ：）　→だうせん　ヲモ見ヨ
　〔五〕八・一五二⑥　〔五〕一四・一五四⑩　〔五〕一五・一五五③
どうぜん（同前、同然）　〔四〕九・一四三⑨（在家―の）　〔四〕一四・
　一四五⑬（乞食―に）　〔五〕六・一五一⑤（梟が身の上―）
　〔五〕二一・一五七⑥（癩病―）　〔六〕一五・一六六④（裏店―の）
　　〔七〕二四・一七九⑫（疫病神―に）
どうぞ［副詞］　〔二〕二三・一三一⑦　〔四〕三・一四一⑦　〔五〕一五・一
　五五①
どうたう（堂塔　ダウタフ）　〔四〕二〇・一四八⑥
どうちう（洞中　：チユウ）　〔一〕六・一一一⑯
どうちゆう（洞中）　→どうちう
とうと（東都）　〔六〕一四・一六五⑯　〔七〕一一・一七四⑦　〔七〕二六・
　一八〇刊記（―書林）
　cf、えど　とうぶ　ゑど
どうど［副詞］（「どうと」ニ同ジ）　〔七〕二五・一八〇③（―ふして）
どうどう　〔一〕一三・一一五⑫（時宗殿療治は―なさるるな）
＊とうねん（当年　タウ：）　→たうねん
とうぶ（東武）　〔五〕二・一四九⑨
　cf、えど　とうと　ゑど
とうほん（唐本　タウ：）　〔二〕一六・一二八③
どうまんりう（道満流　ダウ：）　〔五〕五・一五〇⑬
どうみやう（同名）　→どうめう

とうみやうせん（灯明銭）　↓とうめうせん
どうめう（同名　：ミヤウ）　〔二〕一五・一二七⑥　〔二〕一五・一二七⑦
とうめうせん（灯明銭　：ミヤウ：）　〔五〕一五・一五五②
どうも［副詞］　〔七〕一六・一七六⑭（―つまらぬ角つき合ではあるまひか）
どうもいへず［連語］　〔三〕二〇・一三九⑧（―と感心する人）
どうやらこうやら（：かうやら）［連語］　〔四〕一一・一四四⑬（―門はメても）
どうるい（同類）　〔五〕二三・一五八④
とが（科）　〔二〕一九・一二九⑦
とかう［副詞］　〔四〕二一・一四八⑫
　cf、とかく
とかく（兎角）［副詞］　〔二〕一三・一二六④　〔二〕一八・一二八⑯　〔三〕二〇・一三九⑤　〔四〕二〇・一四八⑧
　cf、とかう　とかくする
とかくする［連語］　〔七〕二五・一八〇⑤（―間に）
とが・む（咎）［マ四段］
　cf、おとがめ
とかや［連語］　↑「と」「か」「や」
　〔四〕一四・一四五⑬（日向国宮崎―の藁屋の裏で乞食同然に）
とき（時）　〔序〕一・一〇七①　〔三〕一八・一三八⑨（―により）　〔三〕一九・一三九①　〔四〕九・一四三③　〔五〕一二・一五三⑪　〔六〕一一・一六四⑩　〔七〕三・一七一⑩　〔七〕八・一七三⑦　〔七〕八・一七三⑦　〔七〕一六・一七六⑪
　cf、いまどき　うしのときまゐり　このとき　そのとき　なんどき　はんとき
とぎ（伽）　〔序〕三・一〇七⑩
ときはかきは（常磐堅磐）　↓ときはかきわ
ときはかきわ（常盤　：かきは）　〔七〕一二・一七四⑯（―に）
ときむね(人)（時　）　〔一〕一三・一一五⑨
　cf、ときむねどの
ときむねどの(人)（時宗殿）　〔一〕一三・一一五⑫
　cf、ときむね
ときやう（説　）　〔二〕四・一二二①（談義の―）
ときよときよ（時代々）　〔二〕二・一三一①
とく（徳）
　cf、いつとく　そんとく
とく【疾】（「と・し」［形ク］ノ連用形）
　〔六〕七・一六二⑭（―吹もどせ伊勢の神風）
と・く（説）［カ四段］
　―い（用　音便）　〔二〕三・一三一⑨（―て聞せん）
と・く（釈）［カ下二段］
　―く（止）　〔七〕八・一七三⑧（躁心―）
と・ぐ【遂】［ガ下二段］　と・げる［ガ下一段］
　―げ（未）　〔一〕一一・一一五④（本意を―ん事）
　―ぐる（体）　〔五〕二二・一五七⑨（死を―者）
どく（毒）　〔二〕一三・一二六⑥
　cf、きのどく　だいどく　どくき　どくじや　どくしゆ
とくい（得意）　〔二〕九・一二四⑤　〔二〕二二・一三〇⑬
どくき（毒気）　〔一〕六・一一一⑯
どくじや（毒蛇）　〔一〕六・一一一⑯
どくしゆ（毒酒）　〔四〕四・一四一⑪　〔四〕二一・一四八⑫
とくしん・す（得心）［サ変］
　―せ（未）　〔二〕一三・一二六⑦（―ぬ）
　―す（止）　〔三〕二〇・一三九⑥（―べし）
とくすけ(人)（徳助）　〔二〕五・一二二⑦　〔二〕一〇・一二四⑮
とくべゑどの(人)（徳兵衛殿）　〔六〕二四・一六九⑨（掛詞＝徳（得）した／徳兵衛）
どこ（何所）　〔五〕七・一五一⑯　〔七〕一二・一七四⑭

とこしなへ（長） [七]一・一七〇①（半生―に客をもつて家とす）

どこやら［副詞］ [四]四・一四一⑭（―うそ淋しく）

ところ（所） [一]九・一一三⑮ [二]五・一二二⑩ [二]八・一二三② [二]一五・一二七⑧ [二]一七・一二八⑥ [五]一・一四九① [五]一・一四九① [五]一・一四九② [五]一一・一五三⑤（―の名主） [五]一二・一五三⑩（此―小便無用） [六]七・一六二⑫ [六]（去ル―から） [六]一一・一六四⑥ [六]一二・一六五③ [六]一三・一六五⑤ [六]一五・一六六⑤ [六]一六・一六六⑪ [七]一八・一七七⑨ [七]一八・一七七⑩

cf、てうところ ところどころ びくにどころ ふんべつどころ やところ

ところ（処、所）［形式名詞］ [序]四・一〇七⑫（なげうつ―の散銭） [一]一二・一一四⑯（見物の気が‥凝かたまつて居る―） [四]五・一四二②（とろとろする―に） [五]二・一四九⑫（正直な―が廿五で） [五]二三・一五八①（おみ様のいふ―が） [七]八・一七三⑧（汝が好む―は） [七]一二・一七五②（然に汝が好む―の宮古路は‥） [七]一七・一七七③（世人あまねく知る―）

cf、つまるところは

ところどころ（所々） [一]一五・一一六⑩ [二]一七・一二八⑥

とさ（土佐）（土佐節ヲサス） [七]一九・一七七⑮ [七]二四・一七九⑮ [七]二五・一八〇⑥

cf、とさぶし

とさぶし（土佐　） [七]一一・一七四⑪

とし（年、歳） [三]二・一三二⑦（過し―） [五]二・一四九⑫（―は‥廿五で） [五]二・一四九⑬（廿五で辰の―） [五]一五・一五四⑮（紛失する―）

cf、そのとし たうねん としつき としひさし としま としよは ねん まいとし まはりどし

と・し【疾】［形ク］ ↓とく

としつき（年月） [四]九・一四二⑮ [四]一一・一四四⑫

としどし（年々） ↓ねんねん

としひさし（年久）［形シク］

―き（体） [三]一二・一三六②（―田虫の薬などの‥入用になき引札とは違ひ‥）

としま（年増） [五]三・一五〇③

としよは（年弱　：よわ） [二]九・一二四⑥

としより（年寄）

cf、としよりども

としよりども（年寄共） [二]三・一二一⑪

としよわ（年弱） ↓としよは

とせい（渡世） [二]三・一二一⑩（―のいそがしひ中に） [四]一六・一四六⑪（―の苦労） [六]九・一六三⑭（―をうしなひ）

cf、とせいす

とせい・す（渡世）［サ変］

―する（体） [一]一二・一一五①（曽我の影で―故）

とぜん（徒然） [六]一・一六〇②（―なるに）

とぞ ↑「と」「ぞ」

[三]二・一三二④ 手前の臍を隠さるる―

[三]七・一三八② 随一の御咎也―古き人の申侍りし（係結）

[三]七・一三八③ 御下屋敷とて御拝領ある事―

[三]八・一三八⑫ 曾てなき事―‥に教置れし（係結）

[六]八・一六三③ あしの立所（たてど）もなかりし―‥に書のせ置れました

とそぶくろ（屠蘇袋） [六]一六・一六六⑪

とたん [二]二・一二〇⑥（仮にも―のてんぽの皮にかからず）

とち（土地） [一]一・一一四⑪ [七]一〇・一七四⑤（―相応） [七]一一・一七四⑪（―相応）

どちら [二]一四・一二六⑭（―も）

と・づ（閉）［ダ上二段］ と・ぢる［ダ上一段］

―ぢ（用）　四四・一四一⑮（―て）
とつくと［副詞］（「とくと」ヲ強メタ語）　四五・一四二⑦（心静に―聞てたも）
とつさま（「ととさま」ノ音変化）　二一五・一二七⑧
とつてかへ・す（　返）［連語］
―し（用）　三二〇・一二九⑭
とつてもつかぬ（　附　）［連語］　一一五・一一六⑥（―八百屋お七）
とて［格助詞］
一一・一一〇①　足柄清見が横ばしり―：道ありけり
一二・一一〇⑦　竹生堂馬牛―前句冠附の点者ながら
一八・一一三⑧　新刃でもためす―引込はせぬか
一一二・一一五①　五月廿八日曽我祭―：供物神酒を備へ
二一・一二〇④　臍に似たり―臍翁とは名乗けらし
二一四・一二七③　能およぐ者は溺る―：不調法な者は
三二・一三二⑩　白輿屋の惣七―猿智恵な男
三一七・一三八③　格別に御下屋敷―御拝領ある事とぞ
三二〇・一三九⑦　此類の僻事諷諫せん―：引札にていけん
四一・一四〇②　娯足斎園茗―人にそげたるゑせ者
四九・一四三⑦　我等夫婦が像じや―開帳せしが
四一八・一四七⑩　六十六部―：笈を負ひ
四一八・一四七⑪　笈仏―のぞきからくりの様な仕かけ
五一・一四九⑥　足袋屋が袋をぬかれた―足屋とは名乗けらし
五一一・一五三④　ぴんとはねたが厄害筋―：ももてあつかはるる町内の草臥者
五一二・一五三⑮　ちよぼちよぼとした筋が鉄火筋―博奕をすく筋でござる
五一四・一五四⑫　雷の卦で百里を驚す―怖い卦体
六二・一六〇⑨㊫　鬼見に―出まどふ
六三・一六一⑤㊫　跡なき事にあらざんめり―人をやりて見するに
六八・一六三⑥　何やらのまじなひ―頭上へ土器をのせ
六一三・一六五④　河口善光寺の建立―：白張に其所の号（な）を：書ちらして
七一・一七〇④　宮古路無字大夫―隠なき不器用者あり
七一八・一七七⑧　書物屋にて己巳待―：我が姿をかけ置
cf、とては　とても
とて［接続助詞］（格助詞カラ転ジテ仮定ノ逆説ヲ表ス）
一六・一一一⑮　雪隠迄見さがしたれば―：ともなるべからず
二一五・一二七④　諸芸に器用な―味噌とやらをあげめさるな
二一六・一二七⑬　仮名じや―見こなさずによまれい
三一三・一三六⑪　町人風情が死だ―：恥かしからぬかは
四一〇・一四四②　死だ者が物いはぬ―あんまりむごたらしい仕形
四一〇・一四四⑥　いかに秘蔵の照天が姿なれば―：きざみそうな物歟
六一・一六〇②　いかに用なき隠居の身―宵から寐て斗（ばかり）も暮されず
六二二・一六八⑪　其比の人じや―（迚）：にくまれふ筈もなし
六二二・一六八⑪　今時の人じや―俄に可愛がらるる訳もないに
cf、とても
どて（堤封、土堤）　五二・一四九⑩（―の柳）　五一八・一五七②
とては　↑「とて」「は」
四一六・一四六⑨　開帳場の物―茶ばかりなりしを

[七]六・一七一⑫　しんしんとして参詣―我一人
　cf、さりとては
とても　↑「とて」「も」
[二]一七・一二八⑩　取立がよい―：不埒な者を置ては
[三]一四・一三六⑯　万戸侯の葬―是には：驚かぬ人もなかりき
[七]三・一七一⑨　元来旅用意―わらじ一足買迄也
とても（迚）［副詞］
[四]二・一四〇⑥　―今宵は此宿に泊る合点なれば
[五]一八・一五六⑥　諷（うたゐ）は―手習師匠の手際でいかぬ物
[七]九・一七三⑫　―聞入るべしともおもはねば
とてん（渡天）
　cf、につとうとてん
とど・く（届）［カ四段］
―か（未）　[五]一四・一五四⑦（―ぬ）
―い（用　音便）　[七]一六・一七六⑫（―て）
とど・く（届）［カ下二段］　とど・ける［カ下一段］
―け（未）　[一]二二・一一九⑨（言伝も―まじ）（「まじ」ガ未然形ニ付イタ例）
―け（用）　[一]一一・一一四⑨（―てもらいたし）
ととせ（十年）　↓じふねん
ととの・ふ［ハ四段］
―ひ（用）　[三]一九・一三八⑬（―たる）
ととの・ふ（調）［ハ下二段］　ととの・へる［ハ下一段］
―ふる（体）　[一]一四・一一六③（太皷―が大義）
ととのへお・く（調置）
　cf、おんととのへおかせられ（御調被為置）
とどま・る（止）［ラ四段］
―り（用）　[一]一〇・一一四⑦
―る（止、体）　[六]一〇・一六四⑤（流言は智者に―）　[六]一一・一六四⑥（―ごとく）　[六]一一・一六四⑦（―もので）
とど・む（止）［マ下二段］　とど・める［マ下一段］
―め（未）　[四]一三・一四五⑧（心にも―ざりしが）
―め（用）　[四]一二・一四五④　[四]一四・一四六①（御耳に―給ふべからず）　[四]一七・一四七②（爰に哀を―しは）　[四]一八・一四七⑫（婆々嫁々の足を―）
とな・ふ（唱）［ハ下二段］　とな・へる［ハ下一段］
―へ（未）　[三]九・一三四⑯（―させ可申候）
―へ（用）　[三]一七・一三八①（―し事）　[七]一九・一七八⑥（念仏題目朝夕―た）
となり（隣）　[五]二五・一五八⑮　[六]二一・一六八⑩（―の親父）
　cf、あたりとなり　となりまち
となりちやう（隣町）　↓となりまち
となりまち（隣町「となりちやう」トモ）　[六]一三・一六五⑥
とにもかくにも（　斯　）［副詞］　[一]一四・一一六②（―祐経が独りころび）
どの（殿）［接尾語］
　cf、うばどの　うぶすなどの　おぐりどの　おひやくしやうどの　おほやどの　かまくらどの　きざゐもんどの　くどうどの　くろはちどの　さいみやうじどの　ときむねどの　とくべゑどの　なぬしどの　はちまんどの　ひきやくやどの　へそないどの　みこどの　むすこどの　りやうがへやどの
とのばら（殿原）　[四]三・一四一⑩
　cf、そがとのばら
とは　↑「と」「は」
[序]三・一〇七⑩　：伽にもやと下手談義―名付けらし
[一]三・一一一⑥　前句点者―成りしが
[一]六・一一一⑪　馬の籠ぬけ―我身の上じやと
[一]二一・一一八⑮　千丈の堤が：家を流す大水となる―誰も

知るたとへ
[二]一・一二〇④　臍に似たりとて臍翁―名乗けらし
[二]二・一二〇⑧　持丸長者―此親父と
[二]五・一二二⑧　禅宗―いやといわれぬ
[二]一〇・一二五②　終ある事すくなし―聖人の言葉
[二]一二・一二五⑬　七生迄の勘当―あまくち
[二]一四・一二六⑬　念仏もふせ―命をむしらるる様な物
[二]一五・一二七⑦　どうめう―酒問屋にまぎれる
[三]一二・一三六③　人々入用になき引札―違ひ
[四]八・一四二⑪　芸は身を助くる―此時思ひ知りぬ
[四]九・一四二⑯　千歳の一遇―（とわ）此事（重出＝「とわ」）
[四]一〇・一四四②　我等兼氏―申さぬ事
[四]一一・一四四⑧　是程の鼻毛―おもはなんだ
[四]一一・一四四⑨　女房の形を三拝してきざんだ―…大淫気
（たわけ）と
[四]一四・一四五⑭　拝し奉れ―何の因果に
[四]一六・一四六⑮　拝あられましよ―近年の出来物
[四]二〇・一四八⑤　盗人に笈―六部から出た諺ぞかし
[四]二〇・一四八⑨　堪忍土―娑婆の替名なれば
[五]二・一四九⑥　足袋屋が袋をぬかれたとて足屋―名乗けら
し
[五]四・一五〇⑪　わしが親―知る人そふで
[五]一〇・一五三②　銭はらへ―申まいがな
[五]一六・一五五⑧　憚る事なかれ―爰の事
[五]二一・一五七③　陰陽師―見ゆれ　むかし…野楽（のら）
者の一人なりき
[五]二一・一五七⑦　衆人愛敬―女子童子も祈るにあらずや
[五]二一・一五七⑧　小野―いわじ　あなめあなめ
[六]二〇・一六七⑩　誠のかかり娘―あの子が事
[六]二一・一六八⑥　正直故―いいながら…おろかなるべし
[六]二三・一六九②　四も五もくわぬわるずい―なりき
[六]二三・一六九⑧　虚偽半分なを聞く―大なちがゐ
[七]一三・一七五⑨　氏子の風俗あしかれ―…おもわぬ物から
[七]一七・一七六⑮　心中―いふべからず
cf、げにとは　さりとは
とびあが・る（飛上）［ラ四段］
―る（体）　[七]三・一七一⑤（―中に
とびある・く（飛　）［カ四段］
―く（体）　[七]一三・一七五⑤（―輩）
とびい・づ（飛出）［ダ下二段］［振リ仮名アリ］
―で（用）　[六]二一・一六八⑨（―はせまじ）
とびのもの（鳶者）　[二]二一・一三〇⑤
とひや（問屋）
cf、さかどいや
と・ふ（問）［ハ四段］
―う（用　音便）　[五]七・一五一⑬（―て）　[七]二四・一七九⑫
（―て）
―へ（已）　[四]五・一四二⑥（―ば）
と・ぶ（飛）［バ四段］
―び（用）　[六]一四・一六五⑬（あそこへも―給ふ）　[六]一四・
一六五⑬（ここへも―給ふ）
―ぶ（体）　[三]八・一三四⑬（―がごとく欠（かけ）させ）
cf、とびあがる　とびあるく　とびいづ　とんだ　とんだか
はねたか
どふ（どう）　↓どう　ヲモ見ヨ
[五]五・一五一②（―せうぞ）
とぶらひ（弔）
cf、おんとふらい
とほ・し（遠）［形ク］
―から（未）　[二]一三・一二六⑤（―ず）

―かる（体）　〔七〕二四・一七九⑯（―まじ）
　cf、ゑんどほひ
とほ・す（通）［サ四段］
―さ（未）　〔四〕四・一四一⑫（只は―ぬ）
　cf、みとほし
とほり（通）　〔一〕一一・一一四⑩（貴様も知らるる―）　〔二〕一〇・一二四⑫（教の―に）　〔四〕三・一四一④（目利の―）　〔五〕八・一五二④（仰の―に）　〔五〕一四・一五四⑪（今の―）　〔五〕二一・一五七⑧（望の―）　〔六〕一三・一六五④（御ぞんじの―）　〔六〕一六・一六六⑬（御覧の―）　〔六〕二三・一六九⑥（いわるる―じや）
　cf、あのとほり　かくのとほり　このとほり
とほり（通）
　cf、しんみちどほり　てらまちどほり
とほり・う【通得】［ア下二段］
―う（止）　〔六〕三・一六一④徒（―べうもあらず）
とほりもの（通者）　〔三〕一四・一三七③
とほ・る（通）［ラ四段］
―り（用）　〔一〕一・一一〇①（―て）　〔一〕一・一一〇③（―て）　〔一〕一・一一〇⑥　〔二〕二・一二〇⑦（随分地を打て―）　〔五〕二・一四九⑪（―しが）　〔七〕一二・一七五②（骨髄に―）　〔七〕二二・一七八⑨（骨に―ししるし）　〔七〕二二・一七九①（骨に染　髄に―）
―る（体）　〔三〕三・一三二⑬（投込て―を）　〔四〕一一・一四四⑩（―度に）　〔五〕一七・一五六②（見ぬふりして―衆）　〔五〕二一・一五七⑥（除て―は）
―れ（已）　〔三〕一三・一三六⑬（―共）　〔五〕二一・一五七⑤（除て―ば）
　cf、おとほり　とほりう　とほりもの
とます（斗升）　〔二〕一二・一二五⑬（―で八盃迄の勘当）

とま・る（泊）［ラ四段］
―り（用）　〔四〕一九・一四七⑮（―て）
―る（体）　〔四〕二・一四〇⑥（此宿に―合点なれば）
と・む（留）［マ下二段］　と・める［マ下一段］
―め（未）　〔四〕一三・一四五⑤（御心に―られず）
と・める（泊）［マ下一段］　と・む［マ下二段］
―め（未）　〔四〕三・一四一⑤（よい宿には―ぬ程に）
―める（体）　〔四〕三・一四一⑧（寺に―事は）
とも（友）　〔二〕一・一二〇②　〔二〕九・一二四⑧
とも（供）　〔三〕一四・一三七⑧
　cf、おとも
とも［接続助詞］
　〔一〕二〇・一一七⑫　風俗の害になる―入りさへあらばと
　〔二〕一一・一二五⑧　杖や棒でたたき出さるる―：かへるまじ
　〔二〕一一・一二五⑨　実父の方へは死ぬ―ふたたびかへるまじ
　〔二〕一一・一二五⑩　捻金婆々をしうとにする―気にいらゐでどうせうぞ
　〔二〕一七・一二八⑧　口上はあしく―御法度の旨を堅く守り
　〔三〕一・一三二①　須弥山をはり貫にする―易かるべし
　〔三〕一八・一三八⑧　姿形は此節見ぐるしく―（共）哀情一片にてあらまほし
　〔三〕一八・一三八⑨　袴腰がゆがもふ―：品にこそよるべき
　〔三〕二〇・一三九⑥　哀情こそ薄く―せめて草履の緒は
　〔四〕一四・一四五⑯　何やうに申す―（共）今時の人は
　〔六〕一二・一六五③　何程はやらせたふたくむ―人品よろしき所では
　〔六〕二〇・一六八①　馬鹿者が来て咄しませふ―耳から這入は
　〔七〕一六・一七六⑫　万に一ツも極楽へ生レたり―：つまらぬ角つき合では
　cf、いかほどなりとも　およばずとも

とも［終助詞］
五一二・一五三⑭　そふでござろ―

とも　↑「と」「も」
一六・一一一⑮　させる高名―なるべからず
一二・一一五⑥　浄留理歌舞妓の元手―なれ
一一七・一一七⑩　かれらが罪障懺悔―なりなん
一二二・一一九⑨　馬役の身なれば馬糞―のかぬ中と
二五・一二二⑧　六祖―縁あれば
四八・一四二⑩　さのみ怖し―思はざりしは
四一一・一四四⑨　日本に二人―なき大淫気（たわけ）
四一五・一四六⑦　わが道の衰―知らぬ仏様
四一七・一四七①　殊勝―中々申ばかりはなかりけり
四二一・一四八⑭　長の夜をまんぢり―せで（重出＝「まんぢりと」）
五七・一五一⑭　主人を仏―神ともあふぎて
五七・一五一⑭　主人を仏とも神―あふぎて
六一〇・一六四④　いかなごろごろ―いわで過ぬ
七六・一七一⑬　拝殿―いわせず…草臥足さし伸し
七九・一七三⑫　とても聞入るべし―おもはねば
七二三・一七九⑤　二声―きかれぬすみる茶色の声
cf、かく　と　ともかくも　なんなりとも　も

ども［接続助詞］
序二・一〇七④　損徳はるかにへだたれ―…志は一なり
三一三・一三六⑬　いかめしき顔して通れ―（共）…町人の浅間しさ
五一七・一五五⑭　喧嘩の種をまけ―一向禁制せず
六九・一六三⑬　呼ぶばかりで買人（かいて）があれ―俄聾て返す
六一六・一六六⑫　念ごろぶりにちやわちやわといへ―
七一六・一七六⑩　未来でながく添ましよといいおれ―
七二四・一七九⑭　一口にしてやらす筈なれ―此度はゆるし

［候得共］
三一・一三一⑪　冷気に趣候得―
三四・一三三⑤　可懸御目候得―
三五・一三三⑧　高直には無御座候得―
三六・一三三⑮　稽古為致置候得―
三九・一三五②　簾を御懸被成候得―
cf、されども　しかれども　といへども

ども（共）［接尾語］
cf、あにども　きやうだいども　ことども　こむすめども　さむらひども　てだいども　としよりども　ばかものども　むすめごども　ものども　ろくぶども

ともあれ［副詞］　二二一・一三〇⑦（余所は―手前の支配下は）

ともかくも（角　、兎　）［副詞］　二一四・一二六⑬（親の事は―じやが）　四一・一四〇③（手の奴は―あれ）

ともがら（輩）　一一六・一一七③　二一三・一二六④　六一〇・一六四⑤　七一〇・一七四⑤　七一三・一七五⑥　七二三・一七九⑨　七二四・一七九⑪

ともじ（「と」文字）　五一六・一五五⑪

ともしび（灯）　六一・一六〇④

ともだちつきあい（友達附合　…あひ）　五一六・一五五⑨

ともだちつきあひ（友達附合）　↓ともだちつきあい

ともに（共）［連語］
一二一・一一九④　たちのぼる煙と―消て跡なき
二三・一二一⑦　夫婦―不審顔
三二・一三二⑨　子を持ぬ棒手振も―歎きとなりける
四一七・一四六⑯　晩鐘の響と―門前で
四一八・一四七⑧　印相の御指と―握り詰て
四一九・一四八②　夜明烏と―…立出る
五一・一四九④　銭を財布―盗まれ

[五]二二・一五七⑬　和漢—こふした事はろくな者のする事な
らず
[七]一七・一七七③　武士　町—姫娘女房の欠落の沙汰
とや　↑「と」「や」
[三]一七・一三八④　僣上—いわん（係結）
とやら　↑「と」「やら」
[三]一七・一三八④　僣上とやいわん愚昧—いふべき（係結）
[一]二〇・一一七⑭　男のいきじを磨く—いふが
[一]二〇・一一八②　かの悪対—は少もいわで
[二]九・一二四⑦　浪人の日梨樫右ヱ門—に近付
[二]一五・一二七⑤　味噌—をあげめさるな
[四]三・一四一⑪　池の荘司—を始
[五]九・一五二⑪　花の跡に柊—で
[六]二二・一六八⑮　門は九ツ戸は一ツ—いふ事を
とやらん　↑「と」「やらん」（「にやあらん」ノ音変化シタモノ）」
[七]二二・一七九③　恋の関札—おのれらが流義の浄留理を
とら（虎）　[四]一五・一四六⑤（—の威をかる狐開帳）　[五]五・一
五一②（—狼のやうな主人）
cf、とらがいし　とらのかは
どら（鉦）
cf、おほどらもの　どらうつ　どらぶし　どらむすめ
どらう・つ（鉦　）［連語］
—た（未）　[七]二四・一七九⑬（女を—せしは）
とらがいし（虎石）　[四]一八・一四七⑥
とらのかは（虎皮）　[一]一四・一一六③（—の造作あり）
どらぶし（鉦　）　[一]一七・一一七⑦（豊後の—）　[七]二五・一八
〇④
どらむすめ（鉦娘）　[七]一五・一七六④
どらもの（鉦者）
cf、おほどらもの
とらやえいかん㊇（虎屋永閑）　↓とらやゑいかん
とらやゑいかん㊇（虎屋永閑　：エイカン）　[七]一一・一七四⑫
とり（鳥）
cf、からす　かんこどり　たか　にわとり　はと　ふくろう
ほととぎす　よあけがらす
とり（取）［接頭語］
cf、とりあつかふ　とりざた　とりつくろふ　とりなほす
とりあ・ぐ（取上）［ガ下二段］　とりあ・げる［ガ下一段］
—げ（用）　[一]二一・一一九①（かかる事を—ていふも）　[四]一
三・一四五⑨（—て論ずるに足らぬ）　[六]二〇・一六八①
（—給はずして）
—ぐる（体）　[一]一四・一一五⑯（—に及ぬ）
—げる（体）　[一]二一・一一八⑩（—にたらぬ）
とりあつか・ふ（取　）［ハ四段］
—わ（は）（未）　[七]一七・一七七⑤（—るる）
とりいだ・す（取出）［サ四段］
—し（用）　[一]八・一一三⑪　[二]一九・一二九⑪（—て）　[四]五・
一四二⑤
とりか・ふ（取替）［ハ下二段］　とりか・へる［ハ下一段］
—へ（用）　[三]四・一三三⑥（—差上可申候）
とり・く（取来）［カ変］　とり・くる［カ変］
—き（用）　[七]一九・一七八②（—て）
とりこみ（取込）
cf、おとりこみ
とりこ・む（取込）［マ四段］
—み（用）　[一]一七・一一七⑦　[三]一九・一三九②（我人—て心
せわしき折から）
—む（体）　[五]一七・一五五⑯（—事）
とりざた（取沙汰）　[二]八・一二二⑯
とりたて（取立）　[二]一七・一二八⑦　[二]一七・一二八⑩

とりつくろ・ふ（取　）［ハ四段］
—わ（は）（未）　〔一〕二一・一一八⑧（おもしろおかしく—ぬ様に）
とりどり（取々）　〔三〕二一・一三九⑩（—のうはさ）　〔四〕一三・一四五⑧（—の批判）　〔六〕二三・一六九⑥（さまざま—の評判）
とりなほ・す（取直）［サ四段］
—し（用）　〔一〕一五・一一六⑨
とりもち（取持）　〔四〕一五・一四六⑧　〔四〕一六・一四六⑪
とりよ・す（取寄）［サ下二段］
cf、おとりよせ
と・る（取）［ラ四段］
—ら（未）　〔一〕八・一一三⑦（此方へと手を—れ）　〔四〕二〇・一四八④（—ぬ物はとらぬ）　〔四〕二〇・一四八④（とらぬ物は—ぬ）　〔四〕二〇・一四八④（—れても）　〔五〕八・一五二⑥（—ずに）
—り（用）　〔一〕一一・一一四⑮（—もせぬ掛帳）　〔三〕一・一二〇⑥（手に—て見たこともなけれど）　〔二〕一一・一二五⑨（機嫌—て）　〔四〕八・一四二⑫（紙を—て）　〔四〕一〇・一四四③（弓矢打物—て）　〔四〕一二・一四四⑮（むなづくし—て）　〔六〕一七・一六六⑮（米をも—て）　〔六〕二一・一六八⑩（羽衣—て）
cf、うけとる　おもひとる　ぞうりとり　とつてかへす　とつてもつかぬ　とりあぐ　とりいだす　とりく　とりこむ　とりたて　ひようとり
どれ［代名詞］　〔三〕一〇・一二四⑨（—もどれもづうづう念仏）　〔三〕一〇・一二四⑨（どれも—もづうづう念仏）
どれどれ［代名詞］　〔四〕四・一四一⑪（—も一盃づつなる口故に）
と・れる［ラ下一段］
—れ（用）　〔七〕一〇・一七四②（角—た風俗）
とろとろ・す［サ変］
—する（体）　〔四〕五・一四二②（臂を枕に—処）
どろどろと　〔三〕三・一二一⑥（—這入て）
とわ［助詞］（重出＝「とは」）
〔四〕九・一四二⑯　千歳の一遇—此事
とんだ［連体詞］　〔六〕一四・一六五⑬（—事）（当時の流行語）
とんだかはねたか［連語］　〔六〕一四・一六五⑮（其後—の音もなくやみぬ）

［な］

な（名、号）　〔一〕二二・一一五⑤　〔一〕一七・一一七⑧（—を流し）　〔二〕一・一二〇⑤　〔四〕五・一四二⑥　〔四〕一三・一四五⑩（—もなき小寺）　〔五〕一・一四九①　〔五〕二三・一五八⑤　〔六〕一三・一六五⑤（号）　〔七〕七・一七二⑥（—はかたく人は和らぐ…）
cf、かへな　なのる
な［終助詞］
〔一〕一三・一一五⑫　時宗殿療治はどうどうなさるる—
〔一〕二二・一一九⑧　扨は馬糞でありしよ—
〔二〕一三・一二六⑨　十弐文にもあたらぬよ—
〔四〕一二・一四四⑮　きよろきよろして居るは又くらひえふた—
［禁止］
〔一〕八・一一三⑩　隔心し給ふ—
〔二〕一五・一二七⑤　味噌とやらをあげめさる—
〔二〕一八・一二九⑤　年忌追善疎略にしやる—
〔二〕二二・一三〇⑫　麁草しめさる—
〔二〕二三・一三一⑦　一ツまへに着る物着る—
〔二〕二三・一三一⑦　前帯もする—
〔四〕五・一四二④　隔心がましく仕給ふ—
〔四〕五・一四二⑦　驚き給ふ—
〔四〕八・一四二⑧　こはがり給ふ—

[四]九・一四三① せいもん猪牙じやと思召（おぼしめす）―
[四]二一・一四八⑩ 御心にかけられ―（近世ニハ禁止「な」
　八下一、二段型活用ノ場合未然形ニ付ク）
[五]二三・一五八① ああもふいふて下はる―
　cf、なんのいな
な［助動詞（断定）「だ」ノ連体形］（形容動詞語尾ヲ含ム）↓
　「だ」ヲ見ヨ
な・い（無）［形］　↓なし
ないぎ（内義）　[六]一〇・一六三⑮　[六]一〇・一六四②　[七]二四・
　一七九⑬
ないしやう（内證　：シヨウ）　↓ないしよう　ヲモ見ヨ
ないしよ（内所）　[四]九・一四三⑧（―は住寺の商にして）
　[七]二・一七一③　[七]八・一七三⑥
ないしよう（内證）　↓ないしやう　ヲモ見ヨ
　[一]七・一一三③　[三]一八・一二九②（家守りの―不足なは）
ないぢん（内陳）　[七]七・一七二⑨　[七]二五・一八〇②
ないふく（内福）　[二]八・一二三⑧
ないわいの［連語］　[七]一一・一七四⑩（わしやそふで―）
なうな・る（無成）［ラ四段］　↓なふなる
なか（中）　[一]二二・一一九⑨（馬糞とものかぬ―）　[三]三・一二
　一⑪（いそがしひ―に）　[五]一〇・一五二⑭（葭簀張りの―
　へ）　[六]八・一六三⑦（其―）　[七]三・一七一⑤（飛上る―
　に）　[七]一九・一七八③（巣の―）　[七]一九・一七八⑤（巣
　の―）
　cf、つじなか　なかにも　ひとなか
なが（長）（「ながい」ノ語幹カラ）　[四]二一・一四八⑭（―の夜）
　cf、ながつつみ　ながらうにん
なかごと（中言）　[五]六・一五一⑨
なが・し［形ク］　なが・い［形］
　―く（用）　[七]一六・一七六⑨（未来で―添ましよと）
　―ふ（う）（用　音便）　[五]九・一五二⑫（上着より一寸五分程
　　―して）　[七]九・一七三⑮（羽織―して）
　―ひ（い）（止）　[三]二一・一三一②（小袖の尺が―）
　　cf、なが　なまながし
ながしす・つ（流捨）［タ下二段］
　―て（用）　[四]二〇・一四八⑩（―て）
なかじまかんざゑもん㊇（中島勘左衛門）　↓こなかじまかんざゑ
　もん
なが・す（流）［サ四段］
　―し（用）　[一]一七・一一七⑧（名を―）　[五]一四・一五四⑦
　（汗を―て）
　―す（体）　[一]二一・一一八⑭（家を―大水となる）　[七]一一・
　一七四⑥（よだれを―事）
　cf、ぐわつすいながし　ながしすつ
なかだち（媒）　[七]八・一七三⑥
ながつつみ（長坡）　[五]一・一四九①
なかなか（中々）　[三]一二・一三六⑤　[四]一七・一四七①
なかにも（中）［連語］
　[二]四・一二一⑬　―乙吉は：乳の余りの秘蔵子
　[三]一二・一三六⑧　―別して目に立て分を越たるは
　[三]一七・一三七⑯　―石川六兵衛が御咎の御条目に
　[七]一二・一七四⑬　―上品の至り浄留理
なかば（半）　[一]七・一一三①（五月―）　[六]一・一六〇⑤（もは
　や―過ぬ）　[七]六・一七一⑪（五月―）
なかま（仲間）　[五]二四・一五八⑧　[七]二三・一七九⑥
　cf、かみなかま　なかまろくぶ　やくしやなかま
なかまろくぶ（仲間六部）　[四]一九・一四七⑬　[四]一九・一四七⑭
なが・む（詠）［マ下二段］　なが・める［マ下一段］
　―め（未）　[六]九・一六三⑩（―られたる）
　―め（用）　[五]一〇・一五二⑯　[六]一五・一六六①（余所に―て）

〔七〕一・一七〇②（—て）
—むる（体）　〔二〕二・一二一③（花と—四時の楽）
なかやすみ（中休）
　cf、なかやすみす
なかやすみ・す（中休）［サ変］
—し（用）　〔四〕一六・一四六⑫（—て）
ながら［接続助詞］（副助詞トスル説モアリ）
［体言＋ながら］
〔一〕二・一一〇⑦　前句冠附の点者—…宗匠をも…見下し
〔一〕二二・一一九⑤　格別よい人品—さりとは吝（しわい）人
　じや
〔二〕一八・一二九④　おれが子—親の恩は…ないぞや
〔五〕四・一五〇⑫　道千我身—我を折
〔六〕二・一六〇⑦　はやふ来らばと残念—入口の柱にもたれて
〔六〕一五・一六六①　市中—人品格別世界にして
〔六〕一五・一六六⑤　家職半分—…あしきならはし
［活用語＋ながら］
〔一〕九・一一三⑭　座敷で寐ころび—呑より
〔一〕二二・一一九⑥　大な用を頼—…酒代でもはづみそふな物
　じやに
〔二〕二・一二〇⑨　歓楽を極—繁花の市中をいとひ
〔二〕三・一二一⑤　茶釜の下さしくべ—のぞきて見れば
〔二〕二三・一三一⑥　銭湯で立—湯をあびたり
〔三〕一九・一三八⑮　親の棺の跡に立—腰なでさすり
〔四〕五・一四二⑤　一服くゆらし—
〔四〕一九・一四七⑬　年中江戸に住居し—
〔六〕九・一六三⑭　虚説の為に渡世をうしなひ—
〔六〕二一・一六八⑥　正直故とはいい—…おろかなるべし
〔七〕二・一七〇⑥　ぶらぶらあるき—のひとふし
〔七〕二二・一七九③　たつた六文が物喰—大臣のつらをして

　cf、うまれながら　さりながら　はばかりながら　よそな
　　がら　りよぐわいながら　われながら
ながらうにん（長浪人）　〔五〕八・一五二①（—の基）
なが・る（流）［ラ下二段］　なが・れる［ラ下一段］
—れ（未）　〔七〕一一・一七四⑪（和して—ず）
—るる（体）　〔四〕一一・一四四⑩（—冷汗）
　cf、ながれ
なかれ（形容詞「なし」ノ命令形）（漢文訓読調ノ表現）（重出＝
　「なし」）
〔一〕一〇・一一四⑥　驚こと—
〔五〕一六・一五五⑦　誤りて改むるに憚る事—
ながれ（流）　〔六〕一二・一六四⑯
ながれくわんぢやう（流灌頂）　→ながれくわんでう
ながれくわんでう（流灌頂　：クワンヂヤウ）　〔三〕一〇・一三五⑧
なかゐ（中居）　〔五〕二・一四九⑩
なきいだ・す（泣出）［サ四段］
—し（用）　〔三〕六・一三三⑭（—申候様に）
なきごへ（泣声　：ごゑ）　〔七〕一九・一七七⑯
なきごゑ（泣声）　→なきごへ
なきはら・す（泣　）［サ四段］
—し（用）　〔三〕一九・一三八⑬
な・く（泣）［カ四段］
—き（用）　〔三〕五・一三三⑫（—候女）　〔三〕六・一三三⑮（—不
　申）
—く（体）　〔二〕三・一一一⑩（跡追て—悴）
　cf、なきいだす　なきはらす　なくなく
な・く（鳴）［カ四段］
—き（用）　〔七〕一九・一七八④（似我似我と—て）
なぐさみ（慰）　〔六〕一・一六〇⑤
なぐさ・む［マ四段］

―む（止、体）　〔序〕三・一〇七⑨（徒然―伽にもや）　〔七〕一二・一七四⑯（―べからむ）
　cf、なぐさみ
なくなく（泣々）　〔四〕一七・一四七③
なげいだ・す（　出）［サ四段］
―し（用）　〔六〕八・一六三②（ほうろくを―て）　〔六〕二四・一六九⑪（小判―た顔で）
なげう・つ［タ四段］
―つ（体）　〔序〕四・一〇七⑫（―処の散銭）　〔四〕一四・一四五⑮（―筈はなし）
なげき（歎）　〔二〕一三・一二六⑦　〔三〕二・一三二⑨　〔四〕一八・一四七⑦　〔七〕一六・一七六⑧
なげ・く（歎）［カ四段］
―き（用）　〔七〕一七・一七六⑭
―く（体）　〔三〕二・一三二⑦（―親々）　〔四〕一七・一四七④（―は尤也）
　cf、なげき
なげこ・む（投込）［マ四段］
―み（用）　〔三〕三・一三二⑬（―て）
なげす・つ［タ下二段］　なげす・てる［タ下一段］
―て（用）　〔六〕一四・一六五⑪（―て）
なげやりさんぼう（　三宝）　〔五〕一七・一五五⑯
なげや・る［ラ四段］
　cf、なげやりさんぼう
な・げる［ガ下一段］　な・ぐ［ガ下二段］
―げ（用）　〔一〕一六・一一六⑯（―たりふんだり）　〔四〕一四・一四五⑭（賽銭―て）
　cf、なげいだす　なげうつ　なげこむ　なげすつ
なごりを・し（名残惜）
　cf、なごりをしがる
なごりをしが・る（名残　）［ラ四段］
―る（体）　〔一〕三・一一一⑨（―女房もなく）
なさ（形容詞「なし」ノ語幹＋接尾語「さ」）　〔一〕八・一一三⑦（追はぎでは―そふなが）　〔一〕二一・一二五⑥（…が―に）
なさけ（情）　→じやう
なさ・る［ラ下二段］（「する」ノ尊敬語）
―れ（用）　〔二〕一九・一二九⑨（御旅館と―しに）　〔三〕二・一三二⑦（疎略に―）
―るる（体）　〔一〕二三・一一五⑫（療治はどうどう―な）
なさ・る［補助用言］（近世、ラ下二段カラ四段ニ移行）
―れ（命）
　〔四〕一六・一四六⑫　近ふ寄て契約―
［お…なさる］［ご…なさる］
―れ（用）
　〔二〕一九・一二九⑬　首尾よく御立―た
　〔三〕九・一三五②　簾を御懸―（被成）候得共
　〔六〕一七・一六七⑤　御覧―たか
　〔六〕二一・一六八⑨　おしらせ―たら
―るる（体）
　〔六〕二二・一六八⑬　口まめに御たくせん―は
―れ（已）
　〔四〕一〇・一四四③　御覧―ば知れる事
―れ（命）
　〔二〕一八・一二九④　御聞―
な・し［形ク］　な・い［形］
―く（未）　〔四〕一・一四〇②（叱人さへ―は）　〔六〕一六・一六六⑩（あかいきれが―は）
―く（用）　〔序〕一・一〇七③（…といふ勧も―）　〔一〕三・一一一⑦（せんかたも―）　〔一〕二・一一一②（遠慮―乗られ）　〔一〕二・一一五⑥（宝永山程も―）　〔一〕三・一一一⑩（女房も―）

—）[二]一・一二〇③（あつても—ても）　[二]一〇・一二五②（みぢんもちがひ—）　[二]一五・一二七④（身をうつ事—）　[二]一七・一二八⑥（残る所—）　[二]一七・一二八⑨（怠—）　[三]一・一三一⑫（撰嫌らひ—）　[三]二・一三二⑥（甲斐も—）　[三]一〇・一三五⑦（活たる字—）　[三]一三・一三六⑫（憚る色も—）　[三]一四・一三七⑧（供は壱人も—）　[五]七・一五一⑩（口利（くちきく）事—）　[五]一七・一五五⑭（教へいましむる事—）　[六]二・一六一②徒（見たりといふ人も—）　[六]六・一六一⑬（懲も—）　[六]七・一六二⑥（あらそふもの—）　[六]一一・一六四⑩（堪（こらへ）情—）　[六]一三・一六五⑤（恥し気も—）　[六]一四・一六五⑮（音も—やみぬ）　[六]一七・一六七⑧（気づかい—）　[六]二〇・一六七⑩（心中欠落の念も—）　[七]一・一七〇④（至らぬ隈—）　[七]一一・一七四⑩（弱気（にやけ）た詞—）　[七]一二・一七四⑭（嫌ふ人—）　[七]一三・一七五⑤（いたらぬ隈も—）　[七]二五・一八〇③（正体も—）

—う（用　音便）　[四]一五・一四六③（参詣が—ても）

—ふ（う）（用　音便）　[七]一九・一七七⑬（豊後ぶしも—て）

—かり（用）　[二]九・一二四①（泪をこぼさぬ日も—しに）　[三]一四・一三六⑯（驚かぬ人も—き）　[三]一四・一三七⑩（：などは怪我にも—き）　[四]一〇・一四四④（たんどは—しに）　[四]一五・一四六④（不足の沙汰も—し）　[四]一七・一四七①（申ばかりは—けり）　[六]八・一六三③（あしの立所も—しとぞ）　[七]一五・一七六⑦（絶て—し）　[七]二五・一八〇⑥（感ぜぬ者こそ—けり）

—し（止）　[一]三・一一一⑩（悴も—）　[一]一〇・一一四⑧（よすがも—）　[一]一二・一一五⑦（可愛がる人は—）　[一]一三・一一五⑪（晴る間も—）　[一]一三・一一五⑭（まなぶ者—）　[二]一七・一二八⑤（長者二代—）　[三]三・一三二⑪（徭（やと）わるる者も—）　[三]一九・一三八⑮（にくまざるは—）　[三]一九・一三九②（知る筈も—）　[四]一三・一四五⑥（挑灯—に）　[四]一四・一四五⑮（なげうつ筈は—）　[四]一六・一四六⑪（算用合筈は—）　[四]一六・一四六⑪（苦労—に）　[四]二〇・一四八⑨（かはる事—）　[五]六・一五一⑦（：主人は—）　[五]一三・一五四④（鬼神に横道—）　[五]一五・一五五④（禍は慎の門に入る事—）　[六]二・一六一②徒（：と云人も—）　[六]三・一六一⑥徒（あへるもの—）　[六]二二・一六八⑪（にくまれふ筈も—）　[七]六・一七一⑬（笑ふべき道者も—）　[七]一〇・一七三⑯（：といふこと—）　[七]一六・一七六⑨（淫たるものは—）　[七]一七・一七七④（売買する事—）　[七]二三・一七九⑩（志はけしほども—）　[七]二四・一七九⑪（沙汰なきは—）

—い（止、体）　[一]一七・一一七⑪（文盲なるは—筈）　[二]二・一二一③（聞ものも—気散じ）　[二]一〇・一二四⑯（いいぶんの—：かかり息子）　[二]一八・一二九④（親の恩は少も—ぞや）　[二]二三・一三一④（命が—ぞ）　[四]五・一四二⑦（こわい事の—客人）　[四]八・一四二⑫（腰より下は—筈）　[五]六・一五一⑧（鉄のわらじはゐて尋ても—筈）　[五]一一・一五三④（銭を出した例が—）　[五]一一・一五三⑥（一疋も—）　[五]一四・一五四⑩（うその—もの）　[五]一七・一五五⑬（生れながらの悪人は—筈）　[五]二三・一五八②（毛すじほどもちがいが—）　[六]二二・一六八⑫（可愛がらるる訳も—に）

—ひ（い）（体）　[六]七・一六二⑤（毛も—虚をいいちらせど）　[六]二四・一六九⑩（一生に—大気を出して）

—ゐ（い）（体）　[五]一三・一五四⑤（なめて見た事は—が）　[六]二三・一六九⑧（損の—こと）

—き（体）　[二]九・一二四②（ならぶ者—大百性）　[三]二・一三二⑤（油断—世中）　[三]一八・一三八⑫（曾て—事）　[三]一九・一三九①（武家方に—礼義）　[四]四・一四一⑮（出入—

体）[四]一一・一四四⑨（日本に二人とも—大淫気（たわけ））
[四]一三・一四五⑩（名も—小寺）[五]二二・一五七⑨（：といふものも—死をとぐる者）[六]一・一六〇②（用—隠居の身）[六]六・一六一⑯（：といふ人も—に）[七]一・一七〇④（はねた事—宮古路無字大夫）[七]一六・一七六⑫（男女一所に居ること—を見よ）[七]一六・一七六⑬（彼地は元来女人—ゆへ）[七]二四・一七九⑪（：の沙汰—はなし）
—けれ（已）[序]一・一〇七③（教も—ど）[二]一・一二〇⑥（見たことも—ど）[二]一三・一二六⑤（慈愛の心—ば）[四]一・一四〇④（旅硯の厄害も—ば）[四]九・一四三⑫（障る所存は—ど）[四]八・一四二⑭（我に等しき人し—ば）[五]二・一四九⑦（見た事も—ど）[六]一一・一六四⑧（語ること—ば）[七]一八・一七七⑫（豊後節は一冊も—ば）
—かれ（命）（重出＝「なかれ」）[一]一〇・一一四⑥（必　驚こと—）[五]一六・一五五⑦（誤りて改むるに憚る事—）
［補助的用法（打消）］
—く（未）
[三]一八・一三八⑦　拝領上下にてさへ—は
—かつ（用）
[一]二〇・一一七⑯　昔はそふで—た
—し（止）
[四]五・一四二⑥　別の義にても—
—い（止、体）
[一]九・一一三⑭　余りよふは—がちと呑で見給へ
[一]一四・一一六①　：とおもわれふがそふで—
[二]一二・一二五⑬　：でいふでは—が
[二]一三・一二六⑩　そちが宗旨では—が
[二]一五・一二七⑨　書物にもあるでは—か
[二]一九・一二九⑫　それ斗では—
[四]三・一四一⑪　酒はよう—物
—き（体）
[三]一二・一三六③　入用に—引札
—けれ（已）
[四]三・一四一⑨　さのみ真実では—ど
cf、あとかたなし　あとなし　あられもない　いとまなし　おもひがけなし　おりない　かいない　かくれなし　かくれもない　かけねなし　かたじけなし　かたじけなや　ぐわんぜなし　こころなし　こころもとなし　ござなし（無御座）　これなし（無之）　さがなし　さなくは　さもなき　さもなくは　しやうことなし　ぜになし　ぜひもなし　ぞんじがけなし　たへまなし　つがもない　ないわいの　なかれ　なさなふなる　ならびなし　にげなし　ねなしぐさ　ねんもないひとでなし　びんなし　ふしなし　ほいなし　やくたいもない　よねんなし　らちもない　ゑんりよなし
な・し［接尾語］
cf、あらけなし
なじみ（名染、馴染）[一]三・一一一⑧　[二]一一・一二五⑤
cf、おさななじみ　おなじみ
な・す［サ四段］
—さ（未）[一]二〇・一一七⑫（いかで人の害を—んや）
—し（用）[三]一七・一三七⑬（分外の奢を—て）
—せ（用）（近世以降「し」ガ下接スルト「しし」トナラズ「せし」トナルコトアリ）[一]二・一一一③（病因と—し故）[四]一五・一四六③（銭の山を—し）
cf、いひなす
なだい（名題）[一]二〇・一一七⑯（金竜山曙染といふ—）
なだい（名題【名代】）[五]二四・一五八⑨（—の寄合）
なつ（夏）[三]一三・一三六⑬
なづ・く（名付）［カ下二段］
—け（用）[序]三・一〇七⑩（下手談義とは—けらし）

なつしよぼん（納所　）　四一二・一四四⑭
なつもの（夏物）
　cf、なつものとう
なつものとう（夏物等）　三六・一三三⑯（帯　綿帽子　且又―）
なでさす・る［ラ四段］
　―り（用）　三一九・一三八⑮
　―る（体）　五一二・一五三⑩（―腕を見れば）
な・でる（撫）［ダ下一段］　な・づ［ダ下二段］
　cf、なでさする
など［副詞］（「なにと」ノ音変化）　六一五・一六六⑤（―見ゆるしてはおわしますぞ）
など［副助詞］（副助詞「なんど」ノ音変化）
　二一五・一二七⑫　家内用心記―（抔）を昼夜：読がよし
　二一九・一二九⑪　夜具―（抔）は祭の衣装のやうなを取出して
　二二〇・一三〇④　連誹茶楊弓―の至り芸
　二二一・一三〇⑨　農業全書　民家分量記―の好（よき）書
　三一・一三二②　弐千七百六拾ばん―と筆ぶとに見しらせし
　三二・一三六②　田虫の薬―のさして人々入用になき引札
　三四・一三七⑨　水色上下編笠―は怪我にもなかりき
　三八・一三八⑨　親に別れたる折―たとへ袴腰がゆがもふとも
　四三・一四五⑨　開帳札―取上て論ずるに足らぬ事
　四三・一四五⑩　善光寺　天王寺―の歴々の大寺
　四四・一四五⑯　貴公―の御事を何やうに申す共
　五六・一五五⑥　祈念祈祷や千垢離―にて朝夕仏神をせせりても
　五七・一五五⑬　悪対（あくたい）　流（はやり）言葉―いふをも
　五七・一五五⑯　五節句：天神講―（抔）とり込事のみ
　五八・一五六⑪　六諭衍義の大意―：読せよかし
　六四・一六五⑯　本町　両がへ町―はさすが大商人の集り
　七四・一七五⑯　親兄―の諫もうけつけぬ大悪人
　cf、なんど
ななくさ（七種）　二五・一一六⑥
ななちやう（七町）　→しちちやう
なに（何）　二三・一二一⑥（これはこれは―とおもふて）
　cf、なにか　なにが　なにくふまいとまま　なにとぞ　なにとやらん　なににても　なににもせよ　なにもかも　なにをがな　なん
なにか（何）［副詞］（「なに」＋係助詞「か」）　二四・一二一⑮（―珍しとおもふべき）（係結）（重出＝「か」）
なにが（何）［連語］（「なにしろ」ノ意）　四一〇・一四四⑦（―人立多き両国橋のほとり）　七二・一七八⑬（―あさから晩迄：噂を口号めば）
なにがし（何某）　三一四・一三七①
なにくふまいとまま（何喰　儘）［連語］　一一・一一〇⑥（―にて不自由三昧なりし）
なにごと（何事）　五二・一五七⑫（―ぞや）
なにと（何）［副詞］（「なんと」カ）　六一〇・一六八④（徒者が―はやらせたふても：流布せず）
なにとぞ（何）［副詞］　二三・一二一⑨
なにとやらん（何）［連語］　二三・一二一⑧（―むつましからぬやうにも）
なににても（何）［連語］　三一八・一三八⑧（―有合を着し）
なににもせよ（何）［連語］　二七・一二三①（―めんどうな客人）
　二二・一一九⑦（―かさ高な状哉）
なにの（何）［連語］　→なんの
なにほど（何程）（「いかほど」カ）　三八・一三四⑩（―も）　五五・一五〇⑮（―ひどい主人でも）　五一五・一五五④（―：

がわるふても） 〔五〕一六・一五五⑦（—わるひ身持でも）
〔六〕一二・一六五③（—はやらせたふたくむとも）
cf、なにほどなりとも
なにほどなりとも（何程成共）（「いかほどなりとも」カ） 〔三〕四・一三三④ 〔三〕五・一三三⑫
なにもかも（何　）［連語］ 〔二〕一四・一二七②（—上手じや）
なにもの（何者） 〔二〕二二・一三一① 〔六〕六・一六一⑫ 〔六〕一二・一六五①
なにやら（何）［副詞］ 〔六〕八・一六三⑥（—のまじなひ）
なにをがな（何）［連語］ 〔六〕一〇・一六三⑯（此礼に—）
なぬか（七日） 〔六〕一四・一六五⑭
なぬし（名主） 〔五〕一一・一五三⑤ 〔五〕一一・一五三⑧
cf、なぬしどの　なぬしやく
なぬしどの（名主殿） 〔四〕二・一四〇⑦
なぬしやく（名主役） 〔二〕二一・一三〇⑦
なのか（七日） →なぬか
なの・る（名乗）［ラ四段］
—ら（未） 〔四〕五・一四二⑥（名を—ねば）
—り（用） 〔二〕一・一二〇④（臍翁とは—けらし） 〔五〕二・一四九⑥（足屋とは—けらし）
なば［連語］（助動詞（完了）「ぬ」ノ未然形「な」＋接続助詞「ば」） 〔一〕六・一一一⑯ 毒気に染て煩ひ—（重出＝「ぬ」「ば」）
なふな・る（なう‥）［ラ四段］
—つ（用　音便） 〔五〕一五・一五四⑮（—ては）
なべ（鍋） 〔五〕三・一五〇④ 〔六〕九・一六三⑪
なほ（猶） 〔二〕一・一二〇①（手に結ぶ岩垣清水住なれて—山陰はあかずもあるかな）
なほざり（等閑） 〔六〕六・一六一⑪（—に見るべからず）
なほしざけ（直酒） 〔四〕四・一四一⑫
なほ・す［サ四段］
—さ（未） 〔五〕五・一五一③（手まへの心も—ずに）
cf、ためなほす　とりなほす　なほしざけ
なま（生）
cf、なまいわし
なま（生）［接頭語］
cf、なまながし
なまいわし（生鰯） 〔六〕九・一六三⑬（—生鰯と呼ぶばかりで） 〔六〕九・一六三⑬（生鰯—と）
なます（膾）
cf、がんぞうなます
なまなが・し（　長）［形ク］　なまなが・い［形］
—き（体） 〔六〕一・一六〇②（—秋の夜）
—い（体） 〔二〕二〇・一三〇⑤（—絹布）
なまり（訛）
cf、きうしうなまり
なみ（並）（接尾語的用法）
cf、かどなみ　せけんなみ　ばけものなみ　ひとなみ　ひやくにんなみ
なみだ（泪） 〔一〕九・一一四① 〔一〕二一・一一九② 〔二〕九・一二四① 〔三〕二・一三二⑦
なむさんぼう（南無三宝）［感動詞］ 〔一〕二二・一一九⑧ 〔四〕四・一四一⑮
なめらか（滑） 〔一〕八・一一三⑩（—なるいわほ）
な・める［マ下一段］　な・む［マ下二段］
—め（用） 〔五〕一三・一五四④（膾を—て） 〔五〕一三・一五四⑤（—て）
—める（体） 〔五〕一三・一五四⑥（膾を—に）
なや・す［サ四段］
—し（用） 〔七〕一四・一七五⑬（舌を—て）
ならざかや（奈良酒屋） 〔二〕五・一二二⑪（兄の世話にも—）（掛

詞＝世話にならず／奈良酒屋）（奈良酒屋／奈良坂や）（重出＝
「なる」）
なら・す（鳴）［サ四段］
―し（用）〔五〕一〇・一五二⑬（からからと―）〔七〕一・一七〇
⑥（喉を―て）
ならで［連語］（助動詞（断定）「なり」ノ未然形「なら」＋接続助
詞（打消）ノ「で」）
〔一〕二・一一一③ 高倉の宮―（重出＝「なり」「で」）
ならはし〔六〕一五・一六六⑤
ならひ（習）〔三〕九・一三五①（町方の―にて）
ならびな・し［形ク］
―き（体）〔二〕一九・一二九⑨（常陸の国に―大百姓）
ならびに（幷）［接続詞］〔三〕四・一三三⑦〔三〕六・一三三⑯〔四〕
九・一四三⑭
なら・ふ［ハ四段］
―わ（は）（未）〔六〕一七・一六七⑨（豊後ぶしを―せねば）
cf、ならひ　みならふ
なら・ぶ［バ四段］
―ぶ（体）〔二〕九・一二四②（葛西で―者なき大百性）
cf、いならぶ　たちならぶ　ならびなし
なら・ぶ［バ下二段］　なら・べる［バ下一段］
―べ（用）〔二〕八・一二三⑤〔四〕一五・一四六⑦（棒突―たる）
〔五〕一・一四九②（軒を―）
―ぶる（体）〔四〕一〇・一四四④（肩を―者）
cf、あひならぶ　つくりならぶ　ならべおく
ならべお・く（置）［カ四段］
―き（用）〔三〕二〇・一三九⑦（―て）
ならん［連語］（重出＝「なり」「ん」）
ならん（止）
〔一〕一七・一一七⑥ 長久の計（はかりこと）―
〔三〕一二・一三六⑦ かくははかりし―
〔七〕一七・一七六⑮ 禽獣といわば可―
なり［助動詞（断定）］（形容動詞ノ語尾ヲ含ム）↓「だ」ヲモ見
ヨ
なら（未）↓「だ」［助動詞（断定）］ノ仮定形ヲモ見ヨ
〔一〕二・一一一③ 高倉の宮―で（重出＝「ならで」）
〔一〕三・一一一⑦ 此の儘―ば徒に：死なん命
〔一〕一〇・一一四⑦ 往来の駅路―ねば
〔一〕一一・一一四⑩ 金の無心―ず
〔一〕一七・一一七⑥ 長久の計（はかりこと）―ん（重出＝
「ならん」）
〔二〕一二・一二六② 大利を得るの基（もとひ）―ずや
〔三〕一二・一三六⑦ かくははかりし―ん（重出＝「ならん」）
〔三〕二〇・一三九⑤ 兎角礼―ば武家方にも有べきに
〔四〕九・一四三⑪ 銭にさへなる―ば
〔四〕二〇・一四八⑦ けふ此ごろ―ば
〔五〕二二・一五七⑭ ろくな者のする事―ず
〔六〕六・一六一⑮ 鼻の下のゆたかなる人々―ずや
〔七〕一七・一七六⑮ 禽獣といわば可―ん（重出＝「ならん」）
〔七〕二二・一七八⑨ 骨に通りしるし―ずや
に（用）↓「に」「にて」「には」「にも」「にや」ヲモ見ヨ
なり（用）
〔一〕一・一一〇④ 京都より東へ往かよふ路―しにや
〔一〕一・一一〇⑥ 不自由三昧―し比
〔一〕二・一一〇⑨ いけぬ若衆形―しが
〔一〕二〇・一一八③ 寔の男達―し
〔三〕二一・一三九⑩ 取々のうはさ―ける（重出＝「なりけり」）
〔四〕四・一四一⑬ 珍らしき上物―しが
〔四〕一六・一四六⑨ 開帳場の物とては茶ばかり―しを
〔五〕一・一四九③ 足袋屋―しが

五二一・一五七④　野楽者の一人―き
六三・一六一⑧徒　しるしをしめす―けり（重出＝「なりけり」）
六二三・一六九①　腰にさげた人数―し
七一二・一七五③　我々が油断―き

なり（止）

序二・一〇七④　勧善の志は一―
序三・一〇七⑨　智者の笑は覚悟のまへ―
一一・一一〇③　中古の事―（也）とあれば
一八・一一三⑦　爰はあまり端ぢか―
一一七・一一七⑨　近松一代の誤―
一二〇・一一七⑭　あるまじき事―
一二〇・一一七⑮　きほひ組のたねをまく―
一二一・一一八⑬　世をも人をもおもわぬ人の口ぐせ―
一二二・一一九⑧　虫のつづりし木の葉―
二一四・一二七③　自負の心の出ぬ者はまれ―
二一六・一二七⑮　我才智をほこるから―
三一四・一三七③　江戸にて博奕するものの別号―（也）
三一七・一三八②　随一の御咎―（也）とぞ
三一七・一三八⑥　幸にしてまぬかれたる―（也）
四一七・一四七④　親兄迄が歎くは尤―（也）
五五・一五〇⑮　人のわるきはわがわるき―
五七・一五一⑯　きりやうは百人なみ―
五一六・一五五⑤　其年無事―
七三・一七一⑥　：は耳たぶ次第といふもうそ―
七三・一七一⑨　わらじ一足買迄―（也）
七八・一七三⑦　欲心平（たいらか）―
七一三・一七五⑩　皆々此沙汰のみ―
七一七・一七七①　禽獣といわむは尤むべ―
七一七・一七七②　心中の源は：豊後大夫―
七一八・一七七⑥　風俗の為に害ある故―

なる（体）　→「だ」［助動詞（断定）］ノ連体形「な」ヲモ見ヨ

一二・一〇八⑧　尊大にして横平―男住けり
一八・一一三⑩　滑（なめらか）―いわほに腰かけ
一一七・一一七⑪　作者に文盲―はない筈
二三・一二一⑤　誰―らんと：のぞきて見れば
三四・一三三②　急―間に合不申
三七・一三四⑧　鉄面皮（あつかわ）―男をすぐり
四四・一四一⑪　一盃づつ―口故に
五一・一四九⑤　念比―比丘尼の親方
五二・一四九⑧　其筈の事―に
五四・一五〇⑦　なんぼうあはれ―物語
六一・一六〇②　昼さへ徒然―に
六六・一六一⑭　余程鼻の下のゆたか―人々ならずや
六七・一六二③　おしや長（たけ）―黒髪を
六八・一六三⑥　あまりに無下―事ではござらぬか
六九・一六三⑪　鍋も茶釜も破る程―大雷
七八・一七三⑦　淡―時は欲心平（たいらか）なり
七八・一七三⑦　和―時は躁心釈（とく）
七一〇・一七四②　公卿殿上人の優美―を見習ひ
七一一・一七四⑦　柔弱―事を嫌らひ
七一八・一七七⑩　鼻の穴迄真黒―がぞろぞろと来りて

［なるべし］

一二二・一一九⑦　観音のわるぢへかわれし―べし
六二一・一六八⑤　夜をやすくいねて安楽世界―べし
六二一・一六八⑦　あまりにおろか―べし
七一四・一七五⑭　いらぬ羽織の着事―べし
七一七・一七七①　：を傷ひし罪いかんぞ人倫の数―べき

なれ（已）

一三・一一一⑧　所詮しつた小糠商―ば

〔一〕八・一一三⑤　いそぐは道理—ど
〔一〕一四・一一六②　作者の仕業—ば
〔一〕一七・一一七⑪　作者に文盲なるはない筈—ば
〔一〕二二・一一九⑨　馬役の身—ば
〔二〕一・一二〇⑤　碁はかいもく—ど
〔二〕五・一二二⑫　一番切の進退—ど
〔二〕一〇・一二四⑪　心ごころの宗門—ど
〔三〕一二・一三六④　無常変易の娑婆世界—ば
〔四〕一・一四〇③　無筆—ばやたて壱本だにもたず
〔四〕二・一四〇⑥　今宵は此宿に泊る合点—ば
〔四〕九・一四三⑩　在家同前の拵（かせぎ）—ば
〔四〕一〇・一四四⑥　いかに秘蔵の照天が姿—ばとて
〔四〕二〇・一四八⑨　堪忍土とは娑婆の替名—ば
〔五〕六・一五一⑤　おなじ浮世におなじ身—ば
〔五〕一七・一五六②　見ぬふりして通る衆沢山—ば
〔六〕一二・一六四⑯　岷江の水上は：細流—ど
〔六〕一六・一六六⑦　其町処の恥—ば
〔六〕二〇・一六八②　あけばなしの穴—ば是非に及ず
〔七〕九・一七三⑩　楽の声淫—ば聴ものも婬惑（たはれまどふ）
〔七〕一〇・一七三⑯　仮染の遊戯—ど是も：楽の一端
〔七〕二四・一七九⑭　一口にしてやらす筈—ども
cf、いかなる　いかなれば　いふもさらなり　ごさんなれ　そこな　それなりけり　ただならぬ　なにほどなりとも　ならん　なりけり　なりと　なんなりとも　に　にて　には　にも　にや　のみならず
なりあがり（　上）〔三〕一七・一三八③（—の出来分限）
なりけり［連語］　←「なり」「けり」（重出＝「けり」「なり」）
なりけり（止）
〔六〕三・一六一⑧　此しるしをしめす—と
なりける（体）

〔三〕二一・一三九⑩　とりどりのうはさ—（終止ニ用イタ例）
なりさが・る（　下）［ラ四段］
—り（用）〔一〕二・一一一①
cf、なりあがり
なりし（「なり」＋「し」）　→「なり」「き」ヲ見ヨ
なりしだい（鳴次第）〔三〕五・一三三⑭（鐃鉢—：泣出申候）
なりすま・す（　済）［サ四段］
—し（用）〔二〕一四・一二六⑯
なりと［副助詞］（助動詞（断定）「なり」＋接続助詞「と」カラ）
〔六〕一七・一六六⑭　目ぬぐひの赤イきれ—一寸や弐寸はありもこそせめ
なりひら㊇（業平）〔七〕九・一七三⑮（—に似たり）
なりふり　〔二〕一七・一二八⑨（身の—）
な・る［ラ四段］
—ら（未）〔一〕一六・一一六⑮（諸人の教と—ば）〔二〕一・一二〇③（厄害にも—ず）〔二〕五・一二二⑪（兄の世話にも—酒屋）（重出＝「ならざかや」）〔三〕二一・一三〇⑮（馬鹿に—ぬ）〔四〕三・一四一⑧（とめる事は—ぬ）〔三〕一七・一三八②（御役人と—せられてぞ）〔四〕三・一四一⑧（ならぬ—ぬ）〔四〕四・一四一⑫（此ざまに—れぬ）〔四〕二〇・一四八⑥（茶一盃呑ことも—ず）〔五〕三・一五〇①（一生象を喰ふ事—ず）〔五〕一三・一五四④（なめて見る事—ず）〔五〕一三・一五四⑥（—ぬといふ事が）〔七〕一六・一七六⑬（互に男子と—ば：）〔七〕二二・一七九①（徒者と—いでかなわず）
［ねばならぬ］（近世以降ノ用法）〔一〕八・一一三⑥（聞てもらわねば—ぬ）〔二〕二二・一三一②（伽羅の油も付ねば—ぬ）〔四〕五・一四二④（御意得ねば—ぬ訳ありて）
—り（用）〔一〕三・一一一⑥（前句点者とは—（成）しが）〔一〕一三・一一五⑫（水木竹十郎が己に—て）〔一〕一七・一一七⑩（罪障懺悔とも—なん）〔一〕二〇・一一八⑤（今は昔と—

ぬ） [二]一一・一二五⑤（怠りがちに―） [三]二・一三二⑨
（歎きと―ける） [四]四・一四一⑭（うそ淋しく―しも）
[四]二一・一四八⑭（今に―（成）てのねふさ） [五]二二・一
五七⑮（誠の人と―給へ） [六]二・一六〇⑧(徒)（鬼に―たる
を） [六]九・一六三⑨（こころ空虚と―） [六]一二・一六四
⑭（虚が実と―） [六]一三・一六五⑦（淫気の籏頭と―て）
[六]二三・一六九②（わるずいとは―き） [七]一二・一七五③
（治し難き沈痾と―ぬ） [七]一四・一七六①（手強く―て）
[七]一九・一七七⑮（門下と―て） [七]二二・一七九①（心の
あるじと―）

―つ（用　音便） [一]一四・一一六④（貧乏神と―て） [三]九・
一二四⑥（世話に―て） [五]一八・一五七①（此様には―た
れど） [七]一九・一七八⑦（舎利と―た） [七]二三・一七九
⑧（小胸がわるふ―て）

―る（止、体） [一]六・一一一⑮（させる高名とも―べからず）
[一]一四・一一六③（一念の悪鬼と―にわ） [一]一六・一一六
⑭（見物の薬と―仕組） [一]一七・一一七⑤（人の薬と―事）
[一]一七・一一七⑥（：に―べし） [一]二〇・一一七⑫（害に
―とも） [一]二一・一一八⑭（：と―とは） [二]一一・一二
五⑥（養子と―者は） [二]一八・一二八⑯（自堕落の基と―）
[二]二一・一三〇⑦（あしく―ぞや） [四]九・一四三⑪（銭に
さへ―ならば） [五]五・一五一③（人よりさきに出るやうに
―は） [五]八・一五二⑤（口のすく―程いふて） [六]一一・
一六四⑨（：の為と―） [六]一二・一六五②（虚説の源と―
者） [六]一四・一六五⑪（生仏に―合点で） [七]八・一七三
⑥（媒と―詠曲） [七]一四・一七五⑯（大悪人と―下地）
[七]一四・一七六①（廃者と―べし） [七]一六・一七六⑧（親
兄弟の歎と―者） [七]一八・一七七⑦（素読も―ものにあら
ず） [七]一九・一七八⑤（悉く蜂と―）

―れ（已） [一]一二・一一五⑥（：の元手とも―） [七]一六・一
七六⑬（女も反成男子と―ば）
cf、なりさがる　まかりならず　まかりなる

な・る（生）[ラ四段]
―る（体） [四]一四・一四五⑫（木に餅の―咄）

な・る（鳴）[ラ四段]
―る（体） [一]一四・一一六③（―雷には） [六]九・一六三⑪
（大雷が―筈）
cf、なりしだい

な・る（慣、馴）[ラ下二段]
cf、すみなる

なん（何）
cf、なに　なんじふにん　なんじや　なんぜんなんびやくに
ん　なんぞ　なんぞや　なんだか　なんでもかでも　なんと
なんどき　なんなりとも　なんの　なんのいな

なん（なむ）[連語]（助動詞（完了）「ぬ」ノ未然形「な」＋助動
詞（推量）「む」）（重出＝「ぬ」「ん」）

なん（止）
[一]一七・一一七⑩　かれらが罪障懺悔ともなり―
[一]二〇・一一七⑮　狂言にしても見ゆるす方もあり―

なん（男）[語素]
cf、じなん　さんなん

なんぎ（難儀、難義） [一]一六・一一七③（―させる） [二]一七・
一二八⑩ [四]一八・一四七⑩ [四]二〇・一四八⑨ [六]一六・
一六六⑩ [七]一六・一七六⑩
cf、ごなんぎ

なんし（男子） [七]一六・一七六⑬
cf、へんじやうなんし

なんじふにん（何十人） [三]七・一三四⑥

なんじや（何　：ぢや）[連語] [七]二・一七〇⑨（―又痔（つか
へ）か）

なんじよ（難所）　[一]七・一一三③
なんぜんなんびやく（何千何百）
　cf、なんぜんなんびやくにん
なんぜんなんびやくにん（何千何百人）　[一]一二・一一五①
なんぞ（何）［連語］（「なにぞ」ノ音変化）　[二]四・一二一⑭（―もてなしたいが）　[四]一三・一四五⑦（―女房を拝み作りにする物ぞ）
なんぞや［連語］　[一]一七・一一七⑦（然るに―）
なんだ［助動詞（過去打消）］
　なんだ（止）
　　[四]一一・一四四⑧　是程の鼻毛とはおもは―
なんだか［連語］（「何」＋助動詞「だ」＋助詞「か」）　[五]一二・一五三⑬（―しらぬが）
なんぢ（汝）　[七]八・一七三⑥　[七]八・一七三⑧　[七]一二・一七五②　[七]一五・一七六⑤　[七]一八・一七七⑥　[七]一九・一七七⑭　[七]二三・一七九④　[七]二四・一七九⑪　[七]二四・一七九⑯　[七]二四・一七九⑯
　cf、なんぢら
なんぢら（汝等）　[七]八・一七三②　[七]一五・一七六④（―ごとき）　[七]一七・一七七④
なんでもかでも（何　）［連語］　[六]一一・一六四⑨
なんと［感動詞］（「なにと」ノ音変化）
　[一]九・一一三⑮　[三]二〇・一二九⑮　[五]三・一五〇①　[五]四・一五〇⑦　[五]一〇・一五三②　[五]一一・一五三⑤　[五]一二・一五七⑪　[六]一七・一六七⑤
なんど［副助詞］（「なにと」ノ音変化）
　[一]六・一一一⑯　毒蛇悪虫―に触て
　[六]二・一六一①㊔　唯今はそこそこに―いひあへり
　[七]一四・一七五⑬　：よしな―と舌をなやしてぬかしおる
　cf、など
なんどき（何時）（副詞的ニ用イル）　[三]七・一三四⑤（―も）　[三]九・一三五④（―も）　[三]一一・一三五⑮（―も）
なんなりとも（何　）［連語］　[五]一六・一五五⑨
なんにもせよ［連語］　↓なににもせよ
なんによ（男女）　[七]一六・一七六⑪（―一所に居ることなき）
なんの［連語］（「なにの」ノ音変化）
　[二]一・一二〇②（一生―役にもたたず））　[四]一四・一四五⑭（―因果に）　[五]一三・一五四⑥（―ならぬといふ事があるべい）　[六]六・一六一⑫（―所得ありてか）
　cf、なんのいな
なんのいな［連語］　[七]一一・一七四⑨（はて―）
なんぼ［副詞］（「なにほど」ノ音変化）　[五]四・一五〇⑪（―奇妙ならなひでも）
　cf、なんぼう
なんぼう［副詞］（「なにほど」ノ音変化）　[一]三・一一一⑦（―無念の仕合）　[五]四・一五〇⑥（―あはれなる物語）
　cf、なんぼ

［に］

に（二、弐）
　cf、にかい　にかゐ　にぎやう　にさん　にじ　にしゆ　にすん　にだい　にちやう　にど　にぶ　にわりがた　ふた（二）　ふたつ　ほうれきにさるしやうぐわつきつしん　まきに
に（荷）
　cf、たかに
に［格助詞、助動詞（断定）］（形容動詞ノ語尾ヲ含ム）
　1体言＋「に」（いわゆる形容動詞の語幹、動詞連用形の体言化、体言に準ずるものを含む）

2活用語＋「に」
3助詞＋「に」
4「に」＋助詞
5その他

1体言＋「に」

序一・一〇七① 空の気色いと和日（うららか）―
序一・一〇七② 寺町通りは門並―説法談義の花盛
序一・一〇七② いづれ一人も媼―姉いぢれといふ勧もなく
序一・一〇七③ 爺―欲かわけといふ教もなけれど
序一・一〇七③ 弁舌―利鈍ありて
序一・一〇七③ 耳―入ルといらぬとのさかひ
序二・一〇七④ 損徳はるか―へだたれども
序二・一〇七⑤ 是を教化の書物―比せば
序二・一〇七⑥ 表―風流の花をかざり
序二・一〇七⑥ 裏―異見の実を含
序二・一〇七⑦ 当世上手の所化談義―比すべし
序三・一〇七⑪ 教化一片の徹魂這裏―あり
序四・一〇七⑫ 皆かば焼―する所存と
一一・一一〇① 万葉の仙注―上古は足柄清見が横ばしりと
て：
一一・一一〇② 富士と足高山の間―ありけり
一一・一一〇③ 清見が崎を通りて田子の浦―出るは
一一・一一〇④ 去ル秋の嵐―東海道の駅路：破損して
一二・一一〇⑦ 地獄の辻子―：横平なる男住けり
一二・一一〇⑦ 歴々の宗匠をも目八分―見下し
一二・一一一① 終に馬役―なり下り
一二・一一一② 無双の大兵―遠慮なく乗られ
一二・一一一④ 大切な立物―損傷（けが）させし条
一三・一一一⑤ 舞台のせりふ其儘―：きめ付られ
一三・一一一⑥ 世間―上手が出来て
一三・一一一⑦ 飢―つかれて死なん命
一三・一一一⑧ 境町木挽町―名染の役者衆もあまたあれば
一三・一一一⑪ 嬉しさ―跡ふり返り
一六・一一一⑫ 音―聞へし人穴と見へて
一六・一一一⑭ たとへ此内―入
一六・一一一⑮ 武士の身―させる高名ともなるべからず
一六・一一一⑯ 洞中の湿気―犯され
一六・一一一⑯ 毒蛇悪虫なんど―触て
一六・一一一⑯ 毒気―染て煩ひなば
一六・一一二① あたら武士をちやちやむちや―して仕廻ふ
べし
一六・一一二⑤ 茶宇の上下黒小袖―庵に木瓜の五所紋付たる
一七・一一二⑦ 行さき―立ふさがり
一七・一一二⑮ 肌―白無垢を着たり
一七・一一二⑯ 大山の御師の挟箱―はぐれたるにや
一七・一一三③ 駅路の破損―行逢
一七・一一三③ かかる難所―廻り道致し
一八・一一三⑤ 足ばや―行過るを
一八・一一三⑥ 外の者―頼みて
一八・一一三⑨ いかふ気づかゐ―おもやるそうなが
一八・一一三⑩ 滑（なめらか）なるいわほ―腰かけ
一九・一一三⑫ 慥―舞留とおぼへぬ
一九・一一三⑬ 怖さ―軽薄を申せば
一一〇・一一四② 心得難しと呑込ぬ顔色―
一一〇・一一四⑥ 不審―おもやる筈
一一〇・一一四⑦ 久しく此裾野―止り
一一一・一一四⑨ 慥―届てもらいたし
一一一・一一四⑫ 新た―趣向して
一一一・一一四⑫ あたら作意をむだ―して

🈩一一・一一四⑭　赤鰯さす片手—番頭と役割のあらそゐ
🈩一一・一一四⑮　取もせぬ掛帳—むしやうに墨引て
🈩一一・一一四⑯　見物の気が曽我—凝かたまつて居る処
🈩一二・一一五①　茶屋絵草紙屋—至る迄
🈩一二・一一五②　兄弟の霊—供物神酒を備へ
🈩一二・一一五②　其日は見物にも法楽—見する由
🈩一三・一一五⑨　祐経を‥下作—つかふて
🈩一三・一一五⑩　大名—あるまじきせりふ
🈩一三・一一五⑩　見物の武家—つもらるるもはづかしく
🈩一三・一一五⑪　我本意—かないしわ（は）
🈩一三・一一五⑫　水木竹十郎が己—なりて
🈩一三・一一五⑬　わが耳の底—徹して嬉しかりし
🈩一四・一一五⑮　聞ずて—せず
🈩一四・一一六①　末代の武士—祐経はあの様な‥田舎者で
あつたかとおもわるるが
🈩一四・一一六②　此恨—一念の悪鬼となる
🈩一四・一一六④　我—憂かりし作者中へ
🈩一五・一一六⑦　春狂言—‥御仕置き者の真似
🈩一五・一一六⑦　見物の娘子—徒（いたづら）をすすむる
🈩一五・一一六⑧　刑罰—逢ふたと
🈩一五・一一六⑧　あからさま—語らば
🈩一五・一一六⑩　年々—仕組故
🈩一五・一一六⑩　所々—心中の沙汰あり
🈩一五・一一六⑪　我身—移してまなぶ物ゆへ
🈩一五・一一六⑫　節季—払の心あて違へば
🈩一六・一一六⑭　昔の役者—百倍もすぐれた名人
🈩一六・一一七③　酒屋うどん屋—難儀させる輩
🈩一七・一一七⑤　娘子—弁当の世話やいて
🈩一七・一一七⑨　まつすぐ—悪人と作りてこそ
🈩一七・一一七⑩　浄留理狂言の作者—文盲なるはない

🈩二〇・一一七⑪　真実—天理をおもわば
🈩二〇・一一七⑫　風俗の害—なるとも
🈩二〇・一一七⑬　才智発明の作者—‥あるまじき事なり
🈩二一・一一九③　此旨委細—伝へてたも
🈩二二・一一九⑧　其返報—言伝も届けまじ
🈔一・一二〇①　手—結ぶ岩垣清水住なれて‥
🈔一・一二〇②　八王子の山里—‥翁ありけり
🈔一・一二〇③　臍—似たりとて
🈔一・一二〇④　江都—住し昔
🈔一・一二〇④　万の芸能—心をよせず
🈔一・一二〇⑥　商売の目算—さとく
🈔一・一二〇⑥　鞁は手—取て見たこともなけれど
🈔二・一二〇⑦　仮にもとたんのてんぽの皮—かからず
🈔二・一二〇⑦　人ごと—手前よしとほめられ
🈔二・一二〇⑧　人の欲がる黄色な奴を沢山—持て
🈔二・一二〇⑨　諸人—浦山しがられ
🈔二・一二〇⑨　此山里—隠居して
🈔二・一二一①　老の寝覚—里よりはやき郭公をよろこび
🈔二・一二一②　尾上の鹿の妻恋声—若盛を思ひ出して
🈔二・一二一②　猿より外—聞ものもない気散じ
🈔二・一二一③　榾の火—足踏伸して
🈔三・一二一⑦　何とおもふて‥一同—おじやつたぞ
🈔三・一二一⑨　此通り—さそひ連て参る筈
🈔三・一二一⑩　さつぱりとした口上—親仁ほほゑみ
🈔三・一二一⑪　渡世のいそがしひ中—気が付て
🈔三・一二一⑪　年寄共—見せやる孝心
🈔四・一二一⑬　ちつとの間見ぬうち—はていかふ老くれた
🈔四・一二一⑮　江戸の肥た腹—何か珍しとおもふべき
🈔四・一二一⑮　おてまへ達—説法して聞すべし
🈔五・一二二⑥　八人八宗—わかれたり

[二]五・一二二⑩ 年―一度か：二度
[二]五・一二二⑩ 家業第一―脇ひら見ぬ：おまむき様
[二]八・一二三⑭ 水呑百姓―くれてやつた
[二]九・一二四⑥ 惣領の世話―なつて
[二]九・一二四⑧ 町人の身―似げなき大脇指
[二]一〇・一二四⑫ 教の通り―身をまもれば
[二]一〇・一二四⑬ 教―そぶけば
[二]一〇・一二四⑬ 天道―そぶき
[二]一〇・一二四⑬ 地神―にくまれ
[二]一〇・一二四⑮ 世渡り―かしこく
[二]一〇・一二五① 養父母を大事―する心
[二]一〇・一二五① 天理―かなふて
[二]一一・一二五③ 他人の家―来りて
[二]一一・一二五④ 物ごと―麁略せず
[二]一一・一二五④ いやしき譬喩―：といふがごとく
[二]一一・一二五⑤ 怠りがち―なり
[二]一一・一二五⑤ 世間―沢山
[二]一一・一二五⑥ 実子といふものがなさ―他人をもらふて
[二]一一・一二五⑦ 力―しやうとおもやるは
[二]一一・一二五⑧ 骨髄から大切―思ひ
[二]一一・一二五⑧ 意―そむき：たたき出さるるとも
[二]一一・一二五⑩ 山枡大夫を養父―し
[二]一一・一二五⑩ 捻金婆々をしうと―するとも
[二]一二・一二五⑫ 養父母―不孝めさると
[二]一二・一二五⑭ 升の序―おもひだした
[二]一二・一二五⑯ 升―気を付て
[二]一三・一二六③ 刑―逢　身をほろぼせし輩
[二]一三・一二六④ 売物―手ぬきするは
[二]一三・一二六⑦ 親―腸を断なげきがさせて見たい
[二]一三・一二六⑨ 親―かへて呑死せばせよ
[二]一三・一二六⑩ 酒一盃のむ度―念仏一篇づつ申てくれ
[二]一三・一二六⑪ 胸―こたへる親仁が一言
[二]一四・一二六⑬ 酒のむごと―念仏もふせとは
[二]一四・一二六⑮ 親父が謀―落て
[二]一四・一二六⑯ 後悔の眼―酒屋を白眼（にらみ）ぬ
[二]一四・一二七① 万事―きようで
[二]一四・一二七① 手跡達者―算盤もよふおきやる
[二]一四・一二七② 人―誉揚られて
[二]一五・一二七④ 諸芸―器用なとて
[二]一五・一二七⑥ 他人―対しては
[二]一五・一二七⑧ 酒問屋―まぎれる
[二]一五・一二七⑫ 家業のひま―読がよし
[二]一六・一二七⑬ 町人分上―けだかい事は入申さぬ
[二]一六・一二七⑮ 目安作りの部類―陥入リ
[二]一六・一二八② 雪中―筍掘出してたもつても
[二]一六・一二八③ 親―苦をかけてはへちまの皮
[二]一七・一二八⑥ 爰―心得のある事
[二]一七・一二八⑨ 身のなりふり―かまわぬ人
[二]一七・一二八⑩ 店衆―不埒な者を置ては
[二]一七・一二八⑪ 仁心のある者を家守り―めされ
[二]一七・一二八⑫ 住居も相応―：見ぐるしからぬ様にして
[二]一八・一二八⑬ 地主を大切―おもふ事
[二]一八・一二八⑬ 眼前の利―迷ひ
[二]一八・一二八⑭ 地借り店がり―：むさぼらいでは過られず
[二]一八・一二九② 家守り―すべし
[二]一八・一二九⑤ 年忌追善疎略―しやるな
[二]一八・一二九⑤ 阿房な俗説―迷ひ
[二]一九・一二九⑤ そなた―悲しひ暮しをさせた
[二]一九・一二九⑦ かわいそふ―子の科のやうに
[二]一九・一二九⑨ 常陸の国―ならびなき大百姓の家を

〔二〕一九・一二九⑪　こちとが大々（だいだい）―登たよりまだよかつたげな
〔二〕一九・一二九⑫　御用―たちましたい
〔二〕二〇・一三〇①　民家相応―暮す
〔二〕二〇・一三〇②　天理―かなふ
〔二〕二〇・一三〇②　町人よりはるか―過たり
〔二〕二〇・一三〇④　見やう見真似―：遊人のまねして
〔二〕二一・一三〇⑧　古風―万事律義を基とし
〔二〕二一・一三〇⑨　淳厚の風俗―みちびきめされ
〔二〕二一・一三〇⑫　身持―いいぶんおりない
〔二〕二二・一三〇⑭　天地はるか―隔る
〔二〕二二・一三〇⑭　御使―来る足軽中間にも
〔二〕二二・一三〇⑭　ゐんぎん―挨拶めされ
〔二〕二二・一三〇⑮　武士の食（めし）喰へば馬鹿―ならぬ
〔二〕二二・一三一④　居合抜の薬売―払てやれ
〔二〕二三・一三一⑤　町人袋―此事を能（よふ）書ておかれた
〔二〕二三・一三一⑥　風呂の入口―腰懸て
〔二〕二三・一三一⑦　一ツまへ―着る物着るな
〔二〕二三・一三一⑧　兄共打寄てどうぞ人―してくれ
〔二〕二三・一三一⑧　秋の彼岸か十夜―おじや
〔二〕二三・一三一⑩　夜半の鐘声客人の耳―ひびきて
〔二〕二三・一三一⑩　皆一同―夢をむすびぬ
〔三〕一・一三一⑪　時分柄冷気―趣候得共
〔三〕一・一三二①　須弥山をはり貫―するとも易かるべし
〔三〕一・一三二②　筆ぶと―見しらせし
〔三〕一・一三二③　大路一ぱゐ―はびこり
〔三〕一・一三二③　夕立の雲の上―雷も肝を潰され
〔三〕二・一三二④　面々―掛直なし安うりの引札
〔三〕二・一三二⑤　油断なき世中―：足手をはこび
〔三〕二・一三二⑦　御商売を疎略―なされ
〔三〕二・一三二⑦　秘蔵子―別れて歎く
〔三〕二・一三二⑧　親々の泪の雨―隅田川の水かさ増り
〔三〕三・一三二⑫　葬礼編笠：猪首―着
〔三〕三・一三二⑭　其文―曰く
〔三〕四・一三三①　直段殊之外高直―罷成
〔三〕四・一三三①　御難義―及候由
〔三〕四・一三三②　俄―仕立候間
〔三〕四・一三三②　細工麁末（そまつ）―致し候故
〔三〕四・一三三④　運気を考へ沢山―仕入
〔三〕四・一三三④　随分丈夫―致置候間
〔三〕五・一三三⑨　私方には損料貸―仕候
〔三〕五・一三三⑪　気の毒―被思召候はば
〔三〕五・一三三⑫　随分達者―泣候女
〔三〕五・一三三⑬　乗物―付候下女も
〔三〕六・一三三⑭　拍子能同音―泣出申候様に
〔三〕六・一三四①　近々損料貸―仕候
〔三〕六・一三四①　殊外落涙―被及候故
〔三〕六・一三四②　白小袖―しみ：出来致候はば
〔三〕六・一三四③　御人遺宜しき御家―間々在之事
〔三〕七・一三四④　町方御弔近年仰山―罷成
〔三〕七・一三四⑥　御寺の遠近―従ひ
〔三〕七・一三四⑦　直段有増別紙―積り置候
〔三〕七・一三四⑧　寺々道筋案内巧者―：可申付候
〔三〕七・一三四⑧　耳―珠数を掛させ
〔三〕八・一三四⑩　其者働次第―被遊
〔三〕八・一三四⑫　気ノ毒―思召候はば
〔三〕八・一三四⑫　究竟の若手―：飛がごとく欠（かけ）させ
〔三〕八・一三四⑫　肩―掛候羽織
〔三〕八・一三四⑫　腰―はさみ候足袋
〔三〕八・一三四⑬　御施主方：―かまわず

[三]八・一三四⑭ 往還の女中―わる口いはせ
[三]八・一三四⑮ 煙草―致させ可申候
[三]九・一三四⑯ 念仏題目同音―唱へさせ可申候
[三]九・一三四⑯ 御人がら御相応―随分申付可差上候
[三]九・一三五③ 青き簾―忌中と申二字：認め
[三]九・一三五④ 寺沢流の能書にて認め板行―致置
[三]一〇・一三五⑥ 筆法―活たる字なく
[三]一〇・一三五⑦ 随分死字―書申者
[三]一〇・一三五⑨ 世上より格別下直―差上申候
[三]一〇・一三五⑨ 御寺の垣―罷成申物故
[三]一一・一三五⑭ 早布にて白地―如此仕候間
[三]一一・一三五⑭ 世上―類見世多く
[三]一一・一三五⑯ 晩―死ぬも知れぬ身の
[三]一二・一三六④ しわを伸して壁―張附
[三]一二・一三六⑧ 別して目―立て分を越たるは
[三]一三・一三六⑫ 二行―列（つらなり）たる
[三]一三・一三六⑭ 麻上下―立交り
[三]一三・一三六⑭ 鼻の辺り―顕はしたる男
[三]一三・一三六⑮ 沢山―見ゆ
[三]一四・一三六⑮ 江都―隠れなき博徒
[三]一四・一三七① 日本―隠もない分限者
[三]一四・一三七⑤ あん―相違して亡者の乗物一挺
[三]一七・一三七⑭ 刑罰―逢たるものかぞへも尽し難し
[三]一七・一三八① 御咎の御条目―：随一の御咎也とぞ
[三]一七・一三八① 浅草山の宿―家屋敷有之を
[三]一七・一三八③ 格別―御下屋敷とて御拝領ある事とぞ
[三]一七・一三八⑤ 知れる人―尋ぬべし
[三]一八・一三八⑥ 葬送の日―至りて
[三]一八・一三八⑦ 出入の貧者―其銀を施し
[三]一八・一三八⑧ 親―別れたる折など
[三]一八・一三八⑩ かかる節―威儀めきたるは
[三]一八・一三八⑩ 心中―別離の哀情薄しとこそ見ゆれ
[三]一八・一三八⑪ 寺にて焼香するに僧―向て礼をして
[三]一八・一三八⑫ 是は諸礼方―曾てなき事とぞ
[三]一八・一三八⑫ 諸礼筆記といふ書―先哲の教置れし
[三]一九・一三八⑭ 見る目も哀―実さもこそと殊勝に見ゆる
[三]一九・一三八⑭ 殊勝―見ゆる物から
[三]一九・一三八⑭ 親の棺の跡―立ながら
[三]一九・一三八⑯ 人見せ一ぺん―する事
[三]一九・一三九① 武家方―なき礼義
[三]二〇・一三九④ 葬送―はいたわら草履
[三]二〇・一三九⑦ 門―ならべ置て
[三]二〇・一三九⑦ 鉢開の婆―拾はせよかし
[三]二〇・一三九⑨ たばこ盆のわき―ひろげて
[四]一・一四〇① 日本橋の東雲―踏出した一歩
[四]一・一四〇② 人―そげたるゑせ者
[四]一・一四〇④ 随分堅固―生れたる膝栗毛
[四]一・一四〇⑤ 一鞭―檀渓をも越べきいきほひ
[四]二・一四〇⑥ 藤沢の駅―至れど
[四]二・一四〇⑥ 此宿―泊る合点なれば
[四]二・一四〇⑧ 清浄光寺の門―入て
[四]二・一四一① じゆずをすりきる程―おがみ
[四]二・一四一③ 日も暮―及候程に
[四]二・一四一③ 御堂の内―一夜を明させ給はりさふらへ
[四]三・一四一⑥ 日の暮ぬさき―一足もはやく御出候へ
[四]三・一四一⑦ 此寺―とめる事はならぬならぬと
[四]三・一四一⑩ 石塔へも銘々―回向して
[四]三・一四一⑪ いか様酒はようない物―極まつたは
[四]四・一四一⑪ 一盃づつなる口故（ゆへ）―：此ざまになられぬ

四 四・一四一⑫ 此ざま―なられぬ
四 四・一四一⑬ 此辺―珍らしき上物なりしが
四 四・一四二① 爰―一宿して
四 五・一四二② 臂を枕―とろとろする処に
四 五・一四二② とろとろする処―跫もせず忍び寄るは
四 五・一四二⑤ ：との挨拶を幸―：御免御免と
四 五・一四二⑤ 愚僧―御用の品は如何
四 五・一四二⑦ 心静―とつくと聞てたも
四 五・一四二⑧ 御回向―預りし小栗の判官が幽霊
四 八・一四二⑨ 世間の化物並―思ふてもらふは：本意なし
四 八・一四二⑭ おもふ事いはで只にや止ぬべき我―等しき
人しなければ
四 九・一四三③ 靨（ゐくぼ）を顕はした時―替らず
四 九・一四三⑤ 此十年ばかり已前―江都の回向院にて
四 九・一四三⑬ 門前―建たる開帳札
四 九・一四三⑬ 開帳札―小栗の判官兼氏の像一ッ体
四 一〇・一四三⑯ 筆太―書て建たるを
四 一〇・一四四③ 弓矢打物取て某―肩をならぶる者
四 一〇・一四四④ 思ひがけなう急―あの世へ店替
四 一〇・一四四⑤ 勇士の数―かぞへられし某が
四 一〇・一四四⑥ 一刀―三度づつ礼拝して
四 一一・一四四⑦ 見る人毎―：弾指して
四 一一・一四四⑨ 日本―二人ともなき大淫気（たわけ）
四 一一・一四四⑩ 通る度―うそ腹立て
四 一一・一四四⑩ 額―流るる冷汗は
四 一一・一四四⑪ 干鱈さげて礼―来るぞかし
四 一一・一四四⑬ 門番が皮肉―分入
四 一二・一四四⑭ 目―角立て欠（かけ）来り
四 一二・一四四⑯ 貴様―はやうお目に懸り
四 一二・一四五③ 段々かくの通りと云捨―其儘：消そうに

四 一三・一四五⑤ 少も御心―留られず
四 一三・一四五⑤ 真如の月夜ざし―挑灯なしに
四 一三・一四五⑥ 更に誠―存ぜず
四 一三・一四五⑦ 何ぞ女房を拝み作り―する物ぞ
四 一三・一四五⑧ 爰かしこ―此噂取々の批判
四 一三・一四五⑪ 片山里―おはずかさず心安く暮して
四 一四・一四五⑪ 如法―勤て居る出家を
四 一四・一四五⑫ 木―餅の生（な）る咄して釣出し
四 一四・一四五⑫ 是―御座るは百合若大臣の御作
四 一四・一四五⑬ 此方―御座るは景清が守本尊
四 一四・一四五⑬ 乞食同然―朽果しは
四 一四・一四五⑭ 何の因果―賽銭なげて
四 一四・一四五⑯ 何やう―申す共
四 一四・一四六① 御耳―とどめ給ふべからず
四 一五・一四六④ 算用際―不足の沙汰もなかりし
四 一五・一四六④ 丸薬―金箔の衣を掛るごとく
四 一五・一四六⑤ つくろひ物で甲斐ない故―
四 一五・一四六⑥ 閉帳前―尾の出るも知らず
四 一五・一四六⑥ 張番―対の看板
四 一六・一四六⑭ 当世風―ふくだめ
四 一七・一四六⑮ 女中の艶顔―見とれ
四 一七・一四七② 惣算用の日―至れば
四 一七・一四七③ 借金を国土産―泣々帰れば
四 一七・一四七③ 江戸へ出た儲―楊梅瘡を：憂として
四 一七・一四七⑤ 本尊を質―入て
四 一七・一四七⑤ 東海道―名物といはれし虎が石も
四 一八・一四七⑥ 開帳故―江戸詰して
四 一八・一四七⑥ 下谷辺の寺―有よし
四 一八・一四七⑥ ：寺に有よし　沾涼が江戸砂子―あれば
四 一八・一四七⑩ 浮世―住ば：難義は山々

四一八・一四七⑫ 道端—立ならんで
四一八・一四七⑫ 一生—六十六部の内を…渋々納め
四一九・一四七⑬ 年中江戸—住居しながら
四一九・一四七⑭ 仲間六部—せめられ
四一九・一四七⑮ 法施宿（ほうしやど）といふ物—泊り
て
四一九・一四七⑯ 加賀の国で熊坂が幽霊—逢ひしが
四一九・一四八① かいて出る様なうそ—煮ばなの茶釜をか
すらせ
四一九・一四八② そこら—有物かき集めて
四二〇・一四八④ 御ひねりを陰陽師—取れても
四二〇・一四八⑤ 盗人—笈とは六部から出た諺ぞかし
四二〇・一四八⑥ 我等も此通り—堂塔の椽に一夜を明す
四二〇・一四八⑥ 堂塔の椽—一夜を明すばかり
四二〇・一四八⑦ 佐野の渡りで火—あたる事は
四二〇・一四八⑧ 世上—わるい者があれば
四二〇・一四八⑨ 心—合ぬ事も
四二一・一四八⑩ 御心—かけられな
四二一・一四八⑬ とかう云間—東がしらむ
四二一・一四八⑭ 今—成てのねふさ
五一・一四九① 柳原の長坡（ながつつみ）—…軒をならべ
五一・一四九② 簡板—書て
五一・一四九④ 辻芝居の浄留理—性根をうばわれ
五二・一四九⑦ 夢—見た事もなけれど
五二・一四九⑧ たまさか—あたるも不思儀
五二・一四九⑩ 堤封（どて）の柳のいとおもたげ—
五二・一四九⑪ 行違ふ小袖櫃— 菓子袋提たるは…引越と
見えて
五二・一四九⑪ 足ばや—通りしが
五三・一五〇③ 含雑なますの乾の卦—あたり

五三・一五〇④ 巽は辰巳の風—あたつて物をそこなひ家を
破る
五三・一五〇④ 夫婦喧吪—鍋も茶釜も落花狼藉
五三・一五〇⑥ 爰やかしこ—親と子の四鳥のわかれ
五四・一五〇⑨ ひもじゐ目—あわふかと
五五・一五〇⑭ 八卦の面—虚（うそ）はいわれず
五五・一五〇⑭ 人々（にんにん）手前の心—ある事
五五・一五〇⑯ 手ひどふ責さいなむ人—出逢たらば
五五・一五一② 真実（まめやか）—働勤（はたらきつとめ）ば
五五・一五一② 日々—情をかけ
五五・一五一③ 月々—かあいがり
五五・一五一③ 藪入にも人よりさき—出るやうになるは
五六・一五一④ 年—弐三度づつ出替りするは
五六・一五一⑤ 彼（かの）鳩—笑われし梟が身の上同前
五六・一五一⑤ おなじ浮世—おなじ身なれば
五六・一五一⑥ たとへ竜宮蓬莱宮へ奉公—出ても
五六・一五一⑧ ほめらるる事はほうばゐ—譲り
五六・一五一⑧ 叱らるる事は我身—引うける心底にて
五七・一五一⑩ 舌を結び置程—おもひて口利（きく）事なく
五七・一五一⑪ 宵は人跡—寐るやうに心懸
五七・一五一⑫ ほうばゐ中—病気あらば
五七・一五一⑭ 朝夕の心がけ— 叱られても…親への孝行
ぞとおもひ
五八・一五二② 鳩尾—こたへ
五八・一五二③ 一年—二三度づつ
五八・一五二③ 親—苦をかけましたは
五八・一五二④ 仰の通り—慎（つつしみ）ましよ
五八・一五二⑤ おさだまりの八卦の外—
五九・一五二⑦ 銭なし—守るは仏様さへ嫌ひそふで
五九・一五二⑦ 唯の薬師といふは江戸中—たつた一体

[五]九・一五二⑨　御いけんが身―染て
[五]九・一五二⑨　嬉しさ―つゐおあしの事もわすれました
[五]九・一五二⑩　菓子かふた残りを紙―捻り
[五]九・一五二⑩　机の上―置て
[五]九・一五二⑩　足ばや―出て行し
[五]九・一五二⑪　花の跡―柊とやらで
[五]九・一五二⑪　青梅の布子―うこん染の木綿襦袢
[五]九・一五二⑫　後下り―尻へぬけそふに
[五]一〇・一五二⑬　前帯―むすび
[五]一〇・一五二⑬　ほこりの立日和―高木履からからとならし
[五]一〇・一五三①　横―あるが酒屋の升かけ筋
[五]一〇・一五三①　銭なし―腹一盃上りましても
[五]一一・一五三⑨　こわい物は日本の内―天狗様ばかり
[五]一二・一五三⑩　籠字―入黒子（いれぼくろ）
[五]一二・一五三⑬　畏りて居るよりはるか―堪へよい
[五]一三・一五四①　蜜柑を鼠―品玉つかふたあしやの道万
[五]一三・一五四③　生が皇帝の握拳―あたり
[五]一三・一五四③　めつた―はりたがる癖あり
[五]一三・一五四④　鬼神―横道なし
[五]一四・一五四⑧　急―肌おし入て
[五]一四・一五四⑨　雲間―月のあらはれたるごとし
[五]一四・一五四⑫　当年は震の卦―あたり
[五]一五・一五四⑭　当年から無卦―入て
[五]一五・一五四⑭　喧嘩口論きほひ―まかせ
[五]一五・一五四⑯　俄―畏りて手をもぢもぢする所体おかしく
[五]一五・一五五②　灯明銭―しんぜましよ
[五]一五・一五五③　声を乙―入て頼めば
[五]一五・一五五③　道千弥弱（よわみ）―乗り
[五]一五・一五五③　そろそろ横平―出かけ
[五]一五・一五五④　それ禍は慎の門―入る事なし

[五]一六・一五五⑤　年々慎めば年々―仕合よく
[五]一六・一五五⑨　家業―情（せい）出し
[五]一六・一五五⑩　今の風俗昔―替りて
[五]一七・一五五⑪　あるべかかり―弐朱か壱分かと云たし
[五]一七・一五五⑭　聞き退（のが）し―打捨
[五]一七・一五五⑮　端々―居る浪人衆
[五]一七・一五五⑯　手習と謡ばかりを教て…嗜はなげやり三宝―して
[五]一八・一五六⑤　親兄弟の手―のらぬも
[五]一八・一五六⑩　其隙―大学の一巻もおしへ
[五]一八・一五六⑬　仕舞―心中して死ぬを見ては
[五]一八・一五六⑮　朝夕の業が魂―染込だら
[五]一八・一五七①　人―怖（おぢ）られはせざりし故
[五]二一・一五七②　土堤の塵―交る神道者の真似して
[五]二一・一五七④　水茶屋―日をくらし
[五]二一・一五七⑤　夫を自慢（みそ）―臂をはらるる
[五]二一・一五七⑥　千万人―疎るる因果病
[五]二一・一五七⑦　人―こわがらるるが手がらそふなが
[五]二二・一五七⑩　旦那寺の引導―あづからぬ精霊
[五]二二・一五七⑫　腕―彫物せし馬鹿者
[五]二三・一五八②　お袋―あくたゐいふて
[五]二三・一五八③　親父―勘当されて
[五]二三・一五八④　大屋の聟入―若い者どもをすすめて
[五]二三・一五八④　酒樽―水を入て
[五]二三・一五八⑥　大屋―手をすらせ
[五]二三・一五八⑥　目黒参り―態と夜中に詣で
[五]二三・一五八⑥　夜中―詣で
[五]二四・一五八⑦　年―二度づつ
[五]二四・一五八⑨　お膳は喧嘩過―出しましよか
[五]二四・一五八⑫　明徳自然―顕れて

[五]二四・一五八⑫　一生―初て畏（かしこまつ）て
[五]二五・一五八⑭　腰張―楽書したり
[五]二五・一五八⑭　行違―女中にわるくちいふは
[五]二五・一五八⑭　女中―わるくちいふは
[五]二五・一五八⑮　小便する度―片足上ゲてたれ給へ
[六]一・一六〇⑤　路次口―かかやけり
[六]二・一六〇⑦　入口の柱―もたれて聞ば
[六]二・一六〇⑧㊦　女の鬼―なりたるを
[六]二・一六〇⑨㊦　日毎―京白河の人…出まどふ
[六]二・一六〇⑨㊦　昨日は西園寺―参りたり
[六]二・一六一①㊦　唯今はそこそこ―なんどいひあへり
[六]二・一六一③㊦　一条室町―鬼ありと罵りあへり
[六]六・一六一⑪　此段を等閑―見るべからず
[六]七・一六二⑦　家より家―言伝へて
[六]七・一六二⑯　家々の門戸―張ちらし
[六]七・一六三①　髪切虫こそ家々―ある…に隠れ住よし
[六]七・一六三②　家々にある煎瓦…の下―隠れ住よし
[六]八・一六三②　我さき―とほうろくをなげ出して
[六]八・一六三③　大路―あしの立所もなかりしとぞ
[六]八・一六三③　草紙―書のせ置れました
[六]八・一六三⑤　かかる流言―心惑せざれと
[六]八・一六三⑤　念比―書おかれし
[六]八・一六三⑤　古人の恩を仇―見過し聞すごさんは
[六]八・一六三⑥　あまり―無下なる事ではござらぬか
[六]八・一六三⑦　人―異見も云そふなわろが
[六]八・一六三⑧　白昼―丑の時参りのやうに
[六]九・一六三⑫　前用心―両耳へ古綿を捻込
[六]九・一六三⑭　虚説の為―渡世をうしなひながら
[六]一〇・一六三⑯　此礼―何をがな
[六]一〇・一六四①　勝手―さしやれ
[六]一〇・一六四③　雷も御威光―恐れ
[六]一〇・一六四⑤　流言は智者―とどまると
[六]一一・一六四⑥　丸き物を地上―まろばすに
[六]一一・一六四⑦　智者の耳―入ばとどまるもので御座る
[六]一一・一六四⑦　智ある人は物の理―さとく
[六]一一・一六四⑧　他人―語る事なければ
[六]一一・一六四⑨　愚者は…万のことはり―暗く
[六]一二・一六四⑫　己が商売の針を棒程―言なせば
[六]一二・一六四⑬　御新造へ追従―…と尾に尾を附て
[六]一二・一六四⑭　尾―尾を附ての虚が実となり
[六]一二・一六五①　一人二人リの耳―入ると…世間一面の噂
[六]一三・一六五⑤　提灯程な白張―其所の号（な）を…書ちらして
[六]一三・一六五⑧　顔をしかめて音頭のしほから声―婆々達の地謡
[六]一四・一六五⑪　生仏―なる合点でわれさきに
[六]一四・一六五⑪　われさき―と出あるきしに
[六]一五・一六六①　余所―詠（ながめ）て心で笑しおとなしさ
[六]一六・一六六⑦　町饗応（てうふるまひ）―店衆より大きな焼物をまいるかわりに
[六]一六・一六六⑧　大きな焼物をまいるかわり―…の風義を正し給へかし
[六]一六・一六六⑧　拙者が娘―…あたり隣の嗅衆が
[六]一六・一六六⑩　神隠の行衛しれず―鉦太鼓で難義の上の造作
[六]一六・一六六⑪　わしが所―…屠蘇袋の古ひがある
[六]一六・一六六⑫　念ごろぶり―ちやわちやわといへども
[六]一七・一六七①　其儘―して暮しましたが
[六]一七・一六七⑦　人売（ひとかゐ）の惣太を道連―しても

六二〇・一六八③　人々（にんにん）かやう―心得ば
六二〇・一六八④　心ゆたか―夜をやすくいねて
六二一・一六八⑥　物あんじ―乳があがりて
六二一・一六八⑥　半途―浪人するも
六二一・一六八⑥　あまり―おろかなるべし
六二一・一六八⑧　巫女殿―乗り移りておしらせなされたら
六二一・一六八⑨　我等も下帯手―さげて
六二二・一六八⑪　仏神―さのみにくまれふ筈もなし
六二二・一六八⑫　俄―可愛がらるる訳もないに
六二二・一六八⑫　めつた―口まめに御たくせんなさるるは
六二二・一六八⑫　めつたに口まめ―御たくせんなさるるは
六二二・一六八⑯　この歌を書て身―付よ
六二二・一六九①　腰―さげた人数なりし
六二三・一六九④　念比―書き残されたり
六二三・一六九⑤　亭主―いとまごひして
六二三・一六九⑥　今宵の講談は孫子―よい土産でござるの
六二四・一六九⑨　皆ちりぢり―わかれ行
六二四・一六九⑩　一生―なひ大気を出して
七一・一七〇①　半生長（とこしなへ）―客をもつて家とす
七一・一七〇③　九州訛の女郎（よね）―打込
七一・一七〇③　銚子の座元―給銀を寐られ
七一・一七〇⑤　雪の日―酒屋の御用めが‥待をも構ず
七二・一七〇⑧　やうやう医者の玄関（げんくわ）―着て
七二・一七〇⑨　豊後が骨髄―徹し
七二・一七〇⑨　喜左ヱ門殿―いつもの持病じや
七二・一七一①　そろべくそろ―やらしやませ
七二・一七一②　大屋の日待―竜神ぞろへ語る顔付
七二・一七一③　是程―老若貴賎普くもてはやせば
七三・一七一④　金銀―縁遠（ゑんどほひ）生れにや
七三・一七一⑤　大藤内があたまつきして飛上る中―
七三・一七一⑧　江の島―詣て弁才天を祈り
七三・一七一⑧　冬の夜―天徳寺被て寐ぬ程の身に
七三・一七一⑨　寐ぬ程の身―ねがわばやと
七三・一七一⑩　足―まかせ急ぐ程に
七六・一七一⑩　江の島の宝前―至りぬ
七六・一七一⑮　濤声半夜孤枕―喧しく
七六・一七一⑯　神前―踏はだかり
七六・一七一⑯　山もくづる高鼾―小男鹿の八ツの御耳もつきぬくべく
七七・一七二③　己がねられぬ腹だたしさ―‥鼾迄恪気心
七七・一七二⑩　無字太が前―ずつくと立
七七・一七二⑪　わが清浄（きよくいさぎ）よき広前―さやうな婬楽を
七七・一七二⑯　畳―まき鬢の乱るる程
七八・一七三②　身―つづれを着ても
七八・一七三②　あたま―銭を入て油ずくめの‥ゆいやう
七八・一七三⑥　いかで仏神の内證―叶わん
七八・一七三⑧　汝が好む所は是―反せり
七九・一七三⑨　色の為―生命を軽じ
七九・一七三⑪　竹馬の耳―北風
七九・一七三⑭　一度此門―入ば
七九・一七三⑮　髪のまげが頂上―上り
七九・一七三⑮　眉毛ぬけて業平―似たり
七一〇・一七四①　天地自然の相応ありて其地―備り
七一〇・一七四②　自然―物和らかにて
七一〇・一七四③　角とれた風俗―応じ
七一一・一七四⑧　四角四面―麻上下ため付た武士の風義
七一一・一七四⑨　見やう見まね―万（よろづ）厳（きつ）として
七一二・一七四⑬　和して都の優美―恥ず

[七]一二・一七四⑯　常盤かきわ―人の心をなぐさむべからむ
[七]一二・一七五②　世人の骨髄―通り
[七]一二・一七五③　他方千里―追やらずして今で残念
[七]一三・一七五④　まねよき儘―うなり初て
[七]一五・一七六①　かかる言葉を其儘―聞過して
[七]一五・一七六④　手作り―鉦娘（どらむすめ）とこしらへ
立
[七]一五・一七六④　其上―また汝等ごとき豊後語りを
[七]一五・一七六⑤　娘子―姪乱の指南
[七]一六・一七六⑧　浮世―心中して死ぬる奴程
[七]一六・一七六⑩　今生で親兄弟―難義をかけ
[七]一六・一七六⑩　人倫の道―違て死だものを
[七]一六・一七六⑩　あたたか―誰がゆるして夫婦にして置ものぞ
[七]一六・一七六⑪　夫婦―して置ものぞ
[七]一六・一七六⑪　罪人の牢獄―入る時
[七]一六・一七六⑪　男女一所―居ることなきを見よ
[七]一七・一七六⑮　欣厭抄―心中とはいふべからず：といわれしは
[七]一七・一七六⑯　恋慕愛着―父母をかへりみず
[七]一八・一七七⑥　風俗の為―害ある故なり
[七]一八・一七七⑦　好色本―節つけたるにおなじ
[七]一八・一七七⑨　念比―祈りし所に
[七]一八・一七七⑨　祈りし所―侍四五人：来りて
[七]一八・一七七⑩　黒ぬりの下駄―くろはなを
[七]一九・一七七⑭　われ目前―見たり
[七]一九・一七七⑮　土佐の古風―立帰るか
[七]一九・一七七⑯　：とあへまぜ―した悪浄留理は
[七]一九・一七七⑯　悪浄留理はふつふつやめ―せよ
[七]二二・一七八⑨　心―染込　骨に通りし
[七]二二・一七八⑨　骨―通りしるしならずや
[七]二二・一七八⑫　骨―残せし例もあり
[七]二二・一七九①　骨―染（しみ）髄に通り
[七]二二・一七九①　髄―通り徒者とならいでかなわず
[七]二二・一七九①　回向院の開帳参り―乗うつりて
[七]二二・一七九③　物ほし―出て
[七]二三・一七九⑥　あの辺―仲間が二三軒ある故
[七]二三・一七九⑥　出世弁天―：と言伝して
[七]二三・一七九⑦　一ツ目でちそう―逢ふて
[七]二三・一七九⑨　あしたゆふべ―此姪風に魂をくらまし
[七]二三・一七九⑨　姪風―魂をくらまし
[七]二三・一七九⑨　御新造を手―入レばや
[七]二四・一七九⑫　疫病神同前―払除
[七]二四・一七九⑫　己が心―問て見よ
[七]二四・一七九⑭　大蛇をつかはし一口―してやらす筈なれども
[七]二四・一八〇①　堂司が皮肉―わけ入しが
[七]二四・一八〇①　かあいそふ―此坊主もおとがゐがくたびれつらん
[七]二五・一八〇②　一息―ねてくれん
[七]二五・一八〇④　神の教―まかせんと
[七]二五・一八〇⑤　とかくする間―はやしののめの
［気にいる］
[二]一一・一二五⑩　気―いらゐでどうせうぞ
[三]四・一三三⑤　御気―入不申（重出＝「おきにいる」）
[五]七・一五一⑮　我気―いらぬ事をも
[五]八・一五一⑯　何所でも気―いらゐでは
2活用語＋「に」
[序]二・一〇七⑦　見る―倦ず
[序]二・一〇七⑦　聞―飽ず

[一]七・一一二⑨　待てくれられと言―びつくり
[一]四・一一五⑯　取あぐる―及ぬことと
[一]六・一一七④　家を破り身をほろぼす―至る
[一]七・一一七⑧　名を流し身をほろぼす―至らしむるは
[一]二一・一一八⑩　これらの事は取あげる―たらぬ
[二]六・一二七⑬　仮名じやとて見こなさず―よまれい
[二]七・一二八⑦　家守りを撰む―：に気を附
[三]一四・一三七⑬　金銀の有―まかせ分外の奢をなして
[三]二〇・一三九⑦　草履の緒は剪らず―門にならべ置て
[四]三・一四一⑧　此やついかぬ―極まつたりと
[四]四・一四一⑯　聞し―たがわず
[四]一二・一四四⑭　鐘もつかず―門を〆て
[四]一二・一四五③　御世話を懸―参りし心底
[四]一三・一四五⑥　挑灯なし―極楽へいなせられ
[四]一三・一四五⑨　取上て論ずる―足らぬ事
[四]一六・一四六⑪　渡世の苦労なし―律義一片の真実から
[四]二〇・一四八④　とらぬ物はとらぬ―立て
[四]二〇・一四八⑤　失物：知れぬ―極て
[四]二〇・一四八⑩　それなりけり―流し捨て
[四]二一・一四八⑮　しやうことなし―：其儘はしり出て
[五]四・一五〇⑦　わしやそんな事聞―這入はしませぬ
[五]二三・一五八①　お袋の朝夕いふた―：ちがいがない
[六]二・一六〇⑨徒　鬼見―とて出まどふ
[六]一三・一六五⑨　一婦織ざれば諸人の寒気を防―便なからん
[六]二二・一六九①　成仁する―従て
[七]二・一七〇⑨　見る―およばぬ
[七]二・一七一①　呼―来た者よりさきへかけ出して
[七]六・一七一⑭　客情は惟夜の過し難き―あり
[七]一六・一七六⑧　かぞふる―いとまなし
[七]一八・一七七⑦　好色本に節つけたる―おなじ

3助詞＋「に」
[二]九・一二四⑦　浪人の日梨樫右ヱ門とやら―近付
[二]一七・一二八⑦　取立の事のみ―気を附
[二]一八・一二九①　発明斗（ばかり）―気を付ずと
[二]一九・一二九⑫　下部の馬取迄―着せ
[四]八・一四二⑮　いかがして誰ぞ―咄し：妄執を晴らさん
[五]二二・一五七⑫　西陽雑俎か代酔か―：があつたと
[七]二四・一七九⑮　河東か義大夫か―宗旨をかへよ

4「に」＋助詞
[二]三・一二一⑧　面々―ばかり参りて
[三]一八・一三八⑨　時により品―こそよるべき（重出＝5その他［による］）
[四]九・一四三⑪　銭―さへなるならば
[四]一五・一四六⑥　昔は夢―だも見ず

5その他
［に候］
[三]一〇・一三五⑪　御寺方には御悦喜の御事―候間
［に御座候］
[三]六・一三四③　間々在之事―御座候故
[三]七・一三四⑦　万一雨天―御座候はば
[三]九・一三五②　御心遣―御座候儘
［にあらず］
[一]一五・一一六⑫　めつたな事が仕て見せらるる物―あらず
[三]三・一三二⑪　配人の才覚して見れど人木石―あらねば
[五]二一・一五七⑦　女子童子も祈る―あらずや
[六]三・一六一⑤徒　はやく跡なき事―あらざんめりとて
[七]一八・一七七⑦　：の前で素読もなるもの―あらず
［になし］
[三]一二・一三六③　さして人々入用―なき引札
［において］

〔三〕五・一三三⑦　御屋敷様方—おゐて
〔四〕一〇・一四四③　其比関東—おゐて
〔七〕八・一七三⑤　神国清浄の地—おゐて
［にして］（漢文訓読系ノ表現）
〔一〕二・一一〇⑧　尊大—して横平なる男住けり
〔一〕一二・一一五④　用心堅固—して一生をおはらば
〔二〕一〇・一二四⑮　身持こうとう—して
〔二〕一五・一二七⑧　五十—して父母を慕ふ
〔二〕一七・一二八⑪　律義—して仁心のある者
〔三〕一七・一三八⑥　幸—してまぬかれたる也（重出＝「さいはひにして」）
〔四〕九・一四三⑨　内所は住寺の商—して在家同前の拵なれば
〔四〕一四・一四六①　世の人律義—して
〔六〕一五・一六六①　人品（じんぴん）格別世界—して阿波にもうかれず
〔七〕八・一七三⑦　楽は其声淡—して傷（やぶら）ず
〔七〕八・一七三⑦　和—して淫せざるを貴（たつと）む
〔七〕八・一七三⑧　其声妖淫愁怨—して欲を導き
〔七〕一一・一七四⑦　東都は：日本鎮護の武庫—して
［にしては］
〔一〕七・一一二⑩　追はぎ—してはいんぎんな出立
［にしても］
〔一〕二〇・一一七⑮　狂言—しても見ゆるす方もありなん
［につき］
〔三〕四・一三三②　下地払底—付：急なる間に合不申
［につけても］
〔四〕四・一四一⑬　是を見る—付ても
［による］（間ニ助詞ノ入ルコトアリ）
〔一〕六・一一一⑭　鎌倉殿の上意—より
〔三〕三・一三二⑯　御贔負—寄　段々御用被仰付
〔三〕六・一三三⑯　御手前御親類様方—不依
〔三〕六・一三四②　しみの大小—依り御心附可被下候
〔三〕九・一三四⑮　品—より道心者差添
〔三〕一八・一三八⑨　時—より品にこそよるべき
〔三〕一八・一三八⑨　時により品—こそよるべき（重出＝4「に」＋助詞）
〔七〕九・一七三⑪　楽の声—依て善にもすすみ
cf、いかに　いかにも　いたづらに　いふにおよばず　いほりにもくかう　いまに　いまにも　おきにいる　おすにおされぬ　おほきに　おまにあひまうす　おめにかかる　おめにかくべく　くせに　げに　けるほどに　ここに　ことにさいはひにして　さらに　しだいに　すぐに　すでに　ぜひにおよばず　そうだ　ぞくに　たがいに　ついに　つねにつゐに　てにあたりしだい　ともに　なににもせよ　ならびににて　には　にも　にや　にわ（には）　ひらに　ほんにまことに　まにあひまうさず　まにあふ　まんにひとつ　むしやうに　めにものみせん　やうだ
あしや（足屋）の道千売卜に妙を得し事
ごそくさいゑんめい（娯足斎園茗）小栗の亡魂に出逢ふ事

に

［接続助詞］
〔一〕三・一一五⑧　ゑびらの能では梶原もほめらるる—扨も悲しきは某が身の上
〔一〕一五・一一六⑨　小娘共も恐れ慎むべき—よいやうに取直し
〔一〕一六・一一六⑯　：の仕組を見る—京大坂の仕組とかわり
〔一〕一六・一一七②　天気のよい—木履はいて
〔一〕二二・一一九⑥　酒代でもはづみそふな物じや—唯たのむは観音のわるぢへ
〔二〕一・一二〇④　江都に住し昔を聞—商売の工夫より外は：心をよせず

[二]九・一二四①　泪をこぼさぬ日もなかりし―…段々身上を
仕上
[二]九・一二四⑦　わかるまいとおもふた―此比聞ば
[二]一七・一二八⑤　長者二代なしといふ―三代目の家督
[二]一九・一二九⑨　大百姓の家を御旅館となされし―
[二]二〇・一三〇③　三代と続くはまれな―百姓の代々続くは
[三]一八・一三八⑪　寺にて焼香する―僧に向て礼をして
[三]二〇・一三九⑤　礼ならば武家方にも有べき―左もなきに
て得心すべし
[四]三・一四一④　僧ワキの能掛りでやって見る―
[四]三・一四一⑤　ふりむいて見もせず―…諷（うたい）で反
答
[四]四・一四一⑯　片明るい―稠（きび）しい用心
[四]八・一四二⑫　腰より下はない筈じや―…足さし伸し
[四]九・一四二⑯　徒に年月を過しつる―今日といふ今日貴僧
の御出
[四]一〇・一四四④　肩をならぶる者たんどはなかりし―
[四]一一・一四四⑧　勇士とこそ聞伝へたる―…二人ともなき
大淫気（たわけ）
[四]一一・一四四⑫　言訳してくれる人もがなと…心懸し―
[五]二・一四九⑧　あたらぬは勿論其筈の事なる―
[五]五・一五〇⑮　わがよき―他のあしきがあらばこそ…
[五]六・一五一④　手まへの心もなほさず―主撰びして
[五]八・一五二⑥　御初尾もとらず―そのままいなしては
[五]一三・一五四⑥　手前の舌で我臍をなめる―…ならぬとい
ふ事があるべい
[五]一六・一五五⑦　誤りて改むる―憚る事なかれ
[五]一八・一五六③　根本の教があしい―見やう見まねのわる
もののまね
[六]一・一六〇②　昼さへ徒然なる―まして

[六]二・一六一③(徒)　…の辺へ罷侍りし―
[六]三・一六一⑤(徒)　人をやりて見する―…あへるものなし
[六]六・一六一⑯　きられたりといふ人もなき―
[六]七・一六二⑭　悪魔の風の吹来る―とく吹もどせ…
[六]一一・一六四⑥　丸き物を地上にまろばす―くぼき所にて
とどまる
[六]一三・一六五⑥　隣町でも昨日から出る―此町でも
[六]一三・一六五⑩　寒気を防に便なからん―
[六]一四・一六五⑪　われさきにと出あるきし―
[六]二二・一六八⑫　俄に可愛がらるる訳もない―
[七]一一・一七四⑫　武士の強みありて江戸節と言―恥かしか
らず
[七]一五・一七六③　羽織着たいと望みもせぬ―物入て仕立て
cf、さるほどに　しかるに　ほどに
にうじやく（柔弱）　[七]一一・一七四⑦（―なる事を嫌らひ）
にうり（煮売）　[五]一・一四九②（泥亀の―）
cf、にうりや
にうりや（煮売屋）　[五]二五・一五八⑯
にえかへ・る（煮返）　↓にゑかへる
に・える（煮）［ヤ下一段］　に・ゆ［ヤ下二段］
cf、にゑかへる
にかい（二階）　↓にかゐ　ヲモ見ヨ
[七]二二・一七九②（泡雪が―で）
にかゐ（二階　：カイ）　↓にかい　ヲモ見ヨ
[五]二四・一五八⑩（うどん屋の―）
にぎやう（二行）　[三]一三・一三六⑫
にぎりこぶし（握拳）　[五]一三・一五四②
にぎりつ・む（握詰）［マ下二段］　にぎりつ・める［マ下一段］
―め（用）　[四]一八・一四七⑧（―て居給ふ）
にぎ・る（握）

にく（肉）
　cf、にぎりこぶし　にぎりつむ
　cf、ひにく
にく・し（悪）［形ク］
　—き（体）　〔六〕六・一六一⑬（—仕業）
にく・し（難）
　cf、ききにくし
にくみ　〔五〕一八・一五七②
にく・む［マ四段］
　—ま（未）　〔二〕一〇・一二四⑬（—れ）　〔二〕一五・一二七⑤（—るる）　〔三〕一九・一三八⑮（—ざる）　〔六〕二二・一六八⑪
　（—れふ筈もなし）
　—み（用）　〔七〕八・一七三⑤（—いましむ）
　—む（体）　〔一〕一二・一一五⑥（—（悪）者）
　cf、にくみ
にげな・し（似気　）［形ク］
　—き（体）　〔二〕九・一二四⑧（町人の身に—大脇指）
にざう㊇（二蔵）　〔一〕三・一一一⑥（鍛冶屋の—）
にさん（二三）
　cf、にさんけん　にさんど　にさんにち　にさんぶ
にさんけん（二三軒）　〔七〕二三・一七九⑥
にさんど（弐三度、二三度）　〔五〕六・一五一④（—づつ）　〔五〕八・一五二③（—づつ）
にさんにち（二三日）　〔六〕三・一六一⑦(徒)
にさんぶ（二三部）　〔四〕一八・一四七⑬
にじ（二字）　〔三〕九・一三五③（忌中と申—）
にじふご（廿五）　〔五〕二・一四九⑫（年は：—で）
　cf、にじふごにち
にじふごにち（廿五日）　〔六〕九・一六三⑩（来ル—には）
にじふににち（廿二日）　〔六〕二一・一六八⑦（霜月：—）
にじふねん（廿年）
　cf、にじふねんらい
にじふねんらい（廿年来）　〔三〕一二・一三六⑦
にじふはちにち（廿八日）
　cf、ごぐわつにじふはちにち
にしゆ（弐朱）　〔五〕一五・一五五①　〔五〕一六・一五五⑩　〔五〕一七・一五五⑪
にすん（弐寸）　〔六〕一七・一六六⑮（一寸や—）
にせんななひやくろくじふばん（弐千七百六十　）　〔三〕一・一三二②
にだい（二代）　〔二〕一七・一二八⑤（長者—なし）
にたんのしらう㊇（仁田四郎）　〔一〕六・一一一⑬
にち（日）［接尾語］
　cf、いちにちまへ　ごぐわつにじふはちにち　しごにち　にさんにち　にじふごにち　にじふににち
にち（日）［語素］
　cf、にちげん　まいにち
にちげん（日限）　〔四〕一七・一四七②
　cf、にちげんしだい
にちげんしだい（日限次第）　〔三〕九・一三五④（御忌中の—）
にちやう（弐町）　〔三〕一三・一三六⑪
にちれん㊇（日蓮）
　cf、にちれんき　にちれんしう
にちれんき（日蓮記）　〔一〕二〇・一一七⑯
にちれんしう（日蓮宗　：シユウ）　〔二〕八・一二二⑭
につたう（入唐）
　cf、につとうとてん
につたうとてん（入唐渡天）　↓につとうとてん
につたのしらう㊇（仁田四郎）　↓にたんのしらう
につとうとてん（入唐渡天　：タウ：）　〔四〕一七・一四七⑤

にっぽん（日本）→にほん
にて［格助詞］（形容動詞、助動詞ノ「に」＋「て」ヲ含ム）
［体言＋にて］
二 一・一一〇⑥　何喰まいと儘―不自由三昧なりし比
二 一・一一〇⑨　大坂嵐三右衛門が座―：若衆形なりしが
二 二〇・一一八④　おもへば宝永年中の事―今は昔となりぬ
二 一三・一二六③　天罰―謀計あらわれ
二 二〇・一二九⑭　八幡殿の御下知―：とつて返し
三 一・一三一⑫　大商人の智恵は格別―
三 五・一三三⑭　御寺―御引導前
三 六・一三四①　御家がら―御供の女中迄：落涙に被及候
三 七・一三四⑨　自慢臭き顔―歩行候やうに
三 九・一三五①　町方の習―御病人いまだ御息有之うちより
三 九・一三五③　寺沢流の能書―認め
三 一〇・一三五⑤　少々之賃銀―借し出し候
三 一〇・一三五⑥　御寺―帳附役人：抱置候
三 一〇・一三五⑩　節なしの上々の木―手厚く致置候得ば
三 一一・一三五⑪　六道銭　紙―拵へ置候
三 一一・一三五⑭　早布―白地に如此仕候間
三 一一・一三五⑮　自然御使―御取寄被遊候節は
三 一四・一三七③　江戸―博奕するものの別号也
三 一八・一三八⑧　哀情一片（ぺん）―あらまほし
三 一八・一三八⑪　寺―焼香するに
三 二〇・一三九⑧　安売の引札―いけん
四 四・一四一⑯　六郷の渡し―：小盗人の徘徊を怖て
四 八・一四二⑭　：我に等しき人しなければ―　いかがして誰ぞに
四 九・一四三⑤　江都の回向院―：開帳せしが
四 一六・一四六⑨　面々宿より手前弁当―
四 一八・一四七⑧　笑止―拝むも気のどく
五 一・一四九⑤　比丘尼の親方能楽院が世話―売卜の思ひつき
五 二・一四九⑦　性得気情者―
五 六・一五一⑨　叱らるる事は我身に引うける心底―
五 一六・一五五⑥　千垢離など―朝夕仏神をせせりても
六 一一・一六四⑥　くぼき所―とどまるごとく
六 一一・一六四⑨　愚者は又此裏―万のことはりに暗く
六 一四・一六五⑫　早速御停止の御触―静りぬ
六 一五・一六六④　裏店同前の者―畢竟家職半分ながら
六 二二・一六八⑯　我等も小児（がき）の時分―
七 六・一七一⑪　折から五月半已巳も四五日跡―
七 一〇・一七四②　物和らか―人の心角とれた風俗に応じ
七 一〇・一七四⑤　作者が才智発明の輩―文句おもしろく
七 一七・一七七⑤　辻みせの絵草紙屋―商売するのみ
七 一八・一七七⑧　ある書物屋―
七 一八・一七七⑩　白い所は歯ばかり―
七 一八・一七七⑪　亭主は律義な奴―
七 二四・一七九⑬　われよく神通―しりぬ
［活用語＋にて］
三 二〇・一三九⑥　左もなき―得心すべし
［にて候］
四 二・一四一②　是は一所不住の沙門―候
［にてさへ］
三 一八・一三八⑦　拝領上下―さへなくは
［にては］
三 七・一三四④　只今―は御先供無之候ては格別淋しく
六 七・一六三①　江戸―は是をほうろくと言
［にても］
三 五・一三三⑧　世上―もさのみ高直には無御座候得共
四 五・一四二⑥　別の義―もなし
五 二・一四九⑨　是―も東武の繁昌推量べし

cf、なににても
にど（二度）　〔二〕五・一二二⑩　〔五〕二四・一五八⑦（年に―づつ）
には　↑「に」「は」
[体言＋には]
〔一〕一一・一一四⑪　春狂言―此方等が噂
〔一〕一二・一一五③　終に祐経―渋い茶の一ぷくだに手向ず
〔一〕一四・一一六③　鳴雷―太鞁調るが大義
〔二〕八・一二三④　見世―舎那の小判をならべ
〔二〕一〇・一二四⑮　町人の身―：いいぶんのない上々吉のかかり息子
〔二〕一五・一二七⑩　商人の学問―史記も左伝も入もうさぬ
〔二〕一六・一二七⑯　世中の人―くずの松原といわるる身こそ：
〔三〕五・一三三⑧　さのみ高直―無御座候得共
〔三〕五・一三三⑨　私方―損料貸に仕候
〔三〕一〇・一三五⑩　御寺方―御悦喜の御事に候間
〔三〕一四・一三六⑯　是―いかでと驚かぬ人もなかりき
〔四〕三・一四一⑤　そなた衆―宿の内でもよい宿には泊ぬ程に
〔四〕三・一四一⑤　よい宿―泊ぬ程に宿迦（はずれ）の雲助宿へ
〔四〕一三・一四五⑦　すべて開帳札―かかる類沢山な事と
〔四〕二一・一四八⑭　爰―ねられず
〔五〕三・一五〇③　亭主の為―巽の卦
〔五〕一八・一五七①　此様―なつたれど（重出＝「やうだ」）
〔六〕九・一六三⑨　人―阿房よ長太郎よと
〔六〕九・一六三⑪　来ル廿五日―：大雷が鳴筈
〔七〕一七・一七七④　：を商売する店―一向売買する事なし
〔七〕一九・一七七⑭　世―かやうな馬鹿者もあるぞかし
〔七〕二四・一七九⑪　浄留理を禁（いまし）めざる家―不義放埒の沙汰なきはなし
[活用語＋には]
〔一〕一四・一一六③　一念の悪鬼となる―（にわ）：の造作あり（重出＝「にわ」）
〔二〕一三・一二六⑧　心持のよい―親の事もおもはれぬか
[にはあらず]
〔三〕一二・一三六⑤　通途の人の所為―あらず
〔三〕一八・一三八⑥　本意―あらじかし
〔五〕一・一四九①　強盗法印が住居せし所―あらねど
にはか（俄）　↓にわか　ヲモ見ヨ
〔六〕二二・一六八⑪（―に）
cf、にわかたび　にわかつんぼ　にわかぶり
にはかたび（俄旅）　↓にわかたび
にはかつんぼ（俄聾）　↓にわかつんぼ
にはかぶり（俄降）　↓にわかぶり
にはとり（鶏）　↓にわとり
にばな（煮　）　〔四〕一九・一四八①（―の茶釜）
にひやくもん（弐百文）　〔二〕一二・一二五⑭（百文―の小買）
にぶ（弐歩）　〔五〕一四・一五四⑬
にふよう（入用）（「いりよう」トモ）　↓いりよう　ヲモ見ヨ
〔三〕一二・一三六③（人々―になき引札）　〔三〕一二・一三六④（―の時節）
にほい（匂　にほひ）　〔一〕九・一一三⑫
にほひ（匂）　↓にほい
にほ・ふ（匂）[八四段]
―ふ（体）　〔二〕二・一二一④（風さへ―春の夕暮）
にほん（日本）　〔三〕一四・一三七①（―に隠もない分限者）　〔四〕一一・一四四⑨（―に二人ともなき）　〔四〕一九・一四七⑬（―廻国）　〔五〕一一・一五三⑨　〔七〕一〇・一七四③（―第一）　〔七〕一〇・一七四④　〔七〕一一・一七四⑦（―鎮護）
cf、にほんこくちゆう　ひのもと
にほんこくちゆう（日本国中）　〔七〕一二・一七四⑭

にほんばし（日本橋）　四一・一四〇①
にも　↑「に」「も」
[序]三・一〇七⑨　教化の志は能化―おとらじ物を
[序]三・一〇七⑩　徒然なぐさむ伽―やと
[序]三・一〇七⑪　隠女（だいこく）の飯米―致さず
[一]一二・一一五②　其日は見物―法楽に見する由
[一]一四・一一五⑮　いかやう―いわるること
[一]一六・一一七①　武家の女中の往来―はばからぬわる口
[二]一・一二〇②　一生何の役―たたず
[二]一・一二〇③　厄害―ならず
[二]一・一二〇③　あつてもなくてもと人―思はれて過し故
[二]二・一二〇⑦　茶の湯は夢―見ねど人ごとに‥とほめられ
[二]三・一二一⑧　むつましからぬやう―おぼしめされんかと
（重出＝「やうだ」「も」）
[二]五・一二二⑪　兄の世話―奈良酒屋
[二]一三・一二六⑨　酒銭十弐文―あたらぬよな
[二]一五・一二七⑨　‥と書物―あるではないか
[二]一九・一二九⑧　是―又用心のある事
[二]二二・一三〇⑭　御使に来る足軽中間―‥手をついて
[三]五・一三三⑨　御嗜之道具―不罷成
[三]一二・一三六⑥　貴人の御葬送―増りたる行粧（ぎやうさう）
[三]一三・一三六⑫　歴々の御通り―いささか憚る色もなく
[三]一七・一三八④　家作―町人のせまじき品々有之由
[三]一七・一三八⑤　御咎―逢ずして
[三]一九・一三八⑬　いかさま―此節は
[三]二〇・一三九⑤　武家方―有べきに
[四]一〇・一四四⑥　貴様の御つもり―あらふ事
[四]一一・一四四⑩　無間の釜の湯―増り
[四]一三・一四五⑧　さのみ心―とどめざりしが
[五]五・一五一③　藪入―人よりさきに出るやうになるは
[五]七・一五一⑫　いそがしひ片手間―‥とうて見給へ
[五]一八・一五六⑦　鞁―太鼓にもあはぬからは
[五]一八・一五六⑦　鞁にも太鼓―あはぬからは
[五]二二・一五七⑩　おつき合―旦那寺の引導にあづからぬ精
霊が沢山あるべし
[六]七・一六三①　身―佩（おび）て走り廻る
[六]一五・一六六①　阿波―うかれず河口にもそそらず
[六]一五・一六六①　河口―そそらず余所に詠（ながめ）て心
で笑しおとなしさ
[六]一六・一六六⑨　あの子―‥猿をぬふてやらしやませ
[六]一七・一六六⑬　天狗の娵―まいるまじ
[六]二〇・一六七⑮　何れも様―自今は毎歳の流行事の
[六]二一・一六八⑧　一日まへ―巫女殿に乗り移りておしらせ
なされたら
[六]二二・一六八⑫　夢―しらせず
[六]二二・一六八⑭　其時の地震―禁裡様から御製の歌が下り
ましたと
[七]八・一七三⑤　人間世―聖賢是をにくみいましむ
[七]九・一七三⑪　楽の声に依て善―すすみ
[七]九・一七三⑪　善にもすすみ悪―おち入る
[七]二三・一七九④　せめて汝程―語る事か
[にもあらず]［にもあらぬ］
[序]三・一〇七⑩　本堂建立の為―あらず
[四]一八・一四七⑦　歎きある―あらず（活用語＋「にも」）
[七]一九・一七八②　己が子―あらぬ虫を取来て
cf、いかにも　いまにも　かりにも　けがにも　とにもかく
にも　なかにも　なににもせよ
にもん（弐文）　[三]二・一三二⑧
にや　↑「に」「や」
[一]一・一一〇④　京都より東へ往かよふ路なりし―

[一]七・一一二⑯　大山の御師の挟箱にはぐれたる―
[三]一四・一三六⑮　されば此五六年以前―
[三]一九・一三八⑯　：する事　此ころのはやり物―
[四]八・一四二⑭　おもふ事いはで只―止ぬべき（係結）我に等しき人しなければ
[六]九・一六三⑩　延享のはじめつかた―
[六]二二・一六八⑬　こわそもいかなる仏意（ぶつち）―
[七]三・一七一④　金銀に縁遠生れ―
[七]一四・一七五⑯　いらざるおせわといふ心―

にや・ける（弱気）［カ下一段］
　―け（用）　[七]一一・一七四⑩（―た詞なく）
にようばう（女房）　[二]三・一二一⑨　[四]一一・一四四⑧　[四]一二・一四五②　[四]一三・一四五⑦　[四]二一・一四八⑪　[七]一三・一七五⑦　[七]一七・一七七③　[七]二二・一七八⑭
　cf、おゐにようばう　にようぼ
にようはち（鐃鉢　ネウ：）　[三]五・一三三⑭（―鳴次第）
にようぼ（女房）（「にようばう」ノ音変化）　[二]一五・一一六⑫
　cf、にようばう
によにん（女人）　[七]一六・一七六⑬
によほう（如法　：ホフ）　[三]二一・一三〇⑥（律義―な者）　[四]一四・一四五⑪（―に勤て）　[七]九・一七三⑭（律義―の男子）
によほふ（如法）　↓によほう
にようらい（如来）
　cf、だいにちにようらい　やくし
にら・む（白眼）［マ四段］
　―み（用）　[三]一四・一二六⑯（―ぬ）
にる（似）［ナ上一段］
　に（用）　[三]一・一二〇③（臍に―たり）　[七]九・一七三⑮（業平に―たり）

にる（煮）　cf、にげなし
　cf、にうり
にわ［助詞］（重出＝「には」）
　[一]一四・一一六③　一念の悪鬼となる―虎の皮の造作あり
にわう（仁王）　[七]六・一七一⑮
にわか（俄　にはか）　↓にはか　ヲモ見ヨ
にわかたび（俄旅　にはか：）　[五]一五・一五四⑯（―に）
　[三]四・一三三②（―に）
にわかつんぼ（俄聾　にはか：）　[一]七・一一三①
にわかぶり（俄【降】　にはか：）　[六]九・一六三⑬
にわとり（鶏　には：）　[三]一・一三一①（―の雨の足）
にわりがた（二割　）　[五]一七・一五五⑭
にゑかへ・る（にえ：）［ラ四段］　[六]一一・一六四⑪（―も潤色して）
　―る（体）　[四]一一・一四四⑩（うそ腹立て―事）
にん（人）［接尾語］
　cf、いちにん　おくひやくまんにん　さんじふにん　しごにん　じふにん　すうじふにん　せんまんにん　なんじふにん　なんぜんなんびやくにん　はちにん　はちにんづれ　ひやくにんなみ
にん（人）［語素］
　cf、あくにん　ぐにん　ごびやうにん　ざいにん　しゆにん　あいきやう　しよにん　ぜんにん　だいあくにん　たにん　ちやうつけやくにん　ちやうにん　てんにん　によにん　にんぐわひ　にんずう　にんにん　びやうにん　らうにん
にんぎやう（人形）
　cf、にんぎやうしばゐ
にんぎやうしばゐ（人形芝居）　[五]一三・一五三⑯
にんぐわい（人外）　↓にんぐわひ
にんぐわひ（人外　：グワイ）　[五]二五・一五八⑭（―のふるまい）

にんげん（人間） [七]一・一七〇①（―行（ゆい）て尽さざる事を）
cf、にんげんせい
にんげんせい（人間世） [七]八・一七三④
にんずう（人数） [六]二二・一六九①
にんにん（人々） [五]五・一五〇⑭（―手前の心にある事） [六]二〇・一六八③（―かやうに心得ば）

［ぬ］

ぬ（寐）［ナ下二段］ ↓ねる
ぬ［助動詞（打消）］ ↓「ざり」「ず」ヲモ見ヨ
ぬ（止、体）
[序]一・一〇七④ 耳に入ルといら―とのさかひ
[序]三・一〇七⑧ 舌もまわら―則（すなわち）だらけ
[一]三・一一一⑩ 店賃払わ―故
[一]七・一一三① 不審も空も晴やら―五月なかば
[一]七・一一三① 雨具も持た―俄旅
[一]八・一一三⑧ 新刃でもためすとて引込はせ―かと
[一]一〇・一一四② 心得難しと呑込―顔色に
[一]一〇・一一四⑨ されども素人でゆか―事
[一]一一・一一四⑮ 柊で目を突もいとわ―元気
[一]一一・一一四⑮ 取もせ―掛帳に
[一]一四・一一五⑯ 取あぐるに及―ことと
[一]一四・一一六③ 物のいら―工夫をこらし
[一]一六・一一六⑮ 何やうの事でも仕かね―は今の立役
[一]一六・一一七① 女中の往来にもはばから―わる口雑言
[一]二〇・一一七⑫ 入りさへあらばと心をつけ―は
[一]二一・一一八⑧ おもしろおかしく取つくろわ―様に
[一]二一・一一八⑩ 取あげるにたら―といふ人も
[一]二一・一一八⑫ 世をも人をもおもわ―人の口ぐせなり
[一]二一・一一九② 雲はれやら―五月雨
[二]三・一二一⑧ むつましから―やうにもおぼしめされんかと
[二]四・一二一⑬ ちつとの間見―うちに
[二]五・一二二④ たね腹かわら―一腹一生
[二]五・一二二⑧ いやといわれ―
[二]五・一二二⑩ 脇ひら見―一向一心のおまむき様
[二]五・一二二⑬ 今に酒がやま―げな
[二]八・一二二⑬ 意見すれど聞入―片意地者
[二]九・一二四① 後悔の泪をこぼさ―日もなかりしに
[二]一二・一二五⑪ 養父の家をうしなは―やうに
[二]一二・一二五⑫ 二目と見る親仁でござら―
[二]一三・一二六⑥ 酒の異見ふつと用やら―は
[二]一三・一二六⑥ 親をおやとおもは―からの事
[二]一三・一二六⑦ しかと得心せ―から
[二]一三・一二六⑧ 親の事もおもはれ―か
[二]一三・一二六⑨ 酒銭十弐文にもあたら―よな
[二]一四・一二七③ 自負の心の出―者はまれなり
[二]一五・一二七⑥ りつぱ過て町人でおじやら―
[二]一五・一二七⑧ 人のきか―所では
[二]一五・一二七⑪ 史記も左伝も入もうさ―
[二]一六・一二七⑭ けだかい事は入申さ―
[二]一六・一二八③ 不孝の罪はのがれ―
[二]一七・一二八⑨ 身のなりふりにかまわ―人
[二]一七・一二八⑫ 見ぐるしから―様にして
[二]一九・一二九⑥ 子をもた―がよい筈
[二]二〇・一三〇③ 奢をせ―からじや
[二]二一・一三〇⑧ 公事喧嘩の出来―様に
[二]二二・一三〇⑬ 慮外せ―やうに：いい付や
[二]二二・一三〇⑮ 馬鹿になら―
[三]一・一三二⑧ 子を持―棒手振も

[三]一一・一三六① 晩に死ぬも知れ—身の
[三]一三・一三六⑫ 見る目も恥かしから—かは
[三]一四・一三六⑯ いかでと驚か—人もなかりき
[三]一四・一三七⑫ 好人のせ—事と悟りぬ
[三]二〇・一三九④ いそが—事を口かしましくさわぎ
[四]三・一四一④ 此小僧：甘い酢でいか—奴
[四]三・一四一⑤ そなた衆には：よい宿には泊—程に
[四]三・一四一⑥ 日の暮—さきに：御出候へ
[四]三・一四一⑧ 此寺にとめる事はなら—ならぬ
[四]三・一四一⑧ 此寺にとめる事はならぬなら—
[四]三・一四一⑧ 打てもはたいても此（こ）やついか—に極

まつたり

[四]四・一四一⑫ 辻売の小半八文でも只は通さ—心から
[四]一〇・一四四② 死だ者が物いは—とて
[四]一〇・一四四② 我等兼氏とは申さ—事
[四]一一・一四四⑬ 知ら—が仏の悲しさ
[四]一二・一四四⑮ 入相をつきおら—か
[四]一二・一四五② わしが女房の姿をきざみは致さ—と
[四]一三・一四五⑨ 取上て論ずるに足ら—事
[四]一五・一四六⑦ わが道の衰とも知ら—仏様
[四]一九・一四八③ あれも見え—是も見えぬ
[四]一九・一四八③ 是も見え—と
[四]二〇・一四八④ とら—物はとらぬ
[四]二〇・一四八④ とらぬ物はとら—に立て
[四]二〇・一四八⑤ 知れ—に極て
[四]二〇・一四八⑨ 心に合—事
[四]二一・一四八⑫ 死ての後もはなれ—は
[五]二・一四九⑧ あたら—は勿論其筈の事
[五]四・一五〇⑧ そんな事聞に這入はしませ—
[五]四・一五〇⑫ あんまりありまさで合点がゆか—
[五]七・一五一⑮ 我気にいら—事をも
[五]八・一五二⑤ 守り本尊さへいはれ—意見を
[五]一一・一五三⑥ 己をおぢ—奴は一疋もない
[五]一二・一五三⑬ なんだかしら—が
[五]一三・一五四② 少も虚（うそ）はもふさ—
[五]一三・一五四⑥ 臍をなめるになんのなら—といふ事があ

るべい

[五]一四・一五四⑦ とどか—舌のうらめしき
[五]一四・一五四⑬ ハテあらそわれ—
[五]一六・一五五⑨ 衣類も目だた—物を着て
[五]一六・一五五⑩ こりや又の手合と出合—やうに
[五]一七・一五六② 見—ふりして通る衆
[五]一八・一五六⑤ 親兄弟の手にのら—も尤ぞかし
[五]一八・一五六⑦ 手習師匠の手際でいか—物
[五]一八・一五六⑧ 鞁にも太鼓にもあは—からは
[五]二二・一五七⑩ 引導にあづから—精霊
[五]二二・一五七⑪ なんとそふではござら—か
[六]八・一六三⑥ あまりに無下なる事ではござら—か
[六]一一・一六四⑧ まことしから—事は耳から入ても
[六]一三・一六五③ むさと受とら—ものかして
[六]一五・一六六② 人がら次第で御座ら—か
[六]一六・一六六⑫ 酒の気がうせ—もあまりわるふはあるまい
[六]一七・一六七⑥ なんとよいきりやうでは御座ら—か
[六]二〇・一六八③ 門外へ出さ—が面々の慎と申もの
[六]二一・一六八⑦ 忘れもやら—廿二日の夜半過
[六]二二・一六八⑭ 一円合点まいら—
[六]二三・一六九② 四も五もくわ—わるずいとはなりき
[六]二三・一六九③ 化され—やうにと兼好も筆をつゐやし
[七]一・一七〇③ 六拾余州至ら—隈なく
[七]二・一七一① 見るにおよば—

[七]三・一七一⑧　せめて：天徳寺被て寐―程の身にねがわば
やと
[七]三・一七一⑩　貧乏も捨られ―物と独咲（ひとりゑみ）し
て
[七]七・一七二③　己がねられ―腹だたしさに
[七]一三・一七五⑤　あまねくいたら―隈もなく
[七]一三・一七五⑨　：とは風の神さへおもわ―物から
[七]一四・一七五⑪　衣服の正しから―を服妖と云
[七]一四・一七五⑪　言葉の正しから―を言妖といふ
[七]一四・一七五⑫　三十年已前迄聞もおよば―言葉づかい
[七]一四・一七五⑯　親兄などの諌もうけつけ―大悪人
[七]一五・一七六③　羽織着たいと望みもせ―に
[七]一八・一七七⑫　豊後はござりませ―
[七]一九・一七八②　己が子にもあら―虫を取来て
[七]二三・一七九⑤　二声ともきかれ―すみる茶色の声で
[七]二五・一八〇⑥　感ぜ―者こそなかりけり

［ねばならぬ］（近世以降ノ用法）
[一]八・一一三⑦　是非聞てもらわねばなら―
[二]二二・一三一②　伽羅の油も付ねばなら―が
[四]五・一四二④　御意得ねばなら―訳ありて

ね（已）

［ねど］
[二]一・一二〇⑤　将棋は駒の名をだに知ら―ど
[二]二・一二〇⑦　茶の湯は夢にも見―ど
[四]一〇・一四四⑤　是非におよば―ど（重出＝「ぜひにおよ
ばず」）
[四]二一・一四八⑭　ねふさこらえられ―ど
[五]一・一四九①　住居せし所にはあら―ど
[六]一二・一六四⑮　御存かしら―ど申上まいらせ候と

［ねば］（重出＝「ねば」）
[一]一〇・一一四⑦　今は往来の駅路なら―ば道行人もあらず
[二]九・一二四⑥　身上を堅め―ば宗旨も家業もわかるまいと
[三]三・一三二⑪　人木石にあら―ば
[四]五・一四二⑥　名をなのら―ば訳が知れず
[四]一二・一四四⑯　反答すべき品も知ら―ば
[五]七・一五一⑮　仏頂面さへさしやら―ば
[五]一八・一五六⑧　人中で間にあわ―ば
[六]一七・一六七⑨　豊後ぶしをならわせ―ば心中欠落（かけ
おち）の念もなく
[七]九・一七三⑫　聞入るべしともおもは―ば平がなで見しら
すべし

［ねばならぬ］（近世以降ノ用法）（重出＝「ねば」）
[一]八・一一三⑥　是非聞てもらわ―ばならぬ
[二]二二・一三一②　伽羅の油も付―ばならぬが
[四]五・一四二④　御意得―ばならぬ訳ありて

cf、あひまうさず　あらぬ　いけぬ　いらぬ　おすにおされ
ぬ　およばず　かたかたよらず　かたよらず　ぜひにおよば
ず　ただならぬ　たまらぬ　つまらぬ　とつてもつかぬ　ね
ば　のかぬ　のこらず　のみならず　べからず　まうさず
らちのあかぬ

ぬ［助動詞（完了）］

な（未）

［なば］（重出＝「なば」）
[一]六・一一一⑯　毒気に染て煩ひ―ばあたら武士を

［なん］（重出＝「なん」）
[一]一七・一一七⑩　かれらが罪障懺悔ともなり―ん
[一]二〇・一一七⑮　狂言にしても見ゆるす方もあり―ん

ぬ（止）
[一]九・一一三⑫　慥に舞留とおぼへ―
[一]二〇・一一八⑤　今は昔となり―

[一]二二・一一九⑩　江戸へ下り—
[二]一四・一二六⑯　後悔の眼に酒屋を白眼（にらみ）—
[二]二三・一三一⑩　皆一同に夢をむすび—
[三]一四・一三七⑫　好人のせぬ事と悟り—
[四]四・一四一⑫　此ざまになられ—
[四]八・一四二⑪　此時思ひ知り—
[四]二一・一四八⑬　：とかき消て失—
[六]一・一六〇⑤　講談もはや半過—と見へて
[六]一〇・一六四④　雷：ごろごろともいわで過—
[六]一四・一六五⑫　御停止の御触にて静り—
[六]一四・一六五⑮　とんだかはねたかの音もなくやみ—
[六]二四・一六九⑪　大尽が小判なげ出した顔で帰り—
[七]六・一七一⑪　はや江の島の宝前に至り—
[七]一二・一七五③　終に治し難き沈痾となり—
[七]一三・一七五⑧　親の心おしはかり—
[七]二四・一七九⑭　われよく神通にてしり—
「ぬべし」（重出＝「ぬべし」）
[一]一六・一一六⑮　其身の冥加もあり—べし
[四]八・一四二⑭　おもふ事いはで只にや止—べき我に等しき
人しなければ
cf、なば　なん　ぬ　ぬべし
ぬいあげ・す（縫上　ぬひ：）［サ変］
—し（用）　[二]二二・一三一③（—て）
ぬかしお・る（：をる）［ラ四段］
—る（体）　[七]一四・一七五⑬（舌をなやして—いやらしさ）
ぬか・す［サ四段］
cf、ぬかしおる
ぬかづ・く［カ四段］
—き（用）　[四]二・一四〇⑧（本尊を—）（「を」ヲ受ケテ他動詞化シタ例）
ぬ・く（抜）［カ四段］
—か（未）　[五]一・一四九⑥（足袋屋が袋を—れたとて足屋とは名乗けらし）
—く（止）　[二]二三・一三一④（刃物は—と：命がない）
cf、いあいぬき　つきぬく　めをぬく
ぬ・く（抜）［カ下二段］　ぬ・ける［カ下一段］
—け（未）　[五]二二・一五七⑭（—まい）
—け（用）　[一]三・一一一⑪（首尾能（よく）—て）　[四]一六・一四六⑫（前歯の—て）　[五]九・一五二⑬（尻へ—そふに）　[七]九・一七三⑮（眉毛—て）
cf、ぬけいづ　ひやうしぬけ　むまのかごぬけ
ぬ・ぐ［ガ四段］
—ぎ（用）　[五]一二・一五三⑨（片肌—て）
—い（用　音便）　[五]一三・一五四⑥（大肌—で）
ぬぐ・ふ（拭）［ハ四段］
—ふ（体）　[四]一七・一四六⑯（涎を—ありさま）
cf、めぬぐひ
ぬけい・づ（　出）［ダ下二段］
—で（用）　[四]一二・一四四⑯
ぬし（主）
cf、いへぬし　おぬし　ぢぬし
ぬすっと（盗人）　→ぬすびと
ぬすびと（盗人）　[四]二〇・一四八⑤（—に笈）
cf、おひはぎ　こぬすびと
ぬす・む（盗）［マ四段］
—ま（未）　[五]一・一四九④（銭を：—れ）
—む（体）　[七]二二・一七八⑭（人の女房を—の娘子をふづくるのと）
ぬっと［副詞］　[五]一〇・一五二⑭（—這入）
ぬの（布）

cf、ぬのこ　はやぬの
ぬのこ（布子）　㊄九・一五二⑪（青梅の―）
ぬのひき（布引）（「ぬのびき」カ）　㊂二・一三二⑨
ぬひあげ・す（縫上）　↓ぬいあげす
ぬ・ふ（縫）［ハ四段］
―ひ（用）　㊄七・一五一⑩（唇を―）
―ふ（う）（用　音便）　㊅一六・一六六⑨（紅の切（きれ）で猿を―てやらしやませ）
cf、ぬいあげす
ぬべし［助動詞］　↑「ぬ」「べし」（重出＝「ぬ」「べし」）
ぬべし（止）
㊀一六・一一六⑮　其の身の冥加もあり―
ぬべき（体）
㊃八・一四二⑭　おもふ事いはで只にや止―（係結）我に等しき人しなければ
ぬ・る（塗）［ラ四段］
cf、うはぬり　くろぬり
ぬれ（濡）　㊃二一・一四八⑪　㊃二一・一四八⑫
ぬれぎぬ（濡衣）　㊃二一・一四八⑪（思ひがけなく―着たるも）
ぬ・れる（濡）［ラ下一段］　ぬ・る［ラ下二段］
cf、ぬれ　ぬれぎぬ

［ね］

ね（直【値】）　㊂二・一三二⑧
cf、かけねなし　ねだん
ね（根）　㊃一五・一四六⑤（―がつくろひ物で甲斐ない故に）
cf、しやうね　はのね
ね（嶺）
cf、たかね

ね［助動詞（打消）「ぬ」ノ已然形］　↓「ぬ」ヲ見ヨ
ねうはち（鐃鉢）　↓にようはち
ねが・ふ［ハ四段］
―わ（は）（未）　㊆三・一七一⑨（―ばや）
ねころ・ぶ（寐　）［バ四段］
―び（用）　㊁九・一一三⑭（―ながら）
ねざめ（寐覚）　㊁二・一一一①（老の―）
ねじやか（寐釈迦）　㊃一四・一四五⑫
ねずみ（鼠）　↓ねづみ
cf、ねづみつき
ねずみつき　↓ねづみつき
ね・せる（寐）［サ下一段］　ね・す［サ下二段］
―せ（用）　㊄六・一五一⑥（宵から―て）
ねだん（直段）　㊂四・一三三①　㊂七・一三四⑥
cf、ねだんつけ
ねだんつけ（直段付「ねだんづけ」トモ）　㊂三・一三二⑩　㊂四・一三三④
ねぢがねばば（捻金婆々）　㊁一・一一五⑩
ねぢこ・む（捻込）［マ四段］
―み（用）　㊅九・一六三⑫
ねづみ（鼠　ねずみ）　㊁二〇・一二九⑭　㊄一三・一五四①
ねづみつき（鼠突　ねずみ・・）　㊅一七・一六六⑮
ねてもさめても（寐　覚　）［連語］　㊆二二・一七八⑬（あさから晩迄―）
ねなしぐさ（根　草）　㊅二〇・一六七⑯
ねば［連語］（［助動詞（打消）］「ず」ノ已然形「ね」＋［接続助詞］「ば」）（重出＝「ぬ」「ば」）
㊀一〇・一一四⑦　今は往来の駅路なら―道行人もあらず
㊁九・一二四⑥　身上を堅め―宗旨も家業もわかるまいと
㊂三・一三二⑪　人木石にあら―徭（やと）わるる者もなし

〔四〕五・一四二⑥　名をなのら―訳が知れず
〔四〕一二・一四四⑯　反答すべき品も知ら―その儘：ぬけ出ゐでは
〔五〕七・一五一⑮　仏頂面さへさしやら―：何所でも気にいらぬ事
〔五〕一八・一五六⑧　人中で間にあわ―息筋張りて教るもいらべし
〔六〕一七・一六七⑨　豊後ぶしをならわせ―心中欠落の念もなく
〔七〕九・一七三⑫　聞入るべしともおもは―平がなで見しらす
［ねばならぬ］（近世以降ノ用法）
〔一〕八・一一三⑥　是非聞てもらわ―ならぬ
〔二〕二二・一三一②　伽羅の油も付―ならぬが
〔四〕五・一四二④　御意得―ならぬ訳ありて
ねふさ【眠】〔四〕二一・一四八⑭
ねふり【眠】〔七〕七・一七二④
　cf、ひとねふり
ねる（寐）［ナ下一段］　ぬ［ナ下二段］
　ね（未）　〔四〕二一・一四八⑭（―られず）　〔七〕一・一七〇③（給銀を―られ）（「貰えぬ」ノ意）　〔七〕三・一七一⑧（天徳寺被て―ぬ程の身に）　〔七〕六・一七一⑮（―られず）　〔七〕七・一七二②（己が―られぬ腹だたしさに）
　ね（用）　〔一〕三・一一一⑪（まだ―て居やれば）　〔六〕一・一六〇②（―て斗も）　〔七〕二五・一八〇②（―てくれん）
　ねる（体）　〔五〕七・一五一⑪（人跡に―やうに心懸）
　cf、あさね　いぬ　ねころぶ　ねじやか　ねせる　ねてもさめても　ねふり
ねん（年）　〔二〕五・一二二⑩（―に一度か：二度）　〔五〕六・一五一④（―に弐三度）　〔五〕二四・一五八⑦（―に二度づつ）
　cf、きよねん　きんねん　たうねん　とし　ねんき　ねんぢう　ねんぢゆう　ねんねん　ほうえいねんちゆう　まいとしようねん
ねん（年）［接尾語］
　cf、いちねん　くわんえいじふしごねん　けんにんさんねん　げんろくじふろくねん　ごろくねん　さんじふねん　じふねん　にじふねんらい
ねん（念）　〔三〕八・一三四⑬（―入）　〔四〕二・一四一①（―入て）　〔六〕二〇・一六七⑩（心中欠落の―もなく）
　cf、ねんのため　ねんもない
ねんかう・す（拈香）［サ変］
　―する（体）　〔三〕一八・一三八⑪（―人）
ねんき（年忌）　〔二〕一八・一二九⑤（―追善）
ねんごろ（念比）　〔五〕一・一四九⑤（―なる比丘尼の親方）　〔六〕八・一六三⑤（―に）　〔六〕二三・一六九④（―に）　〔七〕一八・一七七⑨（―に）
　cf、ねんごろぶり
ねんごろぶり（念　）　〔六〕一六・一六六⑫（―に）
ねんぢう（年中　：ヂユウ）　→ねんぢゆう　ヲモ見ヨ
　〔四〕一二・一四四⑭
ねんちゆう（年中）
　cf、きやうほうねんちゆう　ほうえいねんちゆう
ねんぢゆう（年中）　→ねんぢう　ヲモ見ヨ
［振リ仮名ナシ］　〔二〕九・一二四④（―旅がけで暮せば）　〔二〕一二・一二五⑮（―の商旦那）　〔三〕一・一三一⑬　〔三〕二・一三二⑤　〔四〕一九・一四七⑬
ねんねん（年々）　〔一〕五・一一六⑩（―に仕組故）（「としどしカ）　〔五〕一六・一五五⑤　〔五〕一六・一五五⑤　〔六〕六・一六一⑬
ねんのため（為念）［連語］　〔三〕六・一三四③（―申上候）
ねんぶつ（念仏）　〔二〕一三・一二六⑪　〔二〕一四・一二六⑬　〔二〕一四・一二六⑮　〔三〕八・一三四⑪（―題目）　〔三〕九・一三四⑮（―

題目）　〔六〕一三・一六五⑤　〔七〕一九・一七八⑥（—題目）
　cf、ねんぶつこう　だいねんぶつしう　づうづうねんぶつ
ねんぶつこう（念仏講）　〔三〕三・一三二⑮
ねんもな・い（念　）［連語］　〔一〕一一・一一五④（—こと）

［の］

の［格助詞］
　1主格
　2連体格（体言または体言に準ずるものを受けて下にかかる）
　3同格。それから転じた用法。
　4下接する体言を省略した「の」（準体助詞とする説もあり）

1主格
〔一〕七・一一二⑪　肩衣の幅—せまいが古風なばかり
〔一〕七・一一二⑯　大山の御師—挟箱にはぐれたるにや
〔一〕八・一一三⑥　外の者に頼みて埒—あかぬ筋（重出＝「らちのあかぬ」）
〔一〕八・一一三⑧　引込はせぬかと気—付程怖さいやまして
〔一〕八・一一三⑪　羅宇—みじかいきせる
〔一〕一三・一一五⑪　妄執—晴る間もなし
〔一〕一四・一一六③　一念—悪鬼となるにわ（は）
〔一〕一四・一一六③　物—いらぬ工夫をこらし
〔一〕一六・一一七②　天気—よいに木履はいて
〔一〕一七・一一七⑦　事—欠た様に
〔一〕二〇・一一七⑫　いかで人—害をなさんや
〔一〕二二・一一九⑦　虫—つづりし木の葉なり
〔二〕二・一二〇⑧　人—欲がる黄色な奴
〔二〕二・一二二②　尾上の鹿—妻恋声に
〔二〕三・一二一⑩　渡世—いそがしひ中に気が付て
〔二〕一〇・一二四⑯　少もいいぶん—ない上々吉のかかり息子
〔二〕一一・一二五⑤　馴染が出来ると：藁—出るが世間に沢山
〔二〕一三・一二六⑥　酒—毒じやといふ事を：得心せぬから
〔二〕一三・一二六⑧　呑で心持—よいには
〔二〕一四・一二七③　誉揚られて自負の心—出ぬ者はまれなり
〔二〕一五・一二七⑧　人—きかぬ所では
〔二〕一七・一二八⑦　爰に心得—ある事
〔二〕一七・一二八⑪　律義にして仁心—ある者
〔二〕一九・一二九⑧　是にも又用心—ある事
〔二〕二〇・一三〇③　百姓—代々続くは：奢をせぬからじや
〔二〕二一・一三〇⑧　公事喧咜—出来ぬ様に風俗をためなほしや
〔二〕二一・一三〇⑩　身帯—さがるもまたあれほど
〔二〕二一・一三〇⑪　鬢の毛—上へあがる程馬鹿もあがるもの
〔三〕一・一三二③　稲光—目をおどろかし
〔三〕一四・一三六⑮　江都に隠れなき博徒—死したる　葬送の行列
〔三〕一四・一三七⑫　好人—せぬ事と悟りぬ
〔三〕一四・一三七⑬　金銀—有にまかせ分外の奢をなして
〔三〕一七・一三八②　：とぞ古き人—申侍りし
〔三〕一七・一三八④　町人—せまじき品々
〔三〕一八・一三八⑫　：といふ書に先哲—教置れし
〔三〕一九・一三九②　町人—知る筈もなし
〔四〕一・一四〇⑤　脚（すね）—達者な一徳
〔四〕三・一四一⑤　日—暮ぬさきに
〔四〕三・一四一⑩　掻餅—黴たやうな石塔
〔四〕五・一四二⑦　微塵もこわい事—ない客人
〔四〕一一・一四四⑦　口—さがなき江戸者
〔四〕一二・一四五②　狐つき—退（のい）たやうに
〔四〕一四・一四五⑫　木に餅—生（な）る咄
〔四〕一五・一四六②　忽ち銭—山をなせし

四一五・一四六⑥　閉帳前に尾—出るも知らず
四一六・一四六⑫　前歯—抜て息のもる故
四一六・一四六⑫　息—もる故
五二・一四九⑨　見てもらふもの—あるは
五二・一四九⑩　堤封（どて）の柳—いとおもたげに
五五・一五〇⑮　わがよきに他—あしきがあらばこそ‥
五五・一五〇⑮　人—わるきはわがわるきなり
五七・一五一⑬　鬼でも心—やわらぐ道理
五八・一五二⑤　口—すくなる程いふて
五一〇・一五二⑬　ほこり—立（たつ）日和（ひより）に
五一四・一五四⑦　とどかぬ舌—うらめしき
五一四・一五四⑨　雲間に月—あらはれたるごとし
五一四・一五四⑩　占の道は聖人—こしらへおかれて
五一四・一五四⑩　微塵もうそ—ないもの
五一五・一五四⑭　負—込む廻りどし
五一五・一五四⑮　埒—明ぬ詮義（重出＝らちのあかぬ）
五一七・一五五⑫　人品—わるひ衆
五一七・一五五⑫　人品のわるひ衆—いふ事
五二一・一五七⑥　人—いやがり除て通るは
五二二・一五七⑬　ろくな者—する事ならず
五二三・一五八①　おみ様—いふ所が
五二三・一五八①　死んだお袋—朝夕いふたに‥ちがいがない
六二・一六〇⑧徒　女—鬼になりたるを
六三・一六一⑦徒　人—わづらふ事侍しをぞ
六六・一六一⑫　何者—何の所得ありてかそら言を造り出し
六六・一六一⑭　鼻の下—ゆたかなる人々ならずや
六七・一六二⑭　異国より悪魔の風—吹来るに
六八・一六三④　仁心—あつきより
六一四・一六五⑮　夢—覚たる心地して
六一五・一六六⑥　雑説虚説—流布するも
六一七・一六六⑭　美目—わるひが此節の一徳
六一七・一六六⑯　乞食—面桶さげた様に猿をさげさせもせられず
六二〇・一六七⑫　此相場—よい米を‥給（た）べおります
六二一・一六八⑤　ゆげ—立うそから
六二三・一六九⑧　いかにも聞て損—なゐこと
七一・一七〇⑤　買人—喉を鳴して待をも構ず
七六・一七一⑭　客情は惟夜—過し難きにあり
七七・一七二⑯　畳にまき鬢—乱るる程あたまをすり付て
七一〇・一七四②　公卿殿上人—優美なるを見習ひ
七一三・一七五⑨　皆是愚人—するわざぞや
七一四・一七五⑪　衣服—正しからぬを服妖と云
七一四・一七五⑪　言葉—正しからぬを言妖といふ
七一六・一七六⑪　罪人—牢獄に入る時
七二三・一七九④　往来の者—笑もしらず
七二五・一八〇③　法師は大木—たほるるごとくどうどふして

2連体格（体言または体言に準ずるものを受けて下にかかる）

序一・一〇七①　きさらぎ—すゑ
序一・一〇七①　空—気色いと和日（うららか）に
序一・一〇七②　春—彼岸の中日
序一・一〇七②　春の彼岸—中日
序一・一〇七②　説法談義—花盛
序二・一〇七④　勧善—志
序二・一〇七④　是を教化—書物に比せば
序二・一〇七⑤　貝原先生—大和俗訓
序二・一〇七⑥　極上々—能化談義
序二・一〇七⑥　表に風流—花をかざり
序二・一〇七⑦　裏に異見—実を含
序二・一〇七⑦　当世上手—所化談義に比すべし
序三・一〇七⑧　田舎あるき—稽古談義

[序]三・一〇七⑧ 智者―笑は覚悟のまへなり
[序]三・一〇七⑨ 教化―志は
[序]三・一〇七⑩ 本堂建立―為にもあらず
[序]三・一〇七⑪ 仏餉袋―押売して
[序]三・一〇七⑪ 隠女（だいこく）―飯米にも致さず
[序]三・一〇七⑪ 教化一片―徹魂
[序]四・一〇七⑪ 信心―巾着より
[序]四・一〇七⑫ なげうつ処―散銭
[序]四・一〇七⑫ 開闢―磬をチンチン
[一]一・一一〇① 万葉―仙注
[一]一・一一〇② 富士と足高山―間にありけり
[一]一・一一〇③ 今―清見が崎を通りて
[一]一・一一〇③ 中古―事也
[一]一・一一〇④ 去ル秋―嵐に
[一]一・一一〇⑤ 東海道―駅路
[一]一・一一〇⑤ 原吉原―辺
[一]一・一一〇⑤ 往来―旅客
[一]一・一一〇⑤ 富士の裾野―うそ淋しひ路
[一]二・一一〇⑥ 北野西方寺―辺
[一]二・一一〇⑦ 前句冠附―点者ながら
[一]二・一一〇⑦ 歴々―宗匠
[一]二・一一〇⑧ 若年―昔は
[一]二・一一一② 肥満―立役
[一]二・一一一② 無双―大兵
[一]二・一一一③ 楽屋から橋がかり―間で
[一]二・一一一③ 中風―病因となせし故
[一]二・一一一④ 奇怪―ふるまひ
[一]二・一一一④ 舞台―せりふ其儘に
[一]三・一一一⑤ 実事仕―身ぶりで
[一]三・一一一⑥ 鍛冶屋―二蔵

[一]三・一一一⑧ なんぼう無念―仕合
[一]三・一一一⑧ 名染―役者衆も
[一]三・一一一⑨ 独身―心やすさは
[一]六・一一一⑬ 鎌倉殿―上意により
[一]六・一一一⑭ 洞―内へ入し由
[一]六・一一一⑮ 地獄―味噌部屋
[一]六・一一一⑮ 極楽―雪隠
[一]六・一一一⑮ 武士―身に
[一]六・一一一⑯ 洞中―湿気に犯され
[一]六・一一二③ 独つぶやく詞―下より
[一]六・一一二⑤ 惣髪―侍
[一]六・一一二⑤ 茶宇―上下黒小袖
[一]六・一一二⑥ 庵に木瓜（もくかう）―五所紋
[一]七・一一二⑪ 肩衣―幅のせまいが古風な
[一]七・一一二⑯ 大山―御師
[一]七・一一三② 駅路―破損に行逢
[一]八・一一三⑥ 外―者に頼みて
[一]八・一一三⑩ 洞穴―口へつれ行
[一]九・一一三⑫ 至極―煙草好と見へて
[一]九・一一三⑮ 一入（ひとしほ）―楽
[一]九・一一四① 芝居―切落
[一]九・一一四② 芝居―事を思召て
[一]九・一一四② 芝居の事を思召て御落涙―体（てい）
[一]一〇・一一四③ 此度―下向
[一]一〇・一一四③ 境町木挽町―役者中間
[一]一〇・一一四④ 私が心―内
[一]一〇・一一四⑦ 我所存―程
[一]一〇・一一四⑦ 往来―駅路（むまつぎ）ならねば
[一]一〇・一一四⑧ 今度―嵐より
[一]一〇・一一四⑨ 旅人―往来

🈩一〇・一一四⑨ 江戸―芝居の作者方
🈩一〇・一一四⑨ 江戸の芝居―作者方
🈩一一・一一四⑩ 書中―趣
🈩一一・一一四⑩ 全く金―無心ならず
🈩一一・一一四⑩ 江戸―芝居
🈩一一・一一四⑪ 三才―小児
🈩一一・一一四⑪ 土地―風俗
🈩一一・一一四⑫ 外―事は一向はやらず
🈩一一・一一四⑬ 町中―老若
🈩一一・一一四⑬ 師走―いそがしひ最中
🈩一一・一一四⑭ 番頭と役割―あらそゐ
🈩一一・一一四⑭ 勘三―十郎は七三さ
🈩一一・一一四⑯ 見物―気が曽我に凝かたまつて
🈩一二・一一五① 曽我―影で渡世する
🈩一二・一一五② 兄弟―霊に供物神酒を備へ
🈩一二・一一五③ 渋い茶―一ぷくだに手向ず
🈩一二・一一五③ そなた―まへじやが
🈩一二・一一五⑥ 今に浄留理歌舞妓―元手ともなれ
🈩一二・一一五⑥ 富士―事は於て
🈩一三・一一五⑦ ゑびら―能では梶原もほめらるるに
🈩一三・一一五⑨ 一家（いつけ）―曽我殿原を
🈩一三・一一五⑩ 見物―武家に
🈩一三・一一五⑬ わが耳―底に徹して
🈩一三・一一五⑬ 立物―歴々
🈩一四・一一五⑮ 作者―せりふ付次第
🈩一四・一一五⑮ 一座―大立物
🈩一四・一一五⑯ 文盲至極―敵役
🈩一四・一一五⑯ 是等―事は
🈩一四・一一六① 末代―武士に
🈩一四・一一六② 皆作者―仕業なれば
🈩一四・一一六③ 虎の皮―造作あり
🈩一五・一一六⑥ 我々が噂と七種―たたきまぜ
🈩一五・一一六⑦ 御仕置者―真似
🈩一五・一一六⑦ 見物―娘子
🈩一五・一一六⑧ 大それ者―随一
🈩一五・一一六⑨ ぐわんぜなし―小娘共も
🈩一五・一一六⑩ 心中―沙汰あり
🈩一五・一一六⑪ 下―見物や若イ女子は
🈩一五・一一六⑫ 節季に払―心あて違へば
🈩一六・一一六⑭ 見物―薬となる仕組
🈩一六・一一六⑭ 昔―役者
🈩一六・一一六⑭ 名人―寄合
🈩一六・一一六⑮ 何やう―事でも
🈩一六・一一六⑮ 今―立役
🈩一六・一一六⑮ 諸人―教とならば
🈩一六・一一六⑮ 其身―冥加もありぬべし
🈩一六・一一六⑯ 男立―仕組を見るに
🈩一六・一一六⑯ 京大坂―仕組とかわり
🈩一六・一一七① 町中―うわき者
🈩一六・一一七① 武家―女中
🈩一六・一一七① 武家の女中―往来
🈩一六・一一七③ 芝居―見習
🈩一七・一一七④ 人―薬となる事
🈩一七・一一七⑤ 弁当―世話やいて
🈩一七・一一七⑤ 隠居―へそくり金
🈩一七・一一七⑥ 芝居繁昌―基（もとい）
🈩一七・一一七⑥ 長久―計（はかりこと）ならん
🈩一七・一一七⑦ 豊後―鉦（どら）ぶし
🈩一七・一一七⑨ お三を善人―様に作りしは
🈩一七・一一七⑨ 近松一代―誤なり

🈩一七・一一七⑨　不義―罪人
🈩一七・一一七⑩　懲悪―教といふべし
🈩一七・一一七⑩　浄留理狂言―作者
🈩二〇・一一七⑫　風俗―害になるとも
🈩二〇・一一七⑬　才智発明―作者
🈩二〇・一一七⑭　男立も大坂―黒舟の格で
🈩二〇・一一七⑭　大坂の黒舟―格で
🈩二〇・一一七⑭　男―いきじを磨く
🈩二〇・一一七⑭　本―男立らしく
🈩二〇・一一七⑮　きほひ組―たねをまくなり
🈩二〇・一一七⑯　日蓮記―切狂言
🈩二〇・一一八②　男立―仕内
🈩二〇・一一八③　寔（まこと）―男達なりし
🈩二〇・一一八④　宝永年中―事
🈩二〇・一一八⑥　心中―馬鹿者
🈩二一・一一八⑦　密夫―罪人
🈩二一・一一八⑦　放火―大罪人等
🈩二一・一一八⑩　これら―事は
🈩二一・一一八⑫　世をも人をもおもわぬ人―口ぐせなり
🈩二一・一一八⑬　千丈―堤が蟻の穴から崩たつて
🈩二一・一一八⑬　蟻―穴から
🈩二一・一一九①　義婦烈女―仕形
🈩二一・一一九②　妄執―雲はれやらぬ
🈩二一・一一九②　弥増（いやまし）―泪のたね
🈩二一・一一九②　弥増（いやまし）の泪―たね
🈩二一・一一九③　心中―沙汰
🈩二二・一一九⑥　観音―わるぢへ
🈩二二・一一九⑧　跡―茶屋で喰ふた餅
🈩二二・一一九⑨　馬役―身なれば
🈔一・一二〇①　武蔵―八王子の山里

🈔一・一二〇①　武蔵の八王子―山里
🈔一・一二〇②　炭焼―翁を友とし
🈔一・一二〇④　商売―工夫
🈔一・一二〇④　万―芸能に心をよせず
🈔一・一二〇⑤　将棋は駒―名をだに知らねど
🈔一・一二〇⑤　金銀―働妙を得たり
🈔一・一二〇⑥　商売―目算にさとく
🈔二・一二〇⑥　売買―拍子よく
🈔二・一二〇⑨　繁花―市中をいとひ
🈔二・一二一①　幼稚名染―媚と手世事を楽しみ
🈔二・一二一①　諸白髪―老の寐覚に
🈔二・一二一①　諸白髪の老―寐覚に
🈔二・一二一②　尾上―鹿の妻恋声に
🈔二・一二一②　若盛を思ひ出して遠慮なし―高咄し
🈔二・一二一③　榾（ほた）―火に足踏伸し
🈔二・一二一③　四時―楽
🈔二・一二一④　高嶺―桜吹おろす
🈔二・一二一④　春―夕暮
🈔三・一二一⑤　茶釜―下さしくべながら
🈔三・一二一⑤　江戸―息子
🈔三・一二一⑥　八人連―兄弟
🈔三・一二一⑥　釜―前迄居ならべば
🈔三・一二一⑨　兄貴―心づかゐ
🈔三・一二一⑩　次男―藤蔵
🈔三・一二一⑪　兄弟水魚―ありさま
🈔三・一二一⑫　八人が八所―住居
🈔四・一二一⑬　お姥―乳の余りの秘蔵子
🈔四・一二一⑬　お姥の乳の余り―秘蔵子
🈔四・一二一⑭　たまたま―客人
🈔四・一二一⑭　そちたち―送りもの

[二]四・一二一⑮ 江戸—肥た腹に
[二]四・一二一⑯ 滝山大善寺—近所
[二]四・一二一⑯ 開山牛秀上人—説法式要
[二]四・一二二① 談義—説やう合点でおじやる
[二]四・一二二① たばこ盆—経函
[二]四・一二二① きせる—柄香炉
[二]四・一二二③ これを今宵—ちそうとおもひ
[二]四・一二二③ 釈尊金口—説法
[二]四・一二二④ 五時八教—別あり
[二]五・一二二⑤ そこなお婆々—胎内から出たれど
[二]五・一二二⑦ 惣領—徳助
[二]五・一二二⑨ 次男—藤蔵
[二]五・一二二⑨ 養子たる者—鑑
[二]五・一二二⑩ 一向一心—おまむき様
[二]五・一二二⑪ 兄—世話にも奈良酒屋
[二]五・一二二⑪ 呉服町で一番切—進退なれど
[二]五・一二二⑬ 三男—三郎兵衛
[二]八・一二二⑮ 四番目—四郎次郎
[二]八・一二二⑮ 大師流—筆道を学び
[二]八・一二二⑯ 世間—取沙汰
[二]八・一二三① 五番目—五郎七
[二]八・一二三④ 中道実相—天台宗
[二]八・一二三⑤ 見世には舎那—小判をならべ
[二]八・一二三⑥ 四貫—銭をからげ
[二]八・一二三⑥ 一年三千貫—儲
[二]八・一二三⑧ 兄弟一番—内福
[二]八・一二三⑨ 六番目—六次郎
[二]八・一二三⑪ 弥陀—本願
[二]八・一二三⑫ 黒谷—教をまもり
[二]八・一二三⑬ 殊勝一片—浄土宗
[二]八・一二三⑬ 葛西—奥の水呑百姓
[二]八・一二三⑭ 葛西の奥—水呑百姓
[二]八・一二三⑮ 四十二—二ツ子
[二]九・一二三⑯ 産屋—内
[二]九・一二四① 貧窮—辛苦させし
[二]九・一二四① 後悔—泪
[二]九・一二四① 兄弟—ちからで
[二]九・一二四③ 天道—御恵み
[二]九・一二四④ 七番目—七五郎
[二]九・一二四④ 宗旨も遊行派—時宗
[二]九・一二四⑤ 出入屋敷と町—得意と
[二]九・一二四⑥ 惣領—世話になつて
[二]九・一二四⑦ 浪人—日梨樫右ヱ門
[二]九・一二四⑧ 昼夜朝暮—武芸の稽古
[二]九・一二四⑧ 昼夜朝暮の武芸—稽古
[二]九・一二四⑧ 町人—身に似げなき大脇指
[二]九・一二四⑨ 男立—ぶうぶう者
[二]九・一二四⑨ 野楽（のら）者—大将とあほがれ
[二]一〇・一二四⑩ 説法—肝心は乙吉が身の上
[二]一〇・一二四⑪ 兄弟八人面々格々—身過
[二]一〇・一二四⑪ 心ごころ—宗門なれど
[二]一〇・一二四⑪ 釈迦一仏—教
[二]一〇・一二四⑫ 教—通りに身をまもれば
[二]一〇・一二四⑮ 宗領—徳助
[二]一〇・一二四⑮ 町人—身には
[二]一〇・一二四⑯ 上々吉—かかり息子
[二]一〇・一二五② 聖人—言葉
[二]一〇・一二五③ 大かた—人
[二]一一・一二五③ 他人—家に来りて
[二]一一・一二五⑥ 他家—養子となる者

🈔一一・一二五⑥　養父母―心を察し
🈔一一・一二五⑦　老衰―行末を頼み
🈔一一・一二五⑨　実父―方へは
🈔一二・一二五⑪　養父―家をうしなはぬやうに
🈔一二・一二五⑬　商売―米屋でいふではないが
🈔一二・一二五⑭　升―序におもひだした
🈔一二・一二五⑭　こち―家は：つき米屋で
🈔一二・一二五⑭　先祖代々―つき米屋
🈔一二・一二五⑭　祖父（ぢい）―掟を守り
🈔一二・一二五⑮　百文弐百文―小買する
🈔一二・一二五⑮　やせ世帯―者
🈔一二・一二五⑮　やせ世帯の者が年中―商旦那じや
🈔一二・一二五⑮　慈悲―心をうしなわず
🈔一二・一二五⑯　五町七町―間
🈔一二・一二六①　裏店―衆の評判
🈔一二・一二六①　裏店の衆―評判
🈔一二・一二六①　次第に売つのりて今―繁昌
🈔一二・一二六②　小利をむさぼらずして大利を得る　―基ならずや
🈔一二・一二六②　爰が大事―分別所
🈔一二・一二六②　眼前―小利をむさぼり
🈔一三・一二六③　買人（かいて）―目をぬく悪逆
🈔一三・一二六④　手ぬきするは貧乏―基
🈔一三・一二六⑤　慈愛―心なければ
🈔一三・一二六⑥　三男―さぶ
🈔一三・一二六⑥　酒―異見
🈔一三・一二六⑧　親―事もおもはれぬか
🈔一三・一二六⑧　はて扨親―恩は下直な物
🈔一三・一二六⑨　茶碗で一盃―酒銭（さかて）
🈔一三・一二六⑪　是程―無心はきいてくりや

🈔一四・一二六⑬　親―事はとも角も
🈔一四・一二六⑭　無間―熱燗
🈔一四・一二六⑭　紅蓮―冷酒
🈔一四・一二六⑯　後悔―眼に酒屋を白眼（にらみ）ぬ
🈔一四・一二七①　四番め―息子殿
🈔一四・一二七②　他人―称美が
🈔一四・一二七②　他人の称美が親父―気づかゐ
🈔一四・一二七③　自負―心
🈔一五・一二七⑤　御手前は平日―口上がりつぱ過て
🈔一五・一二七⑩　商人―学問には
🈔一五・一二七⑪　求林齊―町人袋
🈔一五・一二七⑪　関氏―冥加訓
🈔一五・一二七⑪　藤井蘭斎―和漢為善録
🈔一五・一二七⑫　家業―ひまに読がよし
🈔一六・一二七⑫　此たぐゐ―仮名本
🈔一六・一二七⑭　人―公事沙汰の腰押
🈔一六・一二七⑭　人の公事沙汰―腰押をしたり
🈔一六・一二七⑮　目安作り―部類
🈔一六・一二七⑯　世中―人にはくずの松原といわるる身こそ
🈔一六・一二七⑯　用らるるが禍―端
🈔一六・一二八③　不孝―罪はのがれぬ
🈔一六・一二八③　無点―唐本が読めても
🈔一六・一二八④　かくれもない分限者―恋聟
🈔一七・一二八⑤　三代目―家督
🈔一七・一二八⑤　町人―身持残る所なく末頼母しい
🈔一七・一二八⑥　所々―屋敷の家守り衆
🈔一七・一二八⑥　所々の屋敷―家守り衆
🈔一七・一二八⑦　取立―事のみに気を附
🈔一七・一二八⑦　口材利発―人を用ゆ
🈔一七・一二八⑧　御法度―旨を堅く守り

三一七・一二八⑨　其身―なりふりにかまわぬ人
三一七・一二八⑩　店衆に不埒な者を置ては地主―難義
三一七・一二八⑪　家守り―住居も相応に
三一八・一二八⑬　自然―道理
三一八・一二八⑬　眼前―利に迷ひ
三一八・一二八⑯　自堕落―基となる
三一八・一二九②　家守り―内證不足なは地主の欲心からじや
三一八・一二九②　地主―欲心からじや
三一八・一二九④　親―恩は少もないぞや
三一八・一二九④　在所―孫作夫婦の恩を忘ず
三一八・一二九⑤　在所の孫作夫婦―恩を忘ず
三一九・一二九⑥　四十二―二ッ子がいやなら
三一九・一二九⑦　子―科（とが）のやうに
三一九・一二九⑨　東夷征伐―折から
三一九・一二九⑨　ならびなき大百姓―家
三一九・一二九⑨　此百性―住居
三一九・一二九⑩　座敷―結構
三一九・一二九⑩　都人―肝を店がへさせ
三一九・一二九⑩　膳部―様子は
三一九・一二九⑪　夜具抔は祭―衣装のやうなを取出して
三一九・一二九⑫　下部―馬取迄に着せ
三二〇・一二九⑬　御跡ふき―酒盛最中
三二〇・一二九⑭　八幡殿―御下知にて
三二〇・一二九⑮　分限不相応―奢者の禁（いましめ）
三二〇・一二九⑮　分限不相応の奢者―禁とし給ふ
三二〇・一二九⑯　御歴々―真似
三二〇・一二九⑯　百姓は農業―外：花麗な真似をせず
三二〇・一三〇①　江戸衆―花麗な真似をせず
三二〇・一三〇①　中国西国―百姓の身持をまなび
三二〇・一三〇①　中国西国の百姓―身持をまなび
三二〇・一三〇②　江戸―富有な町人
三二〇・一三〇④　江戸―遊人のまねして
三二〇・一三〇④　江戸の遊人―まねして
三二一・一三〇⑤　小百姓―息子
三二一・一三〇⑤　江戸―鳶の者
三二一・一三〇⑥　きほひ組―いきかたを見習ひ
三二一・一三〇⑦　幸―事　余所はともあれ
三二一・一三〇⑦　手前―支配下は古風に万事律義を基とし
三二一・一三〇⑨　淳厚―風俗にみちびきめされ
三二一・一三〇⑩　縮緬―頭巾のしころが七の図迄下る百姓は
三二一・一三〇⑪　鬢―毛の上へあがる程馬鹿もあがるもの
三二二・一三〇⑬　御屋敷―歴々衆
三二二・一三〇⑬　武士方と町人―位
三二二・一三〇⑮　奴でも武士―食（めし）喰へば馬鹿にならぬ
三二二・一三〇⑯　うやまふが町人―道
三二二・一三一②　小袖―尺（たけ）
三二二・一三一③　町人―絹布
三二二・一三一④　居合抜―薬売
三二三・一三一④　町人―刃物は抜と：命がないぞ
三二三・一三一④　手前―命がないぞ
三二三・一三一⑥　風呂―入口に腰懸て
三二三・一三一⑧　今宵―説法先（まづ）是限（これぎり）
三二三・一三一⑧　秋―彼岸
三二三・一三一⑩　夜半―鐘声
三二三・一三一⑩　客人―耳にひびきて
三二四・一三一⑪　裏店―駕籠舁の家
三二四・一三一⑫　裏店の駕籠舁―家
三二四・一三一⑫　呉服―安うり
三二四・一三一⑫　大商人―智恵

[三]一・一三一⑫　人―高下をえらばず

[三]一・一三二①　俄ぶり―雨の足

[三]一・一三二①　俄ぶりの雨―足より

[三]一・一三二①　いや増―貸傘（かしからかさ）

[三]一・一三二②　越後屋　伊豆蔵―家名

[三]一・一三二③　夕立―雲の上

[三]一・一三二③　夕立の雲―上

[三]二・一三二③　手前―臍を隠さるるとぞ

[三]二・一三二④　端々―小商人

[三]二・一三二⑤　掛直なし安うり―引札

[三]二・一三二⑤　月水流し―女医者

[三]二・一三二⑥　生土神（うぶすな）殿―御油断

[三]二・一三二⑦　疱瘡―世次（よなみ）甚悪敷（あしく）

[三]二・一三二⑦　親々―泪の雨

[三]二・一三二⑦　親々の泪―雨

[三]二・一三二⑧　隅田川―水かさ増り

[三]二・一三二⑧　浅草―舟渡し

[三]二・一三二⑨　寺町通りは葬礼―布引

[三]二・一三二⑩　白輿屋―惣七

[三]三・一三二⑩　商売物―色品

[三]三・一三二⑩　損料借―直段付して

[三]三・一三二⑩　引札―おもひ付

[三]三・一三二⑪　配人（くばりて）―才覚して見れど

[三]三・一三二⑫　売物―葬礼編笠

[三]三・一三二⑫　心祝―立酒

[三]三・一三二⑫　我商売―首途（かどいで）よし

[三]四・一三三①　子共向―（之）棺桶

[三]四・一三三③　御寺迄の路次―間

[三]四・一三三⑦　御弔―（之）節　御着用之水色麻上下

[三]四・一三三⑦　御着用―（之）水色麻上下

[三]四・一三三⑦　御編笠―（之）義

[三]五・一三三⑨　御嗜―（之）道具にも

[三]五・一三三⑨　御入用―（之）節被仰付

[三]六・一三三⑯　女中方御供―（之）白小袖

[三]六・一三四①　御供―女中

[三]六・一三四②　御返し―節　しみの大小に依り

[三]六・一三四②　しみ―大小に依り御心附可被下候

[三]七・一三四⑤　万一御馴染―かた無之：候はば

[三]七・一三四⑥　御寺―遠近に従ひ

[三]七・一三四⑦　賃銀定―（之）外少々相増申請候

[三]七・一三四⑧　先供―（之）鼻えは寺々道筋案内巧者に：：
可申付候

[三]八・一三四⑪　裏店―（之）御衆中

[三]八・一三四⑪　念仏題目―御講

[三]八・一三四⑫　究竟―若手に

[三]八・一三四⑬　半紙―四折

[三]八・一三四⑭　往還―女中にわる口いはせ

[三]九・一三五①　近比町方―習にて

[三]九・一三五①　御近所―方々

[三]九・一三五②　門―戸をさし

[三]九・一三五②　御取込―節

[三]九・一三五③　寺沢流―能書にて認め

[三]九・一三五④　早速―御間に合申様に

[三]九・一三五④　損料―（之）義

[三]九・一三五④　御忌中―日限次第

[三]九・一三五④　少々―（之）賃銀にて

[三]一〇・一三五⑥　葬礼―故実

[三]一〇・一三五⑥　能存知―浪人

[三]一〇・一三五⑨　卒都婆―（之）義

[三]一〇・一三五⑨　御寺―垣に

三一〇・一三五⑨ 大風―（之）節折レ不申候様に
三一〇・一三五⑩ 節なし―上々の木
三一〇・一三五⑩ 節なしの上々―木にて
三一〇・一三五⑩ 御悦喜―御事に候
三一一・一三五⑪ 御用―（之）節
三一二・一三六② 田虫―薬
三一二・一三六④ 入用―時節を待も有り
三一二・一三六④ 無常変易―娑婆世界なれば
三一二・一三六⑤ 通途（つうづ）―人の所為
三一二・一三六⑤ 通途の人―所為にはあらず
三一二・一三六⑤ 町人―葬送
三一二・一三六⑥ 分限不相応―儀式
三一二・一三六⑥ 高位貴人―御葬送
三一二・一三六⑦ 諷諫―心
三一二・一三六⑦ 以の外―奢り
三一三・一三六⑧ 葬送―行列
三一三・一三六⑨ 第一―僭上
三一三・一三六⑨ 町人―天といふ格
三一三・一三六⑩ 大かたは無僕―身
三一三・一三六⑪ 先供―麻上下
三一三・一三六⑫ 歴々―御通りにも
三一三・一三六⑬ 町人―浅間しさ
三一三・一三六⑭ 裏附―肩衣袴
三一三・一三六⑭ 我こそ時節―衣服もちしと
三一三・一三六⑭ 鼻―辺りに
三一四・一三六⑮ 葬送―行列
三一四・一三六⑯ 万戸侯―葬とても
三一四・一三六⑯ 両替町―何某
三一四・一三七② 浅草誓願寺へ葬送と聞程―者
三一四・一三七③ 昨日―通者
三一四・一三七③ 江戸にて博奕するもの―別号也
三一四・一三七③ 昨日の通者・・―葬送だにあの通り
三一四・一三七⑥ 亡者―乗物一挺
三一四・一三七⑦ 輿添―手代
三一四・一三七⑦ 漸（やうやう）卅人―内そと
三一四・一三七⑧ 女中―供は壱人もなく
三一四・一三七⑪ 本心―誠を顕はし
三一四・一三七⑬ 金銀の有にまかせ分外―奢をなして
三一七・一三八① 御咎―御条目に
三一七・一三八② 随一―御咎也とぞ
三一七・一三八② 至極―重き御役人とならせられ
三一七・一三八③ なり上り―出来分限
三一八・一三八⑥ 葬送―日
三一八・一三八⑥ 水色―上下
三一八・一三八⑦ 出入―貧者に其銀を施し
三一八・一三八⑦ 出入屋敷―拝領上下にてさへなくは
三一八・一三八⑨ 人―嘲りをかへり見る
三一八・一三八⑩ 別離―哀情薄しとこそ見ゆれ
三一八・一三八⑪ 葬礼―節
三一九・一三八⑬ 進退―礼
三一九・一三八⑭ 親―棺の跡に
三一九・一三八⑭ 親の棺―跡に立ながら
三一九・一三八⑯ 此ころ―はやり物にや
三一九・一三八⑯ 水色―上下
三一九・一三九① 芝居で腹切時―まね
三一九・一三九① 脇差―柄（つか）
三一九・一三九② 色々様々―法をたて
三一九・一三九② 出入―日傭取や
三一九・一三九③ 裏店―噂衆が
三二〇・一三九③ 面々―働を見せたがり

[三]二〇・一三九③ 病人—足
[三]二〇・一三九④ わら草履—鼻緒
[三]二〇・一三九⑤ 鼻緒をきつてごみ溜へ捨るたぐい—事
[三]二〇・一三九⑥ 草履—緒は剪らずに
[三]二〇・一三九⑦ 鉢開—婆
[三]二〇・一三九⑦ 此類—僻事
[三]二〇・一三九⑧ 板木—つゐへをいとはず
[三]二〇・一三九⑧ 安売—引札
[三]二〇・一三九⑨ 此引札—評判
[三]二〇・一三九⑨ いづくもおなじ秋—ゆふ暮
[三]二〇・一三九⑨ たばこ盆—わきにひろげて
[三]二一・一三九⑩ 取々—うはさなりける
[四]一・一四〇① 日本橋—東雲に踏出した一歩
[四]一・一四〇① 千里—始として
[四]一・一四〇④ 旅硯—厄害もなければ
[四]二・一四〇⑥ 藤沢—駅
[四]二・一四〇⑦ 此辺—寺院
[四]二・一四〇⑦ 名主殿—灰小屋迄のぞき
[四]二・一四〇⑧ 清浄光寺—門に入て
[四]二・一四一② あか棚—掃除して居たるを
[四]二・一四一② 一所不住—沙門にて候
[四]二・一四一③ 御堂—内に
[四]三・一四一④ 僧ワキ—能掛りで
[四]三・一四一④ 此小僧目利—通り甘い酢でいかぬ奴
[四]三・一四一⑤ 宿（しゆく）—内でもよい宿には泊ぬ
[四]三・一四一⑤ 宿迦（はずれ）—雲助宿へ
[四]三・一四一⑨ 小栗殿—墓所（むしよ）へ
[四]三・一四一⑩ 十人—殿原
[四]四・一四一⑫ 江戸—辻売の小半八文
[四]四・一四一⑫ 江戸の辻売—小半八文でも

[四]四・一四一⑬ 宿—入口で呑だは
[四]四・一四一⑭ 能々—因果病
[四]四・一四一⑯ 六郷—渡し
[四]四・一四一⑯ 小盗人—徘徊を怖て
[四]四・一四二① 天—賜
[四]四・一四二① 究竟—旅宿
[四]四・一四二② 堂—片隅
[四]五・一四二⑤ 旅疲—野僧
[四]五・一四二⑤ 御用—品は如何
[四]五・一四二⑥ 別—義にてもなし
[四]八・一四二⑨ 揚屋—酒をも呑だ果じや
[四]八・一四二⑨ 世間—化物並に
[四]八・一四二⑩ 上戸—御光（おかげ）
[四]八・一四二⑪ 幽霊—情を離れ
[四]八・一四二⑫ 額—三角な紙
[四]八・一四二⑫ 経帷子—袂
[四]九・一四二⑯ 今日といふ今日貴僧—御出
[四]九・一四二⑯ 千歳—一遇とわ（は）此事
[四]九・一四三① 今宵—嬉しさ
[四]九・一四三② 存生—昔
[四]九・一四三⑤ 江都—回向院
[四]九・一四三⑨ 内所は住寺—商にして
[四]九・一四三⑩ 在家同前—拵（かせぎ）なれば
[四]九・一四三⑭ 小栗の判官兼氏—像
[四]九・一四三⑮ 照手の姫—御影
[四]一〇・一四三⑯ おぐりの判官一刀三礼—作
[四]一〇・一四四① 我顔から人魂程—火が出て
[四]一〇・一四四⑤ 勇士—数にかぞへられし某が
[四]一〇・一四四⑤ 秘蔵—照天が姿
[四]一〇・一四四⑥ 貴様—御つもりにもあらふ事

四一一・一四四⑦ 両国橋―ほとり
四一一・一四四⑦ 江戸者―集り
四一一・一四四⑧ 小栗は是程―鼻毛とはおもはなんだ
四一一・一四四⑧ 天晴―勇士
四一一・一四四⑧ 女房―形を三拝してきざんだとは
四一一・一四四⑨ 見る程―人弾指（つまはじき）して
四一一・一四四⑩ 焦熱―炎
四一一・一四四⑩ 無間―釜の湯
四一一・一四四⑩ 無間の釜―湯
四一一・一四四⑪ 冷汗は紅蓮大紅蓮―氷が‥礼に来るぞかし
四一一・一四四⑫ 貴僧―御入来を
四一一・一四四⑫ 墓―陰から
四一一・一四四⑬ 入相―鐘つく事
四一一・一四四⑬ 知らぬが仏―悲しさ
四一二・一四四⑭ 年中―所作を忘れ
四一二・一四五② 女房―姿
四一二・一四五③ 鼻毛―汚名を清めん為
四一二・一四五③ 汚名を清めん為―御世話を懸に
四一三・一四五⑤ 妄執―雲
四一三・一四五⑤ 真如―月夜ざし
四一三・一四五⑧ 取々―批判
四一三・一四五⑩ 歴々―大寺
四一三・一四五⑩ 関東筋―名もなき小寺の開帳
四一三・一四五⑩ 関東筋の名もなき小寺―開帳
四一三・一四五⑪ 山師―ふづくり物
四一四・一四五⑫ 百合若大臣―御作
四一四・一四五⑫ 寐釈迦―尊像
四一四・一四五⑬ 藁屋―裏（うち）で
四一四・一四五⑭ 御尊像―御光（おかげ）
四一四・一四五⑯ かやうな筋―開帳
四一四・一四五⑯ 今時―人は
四一四・一四六① 元禄宝永―比迄は
四一五・一四六② 渇仰―頭を傾け
四一五・一四六③ 其比―開帳
四一五・一四六④ 不足―沙汰もなかりし
四一五・一四六④ 近年―開帳は
四一五・一四六④ 山売―丸薬に
四一五・一四六④ 金箔―衣を掛るごとく
四一五・一四六⑤ 荘厳―金襴
四一五・一四六⑤ 紫幕―紋で
四一五・一四六⑤ 虎―威をかる狐開帳
四一五・一四六⑥ 張番に対―看板
四一五・一四六⑥ 染貫―はおりも昔は夢にだも見ず
四一五・一四六⑦ わが道―衰とも知らぬ仏様
四一五・一四六⑧ 此賃銀莫太（ばくたい）―物入
四一六・一四六⑨ 開帳場―物とては
四一六・一四六⑩ 門前―茶屋へ壺入して
四一六・一四六⑩ 昼―内働し賽銭を
四一六・一四六⑪ 元〆―算用合筈はなし
四一六・一四六⑪ いにしへ―取持は
四一六・一四六⑪ 取持は隠居―禅門
四一六・一四六⑪ 渡世―苦労なしに
四一六・一四六⑫ 律義一片―真実から
四一六・一四六⑬ 今は巻鬢―豊後語りと見ゆる
四一六・一四六⑭ 肩衣―背中を当世風にふくだめ
四一六・一四六⑭ 参詣―女中を見かけて
四一六・一四六⑮ 近年―出来物
四一七・一四六⑮ 女中―艶顔に見とれ
四一七・一四六⑯ 晩鐘（いりあひ）―響と共に
四一七・一四七① 安産―守り

［四］一七・一四七① 代物替—かば焼
［四］一七・一四七② 御定—日限
［四］一七・一四七② 惣算用—日
［四］一七・一四七④ 終身—憂
［四］一七・一四七⑤ 入唐渡天—行方知れず
［四］一八・一四七⑥ 下谷辺—寺
［四］一八・一四七⑦ 御身—上ばかり‥歎きあるにもあらず
［四］一八・一四七⑦ 湯殿山—大日如来
［四］一八・一四七⑧ 借銭—書出し
［四］一八・一四七⑧ 印相—御指と共に握り詰て
［四］一八・一四七⑪ 木綿売—高荷程な‥笈を負ひ
［四］一八・一四七⑫ 婆々嫁々—足を止め
［四］一八・一四七⑫ 往来—人
［四］一八・一四七⑫ 往来の人—銭を貪り
［四］一八・一四七⑫ 一生に六十六部—内を二三部渋々納め
［四］一九・一四七⑭ 誠—廻国修行者
［四］一九・一四七⑮ 片田舎—志深（ふかき）法施宿
［四］一九・一四七⑮ 夜すがら出る儘—虚妄咄（うそばなし）
［四］一九・一四八① 煮ばな—茶釜をかすらせ
［四］一九・一四八② 家内—調市（でっち）
［四］二〇・一四八③ 紛失—僉議
［四］二〇・一四八④ 失物—占
［四］二〇・一四八④ 拾二文—御ひねり
［四］二〇・一四八⑤ 損—上塗
［四］二〇・一四八⑥ 堂塔—椽に
［四］二〇・一四八⑦ 能（よい）時分—御修行
［四］二〇・一四八⑨ いつも正路な者—難義
［四］二〇・一四八⑨ 堪忍土とは娑婆—替名なれば
［四］二一・一四八⑪ 女房—姿
［四］二一・一四八⑪ 在世—むかし

［四］二一・一四八⑫ 濡—一字か恥かしや
［四］二一・一四八⑭ 長—夜をまんぢりともせで
［五］一・一四九① 柳原—長坡（ながつつみ）に
［五］一・一四九① 泥亀（すつぽん）—煮売
［五］一・一四九② 指—股ひろげし所を
［五］一・一四九② 往来—人を呼びかけ
［五］一・一四九③ 当卦本卦—占
［五］一・一四九③ 当卦本卦の占—安売する足屋の道千
［五］一・一四九③ 神田辺—足袋屋
［五］一・一四九④ 辻芝居—浄留理
［五］一・一四九④ 売溜—銭を財布ともに盗まれ
［五］一・一四九⑤ 比丘尼—親方
［五］一・一四九⑥ 売卜—思ひつき
［五］二・一四九⑥ 卜筮—道
［五］二・一四九⑧ あたらぬは勿論其筈—事なるに
［五］二・一四九⑨ 東武—繁昌推量（おしはかる）べし
［五］二・一四九⑩ 弥生—初
［五］二・一四九⑩ 堤封（どて）—柳のいとおもたげに
［五］二・一四九⑩ 雁金屋—仲居
［五］二・一四九⑪ 燕屋—下女
［五］二・一四九⑫ 行さき—よしあし
［五］二・一四九⑬ 年は‥廿五で辰—とし
［五］三・一四九⑬ 一代—守り本尊が普賢菩薩
［五］三・一五〇① こな様—御親父は
［五］三・一五〇② 呉服屋—賄男
［五］三・一五〇② 含雑なます—乾の卦にあたり
［五］三・一五〇② 含雑なますの乾—卦にあたり
［五］三・一五〇③ 御しんぶより三ツ四ツ年増—老女房
［五］三・一五〇③ 亭主—為には巽（そん）の卦
［五］三・一五〇④ 巽（そん）—卦

[五]三・一五〇④　辰巳―風
[五]三・一五〇⑤　隅田河―在所
[五]三・一五〇⑥　親と子―四鳥のわかれ
[五]三・一五〇⑥　親と子の四鳥―わかれ
[五]四・一五〇⑧　あり着て行さき―主人が人遣ひよいか
[五]四・一五〇⑩　菓子をかふた残り―おあしで
[五]四・一五〇⑫　かかさま―在所迄
[五]五・一五〇⑭　道満流―見通し
[五]五・一五〇⑭　八卦―面に虚（うそ）はいわれず
[五]五・一五〇⑭　行さき―善悪は人々手前の心にある
[五]五・一五〇⑭　手前―心に
[五]五・一五一①　宿世―罪業
[五]五・一五一③　手まへ―心もなほさずに
[五]六・一五一⑧　傍輩―附合も
[五]六・一五一⑨　他（ひと）―中言かたくいわず
[五]七・一五一⑬　朝夕―心がけ
[五]八・一五二①　長浪人―基
[五]八・一五二②　真実―意見
[五]八・一五二④　仰―通りに
[五]八・一五二⑤　おさだまり―八卦の外に
[五]八・一五二⑤　八卦―外に
[五]八・一五二⑤　一代―守り本尊
[五]九・一五二⑦　唯―薬師といふは江戸中にたつた一体（重出＝「ただのやくし」）
[五]九・一五二⑦　めうが―為じや
[五]九・一五二⑨　つゐおあし―事もわすれました
[五]九・一五二⑩　紙に捻り　机―上に置て
[五]九・一五二⑩　花―跡に柊とやらで
[五]九・一五二⑪　市松染―ほうかぶり
[五]九・一五二⑪　青梅―布子
[五]九・一五二⑪　うこん染―木綿襦袢
[五]九・一五二⑫　水風呂桶―たがのやうに
[五]一〇・一五二⑭　葭簀張り―中へぬつと這入
[五]一〇・一五二⑯　胸―おどりをしづめ
[五]一〇・一五二⑯　手―筋を詠（なが）め
[五]一〇・一五二⑯　軽薄―虚笑（そらわらひ）して
[五]一〇・一五三①　扨も扨も珍らしい御手―筋
[五]一〇・一五三①　酒屋―升かけ筋
[五]一一・一五三④　上―方へぴんとはねたが
[五]一一・一五三⑤　所―名主大屋衆も
[五]一一・一五三⑤　町内―草臥者
[五]一一・一五三⑨　日本―内に天狗様ばかり
[五]一二・一五三⑫　きほひ―表道具
[五]一三・一五四②　そこもと―生が皇帝の握拳にあたり
[五]一三・一五四②　皇帝―握拳
[五]一三・一五四③　越後の国―牛
[五]一三・一五四③　首―骨がつよ過て
[五]一三・一五四④　手前―臍をなめて
[五]一三・一五四④　鬼神に横道なし　―世話のごとく
[五]一三・一五四⑤　手前―舌で我臍をなめる
[五]一四・一五四⑦　世―盛衰や
[五]一四・一五四⑧　色々―身振
[五]一四・一五四⑨　本然―光
[五]一四・一五四⑩　占―道
[五]一四・一五四⑪　今―通り現の證拠は御臍でござる
[五]一四・一五四⑫　震―卦
[五]一四・一五四⑫　震は雷―卦
[五]一四・一五四⑫　石尊―祟ある故
[五]一四・一五四⑬　博奕―運
[五]一五・一五四⑮　肝心―天窓（あたま）が

五一五・一五四⑮　遊魂―番で紛失する年
五一五・一五五④　禍は慎―門に入る事なし
五一五・一五五④　其身―もちやうで
五一六・一五五⑥　己が身―行を慎まざれば
五一六・一五五⑦　人―上でもしつて居る筈
五一六・一五五⑧　：とは爰―事
五一六・一五五⑨　こりや又―手合と出合ぬやうに
五一六・一五五⑩　今―風俗
五一七・一五五⑬　生れながら―悪人はない筈
五一七・一五五⑬　親―育あしく
五一七・一五五⑭　喧𠵅―種をまけども
五一七・一五五⑮　町方―師匠達
五一七・一五五⑯　行跡心ばへ―嗜はなげやり三宝にして
五一七・一五六①　門弟―子共
五一七・一五六③　根本―教
五一八・一五六④　見やう見まね―わるもののまね
五一八・一五六④　わるもの―まね
五一八・一五六⑤　親兄弟―手にのらぬも
五一八・一五六⑥　手習師匠―手際
五一八・一五六⑩　大学―一巻もおしへ
五一八・一五六⑪　六諭衍義―大意
五一八・一五六⑫　今―豊後ぶしかたりて
五一八・一五六⑭　朝夕―業
五一八・一五七①　人―にくみをうけず
五一八・一五七②　土堤―塵に交る神道者
五二一・一五七②　神道者―真似して
五二一・一五七③　柳―糸より細ひ
五二一・一五七③　釜戸―煙たやさず
五二一・一五七④　足袋―せり売して
五二一・一五七④　野楽者―一人なりき
五二一・一五七⑥　因果病―癩病（かつたい）同然
五二一・一五七⑧　日比―望の通り
五二一・一五七⑧　日比の望―通り
五二二・一五七⑩　旦那寺―引導にあづからぬ精霊
五二二・一五七⑩　人は畳―上で死で
五二二・一五七⑪　大切な親―遺体
五二二・一五七⑪　大切な親の遺体―其かゐなへ入黒子（いれぼくろ）は何事ぞや
五二二・一五七⑬　馬鹿者―噂があつたと
五二二・一五七⑮　誠―人となり給へ
五二三・一五八③　人―娘をひつぱらゐ
五二三・一五八④　大屋―聟入
五二三・一五八⑤　同類―名を書て
五二三・一五八⑤　振廻―上であばれる算用
五二四・一五八⑥　家毎―戸を扣き
五二四・一五八⑦　大口―たらたら
五二四・一五八⑧　両国―茶屋
五二四・一五八⑧　仲間―伊勢講
五二四・一五八⑧　朝から喧𠵅―心がけ
五二四・一五八⑧　毎年嘉例―つかみ合
五二四・一五八⑧　両国―茶屋の亭主
五二四・一五八⑨　茶屋―亭主
五二四・一五八⑨　名題―寄合
五二四・一五八⑩　うどん屋―二階
五二四・一五八⑫　一念発起は本地―風光
五二五・一五八⑬　人なみ―人が：喧𠵅したり
五二五・一五八⑭　人外―ふるまい
五二五・一五八⑯　隣―煮売屋
五二五・一五八⑯　煮売屋―親父
六一・一六〇①　湖上行（ゆくゆく）吟ず落日―辺

[六]一・一六〇② 秋―夜
[六]一・一六〇② 隠居―身
[六]一・一六〇③ あかざ―杖
[六]一・一六〇④ 大屋殿―灯
[六]一・一六〇⑤ 究竟―慰と内へ入りて
[六]一・一六〇⑥ 宿―主
[六]二・一六〇⑥ 茶釜―下の火
[六]二・一六〇⑥ 茶釜の下―火
[六]二・一六〇⑦ 入口―柱
[六]二・一六〇⑧(徒) 応長―比
[六]二・一六〇⑨(徒) 京白河―人
[六]二・一六一②(徒) 唯鬼―事のみいひやまず
[六]二・一六一③(徒) 安居院（あぐゐ）―辺
[六]二・一六一③(徒) 四条よりかみざま―人
[六]三・一六一④(徒) 今出川―辺
[六]三・一六一④(徒) 院―御桟敷のあたり
[六]三・一六一④(徒) 院の御桟敷―あたり
[六]三・一六一⑦(徒) 鬼―そらごとは此しるしをしめすなりけり
[六]三・一六一⑨ 第五十一段め―本文
[六]三・一六一⑨ 世俗―あらぬそらごとを信じて
[六]六・一六一⑪ 兼好―仁心
[六]六・一六一⑪ 末代―人
[六]六・一六一⑬ 流言（はやりこと）―妄説（うそばなし）
[六]六・一六一⑮ 寛永十四五年―ころかとよ
[六]六・一六一⑮ 剃刀―牙　はさみの手あし
[六]六・一六一⑮ はさみ―手あしある妖孽有といいふらして
[六]六・一六二① そん所そこ―御深窓
[六]六・一六二② 神田―比丘尼のお寮
[六]七・一六二② 比丘尼―お寮さへ
[六]七・一六二⑩ 虚誕（うそ）―上塗して
[六]七・一六二⑩ 髪切虫―除の歌
[六]七・一六二⑪ 髪切虫の除―歌
[六]七・一六二⑭ 異国より悪魔―風の吹来るに
[六]七・一六二⑮ とく吹もどせ伊勢―神風
[六]七・一六二⑯ 家々―門戸に張ちらし
[六]七・一六三① 煎瓦：―下に隠れ住よし
[六]八・一六三③ 大路にあし―立所（たてど）もなかりし
[六]八・一六三③ 山岡元隣子―宝蔵：といへる草紙
[六]八・一六三④ 末の世―人
[六]八・一六三⑤ 心得―ため
[六]八・一六三⑤ 古人―恩
[六]八・一六三⑥ 何やら―まじなひ
[六]九・一六三⑩ 延享―はじめつかた
[六]九・一六三⑪ 天竺―新町から
[六]九・一六三⑭ 虚説―為に
[六]九・一六三⑭ たわけ―夢さめず
[六]九・一六三⑭ 雷除―御歌
[六]一〇・一六三⑮ 大屋どの―内義へ
[六]一〇・一六四① 火―用心
[六]一〇・一六四② 内義―そさう
[六]一一・一六四⑦ 智者―耳に入ば
[六]一一・一六四⑦ 智ある人は物―理にさとく
[六]一一・一六四⑨ 千万人―為となる
[六]一一・一六四⑨ 愚者は：万―ことはりに暗く
[六]一一・一六四⑪ 裏店―針売婆々が
[六]一一・一六四⑫ 聾―僻（くせ）に聞たがりて
[六]一一・一六四⑫ 己が商売―針を棒程に言なせば
[六]一二・一六四⑭ 御家老―臍内殿
[六]一二・一六四⑭ 番町―奥様
[六]一二・一六四⑮ 面々―宿へ

[六]一二・一六四⑯ 岷江—水上は
[六]一二・一六四⑯ 盃を浮めてあそぶ程—細流なれど
[六]一二・一六五① 一人二人リ—耳に入ると
[六]一二・一六五① 世間一面—噂
[六]一二・一六五② 虚説—源となる者
[六]一二・一六五② おほく—愚人をあざむき
[六]一三・一六五④ 御ぞんじ—通り
[六]一三・一六五④ 河口善光寺—建立とて
[六]一三・一六五④ 精霊棚—提灯程な白張に
[六]一三・一六五⑤ 其所—号（な）を：書ちらして
[六]一三・一六五⑦ 新道—饂屋の親仁
[六]一三・一六五⑦ 饂屋—親仁が
[六]一三・一六五⑦ 淫気（たわけ）—簱頭となりて
[六]一三・一六五⑧ 顔をしかめて音頭—しほから声に
[六]一三・一六五⑧ 婆々達—地謡
[六]一三・一六五⑨ 一夫耕さざれば飢渇—基
[六]一三・一六五⑨ 一婦織ざれば諸人—寒気を防に便なから

ん

[六]一四・一六五⑩ 物もらひ—まねして
[六]一四・一六五⑪ 聖代—御政（まつりごと）あまねく
[六]一四・一六五⑫ 御停止—御触にて静りぬ
[六]一四・一六五⑫ 常陸—阿波大杉の神
[六]一四・一六五⑬ 山王—御祭礼
[六]一四・一六五⑭ 祇園—山鉾もあざむくべき大祭
[六]一四・一六五⑯ 東都—町中でも目貫といわるる本町
[六]一五・一六五⑯ さすが大商人—集り
[六]一五・一六六② 其筈—事
[六]一五・一六六③ 口養仏と鼻の下—建立
[六]一五・一六六③ 題目—七返がへしは
[六]一五・一六六③ 六字づめ—上を行
[六]一五・一六六④ 我慢—太鼓扣きたてて
[六]一五・一六六④ 随分片遠所—裏店同前の者
[六]一五・一六六④ 片遠所の裏店同前—者にて
[六]一五・一六六⑤ 其所—長たる人
[六]一五・一六六⑥ はやり事—さきがけするも
[六]一五・一六六⑥ かならず其地—人品（がら）だけ
[六]一六・一六六⑦ 其町処—恥なれば
[六]一六・一六六⑦ 其町—大屋様
[六]一六・一六六⑧ 其地—風義を正し給へかし
[六]一六・一六六⑧ あたり隣—噪衆が
[六]一六・一六六⑨ 紅（もみ）—切（きれ）で
[六]一六・一六六⑨ 神隠—行衛しれずに
[六]一六・一六六⑩ 鉦太鼓で難義—上の造作
[六]一六・一六六⑩ 難義の上—造作も気の毒
[六]一六・一六六⑪ 屠蘇袋—古ひがある
[六]一六・一六六⑪ 上戸—娘御じや
[六]一六・一六六⑫ 酒—気がうせぬも：わるふはあるまい
[六]一六・一六六⑬ こち—娘は御覧の通り
[六]一六・一六六⑬ 御覧—通りあの鼻のひくさでは
[六]一六・一六六⑬ あの鼻—ひくさでは
[六]一六・一六六⑬ 天狗—娵にもまいるまじ
[六]一七・一六六⑭ 美目のわるひが此節—一徳
[六]一七・一六六⑭ さがしたら目ぬぐひ—赤イきれなりと
[六]一七・一六六⑮ 鉢坊主—手の内程
[六]一七・一六六⑮ ：の手—内程米をも取て
[六]一七・一六六⑮ 鼠突—一本ももたせた拙者が
[六]一七・一六六⑯ はやり事—虚説を信じて
[六]一七・一六七④ これへ夜食を持て：が則私—娘
[六]一七・一六七⑦ 人売（ひとかゐ）—惣太
[六]二〇・一六七⑨ 心中欠落（かけおち）—念もなく

[六]二〇・一六七⑩　誠―かかり娘とはあの子が事
[六]二〇・一六七⑪　唯一ツ―迷惑は
[六]二〇・一六七⑭　我身―事ばかりを申た
[六]二〇・一六七⑯　毎歳―流行事の
[六]二〇・一六七⑯　毎歳の流行事―根なし草
[六]二〇・一六八②　あけばなし―穴なれば
[六]二〇・一六八②　虚無僧―風呂屋か
[六]二〇・一六八②　鎌倉―比丘尼所へ
[六]二〇・一六八③　面々―慎と申もの
[六]二一・一六八⑤　巫女殿―湯立の釜の
[六]二一・一六八⑤　湯立―釜のゆげの立
[六]二一・一六八⑤　釜―ゆげの立うそ
[六]二一・一六八⑤　乳母どの―肝を冷させ
[六]二一・一六八⑦　元禄十六年未―霜月
[六]二一・一六八⑦　廿二日―夜半過
[六]二一・一六八⑩　隣―親父と引張やいて
[六]二一・一六八⑪　其比―人じや沖
[六]二一・一六八⑪　今時―人じやとて
[六]二一・一六八⑬　どうした事―神慮ぞや
[六]二一・一六八⑭　其時―地震にも
[六]二一・一六八⑭　禁裡様から御製―歌が下りましたと
[六]二一・一六八⑯　我等も小児（がき）―時分にて
[六]二三・一六九①　かうした図―うそ
[六]二三・一六九②　此段―大意は
[六]二三・一六九⑥　さまざま取々―評判
[六]二三・一六九⑥　今宵―講談は
[六]二三・一六九⑦　喧嘩―噂のしかも虚偽半分なを聞
[六]二四・一六九⑨　我も感心―余り一生になひ大気を出して
[六]二四・一六九⑩　八銅―座料へ九文置て
[七]一・一七〇②　前髪―昔より

[七]一・一七〇②　あまねく諸国―旅芝居を挊（かせぎ）
[七]一・一七〇②　筑紫―月を詠て
[七]一・一七〇③　九州訛―女郎（よね）に打込
[七]一・一七〇③　吾妻―雪を凌て
[七]一・一七〇③　銚子―座元に給銀を寐られ
[七]一・一七〇⑤　雪―日に
[七]一・一七〇⑤　酒屋―御用めが
[七]二・一七〇⑥　秋―末よりぶらぶらと
[七]二・一七〇⑦　使―ものも又ぶらぶら
[七]二・一七〇⑧　医者―玄関（げんくわ）に着て
[七]二・一七〇⑨　いつも―持病じや
[七]二・一七一②　大屋―日待に
[七]三・一七一⑥　人生―禍福は
[七]三・一七一⑧　冬―夜に
[七]三・一七一⑧　天徳寺被て寐ぬ程―身に
[七]六・一七一⑩　江の島―宝前に至りぬ
[七]六・一七一⑪　おびたたしき参詣―跡は
[七]六・一七一⑮　堂司―法師とみへて
[七]六・一七一⑯　小男鹿―八ツの御耳も
[七]六・一七一⑯　八ツ―御耳もつきぬくべく
[七]七・一七二③　人―鼾乞惛気心
[七]七・一七二⑦　人は和らぐ石垣―　と語りだす声の下より
[七]七・一七二⑧　語りだす声―下より
[七]七・一七二⑨　内陣―格子戸おしあけ
[七]八・一七三③　油ずくめ―其髪のゆいやう
[七]八・一七三③　油ずくめの其髪―ゆいやう
[七]八・一七三④　こち―畳がたまらぬ
[七]八・一七三④　鄭衛（ていゑい）―音（おん）は
[七]八・一七三⑤　神国清浄―地
[七]八・一七三⑤　人倫―道

七八・一七三⑥ 淫奔不義—媒（なかだち）となる
七八・一七三⑥ いかで仏神—内證に叶わん
七九・一七三⑨ 色—為に生命を軽じ
七九・一七三⑨ 楽—声正しければ
七九・一七三⑩ 聴者—心も正しく
七九・一七三⑩ 楽—声淫なれば
七九・一七三⑪ 楽—声に依て善にもすすみ悪にもおち入る
七九・一七三⑪ 竹馬—耳に北風
七九・一七三⑬ 世間人民—大毒
七九・一七三⑭ 昨日迄律義如法—男子も
七九・一七三⑭ 忽鬢—毛逆だつて
七九・一七三⑭ 髪—まげが頂上に上り
七一〇・一七三⑯ 仮染—遊戯なれど
七一〇・一七三⑯ 是もいわば楽—一端
七一〇・一七四① 天地自然—相応ありて
七一〇・一七四① 京都は万代不易—王城
七一〇・一七四② 人—心 角とれた風俗に応じ
七一〇・一七四③ 大坂は日本第一—大湊
七一〇・一七四③ 諸国—米穀運送の津
七一〇・一七四④ 米穀運送—津
七一〇・一七四④ いわば日本—米櫃
七一〇・一七四④ 義大夫—世話ごと
七一〇・一七四④ 勝手向—味噌塩の沙汰
七一〇・一七四④ 味噌塩—沙汰
七一〇・一七四⑤ 作者が才智発明—輩にて
七一一・一七四⑦ 日本鎮護—武庫にして
七一一・一七四⑧ 武士—風義を見習ひ
七一一・一七四⑧ 町人—召使迄見やう見まねに
七一一・一七四⑨ 男—詞は世界第一
七一一・一七四⑩ よさんせ　くさんせ—弱気（にやけ）た詞

七一一・一七四⑪ むかし—肥前ぶし
七一一・一七四⑫ いづれも武士—強みありて
七一二・一七四⑬ 近世—河東は：上品の至り浄留理
七一二・一七四⑬ 中にも上品—至り浄留理
七一二・一七四⑬ 都—優美に恥（はぢ）ず
七一二・一七四⑭ 何所—浦々島々でも嫌ふ人なく
七一二・一七四⑭ 孔門—顔子　曽子
七一二・一七四⑮ 釈氏—阿難　迦葉のごとく
七一二・一七四⑮ 正風—一曲天地を動かし
七一二・一七四⑯ 万世—末迄も
七一二・一七四⑯ 人—心をなぐさむべからむ
七一二・一七五② 汝が好む所—宮古路は
七一二・一七五② 享保—始
七一二・一七五② 犬—病と連立て来て
七一二・一七五② 世人—骨髄に通り
七一三・一七五⑦ 堀—船宿の女房
七一三・一七五⑦ 堀の船宿—女房斗ぞ羽織を着ける
七一三・一七五⑦ 小家—壱軒も持たる者の子
七一三・一七五⑧ 小家の壱軒も持たる者—子
七一三・一七五⑧ 女—あるまじき風俗させて
七一三・一七五⑧ 羽織きせたる親—心
七一三・一七五⑨ 氏子—風俗あしかれとは
七一三・一七五⑩ 寄合—度々
七一四・一七五⑭ いらぬ羽織—着事なるべし
七一四・一七五⑭ 物—道理もわきまへた者が
七一五・一七六⑤ 娘子に婬乱—指南
七一五・一七六⑤ 汝が一党—浄留理語りを
七一五・一七六⑤ 家—内へ入たてると
七一五・一七六⑥ 行さき—あてがはづれ
七一五・一七六⑦ 心中—相対死を再興して

七一五・一七六⑦　辻中—倒死
七一五・一七六⑦　骸を犬—餌食として
七一六・一七六⑧　親兄弟—歎となる者
七一六・一七六⑩　人倫—道に違て死だものを
七一六・一七六⑫　其親兄弟—追善回向が届て
七一六・一七六⑮　無量寿経—欣厭抄に
七一七・一七六⑯　至極—格言
七一七・一七六⑯　親—遺体を傷（そこな）ひし罪
七一七・一七七①　いかんぞ人倫—数なるべき
七一七・一七七②　心中—源はそちが師とあほぐ豊後大夫なり
七一七・一七七③　娵娘女房—欠落の沙汰
七一七・一七七③　娵娘女房の欠落—沙汰かずおほし
七一七・一七七④　汝等が流義—浄留理本は
七一七・一七七⑤　辻みせ—絵草紙屋にて
七一八・一七七⑥　風俗—為に害ある故なり
七一八・一七七⑦　父母兄弟—前で
七一八・一七七⑨　渇仰—頭をかたぶけ
七一八・一七七⑨　一様—黒羽織黒小袖
七一八・一七七⑨　黒小袖—裾ひきずり
七一八・一七七⑩　黒ぬり—下駄にくろはなを
七一八・一七七⑩　鼻—穴迄真黒なるがぞろぞろと来りて
七一八・一七七⑪　豊後—浄留理本を買べい
七一九・一七七⑮　土佐—古風に立帰るか
七一九・一七八③　虫を取来て巣—中へ入置
七一九・一七八⑤　巣—中の虫
七一九・一七八⑤　巣の中—虫
七二二・一七八⑩　唐—女があけ暮山水の景を好み
七二二・一七八⑩　あけ暮山水—景を好み
七二二・一七八⑭　人—女房を盗む娘子をふづくるのと
七二二・一七八⑮　不義姪乱—噂を口号（ずさ）めば
七二二・一七八⑯　是が心—あるじとなり
七二二・一七九①　回向院—開帳参り
七二二・一七九②　両国橋—辺を徘徊して見れば
七二二・一七九②　三ツ口—泡雪が二階で
七二二・一七九②　若党ぐらゐ—侍が
七二二・一七九③　大臣—つらをして
七二二・一七九④　おのれらが流義—浄留理を
七二三・一七九④　往来—者の笑もしらず
七二三・一七九⑤　すみる茶色—声でうなりおるいやらしさ
七二三・一七九⑦　帰りがけ—事であつたが
七二三・一七九⑧　折角ちそう—江戸りやうりを
七二三・一七九⑩　忠義—志はけしほどもなし
七二四・一七九⑪　不義放埒—沙汰なきはなし
七二四・一七九⑫　疫病神同前に払除が家繁昌—基（もとゐ）
七二四・一七九⑬　去るしち屋—内義
七二四・一七九⑬　成人—娘二人まで持た女
七二四・一七九⑭　我けんぞく—大蛇をつかはし
七二五・一八〇④　神—教にまかせんと
七二五・一八〇⑤　しののめ—烏がさそへば
七二五・一八〇⑥　土佐—古風をまなびしを

［のごとし］
二一一・一二五⑦　実の子—ごとく
四二・一四一③　御覧—ごとく日も暮に及候程に
五一〇・一五二⑭　松丸太—ごとき腕を
五一三・一五四⑤　鬼神に横道なしの世話—ごとく
七一二・一七四⑮　釈氏の阿難　迦葉—ごとく

［のやうだ］
二一六・一二七⑭　そなた—様な口才なわろは
二一九・一二九⑦　子の科—やうに
二一九・一二九⑪　祭の衣装—やうなを取出して

[四]一八・一四七⑪　のぞきからくり―様な仕かけ
[五]四・一五〇⑨　去年居た屋しき―やうに
[五]五・一五一②　虎狼―やうな主人も
[五]九・一五二⑫　水風呂桶のたが―やうに
[五]一八・一五七①　貴様―やうにぶうぶういふて
[六]八・一六三⑧　丑の時参り―やうに
[六]一〇・一六三⑮　じゆんれい歌―やうなもの
[六]二四・一六九⑧　今宵―やうなは面々いかひ徳兵衛殿
[七]一一・一七四⑨　上方筋―様に髭喰そらして

［ごときの］
[四]二・一四〇⑨　我等ごとき―旅ずきは

［からの］
[二]一三・一二六⑥　親をおやとおもはぬから―事
[五]五・一五〇⑯　ひどい主人でもこちから―仕懸次第
[七]六・一七一⑬　江戸から―草臥足

［だけの］
[四]二〇・一四八⑤　占だけ―損の上塗

［ての］
[一]一〇・一一四④　心がけて―事
[二]一七・一二八⑤　前々より倍して―繁昌
[四]二一・一四八⑫　死て―後もはなれぬは
[四]二一・一四八⑭　今に成て―ねふさこらえられねど
[六]一〇・一六四②　嬉しさが余りて―内義のそさう
[六]一二・一六四⑭　尾に尾を附て―虚が実となり
[六]一四・一六五⑪　商売道具をなげすてて―たくはつ

［での］
[六]二三・一六九⑦　此比で―聞ごと

［とかやの］
[四]一四・一四五⑬　日向国宮崎とかや―藁屋の裏で

［との］
[序]一・一〇七④　耳に入ルといらぬと―さかひ
[四]五・一四二④　隔心がましく仕給ふなと―挨拶
[七]二・一七〇⑦　只今御見廻下されと―使のものも‥

［ながらの］
[七]二・一七〇⑦　ぶらぶらあるきながら―ひとふし

［などの］
[二]二〇・一三〇⑤　連誹茶香楊弓など―至り芸
[二]二一・一三〇⑨　百姓袋‥民家分量記など―好（よき）書
[三]一二・一三六②　田虫の薬など―‥引札とは違ひ
[四]一三・一四五⑩　善光寺天王寺など―歴々の大寺
[四]一四・一四五⑯　貴公など―御事を
[七]一四・一七五⑯　親兄など―諌もうけつけぬ大悪人

［ばかりの］
[一]六・一一二④　四十ばかり―‥侍
[五]九・一五二⑪　六尺斗―大男
[六]二一・一六八⑧　‥と思ふ斗―大地震

［への］
[一]六・一一七②　武士方へ―りよぐわいくわんたい
[二]五・一二二⑨　養父母へ―孝心
[二]六・一二八①　身を全してたもるがおれへ―いかゐ孝行
[二]二三・一三一⑧　それがおれへ―大孝行
[五]一・一四九④　主人へ―言訳たたず
[五]七・一五一⑭　是が親へ―孝行ぞとおもひ

［までの］
[二]一二・一二五⑬　七生迄―勘当とはあまくち
[二]一二・一二五⑬　斗升で八盃迄―勘当
[三]四・一三三③　お寺迄―路次の間も

3同格。それから転じた用法
[一]一四・一一六①　祐経はあの様な無骨者―　田舎侍であつたかと

［二］二・一二〇⑦　仮にもとたん―　てんぽの皮にかからず
［二］二一・一三〇⑩　縮緬の頭巾―　しころが七の図迄下る百姓は
［六］九・一六三⑧　つむりからたちのぼる煙―　跡かたなきそら事を信じて
［六］一四・一六五⑮　とんだかはねたか―　音もなくやみぬ
［六］二三・一六九⑦　敵討や喧吒の噂―　しかも虚偽半分なを聞とは
［七］二四・一七九⑬　さるしち屋の内義―　成人の娘二人まで持た女を

4下接する体言を省略した「の」

［二］二〇・一一七⑮　今―はきほひ組のたねをまくなり
［五］二二・一五七⑭　今さら貴様―はもふぬけまい

cf、あしのりもの　あしやのだうせん　あしやのどうまん　あすかのやま　あのこ　あべのせいめい　あまのさかほこ　あんばおほすぎのかみ　いけのしやうじ　いせのくに　うしのときまゐり　えのしま　おいだしのたいこ　おぐりのはんぐわん　かがのくに　かくごのまへ　かくのごとく　かくのとほり　かぜのかみ　かねのわらじ　かめのかう　きのどく　きやらのあぶら　くさばのかげ　くずのまつばら　げんのしようこ　こいのせきふだ　ごでうのけさ　ことのは　ことのほか　このは　さしもの　さののわたり　しちのづ　じつのしばのと　すゐのよ　たかくらのみや　たごのうら　ただのやくし　ちつとのま　ちのあまり　ちやのゆ　てのやつこ　てるてのひめ　てんぽのかは　とびのもの　とらのかは　なんの　にたんのしらう　ねんのため　はなのさき　はなのした　はのね　ひうがのくに　ひたちのくに　ひのもと　ふじのすその　ふじのたかね　へちまのかは　ぼんのくぼ　みぎのほか　みのうへ　みのけ　みのまわり　むまのかごぬけ　もつてのほか　もりやのおとど　よこばしりのせき　よのなか　よのひと　らちのあかぬ　れいの　わらづとのべんてん　ゐちごのくに　ゐのしま　をぐりのはんぐわん　をぐりのはんぐわんかねうじ　をとこのこ
あしやのどうせん（足屋道千）売卜に妙を得し事
うどのたいぼく（鵜殿退卜）徒然草講談之事
ごぞくさいゐんめい（娯足斎園茗）小栗の亡魂に出逢ふ事
そうしち（惣七）安売の引札せし事
はちわうじ（八王子）の臍翁座敷談義の事
みやこじむじだゆふ（都路無字大夫）江の島参詣の事

の

［間投助詞］

［序］三・一〇七⑨　少小臂を春雨―　徒然なぐさむ伽にもやと
［三］一一・一三六①　晩に死ぬも知れぬ身―　物忌こそおかしけれ
［五］四・一五〇⑪　ようしってじや―
［六］二三・一六九⑦　孫子によい土産でござる―

［並立］

［二］九・一二四⑦　居合　やはら―剣術のと
［二］九・一二四⑦　居合　やはらの剣術―と：武芸の稽古
［二］一〇・一二五③　別して聟―養子のといふ身の上は
［二］一一・一二五③　別して聟の養子―といふ身の上は
［二］一八・一二八⑭　無尽―合力のとむさぼらいでは過られず
［二］一八・一二八⑭　無尽の合力―とむさぼらいでは過られず
［二］一八・一二九①　口聞じや―埒あけじやのと発明斗（ばかり）に気を付ずと
［二］一八・一二九①　口聞じやの埒あけじや―と発明斗に気を付ずと
［二］二〇・一二九⑯　いらぬ美麗な座敷―書院のと御歴々の真似
［二］二〇・一二九⑯　いらぬ美麗な座敷の書院―と御歴々の真似
［七］二二・一七八⑭　人の女房を盗む―娘子をふづくるのと
［七］二二・一七八⑮　娘子をふづくる―と不義姪乱の噂

cf、おせせだの　ないわいの
のう（能）　[二]一六・一二八①（―ある鷹は爪を隠す）
cf、のうじよ
のう（能）　[二]一三・一一五⑦（ゑびらの―）
cf、のうがかり
のうがかり（能掛）　[四]三・一四一④（僧ワキの―でやつて見るに）
のうけ（能化）　[序]三・一〇七⑨
cf、しよけ　のふけだんぎ
のうけだんぎ（能化談義）　↓のふけだんぎ
のうげふ（農業）　↓のふぎやう
cf、のふぎやうぜんしよ
のうげふぜんしよ（農業全書）　↓のふぎやうぜんしよ
のうじよ（能書）　[三]九・一三五③（寺沢流の―にて）
のうらくゐん（能楽院）　↓のふらくいん
のうれん（暖簾）　↓のふれん
のが・す（退）［サ四段］
cf、ききのがし
のか・ぬ［連語］（「の・く（退）」＋助動詞（打消）「ぬ」）
―ぬ（体）　[二]二二・一一九⑨（馬糞とも―中）
のが・る［ラ下二段］　のが・れる［ラ下一段］
―れ（未）　[二]一六・一二八③（不幸の罪は―ぬ）
のき（軒）　[五]一・一四九②（―をならべ）
の・く（退）［カ四段］
―い（用　音便）　[四]一二・一四五②（狐つきの―たやうに）
cf、のかぬ
のこ・す（残）［サ四段］
―せ（用）　[七]二一・一七八⑫（形ちを骨に―し例もあり）（助動詞「き」ノ連体形「し」ニ続ク場合「しし」トナラズ「せし」トナルコトアリ）
cf、かきのこす

のこらず（不残）［連語］（漢字表記）
[二]二〇・一二九⑭（家内―鼠迄打亡し）
のこり（残）　[五]四・一五〇⑩　[五]九・一五二⑩
のこ・る（残）［ラ四段］
―る（体）　[二]一七・一二八⑥（町人の身持―所なく）
cf、のこらず　のこり
の・す（乗）［サ下二段］　の・せる［サ下一段］
―せ（用）　[六]八・一六三⑦（頭上へ土器を―）
―する（体）　[六]一二・一六四⑯（大船を―ごとく）
cf、かきのせおく
のぞきからくり　[四]一八・一四七⑪
のぞ・く（除）
cf、はらいのぞく
のぞ・く【覗】［カ四段］
―き（用）　[二]三・一二二⑤（―て見れば）　[四]二・一四〇⑦（灰小屋迄―）
cf、のぞきからくり
のぞみ（望）　[五]二一・一五七⑧（―の通り）
cf、おのぞみしだい
のぞ・む（望）［マ四段］
―み（用）　[七]一五・一七六③（―もせぬに）
のち（後）　[三]一八・一三八⑪　[四]一九・一四八①　[四]二一・一四八⑫　[六]七・一六三①
cf、そののち
のど（喉）　[七]一・一七〇⑥（―を鳴して）
ののしりあ・ふ（罵　）［ハ四段］
―へ（命）　[六]二・一六一④(徒)（鬼ありと―り）
ののし・る（罵）
cf、ののしりあふ
のば・す（伸）［サ四段］

―し（用）　〔四〕二一・一三六④（しわを―て）　〔四〕二一・一四八
⑪（鼻毛を―た）
cf、さしのばす　ふみのばす
の・ぶ［バ下二段］
―べ（未）　〔一〕一〇・一一四⑧（おもひを―んよすが）
のふぎやう（農業　ノウゲフ）　〔二〕二〇・一二九⑯
のふぎやうぜんしよ(書)（農業全書　ノウゲフ：：）　〔二〕二一・一三〇
⑨
のふけだんぎ（能化談義　ノウケ：：）　〔序〕二・一〇七⑥
のふらくいん（能楽院　ノウラクヰン）　〔五〕一・一四九⑤（「のら
りくらりと」遊ビ暮ス意ノモジリ）
のふれん（暖簾　ノウ：：）　〔三〕一一・一三五⑬
のぼ・る（上、登）［ラ四段］
―り（用）　〔二〕二・一一一②（江戸より―て）　〔六〕二・一六〇⑧
(徒)（ゐて―たり）
―つ（用　音便）　〔二〕一九・一二九⑪（大々に―たより）
cf、たちのぼる
のませて（為呑人）　〔四〕二〇・一四八⑧
のみ［副助詞］
〔二〕一七・一二八⑦　地代店賃取立の事―に気を附
〔五〕二・一四九⑦　ぼんのくぼで鼻かむやうな事―いへど
〔五〕一七・一五五⑯　とり込事―算用して
〔六〕二・一六一②(徒)　唯鬼の事―いひやまず
〔七〕一三・一七五⑩　皆々此沙汰―なり
〔七〕一七・一七七⑤　絵草紙屋にて商売する―
cf、さのみ　のみならず
のみこ・む（呑込）［マ四段］
―ま（未）　〔一〕一〇・一一四②（―ぬ顔色）
―み（用）　〔四〕一三・一四五⑤（―し上は）　〔五〕三・一四九⑬
（―ました）　〔五〕一四・一五八⑨

―ん（用　音便）　〔一〕一一・一一四⑪（小児も：と―で居る）
のみじに・す（呑死）［サ変］
―せ（未）　〔二〕一三・一二六⑨（―ばせよ）
のみつぶ・す（呑潰）［サ四段］
―し（用）　〔四〕一六・一四六⑨
のみならず［連語］（副助詞「のみ」＋断定ノ打消「ならず」）
〔一〕一五・一一六⑥　是―近年は
〔三〕一・一三二①　夫（それ）―俄ぶりの雨の足より
の・む（呑）［マ四段］
―ま（未）　〔五〕一〇・一五二⑮（気を―れて）
―み（用）　〔四〕二一・一四八⑫（毒酒を―し）
―ん（用　音便）
［振リ仮名ナシ］　〔一〕九・一一三⑭（ちと―で見給へ）（岩本ハ
「のうで」ト振リ仮名ヲ付ケル）
［振リ仮名アリ］　〔二〕一三・一二六⑧（一ぱい―で）　〔四〕四・一
四一⑬（宿の入口で―だは）　〔四〕八・一四二⑨（酒をも―だ
果じや）
―む（止、体）　〔一〕九・一一三⑭（寐ころびながら―より）　〔一〕
九・一一三⑮（火口で―もよい物）　〔一〕九・一一三⑯（火縄
で―がきつい好物）　〔二〕一三・一二六⑩（酒一盃―度に）
〔二〕一四・一二六⑭（―げな）　〔四〕二〇・一四八⑥（茶一盃―
こともならず）
cf、のみこむ　のみじにす　のみつぶす　のむごと　みづの
みびやくしやう
のむごと　〔二〕一四・一二六⑬（酒―に）
のら（野楽）
cf、のらもの
のらもの（野楽者）　〔二〕九・一二四⑨　〔五〕二一・一五七④
のりうつ・る（乗移）［ラ四段］
―り（用）　〔六〕二一・一六八⑧（―て）　〔七〕二二・一七九①（―

て）

のりもの（乗物）　[三]五・一三三⑫　[三]五・一三三⑬　[三]一四・一三七⑥
　cf、あしののりもの　おんのりもの

の・る（乗）［ラ四段］
―ら（未）　[一]二・一一一②（遠慮なく―れ）　[五]一八・一五六⑤（親兄弟の手に―ぬ）
―り（用）　[五]一五・一五五③（弱（よわみ）に―）
―る（体）　[二]一四・一二七③（よく―者は落　能およぐ者は溺る）
　cf、のりうつる　のりもの

［は］

は（刃）
　cf、はもの

は（派）
　cf、ゆぎやうは

は（歯）　[七]一八・一七七⑩
　cf、はのね　まへば

は（葉）
　cf、くさばのかげ　ことのは　このは

は［係助詞］
1体言＋「は」（活用語連用形の体言化、引用の諺など、体言に準ずるものを含む）
2活用語＋「は」
3助詞＋「は」

1体言＋「は」
[序]一・一〇七②　寺町通り―門並に説法談義の花盛
[序]二・一〇七④　勧善の志―一なり
[序]二・一〇七⑤　貝原先生の‥家道訓―むくむく和々（やわやわ）として
[序]二・一〇七⑥　自笑　其蹟が‥息子形気―表に風流の花をかざり
[序]二・一〇七⑧　此草紙―新米所化が田舎あるきの稽古談義
[序]三・一〇七⑧　智者の笑―覚悟のまへなり
[序]三・一〇七⑨　教化の志―能化にもおとらじ物をと
[一]一・一一〇①　上古―足柄清見が横ばしりとて‥道ありけり
[一]一・一一〇②　横ばしりの関―富士と足高山の間にありけり
[一]一・一一〇④　いにしへ―富士の裾野も
[一]二・一一〇⑧　若年の昔―大坂嵐三右衛門が座にて
[一]二・一一一①　折々―追出しの大鞁も打て暮せしが
[一]三・一一一⑥　今―鍛冶屋の二蔵が五文字附さへもて来らず
[一]三・一一一⑨　独身の心やすさ―名残をしがる女房もなく
[一]七・一一三②　私―急用で江戸へ罷下る者
[一]八・一一三⑦　爰―あまり端ぢかなり
[一]九・一一三⑯　拙者め―かわつた物ずき
[一]一〇・一一四③　此度の下向―‥役者中間を心がけての事よ
[一]一〇・一一四④　おまへ―まづどうして‥御ぞんじで
[一]一〇・一一四⑥　我―是工藤左衛門祐経が霊魂
[一]一〇・一一四⑦　此地今―往来の駅路ならねば
[一]一一・一一四⑩　江戸の芝居―昔より
[一]一一・一一四⑫　外の事―一向はやらず
[一]一一・一一四⑭　勘三の十郎―七三さ
[一]一一・一一四⑮　伴頭―せき上りて
[一]一二・一一五②　其日―見物にも法楽に見する由
[一]一二・一一五④　兄弟が本意をとげん事―念もないこと
[一]一二・一一五⑤　兄弟が名―富士の高嶺と等しく
[一]一二・一一五⑥　我誉（ほまれ）―‥宝永山程もなく

[一]一二・一一五⑥　我誉は富士の事―於て宝永山程もなく
[一]一二・一一五⑥　悪（にくむ）者―おほく
[一]一二・一一五⑦　可愛がる人―なし
[一]一三・一一五⑦　神道者―ひいきし
[一]一三・一一五⑫　療治―どうどうなさるるな
[一]一四・一一五⑭　是―作者のせりふ付次第
[一]一四・一一五⑯　敵役も少―嗜べし
[一]一四・一一五⑯　是等の事―‥とおもわれふが
[一]一四・一一六①　祐経―あの様な不骨者の田舎侍であつたかと
[一]一五・一一六⑥　近年―‥八百屋お七を‥たたきまぜ
[一]一五・一一六⑧　お七―‥大それ者の随一
[一]一五・一一六⑪　芝居でする事―下の見物や若イ女子は‥まなぶ物ゆへ
[一]一五・一一六⑪　下の見物や若イ女子―其儘我身に移して
[一]一七・一一七④　堅い親父等―芝居を‥こわがるぞかし
[一]一七・一一七⑨　不義の罪人―‥悪人と作りてこそ
[一]二〇・一一七⑮　昔―そふでなかつた證拠
[一]二一・一一八⑩　これらの事―取あげるにたらぬと
[一]二一・一一八⑪　それ―世をも人をもおもわぬ人の口ぐせなり
[一]二一・一一九③　八百屋お七―おゐてたもれ
[一]二二・一一九⑤　工藤殿―‥格別よい人品
[二]一・一二〇①　手に結ぶ岩垣清水‥猶山陰―あかずもあるかな
[二]一・一二〇④　商売の工夫より外―万の芸能に心をよせず
[二]一・一二〇⑤　将棋―駒の名をだに知らねど
[二]一・一二〇⑤　碁―かいもくなれど
[二]一・一二〇⑥　鞦―手に取て見たこともなければど
[二]二・一二〇⑦　茶の湯―夢にも見ねど
[二]二・一二一③　冬―榾の火に足踏伸して
[二]三・一二一⑦　何とおもふてそち達―一同におじやつたぞ
[二]三・一二一⑦　御不審―御尤
[二]四・一二一⑬　中にも乙吉―お姥の乳の余りの秘蔵子
[二]四・一二一⑭　有物―皆そちたちの送りもの
[二]四・一二一⑮　今夜―夜すがら‥説法して聞すべし
[二]四・一二一⑯　爰―滝山大善寺の近所で
[二]四・一二二④　兄弟八人―たね腹かわらぬ一腹一生
[二]五・一二二⑦　惣領の徳助―わが志を継で
[二]五・一二二⑨　次男の藤蔵―他家を相続して
[二]五・一二二⑬　三郎兵衛　われ―今に酒がやまぬげな
[二]八・一二二⑮　四郎次郎―生ついて器用者
[二]八・一二三①　五郎七―物やわらか
[二]八・一二三⑨　六次郎―天性耳たぶうすき
[二]九・一二四②　今―葛西でならぶ者なき大百性
[二]九・一二四④　七五郎―家業もせわしひ飛脚屋
[二]九・一二四⑤　大晦日―楽々
[二]九・一二四⑥　乙吉―まだ年弱
[二]一〇・一二四⑩　説法の肝心―乙吉が身の上
[二]一〇・一二四⑪　源―釈迦一仏の教
[二]一〇・一二五③　始―万事慎ふかく
[二]一一・一二五③　聟の養子のといふ身の上―‥隔心がちな故
[二]一一・一二五⑥　他家の養子となる者―‥養父母の心を察し
[二]一一・一二五⑪　人―終が大事でござる
[二]一二・一二五⑭　こちの家―先祖代々のつき米屋で
[二]一三・一二六⑧　はて扨親の恩―下直な物
[二]一三・一二六⑪　是程の無心―きいてくりや
[二]一四・一二六⑬　親の事―とも角もじやが
[二]一四・一二七①　そなた―万事にきようで
[二]一四・一二七③　自負の心の出ぬ者―まれなり

二一四・一二七③　よく乗る者—落
二一四・一二七③　能およぐ者—溺る
二一四・一二七④　不調法な者—身をうつ事なく
二一五・一二七⑤　御手前—平日の口上がりつぱ過て
二一五・一二七⑨　町人—町人臭いがようおじやる
二一五・一二七⑩　お主—本好（ほんずき）じやが
二一六・一二七⑭　町人分上にけだかい事—入申さぬ
二一六・一二七⑭　そなたの様な口才なわろ—‥身をほろぼすぞや
二一六・一二八①　能ある鷹—爪を隠す
二一六・一二八③　不孝の罪—のがれぬ
二一六・一二八④　そなた—別して耳たぶ厚く
二一七・一二八⑧　口上—あしくとも
二一八・一二八⑭　おほく—地借り店がりに
二一八・一二八⑯　くれる物—急度（きつと）くれて
二一八・一二九④　そなた—おれが子ながら
二一八・一二九④　親の恩—少もないぞや
二一八・一二九⑤　おれ—阿房な俗説に迷ひ
二一九・一二九⑦　是—われらが誤り
二一九・一二九⑩　膳部の様子—‥大々（だいだい）に登たよりまだよかつたげな
二二〇・一二九⑮　百性—百性でよふござる
二二〇・一二九⑯　百姓—農業の外‥花麗な真似をせず
二二〇・一三〇②　そちたちが身なり—江戸の富有な町人より‥過たり
二二〇・一三〇②　町人—三代と続くはまれなに
二二〇・一三〇③　そちが近所—江戸近くで
二二〇・一三〇④　手前よろしき百姓—江戸の遊人のまねして
二二一・一三〇⑤　小百姓の息子—江戸の鳶の者‥のいきかたを見習ひ
二二一・一三〇⑦　そち—名主役をもするげな
二二一・一三〇⑦　余所—ともあれ手前の支配下は
二二一・一三〇⑦　手前の支配下—古風に‥律義を基とし
二二一・一三〇⑩　しころが七の図迄下る百姓—身帯のさがるも
二二二・一三〇⑮　万両持ても町人—町人
二二二・一三一①　そちが髪—何者がゆふたぞ
二二三・一三一④　大脇指—居合抜の薬売に払てやれ
二二三・一三一④　町人の刃物—抜と手前の命がないぞ
二二三・一三一⑦　其ほか—兄共打寄て‥人にしてくれ
三一・一三一⑫　大商人の智恵—格別にて
三二・一三二⑦　過し歳—疱瘡の世次（よなみ）甚悪敷（あしく）
三二・一三二⑨　寺町通り—葬礼の布引
三三・一三二⑯　当年—子共向之棺桶‥売切申候
三四・一三三③　私義—（者）去冬より運気を考へ
三五・一三三⑦　是—御屋敷様方におゐて‥御用無之候故
三六・一三四③　是—御人遣宜しき御家に間々在之事に
三八・一三四⑨　饅頭赤飯被下候節—‥働次第に被遊
三九・一三五④　損料之義—御忌中の日限次第
三一〇・一三五⑨　卒都婆之義—始終御寺の垣に
三一一・一三五⑮　御取寄被遊候節—何時も
三一一・一三五⑯　愚痴な人—あらいまいましや‥と
三一二・一三六②　一格其上を行く人—‥としわを伸して
三一二・一三六⑤　是—中々通途の人の所為にはあらず
三一二・一三六⑦　かく—はかりしならん
三一二・一三六⑦　家作等—いふもさら也
三一三・一三六⑨　常—草履取はさみ箱が町人の天といふ格
三一三・一三六⑨　其以下—‥大かたは無僕の身
三一三・一三六⑩　大かた—無僕の身

三一三・一三六⑩　千石以上より御先供―連させらるる由
三一三・一三六⑬　夏―戻子（もじ）肩衣を礼服と心得
三一四・一三六⑯　其翌日―両替町の何某
三一四・一三七④　今日―憮かしと
三一四・一三七⑧　女中の供―壱人もなく
三一四・一三七⑫　花麗―好人のせぬ事と悟りぬ
三一八・一三八⑦　己―出入屋敷の拝領上下にてさへなくは
三一八・一三八⑧　姿形―此節見ぐるしく共
三一八・一三八⑫　是―諸礼方に曾てなき事とぞ
三一九・一三八⑬　此節―進退の礼ととのひたるより
三一九・一三八⑬　目―泣はらし
三一九・一三八⑮　すべて実義―すくなく
三一九・一三八⑯　水色の上下―芝居で腹切時のまね
三二〇・一三九⑥　草履の緒―剪らずに門にならべ置て
三二〇・一三九⑨　其頃―此引札の評判　いづくもおなじ
四一・一四〇②　それから先―往着次第
四一・一四〇③　手の奴―兎もかくもあれ無筆なれば
四一・一四〇④　足の乗物―‥堅固に生れたる膝栗毛
四一・一四〇⑥　今宵―此宿に泊る合点なれば
四二・一四〇⑧　当寺―開山一遍上人より
四二・一四〇⑨　我等ごときの旅ずき―‥有難く
四二・一四一②　是―一所不住の沙門にて候
四二・一四一③　今宵―此御堂の内に一夜を明させ給はりさ
ふらへ
四三・一四一⑧　此寺にとめる事―ならぬならぬ
四三・一四一⑩　いか様酒―ようない物
四四・一四一⑫　小半八文でも只―通さぬ心から
四四・一四一⑭　今―早醒切（さめきり）て
四四・一四一⑮　惣門―はやひしと閉て
四五・一四二⑥　愚僧に御用の品―如何　と問へば
四八・一四二⑨　我もいにしへ―揚屋の酒をも呑だ果じや
四八・一四二⑪　芸―身を助くる
四八・一四二⑫　腰より下―ない筈じやに
四九・一四三⑧　けふ頃日（このごろ）―済度方便は表向
四九・一四三⑧　済度方便―表向
四九・一四三⑨　内所―住寺の商にして
四九・一四三⑫　少も障る所存―なけれど
四一〇・一四四④　肩をならぶる者たんど―なかりしに
四一〇・一四四④　それ―是非におよばねど
四一一・一四四⑧　小栗―是程の鼻毛とはおもはなんだ
四一一・一四四⑪　額に流るる冷汗―紅蓮（ぐれん）大紅蓮
の氷が
四一一・一四四⑬　門―〆ても
四一一・一四四⑬　入相の鐘つく事―知らぬが仏
四一二・一四五①　可愛や門番め―‥狐つきの退たやうに忙
然として
四一二・一四五②　所詮―‥鼻毛の汚名を清めん為の
四一三・一四五⑤　我等呑込し上―少も御心に留られず
四一三・一四五⑥　其開帳―いかにも見ましたが
四一三・一四五⑥　此鼻―更に誠に存ぜず
四一三・一四五⑧　其比―爰かしこに此噂取々の批判
四一三・一四五⑨　其子細―‥歴々の大寺は格別
四一三・一四五⑩　歴々の大寺―格別
四一三・一四五⑩　名もなき小寺の開帳―‥山師のふづくり物
四一四・一四五⑮　なげうつ筈―なし
四一四・一四五⑯　今時の人―大体推量も致すべし
四一五・一四六④　近年の開帳―‥衣を掛るごとく
四一五・一四六⑥　昔―夢にだも見ず
四一五・一四六⑧　取持も昔―面々宿より手前弁当にて
四一六・一四六⑨　今―喰倒し呑潰し

[四]一六・一四六⑪ 元〆の算用合筈—なし
[四]一六・一四六⑪ いにしへの取持—隠居の禅門
[四]一六・一四六⑬ 今—巻鬢の豊後語りと見ゆる
[四]一七・一四七③ 在所から附て来た草履取—
[四]一八・一四七⑦ 近く—湯殿山の大日如来も
[四]一八・一四七⑩ 難義—山々
[四]一九・一四七⑯ 今—地獄で駕籠かきして居ます
[四]一九・一四八② 跡—家内の調市（でつち）小女郎こそ迷惑
[四]二〇・一四八④ とらぬ物—とらぬ
[四]二〇・一四八⑦ 最明寺殿—能時分の御修行
[四]二〇・一四八⑧ 佐野の渡で火にあたる事—扨置（さておき）
[四]二〇・一四八⑧ 水も為呑人（のませて）—有まじ
[四]二一・一四八⑬ 幽霊と夜鷹—夜が明てつまらぬ商売
[四]二一・一四八⑭ 園茗—長の夜をまんぢりともせで
[五]一・一四九① 此所も名—おなじ
[五]一・一四九③ 元—神田辺の足袋屋なりしが
[五]二・一四九⑥ ト筮の道—夢に見た事もなけれど
[五]二・一四九⑩ 比—弥生の初
[五]二・一四九⑫ 年—正直な所が廿五で辰のとし
[五]三・一五〇① 御親父—男であらふがや
[五]三・一五〇③ おふくろ—女でござる
[五]三・一五〇④ 巽—辰巳の風にあたつて
[五]三・一五〇⑤ お袋—隅田河の在所へ
[五]三・一五〇⑥ 御親父—京北白川へ
[五]四・一五〇⑪ こな様—わしが親とは知る人そふで
[五]五・一五〇⑭ 八卦の面に虚（うそ）—いわれず
[五]五・一五〇⑭ 行さきの善悪—人々手前の心にある事
[五]六・一五一④ あそこ—わるひここはいやと
[五]六・一五一④ ここ—いやと‥出替りするは
[五]六・一五一⑦ 能物着せる主人—なし
[五]六・一五一⑧ ほめらるる事—ほうばゐに譲り
[五]六・一五一⑧ 叱らるる事—我身に引うける心底
[五]六・一五一⑨ 病—口より這入
[五]六・一五一⑨ 禍—口より出るといふことを
[五]七・一五一⑩ 応対（へんじ）—さゑざゑしく
[五]七・一五一⑪ 宵—人跡に寐るやうに心懸
[五]七・一五一⑯ きりやう—百人なみなり
[五]八・一五二④ 向後—万事仰の通りに
[五]九・一五二⑫ 帯—水風呂桶のたがのやうに後下りに
[五]一〇・一五三③ 是—あたつた
[五]一〇・一五三③ 己等—またうどんやでも酒屋でも
[五]一一・一五三⑥ 己をおぢぬ奴—一疋もない
[五]一一・一五三⑦ おら—傷寒太郎兵衛が子分
[五]一一・一五三⑨ こわい物—‥天狗様ばかり
[五]一二・一五三⑪ 是を彫しやる時—痛ましたで御座りましよ
[五]一二・一五三⑫ いたさ—いたかつたが
[五]一二・一五三⑬ おら—半時小笠原をやると
[五]一二・一五三⑮ 博奕—食より好物
[五]一三・一五四② 虚（うそ）—もふさぬ
[五]一三・一五四⑤ なめて見た事—なゐが
[五]一四・一五四⑩ 占の道—聖人のこしらへおかれて
[五]一四・一五四⑪ 現の證拠—御臍でござる
[五]一四・一五四⑪ 当年—震の卦にあたり
[五]一四・一五四⑫ 震—雷の卦で
[五]一五・一五五② 入る事—ちよつと茶屋をゆすつても‥出来ますから
[五]一五・一五五④ 禍—慎の門に入る事なし
[五]一六・一五五⑥ 禍忽（たちまち）来る —人の上でもしつて居る筈（重出＝活用語＋「は」）
[五]一七・一五五⑬ 生れながらの悪人—ない筈

五一七・一五五⑮　端々に居る浪人衆―手習と謡ばかりを
五一七・一五五⑯　行跡心ばへの嗜―なげやり三宝にして
五一八・一五六⑥　諷（うたゐ）―とても手習師匠の手際で
　いかぬ物
五二一・一五七④　むかし―足袋のせり売して
五二一・一五七④　貴様方―人がいやがつて除て通れば
五二一・一五七⑦　きほひ組―人にこわがらるるが手がらそ
　ふなが
五二一・一五七⑧　其果―全く日比の望の通り
五二二・一五七⑩　人―畳の上で死で
五二二・一五七⑫　かゐなへ入黒子―何事ぞや
五二二・一五七⑬　こふした事―ろくな者のする事ならず
五二二・一五七⑭　ほり物―ぜひもなし
五二二・一五七⑮　身持―ふつふつきほひをやめて
五二四・一五八⑨　御膳―喧吒過に出しましよか
五二四・一五八⑪　一念発起―本地の風光
六二・一六〇⑨徒　昨日（きのふ）―西園寺に参りたりし
六二・一六一①徒　今日―院へまいるべし
六二・一六一①徒　唯今―そこそこに
六三・一六一⑥徒　果―闘諍おこりて
六三・一六一⑦徒　彼鬼のそらごと―此しるしをしめすなり
　けり
六三・一六一⑨　扨此段―別して
六七・一六三①　後―其髪切虫こそ
六一〇・一六四①　今迄―きびしう言付ましたが
六一〇・一六四①　けうこう火の用心―勝手にさしやれ
六一〇・一六四⑤　かかる事―元来少心ある輩は
六一〇・一六四⑤　元来少心ある輩―誠とおもはざる物から
六一〇・一六四⑤　流言―智者にとどまる
六一一・一六四⑦　そら言流言―智者の耳に入ば
六一一・一六四⑦　智ある人―物の理にさとく
六一一・一六四⑧　まことしからぬ事―耳から入ても口へ出
　さず
六一一・一六四⑨　愚者―：万のことはりに暗く
六一二・一六四⑯　帆江の水上―：細流なれど
六一二・一六四⑯　末―大船を乗るごとく
六一三・一六五⑩　百性―家をあけて
六一四・一六五⑩　田畑―荒次第
六一四・一六五⑭　昼夜七日程―うかれ立たるを
六一五・一六六③　題目の七返がへし―六字づめの上を行
六一五・一六六④　わめき廻る嫗嘷―：片遠所の裏店同前の
　者にて
六一六・一六六⑪　少（ちと）色―さめたれど
六一六・一六六⑬　こちの娘―御覧の通りあの鼻のひくさ
六一七・一六六⑮　赤イきれなりと一寸や弐寸―ありもこそ
　せめ
六二〇・一六七⑪　唯一ツの迷惑―此相場のよい米を
六二〇・一六七⑯　自今―毎歳の流行事の根なし草
六二二・一六八⑫　其節―夢にもしらせず
六二二・一六八⑫　近い比―めつたに口まめに御たくせんな
　さるるは
六二二・一六八⑭　棟―八ツ　門（かど）は九ツ
六二二・一六八⑭　門―九ツ　戸は一ツ
六二二・一六八⑮　戸―一ツ　とやらいふ事を
六二三・一六九②　其後―いかな事：とはなりき
六二三・一六九③　此段の大意―：かうした格な事を
六二三・一六九④　今晩―まづ是限（ぎり）
六二三・一六九⑥　今宵の講談―孫子によい土産でござるの
六二四・一六九⑩　御亭主　一銭―花で御座る
七二・一七一③　少（ちと）―我も内證があたたまる筈じやが

[七]三・一七一⑥　人生の禍福―耳たぶ次第
[七]三・一七一⑥　おれが耳―田夫なつみ入レ程あれど
[七]三・一七一⑦　此ざま―とつくづく身をうらみかこちけるが
[七]三・一七一⑩　かふした時―亦貧乏も捨られぬ物と
[七]六・一七一⑪　おびたたしき参詣の跡―何所もおなじく
[七]六・一七一⑫　是―気さんじ
[七]六・一七一⑭　客情―惟夜の過し難きにあり
[七]七・一七二⑥　名―かたく人は和らぐ石垣の
[七]七・一七二⑥　名はかたく人―和らぐ石垣の
[七]八・一七三④　鄭衛の音（おん）―人間世にも
[七]八・一七三⑦　楽―其声淡にして傷（やぶら）ず
[七]八・一七三⑦　淡なる時―欲心平なり
[七]八・一七三⑧　和なる時―躁心釈（とく）
[七]八・一七三⑧　汝が好む所―是に反せり
[七]一〇・一七三⑯　浄留理といふもの―仮染の遊戯なれど
[七]一〇・一七四①　京都―万代不易の王城
[七]一〇・一七四③　大坂―日本第一の大湊
[七]一一・一七四⑦　東都―国名を武蔵と号し
[七]一一・一七四⑨　男の詞―世界第一
[七]一二・一七四⑬　近世の河東―中にも上品の至り浄留理
[七]一二・一七四⑯　此一流―絶えず廃れず
[七]一二・一七五②　宮古路―享保の始　犬の病と連立て来て
[七]一三・一七五⑦　昔―堀の船宿の女房斗ぞ羽織を着ける
[七]一三・一七五⑦　今―大体小家の壱軒も持たる者の子も
[七]一四・一七五⑮　是―いらざるおせわといふ心にや
[七]一六・一七六⑨　心中して死ぬる奴程淫（たはけ）たるもの―なし
[七]一六・一七六⑬　彼地―元来女人なきゆへ
[七]一七・一七七②　此心中の源―：豊後大夫なり
[七]一七・一七七②　是―息筋張て云におよばず
[七]一七・一七七④　汝等が流義の浄留理本―：売買する事なし
[七]一七・一七七⑥　好色本―国法ありて今売買せず
[七]一八・一七七⑦　汝が浄留理―：好色本に節つけたるにおなじ
[七]一八・一七七⑩　白い所―歯ばかりにて
[七]一八・一七七⑪　亭主―律義な奴にて
[七]一八・一七七⑫　豊後節―一冊もなければ
[七]一八・一七七⑫　豊後―ござりませぬといへば
[七]一九・一七七⑯　悪浄留理―ふつふつやめにせよ
[七]二三・一七九⑩　忠義の志―けしほどもなし
[七]二四・一七九⑪　心あらん人―武士も町も
[七]二四・一七九⑭　此度―ゆるして返す
[七]二五・一八〇②　神―あがらせ給ふと見へて
[七]二五・一八〇③　法師―大木のたほるるごとくどうどふして

2活用語＋「は」

[一]一・一一〇③　田子の浦に出る―中古の事也
[一]三・一一一⑩　気がかりな―：大屋殿ばかり
[一]八・一一三⑤　いそぐ―道理なれど
[一]八・一一三⑧　新刃でもためすとて引込―せぬかと
[一]九・一一三⑭　余りよふ―ないがちと呑で見給へ
[一]一三・一一五⑧　悲しき―某が身の上
[一]一三・一一五⑪　我本意にかないし―（わ）　（重出＝「わ」）
[一]一六・一一六⑮　何やうの事でも仕かねぬ―今の立役
[一]一七・一一七⑧　身をほろぼすに至らしむる―：不仁千万
[一]一七・一一七⑨　お三を善人の様に作りし―近松一代の誤なり
[一]一七・一一七⑪　作者に文盲なる―ない筈なれば
[一]二〇・一一七⑫　心をつけぬ―：大口いふとおなじ
[一]二二・一一九⑥　唯たのむ―観音のわるぢへかわれしなるべし

[二]八・一二三⑮　水呑百姓にくれてやつた—四十二の二ツ子
[二]九・一二四①　貧窮の辛苦させし—おれが誤り
[二]九・一二四⑨　つねに友とする—男立のぶうぶう者
[二]一一・一二五⑦　他人をもらふて：力にしやうとおもやる
—いとしひ事
[二]一三・一二六④　売物に手ぬきする—貧乏の基
[二]一三・一二六⑥　酒の異見ふつと用やらぬ—親をおやとお
もはぬからの事じや
[二]一五・一二七⑩　武士臭（ぶしくさい）—大疵
[二]一七・一二八⑪　心得べき—家守りの住居も相応に
[二]一八・一二九②　家守りの内證不足な—地主の欲心からじや
[二]一九・一二九⑦　子を：もとふもつまい—此方次第
[二]二〇・一三〇③　町人は三代と続く—まれなに
[二]二〇・一三〇③　百姓の代々続く—畢竟奢をせぬからじや
[二]二二・一三一①　苦労な—乙吉が身の上
[三]一二・一三六③　今にも入べき—此品々
[三]一三・一三六⑧　分を越たる—葬送の行列
[三]一七・一三八⑤　御咎にも逢ずして一生を過したる—幸に
して
[三]一八・一三八⑩　かかる節に威儀めきたる—：哀情薄しと
[三]一九・一三八⑮　身ぶりつくらふ—見てにくまざるはなし
[三]一九・一三八⑮　見てにくまざる—なし
[三]一九・一三九①　脇差の柄を紙で巻—勘略かも知らず
[四]四・一四一⑬　最前宿の入口で呑だ—：上物なりしが
[四]四・一四二①　立込られし—天の賜
[四]五・一四二③　癸もせず忍び寄る—くせ者ごさんなれと
[四]八・一四二⑨　世間の化物並に思ふてもらふ—ちと本意なし
[四]八・一四二⑩　さのみ怖しとも思はざりし—上戸の御光
（おかげ）
[四]八・一四二⑭　貴様へ咄す—　おもふ事いはで只にや止ぬ
べき：
[四]一二・一四四⑮　きよろきよろして居る—又くらひえふたな
[四]一二・一四五②　わしが女房の姿をきざみ—致さぬ
[四]一四・一四五⑫　是に御座る—百合若大臣の御作
[四]一四・一四五⑬　此方に御座る—景清が守本尊
[四]一四・一四五⑬　乞食同然に朽果し—此御尊像の御光
[四]一五・一四六⑦　頼もしからず—思召ずや
[四]一七・一四七②　爰に哀をとどめし—御定の日限過て
[四]一七・一四七④　親兄迄が嘆く—尤也
[四]二一・一四八⑫　死ての後もはなれぬ—濡の一字か恥かしや
[五]二・一四九⑧　あたらぬ—勿論其筈の事なるに
[五]二・一四九⑨　見てもらふもののある—是にても：推量（お
しはかる）べし
[五]二・一四九⑪　菓子袋提たる—燕屋の下女が
[五]四・一五〇⑧　そんな事聞に這入（はいり）—しませぬ
[五]五・一五〇⑮　わがよきに他（ひと）のあしきが：人のわ
るき—わがわるきなり
[五]五・一五一③　人よりさきに出るやうになる—必定
[五]六・一五一④　年に弐三度づつ出替りする—：梟が身の上
同前
[五]八・一五二①　いらぬさきぐりして主ゑらびさしやる—長
浪人の基
[五]八・一五二③　貧しい親に苦をかけました—みんなわたし
があやまり
[五]九・一五二⑦　銭なしに守る—仏様さへ嫌ひそふで
[五]九・一五二⑦　唯の薬師といふ—江戸中にたつた一体
[五]一六・一五五⑥　禍忽来る—人の上でもしつて居る筈（重
出＝体言＋「は」）
[五]一八・一五七①　人に怖（おぢ）られ—せざりし故
[五]二一・一五七⑥　人のいやがり除て通る—病犬か

五二五・一五八⑭　女中にわるくちいふ―人外のふるまい
六八・一六三⑥　見過し聞すごさん―あまりに無下なる事
六一六・一六六⑫　あまりわるふ―あるまい
六二〇・一六八①　耳から這入―…是非に及ず
六二一・一六八⑨　赤裸で大道へ飛出（とびいで）―せまじ
六二一・一六八⑩　うろたへし―せめて夜中で仕合
六二二・一六八⑬　口まめに御たくせんなさるる―…いかな
る仏意にや
六二四・一六九⑧　今宵のやうな―面々いかひ徳兵衛殿
七一五・一七六③　物入て仕立て着する―あさましき親心
七一五・一七六⑥　其家破損ぜざる―すくなし
七一七・一七六⑮　：といわれし―至極の格言
七一七・一七七①　禽獣といわむ―尤むべなり
七二四・一七九⑪　不義放埒の沙汰なき―なし
七二四・一七九⑬　娘二人まで持た女を鉦（どら）うたせし
―われよく…しりぬ
［なくは］（底本「は」ニ濁点ナシ）
三一八・一三八⑧　拝領上下にてさへなく―何にても有合を
着し
四一・一四〇②　叱人（しかりて）さへなく―天竺迄も行気
な風来人
六一六・一六六⑩　もしあかいきれがなく―幸わしが所に

3助詞＋「は」

［いでは］
二一八・一二八⑮　無尽の合力のとむさぼらいで―過られず
［からは］
二三・一二一⑨　今から―何時も此通りに
二一〇・一二五①　養父母を大事にする心から―…末頼母し
いが
五一八・一五六⑧　鞁にも太鼓にもあはぬから―人中で間に
あわねば
［とやらは］
二二〇・一一八③　かの悪対とやら―少もいわで
［などは］
二一九・一二九⑪　夜具抔―祭の衣装のやうな
三一四・一三七⑨　編笠など―怪我にもなかりき
六一四・一六五⑯　本町両がへ町など―さすが大商人の集り
［にては］
三七・一三四④　只今にて―御先供無之候ては格別淋しく
六七・一六三①　江戸にて―是をほうろくと言
［のは］（下接スル体言ヲ省略シタ「の」＋「は」）
二一〇・一一七⑮　今の―きほひ組のたねをまくなり
五二二・一五七⑭　今さら貴様の―もふぬけまい
［ばかりは］
四一七・一四七①　中々申ばかり―なかりけり
［へは］
二五・一二二⑩　己が所へ―年に一度か…二度
二一一・一二五⑨　実父の方へ―…ふたたびかへるまじと
三七・一三四⑧　先供之鼻え（へ）―…案内巧者に
六二〇・一六八②　口から外へ―…出さぬが面々の慎
［までは］
四一四・一四六①　元禄宝永の比迄―世の人律義にして
cf、あるひは　いまはむかし　かは　これは　これはこれは
これはしたり　こわ（は）そも　さすがは　さては　さなく
は　さもなくは　さりとては　さりとは　ずは　ずんば　そ
りや（それは）　それはそうと　つまるところは　ては　で
は　とては　とは　とわ（とは）　には　にわ（には）　ま
たは　わ（は）　わしや（わしは）　をば
は
［終助詞］
四三・一四一⑪　酒はようない物に極まつた―

〔五〕八・一五一⑯　何所でも気にいらゐで―
〔五〕一一・一五三⑥　ほんによふあたる―
〔五〕一一・一五三⑦　その筈だ―

ば（場）
　cf、かいちやうば

ば［接続助詞］
　1未然形＋「ば」
　2已然形＋「ば」

1未然形＋「ば」
〔序〕二・一〇七⑤　是を教化の書物に比せ―
〔一〕三・一一一⑦　此儘なら―徒に飢につかれて死なん命
〔一〕六・一一一⑯　毒気に染て煩ひな―（重出＝「なば」）
〔一〕八・一一三④　御用あら―仰付られませ
〔一〕一二・一一五④　若（もし）用心堅固にして一生をおはら―
〔一〕一四・一一五⑯　聞ずてにせず指南せ―：少は嗜べし
〔一〕一五・一一六⑧　あからさまに語ら―：恐れ慎むべきに
〔一〕一六・一一六⑮　諸人の教となら―其身の冥加もありぬべし
〔一〕一七・一一七⑤　若（もし）：人の薬となる事を仕組て見せ―：になるべし
〔一〕二〇・一一七⑪　真実に天理をおもわ―いかで人の害をなさんや
〔一〕二〇・一一七⑫　入りさへあら―と心をつけぬは
〔二〕一・一二五⑩　所存を堅めて孝をつくさ―山枡大夫を
〔二〕三・一二六⑨　呑死せ―せよ
〔二〕四・一二六⑮　念仏さへ御免あら―：禁酒仕る
〔三〕四・一三三⑤　御気に入不申候は―
〔三〕五・一三三⑪　気の毒に被思召候は―
〔三〕六・一三三⑮　万一：拍子ぬけ致候は―
〔三〕六・一三四②　万一：きわ附出来致候は―
〔三〕七・一三四⑤　御先供も御心当無御座候は―
〔三〕七・一三四⑦　万一雨天に御座候は―
〔三〕八・一三四⑫　気ノ毒に思召候は―
〔三〕八・一三四⑭　御寺へ参り付候は―
〔三〕二〇・一三九⑤　兎角礼なら―武家方にも有べきに
〔四〕九・一四三⑪　銭にさへなるなら―少も障る所存はなけれど
〔四〕二〇・一四八⑦　けふ此ごろなら―：水も為呑人は有まじ
〔五〕五・一五〇⑯　若（もし）：責さいなむ人に出逢たら―
〔五〕五・一五一②　真実（まめやか）に働勤―：主人も心が
〔五〕七・一五一⑫　ほうばゐ中に病気あら―：とうて見給へ
〔六〕二・一六〇⑦　今少はやふ来ら―と残念ながら
〔六〕一〇・一六四③　虚説申触し書付て持あるくものあら―
〔六〕一一・一六四⑦　流言は智者の耳に入―とどまるもので
〔六〕二〇・一六八③　人々かやうに心得―：一向流布せず
〔七〕一六・一七六⑭　互に男子となら―どうもつまらぬ角つき合で
〔七〕一七・一七六⑮　禽獣といわ―可ならん

2已然形＋「ば」
〔序〕一・一〇七①　見渡せ―老漢（ぢぢ）と阿婆（おばば）をこきまぜて
〔一〕一・一一〇③　：は中古の事也とあれ―いにしへは
〔一〕三・一一一⑧　所詮しつた小糠商なれ―
〔一〕三・一一一⑨　名染の役者衆もあまたあれ―何とぞ頼みて
〔一〕三・一一一⑪　まだ寐て居やれ―心安しと
〔一〕六・一一一⑫　あたりを見れ―：人穴と見へて
〔一〕六・一一一⑮　たとへ：見さがしたれ―とて
〔一〕七・一一二⑬　歴々かと見れ―草履取さへ連ず
〔一〕七・一一二⑮　浪人かと見れ―肌に白無垢を着たり
〔一〕七・一一三②　一足もはやふと心せけ―
〔一〕七・一一三③　日数積れ―：殊の外草臥

[一]八・一一三⑥　是非聞てもらわね―ならぬ（重出＝「ねば」）
[一]八・一一三⑨　わなわなふるひて尻込すれ―侍打笑（うちわらい）
[一]九・一一三⑬　怖さに軽薄を申せ―
[一]九・一一四①　泪をはらはらとこぼせ―
[一]一〇・一一四⑤　いよいよ気味わるがれ―侍内笑（うちゑみ）
[一]一〇・一一四⑦　今は往来の駅路ならね―道行人もあらず（重出＝「ねば」）
[一]一二・一一五④　痛（いたひ）めして死んだれ―こそあれ
[一]一四・一一六②　是皆作者の仕業なれ―
[一]一五・一一六⑫　節季に払の心あて違へ―
[一]一七・一一七⑪　作者に文盲なるはない筈なれ―
[一]二一・一一九②　黙ていれ―：泪のたね
[一]二一・一一九④　きせるはたけ―吸がらよりたちのぼる煙
[一]二二・一一九⑦　よくよく見れ―虫のつづりし木の葉なり
[一]二二・一一九⑨　馬役の身なれ―馬糞とものかぬ中
[二]三・一二一⑤　のぞきて見れ―江戸の息子
[二]三・一二一⑥　兄弟：這入て釜の前迄居ならべ―
[二]五・一二二⑧　六祖とも縁あれ―：いやといわれぬ
[二]九・一二四④　年中旅がけで暮せ―宗旨も遊行派の時宗
[二]九・一二四⑥　身上を堅めね―宗旨も家業もわかるまいと（重出＝「ねば」）
[二]九・一二四⑦　此比聞（きけ）―浪人の：とやらに近付
[二]一〇・一二四⑫　教の通りに身をまもれ―心やすく一生をおわる
[二]一〇・一二四⑬　教にそぶけ―：罰を請て身を亡す
[二]一二・一二五⑯　少づつ余計を入れてやれ―斗（はかり）が能と嬉しがつて
[二]一三・一二六⑤　慈愛の心なけれ―家をうしなふ事遠からず
[二]一六・一二八②　家をうしなへ―：不孝の罪はのがれぬ
[二]一八・一二八⑭　万不足なあてがひをすれ―おほくは地借り店がりに
[二]一九・一二九⑧　大百姓ときけ―是にも又用心のある事
[二]二二・一三〇⑮　奴でも武士の食（めし）喰へ―馬鹿にならぬ
[二]二二・一三一②　伽羅の油も付ね―ならぬが（重出＝「ねば」）
[二]二三・一三一⑨　火燵出れ―夜半の鐘声：ひびきて
[三]三・一三二⑪　人木石にあらね―傜（やと）わるる者もなし（重出＝「ねば」）
[三]三・一三二⑭　諸人是を見れ―其文に曰く
[三]一〇・一三五⑩　手厚く致置候得―
[三]一二・一三六④　無常変易の娑婆世界なれ―
[四]一・一四〇③　無筆なれ―やたて壱本だにもたず
[四]一・一四〇④　旅硯の厄害もなけれ―心やすし
[四]一・一四〇⑤　疲れたりと思へ―：茶碗で仕懸ると
[四]二・一四〇⑥　此宿に泊る合点なれ―
[四]二・一四〇⑨　諸国を遊行し給ふときけ―：有難く
[四]二・一四一①　あたりを見れ―眼ざしただならぬ小僧壱人
[四]三・一四一⑦　べつたりとやつて見れ―
[四]四・一四一⑮　又一盃と表を見れ―
[四]五・一四二④　御意得ね―ならぬ訳ありて（重出＝「ねば」）
[四]五・一四二④　訳ありて来れ―隔心がましく仕給ふな
[四]五・一四二⑥　：は如何　と問へ―
[四]五・一四二⑥　某が名をなのらね―訳が知れず（重出＝「ねば」）
[四]五・一四二⑧　小栗の判官が幽霊といへ―云様なもの
[四]八・一四二⑭　おもふ事いはで只にや止ぬべき我に等しき人しなけれ―
[四]九・一四二⑮　其人を得ざれ―徒に年月を過しつるに

[四]九・一四三⑩　在家同前の拵（かせぎ）なれ―：銭にさへなるならば
[四]一〇・一四四③　御覧なされ―知れる事
[四]一〇・一四四⑥　いかに秘蔵の照天が姿なれ―とて
[四]一二・一四四⑯　反答すべき品も知らね―その儘：ぬけ出（重出＝「ねば」）
[四]一二・一四五①　急で来れ―
[四]一四・一四五⑯　かやうな筋の開帳多けれ―
[四]一四・一四六②　開帳とさへいへ―：銭の山をなせし
[四]一六・一四六⑩　仏餉袋からふるひ出して帰れ―
[四]一七・一四七②　惣算用の日に至れ―
[四]一七・一四七③　泣々帰れ―
[四]一七・一四七④　開帳と聞―身の毛が立（たつ）
[四]一八・一四七⑦　沾涼が江戸砂子にあれ―
[四]一八・一四七⑩　浮世に住―色こそ替れ難義は山々
[四]二〇・一四八⑦　是を思へ―最明寺殿は
[四]二〇・一四八⑧　世上にわるい者があれ―
[四]二〇・一四八⑨　堪忍士とは娑婆の替名なれ―
[四]二一・一四八⑩　：といへ―小栗も：点頭（うなづき）て
[五]四・一五〇⑦　：といへ―此女顔をあかめ
[五]四・一五〇⑫　合点がゆかぬとはらたつれ―
[五]六・一五一⑤　おなじ浮世におなじ身なれ―天竺へいても同じ事
[五]七・一五一⑮　仏頂面さへさしやらね―（重出＝「ねば」）
[五]九・一五二⑧　袂をひかゆれ―此女きのどくそふに
[五]一二・一五三⑩　なでさする腕を見れ―：入黒子
[五]一三・一五四④　：と欺け―鬼神に横道なしの世話のごとく
[五]一五・一五四⑯　：とおどしかくれ―面色青ざめ
[五]一五・一五五①　そふいわしやれ―わしも
[五]一五・一五五③　声を乙に入て頼め―：弱（よわみ）に乗り
[五]一六・一五五⑤　其年一盃慎め―其年無事なり
[五]一六・一五五⑤　年々慎め―年々に仕合よく
[五]一六・一五五⑥　己が身の行を慎まざれ―禍忽来る
[五]一六・一五五⑪　と文字入れ―格別人品わるく聞にくし
[五]一七・一五六②　見ぬふりして通る衆沢山なれ―
[五]一八・一五六⑨　人中で間にあわね―（重出＝「ねば」）
[五]二一・一五七③　釜戸の煙たやさず露命をつなげ―
[五]二一・一五七⑤　人がいやがつて除て通れ―夫を自慢に
[五]二二・一五七⑨　死をとぐる者目前山程あれ―
[五]二三・一五七⑯　机をたたきてせめけれ―
[五]二四・一五八⑦　今ほどかへり見れ―我ながら人でなしと
[五]二四・一五八⑩　うどん屋の二階へあがれ―汁がわるひと畳へこぼし
[五]二五・一五八⑬　あれをおもへ―大体人なみの人が
[六]一・一六〇①　独つつくりとして居れ―
[六]一・一六〇③　新道通りをうそうそ歩行（あるけ）―
[六]一・一六〇⑤　内へ入て見れ―
[六]二・一六〇⑦　入口の柱にもたれて聞―
[六]三・一六一④徒　今出川の辺より見やれ―
[六]一〇・一六三⑯　上書までして持てゆけ―
[六]一一・一六四⑧　他人に語る事なけれ―
[六]一一・一六四⑩　一割もかけてはなせ―是は珍説珍説と
[六]一二・一六四⑬　針を棒程に言なせ―
[六]一三・一六五⑨　一夫耕さざれ―飢渇の基
[六]一三・一六五⑨　一婦織ざれ―諸人の寒気を防に便なからん
[六]一五・一六六②　是をおもへ―人がら次第で
[六]一六・一六六⑦　其町処の恥なれ―：風義を正し給へかし
[六]一七・一六七⑨　豊後ぶしをならわせね―心中欠落の念もなく（重出＝「ねば」）
[六]二〇・一六八②　あけばなしの穴なれ―是非に及ず

七二・一七〇⑧ 只今御出と云入れ―
七二・一七一③ 老若貴賤普くもてはやせ―‥我も内證があたたまる筈
七六・一七一⑮ あたりを見れ―堂司の法師とみへて
七九・一七三⑩ 楽の声正しけれ―聴者の心も正しく
七九・一七三⑩ 楽の声淫なれ―聴ものも婬惑（たはれまどふ）
七九・一七三⑫ 聞入るべしともおもはね―平がなで（重出＝「ねば」）
七九・一七三⑭ 一度此門に入―忽（たちまち）鬢の毛逆だつて
七一四・一七五⑮ そばから異見すれ―おせせだのと打込
七一六・一七六⑬ 女も反成男子となれ―‥痛目して死でも
七一八・一七七⑫ 好色本や豊後節は一冊もなけれ―
七二二・一七七⑫ 豊後はござりませぬといへ―
七二二・一七八⑯ 不義婬乱の噂を口号（ずさ）め―
七二二・一七九② 両国橋の辺を徘徊して見れ―
七二五・一八〇⑤ しののめの烏がさそへ―おつとまかせと尻ひつからげ
cf、あまりといへば　あらばこそ　いかなれば　おもへば　かかりしかば　さすれば　されば　さればこそ　しからば　しかれば　たとへば　なば　ねば　ややもすれば　わるふすりや（わるうすれば）　をば

はい（盃）　六一二・一六四⑯（―を浮めてあそぶ）

はい（拝）　四一六・一四六⑮（近う寄て―あられましよ）
cf、さんぱい　はいす　らいはひす

はい（杯、盃）［接尾語］
cf、いつぱい　いつぱい　いつぱゐ　はちはい

ばい（倍）
cf、ひやくさうばい　ひやくばい

はいくわい（徘徊）　四四・一四一⑯
cf、はいくわいす

はいくわい・す（徘徊）［サ変］
―し（用）　七二二・一七九②（―て見れば）

はいごや（灰小屋　はひ‥）　四二・一四〇⑦

はい・す（拝）［サ変］
―し（用）　四一四・一四五⑭（―奉れ）

ばい・す（倍）［サ変］
―し（用）　二一七・一二八⑤（前々より―ての繁昌）

はいでん（拝殿）　七六・一七一⑬

ばいばい（売買）
cf、ばいばいす

ばいばい・す（売買）［サ変］
―せ（未）　七一八・一七七⑥（―ず）
―する（体）　七一七・一七七④（―事）

ばいぼく（売卜）　五一・一四九⑤
cf、つじうら

はいりやう（拝領）
cf、ごはいれう

はいりやうかみしも（拝領上下）　三一八・一三八⑦

はい・る（這入　はひ‥）［ラ四段］　→はひる　はゐる　ヲモ見ヨ
［振リ仮名アリ］
―り（用）　五四・一五〇⑦（―はしませぬ）　五六・一五一⑨（病は口より―）
―る（体）　六二〇・一六八①（耳から―は）

はう（方）　五一一・一五三④（上の―）
cf、たはう

ばう（棒）　→ぼう

はうくわ（放火）　→ほうくわ

ばうこん（亡魂）

cf、ごそくさいゑんめい（娯足斎園茗）小栗の亡魂に出逢ふ
事
はうさう（疱瘡）↓ほうさう
ばうず（坊主）[七]二四・一八〇①
cf、なつしよぼん　はちぼうず　めくらぼうず
ばうぜんと（忙然）↓ぼうぜんと
はうぢやう（方丈）[四]一二・一四四⑬
はうばい（傍輩）↓ほうばい　ほうばゐ
cf、ほうばいぢゆう　ほうばゐぢゆう
はうばいなか（傍輩中）↓ほうばいぢゆう
はうばう（方々）[五]八・一五二②
はうべん（方便）[四]九・一四三⑧（済度―）
はうらつ（放埒）↓ほうらつ
はおり（羽織）[三]八・一三四⑫　[四]一五・一四六⑥　[七]九・一七三⑮　[七]一三・一七五⑥　[七]一三・一七五⑦　[七]一三・一七五⑧　[七]一四・一七五⑪　[七]一四・一七五⑭　[七]一五・一七六③
cf、くろはおり
はか（墓）[四]一一・一四四⑫
cf、むしよ
ばか（馬鹿）[二]二一・一三〇⑪（―もあがるもの）[二]二二・一三〇⑮（―にならぬ）
cf、ばかもの　ばかものども
ばか・す（化）［サ四段］
―さ（未）[六]六・一六一⑬（―れて）[六]二三・一六九③（―れぬやうに）
はかたこざゑもん㊇（博多小左衛門）[三]一七・一三七⑮
はかま（袴）
cf、かたぎぬはかま
はかまぎ（襠着）[三]二・一三二⑤
はかまごし（袴腰）[三]一八・一三八⑨（―がゆがもふとも）
ばかもの（馬鹿者）[一]二〇・一一八⑥　[五]二一・一五七⑫　[六]二〇・一六八①　[七]一九・一七七⑭
cf、ばかものども
ばかものども（馬鹿者共）[一]一五・一一六⑩
ばからし（馬鹿）［形シク］
―き（体）[三]七・一三四⑧（―鉄面皮なる男）
はかり（斗）[二]一二・一二五⑯（―が能と嬉しがつて）
cf、はかりめ
ばかり［副助詞］
[二]三・一二一⑩　気がかりなは‥大屋殿―
[一]七・一一二⑫　肩衣の幅のせまいが古風な―
[三]五・一三三⑫　達者に泣候女―（斗）差出し可申候
[四]九・一四三④　此十年―已前に
[四]六・一四六⑨　茶―なりしを
[四]七・一四七②　本尊と和尚―
[四]八・一四七⑦　御身の上―‥歎きあるにもあらず
[四]二〇・一四八⑥　堂塔の椽に一夜を明す―
[五]一一・一五三⑨　こわい物は‥天狗様―
[六]二・一六〇⑨(徒)　其比廿日―日毎に京白河の人鬼見にとて出まどふ
［ばかり＋助詞］［助詞＋ばかり］
[一]六・一一二④　四十―の人体能惣髪の侍
[二]三・一二一⑧　面々に―参りて
[二]八・一二九①　発明―（斗）に気を付ずと
[二]九・一二九⑫　それ―（斗）ではない
[三]一・一三一⑬　隅からすみ迄まきちらす紙―も
[四]七・一四七①　中々申―はなかりけり
[五]九・一五二⑪　六尺―（斗）の大男
[五]一七・一五五⑮　手習と謡―を教て

[六]一・一六〇② 宵から寐て—（斗）も暮されず
[六]九・一六三⑬ ：と呼ぶ—で買人があれども俄聾
[六]二〇・一六七⑭ 我身の事—を申た
[六]二一・一六八⑧ 天地も今夜限りで惣仕舞かと思ふ—（斗）
の大地震
[七]一三・一七五⑦ 昔は堀の船宿の女房—（斗）ぞ羽織を着
ける
[七]一八・一七七⑩ 白い所は歯—にて
cf、いかばかり つゆばかり ばつかり
はかりこと（計、謀） [一]一七・一一七⑥ [二]一四・一二六⑮
はかりめ（ 目） [二]一二・一二六③
はか・る（計）
cf、はかり
はか・る【謀】［ラ四段］
—り（用） [三]一二・一三六⑦（かくは—しならん）
ばぎう㊇（馬牛）
cf、ちくしやうどうばぎう
はく（箔）
cf、きんばく
は・く［カ四段］
—か（未） [五]一六・一五五⑧（高木履も—ず）
—い（用 音便） [一]一六・一一七②（木履—て） [三]二〇・一
三九④（葬送に—たわら草履）
—ゐ（い）（用 音便） [五]六・一五一⑦（鉄のわらじ—て）
は・ぐ（剥）
cf、おひはぎ
ばぐ（馬具） [二]一九・一二九⑫（武具—）
ばくえき（博奕） ↓ばくゑき
ばくたい（莫太） [四]一五・一四六⑧（—の物入）
はくちう（白昼） [六]八・一六三⑧
ばくちうち（博徒） [三]一四・一三六⑮
はくりやう㊇（白竜 ：リヨウ） [六]二一・一六八⑨（—が羽衣と
りて）
はぐ・る［ラ下二段］ はぐ・れる［ラ下一段］
—れ（用） [一]七・一一二⑯（—たるにや）
ばくゑき（博奕 ：エキ） [五]一二・一五三⑮ [五]一二・一五三⑮
[五]一四・一五四⑫
cf、ばくゑきす
ばくゑき・す（博奕 ：エキ）［サ変］
—する（体） [三]一四・一三七③（—もの）
ばけもの（化物）
cf、ばけものなみ
ばけものなみ（化物並） [四]八・一四二⑨
はこ（箱、函）
cf、きやうばこ はさみばこ
はこ・ぶ［バ四段］
—び（用） [三]二・一三二⑥
はごろも（羽衣） [六]二一・一六八⑨
はさみ [六]六・一六一⑮（剃刀の牙 —の手あし）
はさみばこ（挟箱）（「挟箱持」ノ略） [一]七・一一二⑯ [三]一三・
一三六⑨
はさ・む［マ四段］
—み（用） [三]八・一三四⑬（腰に—候足袋）
はし（橋）
cf、にほんばし はしがかり みちはし りやうごくばし
はし（端） [二]一六・一二七⑯（禍の—）
cf、かたはし はしぢか はしばし
はじ（恥 はぢ） ↓はぢ ヲモ見ヨ
[七]一五・一七六②
はしがかり（橋 ） [一]二・一一一③

はじ・く（弾）
　cf、つまはじきす
はした　〔一〕七・一一七⑦（娘子下女―）　〔六〕一二・一六四⑬（下女―）
はしぢか（端　）　〔一〕八・一一三⑦
はしばし（端々）　〔三〕二・一三二④　〔三〕三・一三二⑬（―裏々）　〔五〕一七・一五五⑮
はじめ（始、初）　〔二〕一〇・一二五②（―ある事あり終ある事すくなし）　〔二〕一〇・一二五③　〔四〕一・一四〇①（千里の―として）　〔四〕四・一四一⑪（池の荘司とやらを―どれども）　〔五〕二・一四九⑩（弥生の―）　〔七〕一二・一七五②（享保の―）
　cf、はじめつかた
はじめつかた　〔六〕九・一六三⑩（延享の―）
はじめて（始、初）［副詞］　〔三〕一四・一三七⑪　〔五〕二四・一五八⑫　〔七〕一・一七〇①（―信ず人間行て尽さざる事を）
はしら（柱）　〔六〕二・一六〇⑦
　cf、もんばしら
はしりい・づ（　出）［ダ下二段］
　―で（用）　〔四〕二一・一四八⑮（―て）
はしりめぐ・る（走廻）［ラ四段］
　―る（止）　〔六〕五・一六三①
はし・る［ラ四段］
　―る（止）　〔六〕二・一六一③徒
　cf、はしりいづ　はしりめぐる
はず（筈）　→はづ　ヲモ見ヨ
［振リ仮名ナシ］　〔一〕七・一一七⑪　〔二〕三・一二二⑨　〔三〕一九・一三九②　〔四〕一四・一四五⑮　〔五〕一七・一五五⑬
　cf、そのはず　そのはづ
はそん（破損）　〔一〕七・一一三②
　cf、はそんす
はそん・す（破損）［サ変］
　―し（用）　〔一〕一・一一〇⑤（―て）
　cf、はそん
はた（端）
　cf、みちばた
はた（旗）
　cf、はたがしら
はだ（肌）　〔一〕七・一一二⑮　〔五〕一四・一五四⑧
　cf、おほはだ　かたはだ
はだか（裸）
　cf、あかはだか
はたがしら（簱頭）　〔六〕一三・一六五⑦
はだか・る（開）［ラ四段］
　cf、ふみはだかる
はた・く［カ四段］
　―い（用　音便）　〔四〕三・一四一⑧（打ても―ても）
　―け（已）　〔一〕一一・一一九④（きせる―ば）
はたご（旅籠）
　cf、はたごちん
はたごちん（旅籠賃）　〔四〕四・一四二①
はたらき（働）　〔二〕一・一二〇⑤（金銀の―）　〔三〕二〇・一三九③
　cf、はたらきしだい
はたらきしだい（働次第）　〔三〕八・一三四⑩（―に被遊）
はたらきつと・む（働勤）［マ下二段］　はたらきつと・める［マ下一段］
　―め（未）　〔五〕五・一五一②（真実（まめやか）に―ば）
はたら・く（働）［カ四段］
　―き（用）　〔四〕一六・一四六⑩（―し賽銭を）
　cf、はたらき　はたらきしだい　はたらきつとむ
はち（八）（後ニツク語ニヨリ、促音化シテ「はっ」トナルコトア

リ）
cf、ごじはつけう　はちとう　はちにん　はちにんづれ　は
ちはい　はちもん　はちもんじ　はつしう　めはちぶん　や
（八）　やつ（八）
はち（鉢）
cf、はちひらき　はちぼうず
はち（蜂）〔七〕一九・一七八⑤
cf、ぢがばち
はぢ（恥）→はじ　ヲモ見ヨ
〔六〕六・一六一⑬　〔六〕一六・一六六⑦　〔七〕一六・一七六⑧
ばち（罰）〔二〕一〇・一二四⑬　〔五〕一四・一五四⑪
はちとう（八銅）（「：ドウ」カ）〔六〕一・一六〇④（座料―）〔六〕
二四・一六九⑩
はちにん（八人）〔二〕二・一二〇⑧　〔二〕三・一二一⑫　〔二〕四・一二
二④　〔二〕五・一二二⑥　〔二〕一〇・一二四⑪
cf、はちにんづれ
はちにんづれ（八人連）〔二〕三・一二一⑥
はちはい（八盃）〔二〕一二・一二五⑬
はちばうず（鉢坊主）→はちぼうず
はちひらき（鉢開）〔三〕二〇・一三九⑦（―の婆）〔七〕三・一七一
④（―した盲坊主）
はちぶん（八分）
cf、めはちぶん
はちぼうず（鉢坊主　：バウズ）〔六〕一七・一六六⑮
はちまき（鉢巻）〔六〕七・一六二⑧（―して）
はちまんどの㊇（八幡殿）〔二〕一九・一二九⑧　〔二〕二〇・一二九⑭
はちもん（八文）〔四〕四・一四一⑫（辻売の小半―でも）
はちもんじ（八文字）〔一〕二・一一〇⑧（大路を―踏であるき）
はちわうじ（八王子）〔二〕一・一二〇①（武蔵の―）
cf、はちわうじ（八王子）の臍翁座敷談義の事
はちわうじのさいおうざしきだんぎのこと（八王子臍翁座敷談義事）
〔目〕一・一〇九惣目録　〔二〕一・一二〇小題
は・つ（果）［タ下二段］
cf、あきれはつ　くちはつ
はづ（筈　はず）→はず　ヲモ見ヨ
［振リ仮名アリ］〔一〕一〇・一一四⑥　〔二〕一九・一二九⑥　〔四〕八・
一四二⑫　〔四〕一六・一四六⑪　〔五〕六・一五一⑧　〔五〕一六・一
五五⑦　〔五〕一八・一五六⑯　〔六〕九・一六三⑪　〔六〕二二・一六
八⑪　〔六〕二二・一六八⑮　〔七〕二・一七一④　〔七〕二四・一七九
⑭
は・づ（恥）［ダ上二段］
―ぢ（未）〔七〕一二・一七四⑬（―ず）
はつか（廿日）〔二〕一一・一二五④（今参り―）〔六〕二・一六〇⑨
(徒)（―ばかり）
はづかし（恥）［形シク］
―から（未）〔三〕一三・一三六⑫（見る目も―ぬかは）〔七〕一一・
一七四⑫（―ず）
―く（用）〔一〕一三・一一五⑪
cf、はづかしげ　はづかしや
はづかしげ（恥気）〔六〕一三・一六五⑤（―もなく）
はづかし・む（恥）［マ下二段］　はづかし・める［マ下一段］
―め（未）〔七〕一二・一七四⑮（―ず）
はづかしや（恥）［連語］〔四〕一〇・一四四①（扨も扨も―）〔四〕
二一・一四八⑫（濡の一字か―）
ばつかり［助詞］（「ばかり」ノ音変化）
〔五〕四・一五〇⑩　そこを聞たい―
cf、ばかり
はつけ（八卦）〔五〕五・一五〇⑭（―の面）〔五〕八・一五二⑤
はつけう（八教）
cf、ごじはつけう

はつしう（八宗　：シユウ）　〔二〕五・一二二⑥
ばつそん（末孫）　〔五〕一三・一五四②
はつと（法度）
　cf、ごはつと
ばつと［副詞］　〔四〕一二・一四五④（—消そうにするを）
はつとう（八銅）　→はちとう
はつほ（初尾【初穂】）
　cf、おはつほ
はづ・む【弾】［マ四段］（歴史的仮名遣ハ「はずむ」トモサレルガ、室町期ノ辞書ニ「はづむ」トアルニ従ウ）
—み（用）　〔一〕二二・一一九⑥（酒代でも—そふな）
はつめい（発明）　〔一〕二〇・一一七⑬（才智—の作者）　〔二〕三・一二一⑩（—な眼ざし）　〔三〕一八・一二九①　〔七〕一〇・一七四⑤（才智—の輩）
はづれ（外）
　cf、しゆくはずれ
はづ・れる［ラ下一段］　はづ・る［ラ下二段］
—れ（用）　〔四〕一八・一四七⑧（さんざん狂言—）　〔七〕一五・一七六⑦（あてが—）
はて（果）　〔四〕八・一四二⑨（呑だ—じや）　〔五〕二一・一五七⑧〔六〕三・一六一⑥(徒)（—は闘諍おこりて）
はて［感動詞］
［平仮名表記］　〔一〕八・一一三⑤　〔二〕四・一二一⑬　〔五〕一三・一五四⑤　〔五〕一四・一五四⑦　〔七〕一一・一七四⑨
［片仮名表記］　〔一〕一一・一一四⑭　〔五〕一二・一五三⑪　〔五〕一四・一五四⑬
はてさて（　扨）［感動詞］　〔二〕一三・一二六⑧　〔四〕三・一四一⑦（—愚痴な人哉）
はと（鳩）　〔五〕六・一五一⑤
はな（花）　〔序〕二・一〇七⑥（表に風流の—をかざり）　〔二〕二・一二一③（降り積雪を—と詠むる）　〔五〕九・一五二⑩（—の跡に柊）　〔六〕二四・一六九⑩（一銭は—で御座る）
　cf、さくら　はなざかり
はな（鼻【端】）　〔三〕七・一三四⑧（先供之—）
　cf、にばな
はな（鼻）　〔三〕一三・一三六⑭（我こそ：と—の辺りに顕はしたる男）　〔四〕八・一四二⑫（—かむで）　〔四〕一三・一四五⑥　〔五〕二・一四九⑦（—かむ）　〔六〕一六・一六六⑬　〔七〕一八・一七七⑩
　cf、はなげ　はなのさき　はなのした
はなげ（鼻毛）　〔四〕一一・一四四⑧　〔四〕一二・一四五③　〔四〕二一・一四八⑪（—を伸ばした）
はなざかり（花盛）　〔序〕一・一〇七②（説法談義の—）
はなし（咄）　〔四〕一四・一四五⑫　〔六〕一二・一六四⑬
　cf、うそばなし　たかばなし
はな・す（放）［サ四段］
　cf、あけばなし
はな・す（咄）［サ四段］
—さ（未）　〔五〕二二・一五七⑬（—れた）
—し（用）　〔四〕八・一四二⑮　〔六〕二〇・一六八①（—ませふとも）
—す（体）　〔四〕八・一四二⑭（貴様へ—は）　〔六〕一一・一六四⑪（—事か）
—せ（已）　〔六〕一一・一六四⑩（—ば）
はなのさき（鼻　）　〔五〕一〇・一五二⑭（—へつきつけ）
はなのした（鼻下）　〔五〕八・一五二⑥（—が干上る）　〔六〕六・一六一⑭　〔六〕一五・一六六③
はなはだ（甚）［副詞］　〔三〕二・一三二⑦　〔三〕一〇・一三五⑤　〔三〕一二・一三六⑥　〔五〕三・一五〇⑤
はなはだし（甚）［形シク］
—（止）　〔六〕一二・一六五②（その罪—）

はな・る（離）［ラ下二段］　はな・れる［ラ下一段］
—れ（未）[四]二一・一四八⑫（死ての後も—ぬは）[七]一九・一七八③（—ず）
—れ（用）[四]八・一四二⑪（幽霊の情を—）
はなを（鼻緒）[三]二〇・一三九④
cf、くろはなを
はねまは・る（　廻）［ラ四段］
—り（用）[二]二一・一三〇⑥
は・ねる［ナ下一段］　は・ぬ［ナ下二段］
—ね（用）[五]一一・一五三④（ぴんと—たが）[七]一・一七〇④（一度も—た事なき）
cf、とんだかはねたか　はねまはる
はのね（歯根）[一]八・一一三⑧（—もあわず）
はば（幅）[一]七・一一二⑪
ばば（媼、婆、婆々）[序]一・一〇七② [二]一・一二一① [三]二〇・一三九⑦ [四]一八・一四七⑫（—嫁々（かか）の）[六]一三・一六五⑤（嫁も舅も爺も—も）[六]一五・一六六④（—嚊（かか））[七]一九・一七八⑦（爺—）
cf、おばば　ねぢがねばば　ばばたち　はりうりばば
はばかりながら（憚　）［副詞］[三]一・一三一⑪
はばか・る（憚）［ラ四段］
—ら（未）[一]一六・一一七①（—ぬわる口）
—る（体）[三]一三・一三六⑫（—色もなく）[五]一六・一五五⑦（誤りて改むるに—事なかれ）
cf、はばかりながら
ばばたち（婆々達）[六]一三・一六五⑧
はひごや（灰小屋）↓はいごや
はびこ・る【蔓延】［ラ四段］
—り（用）[三]一・一三二③
はひ・る（這入）［ラ四段］↓はいる　はゐる　ヲモ見ヨ
—り（用）[二]三・一二一⑥（どろどろと—て）
はふ（法）[三]一九・一三九②
cf、こくはふ　ひつぱふ
ばふん（馬糞）[一]二二・一一九⑧ [一]二二・一一九⑨
はべ・り（侍）［ラ変］
—り（用）[六]三・一六一⑦(徒)（人のわづらふ事—しをぞ）[六]三・一六一⑧(徒)（‥と云人も—し）
はべ・り（侍）［補助用言　ラ変］
—り（用）
[三]一七・一三八②　古き人の中—し
[六]二・一六一③(徒)　安居院の辺へ罷り—しに
はもの（刃物）[二]二三・一三一④
はや（早）［副詞］[四]四・一四一⑭（—醒切て）[四]四・一四一⑮（惣門は—ひしと閉て）[七]三・一七一⑩（—‥に至りぬ）[七]二五・一八〇⑤（—しののめの鳥がさそへば）
ばや［終助詞（願望）］
[七]三・一七一⑨　天徳寺被て寐ぬ程の身にねがわ—と
[七]二三・一七九⑩　御新造を手に入レ—
はやう［副詞］↓はやく　ヲモ見ヨ
[四]一二・一四五①（貴様に—御目に懸り）
はやく［副詞］↓はやう　ヲモ見ヨ
[六]三・一六一⑤(徒)（—跡なき事にあらざんめり）[七]一二・一七五③（—‥追やらずして）[七]一四・一七五⑯（—‥いましめずんば）[七]一九・一七七⑭（—過を改めて）
はや・し［形ク］
—く（用）[四]三・一四一⑥（一足も—御出候へ）
—ふ（う）（用　音便）[一]七・一一三②（一足も—と）[一]七・一一三③（片時も—参りたし）[五]八・一五二①（—いかしやれ）[六]二・一六〇⑥（今少—来らばと）
—き（体）[二]二・一二一①（里より—郭公）

　cf、あしばや　はやう　はやく
はやぬの（早布）　[三]一一・一三五⑭
はやら・せる［サ下一段］
—せ（用）　[六]一二・一六五③（—たふたくむとも）　[六]二〇・一六八④（—たふても）
はやり（流行）　[七]一〇・一七四③
はやりこと（流言）（底本「言」ノ振リ仮名ニ濁点ナシ）　[六]六・一六一⑬　[六]八・一六三④　[六]一一・一六四⑦
　cf、りうげん
はやりごと（流行事）（底本「事」ニ振リ仮名ナシ）　[六]一五・一六六⑥　[六]一七・一六六⑯　[六]二〇・一六七⑯
はやりことば（流言葉）　[五]一七・一五五⑬
　cf、はやりこと　りうげん
はやりもの（　物）　[三]一九・一三八⑯
はや・る（流行）［ラ四段］
—ら（未）　[一]一一・一一四⑫（—ず）
—り（用）　[七]一・一七〇⑤（大に—）
　cf、はやり　はやりこと　はやりごと　はやりことば　はやりもの
はら(地)（原）　[一]一・一一〇⑤（—吉原の辺）
はら（腹）　[二]四・一二一⑮（肥た—）　[三]一九・一三九①（—切時）　[五]一〇・一五三②（—一盃上りましても）
　cf、はらたつ　たねはら
はらいのぞ・く（払除　：ひ：）［カ四段］
—く（体）　[七]二四・一七九⑫（—が家繁昌の基）
はらから（兄弟）　→きやうだい
　cf、おやはらから
はら・す（晴）［サ四段］
—さ（未）　[四]八・一四二⑮（妄執を—んと）
はら・す（腫）［サ四段］
　cf、なきはらす
はらだたし（腹立）［形シク］
　cf、はらだたしさ
はらだたしさ（腹　）　[七]七・一七二③
はらた・つ（腹立）［タ四段］
　cf、うそはらたつ
はらた・つ［タ下二段］　はらた・てる［タ下一段］
—つれ（已）　[五]四・一五〇⑫（合点がゆかぬと—ば）
はらはた（腸　：わた）　[二]一三・一二六⑦（—を断なげき）
はらはらと　[一]九・一一四①（泪を—こぼせば）
ばらばらと　[六]二三・一六九⑤（—起（たつ）て）
はらひ（払）　[一]一五・一一六⑫
はらひのぞ・く（払除）［カ四段］　→はらいのぞく
はら・ふ（払、掃）［ハ四段］
—わ（は）（未）　[一]三・一一一⑩（店賃—ぬ故）
—ひ（用）　[四]一三・一四五⑤（妄執の雲を—）　[七]九・一七三⑮（地を—）
—ふ（う）（用　音便）　[二]二三・一三二④（—てやれ）
—へ（命）　[五]一〇・一五三②（銭—とは）
　cf、はらひ　はらいのぞく
はらわた（腸）　→はらはた
はり（針）　[六]一一・一六四⑫（—を棒程に）
　cf、はりうり
はりあ・ぐ（張上）［ガ下二段］　はりあ・げる［ガ下一段］
—げ（用）　[六]二・一六〇⑦（一調子—て）　[七]七・一七二⑥（声を—）
はりうり（針売）　[六]一二・一六四⑬
　cf、はりうりばば
はりうりばば（針売婆々）　[六]一一・一六四⑪
はりちら・す（張　）［サ四段］

—し（用）〔六〕七・一六二⑯（門戸に—）
はりつ・く（張附）［カ下二段］　はりつ・ける［カ下一段］
—け（用）〔三〕一二・一三六④（壁に—）
はりぬき（貫）〔三〕一・一三二①
はりばん（張番）〔四〕一五・一四六⑥
はる（春）〔序〕一・一〇七②（—の彼岸の中日）〔二〕一・一二一④
（—の夕暮）〔六〕一六・一六六⑪
cf、はるきやうげん　はるさめ
は・る【張】［ラ四段］
—ら（未）〔五〕二一・一五七⑤（臂を—るる）
—り（用）〔五〕一三・一五四③（めつたに—たがる癖）
—つ（用　音便）〔二〕一六・一一七③（臂を—て）
—る（体）〔序〕三・一〇七⑨（少小臂を春雨の）（掛詞＝張る／
春）（重出＝「はるさめ」）
cf、いきすじはる　こしばり　よしずばり
は・る（晴）［ラ下二段］
—るる（体）〔二〕一三・一一五⑪（妄執の—間もなし）
cf、はれやる
ば・る［ラ四段］［接尾語］
cf、ゆうきばる
はるか
［—に］〔序〕二・一〇七④（—にへだたれども）〔二〕二〇・一三
〇②（町人より—に過たり）〔二〕二二・一三〇⑭（天地—に
隔る）〔五〕一二・一五三⑬（—に堪へよい）
はるきやうげん（春狂言）〔二〕一一・一一四⑪　〔二〕一五・一一六⑥
はるさめ（春雨）〔序〕三・一〇七⑨（少し小臂を—の）（掛詞＝春
／張る）（重出＝「はる」）
はるばる　〔二〕六・一一二⑫（—：裾野へ来り）
はれや・る（晴　）［ラ四段］（多ク打消ヲ伴ッテ用イル）
—ら（未）〔二〕七・一一三①（—ぬ）　〔二〕二一・一一九②（妄執
の雲—ぬ）
はゐ・る（這入　はひ・）［ラ四段］　→はいる　はひる　ヲモ見
ヨ
［振リ仮名アリ］
—り（用）〔五〕一〇・一五二⑭（ぬつと—）
はん（版）〔七〕二六・一八〇刊記
cf、はんぎ
ばん（晩）〔三〕一一・一三五⑯（—に死ぬも知れぬ身の）〔七〕二二・
一七八⑬（あさから—迄）
cf、こんばん　みやうばん
ばん（番）〔五〕一五・一五四⑮
cf、はりばん　もんばん
ばん（番）［接尾語］
cf、いちばん　いちばんきり　にせんなひやくろくじふば
ん　ばんめ
はんかう（板行）〔三〕九・一三五③　〔七〕一八・一七七⑥
cf、はんかうめうがう
はんかうみやうがう（板行名号）→はんかうめうがう
はんかうめうがう（板行名号　：ミヤウガウ）〔四〕一七・一四六⑯
はんぎ（板木）〔三〕二〇・一三九⑧
はんくわ（繁花）〔二〕二・一二〇⑨（—の市中）
はんぐわん（判官）
cf、おぐりのはんぐわん　をぐりのはんぐわん　をぐりのは
んぐわんかねうじ
ばんこう（万戸侯）〔三〕一四・一三六⑯（—の葬）
はんし（半紙）〔三〕八・一三四⑬
ばんじ（万事）〔二〕一〇・一二五③　〔二〕一四・一二七①　〔二〕一七・
一二八⑨　〔二〕一八・一二八⑮　〔三〕二一・一三〇⑧　〔四〕一五・
一四六③　〔五〕八・一五二④
はんじやう（繁昌）→はんぜう　ヲモ見ヨ

〔一〕七・一一七⑥　〔二〕一二・一二六①　〔三〕二・一三二④　〔三〕
三・一三二⑯　〔五〕二・一四九⑨　〔七〕二四・一七九⑫
はん・す（反）［サ変］
—せ（未）　〔七〕八・一七三⑧（—り）
はんせい（半生）　〔七〕一・一七〇①（—長（とこしなへ）に客をもつて家とす）
ばんぜい（万世）　〔七〕一二・一七四⑯
はんぜう（繁昌　：ジヤウ）　↓はんじやう　ヲモ見ヨ
はんだいふ㊇（半大夫）（江戸半大夫ヲサス）
〔二〕一七・一二八⑤
cf、こはんだいふ
ばんだいふえき（万代不易）　↓ばんだいふゑき
ばんだいふゑき（万代不易　：フエキ）　〔七〕一〇・一七四①
ばんちやう（番町）　〔六〕一二・一六四⑭
はんと（半途）　〔六〕二一・一六八⑥
ばんとう（番頭、伴頭）　〔一〕一一・一一四⑭　〔一〕一一・一一四⑮
はんとき（半時）　〔五〕一二・一五三⑬
はんぶん（半分）　〔六〕一五・一六六⑤（家職—ながら）
cf、うそはんぶん
はんまい（飯米）　〔序〕三・一〇七⑪
ばんめ（番目）［接尾語］
cf、ごばんめ　しちばんめ　よばんめ　ろくばんめ
はんめう（斑猫）　〔七〕九・一七三⑬（砒霜—百双倍）
はんや（半夜）　〔七〕六・一七一⑭（濤声—孤枕に喧しく）

［ひ］

ひ（日）　〔二〕九・一二四①（泪をこぼさぬ—も）　〔三〕一八・一三八⑥（葬送の—）　〔四〕二・一四〇⑥（いまだ—も高し）　〔四〕二・一四〇⑦（—も傾くころ）　〔四〕二・一四一③（—も暮に及候程に）　〔四〕三・一四一⑤（—の暮ぬさきに）　〔四〕一七・一四七②（惣算用の—）　〔四〕二〇・一四八⑥（—暮ては）　〔五〕二一・一五七④（—をくらし）　〔七〕一・一七〇⑤（雪の—）
cf、そのひ　ひかず　ひごと　ひごろ　ひまち　ひをおひ
ひ（火）　〔二〕二・一二一③　〔四〕一〇・一四四①　〔四〕二〇・一四八⑦　〔六〕二・一六〇⑥　〔六〕一〇・一六四①（—の用心）
cf、すりひうち　ひなわ　ひのもと　ほくち
ひ（干）
cf、ひだら
ひ（非）
cf、ひれい
び（尾）
cf、きうび
ひあが・る（干上）［ラ四段］
—る（止）　〔五〕九・一五二⑥（鼻の下が—）
ひいき（贔負）
cf、ごひいき　ひいきす
ひいき・す［サ変］
—し（用）　〔一〕一三・一一五⑦
ひうがのくに（日向国）　〔四〕一四・一四五⑬
ひがこと（僻事）　〔三〕二〇・一三九⑦
ひがし（東）　〔四〕二一・一四八⑬（—がしらむ）
ひがしやま（東山）　〔六〕二・一六一②㊍
ひかず（日数）　〔一〕七・一一三③
ひか・ふ［ハ下二段］　ひか・へる［ハ下一段］
—へ（用）　〔一〕八・一一三⑤（袖を—）
cf、ひかゆ
ひか・ゆ［ヤ下二段］（中世以降ヤ行ニモ活用スル）
—ゆれ（已）　〔五〕九・一五二⑧（袂を—ば）
cf、ひかふ

ひかり（光） 〔五〕一四・一五四⑨（本然の—） 〔六〕一・一六〇④
　cf、いなびかり
ひがん（彼岸） 〔序〕一・一〇七②（春の—） 〔二〕二三・一三一⑧（秋の—）
ひき（疋）［接尾語］
　cf、いつぴき
ひきう・ける（引　）［カ下一段］ ひきう・く［カ下二段］
—ける（体） 〔五〕六・一五一⑧（—心底）
ひきか・ふ（引　）［ハ下二段］ ひきか・へる［ハ下一段］
—へ（用） 〔四〕一六・一四六⑬（殊勝さを—）
ひきこ・む（引込）［マ四段］
—み（用） 〔一〕八・一一三⑧（新刃でもためすとて—はせぬか）
ひきずりある・く（引摺歩行）［カ四段］
—き（用） 〔二〕二〇・一三〇⑤
ひきず・る（引　）［ラ四段］
—り（用） 〔六〕一・一六〇③（杖—て） 〔七〕一八・一七七⑨（裾—）
　cf、ひきずりあるく
ひきちぎ・る（引　）［ラ四段］
—つ（用　音便） 〔三〕三・一三二⑫（—て）
ひきふだ（引札） 〔三〕一・一三一⑬ 〔三〕二・一三二⑤ 〔三〕三・一三二⑩ 〔三〕三・一三二⑬ 〔三〕一一・一三六① 〔三〕一二・一三六③ 〔三〕二〇・一三九⑧ 〔三〕二〇・一三九⑨
　cf、そうしち（惣七）安売の引札せし事
ひきやく（飛脚）
　cf、さんどびきやく　ひきやくや
ひきやくや（飛脚屋） 〔二〕九・一二四④
　cf、ひきやくやどの
ひきやくやどの（飛脚屋殿） 〔二〕二一・一三〇⑫
ひ・く（引）［カ四段］
—き（用） 〔一〕一一・一一四⑯（墨—て）
　cf、ひきこむ　ひきずりあるく　ひきずる　ひきちぎる　ひきふだ　ひつぱりやふ
ひくさ 〔六〕一六・一六六⑬（あの鼻の—では）
ひく・し（低）［形ク］ ひく・い［形］
　cf、ひくさ
びくに（比丘尼）（尼ノ姿ヲシタ私娼） 〔五〕一・一四九⑤ 〔六〕六・一六二②
びくにどころ（比丘尼所）（既婚女性ノ駆込寺デアル鎌倉・東慶寺ヲサス） 〔六〕二〇・一六八②
　cf、ふろや
ひげ（髭） 〔六〕八・一六三⑦（—喰（くひ）そらして） 〔七〕一一・一七四⑨（—喰（くい）そらして）
ひごと（日毎） 〔六〕二・一六〇⑨㊗（—に）
ひごろ（日比） 〔五〕二一・一五七⑧
ひざ（膝） 〔三〕二〇・一三九④（—を屈め）
　cf、ひざくりげ
ひさう（砒霜） →ひそう
ひさう（秘蔵） →ひそう
ひさうご（秘蔵子） →ひそうご
　cf、ひそうご
ひさく（柄杓）
　cf、たけひさく
ひざくりげ（膝栗毛） 〔四〕一・一四〇④
ひさし（久）［形シク］
—く（用） 〔一〕一〇・一一四⑥
　cf、としひさし
ひしと［副詞］ 〔四〕四・一四一⑮（—閉て） 〔六〕一〇・一六四③（—止て）

びしゆかつま（毘首羯磨） 〔二〕五・一二二④
ひ・す（比）［サ変］
—せ（未） 〔序〕二・一〇七⑤（是を教化の書物に—ば）
—す（止） 〔序〕二・一〇七⑦（：に—べし）
ひぜん（肥前）
cf、ひぜんぶし
ひぜんぶし（肥前 ） 〔七〕一一・一七四⑪
ひそう（砒霜 ヒサウ） 〔七〕九・一七三⑬（—斑猫）
ひそう（秘蔵 ヒサウ） 〔四〕一〇・一四四⑤
ひそうご（秘蔵子 ヒサウ：） 〔二〕四・一二一⑬（乳の余りの—） 〔三〕二・一三二⑦
ひたい（額 ひたひ） 〔四〕八・一四二⑫（—の三角な紙） 〔四〕一一・一四四⑩
ひたち（常陸） 〔六〕一四・一六五⑫（—の阿波大杉の神）
cf、ひたちのくに
ひたちのくに（常陸国） 〔二〕一九・一二九⑨
ひたひ（額） ↓ひたい
ひだら（干鱈） 〔四〕一一・一四四⑪
ひぢ（臂） 〔一〕一六・一一七③（—をはつて） 〔四〕五・一四二②（—を枕に） 〔五〕二一・一五七⑤（—をはらるる）
cf、こひぢ
ひつ（櫃）
cf、こそでびつ こめびつ
ひつ［接頭語］
cf、ひつからげる ひつぱらふ
ひつから・げる［ガ下一段］ ひつから・ぐ［ガ下二段］
—げ（用） 〔七〕二五・一八〇⑤（尻—）
ひつきやう（畢竟）［副詞］ ↓ひつけう ヲモ見ヨ
〔一〕一二・一一五③ 〔二〕二〇・一三〇③ 〔三〕五・一三三⑧ 〔六〕一五・一六六④
びつくり 〔一〕七・一一二⑨（：と言に—）（文末） 〔五〕一〇・一五二⑮（：といわれて—）（文末）
ひつけう（畢竟 ：キヤウ） ↓ひつきやう ヲモ見ヨ
〔四〕一三・一四五⑨
ひつこし（引越） 〔五〕二・一四九⑪
ひつじ（未） 〔六〕二一・一六八⑦（—の霜月）
ひつだう（筆道） ↓ひつどう
ひつぢやう（必定） ↓ひつでう
ひつでう（必定 ：ヂヤウ） 〔五〕五・一五一③
ひつどう（筆道 ：ダウ） 〔二〕八・一二二⑮
ひつぱふ（筆法） 〔三〕一〇・一三五⑥
ひつぱら・ふ［ハ四段］（「ひきはらふ」ノ音変化）
—ゐ（ひ）（用） 〔五〕一三・一五八③（人の娘を—）
ひつぱりや・ふ（引張 ）［ハ四段］
—い（ひ）（用） 〔六〕二一・一六八⑩（—て）
ひつぱ・る（引張）［ラ四段］
cf、ひつぱりやふ
ひと（一）
cf、いち いつ ひとあし ひといき ひとくち ひとつ ひととせ ひとねふり ひとふし ひとむち ひとめ ひとり
ひと（人、他） 〔一〕一〇・一一四⑧ 〔一〕一二・一一五⑦ 〔一〕一七・一一七④ 〔一〕一七・一一七⑪ 〔一〕二〇・一一七⑫ 〔一〕二一・一一八⑪ 〔一〕二一・一一八⑫ 〔一〕二一・一一八⑫ 〔一〕二二・一一九⑤ 〔二〕一・一二〇③ 〔二〕二・一二〇⑧ 〔二〕一〇・一二五③ 〔二〕一一・一二五⑪ 〔二〕一四・一二七② 〔二〕一五・一二七⑧ 〔二〕一六・一二七⑭ 〔二〕一六・一二七⑯ 〔二〕一七・一二八⑦ 〔二〕一七・一二八⑨ 〔二〕二三・一三一⑧ 〔三〕一一・一三一⑫ 〔三〕三・一三二⑪ 〔三〕一一・一三五⑯ 〔三〕一二・一三六② 〔三〕一二・一三六⑤ 〔三〕一二・一三六⑤ 〔三〕一四・一三六⑯

ひとだま（人魂）［四］一〇・一四四①
ひとつ（一ツ）［二］二三・一三一⑨（茶―たもれ）［六］二二・一六八⑮（門は九ツ戸は―）
　cf、いち（一）　いつ　ただひとつ　ひとつまへ　ひとつまゑ　まんにひとつ
ひとつ（一）（列挙項目ノ見出シ）［三］四・一三三⑦［三］五・一三三⑪［三］六・一三三⑯［三］七・一三四④［三］八・一三四⑪［三］九・一三五①［三］一〇・一三五⑥
ひとづかひ（人遣）［五］四・一五〇⑧（―よいかわるひか）
　cf、おひとづかい
ひとつまへ（一ツ　）　→ひとつまゑ　ヲモ見ヨ
　［二］二三・一三一⑦（―に着る物着るな）
ひとつまゑ（一　：まへ）　→ひとつまへ　ヲモ見ヨ
　［五］一六・一五五⑧
ひとつめ（一ツ目）［七］二三・一七九⑦
ひとでなし（人　）［五］二四・一五八⑦
ひととせ（一　）［一］二・一一一①
ひとなか（人中）［二］一五・一二七⑤［五］一八・一五六⑧
ひとなみ（人　）［五］二五・一五八⑬（―の人）
ひとねふり（一眠　）［七］六・一七一⑭
ひとびと（人々）［三］一二・一三六③［六］六・一六一⑭
ひとふし［七］二・一七〇⑦
ひとみせ（人見　）［三］一九・一三八⑯（―一ぺんにする事）
ひとむち（一鞭）［四］一・一四〇⑤
ひとめ（一目）［四］一〇・一四四①（―見しより）
ひとり（一人、独）［序］一・一〇七②（―も：なく）［一］六・一一一⑫（―（リ）おかしく）［一］六・一一二③（―つぶやく）［三］二・一三二⑨（―点頭く）［五］二一・一五七④［六］一・一六〇①（―つつくりとして）［六］一一・一六四⑧［六］一二・一六五①（―二人リ）［七］六・一七一⑫（我―）
　cf、いちにん（壱人）　たれひとり　ひとり　ひとりころび　ひとりみ　ひとりわらい　ひとりゑみ
ひとりころび（独　）［一］四・一一六②
ひとりみ（独身）［一］三・一一一⑨
ひとりわらい（独笑　：わらひ）［四］四・一四二②（―して）
　cf、ひとりゑみ
ひとりゑみ（独咲）［七］三・一七一⑩（―して）
　cf、ひとりわらい
ひなしかしゑもん㊇（日梨樫右ヱ門）（日済貸（ひなしかし）ヲ掛ケタ名）［二］九・一二四⑦
ひなは（火縄）　→ひなわ
ひなわ（火縄　：なは）［一］九・一一三⑯［一］九・一一三⑯
ひにく（皮肉）［四］一一・一四四⑫（門番が―に分入）［七］二四・一八〇①（堂司が―にわけ入し）
ひね・る（捻）［ラ四段］
　―り（用）［五］九・一五二⑩（紙に―）
　cf、おひねり
ひのもと（日本）［七］八・一七三⑤（―神国清浄の地）
ひのもと（火元）［二］一七・一二八⑨
ひはん（批判）［四］一三・一四五⑧
ひび（日々）［五］五・一五一②
ひびき（響）［四］一七・一四六⑯（晩鐘の―）
ひび・く［カ四段］
　―き（用）［二］二三・一三一⑩（耳に―て）
　cf、ひびき
ひま（隙）［二］一五・一二七⑫［五］一八・一五六⑩［六］二三・一六九⑦
ひまち（日待）［七］二・一七一②（大屋の―）
ひまらし・い（隙）　ひまらし［形シク］
　―ひ（い）（体）［一］七・一一三④（―旅人）

ひまん（肥満）　〔一〕二・一一一②
ひみつ（秘密）　〔二〕八・一二二⑯（—口才）
ひめ（姫）
　cf、てるてのひめ
ひもじ・い［形］　ひもじ［形シク］（女房言葉「ひもじ」カラ）
—ゐ（い）（体）　〔五〕四・一五〇⑨（—目にあわふか）
ひやあせ（冷汗）　〔四〕一一・一四四⑪
　cf、あせ
びやういん（病因）　↓べういん
びやうき（病気）　〔五〕七・一五一⑫　〔七〕二・一七〇⑦
　cf、じびよう　びやうにん　やまひ
ひやうし（拍子）　↓へうし　ヲモ見ヨ
　〔三〕六・一三三⑭（—能（よく））
　cf、ひやうしぬけ
ひやうしぬけ（拍子　）　〔三〕六・一三三⑮
びやうにん（病人）　〔三〕二〇・一三九③
　cf、ごびやうにん
ひやうばん（評判）　〔二〕一二・一二六①　〔三〕二〇・一三九⑨　〔六〕二三・一六九⑥
ひやく（百）
　cf、おくひやくまんにん　なんぜんなんびやくにん　ひやくさうばい　ひやくにんなみ　ひやくばい　ひやくもん　ひやくり
ひやくさうばい（百双倍）　〔七〕九・一七三⑬
ひやくしやう（百姓、百性）　〔二〕一九・一二九⑨　〔二〕二〇・一二九⑮　〔二〕二〇・一二九⑯　〔二〕二〇・一三〇①　〔二〕二〇・一三〇③　〔二〕二〇・一三〇④　〔二〕二一・一三〇⑩　〔六〕一三・一六五⑩
　cf、おひやくしやうどの　おほびやくしやう　こびやくしやう　ひやくしやうぶくろ　みづのみびやくしやう
ひやくしやうぶくろ㊓（百姓袋）　〔二〕二一・一三〇⑧
ひやくにんなみ（百人　）　〔五〕七・一五一⑯（きりやうは—なり）
ひやくばい（百倍）　〔一〕一六・一一六⑭
ひやくもん（百文）　〔二〕一二・一二五⑭（—弐百文の小買）
びやくらいおやぢ　〔五〕二三・一五八③
ひやくり（百里）　〔五〕一四・一五四⑫（震は雷の卦で—を驚す：卦体）
ひやざけ（冷酒）　〔二〕一四・一二六⑭（紅蓮の—を呑）
ひや・す（冷）［サ四段］
—さ（未）　〔六〕二一・一六八⑤（肝を—せ）
ひようとり（日傭取）　〔三〕一九・一三九③
ひより（日和）　〔五〕一〇・一五二⑬（ほこりの立—）
ひよろつ・く［カ四段］
—き（用）　〔一〕八・一一三⑧
ひらがな（平　）　〔七〕九・一七三⑫
ひらぎ（柊）（「ひひらぎ」ノ音変化）　〔一〕一一・一一四⑮（—で目を突）　〔五〕九・一五二⑪（花の跡に—とやらで）
ひら・く（開）
　cf、つめひらき　はちひらき
ひらに［副詞］　〔四〕五・一四二③（—其儘御座れ）　〔七〕八・一七三④（—起て：聞べし）
ひる（昼）　〔四〕一六・一四六⑩　〔六〕一・一六〇①
ひるがへ・す［サ四段］
—し（用）　〔七〕二四・一七九⑮（心を—）
ひれい（非礼）　〔三〕二〇・一三九⑥
びれい（美麗）　〔二〕二〇・一二九⑯（—な）
ひろ・ぐ［ガ下二段］　ひろ・げる［ガ下一段］
—げ（用）　〔三〕二〇・一三九⑨（たばこ盆のわきに—て）　〔五〕一・一四九②（指の股—し所を）
ひろ・ふ（拾）［ハ四段］

—は（未）　【三】二〇・一三九⑦（—せよかし）
ひろほこ（広鉾）　【七】一二・一七五③
ひろまへ（広前）　【七】七・一七二⑪
ひをおひ（追日）［連語］　【三】三・一三二⑯（—繁昌仕）
ひん（品）　↓しな
びん（便）
　cf、びんなし
びん（鬢）　【二】二一・一三〇⑩（—の毛）　【七】八・一七三③　【七】九・
　一七三⑭（—の毛）
　cf、まきびん
ひんきう（貧窮　：キユウ）　【二】九・一二四①
ひんきゆう（貧窮）　↓ひんきう
びんご（備後）
　cf、びんごおもて
びんごおもて（備後表）　【五】二四・一五八⑩
ひんじや（貧者）　【三】一八・一三八⑦
ぴんと　【五】一一・一五三④（—はねた）
びんな・し（便　）［形ク］
　—から（未）　【六】一三・一六五⑨（一婦織ざれば諸人の寒気を防
　　に—ん）
びんぼう（貧乏　：ボフ）　【二】一三・一二六④　【七】三・一七一⑩
びんぼうがみ（貧乏神　ビンボフ：）　【一】一四・一一六④
びんぼふ（貧乏）　↓びんぼう
　cf、びんぼうがみ
びんぼふがみ（貧乏神）　↓びんぼうがみ

［ふ］

ふ（父）
　cf、じつぷ　やうふ
ふ（夫）
　cf、いつぷ
ふ（婦）
　cf、いつぷ
ふ（経）［八下二段］
　cf、へめぐる
ふ（う）［助動詞（推量、意志）］　↓「う」［助動詞（推量意志）］
　ヲ見ヨ
ふ（不）［接頭語］
　cf、ふかう　ふじゆうざんまい　ふそうおう　ふたのもしい
ぶ（分）
　cf、いつすんごぶ
ぶ（歩、分）
　cf、いちぶ　にぶ
ぶ（不）［接頭語］
　cf、ぶきようもの　ぶてうほう　ぶひとがら
ぶ（部）［接尾語］
　cf、にさんぶ　ろくじふろくぶ
ふいう（富有）　↓ふゆう
ふう（風）　【五】一六・一五五⑧（今日から其—をあらため）　【七】九・
　一七三⑩（—を移し俗を易る）
　cf、こふう　しやうふう　そふう　たうせいふう　ふうぎ
ふうかん（諷諫）　【三】一二・一三六⑥（—の心）
　cf、ふうかんす
ふうかん・す（諷諫）［サ変］
　—せ（未）　【三】二〇・一三九⑦（—んとて）
ふうぎ（風義）　【六】一六・一六六⑧　【七】一一・一七四⑧
ふうくわう（風光）　【五】二四・一五八⑫（本地の—）
ふうぞく（風俗）　【一】一一・一一四⑪　【一】二〇・一一七⑫　【二】二一・
　一三〇⑧　【二】二一・一三〇⑨　【五】一六・一五五⑩　【七】九・一

七三⑬ [七]一〇・一七四③ [七]一三・一七五⑤ [七]一三・一
七五⑧ [七]一三・一七五⑨ [七]一八・一七七⑥
ふうふ（夫婦） [二]三・一二一⑦
cf、ふうふげんくわ まごさくふうふ われらふうふ
ぶうぶう [五]一八・一五七①（―いふて）
ぶうぶうもの（ 者） [二]九・一二四⑨
ふうふげんくわ（夫婦喧咜） [五]三・一五〇④
ふうらい（風来）
cf、ふうらいじん
ふうらいじん（風来人） [四]一・一四〇②
ふうりう（風流） [序]二・一〇七⑥（表に―の花をかざり）
ふえき（不易）
cf、ばんだいふゑき
ふかう（不孝） [二]二・一二五⑫（養父母に―めさると） [二]一
六・一二八③（―の罪）
ふかがは（深川） [五]二四・一五八⑦（―両国の茶屋で）
ふか・し（深）［形ク］
―く（用） [五]五・一五一①（―思ひとりて）
―き（体） [四]一九・一四七⑮（志―法施宿）
cf、つつしみふかし
ふぎ（不義） [一]一七・一一七⑨ [七]八・一七三⑥（淫奔―の媒）
[七]二二・一七八⑮（―姪乱） [七]二四・一七九⑪（―放埒）
ふきおろ・す（吹 ）［サ四段］
―す（体） [二]二・一二二④（高嶺の桜―風さへ匂ふ）
ふき・く（吹来）［カ変］
―くる（体） [六]七・一六二⑭（異国より悪魔の風の―に：）
ふきもど・す（吹 ）［サ四段］
―せ（命） [六]七・一六二⑭（：とく―伊勢の神風）
ぶきようもの（不器用者） [七]一・一七〇④
ふく（福）
cf、くわふく
ふく（服）
cf、ふくよう めんぷく
ふく（服）［接尾語］
cf、いつぷく
ふ・く（吹）［カ四段］
cf、ふきおろす ふきく ふきもどす
ふ・く【拭】［カ四段］
―い（用 音便） [三]一一・一三六①（きせる―て）
ふ・く［カ下二段］ ふ・ける［カ下一段］
―け（用） [三]二三・一三一⑨（夜も―つらん） [四]一九・一四
八①（夜―人しづまつて）
ぶぐ（武具） [二]一九・一二九⑫（―馬具）
ふくえう（服妖） ↓ふくよう
ふぐじる（鰒汁） [一]七・一一七④
ふくだ・む［マ下二段］ ふくだ・める［マ下一段］
―め（用） [四]一六・一四六⑭（当世風に―）
ふく・む（含）［マ四段］
―み（用） [序]二・一〇七⑦
ふくよう（服妖 ：エウ） [七]一四・一七五⑪
ふくろ（袋） [五]一・一四九⑥
cf、くわしぶくろ とそぶくろ ぶつしやうぶくろ ぶつせ
うぶくろ
ふくろう（梟 ：ろふ） [五]六・一五一⑤
ふくろふ（梟） ↓ふくろう
ぶけ（武家） [一]一三・一一五⑩ [一]一六・一一七①
cf、ぶけがた
ふけい（父兄） [七]一四・一七五⑯（―たる者）
ぶげい（武芸） [二]九・一二四⑧
ぶけがた（武家方） [三]一三・一三六⑩ [三]一九・一三九① [三]二

○・一三九⑤
ぶげん（分限）
　cf、できぶげん　ぶげんしや　ぶんげん
ぶげんしや（分限者）　[二]一六・一二八④　[三]一四・一三七①
ふげんぼさつ（普賢菩薩）　[五]三・一四九⑬
ぶこ（武庫）　[七]一一・一七四⑦
ぶこつもの（無骨者）　[一]一四・一一六①
ぶさう（無双）　↓ぶそう
ふさうおう（不相応）　↓ふそうおう
ふさが・る（塞）［ラ四段］
　cf、たちふさがる
ふし（節）
　cf、ふしなし
ふし（節）　[七]一八・一七七⑦　[七]一九・一七七⑮
　cf、えどぶし　とさぶし　どらぶし　ひぜんぶし　ひとふし
　ぶんごぶし
ふじ（富士）　[一]一・一一〇②　[一]二・一一五⑥
　cf、ふじのすその　ふじのたかね
ぶし（武士）　[一]六・一一一⑮　[一]六・一一一⑯　[一]一四・一一六
　①　[一]一六・一一六⑯　[二]二二・一三〇⑮　[七]一・一七〇⑤
　[七]一一・一七四⑧　[七]一一・一七四⑫　[七]一七・一七七③
　[七]二四・一七九⑪
　cf、ぶしかた　ぶしくさい
ぶじ（無事）　[五]一六・一五五⑤（―なり）
ふじいうざんまい（不自由三昧）　↓ふじゆうざんまい
ぶしう（武州）　[六]一三・一六五④
　cf、むさし
ぶしかた（武士方）　[一]一六・一一七②　[二]二二・一三〇⑬
ふしぎ（不思議、不思儀、不思義）　[一]二一・一一九⑤（―な詰開）
　[五]二・一四九⑧　[五]一二・一五三⑯（―だぞ）　[五]一三・一
　五四⑤（―な事）
ぶしくさ・い（武士臭）［形］
　―い（体）　[二]一五・一二七⑩（―は大疵）
　cf、ちやうにんくさい
ふしなし（節　）　[三]一〇・一三五⑩（―の上々の木）
ふじのすその（富士裾野）　[一]一・一一〇①　[一]一・一一〇④　[一]
　一・一一〇⑤　[一]六・一一一⑫
ふじのたかね（富士高嶺）　[一]二・一一五⑤
ふじゆうざんまい（不自由三昧　フジイウ‥）　[一]一・一一〇⑥
　（―なりし）
ふしん（不審）　[一]七・一一三①　[一]一〇・一一四③　[一]一〇・一
　一四⑥（―に）
　cf、ごふしん　ふしんがほ
ふしん（普請）
　cf、ふしんとう
ふじん（不仁）
　cf、ふじんせんばん
ふじん（婦人）　[六]一二・一六五②
ふしんがほ（不審顔）　[二]三・一二一⑦
ふじんせんばん（不仁千万）　[一]一七・一一七⑧
ふしんとう（普請等）　[二]一七・一二八⑫（―も気を付）
ふ・す【伏】［サ四段］
　―し（用）　[七]二五・一八〇③（どうど―て）
ふぜい（風情）　[七]七・一七三①
ふぜい（風情）［接尾語］
　cf、ちやうにんふぜい　われらふぜい
ふせ・ぐ（防）［ガ四段］
　―ぐ（体）　[六]一三・一六五⑨（一婦織ざれば諸人の寒気を―に
　　便なからん）
ぶそう（無双　：サウ）　[一]二・一一一②（―の大兵）

ふそうおう（不相応　：サウオウ）　㊂二〇・一二九⑮（分限―）
㊂一二・一三六⑥（分限―）
cf、さうおう　そうおう　そうおふ
ふそく（不足）　㊁一八・一二八⑭（―なあてがひ）　㊁一八・一二八⑯（―なから起る）　㊁一八・一二九②（内證―なは）
㊃一五・一四六④（―の沙汰）
ふた（二）
cf、に　ふたこゑ　ふたすじ　ふたつ　ふため　ふたり
ふだ（札）
cf、かいちやうふだ　ひきふだ
ぶたい（舞台）　㊁二・一一一④
ふたこゑ（二声）　㊆二三・一七九⑤（―ともきかれぬ）
ふたすじ（二　：すぢ）　㊄一一・一五三④
ふたたび　㊂一一・一二五⑨　㊆二五・一八〇⑤
ふたつ（二）
cf、に　ふた　ふたつご
ふたつご（二ツ子）　㊂八・一二三⑮（四十二の―）　㊁一九・一二九⑥（四十二の―）
ふたのもし・い（不頼母敷　「ぶたのもしい」カ）［形］　ふたのもし［形シク］
―い（体）　㊃一四・一四五⑮（―本尊）
ふため（二目）　㊁一二・一二五⑫（―と見る親仁でござらぬ）
ふたり（二人）　㊃一一・一四四⑨（日本に―ともなき）　㊅一二・一六五①（一人―（リ）の耳に入ると）　㊆二四・一七九⑬
ふぢさは〈地〉（藤沢）　㊃二・一四〇⑥（―の駅）
ぶちすけ（　助）（人でなしヲ犬ニタトエタ）　㊄二五・一五八⑮
ふぢたかめのお〈人〉（藤田亀尾　：かめのを）　㊀二・一一〇⑨
ふぢゆう（不住）
cf、いつしよふぢう
ふぢゐらんさい〈人〉（藤井蘭斎）　㊁一五・一二七⑪

ぶつ（仏）
cf、あみだぶつ　いちぶつ　おいぶつ　くやうぶつ　ぶつしよ　ぶつしん　ぶつち　ぶつぼさつ
ふづくりもの（　物）　㊃一三・一四五⑪（山師の―）
ふづく・る［ラ四段］
―り（用）　㊆二三・一七九⑩（―たや）
―る（体）　㊆二二・一七八⑮（娘子を―のと）
cf、ふづくりもの
ぶつしやう（仏餉）
cf、ぶつしやうぶくろ　ぶつせうぶくろ
ぶつしやうぶくろ（仏餉袋）　→ぶつせうぶくろ　ヲモ見ヨ
〔序〕三・一〇七⑩
ぶつしよ（仏書）　㊆一七・一七七④（経書―）
ぶつしん（仏神）　㊄一六・一五五⑥　㊅二二・一六八⑪　㊆八・一七三⑥
ぶつせうぶくろ（仏餉袋　：シヤウ：）　→ぶつしやうぶくろ　ヲモ見ヨ
ぶつち（仏意）（「ぶつい」ノ音変化）　㊅二二・一六八⑬
㊃一六・一四六⑩
ぶつちやうづら（仏頂面）　→ぶつてうづら
ふつてい（払底）　㊂四・一三三②（下地―に付）
ぶつてうづら（仏頂面　：チヤウ：）　㊄七・一五一⑮
ふつと［副詞］　㊁一三・一二六⑥（―用やらぬは）　㊅七・一六二④（元結際より―剪られし）
ふつふつ［副詞］　㊁一四・一二六⑫（―酒を止て）　㊄二二・一五七⑮（―きほひをやめて）　㊄二四・一五八⑪（―いたすまい）　㊆一九・一七七⑯（―やめにせよ）　㊆二五・一八〇④（―鉦ぶしをやめて）
ぶつぼさつ（仏菩薩）　㊄五・一五一①
ふで（筆）　㊅二三・一六九③（―をつゐやし）

cf、ふでぶと
ぶてうはふ（不調法）→ぶてうほう
ぶてうほう（不調法　：ハフ）　二一四・一二七③（―な者）　二一七・一二八⑩（―でも）
ふでぶと（筆太）　三一・一三二②（―に見しらせ）　四一〇・一四三⑯（―に書て）
ふと・し（太）［形ク］
　cf、ふでぶと
ふなやど（舟宿）　七一三・一七五⑦
ふなわたし（舟渡）　三二・一三二⑧
ふね（舟）
　cf、ふなやど　ふなわたし
ぶねん（無念）→むねん
ぶひとがら（不人品）　五二四・一五八⑪
ふびん　五二二・一五七⑨（あな―や）
ふぼ（父母）　二一五・一二七⑨　七九・一七三⑨　七一七・一七六⑯　七一八・一七七⑦（―兄弟）
　cf、やうふぼ　ようふぼ
ふみ（文）　六一二・一六四⑮（―をかく）
ふみいだ・す（踏出）［サ四段］
―し（用）　四一・一四〇①（―た一歩）
ふみのば・す（踏伸）［サ四段］
―し（用）　二二・一二一③（足―て）
ふみはだか・る（踏　）［ラ四段］
―り（用）　七六・一七一⑯
ふ・む（踏）［マ四段］
―ん（用　音便）　一二・一一〇⑧（八文字―であるき）　一一六・一一六⑯（なげたり―だりして）
　cf、ふみいだす　ふみのばす　ふみはだかる
ふゆ（冬）　二二・一二一③　二八・一二三⑪　三一三・一三六⑭　七三・一七一⑥　七三・一七一⑧
ふゆう（富有　：イウ）　二二〇・一三〇②（江戸の―な町人）
ふら・す（触）［サ四段］
　cf、いいふらす　いひふらす　まうしふらす
ふらち（不埒）　二一七・一二八⑩（―な者）
　cf、ふらちせんばん
ふらちせんばん（不埒千万）　一一五・一一六⑦
ぶらぶら［副詞］　七二・一七〇⑥（―あるきながら）　七二・一七〇⑦
　cf、ぶらぶらと
ぶらぶらと　七二・一七〇⑥（秋の末より―）
ふり　四一九・一四八②（もぎどうな―して）　五一七・一五六②（見ぬ―して）
　cf、ねんごろぶり　みぶり
ふりかへ・る（　返）［ラ四段］
―り（用）　二三・一二一⑪
ふりつ・む（降積）［マ四段］
―む（体）　二二・一二二③（―雪を花と詠むる）
ふりむ・く［カ四段］
―い（用　音便）　四三・一四一④（―て）
ふ・る（降）［ラ四段］
　cf、にわかぶり　ふりつむ
ふ・る（触）［ラ下二段］　ふ・れる［ラ下一段］
―れ（用）　二六・一二一⑯（―て）
ぶるい（部類）　二九・一二四⑨（―眷属）　二一六・一二七⑮
ふる・し（古）［形ク］　ふる・い［形］
―き（体）　三一七・一三八②（―人の中侍りし）
―ひ（い）（体）　六一六・一六六⑪（屠蘇袋の―がある）
　cf、ふるわた
ふるひだ・す（　出）［サ四段］

―し（用）[四]一六・一四六⑩（―て）
ふる・ふ［ハ四段］
―ひ（用）[一]八・一一三⑨（わなわな―て）
ふるまい（振廻 ：まひ）→ふるまひ ヲモ見ヨ
[五]二三・一五八⑤ [五]二五・一五八⑭
ふるまひ →ふるまい ヲモ見ヨ
[三]二・一一一④
cf、てうふるまひ
ふるわた（古綿）[六]九・一六三⑫
ふれ（触）
cf、おふれ
ふろ（風呂）[二]二三・一三一⑥
ふろや（風呂屋）（罪ヲ犯シタ武士ノ駆込寺、普化宗ノ青梅・鈴法寺ナド）[六]二〇・一六八②
cf、びくにどころ
ふゑき（不易 ：エキ）
cf、ばんだいふゑき
ふん（糞）
cf、ばふん
ぶん（文）[三]三・一三二⑭（其―に曰く）
ぶん（分）[三]一三・一三六⑧（―を越たる）
cf、いいぶん ぶんぐわい
ぶんぐわい（分外）[三]一四・一三七⑬（―の奢）
ぶんげん（分限）[二]二〇・一二九⑭（―不相応）[三]一二・一三六⑥（―不相応）
cf、できぶげん ぶげんしや
ぶんご（豊後）[一]一七・一一七⑦（―の鉦ぶし）[七]一・一七〇⑤ [七]二・一七〇⑨ [七]一八・一七七⑪ [七]一八・一七七⑫
cf、ぶんごかたり ぶんごだいふ ぶんごぶし
ぶんごかたり（豊後語）[四]一六・一四六⑬ [七]一五・一七六④
ぶんごだいふ㊇（豊後大夫）（「：だいふ」カ）[七]一七・一七七②
ぶんごぶし（豊後節）[五]一八・一五六⑫ [六]一七・一六七⑧ [七]九・一七三⑬ [七]一八・一七七⑫ [七]一九・一七七⑬ [七]二三・一七九⑧
ふんじつ（紛失）[四]一九・一四八③
cf、ふんじつす
ふんじつ・す（紛失）［サ変］
―する（体）[五]一五・一五四⑮（―年）
ぶんじやう（分上）[二]一六・一二七⑬（町人―に）
ふんべつ（分別）
cf、ふんべつす ふんべつどころ むふんべつ
ふんべつ・す（分別）［サ変］
―し（用）[一]一六・一一六⑬（―て）[一]二〇・一一八⑥（―て）
ふんべつどころ（分別所）[三]一二・一二六②（爰が大事の―）

［へ］

へ［格助詞］→「え」ヲモ見ヨ
[一]一・一一〇② 清見が関―出る道ありけり
[一]一・一一〇④ 京都より東―往かよふ路なりし
[一]三・一一一⑧ 江戸―下り
[一]六・一一一⑫ はるばる此富士の裾野―来り
[一]六・一一一⑭ 上意により此洞の内―入し由
[一]七・一一三② 江戸―罷下る者
[一]八・一一三⑦ いざ此方―と手をとられ
[一]八・一一三⑩ 洞穴の口―つれ行
[一]一四・一一六④ 我に憂かりし作者中―舞込合点
[一]二一・一一九② 江戸―おじやつたら
[一]二二・一一九⑨ 江戸―下りぬ

[二]二一・一三〇⑪　鬢の毛の上―あがる程
[二]二二・一三一③　江戸―帰たら
[三]七・一三四⑤　拙者方―（え）可被仰付候（重出＝「え」）
[三]八・一三四⑭　御寺―参り付候はば
[三]九・一三五③　拙者方―御人被下次第
[三]一四・一三七②　浅草誓願寺―葬送
[三]二〇・一三九⑤　ごみ溜―捨るたぐいの事
[四]三・一四一⑤　宿迦（はずれ）の雲助宿―‥御出候へ
[四]三・一四一⑩　小栗殿の墓所―立寄
[四]四・一四二②　堂の片隅―忍寄り
[四]八・一四二⑫　経帷子の袂―をし入
[四]八・一四二⑭　貴様―咄すは
[四]一〇・一四四④　急にあの世―店替
[四]一二・一四四⑯　門柱―押付られし
[四]一三・一四五⑥　極楽―いなせられ
[四]一六・一四六⑩　門前の茶屋―壺入して
[四]一七・一四七③　江戸―出た儲に
[五]二・一四九⑦　口―出る儘
[五]三・一五〇⑥　お袋は隅田河の在所―　御親父は
[五]三・一五〇⑥　御親父は京北白川―‥親と子の四鳥のわかれ
[五]六・一五一⑤　天竺―いても同じ事
[五]六・一五一⑥　蓬莱宮―奉公に出ても
[五]九・一五二⑬　後下りに尻―ぬけそふに
[五]一〇・一五二⑭　葭簀張りの中―ぬつと這入
[五]一〇・一五二⑭　道千が鼻のさき―つきつけ
[五]一一・一五三④　二すじ上の方―ぴんとはねたが厄害筋
[五]二二・一五七⑪　旦那寺―かつがれて行が本意
[五]二二・一五七⑫　親の遺体の其かゐな―入黒子は何事ぞや
[五]二四・一五八⑩　うどん屋の二階―あがれば
[五]二四・一五八⑩　汁がわるひと畳―こぼし
[六]一・一六〇⑤　内―入て見れば
[六]二・一六一①㊌徒　今日は院―まいるべし
[六]二・一六一③徒　安居院（あぐゐ）の辺―罷侍りしに
[六]八・一六三⑥　頭上―土器（かわらけ）をのせ
[六]八・一六三⑦　其中―灸をすゆるがよひと
[六]九・一六三⑫　両耳―古綿を捻込
[六]一〇・一六三⑮　大屋どのの内義―しん上と‥持てゆけば
[六]一一・一六四⑧　耳から入ても口―出さず
[六]一二・一六四⑬　御新造―追従に
[六]一二・一六四⑮　面々の宿―書付て送るやら
[六]一七・一六七③　これ―夜食を持てうせました
[六]二〇・一六八③　比丘尼所―欠込だやうに
[六]二〇・一六八③　門外―出さぬが面々の慎
[六]二一・一六八⑨　赤裸で大道―飛出はせまじ
[六]二四・一六九⑩　八銅の座料―九文置て
[七]二・一七一①　呼に来た者よりさき―かけ出して
[七]五・一七六⑤　浄留理語りを家の内―入たてると
[七]六・一七六⑫　万に一ツも極楽―生レたりとも
[七]九・一七八③　巣の中―入置
[七]二五・一八〇⑥　ふたたび江戸―立かへり

［への］

[一]一六・一一七②　武士方―のりよぐわいくわんたい
[二]五・一二二⑨　養父母―の孝心
[二]一六・一二八①　おれ―のいかゐ孝行
[二]二三・一三一⑧　おれ―の大孝行
[五]一・一四九④　主人―の云訳たたず
[五]七・一五一⑭　是が親―の孝行ぞ

［へは］

[二]五・一二二⑩　己が所―は年に一度か‥二度
[二]一一・一二五⑨　実父の方―は‥かへるまじ

三七・一三四⑧　先供之鼻―（え）は：案内巧者に（重出＝「え」）
六二〇・一六八②　口から外―は：出さぬが面々の慎
［へも］
四三・一四一⑩　石塔―も銘々に回向して
六一二・一六四⑭　御家老の臍内殿―も知らせよ
六一二・一六四⑮　番町の奥様―も：文をかくやら
六一四・一六五⑬　あそこ―も飛給ふ
六一四・一六五⑬　ここ―も飛給ふ
七二三・一七九⑦　石原―も心得てたもと言伝して
cf、くどうすけつね（工藤祐経）が霊芝居へ言伝せし事
べい［助動詞］（助動詞「べし」ノ連体形「べき」ノ音変化）（東国方言、田舎者ノ言葉トシテ用イラレタ。終止形ノミ）
べい（止）
五一〇・一五二⑮　おれも一ばん見てもらふ―
五一三・一五四⑥　なんのならぬといふ事がある―
七一八・一七七⑪　豊後の浄留理本を買―
cf、べし
べいこく（米穀）　七一〇・一七四③
へいざぶらう㊇（平三郎）
cf、おほさかやへいざぶらう
へいじつ（平日）　二一五・一二七⑤
へいちやう（閉帳）
cf、へいてうまへ
へいちやうまへ（閉帳前）　→へいてうまへ
へいてうまへ（閉帳前　：チヤウ：）　四一五・一四六⑥
へいふく（平伏）
cf、へいふくす
へいふく・す（平伏）［サ変］
―する（体）　七八・一七三③（―と）

べういん（病因　ビヤウ：）　一二・一一一③
へうぐ（表具）
cf、かみへうぐ
へうし（拍子　ヒヤウ：）　→ひやうし　ヲモ見ヨ
二二・一二〇⑥（売買の―よく）
べからず［連語］（助動詞「べし」ノ未然形「べから」＋助動詞（打消）「ず」）（重出＝「べし」「ず」）
一六・一一一⑮　させる高名ともなる―
三一八・一三八⑪　誰ほむる者も有―
四一四・一四六①　御耳にとどめ給ふ―
六六・一六一⑪　此段を等閑に見る―
六一三・一六五⑦　出ずんばある―
七一七・一七六⑮　心中とはいふ―
へきらく（碧落）　五六・一五一⑦（上―下黄泉）
べし［助動詞（推量、意志、命令）］　→「べい」ヲモ見ヨ
べから（未）
［べからず］（重出＝「べからず」）
一六・一一一⑮　させる高名ともなる―ず
三一八・一三八⑪　誰ほむる者も有―ず
四一四・一四六①　御耳にとどめ給ふ―ず
六六・一六一⑪　此段を等閑に見る―ず
六一三・一六五⑦　出ずんばある―ず
七一七・一七六⑮　心中とはいふ―ず
［べからむ］
七一二・一七五①　人の心をなぐさむ―む
べく（用）
七六・一七二①　小男鹿の八ツの御耳もつきぬく―弁才天も：やかましふ思召らん
べう（用　音便）
六三・一六一④㊍徒　さらにとほりう―もあらず

べし（止）
[序]二・一〇七⑦　当世上手の所化談義に比す―
[一]三・一一一⑨　又馬役を勤む―と
[一]六・一一二②　ちやちやむちやにして仕廻ふ―
[一]一四・一一五⑯　少は嗜（たしなむ）―
[一]一六・一一六⑮　其身の冥加もありぬ―（重出＝「ぬべし」）
[一]一七・一一七⑥　桟敷借りて見せるやうになる―
[一]一七・一一七⑩　：と作りてこそ懲悪の教といふ―
[一]二一・一一八⑪　：といふ人もある―
[一]二一・一一八⑯　小事をも慎―
[一]二二・一一九⑦　観音のわるぢへかわれしなる―
[二]四・一二一⑯　説法して聞す―
[二]一六・一二八①　おそる―慎むべし
[二]一六・一二八①　慎む―
[二]一七・一二八⑥　家守り衆あまたある―
[二]一七・一二八⑨　身のなりふりにかまわぬ人を用ゆ―
[二]一八・一二九①　人品をばゑらぶ―
[二]一八・一二九②　律義な者を家守りにす―
[三]一・一三二①　はり貫にするとも易かる―
[三]一七・一三八⑤　知れる人に尋ぬ―
[三]二〇・一三九⑥　左もなきにて得心す―
[四]一二・一四五①　御頼申―と（重出＝「まうすべし」）
[四]一四・一四六①　推量も致す―
[五]二・一四九⑨　東武の繁昌推量（おしはかる）―
[五]二二・一五七⑩　引導にあづからぬ精霊が沢山ある―
[六]二・一六一①徒　今日は院へまいる―
[六]一三・一六五⑨　あすかの山も動きつ―（重出＝「つべし」）
[七]八・一七三④　我（わが）云ことを能々聞―
[七]九・一七三⑫　とても聞入る―ともおもはねば
[七]九・一七三⑫　平がなで見しらす―
[七]一四・一七六①　終に廃（すたり）者となる―

べき（体）
[一]一五・一一六⑨　恐れ慎む―によいやうに取直し
[二]四・一二一⑮　江戸の肥た腹に何か珍しとおもふ―（係結）
[二]一七・一二八⑪　心得―は家守りの住居も相応に
[三]一二・一三六③　今にも入―は此品々
[三]一七・一三八④　僭上とやいわん　愚昧とやいふ―（係結）
[三]一八・一三八⑩　時により品にこそよる―
[三]二〇・一三九⑤　武家方にも有―に
[四]一・一四〇⑤　一鞭に檀渓をも越（こゆ）―いきほひ
[四]八・一四二⑭　おもふ事いはで只にや止ぬ―我に等しき：（係結）（重出＝「ぬべし」）
[四]一二・一四四⑯　反答す―品も知らねば
[五]一六・一五五⑪　か文字入れていふ―を
[六]一四・一六五⑭　祇園の山鉾もあざむく―大祭
[七]六・一七一⑬　此姿を見て笑ふ―道者もなし
[七]一四・一七五⑬　忝といふ―をおかたじけと勘略する

［なるべし］
―べし（止）
[六]二一・一六八⑤　夜をやすくいねて安楽世界なる―
[六]二一・一六八⑦　あまりにおろかなる―
[七]一四・一七五⑭　いらぬ羽織の着事なる―
―べき（体）
[七]一七・一七七①　：を傷ひし罪　いかんぞ人倫の数なる―（係結）

cf、おほせきけらるべく（可被仰聞）　おほせつけらるべく（可被仰付）　おほせつけらるべし（可被仰付）　おめにかくべく（可懸御目）　くださるべく（可被下）　さしあぐべく（可差上）　つべし　ぬべし　べい　べからず　まうしつくべく（可申付）　まうすべし（可申）

へそ（臍）［二］一・一二〇③　［三］二・一三二④　［五］五・一五〇⑬
（―がおどれど）［五］一三・一五四④　［五］一三・一五四⑥
cf、おへそ
へそくりがね（金）［一］一七・一一七⑤
へそないどの㊇（臍内殿）［六］一二・一六四⑭
へだた・る（隔）［ラ四段］
―る（止）［二］二二・一三〇⑭
―れ（已）［序］二・一〇七④（―ども）
へただんぎ（下手談義）［序］三・一〇七⑩（―とは名付けらし）
cf、いまやうへただんぎ
へちまのかは（皮）［二］一六・一二八③（親に苦をかけては―）
べつ（別）［四］五・一四二⑥（―の義にてもなし）
べつがう（別号）［三］一四・一三七③
べつし（別紙）［三］七・一三四⑥（―に積り置候）
べつして（別、別而）［副詞］［二］一〇・一二五③　［二］一六・一二八④　［三］一〇・一三五⑨　［三］一二・一三六⑧　［四］二・一四〇⑨　［六］三・一六一⑨
べつたりと［副詞］［四］三・一四一⑦
べつり（別離）［三］一八・一三八⑩
へめぐ・る（経廻）［ラ四段］
―り（用）［四］二・一四〇⑦
へや（部屋）
cf、みそべや
へ・る［ラ四段］
―つ（用　音便）［五］七・一五一⑬（おなかが―たか）
へん（辺）［一］一・一一〇⑤（原吉原の―）　［一］二・一一〇⑥（北野西方寺の―）　［六］二・一六一③〔徒〕（安居院の―）　［七］二二・一七九②（両国橋の―）　［六］三・一六一④〔徒〕（今出川の―）
［あのへん］［七］二三・一七九⑥
［このへん］［四］二・一四〇⑦　［四］四・一四一⑬　［四］四・一四一⑯
cf、あたり　かんだへん　したやへん　ほとり
へん（篇、遍、片）［接尾語］
cf、いつぺん
へんえき（変易）→へんゑき
べんざいてん（弁才天）［七］三・一七一⑧　［七］六・一七二①
cf、しゆつせべんてん　わらづとのべんてん
へんし（片時）［一］七・一一三③（―もはやふ参りたし）
へんじ（応対、返事）［五］七・一五一⑩　［七］二・一七一①
へんじやうなんし（反成男子）［七］一六・一七六⑬
べんぜつ（弁舌）［序］一・一〇七③
べんたう（弁当）［一］一七・一一七⑤
cf、てまへべんとう
へんたふ（返答）→へんとう
cf、へんとうす
べんてん（弁天）
cf、しゆつせべんてん　べんざいてん　わらづとのべんてん
へんとう（反答：タフ）［四］三・一四一⑥
へんとう・す（反答：タフ：）［サ変］
―す（止）［四］一二・一四四⑯（―べき品）
へんぽう（返報）［一］二二・一一九⑧
へんろ（遍路）
cf、しこくへんろ
へんゑき（変易：エキ）［三］一二・一三六④（無常―の娑婆世界）

［ほ］

ほ（歩）
cf、いつぽ
ほい（本意）［三］一七・一三八⑥

cf、ほいなし
ほいな・し（本意 ）［形ク］
—し（止） [四]八・一四二⑨
ぼう（棒） [二]一一・一二五⑧ [六]一一・一六四⑫（針を—程に）
cf、ぼうちぎりき ぼうつき
ほうえい（宝永） [四]一四・一四六①（元禄—の比）
cf、ほうえいざん ほうえいねんぢゆう
ほうえいざん（宝永山） [一]一二・一一五⑥
ほうえいねんぢゆう（宝永年中）（「‥ねんちゆう」トモ） [一]二〇・
一一八④
ほうかぶり（ほほ‥） [五]九・一五二⑪
ほうくわ（放火 ハウ‥） [一]二一・一一八⑦
ぼうけい（謀計） [二]一三・一二六③
ほうこう（奉公） [五]六・一五一⑥
ほうさう（疱瘡 ハウ‥） [三]二・一三二⑦
ぼうし（帽子）
cf、わたぼうし
ほうしやゝど（法施宿【報謝宿】 ホフ‥） [四]一九・一四七⑮
ほうぜん（宝前） [七]六・一七一⑩
ぼうぜんと（忙然 バウ‥） [四]一二・一四五②（—して）
ぼうちぎりき（棒 木） [六]二二・一六八⑮
ぼうつき（棒突） [四]一五・一四六⑦
ほうづへ（頬杖 ほほづゑ） [四]八・一四二⑬（—つきて）
ほうばい（傍輩 ハウ‥） ↓ほうばゐ ヲモ見ヨ
[五]六・一五一⑧
ほうばいぢゆう（傍輩中 ハウ‥） ↓ほうばゐぢゆう ヲモ見ヨ
[五]四・一五〇⑧（—がよからふか）（「中」ニ振リ仮名ナシ）
ほうばゐ（ハウ‥） ↓ほうばい ヲモ見ヨ
[五]六・一五一⑧
ほうばゐぢゆう（ 中 ハウ‥） ↓ほうばいぢゆう ヲモ見ヨ
[五]七・一五一⑪（—に病気あらば）（「中」ニ振リ仮名ナシ）
ほうぼね（ 骨 ほほ‥） [一]二・一一〇⑨（目かぶら高く—あれ）
ほうらいきう（蓬莱宮 ‥キユウ） [五]六・一五一⑥
ほうらいきゆう（蓬莱宮） ↓ほうらいきう
ほうらつ（放埒 ハウ‥） [七]二四・一七九⑪（不義—）
ほうれき（宝暦）
cf、ほうれきにさるしやうぐわつきつしん
ほうれきにさるしやうぐわつきつしん（宝暦二申正月吉晨） [七]二
六・一八〇刊記
ほうろく【焙烙】 [六]七・一六三① [六]八・一六三②
ほか（外） [一]八・一一三⑥（—の者） [一]一一・一一四⑫（—の
事） [二]一・一二〇④（‥より—は） [二]二・一二一②（‥
より—に） [二]二〇・一二九⑯ [三]七・一三四⑦（賃銀定之
—‥相増） [四]二・一四〇⑨（—より一際） [五]八・一五二
⑤（八卦の—に）
cf、ことのほか そのほか みぎのほか もつてのほか
ぼく（卜）
cf、ばいぼく ぼくぜい
ぼく（僕）
cf、いちぼく むぼく
ぼくぜい（卜筮） [五]二・一四九⑥（—の道）
ぼくせき（木石） [三]三・一三二⑪（人—にあらねば）
ほくち（火口） [一]九・一一三⑮
ほくほく［副詞］ [四]二一・一四八⑩（—点頭（うなづき）て）
ぼくり（木履） [一]一六・一一七②
cf、たかげた
ほくろ（黒子）
cf、いればくろ
ほこ（鉾）
cf、ひろほこ やまぼこ

ほこり [五]一〇・一五二⑬（―の立日和）
ほこ・る［ラ四段］
―る（体） [二]一六・一二七⑮（才智を―からなり）
ぼさつ（菩薩）
cf、ふげんぼさつ　ぶつぼさつ
ほし（欲）［形シク］
cf、ほしがる
ほしが・る（欲）［ラ四段］
―る（体） [二]二・一二〇⑧（人の―黄色な奴）
ほ・す（干）［サ四段］
cf、ものほし
ほそ・し（細）［形ク］　ほそ・い［形］
―き（体） [六]一二・一六四⑯（―流れ）
―ひ（い）（体） [五]二一・一五七③（柳の糸より―釜戸の煙）
ほそ・む（細）［マ下二段］　ほそ・める［マ下一段］
―め（用） [四]一九・一四七⑭（身を―て）
ほた（榾） [二]二・一二一③（―の火）
ぼだい（菩提） [二]一三・一二六⑩
ほつき（発起）
cf、いちねんほつき
ほつとく・す（発得）［サ変］
―し（用） [五]二三・一五八②（―た）
ぼてふり（棒手振） [三]二・一三二⑧ [六]九・一六三⑫
ほど（程） [一]八・一一三⑧ [一]一〇・一一四⑦（所
存の―） [一]一一・一一四⑯（墨引て仕廻ふ―） [一]一二・
一一五⑥（宝永山―） [二]一一・一三〇⑪（上へあがる―）
[三]一三・一三六⑪（弐町も続く―） [三]一四・一三七②（聞
―の者） [四]二・一四一①（じゆずをすりきる―におがみ）
[四]一〇・一四四①（人魂―の火） [四]一一・一四四⑨（見る
―の人） [四]一八・一四七⑪（高荷―な：笈） [五]七・一五
一⑩（舌を結び置―におもひて） [五]八・一五二⑥（口のす
くなる―いふて） [五]九・一五二⑫（一寸五分―） [五]二二・
一五七⑨（山―あれば） [五]二三・一五八②（毛すじ―も）
[五]二三・一五八④（三拾人―） [五]二四・一五八⑨（：と伺
―な） [六]九・一六三⑪（茶釜も破る―なる大雷） [六]一二・
一六四⑫（針を棒―に） [六]一二・一六四⑯（盃を浮めてあ
そぶ―の） [六]一三・一六五④（提灯―な） [六]一四・一六
五⑭（七日―は） [六]一七・一六六⑮（鉢坊主の手の内―）
[六]二〇・一六七⑫（信濃者―） [七]三・一七一⑦（つみ入レ
―） [七]三・一七一⑧（：被て寐ぬ―の身） [七]七・一七二
⑭（五郎七茶碗―な） [七]七・一七二⑯（乱るる―） [七]一
六・一七六⑨（死ぬる奴―） [七]二三・一七九④（汝―にも）
[七]二三・一七九⑩（けし―もなし）
cf、あれほど　いかほど　いまほど　けるほどに　これほど
さきほど　さるほどに　ほどに
ほとけ（仏） [四]一一・一四四⑬（知らぬが―） [五]七・一五一⑭
（―とも神とも）
cf、あみだぶつ　いきぼとけ　おいぶつ　くやうぶつ　ぶつ
ぼさつ　ほとけさま
ほとけさま（仏様） [四]一五・一四六⑦ [五]九・一五二⑦
ほどこ・す（施）［サ四段］
―し（用） [三]一八・一三八⑦
ほととぎす（郭公） [二]二・一二一①
ほどに（程）［接続助詞］（「ほど」＋助詞「に」ヨリ）
[一]八・一一三④　跡から：旅人が参ります―御用あらば仰付
られませ
[二]一五・一二七④　賢い者が我ちゑで身をくふ―：味噌とや
らをあげめさるな
[四]二・一四一③　日も暮に及候―今宵は此御堂の内に一夜を
[四]三・一四一⑤　よい宿には泊ぬ―：雲助宿へ：御出候へ

〔六〕七・一六二⑨　おそれおののきける—…虚誕（うそ）の上
　塗して
〔六〕八・一六三②　打破り捨たる—大路にあしの立所もなかりし
〔六〕一三・一六五⑥　我も我もと出る—けるほどに
〔七〕三・一七一⑩　足にまかせ急ぐ—はや江の島の宝前に至りぬ
　cf、けるほどに　さるほどに
ほとり（辺）　〔三〕一三・一三六⑭（鼻の—に顕はしたる男）　〔四〕一
　一・一四四⑦（両国橋の—）　〔六〕一・一六〇①（湖上行
　（ゆくゆく）吟ず落日の—）　〔七〕一九・一七八③（其—を
　はなれず）
ほね（骨）　〔五〕一三・一五四④　〔七〕二二・一七八⑨　〔七〕二二・一七
　八⑫　〔七〕二二・一七九①
　cf、こつ　ほうぼね
ほのほ（炎）→ほのを
ほのを（炎　ほのほ）　〔四〕一一・一四四⑩（焦熱の—）
ほふいん（法印）
　cf、がうどうほうゐん
ほふし（法師）　〔七〕六・一七一⑮　〔七〕七・一七二⑧　〔七〕二五・一八
　〇②
　cf、けんこうほふし
ほふらく（法楽）　〔一〕二・一一五②
ほほ（頬）
　cf、ほうかぶり　ほうづへ　ほうぼね
ほほかぶり（頬被）→ほうかぶり
ほほづゑ（頬杖）→ほうづへ
ほほぼね（頬骨）→ほうぼね
ほほゑ・む［マ四段］
　—み（用）　〔二〕三・一二一⑩
ほまれ（誉）　〔一〕二・一一五⑥
ほめあ・ぐ（誉揚）［ガ下二段］　ほめあ・げる［ガ下一段］
　—げ（未）　〔二〕一四・一二七②（人に—られ）
ほ・める［マ下一段］　ほ・む［マ下二段］
　—め（未）　〔一〕一三・一一五⑧（—らるる）　〔二〕二・一二〇⑧
　（—られ）　〔五〕六・一五一⑧（—らるる）
　—める（止）　〔二〕五・一二二⑨（他人も—げな）
　—むる（体）　〔三〕一八・一三八⑪（—者）
　cf、ほめあぐ
ほやりと［副詞］　〔四〕九・一四三②（—した醫）
ほら（洞）　〔一〕六・一一一⑬　〔一〕六・一一一⑭
　cf、ほらあな
ほらあな（洞穴）　〔一〕八・一一三⑩
ほり（堀）　㊞地　〔七〕一三・一七五⑦（—の舟宿の女房）（山谷堀ヲサ
　ス）
ほりいだ・す（掘出）［サ四段］
　—し（用）　〔二〕一六・一二八②（雪中に筍—て）
ほりもの（　物）　〔五〕二二・一五七⑭
　cf、いれぼくろ　ほりものす
ほりもの・す（彫物）［サ変］
　—せ（未）　〔五〕二二・一五七⑫（—し馬鹿者）（助動詞「き」ノ
　連体形「し」ハサ変デハ未然形ニ付ク）（重出＝「す」ノ未
　然形「せし」）
ほ・る（彫）［ラ四段］
　—ら（未）　〔五〕一二・一五三⑪（—しやる）　〔五〕一二・一五三⑫
　（—るる物か）
ほろぼ・す（亡）［サ四段］
　—し（用）　〔二〕一六・一二八②
　—せ（用）　〔二〕一三・一二六③（身を—し輩）（近世以降、［サ四
　段］＋「し」ノ場合、「しし」トイウベキヲ「せし」トイウ
　場合ガ多クナル）
　—す（止、体）　〔一〕一六・一一七③（身を—に至る）　〔一〕一七・

一一七⑧（身を—に至らしむる）　［二］一〇・一二四⑬（身を—事）　［三］一六・一二七⑮（—ぞや）
cf、うちほろぼす
ほん（本）
cf、かうしよくぼん　かなぼん　じやうるりぼん　とうほん　ほんずき　ほんや
ほん（本）　［三］二〇・一一七⑭（—の男立らしく）
ほん（本）[接尾語]
cf、いつぽん
ぼん（坊、小僧）
cf、なつしよぼん
ぼん（品）
cf、じやうぼん
ぼん（盆）
cf、たばこぼん
ほんい（本意）　［一］一二・一一五④　［一］一三・一一五⑪　［五］二二・一五七⑪
ほんぐわん（本願）　［二］八・一二三⑪
ほんけ（本卦）　［五］一・一四九③（当卦—の占）
ほんしん（本心）　［三］一四・一三七⑪
ほんずき（本好）　［二］一五・一二七⑩
ほんぜん（本然）　［五］一四・一五四⑨（—の光）
ほんぞん（本尊）　［四］二・一四〇⑧　［四］一四・一四五⑮　［四］一七・一四七②　［四］一七・一四七⑤
ほんだう（本堂）　↓ほんどう
cf、まもりほんぞん
ほんぢ（本地）　［五］二四・一五八⑪
ほんちやう（本町）　［六］一四・一六五⑯
ほんどう（本堂　：ダウ）　［序］三・一〇七⑩　［四］三・一四一⑨
ほんに[副詞]　［五］一一・一五三⑥（—よふあたるは）　［五］一二・一五三⑯（—不思議だぞ）
ぼんのくぼ　［五］二・一四九⑦（—で鼻かむやうな）
ほんもん（本文）　［六］三・一六一⑨
ほんや（本屋）　［七］一九・一七七⑬

[ま]

ま（間）　［一］一三・一一五⑪（妄執の晴るる—もなし）　［三］四・一三三③（お寺迄の路次の—も）　［四］二一・一四八⑬（とかう云ふ—に）　［七］二五・一八〇⑤（とかくする—に）
cf、あい　あひだ　おまにあひまうす　くもま　ちつとのまにあひまうさず　まにあふ
まあ[感動詞]　［五］四・一五〇⑩（そして—こな様は）
まい（毎）[接頭語]
cf、まいとし　まいにち
まい（枚）[接尾語]
cf、いちまい　しじふはちまい
まい[助動詞（打消推量、打消意志）]
まい（止、体）
［二］九・一二四⑥　わかる—とおもふたに
［二］一九・一二九⑦　子を：もとふもつ—は此方次第
［五］一〇・一五三②　銭はらへとは申—がな
［五］一三・一五三⑯　ちとそうもござる—
［五］二二・一五七⑭　貴様のはもふぬけ—
［五］二四・一五八⑪　今日（こんにち）からふつふついたす—
［六］一六・一六六⑫　酒の気がうせぬも：わるふはある—
[あるまいし]
［五］一一・一五三⑧　鬼ではある—し
［五］一一・一五三⑨　鬼神ではある—し
まひ（まい）（体）

[七]一六・一七六⑭ つまらぬ角つき合ではある—か
cf、なにくふまいとまま
まいとし（毎年）（「‥ネン」トモ） [一]一二・一一五① [五]二四・一五八⑧ [六]六・一六一⑬
まいとし（毎歳）［振リ仮名アリ］ [六]二〇・一六七⑯
まいどめ（舞留 まひ‥ 「まひとめ」トモ）（煙草の銘柄） [一]九・一一三⑫
まいにち（毎日） [四]一六・一四六⑨ [五]一八・一五六⑫（—毎日） [五]一八・一五六⑫（毎日—読せよかし） [六]一四・一六五⑭
まいねん（毎年） ↓まいとし
まいらせそろ（ 候 まゐらせ‥）［連語］（近世以降女性ノ手紙文ニ丁寧語トシテ用イラレタ） [六]一二・一六四⑮（申上—と文をかくやら）
まい・る（参 まゐ‥）［ラ四段］ ↓まゐる ヲモ見ヨ
—ら（未） [六]二二・一六八⑭（合点—ぬ）
—り（用） [一]七・一一三④（はやふ—たし）
—る（止、体） [六]二・一六一①徒（院へ—べし） [六]一六・一六六⑦（店衆より‥焼物を—かわりに） [六]一七・一六六⑬（天狗の娵にも—まじ）
まうけ（儲） ↓もふけ ヲモ見ヨ
[四]一七・一四七③
まう・ける（儲）［カ下一段］
cf、まうけ もふけ
まうさず（不申）［連語 補助用言的用法］
[三]四・一三三⑤ 御気に入—候はば
[三]六・一三三⑮ 其節泣— 拍子ぬけ致候はば
[三]一〇・一三五⑨ 大風之節折レ—候様に
cf、あひまうさず まにあひまうさず
まうしあ・ぐ（申上）［ガ下二段］
—げ（用） [三]一・一三一⑪（以口上書—候） [三]三・一三二⑮（口上書を以—候） [三]六・一三四③（為念—候） [六]一二・一六四⑮（奥様へも‥—まいらせ候）
まうしあは・す（申合）［サ下二段］ まうしあは・せる（サ下一段）
—せ（用） [二]三・一二一⑨
まうしう（妄執 ‥シフ） ↓まふしう もうしう ヲモ見ヨ
[一]一三・一一五⑪
まうしう・く（申請）［カ下二段］
—け（用） [三]七・一三四⑦（—候）
まうしお・く（申置）［カ四段］
—か（未） [六]一〇・一六四⑥（古人も—れました）
—き（用） [六]六・一六一⑪（古人も—ました）
まうしつ・く（申付）［カ下二段］
—け（用） [三]九・一三四⑯（随分—可差上候）
cf、まうしつくべく
まうしつくべく（可申付）［連語］
[三]七・一三四⑨ 自慢臭き顔にて歩行候やうに—候
まうしふ（妄執） ↓まうしう まふしう もうしう
まうしふら・す（申触）［サ四段］
—し（用） [六]一〇・一六四②
まうじや（亡者） ↓もうじや
まう・す（申）［サ四段］ ↓もうす もふす ヲモ見ヨ
—さ（未） [四]一〇・一四四②（兼氏とは—ぬ事）
—し（用） [二]一三・一二六⑪（念仏‥—てくれ） [三]一七・一三八②（古き人の—侍りし） [六]二〇・一六七⑮（我身の事ばかりを—た）
—す（止、体） [四]一四・一四五⑯（何やうに—共） [四]一七・一四七①（中々—ばかりはなかりけり） [五]一〇・一五三②（銭はらへとは—まいがな）

［とまうす］
〔三〕九・一三五③（忌中と―二字）　〔六〕二〇・一六八③（面々
の慎と―もの）
―せ（已）　〔一〕九・一一三⑬（軽薄を―ば）
cf、まうしあぐ　まうしあはす　まうしうく　まうしおく
まうしつく　まうしつくべく　まうしふらす
まう・す（申）［補助用言　サ四段］　↓もうす　もふす　ヲモ見
ヨ
―さ（未）
〔二〕一六・一二七⑭　けだかい事は入り―ぬ
―し（用）
〔一〕一四・一一六⑤　渋団（うちわ）迄買て置―た
〔二〕五・一二二⑨　養父母への孝心聞―た
〔二〕一九・一二九⑬　御馳走―
〔三〕四・一三三①　売切―候故
〔三〕五・一三三⑭　相添差上―候
〔三〕六・一三三⑭　泣出―候様に
〔三〕一〇・一三五⑨　下直に差上―候
〔三〕一一・一三五⑫　卯四月より売出し―候
―す（止、体）
〔三〕一〇・一三五⑦　書―者を差上候
〔三〕一〇・一三五⑨　御寺の垣に罷成―物故
〔四〕二一・一四八⑬　御暇―とかき消て
cf、あひまうさず　おまにあひまうす　まうさず（不申）
まうすべし（可申）　まうすまじく（申間敷）　まにあひま
うさず
まうすべし（可申）　↑「まうす」［補助用言］＋「べし」
まうすべく（用）
〔三〕四・一三三⑥　取替差上―候
〔三〕五・一三三⑬　差出し―候
〔三〕七・一三四⑥　指出し―候
〔三〕八・一三四⑮　煙草に致させ―候
〔三〕九・一三四⑯　念仏題目同音に唱へさせ―候
まうすべし（止）
〔四〕一二・一四五①　御目に懸り御頼―と（重出＝「べし」）
まうすまじく（申間敷）　↑「まうす」［補助用言］＋「まじく」
〔三〕六・一三三⑮　賃銀請取―候
まう・づ（詣）［ダ下二段］　↓もふづ　ヲモ見ヨ
―で（用）　〔七〕三・一七一⑧（江の島に―て）
まか・す［サ下二段］　まか・せる［サ下一段］
―せ（未）　〔七〕二五・一八〇④（神の教に―んと）
―せ（用）　〔三〕一四・一三七⑬（金銀の有に―）　〔五〕一五・一五
四⑭（喧吼口論きほひに―）　〔七〕三・一七一⑩（足に―急ぐ
程に）
cf、おつとまかせ
まかないをとこ（賄男　まかなひ：）　〔五〕三・一五〇②
まかなひをとこ（賄男）　↓まかないをとこ
まかな・ふ（賄）［ハ四段］
cf、まかないをとこ
まかぶら（目　）　〔一〕二・一一〇⑨（―高くほう骨あれ）
まがまがし［形シク］
―く（用）　〔六〕七・一六二⑮（―こしらへ）
―き（体）　〔四〕一九・一四七⑬（―顔つき）
まかりくだ・る（罷下）［ラ四段］
―る（体）　〔一〕七・一一三②（江戸へ―者）
まかりならず（不罷成）
〔三〕五・一三三⑨（御嗜之道具にも―候間）
まかりな・る（罷成）［ラ四段］
―り（用）　〔三〕四・一三三①（直段殊之外高直に―）　〔三〕七・一
三四④（町方御弔近年仰山に―）　〔三〕一〇・一三五⑨（御寺

の垣に―中物故）
cf、まかりならず
まか・る（罷）［ラ四段］
―り（用）　六⃞二・一六一③徒⃝（‥の辺へ―侍りしに）
cf、まかりくだる　まかりならず　まかりなる
まき（件）
cf、いちまき
まき（巻）
cf、まきいち　まきご　まきさん　まきし　まきに
まきいち（巻一）　一⃞一・一一〇内題（当世下手談義―）　一⃞二二・一一九⑪（当世下手談義―終）
まきご（巻五）　七⃞一・一七〇内題（当世下手談義―）　七⃞二五・一八〇⑦（当世下手談義―大尾）
まきさん（巻三）　四⃞一・一四〇内題（当世下手談義―）　五⃞二五・一五九①（当世下手談義―終）
まきし（巻四）　六⃞一・一六〇内題（当世下手談義―）　六⃞二四・一六九⑫（当世下手談義―終）
まきちら・す［サ四段］
―す（体）　三⃞一・一三一⑬（―紙）
まきに（巻二）　二⃞一・一二〇内題（当世下手談義―）　三⃞二一・一三九⑪（当世下手談義―終）
まきびん（巻鬢）　二⃞二二・一三一②　四⃞一六・一四六⑬　七⃞七・一七二⑯
cf、びん
まぎ・れる［ラ下一段］
―れる（止）　二⃞一五・一二七⑧
まく（幕）
cf、むらさきまく
ま・く（巻）［カ四段］
―く（体）　三⃞一九・一三九①（紙で―は）
ま・く［カ四段］
―く（体）　二⃞二〇・一一七⑮（きほひ組のたねを―なり）
―け（已）　五⃞一七・一五五⑭（喧吒の種を―ども）
cf、まきちらす
ま・く［カ下二段］　ま・ける［カ下一段］
cf、うちまく
まくら（枕）　四⃞五・一四二②（臂を―に）
まけ（負）　五⃞一五・一五四⑭（―の込む廻りどし）
まげ　七⃞九・一七三⑭（髪の―）
ま・ける【負】［カ下一段］　ま・く［カ下二段］
―け（用）　五⃞一四・一五四⑬（―ました）
まご（孫）
cf、まごこ
まごこ（孫子）　六⃞二三・一六九⑥
まごさく人⃝（孫作）
cf、まごさくふうふ
まごさくふうふ人⃝（孫作夫婦）　二⃞一八・一二九⑤
まこと（誠、寔）　三⃞一四・一三七⑪（本心の―）　四⃞一三・一四五⑥（更に―に存ぜず）　六⃞一〇・一六四⑤　六⃞二三・一六九③
［―の］　二⃞二〇・一一八③（―の男達なりし）　四⃞一九・一四七⑭（―の廻国修行者有ても）　五⃞二二・一五七⑮（―の人）
六⃞二〇・一六七⑩（―のかかり娘）
まことし［形シク］　まことし・い［形］（「まこと」ノ形容詞化）
―から（未）　六⃞一一・一六四⑧（―ぬ）
まことに（寔）［副詞］　二⃞一三・一一五⑭
まさしく［副詞］　六⃞二・一六一①徒⃝
まさ・る（増）［ラ四段］
―り（用）　三⃞二・一三二⑧　三⃞一二・一三六⑥（―たる）　四⃞一一・一四四⑩

まじ［助動詞（打消推量）］
　まじ（止）
　【一】二二・一一九⑨　言伝も届け―（未然形ニ付イタ例）
　【二】一一・一二五⑨　ふたたびかへる―と
　【四】二〇・一四八⑧　水も為呑人（のませて）は有―
　【六】一七・一六六⑬　天狗の娵にもまいる―
　【六】二一・一六八⑨　大道へ飛出（とびいで）はせ―（未然形ニ付イタ例）
　【七】二四・一七九⑯　汝が一命をうばはん事遠かる―
まじき（体）
　【三】一七・一三八⑤　町人のせ―品々有之由（未然形ニ付イタ例）
　cf、あるまじき　まうすまじく
まして［副詞］　【四】一・一四〇③　【六】一・一六〇②　【七】八・一七三⑤
まじなひ　【六】八・一六三⑥
まじは・る（交）［ラ四段］
　―る（体）　【五】二一・一五七②（此土堤の塵に―神道者）
　cf、あひまじはる　たちまじはる
ましやう（ませう）［連語］（「ます」ノ未然形＋助動詞「う」）→ませふ　ヲモ見ヨ
　【五】一一・一五三⑤　人がいやがり―が
　cf、ましよ
ましよ［連語］（「ます」ノ未然形＋助動詞「う」＝「ませう」ノ音変化）
　【四】一六・一四六⑮　近う寄て拝あられ―
　【五】八・一五二④　仰の通りに慎―
　【五】一二・一五三⑪　痛ましたで御座り―（重出＝「ござりましよ」）
　【五】一五・一五五②　灯明銭にしんぜ―
　【五】二四・一五八⑨　御膳は喧嘩過に出し―か
　【七】一六・一七六⑨　未来でながく添―と
　cf、ましやう　ませふ
ます（升）　【二】一二・一二五⑭　【二】一二・一二五⑯
　cf、とます　ますめ
ま・す（増）［サ四段］
　―し（用）　【七】八・一七三⑧
　cf、あひます　いやまし　いやます　ますます
ます［助動詞（丁寧）］
ませ（未）
　【五】四・一五〇⑧　そんな事聞に這入はし―ぬ
［ませう］→「ましやう」「ませふ」ヲ見ヨ
まし（用）
　【五】一〇・一五三②　腹一盃上り―ても
［ました］
　【四】一三・一四五⑥　其開帳はいかにも見―たが
　【五】三・一四九⑬　おつと呑込―た
　【五】八・一五二③　貧しい親に苦をかけ―たは
　【五】九・一五二⑨　是はそさういたし―た
　【五】九・一五二⑩　つゐおあしの事もわすれ―た
　【五】一二・一五三⑪　痛―たで御座りましよ
　【五】一四・一五四⑬　よんべも弐歩まけ―た
　【六】六・一六一⑪　古人も申置―た
　【六】八・一六三④　草紙に書のせ置れ―た
　【六】九・一六三⑮　雷除の御歌が下り―たと
　【六】一〇・一六四①　今迄はきびしう言付―たが
　【六】一〇・一六四⑥　古人も申置れ―た
　【六】一二・一六四⑬　怖咄しをいたし―た
　【六】一七・一六七②　其儘にして暮し―たが
　【六】一七・一六七④　夜食を持てうせ―たが則私の娘

[六]二二・一六八⑭　御製の歌が下り—たと
［ましたい］
[二]一九・一二九⑫　御用にたち—たい
ます（止、体）
[一]七・一一三④　跡から：旅人が参り—程に
[四]一二・一四五②　忙然として居—
[四]一九・一四七⑯　地獄で駕籠かきして居—
[五]一五・一五五②　出来—から
[六]二〇・一六七⑬　米を信濃者程給べおり—
ませ（命）
[一]八・一一三④　御用あらば仰付られ—
[五]二・一四九⑫　占なふて下さり—
cf、ござります　ましやう　ましよ　ませふ
ま・ず［ザ下二段］　ま・ぜる［ザ下一段］
—ぜ（未）　[三]三・一二一⑤（他人—ず）
cf、あへまぜ　こきまず　たたきまぜ
ますかけすじ（升【掛】筋　：すぢ）　[五]一〇・一五三①
ますます（倍、益）［副詞］　[二]一四・一二六⑯　[三]一・一三一⑪
[六]一・一六〇①（高秋蕭索として—凄然）
ますめ（升目）　[二]一二・一二六②
ませう［連語］（「ます」ノ未然形＋助動詞「う」）　→「ましやう」
「ませふ」ヲ見ヨ
ませふ（ませう）［連語］（「う」ヲ「ふ」ト表記シタモノ、発音ハ「ましょう」）→「ましやう」「ましよ」ヲモ見ヨ
[二]一四・一二六⑬　一生胡麻餅を給べ—
[六]二〇・一六八①　万一馬鹿者が来て咄し—とも
また（股）　[五]一・一四九②（指の—）
また（又、亦）　[一]三・一一一⑨　[一]七・一一二⑭　[一]九・一一三⑮　[一]一四・一一五⑮　[一]一五・一一六⑩　[一]一六・一一六⑮　[一]二〇・一一七⑭　[二]一・一二〇②　[二]八・一二三②　[二]一〇・一二四⑫　[二]一九・一二九⑧　[二]二一・一三〇⑤　[二]二一・一三〇⑩（：も—）　[二]二三・一三一⑧　[三]一一・一三六①　[三]一一・一三六②　[三]一二・一三六④（：も—）　[三]一三・一三六⑭　[四]四・一四一⑮　[四]一二・一四四⑮　[五]五・一五〇⑭　[五]六・一五一⑧　[五]七・一五一⑬　[五]一〇・一五三③　[五]一〇・一五三③　[五]一二・一五三⑭　[五]一六・一五五⑦　[五]一七・一五五⑮　[六]七・一六二⑩　[六]九・一六三⑩　[六]一一・一六四⑨　[六]一一・一六四⑪　[六]一四・一六五⑫　[六]二三・一六九⑤　[七]一・一七〇①（天涯更に—天涯あり）　[七]二・一七〇⑦　[七]二・一七〇⑨　[七]三・一七一⑩　[七]一〇・一七四③　[七]一五・一七六③　[七]一五・一七六④　[七]一六・一七六⑫　[七]二五・一八〇③
cf、かつまた　こりやまた　これまた　または　またまた
まだ［副詞］　[一]三・一一一⑩　[一]七・一一三④　[二]九・一二四⑥
[二]一九・一二九⑪　[六]九・一六三⑭　[六]二二・一六八⑮
または（又、亦）［接続詞］　[三]五・一三三⑬　[三]九・一三四⑮
[四]一七・一四七④　[七]一・一七〇③
またまた（又々）　[三]一二・一三六⑤
まち（町）　[二]九・一二四⑤　[六]一三・一六五⑥　[六]一六・一六六⑦
［町方、町人ヲサス］　[七]一七・一七七③（武士—ともに）　[七]二四・一七九⑪（武士も—も）
cf、しんまち　となりまち　まちかた　まちぢゆう
まちかた（町方）　[三]七・一三四④　[三]九・一三五①　[五]一七・一五五⑮
まちぢゆう（町中）［振リ仮名ナシ］[一]一一・一一四⑬　[一]一六・一一七①　[三]八・一三四⑪　[六]一四・一六五⑯　[六]一五・一六六②
まちなか（町中）　→まちぢゆう
まつ（松）

cf、まつまるた
ま・つ（待）［夕四段］
—ち（用）〔三〕一四・一三七⑤（朝から—し見物）
—つ（用 音便）〔一〕七・一一二⑧（—てくれられ）
—つ（体）〔三〕一二・一三六④（時節を—も有り）〔七〕二・一七〇⑥（—をも構ず）
cf、あいまつ つちのとみまち ひまち
まづ（先）［副詞］〔一〕一〇・一一四③〔一〕一〇・一一四④〔二〕一〇・一二四⑮〔二〕一一・一二五⑥〔二〕二三・一三一⑧〔三〕一三・一三六⑨〔四〕二・一四〇⑧〔四〕二・一四〇⑨〔四〕五・一四二⑥〔五〕三・一五〇①〔五〕一〇・一五二⑯〔五〕一四・一五四⑫〔五〕二一・一五七③〔六〕一七・一六七⑦〔六〕二三・一六九④〔七〕八・一七三④〔七〕九・一七三⑬〔七〕一六・一七六⑨〔七〕二三・一七九⑥
cf、まづもつて
まつくろ（真黒）〔七〕一八・一七七⑩（鼻の穴迄—なるが）
まづし・い（貧）［形］ まづし［形シク］
—い（体）〔五〕八・一五二③（—親）
まつすぐ 〔一〕七・一一七⑨（—に）
まつだい（末代）〔一〕一四・一一六①〔三〕二〇・一二九⑭〔六〕六・一六一⑪
まつたう・す（全）［サ変］ ↓まつとうす ヲモ見ヨ
—し（用）〔二〕六・一二八①（—てたもる）
まつたく（全）［副詞］〔一〕一一・一一四⑩（—金の無心ならず）〔五〕二一・一五七⑧〔七〕一八・一七七⑦
まつた・し（全）［形ク］ まつた・い［形］
—く（用）〔五〕一六・一五五⑤（仕合よく一生を—終る）
cf、まつたうす まつとうす
まつとう・す（まつたう：）［サ変］ ↓まつたうす ヲモ見ヨ
—し（用）〔二〕一一・一二五⑪（始終—て）
まつばら（松原）
cf、くずのまつばら
まつまるた（松丸太）〔五〕一〇・一五二⑭
まづもつて（先以）［副詞］〔三〕三・一三二⑮〔四〕一〇・一四四②
まつり（祭）〔二〕一九・一二九⑪
cf、そがまつり たいさい さいれい
まつりごと（政）
cf、おんまつりごと
まで（迄）［助詞］
〔一〕二・一一一③ 六度—（迄）落馬させ
〔一〕六・一一一⑮ 極楽の雪隠—（迄）見さがしたればとて
〔一〕一〇・一一四⑨ 江戸の芝居の作者方—（迄）：届てもらいたし
〔一〕一二・一一五① 絵草紙屋に至る—（迄）凡何千何百人か
〔一〕一四・一一六⑤ 渋団（うちわ）—（迄）買て置申た
〔一〕一七・一一七⑦ 豊後の鉦ぶし—（迄）取込
〔二〕二・一二〇⑧ 男の子八人—（迄）持丸長者とは
〔二〕三・一二一⑥ 釜の前—（迄）居ならべば
〔二〕八・一二二⑭ 情強な故宗旨—（迄）日蓮宗
〔二〕二〇・一二九⑭ 家内不残 鼠—（迄）打亡し
〔二〕二〇・一二九⑭ 末代—（迄）：禁とし給ふ
〔二〕二一・一三〇⑩ しころが七の図—（迄）下る百姓は
〔三〕一・一三一⑬ 江戸中隅からすみ—（迄）
〔三〕三・一三二⑬ 江戸中端々裏々—（迄）
〔三〕六・一三四① 御供の女中—（迄）：落涙に被及候故
〔三〕八・一三四⑬ 半紙の四折—（迄）念入
〔四〕二・一四〇⑦ 名主殿の灰小屋—（迄）のぞき
〔五〕四・一五〇⑫ かかさまの在所—（迄）：ありまさで
〔五〕六・一五一⑦ 上碧落下黄泉—（迄）鉄のわらじはゐて尋ても

五一二・一五三⑩　肩さきより手首―（迄）
五一四・一五四⑧　浄留理―（迄）語りて
六三・一六一⑥徒　暮る―かく立さはぎて
六一〇・一六三⑯　上書―して持てゆけば
七三・一七一④　昨日―鉦扣て鉢ひらきした盲坊主
七三・一七一⑨　わらじ一足買―（迄）也
七七・一七二③　人の鼾―（迄）悋気心
七九・一七三⑭　昨日―（迄）律義如法の男子も
七一一・一七四⑧　町人の召使―（迄）見やう見まねに
七一三・一七五⑥　脇指―（迄）さした奴
七一四・一七五⑫　三十年已前―（迄）聞もおよばぬ言葉づ
かい
七一六・一七六⑧　一家親類―（迄）恥をさらし
七一八・一七七⑩　鼻の穴―（迄）真黒なるがぞろぞろと
七二二・一七八⑬　あさから晩―（迄）寐ても覚ても
七二四・一七九⑬　成人の娘ふたり―持た女
七二五・一八〇②　あす―一息にねてくれん

「まで」＋助詞
二五・一二二⑤　宗旨―（迄）がかわつて
二一九・一二九⑫　馬取―（迄）に着せ
四八・一四二⑩　身柱元が少ぞつとしたる―（迄）で
四一四・一四六①　元禄宝永の比―（迄）は世の人律義にして
四一七・一四七④　親兄―（迄）が歎くは尤も也

［までの］
二一二・一二五⑬　七生―（迄）の勘当
二一二・一二五⑬　斗升で八盃―（迄）の勘当
三四・一三三③　御寺―（迄）の路次の間も

［までも］
四一・一四〇②　天竺―（迄）も行気（ゆくき）な風来人
七一〇・一七四②　下々町人―（迄）も自然に物和らかにて

七一二・一七四⑯　万世の末―（迄）も此一流は絶えず廃れず
cf、いままで　これまで　じやまで

まど・ふ（惑）［ハ四段］
―ふ（止）　七九・一七三⑩（姪（たはれ）―）
cf、いでまどふ　こころまどひす

まなこ（眼）　二一四・一二六⑯（後悔の―）　五二一・一五七⑧（見る人―を覆て）　七一九・一七七⑫（―をいらげ）

まなざし（眼　）　二三・一二一⑩　四二・一四一①

まな・ぶ（学）［バ四段］
―び（用）　二八・一二三⑮　三二〇・一三〇①　七一三・一七五⑤　七二五・一八〇⑥（古風を―しを）
―ぶ（体）　一一三・一一五⑬（―者）　一一五・一一六⑪（―物ゆへ）
―べ（命）　七一九・一七七⑮

まにあひまうさず（間合不申）［連語］　三四・一三三②（急なる―）（重出＝あひまうさず）

まにあ・ふ（間　）［連語］
―わ（は）（未）　五一八・一五六⑧（―ねば）
cf、おまにあひまうす　まにあひまうさず

まぬか・る【免】［ラ下二段］
―れ（用）　三一七・一三八⑥（―たる也）

まね（真似）　一一五・一一六⑦　二二〇・一二九⑯　二二〇・一三〇①　三一九・一三九①　五一八・一五六④　七一三・一七五④（―よき儘に）

［まね・す］　一一六・一一七①（此―して）　二二〇・一三〇④（江戸の遊人の―して）　五二一・一五七②（神道者の―して）　六一四・一六五⑩（物もらひの―して）
cf、みやうみまね

まはり（廻）
cf、みのまわり

まはりどし（廻　）　〔五〕一五・一五四⑭
まはりみち（廻道）　→まわりみち
まは・る（廻）［ラ四段］　→まわるヲモ見ヨ
—り（用）　〔二〕一一・一二五⑨（跡から—て）
cf、たちまはる　はねまはる　まはりどし　まわりみち　みまはる　わめきまはる
まひこ・む（舞込）［マ四段］
—む（体）　〔二〕一四・一一六④（—合点で）
まひどめ（舞留）　→まいどめ
ま・ふ（舞）［ハ四段］
—ふ（う）（用　音便）　〔五〕三・一五〇②（打たり—たり）
cf、まひこむ
まふしう（妄執　マウシフ）　→まうしう　もうしう　ヲモ見ヨ
〔二〕二一・一一九②（—の雲はれやらぬ）
まへ（前）　〔二〕一二・一一五③　〔三〕三・一二一⑥　〔三〕五・一三三⑭（御引導—）　〔七〕七・一七二⑩　〔七〕一八・一七七⑦
cf、いちにちまへ　かくごのまへ　このまへ　ひとつまへ　ひとつまゑ　ひろまへ　へいてうまへ　まへおび　まへがみ　まへば　まへまへ　まへようじん
まへおび（前帯）　〔二〕三・一三一⑦　〔五〕一〇・一五二⑬（—にむすび）　〔五〕一六・一五五⑧
まへがみ（前髪）　〔七〕一・一七〇②
まへく（前句）
cf、まへくかむりつけ　まへくてんじや
まへくかむりつけ（前句冠附）　〔二〕二・一一〇⑦（—の点者）
まへくてんじや（前句点者）　〔二〕三・一一一⑤
cf、てんじや
まへば（前歯）　〔四〕一六・一四六⑫
まへまへ（前々）　〔二〕一七・一二八⑤（—より）
まへようじん（前用心）　〔六〕九・一六三⑫

まほし［助動詞（願望）］
cf、あらまほし
まま（間々）［副詞］　〔三〕六・一三四③（—在之事）　〔七〕二二・一七八⑧（—ある事）
まま（儘）　〔四〕一九・一四七⑮（出る—の虚妄咄）　〔五〕二・一四九⑦（口へ出る—）　〔七〕一三・一七五④（まねよき—に）
cf、このまま　そのまま　なにくふまいとまま　ままよ
まま（儘）［接続助詞］（名詞「儘」カラ。候文ニ用イル）
〔三〕九・一三五②　御心遣に御座候—拙者方へ
ままよ（儘）［連語］　〔二〕一三・一二六⑩（呑死（のみじに）せばせよ　それも—）
まめ（実、忠実）
cf、くちまめ　まめそくさい
まめざうしばゐ（豆蔵芝居）　〔二〕二〇・一一七⑫
まめそくさい（　息災）　〔六〕一七・一六七②（—で）
まめやか（真実）　〔五〕五・一五一①（—に）
まもり（守）　〔四〕一七・一四七①（安産の—）
まもりほんぞん（守本尊）　〔四〕一四・一四五⑬　〔五〕三・一四九⑬
〔五〕八・一五二⑤
まも・る（守）［ラ四段］
—り（用）　〔二〕八・一二三⑫　〔二〕一二・一二五⑭　〔二〕一七・一二八⑧
—る（体）　〔五〕九・一五二⑦（—は）
—れ（已）　〔二〕一〇・一二四⑫（身を—ば）
cf、まもり　まもりほんぞん
まゆげ（眉毛）　〔七〕九・一七三⑮
まよ・ふ（迷）［ハ四段］
—ひ（用）　〔二〕一八・一二八⑬　〔二〕一八・一二九⑤
まる・し（丸）［形ク］
—き（体）　〔六〕一〇・一六四⑥（—物）

マルし（㊚）　〔三〕一・一三五⑬
まるた（丸太）
　cf、まつまるた
まれ　〔二〕四・一二一⑫（打寄て語るも―であろ）　〔二〕一四・一二七③（：は―なり）　〔二〕二〇・一三〇③（三代と続くは―なに）
まれびと（客人）　〔二〕四・一二一⑭
　cf、きやくじん
まろば・す［サ四段］
―す（体）　〔六〕一一・一六四⑥（地上に―に）
まわりみち（廻道　まはり：）　〔一〕七・一一三③
まわ・る（まは：）［ラ四段］　↓まはる　ヲモ見ヨ
―ら（未）　〔序〕三・一〇七⑧（舌も―ぬ）
―る（止）　〔七〕一九・一七八④（鳴て―と）
まゐら・す（参）［サ下二段］
　cf、まいらせそろ
まゐらせそろ（参候）　↓まいらせそろ
まゐりつ・く（参付）［カ四段］
―き（用）　〔三〕八・一三四⑭（御寺へ―候はば）
まゐ・る（参）　↓まいる　ヲモ見ヨ
―り（用）　〔一〕七・一一三④（旅人が―ます）　〔二〕三・一二一⑧（御世話を懸に―し）　〔四〕一二・一四五③（面々にばかり―て）　〔六〕二・一六〇⑨㊕（：に―たりし）
―る（体）　〔二〕三・一二一⑨（さそひ連て―筈）
―れ（命）　〔五〕三・一五〇⑤（歌枕見て―）
　cf、いままゐり　うしのときまゐり　かいちやうまゐり　まゐりつく　めぐろまゐり
まん（万）
　cf、おくひやくまんにん　せんまんにん　まんにひとつ　まんりやう　ろくじふまんげん
まんいち（万一）［副詞］　〔二〕一二・一二五⑫　〔三〕六・一三三⑮　〔三〕六・一三四①　〔三〕七・一三四⑤　〔三〕七・一三四⑦　〔六〕二〇・一六八①
　cf、まんにひとつ
まんえふ㊫（万葉）　↓まんよう
まんぞく（満足）
　cf、まんぞくす　まんぞくまんぞく
まんぞく・す（満足）［サ変］
―し（用）　〔一〕四・一一五⑭
まんぞくまんぞく（満足満足）　〔二〕三・一二一⑪
まんぢう（饅頭　：ヂユウ）　〔三〕八・一三四⑨
まんぢゆう（饅頭）　↓まんぢう
まんぢりと［副詞］　〔四〕二一・一四八⑭（長の夜を―もせで）（重出＝「とも」）
まんにひとつ（万　一ツ）［連語］　〔七〕一六・一七六⑫（―も）
　cf、まんいち
まんよう㊫（万葉　：エフ）　〔一〕一・一一〇①
まんりやう（万両）　〔二〕二一・一三〇⑮

［み］

み（巳）
　cf、たつみ　つちのとみ　つちのとみまち
み（身）　〔一〕六・一一一⑮　〔二〕二・一一九⑨　〔二〕九・一二四⑧　〔二〕一〇・一二四⑫（―をまもれば）　〔二〕一〇・一二四⑮　〔二〕一五・一二七④（―をくふ）　〔二〕一六・一二七④（―をうつ）　〔二〕一六・一二七⑯（人にはくずの松原といわるる―こそ：）　〔二〕一六・一二八①（―を全し）　〔三〕一一・一三六①　〔三〕一三・一三六⑩　〔四〕八・一四二⑪（芸は―を助くる）　〔四〕一九・一四七⑭（―を細め）　〔五〕六・一五一⑤　〔五〕九・一五二⑨（―に染て）　〔六〕一・一六〇②　〔六〕七・一六三①　〔六〕二二・一六

八⑯（—に付よ）　【七】三・一七一⑦（—をうらみ）　【七】三・一七一⑧　【七】八・一七三②　【七】八・一七三③（—が持たるる）
［みをほろぼす］　【一】一六・一一七③　【一】一七・一一七⑧　【二】一〇・一二四⑬　【二】一三・一二六③　【二】一六・一二七⑮　【二】一六・一二八②
cf、おのがみ　そのみ　ひとりみ　みのうへ　みのけ　みのまわり　みぶり　みもち　わがみ
み（三）
cf、さん　みつかみよ　みつよつ
み（御）
cf、お　おん　みさんじき　みだう
み［接尾語］
cf、いやみをとこ　つよみ　よわみ
みあ・ぐ（見　）［ガ下二段］　みあ・げる［ガ下一段］
—げ（用）　【七】七・一七三①（—もやらず）
みおく・る（見送）［ラ四段］
—り（用）　【五】二五・一五八⑬
みかぎ・る（見限）［ラ四段］
—り（用）　【五】一八・一五七②（天道いまだ—給わで）
みか・く（見　）［カ下二段］　みか・ける［カ下一段］
—け（用）　【四】一六・一四六⑭（女中を—て）
みが・く（磨）［カ四段］
—く（止）　【一】二〇・一一七⑭（男のいきじを—とやら）
みかん（蜜柑）　【五】一三・一五四①
みき（神酒）　【一】一二・一一五②
みぎ（右）
cf、みぎのほか
みぎのほか（右之外）　【三】一〇・一三五⑧
みくだ・す（見下）［サ四段］
—し（用）　【一】二・一一〇⑦（目八分に—）

みぐるし（見　）［形シク］
—から（未）　【二】一七・一二八⑫（—ぬ）
—く（用）　【三】一八・一三八⑧（—共）
みごと（見事）　【五】一二・一五三⑪（—な御細工）　【六】一七・一六七②（—まめ息災で）
みこどの（巫女殿）　【六】二一・一六八⑤　【六】二一・一六八⑧
みこな・す（見　）［サ四段］
—さ（未）　【二】一六・一二七⑬（—ずに）
みさが・す（見　）［サ四段］
—し（用）　【一】六・一一一⑮（—たればとて）
みさんじき（御桟敷）　【六】三・一六一④(徒)
みじか・い［形ク］　みじか・し［形ク］
—い（体）　【一】八・一一三⑪（羅宇の—きせる）
cf、きみじか
みしら・す（見　）［サ下二段］
—せ（用）　【三】一・一三二②（筆ぶとに—し）
—す（止）　【七】九・一七三⑫（—べし）
みし・る（見知）
cf、おみしりおき
み・す（見）［サ下二段］　み・せる［サ下一段］
—せ（用）　【二】三・一二一⑪（水魚のありさまを年寄共に—やる孝心）　【三】二〇・一三九③（働を—たがり）　【四】九・一四三⑩（我等風情が姿を—て）
—する（体）　【一】二・一一五②（見物にも法楽に—由）　【六】三・一六一⑤(徒)（人をやりて—に）
—せる（体）　【一】七・一一七⑥（へそくり金で…（芝居ヲ）—やうになるべし）
cf、ひとみせ　めにものみせん
み・す（見）［補助用言　サ下二段］
［てみす］

—せ（未）
〔一〕一五・一一六⑫　めつたな事が仕て—らるる物にあらず
〔一〕一七・一一七⑤　人の薬となる事を仕組て—ば
—せ（用）
〔一〕二一・一一九①　烈女の仕方をして—てくれよかし
—する（体）
〔一〕一六・一一七①　なげたりふんだりして—故
みすぎ（身過）　〔二〕一〇・一二四⑪
みすご・す（見過）［サ四段］
—し（用）　〔六〕八・一六三⑤（仇に—聞すごさんは）
みすみす［副詞］（動詞「見す」ヲ重ネタ語）　〔六〕九・一六三⑬
（—虚説の為に渡世をうしなひ）
みせ（見世、店、肆）　〔二〕八・一二三④　〔七〕一七・一七七④　〔七〕一
九・一七七⑬
cf、たな　つじみせ　みせみせ　りやうがへみせ　るいみせ
みせみせ（店々）　〔二〕一七・一二八⑨（重出＝「たなたな」）
み・せる（見）［サ下一段］　↓みす
みそ（味噌）　〔五〕三・一五〇②（—を擂（すつ）たり料理したり）
〔七〕一〇・一七四④（勝手向の—塩）
cf、みそべや
みそ（味噌、自慢）　〔二〕一五・一二七⑤（—とやらをあげめさるな）
〔五〕二一・一五七⑤（夫を—（自慢）に臂をはらるる）
みそか（晦日）
cf、おほみそか　みそかせん
みそかせん（晦日銭）　〔五〕一七・一五五⑯
みそべや（味噌部屋）　〔一〕六・一一一⑮
みだ（弥陀）　〔二〕八・一二三⑩（—の本願）
cf、あみだぶつ
みだう（御堂）　〔四〕二・一四一③
みだ・す（乱）［サ四段］
cf、おしみだす
みだ・る［ラ四段］（漢文訓読体ニ残ル古イ形）
—り（用）　〔七〕九・一七三⑨（倫を—）　〔七〕九・一七三⑬（風俗
を—）
みだ・る（乱）［ラ下二段］
—るる（体）　〔七〕七・一七二⑯（まき鬢の—程）
みち（道、路）　〔一〕一・一一〇②　〔一〕一・一一〇②　〔一〕一・一一〇
④　〔一〕一・一一〇⑥　〔一〕一〇・一一四⑧（—行（ゆく）人）
〔二〕二二・一三〇⑯（町人の—）　〔四〕一五・一四六⑦（わが—）
〔五〕二・一四九⑥（卜筮の—）　〔五〕一四・一五四⑩（占の—）
〔七〕八・一七三⑤（人倫の—）　〔七〕一六・一七六⑩（人倫の—）
cf、おおぢ　おふぢ　おほぢ（大路）　しんみち　まわりみ
ち　みちすがら　みちすじ　みちづれ　みちはし　みちばた
ゑきろ
みちすがら（道）　〔三〕八・一三四⑭（—も）　〔五〕二三・一五八⑥
みちすじ（道筋　‥すぢ）　〔三〕七・一三四⑧
みちづれ（道連）　〔六〕一七・一六七⑦
みちはし（道橋）　〔一〕一・一一〇⑤
みちばた（道端）　〔四〕一八・一四七⑫
みちび・く（導）［カ四段］
—き（用）　〔二〕二一・一三〇⑨（—めされ）　〔七〕八・一七三⑧
みぢんも（微塵）［連語］（下ニ打消ノ語ヲ伴ウ）
〔二〕一〇・一二五②　—ちがひなく
〔三〕一〇・一三五⑥　—筆法に活たる字なく
〔四〕五・一四二⑦　—こわい事のない客人
〔五〕一四・一五四⑩　—うそのないもの
みつ（三）
cf、さん　みつよつ
み・つ（満）［タ四段］（中世以降［タ上二段］モ現ワレル）
—ち（用）　〔二〕一八・一二八⑯（倉廩—て礼義足る）

みづ（水）［四］二〇・一四八⑧　［五］二三・一五八④
　cf、おほみづ　みづかさ　みづちやや　みづのみびやくしやう
みづいろ（水色）［三］一八・一三八⑥（―の上下）　［三］一九・一三八⑯（―の上下）
　cf、みづいろあさかみしも　みづいろかみしも
みづいろあさかみしも（水色麻上下）　［三］四・一三三⑦
みづいろかみしも（水色上下）　［三］一四・一三七⑨
みつか（三日）（「みか」ノ音変化）
　cf、みつかみよ
みつかみよ（三日三夜）　［四］一四・一四五⑫
みづかさ（水　）　［三］二・一三二⑧
みづから（自）　［一］二・一一〇⑧（―尊大にして）　［二］一・一二〇③（―臍に似たりとて）　［二］八・一二三⑤（―四貫の銭をからげ）　［六］九・一六三⑨（―己が神（たましゐ）をくらまし）
みづき㊇（水木）　［一］一三・一一五⑬　［一］一三・一一五⑭
　cf、みづきたけじふらう
みづきたけじふらう㊇（水木竹十郎）　［一］一三・一一五⑪
　cf、みづき
みつくち（三ツ口）　［七］二二・一七九②（―の泡雪が二階で）
みづちやや（水茶屋）（「みづぢやや」トモ）　［五］二一・一五七④
みづのみびやくしやう（水呑百姓）　［二］八・一二三⑭
　cf、おほびやくしやう　こびやくしやう　ひやくしやう
みづばな（涕）　［三］一九・一三八⑬
みつぷ（密夫）　［一］二一・一一八⑥
みつよつ（三ツ四ツ）　［五］三・一五〇③（―年増の）
みとほし（見通）　［五］四・一五〇⑦　［五］五・一五〇⑭　［五］一二・一五三⑮
みとほ・す（見通）［サ四段］
　cf、みとほし
みと・る（見　）［ラ下二段］　みとれ・る［ラ下一段］
　―れ（用）　［四］一七・一四六⑮（艶顔に―）
みな（皆）　［序］四・一〇七⑫　［一］一・一一〇⑤　［二］四・一二一⑭　［二］五・一二二④　［二］二三・一三一⑨　［二］二三・一三一⑩　［三］一三・一三六⑩　［五］一七・一五五⑫　［六］二・一六一③㊫　［六］二四・一六九⑨　［七］二三・一七九⑧
［是みな］［一］一四・一一六②
［みな是］［一］一六・一一七③　［二］一二・一二六①　［四］一三・一四五⑩　［五］一七・一五五⑬　［七］一三・一七五⑧
　cf、みなみな　みんな
みない（見　）［連語］（「ご覧なさい」ノ意）　［七］一四・一七五⑫（―　きない　よしなんどと）
みなかみ（水上）　［六］一二・一六四⑯（岷江の―）
みなと（湊）
　cf、おほみなと
みなみな（皆々）　［二］三・一二一⑨　［二］四・一二一⑫　［七］一三・一七五⑩
みなもと（源）　［二］一〇・一二四⑪　［六］一二・一六五②　［七］一七・一七七②
みならい（見習　：ひ）　［一］一六・一一七③
みならひ（見習）　↓みならい
みなら・ふ（見習）［ハ四段］
　―ひ（用）　［二］二一・一三〇⑥　［七］一〇・一七四②　［七］一一・一七四⑧
みなり（身　）　［二］二〇・一三〇②
みのうへ（身上）　［一］六・一一一⑫　［一］一三・一一五⑧　［二］一〇・一二四⑩　［二］一一・一二五③　［二］二二・一三一①　［五］六・一五一⑤
みのが・す（見逃）［サ四段］
　cf、おみのがし

みのけ（身毛）　[四]一七・一四七④（—が立つ）
みのまわり（身廻　:まはり）　[一]七・一一二⑬（りっぱな—）
みぶり（身振）　[一]三・一一一⑤　[三]一九・一三八⑮　[五]一四・一五四⑧　[七]一三・一七五⑤
みまね（見真似）
　cf、みやうみまね
みまは・る（見廻）［ラ四段］
　—り（用）　[二]一七・一二八⑨
みまひ（見廻、見舞）
　cf、おみまい
みみ（耳）　[序]一・一〇七③（—に入といらぬとの）　[一]一三・一一五⑫（—の底に徹して）　[二]四・一二二③（—をかたぶけ）　[二]二三・一三一⑩（—にひびきて）　[三]七・一三四⑧（—に珠数を掛させ）　[六]一一・一六四⑦（—に入ば）　[六]一一・一六四⑧（—から入ても）　[六]一二・一六五①（—に入ると）　[六]二〇・一六八①（—から這入は）　[七]三・一七一⑥　[七]九・一七三⑪（竹馬の—に北風）
　cf、おみみ　みみたぶ　みみちかい　りやうみみ
みみたぶ（耳　）　[二]八・一二三⑨（—うすき）　[二]一六・一二八④（—厚く）
　cf、みみたぶしだい
みみたぶしだい（耳　次第）　[七]三・一七一⑥
みみちか・い（耳近）［形］
　—ひ（い）（体）　[七]一〇・一七四④（—勝手向の）
みめ（美目）　[六]一七・一六六⑬（—のわるひ）
みもち（身持）　[二]一〇・一二四⑮　[二]一七・一二八⑤　[二]二〇・一三〇①　[二]二一・一三〇⑫　[五]一六・一五五⑦　[五]二二・一五七⑭　[五]二四・一五八⑦
みもの（見物）　[三]一四・一三七⑤（朝から待し—）
　cf、けんぶつ
みや（宮）
　cf、たかくらのみや
みやう（見様）
　cf、みやうみまね
みやうが（冥加）　↓めうが
みやうがう（名号）
　cf、はんかうめうがう
みやうがくん(書)（冥加訓）　↓めうがくん
みやうばん（明晩）　[六]二三・一六九⑤（また—明晩と）　[六]二三・一六九⑤（明晩—と:いとまごひ）
みやうみまね（見　見真似）　[二]二〇・一三〇④（—に）　[五]一八・一五六③　[七]一一・一七四⑧（—に）
みやげ（土産）　[六]二三・一六九⑦
　cf、くにみやげ
みやこ（都、京、京師）　[序]一・一〇七①　[一]一・一一〇⑥　[五]三・一五〇⑥　[七]一二・一七四⑬
　cf、みやこびと
みやこじ（宮古路　みやこぢ）　[七]一二・一七五②
みやこじむじだゆふ㊇（宮古路無字大夫　みやこぢ:ダイフ）　[七]一・一七〇④（「宮古路文字太夫」ノモジリ）
　cf、みやこじむじだゆふ（都路無字大夫）
みやこじむじだゆふゑのしまさんけいのこと（都路無字大夫）江の島参詣の事（都路無字大夫江島参詣事:ダイフえのしま:）　[目]二・一〇九　[七]一・一七〇小題
みやこぢむじだいふ㊇（宮古路無字大夫）　↓みやこじむじだゆふ
みやこびと（都人）　[二]一九・一二九⑩
みやざき（宮崎）　[四]一四・一四五⑬（日向国—）
みやまゐり（宮参）　[三]二・一三二⑤
みや・る（見　）［ラ四段］
　—れ（已）　[六]三・一六一④(徒)（今出川の辺より—ば）

み・ゆ（見）［ヤ下二段］　み・える［ヤ下一段］
—え（未）　【四】一九・一四八③（あれも—ぬ）　【四】一九・一四八③（是も—ぬ）
—ゆ（止）　【三】一三・一三六⑮
—ゆる（体）　【三】一九・一三八⑭（殊勝に—物から）　【七】一三・一七五⑥（折節—ぞかし）
［とみゆ］
—え（用）　【五】二・一四九⑪（今日引越と—て）
—へ（え）（用）　【一】六・一一一⑬（音に聞へし人穴と—て）　【六】一・一六〇⑥（半過ぬと—て）　【七】二五・一二九・一一三⑫（煙草好と—て）　【七】六・一七一⑮（堂司の法師と—て）
【七】二五・一八〇②（神は：と—て）
—ゆる（体）　【四】一六・一四六⑬（豊後語りと—いやみ男）
—ゆれ（已）　【三】一八・一三八⑩（哀情薄しとこそ—）（係結）　【五】二一・一五七③（陰陽師とは—）
　cf、あひみゆ
みゆる・す（見　）［サ四段］
—し（用）　【六】一五・一六六⑤（など—てはおわしますぞ）
—す（体）　【一】二〇・一一七⑮（—方もありなん）
みよ（三夜）
　cf、みつかみよ
みらい（未来）　【七】一六・一七六⑨
みる（見）［マ上一段］
　み（未）　【二】二・一二〇⑦（夢にも—ねど）　【二】四・一二一⑬（ちつとの間—ぬうちに）　【二】五・一二二⑩（脇ひら—ぬ）　【四】一五・一四六⑥（夢にだも—ず）　【五】一三・一五三⑯（—さしやつた）　【五】一七・一五六①（—ぬふり）
　み（用）　【二】一三・一二六④（昔より：—し事）　【三】一九・一三八⑮（—てにくまざるはなし）　【四】九・一四三②（尻目で—て）　【四】一〇・一四四①（一目—しより）　【四】一三・一四五⑥（其開帳は：—ましたが）　【五】二・一四九⑦（夢に—た事もなけれど）　【五】二・一四九⑨（—てもらふ）　【五】三・一五〇⑤（歌枕—て参れ）　【五】一〇・一五二⑮（—てもらふべい）　【五】一八・一五六⑭（：を—ては）　【六】二・一六〇⑨㊕（鬼—にとて）　【六】二・一六一①㊕（—たり）　【六】二二・一六八⑯（—て来たやうに）　【七】六・一七一⑬（—て）　【七】一九・一七七⑭（—たり）　【七】二二・一七八⑪（—て居る）
みる（止、体）　【序】二・一〇七⑦（—に倦ず）　【一】六・一一六⑯（仕組を—に）　【二】一二・一二五⑫（二目と—親仁でござらぬ）　【三】一四・一三七⑩（是を—人）　【四】四・一四一⑬（是を—に付ても）　【四】一一・一四四⑦（—人毎に）　【四】一一・一四四⑨（—程の人）　【四】一一・一四四⑫（—やいなや）　【四】一七・一四六⑯（—もいたまし）　【五】二一・一五七⑧（—人眼を覆て）　【六】六・一六一⑪（—べからず）　【七】二・一七〇⑨（—におよばぬ）　【七】一〇・一七三⑮（—者）
みれ（已）　【一】六・一一一⑫（あたりを—ば）　【一】七・一一二⑬（歴々かと—ば）　【一】七・一一二⑭（浪人かと—ば）　【二】二・一一九⑦（よくよく—ば）　【三】三・一三一⑭（是を—ば）　【四】二・一四一①（あたりを—ば）　【四】四・一四一⑮（表を—ば）　【五】一二・一五三⑩（腕を—ば）　【七】六・一七一⑮（あたりを—ば）
みよ（命）　【七】一五・一七六⑥（—見よ娘や妹が：）　【七】一五・一七六⑥（見よ—：）　【七】一六・一七六⑫（：なきを—）　【七】一九・一七八⑥（見よ—：）　【七】一九・一七八⑤（—見よ念仏題目：）
　cf、おみのがし　かへりみる　みあぐ　みおくる　みかぎる　みかく　みくだす　みぐるし　みこなす　みさがす　みしらす　みすごす　みとほし　みとれる　みならふ　みまはる　みやうみまね　みゆるす　みるめ　みわたす
みる（見）［補助用言　マ上一段］

［てみる］（間ニ助詞ノ入ルコトアリ）
み（用）
[一]九・一一三⑭　ちと呑で―給へ
[一]一六・一一六⑭　見物の薬となる仕組をして―や
[二]一・一二〇⑥　鞁は手に取て―たこともなけれど
[二]一三・一二六⑦　なげきがさせて―たいじや迄
[四]三・一四一④　ふりむいて―もせずに
[五]七・一五一⑬　しほらしくとうて―給へ
[五]一三・一五四⑤　手前の臍をなめて―た事はなゐが
みる（体）
[四]三・一四一④　能掛りでやつて―に
[五]一三・一五四④　手前の臍をなめて―事ならず
みれ（已）
[二]三・一二一⑤　のぞきて―ば江戸の息子
[三]三・一三二⑪　配人（くばりて）の才覚して―ど
[四]三・一四一⑦　べつたりとやつて―ば
[六]一・一六〇⑤　内へ入て―ば
[七]二二・一七九②　両国橋の辺を徘徊して―ば
みよ（命）
[二]二三・一三一⑤　読で―
[七]一六・一七六⑨　よふ積りても―
[七]二四・一七九⑫　己が心に問て―
みるめ（見目）　[三]一三・一三六⑫（―も恥かし）　[三]一九・一三
八⑭（―も哀に）
みわた・す（見渡）［サ四段］
―せ（已）　[序]一・一〇七①（―ば老漢と阿婆をこきまぜて都ぞ
春の：）
みんか（民家）　[二]二〇・一三〇①（―相応に暮す）
みんかう（岷江）　[六]一二・一六四⑯（―の水上）
みんかぶんりやうき[書]（民家分量記）　[二]二一・一三〇⑨
みんな　[五]八・一五二③（―わたしがあやまり）
cf、みな

「む」

む［助動詞（推量、意志）］　→「ん」ヲモ見ヨ
む（止、体）
[七]二・一七五①　人の心をなぐさむべから―といと頼母し
[七]一七・一七七①　禽獣といわ―は尤むべなり
め（已）
[序]四・一〇七⑫　なげうつ処の散銭それ捨―や（重出＝「め
や」）
cf、ありもこそせめ　んず
む（無）［接頭語］
cf、むけ　むてん　むひつ　むふんべつ　むぼく
むかし（昔）　[一]二・一一〇⑧　[一]六・一一二③　[一]一一・一一四
⑪　[一]一六・一一六⑭　[一]二〇・一一七⑮　[二]一・一二〇④
[二]一三・一二六④　[三]一九・一二九⑧　[四]九・一四三②　[四]
一五・一四六⑥　[四]一五・一四六⑧　[四]二一・一四八⑪　[五]
一六・一五五⑩　[五]二一・一五七③　[六]六・一六一⑫（―も
今も）　[七]一・一七〇②　[七]一一・一七四⑪　[七]一三・一七
五⑦　[七]一五・一七六②
cf、いまはむかし　むかしいま
むかしいま（昔今）　[四]二〇・一四八⑨
むか・ふ（向）［ハ四段］
―ひ（用）　[三]一八・一三八⑪（僧に―て）
むかふずね　[五]一二・一五三⑭
むき（向）［接尾語］
cf、おもてむき　かつてむき　こどもむき
むきだ・す［サ四段］

—し（用）　[七]七・一七二⑭（目玉を—たる）
むく（無垢）
　cf、しろむく
む・く（向）［カ四段］
　cf、ふりむく
むくむくと［副詞］　[七]七・一七二⑧（—起て）
むくむくやわやわと（和々）（：やはやは：）　[序]二・一〇七⑤
　（—して）
むけ（無卦）　[五]一五・一五四⑭（—に入て）
むげ（無下）　[六]八・一六三⑥（—なる事）
むけん（無間）　[二]一四・一二六⑭（—の熱燗）　[四]一一・一四四
　⑩（—の釜の湯）
むこ（聟）　[二]一〇・一二五③
　cf、むこいり
むご・い［形ク］　むご・し［形ク］
　—い（体）　[一]一三・一一五⑩（あまりといへば—仕方）
むこいり（聟入）　[五]二三・一五八④
むごたらし・い［形］　むごたらし［形シク］
　—い（体）　[四]一〇・一四四②（—仕形）
むさし（武蔵）　[二]一・一二〇①（—の八王子）　[七]一一・一七四
　⑦
　cf、ぶしう
むさと［副詞］　[六]一三・一六五③（—受とらぬものかして）
むさぼ・る（貪）［ラ四段］
　—ら（未）　[二]一二・一二六①（小利を—ずして）　[二]一八・一
　二八⑮（—いでは）
　—り（用）　[二]一二・一二六②（小利を—）　[二]一三・一二六④
　（利を—）　[四]一八・一四七⑫（銭を—）
　—る（体）　[二]一八・一二八⑬（小利を—心）
むし（虫）　[一]二二・一一九⑦　[四]一八・一四七⑩（わるい—が付
て）　[五]七・一五一⑫（—がかぶるか）　[七]一九・一七八①
　[七]一九・一七八②　[七]一九・一七八⑤
　cf、あくちう　あり　かみきりむし　ぢがばち
むじた(入)（無字太）　[七]七・一七二⑨
　cf、みやこじむじだゆふ
むじだゆふ(入)（無字大夫　：ダイフ）
　cf、みやこじむじだゆふ　むじた
むじやう（無常）　[三]一二・一三六④（—変易の娑婆世界）
むしやうに　[一]一・一一四⑮（—墨引て）
むしよ（墓所）　[四]三・一四一⑨
　cf、はか
むし・る［ラ四段］
　—ら（未）　[二]一四・一二六⑭（命を—る）
むしん（無心）　[一]一一・一一四⑩（金の—）　[二]一三・一二六⑪
むじん（無尽）　[二]一八・一二八⑭
むず［助動詞（意志、願望）］　→「んず」ヲ見ヨ
むすこ（息子、男子）　[二]三・一二一⑤　[二]二一・一三〇⑤　[七]九・
　一七三⑭
　cf、かかりむすこ　むすこどの
むすこかたぎ(書)（息子形気　江島其磧『世間子息気質』ノ事）　[序]
　一・一〇七⑥
むすこどの（息子殿）　[二]一四・一二七①
むすびお・く（結置）［カ四段］
　—く（体）　[五]七・一五一⑩（舌を—程に）
むす・ぶ（結）［バ四段］
　—ば（未）　[六]七・一六二⑧（夢も—ず）
　—び（用）　[二]二三・一三一⑩（夢を—ぬ）　[五]一〇・一五二⑬
　（前帯に—）
　—ぶ（体）　[二]一・一二〇①（手に—岩垣清水住なれて：）
　cf、むすびおく

むすめ（娘）　〔五〕二三・一五八③　〔六〕六・一六二②　〔六〕一六・一六六⑧　〔六〕一六・一六六⑬　〔六〕一七・一六七④　〔七〕一五・一七六⑥　〔七〕一七・一七七③　〔七〕二四・一七九⑬
　cf、かかりむすめ　こむすめども　どらむすめ　むすめご
むすめかたぎ(書)（娘形気　江島其磧『世間娘気質』ノ事）　〔序〕二・一〇七⑥
むすめご（娘子）　〔一〕一五・一一六⑦　〔一〕一七・一一七⑤　〔一〕一七・一一七⑦　〔七〕一五・一七六⑤　〔七〕二二・一七八⑭
　cf、むすめごども
むすめご（娘御）　〔六〕一六・一六六⑪　〔七〕二三・一七九⑩
むすめごども（娘子　）　〔七〕一四・一七五⑫
むだ　〔一〕一一・一一四⑫（あたら作意を―にして）
むたび（六度）　→ろくど
むち（鞭）
　cf、ひとむち
むぢもの（無地物）　〔三〕五・一三三⑬
むつくりと［副詞］　〔七〕一〇・一七四③（―した一中が流行）
むつまし［形シク］
　―から（未）　〔二〕三・一二一⑧（―ぬ）
むてん（無点）　〔二〕一六・一二八③（―の唐本）
むなづくし　〔四〕一二・一四四⑮
むね（旨）　〔一〕二一・一一九③　〔二〕一七・一二八⑧
むね（棟）　〔六〕二二・一六八⑭（―は八ツ門は九ツ）
むね（胸）　〔二〕一三・一二六⑪（―にこたへる）　〔五〕一〇・一五二⑯（―のおどりをしづめ）
　cf、こむね
むねかど（棟門）（「むねもん」トモ）　〔二〕一九・一二九⑩
むねん（無念）　〔一〕三・一一一⑦（なんぼう―の仕合）
むひつ（無筆）　〔四〕一・一四〇③
むふんべつ（無分別）　〔二〕一八・一二八⑯
むべ　〔七〕一七・一七七①（尤―なり）
むぼく（無僕）　〔三〕一三・一三六⑩（―の身）
むま（馬）
　cf、むまつぎ　むまとり　むまのかごぬけ　むまやく
むまつぎ（駅路）［振リ仮名アリ］　〔一〕一〇・一一四⑦
むまとり（馬取）［振リ仮名ナシ］　〔二〕一九・一二九⑫
むまのかごぬけ（馬籠　）（［馬］振リ仮名ナシ］）　〔一〕三・一一一⑪
むまやく（馬役）［振リ仮名アリ］　〔一〕二・一一一①
［振リ仮名ナシ］　〔一〕三・一一一⑨　〔一〕二二・一一九⑨
むよう（無用）　〔五〕一二・一五三⑩（此所小便―）
むらさき（紫）
　cf、むらさきまく
むらさきまく（紫幕）　〔四〕一五・一四六⑤（―の紋）
むりやうじゆきやう（無量寿経）　〔七〕一七・一七六⑭
むろまち（室町）
　cf、いちでうむろまち

［め］

め（目）　〔一〕一一・一一四⑮　〔一〕一二・一一五③（痛―して死んだればこそ）　〔三〕一・一三二③（―をおどろかし）　〔三〕一二・一三六⑧（―に立て）　〔三〕一九・一三八⑬　〔四〕一二・一四四⑭（―に角立て）　〔五〕四・一五〇⑨（ひもじゐ―にあわふかと）　〔七〕一六・一七六⑬（痛―して死でも）
　cf、おめにかかる　おめにかくべく　しりめ　はかりめ　ひとめ　ふため　ますめ　まなこ　みめ　みるめ　めぬぐひ　めにものみせん　めはちぶん　めをぬく
め（目）［接尾語］
　cf、ごばんめ　さんだいめ　しけんめ　しちばんめ　だいごじふいちだんめ　よばんめ　ろくばんめ

め（奴）［接尾語］
　cf、ごようめ　せつしやめ　もんばんめ
めいじん（名人）　〔一〕一六・一一六⑭
めいとく（明徳）　〔五〕二四・一五八⑫
めいぶつ（名物）　〔四〕一七・一四七⑤
めいめい（銘々）　〔四〕三・一四一⑩（―に回向して）
めいわく（迷惑）　〔二〕一四・一一六②　〔四〕一九・一四八③　〔六〕二〇・
　一六七⑪
　cf、めいわくさ
めいわくさ（迷惑）　〔四〕一二・一四四⑯
めう（妙）　〔二〕一・一二〇⑤（金銀の働―を得たり）
　cf、あしや（足屋）の道千売卜に妙を得し事　きめう
めうが（冥加　ミヤウ：）　〔一〕一六・一一六⑮（―もありぬべし）
　〔二〕二〇・一二九⑯（―がつきる）　〔二〕二二・一三一③（―
　が尽る）　〔五〕九・一五二⑦（―の為）
めうがくん(書)（冥加訓　ミヤウガ：）　〔二〕一五・一二七⑪
めおと（夫婦　めをと）　〔七〕一六・一七六⑪
めかし［接尾語　シク活］
　cf、やうすめかし
めきき（目利）　〔四〕三・一四一④（―の通り）
め・く［接尾語］
　cf、いぎめく
めぐみ（恵）
　cf、おんめぐみ
めくら（盲）
　cf、めくらぼうず
めくらぼうず（盲坊主　：バウ：）　〔七〕三・一七一④
めぐ・る（廻）［ラ四段］
　cf、はしりめぐる　へめぐる
めぐろ（目黒）
　cf、めぐろまゐり
めぐろまゐり（目黒参）　〔五〕二三・一五八⑥
めさ・る［ラ下二段］（動詞「召す」＋助動詞（尊敬）「る」）
　―れ（用）　〔二〕二〇・一二九⑮（合点―たか）
　―る（止）　〔一〕二・一二五⑫（不孝―と）
　―れ（命）　〔二〕四・一二三③（聴聞―）　〔二〕一七・一二八⑪（家
　守りに―）　〔二〕二二・一三〇⑭（ゐんぎんに挨拶―）
めさ・る（召）［補助用言　ラ下二段］
　―る（止）
　〔二〕一五・一二七⑤　味噌とやらをあげ―な
　〔二〕二二・一三〇⑫　麁草し―な
　―れ（命）
　〔二〕一二・一二五⑫　気を付―
　〔二〕一六・一二八④　聞―
　〔二〕一七・一二八⑬　給金も：あたへ―
　〔二〕一八・一二九③　心得―
　〔二〕二一・一三〇⑨　みちびき―
　〔二〕二一・一三〇⑪　慎―
　〔二〕二二・一三一③　縫上して着せ―
めし（食）　〔二〕二二・一三〇⑮　〔五〕二二・一五三⑯
めしつかい（召使　：ひ）　〔七〕一一・一七四⑧
めしつかひ（召使）　→めしつかい
めじるし（目印）
　cf、おんめじるし
めだ・つ（目　）［タ四段］
　―た（未）　〔五〕一六・一五五⑨（―ぬ）
めだま（目玉）　〔七〕七・一七二⑭
めっ・す（滅）［サ変］
　―する（体）　〔五〕五・一五一①（罪業を―修行）
めった（「めた」ノ変化）　〔一〕一五・一一六⑪（―な事）　〔五〕一三・

一五四③（―にはりたがる） 〔六〕二二・一六八⑫（―に口まめに御たくせんなさるるは）
めづらし（珍）［形シク］ めづらし・い［形］
―（止） 〔二〕四・一二一⑮（何か―とおもふべき）
―き（体） 〔四〕四・一四一⑬（―上物）
―い（体） 〔五〕一〇・一五三①（―御手の筋）
めにものみせん（目 物 ）［連語］
〔七〕七・一七二⑬（だまりおらずは―）
めぬき（目貫） 〔六〕一四・一六五⑯（町中でも―といわるる本町…）
めぬぐひ（目 ） 〔六〕一七・一六六⑭（―の赤イきれ）
めはちぶん（目八分） 〔二〕二・一一〇⑦（―に見下し）
めや［連語］（助動詞（推量）「む」ノ已然形＋終助詞「や」）
〔序〕四・一〇七⑫ なげうつ処の散銭それ捨―（重出＝「む」「や」）
めやす（目安）
cf、めやすづくり
めやすづくり（目安作） 〔二〕一六・一二七⑮
めらう（女郎）
cf、こめろう
めり［助動詞（推量）］
cf、ざんめり
めをと（夫婦） →めおと
めをぬ・く（目 ）［連語］
―く（体） 〔二〕一三・一二六③（買人の―悪逆）
めんさう（面相）
cf、ごめんさう
めんしよく（面色） 〔五〕一五・一五四⑯（―青ざめ）
めんだう（面倒） →めんどう
めんつう（面桶）（「ツウ」ハ唐音） 〔六〕一七・一六六⑯（乞食の―さげた様に）
めんどう（…ダウ） 〔一〕七・一一三①（―な客人）
めんぷく（綿服） 〔三〕五・一二二⑫
めんめん（面々） 〔二〕三・一二一⑧（いつもいつも―にばかり参りて） 〔二〕五・一二二⑤ 〔三〕一〇・一二四⑪（―格々の身過）
〔三〕一・一三二④（―に掛直なし安うりの引札） 〔三〕二〇・一三九③（―の働） 〔四〕一五・一四六⑧（―宿より手前弁当にて）
〔六〕一二・一六四⑮（―の宿） 〔六〕二〇・一六八③（―の慎）
〔六〕二四・一六九⑨（―いかひ徳兵衛殿）

［も］

も［係助詞］
1体言＋「も」
2活用語＋「も」
3助詞＋「も」

1体言＋「も」
〔序〕一・一〇七② 一人―媼に娵いぢれといふ勧もなく
〔序〕一・一〇七③ 媼に娵いぢれといふ勧―なく
〔序〕一・一〇七③ 爺に欲かわけといふ教―なけれど
〔序〕三・一〇七⑧ 舌―まわらぬ則だらけ
〔一〕一・一一〇④ いにしへは富士の裾野―…往かよふ路なりしにや
〔一〕二・一一一① 追出しの大鞁―打て暮せしが
〔一〕三・一一一⑥ 是―世間に上手が出来て
〔一〕三・一一一⑦ せんかた―なくあきれ果
〔一〕三・一一一⑧ 名染の役者衆―あまたあれば
〔一〕三・一一一⑩ 名残をしがる女房―なく
〔一〕三・一一一⑩ 跡追て泣悴（がき）―なし
〔一〕三・一一一⑩ これ―まだ寐て居やれば

[一]七・一一三①　不審—空も晴やらぬ五月なかば
[一]七・一一三①　不審も空—晴やらぬ五月なかば
[一]七・一一三①　雨具—持たぬ俄旅
[一]七・一一三②　一足—はやふと心せけば
[一]七・一一三③　足—内證も殊の外草臥（くたびれ）
[一]七・一一三③　足も内證—殊の外草臥
[一]七・一一三③　片時—はやふ参りたし
[一]八・一一三⑧　足—ひよろつき
[一]八・一一三⑨　歯の根—あわず
[一]九・一一三⑯　火縄—よい物じやが
[一]一〇・一一四⑧　道行人—あらず
[一]一〇・一一四⑧　　おもひをのべんよすが—なし
[一]一一・一一四⑩　貴様—知らるる通り
[一]一一・一一四⑪　三才の小児—：と呑込で居る
[一]一一・一一四⑬　正月一ぱい—たもたず
[一]一二・一一五⑥　我誉は：宝永山程—なく
[一]一三・一一五⑦　守屋の大臣—神道者はひいきし
[一]一三・一一五⑦　梶原—ほめらるるに
[一]一三・一一五⑪　妄執の晴る間—なし
[一]一四・一一五⑭　我—満足し
[一]一四・一一五⑭　見物—尤と請たり
[一]一四・一一五⑯　文盲至極の敵役—少は嗜べし
[一]一五・一一六⑨　小娘共—恐れ慎むべきに
[一]一六・一一六⑭　百倍—すぐれた名人の寄合
[一]一六・一一六⑮　其身の冥加—ありぬべし
[一]一七・一一七⑤　親兄弟—娘子に：世話やいて
[一]二〇・一一七⑭　男立—大坂の黒舟の格で
[一]二〇・一一七⑮　狂言にしても見ゆるす方—ありなん
[一]二一・一一八⑪　　：といふ人—あるべし
[一]二一・一一八⑮　誰—知るたとへ

[一]二二・一一九⑧　茶屋で喰ふた餅—：馬糞でありしよな
[一]二二・一一九⑨　　其の返報に言伝—届けまじ
[二]一・一二〇⑥　手に取て見たこと—なけれど
[二]二・一二一②　遠慮なしの高咄し—：聞ものもない
[二]二・一二一③　猿より外に聞もの—ない気散じ
[二]四・一二二③　釈尊金口の説法—五時八教の別あり
[二]五・一二二⑤　面々家職—住所も格別
[二]五・一二二⑤　面々家職も住所—格別
[二]五・一二二⑨　他人—ほめるげな
[二]五・一二二⑫　今に綿服　是—でかしやる
[二]八・一二二⑯　宗旨—真言
[二]八・一二三②　きつとした所—あり
[二]八・一二三⑪　冬—袷一枚起請
[二]八・一二三⑫　手足—黒谷の教をまもり
[二]九・一二四①　後悔の泪をこぼさぬ日—なかりしに
[二]九・一二四④　家業—せわしひ飛脚屋
[二]九・一二四④　宗旨—遊行派の時宗
[二]九・一二四⑥　宗旨—家業もわかるまい
[二]九・一二四⑥　宗旨も家業—わかるまいとおもふたに
[二]一〇・一二四⑨　　どれ—どれもづうづう念仏
[二]一〇・一二四⑨　どれもどれ—づうづう念仏
[二]一〇・一二四⑩　宗旨—是で都合した大念仏宗であろ
[二]一〇・一二四⑪　そち達—此親仁を：釈尊とおもひ
[二]一〇・一二四⑭　身を亡す事：いか程—ためしある事
[二]一〇・一二五①　次男藤蔵—おなじく：末頼母しいが
[二]一三・一二六⑧　親の事—おもはれぬか
[二]一三・一二六⑩　それ—儘よ
[二]一四・一二六⑭　どちら—きつゐ嫌物
[二]一四・一二七①　人品—兄弟一番
[二]一四・一二七①　算盤—よふおきやる

[二]一五・一二七⑦　あれ―親仁が：といふてもらひたし
[二]一五・一二七⑩　史記―左伝も入もうさぬ
[二]一五・一二七⑪　史記も左伝―入もうさぬ
[二]一七・一二八⑫　家守りの住居―相応に
[二]一七・一二八⑫　普請等―気を付
[二]一七・一二八⑫　給金―世間並より宜敷あたへ召れ
[二]一八・一二八⑬　是―眼前の利に迷ひ
[二]一八・一二八⑮　地借り店がり―是より：となる
[二]二一・一三〇⑥　律義如法な者―次第にあしくなるぞや
[二]二一・一三〇⑪　鬢の毛の上へあがる程馬鹿―あがるもの
[二]二二・一三一①　伽羅の油―付ねばならぬが
[二]二二・一三一②　それ―品がある
[二]二三・一三一⑦　前帯―するな
[二]二三・一三一⑨　夜―ふけつらん
[三]一・一三一③　雷―肝を潰され
[三]二・一三二④　端々の小商人―繁昌をうらやみ
[三]二・一三二⑥　頼み奉る甲斐―なく
[三]二・一三二⑧　浅草の舟渡し―去年より弐文と直を仕上て
[三]二・一三二⑨　子を持ぬ棒手振―：歎きとなりける
[三]三・一三二⑪　傜（やと）わるる者―なし
[三]四・一三三③　御寺迄の路次の間―心許なく存候
[三]四・一三三⑥　幾度―取替差上可申候
[三]五・一三三⑬　乗物に付候下女―御望次第：差上申候
[三]七・一三四⑤　御先供―御心当無御座候はば
[三]七・一三四⑤　何時―拙者方え可被仰付候
[三]七・一三四⑥　何十人―御望次第指出し可申候
[三]八・一三四⑩　何程―其者働次第に被遊
[三]八・一三四⑪　念仏題目の御講―無御座候て
[三]八・一三四⑭　道すがら―往還の女中にわる口いはせ
[三]九・一三五④　何時―：御間に合申様に仕
[三]一〇・一三五⑥　帳附役人　是―葬礼の故実能存知の浪人
[三]一一・一三五⑮　何時―：惣七と御尋可被下候
[三]一二・一三六④　是―亦至極尤
[三]一三・一三六⑪　弐町―続く程
[三]一三・一三六⑫　見る目―恥かしからぬかは
[三]一三・一三六⑫　歴々の御通りにも：憚る色―なく
[三]一三・一三六⑮　鼻の辺りに顕はしたる男―沢山に見ゆ
[三]一四・一三六⑯　いかでと驚かぬ人―なかりき
[三]一四・一三七⑧　女中の供は壱人―なく
[三]一七・一三八②　御歴々様がた―至極の：御役人とならせられてぞ
[三]一八・一三八⑪　誰ほむる者―有べからず
[三]一九・一三八⑭　見る目―哀に
[三]一九・一三九②　町人の知る筈―なし
[三]二〇・一三九⑧　：と感心する人―あり
[三]二〇・一三九⑨　いづく―おなじ秋のゆふ暮
[四]一・一四〇④　旅硯の厄害―なければ心やすし
[四]一・一四〇⑤　幾度―拾弐文宛茶碗で仕懸ると
[四]二・一四〇⑥　いまだ日―高し
[四]二・一四〇⑦　日―傾くころ
[四]二・一四一③　日―暮に及候程に
[四]三・一四一⑥　一足―はやく御出候へ
[四]四・一四一⑪　どれどれ―一盃づつなる口故に
[四]五・一四二②　跫―せず忍び寄るは
[四]八・一四二⑧　我―いにしへは：呑だ果じや
[四]八・一四二⑪　其身―幽霊の情を離れ
[四]一二・一四四⑭　鐘―つかずに門を〆て
[四]一二・一四四⑯　反答すべき品―知らねば
[四]一三・一四五⑥　我等―其開帳はいかにも見ましたが
[四]一三・一四五⑩　名―なき小寺

[四]一四・一四五⑯　大体推量―致すべし
[四]一五・一四六④　不足の沙汰―なかりし
[四]一五・一四六⑥　染貫のはおり―昔は夢にだも見ず
[四]一五・一四六⑧　取持―昔は：手前弁当にて
[四]一六・一四六⑪　何れ―渡世の苦労なしに
[四]一七・一四六⑮　縁起言（いふ）所化―女中の艶顔に見とれ
[四]一八・一四七⑥　名物といはれし虎が石―：下谷辺の寺に有
[四]一八・一四七⑦　湯殿山の大日如来―：狂言はづれ
[四]一九・一四八③　あれ―見えぬ　是も見えぬと
[四]一九・一四八③　是―見えぬ
[四]二〇・一四八⑥　我等―此通りに：一夜を明すばかり
[四]二〇・一四八⑥　茶一盃呑こと―ならず
[四]二〇・一四八⑧　水―為呑人（のませて）は有まじ
[四]二〇・一四八⑨　心に合ぬ事―それなりけりに流し捨て
[四]二一・一四八⑩　小栗―ほくほく点頭（うなづき）て
[四]二一・一四八⑫　死ての後―はなれぬは
[五]一・一四九①　此所―名はおなじ柳原の
[五]二・一四九⑦　夢に見た事―なけれど
[五]三・一五〇②　おとこ―男　呉服屋の賄男
[五]三・一五〇④　鍋―茶釜も落花狼藉
[五]三・一五〇④　鍋も茶釜―落花狼藉
[五]四・一五〇⑬　思へばてんぽ―あたる物
[五]五・一五一②　虎狼のやうな主人―心がやわらがいでどふせうぞ
[五]五・一五一③　手まへの心―なほさずに
[五]六・一五一⑧　傍輩の附合―ほめらるる事はほうばゐに譲り
[五]八・一五二⑥　御初尾―とらずにそのままいなしては
[五]九・一五二⑨　つゐおあしの事―わすれました
[五]一〇・一五二⑭　おれ―一ばん見てもらふべい
[五]一〇・一五二⑯　しばし挨拶―出ざりしが
[五]一一・一五三⑤　所の名主大屋衆―もてあつかはるる町内の草臥者
[五]一一・一五三⑥　己をおぢぬ奴は一疋―ない
[五]一二・一五三⑮　それ―見通しだ
[五]一二・一五三⑯　ちとそう―ござるまい
[五]一四・一五四⑬　よんべ―弐歩まけました
[五]一五・一五五①　わし―ちとわるい尻もござるから
[五]一五・一五五①　わるい尻―ござるから
[五]一六・一五五⑧　前帯―一つまゐも止（や）めて
[五]一六・一五五⑧　前帯も一つまゐ―止めて
[五]一六・一五五⑧　高木履（たかげた）―はかず
[五]一六・一五五⑨　衣類―目だたぬ物を着て
[五]一六・一五五⑨　友達附合―：の手合と出合ぬやうに
[五]一七・一五五⑮　町方の師匠達―：手習と謡ばかりを教て
[五]一八・一五六⑩　其隙に大学の一巻―おしへ
[五]一八・一五六⑮　よい人―出来る筈
[五]一八・一五六⑯　わし―元来大どら者で
[五]二一・一五七⑦　女子童子―祈るにあらずや
[五]二二・一五七⑨　ふびんやといふもの―なき死をとぐる者
[五]二三・一五八②　毛すじほど―ちがいがない
[五]二四・一五八⑨　茶屋の亭主―最早呑込
[六]二・一六一②徒　まさしく見たりといふ人―なく
[六]二・一六一②徒　そらごとと云人―なし
[六]三・一六一⑧徒　：と云人―侍し
[六]三・一六一⑩　われ―人も心惑して
[六]三・一六一⑩　われも人―心惑して
[六]六・一六一⑪　古人―申置ました
[六]六・一六一⑫　昔―今も
[六]六・一六一⑫　昔も今―
[六]六・一六一⑬　懲（こり）―なく毎年化されて

[六]六・一六一⑭　恥―おもはず
[六]六・一六一⑭　うまうまと喰るる衆中―
[六]六・一六一⑯　一定きられたりといふ人―なきに
[六]七・一六二⑤　毛―なひ虚（うそ）をいいちらせど
[六]七・一六二⑧　夢―むすばず
[六]八・一六三③　あしの立所（たてど）―なかりしとぞ
[六]八・一六三④　是―兼好法師とおなじく
[六]八・一六三⑥　近き比―何やらのまじなひとて
[六]八・一六三⑦　人に異見―云そふなわろが
[六]九・一六三⑪　鍋―茶釜も破る程
[六]九・一六三⑪　茶釜―破る程なる大雷
[六]九・一六三⑫　棒手振―前用心に∴古綿を捻込
[六]九・一六三⑬　終日一文が商―せず
[六]一〇・一六四③　雷―御威光に恐れ
[六]一〇・一六四⑥　古人―申置れました
[六]一一・一六四⑩　一割―かけてはなせば
[六]一一・一六四⑪　二割がた―潤色して語るを
[六]一三・一六五④　各―御ぞんじの通り
[六]一三・一六五⑤　恥し気―なく書ちらして
[六]一三・一六五⑤　嫁―舅も爺も嫗も
[六]一三・一六五⑤　嫁も舅―爺も嫗も
[六]一三・一六五⑤　嫁も舅も爺―嫗も
[六]一三・一六五⑤　嫁も舅も爺も嫗―念仏やら小唱やら
[六]一三・一六五⑧　あすかの山―動きつべし
[六]一四・一六五⑩　町人―商売道具をなげすててのたくはつ
[六]一四・一六五⑭　祇園の山鉾―あざむくべき大祭
[六]一四・一六五⑮　とんだかはねたかの音―なくやみぬ
[六]一五・一六六②　今―町中を笈摺かけて
[六]一六・一六六⑧　当春―あたり隣の噂衆が
[六]一六・一六六⑩　難義の上の造作―気の毒
[六]一七・一六六⑯　鼠突の一本―もたせた拙者が
[六]一七・一六七③　さきほど―これへ夜食を持て
[六]二〇・一六七⑩　心中欠落（かけおち）の念―なく
[六]二〇・一六八④　女子童子―心ゆたかに夜をやすくいねて
[六]二一・一六八⑦　天地―今夜限（ぎ）りで惣仕舞かと
[六]二一・一六八⑨　我等―下帯手にさげて
[六]二二・一六八⑪　さのみにくまれふ筈―なし
[六]二二・一六八⑫　俄に可愛がらるる訳―ないに
[六]二二・一六八⑯　我等―小児（がき）の時分にて
[六]二三・一六九③　兼好―筆をつゐやし
[六]二三・一六九④　元隣―紙をおしまず
[六]二四・一六九⑨　我―感心の余り
[七]一・一七〇④　一度―はねた事なき宮古路無字大夫
[七]一・一七〇⑤　武士―町人もあまねく弄
[七]一・一七〇⑤　武士も町人―あまねく弄
[七]二・一七〇⑦　使のもの―又ぶらぶら
[七]二・一七一①　返事―そこそこ
[七]二・一七一②　神農―薬師もあきれ果させ給ふらん
[七]二・一七一②　神農も薬師―あきれ果させ給ふらん
[七]二・一七一③　我―内證があたたまる筈じやが
[七]三・一七一⑥　冬―随分涼しい出立
[七]三・一七一⑩　貧乏―捨られぬ物と独咲（ひとりゑみ）し

て

[七]六・一七一⑪　己巳―四五日跡にて
[七]六・一七一⑪　何所（いづく）―おなじく
[七]六・一七一⑬　笑ふべき道者―なし
[七]六・一七一⑯　山―くづる高鼾
[七]六・一七一⑯　小男鹿の八ツの御耳―つきぬくべく
[七]六・一七二①　弁才天―さこそやかましふ思召らん
[七]九・一七三⑩　聴者の心―正しく

[七]九・一七三⑩　聴もの―婬（たはれ）惑
[七]九・一七三⑭　律義如法の男子―一度此門に入ば
[七]一〇・一七三⑯　是―いわば楽の一端
[七]一〇・一七四①　狂言綺語―天地自然の相応ありて
[七]一一・一七四⑥　鬼神―感応してこちとらも
[七]一一・一七四⑥　こちとら―よだれを流す
[七]一一・一七四⑫　いづれ―武士の強みありて
[七]一三・一七五⑤　あまねくいたらぬ隈―なく
[七]一三・一七五⑥　飛あるく輩―おほく
[七]一三・一七五⑥　脇指迄さした奴―折節見ゆるぞかし
[七]一三・一七五⑦　小家の壱軒―持たる者の子も
[七]一三・一七五⑧　小家の壱軒も持たる者の子―女のあるまじき風俗させて
[七]一四・一七五⑭　物の道理―わきまへた者
[七]一四・一七五⑯　親兄などの諫―うけつけぬ大悪人
[七]一六・一七六⑫　万に一ツ―極楽へ生レたりとも
[七]一六・一七六⑬　女―反成男子となれば
[七]一八・一七七⑥　板行―停止せらる
[七]一八・一七七⑦　素読―なるものにあらず
[七]一八・一七七⑫　豊後節は一冊―なければ
[七]一九・一七七⑬　豊後ぶし―なふて本屋じやと
[七]一九・一七七⑭　かやうな馬鹿者―あるぞかし
[七]一九・一七七⑭　汝―はやく過を改めて
[七]二二・一七八⑧　是―つねづね心に染込骨に通りし
[七]二二・一七八⑫　骨に残せし例―あり
[七]二二・一七九①　此比―回向院の開帳参りに
[七]二三・一七九⑥　おれ―あの辺に仲間が
[七]二三・一七九⑩　忠義の志はけしほど―なし
[七]二四・一七九⑪　武士―町も：疫病神同前に
[七]二四・一七九⑪　武士も町―：払除が家繁昌の基
[七]二四・一七九⑫　おのれ―去る：女を鉦（どら）うたせし
[七]二五・一八〇①　此坊主―おとがゐがくたびれつらん
[七]二五・一八〇③　正体―なく又高軒

2活用語＋「も」

[一]九・一一三⑮　火口で呑―よい物じやぞや
[一]一一・一一四⑮　柊で目を突―いとわぬ元気
[一]一一・一一四⑮　取―せぬ掛帳に
[一]一三・一一五⑪　見物の武家につもらるる―はづかしく
[一]一六・一一六⑬　手水鉢たたきわつた―いか斗歟ありし
[一]二一・一一九①　かかる事を：いふ―黙ていれば
[二]一・一二〇①　手に結ぶ岩垣清水：猶山陰はあかず―あるかな
[二]三・一二一⑧　むつましからぬやうに―おぼしめされんかと（重出＝「にも」）
[二]四・一二一⑫　打寄て語る―まれであろ
[二]九・一二四②　是といふ―そちが正直な故
[二]二一・一三〇⑩　身帯のさがる―またあれほど
[二]二三・一三一⑦　一々言（いい）―尽されず
[三]一一・一三五⑯　：と読（よみ）―おはらず
[三]一一・一三五⑯　晩に死ぬ―知れぬ身の
[三]一一・一三六①　引札できせるふいて仕廻ふ―あり
[三]一二・一三六③　貴き―いやしきも
[三]一二・一三六③　貴きもいやしき―今にも入べきは此品々
[三]一二・一三六④　入用の時節を待―有り
[三]一七・一三七⑮　かぞへ―尽し難し
[三]一八・一三八⑨　人の嘲りをかへり見る―時により品にこそよるべき
[四]三・一四一⑤　ふりむいて見―せずに
[四]四・一四一⑭　どこやらうそ淋しくなりし―能々の因果病
[四]一五・一四六⑥　尾の出る―知らず

[四]一七・一四六⑯　見る—いたまし
[四]一八・一四七⑨　笑止にて拝む—気のどく
[四]一八・一四七⑩　我（わが）ごとき—近年わるい虫が付て
[四]二一・一四八⑪　思ひがけなく濡衣着たる—：毒酒をのみし故
[五]二・一四九⑧　たまさかにあたる—不思議
[五]五・一五〇⑬　臍がおどれど笑れ—せず
[五]一七・一五六①　子共が穴一して居る—見ぬふりして通る衆
[五]一八・一五六⑤　親兄弟の手にのらぬ—尤ぞかし
[五]一八・一五六⑨　息筋張りて教（おしゆ）る—いらぬ事
[六]三・一六一⑤徒　とほりうべう—あらず
[六]七・一六二⑪　かたじけなく—京都より下されたを
[六]一一・一六四⑨　一人語り伝へざる—千万人の為となる
[六]一五・一六六⑥　雑説虚説の流布する—：其地の人品だけ
[六]一五・一六六⑥　はやり事のさきがけする—：其地の人品だけ
[六]一六・一六六⑫　酒の気がうせぬ—：わるふはあるまい
[六]一七・一六七①　猿をさげさせ—せられず
[六]二一・一六八⑥　半途に浪人する—：あまりにおろかなるべし
[六]二一・一六八⑦　忘れ—やらぬ廿二日の夜半過
[七]三・一七一⑥　人生の禍福は耳たぶ次第といふ—うそなり
[七]七・一七三①　見あげ—やらず恐れ入たる風情
[七]一四・一七五⑫　聞—およばぬ言葉づかい
[七]一五・一七六③　羽織着たいと望み—せぬに
[七]二二・一七八⑧　骨が舎利となつた—ままある事
[七]二三・一七九④　往来の者の笑—しらず

3助詞＋「も」

［にても］
[三]五・一三三⑧　世上にて—さのみ高直には無御座候得共
[四]五・一四二⑥　別の義にて—なし
[五]二・一四九⑨　是にて—東武の繁昌推量べし

［ばかりも］
[三]一・一三一⑬　まきちらす紙ばかり—
[六]一・一六〇②　宵から寐て斗（ばかり）—暮されず
[七]一五・一七六②　露ばかり—恥とおもはず

［へも］
[四]三・一四一⑩　石塔へ—銘々に回向して
[六]一二・一六四⑭　それ御家老の臍内殿へ—知らせよ
[六]一二・一六四⑮　番町の奥様へ—：文をかくやら
[六]一四・一六五⑬　あそこへ—飛給ふ
[六]一四・一六五⑬　ここへ—飛給ふ
[七]二三・一七九⑦　石原へ—心得てたもと言伝して

［までも］
[四]一・一四〇②　天竺迄—行気な風来人
[七]一〇・一七四②　下々町人迄—自然に物和らかにて
[七]一二・一七四⑯　万世の末迄—此一流は絶えず廃れず

［よりも］
[三]二〇・一三九⑥　かかる非礼をせんより—
cf、あられもない　ありもこそせめ　いかにも　いつも　いづれもさま　いふもさらなり　いまにも　いわせもやらず　かくれもない　かも　げにも　さしもの　さても　さてもさても　さもこそ　さもなき　されども　しかも　しもごも　すこしも　ぜひもなし　だも　ちつとも　つがもない　ても　でも　どうもいへず　とつてもつかぬ　とても　とも　ともかくも　なににても　なににもせよ　なにもかも　にも　ねんもない　みぢんも　やくたいもない　ややもすれば　よもすがら　らちもない　われもわれも　をも

もう［副詞］　→もふ
もうしう（妄執　マウシフ）　→まうしう　まふしう　ヲモ見ヨ

四八・一四二⑮　四一三・一四五⑤
もうじや（亡者　マウ：）　三一四・一三七⑥
もう・す（まう：）［補助用言　サ四段］　→まうす　もふす　ヲモ見ヨ
［平仮名表記］
—さ（未）　二一五・一二七⑪（史記も左伝も入—ぬ）
もが・く［カ四段］
—く（体）　五一四・一五四⑦（汗を流して—おかしさ）
もがな［終助詞］（終助詞「もが」＋終助詞「な」カラ）
四一一・一四四⑪　言訳してくれる人—と
もぎだう（没義道）　→もぎどう
もぎどう（：ダウ）　四一九・一四八②（—なふりして）
もくかう（木瓜）
cf、いほりにもくかう
もくざう（木像）　→もくぞう
もくさん（目算）　二一・一二〇⑥
もく・す（黙）［サ変］
—し（用）　二一四・一二六⑫（—て居たりしが）
もくぜん（目前）　二一〇・一二四⑭　五二二・一五七⑨　七一七・一七七③　七一九・一七七⑭
もくぞう（木像　：ザウ）　四九・一四三⑥
もし（若）［副詞］　一八・一一三⑦　一一二・一一五④　一一七・一一七④　五五・一五〇⑯　六一六・一六六⑩　七一六・一七六⑫
もじ（文字）
cf、かもじ　ともじ
もじかたぎぬ（戻子肩衣　もぢ：）　三一三・一三六⑬
もた・せる［サ下一段］　もた・す［サ下二段］
—せ（用）　六一七・一六六⑯（鼠突の一本も—た拙者）
もた・れる［ラ下一段］　もた・る［ラ下二段］
—れ（用）　六二・一六〇⑦（柱に—て）
もち（餅）　一二二・一一九⑧　四一四・一四五⑫（木に—の生る咄）
cf、かきもち　ごまもち　もちや
もちある・く（持　）［カ四段］
—く（体）　六一〇・一六四②（—もの）
もち・いる（用）［ア上一段］　→もちふ　もちゆ
もぢかたぎぬ　→もじかたぎぬ
もち・ふ［ハ上二段］　もち・ひる［ハ上一段］（平安中期ニ［ワ行上一段「用ゐる」］ヲ「用ひる」ト表記スルヨウニナリ、ワ行ハ行ノ混同ガ生ジ、ハ行上二段活用ガ現レタ）　→もちゆ　ヲモ見ヨ
—ひ（未）［平仮名表記］　五二三・一五八③（意見を—ず）
もちまるちやうじや（持丸長者）　二二・一二〇⑧（掛詞＝持つ／持丸）
もぢもぢ・す［サ変］
—する（体）　五一五・一五四⑯（手を—所体おかしく）
もちや（餅屋）　五一一・一五三③
もちやう【持様】　五一六・一五五④（身の—）
もち・ゆ（用）［ヤ上二段］　もち・いる［ヤ上一段］（中世以降ヤ行活用モ現レタ）　→もちふ　ヲモ見ヨ
—い（未）　二一六・一二七⑯（—らるる）（本文「用らるる」）［振リ仮名ナシ　同話中ノ「用ゆ」ニ従ウ］
—い（用）　二一三・一二六⑥（—やらぬ）（本文「用やらぬ」）［振リ仮名ナシ　同話中ノ「用ゆ」ニ従ウ］
—ゆ（止）　二一七・一二八⑧　二一七・一二八⑨（—べし）
もちろん（勿論）　三七・一三四⑦　三一四・一三七⑨　五二一・一四九⑧
もち・ゐる（用）［ワ上一段］　→もちふ　もちゆ
も・つ（持）［タ四段］

—た（未）[一]七・一一三①（—ぬ）[二]一九・一二九⑥（—ぬ）[三]二・一三二⑧（—ぬ）[四]一・一四〇③（—ず）[七]八・一七三③（身が—るる物か）
—と（た）（未）[二]一九・一二九⑥（—ふもつまいは此方次第）
—ち（用）[二]二・一二〇⑧（—て）[二]二二・一三〇⑮（万両—ても）[三]一三・一三六⑭（—し）[六]一〇・一六三⑯（—てゆけば）[六]一七・一六七③（夜食を—て）[七]一三・一七五⑦（—たる）[七]二四・一七九⑬（—た女）
—つ（止）[二]一九・一二九⑦（—まい）
cf、とりもち　みもち　もちあるく　もちまるちやうじや　もてきたる
もつて（以）［連語］（「持ちて」ノ音変化）
［をもつて］
[七]一・一七〇①　半生長（とこしなへ）に客を—家とす
[七]一二・一七五③　広鋏を—他方千里に追やらずして今で残念
cf、こうじやうがきをもつて　まづもつて　もつてのほか
もつてのほか（以外）[三]一二・一三六⑦（—の奢り）[七]二・一七〇⑦（夕霧が病気—）
もつとも（尤）[一]一四・一一五⑭（見物も—と請たり）[二]三・一二一⑨（実に—と）[三]一二・一三六④（是も…至極—）[四]一七・一四七④（歎くは—也）[五]一八・一五六⑤（—ぞかし）[七]一七・一七七①（—むべなり）
cf、ごもつとも　もつとももつとも
もつとも（尤）［接続詞］[一]八・一一三⑤（—いそぐは道理なれど）[一]二〇・一一七⑮（—狂言にしても…）[二]二二・一三一①（—…付ねばならぬが）[三]五・一三三⑬ [三]七・一三四⑥ [五]一二・一五三⑫（—…いたかつたが）[六]一七・一六六⑭（—そこらを探したら）
もつとももつとも（尤々）[一]一〇・一一四③（…不審　—）
もて［接頭語］
cf、もてあつかふ　もてはやす
もてあそ・ぶ（弄）［バ四段］
—び（用）[七]一・一七〇⑤（あまねく—）
もてあつか・ふ［ハ四段］
—は（未）[五]一一・一五三⑤（—るる町内の草臥者）
もてきた・る（来）［ラ四段］
—ら（未）[一]三・一一一⑥（—ず）
もてきやう・ず（持興）［サ変］
cf、いいもてきやうず
もてな・す［サ四段］
—し（用）[二]四・一二一⑭（何ぞ—たいが）
もてはや・す［サ四段］
—せ（已）[七]二・一七一③（—ば）
もと（元）[五]一・一四九③（—は…足袋屋なりしが）
cf、ざもと　たいふもと　ひ（火）のもと　もとじめ　もとより
もと（本）
cf、ひのもと
もと（基）[二]二一・一三〇⑧
cf、もとい　もとひ　もとゐ
もとい（基　もとゐ）→もとひ　もとゐヲモ見ヨ
[一]一七・一一七⑥ [二]一八・一二八⑯ [五]八・一五二① [六]一三・一六五⑨（一夫耕さざれば飢渇の—）
もとい（元結　もとひ）（「もとゆひ」ノ音変化）
cf、もといぎわ
もといぎわ（元結際　もとひぎは）[六]七・一六二④
もとじめ（元〆）[四]一六・一四六⑪
もど・す［サ四段］
—し（用）[七]二三・一七九⑧（—て）
cf、ふきもどす

もとで（元手）　〔一〕一二・一一五⑥
もとひ（基　もとゐ）　→もとい　もとゐ　ヲモ見ヨ
もとひぎは（元結際）　〔二〕一二・一二六②　〔二〕一三・一二六④
もとより（元来）［副詞］　〔六〕一〇・一六四⑤
もど・る（戻）
　cf、たちもどる
もとゐ（基）　→もとい　もとひ　ヲモ見ヨ
　〔七〕二四・一七九⑫
もの（者）　〔一〕七・一一三②　〔一〕八・一一三⑥　〔一〕一二・一一五⑥　〔一〕一三・一一五⑭　〔二〕一・一二二③　〔二〕五・一二三⑨　〔二〕九・一二四②（ならぶ―なき）　〔二〕一一・一二五⑥　〔二〕一二・一二五⑮　〔二〕一四・一二七③　〔二〕一四・一二七③（よく乗る―は落ち）　〔二〕一四・一二七③（能およぐ―は溺る）　〔二〕一四・一二七④　〔二〕一五・一二七④　〔二〕一七・一二八⑩　〔二〕一七・一二八⑪　〔二〕一八・一二九②　〔二〕二一・一三〇⑥　〔二〕二三・一三一⑤　〔三〕三・一三二⑪　〔三〕一〇・一三五⑦　〔三〕一四・一三七②　〔三〕一四・一三七③　〔三〕一七・一三七⑭　〔三〕一八・一三八⑪　〔四〕一〇・一四四②　〔四〕一〇・一四四④　〔四〕二〇・一四八⑧　〔四〕二〇・一四八⑧　〔五〕一・一四九③　〔五〕二・一四九⑨　〔五〕二二・一五七⑨　〔五〕二二・一五七⑨　〔五〕二二・一五七⑬　〔六〕三・一六一⑥徒　〔六〕七・一六二⑥　〔六〕九・一六三⑩　〔六〕一〇・一六四②　〔六〕一二・一六五②　〔六〕一五・一六六④　〔七〕二・一七〇⑦　〔七〕二・一七一①　〔七〕九・一七三⑩　〔七〕九・一七三⑩　〔七〕一〇・一七三⑮　〔七〕一三・一七五⑧　〔七〕一四・一七五⑮　〔七〕一四・一七五⑯　〔七〕一六・一七六⑧　〔七〕一七・一七七⑤　〔七〕二三・一七九④　〔七〕二五・一八〇⑥
　cf、いたづらもの　うわきもの　えどもの　おごりもの　おしおきもの　おほそれもの　おほだてもの（物）　おほどらもの　かたいぢもの　きじやうもの　きようもの　くせもの　くたびれもの　しなのもの　すたりもの　そのもの　たてもの（物）　とびのもの　とほりもの　なにもの　のらもの　ばかもの　ばかものども　ばけものなみ　ぶうぶうもの　ぶきようもの　ぶこつもの　ものども　りくつもの　わるもの　ゑせもの
もの（物）　〔一〕四・一一六③　〔二〕四・一二一⑭　〔二〕一八・一二八⑯　〔三〕一〇・一三五⑨　〔三〕一二・一三六②　〔四〕三・一四一⑪　〔四〕一〇・一四四②　〔四〕一六・一四六⑨　〔四〕一九・一四八②　〔四〕二〇・一四八④　〔五〕三・一五〇④　〔五〕四・一五〇⑨　〔五〕六・一五一⑦　〔五〕六・一五一⑦　〔五〕一一・一五三⑨　〔五〕一六・一五五⑨　〔六〕一〇・一六三⑮　〔六〕一〇・一六四⑥　〔六〕一一・一六四⑦（―の理）　〔七〕一四・一七五⑭（―の道理）　〔七〕一五・一七六③（―入れて）　〔七〕二二・一七九③
　［形式名詞］　〔一〕九・一一三⑮（火口で呑もよい―じや）　〔一〕九・一一四①（火縄もよい―じやが）　〔一〕一五・一一六⑪（我身に移してまなぶ―ゆへ）　〔一〕一五・一一六⑫（：が仕て見せらるる―にあらず）　〔一〕二二・一一九⑥（酒代でもはづみそふな―じやに）　〔二〕一一・一二五⑥（実子という―）　〔二〕一三・一二六⑧（親の恩は下直な―）　〔二〕一四・一二六⑭（命をむしらるる様な―）　〔二〕二一・一三〇⑪（馬鹿もあがる―）　〔二〕二三・一三一⑥（垢かく―じや）　〔四〕五・一四二⑧（幽霊といへば云様な―）　〔四〕一九・一四七⑮（法施宿といふ―に泊りて）　〔五〕四・一五〇⑬（てんぽもあたる―）　〔五〕一四・一五四⑩（占の道は：微塵もうそのない―）　〔五〕一八・一五六⑦（：の手際でいかぬ―）　〔六〕一一・一六四⑦（とどまる―で御座る）　〔六〕二〇・一六八③（慎と申―）　〔七〕三・一七一⑩（貧乏も捨られぬ―）　〔七〕九・一七三⑬（豊後ぶしといふ―）　〔七〕一〇・一七三⑯（浄留理といふ―）　〔七〕一六・一七六⑨（死ぬる奴程淫（たはけ）たる―はなし）　〔七〕一八・一七七⑦（素読もなる―にあらず）

［ものぞ］【四】一三・一四五⑦（女房を拝み作りにする―ぞ）【四】一四・一四五⑮（其様な‥本尊を拝む―ぞ）【七】一六・一七六⑪（夫婦にして置―ぞ）【七】一七・一七七⑤（どう取りあつかわるる―ぞ）
cf、あやかりもの　うせもの　うちもの　うりもの　おくりもの　かわつたものずき　きらいもの　きるもの　しやうばいもの　じやうもの　しろものがへ　つくろひもの　できもの　なつものとう　のりもの　はもの　はやりもの　ふづくりもの　ほりもの　ほりものす　むぢもの　めにものみせん　ものあんじ　ものいまひ　ものいり　ものか　ものから　ものごと　ものしり　ものほし　ものもらひ　ものを　もめんもの　やきもの

もの［接頭語］
cf、ものやはらか　ものやわらか

ものあんじ（物　）【六】二一・一六八⑥

ものいまひ（物忌）【三】一一・一三六①

ものいり（物入）【四】一五・一四六⑧

ものか［連語］（体言「もの」＋助詞「か」　詠嘆、反語ヲ表ス）
【四】一〇・一四四⑥　一刀に三度づつ礼拝してきざみそうな―（物歟）
【五】一二・一五三⑫　そんな事でほらるる―（物か）
【六】一三・一六五③　むさと受とらぬ―して
【七】八・一七三③　それで身が持たるる―（物か）

ものがたり（物語）【五】四・一五〇⑦

ものから（物）［接続助詞］
【三】一九・一三八⑭　殊勝に見ゆる―様子めかしく
【六】一〇・一六四⑤　誠とおもはざる―流言は智者にとどまると

ものごと（物　）【七】一三・一七五⑨　風の神さへおもわぬ―寄合の度々　【二】一一・一二五④（おのづから―に麁略せず）

ものしり　【五】二二・一五七⑬

ものども（者　）【五】二三・一五八④

ものほし（物　）【七】二二・一七九③

ものもらひ（物　）【六】一四・一六五⑩

ものやはらか（物和）　→ものやわらか　ヲモ見ヨ
【七】一〇・一七四②（―にて）

ものやわらか（物　：やはらか）　→ものやはらか　ヲモ見ヨ
【二】八・一二三①

ものを［終助詞］（「もの」＋「を」カラ）
【序】三・一〇七⑨　能化にもおとらじ―と
【七】一六・一七六⑩　人倫の道に違（たがい）て死だもの―‥
誰がゆるして夫婦にして置ものぞ

もはや（最早）［副詞］【一】二一・一一九③　【二】一四・一二六⑫　【五】二四・一五八⑨　【六】一一・一六〇⑤　【七】二五・一八〇①　【七】二五・一八〇④

もふ（もう）［副詞］【五】二二・一五七⑭　【五】二三・一五八①

もふけ（儲　まうけ）　→まうけ　ヲモ見ヨ
【二】八・一二三⑦

もふ・す（まう‥）［サ四段］　→まうす　もうす　ヲモ見ヨ
［平仮名表記］
―さ（未）【五】一三・一五四②（―ぬ）
―せ（命）【二】一四・一二六⑬（酒のむごとに念仏―）

もふ・づ（詣　まう‥）［ダ下二段］　まう・でる［ダ下一段］
→まうづ　ヲモ見ヨ
―で（用）【五】二三・一五八⑥（底本「て」濁点ナシ　振リ仮名位置「夜中に（　も）詣（ふ　）て」ヲ考慮スルト「もふでて」トモ）

もみ（紅）【六】一六・一六六⑨（―の切）

もめん（木綿）
cf、もめんうり　もめんじゆばん　もめんもの

もめんうり（木綿売）[四]一八・一四七⑪（―の高荷程な）
もめんじゆばん（木綿繻袢）[五]九・一五二⑪
もめんもの（木綿物）[二]二三・一三一③
もら・ふ［ハ四段］
―ふ（う）（用　音便）[二]一一・一二五⑦（他人を―て）
cf、ものもらひ
もら・ふ［補助用言　ハ四段］
［てもらふ］
―わ（は）（未）
[一]八・一一三⑥　聞て―ねばならぬ
―ひ（用）
[二]一五・一二七⑦　：といふて―たし
―い（ひ）（用）
[一]一一・一一四⑨　届て―たし
―ふ（止、体）
[四]八・一四二⑨　化物並に思ふて―はちと本意なし
[五]二・一四九⑨　見て―もののあるは
[五]四・一五〇⑩　占（うらなふ）て―がてん
[五]一〇・一五二⑮　おれも一ばん見て―べい
もりや（守屋）
cf、もりやのおとど
もりやのおとど㈧（守屋大臣　「：ダイジン」カ）[一]一二・一一
五⑦
も・る［ラ四段］
―る（体）[四]一六・一四六⑫（息の―故）
もろ（諸）［語素］
cf、もろしらが
もろしらが（諸白髪）[三]二・一二一①
もん（文）
cf、いちもん　くもん　じふにもん　にひやくもん　にもん
はちもん　ひやくもん　ろくもん
もん（門）[四]二・一四〇⑧（清浄光寺の―）[四]一一・一四四⑬
[四]一二・一四四⑭　[五]一五・一五五④（禍は慎の―に入る
事なし）[七]九・一七三⑭
cf、かど　こうもん　そうもん　むねかど　もんぐわい　も
んぜん　もんばしら　もんばん
もんか　もんじん　もんてい
もん（紋）[四]一五・一四六⑤（紫幕の―）
cf、いつところもん
もんぐわい（門外）[六]二〇・一六八③
もんく（文句）[七]一〇・一七四⑤（―おもしろく）
もんか（門下）[七]一九・一七七⑮
もんこ（門戸）[六]七・一六二⑯
もんじん（門人）[七]一二・一七四⑭
もんぜん（門前）[四]四・一四一⑭　[四]九・一四三⑫　[四]一六・一
四六⑩　[四]一七・一四六⑯
もんてい（門弟）[五]一七・一五六①
もんばしら（門柱）[四]一二・一四四⑯
もんばん（門番）[四]一一・一四四⑫
cf、もんばんめ
もんばんめ（門番　）[四]一二・一四五①
もんまう（文盲）↓もんもう
cf、もんもうしごく
もんまうしごく（文盲至極）↓もんもうしごく
もんもう（文盲　：マウ）[一]七・一一七⑪
もんもうしごく（文盲至極　：マウ・：）[一]四・一一五⑯（―の
敵役）

［や］

や（八）
　cf、はち　やつ　やところ

や（矢）
　cf、ゆみや

や（夜）
　cf、いちや　こんや　じふや　やしよく　やはん

や（屋）（建物ノ意）
　cf、うぶや　わらや

や（屋）（職業ノ意）
　cf、あげや　あしや　うどんや　うなぎや　おほや　かぢや　かりがねや　ごふくや　こめや　さかどいや　さかや　しちや　しのじまつごや　しよもつや　しらこしや　たびや　ちやや　つきごめや　つばめや　ならざかや　にうりや　ひきやくや　ひきやくやどの　ふろや　ほんや　もちや　やほやおしち　よりあいぢやや　りやうがへやどの　ゑざうしや　ゑぞうしや　ゑちごや

や［係助詞　終助詞　並立助詞］
［文末］
〔序〕三・一〇七⑩　徒然なぐさむ伽にも―と
〔序〕四・一〇七⑫　なげうつ処の散銭それ捨め―（重出＝「めや」）
〔一〕二〇・一一七⑫　：をおもわばいかで人の害をなさん―
〔二〕一二・一二六②　大利を得るの基ならず―
〔四〕一五・一四六⑦　頼もしからずは思召ず―
〔五〕一四・一五四⑦　世の盛衰―
〔五〕二一・一五七⑦　女子童子も祈るにあらず―
〔五〕二二・一五七⑨　あな　ふびん―
〔六〕六・一六一⑮　余程鼻の下のゆたかなる人々ならず―
〔七〕八・一七三⑥　汝しらず―
〔七〕二二・一七八⑩　骨に通りしるしならず―
［文中］
〔一〕一五・一一六⑪　下の見物―若イ女子は
〔一〕二〇・一一八⑥　心中の馬鹿者―密夫の罪人
〔一〕二一・一一九③　心中の沙汰―八百屋お七はおゐてたもれ
〔二〕一一・一二五⑧　杖―棒でたたき出さるるとも
〔三〕一九・一三九③　出入の日傭取―裏店の嚊衆
〔五〕三・一五〇⑥　爰―かしこに親と子の四鳥のわかれ
〔五〕一六・一五五⑤　祈念祈祷―千垢離など
〔六〕一七・一六六⑭　一寸―弐寸はありもこそせめ
〔六〕二三・一六九⑦　敵打―喧吒の噂
〔七〕一五・一七六⑥　娘―妹が欠落（かけおち）して
〔七〕一八・一七七⑫　好色本―豊後節は一冊もなければ
　cf、いとしや　いまいましや　おたうとや　かあいや　かたじけなや　がや　けがらはしや　けがらわしや　そもや　ぞや　たや　とや　なんぞや　にや　はづかしや

や［接続助詞］
［やいな］
〔六〕一一・一六四⑩　聞―否堪情なく其儘打まけ
〔六〕二三・一六九⑤　いふ―いなばらばらと起（たつ）て
［やいなや］
〔四〕一一・一四四⑫　墓の陰から見る―いなや門番が皮肉に分入

や［助動詞］　→「やる」［助動詞］　ヲ見ヨ
　cf、くりや

ヤイ［助詞］
〔一〕一三・一一五⑨　時むね―　祐なりヤイと
〔一〕一三・一一五⑨　祐なり―と大名にあるまじきせりふ

やい［感動詞］　〔七〕一八・一七七⑪（―亭主：を買べい）

やう（様）
cf、いかやう　おほやう　ときやう　やうだ　ゆいやう
やう（よう）［助動詞（推量、意志）］
やう（よう）（止、体）
〔二〕一一・一二五⑦　行末を頼み力にし―とおもやるは
〔五〕四・一五〇⑨　物をたんとくれ―か
やういん（妖淫　エウ：）　〔七〕八・一七三⑧（―愁怨にして）
やうきゆう（楊弓）　↓ようきう
やうし（養子）　↓ようし　ヲモ見ヨ
〔二〕五・一二二⑨
やゔす（様子）　〔二〕一九・一二九⑩
cf、やうすめかし
やうすめかし（様子）［形シク］
―く（用）　〔三〕一九・一三八⑭
やうだ［助動詞（比況）］（「様に」「様な」ト表記スル例モアリ）
やうで（用）
〔五〕一二・一五三⑭　むかふずねが砕ける―いまいましゐ
やうに（用）
〔一〕一五・一一六⑨　よい―取直し
〔一〕一七・一一七⑥　桟敷借りて見せる―なるべし
〔一〕一七・一一七⑦　事の欠た―彼豊後の鉦ぶし迄取込
〔一〕一七・一一七⑨　お三を善人の―作りしは
〔一〕二一・一一八⑨　おもしろおかしく取つくろわぬ―：心得て
〔二〕三・一二一⑧　むつましからぬ―もおぼしめされんかと（重出＝「にも」）
〔二〕一二・一二五⑪　養父の家をうしなはぬ―：気を付めされ
〔二〕一七・一二八⑫　見ぐるしからぬ―して
〔二〕一九・一二九⑦　かわいそふに子の科（とが）の―
〔二〕二一・一三〇⑧　公事喧吒の出来ぬ―：ためなほしや
〔二〕二二・一三〇⑬　慮外せぬ―手代共にいい付や
〔三〕六・一三三⑭　泣出申候―兼て稽古為致置候得共
〔三〕七・一三四⑨　自慢臭き顔にて歩行候―可申付候
〔三〕九・一三五④　早速の御間に合申―仕
〔三〕一〇・一三五⑩　大風之節折レ不申候―節なしの：木にて
〔四〕一二・一四五②　狐つきの退（のい）た―忙然として居ます
〔五〕四・一五〇⑨　去年居た屋しきの―ひもじゐ目にあわふかと
〔五〕五・一五一③　人よりさきに出る―なるは必定
〔五〕六・一五一⑥　我おもふ―朝寐させて
〔五〕七・一五一⑪　宵は人跡に寐る―心懸
〔五〕九・一五二⑫　帯は水風呂桶のたがの―後下りに
〔五〕一六・一五五⑩　こりや又の手合と出合ぬ―慎給へ
〔五〕一八・一五七①　此―はなつたれど（重出＝「には」）
〔五〕一八・一五七①　貴様の―ぶうぶういふて
〔六〕八・一六三⑧　丑の時参りの―つむりからたちのぼる煙の
〔六〕一七・一六六⑯　乞食の面桶さげた―猿をさげさせ
〔六〕二〇・一六八③　比丘尼所へ欠込（かけこん）だ―門外へ出さぬが：慎と申もの
〔六〕二二・一六八⑯　見て来た―言ふらして
〔六〕二三・一六九③　化されぬ―と兼好も筆をつゐやし
〔七〕六・一七一⑯　仁王をこかした―神前に踏はだかり
〔七〕一一・一七四⑨　上方筋の―髭喰そらして
やうな（体）
〔一〕一四・一一六①　あの―無骨者の田舎侍であつたか
〔二〕一四・一二六⑭　命をむしらるる―物
〔二〕一六・一二七⑭　そなたの―口才なわろは
〔二〕一九・一二九⑪　祭の衣装の―を取出して
〔二〕二三・一三一⑤　わが―者が：垢かくものじや
〔四〕三・一四一⑩　掻餅の黴た―石塔
〔四〕五・一四二⑧　幽霊といへば云―もの
〔四〕一四・一四五⑮　其―不頼母敷（ふたのもしい）本尊

[四]一八・一四七⑪　のぞきからくりの―仕かけ
[四]一九・一四八①　かいて出る―うそに
[五]二・一四九⑦　ぼんのくぼで鼻かむ―事のみいへど
[五]五・一五一②　虎狼の―主人も
[六]一〇・一六三⑮　じゆんれい歌の―ものを書付て
[六]二四・一六九⑧　今宵の―は面々いかひ徳兵衛殿

やうばいさう（楊梅瘡）　↓ようばいさう

やうふ（養父）　[三]一一・一二五⑩　[三]一二・一二五⑪

やうふぼ（養父母）　↓ようふぼ　ヲモ見ヨ
　[三]五・一二二⑨　[三]一二・一二五⑫

やうやう（漸）［副詞］
［漢字表記　振リ仮名アリ］　[三]一四・一三七⑦　[五]一〇・一五二⑯
［漢字表記　振リ仮名ナシ］　[四]二・一四〇⑦
［平仮名表記］　[四]一六・一四六⑬　[五]一・一四九⑤　[五]二三・一五八⑤　[七]二・一七〇⑧

やうやうと　［平仮名表記］　[六]一一・一六四⑫（―片端を聞うけ）

やうやく（漸）［副詞］　［漢字表記　振リ仮名アリ］　[五]二五・一五八⑬

やか［接尾語］
　cf、まめやか

やかまし［形シク］
―ふ（う）（用　音便）　[七]七・一七二①（―思召らん）

やから（輩）　↓ともがら

やきもの（焼物）　[六]一六・一六六⑦

やく（役）　[三]一・一二〇②（一生何の―にもたたず）
　cf、かたきやく　たちやく　なぬしやく　むまやく

や・く［カ四段］
―い（用　音便）　[一]一七・一一七⑤（弁当の世話―て）

やぐ（夜具）　[三]一九・一二九⑪

やくかい（厄害　「やくがい」又ハ「やつかい」カ）　[三]一・一二〇③（何の役にもたたずまた―にもならず）
　cf、やつかい　やつかいすじ

やくし（薬師）　[五]九・一五二⑦（唯の―といふは）（重出＝「ただのやくし」）　[七]二・一七一②

やくしや（役者）　[一]一六・一一六⑭
　cf、そうやくしや　やくしやしゆ　やくしやなかま

やくしやしゆ（役者衆）　[一]三・一一一⑧

やくしやなかま（役者中間）　[一]一〇・一一四③

やくたい　[一]六・一一一⑭（―なせんさく）
　cf、やくたいもない

やくたいもな・い［連語］
―い（体）　[三]八・一二三⑮（―事）

やくにん（役人）
　cf、おやくにん　ちやうつけやくにん

やくびやうがみ（疫病神）　[五]二一・一五七⑥　[七]二四・一七九⑫

やくわり（役割）　[一]一一・一一四⑭

やしき（屋敷）　[三]一七・一二八⑥　[五]四・一五〇⑨
　cf、いへやしき　おやしき　しもやしき　でいりやしき

やしよく（夜食）　[六]一七・一六七③

やす・い（安、易）　↓やすし

やすうり（安売）　[三]一・一三一⑫　[三]二・一三二④　[三]三・一三二⑬　[三]二〇・一三九⑧
　cf、やすうりす　そうしち（惣七）安売の引札せし事

やすうり・す［サ変］
―する（体）　[五]一・一四九③（占の―足屋の道千）

やすさ（安）
　cf、こころやすさ

やす・し（安、易）［形ク］　やす・い［形］
―く（用）　[三]一・一二〇②（世を―（安）暮せる翁）　[六]二〇・

一六八④（夜を—いねて）
—い（体）[四]一四・一四五⑮（—銭）
—かる（体）[三]一・一三二①（—（易）べし）
cf、こころやすし
やすべゑ㊇（安兵衛）
cf、おほわだやすべゑ
やす・む（休）[マ四段]
—め（命）[二]二三・一三一⑨
cf、なかやすみす
やせせたい（世帯）[二]一二・一二五⑮
や・せる【痩】[サ下一段]　や・す[サ下二段]
cf、やせせたい
やそう（野僧）[四]五・一四二⑤（旅疲の—）
やたて【矢立】[四]一・一四〇③
やつ（八ツ）[六]二二・一六八⑭（棟は—）[七]六・一七一⑯（小男鹿の—の御耳）
cf、はち　や
やつ（奴）[三]二・一二〇⑧（人の欲がる黄色な—）[四]三・一四一④（甘い酢でいかぬ—）[五]一一・一五三⑥ [七]一三・一七五⑥ [七]一六・一七六⑨ [七]一八・一七七⑪
cf、こやつ
やつかい（厄害）[四]一・一四〇④
cf、やくかい　やつかいすじ
やつかいすじ（厄害筋　：すぢ）[五]一一・一五三④
やつかいすぢ（厄害筋）↓やつかいすじ
やつこ（奴）[三]二二・一三〇⑮
cf、てのやつこ
やど（宿）[四]三・一四一⑤ [四]一五・一四六⑧ [六]一・一六〇⑥ [六]一二・一六四⑮
cf、くもすけやど　しゆく　ふなやど　ほうしややど
やところ（八所）[二]三・一二一⑫
やと・ふ（傜）[ハ四段]
—わ（は）（未）[三]三・一三二⑪（—るる）
やなぎ（柳）[五]二・一四九⑩ [五]二一・一五七③（—の糸）
やなぎはら⟨地⟩（柳原）[五]一・一四九①（—の長坂）
やはら【柔】[二]九・一二四⑦（—の剣術のと）
やはらか（和）
cf、ものやはらか　ものやわらか
やはら・ぐ（和）↓やわらぐ
やはり[副詞][四]五・一四二③（—やはりひらに其儘御座れ）[四]五・一四二③（やはり—ひらに：）
やはん（夜半）[二]三・一三一⑩（—の鐘声）
cf、やはんすぎ
やはんすぎ（夜半過）[六]二一・一六八⑦
や・ふ（合）[ハ四段]（複合語ヲツクル「合ふ」ノ音変化）
cf、ひつぱりやふ
やぶいり（藪入）[五]五・一五一③
やぶ・る（破、傷）[ラ四段]
—ら（未）[七]八・一七三⑦（声淡にして—ず）
—り（用）[一]一六・一一七③（家を—）[七]八・一七三⑤（人倫の道を—）
—る（止、体）[五]三・一五〇④（家を—）[六]九・一六三⑪（茶釜も—程なる大雷）（「わる」カ）[七]九・一七三⑨（家を—）
やぶ・る（破）[ラ下二段]　やぶ・れる[ラ下一段]
—れ（用）[七]一五・一七六⑥（家—損ぜざるはすくなし）
やほや（八百屋）
cf、やほやおしち
やほやおしち㊇（八百屋七）[一]五・一一六⑥ [一]二一・一一九③

やま（山）〔四〕一五・一四六②（銭の―をなせし）〔五〕二二・一五七⑨（―程あれば）〔七〕六・一七一⑯（―もくづるる高鼾）
cf、あしがらやま　あしたかやま　あすかのやま　おほやま　しゆみせん　ひがしやま　ふじ　ほうえいざん　やまうり　やまかげ　やまざと　やまし　ゆどのさん
やまいいぬ（病犬　やまひ‥）〔五〕二一・一五七⑥
やまうり（山売）〔四〕一五・一四六④（―の丸薬）
やまかげ（山陰）〔二〕一・一二〇①（手に結ぶ岩垣清水‥猶―はあかずもあるかな）
やまざと（山里）〔三〕一・一二〇②〔三〕二・一二〇⑨
cf、かたやまざと
やまし（山師）〔四〕一三・一四五⑪
やまとぞつくん〈書〉（‥ゾククン　大和俗訓）〔序〕二・一〇七⑤（貝原先生の―）
やまのしゆく〈地〉（山宿）
cf、あさくさやまのしゆく
やまひ（病）〔一〕一五・一一六⑩〔五〕六・一五一⑨（―は口より這入禍は口より出る）〔七〕一二・一七五②（犬の―）
cf、いんぐわやまひ　かつたい　つかへ　びやうき　やまいいぬ　ようばいさう
やまひいぬ（病犬）↓やまいいぬ
やまぼこ（山鉾）〔六〕一四・一六五⑭（祇園の―）
やまやま（山々）〔四〕一八・一四七⑩（難義は―）
やまをかげんりん〈人〉（山岡元隣）
cf、げんりん　やまをかげんりんし
やまをかげんりんし〈人〉（山岡元隣子）〔六〕八・一六三③
や・む（止）［マ四段］
―ま（未）〔二〕五・一二二⑬（酒が―ぬげな）
―み（用）〔四〕八・一四二⑭（おもふ事いはで只にや―ぬべき）〔六〕一〇・一六四③（雑説ひしと―て）〔六〕一四・一六五⑮（音もなく―ぬ）
cf、いひやむ
やめ〔七〕一九・一七七⑯（―にせよ）
や・める（止）［マ下一段］　や・む［マ下二段］
―め（用）〔三〕一四・一二六⑫（酒を―て）〔五〕一六・一五五⑧（前帯も‥―て）〔五〕二二・一五七⑮（きほひを―て）〔七〕二五・一八〇④（鉦ぶしを―て）
cf、やめ
やもり（家守）〔三〕一七・一二八⑦〔三〕一七・一二八⑪〔三〕一七・一二八⑪〔三〕一八・一二九②〔三〕一八・一二九②
cf、やもりしゆ
やもりしゆ（家守衆）〔三〕一七・一二八⑥
やや［副詞］
cf、ややありて　ややもすれば
ややありて［連語］〔三〕一四・一二六⑫（黙して居たりしが―‥）
ややもすれば［副詞］〔一〕一三・一一五⑧〔三〕一三・一三六⑪
やよひ（弥生）〔五〕二・一四九⑩（比は―の初）
やら［副助詞］
〔四〕四・一四一⑫　毒酒―直し酒やら
〔四〕四・一四一⑫　毒酒やら直し酒―
〔六〕一二・一六四⑮　文をかく―面々の宿へ‥送るやら
〔六〕一二・一六四⑮　文をかくやら‥書付て送る―
〔六〕一三・一六五⑤　念仏―小唱やら我も我もと
〔六〕一三・一六五⑤　念仏やら小唱―我も我もと出る程に
cf、どうやらこうやら　どこやら　とやら　なにやら
やらん［連語］（「に」「や」「あら」「む」ノ音変化）
cf、とやらん　なにとやらん
や・る［ラ四段］
―ら（未）〔七〕二・一七一①（―しやませ）〔七〕七・一七三①（見あげも―ず）

—り（用）〔六〕三・一六一⑤(徒)（人を—て見するに）
—つ（用　音便）〔四〕三・一四一④（能掛りで—て見るに）〔七〕六・一七一⑭〔四〕三・一四一⑦（べつたりと—て見れば）〔五〕一二・一五三（一眠—てくれふと）
—る（止）〔二〕八・一二二⑮（阿字を—げな）⑬（小笠原を—と）

や・る［補助用言　ラ四段］
—ら（未）
〔六〕二一・一六八⑦　忘れも—ぬ廿二日の夜半過

［てやる］
—ら（未）
〔六〕一六・一六六⑨　猿をぬふて—しやませ
〔七〕二四・一七九⑭　一口にして—す筈なれども
—つ（用　音便）
〔一〕一二・一一五⑤　己が心入レでうたれて—た故
〔二〕八・一二三⑭　水呑百姓にくれて—た
—れ（已）
〔二〕一二・一二五⑯　少しづつ余計を入れて—ば‥嬉しがつて
—れ（命）
〔二〕二三・一三一④　薬売に払（はらふ）て—
cf、いわせもやらず　おいやる（追）　はれやる　みやる

やる［助動詞（丁寧、親愛）］
やら（未）
〔二〕一三・一二六⑥　酒の異見ふつと用—ぬは
やる（止、体）
〔二〕三・一二一⑪　兄弟水魚のありさまを年寄共に見せ—孝心
〔二〕五・一二二⑦　ヲヽでかし—
〔二〕五・一二三⑫　今に綿服　是もでかし—
〔二〕一四・一二七②　算盤もよふおき—
〔二〕一八・一二九⑤　年忌追善疎略にし—な
やれ（已）
〔二〕三・一二一⑪　まだ寐て居—ば心安しと
や（命「やれ」ノ略）
〔一〕一六・一一六⑭　薬となる仕組をして見—
〔二〕二一・一三〇⑧　風俗をためなほし—
〔二〕二二・一三〇⑬　手代共にいい付—
cf、おいやる（言）　くりや

やれ［感動詞］〔六〕一六・一六六⑨（—あの子にも‥ぬふてやらしやませ）

やわやわと（和々、柔々　やはやは‥）
cf、むくむくやわやわと

やわらか（柔　やは‥）
cf、ものやはらか　ものやわらか

やわら・ぐ（和　やはら‥）［ガ四段］
—が（未）〔五〕五・一五一②（心が—いでどふせうぞ）
—ぐ（体）〔五〕七・一五一⑬（鬼でも心の—道理）〔七〕七・一七二⑦（名はかたく人は—石垣の）

［ゆ］

ゆ（湯）〔二〕二三・一三一⑥（—をあびたり）〔四〕一一・一四四⑩（無間の釜の—）
cf、ちやのゆ

ゆいやう（ゆひ‥）〔七〕八・一七三③（髪の—）

ゆうき（勇気）
cf、ゆうきばる

ゆうきば・る（勇気　）［ラ四段］
—つ（用　音便）〔四〕一五・一四六⑧（—ていかめしけれど）

ゆうけん（勇健）
cf、ごゆふけん

ゆうし（勇士） [四]一〇・一四四⑤ [四]一一・一四四⑧
ゆうじん（遊人 イウ：）[二]二〇・一三〇④
ゆうび（優美 イウ：）[七]一〇・一七四②（殿上人の―なるを見習ひ）[七]一二・一七四⑬（都の―に恥ぢず）
ゆうようざつそ(書)（酉陽雑俎 イウヤウ：）[五]二二・一五七⑫
ゆうれい（幽霊 イウ：）[二]二一・一一九④ [四]五・一四二⑧ [四]八・一四二⑪ [四]一九・一四七⑯ [四]二一・一四八⑬
ゆが・む［マ四段］
―も（ま）（未）[三]一八・一三八⑨（袴腰が―ふとも）
ゆき（雪）[二]二・一二二③ [七]一・一七〇③ [七]一・一七〇⑤
ゆきあ・ふ（行逢）［八四段］
―ひ（用）[一]七・一一三③
ゆきがた（行方）[四]一七・一四七⑤（―知れず）[四]二一・一四八⑮（―をしらず）
ゆきかよ・ふ（往 ）［八四段］
―ふ（体）[一]一・一一〇④（―路）
ゆきき（往来）[四]一八・一四七⑫（―の人）[七]二三・一七九④（―の者）
cf、ゆきききす わうらい わうらいす
ゆきき・す（往来）［サ変］
―する（体）[四]一九・一四七⑭（―由）（重出＝「わうらいす」）
ゆきさき（行先） →ゆくさき
ゆきす・ぐ（行過）［ガ上二段］
―ぐる（体）[一]八・一一三⑤（足ばやに―を）
cf、いきすぐ
ゆきちがひ（行違）[五]二五・一五八⑭
ゆきちが・ふ（行違）［八四段］
―ふ（体）[五]二・一四九⑩（葛籠と―小袖櫃）
cf、ゆきちがひ
ゆきつきしだい（往着次第）[四]一・一四〇②
ゆきつ・く（往着）［カ四段］
cf、ゆきつきしだい
ゆぎやう（遊行）
cf、ゆぎやうす ゆぎやうは
ゆぎやう・す（遊行）［サ変］
―し（用）[四]二・一四〇⑧（諸国を―給ふ）
ゆぎやうは（遊行派）[二]九・一二四④（「旅がけ」ノ縁語）
ゆ・く（行、往）［カ四段］ →いく ヲモ見ヨ
―か（未）［仮名表記］ [一]一〇・一一四⑨（素人で―ぬ事）[四]三・一四一⑥（これでは―じと）[五]四・一五〇⑫（合点が―ぬ）
―き（用）［振リ仮名ナシ］ [五]九・一五二⑩（出て―し）
―い（用 音便）［振リ仮名アリ］ [七]一・一七〇①（始めて信ず人間―て尽さざる事を）
―く（体）
［振リ仮名アリ］ [一]一〇・一一四⑧（道―人）[四]一・一四〇②（天竺迄も―気な風来人）[五]二五・一五八⑬（出て―後姿）[六]一五・一六六③（六字づめの上を―我慢の太鼓）
［振リ仮名ナシ］ [三]一二・一三六②（上を―人）[五]二二・一五七⑪（かつがれて―が本意）
―け（已）［仮名表記］ [六]一〇・一六三⑯（―ば）
cf、つれゆく ゆきあふ ゆきかよふ ゆきき ゆききす ゆきすぐ ゆきちがひ ゆきちがふ ゆきつきしだい ゆくさき ゆくすへ ゆくゆく わかれゆく
ゆくさき（行 ）
［振リ仮名ナシ］ [一]七・一一二⑥（―に立ふさがり）[五]二・一四九⑫（私が―のよしあし）[五]四・一五〇⑧（あり着て―の主人）[五]五・一五〇⑭（―の善悪）[七]一五・一七六⑥（―のあて）
ゆくすへ（行末 ：すゑ）

［振リ仮名アリ］　〔三〕一・一二五⑦
ゆくへしれず（行方不知）　→ゆくゑしれず
ゆくゆく（行　）［振リ仮名アリ］　〔六〕一・一六〇①（湖上―吟ず
落日の辺）
ゆくゑ（行方）
cf、ゆきがた　ゆくゑしれず
ゆくゑしれず（行衛　ゆくへ：）　〔六〕一六・一六六⑨
ゆげ　〔六〕二一・一六八⑤（―の立うそ）
ゆこん（遊魂）　〔五〕一五・一五四⑮
ゆす・る［ラ四段］
―つ（用　音便）　〔五〕一五・一五五②（苫屋を―ても）
ゆたか　〔六〕六・一六一⑭（鼻の下の―なる人々）
cf、こころゆたか
ゆだて（湯立）　〔六〕二一・一六八⑤（―の釜）
ゆだん（油断）　〔三〕二・一三二⑤（―なき）　〔七〕一二・一七五③
cf、ごゆだん
ゆづ・る（譲）［ラ四段］
―り（用）　〔五〕六・一五一⑧
ゆどのさん（湯殿山）　〔四〕一八・一四七⑦
ゆび（指）　〔五〕一・一四九②（―の股ひろげし所）
cf、おんゆび
ゆひやう（結様）　→ゆいやう
ゆふ（夕）
cf、あさゆふ　ゆふぐれ
ゆ・ふ［ハ四段］
―ふ（う）（用　音便）　〔三〕二二・一三一①（そちが髪は何者が
―たぞ）
cf、ゆいやう
ゆふぎり㊇（夕霧）（浄瑠璃「夕霧阿波鳴渡」ヨリ）　〔七〕二・一七
〇⑦（―が病気以の外）
ゆふぐれ（夕暮）　〔三〕二・一二一④　〔三〕二〇・一三九⑨（いづくも
おなじ秋の―）（掛詞＝ゆふ／言ふ）
ゆふげ（遊戯　イウ：）　〔七〕一〇・一七三⑯（仮染の―なれど）
ゆふだち（夕立）　〔三〕一・一三二③
ゆふべ（夕）
cf、あしたゆふべ
ゆへ（故　ゆゑ）　→ゆゑ　ヲモ見ヨ
〔一〕一五・一一六⑪　〔四〕四・一四一⑪（一盃づつなる口―に）
〔七〕一六・一七六⑬
ゆみ（弓）
cf、ゆみや
ゆみや（弓矢）　〔四〕一〇・一四四③（―打物取りて）
ゆめ（夢）　〔三〕二・一二〇⑦（―にも見ねど）　〔三〕二三・一三一⑩
（―をむすびぬ）　〔四〕一五・一四六⑥（―にだも見ず）　〔五〕
二・一四九⑦（―に見た事もなけれど）　〔六〕七・一六二⑧
（―もむすばず）　〔六〕九・一六三⑭（たわけの―さめず）
〔六〕一四・一六五⑮（―の覚たる心地）　〔六〕二二・一六八⑫
（―にもしらせず）
ゆりわかだいじん㊇（百合若大臣）　〔四〕一四・一四五⑫
ゆ・る（震）［ラ下二段］　ゆ・れる［ラ下一段］
―る（体）　〔六〕二一・一六八⑮（まだ大きなが―筈じや）
ゆる・す［サ四段］
―し（用）　〔七〕一六・一七六⑪（―て）　〔七〕二四・一七九⑭（―
て返す）
cf、みゆるす
ゆるゆると（緩々）　〔四〕五・一四二④（―御意得ねばならぬ）
ゆゑ（故）　→ゆへ　ヲモ見ヨ
［振リ仮名ナシ］
〔一〕二・一一一③　〔一〕三・一一一⑩　〔一〕一二・一一五①　〔一〕一
二・一一五⑤　〔一〕一五・一一六⑩　〔一〕一六・一一七①　〔三〕一・

一二〇③ [二]八・一二二⑭ [二]八・一二二⑯ [二]九・一二四
③ [二]一一・一二五④ [二]一八・一二八⑮ [三]一〇・一三五
⑨ [四]一五・一四六⑤（甲斐ない—に） [四]一六・一四六⑫
[四]一八・一四七⑥（開帳—に） [四]二一・一四八⑫ [五]一四・
一五四⑫ [五]一八・一五七① [六]一七・一六七⑦ [六]二一・
一六八⑥ [七]一五・一七六② [七]一八・一七七⑥ [七]二三・
一七九⑥
[‥候故] [三]四・一三三① [三]四・一三三③ [三]五・一三三⑧
[三]六・一三四①
[御座候故] [三]四・一三三⑤ [三]六・一三四③
cf、それゆへ それゆゑ

[よ]

よ（四）
cf、し よつ よばんめ
よ（世） [一]一七・一一七⑪ [一]二一・一一八⑪ [二]一・一二〇②
[五]一四・一五四⑦（—の盛衰や） [七]一九・一七七⑭
cf、あのよ このよ すゑのよ よのなか よのひと よわ
たり
よ（夜） [二]二三・一三一⑨（—もふけつらん） [四]一九・一四八
①（—ふけ人しづまつて） [四]二一・一四八⑬（—が明て）
[四]二一・一四八⑭（長の—を） [六]一・一六〇②（秋の—）
[六]二〇・一六八④（—をやすくいねて） [七]三・一七一⑧
（冬の—） [七]六・一七一⑭（客情は惟—の過し難きにあり）
cf、つきよざし みつかみよ よあけがらす よすがら よ
たか よもすがら
よ（予）[代名詞] [序]二・一〇七⑦
よ
[終助詞]
[一]一〇・一一四④ ‥を心がけての事—
[一]二二・一一九⑧ 扨は馬糞でありし—な
[二]一三・一二六⑨ 十弐文にもあたらぬ—な
[六]六・一六一⑮ 寛永十四五年のころかと—
[六]九・一六三⑨ 人には阿房—長太郎よと
[六]九・一六三⑩ 長太郎—と顔を詠（なが）められたる
cf、おふそれよ ままよ
よあけがらす（夜明烏） [四]一九・一四八②
よい（宵 よひ） ↓よひ ヲモ見ヨ
[五]七・一五一⑪
よ・い（能、良）[形] ↓よし
よいしゆつきあい（ 衆附合・つきあひ） [七]三・一七一⑤
よいしゆつきあひ（良衆附合） ↓よいしゆつきあい
よいよい[感動詞] [二]一三・一二六⑨ [三]八・一三四⑭（—と手
を拍）
よう（用） [一]二二・一一九⑥ [六]一・一六〇②（—なき隠居の身）
cf、きふよう ごいりよう ごよう
よう[副詞]（「よく」ノ音変化）
[二]一五・一二七⑩ 町人は町人臭いが—おじやる
[四]三・一四一⑩ 酒は—ない物
[五]四・一五〇⑪ —しつてじやの
cf、よく よふ
よう[助動詞（推量、意志）] ↓「やう」ヲ見ヨ
ようい（用意）
cf、たびようい
ようきう（楊弓 ヤウキユウ） [二]二〇・一三〇④（連誹茶香—な
ど）
ようげつ（妖孽 エウ‥） [六]六・一六一⑯（—有）
ようし（養子 ヤウ‥） ↓やうし ヲモ見ヨ
[振リ仮名アリ] [三]一一・一二五③ [三]一一・一二五⑥
ようじん（用心） [一]一二・一一五④ [二]一九・一二九⑧ [四]四・

一四二① [六]一〇・一六四①（火の—）
ようねん（幼年　エウ：）　[一]一五・一一六⑧
　cf、まへようじん
ようばいさう（楊梅瘡　ヤウ：）　[四]一七・一四七③
ようふぼ（養父母　ヤウ：）　↓やうふぼ　ヲモ見ヨ　[二]一〇・一二五①　[二]一一・一二五⑥
よく（欲）　[序]一・一〇七③　[七]八・一七三⑧
よく（能）［副詞］（形容詞「よし」ノ連用形カラ）　[二]一一・一二五⑥（—養父母の心を察し）　[二]一四・一二七③（—乗る者は落）　[二]一四・一二七③（—およぐ者は溺る）　[三]一〇・一三五⑥（故実—存知の浪人）　[七]二四・一七九⑬（：しりぬ）
　cf、よう　よくよく　よふ
よ・く（除）［カ下二段］　よ・ける［カ下一段］
—け（用）　[五]二一・一五七⑤（—て通れば）　[五]二一・一五七⑥（—て通るは）
　cf、よけ　らいよけ
よくじつ（翌日）　[三]一四・一三六⑯
よくしん（欲心）　[二]一八・一二九②　[七]八・一七三⑦（淡なる時は—平なり）
よくよく（能々）　[一]二〇・一一八⑤（—分別して）　[一]二一・一一八⑨（—心得て）　[一]三一・一一九⑦（—見れば）　[四]四・一四一⑭（—の因果病）　[五]六・一五一⑩（—心得）　[五]二五・一五八⑮（—心得給へ）　[七]二・一七一④（—金銀に縁遠）　[七]八・一七三④（—聞べし）
よけ（除）　[五]一五・一五五①　[六]七・一六二⑪（髪切虫の—の歌）
　cf、らいよけ
よけい（余計）　[二]一二・一二五⑯
よこ（横）　[五]一〇・一五三①
よこばしり（横　）　[一]一・一一〇③
　cf、あしがらきよみがよこばしり　よこばしりのせき
よこばしりのせき（横　関）　[一]一・一一〇②
よさんせ［連語］　[七]一一・一七四⑩（—　くさんせの弱気（にやけ）た詞）
よし（由）　[一]六・一一一⑭　[一]一二・一一五②　[三]四・一三三①（：候—）　[三]一三・一三六⑪　[三]一七・一三八⑤　[四]一八・一四七⑥　[四]一九・一四七⑮　[六]七・一六三②
よ・し（能）［形ク］　よ・い［形］
—から（未）　[五]四・一五〇⑧（傍輩中が—ふか）
—く（用）　[二]二・一二〇⑥（売買の拍子—）　[三]六・一三三⑭（拍子—：泣出申候様に）　[五]一六・一五五⑤（仕合（しあはせ）—）
—かつ（用　音便）　[二]一九・一二九⑪（—たげな）
—し（止）　[二]一六・一二七⑫（ひまに読が—）　[三]三・一三二⑬（商売の首途（かどいで）—と）
—い（止、体）　[一]九・一一三⑬（—かほり）　[一]九・一一三⑮（—もの）　[一]九・一一三⑯（—物）　[一]一五・一一六⑨（—やうに）　[一]一六・一一七②（天気の—に木履はいて）　[一]二二・一一九⑤（—人品）　[二]一二・一二五⑯（斗（はかり）が—と嬉しがつて）　[二]一三・一二六⑧（心持の—には）　[二]一七・一二八⑩（取立が—とても）　[二]一九・一二九⑥（子をもたぬが—筈）　[四]三・一四一⑤（—宿）　[四]二〇・一四八⑦（—時分）　[五]四・一五〇⑧（人遣ひ—かわるひか）　[五]六・一五一⑦（—物）　[五]一八・一五六⑮（—人）　[六]一七・一六七⑤（—きりやう）　[六]二〇・一六七⑫（相場の—米）　[六]二三・一六九⑥（孫子に—土産）
—ひ（い）（止）　[六]八・一六三⑦（：が—と言ふらし）
—き（体）　[一]六・一一二④（人体—惣髪の侍）　[二]二一・一三〇⑨（—（好）書を読きかせて）　[三]一四・一三七⑫（—（好）人）　[五]五・一五〇⑮（わが—に他のあしきがあらば

こそ‥）　〔七〕一三・一七五④（まね―儘に）
cf、いさぎよし　ききよし　こらへよい　しゆびよく　てまへよし　よいしゆ　よう　よく　よくよく　よしあし　よふ
よしあし（善悪）　〔五〕二・一四九⑫　〔五〕五・一五〇⑭
よしずばり（葭簀張）　〔五〕一〇・一五二⑬
よしな［連語］　〔七〕一四・一七五⑫（見ない　きない　―なんどと‥ぬかしおる）
よしはら（吉原）　〔一〕一・一一〇⑤（原―の辺）
よしよし［感動詞］　〔一〕二二・一一九⑨（―馬役の身なれば）
よ・す［サ下二段］
―せ（未）　〔二〕一・一二〇⑤（心を―ず）
よすが　〔一〕一〇・一一四⑧
よすがら（夜　）　〔二〕四・一二一⑮　〔四〕一九・一四七⑮
cf、よもすがら
よそ（余所）　〔二〕二一・一三〇⑦　〔六〕一五・一六六①
cf、よそながら
よそじ（四十　‥ぢ）　〔一〕六・一一二④
よそぢ（四十）　↓よそじ
よそながら（余所）［副詞］　〔三〕二一・一三六⑥
よたか（夜鷹）　〔四〕二一・一四八⑬
よだれ（涎）　〔四〕一七・一四六⑯　〔七〕一一・一七四⑥
よつ（四ツ）（時刻ノ呼ビ方）　〔六〕一・一六〇④（出入―限（ぎり）としるせし）
よつ（四）
cf、し　みつよつ　よつおり
よつおり（四折　‥をり）　〔三〕八・一三四⑬
よつをり（四折）　↓よつおり
よなか（夜中）　〔五〕二三・一五八⑥　〔六〕二一・一六八⑩
よなみ（世次）　〔三〕二一・一三二⑦
よね（女郎）　〔七〕一・一七〇③
よねん（余念）
cf、よねんなし
よねんな・し（余念）［形ク］
―き（体）　〔一〕九・一一三⑮（―体）
よのなか（世中）　〔二〕一六・一二七⑯（―の人にはくずの松原といわるる身こそ‥）　〔三〕二・一三二⑤
よのひと（世人）　〔四〕一四・一四六①
よばはり（呼）
cf、しもやしきよばはり
よばんめ（四番目）　〔二〕八・一二二⑮　〔二〕一四・一二七①
よひ（宵）　↓よい　ヲモ見ヨ
〔五〕六・一五一⑥　〔六〕一・一六〇②
よびか・ける（呼　）［カ下一段］　よびか・く［カ下二段］
―け（用）　〔五〕一・一四九②（往来の人を―）
よふ（よう　能）［副詞］　〔一〕九・一一三⑭（余り―はないが）
〔二〕五・一二二⑩（二度か―来て二度）　〔二〕一四・一二七①（算盤も―おきやる）　〔二〕二〇・一二九⑮（百性は百性で―ござる）　〔三〕三・一三二⑤（此の事を―書ておかれた）
〔五〕一一・一五三⑥（ほんに―あたる）　〔七〕一六・一七六⑨（―積りても見よ）
cf、よう　よく
よ・ぶ（呼）［バ四段］
―び（用）　〔七〕二・一七一①（―に来た者）
―ぶ（体）　〔六〕九・一六三⑬（生鰯々々と―ばかりで）
cf、よびかける
よほど（余程）［副詞］　〔六〕六・一六一⑭（―鼻の下のゆたかなる人々ならずや）
よみきか・す（読　）［サ下二段］　よみきか・せる［サ下一段］
―せ（用）　〔二〕二一・一三〇⑨（―て）
よ・む（読）［マ四段］

―ま（未）　［二］一六・一二七⑬（見こなさずに―れい）　［五］一八・一五六⑫（―せよかし）
―み（用）　［三］一一・一三五⑯（―もおはらず）
―ん（用　音便）　［二］二三・一三一⑤（―でみよ）
―む（体）　［二］一五・一二七⑫（家業のひまに―がよし）
　cf、そよみ　よみきかす
よめ（娵、嫁）　［序］一・一〇七②　［六］一三・一六五⑤　［六］一七・一六六⑬　［七］一七・一七七③
よ・める（読）［マ下一段］　よ・む［マ下二段］
―め（用）　［二］一六・一二八③（―ても）
よもすがら（夜　）［副詞］　［六］七・一六二⑦
　cf、よすがら
よらず（不依）［連語］
　［三］六・一三三⑯　御手前御親類様方に―女中方御供之白小袖
　cf、よる
より［格助詞］
1体言＋「より」
［序］四・一〇七⑫　信心の巾着―なげうつ処の散銭
［一］一・一一〇①　足柄山―出て富士の裾野を通りて
［一］一・一一〇④　京都―東へ往かよふ路なりしにや
［一］二・一一一②　江戸―上りて
［一］三・一一一⑤　夫（それ）―前句点者とは成りしが
［一］六・一一二④　独つぶやく詞の下―
［一］九・一一三⑪　少人品―いやしけれど
［一］一〇・一一四⑧　今度の嵐―おもひがけなく旅人の往来
［一］一一・一一四⑪　昔―春狂言には
［一］一七・一一七④　芝居を鰒汁―こわがるぞかし
［一］二一・一一九②　妄執の雲はれやらぬ五月雨―弥増（いやまし）の泪
［一］二一・一一九④　吸がら―たちのぼる煙とともに
［二］一・一二〇④　商売の工夫―外は
［二］二・一二一①　里―はやき郭公をよろこび
［二］二・一二一②　猿―外に聞ものもない気散じ
［二］一三・一二六④　昔―いか程か見し事
［二］一七・一二八⑤　前々―倍しての繁昌
［二］一七・一二八⑫　給金も世間並―宜敷あたへ召れ
［二］一八・一二八⑮　是―家主を：あなどる故
［二］二〇・一三〇②　江戸の富有な町人―はるかに過たり
［三］一・一三一①　俄ぶりの雨の足―いや増の貸傘
［三］二・一三一⑧　去年―弐文と直を仕上て
［三］四・一三三③　去冬―運気を考へ沢山に仕入
［三］九・一三五①　いまだ御息有之うち―：御心付られ
［三］一〇・一三五⑧　世上―格別下直に差上申候
［三］一一・一三五⑫　卯四月―売出し申候
［三］一一・一三五⑬　四軒寺町角―（ヨリ）四軒目
［三］一二・一三六⑦　諷諫の心―かくははかりしならん
［三］一三・一三六⑩　千石以上―御先供は連させらるる由
［四］二・一四〇⑧　開山一遍上人―代々諸国を遊行し給ふ
［四］二・一四〇⑨　外―一際念入て
［四］八・一四二⑫　腰―下はない筈じやに
［四］一五・一四六⑧　宿―手前弁当にて
［四］二〇・一四八④　是―失物の占
［五］三・一五〇③　御しんぶ―三ツ四ツ年増の老女房
［五］五・一五一③　人―さきに出るやうになるは
［五］六・一五一⑨　病は口―這入　禍は口より出る
［五］六・一五一⑨　禍は口―出る
［五］八・一五二①　親―あつゐ真実の意見
［五］九・一五二⑫　上着―一寸五分程ながふして
［五］一二・一五三⑩　肩さき―手首迄
［五］一二・一五三⑯　博奕は食―好物

〔五〕二一・一五七③　柳の糸—細ひ釜戸の煙
〔六〕二・一六〇⑧（徒）　応長の比伊勢の国—：ゐてのぼりたり
〔六〕二・一六一②（徒）　東山—安居院の辺へ
〔六〕二・一六一③（徒）　四条—かみざまの人
〔六〕三・一六一④（徒）　今出川の辺—見やれば
〔六〕七・一六二④　元結際—ふつと剪られしと
〔六〕七・一六二⑥　家—家に言伝へて
〔六〕七・一六二⑫　かたじけなくも京都—下されたを
〔六〕七・一六二⑬　異国—悪魔の風の吹来るに
〔六〕一一・一六四⑩　己が聞た時—一割もかけてはなせば
〔六〕一六・一六六⑦　店衆—大きな焼物をまいるかわりに
〔六〕一〇・一六四②　其後公—：と御触ありてぞ
〔七〕一・一七〇②　前髪の昔—あまねく諸国の旅芝居を拵
〔七〕二・一七〇⑥　秋の末—ぶらぶらと
〔七〕二・一七〇⑧　素問霊枢—豊後が骨髄に徹し
〔七〕二・一七一①　呼に来た者—さきへかけ出して
〔七〕三・一七二⑧　語りだす声の下—法師むくむくと起て
〔七〕一三・一七五⑤　浄留理—身ぶりを第一とまなび
〔七〕一五・一七六②　むかし—ありふれたる言の葉とおもひて

2活用語＋「より」

〔一〕九・一一三⑮　寐ころびながら呑—こふした所では又一入
　の楽
〔一〕二二・一一九⑤　芝居でする—格別よい人品ながら
〔二〕一九・一二九⑪　こちとが大々に登（のぼつ）た—まだよ
　かつたげな
〔三〕一八・一三八⑦　葬送の日に至りて：を仕立させん—：に
　其銀を施し
〔三〕一九・一三八⑬　進退の礼ととのひたる—目は泣はらし
〔四〕一〇・一四四①　一目見し—我（わが）顔から人魂程の火
　が出て

〔五〕一二・一五三⑬　畏りて居る—はるかに堪へよい
〔六〕八・一六三④　仁心のあつき—末の世の人：流言に心惑せ
　ざれと

［よりも］
〔三〕二〇・一三九⑥　かかる非礼をせん—も
　cf、から　もとより

よりあい（寄合　：あひ）　→よりあひ　ヲモ見ヨ
　〔五〕二四・一五八⑨

よりあいぢやや（寄合茶屋　：あひ：）　〔五〕二五・一五八⑬

よりあひ（寄合）　→よりあい　ヲモ見ヨ
　〔一〕一六・一一六⑭（名人の—）　〔七〕一三・一七五⑩
　cf、よりあいぢやや

よりあひぢやや（寄合茶屋）　→よりあいぢやや

よる（夜）　→よ

よ・る（寄）［ラ四段］
—り（用）　〔四〕一四・一四五⑭（近う—て）　〔四〕一六・一四六⑫
　（近ふ—て）　〔四〕一六・一四六⑮（近う—て）
　cf、うちよる　しのびよる　たちよる　ちかづきよる　より
　あい　よりあひ

よ・る（依、寄）［ラ四段］
［により、による］
—り（用）　〔一〕六・一一一⑭（上意に—此洞の内へ入し由）
　〔三〕三・一三二⑯（御贔負に—（寄）：繁昌仕）
　〔三〕六・一三四②（しみの大小に—（依）御心附可被下）
　〔三〕九・一三四⑮（品に—道心者差添）
　〔三〕一八・一三八⑨（時に—品にこそよるべき）
　〔七〕九・一七三⑪（楽の声に—（依）て善にもすすみ）
—る（止）　〔三〕一八・一三八⑩（時により品にこそ—べき）
　cf、よらず

よろこ・ぶ（悦）［バ四段］

―び（用）[二]二・一二一① [七]六・一七一⑬
よろし（宜、宜敷）［形シク］
―く（用）[二]一七・一二八⑫（世間並より―あたへ召れ）[三]一〇・一三五⑤（―候間）
―き（体）[三]二〇・一三〇④（手前―百姓）[三]六・一三四③
（御人遣―御家）[六]一一・一六五③（人品―所では）
よろしう［副詞］（「よろし」ノ連用形「よろしく」カラ）[五]九・一五二⑧（ちと―おかしやれ）
よろづ（万）[二]一・一二〇④（―の芸能）[六]一一・一六四⑨
（―のことはり）
［副詞的ニ用イタ例］
[二]一一・一二五⑤（―怠りがちになり）[二]一八・一二八⑭
（―不足なあてがひを）[三]一一・一三六⑧（―花美を尽す）
[七]一〇・一七四④（―耳近ひ：俗語がちなが）[七]一一・一七四⑨（―厳（きつ）として）
よわ・し（弱）［形ク］
cf、としよは
よわたり（世渡）[二]一〇・一二四⑮
よわみ（弱）[五]一五・一五五③
よんべ（「よべ」ノ音変化）[五]一四・一五四⑬

［ら］

ら（等）［接尾語］
cf、いしかはろくべゑら　おのれら　おやぢら　かれら　これら　だいざいにんら　なんぢら　われら
らい（雷）
cf、らいよけ
らい（来）［接尾語］
cf、にじふねんらい
らいはい（礼拝）
cf、らいはひす
らいはひ・す（礼拝　：ハイす）［サ変］
―し（用）[四]一〇・一四四⑥（―て）
らいよけ（雷除）[六]九・一六三⑭
らう（羅宇）[一]八・一一三⑪
らうごく（牢獄）[七]一六・一七六⑪
らうすい（老衰）[二]一一・一二五⑦
らうぜき（狼藉）
cf、らつくわらうぜき
らうにやく（老若）[一]一一・一一四⑬
cf、らうにやくきせん
らうにやくきせん（老若貴賤）[七]二・一七一③
らうにん（浪人）[一]七・一一二⑭ [二]九・一二四⑦ [三]一〇・一三五⑥
cf、てんぢくらうにん　ながらうにん　らうにんしゆ　らうにんす
らうにんしゆ（浪人衆）[五]一七・一五五⑮
らうにん・す（浪人）［サ変］
―し（用）[五]八・一五二③（―て）
―する（体）[六]二一・一六八⑥（―も）
らか［接尾語］
cf、うららか　か　なめらか
らくがき・す（楽書）［サ変］
―し（用）[五]二五・一五八⑭（―たり）
らくくわらうぜき（落花狼藉）→らつくわらうぜき
らくじつ（落日）[六]一・一六〇①（湖上行（ゆくゆく）吟ず―の辺）
らくば（落馬）[一]二・一一一③
らくやう（洛陽）

　cf、らくやうしやみ
らくやうしやみ（洛陽沙弥）
〔序〕四・一〇八①（―静観房好阿書）　〔一〕一・一一〇内題（―静観房好阿述）　〔二〕一・一二〇内題（―静観房好阿述）　〔四〕一・一四〇内題（―静観房好阿述）　〔六〕一・一六〇内題（―静観房好阿述）　〔七〕一・一七〇内題（―静観房好阿述）
らくらく（楽々）　〔一〕九・一二四⑤
らくるい（落涙）　〔三〕六・一三四①
　cf、ごらくるい
らし［接尾語］
　cf、しさいらし　だいみやうらし　ばからし　ひまらしい
らしい［助動詞］（近世ニナッテ「らし」ト接尾語「らしい」トノ類推カラ生マレタトイワレル）
　らしく（用）
　〔二〕二〇・一一七⑭　本の男立―
らち（埒）
　cf、らちあけ　らちのあかぬ　らちもない
らちあけ（埒　）　〔三〕一八・一二九①（口聞じやの―じやのと）
らちのあかぬ（埒　明）［連語］　〔一〕八・一一三⑥（―筋）　〔五〕一五・一五四⑮（―詮義）　（重出＝「の」）
らちもな・い（埒　）［連語］（「らっし（臈次）もない」ノ転）
―い（体）　〔一〕六・一一二②（―昔じや）
らつくわらうぜき（落花狼藉　ラククワ・・）　〔五〕三・一五〇⑤
らむ［助動詞（推量）］　→「らん」ヲ見ヨ
らる［助動詞（受身）］
　られ（用）
　〔一〕三・一一一⑤　実事仕の身ぶりできめ付―しほしほと芝居を出て
　〔二〕二・一二〇⑧　人ごとに手前よしとほめ―
　〔二〕一四・一二七②　人に誉揚（ほめあげ）―て
　〔四〕四・一四二①　立込―しは天の賜
　〔四〕一〇・一四四⑤　勇士の数にかぞへ―し某が
　〔四〕一二・一四四⑯　門柱へ押付―し迷惑さ
　〔四〕一九・一四七⑭　仲間六部にせめ―身を細めて往来する由
　〔五〕一八・一五七①　人に怖（おぢ）―はせざりし故
　〔六〕九・一六三⑩　顔を詠（なが）め―たるものすくなからず
　〔七〕一・一七〇③　銚子の座元に給銀を寐―
らる（止）
　〔七〕一八・一七七⑥　板行も停止せ―
らるる（体）
　〔一〕一三・一一五⑧　ゑびらの能では梶原もほめ―に
　〔二〕一六・一二七⑯　用―が禍の端
　〔五〕六・一五一⑧　ほめ―事はほうばゐに譲り
　cf、る
らる［助動詞（可能）］
　られ（未）
　〔二〕一八・一二八⑮　むさぼらいでは過―ず
　〔四〕二一・一四八⑭　ねふさこらえ―ねど
　〔四〕二一・一四八⑭　爰にはね―ず
　〔六〕一七・一六七①　猿をさげさせもせ―ず
　〔七〕三・一七一⑩　かふした時は亦貧乏も捨―ぬ物と
　〔七〕六・一七一⑮　さりとてはね―ず
　〔七〕七・一七二②　己がね―ぬ腹だたしさに
らるる（体）
　〔一〕一五・一一六⑫　めつたな事が仕て見せ―物にあらず
　cf、る
らる［助動詞（敬譲）］
　られ（未）
　〔四〕一三・一四五⑤　少も御心に留―ず・・いなせられ
　〔四〕二一・一四八⑩　流し捨て御心にかけ―な（近世ニハ禁止

ノ助詞「な」ハ、下二段型活用ニハ未然形ニ付イタ）

られ（用）
[一]八・一一三④　御用あらば仰付—ませ
[三]九・一三五①　御近所の方々御心付—門の戸をさし
[三]一七・一三八③　重き御役人とならせ—てぞ
[六]一四・一六五⑮　御停止仰付—夢の覚たる心地して

らるる（体）
[三]一三・一三六⑩　御先供は連させ—由

られ（「られよ」ノ略）（命）
[一]七・一一二⑧　頼み度事あり　待（まつ）てくれ—
[四]一三・一四五⑥　極楽へいなせ—
　cf、おかせられ（被為置）　おほせきけらるべく（可被仰聞）
　おほせつけらるべく（可被仰付）　おほせつけらるべし
（可被仰付）　おほせつけられ（被仰付）　おんととのへお
かせられ（御調被為置）る

らん（らむ）［助動詞（推量）］
らん（止）
[二]三・一二一⑤　誰なる—と：のぞきて見れば
[二]二三・一三一⑨　夜もふけつ—（重出＝「つらん」）
[七]二・一七一②　あきれ果させ給ふ—
[七]七・一七二②　さこそやかましふ思召—
[七]二五・一八〇①　おとがゐがくたびれつ—（重出＝「つら
ん」）
　cf、つらん

［り］

り（利）　[二]一三・一二六④　[二]一八・一二八⑬（眼前の—）
　cf、しやうり　せうり　たいり

り（里）
　cf、せんり　ひやくり

り（理）　[六]一一・一六四⑦（物の—にさとく）

り［助動詞（完了）］
り（止）
[六]一・一六〇⑤　路次口にかかやけ—
[六]二・一六一①㊎　：なんどいひあへ—
[六]三・一六一④㊎　鬼ありと罵りあへ—
[七]八・一七三⑧　汝が好む所は是に反せ—

る（体）
[二]一・一二〇②　世を安く暮せ—翁ありけり
[三]一七・一三八⑤　：有之由　知れ—人に尋ぬべし
[六]三・一六一⑥㊎　おほかたあへ—ものなし
[六]三・一六一⑩　心惑して恐れあへ—愚さを
[六]六・一六一⑮　髪切虫といへ—剃刀の牙：ある妖孽
[六]八・一六三③　宝蔵：といへ—草紙に書のせ置れました

り（人）［接尾語］
　cf、ひとり　ふたり

りう（流）［接尾語］
　cf、いちりう　だいしりう　てらざわりう　どうまんりう

りうぎ（流義）　[七]一七・一七七④　[七]二二・一七九④
りうぐう（竜宮　リユウ：）　[五]六・一五一⑥
りうげん（流言）　[六]一〇・一六四⑤（—は智者にとどまる）
　cf、はやりこと
りくそ（六祖）　[二]五・一二二⑧
りくつ（理窟）　[二]一五・一二七⑤
　cf、りくつもの
りくつもの（理窟者）　[二]八・一二二⑯
りくゆえんぎ㊔（六諭衍義）　↓りくゆゑんぎ
りくゆゑんぎ㊔（六諭衍義　：エンギ）　[五]一八・一五六⑪
りちぎ（律義）　[二]一七・一二八⑧（—一ぺん）　[三]一七・一二八

⑪（—にして仁心のある者） [二]一八・一二九②（—な者） [二]二一・一三〇⑥（—如法な者） [二]二一・一三〇⑧ [四]一四・一四六①（世の人—にして） [四]一六・一四六⑫（—一片の真実） [七]九・一七三⑭（—如法の） [七]一八・一七七⑪（—な奴）
りつぱ [一]七・一一二⑫（—な身の廻り）
cf、りつぱすぎる
りつぱす・ぎる（過）［ガ上一段］
—ぎ（用） [二]一五・一二七⑥（口上が—て）
りどん（利鈍） [序]一・一〇七③
りはつ（利発） [二]一七・一二八⑦（口才—の人）
りやう（両）
cf、まんりやう
りやうがへ（両替）
cf、りやうがへちやう りやうがへみせ りやうがへやどの
りやうがへちやう（両替町） [三]一四・一三六⑯ [六]一四・一六五⑯
りやうがへみせ（両替見 ） [二]八・一二三⑦
りやうがへやどの（両替屋殿） [二]一六・一二八④
りやうごく（両国） [五]二四・一五八⑦ [五]二四・一五八⑧
りやうごくばし（両国橋） [四]一〇・一四四⑦ [七]二二・一七九②
りやうじ（療治 レウヂ） [一]一三・一一五⑫
りやうみみ（両耳） [六]九・一六三⑫
りゆうぐう（竜宮） →りうぐう
りゆうじん（竜神）
cf、りゆうじんぞろへ
りゆうじんぞろへ（竜神 ） [七]二・一七一②
りよかく（旅客） [一]一・一一〇⑤
りよぐわい（慮外） [一]一六・一一七②（武士方への—くわんたい） [五]一一・一五三⑦（—なこつた） [二]二二・一三〇⑬（—せぬやうに）
cf、りよぐわいながら
りよぐわいながら（乍慮外）［連語］ [二]一〇・一二四⑫ [三]三・一三二⑮（—口上書を以申上候） [五]一三・一五四②
りよくわん（旅館）
cf、おんりよくわん
りよしゆく（旅宿） [四]四・一四二①
りよじん（旅人） [一]七・一一三④ [一]一〇・一一四⑧
りん（倫） [七]九・一七三⑨（—をみだり）
cf、じんりん
りんき（悋気）
cf、りんきごころ
りんきごころ（悋気心） [七]七・一七二③

［る］

る［助動詞（受身）］
れ（未）
[六]二二・一六八⑪ 仏神にさのみにくま—ふ筈もなし（下二段型活用ニ「う（ふ）」ガ付イタ例 発音ハ「りょう」）
[六]二三・一六九③ 化かさ—ぬやうにと兼好も筆をつゐやし
れ（用）
[一]二・一一一② 無双の大兵に遠慮なく乗ら—
[一]六・一一一⑯ 湿気に犯さ—
[一]八・一一三⑦ いざ此方へと手をとら—
[一]一二・一一五⑤ 己が心入レでうた—てやつた故
[二]一・一二〇③ あつてもなくてもと人にも思は—て過し故
[二]二・一二〇⑨ 諸人に浦山しがら—
[二]九・一二四⑨ 野楽者の大将とあほが—
[二]一〇・一二四⑬ 地神ににくま—罰を請て

[四]八・一四二⑩　：といは—て身柱元が少ぞつとしたる迄で
[四]一三・一四五⑦　小栗殿といは—し兵
[四]一七・一四七⑥　名物といは—し虎が石も
[四]二〇・一四八④　御ひねりを陰陽師に取—ても
[五]一・一四九④　浄留理に性根をうばわ—
[五]一・一四九④　銭を財布ともに盗ま—
[五]一・一四九⑥　足袋屋が袋をぬか—たとて足屋とは名乗け
らし
[五]三・一五〇⑤　歌枕見て参れと店をおは—て
[五]六・一五一⑤　彼鳩に笑わ—し梟が身の上同前
[五]七・一五一⑭　叱ら—てもたたかれても
[五]七・一五一⑭　たたか—ても是が親への孝行ぞとおもひ
[五]一〇・一五二⑮　：といわ—てびつくり
[五]一〇・一五二⑮　さしもの道千気を呑—て
[五]一〇・一五三②　：といわ—て
[五]二二・一五七⑪　旦那寺へかつが—て行が本意
[五]二三・一五八⑤　やうやうあつかわ—て
[六]六・一六一⑬　毎年化さ—て恥もおもはず
[六]六・一六一⑯　きら—たりといふ人もなきに
[六]七・一六二④　元結際よりふつと剪ら—しと

るる（体）
[一]一三・一一五⑩　見物の武家につもら—もはづかしく
[一]一四・一一五⑮　いかやうにもいわ—こと
[一]一四・一一六②　田舎侍であつたかとおもわ—が迷惑
[二]一一・一二五⑧　杖や棒でたたき出さ—とも
[二]一四・一二六⑭　命をむしら—様な物
[二]一五・一二七⑤　人中で理窟いふと必にくま—（終止形ニ用イタ例）
[二]一六・一二七⑯　人にはくずの松原といわ—身こそ心やすけれ

[三]三・一三二⑪　人木石にあらねば徭（やと）わ—者もなし
[五]六・一五一⑧　叱ら—事は我身に引うける心底にて
[五]二一・一五七⑥　千万人に疎（うとま）—因果病の癩病同然
[五]二一・一五七⑦　人にこわがら—が手がらそふな
[六]六・一六一⑭　うまうまと喰（くわ）—衆中も
[六]一四・一六五⑯　町中でも目貫といわ—本町両がへ町などは
[六]二二・一六八⑫　俄に可愛がら—訳もないに
cf、らる

る［助動詞（可能）］
れ（未）
[三]五・一二二⑧　禅宗とはいやといわ—ぬ
[二]三・一三一⑦　一々言（いい）も尽さ—ず
[五]五・一五〇⑭　八卦の面に虚（うそ）はいわ—ず
[五]一四・一五四⑬　ハテあらそわ—ぬ
[六]一・一六〇③　宵から寐て斗も暮さ—ず
[七]二三・一七九⑤　二声ともきか—ぬすみる茶色の声で
れ（用）
[五]五・一五〇⑬　臍がおどれど笑（わらは）—もせず
るる（体）
[一]一三・一一五⑧　余り片手討なとおもわ—（終止形ニ用イタ例）
[五]一二・一五三⑫　そんな事でほら—物か
[七]八・一七三③　それで身が持た—物か
[七]一七・一七七⑤　心ある者がどう取あつかわ—ものぞ
cf、おすにおされぬ　らる

る［助動詞（自発）］
れ（未）
[三]一三・一二六⑧　一ぱい呑（のん）で心持のよいには親の事もおもは—ぬか
れ（用）

[一]九・一一四① 芝居の切落がおもひ出さ—て悲しひ
cf、らる
る［助動詞（敬譲）］
れ（未）
[一]一四・一一五⑯ 取あぐるに及ぬこととおもわ—ふが（下二段型活用ニ「う（ふ）」ガ付イタ例 発音ハ「りょう」）
[二]三・一二一⑧ むつましからぬやうにもおぼしめさ—んかと
[五]八・一五二⑤ 守り本尊さへいは—ぬ意見を
れ（用）
[一]二二・一一九⑦ 観音のわるぢへかわ—しなるべし
[二]三三・一三一⑤ 能（よふ）書ておか—た
[三]一・一三二③ 雷も肝を潰さ—
[三]一九・一三八⑫ 先哲の教置—し
[四]四・一四一⑫ 此ざまになら—ぬ
[四]一六・一四六⑮ 近う寄て拝あら—ましよ
[五]一四・一五四⑩ 聖人のこしらへおか—て
[五]二二・一五七⑬ 去るものしりがはなさ—た
[六]八・一六三④ 書のせ置—ました
[六]八・一六三⑤ 念比に書おか—し古人の恩
[六]一〇・一六四⑥ 古人も申置—ました
[六]二三・一六九④ 念比に書残さ—たり
[七]一七・一七六⑮ ：といわ—しは至極の格言
るる（体）
[一]一一・一一四⑩ 貴様も知ら—通り
[三]二・一三二④ 手前の臍を隠さ—とぞ
[五]一一・一五三⑤ 名主大屋衆ももてあつかは—町内の草臥者
[五]二一・一五七⑤ それを自慢（みそ）に臂をはら—（文末）
[六]二三・一六九⑥ 実にとはあのいわ—通りじや
れい（命「れよ」ノ音変化）
[二]一六・一二七⑬ 見こなさずによま—
cf、あそばされ（被遊） おぼしめされ（被思召） およばれ（被及） らる
る［助動詞（完了）「り」ノ連体形］ →「り」［助動詞（完了）］ヲ見ヨ
るいみせ（類見世） [三]一一・一三五⑭
るふ（流布）
cf、るふす
るふ・す（流布）［サ変］
—せ（未） [六]二〇・一六八④（—ず）
—する（体） [六]一五・一六六⑥（虚説の—も）

［れ］

れい（礼） [三]一八・一三八⑪ [三]一九・一三八⑬ [三]二〇・一三九⑤ [四]一一・一四四⑪ [六]一〇・一六三⑯
cf、しよれいかた ひれい
れい（例）
cf、れいの
れい（霊） [一]一二・一一五②
cf、くどうすけつね（工藤祐経）が霊芝居へ言伝せし事
れいき（冷気） [三]一・一三一⑪
れいぎ（礼義） [二]一八・一二八⑯（倉廩満て—足る） [三]一九・一三九①
れいげん（霊験） [四]一四・一四五⑭（—あらけなき尊像）
れいこん（霊魂） [一]一〇・一一四⑥
れいすう㊢（霊枢） [七]二・一七〇⑧（素問—）
れいの（例 ）［連語］ [六]三・一六一⑪（—兼好の仁心）
れいふく（礼服） [三]一三・一三六⑬
れうぢ（療治） →りやうじ
れうり（料理）

cf、えどりやうり　れうりす
れうり・す（料理）［サ変］
—し（用）　[五]三・一五〇②（—たり）
れきれき（歴々）　[一]二・一一〇⑦（—の宗匠）　[一]七・一一二⑬
[一]一三・一一五⑬　[三]一三・一三六⑫　[四]一三・一四五⑩
（—の大寺）
れきれきしゆ（歴々衆）　[二]二二・一三〇⑬
cf、おれきれき　おれきれきさまがた　れきれきしゆ
れつぢよ（烈女）　[一]二一・一一九①
れる　↓「る」ヲ見ヨ
れんぱい（連誹）　[二]二〇・一三〇④（—茶香場弓など）
れんぼ（恋慕）　[七]一七・一七六⑯（—愛着）

［ろ］

ろ（路）
cf、ゑきろ
ろく（六）
cf、ごろくねん　ろくじづめ　ろくしやく　ろくど　ろくばんめ　ろくもん
ろく　[五]二二・一五七⑬（—な者）（一般ニ「碌」ト書クハ当字）
ろくがう（六郷）　[四]四・一四一⑯（—の渡し）
ろくじ（六字）
cf、ろくじづめ
ろくじづめ（六字　）　[六]一五・一六六③（題目の七返がへしは—の上を行）
ろくじふまんげん（六十万軒）　[二]九・一二四⑤
ろくじふよしう（六拾余州）　[七]一・一七〇③
ろくじふろくぶ（六十六部）　[四]一八・一四七⑩（—とて‥笈を負ひ）　[四]一八・一四七⑫（—の内を二三部‥納め）
ろくしやく（六尺）　[五]九・一五二⑪（—斗の大男）
ろくじらう㊇（六次郎）　[二]八・一二三⑨
ろくだう（六道）
cf、ろくだうせん
ろくだうせん（六道銭）　[三]一〇・一三五⑪
ろくど（六度）　[一]二・一一一③
ろくばんめ（六番目）　[二]八・一二三⑨（—の六次郎）
ろくぶ（六部）　[四]二〇・一四八⑤
cf、なかまろくぶ　ろくぶども
ろくぶども（六部共）　[四]一九・一四七⑮
ろくべゑ㊇（六兵衛）
cf、いしかはろくべゑ
ろくもん（六文）　[七]二二・一七九③
ろし（路次）　[三]四・一三三③（—の間）
cf、ろじぐち
ろじぐち（路次口）　[六]一・一六〇⑤
ろめい（露命）　[五]二一・一五七③（—をつなげば）
ろん・ず（論）［サ変］
—ずる（体）　[四]一三・一四五⑨（—に足らぬ事）

［わ］

わ（和）　[七]八・一七三⑦（—にして淫せざる）　[七]八・一七三⑦（—なる時）
cf、くわす
わ（我）［代名詞］（一人称、二人称）
cf、わが
わ（は）［係助詞］（重出＝「は」）
[一]一三・一一五⑪　我本意にかないし—
cf、とわ　にわ

わい［終助詞］
　cf、ないわいの
わうくわん（往還）〔三〕八・一三四⑭
わうじやう（王城）〔七〕一〇・一七四①
わうだう（横道）　→おうどう
わうへい（横平）〔一〕二・一一〇⑧（尊大にして—なる男）〔五〕一五・一五五③（—に）
わうらい（往来）
　［振リ仮名ナシ］〔一〕一・一一〇⑤　〔一〕一〇・一一四⑦　〔一〕一六・一一七①
　［振リ仮名アリ］〔一〕一〇・一一四⑨　〔五〕一・一四九②
　cf、ゆきき　ゆききす　わうらいす
わうらい・す（往来）［サ変］
　—する（体）〔四〕一九・一四七⑭（—由）（重出＝「ゆききす」）
わが（我）［連体詞］〔一〕六・一一一⑫（—身の上）〔一〕一〇・一一四⑦（—所存の程）〔一〕二二・一一五⑥（—誉）〔一〕一三・一一五⑪（—本意）〔一〕一三・一一五⑫（—耳の底に徹して）〔二〕五・一二二⑦（—志）〔二〕一五・一二七④（—ちゑ）〔二〕一六・一二七⑮（—才智）〔三〕三・一三二⑫（—商売）〔四〕八・一四二⑮（—妄執）〔四〕一〇・一四四①（—顔）〔四〕一五・一四六⑥（—道）〔五〕五・一五〇⑯（—宿世の罪業）〔五〕一三・一五四⑥（—臍）〔七〕七・一七二⑪（—清浄よき広前）〔七〕一八・一七七⑧（—姿）〔七〕二四・一七九⑭（—けんぞく）〔七〕二四・一七九⑮（—神詫（たく））
　cf、おのが　わがみ
わが（我）［連語］（代名詞「わ」＋助詞「が」）〔二〕二三・一三一⑤（—様な者がわるふすりや…）〔四〕一八・一四七⑩（—ごときも）〔五〕五・一五〇⑮（—よきに他のあしきが…）〔五〕五・一五〇⑮（人のわるきは—わるきなり）〔五〕六・一五一⑥（—おもふ様に）〔五〕七・一五一⑮（—気にいらぬ事をも）〔七〕八・一七三④（—云ことを能々聞べし）
わか・い（若）［形］　わか・し［形ク］
　—い（体）〔一〕一五・一一六⑪（—（イ）女子）〔五〕二三・一五八④（—者ども）
　cf、わかざかり
わかいもの（若者）　→「わかい」「ものども」ヲ見ヨ
わかざかり（若盛）〔三〕二・一二一②
わかじに・す（若死）［サ変］
　—し（用）〔三〕一三・一二六⑦（—て）
わかしゆ（若衆）
　cf、わかしゆがた
わかしゆがた（若衆形）〔一〕二・一一〇⑨
わかたう（若党）　→わかとう
わかち（別）〔二〕四・一二二④（五時八教の—あり）
わかて（若手）〔三〕八・一三四⑫
わかとう（若党　：タウ）〔七〕二二・一七九②
わがまま（我儘）〔二〕一〇・一二四⑬
わがみ（我身）［連語］〔一〕一五・一一六⑪　〔五〕四・一五〇⑫　〔五〕六・一五一⑧　〔六〕二〇・一六七⑭
　cf、おのがみ
わか・る【分】［ラ四段］
　—る（止）〔二〕九・一二四⑥（宗旨も家業も—まい）
わか・る（別）［ラ下二段］　わか・れる［ラ下一段］
　—れ（用）〔二〕五・一二二⑥（八人八宗に—たり）〔三〕二・一三二⑦（秘蔵子に—て）〔三〕一八・一三八⑨（—たる折）
　cf、わかれ　わかれゆく
わかれ　〔五〕三・一五〇⑥（四鳥の—）
わかれゆ・く（　行）［カ四段］
　—く（止）〔六〕二四・一六九⑨
わかん（和漢）〔五〕二二・一五七⑬

わかんいぜんろく㊟（和漢為善録　：ヰゼンロク）　[二]一五・一二七⑪
わき【脇】　[三]二〇・一三九⑨
　cf、わきひら
ワキ（能ノ役）　[四]三・一四一④（僧―の能掛り）
わきざし（脇指、脇差）　[三]一九・一三九①　[七]一三・一七五⑥
　cf、おほわきざし
わきひら（脇　）　[二]五・一二二⑩（―見ぬ）
わきま・へる［ハ下一段］　わきま・ふ［ハ下二段］
　―へ（用）　[七]一四・一七五⑭（―た者）
わけ（訳）　[三]一七・一三八④　[四]五・一四二④　[四]五・一四二⑥　[六]二二・一六八⑫
　cf、いいわけ
わけい・る（分入）［ラ四段］
　―り（用）　[四]一一・一四四⑬　[七]二四・一八〇①（―しが）
わざ（業）　[五]一八・一五六⑭　[七]一三・一七五⑨
わざと（態）［副詞］　[五]二三・一五八⑤　[五]二三・一五八⑥
わざはひ（禍）　→わざわい　わざわひ　ヲモ見ヨ
　[二]一六・一二七⑯　[五]一六・一五五⑥
わざわい（禍　：はひ）　→わざはひ　わざわひ　ヲモ見ヨ
　[五]六・一五一⑨（―は口より出る）
わざわひ（禍　：はひ）　→わざはひ　わざわい　ヲモ見ヨ
　[五]一五・一五五④（―は慎の門に入る事なし）
わし［自称代名詞］　[四]二一・一四五②　[五]四・一五〇⑪　[五]一五・一五五①　[五]一八・一五六⑯　[六]一六・一六六⑩
　cf、わしや
わしや［連語］（「わし」＋助詞「は」　「わしは」ノ音変化）
　[五]四・一五〇⑦　[七]一一・一七四⑩
わす・る（忘）［ラ下二段］　わす・れる［ラ下一段］
　―れ（未）　[二]一八・一二九⑤（―ず）
　―れ（用）　[四]一二・一四四⑭　[五]九・一五二⑨（―ました）　[六]二一・一六八⑦（―もやらぬ）
わた（綿）
　cf、ふるわた　わたぼうし
わたくし（私）
［振リ仮名ナシ］　[一]七・一一三②　[一]一〇・一一四④　[五]二・一四九⑫
［振リ仮名アリ］　[六]一七・一六七④
　cf、わたくしかた　わたくしぎ　わたくしたな　わたし
わたくしかた（私方）　[三]五・一三三⑨
わたくしぎ（私義）　[三]四・一三三③
わたくしたな（私店）　[三]三・一三二⑮
わたし（渡）　[四]四・一四一⑯（六郷の―）
　cf、ふなわたし
わたし【私】　[五]八・一五二③
　cf、わたくし
わた・す（渡）［サ四段］
　cf、みわたす
わたぼうし（綿帽子）　[三]六・一三三⑯
わたり（渡）
　cf、さののわたり
わた・る（渡）［ラ四段］
　cf、よわたり
わづら・ふ（煩）［ハ四段］
　―ひ（用）　[一]六・一一一⑯（毒気に染（そみ）て―なば）
　―ふ（体）　[六]三・一六一⑦㊟（―事）
わなわな［副詞］　[一]八・一一三⑨（―ふるひて）
わめきまは・る（　廻）［ラ四段］
　―る（体）　[六]一五・一六六④（―媼嘷）
わめ・く（喚）

cf、わめきまはる
わら（藁）〔二〕一一・一二五⑤（—の出るが世間に沢山）
cf、わらざうり
わらざうり（　草履）〔三〕二〇・一三九④
わらじ（わらぢ）〔七〕三・一七一⑨
わらぢ（草鞋）↓わらじ
cf、かねのわらじ
わらづとのべんてん（【藁苞】弁天）〔七〕二三・一七九⑥
わらひ（笑）〔序〕三・一〇七⑧
cf、そらわらひ　ひとりわらい　ひとりゑみ
わら・ふ（笑）［ハ四段］
—は（未）〔五〕五・一五〇⑬（臍がおどれど—れもせず）
—わ（は）（未）〔五〕六・一五一⑤（鳩に—れし梟）
—ひ（用）〔六〕一五・一六六②（心で—しおとなしさ）
—ふ（止、体）〔七〕六・一七一⑬（—べき）〔七〕二三・一七九④（往来の者の—もしらず）
cf、うちわらふ　わらひ
わらべ（童子）〔五〕二一・一五七⑦（女子—も）〔六〕二〇・一六八④（女子—も）
わらや（藁屋）〔四〕一四・一四五⑬
わり（割）
cf、いちわり　にわりがた
わ・る（破）［ラ四段］
cf、うちわる　たたきわる　やぶる
わるくち（　口）〔一〕一六・一一七①（—雑言）〔三〕八・一三四⑭〔五〕二五・一五八⑭
わる・し［形ク］　わる・い［形］
—く（用）〔五〕一六・一五五⑪（人品—聞にくし）
—ふ（う）（用　音便）〔二〕一二・一二六②（—こけると）〔四〕三・一四一⑨（首尾—）〔五〕一五・一五五④（—ても）〔六〕一六・一六六⑫（—はあるまい）〔七〕二三・一七九⑧（小胸が—なつて）
—き（体）〔五〕五・一五〇⑮（わがよきに‥人の—は）〔五〕一五〇⑮（わが—なり）
—い（体）〔四〕一八・一四七⑩（—虫が付て）〔四〕二〇・一四八⑧（—者）〔五〕一五・一五五①（—尻）
—ひ（い）（止、体）〔二〕一七・一二八⑧（そりや—ぞや）〔五〕四・一五〇⑧（よいか—か）〔五〕六・一五一④（あそこは—ここはいや）〔五〕一六・一五五⑦（—身持）〔五〕一七・一五五⑫（人品の—衆）〔五〕二四・一五八⑩（汁が—と畳へこぼし）〔六〕一七・一六六⑭（美目の—が此節の一徳）
—けれ（已）〔五〕七・一五一⑮（おしたてこそ—きりやうは百人なみなり）
cf、きみわるがる　ぬるずい　わるぢへ　わるふすりや　わるもの
わるずい〔六〕二三・一六九②（四も五もくわぬ—）
わるぢへ（：ヂヱ）〔二〕二一・一一九⑥
わるぢゑ（悪知恵）↓わるぢへ
わるふすりや［連語］（「わるくすれば」ノ意）〔二〕一六・一二七⑭（—‥身をほろぼすぞや）〔二〕二三・一三一⑤（—銭湯で立ながら湯をあびたり‥）
わるもの〔五〕一八・一五六④
われ（我）［代名詞（一人称）］〔一〕一〇・一一四⑥〔一〕一四・一一五⑭〔一〕一四・一一六②〔一〕一四・一一六④〔三〕一三・一三六⑭（—こそ）〔四〕五・一四二⑦（—こそ）〔四〕八・一四二⑧〔四〕八・一四二⑭（おもふ事いはで‥—に等しき人しなければ）〔六〕三・一六一⑩（—も人も）〔六〕二四・一六九⑨〔七〕二・一七一③〔七〕六・一七一⑫〔七〕一九・一七七⑭〔七〕二四・一七九⑬〔七〕二四・一七九⑯
cf、われさき　われながら　われひと　われもわれも

われ［代名詞（二人称）］ [二]五・一二二⑬
われさき（我　） [六]八・一六三②（—にと） [六]一四・一六五⑪
（—にと）
われながら（我　） [五]二四・一五八⑦
われひと（我人） [三]一九・一三九②
われもわれも（我　我　）［連語］ [三]一九・一三九③（—と）
[六]一三・一六五⑥（—と） [七]一三・一七五④（—と）
われら（我等）［代名詞（一人称）］ [二]一九・一二九⑦ [四]二・一
四〇⑨（—ごときの） [四]一〇・一四四② [四]一三・一四五
⑤ [四]一三・一四五⑥ [四]二〇・一四八⑥ [六]二一・一六八
⑨ [六]二二・一六八⑥
cf、われらふうふ　われらふぜい
われらふうふ（我等夫婦） [四]九・一四三⑥
われらふぜい（我等風情） [四]九・一四三⑩
われわれ（我々） [一]一五・一一六⑥ [七]一二・一七五③
わろ（「童（わらは）」ノ音変化カトモ） [二]一六・一二七⑭（そなたの様な口才な—は：） [六]八・一六三⑧
わん（椀）
cf、ちやわん

［ゐ］

↓「い」ヲモ見ヨ

ゐ（威） ↓い　ヲモ見ヨ
[四]一五・一四六⑤（虎の—をかる狐開帳）
ゐ（院）
cf、あぐゐ
ゐあひ（居合） ↓いあい
ゐあひぬき（居合抜） ↓いあいぬき
ゐぎめ・く（威儀） ↓いぎめく
ゐくび（猪首） [三]三・一三二⑫
ゐくわう（威光）
cf、ごゐくわう
ゐさい（委細） [一]二一・一一九③（—に伝へて）
ゐたい（遺体） ↓いたい
ゐで（いで）［接続助詞（打消）］（重出＝「いで」［接続助詞（打消）］）
↓「いで」ヲモ見ヨ
[二]一一・一二五⑩ 気にいら—どうせうぞ
[五]八・一五一⑯ 何所でも気にいら—は
ゐなか（田舎）
cf、いなかあるき　かたいなか　ゐなかざむらひ
ゐなかあるき（田舎歩行） ↓いなかあるき
ゐなかざむらひ（田舎侍） [一]一四・一一六①
ゐなら・ぶ（居並） ↓いならぶ
ゐる（居）［ワ上一段］
ゐ（用） [五]四・一五〇⑨（去年—た屋しきのやうに）
ゐる（体） [三]二〇・一三九③（いまだ片息で—病人の） [五]一七・一五五⑮（端々に—浪人衆） [七]一六・一七六⑪（一所に—こと）
cf、いならぶ
ゐる（居）［補助用言　ワ上一段］
［てゐる］
ゐ（用）
[二]一四・一二六⑫ 暫（しばらく）黙して—たりしが
[四]二・一四一② あか棚の掃除して—たるを
[四]一二・一四五② 忙然として—ます
[四]一八・一四七⑧ 握り詰て—給ふ御面相
[四]一九・一四七⑯ 地獄で駕籠かきして—ます
い（ゐ）（用）
[一]三・一一一⑪ まだ寐て—やれば
ゐる（止、体）

〔一〕一一・一一四⑪　小児も…呑込で―土地の風俗
〔一〕一二・一一四⑯　見物の気が曽我に凝かたまつて―処
〔四〕一二・一四四⑮　きよろきよろして―は
〔四〕一四・一四五⑪　如法に勤て―出家を
〔五〕一二・一五三⑬　畏りて―より
〔五〕一六・一五五⑦　しつて―筈
〔五〕一七・一五六①　子共が穴一して―も見ぬふりして
〔七〕二二・一七八⑫　死しても山水を見て―形ちを
ゐれ（已）
〔六〕一・一六〇①　独（ひとり）つつくりとして―ば
いれ（ゐれ）（已）
〔三〕二一・一一九①　黙（だまつ）て―ば…泪のたね
ゐる（率）［ワ上一段］
ゐ（用）　〔六〕二・一六〇⑧㊟（鬼になりたるを―てのぼりたり）
ゐん（院）　↓いん　ヲモ見ヨ
〔六〕三・一六一④㊟
cf、あぐゐ　のふらくいん　ゑかういん　ゑかうゐん
ゐんぎん（【慇懃】　イン…）　↓いんぎん　ヲモ見ヨ
〔三〕二二・一三〇⑭（―に挨拶めされ）

［ゑ］　↓「え」ヲモ見ヨ

ゑい（影　エイ）
cf、ごゑい
ゑい（衛）
cf、ていゑい
ゑいかん㋩（永閑　エイカン）
cf、とらやゑいかん
ゑいきよく（詠曲　エイ…）　〔七〕八・一七三⑥
ゑかう（回向）　〔七〕一六・一七六⑫（親兄弟の追善―）
cf、ごゑかう　ゑかうす
ゑかういん（回向院　…ヰン）　↓ゑかうゐん　ヲモ見ヨ
〔四〕九・一四三⑤
ゑかう・す（回向）［サ変］
―し（用）　〔四〕三・一四一⑩（―て）
ゑかうろ（柄香炉　エ…）　〔三〕四・一二二①
ゑかうゐん（回向院）　↓ゑかういん　ヲモ見ヨ
〔七〕二二・一七九①
ゑき（駅　エキ）　〔四〕二・一四〇⑥（藤沢の―）
ゑきろ（駅路　エキ…）　〔一〕一・一一〇⑤　〔一〕七・一一三②
ゑくぼ（靨）　〔四〕九・一四三③
ゑこぜぬ［連語］
〔五〕一七・一五五⑫　近年―言葉づかひ
ゑざうし（絵草紙）
cf、ゑざうしや　ゑぞうしや
ゑざうしや（絵草紙屋）　↓ゑぞうしや　ヲモ見ヨ
〔一〕一二・一一四⑯
ゑじき（餌食）　〔七〕一五・一七六⑦
ゑせもの（　者　えせ…）　〔四〕一・一四〇③（人にそげたる―）
ゑぞうしや（絵草紙屋　…ザウシ…）　↓ゑざうしや　ヲモ見ヨ
〔七〕一七・一七七⑤
ゑちごのくに（越後国）　〔五〕一三・一五四③
ゑちごや（越後屋）　〔三〕一・一三二②
ゑど（江都　え…）　↓えど　ヲモ見ヨ
〔三〕一四・一三六⑮
ゑのしま（江島　え…）　↓えのしま
cf、みやこじむじだゆふ（都路無字大夫）江（ゑ）の島参詣の事
ゑびら（【箙】　えびら）　〔一〕一三・一一五⑦（―の能）
ゑ・ふ（酔）［ハ四段］

cf、くらひゑふ
ゑ・む（笑、咲）［マ四段］
　cf、うちゑむ　ひとりゑみ
ゑもん（衣紋　ヱ‥）　〔四〕一六・一四六⑭
ゑら・ぶ（えら‥）［バ四段］　→えらぶ　ヲモ見ヨ
　―ぶ（止）　〔二〕一八・一二九①（―べし）
ゑりきらひ（撰嫌　えり‥）　〔三〕一・一三一⑫（―なく‥配る）
ゑん（椽　エン）　〔四〕二〇・一四八⑥（堂塔の―に）
ゑん（縁　エン）　〔二〕五・一二二⑧
ゑんがん（艶顔　エン‥）　〔四〕一七・一四六⑮
ゑんぎ（縁起　エン‥）　〔四〕一七・一四六⑮
ゑんきん（遠近）　〔三〕七・一三四⑥（御寺の―に従ひ）
ゑんじよ（遠所）
　cf、かたゑんじよ
ゑんどほ・い（縁遠　エン‥）［形］
　―ひ（い）（体）　〔七〕三・一七一④（金銀に―生れ）
ゑんめい㈧（園茗）　〔四〕二一・一四八⑭
　cf、ごそくさいゑんめい
ゑんりよ（遠慮）　〔二〕二・一一一②（―なく乗られ）
　cf、ゑんりよなし
ゑんりよなし（遠慮　）　〔二〕二・一二一②（―の高咄し）

［を］

→「お」ヲモ見ヨ

を（緒）　→お　ヲモ見ヨ
　cf、はなを
を（尾）　→お　ヲモ見ヨ
［振リ仮名ナシ］　〔四〕一五・一四六⑥（―の出るも知らず）　〔六〕
　一二・一六四⑭（尾に―を附て）
を［格助詞］

1体言＋「を」（体言ニ準ズルモノヲ含ム）
2活用語＋「を」
3助詞＋「を」

1体言＋「を」
〔序〕一・一〇七①　老漢（ぢぢ）と阿婆（おばば）―こきまぜて
〔序〕二・一〇七④　是―教化の書物に比せば
〔序〕二・一〇七⑥　表に風流の花―かざり
〔序〕二・一〇七⑦　裏に異見の実―含
〔序〕二・一〇七⑦　是―当世上手の所化談義に比すべし
〔序〕三・一〇七⑨　少し小臂―春雨の
〔序〕四・一〇七⑫　開闢の磬―チンチン
〔一〕一・一一〇①　富士の裾野―通りて
〔一〕一・一一〇③　此道―横ばしりといふ
〔一〕一・一一〇③　清見が崎―通りて
〔一〕一・一一〇⑥　うそ淋しひ路―通り
〔一〕二・一一〇⑧　大路―八文字踏（ふん）であるき
〔一〕二・一一一①　段々芸―仕下て‥馬役になり下り
〔一〕三・一一一⑤　しほしほと芝居―出て
〔一〕三・一一一⑨　又馬役―勤むべし
〔一〕六・一一一⑫　あたり―見れば
〔一〕六・一一二①　あたら武士―ちやちやむちやにして仕廻ふべし
〔一〕七・一一二⑮　肌に白無垢―着たり
〔一〕八・一一三⑤　袖―ひかへ
〔一〕八・一一三⑦　いざ此方へと手―とられ
〔一〕九・一一三⑬　怖さに軽薄―申せば
〔一〕九・一一四①　泪―はらはらとこぼせば
〔一〕九・一一四②　芝居の事　思召て
〔一〕一〇・一一四③　役者中間―心がけての事よ

[一]一〇・一一四⑤　どうして私が心の内—御ぞんじで
[一]一〇・一一四⑦　我所存の程—語り伝へんと
[一]一〇・一一四⑧　おもひ—のべんよすがもなし
[一]一一・一一四⑫　手—尽したる狂言
[一]一一・一一四⑫　あたら作意—むだにして
[一]一一・一一四⑮　柊で目—突もいとわぬ元気
[一]一二・一一五②　供物神酒—備へ
[一]一二・一一五④　用心堅固にして一生—おはらば
[一]一二・一一五④　本意—とげん事は
[一]一三・一一五⑨　祐経—随分下作につかふて
[一]一三・一一五⑨　曽我殿原—‥と大名にあるまじきせりふ
[一]一三・一一五⑬　水木が心得—まなぶ者なし
[一]一四・一一六④　物のいらぬ工夫—こらし
[一]一五・一一六⑥　八百屋お七—我々が噂と七種のたたきまぜ
[一]一五・一一六⑦　娘子に徒（いたづら）—すすむる条
[一]一五・一一六⑩　心中して死んだ馬鹿者共—かぞへ上げて
[一]一六・一一六⑬　此処—分別して
[一]一六・一一六⑭　見物の薬となる仕組—して見や
[一]一六・一一六⑯　男立の仕組—見るに
[一]一六・一一六⑯　武士—きめ付　なげたりふんだり
[一]一六・一一七②　肩—いからせ
[一]一六・一一七③　肩をいからせ臂—はつて
[一]一六・一一七③　家—破り身をほろぼす
[一]一六・一一七③　身—ほろぼす
[一]一七・一一七④　芝居—鰒汁よりこわがるぞかし
[一]一七・一一七⑤　人の薬となる事—仕組（しくみ）て見せば
[一]一七・一一七⑦　下女はした—そそらせ
[一]一七・一一七⑧　名—流し身をほろぼすに至らしむる
[一]一七・一一七⑧　名を流し身—ほろぼすに至らしむる
[一]一七・一一七⑧　大経師お三—善人の様に作りしは
[一]一七・一一七⑪　世—おもひ人をおもふ
[一]一七・一一七⑪　人—おもふ
[一]一七・一一七⑪　真実に天理—おもわば
[一]二〇・一一七⑫　いかで人の害—なさんや
[一]二〇・一一七⑫　入りさへあらばと心—つけぬは
[一]二〇・一一七⑭　男のいきじ—磨くとやらいふが
[一]二〇・一一七⑮　きほひ組のたね—まくなり
[一]二一・一一八⑦　放火の大罪人等—おもしろおかしく取つくろわぬ様に
[一]二一・一一八⑭　家—流す大水
[一]二一・一一九①　義婦烈女の仕形—して見せて
[一]二一・一一九①　かかる事—取あげていふも
[一]二二・一一九⑥　大な用—頼ながら
[二]一・一二〇②　炭焼の翁—友とし
[二]一・一二〇②　世—安く暮せる翁ありけり
[二]一・一二〇④　江都に住し昔—聞に
[二]一・一二〇⑤　万の芸能に心—よせず
[二]一・一二〇⑤　金銀の働（はたらき）妙—得たり
[二]一・一二〇⑦　随分地—打て通り
[二]一・一二〇⑧　人の欲がる黄色な奴—沢山に持て
[二]一・一二〇⑨　歓楽—極ながら
[二]一・一二〇⑨　繁花の市中—いとひ
[二]一・一二一①　手世事—楽しみ
[二]一・一二一①　里よりはやき郭公—よろこび
[二]一・一二一②　若盛—思ひ出して
[二]一・一二一③　降り積雪—花と詠むる
[二]三・一二一⑪　兄弟水魚のありさま—‥見せやる孝心
[二]四・一二一⑯　牛秀上人の説法式要—そらんじ
[二]四・一二二①　火燵—直に高座とし
[二]四・一二二③　これ—今宵のちそうとおもひ

〔三〕四・一二二③　耳—かたぶけ聴聞めされ
〔三〕五・一二二⑦　わが志—継で
〔三〕五・一二二⑨　他家—相続して
〔三〕八・一二二⑮　大師流の筆道—学び
〔三〕八・一二二⑮　今では阿字—やるげな
〔三〕八・一二三⑤　舎那の小判—ならべ
〔三〕八・一二三⑥　四貫の銭—からげ
〔三〕八・一二三⑩　紙子四十八枚—弥陀の本願とたつとび
〔三〕八・一二三⑫　黒谷の教—まもり
〔三〕九・一二三⑯　やくたいもない事—信じて
〔三〕九・一二四①　後悔の泪—こぼさぬ日もなかりしに
〔三〕九・一二四②　段々身上—仕上
〔三〕九・一二四⑥　身上—堅めねば‥もわかるまい
〔三〕九・一二四⑧　商人—いやしみ
〔三〕一〇・一二四⑫　此親仁—‥釈尊とおもひ
〔三〕一〇・一二四⑫　教の通りに身—まもれば
〔三〕一〇・一二四⑫　心やすく一生—おわる
〔三〕一〇・一二四⑬　我儘—して教にそぶけば
〔三〕一〇・一二四⑬　罰—請て身を亡す
〔三〕一〇・一二四⑬　罰を請て身—亡す
〔三〕一一・一二五①　養父母—大事にする心
〔三〕一一・一二五⑥　養父母の心—察し
〔三〕一一・一二五⑦　他人—もらふて実の子のごとく‥を頼み
〔三〕一一・一二五⑦　老衰の行末—頼み
〔三〕一一・一二五⑨　‥と所存—堅めて孝をつくさば
〔三〕一一・一二五⑩　‥と所存を堅めて孝—つくさば
〔三〕一一・一二五⑩　山枡大夫—養父にし
〔三〕一一・一二五⑩　捻金婆々—しうとにするとも
〔三〕一二・一二五⑪　養父の家—うしなはぬやうに
〔三〕一二・一二五⑫　朝暮気—付めされ
〔三〕一二・一二五⑭　祖父の掟—守り
〔三〕一二・一二五⑮　慈悲の心—うしなわず
〔三〕一二・一二五⑯　随分升に気—付て
〔三〕一二・一二五⑯　少づゝ余計—入れてやれば
〔三〕一二・一二六①　小利—むさぼらずして大利を得る
〔三〕一二・一二六①　小利をむさぼらずして大利—得るの基ならずや
〔三〕一二・一二六②　眼前の小利—むさぼり
〔三〕一三・一二六③　升目はかり目—こすく立廻り
〔三〕一三・一二六③　刑に逢　身—ほろぼせし輩
〔三〕一三・一二六④　利—むさぼり慈愛の心なければ
〔三〕一三・一二六⑤　家—うしなふ事遠からず
〔三〕一三・一二六⑥　親—おやとおもはぬからの事
〔三〕一三・一二六⑦　酒の毒じやといふ事—しかと得心せぬから
〔三〕一三・一二六⑦　親に腸（はらはた）—断（たつ）なげきがさせて見たいじや迄
〔三〕一四・一二六⑫　最早ふつふつ酒—止て
〔三〕一四・一二六⑬　一生胡麻餅—給べませふ
〔三〕一四・一二六⑭　命—むしらるる様な物
〔三〕一四・一二六⑭　無間の熱酬　紅蓮の冷酒—呑げな
〔三〕一四・一二六⑯　酒説養生論—朝夕熟読して
〔三〕一四・一二六⑯　後悔の眼に酒屋—白眼（にらみ）ぬ
〔三〕一五・一二七④　不調法な者は身—うつ事なく
〔三〕一五・一二七④　賢い者が我ちゑで身—くふ程に
〔三〕一五・一二七⑨　五十にして父母—慕ふが聖人じやと
〔三〕一五・一二七⑫　家内用心記抔—昼夜‥読がよし
〔三〕一六・一二七⑭　公事沙汰の腰押—したり
〔三〕一六・一二七⑮　身—ほろぼすぞや
〔三〕一六・一二七⑮　我才智—ほこるからなり
〔三〕一六・一二八①　能ある鷹は爪—隠す

二一六・一二八①　一生身—全してたもる
二一六・一二八②　身—ほろぼし家をうしなへば
二一六・一二八②　身をほろぼし家—うしなへば
二一六・一二八③　親に苦—かけてはへちまの皮
二一七・一二八⑦　家守り—撰むに
二一七・一二八⑦　取立の事のみに気—附
二一七・一二八⑦　口才利発の人—用ゆ
二一七・一二八⑧　御法度の旨—堅く守り
二一七・一二八⑨　万事怠なく店々—見廻り
二一七・一二八⑨　其身のなりふりにかまわぬ人—用ゆべし
二一七・一二八⑩　店衆に不埒な者—置ては
二一七・一二八⑪　仁心のある者—家守りにめされ
二一七・一二八⑫　普請等も気—付
二一八・一二八⑬　地主—大切におもふ事
二一八・一二八⑬　小利—むさぼる心から
二一八・一二八⑭　万　不足なあてがひ—すれば
二一八・一二八⑮　家主—軽しめあなどる
二一八・一二九①　発明斗（ばかり）に気—付ずと
二一八・一二九②　律気な者—家守りにすべし
二一八・一二九⑤　孫作夫婦の恩—忘ず
二一九・一二九⑥　そなたに悲しひ暮し—させた
二一九・一二九⑥　四十一で子—もたぬがよい筈
二一九・一二九⑨　大百姓の家—御旅館となされしに
二一九・一二九⑩　都人の肝—店がへさせ
二一九・一二九⑬　花麗—尽して御馳走申
二二〇・一三〇①　江戸衆の花麗な真似—せず
二二〇・一三〇①　百姓の身持—まなび
二二〇・一三〇③　百姓の代々続くは畢竟奢—せぬからじや
二二〇・一三〇⑤　なま長い絹布—着て
二二〇・一三〇⑤　田畑—引摺歩行（あるき）
二二一・一三〇⑥　鳶の者きほひ組のいきかた—見習ひ
二二一・一三〇⑧　万事律義—基（もと）とし
二二一・一三〇⑧　風俗—ためなほしや
二二一・一三〇⑨　民家分量記などの好書—読きかせて
二二二・一三〇⑭　手—ついてゐんぎんに挨拶めされ
二二二・一三一③　木綿物—着おれ
二二二・一三一⑤　此事—能（よふ）書ておかれた
二二三・一三一⑥　銭湯で立ながら湯—あびたり
二二三・一三一⑩　皆一同に夢—むすびぬ
三一・一三一⑬　人の高下—えらばず
三一・一三二①　須弥山—はり貫にするとも易かるべし
三一・一三二③　雷も肝—潰され
三一・一三二③　稲光の目—おどろかし
三二・一三二④　手前の臍—隠さるるとぞ
三二・一三二④　繁昌—うらやみ
三二・一三二⑥　襠着宮参りと足手—はこび
三二・一三二⑥　御初尾—捧げ
三二・一三二⑥　御商売—疎略になされ
三二・一三二⑧　弍文と直（ね）—仕上て
三二・一三二⑧　子—持ぬ棒手振りも
三三・一三二⑭　是—見れば
三四・一三三③　去冬より運気—考へ
三七・一三四⑧　鉄面皮（あつかわ）なる男—すぐり
三七・一三四⑨　耳に珠数—掛させ
三八・一三四⑬　俗ニ葬主—（ヲ）施主ト云
三八・一三四⑮　よいよいと手—拍
三九・一三五②　門の戸—さし
三九・一三五②　簾—御懸被成候得共
三一〇・一三五⑦　随分死字に書申者—差上候間
三一二・一三六②　一格其上—行く人は

[三]一二・一三六③　しわ―伸して壁に張附
[三]一二・一三六④　入用の時節―待も有り
[三]一二・一三六⑤　又々其上―いき過たる人ありて
[三]一二・一三六⑥　高位貴人の御葬送にも増りたる行粧―…
　　はかりしならん
[三]一二・一三六⑧　衣類已下万花美―尽す
[三]一三・一三六⑧　分―越たるは葬送の行列
[三]一三・一三六⑬　夏は戻子肩衣―礼服と心得
[三]一三・一三六⑭　裏附の肩衣袴―我こそ時節の衣服もちしと
[三]一四・一三七⑩　是―見る人
[三]一四・一三七⑪　本心の誠―顕はし
[三]一四・一三七⑬　分外の奢―なして刑罰に逢たるもの
[三]一七・一三八④　なり上りの出来分限が訳―知らで
[三]一七・一三八⑤　御咎にも逢ずして一生―過したるは
[三]一八・一三八⑦　水色の上下―仕立させんより
[三]一八・一三八⑦　出入の貧者に其銀―施し
[三]一八・一三八⑧　何にても有合―着し
[三]一八・一三八⑨　人の嘲り―かへり見るも
[三]一八・一三八⑪　僧に向て礼―して
[三]一九・一三九①　脇差の柄―紙で巻は
[三]一九・一三九①　武家方になき礼義―町人の知る筈もなし
[三]一九・一三九②　色々様々の法―たて
[三]二〇・一三九③　面々の働―見せたがり
[三]二〇・一三九④　病人の足―折　膝を屈め
[三]二〇・一三九④　病人の足を折　膝―屈め
[三]二〇・一三九④　いそがぬ事―口かしましくさわぎ
[三]二〇・一三九⑤　わら草履の鼻緒―きつて
[三]二〇・一三九⑥　かかる非礼―せんよりも
[三]二〇・一三九⑧　板木のつゐへ―いとはず
[四]一・一四〇①　東雲に踏出した一歩―千里の始として

[四]二・一四〇⑧　まづ本尊―ぬかづき（「を」ヲウケテ「ぬ
　　かづく」ガ他動詞化シタ例）
[四]二・一四一①　代々諸国―遊行し給ふときけば
[四]二・一四一①　じゆず―すりきる程におがみ
[四]二・一四一①　あたり―見れば
[四]二・一四一③　此御堂の内に一夜―明させ給はりさふらへ
[四]三・一四一⑥　是ではゆかじと手―合せて
[四]三・一四一⑨　首尾わるふ本堂―下り
[四]四・一四一⑬　是―見るに付てもと
[四]四・一四一⑮　又一盃と表―見れば
[四]四・一四一⑯　小盗人の徘徊―怖て
[四]四・一四二①　旅籠賃―かばふ算用
[四]五・一四二②　臂―枕にとろとろする処に
[四]五・一四二④　…との挨拶―幸に
[四]五・一四二⑥　某が名―なのらねば訳が知れず
[四]八・一四二⑪　芸は身―助くるとは
[四]八・一四二⑪　幽霊の情―離れ
[四]八・一四二⑫　額の三角な紙―取て
[四]八・一四二⑮　我が妄執―晴らさんと
[四]八・一四二⑮　人―得ざれば
[四]九・一四二⑯　徒に年月―過しつるに
[四]九・一四三③　ほやりとした髩―顕はした時に替らず
[四]九・一四三⑥　あられもない木像―我等夫婦が像じやとて
[四]九・一四三⑩　我等風情が姿―見せて
[四]一〇・一四四④　某に肩―ならぶる者
[四]一一・一四四⑨　女房の形―三拝してきざんだとは
[四]一一・一四四⑫　貴僧の御入来―…見るやいなや
[四]一二・一四四⑭　年中の所作―忘れ
[四]一二・一四四⑭　鐘もつかずに門―〆て
[四]一二・一四四⑮　入相―つきおらぬか

四一二・一四四⑯　その儘かれが骸―ぬけ出
四一二・一四五②　わしが女房の姿―きざみは致さぬと
四一二・一四五③　鼻毛の汚名―清めん為の
四一二・一四五③　御世話―懸に参りし心底
四一三・一四五⑤　妄執の雲―払ひ
四一三・一四五⑦　何ぞ女房―拝み作りにする物ぞ
四一四・一四五⑪　如法に勤て居る出家―：釣出し
四一四・一四五⑮　何の因果に：本尊―拝む物ぞ
四一四・一四五⑯　貴公などの御事―何やうに申す共
四一四・一四六②　摺子木―天の逆鉾と拝ませても
四一五・一四六②　渇仰の頭―傾け
四一五・一四六③　銭の山―なせし
四一五・一四六④　山売の丸薬に金箔の衣―掛るごとく
四一五・一四六⑤　虎の威―かる狐開帳
四一五・一四六⑦　いかつゐ男―揃立て
四一六・一四六⑩　賽銭―仏餉袋からふるひ出して
四一六・一四六⑬　殊勝さ―引かへ
四一六・一四六⑭　いやみ男―揃へ
四一六・一四六⑭　肩衣の背中―当世風にふくだめ
四一六・一四六⑭　参詣の女中―見かけて
四一六・一四六⑭　衣紋―繕ひ
四一七・一四六⑯　五条袈裟で涎―拭ふありさま
四一七・一四七②　爰に哀―とどめしは
四一七・一四七③　借金―国土産に泣々帰れば
四一七・一四七③　楊梅瘡―終身の憂として
四一七・一四七④　開帳場―仕廻ふと否や
四一七・一四七⑤　本尊―質に入て
四一八・一四七⑧　借銭の書出し―：握り詰て
四一八・一四七⑪　事事敷（ことごとしい）笈―負ひ
四一八・一四七⑫　婆々嫁々の足―止め
四一八・一四七⑫　往来の人の銭―貪り
四一八・一四七⑫　六十六部の内―二三部渋々納め
四一八・一四七⑬　是―仲間六部と言
四一九・一四七⑭　身―細めて往来する由
四一九・一四八①　煮ばなの茶釜―かすらせ
四二〇・一四八③　思ひ懸なき疑―うけても
四二〇・一四八④　拾二文のおひねり―：に取れても
四二〇・一四八⑥　一夜―明すばかり
四二〇・一四八⑦　是―思へば
四二一・一四八⑪　女房の姿―割（きざみ）て
四二一・一四八⑪　鼻毛―伸したと
四二一・一四八⑫　毒酒―のみし故
四二一・一四八⑭　園茗は長の夜―まんぢりともせで
四二一・一四八⑮　其後行方―しらずと云々
五一・一四九②　泥亀の煮売と軒―ならべ
五一・一四九②　指の股ひろげし所―簡板に書て
五一・一四九②　往来の人―呼かけ
五一・一四九④　辻芝居の浄留理に性根―うばわれ
五一・一四九④　売溜の銭―財布ともに盗まれ
五一・一四九⑥　足袋屋が袋―ぬかれたとて足屋とは名乗け

らし

五三・一五〇①　一生象―喰ふ事ならず
五三・一五〇②　味噌―擂たり料理したり
五三・一五〇④　物―そこなひ家を破る
五三・一五〇④　物をそこなひ家―破る
五三・一五〇⑤　店―おはれてお袋は隅田河の在所へ
五四・一五〇⑦　此女顔―あかめ
五四・一五〇⑨　物―たんとくれやうか
五四・一五〇⑩　そこ―聞たいばつかり
五四・一五〇⑩　菓子―かふた残りのおあしで

[五]四・一五〇⑬　道千我身ながら我―折（おり）
[五]五・一五一①　宿世の罪業―滅する修行ぞ
[五]五・一五一②　日々に情―かけ
[五]六・一五一⑩　‥といふこと―能々心得
[五]七・一五一⑩　唇―縫（ぬひ）舌を結び置程におもひて
[五]七・一五一⑩　舌―結び置程におもひて
[五]七・一五一⑭　主人―仏とも神ともあふぎて
[五]八・一五二③　貧しい親に苦―かけましたは
[五]八・一五二⑤　守り本尊さへいはれぬ意見―‥いふて
[五]九・一五二⑧　‥と袂―ひかゆれば
[五]九・一五二⑧　きのどくそふに顔―赤め
[五]九・一五二⑩　菓子かふた残り―紙に捻り
[五]一〇・一五二⑭　松丸太のごとき腕―‥つきつけ
[五]一〇・一五二⑮　さしもの道千気―呑れて
[五]一〇・一五二⑯　胸のおどり―しづめ
[五]一〇・一五二⑯　手の筋―詠（なが）め
[五]一一・一五三④　銭―出した例がない
[五]一一・一五三⑥　己―おぢぬ奴は一疋もない
[五]一二・一五三⑩　なでさする腕―見れば
[五]一二・一五三⑪　是―彫しやる時は
[五]一二・一五三⑬　半時小笠原―やると
[五]一二・一五三⑮　博奕―すく筋でござる
[五]一三・一五四①　蜜柑―鼠に品玉つかふたあしやの道万
[五]一三・一五四④　手前の臍―なめて見る事ならず
[五]一三・一五四⑤　不思義な事―いふ人だ
[五]一三・一五四⑥　手前の舌で我（わが）臍―なめるに
[五]一四・一五四⑥　汗―流してもがくおかしさ
[五]一四・一五四⑫　百里―驚すとて怖い卦体
[五]一五・一五四⑯　手―もぢもぢする所体おかしく
[五]一五・一五五①　どうぞ其除（よけ）―して下され
[五]一五・一五五②　ちよつと茶屋―ゆすつても
[五]一五・一五五③　声―乙に入て頼めば
[五]一六・一五五⑤　一生―全（まつたく）終る
[五]一六・一五五⑥　朝夕神仏―せせりても
[五]一六・一五五⑥　己が身の行―慎まざれば
[五]一六・一五五⑧　其風―あらため
[五]一六・一五五⑨　目だたぬ物―着て
[五]一七・一五五⑭　犬鶏―養（かい）て
[五]一七・一五五⑭　喧吼の種―まけども
[五]一八・一五七②　人のにくみ―うけず
[五]二一・一五七③　露命―つなげば
[五]二一・一五七④　水茶屋に日―くらし
[五]二一・一五七⑤　夫―自慢（みそ）に臂をはらるる
[五]二一・一五七⑤　臂―はらるる
[五]二一・一五七⑧　見る人眼―覆て
[五]二一・一五七⑨　死―とぐる者
[五]二二・一五七⑮　きほひ―やめて誠の人となり給へ
[五]二三・一五七⑮　机―たたきてせめければ
[五]二三・一五八②　意見―もちひず
[五]二三・一五八③　人の娘―ひつぱらゐ
[五]二三・一五八④　若い者ども―すすめて
[五]二三・一五八④　酒樽に水―入て
[五]二三・一五八⑤　同類の名―書て
[五]二三・一五八⑥　大屋に手―すらせ
[五]二四・一五八⑥　家毎の戸―扣き
[五]二四・一五八⑧　つかみ合―両国の茶屋の亭主も‥呑込
[五]二四・一五八⑩　備後表―小刀で切さばき
[五]二四・一五八⑫　足―さすりさすり
[五]二五・一五八⑬　あれ―おもへば
[六]一・一六〇②　秋の夜―‥寐て斗（ばかり）も暮されず

[六]一・一六〇③ 新道通り—うそうそ歩行（あるけ）ば
[六]一・一六〇⑤ 大屋殿の灯と光—あらそひ
[六]二・一六〇⑥ 茶釜の下の火—しめし
[六]二・一六一③(徒) 北—さしてはしる
[六]三・一六一⑤(徒) 人—やりて見するに
[六]三・一六一⑧(徒) 此しるし—しめすなりけりと
[六]三・一六一⑩ あらぬそらごと—信じて
[六]三・一六一⑩ 愚さ—あはれびさとし給ふ
[六]六・一六一⑪ 此段—等閑に見るべからずと
[六]六・一六一⑫ そら言—造り出し
[六]六・一六一⑬ 年々色—かへ品をかへたる流言（はやりこと）
[六]六・一六一⑬ 品—かへたる流言の妄説（うそばなし）
[六]七・一六二③ 黒髪—元結際より：剪られし
[六]七・一六二⑤ 毛もなひ虚（うそ）—いいちらせど
[六]七・一六二⑧ 夜もすがら頭巾—かぶり
[六]七・一六三① 是—ほうろくと言
[六]八・一六三② 煎瓦：の下に隠れ住よし—言伝へ
[六]八・一六三② ほうろく—なげ出して
[六]八・一六三③ 題号—改て：と言
[六]八・一六三⑤ 古人の恩—仇に見過し
[六]八・一六三⑦ 頭上へ土器—のせ其中へ灸をすゆる
[六]八・一六三⑦ 灸—すゆるがよひと言ふらし
[六]九・一六三⑨ 跡かたなきそら事—信じて
[六]九・一六三⑨ 己が神（たましゐ）—くらましけがして
[六]九・一六三⑩ 顔—詠められたるものすくなからず
[六]九・一六三⑫ 大路—あるく棒手振も
[六]九・一六三⑫ 両耳へ古綿—捻込（ねぢこみ）
[六]九・一六三⑭ 渡世—うしなひながら
[六]一〇・一六三⑮ じゆんれい歌のやうなもの—書付て
[六]一〇・一六四⑥ 丸き物—地上にまろばすに
[六]一一・一六四⑫ やうやうと片端—聞うけ
[六]一一・一六四⑫ 己が商売の針—棒程に言なせば
[六]一二・一六四⑬ 是—聞たる下女はしたが
[六]一二・一六四⑬ 針売が怖咄し—いたしました
[六]一二・一六四⑭ 尾に尾—附ての虚が実となり
[六]一二・一六四⑮ ：と文—かくやら
[六]一二・一六四⑯ 盃—浮めてあそぶ程の細流なれど
[六]一二・一六四⑯ 末は大船—乗るごとく
[六]一二・一六五② おほくの愚人—あざむき
[六]一二・一六五② 婦人小児—怖畏（おどし）てくるしむる
[六]一三・一六五⑤ 其所の号（な）—恥し気もなく書ちらして
[六]一三・一六五⑦ 顔—しかめて
[六]一三・一六五⑨ 一婦織ざれば諸人の寒気—防に便なからん
[六]一三・一六五⑩ 百性は家—あけて：田畑は荒次第
[六]一四・一六五⑪ 町人も商売道具—なげすててのたくはつ
[六]一四・一六五⑬ いやはやとんだ事—言ふらし
[六]一五・一六六② 是—おもへば人がら次第で御座らぬか
[六]一五・一六六② 今も町中—笈摺かけて
[六]一五・一六六③ 題目の七返がへしは六字づめの上—行
[六]一六・一六六⑦ 店衆より大きな焼物—まいるかわりに
[六]一六・一六六⑧ 其地の風義—正し給へかし
[六]一六・一六六⑨ 紅（もみ）の切（きれ）で猿—ぬふてやらしやませ
[六]一七・一六六⑭ そこら—探したら目ぬぐひの赤イきれなりと
[六]一七・一六六⑯ はやり事の虚説—信じて
[六]一七・一六六⑯ 猿—さげさせもせられず
[六]一七・一六七③ 夜食—持てうせましたが
[六]一七・一六七⑦ 人売（ひとかゐ）の惣太—道連にしても
[六]一七・一六七⑨ 豊後ぶし—ならわせねば

六二〇・一六七⑫　相場のよい米—信濃者程給べおります
六二〇・一六八④　心ゆたかに夜—やすくいねて
六二一・一六八⑤　乳母どのの肝—冷させ
六二二・一六八⑮　：とやらいふ事—：言ふらして
六二二・一六八⑯　この歌—書て身に付よと
六二三・一六九②　かれ是と前後—考へ
六二三・一六九③　かうした格な事—誡として
六二三・一六九③　兼好も筆—つゐやし
六二三・一六九④　元隣も紙—おしまず
六二四・一六九⑩　一生になひ大気—出して
七一・一七〇①　始て信ず人間行（ゆい）て尽さざる事—
七一・一七〇②　あまねく諸国の旅芝居—拵（かせぎ）
七一・一七〇②　筑紫の月—詠て
七一・一七〇③　吾妻の雪—凌て
七一・一七〇③　銚子の座元に給銀—寐られ
七一・一七〇⑥　酒屋の御用めが買人の喉—鳴して待をも構ず
七二・一七〇⑥　：—いかにもぶらぶらあるきながらのひと

ふし

七三・一七一⑦　身—うらみかこちけるが
七三・一七一⑧　弁才天—祈り（「：に祈る」ノ古イ言イ方）
七六・一七一⑬　此姿—見て笑ふべき道者もなし
七六・一七一⑮　あたり—見れば
七六・一七一⑮　仁王—こかしたやうに
七七・一七二④　きやつがねふり—覚してくれんずと
七七・一七二⑤　黄色な声—はりあげ
七七・一七二⑫　わが清浄よき広前にさやうな婬楽—
七七・一七二⑭　目玉—むきだしたるおそろしさ
七七・一七二⑮　大夫きも—つぶして
七七・一七三①　あたま—すり付て：恐れ入たる風情
七七・一七三②　つむり—あげい
七八・一七三②　身につづれ—着ても
七八・一七三②　あたまに銭—入て油ずくめの其髪のゆいやう
七八・一七三④　我（わが）云こと—能々聞べし
七八・一七三⑤　聖賢是—にくみいましむ
七八・一七三⑤　人倫の道—破り
七八・一七三⑥　詠曲—かなで
七八・一七三⑧　欲—導き
七八・一七三⑧　愁（かなしみ）—増し
七八・一七三⑧　主—あなどり
七九・一七三⑨　父母—棄て
七九・一七三⑨　色の為に生命—軽じ
七九・一七三⑨　倫—みだり家を破る
七九・一七三⑨　家—破る
七九・一七三⑩　風—移し俗を易（かゆ）る
七九・一七三⑩　俗—易（かゆ）る事
七九・一七三⑬　風俗—みだり
七九・一七三⑮　羽織ながふして地—掃ひ
七一一・一七四⑥　よだれ—流す事あまたたび
七一一・一七四⑦　東都は国名—武蔵と号し
七一一・一七四⑦　柔弱なる事—嫌らひ
七一一・一七四⑧　武士の風義—見習ひ
七一二・一七四⑮　祖風—恥かしめず
七一二・一七四⑮　正風の一曲天地—動かし
七一二・一七四⑯　鬼神—感ぜしむ
七一二・一七四⑯　人の心—なぐさむべからむ
七一三・一七五⑤　身ぶり—第一とまなび
七一三・一七五⑦　舟宿の女房斗ぞ羽織—着ける
七一四・一七五⑬　舌—なやしてぬかしおるいやらしさ
七一五・一七六①　かかる言葉—其儘に聞過して
七一五・一七六④　汝等ごとき豊後語り—寵愛して

七一五・一七六⑤　浄留理語り―家の内へ入たてると
七一五・一七六⑤　辻風―入たるごとく
七一五・一七六⑦　心中の相対死―再興して
七一五・一七六⑦　髗（かばね）―犬の餌食として
七一六・一七六⑧　一家親類迄恥―さらし
七一六・一七六⑩　今生で親兄弟に難義―かけ
七一七・一七六⑭　安養寺といふ智識此事―歎き
七一七・一七六⑯　父母―かへりみず
七一七・一七六⑯　生―軽じ
七一七・一七六⑯　親の遺体―傷ひし罪
七一七・一七七④　経書仏書―商売する店
七一八・一七七⑧　我が姿―かけ置
七一八・一七七⑨　渇仰の頭―かたぶけ念比に祈りし
七一八・一七七⑪　豊後の浄留理本―買べい
七一九・一七七⑫　侍共眼―いらゞげ
七一九・一七七⑬　肆（みせ）―仕廻へと叱りちらして
七一九・一七七⑭　汝もはやく過―改めて
七一九・一七七⑮　上品なふし―まなべ
七一九・一七八②　己が子にもあらぬ虫―取来て
七一九・一七八③　其ほとり―はなれず
七二一・一七八⑪　唐の女があけ暮山水の景―好み
七二一・一七八⑪　死しても山水―見て居る形ちを
七二一・一七八⑫　見て居る形ち―骨に残せし例もあり
七二一・一七八⑭　人の女房―盗むの娘子をふづくるのと
七二一・一七八⑮　娘子―ふづくるのと
七二一・一七八⑯　不義姪乱の噂―口号（ずさ）めば
七二一・一七九②　両国橋の辺―徘徊して見れば
七二二・一七九③　大臣のつら―して
七二三・一七九④　おのれらが流義の浄留理―…うなりおる
いやらしさ
七二三・一七九⑧　ちそうの江戸りやうり―皆もどして
七二三・一七九⑨　此姪風に魂―くらまし
七二三・一七九⑨　御新造―手に入レばや
七二三・一七九⑩　娘御―ふづくりたやと
七二四・一七九⑩　此浄留理―禁（いまし）めざる家には
七二四・一七九⑬　成人の娘二人まで持た女―鉦うたせしは
七二四・一七九⑭　我けんぞくの大蛇―つかはし
七二四・一七九⑮　我神詫―うたがわず
七二四・一七九⑮　急度心―ひるがへし
七二四・一七九⑯　宗旨―かへよ
七二四・一七九⑯　汝が一命―うばはん事
七二四・一七九⑯　われ汝―教戒せん為
七二五・一八〇④　鉦ぶし―やめて神の教にまかせんと
七二五・一八〇⑥　土佐の古風―まなびしを

［をさへ］
四一六・一四六⑫　契約なされ　―さゐ中休してやうやう云
仕廻し

［をだに］
二一・一二〇⑤　将棋は駒の名―だに知らねど

［をもつて］
七一・一七〇①　半生長（とこしなへ）に客―もつて家とす
七一二・一七五③　広鋒―以て：追やらずして今で残念

2活用語＋「を」
二一九・一二九⑪　夜具抔は祭の衣装のやうな―取出して
四一〇・一四三⑯　筆太に書て建たる―：一目見しより
四一二・一四五④　ばつと消そうにする―しばしととどめ
五一八・一五六⑭　心中して死ぬ―見ては
五二五・一五八⑮　：といいし―隣の：親父が聞覚へて
六二・一六〇⑧徒　女の鬼になりたる―ゐてのぼりたり
六七・一六二⑫　かたじけなくも京都より下された―：写し

て来た
[六]一四・一六五⑭　うかれ立たる—：御停止仰付られ
[六]二三・一六九⑧　しかも虚偽半分な—聞とは
[七]八・一七三⑦　和にして淫せざる—貴（たつと）む
[七]一〇・一七四②　公卿殿上人の優美なる—見習ひ
[七]一四・一七五⑪　衣服の正しからぬ—服妖と云
[七]一四・一七五⑪　言葉の正しからぬ—言妖といふ
[七]一六・一七六⑫　男女一所に居ることなき—見よ
[七]一九・一七七⑭　叱りちらして帰りし—：見たり
[七]二五・一八〇⑥　土佐の古風をまなびし—感ぜぬ者こそな
かりけり
［をぞ］
[六]三・一六一⑦(徒)　人のわづらふ事侍し—ぞ

3助詞＋「を」

［とやらを］
[二]一五・一二七⑤　味噌とやら—あげめさるな
[四]四・一四一⑪　池の荘司とやら—始　どれどれも
［ばかりを］
[五]一七・一五五⑮　手習と謡ばかり—教て
[六]二〇・一六七⑮　我身の事ばかり—申た
cf、こうじやうがきをもつて（以口上書）　なにをがな　ひをおひ　めをぬく　ものを　をば　をも
あしやのどうせん（足屋道千）売卜に妙を得し事

を［接続助詞］
[一]八・一一三⑤　足ばやに行過る—　袖をひかへ
[三]三・一三二⑬　引札投込て通る—　いかなる安売ぞと
[三]一七・一三八①　家屋敷有之—　下屋敷と唱へし事
[四]二・一四一②　小僧壱人あか棚の掃除して居たる—　近付寄て
[四]五・一四二③　起上らんとする—：ひらに其儘御座れ
[四]一六・一四六⑨　茶ばかりなりし—　今は喰倒し
[五]八・一五二④　：とかけ出す—：と袂をひかゆれば
[五]一六・一五五⑪　か文字入れていふべき—　と文字入れば
[六]一一・一六四⑪　二割がたも潤色して語る—　裏店の針売り婆々が：聞たがりて
[七]一四・一七五⑬　忝といふべき—　おかたじけと勘略する

をがさはら（小笠原）　→おがさはら
をかし（可笑）［形シク］　→おかし
　cf、おかしさ　おもしろおかし
をかしさ　→おかしさ
をか・す（犯）　→おかす
をがみづくり（拝作）　→おがみづくり
をが・む（拝）［マ四段］　→おがむ　ヲモ見ヨ
—む（体）　[四]一四・一四五⑮（本尊を—物ぞ）
　cf、おがみづくり
をぐり㊇（小栗）　→おぐり　ヲモ見ヨ
[四]一一・一四四⑧　[四]二一・一四八⑩
　cf、おぐりどの　をぐりのはんぐわん　をぐりのはんぐわんかねうじ
　ごぞくさいゑんめい（娯足斎園茗）小栗の亡魂に出逢ふ事
をぐりどの㊇（小栗殿）　→おぐりどの
をぐりのはんぐわん㊇（小栗判官）　→おぐりのはんぐわん　ヲモ見ヨ
[四]五・一四二⑧
　cf、をぐりのはんぐわんかねうじ
をぐりのはんぐわんかねうじ㊇（小栗判官兼氏　：かねうぢ）
[四]九・一四三⑬
をぐりのはんぐわんかねうぢ㊇（小栗判官兼氏）　→をぐりのはんぐわんかねうじ
をけ（桶）

cf、くわんおけ　すいふろおけ
をさ（長）　↓おさ
をさななじみ（幼稚名染）　↓おさななじみ
をさ・む（納）［マ下二段］
—め（用）　[四]一八・一四七⑬
をし（惜）［形シク］
cf、おしむ　なごりをしがる
をしい・る（入　おし：）［ラ下二段］　↓おしいる　ヲモ見ヨ
—れ（用）　[四]八・一四二⑫（袂へ—）
をしが・る（惜）
cf、なごりをしがる
をし・ふ（教）［ハ下二段］　↓おしふ
cf、おしふ　おしへ　おしへいましむ　おしへおく　おしゆ　をしへ
をしへ（教）　↓おしへ　ヲモ見ヨ
[一]一七・一一七⑩　[二]一〇・一二四⑪　[二]一〇・一二四⑬
[七]二五・一八〇④
をしへいまし・む（教戒）　↓おしへいましむ
をしへお・く（教置）　↓おしへおく
をし・む（惜）　↓おしむ
をしやう（和尚）　↓おしやう
をし・ゆ（教）［ヤ下二段］　↓おしゆ
cf、おしふ
をとこ（男）　↓おとこ　ヲモ見ヨ
[一]二・一一〇⑧　[一]八・一二三⑤　[一]二〇・一一七⑭　[三]三・一三二⑩　[三]七・一三四⑧　[三]一三・一三六⑮　[四]一五・一四六⑦　[五]三・一五〇①　[五]三・一五〇②　[五]一一・一五三⑧　[七]一一・一七四⑨
cf、いやみをとこ　おほをとこ　まかないをとこ　をとこだて　をとこのこ
をとこだて（男立、男達）　[一]一六・一一六⑯　[一]二〇・一一七⑭　[一]二〇・一一八②　[一]二〇・一一八③
[三]九・一二四⑨
をとこのこ（男子）　[二]二・一二〇⑧
をどり（踊）　↓おどり
をど・る（踊）［ラ四段］　↓おどる
をなご（女子　「をんなご」ノ転）　↓おなご　ヲモ見ヨ
[一]一五・一一六⑪　[六]二〇・一六八④
をの（小野）　↓おの
をのの・く（戦）［カ四段］
cf、おそれおののく
をのへ（尾上）　↓おのへ
をば［格助詞「を」＋係助詞「は」ノ音変化］
[二]一八・一二九①　人品—ゑらぶべし
[五]五・一五一①　主人—仏菩薩と観念して
[七]二四・一七九⑪　汝が輩—疫病神同前に払除（はらいのぞく）
をはり（終）　↓おわり　ヲモ見ヨ
[一]二二・一一九⑪（当世下手談義巻一—）　[二]一〇・一二五②（始ある事あり—ある事すくなし）　[三]二一・一三九⑪（当世下手談義巻三—）　[五]二五・一五九①（当世下手談義巻二—）　[六]二四・一六九⑫（当世下手談義巻四—）
をは・る（終）［ラ四段］　↓おはる　おわる
cf、おわり　をはり
をめい（汚名）　↓おめい
をも　↑「を」「も」
体言＋「をも」
[一]二・一一〇⑦　歴々の宗匠—目八分に見下し
[一]二一・一一八⑫　世—人をも
[一]二一・一一八⑫　世をも人—おもわぬ人

[一]二一・一一八⑯　さればこそ小事―慎べし
[二]一五・一二七⑥　おれが事―他人に対しては同名とおいやるが
[二]二一・一三〇⑦　そちは名主役―するげな
[三]一・一三一⑫　裏店の駕籠舁の家―撰嫌らひなく
[四]一・一四〇⑤　一鞭に檀渓―越べきいきほひ
[四]八・一四二⑨　揚屋の酒―呑だ果じや
[五]七・一五一⑮　我気にいらぬ事―仏頂面さへさしやらねば
[六]一七・一六六⑮　鉢坊主の手の内程米―取て
活用語＋「をも」
[五]一七・一五五⑬　流言葉などいふ―聞退しに打捨
[七]二・一七〇⑥　喉を鳴して待―構ず
をり（折）　↓おり
cf、おりおり　をりから　をりふし
をりから（折　）　[二]一九・一二九⑨（東夷征伐の―）　[三]一九・一三九②（心せわしき―）　[七]六・一七一⑪（―五月半）
をりふし（折節）　[七]一三・一七五⑥
をりをり（折々）　↓おりおり
を・る（折）［ラ四段］　↓おる　ヲモ見ヨ
―り（用）　[三]二〇・一三九④（足を―）
cf、よつおり
を・る（折）［ラ下二段］
―れ（用）　[三]一〇・一三五⑨（大風の節―（レ）不申候様に）
を・る（居）［補助用言　ラ四段］
cf、いいおる　うなりおる　きおる　たべおる　だまりおる　つきおる　ぬかしおる
ヲヲ（おお）［感動詞］　↓おお　ヲモ見ヨ
[二]五・一二二⑦（―でかしやる）
をんな（女）　[三]五・一三三⑫　[五]三・一五〇③　[五]四・一五〇⑦
[五]九・一五二⑧　[六]二・一六〇⑧(徒)　[七]一三・一七五⑥　[七]一三・一七五⑧　[七]一六・一七六⑬　[七]二二・一七八⑩　[七]二四・一七九⑬
cf、をなご　をんないしや
をんないしや（女医者）　[三]二・一三二⑤
cf、いしや
をんなご（女子）　↓をなご

【ん】

↓「む」ヲモ見ヨ

ん［助動詞（推量、意志）］（「む」ノ音変化）　↓「む」ヲモ見ヨ
ん（上、体）
[一]三・一一一⑦　飢につかれて死な―命
[一]一〇・一一四⑦　所存の程を語り伝へ―と
[一]一〇・一一四⑧　おもひをのべ―よすがもなし
[一]一二・一一五④　本意をとげ―事は
[一]二〇・一一七⑫　いかで人の害をなさ―や
[二]三・一二一⑧　むつましからぬやうにもおぼしめされ―かと
[二]二三・一三一⑨　説て聞せ―
[三]一七・一三八④　僭上とやいわ―愚昧とやいふべき（係結）
[三]一八・一三八⑦　水色の上下を仕立させ―より
[三]二〇・一三九⑥　かかる非礼をせ―よりも
[三]二〇・一三九⑦　諷諫せ―とて‥安売の引札にていけん
[四]五・一四二③　起上ら―とするを
[四]八・一四二⑮　我が妄執を晴らさ―と心懸ても
[四]一二・一四五③　鼻毛の汚名を清め―為の
[六]八・一六三⑤　恩を仇に‥聞すごさ―はあまりに無下なる事
[六]一三・一六五⑨　一婦織ざれば諸人の寒気を防に便なから―
[七]八・一七三⑥　いかで仏神の内證に叶わ―
[七]二四・一七九⑪　心あら―人は武士も町も
[七]二四・一七九⑯　汝が一命をうばは―事遠かるまじ

[七]二四・一七九⑯　われ汝を教戒せ―為
[七]二五・一八〇②　内陣であすまで一息にねてくれ―
[七]二五・一八〇④　神の教にまかせ―と
［ならん］（重出＝「ならん」）
[一]一七・一一七⑥　長久の計（はかりこと）なら―
[三]一二・一三六⑦　かくははかりしなら―
[七]一七・一七六⑮　禽獣といわば可なら―
［なん］（重出＝「なん」）
[一]一七・一一七⑩　かれらが罪障懺悔ともなりな―
[一]二〇・一一七⑮　見ゆるす方もありな―
め（已）　↓「む」ヲ見ヨ
cf、とやらん　ならん　なん　めにものみせん　んず
んず（むず）［助動詞（意志、願望）］
んず（止）
[七]七・一七二⑤　きやつがねふりを覚してくれ―と

附録　諺、慣用表現、和漢古典の引用等について

『当世下手談義』には、当時の人口に膾炙していた諺や慣用句、和漢の古典・故事、漢詩・仏典等の引用や、それらのもじり（いわゆるパロディ）と思われるものが多く見られる。又、江戸町人文化を代表する浄瑠璃、説経節などに多用されている言い廻し、常套句なども多く盛り込まれ、庶民にとっても取りつきやすく読みやすいものだったのではないかと思われる。

第六話に見られるように、庶民も徒然草の講談を聞いたり、又、幼少の頃から寺子屋で往来物や童子教等を学んだりして、今日の我々には縁遠い和漢の故事や成語が日常の生活にごく普通にとりこまれていたのではなかろうか。そこで、これらの諺、故事、成語類、又、江戸期特有の表現（いわゆる江戸語）も含めてその出典、用例等を調べ、現代仮名遣いによる五十音順に整理してみた（力不足のため出典にたどりつけなかった項目が少々ある。又、先学の御著書から引用させて頂いた箇所もあり、この点については深く御礼申上げる）。

多くの古典や芸能の知識を下敷きとした談義説法風の行文に、もじりや譬喩のおかしさをもちりばめ、しかもその中に江戸の世相も写実的に描いている。作者の学識に目を開かされながら読めば、本書の面白味も一段と増すことと思う。参考として頂ければ幸いである。

・出典となる古典、漢籍を先に出し、諺の例、他の作品の用例を続けて挙げる。
・読みやすいように新字体を用い、濁点を付し、祝詞の漢字表記の助詞を平仮名に直したりした。又、漢文には、現代仮名遣いによる読み下し文を付した。
・直接の出典ではないが参考となる説、用例は〔参考〕として挙げる。

【あ行】

秋の末よりぶらぶらと　〔七〕二・一七〇⑥

豊後節には近松浄瑠璃の借用が多くみられる。これは「夕霧阿波鳴渡」の一節。

浄瑠璃『夕霧阿波鳴渡』上「名は立上る夕霧や、秋の末よりぶらぶらと、寐たり起きたり面痩せて」。

天地を動かし、鬼神を感ぜしむ　〔七〕二・一七四⑮

『古今和歌集』序「ちからをもいれずしてあめつちをうごかし、めに見えぬおに神をもあはれとおもはせ」。

誤りて改むるに憚る事なかれ　〔五〕一六・一五五⑦

『論語』学而「過則勿憚改」（過ちては則ち改むるに憚ること勿れ）。

『大和俗訓』六「常に我が身をかへりみて、わが過をしるべし。すでに過をしりなば、速にあらたむべし。尚書に「過を改めて吝ならず」といへり。∴孔子も「過つては則ち改むるにはばかることなかれ」とのたまへり」。

あるべかかりに　〔五〕一七・一五五⑪

「あるべきかかり」の変化した語で、「ありべかかり」「ありべいかかり」「ありべきかかり」「あるべいかかり」等の例が見られる。（「ありのまま」の意で心学者がしばしば用いている）。

浮世草子『好色一代男』七ノ六「とどけの文も人の目をしのばず、ありべい懇りをつい書て」。

威あつて猛からず　〔七〕二・一七四⑬

『論語』述而「威而不猛　恭而安」（威あって猛からず恭しくして安し）。

『譬喩尽』いノ部「威あつて猛からず　論語　威而（アツテ）不猛カラ云々」。

異国より悪魔の風の吹来るにとく吹もどせ伊勢の神風　〔六〕七・一六二⑬

髪切虫の虫除けのまじないの歌。（「髪切虫」ヲモ見ヨ）

〔参考〕『守貞謾稿』四「千早振卯月八日は吉日よ　神さま虫をせいばいぞする∴其歌甚拙きこと云に足らずと雖も古くより行われ」。

一念の悪鬼となる　〔一〕一四・一一六②

浄瑠璃『傾城島原蛙合戦』三「エヽ口惜しや父といひ我といひ二度迄討漏らすよし、一念の悪鬼と成り、父子の無念を散ぜんと既に自害と見えける時」。

いづくもおなじ秋のゆふ暮　[三]二〇・一三九⑨

『後拾遺和歌集』秋上「さびしさに宿をたちいでてながむれば　いづくもおなじ秋の夕ぐれ（良暹法師）」。

一刀三礼の作　[四]九・一四三⑮

『譬喩尽』いノ部「一刀三礼の作仏」。

一夫耕さざれば飢渇の基　一婦織ざれば諸人の寒気を防に便なからん　[六]一三・一六五⑨

『後漢書』王符伝「一夫不耕天下受其飢　一婦不織天下受其寒」（一夫耕さざれば天下其飢を受く　一婦織らざれば天下其の寒を受く）。

『譬喩尽』いノ部「一夫不耕国受飢　一婦不織国交寒」（一夫耕さざれば国飢（うえ）をうけ一婦織らざれば国寒（かん）をまじふ）。

〔参考〕薩都刺「過居庸関」（居庸関を過ぎる）。「男耕女織天下平　千古萬古無戦争」（男は耕し女は織れば天下は平らかにして千古萬古戦争無からん）。

一歩を千里の始として　[四]一・一四〇①

「千里の道も一歩から」という諺として知られる。

『老子』六十四章「九層台起於累土　千里之行始於足下」（九層の台も累土より起こり千里の行も足下より始まる）。

『本朝俚諺』八下「千里の行は一歩よりはじまる　老子経ニ云　千里之行始於足下…」。

『大和俗訓』二「千里の道も一歩よりはじまる。たとへば、遠き所に行くに、出でたつ足もとよりはじまりて、つとめゆきてやまざれば、とどかざることなし」。

今参り廿日　[二]一一・一二五④

『毛吹草』二　俳諧四季の詞「いままいり廿日」。

『譬喩尽』いノ部「新参三日」（いままいりみっか）。

歌枕見て参れ　[五]三・一五〇⑤

一条帝の臣、藤原実方の故事にある「歌枕見て参れ」の語句をまねて滑稽化したもの。

『古事談』二「一条院の御時、実方、行成と殿上において口論する間、実方、行成の冠を取りて小庭に投げ棄てて退散すと云々。行成あらそふ気無くして静かに主殿司を喚びて冠を取り寄せて砂をはらひて之れを着して（略）主上小蔀より御覧じて「行成は召し仕ひつべき者なりけり」とて蔵人頭に補せらる。実方をば「歌枕みてまゐれ」とて陸奥守に任ぜらると云々。任国において逝去すと云々」。

『十訓抄』にもこの故事をのせる。

打たり舞たり

『譬喩尽』うノ部「打たり舞たりじや」。　五三・一五〇②

八文字屋本『けいせい色三味線』目録　第二「花を繕ふ柏木の衣紋　引手あまたにはやり独楽　うつたりまふたり太鼓女郎　引船に乗て沖こいださはぎ　恋の種まきちらす金心中」。

浄瑠璃『傾城反魂香』中「さらばでござんす門まで送れ　あと賑やかし打つたり舞うたり舞鶴屋伝三が万受こんだ」。

浄瑠璃『嫗山姥』一「料理したり水くんだり椀ふいたり門はいたり　打つたり舞うたり此の手一つで百足（むかで）の代も仕る」。

『女殺油地獄』『心中宵庚申』等近松浄瑠璃に例多し。

応長（おうちやう）の比伊勢の国より女の鬼になりたるをゐてのぼりたりといふ事ありて　因二・一六〇⑧〜因三・一六一⑧

『徒然草』五十段の引用。本文で講師は「つれづれ草第五十一段目」と言っているが、一般には冒頭を序段とし、次から第一段と数えるので、本話は五十段となる。（岩本によると）整板十一行本や寛文七年、元禄四年、磐斎抄など五十一段とする板本もあり、その何かによったものであろう、とする。

尾に尾を附て　因一二・一六四⑭

「尾鰭をつける」ということが多い。

『譬喩尽』おノ部「尾に鯆（ひれ）付けて云者（わろ）」。

八文字屋本『けいせい色三味線』京ノ巻「会所にて此噂ばつと尾鰭をつけて申せしゆへ」。

尾上（おのえ）の鹿の妻恋声に　二二・一二一②

『後拾遺和歌集』秋上「秋は猶わが身ならねど高砂の尾上の鹿も妻ぞこふらし（能因法師）」。

浄瑠璃『嫗山姥』四「峯に妻恋ふ鹿の声」。

浄瑠璃『傾城島原蛙合戦』五「尾上の鹿の乱れ角、末の松山つまこひかねて、紅葉ふみわけけいけいほろろと」。

尾の出る　四一五・一四六⑥

八文字屋本『けいせい伝受紙子』目録　第二「大役を思ふて堪忍を胸に居石（すへいし）　長袴けつまづきの有ル役目の恥辱　身躰に尾の出る印　年の暮の古狐真綿に針包（つつむ）とすれど顕れる相手の心」。

小野とはいわじ　あなめあなめ　五二一・一五七⑧

小野小町伝説の一。

『袖中抄』十六「秋風の吹くにつけてもあなめあなめ小野とはならじ薄生ひけり」。

『長明無名抄』「業平朝臣…歌枕どもみんとてすきによせてあづまの方へ行きけり。みちのくにに至りて、やそしまといふ所に宿りたりける夜…秋風の吹くにつけてもあなめあなめといふ。…業平あはれに悲しくおぼえければ涙をおさへて下の句つけけり。小野とはいはじすすきおひけりとぞつけたる」。

おもふ事いはで只にや止ぬべき我に等しき人しなければ

[四]八・一四二⑭

『伊勢物語』一二四段「むかしをとこ　いかなりける事を思ひけるをりにかよめる　思ふことといはでぞただにやみぬべき我とひとしき人しなければ」。

『新勅撰和歌集』雑二「おもふことといはでぞただにやみぬべき　我とひとしき人しなければ（業平朝臣）」。

『譬喩尽』おノ部「思ふことといはでぞ唯に止ぬべき我と等しき人し無ければ　業平」。

『大和俗訓』八「心あへば千里も相したしみ、心あはざれば隣家も往来せず…思ふことといはでただにやみぬべき我とひとしき人しなければ、とよみけんこともべなり。…人の我をしらざるをうらむべからず」。

親の遺体「其かゐなへ入黒子は何事ぞや」[五]二二・一五七⑪、「遺体を傷ひし罪」[七]一七・一七六⑯

親の遺体とは父母があとにのこした身体。すなわちその子をいう。

『礼記』祭義「身也者父母之遺体也　行父母之遺体敢不敬乎」（身は父母の遺体なり。父母の遺体を行なうに敢えて敬せざらんや）。『小学』内篇・明倫（同文）。

随筆『駿台雑話』一「父母はわが出来し本なり、我を生じて我を育す。一毛一髪までも父母の遺体にして、遺愛のある所にあらざるはなし。いかがして忘るべき」。

『孝経』開宗明義「身体髪膚受之父母　不敢毀傷孝之始也」（身体髪膚之を父母に受く　敢えて毀傷せざるは孝の始めなり）。

【か行】

客情（かくじやう）は惟夜の過し難きにあり　濤声半夜孤枕に喧しく

[七]六・一七一⑭

出典未詳。

楽は其声淡にして傷ず　和にして淫せざるを貴む

出典未詳。　〔七〕八・一七三⑥

鉄（かね）のわらじはゐて

いくら歩いても擦り切れない鉄のわらじを履き、辛抱強く歩き回って探す意から、得難い物のたとえ。　〔五〕六・一五一⑦

浮世草子『世間胸算用』三ノ二「大晦日の掛乞、手ばしこくまはらせける。けふの一日、鉄のわらんじを破り、世界をいだてんのかけ廻るごとく、商人は勢ひひとつの物ぞかし」。

浄瑠璃『山崎与次兵衛寿の門松』上「与平涙押拭ひ、お前に逢うて真実の涙といふ物覚えました。金の草鞋で尋ねても、二人とない女郎に思はるる」。

評判記『評判龍美野子』下「淀屋辰五郎ともいわるるほどの銀遣ひは。末社中間が金の鞋（わらじ）をはいて尋来て見よ。‥人にうらやみうやまはるる大福長者」。

髪切虫　〔因〕六・一六一⑮

（「異国より悪魔の風の‥」ヲモ見ヨ）

随筆『諸国里人談』二「髪切　元禄のはじめ夜中に往来の人の髪を切る事あり。男女共に結たるままにて、元結際より引て結たる形にて土に落てありける。切られたる人曽て覚へなく、いつきられるといふをしらず」。

随筆『耳嚢』四「世上にて女の髪を根元より切る事あり。髪切とて世に怪談のひとつとなす」。　〔五〕六・一五一⑦

上碧落下黄泉

白居易『長恨歌』「上窮碧落下黄泉　両処茫々皆不見」（上は碧落を窮め下は黄泉　両処茫々として皆見えず）。

唐（から）の女があけ暮山水の景を好み、死しても山水を見て居る形ちを骨に残せし例　〔七〕二二・一七八⑩

寂照堂谷響集　続集第三・心化石に「潜渓文集にあり」としてみえる（「岩本」脚注による）。

感ぜぬ者こそなかりけり　〔七〕二五・一八〇⑥

古浄瑠璃のしめくくりの慣用句。

説経浄瑠璃『鎌田兵衛正清』初段「あら人神もかくやあらんと、みなかんぜぬ者こそなかりけり」。三段「きせん上下おしなべてかんぜぬ者こそなかりけり」。

その他少しちがうが同様の例として、

説経浄瑠璃『阿弥陀胸割』六段「ためしすくなき次第とて、みなかんぜぬ人こそなかりけり」。

河東節『江の島』「貴賤上下押並べて皆感ぜぬ者こそなかりけれ」。

浄瑠璃『井筒業平河内通』二「對王殿の心の内聞いて推量なされやと　貴賤上下おしなべて感ぜぬ者こそ無かりけれ」。

鬼神に横道なし　五一三・一五四④

『徒然草』二〇七段「鬼神はよこしまなし」。

『毛吹草』二「鬼神にわうだうなし」。

『譬喩尽』きノ部「鬼神に横道無し」。

御伽草子『酒呑童子』「鬼神に横道なきとかや、童子もかへりて頼光に礼拝するこそうれしけれ。」「鬼神眼を見開きて：鬼神に横道なき物をと起き上らんとせしかども」。

浄瑠璃『日本振袖始』一「天照御神高天原にてもろもろの悪鬼悪神を誡め給ひ。：鬼神に横道なしと聞く。今国民に害をなすこそ不思議なれと」。

木に餅の生る咄　四一四・一四五⑫

話がうますぎること。「棚からぼた餅」に近い意。

俳諧『大矢数』三―二三「よもやなるまい弥陀の大願
　木に餅はどこの世界を捜す共　しかた咄しやあの波の底」。

『譬喩尽』きノ部「木に餅の登（なる）は弥勒の世なり」。みノ部「弥勒の出世は五十六億七千万歳といへり　又其時の人間は十歳の翁とて下駄の歯を踽（くぐ）る　木に餅が登（な）る」。

評判記『開帳花くらべ』序「めづらしき因幡堂の開帳札が出るやイナ杉の木に饅頭の出来たやうによろこぶも」。

黒羽織　黒小袖の裾ひきずり　七一八・一七七⑨

宝暦～明和に黒の衣装が流行した。

評判記『瓜のつる』「半太夫ぶしからくろい物ずき上着からはか（ママ）り迄くろ仕立にて」。

芸は身を助くる　四八・一四二⑪

『毛吹草』二「げいは身をたすくる」。

『譬喩尽』けノ部「芸は身を助くる」「芸は身を助くる程の不仕合」。

けしほどもなし　七二三・一七九⑩

『譬喩尽』けノ部「如芥子許（芥子ばかりの如し）法華経提婆達多品ニ出」。

浄瑠璃『五十年忌歌念仏』中「已れが請状にある親めが印判、妹とやら嫁とやらが文とも合せて吟味した。芥子程も違ひなし、覚えがあらう諍ふな」。

浄瑠璃『冥途の飛脚』上「萬萬貫目取られても十八軒の飛脚宿から弁へ、芥子程も御損かけませぬ。お気遣あられなと」。

八文字屋本『世間娘気質』六「ちいさい時親父の巾着銭ぬすんで、連飛買しより外、芥子ほどもわるひ事をいたさぬが」。

(出る程に)けるほどに　㊅一三・一六五⑥

浄瑠璃『嫗山姥』二「ふと逢ひ初めて丸三年何が互の浮気盛登る程にける程に、忉利天の中二階夜昼なしの床入に、掛鯛様と異名を受け水も漏さぬ仲なりしに」。

浄瑠璃『傾城島原蛙合戦』二「拙者は一軒彼方の藪医：大きな腹を持ちかけられまい物でもない。此の指二本でおろす程にける程に。薬研婆と申します」。

喧嘩過て棒ちぎり木　㊅二二・一六八⑮

『毛吹草』二「いさかひはててのぼうちぎりき」。

『本朝俚諺』六「あらそひおはりてのちぎりき　源平盛衰記に。梶原が事をそしりて諍おはりてのちぎりきのふぜひなりとて。人みな口をつぐむと記せり」。

『譬喩尽』けノ部「喧嘩過ての棒千切木」。

浮世草子『けいせい伝受紙子』三ノ四「ばたばたとよつてずたずたに切さいなみ、はらりとちつて諠譁ははててての棒乳切木。やれ何者か今の諠譁に切たはと」。

爰に哀をとどめしは　㊃一七・一四七②

古浄瑠璃、説経節の愁嘆場に用いられる常套文句。祭文の歌い出しの文句としても用いられている。

説経浄瑠璃『鎌田兵衛正清』五段「ここに哀をとどめしは、ときは御前は聞召、あらうらめしの次第かな、みづからゆへに母上は敵の方に」。

説経浄瑠璃『しだの小太郎』五段「ここにあわれをとどめしは、せんじゆのひめにて諸事のあわれをとどめたり。あらあさましや、みづからは」。

御伽草子『酒呑童子』「いづれもあはれは劣らね共、ここにあはれをとどめしは、院に宮づき奉る池田中納言くにたかとて：ひとり姫をもち給ふ」。

爰やかしこに親と子の四鳥のわかれ　㊄三・一五〇⑥

(「四鳥のわかれ」ヲモ見ヨ)

謡曲『隅田川』「契り假なる一つ世の、そのうちをだに添ひもせで、ここやかしこに親と子の四鳥の別れこれなれや。尋ぬる心の果やらん、武蔵国と下総の中にある隅田川にも著きにけり」。

湖上行吟ず落日の辺　高秋蕭索として倍凄然

六一・一六〇①

出典未詳。

五十にして父母を慕ふ　二一五・一二七⑧

『孟子』万章上「大孝終身慕父母　五十而慕者　予於大舜見之矣」（大孝は終身父母を慕う　五十にして慕うは予大舜において之を見る）。

骨髄に徹し　骨髄に通り　七二・一七〇⑨

七一二・一七五②　七二二・一七九①

『句双紙』四言「徹骨徹髄」（こつにてつし　ずいにてつす）。

此所小便無用　五一二・一五三⑩

路地などの立札の文句。

〔参考〕渡辺信一郎『江戸のおトイレ』新潮選書（二〇〇二）。「江戸時代京坂では路傍の諸所に尿桶をおいてあったが、江戸ではそういうのは余り無く、道端の溝にたれ流しにするのが通例（小便は肥料にならないというので）で、だから屋敷街の辺りには「小便無用」の札が貼ってあった。大便の場合などには辻番に借りたものだという。人口がふえてきて不便となり、安永頃から人の集る所に設置するようになり、文政頃には路に小便溜めを埋めておくことになった」。

此儘ならば徒に飢につかれて死なん命

一三・一一一⑦

謡曲『鉢の木』「合戦始らば、敵大勢ありとても一番に破つて入り、思ふ敵と寄合ひて死なん此身の、此儘ならば徒に飢に疲れて死なん命、何ぼう無念の事ざうぞ」。

是は一所不住の沙門にて候　四二・一四一②

謡曲『鉢の木』（ワキ北条時頼の名のり）「是は一処不住の沙門にて候　我此程は信濃国に候ひしが」。

【さ行】

小男鹿の八ツの御耳　七六・一七一⑯

『卜部流中臣祓』十二段（八百万神納受段の結句）「左男鹿の八の耳を振立て聞食と申す」（『神道大辞典』（佐伯有義　宮地直一）による）。『当世下手談義』では、これを「耳」の語を出す序詞として用いたもの。

浄瑠璃『妹背山婦女庭訓』「和らぎ治む和歌の道。八つの耳をふり立てて小牡鹿の声弥高く」。

滑稽本『酩酊気質』利屈上戸「祓給へ清給へと、八ツの御耳をふり立ふり廻すと、聞なさい、爰が神変不思儀とやらで」。（酔った町人までが口にしていることば）

四十二の二ツ子　[二]八・一二三⑮　[二]一九・一二九⑥

『本朝俚諺』七「四十二のふたつ子　世俗男の四十二歳を厄といふ：四十二を略すれば四二なり。是死に通ずといひ、四十二歳にて二歳の子あれば父子のとしをあはせて四十四、略すれば四々なり。これ死に通ずといひて子をすつるものあり。此事和漢の書にかつてなし。妄昧の所為といひながら其罪悪なげくに余あり。是等の俗習をかたく禁ずべし」。

『譬喩尽』しノ部「四十二の二歳子は親に祟る　故ニ捨之字他之字付之　女子ハ阿栗卜付　よそすて等」

浄瑠璃『心中二枚絵草紙』中「もと我々が実子でなし。大阪のさる人の四十二の二つ子にて、産家より貰ひ守り育て、後に弟が出来たれどもそれにはかへず可愛さに」。

浄瑠璃『鑓の権三重帷子』下「此の子は父御の四十二の二つ子にて、母がお捨と付けたが」。

しつた小糠商　[一]三・一一一⑧

『譬喩尽』しノ部「知らぬ金（こがね）商ひより知つた糠（こぬか）商ひが増し」。

〔参考〕以下『江戸時代語辞典』による。『男色子鑑』序「人はともあれ、我は得てにほうかぶりして、しつたこぬか商するも浮世なり」。

『傾城太々神楽』一ノ一「あたま剃たらば京も難波もよからふかとおもひ切てそりはそつたが付たくせはやまぬ。兎角しつたこぬか商ひ、又かうした事」。

『野白内証鑑』二ノ九「されば世の諺に知た米糠商ひとはよういひ置しぞ。とかくそれそれのしつけし事にあらずしては口はすぎてとをられず」。

四鳥のわかれ　[五]三・一五〇⑥

（「爰やかしこに親と子の：」ヲモ見ヨ）

『孔子家語』顔回「桓山之鳥生四子焉　羽翼既成将分于四海　其母悲鳴而送之」（桓山の鳥四子を生む　羽翼既に成りまさに四海に分かれんとするに　其の母悲しみ鳴きて之を送る）。

『譬喩尽』しノ部「四鳥の別れ　孔子問フ　顔回答テ曰　生別也　恒山ニ四ノ子ヲ生リ而飛四方　父母之鳥悲別ヲ声也云々」。

『保元物語』為義降参の事「かなしき哉、人界に生をうけながら、鳥にあらねども四鳥の別をいたし、あはれなる哉、広劫の契むなしうして、魚にはなけれども、釣魚の恨をふくむ」。

御伽草子『蛤の草子』「たとへば越鳥南枝に巣をかくる翼も、親のはごくみを思ひ、巣をたてられて諸共に立つ時、四鳥の別れとて、母子の別れを知らぬ妄執の雲にへだたれ共、親孝行の鳥は生れたる木の枝に百日が間、日に一度づつ来りて羽をやすむるを、母の鳥さては是こそ我子よとて喜びける」。

信濃者程給べおります　㈥二〇・一六七⑫

『譬喩尽』いノ部「伊勢の小食に信濃の大食といへり」談義本『銭湯新話』一「信濃者ほどありて、空腹へ蕎麦切喰やうに」。

渋団迄買て置（しぶうちわ）　㈠一四・一一六⑤

渋うちわ、柿うちわは貧乏神の持ち物とされていた。『醒睡抄』祝ひ過ぎるも異なもの「貧乏神とわりなき知音の者・・大いなる柿団扇がな二三ぼん貧乏神をあふぎいなさん・・柿団扇は貧乏神のつくといへば、二三本にてあふぐ事いかが」。

浮世草子『日本永代蔵』一ノ三「昔の事はいひ出す人もなく、歴々の聟となつて家蔵数をつくりて、母親の持れし筒落掃（つつをははき）蘂箒子（しべばはき）「渋団扇は貧乏まねく」といへ共此家の宝物とて、乾の隅におさめをかれし」。

四も五もくわぬ　㈥二三・一六九②

八文字屋本『けいせい色三味線』湊之巻・三「何とつつみたまふとも、末社達と見申てこそ候へ。四も五もくはぬ揚屋の亭主を偽り給ふは不覚なり」。

八文字屋本『けいせい伝受紙子』一ノ四「人なれし女なれば大抵に賺しては、中々四も五もくはぬ女、かたづくべき方便なく」。

衆人愛敬（しゅにんあいきやう）　㈤二一・一五七⑥

『法華経』普門品「若有女人。設欲求男。礼拝供養。観世音菩薩。便生福徳智慧之男。設欲求女。便生端正有相之女。宿殖徳本。衆人愛敬。」（若し女人ありて、設（も）し男を求めんと欲して、観世音菩薩を礼拝し供養せば、便（すなわ）ち福徳智慧の男を生まん。設し女を求めんと欲せば便ち端正有相の女の、宿（むかし）徳本を殖えしをもて衆人に愛敬せらるるを生まん）。

『大和俗訓』三「人にまじはるに、愛敬の二を心法とす。是れ簡要のことなり。誰もしらずんばあるべからず。愛とは、人をあはれむをいふ。あなどらざるなり」。敬とは、人をうやまふをいふ。にくまざるなり」。

小利をむさぼらずして大利を得る　　㊁一二・一二六①

『韓非子』十過「顧小利　則大利之残也」（小利を顧みるは則ち大利の残なり）。

『譬喩尽』せノ部「捨小利而（せうりをすてて）可附大利（たいりにつくべし）」。

知らぬが仏　　㊃一一・一四四⑬

『毛吹草』五「ふみてもや雪にしらぬか仏のざ（重貞）」。

『譬喩尽』しノ部「知らぬが仏　見ぬが秘事」「知らぬが仏　知るが煩悩」。

浮世草子『好色一代男』七ノ六「久都（ひさいち）ときめく内に吾妻に思日（おもひ）をはらさせ、かしこき仕業、目の見えぬ者こそしらぬが仏。ああ有難き太夫さまの黄金のはだへと」。

浮世草子『好色五人女』一ノ五「何事もしらぬが仏、おなつ清十郎がはかなくなりしとはしらず、とやかく物おもふ折りふし：とうたひける」。

八文字屋本『けいせい色三味線』大坂の巻「何じややらしらぬが仏、明日は天王寺の薬師の縁日なればとて八日つづけて申てやれば」。

八文字屋本『けいせい伝受紙子』二ノ三「何事もしらぬが仏。御前に御明しともして、宮内看経せらるる中、力太郎村右衛門が傍により」。

心中とはいふべからず　禽獣といわば可ならん　　㊆一七・一七六⑮

『無量寿経欣厭抄』三巻四冊（享保十三年刊）

都之錦著「東海道敵討」（元禄十四年刊）にも「今時の心中は：是等は皆犬死なれば心中ではなうて禽獣じゃと南岳悦山和尚の目利もをかし」とある。（「岩本」脚注による）。

水魚のありさま　　㊂三・一二一⑪

『十八史略』東漢・献帝「孤之有孔明、猶魚之有水」（孤の孔明あるは猶魚の水あるが如し）。

『譬喩尽』うノ部「魚と水との中じや」。

八文字屋本『けいせい伝受紙子』五ノ五「忠義の道はあきらけき、君臣水魚の慈悲の海に、恵の浪も静にて、おさまる国こそ久しけれ」。

雪中に筍掘出して　　㊁一六・一二八②
「二十四孝」の孟宗の故事。

『今昔物語』九「震旦ノ孟宗、孝老母得冬笋語第二」。

『注好選』上「孟宗哭竹中　深雪中抜筍」。

『童子教』「孟宗哭竹中　深雪中抜筍」。

御伽草子『二十四孝』孟宗「孟宗はいとけなくして父に後れ、ひとりの母を養へり。…冬のことなるに、竹子をほしく思へり。則孟宗竹林に行もとむれ共、雪深き折なれば、などかたやすく得べき。ひとへに天道の御あはれみを頼み奉るとて、祈かけて大きに悲しみ、竹に寄り添ひける所ににはかに大地ひらけて、たけのこあまた生出侍りける」。


千丈の堤が蟻の穴から崩たつ　　㊁二一・一一八⑬
『韓非子』喩老「千丈之隄以螻蟻之穴潰　百尺之室以突隙之烟焚」（千丈の隄は螻蟻の穴を以て潰え、百尺の室は突隙の烟を以て焚く）。

『淮南子』人間訓「千里之隄以螻螘之穴漏　百尋之屋以突隙之煙焚」（千里の隄も螻螘の穴を以て漏れ、百尋の屋も突隙の煙を以て焚く）。

『譬喩尽』せノ部「千丈の堤も蟻穴より崩るる」。

浮世草子『日本永代蔵』三ノ二「夫より次第に穴明て、千丈の堤も蟻穴よりもれる水に滅するごとく其身に悪事重なり一命迄ほろび」。

浄瑠璃『丹波与作待夜の小室節』上「三吉と云ふ馬追が乳兄弟に有るなどと、どう妨にならうやら蟻の穴から堤も崩れる。軽いやうで重い事ひそひそ言うて人も聞く。まづ早う出てくれと泣く泣く言へば」。

評判記『江戸じまん評判記』「千両のつつみも銭の穴よりくづるるとさしの口を留らるるは」。

倉廩(そうりん)満て礼義足る　　㊁一八・一二八⑯
今は「衣食足って礼節を知る」ということが多い。
『管子』牧民「倉廩実則知礼節　衣食足則知栄辱」（倉廩実ちて則ち礼節を知り　衣食足りて則ち栄辱を知る）。
『譬喩尽』さノ部「倉廩実而知礼節　衣食足而知栄辱　管仲カ語」。

それなりけりに　　㊃二〇・一四八⑨
八文字屋本『けいせい色三味線』大坂之巻、三「身かしましく肌着しどけなくぬげて、うるさき所の見ゆるも、其成けりに寝かへりなど、ついには恋もさむべし」。
八文字屋本『けいせい伝受紙子』三ノ一「此館にある

事夫惣右衛門方へ通じたふ思へ共、便りすべき道もなくなくそれ成けりに打過ぬ」。

八文字屋本『世間娘気質』一「色の白きは十難かくすとて生地にて堪忍のなる顔にも白粉をぬりくり、目のゆかぬ所はそれなりけりにして」。

そろべくそろにやらしやませ　[七]二・一七一①

浄瑠璃『夕霧阿波鳴渡』上「呼びに来たを幸に、爰迄は来ました：何が扨お気任せ。どうなりともそろべくそろにやらしやんせと座敷へこそは出しけれ」。

浄瑠璃『長町女腹切』中「ちよつと寄りたし心はせく、どうせうか斯う焼香場をそろべくそろに遣つてすて引導も何云うたやら。不便や今日の亡者もろくな所へ往くまい」。

【た行】

高嶺の桜吹おろす風さへ匂ふ春の夕暮　[二]二・一二一④

『新古今和歌集』春下「みよし野の高嶺の桜ちりにけりあらしも白き春のあけぼの（後鳥羽上皇）」。

『新千載和歌集』春上「吹く風のうはの空なる梅が香にかすみも匂ふ春の夕暮（前大納言為氏）」。

竹馬（たけうま）の耳に北風　[七]九・一七三⑪

『毛吹草』二「むまのみみに風　うしのまへにしらふる琴」。

『譬喩尽』むノ部「馬の耳に風　馬耳ニ風人とて諫言不聞入人ヲ云」。

浄瑠璃『鑓の権三重帷子』上「こりや証拠に立て馬よ聞いたか聞いたかといへども、いかな馬の耳、風に嘶くばかりなり」。

〔参考〕『文選』古詩「故馬依北風　越鳥巣南枝」（胡馬北風に依り越鳥南枝に巣くう）。

『句双紙』「泥牛吼月　木馬嘶風」。

唯たのむは観音のわるぢへかわれしなるべし　[二]二二・一一九⑥

『沙石集』五ノ十二「只心を得て思ひをのべば、必ず感応有るべし。大聖我国に顕れて、既に和歌を詠じ給ふ。清水の御詠にも、唯たのめ　しめぢが原のさしも草われ世の中にあらんかぎりは　とあり。是必ず陀羅尼なるべし。疑ふ可からず。」をもじったもの。

『新古今和歌集』釈教や『袋草子』上　には「なほ頼めしめぢが原のさせも草　我世の中にあらんかぎりは」

となっている。

檀渓をも越べき 四一・一四〇⑤

中国湖北省襄陽の西南にある川。『三国志』第三十四回の一場面。後漢の末、劉備（劉玄徳）を害しようとする蔡瑁から逃れるには流れの急な檀渓を渡らねばならなかった。玄徳の乗る馬は的盧馬といい、これに乗る主人に祟りがあるといわれたが、水流に押され前足を折ろうとした馬に玄徳が「今日祟りをするのか」と叫ぶと、馬は水中から身を躍らせ三十尺を一飛びして西岸に飛び上がった。これは神の助けとしか考えられなかったという。

ちゑで身をくふ 二一五・一二七④

「岩本」脚注で諺「すいが身をくう」をあげるが、『江戸時代語辞典』では諺「智恵で身を食う」の用例として本例をあげる。「粋が身を食う」は、遊里や芸人社会の事情に通じて得意になっている人はつい深入りしてやがては身を滅ぼすことになるという意。

乳の余りの秘蔵子 二四・一二一⑬

「血の余り」とも。

『譬喩尽』すノ部「末の子は血の尾、血の余りとて父母寵愛するもの」。

『柳多留』三「村で聞きや大僧正も血の余り」。

長者二代なし 二一七・一二八⑤

『毛吹草』二「長者二だいなし」。

『本朝俚諺』二上「長者二代なし　景行録曰　世無百歳人・・金銀をたくはえ百年千年もつゞきてゆたかなるやうにとて子孫にゆづれども、貧福はおのおのうまれつきあれば、おやが富るとて子もとめるものにあらず」。

『譬喩尽』ちノ部「長者二代無し」。

町人は町人臭いがようおじやる　武士臭は大疵 二一五・一二七⑨

『艶道通鑑』一「味噌はみそながら味噌くさきはわろく　侍は侍ながらさぶらひくさきはわろきごとく」のもじり（「岩本」脚注による）。

塵に交る神道者 五一八・一五七②

『老子』四「和其光　同其塵」（其の光を和し　其の塵に同ず）。

『老子』五十六「挫其鋭　解其紛　和其光　同其塵」（其の鋭を挫き　其の紛を解き、其の光を和らげ　其の塵に同ず）（「和光同塵」として当時の思想的基盤の一となる）。

『譬喩尽』ちノ部「混塵神慮　和光同塵　結縁之始是也　但仏家言也」。

浮世草子『日本永代蔵』五ノ一「無用の奇麗好。此家の福の神は塵にまじはり給ひしに、竹箒に恐れて出させ給ふにや、次第に淋しくなりて」。

二二・一二〇⑦

地を打て

諺「地を打つ槌ははずれぬ」（『岩本』脚注による）。

浄瑠璃『傾城阿波の鳴門』八「あはぬの、ふしなのと地を打たせりふじやない」（『江戸時代語辞典』による）。


鄭衛の音は人間世にも聖賢是をにくみ　七八・一七三④

『礼記』楽記「鄭衛之音　乱世之音也」（鄭衛の音は乱世の音なり）。

手に結ぶ岩垣清水住なれて猶山陰はあかずもあるかな

二一・一二〇①

『草庵集』雑、御子左大納言家歌に山家水「手に結ぶ岩かきし水すみなれて猶山陰はあかずも有かな」。

〔参考〕『拾遺和歌集』二十、『貫之集』九「手にむすぶ水にやどれる月影のあるかなきかの世にこそ有けれ（貫之）」。『貫之集』詞書「世中心ぼそくつねの心ちもせざりければ　みなもとのきんただのあそんのもとに此うたをやりける　このあひだやまひをもく成にけり」。

四三・一四一⑧

天鞁がつづみ

謡曲『天鼓』より。天鼓は天から授かった鼓を惜しんで山中にかくれたが探し出され、呂水に沈められ殺された。しかし鼓はその後鳴ることはなかった。天鼓の父王伯は勅命により参内して、音をださぬ鼓を見事打ち鳴らす。感動した帝が呂水で管絃講を営むと天鼓の亡霊が現れ報謝の舞を舞う。

「此寺に泊めることは、ならぬ　ならぬ」と云うところを鼓が「鳴らぬ」に掛けたしゃれ。

二二・一二〇⑦

てんぽの皮

浄瑠璃『けいせい反魂香』中「言ひ損うたら大事か。口にまかせてやつてくりよ。てんぽの皮とぞ出でにける」。

浄瑠璃『吉野都女楠』二「御法度を背きしはいつそてんぽの皮巾着。お根付衆に咎められ括られましたと申しける」。

浄瑠璃『嫗山姥』二「何をいふもお気慰め平に頼むと強ひられ。源七下地好の道てんぽのかはやりませうと箱より出す三味線の。絃は昔にかはらねど。弾く其の主の成れの果」。

『長町女腹切』など、近松の浄瑠璃に例多し。

常盤かきわに　[七]一二・一七四⑯

祝詞などの慣用語。

『延喜式』祈年祭「皇御孫（すめみま）の命の御世を手長の御世と堅磐に常磐に斎（いわ）ひまつり」。

『延喜式』春日祭「天皇（すめら）が朝廷（みかど）を平けく安く　足御世（たらしみよ）の茂御世（いかしみよ）に斎奉り常磐に堅磐に福（さきは）へ奉り」。

『中臣寿詞』（台記別記）「皇神等も千秋五百秋の相嘗（あいにへ）に相宇豆乃比（あいうずのい）奉り　堅磐常磐に斎奉りて」。

とどかぬ舌のうらめしき　[五]一四・一五四⑦

浄瑠璃『義経千本桜』三段目「情ないめに合ましたと、かます袖をば顔に当。しやくり上ても出ぬ涙。鼻が邪魔して目の縁へとどかぬ舌ぞ恨しき」。

虎の皮　[二]一四・一一六③

「虎の皮の褌」は鬼神や雷神が用いる褌。

八文字屋本『けいせい色三味線』江戸之巻「神鳴も虎の皮の犢鼻褌（ふんどし）とき掛け、太鼓打ては大豆買気になり」。

虎の威をかる狐開帳　[四]一五・一四六⑤

『戦国策』楚策「虎不知獣畏己而走也　以為畏狐也」（虎　獣の己れを畏れて走るをしらず　以て狐を畏ると為す）。

『今昔物語』五ノ二一「天竺狐借虎威　被責発菩提心語」。

『毛吹草』二「きつねとらのゐをかる」。

『譬喩尽』きノ部「狐虎の威を借る」「狐虎に跨つて百獣を欺く」。

八文字屋本『けいせい伝受紙子』四ノ一「今政右衛門師直の威をかり、虎の勢をなすゆへに、さまざまの非道の行これあれば」。

浄瑠璃『曽我会稽山』四「兄弟遁るる鰐の口虎の威を借る此の割符。蒲殿の御恩ぞと」。

他に近松の浄瑠璃『雙生隅田川』などにも例あり。

とんだ事　[六]一四・一六五⑬

変った事、面白い事の意で明和、安永頃、特に江戸の流行語となったことがある。（『江戸時代語辞典』による）。

洒落本『遊子方言』発端「只今かへりました船頭が参りますが、大ぶはらがへつたと申て、茶漬をたべて参ります。‥そりや、とんだ事ッた」。

【な行】

中々申ばかりはなかりけり　四一七・一四七①
古浄瑠璃、説経節等の段末（しめくくり）の常套表現。
説経浄瑠璃『阿弥陀胸割』二段「哀共中々申ばかりはなかりけり」。三段「おそろしき共中々申ばかりはなかりけり」。
説経浄瑠璃『しだの小太郎』。六段「めでたしともなかなか申ばかりはなかりけり」。
半太夫節『禁中綱引合』四段目「心のうちうれしきとも中々申ばかりはなかりけり」
御伽草子『梵天国』「中納言は、久世戸の文殊となり給ひて、衆生を済度し給ふ也。かたじけなしとも中（々）申（す）ばかりはなかりけり」。

なげやり三宝　五一七・一五五⑯
『譬喩尽』なノ部「抛遣三宝」。

何喰まいと儘　一一・一一〇⑥
「何食おうとまま」を逆用した語。何事も思うままにならず、不自由の意。（『江戸時代語辞典』による）
談義本『銭湯新話』四「此頃の流行言の面もかぶらずにとハ、厚皮の事そふな。顔を横にして申ましよ。其時の狂歌ハ名にも似ず扱ふ自由な所かな。何喰ふまいと、真間の継橋」。「イヤ御亭主あぢじやハ。出来（でけ）たでけた」。

名はかたく　人は和らぐ石垣の　七七・一七二⑥
浄瑠璃『長町女腹切』中「名は堅く人は和らぐ石垣町　前には恋の底深き　淵に憂身を先斗町　都の四季の月花を　ここにとどめて通路や」。
石垣は京都の町名。四条から五条までの加茂川の両岸沿いの町。色茶屋、陰間宿が多く賑わっていた。
八文字屋本『けいせい伝受紙子』四ノ三「其比洛東の水辺に石垣町とて賑へる色町あり　軒をならべて繁昌は廓もおよばぬ姿也」。

奈良酒屋　二五・一二二⑪
兄の世話にも「ならず」と「奈良酒屋」とかける。奈良は古くから酒の産地なので「奈良酒屋」としたのである。呉服町で酒屋を営む次男に向かっての言葉であるが、謡曲『千手』「神無月時雨降りおく奈良坂や」をふまえた『日本永代蔵』一ノ五「いつはりの世中に時雨降行奈良坂や」や『世間娘気質』六「奈良坂や時雨に菅笠もなく」とか『井筒業平河内通』二「向ふに霞む奈良坂や」等の「奈良坂や」を下敷きにして、感動の「や」を意味転換したもの、一種の掛詞と考えられる。

なんぼう

「なんぼう無念の仕合」 [三]三・一一一⑦

「なんぼうあはれなる物語」 [五]四・一五〇⑥

謡曲、御伽草子など物語の最後につける常套文句。

謡曲『道成寺』「鐘は則湯となつて遂に山伏を取り畢むぬ。なんぼう恐ろしき物語にて候ぞ」。

浮世草子『好色一代男』四ノ五「加様のくら事かれ是四十八ありける。女さへ合点なればあはせぬといふ事なし。なんぼうおそろしき物語にて御座候」。

滑稽本『酩酊気質』くどい上戸「人間わづか五十年たのしみ凡二十年と中候なり。ナナなんぼうおそろしき物語にて候ッ。それで私酒をのみ候ッ」。

盗人に笈（とは六部から） [四]二〇・一四八⑤

「盗人に追」「盗人に追を打つ」「盗人に追銭」などの諺の「追い」をもじって六部の「笈」に掛けたもの。

『毛吹草』二「ぬす人においをうつ」。

『譬喩尽』ぬノ部「盗人に負打（をひうつ）」。

狂言『盗人連歌』「世の常のならひには盗人を捕へては切こそ法と聞く物を、此の盗人はさはなくて、連歌に好ける徳により太刀、刀、たびにけり。是かやことのたとへにも盗人に追いといふことはかかる事をや申らん」。

浮世草子『世間胸算用』一ノ四「お初尾百弐十上て七日待てども此銀は出ず。さる人に語りければ、それは盗人においといふ物なり。今時は仕かけ山伏とて、さまざまごまの檀にからくりいたし」。

浄瑠璃『丹波与作待夜の小室節』中「食ひも食うた蒟蒻の田楽を百五十串、蒟蒻の銭ぢやとて砂にしてすませうか。盗人におひなればこの出入はこちや知らぬ」。

八文字屋本『けいせい伝受紙子』五ノ一「よい酒間（かん）してもつて参れと底真からよろこびて、さまざまのもてなしは、これや盗人においなるべし」。

能ある鷹は爪を隠す [二]一六・一二八①

『本朝俚諺』四「能ある鷹はつめかくす　老子ニ云　知者不言　言者不知　諺のこころにかなへり」。

【は行】

羽織ながふして地を掃ひ

『守貞謾稿』十四・男服　七九・一七三⑮

「羽織、羽折、トモニ仮字、唯ハオリ着ルノ意也。…或人曰、此服天正ヲ始トス。当時、長サ不同也。天和、貞享ノ頃、長短ノ中ヲ用フ。元禄以後短キヲ好トス。享保、再ビ中ニ復シ、元文、又長キヲ好ミタリ。…塵塚談曰　宝暦四五年頃ハ伊達男は短羽折トテ、袖ヨリ下ハ漸ク四五寸モアリテ、袖バカリノヤウニテアリシ。明和二三年頃、大坂ヨリ吉田某ト云人形遣下リ、長羽折ヲ着セシヲ、皆人笑ヒケルガ、其時分ヨリ段々長クナリ、文化七八年ニ至リ、又モ短クナリシヤウニ見ユ」。「元禄以前中分ナリシヲ、元禄中、銀幣改制ノ時、京人多ク銀座ニ来リ役ス。…当時京坂ノ羽折制短シ。江人、彼徒ノ調達ヲ羨ミ、自ラ其風姿ヲ学ブ。ココニ至テ始テ京風ヲ伝へ、江人モ短ヲ用フ。又、元文中長ニ復スコトモ、当時京坂長ヲ用フ。于時、浄留里語リ宮古路豊後掾ナル者京都ヨリ江戸ニ来リ、其音曲大ニ行レ、学之輩先其扮ヲ摸ス。遂ニ羽折ヲ長クシ、髪形ヲ一変ス。後ニ、不学ノ者、其扮ヲ学ブニ至ル」。

羽織の着事

『守貞謾稿』十四・男服　七一四・一七五⑭

「婦女ノ男ノ如キ羽織ヲ着スコト昔ハ無之歟。…天保以前ニハ京坂ノ婦女専ラ着之セリ。小民ノ婦女ヲ専トシ巨戸ハ不用之」。「此羽折行ルル前ハ、婦女専ラ半天ヲ用フ。羽折行レテ半天ヲ着ス者以前ニ半ス。右、京坂、江戸トモニ、婦女、羽折半天ヲ用フハ冬ノミ也。夏ハ不用之。…近年江戸青楼ノ婦、或ハ鳶ノ者ノ妻等、寒風ノ時、革羽折、革半天ヲ着シ往来スル者稀ニ有之」。

『守貞謾稿』十六・女服「女羽織及ビ半天　三都トモ昔ハ婦女更ニ不着之。予、天保中出府ノ頃ハ剃髪ノ老婦ノミ黒チリメン紋付等ノ羽折ヲ着ス。京坂モ文政末天保頃ヨリ、賤業ノ婦往々着之」。

白竜が羽衣とりて

六二一・一六八⑨

羽衣伝説より。謡曲『羽衣』は、三保の松原で漁夫白竜が松の枝にかかっている衣を見つけて持ち帰ろうとすると天女が現れ、天上へ帰るすべを失なったことを歎く。白竜は哀れに思い、羽衣を返すと天女は喜び、浦の風光をめで、君が代をたたえ、月宮の舞楽を奏し、宝を地上に降らしつつ昇天して行く。

始ある事あり　終ある事すくなし　　二一〇・一二五②

『詩経』大雅「靡不有初　鮮克有終」（初めあらざること靡（な）し　克く終わりあること鮮（すく）なし）。

『譬喩尽』はノ部「始めを能（よく）する人は有れど終りを能する人無し」。

はて口惜　　五一四・一五四⑦

浄瑠璃に多用される文句。「はて…」の例は見つからなかったが、類例を示す。

浄瑠璃『嫗山姥』一「エエ口惜しや。生中（なまなか）追手に討たれんより御身を害し腹切らんとは思へども」

浄瑠璃『平家女護島』五「中にも義経、ヲヲ情なや口惜しや。運を計り時節を待つとは云ひながら、早速御敵清盛を討ちもせず」。

浄瑠璃『雙生隅田川』三「よつくお家の御運の盡、エエ口惜しし　是非もなし」。

鳩に笑われし梟が身の上　　五六・一五一⑤

『譬喩尽』ふノ部「梟他に移らんといふ　人此鳥の悪声をにくむゆへ　鳩の曰　汝鳴を更（あらため）ば可ならん　説苑ニ出」。

〔参考〕「岩本」脚注では、田舎荘子「木兎自得」の説話とするが、この例は、鷹、ちやうげん坊がみみづくにいう例。づくは「小鳥どもが我を笑ふは我が形のおかしき物ならんとおもへばさのみ腹たつほどの事もなし…笑はれて居るまで也」と答えるというもの。ここは『譬喩尽』の例の方がより近いと思う。

花の跡に柊　　五九・一五二⑩

「花の跡に柊とやらで」とあることから、諺と思われるが他の用例未見。

鼻の下が干上る　　五八・一五二⑥

「顎が干上がる」という諺と同意。

浄瑠璃『長町女腹切』中「半七めと云ふ騙めと夫婦にしては、年寄った此の親が鼻の下が干上る。廿両と云ふ金が天から降るか地から湧くか」。

針を棒程に　　六一・一六四⑫

『毛吹草』二「はりをぼうにとりなす」。

浄瑠璃『大経師昔暦』中「それを妬に思うて針を棒に取りなして、此の様にしなした、己れを磔にかけ」。

半生長に客をもつて家とす　始て信ず人間行て尽さざる事を　天涯更に亦天涯あり　　七一・一七〇①

范椁の詩「登沓磊駅楼自此度海」（沓磊の駅楼に登り此れより海を度（わた）る）より。「半生長以客為家　罷直初来瀚海楂　始信人間行不尽　天涯更復天涯」（半生長に客を以て家と為す　直を罷めて初めて来る瀚海の楂（いかだ）　始めて信ず人間は行けども尽きず　天涯更に復た天涯有るを）。

髭喰そらして　[六]八・一六三⑦　[七]一一・一七四⑨。

『譬喩尽』ひノ部「髭鬚喰ひ反して」。

浄瑠璃『平家女護島』一「斎藤別当実盛。白髪髭喰ひそらし‥といひも切らせず」。

八文字屋本『世間娘気質』一「手形のおもてが壱貫五百匁なれば、四十五匁ですまして下されと、髭くひそらして、町中の口からはどふも申されぬ」。

八文字屋本『けいせい伝受紙子』四ノ四「中ノ間に髭くいそらしてねてゐたりしが、此音を聞て‥取り太刀にて出る所を」。

毘首羯磨が御作　[二]五・一二二④

毘首羯磨は工芸を司る神。赤栴檀で釈迦の像を作ったということを下敷きとしたしゃれ。

謡曲『百萬』「毘首羯磨が作りし赤栴檀の尊容、やがて神力を現じて、天竺震旦わが朝、三国に渡り、ありがたくもこの寺に現じ給へり」。

浄瑠璃『生玉心中』中「いかにもいかにも嵯峨の釈迦。毘首羯磨の御作といふてもだんないといへばひとりが頷いて、ムムそれで聞えた嘉平治の赤栴檀と打笑ひ」。

（世間人民の大毒）砒霜斑猫　[七]九・一七三⑬

『譬喩尽』とノ部「毒は比霜石と班猫　薬は人参と熊胆（くまのゐ）　さては按摩と高麗胡椒（とうがらし）」。

浮世草子『日本永代蔵』三ノ一「斑猫、比霜石より怖敷、口にていふも扨置」。

人売の惣太　[六]一七・一六七⑦

隅田川辺に住んで人身売買を稼業としていた猿島惣太。

浄瑠璃『双生隅田川』三段目の主人公。

風を移し俗を易る事　[七]九・一七三⑩

『孝経』広要道「移風易俗　莫善於楽　安上治民　莫善於礼」（風を移し俗を易うるは楽より善きは莫し　上を安んじ民を治むるは礼より善きは莫し）。

降り積雪を花と詠むる　[二]二・一二一③

『貫之集』九「埋木の咲かで過ぎにし枝にしも降り積む雪を花とこそみれ（紀貫之）」。

臍がおどれど　[五]五・一五〇⑬

「臍が笑ふ」「臍で茶を沸かす」「臍が茶を沸かす」などとも。

へちまの皮　[二]一六・一二八③

『毛吹草』二「へちまのかはともおもはず　すつべのかはともおもはず」。

浄瑠璃『丹波与作待夜の小室節』下「先立つて埒明けうと取付く脇差押止め、さうぢやさうぢや恩も礼儀も忠孝も死ぬる身には糸瓜の皮。ここへ寄れ南無阿弥陀仏と刺違へんとする所を」。

浄瑠璃『鑓の権三重帷子』上「エエ腹が立つ妬ましい。悋気者とも法界者とも言ひたかいへ。伝授も瓢箪も何のせう。台子も茶釜も糸瓜の皮。エエ恨めしい腹立やと」。

反成男子（へんじやうなんし）となれば　[七]一六・一七六⑬

『金光明最勝王経』夢見金鼓懺悔品「悉願女人変為男
勇健聡明多智慧　一切常行菩薩道　勤修六度到彼岸」

（悉く願わくは女人変じて男と為り、勇健聡明にして智慧多く、一切常に菩薩の道を行じ、六度を勤修して彼岸に到る）。

ぼんのくぼで鼻かむ　[五]二一・一四九⑦

江戸初期から用いられていた諺「耳とって鼻かむ」（突拍子もないこと、無茶なことのたとえ）のもじり。

『譬喩尽』みノ部「耳取つて鼻かむ教へやう」

芸論『耳塵集』上「さればこそ耳取て鼻かむやうなことをいひて笑はすはあれど、藤十郎ごとく実をいひて笑はす芸者はあらじ」

【ま行】

蜜柑を鼠に品玉つかふた　[五]一三・一五四①

平安時代の陰陽師、蘆屋道満が間違って父を殺した事件を脚色した浄瑠璃を下敷きとする。

浄瑠璃『蘆屋道満大内鑑』三「道満涙押拭ひ：箱に入れて隠せし物も算木を以て占へば、柑子なれば柑子と知り鼠なれば鼠と知る。妙術を得たる身が、僅か一重の兜頭巾、父とも知らず早まりしは、陰陽師身の上知らず。子の身として親を討ち」。

味噌とやらをあげめさる　[二]一五・一二七⑤

『譬喩尽』みノ部「味噌は付けぬやうにさしやれ」。

「味噌付くるとは恥掻ことなり　江戸ニハ味噌揚ぐるト云」。

咄本『鹿の子餅』三「古代の裂にてたばこ入を数々こしらへ味噌を上る者あり」。
洒落本『甲駅新話』「御家老さまでもあんでも、ひでんの入るもなアねへ。あぜといつて見なさろ。こういつちやア、どうかはあ味噌をあげるよふだあけれども‥うらが心儘だあよ」。

耳たぶ「耳たぶうすき」[二]八・一二三⑨、「耳たぶ厚く」[二]一六・一二八④、「人生の禍福は耳たぶ次第」[七]三・一七一⑥

耳たぶの厚いのは福耳と称して、福の相という俗説があった。

見渡せば老漢と阿婆をこきまぜて都ぞ春の彼岸の中日　[序]一・一〇七①

『古今和歌集』春上「見わたせば柳桜をこきまぜて都ぞ春の錦なりける（素性法師）」をもじったもの。

岷江の水上は盃を浮めてあそぶ程の細流　[六]一二・一六四⑯

『孔子家語』三恕「夫江始出岷山　其源可以濫觴　及其至江津也‥」（それ江は始め岷山より出で　其の源は以て觴を濫（うか）ぶべし　其の江津に至るに及ぶや‥）。

浄瑠璃『本朝三国志』「岷江の水上　觴（さかづき）をうかぶるも、楚に入つて千尋の風波をあぐるとかや」（『近松語彙』による）。

むくむく和々として　[序]二・一〇七⑤

説経浄瑠璃『鎌田兵衛正清』五（田植歌）「さつきの女ぼうの手をしめた。心はむくむくやはやはと　はだこのしたに　びらうど、しゆすや、りんずや。きんかあたまか、ぬりおけ、すべすべともするとの」。

狂言『すずきばうちやう』「奥の間に湯はりんりんりんとたぎつて‥湯七分に泡八分　ホウホウムクムクヤハヤハと　昔様に中高に猫の腹立た様に」。

洒落本『繁千話』叙「古今の奇談を載、其言、夜話夜話（やわやわ）むくむくとして、世にをこなはるる事亦繁（しげしげ）なり」。

胸のおどりをしづめ　[五]一〇・一五二⑯

浮世草子『日本永代蔵』一ノ二「壱歩ひとつころりと出しに、是はと驚き‥胸のおどりをしづめ「思ひよらざる仕合は是ぞかし。世間へさたする事なかれ」と下々の口を閉て」。

棟は八ツ　門は九ツ　戸は一ツ　[六]二二・一六八⑭

底本に記されている地震は元禄十六年十一月二十二日の地震だが、安政の大地震の惨状を記した随筆『なゐの日並』（笠亭仙果）にお守りの札のことばとして紹介してある。昔から伝えられている災難除の呪文「搉拍捛搉」と共に守り袋に入れたり屋内に貼ったりしたのであろう。

随筆『なゐの日並』「八まんの別当道本老僧、はりにしかれ、つつがなしとて、此守りを大岡どのへ奉られけるよし、まつや儀右衛門よりもち来る。搉拍捛搉　搉拍搉捛　はりはやつ　門もここのつ　戸はひとつ　我身のうちは大社かな　水神のをしへに命たすかりて六分のうちにいるぞ嬉しき」。

棟門高く作りならべ　　㈢一九・一二九⑩

棟の高いのは富裕な家のしるしであった。

説経浄瑠璃『浄瑠璃御前物語』「三川の国矢矧の宿に着かせ給ひて見給へば棟門高き屋形あり」。

浮世草子『好色一代女』四ノ一「娘の親は相応よりよろしき聟をのぞみ、むすこの親は我より棟のたかき縁者を好み」。

浮世草子『日本永代蔵』五ノ四「日暮の何がしとて、棟高く屋作りして、人馬あまた抱へ」。

目（め）**に角立て**　　㈣一二・一四四⑭

説経浄瑠璃『をぐり』「誰そと咎むるなり、小栗この由聞こし召し、大の眼（まなこ）に角を立て、いつも参るお客来を存ぜぬかとお申あれば」（「まなこに角立て」は説経節で怒りの様子を表す慣用句）。

浮世草子『日本永代蔵』一ノ二「どこぞ其あたりで聞給へといへば、跡なる六尺、目に角を立て、其女郎つれておじやれ、見てやらふと申せば」。

浄瑠璃『関八州繫馬』二詠歌の前道行「目に角立て惨ういふも　此の様に笑ひ笑ひいふも剥ぐ所は同じ事。二つ取りには痛い目せぬが其方の徳」。

御伽草子『御曹司島渡』「御曹司は御覧じて此嶋の名は何といふぞと問はせ給へば、嶋人まなこに角をたて、何といふぞや冠者は、是こそはかくれもなき、ちいさご嶋とは此ところなり」。

妄執の雲はれやらぬ　　㈢二一・一一九②

謡曲『源氏供養』「爰に数ならぬ紫式部　頼みをかけて石山寺　悲願を頼み籠り居て　此物語を筆に任され共終に供養をせざりし科により　妄執の雲も晴れ

がたし　今逢ひがたき縁に向かつて心中の所願をおこし」。

持丸長者　　[三]二・一二〇⑧

浄瑠璃『冥途の飛脚』中「そもや廓へ来る人のたとへ持丸長者でも金に詰るはある習ひ。此処の恥は恥ならず。何をあてに人の金、封を切つて撒散し」。

紅（もみ）の切（きれ）で猿をぬふて　　[六]一六・一六六⑨

迷子にならぬためのまじない。

『譬喩尽』もノ部「紅絹（もみ）にて仕たる猿嚢あの児めも提　此米も下げ」。

【や行】

夜半の鐘声客人の耳にひびきて　　[二]二三・一三一⑩

『唐詩選』（張継）「楓橋夜泊」「月落烏啼霜満天　江楓漁火対愁眠　姑蘇城外寒山寺　夜半鐘声到客船」（月落ち烏啼いて霜天に満つ　紅楓漁火愁眠に対す　姑蘇城外の寒山寺　夜半の鐘声客船に到る）。

『譬喩尽』やノ部「夜半鐘聲客船中　唐詩選ニ出」。はノ部「半夜鐘聲客船響　三井寺ノ謡ニ出ル三体詩也」。つノ部「月落烏啼霜満天　江楓漁火対愁眠　姑蘇城外寒山寺　夜半鐘聲到客船　唐詩選七ノ七絶ニ出」。

病は口より這入　禍は口より出る　　[五]六・一五一⑨

『大和俗訓』五「古語に「病は口より入り、禍は口よりいづ」といへり。ことばをつつしみて、みだりに口より出さざればわざはひなし。飲食をつつしみて、みだりに口に入れざれば病なし。病と災との出でくることは、天より降るにあらず、皆口よりおこると古人いへり。口の出し入れ、つつしむべし」。

（あすかの）**山も動きつべし**　　[六]一三・一六五⑧

山もくづるる　　[七]六・一七一⑯

『伊勢物語』七七「むかし田むらのみかど…そこばくのささげものを木のえだにつけてだうのまへにたてたれば、山もさらにだうのまへにうごき出たるやうになんみえける」をふまえた表現。

浮世草子『日本永代蔵』三ノ一「流石諸国の人の集り、山も更にうごくがごとく、京の祇園会、大坂の天満祭にかはらず」。

指の股ひろげ　　[五]一・一四九②

『譬喩尽』たノ部「牽頭持（たいこもち）は指の肢排（ひろ）ぐる」。（滑稽で軽薄な様子をいう）。

八文字屋本『けいせい伝受紙子』四ノ三「末社芸者入つどひて昼夜の酒盛、指のまたをひろげては壱歩の花を咲せ「コレ旦那」の軽薄声二階下に満て」。

妖孽（ようげつ）　〔六〕六・一六一⑯

『中庸』二十四章「国家将興　必有禎祥　国家将亡　必有妖孽」（国家将に興らんとするや必ず禎祥あり。国家将に亡びんとするや必ず妖孽あり）。

よく乗る者は落　能およぐ者は溺る　〔三〕一四・一二七③

『淮南子』原道訓「夫善游者溺　善騎者堕」（それよく游ぐ者は溺れ　よく騎る者は堕つ）。

『譬喩尽』よノ部「能馬に御（のる）者は落る」「能騎者落　能游者溺」。

世の盛衰や　〔五〕一四・一五四⑦

浄瑠璃に多用される文句（「岩本」脚注による）。

近松浄瑠璃『津国女夫池』四「思慮浅くなり果つるも足利の運命盡き果てし、あさましや。佛神にも恨みなし、口惜しの世の盛衰やと怒りの御目に涙を浮め泣く泣く奥に入り給へば」。

世中の人にはくずの松原といわるる身こそ心やすけれ　〔三〕一六・一二七⑯

『撰集抄』巻九ノ一一　覚英僧都事「そのかみ陸奥の国のかたへさそらへまかりて侍りしに信夫の郡くづの松原とて人里遠くはなれたる所侍り：竹の笈とあさの衣とのこしてその身はまかりぬと覚ゆる所あり。いかなる人の跡ならんとまづかなしうおぼえて見るに、そばなる松の木をけづりのけてかく書たり。「昔は應理圓宗の学徒として公家の梵莚につらなり、今は諸国流浪の乞食として終りをくづの松原にとる。世の中の人にはくづの松原とよばるる名こそうれしかりけれ　于時、保元二年二月十七日、権少僧都覚英　生年四十一、申の刻に終りぬ」と書かれたり。此僧都は後二条殿の御子、富家の入道殿の御弟にていまそかりける」。

【ら行】

雷除の御歌　〔六〕九・一六三⑭

〔参考〕『譬喩尽』らノ部「雷除の符四方の柱に粘るべし：又哥ニ　白山の松の木陰に隠ろひて　安くも栖める雲の雷鳥　云々」。

流言（りうげん）**は智者にとどまる**　〔六〕一〇・一六四⑤

『荀子』大略「流丸止於甌臾　流言止於智者」（流丸は

甌臾（おうゆ）に止り　流言は智者に止る）。

『大和俗訓』五「古語に「流丸は甌臾にとどまり、流言は知者にとどまる」といへり。甌臾とはくぼき所なり。丸き玉をなぐれば転じてやまず。されどもくぼき所にとどまる。流言は根なしごととよむ。…愚者は是を誠ぞと心得て、信じてかたり伝ふれば、世にあまねく流布してやまず、知者は不実なることを信ぜずして、耳に聞けども口にいはず。その耳にとどまりて言ひちらさず。是れ流言は知者にとどまるなり」。

【わ行】

わがよきに他のあしきがあらばこそ　人のわるきはわがわるきなり　㊄五・一五〇⑮

『譬喩尽』わノ部「我善（よき）に人の悪（わろ）きは無物を人の悪きは我悪きなり」。

『大和俗訓』七「人のあしきをそしる人は多し。わが身のあしきをかへりみて、改む人すくなし。わが身をわすれて、人の上をそしることおろかなり。わが身の上を、つねにかへりみをさむべし。人のほめそしりは、あながちにうれひよろこびとするにたらず。いかんとなれば、ほむる人、そしる人、必ず皆賢者ならざればなり」。

禍は慎の門に入る事なし　㊄一五・一五五④

『句双紙』六言「禍不入慎家門」（禍は慎家の門に入らず）。

『譬喩尽』わノ部「禍不入慎家門　句中呑」。

『大和俗訓』三「敬はつつしむと訓ず。つつしむとは、心にいましめおそるるをいふ。…内につつんで、みだりに外に出さざるなり。敬（ツツシ）めば本心をたもちて失はず、行ひなすこと、理にかなひてあやまりなし。…よくつつしめば福あり。つつしまざれば禍あり。…故に「つつしみは禍にかつ」といへり」。

『大和俗訓』七「古語に「つとむれば貧にかち、慎めばわざはひにかつ」といへり。いふこころは、つとむる人は必ず富む。つつしむ人は必ずわざはひなし」。

藁の出る　㊂一一・一二五⑤

かくしている短所、欠点が現れること。ぼろが出る。

俳諧『貝おほひ』一八番「句作りには　わらの出べきやうもなし」。

浄瑠璃『当麻中将姫』「しかるをさへぎつていへばいふ程わらが出て見くるし」。（用例は『日本国語大辞典』による）。

あとがき

前著『江戸小咄　鹿の子餅　本文と総索引』をしあげた時、私は七十八歳であったが、村上もとさんとの共同作業もちょうど油がのってきていて、もう少し続けてやってゆこうと二人の考えは一致していた。

時代の近いもので、ジャンルは違うものをと考えて探したのだが、前のように短い作品はなかなか無く、やっとこの『当世下手談義』におちついた。しかし思いのほかに時間がかかってしまい、二〇〇六年（平成十八年）五月に『鹿の子餅』の校正などと平行してやり始めたのが、いつのまにか四年経って、私も八十二歳になった。しかしともかくも原稿をし上げることが出来て、その間元気でいられたことを有難く思う。

最初は岩波の新日本古典文学大系本によってやり出したので、この本ならびに校注者の中野三敏氏には大層お世話になったわけで、改めて感謝したい。

途中から東京国立博物館本に拠ることにしたのだが、一般の目に触れやすい岩波本も尊重したので、語の所在を示すのが複雑となり、利用者の方々の反応が少し気になるところであるが、御容赦頂きたい。

二〇〇二年、夫・鈴木一彦の遺した藤原定家の『近代秀歌』の総索引を出版することを契機に村上もとさんにお目にかかり、その後一緒に鴨長明『無名抄』の総索引を完成させ、ひき続き二人で勉強を続けるようになったので、いつのまにかもう八年も二人三脚で歩いていた事になる。大体週に一、二回、新百合が丘の「仕事場」に出向き、村上さんにも来て頂いて、テキストを読み、検討を重ね、お茶とお菓子でしめくくる和気靄々の会である。毎週規則正しく外出して人と交わることは、後期高齢者の私にとって、とても健康的な習慣であり、あとは家で読んだり、調べたり、書いたり、好きな事だから二人とも楽しみながら取組んでいる。

亡夫の縁で思いがけずよい相棒を与えられ、おかげで私も何とかぼけずにこれまで過ごせた事を喜び、心から感謝している毎日である。もうじきお彼岸、春もそこまで来ている。私共も、次も何か、と又々慾が出てきた。まだまだ慾張って一仕事したいと考えている所。乞御期待。

最後に、底本の使用をお許し下さった東京国立博物館をはじめ、面倒な出版を引受けて下さった青簡舎の大貫祥子代表、お世話になった皆々様に心から感謝する。

二〇一〇年三月

鈴木雅子

著者略歴

鈴木　雅子
一九二八年　東京生
東京大学文学部・同大学院（旧制）卒業　国語学専攻
［著書］
『たまきはる（健御前の記）総索引』（共編）一九七九　明治書院
『「咄随筆」本文とその研究』一九九五　風間書房
鴨長明『無名抄総索引』（共編）二〇〇五　風間書房
『江戸小咄鹿の子餅 本文と総索引』（共編）二〇〇七　新典社索引叢書14
［論文］
「語音結合の型より見た擬音語・擬容語」『国語と国文学三四五』一九五三（森田雅子）
「元禄期の未発表資料「宝の草子」について」（東大国語研究室百周年記念国語研究論集）一九九八
『日本語オノマトペ辞典』「解説――歴史的変遷とその広がり」二〇〇七　小学館

村上　もと
一九三九年　東京生
東洋大学大学院国文学専攻博士前期課程修了　国語学専攻
［共編］
『無名抄総索引』『江戸小咄鹿の子餅 本文と総索引』
［論文］
「狭衣物語書写本の性格についての一考察」東洋大学文学部紀要『文学論藻七六』

宝暦二年 当世下手談義（いまようへただんぎ） 本文と総索引

二〇一〇年九月一〇日 初版第一刷発行

編著者 鈴木雅子
村上もと

発行者 大貫祥子

発行所 株式会社青簡舎

〒一〇一-〇〇五一

東京都千代田区神田神保町一-二七

電 話 〇三-五二八三-二二六七

振 替 〇〇一七〇-九-四六五四五二

印刷・製本 富士リプロ株式会社

©M. Suzuki M. Murakami 2010

ISBN978-4-903996-31-8 C3081 Printed in Japan